W0029283

Prolog

Konnte das wirklich ihr sechzigster Geburtstag sein, fragte sich Eve, Vicomtesse Paul-Sebastién de Lancel, erste Dame der Champagne. Schon seit dem frühen Morgen war sie von einer geradezu überschäumenden Lebensfreude erfüllt und fühlte sich so festlich gestimmt wie eine voll erblühte, zärtlich vom Wind berührte Orchidee.

Noch vor dem Frühstück war sie, wie jeden Morgen, draußen gewesen, um die Weinberge rund um das Château de Valmont, die Heimat der Lancels, zu inspizieren. Dieser warme Frühling des April 1956 hatte eine ungewöhnlich große Anzahl neuer Trauben aus den Knospen der Reben getrieben. Überall in dieser fruchtbaren Gegend, von den Weinbergen der Arbeiter bis zu den großen Ländereien der Produzenten der berühmten Champagnermarken – wie Lancel, Moët & Chandon oder Bollinger –, hatte sich die Kunde des ungewöhnlichen Wachstums von einem der frisch grünenden Hügel zum nächsten verbreitet.

Ihre Hochstimmung hatte nichts mit dieser Aussicht auf eine sehr gute Ernte zu tun, dachte Eve de Lancel, während sie sich am späten Nachmittag für ihre große Geburtstagsgesellschaft ankleidete. Ernten waren immer problematisch und die Versprechungen des Frühjahrs keineswegs immer eine Garantie für ihre Erfüllung im Herbst. Der heutige Tag aber hatte mit tänzerischem Übermut begonnen, weil sich zur Feier ihres Geburtstages wieder einmal die gesamte Familie in Valmont versammelt hatte.

Noch gestern abend, eine Minute vor Mitternacht, war sie neunundfünfzig gewesen; eine Minute später aber sechzig... Warum war sie heute nicht auch einfach neunundfünfzig und ein paar Stunden? Mußte man wirklich sechzig geworden sein, um genau zu wissen, wie absolut nichtssagend diese Zahl war, sobald sie auf einen selbst zutraf, ganz egal, welche Bedeutung sie für den Rest der Welt haben mochte? War dies am Ende ein Weltgeheimnis, das alle erfuhren, die die Schwelle dieser Zahl überschritten? Nur, um zu erkennen, daß sie sich doch in Wirklichkeit wie . . . nun, vielleicht zweiunddreißig fühlten? Oder fühlte sie sich selbst am Ende noch jünger? Wie fünfundzwanzig vielleicht? Ja, fünfundzwanzig klang gut, fand sie, während sie sich selbstbewußt im Spiegel ihres Ankleidetisches betrachtete. Sie überschlug es rasch: Als sie fünfundzwanzig gewesen war, diente ihr Mann als Erster Sekretär der Französischen Botschaft in Australien, ihre Tochter Delphine war drei Jahre alt, die jüngere, Freddy, eigentlich Marie-Frédérique, erst eineinhalb. Es war ein Jahr voller Muttersorgen gewesen, und sie verspürte absolut nicht den Wunsch, ein solches Jahr noch einmal zu durchleben.

Freddy und Delphine waren beide nach Valmont gekommen. Sie waren erwachsene Frauen und hatten längst eigene Kinder. Beide waren heute morgen im Schloß eingetroffen, Delphine aus Paris, Freddy aus Los Angeles, und so völlig in Beschlag genommen von Ehemännern, Kindern, Kindermädchen und Gepäck, daß sie vermutlich noch immer nicht ganz mit dem Auspacken fertig waren. Ihre Schwiegersöhne hatten ihr versprochen, die Kinder so lange wie möglich beim Spielen außer Haus zu halten, denn Eve verspürte ein starkes Verlangen, mit ihren Töchtern zusammenzusein. Sie klingelte. Ihre Zofe erschien in der Schlafzimmertür.

»Josette, seien Sie so nett, meine Töchter zu mir in meinen Salon zu bitten. Und sagen Sie Henri, er möchte Gläser und Champagner bringen. Den Rosé, natürlich, den 1947er.«

Keine von ihren Töchtern würde natürlich verstehen, daß ein Rosé-Champagner aus einem Super-Weinjahr das herrlichste war, was die Welt je gesehen hatte. Aber sie war heute in der Stimmung, ihn ohne weitere Erklärung servieren zu lassen. Das Abendessen war ungewöhnlich früh angesetzt, weil auch die Enkelkinder daran teilnehmen sollten – solange sie noch nicht vor Müdigkeit einschliefen. Jetzt, um fünf Uhr nachmittags, war daher ein kreislaufbelebendes Gläschen durchaus am Platze, in der kleinen halben Stunde, ehe die Männer und die Jungen zurückkamen.

Sie schlüpfte in einen Morgenrock mit weitem, glockigem Rock und üppigem Besatz. Der Taft hatte einen ganz speziellen Farbton von Rosa, fast Flamingorosa, auf dem der Widerschein der hellen Frühlingssonne glänzte und Eves Haar, wenn nicht ganz, so immerhin fast wieder den seltenen Erdbeerton verlieh, den es bis vor einigen Jahren besessen hatte.

Ja, gewiß: Sie war . . . älter geworden. Sie scheute nicht mehr vor diesem Wort zurück, das ihr lange unangenehm gewesen war, dessen Unausweichlichkeit sie mittlerweile aber zu akzeptieren gelernt hatte – auf ganz souveräne Art. Ihr Körper war noch immer perfekt in Form, sie bewegte sich nach wie vor mit der natürlichen Grazie einer Dame, deren Mädchenzeit in die letzten Jahre der edwardianischen Epoche gefallen war, als »Haltung« noch als mindestens so wichtig erachtet wurde wie ihre unleugbare Schönheit. Sie zog die Brauen etwas hoch. Ein leichtes, halb spöttisches Lächeln huschte in der Erinnerung an die langvergangene Unschuld jener bittersüßen Jahre vor dem Ersten Weltkrieg über ihre Lippen.

Delphines Stimme an der Tür ihres Salons brachte sie in die Wirklichkeit zurück. »Mutter?«

»Komm herein, mein Schatz«, rief Eve ihrer ältesten Tochter zu und eilte vom Schlafzimmer hinüber in den Salon. Delphine rauschte in einer prächtigen weißen Seidenrobe herein. Wie alle ihre Kleider war sie von Dior. Sie ließ sich erleichtert in einem der tiefen brokatbezogenen Sessel nieder.

»Ach, es ist herrlich, hier zu sein«, seufzte sie fast klagend.

»Du bist offensichtlich etwas abgespannt, Schatz?«

»Ach, Mutter, warum nur muß ich so viele Kinder haben?« rief Delphine aus, ohne freilich eine Antwort zu erwarten. »Gottseidank sind wenigstens die Zwillinge schon zehn und brauchen keine ständige Aufsicht mehr. Aber die anderen! Paul-Sebastién und Jean-Luc haben sich wieder den ganzen Tag gestritten! Ich hoffe nur, dieses nächste ist endlich mal ein Mädchen!« Sie strich sich leicht über den Leib. »Jetzt hätte ich doch wohl wirklich endlich mal ein Mädchen verdient, oder?«

Sie sah zu Eve auf, als könne ihre Mutter ihr eine Garantie dafür geben. Noch hatten die Geburten ihrer bestechenden Schönheit nichts anhaben können. Nichts kam gegen den markanten Schnitt ihrer Augen an, die unter ihrer breiten Stirn so apart weit auseinanderstanden. Nichts konnte den Schwung ihrer Lippen in den Mundwinkeln beeinträchtigen, der ihr den Ausdruck eines ewigen, mysteriösen Lächelns verlieh, oder die Idealentfernung von der »Witwenspitze« ihres Haaransatzes bis zu dem delikaten, feinen Schnitt ihres Kinns – diese herzförmige Kontur, die Millionen anbeteten. Delphine war die derzeit berühmteste Filmschauspielerin Frankreichs. Mit achtunddreißig war sie auf dem Zenit ihrer Karriere.

»In der Tat spricht mittlerweile jede Wahrscheinlichkeit für eine Tochter«, versicherte Eve und strich mit einer kurzen, aber sanften Liebkosung über Delphines schönes braunes Haar.

Henri kam mit Gläsern und dem Champagner. »Soll ich öffnen, Madame?«

»Nein, danke, lassen Sie nur, Henri, ich mache es selbst«, antwortete ihm Eve und winkte ihn fort. Es war immerhin alte Familientradition in

Valmont, daß die »Châtelaine« – die Schloßherrin – das Vorrecht hatte, die erste Flasche bei jeder zeremoniellen Gelegenheit persönlich zu öffnen. Und dieser private Augenblick mit ihren Töchtern hatte für Eve einen feierlicheren Charakter als das bevorstehende offizielle Diner, wie pompös es auch immer sein mochte.

»Wo ist Freddy?« fragte sie Delphine, die sich mit wohligem Stöhnen ihrer privaten Entspannung hingab, Kopf und Arme weit nach hinten auf die Brokatkissen gelegt.

»Sie badet ihre Kinder. Ich kann es kaum glauben, daß Freddy in weniger als zwei Jahren zwei Kinder gekriegt hat. Sie holt die verlorene Zeit aber mächtig auf!«

»Kann denn das nicht ihr Kindermädchen machen?« fragte Eve.

»Natürlich, sonst schon«, antwortete Delphine leicht amüsiert. »Sechstausend Meilen haben sie die arme Frau von Kalifornien mit hierhergeschleppt, und jetzt kann sich Freddy nicht von ihrer Brut losreißen.«

»Wer führt hier Reden über mich?« fragte Freddy, die in diesem Augenblick zur Tür hereinkam. Wie eh und je waren ihre Bewegungen schnell, fast wirbelnd. Sie war jetzt sechsunddreißig und sah, noch mehr als früher, wie eine Art weiblicher Robin Hood aus. In ihren verspielten Piratenaugen blitzte eine lebhafte Direktheit, eine sorglose Fröhlichkeit, die allem, das sie in Angriff nahm, eigen war. Sie griff nach einer Haarbürste. Wie eine Schleppe wehten Quirligkeit und Unruhe hinter ihr her. »Delphine, erbarme dich meiner. Tu was mit meinem Haar!« rief sie. »Irgendwas! Du weißt doch, wie man so etwas macht und daß ich in diesen Dingen absolut hilflos bin!«

Sie ließ sich schlaff in einen zweiten Sessel fallen. Sie trug weiße, naßgespritzte Leinenslacks und legte die Beine leger über die Armlehnen, nicht ohne zuvor eine kurze, lebhafte Arabeske in die Luft zu zeichnen. Eve beobachtete sie und dachte: Wenn man sie so sieht, könnte man glauben, sie sei nur dazu geboren worden, jedes Flugzeug zu fliegen, das es je gab.

Das Haar ihrer zweiten Tochter schimmerte so rötlich wie eine dieser blankpolierten Kupferkasserollen. Wo immer sie auftauchte, drehte man sich deshalb nach ihr um. Es war so extrem widerspenstig, daß kein Friseur es jemals zu zähmen vermocht hatte. Dies war während Freddys aufregender und schlagzeilenträchtiger Karriere als eine der großen Pilotinnen der Welt, besonders während ihrer ruhmreichen Jahre im Zweiten Weltkrieg, bestenfalls ihrem Pilotenhelm gelungen; und auch nur immer bis zu dem Augenblick, in dem sie ihn wieder abnahm und ihre üppige Lockenpracht wie eine Kaskade darunter hervorquoll.

Eve blickte auf ihre beiden Töchter, die sich so verblüffend voneinander unterschieden, dabei dennoch beide das gleiche unbekümmerte, wilde, alle Grenzen und Konventionen sprengende Naturell hatten und die mit den Jahren zu wirklichen Frauen geworden waren. »Wollen wir zusammen ein Glas Champagner trinken?« fragte sie und beugte sich zu der Flasche Lancel '47 vor, um sie zu entkorken. Sie benutzte dazu mit geübtem Griff und leichter Drehung eine Zange, die speziell für diesen Zweck schon vor Generationen erfunden worden war. Nach Art eines Kenners schenkte sie ein wenig in ihr eigenes Glas ein, drehte das Glas zwischen den Fingern, bis der Schaum verschwand und beobachtete aufmerksam das Moussieren der leicht rosa schimmernden Flüssigkeit. Dann nippte sie prüfend und füllte, nachdem sie alles für gut befunden hatte, alle drei Gläser. Sie reichte sie ihren Töchtern einzeln.

»Ich werde nie mein erstes Glas Champagner vergessen«, erklärte Freddy. »Hier, draußen auf der Terrasse. Als wir alle zum ersten Mal aus Kalifornien zu Besuch kamen. In welchem Jahr war das, Mutter?« Ganz ungewohnt verlor sich Freddies Blick in der Ferne. Alles an ihr war intensiv. Auch jetzt leuchteten ihre Augen so, als habe sich der ganze Himmel in ihnen gefangen.

»Das war 1933«, sagte Eve. »Da warst du gerade dreizehn. Aber Großmutter war der Meinung, du seist alt genug.«

»Was sagte Großmutter?« Annie, Freddies vierzehn Jahre alte Tochter, kam herein, in Jeans und einem Männerhemd mit aufgekrempelten Ärmeln. »Bin ich nicht zu dieser Party eingeladen?«

»Solltest du nicht mit den anderen draußen sein?« fragte Freddy und bemühte sich, wie eine strenge Mutter zu klingen.

»Seh' ich etwa wie ein Daddy aus oder wie ein klebriger kleiner Junge?« fragte Annie. Sie war groß und schlaksig, und ihr Grinsen war ebenso engelhaft wie frech. »Ich bin schließlich das einzige Mädchen meines Alters in der Familie und hänge doch nicht mit denen rum. Tatsache ist, ich war für eine halbe Stunde eingeschlafen. Ich möchte eigentlich heute die ganze Nacht aufbleiben! Jedenfalls würde ich es tun, wenn ich einen Tanzpartner hätte. Einen, der kein Verwandter ist, meine ich.« Sie betrachtete die drei Frauen voller Überlegenheit. Sie hielt sich selbst für das bei weitem reifste und klügste weibliche Mitglied der Familie Lancel, in mancher Beziehung sogar für erwachsener als selbst ihre sonst so verehrte Großmutter.

»Was willst du zum Diner anziehen, Annie?« fragte Eve.

»Ich habe nichts anzuziehen«, sagte Annie mit Bedauern.

Ihre Mutter lachte laut. »So, und was ist mit den zwei Koffern, mit denen du hier angereist bist?«

»Aber in denen ist doch nichts, was für diese Gelegenheit passend wäre! *Grandma*, kann ich nicht mal in deinem Schrank nachsehen?«

Es gab nichts, was sie Annie abschlagen konnte. Nicht einmal ein Balenciaga-Kleid; wie wenig es ihr auch passen oder stehen mochte. »Wir wollen erst einmal ein Glas trinken«, sagte Eve. »Komm' her.«

Annie probierte neugierig. Sie hatte noch nie Champagner getrunken. Aber sie wußte, nach der französischen Tradition stand ihr immer, wenn sie etwas zum ersten Mal probierte, ein Wunsch frei. Sie kräuselte die bezaubernde Nase, nahm einen kräftigen Schluck, forschte dem Geschmack nach, wie sie es bei anderen gesehen hatte, und schluckte erst danach.

»Mmmmm!« meinte sie, tat insgeheim ihren Wunsch und beugte sich zu einem weiteren Schluck nach vorn.

»Nun? Hast du irgend etwas Besonderes gespürt?« fragte Eve.

»Ja. Zuerst, im Mund, dort hatte er einen bestimmten Geschmack, dann beim Schlucken wieder einen anderen. So eine Art Glühen in der Kehle.«

»Das ist der Beweis«, sagte Eve, »daß es sich um wirklich echten, vollkommenen Champagner handelt. Man nennt es das Lebewohl.«

Annie trank wieder einen Schluck, stellte dann das Glas abrupt ab und verschwand im Schlafzimmer ihrer Großmutter.

»Das Kind ist die einzige von euch allen«, rief Eve lebhaft ihren Töchtern zu, »die einen feinen Gaumen hat! Nicht eine von euch hat in all den Jahren jemals das Lebewohl bemerkt! Was meinst du, Freddy, willst du Annie nicht nächstes Jahr mal den Sommer über herkommen lassen, damit sie lernt, wie Champagner gemacht wird? Irgend jemand muß eines Tages schließlich das Haus Lancel weiterführen!«

»Ich glaube eher, sie wird nächstes Jahr fliegen lernen wollen. Aber falls sie möchte, ich habe nichts dagegen.«

Annie kam mit einem Kleiderbügel aus dem Schlafzimmer, auf dem ein rotes Chiffonkleid mit schmaler, enger Korsage und Spaghettiträgern hing. Sie und der Gürtel an der engen Taille waren über und über mit Bergkristall besetzt. Sie glitzerten und funkelten mit solcher Frische, als habe sich ein Scheinwerfer auf sie gerichtet. Der Rock des roten Kleides wehte leicht im Luftzug; eine ganze Reihe Chiffonlagen abgestufter Länge bildeten den Saum. Selbst auf dem Bügel schien es ein Zauberkleid zu sein, so als habe es eine ganz eigene Geschichte und eine eigenständige Persönlichkeit. Mit tausend Facetten.

»*Grandma*! Sieh dir das an!« sagte Annie. Und sie fügte mit einem bedeutungsvollen Blick hinzu: »Das habe ich bisher noch nie gesehen! Das ist ja einfach fabelhaft! Wetten, daß es mir wie angegossen passen würde?«

Eve war förmlich hochgefahren. »Wo hast du denn das gefunden?«

»Ganz hinten im Schrank. Es hat mir richtig zugeblinzelt.«

»Ich ... hatte es völlig vergessen! Das ist ein ganz altes Kleid, Annie! Es muß – mein Gott, es muß – über vierzig Jahre alt sein!«

»Es ist mir ganz egal, wie alt es ist. Es ist tausendmal schöner als ein neues! Wann hast du das getragen, sag'?«

»Ich habe es nicht getragen, Annie. Maddy trug es.«

Delphine und Freddy setzten sich auf. Also das war dieses berühmte Kleid, das Maddy getragen hatte! dachte Delphine. Dieses Kleid, das zu dem berüchtigten Familienskandal gehörte, von dem sie vor Jahren gehört hatte. Freddy war ebenfalls voller Aufmerksamkeit. Ein bestimmtes anderes rotes Kleid bedeutete für sie selbst sehr viel. Sie hatte es niemals weggeworfen. Aber sie hätte nicht im Traum vermutet, daß ihre Mutter so sentimental hinsichtlich Maddys Kleid sei.

Eve füllte erneut alle vier Gläser. »Wir wollen auf Maddy trinken«, verkündete sie. Ihre Augen leuchteten auf, es war etwas Verspieltes in ihnen. Ein Hauch von Röte hatte sich auf ihre Wangen gelegt. Was ihre Töchter auch über Maddy zu wissen glaubten, sie würden niemals verstehen können, warum sie dieses Kleid aufgehoben hatte. Es gab Dinge, die man niemals völlig mitteilen konnte ... oder auch nicht die Absicht hatte.

Die Lancel-Frauen hoben die Gläser. »Auf Maddy«, sagten sie alle.

»Wer sie auch sei«, fügte Annie hinzu, als sie ihr Glas hob.

Erstes Kapitel

Mit einem nonchalanten Lächeln reichte Eve Coudert dem Kartenverkäufer ihre fünf Franc für eine Fahrt in dem Heißluftballon, der auf dem riesigen Flugfeld La Maladiere außerhalb von Dijon verankert lag. Es war der letzte Tag der großen Luftfahrtschau von 1910.

»Sind Sie allein, Mademoiselle?« fragte er überrascht. Eine so junge Dame ohne Begleitung war etwas Ungewöhnliches. Ganz besonders, wenn sie so attraktiv war wie diese. Er musterte sie interessiert und schätzte mit Kennerblick ihre Vorzüge ab. Sie blickte ihn, unter der Krempe ihres Strohhutes, mit grauen Augen an, die dunkel genug waren, um auch den Teufel zu verscheuchen. Die Brauen darüber waren aufwärts geschwungen; fast wie Flügel. Ihr dicker Haarzopf hatte einen undefinierbaren Farbton, irgendwo ganz eigenartig zwischen Rot und Gold. Ihr lächelnder Mund war so natürlich gerötet wie ihre Wangen.

»Mein Mann fürchtet sich vor der Höhe, Monsieur«, erklärte sie und unterstrich das mit einer Andeutung eines ganz verständnisinnigen Lächelns, das dem Kartenverkäufer sagte, sie wisse natürlich sehr gut, daß er selbst dergleichen Furcht keineswegs unterliege.

Oho, dachte er und war recht angetan, diese bezaubernde junge Tochter des Landes ist ja gar nicht entfernt so unschuldig, wie man meinen sollte! Und mit einem begehrlichen Blick gab er Eve die Fahrkarte. Er nahm ihre behandschuhte Hand und half ihr galant in die Gondel, die groß genug war, um fünf Personen zu tragen.

Sie raffte den engen weißen Piquerock mit einer Hand, mit der anderen faßte sie ihren breitkrempigen Hut, der mit rosa Seidenröschen drapiert war. Ihre spitzen, hochgeschnürten Stiefelchen trippelten nervös auf dem Boden, während sie darauf wartete, daß einige Dutzend Sandsäcke entfernt wurden, die den großen Ballon am Boden festhielten. Sie vermied mit Absicht, die anderen Passagiere anzusehen. Sie wandte ihnen sogar den Rücken zu, lehnte sich über den hüfthohen Rand der Korbwand der Gondel und hielt das Kinn nah an ihrem hohen, versteiften Kragen, dessen Klöppelspitzenbesatz sich eng an ihre feine Haut legte und fast ihr ganzes Gesicht bedeckte.

Es war Sonntag, der 25. August. Der Nachmittag war besonders heiß, doch Eve überliefen Schauer unterdrückter Ungeduld, als der große Ballon plötzlich mit gänzlich unerwarteter Schnelligkeit senkrecht nach oben in die Luft stieg.

Eve war von dieser magischen Himmelfahrt völlig fasziniert. Sie verschwendete keinen Blick auf die Stadt unten, sie sah vielmehr starr auf den blauen Horizont, ganz verblüfft darüber, wie er sich als ferne Linie grüner und gelber Felder hob und dann mit jedem Augenblick breiter wurde.

Wie alle anderen in der Gondel war sie völlig von dem Erlebnis gefangen. Sie dachte immer nur eines: Mein Gott, die Welt ist ja endlos! Sie vergaß über der Einmaligkeit des Ereignisses völlig ihre anfängliche Reserve gegenüber den drei anderen Passagieren. Sie drehte sich herum und starrte mit offenem Mund auf das Panorama, das sich ihnen bot.

Ganz unbewußt breitete sie die Arme aus, als wolle sie den Himmel umarmen. Gerade in diesem Augenblick wurde der Ballon von einer plötzlichen Windböe geschüttelt. Ihr Hut riß sich von der Nadel und flog ihr vom Kopf, um lautlos durch die Lüfte davonzusegeln.

»O nein!« rief sie laut und mit ganz ungläubiger Stimme. Alle drei Männer sahen sie an. Sie erblickten ein schreckerstarrtes Mädchen, dessen nur oberflächlich gewundener Haarzopf sich nun auch noch löste und ihr Haar in allen Richtungen um sie flattern und wehen ließ. Ihr Gesicht und das hüftlange Haar verrieten, was sie bisher unter dem Hut zu verbergen getrachtet hatte: wer sie war, und wie jung sie noch war.

»Mademoiselle Coudert!«

»Eve!«

Eve war verlegen und stammelte etwas. »Guten Tag, Monsieur Blondel, guten Tag, Monsieur Martinaux!« Ihre Lippen zitterten. Sie versuchte das gleiche höfliche Lächeln zustandezubringen, mit dem üblicherweise diese Freunde ihres Vaters sie zu begrüßen pflegten. Sie war ja gerade erst vierzehn und noch nicht einmal in dem Alter, in dem ihre Mutter ihr gestattete, auch nur beim Servieren der Törtchen während des Kaffeekränzchens zu helfen. »Ist das nicht aufregend?« fügte sie hinzu und bemühte sich mit Macht, Haltung zu zeigen und mit möglichst erwachsener Stimme zu sprechen.

»Ja, ja, ja, schon gut, genug mit dem Unsinn«, fuhr ihr jedoch Blondel ungnädig dazwischen. »Was machst du denn hier, sag mal? Wo ist deine Gouvernante? Zweifellos haben deine Eltern nicht die geringste Ahnung... nein, ausgeschlossen!«

Eve schüttelte geständig den Kopf. Es hatte wenig Sinn, diesem Mann klarzumachen, daß es für sie nichts anderes gegeben hatte, als um jeden Preis einmal in diesem Ballon zu fahren. Daß sie die ersten drei Tage dieser Luftfahrtschau in steigender Nervosität und Spannung verbracht hatte, um dann rasch und entschlossen den Augenblick zu nützen, als ihr Vater zu einem Patienten gerufen wurde, während ihre Mutter ihren üblichen Mittagsschlaf hielt, um ihrer Gouvernante, Mademoiselle Helene, zu entwischen. Nein, es war wirklich ganz sinnlos, diesem Mann irgend etwas davon zu erzählen.

»Ich bin hier«, sagte sie deshalb in gefaßtem Ton, weil nun ohnehin klar war, daß sie den unvermeidlichen Folgen nicht entrinnen konnte, »weil überall gesagt wird, wir Franzosen haben nun endlich die Atmosphäre erobert, und weil ich mich davon persönlich überzeugen wollte!«

Blondel stand der Mund offen. Die anderen beiden Männer aber lachten lauthals los. Doktor Didier Couderts einziges Kind, dachte Martinaux, war ganz zweifellos eine recht freche Göre, aber ihre Anwesenheit gab dem ganzen außergewöhnlichen Abenteuer unbestreitbar eine gewisse Würze. Er hatte ein Auge für eine schlanke Taille und schmale Fesseln, und die besaß die Kleine bereits ebenso wie die andeutungsweise, aber unverkennbare Linie eines aufknospenden Busens unter dem kurzen Pique-Bolero und der besetzten Seidenbluse ihres besten Sonntagskostüms.

»Nun, Blondel«, sagte er mit Nachdruck, »Mademoiselle Coudert wird hier überhaupt nichts geschehen. Sobald wir wieder auf der Erde sind, werde ich sie persönlich nach Hause geleiten.«

»Meinen Sie nicht, Monsieur, wir sollten zuerst den Hut meiner Mut- – meinen Hut suchen?« fragte Eve.

»Der fliegt vermutlich noch immer durch die Luft, Mademoiselle. Er ist in Richtung Nuits-Saint-George davongesegelt. Aber wir können es ja immerhin versuchen.«

»Oh, vielen Dank, Monsieur«, sagte Eve dankbar. Wenn sie wenigstens diesen Hut wiederfänden! Das würde den vorhersehbaren Zorn ihrer Mutter wenigstens etwas dämpfen. Doch selbst wenn eine Ziege ihn gefressen hatte – es war es wert gewesen! Nichts, was sie jemals erlebt hatte, war es so sehr wert gewesen wie dies hier. Einfach so durch die Luft zu fahren und endlich die ganze wunderbare Größe der Welt zu sehen...!

Sie versuchte sich vorzustellen, wie es wäre, einer dieser Piloten zu sein, die aus ganz Frankreich zusammengekommen waren, um hier in Dijon an diesem großen Luftrennen teilzunehmen: Piloten wie Marcel Hanriot, der gerade erst sechzehn Jahre alt war, dabei aber schon die meisten Preise gewonnen hatte!

So unglaublich es war, aber dieser Teufelskerl war tatsächlich bereits schneller als einen Kilometer pro Minute geflogen! Aber nun, dachte sie voll stolzen Hochgefühls, während sich der Ballon wieder auf die Erde zu senken begann und sie hinabsah, nun hatte auch sie dieses Erlebnis gehabt, war auch sie in der Atmosphäre gewesen, weit über den vertrauten

Grenzen ihrer Kindheit! Und sie fühlte sich im Geist eins mit allen Rittern der Lüfte. Und wenn es auch nur diese paar Minuten gewesen waren, nie mehr würde sie es vergessen.

Doktor Didier Coudert, Eves Vater, war ein vielbeschäftigter Mann. Er war Leberspezialist. Nicht das Schlechteste in einem Land, in dem Leberbeschwerden viermal häufiger waren als irgendwo sonst auf der Welt. Notorisch gutes Essen und Trinken fordern schließlich ihren Tribut... Er liebte Eve, obwohl er es bedauerte, keinen Sohn zu haben, doch er hatte viel zuviel zu tun, um sich um ihre Erziehung kümmern zu können. Dafür war seine Frau zuständig. Als sie es, nach Eves Eskapade bei der Flugschau, für angebracht hielt, die ungehörige Neugier ihrer Tochter hinsichtlich der Welt zu zügeln, indem sie für die nächsten – so gefährlichen! – Jahre die Bücher seiner Bibliothek unter striktem Verschluß hielt, hatte er deshalb nichts dagegen einzuwenden.

Die Familie Coudert lebte in einem sehr schönen Haus in der Rue Buffon, einer sehr vornehmen Straße mitten in der Altstadt von Dijon. Doktor Coudert war durchaus modern und fortschrittlich. Er besaß das erste Dion-Bouton-Automobil in der Stadt, wenn er auch nach wie vor seine Kutsche mit Fahrer unterhielt, um seiner Frau Chantal die gewohnten Besuchsfahrten in dem glänzenden Coupé zu ermöglichen.

Chantal Coudert hatte ein großes Vermögen geerbt und führte ihren Haushalt mit strenger Hand. Schon immer, auch bevor Eve mit vierzehn Gegenstand schockierten Stadtgespräches wurde, war es außerhalb jeder Diskussion gewesen, daß sie allein irgendwohin ginge. Und seit ihrem unglaublichen Abenteuer gestattete ihr die Gouvernante – weisungsgemäß – auch nicht die kleinste Freiheit in dieser Hinsicht; nicht einmal eine unbeaufsichtigte Tasse Schokolade am Nachmittag mit einer Freundin. Sie wurde stets und überallhin begleitet, ob sie nun mit einem anderen Mädchen im Parc de la Colombière oder im Jardin d'Arquebuse spazierte; oder ob sie, selten genug, Tennis spielte. Sogar noch, wenn sie in die Kathedrale Saint-Benigne in der Nachbarschaft zur Beichte ging, folgte ihr die Gouvernante wie ein Schatten, denn spätestens seit jenem Augustsonntag galt die Maxime, daß Eve vor den Gefahren ihres exzessiven Naturells bewahrt werden mußte.

Wie die meisten Mädchen ihrer Herkunft lebte Eve in einer ausschließlich weiblichen Welt. Es galt als unpassend, zur Schule zu gehen. In ihren Kreisen ließ man die Lehrer ins Haus kommen. Für Eve war das in erster Linie eine Lehrschwester der Dominikanerinnen. Sie gab Stunden in Französisch und unterrichtete auch noch ein paar Grundbegriffe von Mathematik, Geschichte und Geographie. Außerdem kamen ein Tanzlehrer, ein Musiklehrer und ein Lehrer für Malerei; und sie alle unterrichteten unter den niemals abwesenden Augen von Mademoiselle Helene, der Gouvernante. Einzig ihre Gesangsstunden bei dem verehrungswürdigen Professor Dutour vom Musikkonservatorium fanden außerhalb des Hauses statt.

Im Herbst 1912 saß Chantal Coudert eines Tages bei ihrer Nachmittagsschokolade in ihrem luxuriösen, voll verglasten Boudoir und diskutierte mit ihrer Schwester, der Baronin Marie-France de Courtizot, die zu Besuch aus Paris gekommen war, das stets aktuelle Thema der Schwierigkeiten mit ihrer Tochter.

Wie kam Marie-France, fragte Eves Mutter in nicht unbekanntem, spitzem Ton, dazu (wo sie doch nicht einmal mit nur einem einzigen Kind gesegnet war!), sich als Sachverständige in Sachen Erziehung zu betrachten? Sie, die sie Eve obendrein als ihre »Lieblingsnichte« zu titulieren pflegte? Gerade so, als habe sie sie aus einem Dutzend anderer Bewerberinnen (die es schließlich gar nicht gab!) für diesen Ehrentitel ausgewählt! Gewiß, Marie-France war eine Dame von Welt. Was ja auch nicht weiter ungewöhnlich war für eine Tochter aus dem wohlhabenden Bürgertum, der es gelungen war, einen Baron zu ehelichen und damit eine Stufe höher in die Aristokratie aufzusteigen. Aber andererseits war schließlich die Tatsache einer Eheschließung allein noch kein Nachweis dafür, sachverständig auch in solchen Dingen zu sein, die nur eine Mutter aus Erfahrung richtig beurteilen konnte.

»Du machst dir da ganz unnötige Sorgen, meine liebe Chantal«, entgegnete indessen die Baronin kühl, während sie sich die Lippen dezent mit einer Damastserviette abtupfte und gleichzeitig nach einer weiteren Cremeschnitte griff. »Eve ist ein großartiges Mädchen, und ich bin sicher, daß sie allen diesen lächerlichen Exaltiertheiten ihrer Jungmädchenzeit entwachsen ist.«

»Ich wollte, ich könnte da so sicher sein wie du. Außerdem wissen wir doch beide so gut wie gar nichts davon, was in ihrem Kopf tatsächlich vor sich geht«, erwiderte Chantal Coudert seufzend. »Kannte *maman* etwa unsere Gedanken, Marie-France?«

»Unsinn. *Maman* war viel zu streng mit uns. Logischerweise haben wir ihr also nichts erzählt. Ganz abgesehen davon, daß es gar nichts zu erzählen gegeben hätte.«

»Ich muß Eve so erziehen, wie wir erzogen worden sind. Man kann da gar nicht sorgfältig genug sein.«

»Aber Chantal!« rief die Baronin. »Du willst mir doch wohl nicht wirklich erzählen, alles, was du Eve je über ihre Zukunft als verheiratete Frau gesagt hast, war: Tu, was dein Mann wünscht?«

»Und wozu sollte sie mehr wissen? Wieso ist das nicht genug Aufklärung? Du bist wirklich schon allzusehr Pariserin geworden, Marie-France!«

Die Baronin führte hastig ihre Tasse an die Lippen. Ihre steife ältere Schwester belustigte sie immer wieder mit ihrer altjüngferlichen Prüderie.

»Bist du einverstanden, wenn ich für Eve einen Ball in Paris gebe, wenn sie achtzehn wird?« fragte sie.

»Aber gewiß doch, Marie-France. Allerdings muß sie natürlich zuerst ihren Debütantinnenball hier in Dijon gehabt haben. Das würden die Leute sonst übelnehmen. Ich muß auf die Amiots Rücksicht nehmen, und auf die Bouchards, und die Chauvots, und...«

»...die Gauvins, die Clergets, die Courtois, die Morizots... ach, meine Liebe, ich weiß es auswendig, wer auf diesem Ball alles da sein wird. Ich sehe die einzelnen Gesichter vor mir. Wie sie da aufmarschieren werden, aufgeputzt und geschniegelt und gebügelt, die jungen Absolventen der Ecole de François de Salles. Eine Schlachtreihe nagelneuer Männlichkeit mit nagelneuen Bärtchen. Dann folgt ein Winter der ausschweifendsten Fröhlichkeit, wie nur Dijon ihn hervorzubringen imstande ist. Der Rotkreuzball! Der Saint-Cyr-Ball! Kann man sich Tolleres vorstellen! Gar nicht zu reden von den Wohltätigkeitsbasaren, den Konzerten – und als absolutem Höhepunkt, nachdem Eve so eine ausgezeichnete Reiterin ist, die Einladung zur Fuchsjagd im Forêt de Châtillon! Wie soll sie nur alle die aufregenden Ereignisse überleben?«

»Mach dich nur lustig, Marie-France! Die meisten Mädchen würden sich die Finger danach lecken, Chancen wie sie zu haben!« Madame Coudert legte viel Überlegenheit in diese Bemerkung. Schließlich war sie es, die eine Tochter besaß!

»Sollte das Kind nicht schon zu Hause sein?« fragte die Baronin und sah aus dem Fenster, wo es bereits dunkel wurde.

»Sie muß jeden Augenblick kommen. Ich habe Mademoiselle Helene eingeschärft, Professor Dutour zu sagen, er müsse seinen Unterricht so rechtzeitig beenden, daß sie auf dem Heimweg nicht vom Einbruch der Dunkelheit überrascht werden können.«

»Ist er immer noch der Meinung, sie besitze eine bemerkenswerte Stimme?«

»Ja gewiß. Aber nachdem sie ja niemals davon Gebrauch wird machen können, abgesehen von einem musikalischen Abend dann und wann, oder um sich selbst auf dem Piano zu begleiten, frage ich mich schon, ob dieser Unterricht nicht doch reine Zeitverschwendung ist. Aber Didier bestand darauf.« Sie sagte dies im Tonfall einer Frau, die mit einem Despoten verheiratet ist. Zumindest darin waren sich die Schwestern stets einig; sie gebrauchten ihn beide, wenn sie von ihren sehr strengen Ehemännern sprachen.

»Tante Marie-France!« rief Eve fröhlich, als sie ins Zimmer hereinplatzte. Während sie ihre Tante überschwenglich umarmte und küßte, verfehlte die Pariserin nicht zu bemerken, daß die natürliche Röte auf dem Gesicht ihrer Nichte es mit der künstlichen jeder Luxus-Kokotte aufnehmen konnte; daß ihr dichtes, lockiges Haar, das sie immer noch lang den Rücken hinab trug, einen unnachahmlichen Farbton besaß – einen echten, der nicht verblassen würde wie der der meisten Rothaarigen oder stumpf werden würde wie bei Brünetten; kurz, sie hatte dieses Haar einer »Erdbeerblonden«, voll und von natürlichem Glanz. Jedes noch so gewöhnliche Mädchen fiele auf mit solchem Haar. Und dazu diese Augen! Dunkel wie glühende Holzkohle...

Eve war in den letzten beiden Monaten so stark gewachsen, daß sie mittlerweile einen ganzen Kopf größer sein mußte als ihre Mutter. Da war etwas ganz und gar faszinierend Maßloses an dem Wesen dieses Mädchens, eine ganz unmißverständliche Extravaganz. Eve trug ihren knöchellangen Rock und die einfache Hemdbluse mit derartig natürlicher Selbstverständlichkeit, mit einem angeborenen Stil, daß sie wie eine, wenn auch sehr junge Herzogin erschien und nicht wie ein einfaches sechzehnjähriges Mädchen. Sie *mußte* sie einfach nach Paris holen, noch ehe sie achtzehn war. Paquin konnte sie mit dem Pfiff und Einfallsreichtum kleiden, den sie verdiente, und Worth konnte ihr Ballkleid anfertigen. Wieso sollte Eve keine glänzende Partie machen? Ja, warum nicht sogar eine noch bessere als sie selbst? Hier in diesem provinziellen, abgekapselten, konservativen Dijon würde sie doch nur, welch ein Jammer, verkümmern!

»Mein Schatz!« murmelte sie und erwiderte die Küsse ihrer Nichte. »Es ist immer wieder ein Vergnügen, dich anzusehen!«

»Verwöhne sie nicht so sehr, Marie-France!« rügte ihre Schwester. »Eve, du darfst heute abend mit uns essen, weil deine Tante hier ist, aber nur ausnahmsweise!«

»Danke, *maman*«, sagte Eve geziert.

»Und jetzt kannst du uns etwas vorsingen«, ergänzte Madame Coudert in der unübersehbaren Genugtuung, sich vor ihrer anmaßenden Schwester hervortun zu können.

Eve begab sich zu dem Klavier, überlegte ein wenig und begann dann mit einem kleinen, boshaften Lächeln, das sie nicht unterdrücken konnte, zu spielen und zu singen:

Ach, der Himmel von Argentinien,
mit den göttlichen Frauen unter den Pinien,
und den Klängen der süßen Musik!
Tanz den Tango! Tanz den Tango!«

»Eve!« rief ihre Tante pikiert aus. »Lernst du dergleichen etwa bei diesem Professor Dutour?« Was ihre Nichte da sang, schockierte sie nicht weniger als die rauhe, sinnliche, rhythmische Stimme, mit der Eve es vortrug. Eine Stimme wie Rohseide und Honig; genau wie der Text des Liedes selbst...

»Aber natürlich nicht. Er will immer nur, daß ich Arien aus *La Bohème* singe. Aber das hier ist doch viel toller! Ich habe es auf der Straße auf dem Heimweg gehört. Gefällt es dir denn nicht, Tante?«

»Aber ganz und gar nicht!« erklärte die Baronin. Sie gab es nicht gern zu, aber offenbar hatte Chantal doch nicht so ganz unrecht, sich Sorgen um Eve zu machen! Daß eine Jungfrau einen Tango hörte, war schon schlimm genug. Aber ihn auch noch selbst zu singen...! Und mit so einer Stimme, so einer... *zweideutigen* Stimme!

»Und ein Dutzend, ein *Dutzend* Taschentücher aus feinstem Linnen, und ihre zukünftigen Initialen eingestickt!« erzählte Louise ganz aufgeregt. Louise war das Zimmermädchen im Hause Coudert. Sie spazierte mit Eve im alten Botanischen Garten hinter der Kathedrale. Es war ein Samstagnachmittag im Frühjahr 1913.

»Und wenn sie nun nie niesen muß?« fragte Eve, einfach um den nicht enden wollenden Strom der detaillierten Aufzählungen all des feinen Linnens zu beenden, das gerade für Diane Gauvin bestellt worden war, die Nachbarstochter, die bald heiraten sollte.

Aber Louise hörte es gar nicht. Als Mademoiselle Helene vor vier Monaten zur allseitigen Überraschung aus dem Haus gegangen war, um zu heiraten, war sie zu Eves Begleiterin und Gesellschafterin avanciert.

»Und sechs Dutzend Tischservietten und sechs Dutzend Trockentücher nur für das Kristall. Vier Dutzend Schürzen für das Personal. Und da können Sie sich mal vorstellen, was erst für Tischtücher...«

»Ich kann, glaube mir, ich kann«, sagte Eve geduldig. Louise war ihr, seit sie vor zehn Jahren ins Haus gekommen war, eigentlich immer die Liebste von allen gewesen. Sie war damals so alt gewesen wie Eve jetzt, fast siebzehn, hatte aber gelogen und sich als vierundzwanzig ausgegeben, um die Stellung zu bekommen. Sie hatte eine wettergegerbte Haut, war stämmig gebaut und konnte sechzehn Stunden am Tag arbeiten, ohne müde zu werden. Sie hatte ein rundes Mondgesicht und ihr Unterkiefer stand beträchtlich vor.

Eve hatte vom ersten Tag an das weiche Herz und die Wärme ihrer Natur erkannt. Sie hatten sehr rasch eine Art Freundschaft miteinander geschlossen. In einem Milieu, in dem die Kinder die meiste Zeit zu Hause verbringen, ohne viel von ihren Eltern zu sehen, war das keineswegs ungewöhnlich. Sie hatten sich gegen die allmächtige Mademoiselle Helene verbündet, waren Vertraute in dem Haus geworden, in dem man ihnen beiden unaufhörlich sagte, was sie zu tun hatten. Mit den Jahren war daraus eine sehr intime Freundschaft geworden, weil jede für die andere die einzige war, bei der sie sich offen aussprechen und ihr Herz ausschütten konnte.

»Ich verstehe gar nicht, warum Diane überhaupt heiratet«, sagte Eve und wehte mit der Hand leicht über einen Forsythienbusch hinweg, der zu dieser Jahreszeit das einzige war, was schon blühte. »Ihr Verlobter ist doch richtig häßlich.«

»Sie ist einfach ein vernünftiges Mädchen, und sie weiß, daß es darauf ankommt, den richtigen Mann zu finden, nicht einfach nur einen gutaussehenden.«

»Also du auch schon! Ausgerechnet du sagst so etwas, Louise? Was macht ihn denn so richtig, außer dem vielen Geld, das er einmal von seinem Vater bekommt? Willst du wirklich behaupten, jeder Mann sei ein erstrebenswerter Ehemann, wenn er nur beide Arme und Beine und keine großen Warzen hat, aber vor allem ein Vermögen erbt?«

»Ich wollte, ich fände so einen«, sagte Louise mit einer komischen Grimasse, »dann dürfte er meinetwegen so viele Warzen haben, wie er will.« Sie hatte sich längst in das Unausweichliche geschickt, daß es nun einmal für ihresgleichen – ein armes Zimmermädchen mit siebenundzwanzig – keine Chance gab, je zu heiraten.

»Ich bin nicht an einem Ehemann interessiert«, erklärte Eve entschieden. »Ich will Nonne werden oder Schwester oder Missionarin. Oder Suffragette... ach, ich weiß nicht!«

»Sie kriegen aber einen Ehemann, ob Sie nun wollen oder nicht«, belehrte Louise sie mit der Weisheit ihrer Lebenserfahrung. »Weil Ihre Mutter Sie nun einmal verheiraten wird, ehe Sie neunzehn sind. Und wenn sie es nicht tut, dann Ihre Tante. Also richten Sie sich lieber gleich darauf ein, meine arme Mademoiselle!«

»Aber warum denn?« rief Eve weinerlich. Sie riß heftig eine Blüte von einem der Büsche ab, und Louise war darüber sehr beunruhigt. »Wieso soll ich heiraten, wenn ich überhaupt nicht will? Warum können die mich nicht in Ruhe lassen?«

»Wenn Sie aus einer Familie mit fünf oder sechs Kindern wären, könnten Sie vielleicht tun, was Sie möchten. Jede Familie braucht eine alte ledige Tante, die sich dann um all das kümmert, wofür sonst keiner Zeit hat. Aber Sie sind nun mal das einzige Kind. Und wenn Sie nicht heiraten, bekommen Ihre Eltern keine Enkelkinder. Also, was hat es für einen Sinn, sich gegen etwas zu wehren, was nun mal ganz unausweichlich ist?«

»Ach, Louise, mir graut so vor einem Leben wie dem meiner Mutter! Nichts als Besuche machen und Besuch bekommen, und nichts ändert sich jemals außer der Schuhmode! Das ist doch ganz einfach unerträglich! Eine solche Zukunft? Die in nichts bestehen soll, als daß ich meine Eltern glücklich mache, weil ich ihnen Enkelkinder schenke? Soll das alles sein, wozu man geboren wurde?«

Louise war um keine Antwort verlegen. »Wenn es erst soweit ist, dann haben Sie alles, was Sie jetzt sagen, vergessen. Sie werden Mutter wie die meisten Frauen und damit glücklich und zufrieden sein. Wetten, daß Sie es mir nicht einmal mehr glauben, wenn ich Sie in drei Jahren an das erinnere, was Sie eben gesagt haben?«

»Das ist aber ungerecht! Wenn das wirklich so ist, daß man mit der Zeit die Dinge, die man verabscheut, einfach akzeptiert, dann ist es überhaupt nichts wert, erwachsen zu werden! Nein, ich muß etwas Wundervolles tun... irgend etwas Großes und Mutiges und Aufregendes... etwas *Wildes*, Louise! Wilder, als ich es mir selbst überhaupt vorstellen kann!«

»Ja, sicher, Mademoiselle Eve, mir geht es ja selbst manchmal so. Nur, ich weiß wenigstens, das ist alles nur, weil eben der Frühling kommt und wahrscheinlich heute nacht Vollmond ist. Und wenn wir jetzt nicht allmählich heimgehen, wird sich Ihre Mutter wieder Sorgen machen.«

»Dann wollen wir wenigstens rennen, los, komm! Wer zuerst da ist...! Ich platze, wenn ich jetzt nicht renne!« rief Eve.

»Geht nicht... Madame Blanche und ihr Gatte sind gerade eben hinter uns um die Ecke gekommen.« Aber Louises Warnung war in den Wind gesprochen, denn Eve war bereits losgerannt und schon zu weit weg, um sie noch zu hören.

Eves Phantasie wurde wenig gestillt durch die Zuteilungen »angemesse-ner« Lektüre durch ihre Mutter. Da war, außer sterbenslangweiligen Bü-chern, beispielsweise die Modezeitschrift *La Gazette du Bon Ton*, die Ma-dame Coudert ihr zu studieren erlaubte. Sie handelte von Frauen von ei-nem anderen Planeten. Frauen, die so dekorativ waren wie exotische Vö-gel – und ebenso unwirklich – in ihren sich anschmiegenden Kleidern und Kostümen von Poiret oder Doucet, alle in phantastischen Farben, seiden-weich fließend, von unendlicher Grazie, mit hohen Taillen und Tuniken bis zu den Füßen, die wie die Gewänder von Haremsdamen aussahen.

Dann begann sie allerdings zu entdecken, daß ihr Vater das Exemplar der führenden Tageszeitung Dijons, *Le Bien Public*, immer unachtsam in seinem Arbeitszimmer liegen ließ, nachdem er das Blatt morgens durch-gesehen hatte. Die Zeitung wurde ihr Fenster zur Welt. Sie entwickelte eine perfekte Technik, sie jeden Morgen unauffällig beiseite zu schaffen, und sie in ihr Zimmer zu schmuggeln, wo sie begierig las, wann immer sie einige Minuten für sich hatte.

Im Hochsommer 1913 lebte man in Dijon fröhlich und sorglos, gast-freundlich und wohlhabend. Bei der Vorbereitung auf die Feiern zum 14. Juli, dem Jahrestag der Erstürmung der Bastille, war die ganze Stadt vol-ler Musik. Von überallher drangen Melodien, an jeder Straßenecke wa-ren Musikanten, und in praktisch jedem Café gab es Sänger und Piani-sten, ebenso wie in jedem Restaurant. Auf vielen Plätzen waren Musik-podien für Salonorchester. Es gab Musik auf der *Vélodrome* genannten Rennbahn, im stationären Zirkus des Tivoli und vor allem natürlich, und am spektakulärsten, die berühmten Platzkonzerte der Militärkapelle der 27. Infanteriedivision.

Die Tatsache, daß Eve und Louise dreimal wöchentlich auf dem Weg zu Professor Dutour und zurück die Stadt durchquerten, führte sie automa-tisch durch alle diese verschiedenen Musikzonen. Eve pflegte ihren Schritt der jeweiligen Art der Melodien unwillkürlich anzupassen. Sie summte immer mit. Louise mußte ihre nachdrücklichsten Ermahnungen aufbieten, um zu verhindern, daß sie die Texte, die sie wie von selbst auf-zunehmen und zu behalten schien, auch noch laut hinaussang.

Seit dem Frühjahr waren Eves Unruhe und Unzufriedenheit mit ihrem Leben noch heftiger geworden. Louise konnte es kaum noch erwarten, daß Eve endlich achtzehn wurde und damit automatisch in eine Welt hin-einwirbelte, in der sie überrollt würde von all den jungen Männern, die ihr dann den Hof machen würden, von dem Interesse an Kleidern und neuen Freunden. Das würde dann endlich die ganze Nervosität, Proble-mewälzerei und das unerträgliche Warten des letzten Abschnitts ihrer schon viel zu lange währenden Kindheit endgültig beenden und alles ändern. Das Mädchen, dachte sie, war einfach dem Erwachsensein schon zu nahe, so daß es ihr natürlich überall zu eng und zu unbequem wurde, noch dazu bei ihrem Temperament und ihrer Phantasie, die ohnehin dauernd Funken sprühten.

Zwar wußte sie, daß dann auch ihre eigene Rolle in Eves Leben kleiner würde, aber noch fühlte sie die Verantwortung so schwer auf sich lasten, daß sie sich manchmal fast wünschte, Mademoiselle Helene wäre wieder im Hause. Nur noch einige Monate, sagte sie zu sich selbst, und sie konnte aufatmen.

Am Morgen des 3. Juli 1913 überflog Eve die Titelseite von *Le Bien Public* nur flüchtig, um dann rasch durch die engbedruckten Seiten der Zeitung bis zu der Rubrik mit dem städtischen Veranstaltungsprogramm weiterzublättern. Sie fand schließlich die Notiz über die Ankunft der langerwarteten Music-Hall-Truppe aus Paris im Alcazar, dem größten Theater Dijons. Sie gab einen Laut der Erleichterung von sich. Sie hätte nie geglaubt, daß sie wirklich kommen würden.

Seit Monaten hatten Plakate das außergewöhnliche Ereignis angekündigt. Selbst einer so sorgsam behüteten jungen Dame wie Eve war nicht verborgen geblieben, daß die moderne Music-Hall in Paris maßgeblich für ganz Europa geworden war. Als erste war 1900 das *Olympia* eröffnet worden, und sein gewaltiger Erfolg hatte das *Moulin Rouge* nach sich gezogen, das *Grand Hippodrome*, das *Alhambra* und noch eine ganze Reihe anderer von geringerer Klasse und nicht so luxuriöser Ausstattung.

Eine dieser neuen Music-Halls der zweiten Kategorie war das *Riviera*. Der Direktion des Alcazar war es nun gelungen, die gesamte *Riviera*-Truppe zu einem Engagement nach Dijon zu holen. Selbst das Gastspiel von Buffalo Bill und seinem Western-Zirkus im Jahr von Eves Geburt hatte seinerzeit nicht so viel gespannte Erwartung ausgelöst wie dies.

Eve überfiel Louise, die eben ihr Bett machte. »Sie kommen, Louise, sie kommen! In einer Woche sind sie da!« Sie glühte vor Aufregung.

»Und ich sage Ihnen, was ich Ihnen schon gestern gesagt habe und letzte Woche und überhaupt schon hundertmal: Ihre Mutter läßt Sie niemals dorthin gehen! Noch im Frühjahr, als Ihr Vater Sie mal mit in die Oper nehmen wollte, sagte sie bekanntlich, Sie seien noch zu jung. Und dann eine Music-Hall...! Niemals! Doch nicht für ein Mädchen aus Ihren Kreisen! Wer weiß, was die Humoristen dort alles erzählen! Und was die am Ende für Lieder singen.«

»Louise, du sollst nicht so mit mir reden! Du weißt ganz genau, daß ich diese ganzen Lieder längst von der Straße kenne!« Eve schüttelte sich trotzig.

»Auf mich kommt es doch nicht an! Ich sage doch nur, was Ihre Mutter sagen wird!«

»Aber ich muß da einfach hin, Louise! Ich habe dir das jetzt schon wochenlang gesagt!«

»Mademoiselle Eve, ich kann Sie nicht verstehen! Sie wollen einfach nicht auf vernünftige Argumente hören! Sie werden nun bald eine erwachsene Dame sein. Wenn Sie erst verheiratet sind, können Sie tun und lassen, was Sie wollen, natürlich solange Sie in Begleitung Ihres Mannes oder einer anderen Dame sind. Dann können Sie, wenn Sie Lust haben, jeden Tag in die Music-Hall gehen. Aber jetzt, und das wissen Sie doch genauso gut wie ich, ist es einfach unmöglich. Also lassen Sie mich endlich in Ruhe damit, ich muß mit dem Bettenmachen fertig werden.«

»Also, du willst nicht mit mir hingehen?«

»Habe ich das jetzt nicht schon tausendmal gesagt, seit Sie mich damit löchern?«

»Ich dachte eben, du würdest deine Meinung schon noch ändern, wenn es tatsächlich erst einmal sicher ist, daß sie kommen.«

»Jetzt noch mehr als zuvor«, sagte Louise, ohne auch nur die kleinste Andeutung von Nachgeben in den Augen.

»Dann gehe ich eben allein.«

»Ach ja? Und wie wollen Sie das bitte machen?«

»Das sage ich dir nicht«, erklärte Eve schnippisch. »Immerhin bin ich vor drei Jahren, als ich erst vierzehn war, auch schon mal in diesem Ballon geflogen. Und wenn ich das geschafft habe, meine Liebe, glaubst du dann vielleicht, ich bringe es nicht fertig, bis in die Rue des Godrans zu kommen, um mir dort eine Eintrittskarte zu kaufen und einfach hineinzugehen? Wenn du das glaubst, unterschätzt du mich aber gewaltig!«

Louise setzte sich mit einiger Verzweiflung auf das Bett, das sie schon die ganze Zeit zu machen versuchte. Es war ihr klar, daß sie einen Entschluß fassen mußte. Entweder sie widersetzte sich den ausdrücklichen Anweisungen Madame Couderts – und noch einer Menge anderer nicht ausdrücklicher – und ging heimlich mit Eve in eine Matinee dieser Music-Hall, oder sie mußte sich mit der Tatsache abfinden, daß ihre Schutzbefohlene, Gott weiß wie, wirklich allein hinging.

Von diesen beiden Möglichkeiten erschien ihr die zweite als die bei weitem schlechtere. Ein schönes Mädchen allein im Alcazar – sie würde angestarrt, angesprochen, vielleicht sogar mit unziemlichen Anträgen bedacht werden. Keine anständige Frau, nicht einmal ein Mädchen aus dem einfachen Volk, würde jemals allein in eine Music-Hall gehen!

Louise war klar, daß ihre Entscheidung in Wirklichkeit längst getroffen war. Und daß auch Eve das ganz genau wußte. Da brauchte sie nur in ihre Augen zu schauen, auf ihr wissendes, siegessicheres Lächeln.

Sie saßen bereits eine halbe Stunde auf ihren Plätzen, ehe der lebhaft bemalte Vorhang hochging. Eves unübersehbares Haar war eng aufgeknotet und unter einem Hut dreifach festgesteckt. Louise hatte ihr die Haarnadeln dafür leihen müssen. Das Orchester spielte bereits. *C'est pour vous!* Um sie herum klopften die Leute mit den Füßen den Takt mit und waren in erwartungsvoller Ungeduld. Das Theater war vollbesetzt, und Louise war einigermaßen beruhigt, als sie feststellte, daß es noch eine ganze Menge Frauen außer ihnen gab, manche sogar mit Kindern.

Trotz der im Saal herrschenden Hitze waren Eves Hände und Füße eiskalt vor Aufregung. Sie vertiefte sich in das Programmheft, das alles versprach, wovon sie seit so langer Zeit geträumt hatte: Sänger; alle Arten von Sängern.

Professor Dutour pflegte seiner Ehefrau zu klagen, daß Eve Coudert ihm das Herz gebrochen habe. Ein Mädchen mit ihrem Talent. Ein Mädchen, das jede Arie für Altstimme singen konnte. Eine so außergewöhnliche Stimme, reich und sonor, die dennoch mühelos auch in den Mezzosopran hineinreichte. Ein Mädchen, das ohne die geringsten Schwierigkeiten vom Blatt singen konnte. Und wollte nichts als Gassenhauer singen, populäres Zeug. Lieder, die nur für das gemeine Volk waren. Es überstieg einfach seinen Horizont.

Eve hatte es schon lange aufgegeben, ihrem Professor diese Vorliebe für die Alltagsmusik zu erklären, aber er war das einzige Publikum, das sie hatte. Und sie mußte einfach ein Publikum haben, auch wenn es nur aus einem einzigen Menschen bestand.

Je länger sie alle die Straßenmelodien sang, desto größer wurde ihr Wunsch, diese immer nur zufällig aufgelesenen und aus der Ferne gehörten Lieder einmal so zu hören, wie sie professionell vorgetragen wurden. Wie die Sänger es machten, mit welchem Gesichtsausdruck, mit welchen Gesten, was sie mit den Füßen taten, wie sie gekleidet waren und wie sie wirkten.

Zu Hause sang sie oft für sich allein, wenn ihre Eltern nicht da waren und sie sich vor dem Personal eingeschlossen hatte.

Sie pflegte ihre Stimme so tief wie möglich anzusetzen und alle Wärme und Intimität, die in ihr schlummerte, aus ihr hervorzuholen, um sich dann bis in Tremolos zu jagen, die sie kaum noch kontrollieren konnte. Danach versuchte sie das Ganze noch einmal eine oder sogar zwei Oktaven höher, mit der Alt-Kopfstimme, bis es in wilden Schwingenschlägen an ihren Gaumen zu schlagen schien. Und immer, wenn sie diese Lieder des Volkes sang, fühlte sie sich gesetzlos und frei und fähig, ihre eigenen Phantasien und Empfindungen auf diese Melodien zu projizieren.

Als die Vorstellung begann, versank alles um Eve – das Theater, die mit grimmigem Gesicht neben ihr sitzende Louise, das begeisterte Publikum. Sie hatte nur noch Augen und Ohren für das, was sich auf der Bühne abspielte.

Der Rhythmus der Music-Hall-Revue war mit Absicht in einer Art Wechseltakt gehalten. Wenn eine Nummer nicht ankam, hatte bereits, ehe das Publikum es richtig merkte, eine andere begonnen. Vier Männer auf Einrädern, die einander in verwirrender Schnelligkeit goldene Ringe zuwarfen, wurden von einer hageren Frau abgelöst, die in helles Grün gekleidet war und halb singend, halb sprechend, mit stählerner Stimme zwei tragische Monologe vortrug. Gleich danach folgten vierzehn Tänzerinnen mit rosa Federboas, Zylindern, Pelzkragen und Katzenschweifen, die eine Weile auf der Bühne herumwirbelten, um dann einem fetten Mann Platz zu machen, der mit hoher Fistelstimme höchst zweideutige Lieder sang, aber mit solchem Tempo, daß nur die gewitztesten Zuhörer alle schlüpfrigen Andeutungen wirklich mitbekamen, obwohl er jede mit einem überdeutlichen Augenzwinkern im voraus ankündigte. Anschließend stürzte sich eine akrobatische Tänzerin in ägyptischer Draperie in eine Serie der unglaublichsten Körperverrenkungen. Nach jeder ließ sie einen ihrer Schleier fallen, bis sie nur noch in einem fleischfarbenen Trikot vor den Stielaugen und offenen Mündern der Bürger von Dijon stand, dann aber schnell verschwand, während sechs hübsche Mädchen in Soldatenuniformen hereinmarschierten, patriotische Lieder sangen und so herumparadierten, daß möglichst viel von ihren Beinen zu sehen war. Das große Orchester hörte keinen Augenblick auf zu spielen; es ging alles Schlag auf Schlag.

Eve begann Verwirrung und Enttäuschung zu verspüren. Das war nicht das, was sie erwartet hatte. Sie hatte, bis sie dafür zu alt geworden war, Zirkusvorstellungen gesehen. Aber in keiner Weise war sie auf diesen Varieté-Mischmasch gefaßt gewesen. Sie hatte eine ganz andere Vorstellung von einer Music-Hall gehabt... gut, so genau wußte sie gar nicht, was, aber jedenfalls nicht diesen Wirbelwind von Spektakeln. Nicht diese unverdauliche Aneinanderreihung von Nummern ohne Pause und Atemholen, nur um möglichst viel Tempo, Spaß, Staunen und Lärm zu erzeugen.

Dann plötzlich hörte das Orchester doch auf zu spielen. Der Vorhang ging für eine Minute zu. Als er sich wieder öffnete, stand nichts als ein

Klavier im Scheinwerferkegel. Rundherum war die Bühne dunkel. Von links kam ein Mann herein und setzte sich an das Klavier. Er drehte sich dem Publikum zu, deutete eine knappe Verbeugung an und sagte den Titel seines Liedes an.

»Folies«, sagte er. »Eines meiner Lieblingslieder, von dem unsterblichen Fysher.«

Bereits bei der ersten Zeile, dem langsamen, traumartigen »Ich träume nur von ihr, von ihr, von ihr« wurde es völlig still im Alcazar. Er hatte eine sehr schöne Baritonstimme, die durch ihre Ausdrucksstärke noch schöner wurde. Das ganze vorherige Music-Hall-Trallala war verweht und vergessen, als das Publikum von dieser geheimnisvollen, einzigartigen Stimme gefangen und hypnotisiert wurde. Niemand hätte sagen können, was es war, das diesen Mann befähigte, die »innere«, die »wirkliche« Erweckung dieser klassischen, aber einfachen Klage über eine unerwiderte Liebe zu einem Erlebnis zu machen, das niemanden unbewegt ließ. Aber es war einfach da, so konkret wie das Klavier, auf dem er sich begleitete.

Nach *Folies* sang er *Reviens*, einen langsamen Walzer mit seinem klagenden Refrain »Komm zurück, mein Herz, und die Freude, die ich verlor, kommt zurück, komm zurück, mein Herz.« Im Alcazar erhob sich ein einziger Sturm von Applaus. Er stand auf und verbeugte sich, in seinem schwarzen Anzug wie aus dem Ei gepellt, mit zugeknöpfter Weste, an der eine goldene Uhr mit Kette gerade noch sichtbar war, mit Stehkragen und dunkler Krawatte. Diese förmliche Strenge seiner Kleidung und das blütenweiße Hemd unterstrichen noch, wie schwarz sein kurzes, glatt an den Kopf gebürstetes Haar war.

Eve und Louise waren zu weit entfernt, um sein Gesicht deutlich zu erkennen. Er war eine Studie in Schwarz und Weiß. Das Publikum erzwang drei Zugaben und entließ ihn überhaupt erst, als das Orchester mit einer schnellen Polka begann und die Bühnenarbeiter kamen und das Klavier fortschafften.

»Also das, muß sogar ich zugeben«, sagte Louise in einem Ton widerstrebender Anerkennung, »war es immerhin wert. Das ist wirklich unvergeßlich, das räume ich Ihnen ein.« Sie wartete auf Eves Zustimmung. Aber deren Platz direkt am Mittelgang war leer. »Eve!« rief Louise in Panik ganz laut. Doch die Pause hatte bereits begonnen, und alles drängte nach draußen, um etwas frische Luft zu schnappen, bevor der zweite Teil des Programms begann.

Eve lief durch den Mittelgang nach draußen, so voller Enthusiasmus und Entschlossenheit, daß sie keine Sekunde zögerte, wohin sie laufen mußte, um den Bühneneingang zu finden. Sie vergewisserte sich im Programmheft noch einmal des Namens, öffnete die Tür, sah sich nach jemandem um, der hier die Leitung hätte und ging auf einen Mann zu, der ein Klemmbrett in der Hand hielt.

»Monsieur Marais erwartet mich, Monsieur. Könnten Sie mir sagen, welche Garderobe er hat?« Sie war sich dessen nicht bewußt, aber ihre Stimme hatte wie von selbst exakt den Tonfall ihrer Tante Marie-France angenommen.

»Gleich da drüben, zweite Tür links, Madame – oder – Mademoiselle?«

»Das dürfte Sie kaum interessieren, Monsieur«, erwiderte sie. Irgendwie wußte sie ganz genau, wie und mit welchen Worten sie sprechen mußte, um keinen Zweifel an ihrem Recht, sich hinter der Bühne aufzuhalten, aufkommen zu lassen.

Sie klopfte an.

»Herein«, rief Alain Marais, und sie stürzte eilig in die Garderobe, um im nächsten Augenblick auf der Stelle schockiert zu erstarren. Der Sänger stand mit entblößtem Oberkörper mit dem Rücken zu ihr. Seine Jacke, die Weste, der Kragen, die Krawatte und sein schweißnasses weißes Hemd lagen auf einem Stuhl neben dem Ankleidetisch. Er wischte sich den Nacken mit einem Waschlappen ab.

»Wirf mir mal ein anständiges Handtuch rüber, Jules. Mann, noch eine Zugabe in diesem Dampfbad, und ich wäre geschmolzen. Die scheinen eine Hitzewelle in diesem Dijon zu haben. Man sollte unsere Gagen verdoppeln.«

»Monsieur, Sie sind ganz außergewöhnlich«, stotterte Eve, die Augen zu Boden geschlagen.

Er fuhr herum und gab einen Laut der Überraschung von sich. Dann begann er selbstgefällig zu lächeln, griff nach einem großen Handtuch und begann sich in aller Ruhe weiter abzutrocknen. Eve wagte hochzublicken, doch nur die Tür direkt in ihrem Rücken hinderte sie daran, sofort die Flucht vor seiner entblößten Brust zu ergreifen. Sie war sehr muskulös und von den Brustwarzen bis hinunter zum Gürtel mit schwarzen Haaren bewachsen. Sein hochgehobener Arm, unter dem er sich trockenzuwischen begann, zeigte ihr seine Achselhaare. Sie hatte noch nie eine nackte Männerbrust gesehen. Selbst an den heißesten Tagen trugen die Arbeiter in Dijon immer noch ein Unterhemd. Und schon gar nicht war sie je in die Nähe eines heftig schwitzenden Mannes gekommen. Die Unentrinnbarkeit und die herbe Sinnlichkeit seines Schweißes trafen sie wie ein Schlag. Eve fühlte sich attackiert, auf ganz intensive

Weise attackiert, aber ihr Bewußtsein davon war diffus, in einem vorsprachlichen, vor-bewußten Stadium. Sie spürte nur, daß sie heftig errötete.

»Ganz außergewöhnlich, wie? So gut?« sagte er. »Vielen Dank, Mademoiselle – oder Madame?«

»Mademoiselle. Ich mußte Ihnen das einfach sagen. Ich wollte Sie nicht stören. Ich wußte nicht, daß Sie sich gerade umziehen. Aber... mein Gott, wie Sie gesungen haben! Ich habe noch nie so etwas Großartiges, so etwas Herrliches gehört!«

»Nun, nun, ich bin schließlich kein Mitglied der Pariser Oper, wissen Sie, nur ein einfacher Music-Hall-Sänger. Sie machen mich ja direkt verlegen«, sagte er, wenn auch sichtlich entzückt von der Lobeshymne, mit der er insgeheim durchaus einverstanden war. Alain Marais war an Garderobenbesucher durchaus gewöhnt. Frauen, die üblicherweise in kichernden Gruppen hereindrängten, nachdem sie Wetten unter sich abgeschlossen hatten, daß sie sich nicht oder doch trauen würden. Aber dieses Provinzmädchen aus Dijon mit ihrem fürchterlichen Hut hatte eine Intensität an sich, die ihn fesselte. Er schlüpfte rasch in ein sauberes Hemd und holte sich einen neuen Stehkragen.

»Aber setzen Sie sich doch, bitte, während ich mich umziehe. Da ist ein Stuhl«, drängte er sie, als sie keine Anstalten machte, sich vom Fleck zu bewegen. Er schob einen zweiten Stuhl an seinen Schminktisch und machte eine einladende Geste.

Eve setzte sich zögernd und sah fasziniert dem nie erlebten Schauspiel zu, wie sich ein Mann einen Stehkragen umlegt und befestigt. Die Intimität seines Kampfes mit den Kragenknöpfchen war nur dem Grad, nicht der Natur nach dem Anblick vergleichbar, ihn sich entblößt abtrocknen zu sehen. Er machte es jedoch kurz und routiniert, band sich die Krawatte wieder um und bot ihr ein Glas Wasser an, das er aus einer Karaffe eingoß, die neben dem einzigen, vorhandenen Glas gestanden hatte.

»Sie müssen mit dem vorliebnehmen. Viel Luxus bietet uns das Alcazar hier nicht«, sagte er und hielt ihr das Glas hin, als sei es etwas ganz Normales, aus dem Glas eines völlig Fremden zu trinken. Eve nahm einen langen Zug und sah ihm dabei zum ersten Mal voll ins Gesicht. Er hatte das schwärzeste Haar, das man sich denken konnte und die schwärzesten Augen und den Gesichtsausdruck eines Straßenräubers mit Sinn für Humor. Ein recht unkonventionelles Gesicht, fand sie. Stolz, wenn nicht sogar herrisch und doch anscheinend jederzeit bereit, in ein Lachen auszubrechen. Aber er war jünger, als es aus der Entfernung ausgesehen hatte. Er mochte Ende Zwanzig sein.

Ihr Blick war in seiner faszinierten Wißbegierde von nahezu schamloser Aufdringlichkeit. Ein Mann, dem es gar nichts ausmachte, sich vor einer Frau halbnackt zu zeigen, und ihr dann einfach sein eigenes Glas Wasser reichte, und der sang, wie – oh, wie sie niemals zu träumen gewagt hätte... jede Sekunde der Begegnung mit einem solchen Mann bis zur allerletzten ganz intensiv erleben, dachte sie, halb in Panik, daß die Vorstellung schon sehr bald weiterging.

»Nehmen Sie mal Ihren Hut ab«, sagte Alain Marais, keineswegs als Bitte, sondern als fast befehlsartige Aufforderung. »Man kann ja gar nicht sehen, wie Sie unter diesem Schwarzwälder Kirschkuchen aussehen.« Nach dem Hut und dem leichten Umhang, den sie sich von Louise hatte borgen müssen und den sie auch, seit sie hier war, anbehalten hatte, vermutete er in ihr ein Mädchen, das sich den Nachmittag von der Arbeit freigenommen hatte, um die Matinee zu besuchen. Verkäuferin vielleicht, schätzte er.

Eve nahm die Haarnadeln aus dem Hut, an dem eine einzige, steife Reiherschmuckfeder steckte, und legte ihn auf den Boden. Er war tief in die Stirn gezogen und hatte ihr Haar bis zu den Ohren bedeckt. Sie empfand es als eine solche Erleichterung, von ihm befreit zu sein, daß ihr gleich auch der Umhang als ebenso unerträglich erschien. Sie warf ihn einfach ab und saß da, den jungen Sänger anstarrend, in ihrer offenen, unverbrauchten Frische und Schönheit, dabei ganz ohne die berechnende Selbstsicherheit einer Frau, die sich ihrer Macht voll bewußt ist.

Sie war sich ihrer Wirkung so wenig bewußt wie ein Wilder, der sich noch nie im Spiegel gesehen hat. Nie waren ihr Komplimente über ihr Aussehen gemacht worden, von ihren Eltern nicht, nicht vom Hauspersonal und natürlich auch nicht von ihren Lehrern. Dafür, das galt im alten Dijon, war noch Zeit genug, wenn ein Mädchen erst einmal achtzehn war.

»O mein Gott!« rief Alain Marais völlig verblüfft aus und versank erst einmal in Sprachlosigkeit. Eves Geste hatte mit einem Schlag diese kleine, muffige Garderobe für ihn verschwinden lassen. Er sah nur noch dieses von irgendwoher gekommene Mädchen vor sich, das so liebreizend war wie weißer Flieder, der plötzlich an der Ecke einer ganz gewöhnlichen Straße blüht. Er war wie geblendet von diesem Mädchen, das aus einem Zaubergarten gekommen sein mußte. Er rückte seinen Stuhl näher, beugte sich etwas vor und hob ihr Kinn mit einer Hand hoch, um sie besser zu sehen. Zum ersten Mal blickte er ihr direkt in die Augen, und ihre Blicke trafen sich. Er sah das Licht der Unschuld und zugleich eine Gewagtheit, die ihn verwirrte und ihn völlig sprachlos machte. Seine Finger wanderten leicht und vorsichtig von ihrem Kinn an der Linie ihres Kieferknochens aufwärts bis zu ihrem Ohr und dann weiter die Schläfe hinauf bis zu ihrem Haaransatz. Er konnte nicht anders, als dem starken Wunsch nachzugeben, auch die andere Hand zu heben und mit den Fingern durch ihr schweißfeuchtes Schläfenhaar zu fahren und ihren Kopf fest zu umfassen. Eve schauderte, protestierte aber nicht gegen diese Berührung. Sie war völlig gefangen und hätte ihren Kopf nicht bewegen können, selbst wenn sie es gewollt hätte.

»Das ist schon viel besser, nicht wahr?« fragte er sanft, aber sie nickte nicht einmal.

»Sag ›Ja, Alain‹«, drängte er.

»Ja, Monsieur.« Ihre Lippen fühlten sich ganz taub an, als sie es flüsterte.

»Alain«, wiederholte er, ohne zu verstehen, daß es für Eve mindestens ein so großes Tabu war, seinen Vornamen auszusprechen, wie, völlig allein zu ihm gekommen zu sein.

»Alain«, versuchte sie und sammelte Mut, »Alain, Alain... Ja, Alain, das ist besser.«

»Aber Mademoiselle, wie können Sie mich Alain nennen, wenn ich noch nicht einmal weiß, wie Sie heißen?« sagte er mit gespieltem Ernst, während er mit einigen ihrer Haarlöckchen spielte und da und dort daran zog oder sie glatt strich.

»Ich heiße Eve«, sagte sie. Dann fuhr sie erschrocken vom Stuhl hoch, weil die Garderobentür plötzlich aufging.

»Alain! Claudette hat mal wieder ihren Rappel... Ein regelrechter Anfall. Sie kann nicht weitermachen, sagt sie. Versuch doch mal, ob du sie nicht zur Vernunft bringst.« Es war Jules, der Bühneninspizient. »Tut mir leid, wenn ich störe. Aber du weißt ja, wie sie ist. Es muß diese fürchterliche Hitze sein. Selbst die dressierten Seehunde machen einen Lärm, als wären sie eine Elefantenherde.«

»Kann das denn nicht ein anderer machen, um Himmels willen?« sagte Alain ungehalten. »Und wirst du jemals lernen, anzuklopfen?«

»Sie hört doch nun mal auf keinen anderen. Nun komm schon, erheb dich! Ich brauch dich dafür. Sonst dauert die Pause noch bis zum Abendessen.«

»Wer ist Claudette?« fragte Eve.

»Die tragische Sängerin. Der Teufel soll sie holen.«

»Die dürre alte Frau in Grün?«

»Eben die. Unglücklicherweise hat sie beschlossen, daß ich sie an ihren längst verlorenen Sohn erinnere. Eve, kommen Sie heute abend wieder? In der Pause?«

»Ja.«

»Gut.«

»Alain! Kommst du nun endlich?« drängte Jules.

»Also bis heute abend«, sagte Alain und verschwand hinter dem Inspizienten.

Eve sah sich in der Garderobe um und geriet in Panik. Was hatte sie gesagt? Sie konnte doch nicht einfach zusagen, heute abend wiederzukommen! Es versprechen! Aber sie hatte doch gar nicht anders gekonnt, als es zu versprechen! Nichts von alledem, was da geschehen war, hatte überhaupt geschehen dürfen. Aber es konnte gar nichts anderes geschehen sein als dies! Sie fühlte, wie sich alles um sie drehte.

Sie faßte die Gegenstände auf dem Schminktisch an, die Bürste, den Puder, das Rasiermesser, die Krawattennadel, Uhr und Kette, die Alain in der Eile nicht mehr wieder hatte anlegen können, und den Waschlappen, mit dem er sich den Hals abgewischt hatte, als sie hereingekommen war. Sie nahm ihn und hob ihn vor ihr Gesicht. Er roch nach ihm, war feucht von seinem Schweiß. Sie legte ihre Lippen auf das feuchte Tuch und atmete tief ein. Der Geruch machte sie vor Sehnsucht fast ohnmächtig.

Es war mehr als Sehnsucht.

Die erste Welle körperlichen Begehrens, die sie jemals verspürt hatte, wogte über sie hinweg und hob sie hoch wie einen Schwimmer in unbekannter See, begrub sie unter sich, brach über sie herein und ließ sie minutenlang ohne Sicht, bis sie abfloß und sie so schwach zurückließ, als sei sie tatsächlich fast ertrunken.

Mit dem Instinkt einer Ertrinkenden, die um ihr Leben kämpft, raffte sie ihren Hut hoch und setzte ihn sich einfach irgendwie auf den Kopf, warf sich den Umhang über den Arm, und rannte aus der Garderobe. Sie eilte durch das Foyer und saß wieder auf ihrem Platz, noch ehe die Pause beendet war. Zwei Minuten später kam auch Louise, außer Atem, aufgelöst und wütend.

»Wie können Sie so etwas machen, Mademoiselle Eve! Mir so einen Schrecken einzujagen! Ich war schon völlig verzweifelt, wußte gar nicht mehr, wo ich noch suchen sollte! Wo waren Sie denn, Sie unmögliches Mädchen?«

»Oh, Louise, sei mir nicht böse, es tut mir wirklich leid. Ich habe mich auf einmal nicht gut gefühlt, schon mitten im letzten Lied! Ich mußte schnellstens auf die Toilette, es war wirklich dringend! Können wir vielleicht gehen? Ich fühle mich immer noch nicht gut. Es sind einfach zu viele Leute hier. Und dieser Hut, ich kann ihn einfach nicht ertragen. Komm, gehen wir, bevor es wieder anfängt!«

»Sie sehen tatsächlich ganz bleich aus. Ganz entschieden! Also los. Dies hier ist nun mal kein Ort für Sie, und jetzt wissen Sie es wenigstens ganz genau. Ich hoffe nur, dieses verrückte Zeug hat Sie endlich zur Einsicht gebracht!«

»Das hat es, Louise. Das darfst du mir glauben.«

ZWEITES KAPITEL

Alain Marais waren Garderobenaffären nicht neu. Ganz im Gegenteil. In jeder Stadt, in der er auftrat, gab es mindestens eine hingerissene, willige Frau, die seinen libertinären Appetit zu stillen bereit war. Doch bis er Eve Coudert traf, hatte er noch kein Mädchen kennengelernt, das so zurückhaltend war, daß sie nicht einmal nach der Vorstellung mit ihm essen gehen wollte.

»Ein Platzhirsch wie du verschwendet doch nur seine Zeit mit so einer«, hatte Jules sich mokiert. »Jeden Abend, die ganze Woche schon, gehst du nun allein in deine Pension. Ich habe dich noch nie so lange enthaltsam erlebt. Deine Kleine wartet nicht mal, bis der Vorhang nach deiner letzten Verbeugung runter ist, und schon ist sie raus aus der Bühnentür und im Galopp draußen auf der Straße. Ich wette, sie saust nach Hause zu einem eifersüchtigen Ehemann; wahrscheinlich einem, der spät abends arbeiten muß. Ich wünsche dir nur, daß er ihr nicht irgendwann einmal nachgeht.«

»Darüber brauche ich mir wirklich keine Sorgen zu machen«, sagte Alain blinzelnd. »Sie hat noch nie einen Mann gehabt.«

»Nicht doch. Erzähl das mal deiner Großmutter!«

»Nein, wirklich. Vollkommen ahnungslos und unerfahren. Völlig unberührt. Eine wirkliche Jungfrau, Jules, du hast doch schon mal von dieser seltenen Rasse gehört, wie? Jungfrau, Jules! Oder hat dein freudloses Leben dir eine solche Gunst verwehrt?«

»Also, das ist es, was dich so ganz und gar aus dem Häuschen bringt? Und ich habe mich schon über deine Geduld gewundert! Mein Geschmack sind Jungfrauen jedenfalls nicht.«

»Mein armer Jules! Hast du tatsächlich nie in deinem Leben die Gelegenheit gehabt, der erste Mann im Leben eines Mädchens zu sein? Es lohnt sich, darauf zu warten. Glaub das einem, der Bescheid weiß!«

»Schön, Alain, es ist bekannt, die Frauen fliegen auf dich. Aber die hier, sage ich dir, kriegst du nicht herum.«

»Möchtest du vielleicht darauf wetten, alter Freund?«

»Aber jederzeit. Sagen wir, fünfzig Francs, wenn du es nicht schaffst, bis das Engagement in Dijon vorbei ist?«

»Abgemacht«, sagte Alain und lachte zuversichtlich. Sein alter Kumpel Jules hatte schon eine ganze Menge solcher Wetten an ihn verloren. Kein Wunder, daß Jules die Herausforderung einer Jungfrau nicht zu schätzen wußte, dachte Alain. Wie die meisten Männer war der Inspizient zu unsensibel und immer zu sehr in Eile. Er hatte keine Ahnung davon, welche zusätzliche Kraft einem der einfache Geschlechtsakt verlieh, wenn man wußte, daß noch keines Mannes Hand oder Lippen diesen Leib berührt hatten. Allein der bloße Gedanke daran entflammte ihn.

In der Welt der Music-Hall gab es keine Jungfrauen. Nur wenn die *Riviera*-Truppe auf Tournee war, konnte Alain hoffen, einer zu begegnen; und auch dann nur höchst selten; denn praktisch immer waren es nur verheiratete Frauen, die sich auf eine »Garderobenaffäre« mit ihm einzulassen bereit waren. Sie hatten Lebens- und Welterfahrung, und es gab keine Probleme. Sie wußten sehr genau, was sie suchten, wollten und von ihm bekamen. Man gab und nahm – und vorbei. Sie sorgten für Abwechslung; aber wenn man den Ablauf und das Ende jeder Geschichte von vornherein kannte, war wenig Pikanterie zu erwarten.

Es gab sowieso schon herzlich wenig Überraschungen im Leben, fand Alain. Da mußte man die paar, die einem widerfuhren, nach Kräften auskosten. Die geheimnisvolle Jungfrau von Dijon war ganz besonders hinreißend in ihrer augenfälligen Unschuld, die zu bewahren er ihr bislang durchaus gestattet hatte, zumal, da es ganz offensichtlich war, daß jede übertriebene Hast das scheue Reh nur verschrecken würde; und dann wäre das Spiel endgültig verloren.

Drei Tage nach seiner Wette mit Jules hatte Alain noch immer nichts unternommen. Auf eine gewisse Art genoß er die Pein sogar, die ihm seine eigene Beherrschung bereitete. Sobald Eve abends zu ihm kam, verschwand die parfümierte, staubige Welt hinter der Bühne. Er vergaß alles um sich herum, alle die geschminkten, beinewerfenden Tanzgirls im Rampenlicht, die Akrobaten und die dressierten Tiere, die auf ihren Auftritt warteten. Selbst das übliche aufgeregte Getümmel und Gemurmel der Leute, mit denen er den ganzen Tag unter Scherzen und Beleidigungen zusammenlebte, drang nicht mehr bis an sein Ohr. Die einzige Realität, die für ihn dann noch existierte, war die kleine Ecke, in der er zusammen mit Eve saß. Sein verborgener, bunter Garten, in dem er sie sich vorgestellt hatte, als er sie zum ersten Mal näher betrachtete, wurde dann irgendwie greifbar, und sein Begehren war so intensiv, daß es ihm fast ebensoviel Befriedigung verschaffte wie die tatsächliche Erfüllung seiner Wünsche.

Wären doch nur, dachte er, die erfahrenen Kokotten wenigstens annäherungsweise imstande, ihn so intensiv zu erregen, wie es diese sorgsam behütete, verführerische Jungfrau aus der Provinz vermochte; wie angenehm könnte das Leben dann sein! Freilich, dieses völlig unvermutete Wartenmüssen hier war, auf eine bestimmte, fast schon perverse Art, kaum minder stimulierend als es jede tatsächliche Hingabe hätte sein können. Allerdings war die *Riviera*-Truppe nur noch wenige Tage in Dijon, und da war schließlich noch die Wette mit Jules, die gewonnen sein wollte. Er wünschte fast, er wäre niemals auf diese verdammte Wette eingegangen und könnte einfach nach Paris zurückgehen und Eve in ihrer Unwissenheit unangetastet hinter sich lassen. Doch sie war einfach zu begehrenswert. Und er hatte schließlich auch einen Ruf zu verlieren.

Ein schweres, holzgeschnitztes Tor, das nachts verschlossen wurde, schützte den Innenhof des Hauses Coudert zur Straße hin. Der Hausmeister Emil und seine Frau Jeanne, die in dem kleinen Torhäuschen wohnten, öffneten es, wenn jemand herein- oder hinausfuhr. Fußgänger brauchten nur zu klingeln, damit die kleine Tür im großen Tor geöffnet wurde. Der Schlüssel zu dieser Tür, die ebenfalls nachts verschlossen war, hing an einem Ring neben der Tür der Hausmeisterloge, die niemals verschlossen war.

Im Hause Coudert ging man um zehn Uhr abends schlafen. Dr. Coudert mußte vor sechs Uhr aufstehen, um sich für seine Krankenhausvisiten vorzubereiten. In den Sommermonaten blieb man nach dem Diner oft zu Hause, während das gesellschaftliche Leben der Stadt sich in der Hitze dahinquälte. Jedenfalls nahm Eve noch nicht an den abendlichen Ausgängen und Besuchen teil.

Es war deshalb kein Problem für sie, einfach vorzugeben, sie gehe schlafen, um sich dann, sobald es im Hause still geworden war, aus ihrem Zimmer zu stehlen, leise die Tür zur Hausmeisterloge zu öffnen, sich den Schlüssel zur Portaltür zu holen und sich zu Fuß heimlich zum Alcazar davonzumachen. Niemand war jemals auf den Gedanken gekommen, Vorkehrungen gegen einen solchen Fall zu treffen. In dieser Welt, in der gewisse gesellschaftliche Regeln und ihre Einhaltung als völlig selbstverständlich galten, hätte niemand eine derartige Mißachtung aller Konventionen auch nur als Möglichkeit in Erwägung gezogen.

Alain hatte Jules instruiert, Eve immer am Bühneneingang der Seitenstraße einzulassen, damit sie aus den Kulissen den zweiten Teil der Vorstellung nach der Pause verfolgen konnte. Am ersten Abend kam sie gerade im Alcazar an, als die ganze Truppe noch einmal ihre Nummern durchging. Er setzte sich mit ihr auf die einzigen beiden Stühle seiner Garderobe, die zusammen mit dem Schminktisch auch das gesamte Mobiliar darstellten, und sie unterhielten sich. Eves Benehmen bezauberte ihn; sie beugte sich so demonstrativ nach hinten, daß ganz klar war, daß sie keine vertraulichen Berührungen wie beim ersten Mal wünschte.

»Warum können wir denn nicht einmal nach der Vorstellung zusammen in ein Cafe gehen?« hatte er gefragt. »Warum müssen Sie gleich wieder nach Hause?«

»Ich wohne nicht in der Nähe«, hatte sie ohne Zögern geantwortet, denn sie hatte sich eine Geschichte zurechtgelegt. »Ich arbeite den ganzen Tag in einem Damenschuhgeschäft am anderen Ende der Stadt. Bei der Besitzerin, Mademoiselle Gabrielle, wohne ich auch. Sie ist eine alte Jungfer, sehr religiös und auch sehr altmodisch und furchtbar streng. Um Mitternacht schließt sie die Haustür ab, und es steht nicht nur meine Stellung auf dem Spiel, wenn ich dann nicht rechtzeitig zu Hause bin.«

»Haben Sie denn keine Familie?«

»Ich bin ein Waisenkind«, log sie ohne die geringsten Hemmungen. Es war ihr völlig klar – obschon sie nicht genau hätte sagen können, warum sie dessen so sicher war –, daß es am besten sei, wenn Alain so wenig wie möglich von ihr erfuhr.

Eve war aufs äußerste verwirrt. Ihr Geist und ihr Körper befanden sich in einem ihr völlig neuen und unbekannten Aufruhr, und alles an ihr war eine Zusammenballung der seltsamsten Empfindungen und Erregungen.

Das Abendessen mit Louise nach der Rückkehr vom Alcazar am ersten Tag war wie das Erlernen einer neuen Sprache gewesen. Sie wußte, daß sie an diesem Abend noch einmal in das Theater zurückkehren würde und hatte völlig vergessen, sie selbst zu sein, so zu sein wie ein Mädchen namens Eve Coudert. Sie vermochte zwar Messer und Gabel zu halten und das Salz hinüberzureichen, aber damit war ihre Fähigkeit mit den Dingen des täglichen Lebens noch zurechtzukommen, bereits erschöpft. Jede Faser ihres körperlichen und seelischen Seins, jeder einzelne Gedanke hatte sich zu einem unentwirrbaren Knäuel von drogenartiger Fixierung zusammengeballt: Alain Marais.

Die Tage der nächsten Woche glitten, nur ganz von ferne wahrgenommen, an ihr vorbei. Zwar spielte sie wie immer Tennis mit ihren männlichen und weiblichen Altersgenossen, und zweimal war sie mit ganzen Familienclans samt deren Hauspersonal bei einem Picknick im Wald außerhalb der Stadt, doch Eve war bei alledem wie in einer Art Trancezustand, im Geist weit weg, mit ihren Gedanken nur beim Abend zuvor und beim kommenden Abend. Sie ging nicht mehr zu ihren Gesangsstunden bei Professor Dutour. Es war ihr einfach unvorstellbar, sich zum Singen klassischer Musik zu zwingen, wenn ihr ganzer Geist nur von den Refrains der Lieder Alains erfüllt war. Ihre lange innige Verbundenheit mit Louise schwand dahin wie eine ferne Kindheitserinnerung, da sie auch mit ihr nicht über den Menschen, der ihre Gedanken ausschließlich beherrschte, reden konnte.

An den Abenden, wenn sie sich durch die kleine Portaltür hinausgeschlichen hatte und eiligst durch Dijon zum Alcazar-Theater lief, war sie so aufgewühlt und so erwartungsvoll erregt, daß sie immer erst tief durchatmen und sich mühsam bezähmen mußte, ehe sie an Alains Garderobentür klopfte. Meistens war er bereits fast fertig für den zweiten Teil der Vorstellung. Die englische Clubjacke und Weste, ohne die er niemals auftrat, hing nun stets auf einem Bügel am Haken und war nicht mehr achtlos über einen Stuhl geworfen.

Eve wagte es niemals, das Haus zu verlassen, ehe um zehn das Gaslicht bei ihren Eltern erloschen war. Alains zweite *Tour de Chant*, sein Auftritt nach der Pause, begann kurz vor elf, als Abschluß des Programms. Obwohl sie die ganze Strecke von zu Hause bis zum Theater schnell lief, war es doch so weit entfernt, daß sie es unter fünfzehn Minuten nicht schaffen konnte. Das ließ ihnen jeden Abend höchstens eine halbe Stunde Zeit füreinander. Das Märchen von der gestrengen Mademoiselle Gabrielle, die sie nach Mitternacht gnadenlos aussperren würde, war für Eve selbst inzwischen ebenso zum Alptraum geworden wie für Alain zum schier unüberwindlichen Hindernis. Dennoch hielt sie krampfhaft daran fest – mit demselben irrationalen Instinkt, mit dem sie es erfunden hatte.

Madame Chantal Coudert las den Brief ihrer Schwester und reichte ihn dann ihrem Gatten mit fragendem Blick.

»Wenn du einmal einen Blick darauf werfen möchtest, *mon cher*«, sagte sie.

Er las den Brief und gab ihn ihr zurück. »Das klingt wundervoll. Ich könnte mich freimachen. Mein Assistent kann die Routinearbeit im Hospital ohne weiteres auch allein erledigen, und ich kann meine Termine verschieben. An einem Leberleiden ist noch nie jemand ganz plötzlich gestorben. Es wäre doch gar nicht schlecht, einmal ein paar Tage wegzukommen. Du hast leider den falschen Mann geheiratet, was richtigen Urlaub betrifft, aber ein Kurzurlaub läßt sich immer mal einrichten.«

»Gewiß, aber denke an Eve.«

»Wieso, sie ist doch mit eingeladen?«

»Ach, es ist einfach alles zu umständlich!« klagte Madame Coudert. »Zuallererst schon mal hat sie doch gar nicht die Garderobe für Deauville. Alles, was sie hat, stammt von Madame Clotilde, die bis September nicht da ist.« Sie überflog die Seiten des Briefes noch einmal mit wachsender Enttäuschung. »Und selbst wennn Eve die passende Garderobe hätte«, seufzte sie, »glaube ich nicht, daß es passend wäre, sie mitzunehmen. Marie-France schreibt, daß die Gruppe ausschließlich aus Leuten unseres Alters besteht. Es war ja sehr aufmerksam von ihr, Eve in die Einladung einzubeziehen, aber es ist doch nichts störender, als wenn man weiß, es ist eine junge Person anwesend, die pausenlos die Ohren aufsperrt, um ja nichts zu überhören. Die Herren wissen nicht recht, wie sie sie behandeln sollen, wenn sie nicht überhaupt gleich immer das Falsche sagen, und die Damen möchten ungestört plaudern und klatschen können. Sie wäre völlig fehl am Platze. Das weißt du doch ganz genau. Wenn da wenigstens noch andere junge Leute wären... Nein, wir können nicht hinfahren.« Sie steckte den Brief mit einem Ausdruck schmerzlicher Entsagung wieder in den Umschlag zurück.

»Aber wieso denn, *ma chère*«, widersprach der Doktor. »Dann lassen wir Eve doch einfach hier. Sie hat Louise und ihre üblichen Tennispartien und Picknicks. Es gibt doch gar keinen Grund, warum wir uns nicht einmal ein paar Tage frische Luft und Seewind gönnen sollten – nur wegen eines Mädchens, dessen Leben ohnehin schon demnächst mit Verabredungen und neuen Kleidern ausgefüllt sein wird.«

»Ja, aber ob wir ihr das antun können«, wandte Madame schwach ein.

»Unsinn. Du antwortest jetzt sofort, daß wir morgen ankommen. Und ich kümmere mich gleich um die Fahrkarten nach Deauville.«

»Nun, wenn du meinst, Didier.«

»Aber sicher. Also, die Sache ist erledigt.« Er küßte seine Gattin und zog sich in gehobener Stimmung seine Automobilistenhandschuhe an. Chantals Skrupel standen ihr gut, kein Zweifel, wenn sie natürlich auch ein wenig albern waren. Zum Glück mochte er Frauen, die nicht ganz so intelligent waren. So war es bisher gewesen. Und das würde auch immer so bleiben.

»Heute abend muß ich mich nicht so beeilen, nach Hause zu kommen«, erklärte Eve frohgemut, sobald sie Alains Garderobe betreten hatte. Die ganz unerwartete und sehr plötzliche Abreise ihrer Eltern war ihr ein klares Zeichen dafür, daß Mademoiselle Gabrielles Nützlichkeit nun hinfällig geworden war.

»Wie das? Hat das alte Krokodil etwa in heiligem Überschwang der Schlag getroffen?« fragte Alain. »Oder sind Sie zu dem Entschluß gekommen, daß Sie nicht länger Aschenputtel spielen wollen?«

»Weder noch. Mademoiselle Gabrielle ist für ein paar Tage zu ihrer Schwester gefahren und hat mir den Hausschlüssel hiergelassen. Ich kann natürlich auch jetzt nicht zu lange ausbleiben, sonst merken es die Nachbarn und petzen, sobald sie zurück ist, aber zumindest gibt es heute keine um Punkt Mitternacht verschlossene Tür.« Sie zeigte ihm triumphierend den Schlüssel zur kleinen Portaltür in der Rue Buffon.

Alain besah ihn sich aus skeptisch gesenkten Augen. Bei all ihrem Geschick hatte er doch von Anfang an seine Zweifel an der Geschichte von Mademoiselle Gabrielle gehabt. Und je mehr sie miteinander gesprochen hatten, desto sicherer war er in seiner Überzeugung geworden, daß sie keinesfalls diejenige war, für die sie sich ausgab.

Zum ersten Mal, seit sie ihn regelmäßig hinter der Bühne besuchte, trug Eve heute einen neuen Hut mit breiter Krempe und kleiner Wölbung, aus besonders ausgesuchtem Stroh und mit einem eleganten schwarzen Samtband. Sie hatte ihn sich ausgeborgt, kaum daß ihre Mutter in die Normandie abgereist war. Sie merkt es nicht, fand Alain, aber allein dieser Hut bestätigte ihm alle seine Vermutungen. Eve mußte zweifellos ein Mädchen aus bester, wohlhabender Familie sein. Allein wie sie sprach! So sprach keine Schuhverkäuferin. Und so gab es noch eine Menge Signale, ganz unbewußte Hinweise in der ganzen Art, wie sie sich benahm und wie sie reagierte. Sie gehörte zur Oberschicht, wollte es aber aus Gründen, die vorläufig nur sie selbst kannte, verbergen. Doch falls je, dann gelang es ihr jetzt mit diesem teuren Hut auf gar keinen Fall mehr; diesem Hut, unter dem ihr Gesicht eine sehr feine lebhafte Röte zeigte. Wenn sie, dachte er, überhaupt etwas über Damenschuhgeschäfte wußte, dann doch wohl allenfalls als Kundin eines *bottier* für modische Maßanfertigungen.

Doch er hatte sie bisher nicht mit Fragen in Verlegenheit gebracht und auch jetzt keine solche Absicht. Sie sollte ruhig ihr Geheimnis wahren. Es war viel besser so. Er fürchtete ohnehin nichts mehr, als in das alltägliche Leben einer Frau verwickelt zu werden.

»Können wir dann heute nach der Vorstellung in ein Café gehen oder zusammen essen?« fragte er, zum ersten Mal eigentlich sicher, daß sie zustimmen würde. Und es war ja auch allmählich höchste Zeit. Noch immer mußte er seine Wette gegen Jules gewinnen, und ein schnelles, überstürztes Schäferstündchen in seiner Garderobe würde ihn, wenn es auch für die Wettbedingungen genügte, doch des speziellen Genusses dieses besonderen Erlebnisses berauben.

»Aber nur in ein Lokal, wo es ruhig und diskret ist. Sie wissen doch, was für eine kleine Stadt das hier ist. Selbst, wenn Mademoiselle Gabrielle verreist ist, ist es für mich doch riskant, zu lange auszubleiben. Und wenn irgendeine ihrer Kundinnen mich sähe, würde sie es ihr selbstverständlich gleich erzählen. Kennen Sie irgendein kleines verschwiegenes und schummriges Lokal?«

»Ich finde eines, das verspreche ich.«

»Hat Ihnen so etwas wie das hier vorgeschwebt?« fragte Alain und blickte sich in dem niedrigen Raum mit seinen dicken Mauern um, dessen Vorteil, kühl zu sein, von dem Nachteil aufgewogen wurde, das ungemütlichste Café zu sein, das er je erlebt hatte. Er hatte sich einen Tisch in einer Ecke auf einer schäbigen Estrade und so weit entfernt wie möglich von der Bar geben lassen, und das beste Menu und den besten Wein des Hauses, den er auf der knappen Karte entdecken konnte, bestellt.

»Ganz genau«, sagte Eve.

Doch es war das erste Mal, daß sie überhaupt abends in einem Café war, das erste Mal, daß sie mit einem Mann auf einer Estrade saß, die erste Flasche Wein, die für sie bestellt wurde und die sie in einem öffentlichen Lokal trank. Sie sah sich um und stellte mit einem unüberhörbaren Seufzer der Erleichterung fest, daß es unter den Gästen hier sicherlich keine aus dem Milieu ihrer Eltern gab.

»Trinken Sie«, sagte er.

»Erlauben Sie mir, aus Ihrem Glas zu trinken«, antwortete sie mit halblauter Stimme, und die Woge des Begehrens, die ihn daraufhin durchbebte, raubte ihm schier den Atem. Hatte sie denn auch nur eine Ahnung davon, wie solche Worte auf einen Mann wirkten? Selbstverständlich nicht, dachte er. Sie verstand überhaupt noch nicht, welches Feuer unbedachte, spontane Impulse solcher Art auslösen konnten. Sonst wäre sie vorsichtiger.

Er reichte ihr sein Glas und sah zu, wie sie daraus trank – mit einem Genuß und Behagen, als sei es ein ganz großer Wein. Sie trank mit einem Zug fast das ganze Glas leer, weil sie, so kühn sie schon gewesen war, überhaupt hierherzukommen, spürte, daß sie noch erheblich mehr Mut benötigen würde.

Sie kannte bisher nur den Alain hinter der Bühne in seiner Garderobe. Den Mann, der ihr von Paris erzählt hatte und davon, wie er zum Star des *Riviera* aufgestiegen war, ohne dabei jemals eine richtige musikalische Ausbildung gehabt zu haben – und gegen den Willen seiner Familie, die der Arbeiterklasse angehörte. Aus den Kulissen heraus hatte sie mit einer Intensität, die alles um sie versinken ließ, in völliger Selbstvergessenheit den Alain Marais beobachtet, der Balladen von der Liebe sang und dessen Stimme sie einfach nicht losließ.

Und nun sah sie plötzlich einen dritten Alain, einen schmucken, weltläufigen Mann mit Kreissäge und elegantem leichtem Sommeranzug, einen Mann, der so umwerfend gut aussah, so pariserisch bis in die Fingerspitzen, so weltmännisch in seinem Auftreten, daß selbst völlig fremde Frauen auf der Straße stehengeblieben waren und sich nach ihm umgedreht hatten.

Er war ein Mann, wie sie ihn normalerweise in ihrem Lebenskreis in Dijon niemals hätte kennenlernen können; ein Fremder, der überhaupt nicht hierherpaßte, nichts mit ihrem Milieu zu tun hatte; exotisch wie ein zivilisierter Reisender in einem rückständigen Land. Sie begann sich sogar zu fragen, was er denn wohl in ihr sehen könne, um ihr zu erlauben, ihn täglich zu besuchen, mit dem ausdrücklichen Auftrag an Jules, daß ihn dann niemand stören dürfe. Sie hatte das plötzliche Gefühl, diesem dritten Alain Marais weit unterlegen zu sein; diesem Fremden aus einer anderen Welt. Worüber konnte sie mit ihm überhaupt reden? Die täglichen halben Stunden in seiner Garderobe waren stets so schnell vergangen, weil sie genau gewußt hatten, Punkt dreiviertel elf würde Jules erscheinen und Alain ankündigen, daß es Zeit für seine zweite *Tour de Chant* war, und dann mußten sie sich verabschieden.

»Darf ich noch einmal von Ihrem Wein trinken?« fragte sie und trank sogleich begierig.

»Hat Ihre Mademoiselle Gabrielle wenigstens einen anständigen Weinkeller?« fragte er. Er wollte wissen, wie weit sie ihre erfundene Geschichte wohl treiben würde. Für eine so überirdische Erscheinung, wie sie eine war, trank Eve Wein auf sehr herzhafte Weise.

»O ja, gewiß. Das ist sogar der einzige Luxus, den sie sich gönnt. Nein, das ist gar nicht fair. Sie pflegt auch eine sehr gute Küche. Das muß man sagen. Seit ich bei ihr arbeite, bin ich niemals hungrig vom Tisch aufgestanden.«

»Ja, aber das ist doch alles nicht genug für Ihre Jugend! Wollen Sie denn gar nicht mehr vom Leben, Eve? Sie haben doch sicherlich nicht vor, Ihr ganzes Leben lang Schuhe zu verkaufen?«

»Natürlich nicht«, antwortete sie ganz indigniert und vergaß fast ihre Vorsicht. Warum hatte sie sich denn bloß nichts Größeres, Ansehnlicheres ausgedacht? »Aber immerhin«, fuhr sie hastig fort, »ist es der eleganteste Schuhsalon in unserem Stadtviertel. Wir haben nur die beste Kundschaft, sehr gute, nette Leute.«

»Möchten Sie denn nicht heiraten? Oder kümmert sich Mademoiselle Gabrielle für Sie darum?« Ihre Lügen amüsierten ihn so sehr, daß er der Versuchung nicht widerstehen konnte, weiterzufragen, obschon er wußte, daß es nicht klug war.

»Oh!« Eve war ganz außer sich über diesen Affront. Alles in ihrem Leben war darauf angelegt, sie wissen und dessen sicher sein zu lassen, daß sie ein ganz besonderer, ein auserwählter Teil der Menschheit war, und wie sorgfältig man eine gute Partie für sie vorbereitete und arrangierte, aber das hieß noch lange nicht, daß sie dachte, irgend jemand habe das Recht, so mit ihr umzugehen.

»Entschuldigen Sie«, sagte Alain rasch, als er merkte, wie empört sie war. »Das hätte ich natürlich nicht sagen sollen. Obwohl ich es eigentlich doch gern wüßte.«

»Warum? Was würde das ändern?« sagte sie spitz.

»Einfach nur so, aus Neugier«, meinte er abwiegelnd. »Wir reden immer nur über mich. Ich weiß überhaupt nichts von Ihnen. Nichts wirklich Wissenswertes, meine ich. Unsere Freundschaft ist bisher eine sehr einseitige Angelegenheit.«

»Oh.« Eve wurde sich plötzlich bewußt, daß der unvertraute modische Anzug nicht auch den Alain aus der Garderobe, den sie bisher kannte, in Luft aufgelöst hatte. Sie warf ihm einen Blick aus den Augenwinkeln zu. »So nennen Sie das also, wenn ein Mädchen aus Dijon Abend für Abend quer durch die Stadt rennt, um Sie singen zu hören, und dann im Dunkeln wie gehetzt wieder zurück nach Hause laufen muß – eine Freundschaft?«

»Wie sonst soll ich es nennen, wenn ein Mädchen, das Abend für Abend auf einem harten Holzstuhl sitzt, immer so aussieht, als würde es sofort aufspringen und schreiend davonrennen, sobald ich auch nur meinen Stuhl nahe genug rücke, um die Hand auszustrecken und sie auch nur mit einem Finger zu berühren?«

»Ich weiß nicht«, sagte Eve zögernd. Sie streckte ihre Hand aus und legte sie sanft auf die seine, um sie zu streicheln. »Ich weiß es wirklich nicht. Aber da Sie so viel mehr Erfahrung haben als ich, wird es wohl stimmen, wenn Sie sagen, daß es eine Freundschaft ist.«

»Tu das nicht!« rief er plötzlich zornig und zog seine Hand unter der ihren fort.

»Was?« flüsterte sie.

»Oh, mein Gott, Mädchen, du bist schlimmer als die gerissenste Verführerin!« Er faßte ihre Hand wieder. »Das! Da, fühl mein Herz, wie es klopft! Glaubst du etwa, so schlägt es immer? Glaubst du denn, du kannst mich einfach berühren, wie es dir gefällt, ohne daß du mir je erlaubst, dich auch nur zu küssen?«

»Ich . . . hätte dir vielleicht ja erlaubt, mich zu küssen. Aber du hast es nie versucht.«

»Natürlich nicht. Ich versuche doch nicht, ein Mädchen zu küssen, das mit verschränkten Armen dasitzt, die Hände unter den Achseln und die Beine so verschränkt und zusammengepreßt, daß man sie nicht mal mit einem Brecheisen auseinanderbekäme, die Knie so aneinander, als fürchte sie, jeden Augenblick angesprungen zu werden.«

Eine Träne rollte Eve über die Wange, aber sie wagte nicht, sie fortzuwischen. O Gott, dachte sie, sein Herz, wie wild dieses Herz schlägt! Er konnte doch nicht so zornig auf sie sein, daß er ihr nicht verzieh! Ihr war, als bräche ihr eigenes Herz. In einer völlig spontanen Bewegung glitt sie näher zu ihm, wandte sich etwas herum, so daß sie ihm die Hände auf die Schultern legen konnte, und preßte rasch ihre Lippen auf die seinen, um abrupt wieder zurückzuweichen, als sie den vorbeigehenden Kellner erblickte, dessen taktvolles Wegsehen sie verlegen wieder zurück in die Realität versetzte; sie waren in einem öffentlichen Lokal mit Gästen an anderen Tischen, die nicht annähernd so diskret waren wie der Kellner, sondern in unverhohlener Neugier zu ihnen herüberblickten.

»Komm, wir gehen«, sagte Alain, legte Geld auf den Tisch und faßte sie am Arm. Ihr Essen hatten sie noch nicht angerührt. Sie ließ es schweigend zu, daß er sie aus dem Lokal hinaus auf die belebte Straße führte, wo die Bürger von Dijon die Nachtluft genossen. Sie nahm keinen von ihnen wahr. Sie war wie in Hypnose. Ein Mädchen, das eben den ersten Kuß vergeben hatte. Ihr ganzes bisheriges Leben verschwand weit hinter ihr in der Ferne, sie befand sich wieder auf dem gefährlichen Meer dieses fremden, neuen körperlichen Begehrens, dessen beängstigenden Wirbeln und Strömungen sie seit dem Abend, an dem sie Alain zum ersten Mal gesehen hatte, so sorgsam zu entgehen versuchte.

Der ungewohnte starke Wein, den sie, ohne etwas zu zu essen, getrunken hatte, ließen ihr den Kopf wie nie zuvor schwirren. Die ganze Straße erschien ihr wie eine einzige Halluzination, wie eine gemalte Kulisse, und die Menschen um sie herum waren wie leblose Phantome.

»Ich möchte dich noch einmal küssen«, hörte sie sich selbst sagen, »so sehr... so sehr...«

»Das ist doch lächerlich«, sagte er grob. »Wo sollen wir denn hingehen? Nirgendwo sind wir allein. Komm mit in meine Pension. Es ist nicht weit. Ich habe zwei Zimmer, es ist alles sehr anständig.«

Sie nickte stumm und schwindlig. Einen kurzen Augenblick lang fuhr ihr nebelhaft durch den Kopf, was wohl ihre Mutter, ihre Tante oder Louise dazu sagen würden. Sie war in einem völlig unbekannten Land, dachte sie träumend, und sie vergaß alles um sich herum, als sie gemeinsam der Theaterpension zustrebten.

Das zweite Zimmer, auf das Alain als Solist auf Tournee Anspruch hatte, war fast völlig mit einer Garnitur dunkelroter viktorianischer Plüschmöbel zugestellt. Dort sank Eve nun auf das riesige, weiche Fransensofa, mit dem Blick einer Anstandsbesucherin, aber mit dem Gefühl, endlos durch den Raum zu fallen – in Angst und Entzücken zugleich, willen- und besinnungslos in Erwartung und Bereitschaft.

Alain warf seine Kreissäge in die Ecke und legte seine Jacke ab. Er sah mit einer Mischung aus erotischer Erregung und Amüsiertheit zu

Eve hinüber. Eve hatte noch immer ihre Handschuhe an, die sie überge-
streift hatte, als sie das Café verließen und auf die Straße hinaustraten.
Als er sich neben sie setzte und ihr in die Augen sah, erblickte er außer ihrer offensichtlichen Angst auch den entschlossenen Willen, sich über alle
Moral hinwegzusetzen.

Er nahm ihr rasch den Hut ab, löste ihr Haar und breitete es über ihren
Schultern aus. Dann zog er ihr gewandt die Handschuhe von den Fingern
und öffnete die oberen Knöpfe ihrer Bluse. Sie sagte nichts, selbst als er
sich hinunterbeugte und ihr die spitzen Schuhe mit den hohen Absätzen
von den Füßen streifte und nichts, als er den Arm um sie legte und sie auf
das Sofa zurückbettete. Hätte er nicht ihren heftiger werdenden Atem
wahrgenommen, er hätte glauben können, sie nehme das alles gar nicht
wahr.

Bis er sie dann küßte. Die leidenschaftliche Unschuld, mit der sie reagierte, war für ihn wie eine Ohrfeige. Sie hielt den Mund fest geschlossen, aber sie preßte ihn heftig und mit bedingungslosem Feuer auf den
seinen. Kein Zweifel, daß sie nichts auf der Welt heftiger wollte als zu
küssen und geküßt zu werden, aber nicht mehr davon wußte als ein Kind.
Ihre Arme umklammerten seinen Hals so heftig, daß er sich nicht bewegen konnte, um sie auch an anderen Stellen ihres Gesichts zu küssen. Sie
hielt die Augen krampfhaft geschlossen. Sie saßen oder lehnten so seltsam auf dem Plüschsofa, daß sie unweigerlich zu Boden fallen würden,
wenn auch nur einer von beiden eine Bewegung machte.

»Warte«, flüsterte Alain. Als sie unwillig, aber gehorsam aufhörte,
ihn zu küssen, befreite er sich sanft aus ihren Armen und beugte sich etwas zurück. »Sieh mich an, Eve.«

Sie blinzelte ihn an, ungeduldig danach, weiterzuküssen, die Augen
wieder zu schließen und sich einfach nur darauf zu konzentrieren, seinen
Mund zu spüren – dieses Gefühl, das so ganz anders war als alles, was sie
bisher kannte; diesen Mund, der fest war und voll zugleich, zart und doch
muskulös.

»Ich zeige dir, wie man küßt«, murmelte er. Er fuhr mit einem Finger
seiner rechten Hand sanft und zart die Linien ihres Mundes nach, so
sorgsam, als wäre sein brennender Finger ein Bleistift, mit dem er eine
Zeichnung anfertigte, die von vollkommener Perfektion sein mußte.
Dann glitt er zwischen ihre Lippen, versuchte aber nicht, sie zu öffnen,
sondern begann nur ein zärtliches Spiel mit ihnen, indem er leicht gegen
die Unterlippe drückte, danach an die Oberlippe, so daß sie allmählich
nicht mehr so hart zusammengepreßt blieben.

»So«, sagte er und beugte sich zu ihr, »halt still.« Und er wiederholte
die Bewegungen seines Fingers mit der Spitze seiner Zunge, umfuhr ihre

Lippen zweimal, dreimal, bis sie außer Atem geriet. Aber er hielt sie zwischen seinen Armen so fest, daß sie den Kopf nicht abwenden konnte. Dann fuhr er mit der Zunge neuerlich, fest und nachdrücklich in ihre Mundwinkel, genau die Linie zwischen ihren Lippen entlang, aber nur auf der Außenseite, bis er die feuchten Mundwinkel sich langsam öffnen fühlte. Und als er ihre Lippen nun so sanft entspannt hatte, begann er sie wieder zu küssen, auf seine erfahrene Art, bei der jeder Kuß sein Ziel hatte, jeder eine Eroberung für sich war. Erst als sie sich in seinen Armen in dem unmißverständlichen Fieber ungeduldiger Begierde zu winden begann, schlüpfte er mit seiner Zunge in sie, ganz allmählich nur, sehr sanft und kurz, aber so intensiv, daß sie stöhnend aufschrie.

»Gib mir deine Zunge«, forderte er. »Ich will sie in meinem Mund spüren.«

»Ich – kann nicht! O nein, das kann ich nicht tun!«

»Doch, das kannst du. Nur einmal. Komm, ich zeige es dir«, drängte er und grub sich noch tiefer mit seiner Zunge in ihren Mund, aber noch immer langsam und vorsichtig, ebensooft sich zurückziehend wie zustoßend, bis er schließlich das winzige, scheue Beben verspürte, das ihm sagte, sie habe jetzt genug Mut gesammelt, um seinem Wunsch nachzukommen. Er gab nicht zu erkennen, daß er das Signal bemerkt und verstanden hatte, bis diese kleine Bewegung wiederkam, jetzt stärker und mutiger. Aber noch immer tat er nichts. Das dritte Mal dann, als Eve ihre Zunge in seinen Mund schob, nahm er sie zwischen seine Lippen und saugte leicht daran, als sei es ihre Brustwarze.

Er war nun völlig entflammt, aber dennoch hielt er sich entschlossen zurück. Nur ihre Lippen, nur ihre Zunge, sagte er zu sich selbst; vorerst nur dies, dachte er mit wilder Entschlossenheit, als er spürte, wie er selbst in Erregung geriet. Vor einer Stunde hatte Eve noch nicht einmal gewußt, wie man küßt. Und jetzt wußte er angesichts der ganz unwillkürlichen Bewegungen ihres Leibes bereits, daß es nichts mehr gab, was er in dieser Nacht nicht mit ihr machen könnte. Ganz vorsichtig begann er sich von ihr zu lösen. Sie war halb ohnmächtig in ihrer Leidenschaft, von der sie gar nicht verstand, daß es Leidenschaft war, wie von Sinnen in ihrer Sinnenlust, von der sie noch gar nicht wußte, daß es Sinnenlust war, begierig vor Verlangen, von dem sie noch nicht wußte, daß es Verlangen war.

»Nein, Alain«, bat sie. »Bitte hör nicht auf…«

»Warte. Ich bin sofort wieder da.« Er verschwand in seinem Schlafzimmer. Es gab immer noch die andere Möglichkeit, dachte er, während er seine Hose aufknöpfte und sein groß aufgerichtetes Glied herausholte, um zu verhindern, daß er zu schnell war. Er stellte sich vor sein Waschbecken in der Ecke und befriedigte sich rasch selbst, während er sich Eves noch nicht erblickten Leib vorstellte. Es war in Sekunden vorüber. Er hatte sich selbst Zeit verschafft, um danach in Ruhe den Genuß zu erleben, den er sich nun schon zu viele Nächte versagt hatte. Er zitterte, goß sich etwas Wasser aus der Kanne ein und wusch sich und trocknete sich ab, knöpfte sich wieder zu und kehrte in das andere Zimmer zurück, wo Eve unverändert auf dem Sofa lag.

Er nahm sie zärtlich in die Arme und begann sie ebenso zärtlich zu küssen. Er war mit seiner eigenen Selbstkontrolle sehr zufrieden. Das zweite Mal war immer besser und dauerte auch länger, selbst mit einer erfahrenen Frau. Seine jeweils kurze Abwesenheit aus so manchem Schlafzimmer war es nicht zuletzt gewesen, die ihm einen Ruf als unvergleichlicher Liebhaber eingetragen hatte.

Er öffnete mit flinken, erfahrenen Fingern einige weitere Knöpfe von Eves ganz durchgeknöpfter Bluse. Rasch hatte er sie alle auf und befreite sie auch von dem Gürtel, der eng um ihre Taille lag. Sie lag völlig passiv in seinem Arm und ließ alles geschehen, während er sie zwischen den einzelnen Küssen allmählich entkleidete. Ihr völliger Mangel an Erfahrung und der Wein in ihrem Kopf machten es ihr ebenso unmöglich, ihm dabei behilflich zu sein, wie sie keinerlei Regung verspürte, ihm Einhalt zu gebieten. Sie hatte überhaupt keine Vorstellung davon, was nun käme. Aber was immer es auch sein mochte, es war ihr, völlig jenseits aller Fragen, klar, daß es einfach ihr Schicksal war, ihm in allem zu folgen und zu gehorchen.

Sie war zu schamhaft, um sich selbst zu betrachten, aber sie spürte, daß ihre Brüste aus ihrer Spitzenunterwäsche befreit worden und nun nicht mehr bedeckt waren, allenfalls noch von der aufgeknöpften Bluse, die sie immer noch anhatte. Der glatte Seidenstoff rieb an ihren nackten Brustwarzen, die sich aufrichteten und versteiften, ohne daß ihr dies bewußt war. Sie schloß die Augen, als sie ihren Rock und Unterrock zu Boden rascheln hörte. Blind ließ sie es geschehen, daß Alain sie schließlich völlig auszog – bis auf die Bluse, wobei er sich Zeit nahm, jeden neuen sich ihm entblößenden und darbietenden Teil ihres schönen, jungen Körpers zu entdecken und bewundernd zu betrachten, während sich freilich seine Erregung immer weiter steigerte – allerdings in einer beherrschten, ganz beabsichtigten Wollustentfaltung, die er, wie er wußte, nun beliebig lange hinauszögern konnte.

Er achtete darauf, sie immer wieder heiß zu küssen und sie damit auf die Entfernung des nächsten Kleidungsstückes vorzubereiten. Jede Hast und jedes Drängen würden ihm einen Teil seines Genusses nehmen. Eve war schließlich so unerfahren, daß allein schon seine Küsse sie in einer

Art Hypnose hielten, um sie alle die Jahre vergessen zu lassen, in denen Nacktheit ein Tabu für sie war. Er ließ ihr deshalb die Bluse, damit sie sich nicht völlig schutzlos und preisgegeben fühlte, und obwohl diese ihre Schultern und Arme noch bedeckte, sah er doch ihre überraschend großen, vollen Brüste mit ihren kleinen, erregenden Spitzen aus der breiten Öffnung des Kleidungsstückes vorn herausdrängen. Sie hatte einen makellosen Körper, dachte er, während er mit den Augen die Buchtung ihres Unterleibs erforschte, das blonde Haar, das die Stelle bedeckte, wo sich ihre festen, wohlgeformten Schenkel trafen, ganz weiches Haar, gekräuselt und lockig, dennoch kräftig genug, um seinem Geschmack zu entsprechen... er liebte »wohlbedeckte Mulden«.

»Wie schön du bist, wie schön«, murmelte er.

»Alain...«, hauchte sie.

»Sag nichts. Ich tu' dir nicht weh, das verspreche ich. Komm, ich zeig' es dir... ich weiß schon, daß du es nicht kennst... ich weiß... laß mich dich einfach lieben.«

Er warf einen Blick hinunter auf ihre Schenkel. Ohne es selbst zu wissen, preßte und rieb sie sie unruhig gegeneinander. Nein, daß sie das fortsetzte, konnte man nicht zulassen, dachte er, wollte er sich nicht seines Genusses beraubt sehen. »Lieg still, Liebling«, murmelte er und legte ihr eine Hand kurz auf den Schenkel, um ihr zu zeigen, was er meinte. Sie erschlaffte augenblicklich, und er sah, wie ihr die Röte in die Wangen schoß. »Du bist für die Liebe geschaffen«, flüsterte er ihr ins Ohr, »wie konntest du so lange ohne sie leben? Nein, sag nichts... laß mich einfach nur machen.« Er machte seine Hand ganz flach und rieb sie über ihre schwellenden Brüste, sorgsam darauf bedacht, nur mit leichtem Zögern an den Spitzen ihrer steifen Warzen zu verharren, sie nur ganz kurz mit seinen Fingern zu fassen und leicht daran zu ziehen. Immer noch war er stolz auf seine eigene strenge Selbstbeherrschung und Zurückhaltung. Eve stöhnte jedesmal auf, wenn er zog. Sie weiß es nicht, dachte er, aber sie will meinen Mund dort spüren. Noch weiß sie es nicht.

Er feuchtete sich seine Finger in seinem Mund an und umfuhr die rosafarbenen Brustspitzen mit schnellen kreisenden Liebkosungen, wieder und wieder, bis er ihren Schenkeln mit seiner Hand erneut Ruhe signalisieren mußte. »Möchtest du, daß ich deine Brüste küsse?« flüsterte er ihr ins Ohr. »Ich tue es nicht, wenn du es nicht möchtest.« Als sie verwirrt und hilflos nickte, hatte er fast Hemmungen, sich endlich mit seinem dunklen Kopf über die Jungfräulichkeit ihres Leibes zu beugen.

Ihr Mund war süß gewesen, noch süßer würden ihre Brustwarzen sein, und wären sie nur noch länger in Dijon geblieben, hätte er mit dem nächsten Schritt einfach noch einen Tag lang gewartet, um sie beide noch höher auf den Gipfel wilder Lusterwartung zu treiben. Aber sobald sich seine Lippen einmal an ihren Brustwarzen festgesogen hatten, war ihm klar, daß er selbst so steif und hart wurde, daß er sich nicht mehr länger zurückhalten konnte.

Er umfaßte mit einer Hand Eves rechte Brust, damit die Warze fest zwischen seinen Lippen blieb, der leidenschaftlich leichten und fiebrigen Attacke seiner zuckenden Zunge hingegeben. Die Finger seiner anderen Hand ließ er langsam wandern, als zitterten sie nur ziellos umher, ihren Leib hinab bis zum Ansatz der blonden, lockigen Haare zwischen ihren Beinen. Sie war so hypnotisiert von seiner Zunge, daß sie sicher nicht genau merken würde, was seine andere Hand inzwischen tat. Das war gut so, denn seine Bewegung dorthin mußte ganz allmählich erfolgen. Sie mußte sich daran gewöhnen können, mußte Zeit bekommen, es anzunehmen und zu gewähren, sollte sie nicht doch plötzlich noch zurückweichen. Dann würde sein Genuß angesichts ihrer Scheu verfliegen.

Er saugte weiter und genoß es, wieviel größer und noch steifer sich ihre Warze aufgerichtet hatte, während seine andere Hand weiter ohne Hemmungen die delikate Haut über und unter dem blonden Dreieck erforschte. Er achtete darauf, das Haar selbst nicht zu berühren. Anfangs hatte Eve spürbar die Bauch- und Schenkelmuskeln angespannt, als sie seine Hand spürte, und eine Art Abwehr signalisiert, aber mittlerweile war sie zu gefangen von den seltsamen, neuen, überwältigenden Gefühlen von Hitze und fiebriger Schwere, die sie zwischen ihren Beinen verspürte, um daran zu denken, irgend etwas zu tun, das Alain veranlassen könnte, seine Hand wieder wegzunehmen. Sie wußte nicht, warum er das tat, zu welchem Zweck, aber so oft er sie nun berührte, verspürte sie ganz deutlich den Wunsch, ihre Beine in einer ganz undenkbaren Aufforderung zu öffnen.

Alain wandte sich nun ihrer linken Brust zu und die neue, pulsierende Empfindung auch in dieser Brustwarze lenkte sie weiter davon ab, was seine andere Hand tat, wie sie sich über ihren Leib hin bewegte und wie ein Hauch über den äußeren Rand ihrer Schamlippen hinstrich, daß sie sich dessen überhaupt erst bewußt wurde, als es bereits vorbei war. Erfahren wie er war, wartete er erst einige Minuten, ehe er es ebenso leicht und sanft wie zuvor wiederholte, mit der Präzision genauer Kenntnis der geheimen Stellen, die es ihm auch ermöglichte, mit seinem Mittelfinger für eine explodierende Sekunde in das Zentrum ihrer Gefühle einzudringen. Er zog sich sogleich wieder zurück, in der Gewißheit, daß der Finger seine Aufgabe voll erfüllt hatte und wartete, selbst zuckend, bis er spürte, wie sich die Mulde unter den blonden Haaren unbewußt hob und fordernd vordrängte. Wieder berührte sein Finger sie und fand seine Erwartung der Nässe bestätigt. Er verweilte deshalb noch einen Moment länger als das erste Mal und rieb leicht und fast fragend, ehe er sich wieder zurückzog. Er hob seinen Kopf von ihrer Brust. Ihre Augen waren immer noch fest geschlossen, aber ihre Lippen hatten sich geöffnet. Eine Sekunde lang glaubte er fast, sie sei ohnmächtig.

»Ich tue es nicht, Liebling, wenn du es nicht selbst möchtest«, flüsterte er. Sie gab keinerlei Reaktion zu erkennen, aber ihr Einverständnis war dennoch so unmißverständlich, als hätte sie selbst darum gebeten. Er griff nach unten, teilte die lockigen Härchen und fand wieder genau den heißen Punkt zwischen ihren Beinen, der nun offen und wild nach seiner Berührung verlangte. Er liebkoste sie spielerisch, nahm seinen Finger jedoch nicht mehr fort und betrachtete voller Begierde ihr Gesicht, während seine Finger nun stärker und stärker in sie eindrangen. Sie biß sich auf die Lippen, rang keuchend nach Luft, ihre Gesichtszüge verzerrten sich im Drängen nach etwas, das sie nicht kannte, und dann hatten alle seine fünf Finger Besitz von der Mulde ergriffen. Er war begierig, jeden leisesten Schauer, der sie durchlief, zu spüren, jedes Zucken und Aufbäumen, jede wilde, unkontrollierte Kontraktion des ersten Orgasmus eines jungfräulichen Körpers. Als sie schließlich diesen Punkt erreichte, von dem sie sich bisher nichts hatte träumen lassen und wild und unkontrolliert seinen Namen hinausschrie, schob er noch einmal seinen Mittelfinger etwas tiefer in sie, damit sie sich, von nun an, für immer und ewig daran erinnerte, wer ihr Herr war. Daß seine Berührung dort wie ein Brandzeichen für sie wäre und sie ihn nie vergäße. Denn eben dies war die letzte, äußerste Befriedigung, die er so zielstrebig und nachdrücklich gesucht hatte.

»Jules, um alles in der Welt, du mußt mir helfen«, sagte Alain. Er faßte den Inspizienten am Arm und zog ihn mit sich in seine Garderobe, wo sie ungestört sprechen konnten. »Ich sitze in der Tinte, alter Kumpel!«

»Was ist los?« Jules hatte Alain noch nie so wie jetzt im Theater erscheinen sehen: unrasiert, völlig derangiert; und außerdem war er auch noch niemals so früh aufgetaucht.

»Mein Gott, Jules, warum habe ich mich je auf diese Wette mit dir eingelassen?«

»Habe ich gewonnen oder verloren?«

»Weder noch, beides. Ach, was spielt das für eine Rolle. Da, nimm das verdammte Geld, Jules, ich muß mit dem nächsten Zug weg aus Dijon und nach Paris.«

»Nun mal mit der Ruhe! Du hast heute noch eine Matinee und eine

Abendvorstellung, und wir reisen hier aus Dijon erst am Montagmorgen ab. Das weißt du doch ganz genau. Du kannst uns doch die letzten vier Tage nicht einfach allein lassen.«

»Weiß ich alles, aber das ändert nichts daran. Jules, ich muß verschwinden! Spurlos, vor heute abend. Und du mußt dir für die Direktion und für Eve etwas einfallen lassen.«

»Augenblick mal! Das Mädchen, gut, das ließe sich vielleicht noch machen. Aber die Direktion...! Was soll ich denen denn erzählen? Mach keine Dummheiten! Du bist schließlich unser Star. Und ich möchte meine Stellung nicht verlieren. Was ist denn eigentlich passiert? Du hast sie vergewaltigt, stimmt's?«

»Nein. Ich habe sie nicht mal gebumst. Ich – hatte sie soweit, vorbereitet, ich sage dir, perfekt vorbereitet, als sie plötzlich in Freudentränen ausbrach und mir sagte, daß sie mich liebt. Und daß ich überhaupt der wundervolle, wilde, tolle Bursche bin, von dem sie ihr ganzes Leben lang geträumt hat. Und dann gestand sie mir, wer sie wirklich ist. Ihr Vater ist der berühmteste Arzt hier in dieser Stadt. Er wird mich vernichten, Jules! Mächtige Leute wie er. Sie werden Zeter und Mordio schreien und Vergewaltigung, und zur Direktion laufen. Weiß der Himmel, wie sich das ausweiten wird. Aber vor allem werden sie's auf Vergewaltigung anlegen. Sogar du hast doch eben sofort davon gesprochen! Nie im Leben glauben sie mir, daß sie einverstanden war. O Gott! Jules, um alles in der Welt, hilf mir!«

Der Inspizient ließ sich schwer auf einen Stuhl sinken und blickte seinen verstörten Freund an. »Du und deine Jungfrauen! Das hast du nun davon! Was hast du denn erwartet?«

»Ich war verrückt, Jules, was soll ich sonst sagen. Sobald ich begriffen hatte, in welcher Tinte ich saß, habe ich sie auf dem schnellsten Weg zu Hause abgeliefert. Jules, es wird böse enden, wenn ich hier nicht schleunigst verschwinde.«

»Hast du wenigstens eine Geschichte, die ich erzählen könnte?« sagte Jules, nachdem er eine Weile nachgedacht hatte.

»Ich habe mir während der ganzen Nacht eine überlegt. Sag, meine Mutter ist plötzlich gestorben. Ich habe hier im Theater ein Telegramm bekommen, das du mit eigenen Augen gelesen hast, und ich mußte sofort zum Begräbnis abreisen. Die Beerdigung der Mutter, das ist schließlich eine heilige Sache, da kann keiner etwas einwenden. Und du sagst ihnen, ich bin am Tag eurer Rückkehr nach Paris wieder da. Eve erzählst du am besten nur die Sache mit dem Tod meiner Mutter. Sie weiß nicht, wo ich in Paris wohne. Wenn sie dich bittet, ihr nach mir suchen zu helfen, sagst du, du hast keine Ahnung, und daß in unserer Branche die Leute pausenlos umziehen. Sag ihr, ich habe als Nachricht für sie hinterlassen, daß ich sie nie vergessen werde . . . ja, das mußt du ihr sagen; daß ich mein ganzes Leben lang an sie denken werde. Und das ist sogar wahr, das kannst du mir glauben.«

»Und wenn sie dann in Paris im Theater auftaucht?«

»Ach, niemals. Sie hat mir erzählt, wie streng bewacht sie ist. Sie hat keinen Funken Freiheit. Sie hat sogar eine Gouvernante oder so etwas – stell dir das mal vor! –, die sie auf Schritt und Tritt begleitet. Ich wußte zwar, daß sie log, als sie sich als Ladenmädchen ausgab, aber gleich das . . .«

»Du mußt wenigstens noch die Matinee absolvieren, Alain! Vor dem Abend fährt sowieso kein Zug. Ich sage der Direktion dann, das Telegramm sei während der Matinee gekommen und ich hätte es dir gleich nach der Vorstellung gegeben.«

»Gut, mach das ganz, wie du willst, Jules. Vielen Dank, du bist ein Freund. Was täte ich nur ohne dich?«

»Auf die Knie fallen und um ein Wunder beten!«

Diesen ganzen Tag über saß Eve am Klavier im Boudoir ihrer Mutter. In pausenlosen Wellen überliefen sie intensive erotische Empfindungen und erfüllten sie mit kaum noch erträglicher Sinnlichkeit. Sie war völlig erfüllt von den Erinnerungen an die ungeahnte Ekstase, in die Alain sie versetzt hatte. Sie verstand es noch immer nicht völlig, aber es war jetzt das einzige, was überhaupt zählte. Alain, Alain, Alain . . . Sie fühlte sich versucht, die Zeit bis zum Wiedersehen mit ihm damit zu verbringen, alles, was ihr in die Quere kam, mit den Zähnen zu zerreißen, zu laufen und zu laufen, bis sie, keiner weiteren Bewegung mehr fähig, erschöpft hinfiel, oder sich auf die Lippen zu beißen, bis sie bluteten . . . Es schien endlos zu dauern, bis es wieder Abend wurde. Sie ging Louise aus dem Weg, weil ihr klar war, daß das, was ihr widerfahren war, wie ein Mal auf ihrer Stirn abzulesen sein mußte. Sie spielte stundenlang Klavier, eines der populären Lieder, die sie auf der Straße gehört und gelernt hatte, nach dem anderen, sang aber nicht einen Ton. Bei dem Zustand ihrer Nerven würde sie sonst, das war ihr klar, sofort einen Weinkrampf erleiden. Sie spielte auch nicht eines von Alains Liedern, weil ihre Sehnsucht nach ihm so übermächtig war, daß sie fürchtete, sie würde möglicherweise überschnappen und in ein Tiergeheul ausbrechen.

Endlich wurde es dunkel – nach einem schier endlosen Sommerabend. Louise, seltsam rastlos und unruhig, zog sich zu einem ordentlichen Klatsch mit der Köchin zurück und ging dann erst später als üblich in ihr

Zimmer hinauf. Es war fast schon halb elf, als Eve schließlich die Portaltür der Rue Buffon hinter sich zuziehen und ins Alcazar fliehen konnte.

Sie machte sich nicht einmal die Mühe, an Alains Garderobentür zu klopfen, sondern riß sie in derselben ungestümen, wilden Art auf, in der sie von zu Hause hierher gelaufen war. Doch der winzige Raum war leer, nirgendwo waren seine Kleider zu sehen. Sie mußte eine falsche Tür erwischt haben, dachte sie und ging hinaus in den engen Korridor. Zu beiden Seiten waren die ihr mittlerweile vertrauten Garderoben, an denen sie Abend für Abend vorbeigekommen war, besetzt von den gleichen Künstlern, die sie mittlerweile alle kannte.

»Jules!« rief sie dem Inspizienten entgegen, als er auf sie zukam, »wo ist Alain? Wieso ist er nicht in seiner Garderobe?«

»Er ist nicht mehr da. Seine Mutter ist plötzlich gestorben... heute nachmittag kam ein Telegramm. Er mußte gleich nach Paris zum Begräbnis. Er ist heute abend auch nicht aufgetreten. Er hat mir eine Nachricht für Sie hinterlassen.«

»Eine Nachricht? Was?«

»Er sagte, daß er Sie nie vergessen und sich sein ganzes Leben an Sie erinnern wird.«

»Und sonst – nichts? Das soll alles sein?«

»Ja, alles.« Sie tat Jules leid. Sie war nicht die erste Frau, die den Sänger mit seinen Liedern verwechselte. Aber sicherlich war sie die jüngste und bei weitem die schönste.

»Wo wohnt er, Jules? Geben Sie mir seine Adresse. O bitte, Sie müssen mir sagen, wo ich ihn finden kann!«

»Das... weiß ich selbst nicht. Er hat es mir nie gesagt, ich habe nie gefragt.«

Eve drehte sich um und rannte aus dem Theater. Sie lief, ohne sich dessen bewußt zu sein. Sie fand sich bald danach in der *Rue de la Gare* wieder, die direkt zum Bahnhof von Dijon führte. Sie betrat den großen metallenen Rundbau und suchte fieberhaft nach dem Fahrplananschlag, der alle Züge enthielt, die in Dijon ankamen und abfuhren. Sie wußte, daß vom späten Nachmittag bis in die Nacht hinein nur ein einziger Zug nach Paris in Dijon hielt.

»Der Zug nach Paris?« fragte sie nur, als ein Träger erwartungsvoll auf sie zukam.

»*Quai* Nummer vier, aber Sie müssen sich beeilen, er fährt jede Sekunde ab.«

Eve rannte, so schnell sie konnte, auf den langen *Quai* zu, wo der Zug noch immer stand und sprang auf das Trittbrett des letzten Wagens. Sie stand noch da und verschnaufte, als der Zug bereits pfiff und langsam anzurollen begann. Aber erst, als er bereits in stetiger, wenn auch noch ruhiger Fahrt durch die *Tranchees des Perrieres* in den Außenbezirken der Stadt rollte, hatte sie wieder genug Atem, um damit anzufangen, den ganzen Zug abzusuchen.

Sie fand Alain in einem Abteil der Zweiten Klasse ziemlich weit vorn im Zug. Er stand im Gang, hatte die Hände in die Taschen gesteckt und starrte mit gesenktem Kopf auf die vorbeiziehenden Gleise unten auf dem Bahndamm. Sobald sie ihn von ferne erkannte, taumelte sie auf ihn zu. Sie stolperte mit einem letzten Satz gegen ihn und hielt sich an ihm fest, um nicht hinzufallen.

Er reagierte höchst unsanft. »Bist du denn verrückt?« Er schüttelte sie ab.

»Gott sei Dank habe ich dich gefunden!«

»Du wirst an der nächsten Station aussteigen!«

»Ich werde dich niemals mehr verlassen!«

»Du mußt! Deine Familie...!«

»Was hat die damit zu tun? Niemand kann mich je wieder von dir trennen.«

»Du verstehst nichts«, sagte er brutal. »Gar nichts. Ich bin kein Mann zum Heiraten. Ich werde nie eine solide Existenz haben.«

»Habe ich etwas von Heiraten gesagt? Ein einziges Wort?«

»Nein, aber daran gedacht hast du! Glaubst du, ich kenne die Frauen nicht?«

»Ich verabscheue die Ehe und überhaupt alles, was damit zusammenhängt«, erklärte Eve mit voller Überzeugung, und die Offenheit ihres Blicks, das stolze, entschlossene Zurückwerfen ihres Kopfes, überhaupt ihre ganze Ungezügeltheit und Natürlichkeit zeigten ihm, daß sie durchaus meinte, was sie sagte.

»Weiß irgend jemand, daß du mir gefolgt bist?« fragte er in plötzlich wiedererwachender Versuchung, angesichts der quälenden Erinnerungen an ihren Körper.

»Niemand. Niemand in meiner Welt weiß auch nur, daß es dich gibt.«

»Wenn das so ist..., dann... ist es deine eigene Entscheidung«, sagte er mit rauher Stimme und zog sie an sich. Sie war ihm jetzt zu unentbehrlich, um sie aufzugeben. Unmöglich, wenn er an die zweifellos bewegte Zukunft dachte, die ihm bevorstand.

DRITTES KAPITEL

Eves erster Brief war zum Glück sehr bald eingetroffen, schon zwei Tage, nachdem sie verschwunden war. Obwohl an ihre Eltern adressiert, hatte ihn Louise, in heller Panik, sofort geöffnet. Eve schrieb lediglich, daß es ihr gut gehe, daß sie überglücklich sei und, ihren eigenen ganz unglaublichen Worten nach, bei dem Mann lebe, den sie liebte. Das Hausmädchen war zu verstört, um auch nur irgend jemandem im Haus etwas von der Katastrophe mitzuteilen, ging aber sofort zur Post und schickte ein Telegramm an die Couderts in Deauville, in dem sie immerhin so viel mitteilte, um die Eltern unverzüglich nach Hause zu bringen.

Madame Coudert hatte sich sofort wie eine Furie auf sie gestürzt. »Du nichtsnutzige Kreatur, du!« hatte sie geschrien, kaum, daß sie angekommen waren. »Ich will auf der Stelle wissen, was du weißt. Oder ich bringe dich ins Gefängnis!«

»Bitte, Chantal, Ruhe!« mahnte Doktor Coudert unwillig. »In diesem Brief steht an drei Stellen, daß Louise keine Ahnung hat, daß sie Louise angelogen hat und daß Louise keine Schuld trifft.« Begriff denn seine Frau nicht, daß es völlig gleichgültig war, ob Louise wirklich etwas wußte oder nicht, daß sie sie aber brauchten, um diese Angelegenheit geheim zu halten, bis Eve wieder zu Hause war?

»Also, Louise, nun denke einmal sorgfältig nach«, fuhr der Doktor fort. »Mit welchem Mann könnte Eve fortgelaufen sein? Ich verspreche dir, du wirst nicht bestraft, wenn du es uns sagst. Aber wir müssen sie finden. Ich bitte dich also, Louise, erzähle uns, wo und wie sie diesen Mann kennenlernte. Wann hast du sie mit ihm sprechen sehen? Wie sah er aus? Sage uns einfach alles, was du über ihn weißt.«

»Es gibt keinen Mann, mit dem Mademoiselle Eve jemals gesprochen hätte. Ich schwöre es beim Heiligen Kreuz und bei der Heiligen Jungfrau! Sie war in ihrem ganzen Leben nicht allein mit einem Mann, mit Ausnahme, wenn sie zur Beichte ging, und selbst da war ich immer dabei, wie vor mir Mademoiselle Helene. Sie hat niemals mit mir über Männer gesprochen, mich niemals auch nur gefragt, was denn passiere, wenn ein Mädchen heiratet oder dergleichen. Sie hat lediglich ein paarmal gesagt, daß sie nicht heiraten wolle, niemals, niemals.« Louise brach in Tränen aus, als sie sich an ihre Spaziergänge im Stadtpark erinnerte, die erst wenige Monate zurücklagen, in dem kalten Beginn des Frühlings. »Sie war überhaupt nicht aufgeklärt, ich schwöre es.«

»Überhaupt nicht, wie?« brauste Chantal Coudert auf und wedelte mit dem Brief in der Luft. »Und dieser Brief da, was ist damit? Tatsache ist doch wohl, daß sie mit irgendeinem Mann durchgebrannt ist, oder nicht? Also entweder das eine oder das andere. Beides zugleich geht ja wohl nicht!«

»Chantal, bitte, versuche dich zu mäßigen!« Doktor Coudert nahm ihre Hand und hielt sie fest. »Wenn wir Glück haben, ist sie in einem oder zwei Tagen wieder da. Das ist so eine Art Anfall, irgendein pubertäres Problem, das bei Mädchen ihres Alters gelegentlich vorkommt. Wenn sie erst wieder da ist, werden wir ja erfahren, was eigentlich passiert ist, vorher sicher nicht. Aber bis dahin, und bis sie wieder zu Hause ist, ist es unbedingt nötig, daß niemand außer uns dreien erfährt, daß sie nicht da ist. Louise, höre jetzt genau zu.«

»Ja, Monsieur.«

»Du sagst der Köchin, Mademoiselle Eve ist krank und daß ich glaube, es sei Mumps. Ich hätte strenge Anweisung gegeben, daß niemand vom Personal zu ihr darf. Sage ihr, Eve ist unter Quarantäne. Und daß nur du zu ihr ins Zimmer darfst. Und du wirst regelmäßig Tabletts mit Fleischbrühe und Brot und Honig hineintragen. Aber sie wird keinen Appetit haben. Ich werde vier- bis fünfmal pro Tag zur Visite in ihr Zimmer gehen. Wenn irgend jemand vom Personal die Wahrheit erfährt, Louise, bist du auf der Stelle fristlos und ohne Zeugnis entlassen, und ich werde dafür sorgen, daß du in Dijon nie mehr eine Stellung bekommst. Hast du das verstanden?«

»Ja, Monsieur.«

»Chantal, wenn Eve aus irgendeinem Grund noch nicht wieder da sein sollte, wenn Marie-France von Deauville nach Paris zurückkehrt, werden wir sie bitten, sofort herzukommen. Wir brauchen ihren Rat. Und, sollte es dann nötig sein, vor allem ihre Hilfe.«

»Was meinst du damit, Didier? Was soll das heißen, ihre Hilfe?«

»Chantal, *ma chère*, glaubst du eigentlich, ein Arzt weiß nicht, was in der Welt vorgeht? Eve wäre schließlich nicht das erste Mädchen, das sich einige Monate außerhalb von Dijon aufhalten muß, und niemand muß es wissen, wenn sie wiederkommt.«

»O mein Gott, wie kannst du von deiner eigenen Tochter derart herzlos reden? Wie kannst du von *Monaten* sprechen, Didier?«

»Ich versuche einfach nur vernünftig und realistisch zu sein, Chantal, und das solltest du besser auch. Wenn wir alle Möglichkeiten einplanen und vorausdenken, können wir vielleicht einen Skandal vermeiden, und das ist erst einmal das Allerwichtigste, natürlich abgesehen davon, daß wir Eve finden müssen. Warte ab, eines Tages wird sie uns noch dafür dankbar sein. So, du, Louise, gehst jetzt erst einmal auf dein Zimmer und versuchst aufzuhören zu heulen. Wasch dir das Gesicht ab und ziehe eine frische Schürze an. Es ist nur Mumps, denke daran, und nicht das Ende der Welt.« Er versuchte sich freilich mit seiner Rede mindestens ebensosehr Mut zu machen wie dem Hausmädchen.

Am gleichen Tag, an dem die Baronin de Courtizot aus Paris in Dijon eintraf, kam ein zweiter Brief. Der Poststempel war aus Paris, und der Inhalt sagte kaum mehr als der erste Brief. Eve hatte ihn nur geschickt, um ihren Eltern zu versichern, daß es ihr gut gehe. Sie wußte sehr genau, was passieren würde, wenn sie herausfanden, wo sie war.

»Lies dies, Marie-France«, sagte der Doktor mit ernstem Gesicht. »Und sage mir dann, was du davon hältst.«

»Man könnte immer noch Detektive beauftragen«, meinte die Baronin, nachdem sie die wenigen Zeilen gelesen hatte. »Obwohl ich sehr bezweifle, daß das etwas nützen würde. Es gibt keinerlei Hinweise, von denen man ausgehen könnte. Von Paris abgesehen. Aber Paris ist groß.«

»Genau meine Ansicht. Aber ich werde trotzdem jemanden beauftragen, so wenig Hoffnung man auch haben kann.«

»Was sollen wir denn nur tun?« Chantal Coudert weinte aus heller Verzweiflung.

»Wenn Eve bis Ende nächster Woche immer noch nicht zurück ist, kann ich die Mumps-Geschichte nicht länger durchhalten. Kein Mumps dauert ewig. Marie-France muß hierbleiben, bis Eve sich angeblich besser fühlt, und anschließend wird sie uns freundlicherweise überredet haben, ihre Nichte mit nach Paris nehmen zu dürfen. Louise wird Eves Koffer packen, und sie werden ganz unerwartet abreisen, ohne sich, außer von Chantal, von irgend jemandem verabschiedet zu haben. Ich selbst werde sie zum Nachtzug zum Bahnhof fahren.«

»Und dann, Didier?« fragte Marie-France.

»Und dann wird Eve, bis sie wieder nach Hause kommt, bei dir in Paris leben. Nichts könnte schließlich normaler sein. Niemand von unseren Freunden wird die Geschichte, wenn wir sie verbreiten, in Zweifel ziehen. Eve erholt sich prächtig, werden sie mit Freude von uns hören, und sie wird demnächst sogar am gesellschaftlichen Leben von Paris teilnehmen – mit so viel Begeisterung übrigens, daß sie uns die Zustimmung abgerungen hat, dort unter deiner Obhut und Fürsorge noch einige Zeit bleiben zu dürfen, bis... nun, bis sie eben wieder nach Hause kommt, was früher oder später schließlich ganz zwangsläufig der Fall sein wird.«

»Was macht dich da so sicher?« fragte seine Gattin.

»Weil ein Mann von der Sorte, der mit einem Mädchen wie Eve durchbrennt, nichts taugen kann, was sie wohl ziemlich rasch selbst merken wird. Falls er ihrer nicht schon vorher überdrüssig wird. Behalte meine Worte im Gedächtnis: Nach allen Erfahrungen in meinen Jahren als Arzt wird sie ganz unumgänglich dorthin zurückkehren, wo sie hingehört, sobald es Schwierigkeiten in ihrem Leben gibt. Schließlich hat sie weder Geld noch kann sie sich ihren Lebensunterhalt selbst verdienen. Sie hat nichts gelernt und weiß nichts. Sie ist letzten Endes noch immer ein Kind. Sie wird zurückkommen, und so lange wir alle unsere Rollen spielen, wird auch ihr Ruf intakt bleiben. Dafür sind wir dir zu Dank verpflichtet, Marie-France.«

»Ach, das ist doch nicht der Rede wert, mein Lieber. Natürlich werde ich alles Menschenmögliche tun. Meine arme kleine Eve... Ich habe ja immer gedacht, Chantal, du seist zu streng mit ihr gewesen. Doch ich habe mich wohl geirrt. Wie man sieht, kann man gar nicht streng genug sein. Ich kann nur sagen, ich danke Gott, daß ich selbst keine Kinder habe.«

Eve räkelte sich mit demonstrativer Faulheit unter dem Leinenlaken und gab wohlige Laute äußersten Behagens von sich. Sie sah sich schläfrig suchend nach Alain um, obwohl sie vom Stand der ins Fenster scheinenden Sonne eigentlich ablesen konnte, daß sie wieder einmal sehr lange geschlafen hatte und er schon, ohne sie zu wecken, zur Probe gegangen war. Spät aufzustehen, war noch immer neu und ungewohnt für sie. Aber schließlich hatte sich ihr gesamter Lebensrhythmus gegenüber dem, was sie aus Dijon gewöhnt war, drastisch verändert, seit sie in Paris war. Mindestens ebensosehr, wie sich ihre neuerworbene Bewußtheit von den Möglichkeiten ihres Körpers von jenen Tagen unterschied, als noch ein gutes Tennisspiel genügt hatte, sie zu befriedigen.

Sie war in ihrer sexuellen Leidenschaft Alain absolut hörig geworden. Obwohl er in vieler Hinsicht sehr egoistisch war, wußte er doch sehr genau, wie man ein unerfahrenes Mädchen behandelt und seinen Appetit anregt – eine Kunst, die zur Vollkommenheit zu entwickeln nur wenige Männer jemals die Zeit oder auch das Interesse haben. Nacht für Nacht, ganz systematisch und mit Absicht schrittweise, hatte er Eve mit seiner Erfahrung auf den atemberaubenden Pfad erotischer Perfektion geführt, wie ihn nicht viele Kurtisanen erreichen.

Es war früh im Oktober, und durch die warme Brise, die zum Fenster hereinwehte, schienen noch immer die Trägheit und der Duft des Sommers zu schweben. Es war ein glückseliger, berauschender Oktober für Liebende, der bis in den neuen Frühling zu dauern schien; jener letzte Oktober der Ära, die man *La Belle Epoque* zu nennen pflegt...

Eve wäre fast wieder eingeschlafen, aber eben, als ihr die Augen zufielen, erinnerte sie sich daran, daß sie sich für heute zum Essen mit einer neuen Freundin verabredet hatte; einer neuen Bekannten, besser gesagt, die möglicherweise eine Freundin werden konnte. Sie wohnte gleich gegenüber auf der anderen Seite der Treppe und nannte sich Vivianne de Biron, was Alain für eine gar nicht schlechte Wahl hielt – weder zu blumig noch zu auffällig oder demonstrativ aristokratisch. Kaum jemals trat eine Frau in der Welt der Music-Halls unter ihrem wirklichen Namen auf. Eve selbst war als Madeleine Laforet eingeführt worden, allein schon, weil sie natürlich wußte, daß ihre Eltern sie sicherlich nach wie vor zu finden versuchten.

Sie gähnte und schlüpfte aus dem großen Bett, zog ihren Morgenmantel aus weichem Flanell an. Beim Anziehen spürte sie, wie sie sich in ihrer neuen Haut immer wohler zu fühlen begann und nicht mehr, wie anfangs, wie ein eben ausgeschlüpftes Küken.

Zu Alains kleinem Appartement im fünften Stock in einer Seitenstraße des Boulevard des Capucines, in der Umgebung, die auch die Offenbachs und der Mistinguett war, gelangte man mit einem höchst unzuverlässigen Aufzug. Es war ohne großen Aufwand, aber ausreichend eingerichtet, besaß einen Salon, ein Schlafzimmer, eine Küche, ein Bad und ein kleines halbrundes Eßzimmer, in dem Alain sein Klavier stehen hatte. Die großen Fenster des Wohnzimmers gingen auf einen winzigen Balkon hinaus, der schnell Eves Lieblingsplatz wurde. Dort stand sie, wenn sie ihr Frühstücks-*tartine* aß – das dick mit Butter bestrichene Brot, das, weil noch am Abend zuvor gekauft, schon leicht eingetrocknet war –, und ihren Kaffee trank, den Alain gekocht hatte. Manchmal sah sie einfach nur den pfirsich- und rosafarbenen Wolken zu, die von dem offenen Himmel der Ile de France her über Paris hinwegwehten. Oder sie beobachtete, wie das aprikosenfarbige Licht des späten Nachmittags sich allmählich violett verfärbte. Und oft saß sie auch am Klavier, um stundenlang zu spielen und zu singen. Die Musik war das einzige Bindeglied zu ihrer Vergangenheit geblieben, das sie sich bewahren wollte, obwohl sie ihren Eltern jede Woche schrieb. Selbst wenn sie so böse auf sie waren, daß sie diese Briefe nicht einmal lasen, wollte sie sie doch auf jeden Fall wissen lassen, daß es sie noch gab.

Ihre häuslichen Pflichten waren minimal. Eine Aufwartefrau, die schon jahrelang für Alain gearbeitet hatte, kam auch jetzt weiterhin jeden Nachmittag, um das Bett zu machen und aufzuräumen. Sie nahm Eves Anwesenheit mit einem höflichen Kopfnicken zur Kenntnis, das deutlich machte, daß sie keine Unterhaltung wünschte. Eve mußte sich im Grunde lediglich darum kümmern, daß vor Alains Auftritten immer eines seiner erstklassig maßgeschneiderten Hemden von Charvet und einer seiner britischen Westenanzüge vom Kaufhaus Old England auf dem Boulevard de la Madeleine bereitlagen. Jeden zweiten Tag brachte er seine kostbaren Hemden zur Handwäsche und die Anzüge zum Bügeln; er achtete immer sehr penibel auf die strenge Eleganz seiner Garderobe.

Er hatte es Eve einmal erklärt: Die Tatsache, daß er sich aus der Menge abhob, hatte er dem guten Einfall zu verdanken, sich unverwechselbar und individuell zu kleiden – und das schon seit seinen Anfängen, als er lediglich Statist im Moulin Rouge gewesen war. Damals, vor jetzt fünf Jahren, habe er sich zwei Lieder von der »Liederfabrik« Delormel & Garnier gekauft. Sein allererster Soloauftritt war eine kleine Nummer in einem drittklassigen Konzertcafe. Eve konnte von Details dieser Art über die Anfänge seiner Karriere gar nicht genug hören. Jede neue Einzelheit, die er ihr erzählte, hatte den Duft der ersten Liebe an sich, der so unmöglich zu beschreiben ist wie der einer Gardenie. Alles, wie banal es auch sein mochte, war kostbar und eingebettet in große Bedeutsamkeit. Old England und Charvet wurden für sie Namen, die nicht mehr einfach elegante Geschäfte verkörperten, sondern den Inbegriff von Romantik und Verzauberung.

Sie kannte keinen Menschen in Paris. Alains Tage waren meistens mit Proben, Vorstellungen und den freigiebigen Einladungen ausgefüllt, die zu der unumgänglichen Kontaktpflege seines Berufs gehörten. Seine vielen Freunde nahmen sie ohne das kleinste Anzeichen von Überraschung zur Kenntnis. In diesem Metier war derlei nichts Außergewöhnliches oder Unübliches. Sie war Alains neues Mädchen, die kleine Madeleine, und fertig. Ein sehr hübsches, frisches Kind, ganz zauberhaft. Etwas schweigsam und schüchtern vielleicht. Mehr interessierte niemanden. Sie registrierte es, ohne besonders verwundert zu sein. Schließlich war völlig klar, daß sie nicht zu ihnen gehörte, selbst wenn sie von nun an ihre nächtlichen Feste in einem der lärmenden Bistros oder einer der Brasserien mitmachte.

Obwohl sie ihre Tage auf diese Weise immer allein verbrachte, fühlte sie sich dennoch keineswegs einsam. Immerhin lag unten, gleich vor der Haustür, die faszinierende Welt der *Grands Boulevards*, wo einfach jeder lebte, der in der Welt der Music-Halls einen Namen hatte. Sie erkundete das tägliche Schauspiel auf den breiten Straßen, tanzte fast die Gehsteige entlang nach den Klängen und Rhythmen dieser ganz neuen synkopierten Musik, die aus Amerika kam – dieser Rhythmus des *Maxixe*, des *Bunny Hug* oder des *Turkey Trot* und wie sie alle hießen, die rasch den Tango zu verdrängen begannen. Sie wagte es allerdings nicht, auf einer der Caféterrassen einen Kaffee zu bestellen, obwohl sie danach lechzte.

Eine junge Dame, die allein in einem öffentlichen Lokal saß, könnte, hatte Alain sie gewarnt, leicht mißverstanden werden. Und niemals riskierte sie es, die Grenzen ihrer unmittelbaren Nachbarschaft zu überschreiten, um etwa einen Spaziergang durch die Rue de la Paix oder über die Champs-Elysées oder irgendeine andere der eleganten Promenaden zu unternehmen. Die Gefahr, dort Tante Marie-France in die Arme zu laufen, erschien ihr zu groß. Wohingegen keine wirkliche Dame von Welt, dessen konnte sie ganz sicher sein, am Tage auf den Grands Boulevards zu sehen sein würde.

Jetzt, es war bereits kurz vor Mittag, stand sie vor dem Schrank mit ihrer neuen Garderobe und versuchte sich zu entscheiden, ob sie vielleicht heute zum ersten Mal ihr bestes Herbstkostüm tragen sollte. Bisher hatte sie es lediglich in der Intimität ihres eigenen Schlafzimmers anprobiert. Noch immer war sie nicht an die unbequemen engen Röcke gewöhnt, die bis zu den Füßen hinab immer enger wurden. Damit man überhaupt noch gehen konnte, hatten sie vorn einen Schlitz. Dieser ließ ihre neuen »Tangospitzenschuhe« sehen. So schwierig es war, sich in dieser Art Kleider zu bewegen, wo sie doch bisher nur an die sehr viel größere Bewegungsfreiheit der edwardianischen Röcke gewöhnt war, so unverhohlen stolz war sie darauf, wie erwachsen sie darin aussah. Zum Rock gehörte eine plissierte Tunika, über der eine boleroartig geschnitte Jacke mit V-Ausschnitt am bloßen Dekolleté getragen wurde; es war eine Lust, so frei, verspielt und mit tiefem Ausschnitt zu gehen, wenn man mit den ewigen hohen Fischbeinkragen aufgewachsen war.

Ja, sie wollte das sattgrüne Kostüm anziehen, auch wenn es noch so warm war, beschloß sie. Vivianne de Biron mußte immerhin, schätzte sie, schon an die fünfunddreißig sein, und sie kleidete sich mit größter Pariser Eleganz. Da benötigte sie, Eve, schon alle Selbstsicherheit, die ihr ihre neuen Kleider verliehen. Schließlich war es das erste Mal, seit sie aus Dijon durchgebrannt war, daß sie mit irgend jemandem – außer Alain – allein zusammentraf.

Alain gab ihr, ganz ungeniert vor seinen Freunden, Geld, damit sie sich anständig kleiden konnte. Er verlangte keine Hausarbeit von ihr. Aber wenn er morgens zu den Proben für das neue Programm wegging, vergaß er ihre Existenz einfach. Eves ungewohntes und untätiges Leben und Denken hingegen kreiste unablässig und ausschließlich um ihn.

Alain Marais war für seinen Teil mit Eve durchaus zufrieden und sogar einiges mehr als nur das. Denn nach wie vor mußte sie viel lernen, bis sie einmal die vollkommene Geliebte war, die er sich immer schon erträumt hatte. Ehe das nicht erreicht war, würde er ihrer auch nicht überdrüssig – was ihm sonst schon oft passiert war.

Vivianne de Biron war als Jeanne Sans geboren worden. Sie stammte aus bescheidenen Verhältnissen und war in einer düsteren Vorstadt von Nantes aufgewachsen. Nachdem sie sich zu einer ganz außergewöhnlichen Schönheit entwickelt hatte, bekam sie ihre erste Chance, in einer Music-Hall vorzusingen. Und obwohl sie nicht einmal imstande war, Takt mit dem Orchester zu halten, trat sie doch mit den Allüren und der Selbstsicherheit einer Königin auf.

Fortan hatte sie mit unvergleichlicher Eleganz zwanzig Jahre lang die schweren, dekorativ mit Pailletten übersäten Kostüme eines Showgirls getragen. Sie hatte gelernt, daß sie und ihre Kolleginnen in der Welt der Music-Halls etwa die gleiche Funktion hatten wie die Elefanten eines Maharadscha: so majestätisch wie nutzlos, aber unverzichtbar. Sie hatte sich stets etwas darauf zugute gehalten, daß sie im Rahmen der ihr zugefallenen Rolle so gut wie jedes andere Showgirl »ihren Salat verkaufte«, wie man das – und sie es – nannte.

Jetzt war sie seit fünf Jahren im ehrbaren Ruhestand und hatte es geschafft, eine der drei möglichen Positionen der Veteraninnen ihres Metiers zu erreichen. Sie war zwar kein Star geworden (was natürlich auch nie zur Debatte gestanden hatte) und keine Ehefrau irgendeines wohlanständigen Mannes (was sicherlich nicht das Geeignetste für sie gewesen wäre). Aber sie hatte es zu zwei dauerhaften Verehrern gebracht, beide mittleren Alters, sehr solide Herren, die keine übermäßigen Anforderungen an sie stellten und deren Ratschläge es ihr ermöglicht hatten, ihre eigenen großzügigen Geschenke aufs beste anzulegen.

Sie verfügte über ein mehr als ausreichendes Einkommen für ein friedliches und durchaus luxuriöses Leben im Mittelpunkt des Teils von Paris, in dem sie immer hatte leben wollen. Die Music-Hall, die so lange ihr Leben gewesen war, stand nach wie vor im Mittelpunkt ihres ganzen Interesses, und niemals versäumte sie einen neuen Künstler oder eine neue *Revue à Spectacle*. Sie hatte sich eine nicht unbeträchtliche Lebenserfahrung zugelegt. Ihr durchaus umtriebiger Geist hatte schließlich all die Jahre und die tausenden von Wartestunden hinter den Bühnen anderes zu tun gehabt. Jetzt war sie fünfundvierzig und sah zuversichtlich dem Tag entgegen, an dem sie – vielleicht in fünf Jahren – ihren beiden Verehrern Lebewohl sagen könnte, um fortan alle sieben Tage der Woche friedlich und ungestört die Nächte durchschlafen zu können. Inzwischen hatte die junge Frau, die gegenüber eingezogen war, ihre Aufmerksamkeit erregt. Sie war so ganz anders als die anderen Eroberungen von Alain Marais. Sie hatte angeborene Klasse und war obendrein noch schön. Naiv, aber unverkennbar eine Herrschernatur, so offensichtlich vorläufig noch ihre Herkunft aus der Provinz war.

»Wie gefällt Ihnen Paris, Madame?« fragte sie Eve zum Beginn ihres gemeinsamen Essens im Café de la Paix. Man hatte sie in dem großen vornehmen Raum mit seinen blaßgrünen Wandtäfelungen und einer Deckenfarbe, die nach dem Geschmack der Madame Pompadour gewählt zu sein schien, an einem sehr guten Tisch plaziert.

»Oh, ganz über die Maßen!« erklärte Eve mit sichtlicher Begeisterung. »Es ist der wundervollste Ort der Welt!«

Vivianne musterte ihre neue Nachbarin ganz unverhohlen. Sie war nach der letzten Mode gekleidet. An jeder Wange stand unter dem kleinen Barett, das sie auf dem Kopf trug, eine der Schmachtlocken hervor, die gerade aktuell wurden. Aber ihre Erfahrung sagte ihr doch, daß die so elegante Madeleine Laforet so neu und unerfahren war wie ein Landmädchen, das zum ersten Mal Küken auf dem Markt verkauft. Wenn sie eine »Madame« war, wie die Höflichkeit sie zu titulieren gebot, dann war sie selbst, Vivianne, die Mutter ganzer Kinderscharen... Und doch, und doch... da war die Sache mit der Musik.

»Ich habe Sie singen gehört, Madame. Ich muß sagen, ich war überaus beeindruckt davon.«

»Mich singen?«

»Ach, wußten Sie nicht, daß ich Sie in meiner Küche hören kann?«

»Nein, wirklich nicht.« Eve war sehr verlegen. »Ich dachte... ich war ganz sicher, daß ich gewiß niemanden stören würde... Ich glaubte, die Wände seien dick genug. Das ist mir sehr unangenehm, es tut mir leid. Ich muß Ihnen ordentlich auf die Nerven gefallen sein. Gut, daß Sie es mir sagen.« Sie entschuldigte sich mit wirklich tiefem Bedauern. Zu erfahren, daß eine völlig Fremde alle die populären Lieder, die sie da und dort aufschnappte und zu ihrem eigenen Vergnügen sang, mitgehört hatte, während sie vielleicht nur in Ruhe ihr Essen kochen wollte, war ihr so peinlich, daß sie kaum wußte, was sie sagen sollte.

»Die Wände in diesem Haus sind nun einmal recht dünn. Man hört ständig, was die Nachbarn treiben. Aber lassen Sie mich das sagen, ich habe wirklich niemals etwas gehört, was mir so gefallen hat wie Ihr Gesang. Und immerhin habe ich auch Monsieur Marais schon sehr oft gehört.«

»Aber zu ihm haben Sie nie etwas gesagt?« fragte Eve.

»Selbstverständlich nicht. Er muß schließlich seine neuen Lieder proben. Das ist doch ganz natürlich. Und ich bewundere ja auch seine Stimme. Doch Sie, Madame... Ich gehe doch gewiß nicht fehl in der Annahme, daß Sie nicht beruflich singen?«

»Nein, natürlich nicht, Madame de Biron. Das hört man ja auch sofort, nicht wahr?«

»Aber keineswegs. Ich schließe das nur daraus, daß ich noch nie von Ihnen gehört habe. Denn, wenn Sie in der Branche wären, wüßte ich das mit Sicherheit. Und ich wage zu behaupten, dann wüßte es sogar ganz Frankreich. Mir entgeht nichts, wissen Sie, was in der Music-Hall passiert. Schon, weil ich sonst keine andere Beschäftigung mehr habe. Die Music-Hall war einmal mein Leben, müssen Sie wissen. Heute ist sie mein Steckenpferd. Meine ganze Leidenschaft, wenn Sie so wollen. Und niemand kann je eine bessere gehabt haben.«

»Wie meinten Sie das eben, ganz Frankreich würde es wissen?«

»Wissen Sie denn nicht, daß Sie eine ganz außergewöhnlich bezaubernde Stimme haben? Nein, mehr noch als bezaubernd. Und wie Sie singen! Sie haben mich buchstäblich zu Tränen gerührt mit all den albernen kleinen Liedchen, die ich doch schon dutzende Male gehört habe. Aber sicherlich bin ich nicht die erste, die Ihnen das sagt.«

Doch tatsächlich war dies das allererste, ganz offen und ehrlich gemeinte Kompliment für Eve. Professor Dutour schien in seiner knurrigen Weise nie völlig mit ihr zufrieden gewesen zu sein. Und was ihre Mutter anging, so hatte sie ihrem Gesang ohnehin nie mehr Bedeutung beigemessen als eben einer Sache, die wie so manches andere der Erziehung und Ausbildung einer Dame der Gesellschaft angemessen war und wie alles andere dazu beitragen konnte, zu glänzen und zu renommieren.

Eve wußte nicht recht, was sie sagen sollte. Vivianne de Biron entging es nicht. Sie fand, daß es Zeit sei, das Thema zu wechseln. »Kennen Sie schon viele Music-Halls, Madame?« fragte sie.

»Nein, leider nicht«, antwortete Eve. »Sehen Sie, Monsieur Marais tritt jeden Abend außer Sonntag im *Riviera* auf, und ich würde mich nicht wohlfühlen, wenn ich zur gleichen Zeit allein andere Music-Halls besuchte. Finden Sie das sehr dumm von mir?«

»O nein, ganz im Gegenteil. Es ist sehr klug. Aber warum nicht die Matineen?«

»Daran habe ich nie gedacht.«

»Wenn ich Karten beschaffen könnte ... wissen Sie, ich bekomme immer überall Freikarten ..., hätten Sie dann vielleicht Lust, einmal mit mir zu kommen?«

»Oh, sehr gerne! Das würde mir wirklich sehr gefallen, Madame de Biron! Wissen Sie, es ist ganz seltsam. Als ich Monsieur Marais kennenlernte, fand ich es ganz selbstverständlich, hinter die Bühne zu gehen. Aber jetzt fühle ich mich irgendwie gar nicht mehr wohl, wenn ich bei seinen Auftritten in den Kulissen stehe ... Ich störe da, ich gehöre da ja nicht hin ... Aber ich habe gemerkt, daß es mir fehlt.« Sie sprach sehr nachdenklich.

»Glauben Sie mir, ich weiß genau, was Sie meinen«, antwortete Vivianne. Vor sehr langer Zeit war auch sie einmal in einen Sänger verliebt gewesen. Lieber zwei gebrochene Fußknöchel, lieber fünfzehn Bienenstiche in die Nasenspitze, lieber ewige Krätze, als, lieber Gott, noch einmal diese Zeit damals! Dieses Paradies auf Erden, diese Quälerei, diese bitteren Enttäuschungen am Ende!

So begann Eves Weg in die Welt der besten Music-Halls, deren Geschichte 1858 mit dem pompösen *Eldorado* begonnen hatte, dem ersten richtigen Theater, das die Konzertcafés abzulösen begann, jene originär französische Mischung aus Gesang und Verzehr.

Bald waren Eve und Vivianne de Biron per Du. Die Ältere hatte die Jüngere nacheinander ins *Scala*, in die »Variétés«, ins *Bobino* und in das *Casino de Paris* geführt und dem faszinierten jungen Mädchen nach und nach ihre ganze zwanzigjährige Erfahrung des Metiers vermittelt.

»Und jetzt zu Dranem. Es gibt nur ganz wenige Sänger, die mich wie er zum Lachen bringen können. Er kann ein Theater ganz allein füllen. Dabei sieht er doch gar nicht so umwerfend aus, nicht wahr? Mit seinen übergroßen Galoschen und diesem winzigen, lächerlichen Hut... einem Hut, der Gold wert ist, sage ich dir. Er nennt ihn seinen *Poupoute*, und um nichts in der Welt würde er ihn verkaufen. Paß auf seine Art zu singen auf. Ohne die kleinste Geste, mit roter Nase und rotem Kinn und geschlossenen Augen. Er hat das für sich selbst erfunden, als seine persönliche Spezialität. Und so oft und so lange andere ihn auch zu kopieren versucht haben, er blieb unerreicht. Er und Polin und Mayol, sie sind das große Dreigestirn der Originale, meine Liebe. Tausende junger Nachwuchskünstler versuchen sie zu imitieren. Polin ist ein wirklich netter Mann, aber er hat keine Ahnung von Werbung. Er pflegte immer zu sagen: ›Das Geheimnis des Erfolges ist, die Bühne fünf Minuten eher zu verlassen, als das Publikum es wünschen würde.‹ Folglich geht er jeden Abend nach der Vorstellung wie ein Postbeamter am Feierabend nach Hause, und niemals liest man auch nur ein Wort über ihn. Kein Zweifel, daß er deshalb nicht annähernd so viel verdient wie andere, die nicht halb so viel Talent haben wie er. Und Mayol, dieser mächtige, schweinchenrosige Kerl, wäre nochmal so populär, wenn er sich statt mit Männern mit Frauen abgäbe. Jede Frau im Publikum weiß sofort, daß er nicht sie besingt.«

»Da, sieh mal genau dorthin, die Dritte von links, die mit den Purpurfedern und dem roten Haar! Gestern hat mir jemand zugeflüstert, daß sie im vierten Monat sei, von ihrem Impresario. Dabei ist ihr Bauch so platt wie ein Brett! Das beweist nur wieder mal, daß man nicht ein Wort von all dem Klatsch glauben kann, den man so hört. Ach, ich sehe, Max Dearly gefällt dir! Ich bete ihn an! Mein alter Max, wie ich ihn immer nenne! Er war der erste komische Sänger, der sich nicht wie ein Clown schminkte oder anzog. Da kannst du dir vorstellen, was für eine Sensation er anfangs war. Ein eleganter Komiker! Und er konnte obendrein auch noch tanzen, was die anderen nicht können! Alle Frauen sind verrückt nach ihm, und er mag sie fast so sehr wie die Pferde. Ich wollte, ich hätte das Geld, das er schon auf der Rennbahn verloren hat!«

Eve folgte aufmerksam jedem Wort von Viviannes Kommentaren. Nicht allein, was die ältere Freundin wußte, ließ sie fasziniert an ihren Lippen hängen, sondern auch, was sie aus ihren Erzählungen alles über die Vielfalt des menschlichen Verhaltens erfuhr, interessierte und belehrte sie in höchstem Maße. Schwanger vom eigenen Impresario... Ein Mann, der Männer liebte... Geld auf dem Rennplatz verlieren... könnte irgendwer von diesen Leuten in dieser Welt hier auch nur einen Tag das öde Leben ertragen, das sie geführt hatte?

»Sieh dir nur mal diesen jungen Chevalier an«, sagte Vivianne. »Er hat sich, glaube ich, anfangs auch von Dearly inspirieren lassen, sich seitdem aber erstaunlich weiterentwickelt. Hast du je von der Nummer gehört, die sein großer Durchbruch war? Er hat mit der Mistinguett zusammen einen Tanz namens *La Valse Renversante* vorgeführt – sie waren über sämtliche Bühnenrequisiten gestolpert und hatten sich am Ende zusammen in einen Teppich eingerollt. Natürlich kam danach eines zum anderen, und er wurde ihr Liebhaber.«

»Nächste Woche gehen wir zu Polaire. Du hast sicher schon mal von ihrer Taille gehört? Nein? Die ist so dünn, daß ein Männerstehkragen, Größe 40, sie umschließen kann! Für meinen Geschmack hat sie eine zu große Nase und einen zu dunklen Teint. Sie erinnert mich immer an einen kleinen Araberjungen. Aber ihre Augen sind ganz außergewöhnlich. Riesig, fast erschreckend groß!«

»Vivianne«, unterbrach sie Eve, »ich frage mich schon die ganze Zeit... ich meine, wahrscheinlich ist es zu schwierig, dafür Karten zu bekommen... aber offen gestanden, ich sterbe, wenn ich nicht bald einmal ins Olympia komme!«

»Willst du denn die Polaire nicht sehen?«

»Sicher, schon. Aber ich habe nun schon so viel von dem neuen Programm im Olympia gehört und gelesen. Die Dolly Sisters und Vernon und Irene Castle und Al Jolson. In allen Zeitungen stand, daß es noch kein Programm gab, das einen solch ungeheuren Erfolg hatte. Willst du sie denn nicht sehen?«

»Pah! Ein Haufen Amerikaner! Sie sind etwas Neues, das ist alles. Das war mein alter *Patron* Jacques Charles. Er fuhr an den Broadway und engagierte, wen er nur kriegen konnte. Sicher, keine dumme Idee. Aber auch nicht sehr patriotisch, wenn du mich fragst. Ich persönlich boykottiere das. Keine zehn Pferde kriegen mich da hin.« Vivianne rümpfte hochmütig die Nase, und damit war dieses Thema erledigt.

Doch Eve war fest entschlossen, sich das Programm im Olympia anzusehen mit Vivianne oder ohne sie. Mittlerweile fühlte sie sich vertraut genug mit den großen Theatern, um auch einmal allein zu gehen. Es war schon Ende November, und die milden Oktobertage hatten einem ungewöhnlich feuchten und kalten Herbst Platz gemacht. Doch sie hatte einen neuen warmen Mantel und einen großen »Kissen«-Pelzmuff mit einer den Kopf einhüllenden Pelzmütze und war damit gut gewappnet, um auf die Straße zu gehen. Alain hatte beim Kartenspiel etwas Geld gewonnen und war deshalb großzügiger als üblich gewesen. Sie hatte nicht gewagt, ihn zu fragen, wieviel er denn gewonnen habe, weil er Fragen über sein Leben mit seinen Freunden gar nicht mochte. Aber aus der Art, wie er darauf bestand, alle, die er kannte, von nun an jeden Abend zu Austern und Champagner einzuladen, konnte sie sich denken, daß es nicht wenig gewesen sein mußte.

Tatsache war überhaupt, stellte sie fest, daß Alain jetzt, nachdem die Proben für das neue Programm beendet waren, praktisch jeden Nachmittag, wenn er keine Vorstellung hatte, mit Kartenspielen verbrachte. Aber sie verdrängte das aus ihrem Kopf. Er arbeitete schließlich in seinem Beruf sehr hart und hatte deshalb auch das Recht auf etwas Ablenkung und Entspannung, sagte sie sich, während sie sich für die Matinee ankleidete.

Unpatriotisch oder nicht, dachte Eve, während der letzte der zehn Vorhänge für die Castle fiel, Vivianne hätte mitkommen sollen! So etwas zu versäumen, diese fließende Grazie, diesen frischen Charme! Die Hände taten ihr weh vom Applaudieren, und es kam noch eine Nummer vor der großen Pause. Ein Sänger namens Fragson.

Vivianne hatte diesen Namen in allen ihren Erzählungen und Kommentaren über die großen Stars nie erwähnt. Und doch wurde es nun vor erregter Erwartung mucksmäuschenstill im Saal. Eve wußte mittlerweile gut, daß so etwas nur geschah, wenn wirkliche Könige – oder Königinnen – ihres Fachs kamen, Künstler, denen ein so großer Ruf vorauseilte und die so angebetet wurden, daß sie bereits im voraus wußten, das Publikum würde ihnen zu Füßen liegen.

Der Vorhang ging hoch. Die Bühne war völlig dunkel. Dann ging ein

Scheinwerferkegel an, in dem nur eine einzige Gestalt stand; ein großer, dunkelhaariger Mann in einem dunklen englischen Clubanzug mit hohem Stehkragen. Die Kette seiner goldenen Taschenuhr war eben unter dem Knoten seiner seriösen Krawatte noch sichtbar. Er deutete mit einem Kopfnicken als Dank für den sofort stürmisch aufbrausenden Applaus ohne jedes Lächeln eine Verbeugung an. Kaum hatte er sich an den Flügel gesetzt, begann er die ersten Noten von *Folies* zu spielen. Das Publikum unterbrach ihn mit donnerndem Applaus, der sich erst legte, als er bereits zu singen begann. Eve hörte die ihr wohlbekannten Worte von Alains Erkennungslied »Ich träume nur von ihr, von ihr, von ihr« und war wie vom Donner gerührt. Sie verstand absolut nichts mehr. Wußte Alain, daß jemand namens Fragson ihm sein Lied gestohlen hatte? Wie konnte das große, berühmte Olympia diesen Fragson auftreten lassen, wo doch nur einige Straßen weiter im *Riviera* Alain genau diese Lieder ebenfalls sang? *Adieu Grenade*, das sie so liebte, oder *La Petite Femme*, das er eben erst einstudiert hatte. Und jetzt, o Gott!, kam auch noch *Reviens*, Alains schönste Melodie überhaupt, die er immer zuletzt sang, unmittelbar vor dem abschließenden *Je Connais Une Blonde*!

Sie blickte sich in heller Panik im ganzen Theater um, als erwarte sie, daß jeden Moment die Polizei hereingestürmt käme und diesen Fragson verhaftete. Aber sie erblickte lediglich ein Meer verzückt mitschwingender Köpfe, einen Saal voller Menschen, die hingerissen jedes neue Lied sogleich erkannten; so gut obendrein, daß es nicht einmal einer eigenen Ansage bedurfte. Die Frau neben ihr kannte offensichtlich sämtliche Texte auswendig, denn ihre Lippen bewegten sich zwar lautlos, aber absolut synchron zu dem, was Fragson sang. Eve glaubte, einen Alptraum zu erleben. Sie begann Fragson intensiv anzustarren. Er mußte sehr viel älter sein als Alain. Er hatte erheblich weniger Haare und eine viel größere Nase. Er sang überdies mit englischem Akzent. Aber sonst hätte dies hier, auf der Bühne des Olympia, Alain Marais sein können!

Sobald der Applaus verebbt war und die Pause begann, drängte sich Eve hinaus und verließ das Theater, so schnell es ihr nur möglich war. Sie eilte wie in Trance nach Hause. Fragson. Fragson war eine größere Attraktion als selbst Polin oder Dranem oder Chevalier. Die hatte sie alle schon gehört. Aber keiner hatte das Publikum auch nur annähernd so gefesselt und begeistert wie er. Fragson, der Alains Lieder sang. Fragson, der genau auf die gleiche Art wie Alain sang und auftrat. In Alains Stil, den sie niemals von irgend jemanden in irgendeiner Music-Hall gehört oder gesehen hatte!

Fragson, Fragson... Der Name ergriff von ihr Besitz und ließ sie nicht mehr los: Sie vermochte an nichts anderes mehr zu denken. Bis sie sich schließlich die offensichtliche Wahrheit eingestehen mußte: Alain Marais sang Fragsons Lieder! Alain Marais sang im Stil von Fragson, Alain Marais kopierte selbst die Kleidung von Fragson bis in alle Details! Und wenn sie in Fragsons Hemdkragen gesehen hätte, kein Zweifel, daß auch in diesem das Etikett von Charvet gewesen wäre wie das von Old England in seinem Anzug.

Fragsons Existenz erklärte ihr alles, was sie sich bisher im stillen gefragt hatte, seit sie begonnen hatte, mit Vivianne zweimal wöchentlich in die Music-Halls zu gehen. Sie erklärte, warum Alain damit zufrieden war, in einer Music-Hall zu bleiben, von der sie bisher geglaubt hatte, sie sei in die zweite Kategorie einzuordnen, während sie, wie ihr jetzt klar wurde, bestenfalls drittklassig war. Fragsons Vorstellung erklärte ihr, warum ein Mann wie Alain mit seiner doch hervorragenden Stimme sich niemals bei einem der wirklich großen Impresarios vorgestellt hatte. Denn jetzt, als ihr Schock beim Anblick Fragsons allmählich abklang, mußte sie ganz offen einräumen, daß er mit ganz außergewöhnlicher Faszination sang. Er sang mit der machtvollen Präsenz eines echten Grandseigneurs, mit einem besonderen Charme, mit einer persönlichen Ausstrahlung, die sich nie, niemals imitieren ließen... nie imitiert werden sollten und durften. Er war das Original, Alain Marais die Fälschung.

Fragson erklärte alles über Alains Karriere – mit Ausnahme der Frage, warum er sich um alles in der Welt dafür entschieden hatte, als Imitator von Fragson zu leben. Hatte er überhaupt die Fähigkeit, etwas Eigenständiges zu schaffen? Sie konnte ihn unmöglich danach fragen. Er durfte niemals erfahren, daß sie Fragson gehört und gesehen hatte. Was auch immer Alains Gründe gewesen sein mochten, sich dafür zu entscheiden, als die bloße Kopie eines der größten Entertainer Frankreichs zu leben – es war nicht ihre Sache. Sie konnte allenfalls Vermutungen anstellen. Aber sie würde ihn niemals danach fragen. Niemals.

Es brach ihr – seinetwegen – schier das Herz, als sie sich daran erinnerte, wie er ihr erzählt hatte, auf welche Weise er »seinen« Stil erfunden habe; und ihretwegen, wie sie ihm das alles Wort für Wort geglaubt hatte. War es möglich, daß dies alles erst ganze fünf Monate her war? Sie fühlte sich tatsächlich zehn Jahre älter als damals. Kein Wunder, daß Vivianne so hartnäckig versucht hatte, sie vom Olympia fernzuhalten! Sie hatte es zweifellos die ganze Zeit gewußt.

Wie in Trance nahm sie den Aufzug bis zu ihrer Etage. Vivianne, die sie heimkehren hörte, steckte den Kopf zur Tür heraus und fragte: »Nun, meine Kleine, hat der Spaziergang gegen dein Kopfweh geholfen?«

»Nein, Vivianne, eigentlich nicht«, sagte Eve, »aber ich werde schon darüber wegkommen. Kein Kopfschmerz dauert ewig.«

Der feuchtkalte November erschien den Leuten wie die reine Tropenhitze, als erst der Dezember über Paris hereingebrochen war. Allenfalls noch die Schaufenster der Geschäfte boten einige Farbtupfer und etwas Fröhlichkeit angesichts der Tatsache, daß es nahezu eine Polarexpedition geworden war, auch nur über die Straße zu gehen. Seit Menschengedenken, erzählten sich die Leute ein übers andere Mal, habe man keine solche Kälte erlebt.

Zwei Tage vor Weihnachten erwischte auch Alain Marais die Grippe, die schon seit Wochen im Ensemble des *Riviera* grassierte. Er ging an diesem Tag wie üblich ins Theater und absolvierte seine *Tour de Chant*, aber dann konnte er sich nur noch mühsam nach Hause schleppen. Am nächsten Morgen hatte er bereits so hohes Fieber und war so schwach, daß Eve, die ihn die ganze Nacht umsorgt hatte, hinüber zu Vivianne ging, um zu fragen, ob sie nicht einen Arzt in der Nähe wüßte.

»Ich schwöre auf den alten Doktor Jammes«, sagte Vivianne sofort. »Der bringt ihn im Handumdrehen wieder auf die Beine. Ich rufe ihn sofort, Kleine, mach dir mal keine Sorgen. Du mußt aber im *Riviera* anrufen und Bescheid sagen, daß Alain mindestens eine Woche lang nicht auftreten kann.«

Doktor Jammes untersuchte Alain eingehend und wiegte bedenklich den Kopf. »Möglicherweise hat das übrige Ensemble nur eine gewöhnliche Grippe, Madame«, sagte er zu Eve, »aber dies hier ist, fürchte ich, eine ausgewachsene Lungenentzündung. Alle Anzeichen deuten darauf hin. Er muß sofort ins Krankenhaus. Sie können ihn unmöglich selbst pflegen und versorgen.«

Bei dem Wort Lungenentzündung überkam Eve Furcht. Wie oft hatte ihr Vater Patienten verloren, die eigentlich nur Leberbeschwerden hatten, wenn dann plötzlich noch die gefürchtete Lungenentzündung dazukam! Man konnte nichts tun als schröpfen und dann beten, daß der Patient stark genug war, die Krisis zu überstehen.

»Nun, nun, das ist kein Grund zu besonderer Aufregung«, versuchte der Arzt sie hastig zu beschwichtigen, als er ihr ins Gesicht sah. »Es hilft ja auch nichts. Sie müssen jetzt darauf achten, selbst unbedingt kräftig zu essen und stark zu bleiben. Der junge Mann da«, fügte er hinzu, indem er auf Alain hinuntersah, »hat sich offensichtlich zuviel zugemutet. Er ist bei weitem zu mager. Wenn er das überstanden hat, muß er damit anfangen, besser auf seine Gesundheit zu achten. Ah, immer sage ich allen meinen Patienten dasselbe; aber hält sich je einer daran? Na gut, Madame, ich veranlasse jetzt das Nötige.«

»Ist... das Krankenhaus sehr teuer, Doktor?« zwang sich Eve zu fragen.

»Nun ja, alle Welt beklagt sich, daß es so sei, Madame. Aber ich nehme doch an, Sie haben einige Ersparnisse?«

»Ja, ja, sicher, ich frage ja auch nur, weil... nun ja, jede Krankheit...«

»Nun machen Sie sich mal nicht zu viele Sorgen, Madame. Er ist jung, und immerhin ist es besser, zu mager zu sein als zu fett, sage ich immer. Aber jetzt muß ich gehen. Ich habe noch fünf andere Hausbesuche vor dem Essen... Wir Ärzte haben gar keine Zeit, Lungenentzündung zu kriegen. Das ist ja auch etwas Gutes. Guten Tag, Madame, und rufen Sie mich, wenn Sie mich wegen irgend etwas brauchen.«

»Ich weiß ja, Vivianne, daß es seltsam klingt; als wäre ich ein Kind; aber ehrlich, ich weiß nicht, was Alain mit seinem Geld macht«, gestand Eve ihrer älteren Freundin, als sie vom Krankenhaus zurückgekommen war, nachdem sie nichts mehr für ihn hatte tun können. »Er gibt mir Geld für Kleider, aber die Aufwartefrau bezahlt er immer selbst. Und außer dem Frühstück essen wir auch nie zu Hause. Ich weiß nicht einmal, bei welcher Bank er sein Geld hat.«

»Da mußt du ihn eben einfach fragen, Kleines«, meinte Vivianne, die sich bei dieser Gelegenheit wieder einmal glücklich schätzte, rechtzeitig dafür gesorgt zu haben, daß ihre finanziellen Angelegenheiten bestens geregelt waren. »Mach dir mal keine Sorgen. Er hat jahrelang gut verdient und ist sicherlich kein Narr.« Sie zweifelte keinen Augenblick daran, daß die Ehefrauen ihrer beiden Herren mindestens ebenso unwissend hinsichtlich der Finanzen ihrer Männer waren wie die kleine Madeleine über die ihres Liebhabers.

Doch den ganzen folgenden Monat über war Alain nicht in der Verfassung, nach dem Ort befragt zu werden, an dem er seine Ersparnisse deponiert habe; oder nach irgend etwas sonst. Nach seiner Einlieferung in das Krankenhaus rang er mit dem Tode. Zu Hause hielt Vivianne Eve damit gesund, daß sie ihr kräftige Mahlzeiten bereitete; und hätte sie ihr nicht auch noch Geld aufgenötigt, hätte man Alain längst schon in eines der Armen-Hospitäler abgeschoben.

Endlich, als es schon Ende Januar war, schien er sich allmählich zu erholen. Nun entschied sich Eve endlich, erschöpft, aber entschlossen, zu fragen, wie sie etwas Geld von seiner Bank abheben könne.

»Bank!« lachte er schwach. »Bank! Da spricht die echte Tochter der Reichen.«

»Alain! Ich habe dir doch nur eine ganz normale Frage gestellt. Wieso sprichst du so?«

»Weil du, wenn du nicht als reiches Mädchen geboren wärst, wüßtest, daß unsereins kein Geld behält. Wir verdienen es, wir geben es aus. So habe auch ich das immer gehalten, und so wird es auch immer sein. Das ist nun einmal das Leben, für das ich mich vor langer Zeit entschieden habe. Jede kleine Bourgeoise außer vermutlich dir hätte das schon längst begriffen. Sparen, Ersparnisse! Das ist etwas für die abgesicherten kleinen Existenzen mit einer kleinen Ehefrau und, Gott helfe ihnen, ihren vielen kleinen Kindern! Pah! Lieber würde ich alles bei einem guten Kartenspiel verlieren, als es auf eine Bank zu tragen, um es da zu horten! Du kannst dich doch nicht beklagen, oder? Als ich es hatte, gab ich es aus, und ich habe mich nicht bei dir beklagt, als ich alles verloren habe, oder?«

»Alles verloren?«

»Ja, kurz ehe ich krank wurde. Ich hatte Pech mit den Karten.« Er sagte es mit fatalistischem Achselzucken. »Es wäre gerade noch genug für Weihnachten gewesen. Und danach hätte ich sicher auch wieder einmal Glück gehabt. Oder ich hätte eben auf die nächste Gage gewartet. Was auch immer zuerst gekommen wäre. Ich habe mir niemals Sorgen wegen Geld gemacht. Und ich weigere mich auch jetzt, es zu tun. Das renkt sich alles wieder ein, glaube mir. Bald bin ich wieder im *Riviera*.«

»Alain! Ich habe Doktor Jammes gefragt, wann du entlassen werden kannst. Er meinte, vielleicht in ein paar Wochen. Aber daß du noch Monate... Monate!... Rekonvaleszenz benötigst, ehe du wieder arbeiten kannst!«

»Ach, der alte Esel! Wichtigtuer!«

Er wandte sich von Eve ab und sah zum Fenster hinaus auf all den Schnee, der für Paris eine Seltenheit war.

»Wichtigtuer vielleicht, aber kein Esel«, widersprach ihm Eve aufgebracht. »Er hat dir immerhin das Leben gerettet!«

»Hör zu, ich sage dir was«, sagte Alain bitter. »Fahr nach Hause. Fahr nach Hause nach Dijon.«

»Alain!«

»Ja, ich meine das ganz ernst. Du bist nicht für unser Leben geboren, und das muß dir doch auch längst klar sein. Du hast dein Abenteuer gehabt, aber du hast doch wohl auch begriffen, daß es nun vorüber ist. Kehre heim zu deinen Eltern, so schnell der nächste Zug fährt. Du gehörst nicht hierher. Gott weiß, daß ich dich niemals gebeten habe, mit mir zu kommen. Das war ganz allein deine eigene Idee und dein eigener freier Wille. Das weißt du doch wohl noch? Mir ist mein Leben, so wie es ist, recht, aber ich kann nicht für längere Zeit die Verantwortung für jemand anderen übernehmen. Und ehrlich gesagt, will ich es auch nicht. Du hast dich selbst eingeladen. Jetzt ist es Zeit, wieder zu gehen. Sag Lebewohl, Eve, und steig in deinen Zug nach Dijon.«

»Ich lasse dich jetzt allein. Du bist übermüdet. Ich komme morgen wieder, Liebling. Versuch dich auszuruhen.« Eve lief ohne sich umzusehen aus dem Krankenhaus und hoffte, daß niemand ihre Tränen bemerken würde.

»Und das ist alles, was er gesagt hat?«, fragte Vivianne.

»War es etwa nicht genug? Mehr als genug?«

»Vielleicht hat er recht«, sagte Vivianne langsam.

»Ist das wirklich deine Meinung? Also du auch?«

»Ja, mein Kleines«, sagte die ältere Freundin. »Paris ist kein Ort für ein junges Mädchen ohne eine sichere Stellung irgendeiner Art, Madeleine. Und das ist etwas, was dir Monsieur Alain Marais niemals geben kann. Wenn ich mich in seine Lage versetze, muß ich ihm recht geben. Was er da gesagt hat von der... Rückkehr nach Dijon... ist das möglich?«

»Aber nein! Es ist ganz und gar unmöglich! Vivianne, ich liebe ihn und ganz gleich, was du sagst oder er selbst, ich werde ihn nicht verlassen. Wenn ich nach Hause zurück ginge, würden sie... erwarten... ach, ich weiß nicht, was sie alles erwarten würden! Es ist völlig undenkbar!«

»Ja, dann bleibt natürlich nur eine einzige Möglichkeit übrig. Aber nur diese eine.«

»Warum siehst du mich so an?« fragt Eve, plötzlich sehr wach.

»Ich überlege. Bist du dazu imstande?«

»Imstande wozu, um Gottes willen?«

»Geld zu verdienen.«

»Aber selbstverständlich kann ich das. Wofür hältst du mich? Ich könnte als Verkäuferin arbeiten. Oder ich lerne maschineschreiben. Ich kann Telefonistin werden. Oder...«

»Madeleine! Still jetzt! Ich denke doch nicht an irgendeine Stellung in einem Laden oder in einem Bürohaus, wo es eine Million Mädchen gibt, die mindestens genauso viel Talent für diese Stellungen mitbringen wie du. Nein, mein Kleines, ich meine eine Arbeit, die deinen Fähigkeiten und Talenten angemessen ist. Ich spreche von der Arbeit auf der Bühne einer Music-Hall.«

»Das ist doch nicht dein Ernst!«

»Aber ganz im Gegenteil. Tatsächlich geht mir diese Idee schon seit Monaten im Kopf herum. Genau gesagt, bereits seit ich dich zum ersten Mal singen hörte. Ich habe mich immer gefragt, warum Monsieur Marais nie selbst daran dachte. Aber dann wurde mir klar, daß du ja nie gesungen hast, wenn er zu Hause war. Hat er überhaupt eine Ahnung davon, daß du singst? Nein? Das dachte ich mir schon. Du hast viel zuviel

Respekt vor seinem professionellen Ruf gehabt, um deine eigenen Fähigkeiten auch nur zu zeigen... dieses unbedeutende, elende Gequieke deines Stimmchens... so war es doch, oder?«

»Mach dich ruhig lustig über mich, Vivianne! Es macht mir nichts aus. Ich habe nicht für ihn gesungen, weil ich dachte, daß es vielleicht... ach, ich weiß es auch nicht so genau. Vielleicht auch, weil ich wirklich glaubte, daß er es nicht mögen würde oder daß er vielleicht denken würde, ich wollte Duette mit ihm singen. Oder sonst irgend etwas Albernes dieser Art.«

»Oder weil du vielleicht mehr Aussichten auf großen Erfolg hättest als er selbst? Wie? Ist es vielleicht das?«

»Nein, niemals!«

»Und warum eigentlich nicht, wo es doch die reine Wahrheit ist? Mach dir nicht die Mühe, es abzustreiten. Ich weiß es, und ich bin sicher, du weißt es längst auch.«

Eine lastende Stille fiel zwischen die beiden Frauen. Sie wußten beide, daß da ein Thema angeschnitten worden war, über das sie beide niemals hatten diskutieren wollen. Zugleich wußte jedoch keine von beiden genau, wieviel die andere wußte. Doch dies war nicht mehr der Augenblick für Zurückhaltung. Schließlich entschloß sich Eve zu sprechen, ließ aber Viviannes letzte Frage unbeantwortet. »Warum bist du so sicher, daß ich auf der Bühne singen könnte? Ich bin noch nie öffentlich aufgetreten. Ich habe immer nur für mich selbst gesungen, zu Hause. Und für dich, wie ich dann hinterher erfahren habe.«

»Aus zwei Gründen, mein Kleines. Erstens wegen deiner Stimme. Sie ist kräftig genug, daß man dich, wenn du es nur willst, auch noch im Balkon der größten Theater von Paris hört. Sie vermag Emotionen zu transportieren, als liefen Fäden von deinen Lippen bis ins Herz des Zuhörers. Sie hat etwas Besonderes. Ich kann es nicht richtig beschreiben, aber es bewirkt, daß ich sie hören möchte, daß ich dich singen hören möchte, immer wieder, ohne Ende. Und am wichtigsten von allem: Wenn du von Liebe singst, glaubt man dir jedes Wort. Glaube selbst ich dir jedes Wort. Obwohl ich, wie du gut weißt, nicht an die Liebe glaube.«

Sie machte eine Pause.

»Und zweitens, du hast Persönlichkeit. Du bist ein Typ, eine Erscheinung. Bloßes Talent allein, oder lediglich eine Stimme zu besitzen, hat in der Music-Hall noch nie genügt. Man muß etwas haben. Etwas. Die Fähigkeit, Erfolg zu haben.«

»Und was für ein Typ, meinst du, bin ich?«

»Du selbst! Und das ist das Beste von allem, glaub es mir, mein Kleines! Ich erinnere mich gut, was die Mistinguett einmal zu mir sagte: ›Das

Entscheidende ist nicht mein Talent, sondern die Tatsache, daß ich die Mistinguett bin! Talent hat auch jede zweite Besetzung.‹ Mein Kleines, du besitzt ein großes Talent, und außerdem bist du einmalig! Du bist Madeleine! Und mit diesen zwei Dingen kannst du die Music-Hall erobern!«

»Und wenn du dich nun irrst?«

»Aber nicht doch. In derartigen Dingen irre ich mich grundsätzlich nicht. Du mußt nur den Versuch wagen.«

»Wagen... natürlich wage ich es! Ich wage immer alles!« rief Eve in plötzlichem Feuer.

»Gut. Dann müssen wir die richtigen Lieder für dich finden und ein Vorsingen arrangieren. Je eher, desto besser. Zum Glück habe ich immer noch meine Kontakte ins Olympia. Wenn ich dich zu Jacques Charles bringe, wird er dir jederzeit einen Termin geben und dich anhören.«

»Ins Olympia?«

»Aber selbstverständlich, wohin sonst? Wir fangen gleich ganz oben an, wie es jeder vernünftige Mensch tun würde.«

Obwohl gerade erst zweiunddreißig, aber energiegeladen, ehrgeizig und voller Einfälle, war Jacques Charles ein Veteran im Music-Hall-Geschäft. Er strich sich den ordentlichen schwarzen Schnurrbart glatt. In seinen Augen waren seine nie erlahmende Neugier und sein immer waches Interesse. Er stand auf seinem üblichen Platz, wo er immer stand, wenn jemand vorsang, fast ganz hinten, oben im zweiten Balkon des Olympia. War jemand hier oben, weit von der Bühne, nicht gut zu hören, war schon alles entschieden, und er hatte kein weiteres Interesse mehr, wie groß sonst das Talent auch immer sein mochte.

»Was steht heute an, *Patron*« fragte sein Assistent Maurice Appel. Er war etwas überrascht über diesen Morgentermin an einem Tag, der üblicherweise den Nachmittagsproben vorbehalten war.

»Nur eine Gefälligkeit, Maurice. Sie erinnern sich doch an Vivianne, nicht? Vivianne de Biron, mein früheres Erstes Showgirl in den *Folies-Bergère*? Sie war großartig, diese Vivianne, ein Prachtstück. Kam nie zu spät, war nie krank oder schwanger, nie verliebt und nie müde. Und vor allem war sie klug genug, aufzuhören, ehe ihre Brüste aufhörten, zur Decke hinauf zu zeigen. Seit sie weg ist, gab es keine mehr, die wie sie wie eine Königin über die Bühne schreitet mit nichts am Leibe als einer Tonne Federn auf dem Kopf. Sie bat mich, eine Freundin vorsingen zu lassen. Ich konnte es ihr nicht gut abschlagen. Da, da ist sie schon.«

Sie sahen hinunter auf Eve, die eben auf die Bühne gekommen war. Sie trug die Kopie eines Marinehemds von Jeanne Lanvin. Viviannes Näherin hatte dieses epochemachende Kleid für Eve einfach aus rötlichem Krepp nachgeschneidert. Seine leicht verschossen wirkende Farbe paßte genau zu Eves erdbeerblondem Haar, das zu beiden Seiten ihres Gesichts lang und glatt heruntergebürstet war. Sie wirkte auf der dunklen Bühne wie ein einzelner Sonnenstrahl, der sich in der Helligkeit des Rampenlichts verfangen hat. Sie stand sehr aufrecht. Ihre rechte Hand lag nur ganz leicht auf dem Flügel, an dem bereits ein Begleiter saß, der auch schon ihre Noten aufgeschlagen hatte. Aus ihrer für sie, da sie schließlich jahrelang bei Professor Dutour Unterricht gehabt hatte, selbstverständlichen und völlig natürlichen Haltung konnte man nicht erkennen, daß sie in Wirklichkeit nervöser war als je zuvor in ihrem Leben.

»Zumindest sieht man sie«, sagte Jacques Charles.

»Wollen wir wetten, *Patron*, sie macht auf Polaire?«

»Warum nicht gleich die Mistinguett persönlich?«

»Oder Yvonne Printemps?« konterte Appel.

»Jetzt haben Sie noch Alice de Tender vergessen.«

»Von Eugenie Buffet gar nicht zu reden.«

»Damit hätten wir die Möglichkeiten wohl durch. Mit diesem Kleid kann sie nicht gut die Absicht haben, Walzer zu tanzen, also scheidet Paulette Darty aus. Na gut, ich sage Alice de Tender. Was setzen Sie dagegen, Maurice?«

»Die Printemps. Dafür habe ich einen Instinkt.«

»Fünf Francs?«

»Gut.«

»Mademoiselle, Sie können anfangen, bitte!« rief Jacques Charles nach unten.

Eve hatte zwei Lieder vorbereitet. Es hatte sich als schwierig erwiesen, in einer Zeit, in der jeder einigermaßen etablierte Liederschreiber voll ausgebucht war, etwas Eigenes und Neues für dieses Vorsingen zu beschaffen. Doch Vivianne hatte ohnehin eine andere Lösung dieses Problems gewußt.

»Es kommt überhaupt nicht darauf an, mein Kleines, daß du irgend etwas Neues und Originelles singst. Nicht das Lied soll ihnen auffallen, sondern du. Nur du und dein Typ. Am besten ist es, wenn du Lieder singst, die sehr bekannt sind und die man sogar untrennbar mit ihren berühmten Interpretinnen verbindet. Lieder, bei denen die Leute sofort an die Mistinguett denken oder an Yvonne Printemps. *Mon Homme* meinetwegen, oder *Parlez-moi d'Amour*. Damit forderst du augenblicklich Vergleiche heraus und demonstrierst, daß es nicht so sehr auf das Lied wie auf den Interpreten ankommt.«

»Großer Gott, Vivianne«, hatte Eve protestiert, »meinst du denn nicht, daß damit alles nur sehr viel schwerer für mich würde? Das sieht doch so aus, als hätte ich überhaupt keine eigene Idee im Kopf.«

»Keinen Menschen interessieren deine Ideen oder wie du das nennst, meine Liebe. Du gehst dorthin, um einfach als du selbst dort zu stehen. Dich selbst mußt du unvergeßlich machen!«

Unvergeßlich! Wie? dachte Eve, als sie nun auf der Bühne stand und nichts sah als das blendende Rampenlicht vor sich. Nichts weiter. Nur unvergeßlich sein. Mehr nicht. Und das alles in fünf Minuten. Sie holte tief Atem und erinnerte sich auf einmal an den weiten endlosen Horizont, den sie einst aus jenem Ballon erblickt hatte. An den Moment, wo sie auf gleich und gleich mit jenen furchtlosen Piloten der großen Luftschau gewesen war. Nun, warum nicht? sagte sie sich. Was ist schon so Bemerkenswertes daran, unvergeßlich zu sein? Ich werde es auf jeden Fall versuchen. Wagen. Ja, ich werde es wagen.

Sie gab dem Pianisten ein Zeichen, daß er beginnen könne. Und als die ersten Töne von *Parlez-moi d'Amour* in dem leeren Theater erklangen, hielt Maurice Appel bereits die Hand vor seinem Chef auf, und Jacques Charles begann ebenfalls unverzüglich in seiner Tasche nach Geld zu kramen. Doch kaum hatte ihre Stimme die beträchtliche Entfernung von der Bühne unten bis herauf in den zweiten Balkon durchquert, mit ihrem warmen Alt, der so intim war und so gegenwärtig, diese Stimme, die ihm direkt ins Ohr zu singen schien, ungeachtet der ganzen Entfernung dazwischen, hielt er mitten in der Bewegung inne und hörte einfach nur zu.

Er hörte eine Stimme, die eine Art Hunger in ihm erweckte, wie er ihn bisher noch nicht erlebt hatte. Die diesen Hunger auch stillte, aber gleichzeitig den Wunsch auslöste, mehr, immer noch mehr von ihr zu hören – von diesem Klang, der wie der Schlag des eigenen Herzens war. Eine Stimme, die unauslotbar war und etwas in sich barg, was ihm bisher unbekannt gewesen war. Er merkte mit einem Mal, daß ihm bisher dieses hübsche Lied in der Interpretation von Yvonne Printemps mit ihren schmachtenden Soprantrillern so vertraut gewesen war, daß er niemals auf die Worte geachtet hatte. Jetzt plötzlich berührten ihn die »zarten Dinge«, die der Text beschwor, mit unvermittelten Erinnerungen an »zarte Dinge« der eigenen Vergangenheit – und der Erwartung weiterer in der Zukunft. Innerhalb einer einzigen Minute hatte nichts anderes als die Stimme dieses Mädchens in Rot dort unten auf der leeren Bühne ein ganz seltsames Liebesweh in ihm verursacht.

Maurice wollte etwas sagen, als Eve zu Ende war, aber der Direktor lege den Finger an die Lippen. »Fahren Sie bitte fort, Mademoiselle«, rief er hinab.

Und Eve sang *Mon Homme*. Niemand wußte besser als die beiden

Männer oben im Balkon, daß dieses Lied wie ein Markenzeichen, wie eine Erkennungsmelodie, wie das Eigentum der großen einzigartigen Mistinguett war; so absolut und unbestreitbar wie ihre legendären Beine und so vollständig wie der junge Maurice Chevalier. Nie mehr würde dieses Lied ihr allein gehören, jedenfalls nicht so wie bisher. Und wenn sie das hätte miterleben müssen, wäre schlicht alles denkbar gewesen. Sie war des Mordes fähig.

Als Eve geendet hatte, begannen beide Männer spontan zu applaudieren und »*Encore!*« zu rufen, ehe sie sich beide ganz verblüfft und etwas verlegen ansahen. Es war schließlich nicht ihre Sache, wie normales Publikum nach Zugaben zu schreien; sie waren doch keine Zivilisten.

In der Tat: *Encore!* dachte Vivianne de Biron triumphierend. Sie würden ihre Zugaben von Madeleine schon noch erhalten. Aber alles zu seiner Zeit. Zuerst galt es, einen Vertrag auszuhandeln. Und wenn sie sich nicht eben selbst verraten hätten, hätten sie Madeleine verhältnismäßig billig bekommen. So aber, jetzt...

»An die Arbeit, Maurice«, murmelte Jacques Charles. »Vielleicht kriegen wir die Biron am Ende doch noch dazu, zu glauben, daß wir nur höflich waren.«

»Damit können Sie immer argumentieren, *Patron*.«

»Mein Lieber, aber doch nicht bei Vivianne. Bei der würde ich das nicht einmal versuchen.«

»Wieso? Weil sie so ein tolles Showgirl war?«

»Idiot. Weil sie mich nur auslachen würde. Ich sagte, sie war nie krank oder schwanger. Ich habe kein Wort davon gesagt, daß sie dumm war.«

VIERTES KAPITEL

Gut, vielleicht war es hartherzig von ihr, dachte Vivianne de Biron. Und zweifellos sollte man so etwas eigentlich gar nicht denken. Aber dennoch war es im Grunde nicht schlecht, im Gegenteil sogar ganz entschieden vorteilhaft, daß sich Alain Marais keineswegs so rasch erholte, wie er selbst gehofft hatte. Die Ärzte hatten darauf bestanden, daß er noch weiter im Krankenhaus blieb, bis sein Zustand einigermaßen zufriedenstellend war. Und da der Winter nach wie vor kalt und frostig war und es so aussah, als sollte, typisch für Paris, dieser Zustand bis zum Nationalfeiertag am 14. Juli andauern, bestand keine akute Gefahr, daß er nach Hause kam und entdeckte, wie Madeleine dabei war, sich auf ihr Debüt im Olympia vorzubereiten – das große, ruhmreiche Olympia, von dem er nur zu gut wußte, daß für ihn nicht die geringste Hoffnung bestand, es jemals zu erreichen; es sei denn, mit einer ganz normalen Eintrittskarte.

Vivianne hatte Madeleine davor gewarnt, ihm etwas zu erzählen, und das Mädchen hatte diesen Rat sofort und ohne auch nur nach einem Grund zu fragen akzeptiert. Sie mußte wohl doch endlich Fragson singen gehört haben. Was ja auch nun ganz unumgänglich war, nachdem sie beide auf der gleichen Bühne im selben Programm auftreten sollten und Madeleine bereits täglich im Theater die neuen Lieder ihrer geplanten *Tour de Chant* probte. Aber sie hatte kein Wort davon gesagt. Nun ja, dachte Vivianne, über manche Dinge muß man auch gar nicht reden, schon gar nicht unter Freunden.

Sie beendete ihre stummen Überlegungen mit einem Achselzucken und wandte sich Gedanken über Maddys Zukunft zu. Maddy – das war der Name, den die Direktion für Madeleine als Künstlernamen ausgesucht hatte. Jacques Charles hatte gemeint, Madeleine – Magdalena – habe doch ganz entschieden zu starke religiöse Bezüge; und wenn man den Gesang Madeleines schon in eine solche Schublade tun wollte, dann wäre allenfalls eine mit dem Etikett »Venus« angemessen. ... Er hatte ihr Debüt schon für die erste Hälfte der Laufzeit des momentanen Programms beschlossen, weil ein neues erst im Laufe des Sommers geplant war. »So lange will ich auf keinen Fall warten«, hatte er Vivianne erklärt, als er den Vertrag unterzeichnet hatte, »denn sie ist schon jetzt soweit. Ich sorge dafür, daß alle Kritiker da sind. Ein neuer Name ist immer Grund genug, sie auch in der Mitte der Saison wieder ins Haus zu kriegen. Wir plazieren Maddy unmittelbar nach den Hoffmann-Girls und vor dem Zauberer. Dann kommt noch Fragson vor der Pause. Besser geht es gar nicht.«

»Wie wollen Sie sie anziehen?« hatte Vivianne sofort nachgefragt, bereit zu kämpfen, wenn es sein mußte.

»Rot natürlich, wie Sie es gemacht haben. Ihr Instinkt war schon richtig, da gibt es keine Frage. Bei ihrem Haar darf sie immer nur Rot tragen. Allerdings keines dieser Hemden. Keine Frau wird jemals wieder meine Bühne mit einem solchen Sack entehren. Gegen diese Dinger ist ja selbst ein Kissenbezug erotisch. Nein, nein, Maddy hat ja Gott sei Dank auch die Figur, die ihre Stimme verspricht. Und der möchte ich doch Gerechtigkeit widerfahren lassen – so wie einst der Ihrigen, Vivianne! Damals, als Sie noch nicht die Laufbahn einer Künstleragentin eingeschlagen hatten.«

»Undankbarer!«

»Ah! Die klassische Bühnenmutter!« lachte er und küßte ihre Hand. »Ein Jammer, daß Sie niemals im Gleichschritt mit den anderen bleiben konnten. Aber ich sehe jetzt, daß Ihre Talente anderswo liegen! Nein, Vivianne, im Ernst, Sie wissen schon, daß ich Ihnen durchaus dankbar bin, nicht wahr?«

»Sie haben allen Grund dazu! Und ich werde ein Auge auf ihre Kostüme haben, *Patron*, verlassen Sie sich darauf!«

»Ich vertraue Ihnen voll und ganz.«

»Und ich werde auch ein Auge auf Sie haben«, ergänzte Vivianne ganz ernst.

»Woran Sie völlig recht tun! Warum sollten ausgerechnet Sie der erste Mensch in der Geschichte des Theaters sein, der einem Produzenten vertraut?«

»Und jetzt«, sagte Jacques Charles zu Eve, als er in ihre Garderobe kam, »jetzt können Sie zu arbeiten beginnen!« Es war Mitte März und der Morgen nach ihrem ersten Auftritt.

»Das verstehe ich nicht ganz«, sagte Eve verwundert.

»Nun, meine liebe Maddy, gestern abend hat Paris Sie in sein Herz geschlossen. Das Publikum hat seine Entscheidung getroffen. Es hat sich in Sie verliebt. Nur das Publikum selbst kann solche Liebeserklärungen abgeben. Es war ein großer Sieg, Maddy. Ein vollständiger, totaler Sieg. Schauen Sie sich diese Kritiken hier an – es ist der reine, vollkommene Triumph, mit Glanz und Gloria, Maddy! Und deshalb können Sie jetzt, wie gesagt, beginnen zu arbeiten.«

»Ich verstehe es noch immer nicht.« Nach den Ovationen, die ihr am

Abend zuvor zuteil geworden waren, hatte sie alle die Blumen und Briefe, von denen ihre Garderobe mittlerweile überquoll, schon halb erwartet. Und sie war auch nicht mehr überrascht über die Komplimente, die die Kollegen ihr gemacht hatten. Aber diese Bemerkung des Direktors ergab keinen Sinn für sie.

Er erklärte es ihr. »Vom ersten Mal an, Maddy, als ich Sie auf der Bühne sah, habe ich in Ihnen nicht nur die Sängerin gesehen. Diese *Tour de Chant* jetzt ist doch nur der erste Schritt Ihrer Karriere! Ein selbstverständlich absolut notwendiger und unerläßlicher. Ohne ihn kann man kein Publikum erobern. Aber für ein großes Talent kann das auch zum Gefängnis werden. In Ihnen steckt ein Talent, wie es seit Jahren keines mehr gab. Sie können ein Star werden, Maddy, die Art Star, um den herum man eine ganze Revue bauen kann, für den man überhaupt erst eine macht. Aber das bedeutet, Sie müssen ebenso gut tanzen und spielen können wie singen. Und das bedeutet: Unterricht, mein Mädchen, Stunden, Proben, lernen!«

»Aber...«

»Wollen Sie ein Star werden?«

Eve sank auf die Couch und sah ihren noch so jungen Direktor völlig verwirrt an.

»Ach so«, sagte dieser, »Sie dachten, Sie seien nun bereits einer? Sicher, wen wundert es, nach diesen Ovationen. Nur, Maddy: Es gibt solche Stars und solche. Natürlich sind Sie jetzt ein Star. Kein großer, das noch nicht, aber doch schon so hell glitzernd, daß Sie nie mehr Ihren Platz am Himmel mit jemandem teilen müssen, dem nicht ebenfalls das Publikum des Olympia zu Füßen lag.«

Er betrachtete sie eingehend und sah, daß seine Worte sie verletzt hatten. »Mißverstehen Sie mich nicht, Maddy«, fügte er deshalb eilig hinzu, »Sie haben durchaus das Recht, sich fortan als Star zu fühlen, wenn das Wort für Sie bedeutet, ein Name auf den Plakaten und Programmen zu sein. Einer unter vielen anderen. Aber wenn Sie darüber hinaus noch einen Traum haben, wenn Sie beispielsweise davon träumen, daß eines Tages die Leute das Olympia stürmen, nur um Maddy zu sehen, gleich als was und womit, weil eben Maddy attraktiver ist als der ganze Rest des Programms, wenn Sie davon träumen sollten, daß eines Tages der Name Maddy ein Begriff in der ganzen Welt ist und die Touristen sich um Eintrittskarten für Ihren Auftritt raufen – erst dann haben wir beide die gleiche Vorstellung von einem wirklichen Star! Nun, was sagen Sie?«

Eve sah in seinen Augen die ganz ehrliche und offene Begeisterung und Aufregung eines Mannes, der ihr nicht weniger als die Welt anbot. Dieser Produzent, der jeden Künstler engagieren konnte, den er haben wollte, dachte – nein, wußte, daß sie eine Chance hatte. Und mehr als das.

»Nichts. Im Augenblick gar nichts. Ich danke Ihnen sehr, *Patron*, aber ich habe nichts zu sagen.«

»Nichts?« fragte er völlig ungläubig.

»Bitte, denken Sie nicht, daß ich undankbar bin oder beschränkt. Ich... ich bin einfach noch zu verwirrt... Nach der Aufregung von gestern abend konnte ich die ganze Nacht kein Auge zutun... ich weiß jetzt einfach nicht, was ich will oder nicht.«

»Schon gut, Maddy, das verstehe ich durchaus... Ist ja auch ganz normal... Lassen Sie sich Zeit und denken Sie darüber nach. Einen Tag oder meinetwegen sogar zwei. Und wenn Sie sich entschieden haben, kommen Sie in mein Büro. Dann haben wir eine Menge zu besprechen.«

Er eilte mit einem aufmunternden Lächeln davon, dachte jedoch betrübt, daß, wenn jemand nicht wußte, was er tun sollte, das fast schon so schlecht war wie gar nichts zu wollen. Wenn Maddy wirklich den Wunsch und den Ehrgeiz hätte, ein Star nach seiner Vorstellung zu werden, dann hätte sie keine halbe Minute brauchen dürfen, um sich für sein Angebot zu entscheiden, dann hätte sie bereits heute in aller Frühe an seine Bürotür klopfen müssen, um ihn zu fragen, was er denn für Pläne mit ihr habe...

Am späten Nachmittag, als sie noch eine halbe Stunde Zeit hatte, ehe sie sich ankleiden mußte, um ins Theater zu gehen, saß Eve in einem Sessel vor den großen Fenstern, durch die sie damals, es war alles erst einige Monate her, die langen Herbst-Sonnenuntergänge beobachtet hatte. Es war jetzt draußen schon fast dunkel, aber es war ein heller, sonniger Tag gewesen – jener eine freundliche Märztag, der die Pariser davor bewahrte, völlig über den schlimmen Winter zu verzweifeln; der eine Tag, an dem dann die Kellner der Cafés hastig Stühle und Tische vor die Tür stellten, damit sich die Gäste in Scharen danach drängelten, obwohl sie sehr gut wußten, daß sie sie schon morgen wieder hineinbringen müßten.

Sie fröstelte etwas und wärmte sich die Hände an ihrer Teetasse. Den ganzen Nachmittag schon, während der Probe, hatte sie gefroren, obwohl es heiß und stickig im Theater war. Und obwohl sie jetzt in ihren wärmsten Morgenrock eingewickelt war, wurde ihr nicht recht warm.

Warum, fragte sie sich zum hundertsten Male, hatte Jacques Charles ihr diese Fragen stellen müssen? Warum hatte sie diese Ernsthaftigkeit und dieses drängende Fordern in seiner Stimme hören müssen? Warum mußte sie diesen plötzlichen Blutstoß in sich verspüren, als er von der Maddy gesprochen hatte, die ein Weltstar werden könnte? Und wie er so freundlich, aber nachsichtig von den kleinen, bescheidenen Stars gesprochen hatte... War sie denn je der Vermessenheit schuldig gewesen, mehr zu erwarten? Hatte sie sich je auch nur für sich selbst gestattet, von mehr zu träumen? War denn das Wagnis und die Anmaßung, im Olympia zu singen, nicht schon genug? Warum fragte man sie, ob sie noch mehr wollte? Wo doch jeder Erfolg, den sie nach diesem noch erringen konnte, unweigerlich bedeutete, daß sie Alain verlor! Warum führte man sie so grausam in Versuchung?

Sie stand auf und suchte nach einem warmen Schal, um ihn sich um den Hals zu wickeln. Im Schlafzimmer blieb sie minutenlang vor dem großen Schrank stehen, in dem Alains Anzüge in eindrucksvoller Reihe hingen. Sie öffnete die Tür und atmete tief den Geruch ein, der von den teuren Wollstoffen ausströmte. Eben dieser Geruch schien ihr die letzten zweieinhalb Monate ohnehin alles gewesen zu sein, was von ihrem angebeteten Geliebten in diesem Appartement zurückgeblieben war. Denn obwohl sie ihn nach wie vor regelmäßig im Krankenhaus besuchte, war es nie mehr so wie vorher. Das spezielle Aroma seines Tabaks, seines Eau de Cologne, seines Haaröls und seines Körpers verbanden sich für sie zu dem unvergleichlichen Geruch, der ihn verkörperte; aber der machte sie nun trauriger denn je. Sie fuhr mit ihrer kalten Hand unter ihren Morgenrock und strich mit den Fingern leicht über ihre Brust, um einen Hauch der Erinnerung seiner Berührung zu beschwören. Ihr ganzer Körper sehnte sich schmerzlich nach ihm.

»Eve?« kam eine Stimme von der Tür des Schlafzimmers. Sie fuhr mit einem erschreckten Ausruf herum.

»Alain! Mein Gott, Alain! Gott, hast du mich erschreckt, so leise hereinzukommen! Was um Himmels willen machst du hier?«

Er amüsierte sich lachend darüber, wie konsterniert sie war und nahm sie fest in die Arme. »Vor einer Stunde haben sie mich endlich entlassen. Ich wollte dich überraschen. Gib mir einen Kuß. Ach, ist das gut. So gut... schmeckt ganz anders als in diesen Krankenhausbetten. Ich hatte das fast schon vergessen! Ach, bin ich froh, dich wiederzusehen, mein Engel. Wie bin ich froh, daß du dich nicht von mir nach Dijon hast fortschicken lassen!« Er hielt sie auf Armeslänge von sich und betrachtete sie. »Du siehst verändert aus, Eve. Ich habe dich noch nie mit Lidschatten gesehen. Von wem hast du das gelernt, von Vivianne?«

Eve nickte hastig. »Alain, Liebling, sag, bist du sicher, daß du schon erholt genug bist, um nach Hause zu kommen? Hat man dich untersucht vor der Entlassung? Du bist schrecklich abgemagert!«

»Du sprichst ja schon wie meine Mutter! Da muß ich dir ja wohl nachdrücklich beweisen, wie kräftig ich tatsächlich bin«, meinte er und hob sie
hoch, um sie auf seinen Armen zum Bett zu tragen. »Gib mir deinen
Mund zuerst, nur deinen Mund«, flüsterte er erregt, »und danach nehme
ich mir den Rest allein...« Sein Lachen war triumphierend. »Du wirst
sehen, wie kräftig ich schon wieder bin.«

Als er sie auf dem Bett niedergelegt hatte und seine Jacke auszuziehen
begann, sah Eve die Uhrzeit auf dem Wecker des Nachttischchens. Sie
mußte in zehn Minuten ins Theater, oder sie kam zu spät. Sie setzte sich
auf. »Alain, Liebling, nicht jetzt.«

Er war verblüfft. »Was heißt das denn, ›nicht jetzt‹? Ist das eine Art,
mich willkommen zu heißen?«

»Ich... muß weg. Ich habe eine Verabredung... ich darf nicht zu spät
kommen. Wenn ich zurückkomme, können wir...«

»Können wir was? Was zum Teufel soll das heißen: eine Verabredung? Seit wann gehst du abends allein aus?« Er schlüpfte zornig wieder
in seinen Jackenärmel und ging hinaus in den Salon, wo sein Cognac
stand.

»Wahrscheinlich hätte ich mich doch lieber ansagen sollen, wie?« rief
er über die Schulter. »Aber schließlich ist doch wohl keine Verabredung
so wichtig wie... Eve! Komm sofort her! Komm augenblicklich her!«

Eve lief voller Vorahnungen eilig zu ihm hinüber. In plötzlicher Angst
hielt sie sich die Hand vor den Mund. Alain stand vor dem riesigen Blu-
menkorb mit einer Unzahl roter Rosen, der am Vormittag von einem Boten gebracht worden war.

»Was ist das denn? Bist du so reich geworden, daß du hundert Francs
ausgeben kannst, um dir selbst Rosen zu kaufen, oder was?« Seine Kie-
fermuskeln waren angespannt, sein Mund nur noch ein Strich. »Und
auch noch von Lachaume, darunter ging es wohl nicht? Was, zum Teufel,
geht hier vor? Wer schickt dir dieses Zeug?« Sie brachte kein Wort hervor, als Alain die steife, cremefarbene Karte nahm, die bei den Blumen
lag. Der Name des Absenders, Jacques Charles, war aufgeprägt, der Fa-
milienname durchgestrichen, um klarzumachen, daß die Rosen nicht
»Monsieur Charles« sondern »Jacques« gesandt hatte.

Danke, Maddy, für gestern abend.
Es war mehr, als ich mir erhofft habe.
Und für heute abend hast du keinen Grund
mehr, nervös zu sein. Bis dahin,
Jacques.

Alain las es mit Betonung, laut und deutlich vor. Er kam mit einem Riesenschritt auf Eve zu, packte mit einer Hand ihre beiden Hände und schlug ihr mit der anderen mit aller Kraft ins Gesicht.

»Du Hure! Du rumhurende Hure! ›Mehr, als ich mir erhofft habe‹! Kann ich mir denken! Schließlich habe ich dir alles beigebracht! Woher kennst du den? Vivianne! Natürlich, die! Die ist wohl deine Zuhälterin geworden, wie? Ich bring' sie um! Und dich dazu!« Er schlug noch einmal zu.

»Hör auf, Alain! Es ist doch alles ganz anders! Hör auf, um Gottes willen, und laß mich erklären!« Sie versuchte sich schreiend aus seinem Griff zu befreien.

»O Gott, du scheinst mich wirklich für einen Idioten zu halten, oder? Erklären! Was gibt es denn da zu erklären? Du hast dich von ihm ficken lassen, das ist die ganze Erklärung! Maddy aus Dijon! Die neueste Hure von Paris!« Seine Kiefer mahlten, er keuchte und holte erneut aus, um zuzuschlagen.

»Ich singe!« schrie Eve schrill und verzweifelt. »Und gestern abend war mein Debüt! Meine *Tour de Chant*!«.

Alain hielt mitten in der Bewegung inne. Er glaubte seinen Ohren nicht zu trauen.

»Mach, daß du hier rauskommst«, sagte er dann. »Du bist ja nicht einmal wert, daß man dich schlägt! Eine Hure, gut. Aber eine Verrückte, das ist zuviel. Hau ab hier, so schnell du noch kannst, ehe ich dich niederschlage!«

»Nein, Alain, nein! So hör mir doch erst einmal zu, ich bitte dich! Es ist wahr! Gut, ich hätte es dir sagen sollen... es war ein Fehler, daß ich es nicht getan habe... aber, so versteh doch! Ich mußte doch etwas unternehmen, um Geld für uns zu verdienen... und da... habe ich eben bei Monsieur Charles vorgesungen und... es ist ja nicht viel, nur einige Lieder...«

»Deine *Tour de Chant*? Im Theater von Jacques Charles? Im Olympia? Was redest du denn da? Du kannst doch nicht einmal singen, du Hure! Alles, was du kannst, ist ficken. Weil ich es dir beigebracht habe! Das darf doch nicht wahr sein! Für wie blöd hältst du mich eigentlich? Ich gebe dir genau fünf Minuten, um zu verschwinden.« Er wandte sich angewidert von ihr ab und ging zum Büffet, in dem immer seine Cognac-Karaffe stand. »Ja, verdammt nochmal«, knurrte er dort, »noch mehr Blumen? Orchideen, diesmal! Also, du bist tatsächlich groß im Geschäft, wie? Ja sicher, wenn einer, warum dann nicht auch zwei oder gleich ein Dutzend, was? Wer war denn dieser dankbare Kunde?« Er griff nach der Karte.

Eve kannte, was er nun stumm las, auswendig. Sie hatte die wenigen Worte oft genug gelesen. *Tausend Bravos, Maddy. Ich war stolz auf dich gestern abend. Dein Bühnenkollege.* Sie stand hilflos da und sah Alains Schultern herunterfallen, als der Keulenschlag endlich sein Bewußtsein erreicht hatte. Der Name, der auf die Karte gedruckt war, lautete: Harry Fragson.

Er wandte sich nicht einmal mehr zu ihr um. Er legte die Karte stumm zurück und verließ ohne ein weiteres Wort das Appartement.

Eve brach in haltloses Weinen aus, lief aber doch ins Schlafzimmer, um sich für das Theater anzuziehen. Was gab es jetzt noch zu tun, fragte sie sich, was gab es jetzt noch zu tun, als sie die Wohnung verließ, in die sie nie mehr zurückkehren würde.

»Ach, Maddy, kannst du mir mal einen Gefallen tun? Kannst du auf die Kleine aufpassen, während ich meinen Auftritt habe? Mein Mädchen ist heute morgen nicht gekommen!« Suzu, eines der Showgirls, legte, ohne eine Antwort abzuwarten, Eve ein Baby in den Arm und verschwand in einer Wolke von Federn. Sie wußte, wie alle im Olympia, daß Maddy eine gutmütige Seele war.

Es waren mittlerweile zwei Monate seit ihrem Debüt vergangen, aber ihr über Nacht gekommener Erfolg hatte Eve nicht den Kopf verdreht. Sie war bescheiden, sympathisch und kollegial geblieben; jede Staralüre war ihr fremd. Sie aß ihr »Steak-Frites« im Bistro an der Ecke mit jedem zusammen, der ebenfalls gerade hungrig war, gleich ob Garderobiere oder Akrobat. Sie war die erste im Theater und die letzte, die nach der Vorstellung ging.

Niemand verstand, warum sie alle die Einladungen in die eleganten Restaurants ausschlug, all die Galas, Bälle und Nachtlokale. Sie bekam diese Einladungen täglich mit derselben Regelmäßigkeit und Häufigkeit wie die Blumenkörbe ihrer Bewunderer aus dem Publikum, die sie nicht einmal in ihre Garderobe ließ, damit sie sie dort persönlich abliefern konnten. Die Showgirls erzählten es einander kopfschüttelnd.

Entweder mußte sie einen sehr eifersüchtigen Beschützer haben – was aber nicht sehr wahrscheinlich war, denn sie hatte keinerlei Schmuck – oder aber . . . sie machte sich nichts aus Männern, aber das erschien noch weniger wahrscheinlich.

Eve hielt das Baby vorsichtig in ihrem Arm und betrachtete es beunruhigt. Es schlief jetzt. Aber was, wenn es aufwachte und noch während der Show, ehe Suzu zurückkam, zu schreien begann?

»Julie!« rief sie, »komm doch mal und hilf mir!« Doch Julie, die Garderobiere, die zusammen mit drei Kolleginnen dafür verantwortlich war, daß keines der Showgirls etwa mit einer Paillette zuviel auf die Bühne ging, antwortete nicht.

»Julie!« rief sie noch einmal. Sie konnte nicht aufstehen und nach ihr sehen, da sie nichts außer dem fleischfarbenen Hemdhöschen anhatte, das sie unter ihrem Bühnenkostüm trug. »Wo bist du denn nur, Julie?« Sie lauschte auf die Geräusche hinter der Bühne, dieses unterdrückte Gelächter, das endlose Geplapper, die ganze geordnete Unordnung, wie sie hinter allen Bühnen herrscht, und es wurde ihr klar, daß niemand sie hörte, solange die augenblickliche Nummer mit vollem Orchester lief.

»Maddy, bist du angezogen? Da ist Besuch!« rief Marcel, der Assistent des Bühneninspizienten, und öffnete mit großer Geste ihre Garderobentür, so weit es ging.

»Still doch, du weckst das Baby auf!« flüsterte Eve mit sorgenvollem Blick auf das Kind in ihrem Arm.

»Ein Baby!« sagte eine Frauenstimme atemlos und in Panik.

Eve fuhr beim Klang der wohlvertrauten Stimme hoch. Das Baby erwachte und begann zu brüllen. »Tante Marie-France!«

»Ein Baby!« antwortete Tante Marie-France nur voller Entsetzen. »Das ist ja noch schlimmer, als ich dachte! O mein Gott, was sage ich nur deiner armen Mutter?«

Eve begriff und begann so laut zu lachen, daß sie das Baby dem jungen Mann in den Arm drücken mußte. »Sag ihr, daß es gar nicht meines ist!« Und sie tadelte den Assistenten: »Marcel, wirklich, nachdem du schon so großzügig bist, nicht mal zu warten, bis ich herein sage, bringst du jetzt wenigstens dieses Kind hier zu Julie, und zwar rasch, ja? Und laß es ja nicht fallen! Suzu will es sicherlich heil zurückhaben. Tante Marie-France, setz dich doch und mach es dir bequem! Marcel, he, Marcel, bring uns doch anschließend etwas Kaffee, hm? Sei nett!«

»Du bist mir von gestern noch zwei Francs schuldig, mein Engel«, beschwerte sich Marcel statt einer Antwort. Wie beim Theater üblich, duzten sich alle untereinander; allein der Direktor wurde förmlich gesiezt.

»Aber Schätzchen, ich habe doch wohl Kredit bei dir, oder?« antwortete Eve.

»Aber gewiß doch, Maddy. Du immer. Immer und ewig. Begehrst du meinen Leib ebensosehr wie mein Herz, Engel? Sprich! Auch Zucker dazu, die Damen? Und Törtchen, vielleicht?« Er verschwand und vergaß, die Tür hinter sich zuzumachen, während er ihnen mit der freien Hand Kußhändchen zuwarf und im anderen Arm das Baby balancierte.

»Denke dir nichts dabei, Tante. Aber er hält sich für unwiderstehlich. Warum soll man ihm seine Illusionen nehmen?«

»Eve! Willst du bitte etwas über deine Unterwäsche ziehen? Man muß sich ja schämen! Und diese Duzerei mit diesem schrecklichen jungen Menschen. Was denkst du dir dabei?«

»Immerhin, es war nicht mein Baby, Tante. Nun setz dich doch endlich und erzähle mir, wie du mich gefunden hast!«

»Dein Onkel hat es herausbekommen«, sagte die Tante spitz und beleidigt. »Er hat heute morgen diese Karikatur von Sem gesehen. Sie sah heruntergerissen aus wie du. Und darunter stand ›La Belle Maddy, die neueste Studentin der Olympia-Universität‹. Da wußte ich natürlich, wohin ich gehen mußte. Eve, ich habe deinen Eltern noch kein Wort gesagt, um sie nicht zu sehr aufzuregen. Ich selbst habe ja seit damals, als du im Boudoir deiner Mutter dieses vulgäre Tangolied gesungen hast, immer befürchtet, daß eines Tages einmal etwas Schlimmes mit dir passieren könnte, aber auf so etwas wie das hier war ich nun doch nicht gefaßt!« Ihre Stimme bebte. »Wie soll ich es ihnen nur beibringen?«

»Was in aller Welt findest du denn so schlimm? Ich gebe dir Karten für die Abendvorstellung. Dann kannst du selbst sehen, daß alles sehr anständig ist. Ich singe ganz angezogen!«

»Du willst das hier doch nicht etwa anständig nennen, oder? In einer – Music-Hall singen!« Die Baronin wußte ihre Ungläubigkeit und Geringschätzung gar nicht genug zu unterstreichen.

»Nicht eine Music-Hall, Tante! *Die* Music-Hall! Die beste in Frankreich, die beste der Welt! Und ich habe mein kleines Stückchen Anteil an ihrem Ruhm. Du könntest durchaus ein wenig stolz auf mich sein, Tante Marie-France!«

»Stolz? Du bist ruiniert, Kind! Vollkommen ruiniert! Begreifst du denn überhaupt nicht, du dummes Mädchen, was das bedeutet? Du wirst doch wohl nicht leugnen, daß du in Sünde lebst?«

»Nicht mehr«, sagte Eve kühl. »Ich lebe schon lange wieder allein.«

»Das ändert überhaupt nichts daran. Glauben tut es sowieso niemand. Und wenn jetzt alle diese Zeichnung von dir sehen, vom berühmtesten Karikaturisten Frankreichs, weiß alle Welt, daß Eve Coudert, die Tochter von Doktor Didier Coudert, in einer Music-Hall singt! Ja, begreifst du denn nicht, daß so etwas für ein Mädchen aus guter Familie noch schlimmer ist als ein Liebhaber, noch viel schlimmer?«

Die Tür wurde aufgestoßen. »Wo ist meine Brut, Maddy?« rief Suzu herein. »Oh, guten Tag, Madame«, fügte sie rasch hinzu, als sie die Baronin sah, und streckte ihr ohne Umschweife freundlich die Hand entgegen. Die Baronin schüttelte sie ganz automatisch, völlig verblüfft vom Anblick der nackten Brüste des Mädchens.

»Ich hab's zu Julie bringen lassen«, sagte Eve. »Die weiß, wie man mit so was umgeht. Ich habe doch keine Ahnung von Babys. Bring es doch nächstes Mal gleich zu ihr, Schätzchen, ja?«

»Ist gut, Maddy.« Während sie noch sprach, wurde draußen im Gang direkt vor Eves Garderobentür eine wütende Stimme laut.

»O du verfluchte Scheiße, oh, dieser verdammte Straßenhaufen, denen werde ich's besorgen. Den Arsch schmirgel' ich ihnen mit Sandpapier ab, Hackfleisch mache ich aus denen! Maddy! Maddy! Hast du vielleicht die Scheißer gesehen, die das gemacht haben?«

»Was gemacht, Baldy?« rief Eve nach draußen.

»Na, meine Schuhe auf den Boden genagelt, Liebling! Was glaubst du? Letzte Woche haben sie das schon mal gemacht, an der gleichen Stelle! Ich wette, du weißt, wer das war!«

»Liebling, wenn du sie nicht dauernd vor deinem Auftritt ausziehen und im Flur herumstehen ließest, könnten sie's auch nicht tun!« lachte Eve amüsiert.

»Na, meine Schöne, dann warte mal, bis sie *dir* den ersten Streich spielen! Dann wirst du schon selber sehen, wie das ist! Julie, ich brauche neue Schuhe, schnell doch! Ich muß in zwei Minuten auf die Bühne, verdammt!«

»Ja, sofort, sofort«, Julie kam aufgeregt angelaufen, das Baby unter einem Arm. »Suzu!« rief sie über die Schulter, »komm sofort her und gib deiner Göre 'ne Titte, bevor der *Patron* sie durchs ganze Haus brüllen hört!« Sie reichte Baldy seine Schuhe und war schon wieder weg, während Marcel mit dem Kaffee und den Törtchen auf einem Tablett ankam.

»*Voilà, Mesdames.* Geht auf meine Rechnung, Maddy«, sagte er galant und küßte Eve auf beide Wangen. »Nachdem du ja einen Gast hast...«

»Du bist lieb. Oh, ich vergesse ganz meine Manieren. Marcel, dies hier ist die Baronin de Courtizot.«

Der junge Mann beugte sich tief über die zögernd hingestreckte Hand von Marie-France de Courtizot.

»Ganz entzückt, Madame la Baronne«, sagte er mit großer Geste. »Gestatten Sie mir, mich vorzustellen. Ich bin der Herzog von Saint Cloud.«

Die Baronin starrte ihn nur an, weder eines Wortes noch eines Kopfnickens fähig.

»Wir sehen uns dann später, Marcel, ja?« Eve griff ein und schickte ihn zur Tür hinaus. Er verstand und zog sich zurück.

»Eve«, sagte die Tante drängend, »es ist noch nicht zu spät! Wenn du noch heute mit dem Nachtzug nach Hause fährst, begleite ich dich, und jedermann in Dijon, auf den es ankommt, sieht dann morgen früh, daß das Mädchen in dieser Karikatur gar nicht du sein kann! Und sollte wirklich jemand davon sprechen, weißt du einfach überhaupt nichts davon. Und dein Vater und deine Mutter können sagen, daß es da wohl irgendwo eine Art Doppelgängerin von dir gibt, die auf der Bühne auftritt. Und niemand kann das Gegenteil beweisen. Gott sei Dank hast du ja wenigstens nicht deinen richtigen Namen gebraucht. Und mit dieser ganzen Schminke auf deinem Gesicht kann dich ohnehin niemand erkennen. O Eve, niemand darf das je erfahren!« Sie bat ihre Nichte geradezu inständig.

Aber Eve sagte recht kühl: »Und warum sollte ich das tun?«

»Warum, fragst du noch? Weil du, wenn du es nicht tust, erledigt bist, Mädchen, deshalb! Völlig *déclassé*! Eve! Du hast dich ruiniert und entehrt, geht das nicht endlich in deinen Kopf? Aber noch ist es Zeit, daß du nicht für immer aus der anständigen Gesellschaft ausgeschlossen bist! Versteh doch, noch ist es Zeit, gerade noch!«

»Nein, Tante, du verstehst nicht! Meine arme Tante! Ich bin nicht mehr das Mädchen, das letzten August durchgebrannt ist. Ich habe jede Woche nach Hause geschrieben, wie du weißt, aber nichts von den wirklich bedeutenden Dingen.«

»Ach, glaubst du denn, deine Eltern kümmert es jetzt noch, daß du einen Liebhaber hattest? Meinst du, das ist das einzige, das zählt? Mein Gott. Gut, wenn es vorbei ist, um so besser.« Die Baronin geriet in Rage. »Vergiß, daß es je passiert ist. Du bist immer so streng behütet worden, daß es am Ende gar kein Wunder war, jedenfalls für mich nicht, daß der Nächstbeste, der daherkam, dich herumkriegte. Obwohl ja wirklich niemand von uns allen je begreifen wird, wie du es überhaupt angestellt hast, einen Mann kennenzulernen. Aber wie auch immer, nun sei nicht dumm, Mädchen, und wirf nicht unüberlegt deine ganze Zukunft weg!«

»Und wenn ich nun glaubte, meine Zukunft sei hier?« sagte Eve.

»Hier? In diesem dreckigen, verwahrlosten Loch? Mit all diesen vulgären, ungebildeten Leuten? In diesem... Schuppen? Das ist doch nicht dein Ernst! Und das werde ich ganz einfach nicht zulassen!«

Während sie noch sprach, ging die Tür auf, obwohl niemand geklopft hatte, und eines der Showgirls kam mit hin- und herbaumelnden bloßen Brüsten auf Händen und Knien herein, bellend wie ein Hund. Das Mädchen begann sogar hundeartig interessiert an den Beinen der Baronin zu schnuppern, als wolle es gleich das Bein heben. Eve sprang auf und ging dazwischen.

»Genug damit! Morton, das geht zu weit!« rief sie. »Schaff dieses Mädchen sofort hier raus, Morton, verstanden?«

Der berühmteste Zauberer und Hypnotiseur Frankreichs steckte verlegen seinen Kopf zur Tür herein. »Tut mir leid, Liebling, ich dachte, du seist allein. Entschuldigen Sie tausendmal, Madame. Alice ist in Hypnose, sie glaubt, sie ist ein Hund. Komm schön, Alice, braves Hundchen, komm, laß die liebe Dame in Ruhe!«

»Entschuldige, Tante. Morton ist ein Genie, mußt du wissen, aber manchmal führt er sich recht kindisch auf. Doch er meint es nicht böse.«

Die Augen der Baronin waren kugelrund vor Schreck und Empörung. »Eve«, verkündete sie schließlich, als sie sich wieder etwas gefaßt hatte, »ich kann dich unmöglich in diesem verkommenen Milieu lassen. Du mußt mit mir nach Hause kommen.«

»Tante, Liebe, was soll das? ›Du kannst mich nicht hierlassen, du wirst es einfach nicht zulassen....‹ Was denkst du dir eigentlich, für wen hältst du mich? Ich bin doch kein kleines Mädchen mehr, das du herumkommandieren kannst! Du glaubst doch nicht im Ernst, daß ich mir nichts, dir nichts nach Dijon zurückkehren und meinen Platz unter den würdigen Debütantinnen wieder einnehmen könnte, um mit züchtig niedergeschlagenen Augen auf einen ehrbaren Bürger zu warten, der eines Tages seinen Antrag macht und mir die Ehre gibt, seine brave Ehefrau zu werden? Du kannst doch nicht im Ernst glauben, daß ich, nachdem ich den Ruhm erlebt habe, auf der Bühne des Olympia zu singen, noch damit zufrieden sein könnte, ein Leben wie meine Mutter zu führen?«

»Ruhm? Flüchtiger Schein! Selbstbetrug, Eitelkeit! Er ist anrüchig und niedrig und nichtswürdig, dein sogenannter Ruhm hier!« erklärte die Baronin hitzig. »In zehn Jahren, aber dann wird es zu spät sein, wirst du begreifen, daß du alles, was wirklich zählt im Leben, uneinsichtig weggeworfen hast. Und wofür? Für eine Caprice, eine momentane Laune! Für diesen billigen sogenannten Ruhm! Siehst du denn wirklich nichts außer diesem billigen Applaus und diesem... Leben in der Gosse?«

Eve stand auf. Sie beherrschte sich nur mühsam. »Ich ersuche dich, Tante, von meinen Freunden nicht in diesem Ton zu reden. Und vielleicht wäre es besser, du gehst jetzt. Du bist nicht in deiner gewohnten Umgebung, und das bekommt dir nicht.«

Die Baronin erhob sich tatsächlich und ging zur Tür. »Solltest du deine Meinung noch ändern, Eve, und vernünftig werden, dann werde ich dich heute und morgen noch den ganzen Tag bei mir zu Hause erwarten. Aber danach ist es zu spät. Ich werde jetzt erst einmal gehen und darüber nachdenken, was ich deiner armen Mutter sagen soll.«

»Am besten die Wahrheit, Tante Marie-France. Sage ihr, daß ich glücklich und zufrieden bin. Bitte meine Eltern, nach Paris zu kommen und sich selbst davon zu überzeugen. Es gibt nichts, dessen ich mich schämen müßte.«

»Du bist noch dümmer als ich befürchtete«, sagte die Baronin kühl und verließ den Raum, ohne sich noch einmal umzusehen.

Am nächsten Morgen – es war ein Tag im Mai – sprach Eve bei Jacques Charles vor.

»*Patron*, vor zwei Monaten haben Sie mir gesagt, ich hätte das Zeug zu einem wirklichen Star«, begann sie. »Und Sie wollten mir zwei Tage Zeit lassen, darüber nachzudenken.«

»Gewiß, ich erinnere mich«, sagte er kühl. »Und ich wundere mich, daß *Sie* das tun.«

»Ich war damals noch nicht bereit. Ich kann es Ihnen nicht anders erklären, wenn ich ehrlich bleibe. Jetzt jedoch, wenn Sie noch immer interessiert sein sollten...«

»Ja?«

»Ja, ich will! Ich bin jetzt bereit, dafür zu arbeiten, mit allem, was ich habe, vierundzwanzig Stunden pro Tag und solange es sein muß, Monate, Jahre, ganz gleich. Falls Sie mir die Chance noch geben.«

Sie brach ab und blickte zu Boden. Ihren ganzen Leib durchrann ein Schauer von Sehnsucht und Verlangen. Sie wußte nun, daß sie dafür geboren war, aber vielleicht hatte sie die einzige Gelegenheit vorübergehen lassen, weil das Angebot zur falschen Zeit gekommen war. Damals war sie noch an Alain gebunden gewesen und hatte versucht, ihr gemeinsames Leben zu retten. Nachdem er sie verlassen hatte, war sie lange Zeit von seinem Haß und seinen Schlägen wie zerstört gewesen.

Allein deshalb hatte sie den vielleicht einzigen, nie wiederkehrenden Moment ungenützt verstreichen lassen. Nie könnte sie es sich verzeihen, wenn der Direktor wegen ihres mangelnden Ehrgeizes inzwischen das Interesse an ihr verloren hatte. Von dem Augenblick an, als ihr ihre Tante Marie-France ganz ohne Absicht bewußt gemacht hatte, wieviel ihr die Welt der Bühne tatsächlich bedeutete, war ihr klar gewesen, wie undenkbar jedes andere Leben für sie war. Jetzt dachte sie nur noch daran, jene glitzernde, ferne, unendlich verlockende Zukunft einzufordern, die Jacques Charles ihr damals ausgemalt hatte. Ja, sie gehörte zur Music-Hall. Und diese mußte zu ihr, mußte ihr gehören...

Aber noch hatte der Direktor nicht geantwortet. Sie sah wieder auf und suchte seinen Blick hinter seinem Schreibtisch. Er schrieb etwas, ganz in Anspruch genommen. Konnte sie gehen? Er schrieb zu Ende, legte die Feder weg und reichte ihr das Blatt.

»Ihr Stundenplan«, sagte er. »Und es ist höchste Zeit für die erste Stunde! Los, beeilen Sie sich!«

Der Frühling dieses Jahres war sanft, gedämpft und weich – seine Brisen, seine Wolken, sein Regen; der letzte sorglose Frühling der edwardianischen Epoche. Eve war viel zu beschäftigt, um ihn oder den heraufziehenden Wandel der Zeit wahrzunehmen. Sie eilte von einer Unterrichtsstunde zur nächsten, von der Akrobatik zum Tanz und zum Schauspielunterricht und wieder ins Theater, wo sie jetzt immer gerade noch Zeit fand, sich für die Vorstellungen umzuziehen, die ja weitergingen. Es war keine Zeit mehr, Zeitungen zu lesen oder sich der Kameraderie hinter der Bühne mit den gemeinsamen Mahlzeiten, den Scherzen und dem Klatsch anzuschließen. Sie aß, wann immer es gerade ging, irgend etwas Schnelles, immer in Eile, weil schon die nächste Pflicht wartete; und am Abend, wenn im Theater der letzte Vorhang gefallen war, ging sie sofort nach Hause in ihr kleines möbliertes Appartement, um nur noch ins Bett zu sinken und erschöpft und traumlos zu schlafen.

Und so war sie ganz in ihr eigenes Leben eingesponnen, als im Juli Kaiser Wilhelm II. zwei Tage auf seiner kaiserlichen Jacht *Hohenzollern* verbrachte und währenddessen, am 28. Juli des Jahres 1914, die Zeitbombe hochging, die bereits einen ganzen Monat lang in Belgrad und Wien getickt hatte. Österreich-Ungarn erklärte Serbien den Krieg.

Die ganze folgende Woche waren die Diplomaten und Militärs der großen europäischen Mächte in fieberhafter Tätigkeit, um ein irrwitziges, von niemandem mehr ganz durchschaubares Netz aus glatten Lügen, Arroganz, Rücksichtslosigkeit, Inkompetenz, Duplizitäten, unvollständigen Informationen und diametral auseinanderstrebenden Interessen und Absichten zu knüpfen, bis sie es am Ende gemeinsam geschafft hatten, sich völlig darin zu verheddern und, wenn auch nicht unausweichlich, so doch sehr schicksalhaft, miteinander in einen Krieg zu stolpern, den außer einigen wenigen extremen Nationalisten keiner ausdrücklich gewollt hatte. Am 4. August sprach Sir Edward Grey, der britische Außenminister, seinen berühmt gewordenen Satz: »In Europa gehen die Lichter aus, und wir werden sie in unserem Leben nicht mehr angehen sehen.« Die Welt war im Krieg.

Marcel, der junge Assistent des Bühneninspizienten, Jacques Charles, der Direktor des Olympia, und der Music-Hall-Star Maurice Chevalier waren nur drei von fast vier Millionen Franzosen, die in den ersten Augustwochen einberufen wurden. Das ganze Leben des Landes war paralysiert, nachdem jeder erwachsene Mann ohne Gebrechen zu den Waffen gerufen und in endlos langen Eisenbahnzügen an die Front transportiert wurde. Alle sieben Minuten fuhr ein Zug ab. Die Soldaten waren zwar nur mangelhaft ausgerüstet, aber trotzdem zuversichtlich, sogar enthusiastisch.

Nach der Schlacht an der Marne, Mitte September, als der erste deutsche Ansturm auf Paris zurückgeschlagen war, wurden im Zuge einer kurzen nationalen Euphorie alle Theater, Cafés und Music-Halls im ganzen Land wiedereröffnet. aber in diesem einen Monat waren bereits zweihunderttausend Franzosen gefallen. Viele von ihnen hatten noch die knallroten Hosen getragen, die zur Uniform aus dem Jahre 1830 gehörten, die jetzt aber nur noch den absoluten Mangel an Realismus symbolisierten, mit dem das Land in diesen Krieg gezogen war.

Am Ende dieses ersten Kriegs-Septembers begannen sich sowohl die deutschen wie die alliierten Armeen entlang der Aisne in der Champagne einzugraben, um zu verschnaufen und sich zu versorgen. Dies war der Beginn der ersten Befestigungen an der Westfront – einer Front, die sich in den folgenden drei Jahren einmal etwas vor, einmal etwas zurück bewegte, aber stets nur innerhalb einer Zone von nicht mehr als fünfzehn Kilometern, was nichts bewirkte, außer daß auf beiden Seiten Millionen Soldaten umkamen.

Auf einem niedrigen Hügel in der Champagne lag das Château de Valmont, der Familienbesitz der Vicomtes de Lancel, mitten in der Champagner-Weinbauregion, auf den kalkigen, hitzespeichernden Nordhängen der *Montagnes de Reims*, die ungefähr in Ostwest-Richtung zwischen Reims und Epernay, den beiden Hauptorten der Region, verliefen.

Valmont hatte im Gegensatz zu den meisten anderen Adelssitzen der Champagne die Revolution und alle Invasionen und Kriege überlebt. Es tauchte mit der Unvermitteltheit eines Märchenschlosses in einem kleinen, aber dichten Wald plötzlich auf, stolz und selbstbewußt mit seinen drei Rundtürmen, die spitze Ziegeldächer hatten. Die hohen verglasten Fenster der vielen Zimmer gingen hinaus auf die friedvolle, halbkreisförmige steinerne Vorterrasse, auf der schon seit Jahrhunderten in Form gesetzte Bäume in großen, mit Steinmetzarbeiten verzierten Trögen standen.

Rund um das Schloß lagen die kostbaren Weinberge – Teil jenes kleinen, aber stolzen Gebietes, aus dem jener köstliche, perlende Schaumwein stammt, der allein das Recht hat, sich »Champagner« zu nennen.

Jedes Jahr zur Zeit der Weinlese beweist sich in dem weißen *Chardonnay* und dem dunklen *Pinot Noir* und *Pinot Meunier*, daß eines der größten Geheimnisse der Erzeugung von Wein noch immer existiert, denn wenn auch schon Noah einen Weingarten pflanzte, als er die Arche verließ, konnte er doch nicht behaupten, Champagner gekeltert zu haben.

Viele Schlösser in ganz Frankreich waren Denkmäler der aristokratischen Familiengeschichte. Valmont war immer lebendig geblieben, blühte und gedieh und war bis in die Gegenwart ein angenehmer und gastfreundlicher Wohnsitz. Es hatte freilich viele Veränderungen und Wechsel seit den Tagen erlebt, als die Lancels loyale Vasallen der Herzöge der Champagne waren.

Im 17. Jahrhundert dann begannen die Vicomtes de Lancel wie ihre Nachbarn mit dem Weinbau. Rund um ihre eigenen ausgedehnten Weinberge lagen die kleinen Besitztümer der Bauern. Von ihnen kauften sie ihre ersten Weinreben und pflanzten sie an. Bald erzeugten sie soviel Champagner, daß sie ihn auch verkaufen konnten. Schon um die Mitte des 18. Jahrhunderts war der Champagner in den bekannten grünen Flaschen mit dem goldenen Etikett in Schildform, auf dem oben »Lancel« stand und darunter, etwas kleiner, »Château de Valmont«, eine *Grande Marque* geworden. Zusammen mit *Moët et Chandon, Mumm, Veuve Clicquot Ponsardin* und noch einigen anderen großen Namen gehörten fortan auch die eisgekühlten Flaschen *Lancel* zu allen großen Festlichkeiten auf der ganzen Welt.

Das gegenwärtige Oberhaupt der Familie Lancel, der Vicomte Jean-Luc de Lancel, hatte zwei Söhne. Der ältere, Guillaume, sollte das Haus Lancel einmal übernehmen. Der jüngere, Paul-Sébastien, war Diplomat im Dienste des Quai d'Orsay geworden. Bei Ausbruch der Feindseligkeiten war er knapp dreißig und Erster Sekretär der französischen Botschaft in London. Es gab keinen Zweifel daran, daß ihm noch eine große Laufbahn bevorstand, die ihn bis in die höchsten Ränge des Auswärtigen Dienstes führen konnte.

Am 1. August 1914, dem Mobilmachungstag, hatte er die Möglichkeit für Diplomaten, keinen Wehr- und Frontdienst zu leisten, ausgeschlagen und sich freiwillig gemeldet. Mittlerweile war er *Capitaine,* und seine junge Frau Laure, eine geborene de Saint-Fraycourt und eine zierliche Pariser Schönheit von zweiundzwanzig Jahren, erwartete zu Hause ihr erstes Kind.

Sie hatte ihn angefleht, nicht zu gehen. »Das Kind kommt in fünf Monaten zur Welt, und alle sagen, bis dahin ist dieser alberne Krieg sowieso schon vorbei.« Sie hatte sehr geweint. »Ich bitte dich, bleibe bei mir. Ich brauche dich hier.«

Aber Paul fühlte in sich die »heilige Pflicht«, in den Krieg zu ziehen.

Frankreich brauchte jeden Mann, um gegen die deutschen Armeen, die von so massiver Eindrücklichkeit und verblüffender Überlegenheit an Zahl und Bewaffnung waren, bestehen zu können.

In seiner beruflichen Stellung in der Diplomatie war zumindest ihm die nahende Kriegsgefahr nicht verborgen geblieben. Im Gegensatz zu dem Durchschnittsfranzosen hegte Paul freilich ernste Zweifel daran, daß der vielbeschworene Elan allein schon genüge, um siegreich zu sein. Freilich kam auch ihm, wie allen anderen in diesem unverdächtigen Sommer 1914, noch nicht im Traum in den Sinn, daß geschehen könnte, was dann tatsächlich geschah.

Paul de Lancel war eine vielschichtige Persönlichkeit. Er fragte sich oft, ob er denn glücklicher geworden wäre, wenn der Zufall der Geburt aus ihm den Weinbauern der Familie gemacht hätte statt des Diplomaten. Immerhin, wie seine Mutter Annette ihm oft gesagt hatte, sah er eher so aus, als arbeite er draußen in den Weinbergen als hinter einem Diplomatenschreibtisch. Er war von massiver Statur, groß und breitschultrig und so muskulös wie sonst nur Leute, die sich von ihrer Hände Arbeit ernähren. Sein blondes Haar sah aus wie während der Arbeit im Freien von der Sonne gebleicht. Zwar hatte auch er die typischen Lancel-Augen – dunkelblau wie auf allen im ganzen Schloß hängenden Porträts seiner Vorfahren – und die ausgeprägten Wangenknochen der Lancels, aber sein übriges Aussehen wich doch sehr von der Familienart ab; einschließlich des absoluten Mangels auch nur des Hauchs von rötlichem Haar, das sich Generation um Generation in der Familie immer wieder durchgesetzt hatte. Seine große, wenn auch gutgeformte Nase hatte gar nichts von der Lancelschen schmalen Feinheit, und sein Mund und Kinn waren ebenfalls von kraftvoller und unkomplizierter, ganz unaristokratischer Einfachheit.

Diese äußere Einfachheit und Robustheit bedeutete indessen keineswegs, daß er nicht sehr eingehend zu denken gewußt hätte. Er pflegte sich allerdings regelmäßig zu wünschen, er müsse sich mit nichts Subtilerem beschäftigen als mit den einfachen Tätigkeiten der Sonne und des Regens. Ein Weinbauer und Champagnerproduzent mußte sich natürlich jeden Tag schon beim Aufwachen Sorgen über das Wetter machen, aber da sich daran nun einmal absolut nichts ändern ließ, entwickelte er meistens eine Art fatalistische Philosophie. Nach Pauls Überzeugung war an diesem Zustand viel, was segensreich, solide und tröstlich war und zu dem man sich deshalb bekennen konnte. Ein Diplomat andererseits konnte schwer der Versuchung entgehen, ein professioneller Zyniker zu werden. Denn wenn er sich nicht zu seinem eigenen Schutz das ewig vorsichtige Zwiedenken angewöhnte, war er dauernd in Gefahr, übervorteilt zu werden und also für sein Land wenig nützlich zu sein. Paul de Lancel hätte, wäre er danach gefragt worden, keine einzige Wahrheit dieser Welt benennen können, deren er absolut sicher war; abgesehen vielleicht von seiner Liebe zu Frankreich und seiner Frau. Und wenn er sich hätte entscheiden müssen, welche stärker sei, dann hätte er zugeben müssen, die für sein Land.

Eve, die von der Mobilisierung völlig überrascht aus ihrer Ichbezogenheit geschreckt worden war, hatte sich rasch entschlossen, nicht ins Olympia zurückzukehren. Ihre persönlichen Ambitionen, fand sie, mußten nun warten, bis dieser Krieg vorüber war.

Wenn Jacques Charles in der Armee dienen konnte, dann wollte sie es auf ihre Art ebenso. Sobald es deshalb organisiert wurde, trat sie dem Fronttheater *Le Théâtre aux Armées de la République* bei und wurde eine unter vielen Künstlern, die von Frontabschnitt zu Frontabschnitt reisten und Vorstellungen für die Soldaten gaben. Eve hatte sich einer von Lucien Gilly, einem der Komiker des Olympia, gegründeten Truppe angeschlossen.

1915, ein Jahr nach der Schlacht an der Marne, begann eine neue Offensive in der Champagne. General Joffre, notorisch optimistisch, schickte seine Truppen mit der Parole *Votre élan sera irrisistible!* in die Schlacht: Mit eurem Kampfgeist seid ihr unwiderstehlich. Und die Männer marschierten los, im strömenden Regen, hinter den Trommlern und Pfeifern her, die die Marseillaise spielten. Nach zehn Tagen waren einhundertfünfundvierzigtausend Franzosen gefallen, und gewonnen war rein gar nichts, nicht einmal ein strategischer Vorteil.

Am letzten Tag dieser Offensive wurde *Capitaine* Paul de Lancel schwer am Arm verwundet. Im Lazarett dachte er weniger an sich als an die Toten, deren Sterben er seit einem Jahr erlebt hatte. Seine Leute, die Soldaten der Ersten Armee, waren auch im Tode die ersten gewesen. Seine Frau hatte die Geburt ihres Sohnes Bruno nicht überlebt. Ihre Eltern sorgten im Augenblick für das Kind. Er hatte es gerade ein einziges Mal sehen können, als er zu Laures Begräbnis einen Kurzurlaub bekommen hatte. Der Gedanke, daß er einen neun Monate alten Sohn hatte, machte ihn weder traurig noch glücklich; es ließ ihn irgendwie gleichgültig. Seine eigenen Chancen, diesen Krieg zu überleben, waren schließlich so gering, daß man sie, als realistischer Mensch, keine Sekunde mehr ins Kalkül ziehen konnte. Und wenn ihn selbst das irgendwie berührte, dann auch nicht seinetwegen, sondern einfach nur – und sogar dies war mehr eine intellektuelle als eine emotionale Empfindung – wegen dieses kleinen Wurms, der als Waise aufwachsen würde. Der Zweck seines Daseins bestand nur noch darin, gesund genug zu werden, um wieder imstande zu sein, noch mehr Menschen in den Tod zu führen. Die Aussicht auf seinen sicheren Tod berührte ihn nicht mehr. Er machte sich nur noch Sorgen um die Leute, die unter seinem Kommando standen. Männer von so einfachem Geist, daß sie immer noch hoffen konnten, immer noch das Glück hatten, lieben zu können; Männer, die unwissend genug waren, um sich immer noch vorstellen zu können, es gäbe eine Zukunft.

Sobald sein Arm verheilt war, kehrte er zu seiner Einheit zurück, die mittlerweile fast vollständig aus neuen Leuten bestand. Man hatte sie aus den Schützengräben vor Festubert, an der Flandernfront zwischen Ypres und Arras, zusammengescharrt.

Festubert war eine von den Städten, um die die einander gegenüberliegenden Armeen über ein Jahr lang hartnäckig gekämpft hatten, ohne daß eine Seite sie endgültig in Besitz nehmen konnte. Es war mittlerweile Spätherbst geworden, und es war klar, daß mit Beginn des Frühjahrs dieser mörderische und sinnlose Stellungskrieg weitergehen und wieder neue Opfer fordern würde. Aber im Augenblick gab es für die Soldaten beider Seiten eine Periode ermatteter Ruhe, wie sie selbst in den erbittertsten Schlachten eintritt. Um die Toten zu begraben. Um seine Hemden zu entlausen. Und sogar, um sich an diesem ungemütlich kalten Herbstabend in der nordöstlichsten Ecke Frankreichs in einem improvisierten Theater zusammenzufinden und vor Spaß zu brüllen, weil Lucien Gilly seine antiquierten Witze riß; oder anschließend gemeinsam die Lieder mitzusummen, die ein Akkordeonist spielte. Oder danach den sechs Mädchen zu applaudieren, die mit sechs Soldaten, die sie sich auf die »Bühne« geholt hatten, tanzten. Und um dann zum Schluß noch der Sängerin Maddy zuzuhören; Maddy, deren Ruf im *Théâtre aux Armées* bereits legendär war: die mit dem tapferen roten Kleid und den knallroten Schuhen und ihrem Haar, das sie alle an einen sonnigen Sommertag erinnerte.

Eve war besorgt. Als sie ihre Unterkunft in St. Omen, das jetzt ziemlich weit hinter der Front lag, verlassen hatte, um nach Festubert gefahren zu werden, war noch helles Tageslicht gewesen. Die übrige Gilly-Truppe war schon mit dem Konvoi von Militärfahrzeugen, die für sie abgestellt worden waren, vor ihr losgefahren. Sie hatte nicht mitfahren können, weil sie aufgehalten worden war. Der schräggeschnittene Saum ihres Kleides hatte einen Riß abbekommen, und das mußte erst sorgfältig repariert werden.

Das Militärauto, das auf sie gewartet hatte, war nun schon um einiges länger unterwegs, als ihr Gilly als normale Fahrzeit angegeben hatte. Noch immer war weit und breit kein Festubert in Sicht. Der Soldat, der sie fuhr, war noch sehr jung; so jung, daß sie sich gefragt hatte, ob er denn tatsächlich überhaupt schon im Militäralter sei.

»Sind Sie sicher, daß wir auf der richtigen Straße sind?« fragte sie schließlich.

»Es ist die Straße, die mir mein Corporal genannt hat. Ich bin allerdings auch noch nie hier gewesen. Wenn Sie das überhaupt eine Straße nennen wollen«, sagte der Junge. Tatsächlich schien die ungepflasterte Straße mit jeder Minute der näherrückenden Dunkelheit schlechter statt besser zu werden.

»Wollen Sie nicht lieber anhalten und auf die Karte sehen?« schlug Eve vor.

»Hab' gar keine. Generäle haben Karten. Und selbst wenn ich eine hätte, was würde sie uns nützen, auf einer Straße, die keine Beschilderung hat?«

»Dann halten Sie am nächsten Bauernhaus und fragen nach der Richtung«, sagte Eve ungeduldig. Sie hatte zwar mittlerweile schon oft im Anblick oder zumindest unter dem Donnerrollen des Frontfeuers gesungen, ohne zu zittern, aber diese verlassene Straße hier, die nirgendwo hinzuführen schien, in dieser trostlosen Landschaft, in der kaum ein Baum stand, dieses völlig leere, unbevölkerte, verwüstete Land hier machte ihr angst. Was hatte sie sich um einen blöden Saum kümmern müssen, dachte sie unbehaglich, als sie ihren Mantel unwillkürlich enger um sich zog.

»Da, sehen Sie, da vorne ist ein Bauernhaus!« rief sie aus.

»Ja, aber völlig zerschossen, wie es aussieht«, erwiderte der Soldat. Es gab wirklich keinerlei Anzeichen von Leben, weder Licht noch Rauch und keinen Laut von Menschen oder Tieren. »Das haben sich die Deutschen letztes Jahr geholt, nehme ich an«, sagte der Junge gleichmütig. Er war noch nicht fertig, als es auf dem Feld rechts von ihnen eine Stichflamme gab, der die mächtige Detonation einer einschlagenden Mörsergranate folgte.

»Jesus!« schrie er, während in der donnernden Luft bereits eine zweite Granate explodierte, deren Splitter ihnen um die Ohren flogen. Der Junge verlor nahezu die Kontrolle über das Steuer. Es gelang ihm aber, auf der Straße zu bleiben. Er drückte, so weit es nur ging, auf das Gaspedal des Autos und raste mit allem, was es nur hergab, auf das Bauernhaus zu, wo er quietschend bremste.

»Raus und in Deckung!« schrie er Eve zu, die schon aus dem Auto gesprungen war und geduckt auf die offene Tür zurannte. Sie erreichten sie gleichzeitig und warfen sich hinein, um dann auf Händen und Knien nach Deckung zu suchen. Eve nahm mit plötzlich geschärften Sinnen wahr, daß der Raum mit Ausnahme von Schutt auf dem Boden und einigen Holztrümmern völlig leer war. Das Haus hatte sichtlich unter schwerem Beschuß gelegen. Das Dach allerdings war kaum beschädigt. Dafür hatten die Mauern überall große gähnende Löcher. Ein Bauernhaus konnte man es nicht mehr gut nennen, dachte Eve; oder überhaupt ein Haus.

Draußen pfiff wieder eine Mörsergranate heran. Doch es war nicht auszumachen, ob sie näher explodiert war als die vorigen. Der einzige Platz, der überhaupt sicher schien, war vor dem leeren offenen Kamin. Dort duckten sie sich gegen die Wand.

»Wir kommen nie hin«, sagte Eve, so ruhig sie konnte. »Sie sind offensichtlich falsch gefahren.«

»Ich weiß nicht, wie so etwas geschehen konnte«, verteidigte sich der junge Fahrer mit Nachdruck und ganz von seiner persönlichen Unschuld überzeugt.

»Es ist doch ganz klar, daß man uns nicht auf einer Straße hätte fahren lassen, die unter Beschuß liegt.«

»Mag ja sein«, antwortete der Fahrer verstockt. »Aber genau dann, wenn alles ganz ruhig ist, dann warten die Deutschen auf einen. Und kartätschen los. Genauso hat es mir mein Corporal gesagt.«

»Der hat nur Glück, daß er nicht da ist! Dem würde ich schon was erzählen!« Es war ihr klar, daß sie mindestens bis Tagesanbruch hier warten mußten, ehe sie jemand herausholte. An das Schlimmste zu denken, hatte keinen Sinn. Sie zog sich ihren Rock eng um die Fesseln und setzte sich auf die Steine vor dem Kamin. Trotz ihrer Angst und ihrem Zorn auf diesen idiotischen *Poilu* konnte sie nicht gut noch länger die Tatsache ignorieren, daß ihr die Füße in ihren neuen roten Schuhen weh taten. Sie drückten wie verrückt. Und wenn es also nun schon ihr Schicksal sein sollte, durch eine Mörsergranate umzukommen, dann konnte sie das ebensogut in einer etwas bequemeren Haltung erwarten, als hier in Schuhen herumzustehen, die lediglich für ihren Auftritt gedacht waren und für sonst nichts.

»Haben Sie eine Zigarette?« fragte sie den Jungen.

»Ich rauche nicht; hier!«, antwortete er, und reichte ihr das Päckchen.

»DAS STREICHHOLZ AUS!«

Eve schrie vor Schreck auf und sprang hoch. Ein Trupp Soldaten kam in das Haus gestürmt. Sie hatten sich so leise angeschlichen, daß weder sie noch ihr junger Fahrer etwas bemerkt hatten. Sie stand wie gelähmt mit dem Rücken zur Wand und erwartete bereits, im nächsten Moment von einem Bajonett durchbohrt zu werden, bis ihre Sinne wieder zu funktionieren begannen und sie begriff, daß der Befehl auf französisch erteilt worden war.

»O Gott sei Dank, Gott sei Dank! Woher wußten Sie, daß wir hier sind? O Gott sei Dank, daß Sie uns holen kamen«, flüsterte sie ein übers andere Mal.

»Sie holen?« sagte der Offizier. Es war Paul de Lancel. »Wovon reden Sie denn? Sind Sie wahnsinnig? Wer sind Sie überhaupt? Was, zum Teufel, macht diese Frau hier?«

»Ich... bin auf dem Weg nach Festubert... für die Vorstellung...«

»Sagen Sie mal, sind Sie noch normal? Sie sind doch nicht bei Verstand! Das ist die andere Richtung! Sie sind fast an der vordersten Front, kurz vor Lens!«

»Lens? Wo ist das?«

»Auf der deutschen Seite der Front! Nach dem letzten Stand der Dinge«, sagte Paul de Lancel brüsk, ehe er sich von ihr abwandte und seinen Leuten Kommandos erteilte. Er war mit seinem Trupp überraschend von einem der vielen befestigten MG-Nester, die der deutschen Artillerie Feuerschutz gaben, zurückgeworfen worden. Vier seiner Leute waren verwundet, drei so schwer, daß sie nicht mehr gehen konnten. Die anderen drei waren unverletzt. Die Lage war kritischer, als er zuerst angenommen hatte. Der Vollmond war inzwischen aufgegangen. Keine Chance, bei dieser klaren Sicht seine Leute zurück bis in die Stellungen zu bringen, wo sie versorgt werden könnten. Frühestens im ersten Zwielicht des Morgens konnte er jemanden zurückschicken, der melden konnte, daß sie hier festsaßen. Bis dahin konnte er lediglich warten und versuchen, ihnen zu helfen, daß sie die Nacht lebend überstanden.

»Kann ich etwas helfen?« fragte Eve, indem sie sich den Männern vorsichtig näherte und erst sprach, als sie ganz nahe bei dem Offizier war.

»Nein. Höchstens, wenn Sie Krankenschwester wären.« Seine Stimme war ablehnend und voreingenommen.

Sie zog sich wieder zu dem kalten Kamin zurück. Sie hatte keinerlei Rotkreuzkurse gemacht, dafür hatte sie keine Zeit gehabt. Sie war vollauf mit ihren Auftritten an und hinter der Front beschäftigt gewesen. Und selbst zwischen diesen Fronttourneen hatte sie jede Gelegenheit angenommen, in irgendwelchen Theatern zu singen, ein paar Wochen hier, ein paar da. Die Miete mußte schließlich bezahlt werden.

Sie hörte schweigend den wenigen Worten zu, die die Soldaten in ihrer knappen, müden, verkürzten Sprache wechselten, die ihr so unverständlich war, als wäre es eine Fremdsprache. Was für die Verwundeten im Augenblick getan werden konnte, hatten ihre Kameraden rasch erledigt.

Danach lagen oder saßen alle acht Mann, einschließlich ihres Offiziers, auf dem Boden.

Unter normalen Umständen, dachte Eve, würde jetzt im Kamin ein warmes Feuer flackern, und die Kinder säßen hier und machten ihre Schularbeiten für die kleine Dorfschule. Auf dem Herd würde eine dicke Suppe kochen, und von der Decke hingen Würste und Schinken. Draußen hätte der Bauer fast die Versorgung des Viehs beendet und freute sich auf die vertraute und heimelige Wärme drinnen bei seiner Familie. Die Ernte wäre seit Wochen in der Scheuer, und er könnte sich zufrieden auf den bevorstehenden Winter mit weniger Arbeit freuen. Die Nächte wären lang und warm, es wäre genug zu essen da, und er könnte sich der Gemeinschaft mit seiner Frau freuen und mit Stolz seine Kinder groß werden sehen.

Es hatte durchaus eine Zeit gegeben, als ein derart gewöhnliches und ganz einfaches Leben ihr ganz und gar unvorstellbar erschienen wäre. Und wenn es ihr tatsächlich möglich gewesen wäre, es sich vorzustellen, dann hätte sie es als primitiv weit von sich gewiesen. Ein Bauernleben, ein Leben ohne jede Möglichkeit, daß sich etwas änderte, ein Leben, das man mit drei kurzen Sätzen von der Geburt bis zum Grabe erzählen konnte. Keine Chance für irgendein Wagnis in einem solchen Leben. Keine Chance, in einem großen roten Ballon den Himmel wenigstens halbwegs zu erreichen. Keine Chance, mit dem allerersten Mann seines Lebens nach Paris durchzubrennen, keine Chance, zu den Klängen eines Maxixe auf den *Grands Boulevards* zu flanieren, geschweige denn, ein Star im Olympia zu werden. Zu wagen und zu gewinnen...

Sie hatte ungeheuer viel Glück gehabt! Und es nicht einmal gewußt; nicht ganz gewußt und begriffen, erst jetzt... So wie auch der Bauer und seine Frau nicht gewußt hatten, wie glücklich sie gewesen waren, ehe die Mörsergranaten zweier großer Völker von beiden Seiten her ihr Haus zerstört und ihre Felder verwüstet hatten.

Als der Mond höher stieg und sein Schein durch die Löcher in den Wänden fiel, hinter denen sie sich verbargen, konnte sie die Soldaten etwas eingehender betrachten. Keiner schlief. Die Verwundeten hatten zu starke Schmerzen, als daß es ihren Kameraden möglich gewesen wäre, angesichts ihres Stöhnens auch nur eine Minute die Augen zu schließen. Auch ohne Uhr und ohne daß sie erfuhr, wie spät es war, wußte Eve, daß es noch viele Stunden bis zum Morgen sein würden.

Es mußte etwas geben, was sie tun konnte, obwohl sie nichts über Verwundetenpflege gelernt hatte. Sie konnte einfach nicht tatenlos dasitzen, ohne irgend etwas zu tun, was diese Soldaten ein wenig von ihren Schmerzen ablenkte. Der unfreundliche Offizier hatte erklärt, es gebe nichts für sie zu tun. Doch nur weil sie nicht wußte, wie man einen Verband anlegte, war sie nicht nutzlos. Immerhin hatte ihr Vincent Scotto eben erst ihr ungeheuer erfolgreiches Lied *Le Cri du Poilu* geschrieben, mit seinem aufpeitschenden Refrain: »Was wünschen sich unsere Soldaten an der Front? Eine Frau, eine Frau!«

Vielleicht war es naiv, aber es war eine klare und direkte Botschaft, sagte sich Eve und begann, ohne um Erlaubnis zu fragen, so leise es ihr möglich war, zu singen; mit ihrer Stimme, die doch sonst wie ein Blitz im Frühling war und bis in die hintersten Reihen der größten Theater trug. Jetzt, hier in dieser Nacht, brauchte sie lediglich die kurze Strecke bis zu den Soldaten hinüber zu tragen. Sie begann einfach das nächstbeste Lied zu singen, das ihr in den Sinn kam. Und es war *Parlez-moi d'Amour*. Ihr Glückslied. Das Lied, mit dem sie auch ihr Vorsingen begonnen hatte, damals. Bei den ersten Tönen knurrte der Offizier einen überraschten Fluch, aber sie ignorierte ihn einfach, sang weiter und fuhr fort mit *Mon Homme*. »Wenn er mich berührt, ist es um mich geschehen, denn ich bin nur eine Frau, und ich bin ihm verfallen.«

»Besondere Wünsche, *Messieurs*?« fragte sie, als sie mit der unsterblichen Hymne der Mistinguett an die Hilflosigkeit einer liebenden Frau und die unwiderstehliche Macht, die ein Mann über sie besitzt, zu Ende war. Und sieben Männer antworteten ihr, einige mit so schwachen Stimmen, daß sie kaum hörbar waren, die anderen erregt und eifrig, aber jeder hatte ein Lied, das er hören wollte.

Eve setzte sich auf das Kaminsims und sang die ganze Nacht hindurch Lied auf Lied; und sie dankte ihrem Gedächtnis, daß sie alle die Melodien und Texte, die sie einst auf ihren Wegen zu ihren Stunden in Dijon gehört hatte, nicht vergessen hatte, denn fast alle nannten Lieder, die in diese Zeit zurückgingen. Die Soldaten, die zu schwach waren, flüsterten ihre Wünsche dem nächsten Kameraden zu. Selbst die Bitten des ungeschickten jungen Soldaten, der sie hierhergefahren hatte, erfüllte sie.

Paul de Lancel hatte sich seine Offiziersmütze bis über die Augen heruntergezogen. Er saß am Boden und wiegte in seinen Armen einen Mann, dessen Beine völlig zerschmettert waren. Paul de Lancel spürte etwas Seltsames: Mit jedem Lied, das diese Frau sang, begann eine seiner inneren Wunden zu verheilen. Ihre Stimme weitete ihm das Herz und öffnete ihm für kurze Momente wieder den Blick in das längst entschwunden geglaubte Land, in dem es Liebe gab und Lachen. Das elementare, liebkosende Timbre dieser Stimme mit ihrer tiefen Menschlichkeit, dieser so durch und durch weibliche Klang, diese bergende Wärme, die an keiner Front existierte und überhaupt nichts mit Krieg zu tun hatte, brachte ihm viele Erinnerungen zurück, die er fast schon vergessen hatte. Eine Vision, die nicht hielt? Sicher. Und doch, jedes ihrer Lieder mit den oft ganz banalen Texten von den gewöhnlichen, alltäglichen Bedürfnissen, Wünschen und Sehnsüchten der Menschen, ihren Enttäuschungen, aber auch Freuden der Liebe durch die Tage und Nächte ließ auf unerklärliche Weise seinen Glauben wieder wachsen, daß er weiterleben könne; einen Glauben, den er schon lange verloren gewähnt hatte. Würden diese Stunden hier einmal zu den »unvergeßlichen« gehören? Konnten seine in langem Schlaf versunkenen Empfindungen, die sie wiedererweckt hatte, auf irgendeine Weise über diese Nacht hinaus weiterleben? Wohl nicht, dachte er; aber dennoch, wie schön waren diese kurzen Momente schlichter Ruhe und Geborgenheit, Zartheit, Zärtlichkeit…

Aber er verlangte kein einziges Mal selbst ein Lied. Er wollte auf keinen Fall seinen Leuten ihre Chance nehmen. Erst als die Wünsche dann spärlicher zu werden begannen, obwohl sie alle bis auf einen noch wach waren, sagte er schließlich auch etwas. »Kennen Sie vielleicht irgendeines der englischen Soldatenlieder?«

»Ja, die *Rose of Picardie* natürlich, und *Tipperary*. Die kennt jeder, selbst, wenn er kein Englisch kann.«

»Wie ist es mit *Smile a While*?«

»*Smile a while, you kiss me sad adieu…*, meinen Sie das«? fragte Eve.

»Ja«, nickte er eifrig. »Bitte.«

> Smile a while, you kiss me sad adieu,
> When the clouds roll by, I'll come to you.
> Then the skies will seem more blue,
> Down in Lovers' Lane, my dearie.
> Wedding bells will ring so merrily,
> Every tear will be a memory,
> So wait and pray each night for me,
> till we meet again.

Sie sah ihn an, während sie die letzte Zeile sang. Er murmelte: »Noch mal, nur noch ein Mal…« Aber ehe sie dann zum zweiten Mal mit der einfachen, eingängigen Melodie zu Ende war, sah sie, daß der Offizier eingeschlafen war. Er hatte ein Lächeln auf den Lippen.

FÜNFTES KAPITEL

»Wenn man sich vorstellt«, sagte Vivianne de Biron und seufzte nachdenklich, »daß manche Leute das Glück haben, in der Schweiz geboren zu sein:...« Es war in der letzten Dezemberwoche des Jahres 1916. Sie saß zusammen mit Eve in ihrer Küche bei Kräutertee.

»In der Schweiz?« meinte Eve ungläubig. »Hast nicht du immer gesagt, das sei weniger ein Land als ein Sanatorium?«

Die zwei Kriegsjahre hatten der immer noch bewundernswerten Erscheinung ihrer Freundin kaum etwas anhaben können. Vivianne war so unwiderstehlich pariserisch wie eh und je, wie makellos glänzendes Metall, das sich durch nichts auf der Welt noch weiter verbessern und polieren läßt.

»Eine ruhige Neutralität, das hat Schultess ihnen versprochen. Und frische Sahne in echtem Bohnenkaffee. Keinen öden Kräutertee.«

»Schultess?« fragte Eve, und ihre Brauenbögen hoben sich noch höher unter der kleinen Persianerkappe, die ihr Sirenenhaar fast ganz bedeckte. Sie war jetzt noch eleganter als zu der Zeit, als sie zum ersten Mal nach Paris gekommen war; vor nun schon dreieinhalb Jahren. Wenn sie jetzt durch die Straßen ging, dann mit der unnachahmlichen Selbstsicherheit und dem Flair einer Frau, die in dieser Stadt zu Hause war; der, kein Zweifel, die Stadt gehörte. »Wer ist das, dieser Schultess?«

»Der neue Präsident der Schweiz. Wenn du Zeitung lesen würdest, Maddy, wüßtest du's. Und was macht dagegen unsere Regierung? Die hat doch tatsächlich nichts Besseres zu tun, als die Strafe für Ehebruch zu erhöhen! Nein, lach nicht, meine Kleine, wirklich, ganz im Ernst! Vor diesem elenden Krieg war die Strafe für Ehebruch fünfundzwanzig Francs. Jetzt haben sie sie auf hundert erhöht, samt ein paar Tagen Gefängnis! Ich frage dich, sind die noch normal? Was für eine Logik hat das, was für einen Sinn? Ist das überhaupt noch französisch? Gut, sie haben Gas und Strom rationiert und die Lebensmittel. Aber ich bitte dich, wie beeinträchtigt ein kleiner Ehebruch die Aussichten, den Krieg zu gewinnen? Wenn du mich fragst, ich halte das sogar für ausgesprochen unpatriotisch!«

Vivianne schenkte sich noch eine Tasse des Kräutertees ein und betrachtete ihn angewidert. »Denk doch mal nach, Maddy. Wenn ein Soldat, der schon lange von zu Hause weg ist, eine Gelegenheit findet, sich etwas zu entspannen und abzulenken, mit jemandem, der zufällig nicht seine Frau ist... oder wenn seine eigene Frau ihn zwar vermißt, aber während seiner Abwesenheit auch eine kleine Gelegenheit wahrnimmt, die es ihr gestattet, ihre Einsamkeit etwas besser zu ertragen... Weshalb sollten sie dafür auch noch Strafe zahlen müssen? Und wer überhaupt soll der Schnüffler sein, der unter die Schlafzimmerbetten lugt; kannst du mir das vielleicht sagen?«

Eve versuchte, ihren Lachreiz über Viviannes ehrliche Empörung möglichst zu unterdrücken und ernst zu bleiben. »Ich bin da wirklich nicht so bewandert, Vivianne. Und Phantasie habe ich auch nicht sehr viel.«

»Ach, du nimmst einfach nichts ernst«, schnaubte Vivianne beleidigt. »Bitte, wie du willst. Wahrscheinlich findest du es auch ganz in Ordnung, daß die Regierung neuerdings ausdrücklich vorschreibt, die Leute dürfen nur noch in normaler Straßenkleidung ins Theater gehen. Keine Abendkleidung mehr, kein Frack. Als könnte das die Deutschen so nachhaltig beeindrucken, daß sie lieber ihr eigenes Giftgas schlucken und sich wieder nach Berlin verziehen!«

»Einen Versuch wäre es ja wert«, meinte Eve geistesabwesend. Sie las durchaus Zeitung und wußte mindestens so genau wie Vivianne, daß die Schlachten des Jahres 1916 einen so ungeheuerlichen Blutzoll gefordert hatten, daß es fast das menschliche Fassungsvermögen überstieg.

Sie riß sich von diesen Gedanken los, um sich wieder dem Geplauder ihrer Freundin zu widmen. »Unsere Alliierten tun ihr Bestes, das mußt doch auch du zugeben, Vivianne«, sagte sie. »Der König von England hat geschworen, keinen Alkohol mehr zu trinken, nicht einmal Wein oder Bier, bis der Krieg gewonnen ist. Stell dir vor, wenn das ganze Land seinem Beispiel folgte... stell dir alle diese Engländer ohne ihren Whisky vor! Was das bedeuten würde!«

»Den sicheren Sieg für die Deutschen!« gab Vivianne jedoch zurück. »Zum Glück ist noch keiner auf die Idee gekommen, alle Music-Halls zuzumachen. Es gibt schließlich ständig eine Menge Soldaten, die auf Urlaub sind und sich das um keinen Preis entgehen lassen wollen.«

»Ja, ich weiß ja. Und seit Jacques Charles aus dem Lazarett entlassen wurde und das *Casino de Paris* übernommen hat, ist er aktiver denn je. Im Olympia hatten wir nie derart aufwendige Kostüme und so herrliche Dekorationen. Warte nur, bis du erst mal die Girls siehst. Er hat Dutzende genommen, mit nichts am Leibe als gerade noch einem Feigenblatt. Wenn das die zehn Meter hohen Treppen rauf und runter kommt... Und das Orchester spielt irgend so was Neues aus Amerika. Ich habe noch nie etwas davon gehört. Es nennt sich *Ragtime*.«

»Und, singst du es gern, dieses Ragtime?«

»Nein, das singt man nicht. Das ist etwas zum Tanzen, mehr oder weniger. Doch ich muß aufbrechen, Vivianne. Ich muß ein bißchen was tun. Zumindest kann ich dich jetzt gefahrlos besuchen.« Sie blickte über die Treppe zu Alain Marais Appartement hinauf. Er war wegen seines geschwächten Zustandes, nach seiner Lungenkrankheit, vom Frontdienst freigestellt worden und war irgendwo, weit entfernt von Paris, in einem Nachschubdepot stationiert.

Eve wandte sich um, als ihr etwas einfiel und sie sich noch einmal umdrehte.

»Übrigens, sag mal, Vivianne... Als du mich damals ins Olympia zum Vorsingen brachtest, kam es dir da eigentlich gar nicht in den Sinn, daß ich dort ganz unvermeidlich Fragson sehen und dann die Wahrheit über Alain entdecken mußte?«

»Mein Gott«, protestierte Vivianne, »das ist jetzt über drei Jahre her.«

»Gewiß, aber das beantwortet meine Frage nicht.«

»Gott, wahrscheinlich kam es mir schon in den Sinn... oder... na, und wenn ich schon gemeint hätte, daß es so schlimm auch nicht sein könnte, wenn du erfahren würdest, wie gar nicht so vollkommen wunderbar dein lieber Monsieur Marais war? Vielleicht habe ich auch gehofft, dich davor zu bewahren, daß du dich allzu lange an ihn hängst. Aber jedenfalls habe ich es nicht aus absichtlicher Bosheit getan. Doch selbst wenn, würde ich mich auch nachträglich dessen nicht schämen.«

»Du hast aber nie gewußt, daß ich die Wahrheit schon Monate vorher erfahren hatte? Ich bin einmal allein ins Olympia gegangen.«

»Ah?«

»Ja. Verliebte Frauen, Vivianne, sind so ungeheuer pathetische Närrinnen. Als erleide man einen schlimmen Anfall von Dummheit und das auch noch mit Wissen und Willen. Und hinterher, wenn es vorbei ist, fragen wir uns, wie in aller Welt es möglich war, sich solchen Täuschungen hinzugeben, derartige Fehler zu begehen. Ohne daß wir irgendeine Antwort darauf fänden. Seit der Geschichte mit Alain habe ich beschlossen, es sei das Klügste, mich nie mehr zu verlieben. Und dabei blieb es auch wirklich. Nicht annähernd etwas dieser Art. Er hat mir tatsächlich einen Gefallen getan. Obwohl mir das damals natürlich gar nicht so erschien.«

»Ah?«

»Mehr hast du dazu nicht zu sagen als ›ah‹?«

»Sieh mal, du bist jetzt fast einundzwanzig. Wenn du dreimal so alt bist, dann kannst du mir das noch mal erzählen, und dann verspreche ich dir, es dir womöglich zu glauben.«

»Ich dachte, du bist Zynikerin von Beruf, Vivianne?«

»Was Männer angeht. Aber, was Frauen betrifft, da bin ich sehr . . . romantisch.«

»Er sagt, er kennt Sie, Maddy. Aber daß Sie ihn nicht kennen. Nicht mit Namen. Soll ich ihn reinlassen?« Der Portier am Bühneneingang des *Casino de Paris* war daran gewöhnt, daß pausenlos Soldaten hinter die Bühne wollten. Und normalerweise sagte er eben, sie sollten warten, bis die Damen herauskamen. Dieser hier jedoch schien ein gutes Trinkgeld ausgegeben zu haben. Andernfalls hätte der Portier sich kaum die Mühe gemacht, Eve persönlich aufzusuchen und zu fragen.

»Wie sieht er denn aus?« fragte sie abweisend. Sie war bereits voll abgeschminkt und bürstete gerade ihr Haar. Sie trug nur ein leichtes Négligé aus fahlgelber Seide. Es war Mai 1917 und schon sehr warm. Mit dem Glorienschein ihres erdbeerfarben schimmernden Haares sah sie aus wie Frühling und Sommer zugleich, vielversprechend und gleichzeitig bereits alle Versprechen einlösend.

»Ein Offizier«, sagte der Portier, »mit einer Menge Auszeichnungen. Sieht recht gut aus, wenn Sie mich schon danach fragen.«

»Franzose, Engländer, Amerikaner?«

»Franzose natürlich. Sonst hätte ich Sie doch gar nicht erst belästigt. Die Amerikaner sind doch gerade erst angekommen. Obwohl sie natürlich den Weg nach Paris sehr schnell finden, das muß man ihnen lassen.«

»Also gut, er soll kommen«, sagte Eve. »Lassen Sie mir nur so viel Zeit, daß ich mir noch ein Kleid anziehen kann.«

Der Portier kam nach einer kleinen Weile mit einer hochgewachsenen, sehr ungeduldig wirkenden Gestalt in der Uniform eines Colonel wieder.

»Ich hoffe, ich störe Sie nicht, Madame.« Die Höflichkeitsfloskel stand stark im Gegensatz zu der Intensität, mit der er sie vorbrachte.

»Aber nein, *mon Colonel*.« In ihrer Stimme schwang eine Frage mit. Sie konnte sich nicht erinnern, diesen großen, blonden Mann mit seiner wettergegerbten Haut und seinen dunkelblauen Augen je gesehen zu haben. Aber dennoch war etwas irritierend Bekanntes an ihm. Als hätte sie schon einmal von ihm geträumt, den Traum aber vergessen und begänne sich jetzt dunkel an ihn zu erinnern.

»Ich hatte bis heute abend nicht die mindeste Ahnung, wer Sie waren«, sagte er. »Und ich wußte auch nicht, wo ich Sie finden könnte. Aber als ich Sie dann singen hörte . . . schon beim allerersten Ton . . . « Er brach ab, als wisse er nicht weiter. Als ob das dringende Bedürfnis, ihr etwas zu sagen, so kompliziert sei, daß es nicht in Worte zu fassen war.

»Bis heute abend?« fragte sie. Seit der Krieg begonnen hatte, hatte es eine Unzahl von Abenden gegeben.

»Sie können es doch nicht vergessen haben. Auch wenn es fast zwei Jahre her ist...«

Und da wußte sie es wirklich. »Sie meinen... damals, in jener Nacht, in dem zerschossenen Bauernhaus? Dann sind Sie... ja, tatsächlich, Sie sind dieser Offizier, nicht wahr? Ich erinnere mich, ja. Natürlich erinnere ich mich. Wie könnte man eine solche Nacht vergessen. Ja, ich erinnere mich an Ihre Stimme. Ich konnte mich nur nicht an Ihr Gesicht erinnern. Sie schliefen ein, während ich sang.«

»Und ich träumte vom Frieden«, antwortete er. »Es war ein sehr schöner Traum. Zwei meiner Leute hätten jene Nacht ohne Sie nicht überlebt. Das wollte ich Ihnen sagen.«

»Wie heißen Sie, *mon Colonel*?«

»Paul de Lancel. Darf ich Sie vielleicht zum Diner einladen, Madame?«

»Sehr gerne.«

»Gleich heute?« fragte er so erwartungsvoll, daß ihm fast die Stimme versagte.

»Gut, warum nicht? Ich erinnere mich sehr genau, daß wir damals in jener Nacht, als wir uns kennenlernten, sehr hungrig waren. Und ich habe statt dessen gesungen, für das Abendessen und fast auch noch für das Frühstück. Es mag also wohl seine Richtigkeit haben, daß Sie mir ein Essen schuldig sind. Aber unter einer Bedingung!«

»Was immer Sie verlangen, Madame!«

»Sie fragen mich nicht mehr, ob ich noch normal bin oder wahnsinnig und nicht bei Verstand.«

»Ich hatte gehofft, Sie würden vergessen haben, wie unverzeihlich grob ich war.«

»Ganz im Gegenteil. Es war zu erinnerungswürdig, um es jemals zu vergessen!«

In den vergangenen Jahren war Eve praktisch jeden Abend nach der Vorstellung von irgend jemandem zum Essen gebeten worden. Von Soldaten aus allen Gegenden Frankreichs. Sie suchten Zerstreuung in den Restaurants, in denen »etwas los« war, jenes fieberhafte, hektische Treiben an diesen Orten, das seinen eigenen Zauber, seine eigene Fröhlichkeit entfaltete.

Paul de Lancel hingegen, ganz anders, hatte sich für den Speisesaal des *Ritz* entschieden, bei dem es sich um eine außergewöhnlich förmliche Örtlichkeit handelte, sehr hoch, mit Stukkaturen, tiefen Teppichen und

Brokattapeten, die dem Schlafzimmer einer Königin angemessen gewesen wären. Die Tische standen sehr weit auseinander. Auf einer Seite öffnete sich der Saal in einen halbkreisförmigen Wintergarten, in dem Jasmin und große Pyramiden von Geranien einen plätschernden Brunnen umgaben. Das Servieren jedes einzelnen Gangs wurde von einem *Maître d'Hôtel* höchstpersönlich überwacht und von Kellnern und Pikkolos ausgeführt, die so dezent zu Werke zu gehen hatten, daß kein lautes Wort fiel. Der ganze Saal war zu diskret beleuchtet, um hell zu sein, jeder einzelne Tisch war in seinen eigenen gedämpften Lichtschein eingehüllt wie eine Welt für sich, umgeben von ganzen Serien von Lampen mit rosa Lampenschirmen.

Trotz dieser ganzen steifen Pracht war der Speisesaal des *Ritz* für Festlichkeiten konzipiert und hatte dieses traditionelle Flair auch während des ganzen Krieges wahren können. Und obwohl die Summe all der in diesem Saal versammelten Kostbarkeiten aus ihm das eleganteste Speiselokal ganz Frankreichs machte, bewegte sich Paul de Lancel in ihm so natürlich und ungezwungen, als sei er hier zu Hause. Er bestellte ohne jede Hast und überflüssige Debatten, mit selbstverständlicher Autorität, aber ohne jede Allüre im Auftreten, ganz ruhig und freundlich. Wie er mit dem *Maître d'Hôtel* sprach, vermittelte. Eve ein Gefühl entspannender, gelassener Sicherheit, das ganz unabhängig war von der Erwartung eines angenehmen Essens.

Paul musterte Eve in dem sanften Licht eingehend. Sie saß mit ihrer gewohnten Selbstsicherheit in dem Brokatsessel ihres Tisches. Ihre langen Ohrringe glitzerten. Ihr Haar war in der Mitte gescheitelt und nach der Mode nach vorne gekämmt, so daß es die Ohren bedeckte. Ihr Kleid hatte einen tiefen viereckigen Ausschnitt, der mit einem Seidenband gesäumt war. Zwei Samtbänder liefen über die Schultern. Der kräftige, glatte Hals und die Arme blieben völlig bloß.

Diese entblößte Mode, fand er, stand Eve besonders gut, denn sie unterstrich sehr vorteilhaft den eleganten Bogen ihres Gesichts und die wunderbare, jugendliche Frische ihres Teints. Die Beleuchtung verhinderte, daß er in die Tiefen ihrer Augen blicken konnte, aber das leichte, langsame Flattern ihrer Augenlider unter den aufwärtsstrebenden Brauenbögen, wenn sie sprach, verlieh allem an ihr eine geheimnisvolle Bedeutung. Die auffällige Maßlosigkeit ihrer ganzen Erscheinung, die ihre Tante Marie-France schon vor sieben Jahren bemerkt hatte, war jetzt noch ausgeprägter, aber auch geformter, persönlicher. Sie war nach wie vor in keiner Weise gezähmt, sondern schien jetzt das Gefäß für eine erstaunliche geistige Unabhängigkeit, Freiheit und Haltung zu sein, die mit dazu beitrugen, daß Eve in ihrem totalen Mangel an Konventionalität etwas Außergewöhnliches, Adeliges besaß. Auch in ihrem Gespräch fiel Paul de Lancel Eves lebhafte, unbeengte Intelligenz auf, die ihr eine innere Leichtigkeit und Harmonie verlieh.

»Wer sind Sie eigentlich?« hörte er sich plötzlich fragen.

»Was meinen Sie damit?« sagte Eve, obschon sie, oder zumindest das pulsierende Blut in ihren Adern, sehr gut wußte, was er meinte.

»Sie sind jemand anderes. Sie sind in Wirklichkeit eine andere Frau als die berühmte Maddy. Maddy ohne Zunamen, die im *Casino de Paris* singt. Ich bin mir da ganz sicher. Sagen Sie mir, wer Sie wirklich sind.« Eve bedachte ihre Antwort, während sie an ihrem Wein nippte. Nicht ein einziges Mal, seit sie vor vier Jahren nach Paris gekommen war, hatte sie mit irgend jemandem über ihre Herkunft gesprochen; nicht einmal mit Vivianne. Irgendein tief in ihr schlummernder Instinkt hatte ihr geraten, niemanden in der Welt der Music-Halls wissen zu lassen, daß sie aus einem Milieu stammte, das über sie die Nase rümpfte.

Dieser Mann jedoch, dieser Fremde, ungeachtet dessen, was sie über seinen Mut, seine Ruhe und Ausdauer wußte, dieser zumindest fast fremde Paul de Lancel weckte eine Furchtlosigkeit in ihr und ein seltsam intensives Bedürfnis – nahezu Hunger –, mit ihm über sich zu sprechen. Sie verspürte fast eine Art Zwang, sich seinem Drängen zu ergeben. Sie wußte plötzlich, daß sie ihm vertraute – so sehr sogar, daß es sie fast erschreckte. Sie kannte ihn doch kaum, wußte nichts von ihm. Aber da war schließlich diese gemeinsam durchlebte Nacht in jenem zerschossenen Bauernhaus, und sie schien jetzt ganz von selbst ein so starkes Band zwischen ihnen zu sein, schien ihn ihr so vertraut zu machen, daß es keinen Sinn mehr hatte, sich hinter einer Identität zu verbergen, die ohnehin nur teilweise die ihre war.

»Ich stamme aus Dijon«, sagte sie schließlich, als komme sie von weither zu sich, »und ich heiße natürlich nicht wirklich Maddy und bin auch keine Madame. Ganz korrekt bin ich Mademoiselle Eve Coudert – ein selbstverständlich viel zu bürgerlicher Name, um für die Music-Hall geeignet zu sein. Als kleines Mädchen hatte ich keinen anderen Wunsch – wahrscheinlich war er sogar viel zu heftig –, als zu erkunden, was hinter dem Horizont liegt. Ich kam also nach Paris... genau gesagt, ich brannte von zu Hause durch... da war ich siebzehn... mit einem Mann, den ich kaum kannte. Ich war im Stande totaler Unschuld und totaler Bedenkenlosigkeit; in der Tat ›wahnsinnig und nicht bei Verstand‹...« Der Hauch eines Lächelns huschte über ihr Gesicht. »Ich war dazu erzogen worden, eines Tages eine gute Partie zu machen. Der Gedanke war mir unerträglich, aber das war nun einmal, was meine Familie für mich vorgesehen hatte. Ich war so lächerlich verliebt, wie närrisch. Dann hat mir der Mann natürlich bald das Herz gebrochen, wie gar nicht anders zu erwarten war. Und ich hatte mit alledem meine Familie entehrt und mich selbst. Meine Eltern haben mich nicht ein einziges Mal besucht, obwohl ich ihnen, wie von Anfang an, bis heute jede Woche schreibe. Mein Vater ist ein bekannter Arzt, meine Mutter eine der Damen der besseren Gesellschaft von Dijon. Nun, und ich... bin eben bekannt als Maddy.«

»Sie sagen, er brach Ihnen das Herz?« fragte Paul und vermerkte ganz ungläubig bei sich, wie sehr es ihm, als sie davon erzählte, einen regelrechten Stich heftiger Eifersucht versetzt hatte. Den Rest ihrer Erzählung hatte er überhaupt nicht mehr bewußt wahrgenommen.

»Ja, zu der Zeit erschien es mir so. Ich empfand es auch so.«

»Und, ist die Narbe verheilt?«

»Da bin ich ganz sicher. Obwohl es vielleicht jahrelang nur so etwas wie... eingefroren war. Aber welches Mädchen von siebzehn hat kein gebrochenes Herz?«

»Und seit diesem Mann?« forschte er mit ganz nachdrücklichem Wissensdrang.

»Ich habe mich sehr gehütet, noch einmal mein Herz zu verschenken.«

»Und dessen sind Sie ganz sicher?« Er sah sie an und verspürte einen kaum bezähmbaren Zwang, in ihr Haar zu fassen, es zu lösen und es ihr aus der Stirn zu streichen, um zu sehen, wie sie morgens beim Erwachen aussähe.

»Augenblick mal, *mon Colonel*, soll das etwa ein Verhör sein?«

»Spielt das eine Rolle?«

»Nun, wahrscheinlich nicht«, meinte Eve nach einer längeren Pause. An ihrem Hals war deutlich das Pulsieren ihrer Schlagadern zu erkennen.

»Überhaupt nicht«, bekräftigte er, »und das wissen Sie auch ganz genau. Kommen Sie, geben Sie mir Ihre Hand, ich möchte sie halten.«

»Hier, in aller Öffentlichkeit?« Sie mußte sich vorbeugen, damit er ihre fast geflüsterte Frage verstehen konnte.

»Na und? Sie laufen mit irgendeinem Kerl weg, der Ihnen weh tut, und mir wollen Sie nicht einmal Ihre Hand geben?«

»Ich sagte Ihnen doch, daß ich seither sehr vorsichtig bin.«

»Aber jetzt müssen Sie das alles vergessen«, sagte er mit feierlichem Ernst.

»Muß ich?« Ihre Lippen öffneten sich etwas, ihr Augen waren fast geschlossen. Eine Welle von Gefühl brandete über sie hinweg und raubte ihr fast den Atem, lähmte sie geradezu, während sie darauf wartete, daß er weitersprach. Er hatte sie völlig überrascht mit seiner Direktheit, seiner offenen Eindringlichkeit. So etwas hatte sie nicht mehr gespürt, seit sie in dem großen roten Ballon über Dijon hinweggeschwebt war und die großen Möglichkeiten erkannt hatte, die hinter dem blauen Horizont lagen. Sie fühlte einen schwindelnden Taumel über sich kommen, der den Speisesaal des *Ritz* zurückweichen ließ wie den verlöschenden Hintergrund in einem dunklen Theater.

»Das wissen Sie ganz genau. Ganz genau, Mademoiselle Eve Coudert.«

»Sie sind nicht schlecht im Kommandieren«, sagte Eve mit dem letzten Rest von Widerstand, den sie noch besaß.

»Sie haben viel Zeit, sich daran zu gewöhnen.«

»Wie lange?« flüsterte sie.

»Das ganze Leben«, sagte er, während er ihre zitternden Hände nahm und sie an seine Lippen führte. »Ich verspreche Ihnen ein ganzes Leben.«

Der *Maître d'Hôtel*, der Paul und Eve aus angemessener Entfernung im Auge behalten hatte, war nicht weiter verwundert, als er den Colonel de Lancel mitten in dem perfekt vorbereiteten und servierten Essen nach der Rechnung verlangen hörte. Er und seine schöne Begleiterin hatten sowieso praktisch nichts angerührt. Er kannte den Colonel schon sehr lange; schon, seit er als Knabe zum ersten Mal mit seinen Eltern nach Paris gekommen war. Noch nie allerdigs hatte er den jungen Vicomte verliebt gesehen, so oft er auch, seit er erwachsen war, hier im *Ritz* diniert hatte. Tatsächlich aber hatte der *Maître d'Hôtel* schon, als sie gekommen waren, mit sich selbst gewettet, daß sie nicht einmal bis zum Hauptgang kämen, ehe sie jeden Vorwand, zu speisen, fahren ließen. Diese Wette verlor er zwar, weil der Colonel es immerhin so weit hatte kommen lassen, daß der Hauptgang tatsächlich serviert wurde und er sogar einen winzigen Bissen gegessen hatte. Er gewann jedoch trotzdem bei der ganzen Angelegenheit, weil das Trinkgeld nicht weniger als fünfmal so hoch wie üblich war.

Draußen vor dem *Ritz* winkte Paul nach einer offenen Pferdekutsche. »Fahren Sie die Seine entlang«, instruierte er den Kutscher und reichte Eve die Hand zum Einsteigen. Der Kutscher ließ sein Pferd um den Place Vendôme traben und dann die Rue Castiglione hinunter in Richtung zum Fluß. Er hielt das Pferd in sanftem Trab, der dem lauen Abend angemessen war.

Im Restaurant des *Ritz* hatten Paul und Eve mit einer gewissen Ungezwungenheit miteinander reden können, weil sie dort von Menschen umgeben waren, deren Anwesenheit ihrer Vertraulichkeit immerhin gewisse Grenzen setzte. Diese mangelnde Intimität und der Zwang, wenigstens so zu tun, als speisten sie, hatte sich dann aber an einem bestimmten Punkt als unerträglich erwiesen. Jetzt jedoch, wo sie allein miteinander waren, den gleichgültigen Rücken ihres Kutschers nicht gerechnet, fanden sie sich gehemmt, verwirrt und unfähig zu sprechen.

Er hatte ihr »ein ganzes Leben« versprochen, dachte Eve. Was sollte das bedeuten? War das eine Redensart? Der hitzige Ausfall eines Soldaten? Die Worte eines Mannes, der eine kurze Affäre suchte, ehe er sich wieder dem Geschäft des Krieges zuwenden mußte? War dieser Paul de Lancel die Art Mann – von der es ja so viele gab –, die immer die größten Worte für ganz banale Zwecke gebrauchten? Als sie im *Ritz* ankamen und begrüßt wurden, hatte sie aus der Anrede des *Maître d'Hôtel* gehört, daß er ein Vicomte war und ein Mitglied der Champagnerfamilie Lancel. Wenn ein Mann aus solchen Kreisen ihr »ein ganzes Leben« versprach, sollte das dann etwa heißen: als seine Geliebte? Als die Frau, die er sich im Hintergrund seines Lebens hielt? Was genau erwartete er eigentlich, dieser Mann, dem sie gestattet hatte, sie zum Diner auszuführen – zu einem halben Diner, um genau zu sein – und eigentlich nur für diesen Abend? Und der inzwischen bereits mehr von ihr wußte als sonst irgendwer auf der Welt?

»Ein ganzes Leben« hatte er ihr versprochen, dachte auch Paul. Hatte sie begriffen, daß es tatsächlich ein Heiratsantrag gewesen war? War das klar genug geworden? Es war einfach keine Gelegenheit gewesen, diesen Satz näher zu erläutern, weil eben, als er ihn gesagt hatte, ein Kellner an den Tisch gekommen war, um den ersten Gang zu servieren. Irgendwie war er deshalb in der Luft hängen geblieben, und die flüchtige Stimmung des Augenblicks hatte sich auf frustrierende Weise so verändert, daß es ihm nicht mehr möglich gewesen war, auf das Thema zurückzukommen. Wie konnte er auch annehmen, eine Frau, die er erst seit ein paar Stunden wirklich kannte, könne verstehen, welche Gefühle er für sie empfand? Wie konnte sie, sollte sie seine Gefühle erwidern? Oder war sie vielleicht die Art Frau, die ihn sich erst erklären ließ, um dann mit ihm zu spielen und sich ihrer Macht über ihn zu erfreuen? Er wußte doch nichts über sie außer dem kurzen Abriß ihres Lebens, den sie ihm selbst gegeben hatte. Und sie wußte noch viel weniger von ihm.

Sie saßen schweigend nebeneinander, ohne jede Berührung. Die Kutsche fuhr hinüber in den ältesten Teil von Paris, die *Ile de la Cité*, jenem Herz der Stadt, wo sich einst auf einer Insel in der Seine ein Stamm von Fischern, die sich die *Parisii* nannten, angesiedelt hatte.

»Halten Sie doch mal an, Kutscher«, sagte Paul am *Pont Neuf*. Dann fragte er Eve: »Wollen wir zu Fuß über die Brücke gehen?«

»Ja, gern«, antwortete sie. Alles war ihr recht, was das steife, unbehagliche Schweigen der Zweifel und des Nichtverstehens, in dem sie sich befand, brechen, die tausend Fragen verscheuchen konnte, die ihr durch den Kopf gingen und von denen sie doch nicht eine über ihre Lippen zu bringen vermochte.

Pont Neuf – ihrem Namen zum Trotz –, die älteste Brücke von Paris, besitzt einen ganz besonderen Charme; einen Zauber, den es nur an Orten gibt, die seit Urzeiten vom Menschen bewohnt sind. Der ganze Weg schien von den freundlichen Geistern der Ahnen gesäumt zu sein, während sie auf die Brückenmitte zugingen, wobei der einzige flüchtige Kontakt zwischen ihnen seine andeutungsweise leitende Hand an ihrem Ellbogen war. Die breite Brücke war fast leer. In der Mitte blieben sie in einer der zwölf halbkreisförmigen Nischen stehen, wo man einen unverstellten Blick über den Fluß hat, der mit erstaunlich starker Strömung die Stadt zum Meer hin durcheilt. Der Mondschein fiel als so breites Band auf das Wasser, daß ganz Paris dahinter verschwand.

»Man glaubt fast, auf einem Schiff zu sein, nicht wahr?« sagte Paul.

»Ich habe noch nie eine Seereise gemacht«, antwortete Eve.

Wieder fiel das Schweigen über sie, obgleich die wenigen Worte die beiderseitige Verlegenheit etwas gelöst hatten. Sie wandten sich im selben Augenblick einander zu. Paul nahm Eve in die Arme und küßte sie zum ersten Mal.

Sie befreite sich und sah in seine Augen, die so tief unter den Brauen lagen, daß ihr Ausdruck kaum erkennbar war.

Dann fragte sie unvermittelt: »Warum wollten Sie eigentlich damals in jener Nacht, daß ich ausgerechnet *Smile a While* sang?« Sie war über sich selbst verwundert. Wieso fragte sie, obwohl es wahrhaftig eine Menge viel wichtigerer Fragen gab, die ihr im Herzen brannten, nach einer so unwichtigen Einzelheit, die überdies einen Zeitpunkt betraf, zu dem sie noch nicht einmal seinen Namen gewußt hatte?

»Nun, weil...« Paul zögerte etwas. »Vielleicht war es albern von mir, aber ich wußte ja, daß keiner meiner Leute Englisch verstand. Und ich wollte, daß Sie etwas für mich allein sangen. Etwas, an das ich mich stets erinnern könnte, ohne es mit jemandem teilen zu müssen. Ich... ich hatte mich, während Sie alle diese französischen Lieder für die anderen sangen, in Sie verliebt. Und in diesem englischen Lied gibt es Worte, von denen ich mir wünschte, Sie würden sie wirklich mir persönlich sagen. Und die einzige Möglichkeit, daß Sie es taten, war eben, wenn Sie sie sangen. Erinnern Sie sich an die Worte? *Wedding Bells will ring so merrily, every tear will be a memory, so wait and pray each night for me. Till we meet again.*«

»Hochzeitsglocken?« flüsterte Eve.

»Schon damals, ja. Ich wußte schon damals, daß dies das einzige war, was ich mir wünschte. Hochzeitsglocken... Eve, wollen Sie meine Frau werden?«

Sie zögerte, scheute erneut zurück vor der direkten Art, mit der dieser Mann ihre ganzen so hart erworbenen Selbstschutzinstinkte beiseitefegte. Und doch... und doch... Konnte sie jetzt noch davor zurückweichen, zu *wagen*? Konnte sie hier dem immer gesuchten Wagnis, dem Abenteuer des Lebens ausweichen? Versuchen, sich der... Liebe zu entziehen? Denn genau dies waren, darüber wurde sie sich klar, ihre Gefühle für ihn. Liebe. Keinen Deut weniger.

»Es ist jetzt immerhin schon über drei Stunden her, seit Sie in meine Garderobe kamen«, versuchte sie einen letzten instinktiven Widerstand, »wieso haben Sie derart lange damit gewartet?«

Doch die versuchte Ironie gelang nicht. Paul sagte ganz ernst: »Ich habe immerhin zwei Jahre gebraucht, Sie wiederzufinden.«

»Na ja, in dem Falle...«

»In welchem Falle?«

»Ja, *mon Colonel*! Ja!«

Der Vicomte de Lancel, Pauls Vater, sah von dem Brief auf, den er eben geöffnet hatte.

»Wunderbare Neuigkeiten, *ma chère*«, rief er freudig seiner Frau Annette zu, »Paul will sich wieder verheiraten! Wahrscheinlich, wenn ich mir das Datum des Briefes anschaue, ist er es mittlerweile sogar schon!«

»Oh, Gott sei Dank!« rief die Vicomtesse voller Freude und Erleichterung. »Wie sehr habe ich darum gebetet! Nach dem Tod der armen Laure dachte ich schon, er würde nie mehr fröhlich werden. Zeig mir den Brief. Wer ist sie? Wo hat er sie kennengelernt? Wann haben sie geheiratet?«

»Augenblick – laß es mich selbst noch einmal lesen. Ah ja, da. Sie ist aus Dijon. Fast unsere Nachbarschaft, Annette. Eve Coudert – sieh an, die Tochter von Dr. Didier Coudert! Das ist doch dieser bekannte Leberspezialist, nicht wahr? Dein Schwager hat ihn mal vor einigen Jahren konsultiert, erinnerst du dich? Sie kennen sich seit – das ist seltsam –, er sagt, sie haben sich einmal kurz am Ende des ersten Kriegsjahres getroffen, und jetzt, erst vor einer Woche, scheint es, sind sie sich wieder begegnet. Vor dem Krieg wäre es ganz unmöglich gewesen, sich nach nur einer einzigen Woche schon zu verheiraten. Aber auch das scheint sich wohl geändert zu haben. Natürlich können sie keine richtigen Flitterwochen feiern, aber was spielt das schon für eine Rolle? Das Entscheidende ist, daß sie in Paris zusammensein können, jetzt, wo Paul Verbindungsoffizier zu den Amerikanern ist. Wann können wir sie besuchen, Annette? Ich will meine neue Schwiegertochter begutachten!«

»Eine Tochter von Dr. Coudert, sagst du?«

»Ja. Warum, hat er mehrere?«

»Nur eine, soviel ich weiß«, sagte sie finster.

»Wieso, kennst du sie?«

»Alle kennen die Geschichte dieses Mädchens.«

»Wovon redest du denn? Und wieso siehst du plötzlich so böse aus? Ich habe noch nie von ihr gehört.«

»Mein Gott, ein Jahr vor Kriegsausbruch redete niemand von irgend etwas anderem... in unseren Kreisen. Sie riß aus, brannte durch, verschwand – wie immer du es nennen willst. Mit, soviel man hörte, irgendeinem schlimmen Typen von Mann, irgendeinem völlig indiskutablen Menschen, einem so unmöglichen, daß die Couderts den Skandal so lange zu vertuschen versuchten, wie es nur irgend ging. Auch Marie-France de Courtizot, die ihre Tante ist, war mit in die Sache verwickelt. Meine Cousine Claire ist mit ihr bekannt. Und als alles herauskam – lieber Gott, es war noch skandalöser, als es sich irgendwer vorstellen konnte! Ach, mein armer Paul!«

»Was meinst du mit ›noch skandalöser‹? Hat sie ein Kind?«

»Nein, nicht, daß ich wüßte. Diese Art Frauen sorgt dagegen schon vor. Nein, sie... sie singt! Sie tritt in einer Music-Hall auf. In Paris!«

»In einer Music-Hall! Weißt du das ganz genau?«

»Aber sicher. Die Couderts sprechen zwar nie von ihr, aber offensichtlich ist sie sehr erfolgreich geworden. ›Berühmt‹ nennt man das wohl. ›Berüchtigt‹ trifft es wohl genauer. Nein, da gibt es gar keinen Zweifel. Sie war die einzige Tochter. Und das ist die Frau, die unser Sohn geheiratet hat!« Die Vicomtesse begann zu schluchzen.

»Annette, Annette... so beruhige dich doch, ich bitte dich! Immerhin, Paul liebt sie. Denke doch nur daran, wie unglücklich er die ganze Zeit war. Ist es nicht viel wichtiger, daß er wieder jemanden gefunden hat, den er liebt?«

»Aber so eine Frau! Kannst du dir nicht denken, warum sie ihn geheiratet hat? Sie versucht verzweifelt, wieder respektabel zu werden! Ganz typisch für Frauen, die so tief gefallen sind! Aber sie irrt sich, wenn sie glaubt, hier jemals akzeptiert zu werden! Diese Hoffnung soll sie besser aufgeben! Am schlimmsten aber ist, daß Pauls Karriere ruiniert sein wird!«

»Aber Annette, wie kannst du dich denn jetzt um solche Dinge sorgen? Das Wesentliche ist doch zuerst einmal, daß Paul nicht an der Front ist, daß er diesen Krieg bisher überlebt hat. Was soll der Unsinn wegen seiner

Karriere? Ich vertraue doch lieber seinem Urteil: daß sie anständig ist und tapfer und schön. Und wenn sie singt, na und? Und in einer Music-Hall? Es hat schließlich schon Könige gegeben, die solche Frauen geheiratet haben!«

»Aber darüber ihren Thron einbüßten! Und sich für den Rest ihres Lebens zum Gespött machten! Und außerdem weißt du auch ganz genau, daß sie sie nie wirklich geheiratet haben, sondern höchstens aushielten. Diese Frau hat einen ungeheuren Skandal verursacht. Ihr ganzes Leben wird ihre Vergangenheit sie verfolgen. Glaubst du denn im Ernst, ein Diplomat mit einer solchen Frau kann sich noch irgendwelche Hoffnungen auf eine weitere Karriere machen?«

Der Vicomte seufzte tief auf. Es stimmte; und seine Frau war, wie immer, sehr viel realistischer als er. »Die Frau eines Diplomaten ist wichtig, da hast du recht. Wichtiger vielleicht noch als seine eigenen Fähigkeiten.«

»Diese... Person, die er da geheiratet hat, kann doch niemals die Frau eines Botschafters sein. Das weißt du doch ganz genau. Am Quai d'Orsay wird man ihm diesen Fauxpas niemals vergeben. Unser Sohn, der zu den schönsten Hoffnungen berechtigte, hat sich für sie ruiniert, ihr seine Karriere geopfert!«

»Ob er das alles überhaupt gewußt hat?«

»Offensichtlich doch kaum etwas davon!« Die Vicomtesse bebte vor Empörung.

»Vielleicht. Aber vielleicht hat er auch alles gewußt und einfach geglaubt, sie sei es wert, wie hoch der Preis auch immer wäre«, sagte der Vicomte. Doch es war wenig Überzeugung in seinen Worten.

»Er ist ein verliebter Mann in Kriegszeiten«, klagte die Vicomtesse bedrückt, »mit anderen Worten, ein blinder Narr.«

»Dann ist er schlicht – verführt und betrogen worden. In normalen Friedenszeiten hätte er sie nie geheiratet«, meinte nun auch Pauls Vater. Seine Stimme war hart geworden, und er zerknüllte den Brief seines Sohnes zornig.

»Wundert es dich jetzt immer noch, warum das so überhastet ging mit dieser Heirat?«

»Nein, jetzt ist alles klar. Nur allzu klar.«

»Das kann nicht dein Ernst sein, Maddy!« Jacques Charles sprang erregt von seinem Schreibtisch auf. »Ich weigere mich einfach, es zu glauben. Du willst einfach aufhören? Wenn dir ein anderer Produzent ein besseres Angebot gemacht hätte, gut, dann wäre klar, worauf du hinauswillst. Gefallen würde es mir nicht, natürlich. Aber ich würde dir dann eben den Hals umdrehen und dir anschließend in Gottes Namen eine größere Garderobe geben und alles, was dazu gehört – samt einem kräftigen Tritt in den Hintern. Aber einfach ganz, überhaupt aufzuhören...! Das verstehe, wer will, ich nicht!«

»Jacques, singt deine Frau im *Casino de Paris?*«

»Nun... nein, aber was hat das damit zu tun? Sie kann das gar nicht.«

»Und wenn sie es könnte? Jeden Abend, wenn du zum Essen nach Hause kämst, würdest du mit großer Freude hören, daß Madame bereits im Theater ist oder jedenfalls noch mit der Anprobe ihres neuen Kostüms beschäftigt oder Probe hat oder gerade einem Journalisten ein Interview gibt. Und du würdest mit Entzücken bis nach Mitternacht auf ihre Rückkehr warten, jeden Abend, mit Ausnahme des einen Wochentags, an dem das *Casino de Paris* geschlossen bleibt. Ja?«

»Natürlich nicht. Der Teufel hol dich, Maddy!«

»Siehst du.«

»Also gut, zugegeben, ich würde das verstehen, wenn ich irgendein normaler Mann wäre. Aber bei dir? Einem Star wie dir? Niemals! Hast du dir überhaupt schon klargemacht, was du da aufgeben willst, für dein trautes Glück am Herd? Warum, zum Teufel, kannst du nicht einfach nur eine ganz normale Liebesaffäre mit dem Burschen haben? Warum muß da gleich geheiratet werden? Glaubst du denn, eine Karriere kann man nach Belieben aufgeben und erwarten, daß sie nächstes Jahr einfach wieder auflebt, wenn du – was ja schließlich stets möglich ist, was immer du jetzt für deinen tapferen Colonel empfindest – entdeckst, wie schrecklich dein Dasein als Ehefrau dich langweilt und wie sehr du dein Publikum vermißt, den Applaus, die Liebe all der Menschen, die hierherkommen, um dich zu hören?«

»Hör zu, *Patron.* Noch vor einer Woche hätte ich dir in jedem Wort, das du sagst, recht gegeben. Jedem in meiner Situation hätte ich selbst das gleiche gesagt. Wahrscheinlich sogar erheblich weniger taktvoll. Aber jetzt... wenn allein nur die Rede ist von ›zum Abendessen zu Hause sein‹, merke ich bereits, daß genau dies alles ist, was ich mir wünsche.«

»Es ist einfach scheußlich, dieses Strahlen auf deinem Gesicht, verdammt!«

»Du hast eben ein zu weiches Herz.« Eve lachte unbefangen.

»Mach bloß, daß du rauskommst! Noch was, Maddy. Wenn du bereit bist – falls du es jemals sein solltest, muß man ja wohl sagen –, kommst du dann hierher zurück? Das Publikum ist treuer als jeder Liebhaber und jeder Ehemann. Eine Revue nur für dich, eben die, die ich geplant habe, kann ich dir dann natürlich nicht mehr anbieten. Aber trotzdem, Maddy, wenn sich irgend etwas ändern sollte, versprichst du, wieder zu mir zu kommen?«

»Aber natürlich«, sagte Eve. Sie lachte noch immer und umarmte und küßte ihn zum Abschied auf beide Wangen. Was kostete sie dieses Versprechen schon? Sie würde es ja niemals einzulösen brauchen.

Als Paul-Sébastien de Lancel 1912 Laure de Saint-Fraycourt heiratete, das einzige Kind des Marquis und der Marquise de Saint-Fraycourt, war das für seine Familie eine große Freude. Die Saint-Fraycourts allerdings nahmen es nur mit höchst unglücklicher Resignation hin. Laure, dunkel, zierlich und von großer Eleganz, galt als eines der schönsten Mädchen ihrer Generation. Sie war zudem die Alleinerbin des uralten, wenn auch schon beträchtlich geschmolzenen Familienvermögens.

Geld allein bedeutete den Saint-Fraycourts indessen wenig. Der Familienadel war ein so bedeutender, so alter, so mit Frankreichs Geschichte verknüpfter Titel, daß sie ihn allein für eine überaus gewichtige, kaum schätzbare Mitgift ansahen. Gewiß, dieser Titel würde nun mit dem gegenwärtigen Marquis aussterben. Doch Laures Kinder würden, ganz gleich, wen sie heiratete, vor allem anderen immer als Saint-Fraycourts gelten. In dem engen Zirkel der französischen Hocharistokratie würde ihnen die Tatsache, daß ihre Mutter eine geborene Saint-Fraycourt war, stets sofortigen Zutritt und höchsten gesellschaftlichen Status sichern. Die Saint-Fraycourts waren sich der Tatsache sehr bewußt, daß die Bedeutsamkeit alten Blutadels gar nicht hoch genug einzuschätzen war. Und in der Welt, in der sie sich bewegten und in der jeder jeden kannte, war dies in der Tat die allgemein gültige Überzeugung.

Natürlich hatte man stets und allseits erwartet, daß Laure entsprechend ebenbürtig heiraten würde. Als letzte ihres Stammes wuchs sie wie eine Göttin auf: umsorgt, gepriesen, nahezu verehrt. Ihre Kinderstube wurde das Familienschatzhaus. Und als sich deutlich zu zeigen begann, daß auch noch eine ausgesprochene Schönheit aus ihr würde, wurden ihre Eltern so glückstrunken, wie es für Franzosen überhaupt nur denkbar ist.

Als sie dann jedoch dem Sohn der Vicomtes de Lancel das Jawort gab, kannte ihre Enttäuschung kaum noch Grenzen. Gut, er stammte aus einer alten Familie. Aber er war nicht der älteste Sohn. Gewiß, die Lancels waren zweifellos Aristokraten mit altem Stammbaum, aber eben doch nicht von der ganz erlesenen Aristokratie, die sich die Saint-Fraycourts für ihre Tochter erhofft hatten. Ihr Name mochte ja in der Champagne seinen Klang haben, aber er war nun einmal nicht so glanzvoll wie der eines Grafen oder Herzogs von Frankreich. Zugegeben, Paul stand eine brillante Karriere bevor, aber sie lag eben erst noch vor ihm. Später einmal erbte er die Hälfte des Hauses Lancel. Kein geringes Vermögen, sicher. Aber auch nichts Atemberaubendes. Andererseits war gegen Paul de Lancel nichts Ernsthaftes einzuwenden, nichts jedenfalls von solcher Bedeutung, die es gerechtfertigt hätte, Laure offen abzuraten.

Doch was war das für eine Partie für ihre Tochter, in ein *Château* einzuheiraten, dessen Name auf den Etiketten von Flaschen stand! Mochte es auch in Frankreich üblich sein, einem berühmten Weingut viel Prestige zuzugestehen, es war doch weit unter dem Standard der Familie Saint-Fraycourt.

Immerhin, Laure war im ersten Jahr ihrer Ehe sehr glücklich, und mit der Zeit hätten sich vielleicht auch die Saint-Fraycourts noch an ihren Schwiegersohn gewöhnen und ihn akzeptieren können. Doch dann legte dieser die nur kriminell zu nennende Hirnverbranntheit an den Tag, sich ungeachtet der Schwangerschaft Laures einfach der Armee an den Hals zu werfen. Ihr eigener Patriotismus, wie alle anderen Gefühle, kamen stets immer nur an zweiter Stelle hinter Laures Wohlergehen. Pauls wahre und erste Pflicht wäre ganz eindeutig gewesen, sich um seine Frau und sein Kind zu kümmern. Und es hätte seiner Ehre keinerlei Abbruch getan, hätte er die Geburt des Kindes abgewartet, ehe er in den Krieg zog.

Und deshalb war es nach Laures Tod gar keine Frage für sie, daß er allein sie auf dem Gewissen hatte. Er hatte sie genauso auf dem Gewissen, als wenn er sie gleich mit seinen brutalen Bauernhänden erwürgt hätte. Seit er an die Front gegangen war, war Laure verändert gewesen. Sie war verzweifelt, hatte nicht mehr richtig gegessen, hatte keine Disziplin mehr gehalten, hatte sich buchstäblich nach ihm verzehrt und war ganz unvermeidlich, als das Baby dann kam, bereits zu schwach und zu traurig gewesen, um es zu überleben. Er hatte ihnen ihren einzigen Schatz auf dieser Welt genommen, Laure mit solcher Grausamkeit behandelt, daß es an Folter grenzte!

Völlig gebrochen und so verbittert, daß sie keine Worte mehr fanden, ihre Empfindungen zu beschreiben, nahmen die Großeltern ihr Enkelkind Bruno zu sich und gingen mit ihm in die Schweiz, dem einzigen Ort, wo einigermaßen die Garantie bestand, daß ihrem unschätzbaren Erben, Laures einzigem Vermächtnis, dem Kind, für das sie ihr Leben gegeben hatte, kein Leid widerfuhr.

Ob in Kriegszeiten oder im Frieden, immer verbreiten sich Gerüchte rascher als die schnellste Post. Als deshalb Pauls Brief, mit dem er seine Neuverheiratung mitteilte, in Genf bei den Saint-Fraycourts eintraf, war man dort längst über jede Einzelheit der Affäre unterrichtet – bis hin zur exakten Beschreibung des speziellen roten Farbtons der Kostüme, die Eve auf der Bühne zu tragen pflegte.

Normalerweise hätten natürlich Skandale innerhalb des Großbürgertums, zu welchem die Couderts gehörten, ihre Kreise niemals erreicht. Wer interessierte sich dort schon für die Angelegenheiten dieser Leute?

Nun aber existierte irgendwo an den äußeren Rändern ihrer gesellschaftlichen Welt auch die Baronin Marie-France de Courtizot – ungeachtet der Tatsache, daß ihr Vater nicht mehr gewesen war als ein reicher Kaufmann in Johannisbeerlikör. Durch ihre Heirat war es ihr gelungen, mit Angehörigen der innersten Zirkel der Hocharistokratie bekannt zu werden.

Der Baron Claude de Courtizot verwendete einen beträchtlichen Teil seines Einkommens auf die Erhaltung seiner Jagd. Die Pferde und Jagdmeutehunde der Courtizots liefen über Land, das reich war an Wildbret, und der Baron machte daraus weder ein Geheimnis noch geizte er damit – eine Tatsache, die nicht lange auf die offene Wertschätzung jenes jagdbesessenen Teils des Adels warten mußte, dessen finanzielle Möglichkeiten sich im Laufe der Zeiten beträchtlich verringert hatten. Auch wenn ihre Vorfahren nicht nur ihre Köpfe, sondern auch ihr Land verloren hatten, hatten sie ihnen immerhin ihre Titel und ihre Jagdleidenschaft vererbt. Der Adel der Courtizots war freilich ziemlich neuen Datums und für das Gefühl und Selbstverständnis einer alten Adelsfamilie wie der Saint-Fraycourts praktisch gar nicht existent, doch immerhin, Claude de Courtizot verhielt sich in dieser Hinsicht wenigstens angemessen bescheiden und zurückhaltend.

Und jetzt dies! Über den ganzen Faubourg St.-Germain erhob sich wie eine Wolke das Geflüster der Träger der ältesten und vornehmsten Namen Frankreichs. Schon 1914, als nicht länger zu verbergen gewesen war, daß es da eine Nichte der Courtizots gab, eine Nichte, die – undenkbar, unfaßbar – sich auf der Bühne einer dieser schrecklich billigen Lokalitäten produzierte – einer vulgären Music-Hall, etwas, das wohl gleich nach einem Bordell kam. Zweifellos umringt von nackten Mädchen, falls sie nicht sogar selbst eine davon war – wenn nichts noch Schlimmeres! Damals hätte der Skandal um diese Tatsache die Courtizots fast ihren bescheidenen Platz in der Welt gekostet.

Man hatte ihnen schließlich vergeben, schon weil sie einfach nicht bedeutend genug waren, um sie offiziell auszustoßen. Aber jetzt! Eben diese Nichte, die man nachsichtigerweise der ziemlich pathetischen Marie-France gegenüber niemals erwähnte, war nun die Stiefmutter des einzigen Enkelkindes der Saint-Fraycourts geworden! Der Skandal war damit bis ins Herz ihrer eigenen Welt vorgedrungen.

Was das nicht, fragte eine gelangweilte und bösartige Herzogin die andere, fast zu schön, um wahr zu sein? Gewiß, gewiß, es war eine ganz schreckliche Tragödie für die Saint-Fraycourts... die armen Leute! Sie mußten einem wirklich leid tun. Wer hätte denn je gedacht, daß dergleichen Leuten widerfahren könnte, die immer so hochmütig gewesen waren? Aber immerhin, man mußte ihnen zugestehen, sie hatten schließlich ihr Recht auf Stolz. Sie waren Leute, die man immer gekannt hatte, ganz gleich, wie kalt und arrogant sie waren. Was sollte man da jetzt machen? Einfach so zu tun versuchen, als habe man nichts gehört? Oder lieber – natürlich so taktvoll wie möglich – den Saint-Fraycourts zeigen, wie sehr sie ihres tiefempfundenen Mitgefühls sicher sein konnten? Sollte man schreiben? Nur ein paar Worte? Oder sich besser völlig auf diskretes Schweigen zurückziehen, einfach, als wäre absolut nichts geschehen? Was für ein faszinierendes, was für ein schlicht und einfach – sollte man das auch nur sich selbst gegenüber zugeben? – köstliches Dilemma!

»Was willst du diesem Lancel auf seinen Brief antworten?« fragte die Marquise de Saint-Fraycourt ihren Gatten.

»Ich weiß noch nicht. Als er an der Front war, habe ich jeden Tag darum gebetet, die Nachricht zu erhalten, daß er gefallen sei«, sagte der Marquis mit ganz sachlicher Prägnanz. »Millionen Franzosen sind tot, aber dieser Lancel ist nur verwundet. Es gibt keine Gerechtigkeit auf dieser Welt.«

»Wenn er nun Bruno wiederhaben will, nachdem er wieder verheiratet ist und eine Frau hat?«

»Frau? Schmutz hat er auf das Grab unserer Tochter geworfen! Ich ersuche dich, *ma chère*, von dieser Person nicht als seiner Frau zu sprechen.«

»Das mag ja sein, aber jedenfalls kann es doch passieren, daß er Bruno zurückhaben will, jetzt, wo er sich in Paris niedergelassen hat.«

»Paris steht unter Beschuß. Etwas dergleichen steht überhaupt nicht zur Debatte!«

»Aber der Krieg wird eines Tages zu Ende sein«, beharrt die Marquise nüchtern.

»Du weißt so gut wie ich, daß Bruno uns gehört. Selbst wenn Lancel jemanden geheiratet hätte, der eine würdige Stiefmutter für Bruno gewesen wäre, hätte ich niemals die Absicht gehabt, ihn zu diesem Mann zu lassen.« Seine Stimme war dünner denn je. Wie das Rascheln des Windes in einem welken Blatt.

»Wie kannst du nur so ruhig sein?«

»*Ma chère*, manche Dinge im Leben sind so offensichtlich, so gerechtfertigt, daß keinerlei Raum für irgendwelche Fragen bleibt. Und dazu gehört Brunos Zukunft. Er ist kein Lancel, er ist ein Saint-Fraycourt, und niemals wird er beschmutzt werden durch den Kontakt mit diesem Mörder und der Person, mit der zu leben er sich entschlossen hat. Eher bringe ich diesen Paul de Lancel mit meinen eigenen Händen um, als ihm Bruno zu überlassen. Und je weniger er uns versteht, desto weniger Ärger haben wir mit ihm. Ich denke, ich werde seinen Brief am Ende doch beantworten.«

»Und was willst du ihm schreiben?«

»Nun, ich werde ihm natürlich zu seiner Heirat gratulieren.«

»Wie kannst du dich dazu überwinden?«

»Nun, um Bruno zu behalten, bin ich sogar bereit, seine – Hure zu umarmen.«

Ende September 1918, zwei Monate, ehe der Waffenstillstand den Krieg beendete, brachte Eve eine Tochter zur Welt. Sie wurde, nach Pauls Großmutter mütterlicherseits, Delphine getauft. Drei Monate nach Kriegsende wurde Paul demobilisiert, und nach seiner Rückkehr in den diplomatischen Dienst Anfang 1919 wurde er als Erster Sekretär an die französische Botschaft nach Canberra in Australien beordert – das »Sibirien« des Quai d'Orsay.

Eve aber war Delphines wegen sehr glücklich über den Umzug nach Australien. Das Kind litt an der *Morbus Krupp* genannten Krankheit mit ganz plötzlichen Anfällen von Atemnot und Keuchhusten, einem trockenen, hundeartigen Bellen, dem ein verzweifeltes Ringen nach Atem folgt. Das einzige Mittel dagegen waren Dampfinhalationen, bis sich der Atemkrampf wieder löste. Aber in der ersten Nachkriegszeit in Frankreich, wo es vor allem an Kohle noch mehr mangelte als vor dem Ende des Krieges, war Dampf ein fast unerschwinglicher Luxus. Strom war noch so sehr Mangelware, daß die Métro weiterhin nur wie in Kriegszeiten verkehren konnte.

Etwas Besseres als Australien mit seinem Überfluß hätte zumindest den besorgten Eltern nicht widerfahren können. Dort, in einer der komfortablen viktorianischen Villen Canberras mit ihren großen Veranden und ausgedehnten Gärten, konnte Eve sich fast entspannen, konnte sie doch sicher sein, jederzeit binnen Minuten das große Bad mit heißem Dampf füllen zu können. Dr. Henry Head, der als bester Kinderarzt Canberras galt, untersuchte Delphine und befand sie in jeder Hinsicht für in Ordnung.

»Machen Sie sich wegen des Krupp nicht allzuviele Sorgen, Madame«, erklärte er. »Weder ich noch Sie können irgend etwas über das hinaus tun, was Sie ohnehin tun. Ich verspreche Ihnen, unsere junge Dame hier wird mit der Zeit diesem Zustand ganz von selbst entwachsen. Es gibt eine Theorie, wonach diese Krankheit durch einen zu kurzen Hals des Babys verursacht wird. Sobald sich das ausgewachsen hat – und das tut es mit dem fortschreitenden Wachstum automatisch –, erledigt sich das mit den Anfällen ganz von selbst. Bis dahin lassen Sie einfach stets drei Tage lang nach jedem Anfall ständig einen kochenden Wasserkessel in ihrem Zimmer. Und rufen Sie mich jederzeit, wenn Sie mich brauchen.«

Am 9. Januar 1920, keine eineinhalb Jahre nach Delphine, kam Eves und Paul de Lancels zweite Tochter zur Welt. Sie bekam den Namen Marie-Frédérique. Dr. Head, den Eves Geburtshelfer beigezogen hatten, um sich das Baby anzusehen, hoffte zuversichtlich, daß es nicht auch ein Opfer des *Krupp* würde. Er wußte nur zu gut, wie oft Delphine ihren Eltern Tage und Nächte quälender Sorge bereitet hatte. Im stillen fragte er sich, warum sie trotzdem schon so bald ein zweites Kind hatten haben wollen. Madame de Lancel hatte doch wirklich genug Sorgen mit den ständigen Anfällen ihres ersten, kranken Kindes, um sich auch noch die Mühen mit einem zweiten Baby aufzuladen.

Eve hatte eine Kinderschwester angestellt, aber trotzdem schlief sie im ersten Jahr nach Marie-Frédériques Geburt kaum jemals länger als eine oder zwei Stunden ohne Unterbrechung. Ständig wachte sie nachts auf, um besorgt auf Delphines Atem zu lauschen, und fühlte sich erst imstande, in das Ehebett zurückzukehren, wenn sie mindestens eine halbe Stunde lang am Bett des Kindes seinen Schlaf bewacht hatte.

Anfangs hatte sich Eve auch wegen Marie-Frédérique die größten Sorgen gemacht, aber dieses Baby legte bald eine Gesundheit an den Tag, die man volkstümlich als »Roßnatur« bezeichnet. Man brauchte das Kind nur anzusehen, um ganz beruhigt zu sein. Sie hatte die roten Haare der Lancels und ihre blauen Augen. Sie war stämmig, pausbäckig und immer gutgelaunt, während ihre Schwester zart, zerbrechlich und beim kleinsten Anlaß weinerlich war.

Trotzdem war es Delphine, die zu einer seltenen und unübersehbaren Schönheit heranwuchs – einer Schönheit, die schon von Anfang an gar nichts Kindliches an sich hatte. So außergewöhnlich diese Schönheit war, so wenig Anlaß hatten ihre Eltern, sich endlich zu entspannen, nach wie vor war sie durch diesen plötzlich auftretenden keuchenden Husten gefährdet.

Während der ersten vier Nachkriegsjahre bis zu Marie-Frédériques zweitem Geburtstag hatte sich Paul mehr oder minder gezwungen gesehen, damit einverstanden zu sein, daß Bruno in der Schweiz bei seinen Großeltern blieb. Während dieser turbulenten Jahre, als Marie-Frédérique noch im Babyalter war und Delphine ihre schlimmsten *Krupp*-Anfälle zu überstehen hatte, mußte Paul einräumen, daß es unter diesen Umständen für Eve einfach zu viel gewesen wäre, sich auch noch um ein drittes Kind zu kümmern.

1922 jedoch, Bruno war inzwischen sieben geworden, schrieb er seinem einstigen Schwiegervater, daß man ihm seinen Sohn möglichst bald schicken möge.

»Er schreibt«, erklärte der Marquis de Saint-Fraycourt seiner Frau in einem ebenso beherrschten, kühlen und präzisen Ton wie immer, den schmalen Mund zu einem Strich zusammengepreßt, »daß es nun endlich Zeit sei, seinen Sohn zu seinen Töchtern zu gesellen.«

»Mit diesen Worten?« fragte die Marquise indigniert.

»Ganz genau so. Als entstammten sie alle der gleichen Familie. Unser Bruno und die Bastarde, die er von dieser Person hat.«

»Was wirst du ihm antworten?«

»Ich beabsichtige nicht, diesen Brief zu beantworten. Er hat zwei Wochen gebraucht. Also könnte er auch leicht in der Post verlorengegangen sein. Ehe er Antwort von mir erwarten kann, vergehen wieder einige Wochen. Dann wartet er noch eine Weile, weil er vielleicht annimmt, wir seien auf Reisen. Nach einem Monat dann wird er noch einmal schreiben. Dann wirst du ihm für mich antworten, weil ich nicht gesund bin. Du schreibst ihm, die Ärzte hätten dir gesagt, ich hätte nicht mehr sehr lange zu leben und darum sei es im Augenblick besser, wenn Bruno noch bei uns bliebe. Selbst so ein brutaler Mensch wie dieser Lancel kann das nicht abschlagen. Und dann wird sich meine Krankheit länger und länger hinziehen... ich werde, mit anderen Worten, ein langes Siechtum haben.« Der Marquis gestattete sich die Andeutung eines Lächelns. »Du wirst ihm dann natürlich regelmäßig schreiben und ihm über meinen Gesundheitszustand berichten. Wir dürfen ihm keinen Anlaß geben, sich über unsere wirkliche Absicht klar zu werden.«

»Und wann wirst du dann gezwungen sein, wieder etwas gesund zu werden, *mon cher?*«

»Es ist jetzt fast März. Irgendwann im Herbst, so spät im Jahr wie möglich, schreibe ich ihm dann selbst wieder einen Brief. Daß ich, obwohl ich noch sehr schwach bin, doch glaube, auf dem Weg der Besserung zu sein, daß ich ihn aber um sein Verständnis bitte, weil meine einzige Freude während der langen Monate meines Leidens – vergib mir, *ma chère*! – Brunos täglicher Besuch an meinem Krankenbett war. Und er werde ihn mir doch sicherlich noch einige Monate bis zu meiner vollen Genesung zugestehen. Nur bis etwa nach den Weihnachtsfeiertagen oder bis nach Neujahr 1923. Dann würde ich ihm Bruno selbstverständlich nach Australien schicken.«

»Und dann?«

»Dann, fürchte ich, ist es an dir, sehr krank zu werden. Viel ernsthafter als ich. Und viel länger.«

»Ja, aber, du kannst doch nicht hoffen, daß er ewig wartet, nur weil einer von uns beiden ständig krank ist«, protestierte die Marquise. »Der Mann ist ja sogar in den Krieg gezogen, als Laure ihr Kind erwartete.«

»Eben genau darauf zähle ich doch! Er kann doch nicht vergessen haben, daß unser armes Kind ihn geradezu anflehte, sie nicht zu verlassen. Er kann nicht vergessen haben, daß sie noch heute am Leben wäre, wenn er während dieser Monate noch bei ihr geblieben wäre. Und falls er es doch vergessen haben sollte, wie schuldig er sich gemacht hat, kannst du ganz sicher sein, daß ich ihn daran erinnern werde. Er wird sich hüten, sich noch einen Toten auf sein Gewissen zu laden! Außerdem werde ich ihm auch klarmachen, daß, falls ihm das mittlerweile nicht selbst klar ist, Bruno nie eine andere Mutter kannte als dich. Es ist doch ganz undenkbar, daß er ein Kind von seiner Mutter reißt, wenn sie im Sterben liegt.«

»Ja, aber wie lange kannst du mein Sterbelager denn hinausziehen, meinst du?« Der Marquise war all dies schon nicht mehr ganz geheuer, und ein leiser abergläubischer Angstschauer überlief sie.

»Zum Glück ziemlich lange. Du hast die beste medizinische Fürsorge in ganz Europa, und du bist eine starke Natur. Es wird alle möglichen Komplikationen geben, eine nach der anderen, aber dein Herz wird tapfer weiterschlagen – nämlich in erster Linie wegen der dich so aufrichtenden Anwesenheit Brunos, der dir immer wieder die Motivation und die Kraft verleiht, weiterzuleben. Und auf diese Weise gewinnen wir – mindestens erst einmal eineinhalb Jahre, vielleicht sogar zwei. Dann ist 1925, und wer weiß, was bis dahin ist.«

»Und wenn er sich entschließt, plötzlich und unangemeldet selbst zu kommen, um Bruno persönlich zu holen?«

»Unsinn. Er kann nicht so mir nichts, dir nichts aus Australien herkommen. Das ist eine lange Reise. Als Erster Sekretär hat er eine Menge zu tun. Ich habe mich genau erkundigt, was man in seiner Stellung alles tun muß. Und meine Freunde am Quai d'Orsay geben keinen mehrmonatigen Urlaub wegen rein persönlicher Angelegenheiten.«

»Nur was?«

»Irgendwann, eines Tages, wird er natürlich kommen.«

»Bruno ist jetzt sieben. Können wir auf mehr als höchstens vier Jahre hoffen, bis Lancel seine Rechte einfordert?«

»Nein, auf mehr als vier Jahre rechne ich nicht. Doch dann ist Bruno elf. Und kein Kind mehr, *ma chère*. Und in jeder Hinsicht bereits ein Saint-Fraycourt.«

1924, nach fast fünf Jahren in Australien, wurde Paul de Lancel als Generalkonsul nach Kapstadt versetzt. Der häusliche Aufruhr, den dieser Umzug verursachte, zwang ihn wieder einmal, seine Reise nach Paris zu verschieben, die er nun schon so lange plante, um endlich den dahinsiechenden Marquis de Saint-Fraycourt zu besuchen und die Übersiedlung seines Sohnes Bruno in seine Familie zu veranlassen. Die regelmäßigen Briefe und Fotografien, die ihm der Marquis schickte, hatten viel dazu beigetragen, ihn wegen seines Sohnes zu beruhigen. Zweifellos sah der Junge sehr glücklich aus und schien in seinem Leben in Paris voll aufzugehen. Den Berichten seines Großvaters zufolge mangelte es ihm auch nicht an Freunden und familiärer Geborgenheit, da er, als Cousin, seinen Platz unter den vielen Enkelkindern der Familie eingenommen habe.

Was ihn zu beunruhigen begann, war jedoch, daß es, je länger, desto mehr, immer schwieriger wurde, sich die Tatsache zu vergegenwärtigen, daß er eben auch einen Sohn hatte. Das Neugeborene, das er damals im ersten Kriegsjahr ein einziges Mal gesehen hatte, lebte nun schon fast neun Jahre lang, ohne zu seinem Vater gekommen zu sein. Wäre er nicht ein Karrierediplomat, dazu verurteilt, an jede entfernteste Ecke des Globus zu gehen, hätte er den Jungen längst, gleich nach Kriegsende, zu sich genommen. Aber die dann folgenden langen Krankheiten des Marquis und der Marquise hatten zusätzlich eine schwierige Situation geschaffen. Er fühlte sich ihnen einfach zu sehr verpflichtet für ihr Entgegenkommen, das Kind während des Krieges zu sich zu nehmen, um es ihnen dann einfach so plötzlich zu entreißen. Es könnte schließlich zu einem tragischen Ende dieser Leute führen, die doch schon so viel verloren hatten. Jeder Brief von ihnen erinnerte ihn an den Verlust Laures. Sie schrieben sehr gefaßt, aber alle ihre Briefe verrieten doch, wie sehr sie sich zwangen, seine eigenen Wunden nicht wieder aufzureißen.

Letztlich jedoch war Bruno nun einmal sein Sohn, und sein Platz war bei seinem Vater. Wie unausweichlich sie sich auch immer ergeben haben mochte, es war eine unnatürliche Situation. Niemand hatte natürlich schuld daran; und zugleich alle. Sobald er sich nun im Konsulat in Kapstadt eingerichtet hätte und erst einmal alles ordentlich liefe, sobald auch Eve und die beiden Mädchen in das neue Haus eingezogen waren, würde er nach Paris fahren und nicht ohne Bruno zurückkommen.

Im Juni 1925 ging er mit Sorgenfalten durch die Rue de Varenne, wo Brunos Schule war. Er war eben erst in Paris angekommen und hatte als erstes die Marquise de Saint-Fraycourt besucht. Es war wirklich sehr entgegenkommend von ihr gewesen, fand er, daß sie ihn sogar an ihrem Krankenbett empfangen hatte. Er wußte, wie demütigend es für eine so stolze Frau wie sie sein mußte, gezwungen zu sein, sich hilflos im Bett liegend betrachten zu lassen, mit einer gehäkelten Bettjacke um die Schultern, die züchtig ihr Nachthemd bedeckte – ungeachtet der Tatsache, daß sie selbst es war, die mit Nachdruck darauf bestanden hatte, ihn persönlich zu begrüßen. Sie war sehr bleich gewesen, konnte nur ganz langsam sprechen, litt offensichtlich, obgleich sie – selbstverständlich – versichert hatte, auf dem Weg der Besserung zu sein. Es mußte wohl Krebs sein, schloß er. In allen seinen Briefen war der Marquis ganz auffällig der Erörterung der Natur der Krankheit ausgewichen. Und dies bedeutete erfahrungsgemäß immer: Krebs.

Nach wie vor bestand der Marquis darauf, daß eigentlich nur Bruno sie am Leben halte, und in der Tat, meinte Paul erkannt zu haben, stellte sie Brunos Zukunft über ihr eigenes Leiden. Sie hatte ganz sichtbar zu erkennen gegeben, wie unglücklich sie darüber war, daß er Bruno zu sich nehmen wolle, hatte aber keinen Versuch unternommen, es ihm auszureden. Wußte sie vielleicht schon, daß ihre Tage gezählt waren, und konnte sie dieses Opfer darum doch leichter bringen? War sie bereits so erschöpft und kraftlos, daß sie keine Kraft mehr hatte, zu versuchen, den Jungen bei sich zu behalten? Oder war sie ganz außergewöhnlich selbstlos?

Er verstand sie nicht. Nie würde er sie verstehen, dachte er, während er sich der Schule näherte. In diesem Teil von Paris gehörte sie, die Marquise de Saint-Fraycourt, in dieses ummauerte, abgegrenzte, geheime Herz des *Ancien Régime*, wo die großen Stadthäuser wie ein Labyrinth stolzer grauer Festungen standen, beschützt von den Mauern um ihre Vorhöfe, in die kein Ungebetener jemals Einlaß fand; und mit ihren weiten Gärten, die jedermanns Anblick verborgen blieben – außer dem ihrer adligen Besitzer, die in den riesigen Zimmern mit ihren knackenden Parkettböden lebten. Das alles war sehr verschieden von dem Milieu, in dem er selbst aufgewachsen war, draußen in der offenen Landschaft der Champagne, wo er mit seinen Hunden nach Belieben durch Valmont gelaufen war, als Teil der sich ewig erneuernden Natur. Die Lancels waren immer viel zu beschäftigt gewesen mit dem Weinbau und der Ehre, ihren Champagner herstellen zu dürfen, als daß sie Zeit gehabt hätten, aus der Traditionspflege ein Ritual zu machen. Hier aber, im Siebten Arrondissement, wo noch immer die Nachkommen des französischen Hochadels lebten, hing die Ahnenverehrung wie das Aroma von Räucherstäbchen in der Luft.

Er ging um eine Ecke und blieb dort stehen. In einigen Minuten würde Bruno aus der Schule kommen. Er wußte, daß ihn sein Vater erwartete, aber noch hatte ihm Paul nichts von seinen Plänen, ihn mitzunehmen, geschrieben. Das sollte persönlich geschehen.

Das massive Schultor öffnete sich, und die erste Gruppe Jungen rannte ins Freie hinaus. Sie waren zu jung, das sah Paul sofort. Unter ihnen konnte Bruno nicht sein. Paul war sehr nervös. Er hatte sich gedacht, es sei leichter, seinen Sohn auf diese Weise zum ersten Mal zu sehen, hier auf der Straße. Jetzt aber wäre er doch sehr viel lieber in der privaten Förmlichkeit des Salons der Saint-Fraycourts gewesen, wo die Anwesenheit anderer Personen die Schwierigkeiten dieses schon zu lange überfälligen Treffens etwas gemildert hätte.

Ein weiterer Schwarm Schüler kam aus dem Tor. Sie waren alle gleich gekleidet, in blauen Blazern und grauen Flanell-Shorts, dazu die Schulmütze auf dem Kopf. Sie hatten es gar nicht eilig, schlenderten heraus und trieben noch einige Scherze miteinander, ehe sie sich in alle Richtungen zu zerstreuen begannen.

Der größte von ihnen kam auf Paul zu.

»Guten Tag, Vater«, erklärte Bruno mit Haltung und streckte ihm die Hand entgegen. Paul nahm sie ganz automatisch. Er war sprachlos vor Überraschung. Er hatte nicht im Traum erwartet, daß ein elfjähriger Junge schon so groß sein konnte wie ein Vierzehnjähriger. Seine Stimme war klar, hoch und fest, sein Händedruck war kräftig und seine Gesichtszüge bereits deutlich ausgeprägt. Er betrachtete seinen Sohn verblüfft. Er hatte dunkles Haar, sehr ordentlich geschnitten und gepflegt. Die dunklen Augen spielten da und dort ins Grüne, und sie sahen ihn offen und interessiert an. Die hohe, schmale und gebogene Nase war unverkennbar die Nase der Saint-Fraycourts. Ein wenig unerwartet war der kleine lächelnde Mund, der einzige etwas enttäuschende Teil dieses Gesichts, das sonst wegen seiner Entschiedenheit und Entschlossenheit recht bemerkenswert war.

Der Augenblick, in dem er ihn noch hätte umarmen können, war bereits vorbei. Paul bemerkte es verwirrt, als er sich neben seinem Sohn hergehen sah. Vielleicht war es auch ganz gut so, denn ganz offensichtlich war die Haltung des Jungen einstudiert und mit einer Umarmung oder einem väterlichen Kuß wäre es womöglich darum geschehen gewesen.

»Ich kann dir gar nicht sagen, wie froh ich bin, dich endlich zu sehen, Bruno«, sagte Paul.

»Sehe ich so aus, wie du es erwartet hast, Vater?« fragte Bruno höflich.

»Viel besser, Bruno, sehr viel besser.«

»Großmutter sagt, ich sehe genau wie meine Mutter aus«, erklärte Bruno gelassen, und Paul sah, daß er tatsächlich den kleinen, vollen Mund Laures hatte. Es war auf merkwürdige Weise schockierend, ihn in einem männlichen Gesicht zu entdecken.

»Das ist tatsächlich richtig, doch«, sagte er. »Sag, Bruno, gefällt es dir in der Schule?« Noch während er sie stellte, schalt er sich wegen dieser banalen Frage, die jedes Kind von jedem Erwachsenen zu hören bekommt. Brunos Gesicht indessen hellte sich merklich auf, seine Erwachsenenpose bekam plötzlich den Enthusiasmus seines wirklichen Alters. »Es ist die beste Schule im Siebten, weißt du, und ich bin Klassenbester.«

»Das freut mich zu hören, Bruno.«

»Danke, Vater. Andere müssen sehr viel länger lernen als ich, und trotzdem bekomme ich die besseren Noten. Nicht einmal die Klassenarbeiten machen mir etwas aus. Wenn man gut vorbereitet ist und alles weiß, braucht man vor Prüfungen doch auch keine Angst zu haben, nicht wahr? Meine beiden besten Freunde, Geoffroy und Jean-Paul, sind meine größte Konkurrenz, aber bis jetzt bin ich immer vor ihnen. Eines Tages wird einer von uns dreien Frankreich regieren.«

»Was?«

»Ja, genau das sagt Jean-Pauls Vater. Und der ist der Präsident des Staatsrats. Er sagt, nur Jungen mit unseren Grundlagen können es wirklich bis zur Spitze bringen. Die zukünftige Führungsschicht Frankreichs kommt immer nur aus ein paar Schulen in Paris. Wir haben also die besten Chancen. Ich möchte eines Tages Premierminister werden, Vater.«

»Ist das zu früh, jetzt schon deine Zukunft festzulegen?«

»Aber keineswegs. Im Gegenteil, wenn ich dieses Ziel nicht jetzt schon ansteuern würde, wäre es fast schon zu spät. Auch Geoffroy und Jean-Paul sind erst in meinem Alter. Wir wissen aber bereits genau, wie gut wir für das Abitur sein müssen, und bis dahin sind es ja nur noch ein paar Jahre. Anschließend müssen wir die Aufnahmeprüfung für das *Institut des Sciences Politiques* machen. Aber erst wenn wir den Abschluß haben, ist es auch geschafft. Dann haben wir nur noch die anderen, die es ebenfalls bereits geschafft haben, als Konkurrenz. Das läuft alles ganz glatt, ich mache mir da keine Sorgen.«

»Sehr schön«, sagte Paul trocken. In seinen Jahren im Ausland, wurde ihm klar, hatte er fast vergessen, wie rigoros das ganze Ausbildungssystem der herrschenden Klasse Frankreichs auf Elitenzüchtung angelegt war. Niemand stellte es in Frage, dieses System der Auslese, das auf einer Kombination von intellektuellen Fähigkeiten und dem Zugang zu den ganz wenigen Eliteschulen beruhte. Ein System, das alle anderen rigoros von den Regierungspositionen des Landes fernhielt. Kein Außenseiter hatte auch nur die leiseste Chance, obgleich es natürlich unzweifelhaft andererseits auch die fähigsten Köpfe des Landes anzog und sie früh formte. Irgendwie war es Paul niemals in den Sinn gekommen, Bruno als Angehörigen dieses Systems zu sehen. Auf jeden Fall hatte keiner seiner Briefe auf seine offensichtlich jetzt schon so ausgeprägten Ambitionen schließen lassen. Aber was das betraf, waren sie auch immer nur sehr kurz und unpersönlich gewesen.

»Hast du denn noch Zeit zum Spielen, oder hast du nur deine Schule im Sinn?« fragte er, und die Vorstellung, daß ein Kind wie er bereits seine gesamte Zeit den Schularbeiten widmete, irritierte ihn etwas.

»Nur die Schule?« lachte Bruno kurz auf. »Aber natürlich nicht, Vater. Ich habe zum Beispiel zweimal in der Woche Fechtunterricht. Mein Fechtmeister ist sehr zufrieden mit meinen Fortschritten. Aber am wichtigsten ist mir das Reiten. Hat dir Großvater kein Foto von mir auf dem Pferd geschickt? Ich lerne bereits Dressur, weil ich – lache nicht, Vater, es ist mir ernst – einmal in die französische Olympiamannschaft kommen will. Das ist mein größtes Ziel.«

»Ich dachte, Premierminister?«

»Du lachst mich also doch aus!« sagte Bruno gekränkt.

»Nein, nein, Bruno, ganz und gar nicht. Ich mache nur Spaß.« Sehr viel Humor, dachte Paul, schien sein Sohn ja wohl nicht zu haben. Er mußte im Gedächtnis behalten, daß der Junge schließlich noch ein Kind war, wie erwachsen und karrierebewußt immer er auch daherreden mochte. »Warum solltest du auch nicht beides erreichen können.«

»Ganz genau. Eben das hat auch Großvater gesagt. Ich reite jedes Wochenende und in den Ferien. Für Ponys bin ich natürlich schon zu groß, aber mein Cousin François, Großmutters Neffe, hat eine ganze Menge wunderschöner Pferde, und er wohnt ganz in der Nähe von Paris. Ich fahre so oft wie möglich hin. Letzte Ostern war ich die ganzen Ferien über in seinem Schloß. Er hat mich auch für diesen Sommer wieder eingeladen. Ich kann bleiben, so lange ich will. Auch seine Kinder reiten alle sehr gut. Wir wollen im nächsten Winter hinter der Fuchsjagd herreiten, auch wenn wir noch zu jung sind, um an der eigentlichen Jagd teilzunehmen. Ich kann es gar nicht erwarten.«

Im Vorbeigehen erklärte Bruno seinem Vater, wem die einzelnen Häuser gehörten. Für ihn waren sie alle vertrautes Terrain. Nicht eines, mit Ausnahme allenfalls der diversen Botschaften, war darunter, in dem nicht der eine oder andere Klassenkamerad wohnte und wo er nicht schon zum Spielen in den abgeschlossenen Parks war oder die Dachböden und Keller erkundet hatte. »Dies ist schließlich der einzige Teil von Paris, in dem jeder wohnen möchte, meinst du nicht auch, Vater?«

»Ich nehme es an«, sagte Paul.

»Ich bin sogar ganz sicher«, erklärte Bruno mit einer Prägnanz, die Paul sehr an Brunos Großvater, den Marquis de Saint-Fraycourt, erinnerte. »Alles, was zählt, ist hier. Sogar wenn ich dann später mal zur Sciences-Po gehe, ist es gleich dort die Straße runter.«

»Bruno —«

»Ja, Vater?«

Paul zögerte. Er schreckte einen Augenblick davor zurück, Bruno die Eröffnung zu machen, daß er nächstes Jahr in Kapstadt leben würde. »Ich habe einige Fotos für dich mitgebracht«, sagte er statt dessen, blieb mitten auf der Straße stehen und holte die Fotos von Eve und den Mädchen im Garten ihres Hauses hervor. »Dies hier sind deine Schwestern.«

Bruno warf einen kurzen Blick auf das Foto mit den zwei lachenden Mädchen.

»Recht nett«, sagte er höflich. »Wie alt sind sie jetzt?«

»Delphine ist sieben und Marie-Frédérique – sie besteht übrigens jetzt darauf, daß wir sie ›Freddy‹ nennen – ist fünfeinhalb. Sie waren noch ein wenig jünger, als dieses Foto gemacht wurde.«

»Ganz hübsche Kinder«, wiederholte Bruno. »Ich verstehe nicht viel von kleinen Mädchen.«

»Und das ist meine Frau.«

Bruno wandte sich sehr rasch von diesem Foto ab.

»Deine Stiefmutter freut sich schon sehr darauf, dich kennenzulernen, Bruno.«

»Sie ist deine Frau, Vater. Aber nicht meine Stiefmutter.«

»Was meinst du denn damit?« fragte Paul.

»Ich mag das Wort Stiefmutter nicht. Ich hatte eine Mutter, und ich habe zwei Großmütter, aber ich brauche keine Stiefmutter.«

»Wo hast du denn die Idee her?«

»Das ist keine Idee. Das ist ein Gefühl. Ich habe es nirgends ›her‹. Ich habe das schon immer so empfunden, so lange ich denken kann.« Zum ersten Mal zitterte seine Stimme vor Erregung.

»Das ist nur, weil du sie ja gar nicht kennst, Bruno. Sonst würdest du nicht so denken, das darfst du mir glauben.«

»Sicher hast du recht«, erklärte Bruno knapp und distanziert, als sei das Thema damit abgehakt und erledigt.

Paul sah in das halb abgewandte Gesicht seines Sohnes, dessen Züge im Profil noch ausgeprägter und fertiger erschienen als von vorn und steckte die Fotos wieder ein. »Schau, Bruno, ich glaube, es ist Zeit, daß du mit mir kommst und bei mir lebst«, erklärte er fest.

»Nein.« Der Junge trat einen Schritt zurück und warf den Kopf hoch.

»Ich verstehe deine Reaktion schon, Bruno. Ich habe sie erwartet. Der Gedanke ist neu für dich. Aber nicht für mich. Ich bin dein Vater, Bruno. Deine Großeltern waren ganz wunderbar, aber sie können schließlich keinen Vater ersetzen. Du solltest bei mir sein, wenn du groß wirst.«

»Ich bin groß.«

»Nein, Bruno, das bist du nicht. Du bist noch nicht einmal elf Jahre alt.«

»Was hat mein Alter damit zu tun?«

»Die Jahre zählen durchaus, Bruno. Du bist schon ziemlich reif für dein Alter. Aber erwachsen sein ist trotzdem etwas anderes. Erwachsen sein heißt, eine größere Lebenserfahrung zu haben, und damit auch mehr über die anderen Menschen und über sich selbst zu wissen, als du jetzt weißt.«

»Aber ich habe dafür keine Zeit! Das könntest du sofort erkennen, wenn ich bei dir lebte. Auch nur ein Jahr würde mich aus dem Rennen werfen! Geoffroy und Jean-Paul wären mir dann sofort voraus, und ich könnte dieses verlorene Jahr nie wieder aufholen. Es würde mein ganzes Leben ruinieren! Oder meinst du, sie würden auf mich warten?«

»Ich rede nicht von einem Jahr. Ich rede von einem völlig anderen Leben.«

»Ich will aber kein völlig anderes Leben!« rief Bruno, und seine Stimme überschlug sich nun fast vor Erregung. »Ich habe das beste Leben der Welt, meine Freunde, meine Schule, meine Zukunftspläne, meine Cousins, meine Großeltern – und das willst du mir alles wegnehmen, nur, damit ich bei dir lebe! Alles, was ich habe, würde ich verlieren! Nie mehr hätte ich die Chance, mein Land zu regieren!« sprudelte es hysterisch aus ihm hervor. »Niemals könnte ich für Frankreich bei den Olympischen Spielen reiten! Nur weil du auf einmal willst, daß ich zu dir komme! Als wenn ich dein Eigentum wäre! Das mache ich nicht! Ich weigere mich! Du kannst mich nicht zwingen! Dazu hast du kein Recht!«

»Bruno...«

»Kümmert dich gar nicht, was das alles für mich bedeuten würde?«

»Aber natürlich, sicher... es ist doch alles nur zu deinem eigenen Besten...« Paul brach ab, unfähig, weiterzusprechen. Er hörte seine eigenen Worte, und es wurde ihm bewußt, wie wenig überzeugend sie klangen. Was hatte er Bruno tatsächlich anzubieten? Was das alles, was er hier schon hatte, ersetzte? Abgesehen von einem Vater, den Bruno aber offenbar nie vermißt hatte. Er würde ihn von dem Platz wegreißen, an den er wirklich gehörte, aus der einzigen Art Leben, die er kannte, ihm alle Bindungen, Wertvorstellungen und Überzeugungen nehmen, die er besaß und die ihn von klein auf geformt hatten – aus einer Welt, die es nirgendwo sonst gab. Es wäre, als holte man ein Tier aus einem Zoo und setzte es wieder in der Wildnis aus. Außerhalb seiner gewohnten exklusiven Atmosphäre hier im Siebten Arrondissement von Paris würde er todunglücklich sein.

»Wir wollen jetzt nicht weitersprechen, Bruno. Ich werde darüber nachdenken, was du gesagt hast. Aber auf jeden Fall mußt du mindestens einen Monat zu uns zu Besuch kommen. Zumindest darauf bestehe ich. Und wer weiß, vielleicht gefällt es dir sogar?«

»Selbstverständlich, Vater«, murmelte Bruno, plötzlich ganz gefügig.

»Gut«, sagte Paul. Ein Monat in der Familie mochte vielleicht doch alles ändern. Er hätte das vielleicht gleich am Anfang sagen sollen. Es war sicher nicht gut gewesen, dem Jungen so direkt mit der Tür ins Haus zu fallen. Er hätte... er sollte...

»Hier ist unser Haus, Vater. Möchtest du mit hineinkommen, auf eine Tasse Tee? Großvater wird da sein.«

»Vielen Dank, Bruno. Aber ich muß jetzt in mein Hotel zurück. Ich komme dann morgen, wenn es recht ist.«

»Selbstverständlich. Ich kann dich ja zu meiner Fechtstunde mitnehmen, wenn du willst.«

»Sehr gern«, sagte Paul traurig.

»Nun?« fragte der Marquis gespannt, als Bruno eintrat.

»Du hattest recht, Großvater.«

»Wie ging es?«

»Mehr oder weniger, wie du es vorausgesagt hast. Ich sagte alles so, wie wir es abgemacht hatten. Er wollte, daß ich mir ein Bild dieser... Person ansehe... Das war das einzige, worauf ich nicht gefaßt war. Ich hätte nie gedacht, daß er es tatsächlich wagen würde, mir ihr Foto zu zeigen. Aber ich habe ihn schon wissen lassen... ich habe dir ja gesagt, daß ich das schon könnte. Kein Grund zur Sorge.«

»Ich bin stolz auf dich, mein Junge. Sag jetzt deiner Großmutter, daß sie aufstehen und zu uns kommen kann. Wir waren nicht sicher, ob er mit zum Tee kommen würde. Darum gingen wir lieber auf Nummer Sicher. Und, Bruno...«

»Ja, Großvater?«

»Meinst du nicht, du solltest noch etwas härter in der Schule arbeiten, jetzt, wo du vorhast, dein Land zu regieren?«

»Frankreich wird von Beamten und Bürokraten regiert«, sagte Bruno verächtlich. »Nicht von den Aristokraten. Hast du mir das nicht selbst immer gesagt?«

»Ja, so ist es, mein Junge.«

»Aber ich will wirklich bei der Olympiade reiten!« meinte Bruno mit einem Lächeln um seinen kleinen, vollen Mund. »Ich habe schon darüber nachgedacht, ob du mir nicht vielleicht ein eigenes Pferd schenken könntest. Alle meine Cousins haben eines.«

»Der Gedanke kam mir auch schon.«

»Oh, vielen Dank, Großvater.«

SECHSTES KAPITEL

»Unser neuer Posten hätte ja auch Uaanbaarar sein können, Liebling«, sagte Paul zu Eve. »Wenn du es mal so siehst...« Er versuchte sie etwas von dem trostlosen Anblick der endlosen Wüste draußen vor dem Abteilfenster abzulenken. Ihr Zug war der beste, der in diesem Land im Jahre 1930 existierte, aber er schien im Schneckentempo dahinzukriechen.

»Uaanbaarar?« fragte sie und wandte sich vom Fenster ab, um ihn anzublicken.

»Ulan Bator. Hauptstadt der Mongolei.«

»Äußere oder innere? Schon gut, vergiß es. Könnte natürlich auch Godthåb gewesen sein.«

»Grönland?« entgegnete Paul selbstironisch. »Nein, das hätte ich nie zu hoffen gewagt. Viel zu nahe an Europa!«

»Und wie wäre es mit den Fidschi-Inseln?« fragte Eve. »Hätten die dir nicht gefallen? Sehr grün dort, jedenfalls verglichen mit dem da.« Sie machte eine resignierte Handbewegung zum Fenster hinaus auf den Wüstensand.

»Das Klima in Suva soll immerhin sehr gut sein. Kulturell allerdings etwas limitiert.«

»Immerhin, es ist die Hauptstadt. Da wärst du *Monsieur L'Ambassadeur* gewesen.«

»Botschafter! Ich bin schließlich erst fünfundvierzig. Noch zu jung, meinst du nicht?«

»Ganz entschieden zu jung. Und viel zu schön. Wäre sehr unfair gegen die Fidschi-Damen gewesen. Man hört ja immer, sie können Franzosen überhaupt nicht widerstehen.« Sie lächelte etwas und drückte seine Hand.

»Was bedeutet das, ›sie können Franzosen nicht widerstehen‹?« fragte Freddy abrupt dazwischen, plötzlich mit großen, interessierten Augen, die ihr noch vor einigen Minuten müde zugefallen waren.

»Das... bedeutet«, erklärte ihr Paul mit einiger Mühe, »sie finden Franzosen so charmant, daß sie... alles tun, was die Franzosen von ihnen verlangen.«

»Zum Beispiel was?« beharrte Freddy jedoch.

»Nun... also, ich bin ein Franzose, und deswegen bist du ein liebes Mädchen und tust, was ich dir sage.«

»Papa«, sagte Freddy kichernd, »sei nicht albern.«

Delphine mischte sich naseweis ein. »Das war kein gutes Beispiel, Papa. Weil Freddy nie irgend etwas tut, was man ihr sagt. Ich bin die, die Franzosen nicht widerstehen kann.« Und sie lächelte ihn mit dem angeborenen weiblichen Charme an.

»Das ist gar nicht wahr«, protestierte Freddy heftig, »ich tue es schon. Weißt du vielleicht nicht mehr, wie du gesagt hast, ich soll im Club vom Sprungbrett hüpfen, und ich habe es getan und bin genau richtig ins Wasser gekommen? Und wie du gesagt hast, ich käme nicht auf das neue Pony rauf und könnte es nicht ohne Sattel reiten, und ich konnte es doch, und es hat mich nicht mal gebissen? Und wie du gewettet hast, daß ich nicht gegen diesen Kraftkerl Jimmy Albright gewinnen kann, und ich habe ihn dann doch verprügelt? Und wie du gesagt hast, ob ich das Auto fahren kann und...?«

»Freddy! Delphine! Genug jetzt!« Eve griff mahnend ein. »Wir sind bald da. Wahrscheinlich erwarten uns einige Leute. Freddy, du wäschst dir jetzt Hände und Gesicht und deine Knie auch – und sieh dir nur mal deine Ellbogen an! Wie kriegst du das fertig, dir im Zug die Ellbogen schmutzig zu machen? Und was, lieber Gott, ist mit deinem Kleid passiert? Wieso ist das so zerknittert? Nein, sage es mir lieber nicht, ich will es gar nicht wissen. Um deine Haare werde ich mich dann selbst noch kümmern. Delphine, laß du dich anschauen. Na gut, du könntest dir auch die Hände waschen, obwohl es nicht unbedingt sein muß.«

»Sie sind sauber.«

»Sage ich doch. Wie kannst du sie so sauber halten, einen ganzen Nachmittag lang im Zug? Nein, sage es mir nicht, ich weiß es auch so.« Delphine konnte stundenlang unbeweglich und zufrieden dasitzen, ganz in ihre Tagträume versponnen. Freddy dagegen war nicht imstande, eine Minute stillzusitzen. Eve sah Paul an, rollte demonstrativ ihre Augen und seufzte.

Ihre Fahrt von Kapstadt zu Pauls neuem Amtssitz hatte sie um die halbe Welt geführt. Jetzt, auf dem allerletzten Abschnitt ihrer wochenlangen Reise, waren sie in einem Eisenbahnabteil eingesperrt, wo sie zwangsweise mehr Kontakt mit ihren beiden Töchtern gehabt hatten als jemals, seit sie klein gewesen waren.

Ein Naturgesetz jedenfalls konnte es doch wohl nicht sein, daß Eltern und zwei kleine Mädchen von zwölf und zehneinhalb Jahren drei volle Tage ununterbrochen zusammen sein mußten? Nein, gewiß nicht, denn es war absolut unnatürlich. Eine völlig unmögliche Situation, genau gesagt. Wenn auch trotzdem immer noch weniger anstrengend, als den Anblick der riesigen, fast beängstigenden Wüste ertragen zu müssen, durch die sie nun schon endlose Stunden fuhren. War es wirklich denkbar, daß sie am Ende, bei ihrer Ankunft, so etwas fanden wie eine bekannte Zivilisation? Canberra und Kapstadt waren natürlich beides keine Weltstädte, aber in beiden war die britische Tradition immerhin stark genug, daß man das Gefühl von Kontinuität und fester Ordnung haben konnte.

Eve hatte ihr großes Haus in Kapstadt sehr gemocht. Der Blick von dort auf den Tafelberg war großartig gewesen und das zahlreiche Hauspersonal eine Annehmlichkeit. Aber so war es nun mal mit Karrierediplomaten: Sie konnten eine Versetzung so wenig ablehnen, wie es undenkbar war, daß sie keinen Frack besaßen, eine ganze Auswahl Vormittagsanzüge und drei Dinner-Jackets. Und die Versetzung hierher mußte man ja wohl, fand sie, als Beförderung ansehen. Sicher, die Stadt, der sie hier entgegenfuhren, war lediglich die fünftgrößte in diesem jungen Land. Gewiß, Paul war immer noch lediglich Generalkonsul und so weit entfernt von einem Botschafterposten wie eh und je. Aber immerhin würde er hier das Oberhaupt der französischen Gemeinde sein, gleich, wie klein sie sein mochte. Seine Art, ganz philosophisch-abgeklärt seine keineswegs besonders ruhmreiche Karriere zu akzeptieren, war bewundernswert. Aber Eve wußte, auch ohne daß ein Wort darüber gesprochen worden wäre, wie sehr enttäuscht er in Wirklichkeit darüber war, wieder nur einen Posten ohne wirkliche Bedeutung bekommen zu haben. Sie würden jedenfalls versuchen, das Beste daraus zu machen, wie auch bisher. Die hohen Herren, die diese Entscheidungen trafen, hatten sehr lange Gedächtnisse und unerschütterliche Grundsätze... Für sie war Eve eben immer noch *declassée*; dieses schockierende Mädchen, das in einer Music-Hall gesungen hatte. Aber sie und Paul hatten einander und die Kinder und das war, was letztlich allein zählte.

Der Fahrtrhythmus des Zuges begann allmählich langsamer zu werden. Sie sahen aus dem Fenster und begannen die Anzeichen zu zählen, die darauf hinwiesen, daß am Ende doch noch eine Stadt auftauchen würde. Einige Hütten zuerst, dann kleine Häuschen, schließlich große Gebäude von ebenso großer Häßlichkeit, einige Automobile auf den Straßen und schließlich, nahezu aus dem Nichts auftauchend, ein überraschend großer Bahnhof in der Ferne, der rasch größer wurde.

Drei Gepäckträger eilten durch den Abteilgang, um sich ihrer vielen Gepäckstücke anzunehmen, während Freddy bereits auf die Sitzbank sprang und den Kopf in ihrer typischen Ungeduldshaltung so weit zurückbeugte, daß ihr der Hut herunterfiel. Delphine hingegen prüfte im Spiegel auf der Innenseite ihrer kleinen Handtasche sorgsam, ob ihr Hut auch richtig saß. Eve verspürte plötzlich Herzklopfen, als der Zug immer langsamer wurde und schließlich quietschend zum Stehen kam. Australien, Südafrika und nun ausgerechnet dies hier – so hinter dem Mond, so hinterwäldlerisch, so fern jeder Realität, wie es sich wohl nur ein Jacques Charles als Kulisse im *Casino de Paris* hätte vorstellen können.

»Endstation, Herrschaften«, sagte der Träger und kam ins Abteil. »Da sind wir.«

»Wir sind da, mein Schatz«, sagte Paul und bot Eve seinen Arm.

»Papa«, meldete sich Freddy, »darf ich dir, ehe wir aussteigen, noch eine Frage stellen?«

»Vielleicht wieder die gleiche, die du nun schon die ganze Reise über andauernd gestellt hast?«

»So ungefähr.«

»Warum fragst du dann nicht gleich den Träger? Ihn hast du heute noch nicht gefragt.«

»*Sir*«, sagte Freddy, »heißt diese Stadt hier wirklich die Stadt der Engel?«

»*Yes, Miss*, so ist es. Willkommen in L.A.«

Es war zwei Monate später. Eve war beim Ankleiden für das Dinner. Aber sie sank geistesabwesend in den Sessel am Fenster des Schlafzimmers und hörte den Tauben zu, die den beginnenden Abend eingurrten. Sie saßen in der Allee von Orangenbäumen, die die Einfahrt zu ihrem Haus im *Los Feliz*-Distrikt, einem hübschen Vorort im Nordwesten des Geschäftszentrums von Los Angeles, säumten.

Der betörende Duft der Orangenblüten vermischte sich mit dem der sich eben öffnenden Knospen des Kletterjasmins und dem von Hunderten von Rosenbüschen, die in ihrem Garten blühten. Sie fragte sich immer wieder, ob es einen zweiten Ort auf der Welt gäbe, an dem der Frühling so lange dauerte und so überwältigende Düfte verströmte. War Los Angeles die Hauptstadt der Düfte im Universum? Sie fühlte sich umhüllt von der Umarmung der Dämmerung, als die Bäume und Büsche ihre Duftwogen aussandten.

Es war fast zuviel. Dieses Land mit seiner Kombination von Blumen und Bäumen, wie sie in keiner bekannten botanischen Realität vorkam, verwirrte Eves französische Seele. Der April in Paris war in ihrer Erinnerung Regen, Kälte, und der kleine, aber absolut unerläßliche Trost ein kleines Sträußchen Mimosen, das an irgendeinem Hügel bei Cannes gewachsen war und an einem Stand neben einer Métro in Paris verkauft wurde; pathetische Blumen irgendwie, mit einem beglückenden, nostalgischen Duft und pudriger gelber Blüte, die schon am nächsten Tag verwelkt war; Blumen, die man allein schon deshalb schätzte, weil sie überhaupt so tapfer existierten. So hatte sie den Frühling gekannt. Das war vertrauter, üblicher Frühling für sie; ein kleines armseliges, geiziges Vernügen; eine Art Frühling, die man nur in der Erwartung des Juni ertrug. Doch dieses hier... war es ein Land, zu schön, um wahr zu sein?

1836 gehörten zur französischen Kolonie von Los Angeles zehn Personen. Jetzt, ein knappes Jahrhundert später, waren es gut zweihunderttausend Seelen! Ganz offensichtlich hatte dieser Ort seine Attraktion. Sie lehnte sich im Sessel zurück und streckte sich träge. Ihr Tag mit den ortsansässigen Damen hatte sie doch mitgenommen; sie waren von einer Energie und einem Enthusiasmus, wie sie es noch nie in ihrem Leben erlebt hatte.

Manchmal erschienen ihr diese zweihunderttausend französischen Ortsansässigen von Los Angeles wie zwei Millionen. An diesem Tag beispielsweise hatte sie den ganzen langen Vormittag im Vorstand der französischen Wohltätigkeitsgesellschaft mit Verwaltungsfragen des französischen Krankenhauses zugebracht. Gleich danach war eine Sitzung der Damen in der Gesellschaft *St. Vincent de Paul* gewesen. Der Nachmittag war ausgefüllt mit einer Sitzung der *Société de Charité des Dames Françaises*. Die einzigen Verpflichtungen, denen sie sich hatte entziehen können, waren die Zusammenkünfte der *Grove Gaulois* – der örtlichen Druidenloge –, des *Cercle Jeanne d'Arc* und der *Société des Alsaciens-Lorrains* gewesen.

Warum konnten alle diese Druidenlogen, Jeanne d'Arc-Gesellschaften und Elsässer und Lothringer nicht zusammen mit dem Dutzend anderer französischer Vereine einen einzigen großen bilden? Wieviel weniger anstrengend wäre dann ihr Leben, dachte Eve. Denn es war schon sehr strapaziös, diese Kombination amerikanischer Mentalität von pausenloser Zusammenkunft, Gemeinschaft und Aktion, mit der ausgeprägten französischen Eigenschaft, endlos zu plaudern, zu ertragen. *Madame la Consule Générale* war letzten Endes die Leidtragende. Im Vergleich zu dem hier waren Canberra und Kapstadt ganz verschwindend kleine Provinzstädtchen gewesen.

Trotzdem war sie, wie ermüdend ihre Tage auch immer sein mochten, glücklich. Paul hatte in dem großen Konsulat am Pershing Square den ganzen Tag über pausenlos zu tun. Die Mädchen gingen beide in der Pfarrei zum Heiligen Herzen zur Schule, und sie schienen den kalifornischen Lebensstil schon adaptiert zu haben, ehe sie am ersten Tag ihrer Ankunft schlafen gingen.

Zu dieser Sofortanpassung allerdings mochte, vermutete Eve, entscheidend der Gute-Laune-Mann beigetragen haben, der sie glockenschwingend beim Eintreffen in ihrem neuen Heim begrüßt hatte. Er hatte sie alle vier mit »Gratis-Gute-Laune« begrüßt und Delphine und

Freddy mit der Eröffnung überrascht, daß sie die so überaus begehrten Glücks-Stäbe gewonnen hätten, nachdem sie sich das köstliche, mit Schokoladenraspeln bestreute Willkommens-Vanilleeis einverleibt hatten.

Die Glücksstäbe waren hier schon immer ein Zukunftssymbol gewesen, hier in diesem Land, in dem jeder erwachende Tag voll von Chancen und Möglichkeiten war, und wenn das nur die reifen Kumquats – die japanischen Goldorangen – auf den Bäumen entlang des Franklin Boulevards betraf, die sich Freddy auf dem Weg zu ihrer Schule an der Ecke Franklin und Western in den Mund steckte. Delphine ihrerseits ging mit Freundinnen ihres Alters und hielt sich stets ernsthaft und seriös abseits, um ja nicht den Verdacht aufkommen zu lassen, daß sie Schwestern seien.

Eve dachte oft: Gar kein Zweifel, wenn jemand, dann ist Freddy eines der Kinder, die geradezu zum Ausreißen von zu Hause geboren sind. Ihr erstes Wort war »auf« gewesen, das erste, was sie in ihrem Leben unternommen hatte, war auf alles zu klettern, was ihr nur in die Quere kam, im Haus oder draußen. Sobald sie nur aufrecht gehen konnte, überstieg sie jeden Zaun und jedes Hindernis, in dem nicht bezähmbaren Drang, die Welt um sich herum zu erkunden. Paul hatte oft in schierer Verzweiflung gesagt, lediglich wachsame Nachbarn hätten Freddy davon abgehalten, sich in das weite australische Hinterland davonzumachen.

Sie gerät wohl nach mir, sagte sich Eve anfangs, und dabei lagen in ihr heimliche Freude mit mildem, nach außen geäußertem Entsetzen im Widerstreit. Aber es wurde bald sehr deutlich, daß die kleine Mademoiselle Eve Coudert sozusagen ein Waisenkind gewesen war, verglichen mit dem, wozu sich Miss Marie-Frédérique de Lancel zu entwickeln begann. Sie wollte gleich fliegen.

»Sie sagte ganz deutlich und ausdrücklich: ›Ich will fliegen!‹« erklärte Paul Eve. Freddy war damals noch keine drei Jahre alt gewesen. »Sie sagte es fünfmal und machte dazu Geräusche wie diese kleinen Sportflugzeuge im Aero-Club. Dazu rannte sie mit zu Flügeln ausgebreiteten Armen im Kreis herum.«

»Nun ja, das sind Kindereinfälle, Liebling«, hatte ihm Eve geantwortet. »Wahrscheinlich wollen alle Kinder fliegen. So wie die Elfen in den Geschichten, die du ihr vorliest.«

»Nein, nein. Sie will ganz klar mit einem Flugzeug fliegen. Du kennst sie doch, wenn sie etwas sagt, dann meint sie das auch so«, sagte Paul voller Ahnungen.

»Wie kann sie denn in ihrem Alter so einen Einfall haben? Vermutlich meint sie nur, daß sie in einem Flugzeug fliegen will.«

»Und woher sollte sie wissen, daß es das gibt?«

»Also von mir jedenfalls nicht, Liebling. Und woher weiß sie dann, daß Flugzeuge überhaupt von Menschen geflogen werden, wenn wir schon davon reden? Ich glaube nicht, daß wir uns darüber weitere Gedanken machen sollten. Sie wird eben ein Flugzeug sein wollen.«

Sie hatten das Ganze wieder vergessen, bis Eve ein Jahr später dazugekommen war, als Freddy, die in ihrem Zimmer spielen sollte, sich die vier Ecken einer kleinen Steppdecke gegriffen hatte und im Begriff war, aus dem Fenster im zweiten Stock zu springen, sichtlich in der Annahme, die Steppdecke als Flügel benützen zu können. Sie war böse zugerichtet worden, aber zum Glück hatte ihr Sprung in einem dichten Gebüsch geendet, das sie kräftig abgebremst hatte. Eve rannte entsetzt nach unten, doch Freddy kam schon von ganz allein aus dem Gebüsch gekrochen, etwas enttäuscht zwar, aber nicht im mindesten erschrocken, und meinte nur nachdenklich: »Ich hätte vom Dach springen sollen, dann hätte es bestimmt funktioniert.«

Eve hörte noch immer versonnen den gurrenden Tauben zu. Sie war jetzt vierunddreißig, aber sie fühlte sich zugleich älter und jünger. Älter wegen ihrer offiziellen Pflichten, jünger, weil sie in einem Haus auf einem Hügel lebte, das mit seinen Bögen und Balkonen, den Innenhöfen und Brunnen und seinem vielstufigen roten Ziegeldach zu einer spanischen Hazienda hätte gehören können. Älter, weil sie zwei schöne, schnell heranwachsende Töchter hatte, die sie zuweilen fast verrückt werden ließen, jede auf ihre eigene, gänzlich verschiedene Weise. Und jünger, weil sie heute abend auf einen Ball ging, in einem langen rückenfreien schwarzen Satinabendkleid von Howard Greer, das so sinnlich und nackt war wie noch kein Abendkleid vorher, nur mit schnurdünnen Trägern aus Kristallen, die es oben hielten. Älter, weil sie die seriöse Stellung der Gattin eines französischen Generalkonsuls bekleiden und angemessen ausfüllen mußte.

Und jünger schließlich, weil ihr auf der Seite gescheiteltes Haar in langen, fast nixenartigen Wellen bis auf ihre Schultern fiel; weil die Mode verlangte, daß sie sich die Lippen kräftig hellrot schminkte und Mascara verwendete und einen Augenbrauenstift und Lidschatten auflegte und so wenig wie nur möglich unter ihrem Kleid trug; und weil sie an einem Ort lebte – oder jedenfalls hielt jedermann dies für einen Ort –, der sich Hollywood nannte, wo absolut alle absolut jünger waren als absolut alle anderen auf der ganzen Welt.

Sie drehte sich tanzend in ihrem Ankleidezimmer und war sich nicht bewußt, daß sie dabei die Melodie von *Le dernier Tango* summte, jenes alten Schlagers, der ihre Tante so alarmiert hatte, als sie ihn zum ersten Mal hörte; damals, vor vielen Jahren.

Greystone war 1928 fertig geworden; eine Villa, wie es keine ihresgleichen in ganz Los Angeles gab. Wäre sie vor Jahrhunderten in Frankreich oder England gebaut worden, hätte sie als Haus gegolten, das allen Ansprüchen eines repräsentativen Wohnsitzes genügte, ohne vorzugeben, gleich ein richtiges Schloß zu sein. Ihre 55 Zimmer beanspruchten nicht mehr als knappe 15 000 Quadratmeter, und die Dohenys, ihre Besitzer, ließen es auch bei einem Personal von gerade eben 36 Leuten bewenden... Kein Familiensitz à la Newport, auch kein Vanderbilt-Landhaus, aber immerhin, es stand recht stattlich da, keine hundert Meter nördlich der gerade eben asphaltierten, fast noch unbebauten Landstraße namens Sunset Boulevard, deren bedeutendste Hochbauten einige Tankstellen und eine Imbißbude namens *Gates' Nut Kettle* waren. Das klassische Greystone mit seinen schön gemauerten Steinwänden, die mit dicken walisischen Schieferplatten belegt waren, und seiner hunderte Acres umfassenden, in strengem, klassischem Renaissance-Stil terrassierten Landschaftsgärtnerei, der nur noch ein Burggraben fehlte, lag behäbig und breit da, der Aufmerksamkeit des Gemeinwesens gewiß.

Wenn Mrs. Doheny einen Ball gab, kamen alle.

Eve hielt sich krampfhaft an Pauls Arm fest. Es war der erste große gesellschaftliche Anlaß, seit sie in Los Angeles waren. Bisher war sie so von den Angelegenheiten der französischen Kolonie in der Stadt in Anspruch genommen worden, daß sie keine Gelegenheit gehabt hatten, andere gesellschaftliche Kontakte zu schließen.

Sie kannten die Ölleute noch nicht und nicht die Zeitungsleute, nicht die Wasserleute oder die Landerschließungsleute, weder die Hotelleute noch die Hancock-Park-Leute oder die Leute aus Pasadena – kurz, die Reichen und Mächtigen dieser Stadt. Aber sie alle schienen an diesem Abend auf Mrs. Dohenys Ball erschienen zu sein. Die einzigen Gäste, die Eve überhaupt erkannte, waren die wenigen führenden Filmstars, die man zu dem Ereignis gebeten hatte, damit sie sich unter die Spitzen der Gesellschaft mischten; und diese kannten natürlich sie nicht.

Die amerikanische Abneigung gegen Formalitäten, selbst wenn es wie hier in sehr europäischen Formen zuging, verhinderte es, daß Fremde Fremden vorgestellt wurden. Dafür merkte man um so deutlicher, welchen Platz jeder in der örtlichen Hierarchie innehatte. Es ging alles, fand Eve, ein wenig sehr formlos zu, während sie die Treppe zum Swimmingpool hinuntergingen. Dort spielte auf dem Dach des riesigen Badehauses ein ganzes Orchester. Eve begann es für absolut möglich zu halten, daß sie diese wichtige »Party« wieder verlassen würden, ohne auch nur einem Menschen vorgestellt worden zu sein, außer allenfalls den Leuten neben ihnen beim Dinner, deren Namen ihnen aber absolut nichts gesagt hatten und die ihrerseits weit mehr daran interessiert zu sein schienen, alle ihre Freunde an den anderen Tischen zu begrüßen, als sich näher mit einem ausländischen Paar zu befassen.

Als Eve Paul de Lancel geheiratet hatte, war keine Zeit gewesen, darüber nachzudenken, was diese Verbindung für ihn in der Zukunft bedeuten würde. Im Jahre 1917 hatte niemand Zeit darauf verschwendet, Überlegungen zum Leben »nach dem Krieg« anzustellen. Sie hatte so gut wie nichts über seine Herkunft und seinen Beruf gewußt, und es hatte sie auch gar nicht interessiert. Und auch, als sie ganz impulsiv und spontan die Music-Hall für ihn aufgab, machte sie sich keinerlei Gedanken über das eingeschränkte häusliche Leben, das sie nun für die Zukunft erwartete – anstelle jener großen Karriere, zu der Jacques Charles sie ausersehen hatte.

Später, im Lauf der folgenden Jahre, war ihr dann klar geworden, daß sowohl sie wie auch Paul viel aufgegeben und einen hohen Preis für ihre Ehe bezahlt hatten. Sie war in Pauls Familie nur mit verbitterter Reserve und Mißtrauen empfangen worden. Seine Mutter hatte sie überaus beredt, wenn auch in der dezenten Ausdrucksweise der Diplomatie, wissen lassen, daß Paul wegen dieser Heirat mit ihr niemals mehr darauf hoffen konnte, seine Karriere wiederaufzunehmen.

Sie hatte begreifen müssen, daß nicht nur ihre eigene, tief provinzielle und ausgesprochen bourgeoise Familie sich von ihrer Bühnenkarriere entehrt fühlte, sondern mehr oder minder der ganze Rest der Welt – zumindest die Welt, zu der die Lancels gehörten; und die Welt der Männer, die am Quai d'Orsay das Sagen hatten. In diesen beiden Welten machte man keinen nennenswerten Unterschied zwischen ihrer *Tour de Chant* und dem Paradieren nackter Showgirls: Eine Frau, die in einer Music-Hall arbeitete, war wenig mehr als ein Straßenmädchen.

Aber ebenso offenbar war auch, daß Paul keineswegs unwissend und naiv in diese Ehe mit ihr gestolpert war. Er war immerhin bereits ein erfahrener Diplomat von einunddreißig Jahren gewesen und vertraut mit den Usancen des Auswärtigen Dienstes. Es mußte ihm also vollkommen klar gewesen sein, daß er sich keine ungeeignetere Frau als sie hätte aussuchen können. Und dennoch war seine Wahl auf sie gefallen. Nein, nicht einmal »Wahl«, dachte sie und reckte stolz das Kinn. Er hatte nachdrücklich darauf bestanden. Gefordert. Gedrängt. Sie mit seiner Leidenschaft und seinem Wunsch überwältigt. Er hatte sie durchaus offenen Auges geheiratet.

Und Eve fühlte – nein, nicht eigentlich Schuld, sagte sie zu sich selbst; aber Verantwortung. Nie mehr trat sie öffentlich auf, nie mehr erwähnte sie ihre Music-Hall-Jahre auch nur mit einem Wort. Sie konnte die Vergangenheit natürlich nicht auslöschen. Aber sie entschied, daß auch keinerlei Notwendigkeit bestand, sie zu demonstrieren. Und soweit sie wußte, hatte weder in Canberra noch in Kapstadt irgend jemand auch nur vermutet, daß Madame Paul de Lancel, diese junge, hingebungsvolle, anständige und beliebte Ehefrau und Mutter, jemals öffentlich aufgetreten war.

Nur – kein Zweifel, es fehlte ihr! Jacques Charles hatte durchaus recht gehabt. Immer wieder, von Zeit zu Zeit, überfiel sie die alte Sehnsucht nach jenem unvergleichlichen Gefühl, das man hatte, wenn man auf eine Bühne hinausging, ins Rampenlicht, den Applaus erwartend. Und noch mehr als das fehlte ihr die Musik selbst. Sie sang und spielte gelegentlich für die Kinder. Aber das war ganz etwas anderes; nicht dasselbe, sinnierte sie, als sie nun mit Paul zu den hunderten anderer Gäste der Dohenys auf das Tanzparkett ging. Sie bewegten sich langsam zu den Klängen des Foxtrotts, der derzeit populär war, während um sie herum alle die anderen Paare damit zu tun hatten, während des Tanzens einander grüßend zuzuwinken. Die Fröhlichkeit der ersten Jazzepoche war vorüber, es hatte die Ära des ernsthaft zelebrierten *Glamour* begonnen; wie eine dicke Cremeschicht lag das über der Nachtluft, so penetrant wie die ganzen Rubine, an denen Mary Pickford schwer trug, oder die Diamanten, mit denen Gloria Swanson behangen war. Und noch sieben andere Frauen trugen genau das gleiche schwarze Satinkleid wie Eve, nur mit erheblich mehr Juwelen. Noch nie in ihrem Leben hatte sich Eve derart wie das unbedarfte Mädchen aus Dijon mit geborgtem Hut gefühlt.

»Geben Sie mir die Ehre eines Tanzes mit Ihrer Gattin, *Monsieur le Consul?*« fragte plötzlich eine bekannte Stimme.

Paul warf einen Blick über die Schulter und schob dann mit einem überraschten Lächeln Eve dem Fragenden zu. »Bon soir, *Monsieur!*« sagte er. »Einem Landsmann, selbstverständlich.«

»Alors, *Madame la Consule Générale*«, fragte Maurice Chevalier, denn er und kein anderer war es, »wie gefällt Ihnen Hollywood?«

Ganz automatisch antwortete Eve erst einmal: »Jeder fragt das.« Sie war Chevalier noch nie persönlich begegnet noch er ihr. Aber dennoch redete er so vertraulich, als nähmen sie nur eine alte Konversation wieder auf.

»Und? Was pflegen Sie zu antworten?«

»Was man hier darauf zu antworten pflegt: ›*I love it!*‹«

»Und tun Sie das wirklich?« fragte Chevalier neugierig.

»Ja und nein. Es ist... anders. Man muß sich erst eingewöhnen...«

»Besonders, wenn man sich an die Lichter der *Grands Boulevards* erinnert, nicht wahr?«

»Die *Grands Boulevards*...« sinnierte Eve, aber es gelang ihr, es weder wie eine Frage noch wie eine Bekräftigung klingen zu lassen, noch wie ein mögliches Gesprächsthema. Sie ließ es einfach in der Luft hängen – zwischen ihren Lippen und dem heiteren, so absurd berühmten Gesicht ihres Tanzpartners; als hätten die beiden Worte überhaupt keine Bedeutung für sie.

»Ja«, wiederholte Chevalier jedoch mit Betonung, »die *Grands Boulevards* und ihre Lichter... und die Maddy-Lichter...«

»Maddy?« sagte sie ungläubig.

»Aber ich habe Sie doch singen gehört! Wer einmal Maddy singen gehört hat, vergißt das nie wieder. Das hat alle Welt gesagt. Und alle Welt hatte recht.«

»Oh.«

»Das erste Mal hörte ich Sie 1914, im Olympia, noch vor dem Krieg. Und dann noch einmal im gleichen Jahr, aber schon im Krieg, als Sie an der Front für die Soldaten sangen. Welch ein Abend war das! Sie in Ihrem prächtigen, unübersehbaren roten Kleid und den kleinen roten Schuhen und Ihrem Haar, das exakt dieselbe Farbe hatte wie auch jetzt noch, als legte man genau drei reife Erdbeeren in ein Glas Champagner und hielte es gegen das Licht... ach, Maddy, wie glücklich haben Sie uns arme Soldaten an jenem Abend gemacht! Es ist sechzehn Jahre her, aber ich erinnere mich daran, als wäre es gestern gewesen.«

»O ja, ich auch«, rief Eve. »Ich auch.«

»Sie meinen, an den Abend an der Front? Aber Sie haben doch überall an der Front gesungen. Wie können Sie sich da an einen ganz bestimmten Abend erinnern?«

»Ich erinnere mich an jeden einzelnen«, sagte Eve leise, während ihr die Tränen in die Augen zu steigen begannen.

Und Maurice Chevalier, der selbst als kleiner Junge in den Slums von Paris für sein Essen gesungen hatte, verstand diese Tränen sehr gut. Er war nun seit zweiundzwanzig Jahren ein Star und hatte sich dabei ständig weiterentwickelt, bis er dem ganzen Jahrhundert seinen persönlichen Stempel aufgedrückt hatte. Er erinnerte sich gut an Maddy. Er sah, daß sie offensichtlich in der *Madame la Consule Générale* verschwunden war, und erkannte so deutlich, als wäre es ihm selbst widerfahren, was sie das gekostet haben mußte.

»Kennen Sie den Text von *Mimi*?« fragte er und übersah ihre Tränen einfach.

»*Mimi*? *Mon joli petit miel de Mimi*?« fragte Eve. »Gibt es irgend jemand auf der Welt, der ihn nicht kennt?«

»Sollen wir das singen, oder ist Ihnen *Aimez-vous ce soir* lieber? Wir könnten es ja auf englisch singen. *Love me Tonight*.«

»Singen? Hier? Mit Ihnen? Nein, das geht nicht.«

»*Ah! Ça alors!* Das kommt auch nicht jeden Abend vor, daß ich einen Korb kriege. Und gleich so prompt.«

»Ich... wollte Sie nicht verletzen. Es ist nur... ich singe doch nicht... mehr.«

»Maddy würde das nie sagen.«

»Maddy hätte sich um keinen Preis der Welt die Chance entgehen lassen, mit Maurice Chevalier zu singen«, gab Eve zu, und sie sagte es mindestens so sehr wie zu ihm zu sich selbst.

»Dann seien Sie doch für heute abend noch einmal Maddy, *Madame la Consule Générale*! Warum denn nicht?«

Eve sah sich unter den anderen Tanzpaaren um, die begonnen hatten, ganz offen ihr lebhaftes Gespräch mit dem größten Star, den selbst Hollywood je erlebt hatte, zu beobachten. Alle diese Fremden, die sie den ganzen Abend über schlicht ignoriert hatten, blickten jetzt mit unverhohlenem Interesse auf sie. Fremde freilich, wurde ihr klar, denen der Gedanke überhaupt niemals in den Sinn käme, jemanden, der einmal in einer Music-Hall gesungen hatte, *indiskutabel* zu finden und für immer und ewig auszustoßen. Fremde vielmehr, die zu einem jungen, ganz unüblichen, unkonventionellen, unberechenbaren Land gehörten, in dem Entertainer Könige waren.

»Mrs. Doheny«, sprach Chevalier weiter, »bat mich zu singen, aber ich habe abgelehnt. Wenn Sie jedoch mit mir singen wollen, denke ich noch einmal darüber nach.«

»Also gut«, sagte Eve hastig, um es sich nicht noch einmal zu überlegen. Es war unmöglich, es *nicht* zu *wagen*. Jetzt. Hier. »Aber nennen Sie mich Eve«, sagte sie drängend. »Nicht Maddy.«

Arm in Arm mit Maurice Chevalier ging sie durch die sich öffnende Gasse der Tänzer hinauf auf das Dach des Badehauses. Der Bandleader beeilte sich, ihnen entgegenzukommen. Chevalier sprach kurz mit ihm und geleitete Eve dann die Treppe hinauf, wo sie sich nebeneinander vor das Orchester stellten. Ganz von selbst war erwartungsvolles Schweigen unter den versammelten Gästen eingetreten.

»Meine Damen und Herren«, begann Chevalier seine kurze Ansprache, »ich habe heute den ganzen Tag hart gearbeitet, nämlich gesungen. Ich habe auch schon die ganze Woche hart gearbeitet – gesungen. Tatsache ist, daß ich schon den ganzen Monat hart arbeite – indem ich singe. Ich bin heute abend lediglich hierhergekommen, um unserer Gastgeberin die Ehre zu erweisen und Ihnen allen ein wenig beim Tanzen zuzusehen, keinesfalls aber, um zu singen. Wie konnte ich auch nur ahnen, daß ich eben hier und heute abend einem hell leuchtenden Stern wiederbegegnen würde! Einer Landsmännin und Kollegin, der, als ich sie zum ersten Male singen hörte, ganz Paris zu Füßen lag! Einem Star, der tapfer und patriotisch war und für uns auch an der Front sang. Einem Star von solcher Schönheit, daß ich ihr sogar vergeben habe, daß sie ihre Karriere aufgab. Wofür? Für eine Ehe! Ich frage Sie, meine Damen und Herren, ist das nicht ein Jammer? Und sie hat auch noch die Kühnheit, mir zu sagen, daß sie dabei glücklich ist! Meine Damen und Herren, ich stelle Ihnen Eve vor, die wundervolle, einzigartige Eve, die heute Madame Paul de Lancel ist, die Gattin unseres neuen Konsuls von Frankreich! Um mit Eve zu singen, würde ich sogar meinen Hut verbrennen und mein Stöckchen wegwerfen! Zum Glück hat sie das nicht von mir verlangt.« Er wandte sich zu Eve und flüsterte: »*Alors, Maddy, qu'on chante!*« Dann rief er laut für die aufgeregte Menge: »Also, Eve, *ma Belle*, singen wir zusammen!«

»Und ich werde mich nicht firmen lassen«, erklärte Freddy, »bevor ich nicht fliegen darf.«

»Da hört sich doch alles auf!« empörte sich Paul. »Das ist doch die glatte religiöse Erpressung!«

Freddy aber nickte als Bestätigung ganz feierlich. Schließlich hatte alles andere bisher nichts genützt. Sooft sie nun schon darum gebeten hatte, einmal fliegen zu dürfen, hatte es ihr stets irgendwer ebenso rasch versprochen wie gleich danach wieder vergessen. Da konnte ihre ohnehin schon lange genug hinausgezögerte Firmung auch noch weiter warten, bis endlich ihr Herzenswunsch erfüllt wurde.

»Also schön, wir fahren dieses Wochenende hinaus zum Flughafen«, lenkte Paul zögernd ein. Er war zwar an sich sehr dagegen, sich Erpressungsmanövern zu beugen, aber Freddy war nun mit ihren elfeinhalb Jahren schon älter als für die Firmung üblich, und außerdem wollte er diese Sache auch deshalb möglichst bald hinter sich bringen, weil die heilige Zeremonie vielleicht doch ein wenig mäßigend auf seine jüngere Tochter wirken konnte.

Nicht weniger als dreimal in einem Jahr hatte die Polizei Freddy nun schon zu Hause abgeliefert, nachdem sie erwischt worden war, wie sie auf

Rollschuhen die steilsten Straßen mit größter Geschwindigkeit heruntergesaust war, jedesmal mit einem fest an den Enden gefaßten Laken, das hinter ihr her knatterte wie ein Segel. »Das Mädchen bringt den ganzen Verkehr durcheinander«, hatten die Beamten jedesmal erklärt, »und eines Tages wird es sich noch den Hals brechen!«

Als ihr nach ihrer letzten Kollision mit den Verkehrsgesetzen dann die Rollschuhe endgültig konfisziert worden waren, hatte Freddy ohne jede Sentimentalität ihre gesamte Kollektion an Puppen genommen, sie in ihren Puppenwagen gepackt und sich damit an der nächsten Straßenecke aufgestellt, um sie an die Nachbarn zu verkaufen – unter denen sich auch Walt Disney und Cecil B. de Mille befanden. Vom Erlös gedachte sie sich neue Rollschuhe anzuschaffen.

»Sie ist eben ein Wildfang«, hatte Eve gesagt. »Das ist eine Entwicklungsphase. Das gibt sich.« Tatsächlich konnte sie es sich kaum selbst zugeben, daß sie im Grunde ihre Freude daran hatte, wie Freddy herumtobte; so, wie es ihr früher niemals erlaubt gewesen war. Da war noch immer eine alte und ungezähmte Wildheit in Eve, der es durchaus gefiel, wenn sie ihr Kind anblickte und in ihm eine glückliche Rebellin erkannte, die nichts bereute.

Freddy war ziemlich hochgeschossen für ihr Alter und bereits über Delphine hinausgewachsen. Schon jetzt war sichtbar, daß sie lange Beine hatte. Dabei war sie geschmeidig wie ein Akrobat und wagemutig genug, um auf einem Gummiseil über die Niagarafälle zu balancieren. Arme und Beine waren so sonnengebräunt wie über und über voller Schrammen, aber fest und muskulös, trotzdem so durchaus weiblich gerundet wie ihr langer Hals. Von Paul hatte sie die ungewöhnlich tiefliegenden Augen, die bei ihr freilich meistens weit in die Ferne gerichtet waren, unter dichten, nach oben zu den Schläfen strebenden Brauen wie bei Eve. Die respektlosen blauen Augen schossen lebhaft und ausdrucksvoll hin und her, und es schien ganz unglaublich, daß sie einem Kind gehörten.

Eve fragte sich zuweilen, ob es nur ihre Einbildung sei oder ob Freddy tatsächlich schärfer und weiter sah als sie alle. Auf jeden Fall konnte sie Vögel oder sich am Horizont nähernde Tiere erkennen, wenn sonst noch niemand etwas sah. Nie mußte sie sich wie andere Kinder das Haar aus der Stirn streichen; weil es bereits von Natur aus nach hinten wuchs, von der Stirn aus als dichtes Geflecht in einer kräftigen Woge von schockierend aggressivem Rot – exakt der Farbe des Bodens einer blankpolierten Kupferpfanne. Ihre Nase war völlig gerade, sehr gut geformt, ein sehr typisches Persönlichkeitsmerkmal. Sie gab ihrem Gesicht eine ganz unkindliche Stärke und Zielstrebigkeit, jedenfalls so lange, bis sie lachte.

Eve war klar, daß ihre jüngere Tochter nicht annähernd die unbestreitbare Schönheit werden würde, zu der Delphine heranwuchs; und doch würde es immer Leute geben, die sie für die schönere von beiden halten würden; einfach, weil sie von ihrem ganzen unkonventionellen Wesen gefangen waren und von dieser gewissen adligen Hoheit und Distanz, die sich auf ihre Züge legte, wenn sie etwas durchsetzen wollte; was keineswegs selten vorkam. Sie war ein völlig undomestiziertes Wesen. Mit ihrem frechen, ungezügelten Lachen und ihrem forschen Gang kam sie ihr oft vor wie ein als Mädchen wiedergeborener Robin Hood.

Wie Robin Hood forderte sie übrigens auch immer wieder Lösegeld von ihrem Vater. Noch am gleichen Abend telefonierte Paul mit John Maddux. Der hatte 1927 den ersten Flugdienst zwischen Los Angeles und San Diego eingerichtet mit einem einzigen Flugzeug und einem jungen Piloten namens Charles Lindbergh. Das Unternehmen hatte floriert und mittlerweile hatte Maddux bereits vierzehn Passagierflugzeuge. Er beflog mit ihnen drei feste Routen: von Los Angeles aus nach San Francisco, Aqua Caliente/Mexiko und Phoenix/Arizona.

»Was kann ich für Sie tun, Paul?« fragte John Maddux.

»Ich möchte ein Mädchen einen Flug machen lassen. Was können Sie mir da vorschlagen?«

»Sie haben Glück. Gerade eben haben wir einen Zubringerdienst von unserem Büro auf der South Olive zum Flughafen eingerichtet. Das wird der jungen Dame sicherlich gefallen«, meinte Maddux freundlich.

»Die junge Dame interessiert außer dem Flug selbst gar nichts, Jack. Vielen Dank trotzdem für den Hinweis.«

»Na, wenn das so ist, dann fahren Sie einfach direkt raus nach Burbank und folgen da der Beschilderung zum Allgemeinen Zentralflughafen. Warten Sie mal ... am ehesten würde ich, sagen wir, den täglichen Erster Klasse-Flug nach San Francisco empfehlen. Fliegt täglich um halb drei. Keine drei Stunden später sind Sie oben und haben jede Menge Zeit für einen Drink in einem Speakeasy, für ein Dinner in Chinatown oder einen Hummer an den Piers. Die Nacht können Sie in einer Suite im Mark Hopkins verbringen, spätes Frühstück bei Ernie's einnehmen, vielleicht auch bei Jack's, und dann fliegen Sie mit dem gleichen Flug wieder heim nach L.A., wo Sie rechtzeitig zum Dinner ankommen. Die ganze Chose hin und zurück kostet Sie siebzig Dollar pro Person und jeder einzelne Cent ist es wert.«

»Klingt etwas ... voll für ein Programm, Jack. Wissen Sie, die junge Dame ist gerade elf Jahre alt und außerdem meine Tochter.«

»Oh. Na, wenn das so ist; verstehe. Nun, wie wäre es in diesem Fall einfach mit einem kleinen Rundflug?«

»Genau das meine ich.«

»Kein Problem. Ich arrangiere Ihnen das persönlich. Wie wäre es mit Samstag? Nachmittags halb vier? Um die Zeit hat man die beste Sicht.«

»Prima. Vielen Dank, Jack. Sehr verbunden.« Paul de Lancel hängte ein und dachte einen Augenblick daran, daß sich die förmlichen Herren zu Hause am Quai d'Orsay vermutlich wundern würden, wenn sie wüßten, auf welch zwanglose Weise sich hier Leute, die sich kaum kannten, beim Vornamen nannten, und sich so gut wie alles mit einem einfachen Telefongespräch arrangieren ließ. Vermutlich würde es die innersten Grundfesten ihrer Überzeugungen erschüttern. Denn wenn solche Bräuche wirklich einmal um sich greifen sollten, wozu wäre dann noch das ganze Diplomatische Korps gut?

»Ja, Sir, Mr. de Lancel«, sagte der Beamte der Fluggesellschaft. »Mr. Maddux hat alles für Sie arrangiert. Er läßt Ihnen sagen, es ist ihm ein Vergnügen, Ihnen den Rundflug kostenlos anzubieten. Das Flugzeug steht gleich da draußen.« Er deutete auf eine glänzende, neue zweimotorige Maschine. Sechs andere Leute warteten ebenfalls auf den Einstieg für den Rundflug.

Paul nahm Freddy an der Hand, um mit ihr hinauszugehen, aber sie stand wie angewurzelt und rührte sich nicht.

»Das ist ja ein großes Flugzeug«, sagte sie mit heftiger Enttäuschung in der Stimme, »und es steigen noch andere Leute ein.«

»Also, nun, Freddy! Ich habe dir kein Flugzeug ganz für dich allein versprochen, oder? Nur, daß du fliegen darfst. Und das jetzt ist die beste Tageszeit dafür.«

»Aber verstehst du mich denn nicht, Papa? Ich will allein fliegen!«

»Ach, nun komm aber, Schätzchen! Wie sollte das denn gehen? Du kannst doch nicht selbst ein Flugzeug fliegen!«

»Das weiß ich schon. Ein Pilot müßte natürlich dabei sein. Aber ich meinte, nur ich und der Pilot. Bitte, Papa! Dann kann ich mir wenigstens vorstellen, daß ich ganz allein fliege, nur ich allein.«

Sie flehte mit solchem Nachdruck und derart bittenden Augen, daß Paul glaubte, sich selbst als Jungen vor sich zu sehen, in den wilden Träumen seiner Knabenjahre; die Träume waren andere, aber ihre Heftigkeit und ihr drängendes Verlangen, der totale Mangel an Verständnis auch nur für den kleinsten Kompromiß, das war das gleiche.

Er wandte sich an den Angestellten. »Ich werde Mr. Maddux sagen, daß Sie sehr freundlich waren«, erklärte er ihm, »aber ich fürchte, meine Tochter würde lieber in einem kleinen Flugzeug fliegen. Könnten Sie mir da etwas empfehlen?«

»Wenn Sie aus dem Flughafen herauskommen, halten Sie sich links und fahren dann immer geradeaus bis zu einem Ort namens Dry Springs. Biegen Sie von der Hauptdurchgangsstraße ab, und Sie kommen bald an ein Schild, das auf eine Flugschule hinweist. Nennt sich McGuire-Luftakademie. Sieht zwar nicht nach viel aus, aber lassen Sie sich davon nicht irritieren. Fragen Sie nach Mac. Mit dem können Sie da oben herumkurven. Er ist der beste Pilot dort draußen. Er ist, glaube ich, auch im Krieg geflogen.«

»Danke«, sagte Paul und ging. Freddy rannte aufgeregt neben ihm her.

Die McGuire-Flugschule bestand aus einer niedrigen, langgezogenen Baracke, die eher wie eine große Garage aussah. Tatsächlich waren hier mehrere Flugzeuge geparkt. Sonst aber war alles leer. Schließlich entdeckten sie ein kleines Büro, dessen Tür offenstand. Paul steckte den Kopf hinein und rief: »Jemand da?«

»Augenblick«, antwortete eine Stimme hinter ihnen. Unter einem Flugzeug kam ein Mann hervorgekrochen. Er hatte einen Mechaniker-Overall an und darunter ein offenes Arbeiterhemd. Sein braunes Haar hatte Lebkuchenfarbe und war völlig verstrubbelt. Paul schätzte ihn auf höchstens dreißig. Er hatte ein gutes Gesicht – ein »typisch amerikanisches«, fand Paul: offen, freundlich und sommersprossig. Er ging mit einer eigenartig geschmeidigen Selbstsicherheit, fast so, als sei er ein professioneller Turner.

»Ich suche einen gewissen Mac«, sagte Paul.

»Das bin ich«, antwortete der Mann mit breitem Grinsen, während er sich die Hände an einem Lappen abputzte. »Terence McGuire«.

»Paul de Lancel.« Paul lächelte gar nicht und zögerte. Sollte er wirklich Freddy einem Piloten in einem Arbeiter-Overall anvertrauen?

»Was kann ich für Sie tun?« fragte Mac.

»Bitte, ich möchte fliegen«, sagte daraufhin Freddy wie aus der Pistole geschossen.

»Augenblick, Freddy«, Paul hielt sie zurück. »Mr. McGuire, man sagte mir, Sie seien im Krieg geflogen?«

»Sicher.«

»Das ist sehr interessant, was, Freddy? Wo sind Sie da geflogen?«

»In Frankreich.«

»Ich meinte, mit wem, mit welcher Einheit?« forschte Paul, noch keineswegs überzeugt.

»Zuerst bei der Escadrille Lafayette, 1916. Als die Vereinigten Staaten dann doch endlich in den Krieg eintraten, ließ ich mich natürlich gleich zur US-Lufttruppe versetzen. 94th Aero Squadron.«

»Haben Sie deutsche Flugzeuge abgeschossen?«

»Sicher. Einige. Fünfzehn, ganz genau. Die letzten vier in Saint-Michel. Wir haben alle unseren Anteil an den Abschüssen gehabt. Eddie Rickenbacker hatte fast doppelt so viele wie ich. Sind Sie vielleicht Reporter oder so etwas? Ich habe schon seit Jahren mit keinem mehr gesprochen. Es interessiert sich schon lange keiner mehr für das alles.«

»Nein, nein. Ich bin nur ein besorgter Vater.«

»Ach so. Sie wollten wohl sichergehen, daß Ihre Tochter nicht mit einem Mechaniker in die Luft geht? Kann's Ihnen nicht verdenken, daß Sie vorsichtig sind. Aber Sie brauchen sich keine Sorgen zu machen.«

»Oh, bitte, Papa, warum verschwendest du die ganze Zeit mit Reden?« drängelte Freddy und heulte fast schon vor Ungeduld. Sie konnte es einfach nicht mehr erwarten und trat von einem Fuß auf den anderen. Ihre Haare flogen, ihre Augen sprühten Feuer.

»Na, dann komm mal, meine Kleine!« sagte McGuire. Er deutete zu dem kleinen Flugzeug, das direkt vor dem Hangar stand. »Ich hätte heute nachmittag eigentlich eine Flugstunde gehabt, aber man hat mir abgesagt. Das Flugzeug ist aufgetankt und startbereit.« Freddy brauchte keine weitere Aufforderung. Ohne noch ein Wort zu sagen, drehte sie sich um und rannte auf die Maschine zu, der Pilot hinter ihr her.

Paul stand am Rollfeld und fühlte sich unbehaglich. Da war dieser Mann, ein Flieger-As, ein Super-As sogar; zwei Jahre lang war er für Frankreich geflogen; und was hatte er nun davon, einer dieser ritterlichen und romantischen modernen Helden gewesen zu sein, seit er wieder zu Hause war und seine blankpolierten Stiefel und seine flotten Breeches und die lederne Fliegerjacke ausgezogen hatte? Er setzte sich auf einen Klappstuhl, der neben dem Hangar der Fliegerschule stand, und beschied sich, geduldig auf Freddys Rückkehr zu warten. Diese *Piper Cub* sah angsterregend winzig aus.

Terence McGuire schnallte Freddy im linken Sitz der *Piper Cub* an, wo sie ein komplettes Instrumentenbrett vor sich hatte, ging dann um das Flugzeug herum und kletterte selbst auf den rechten Sitz. Das Flugzeug noch einmal durchzuchecken, war nicht mehr nötig; das hatte er bereits vor einer Stunde erledigt. Er sah in den leeren Himmel hinauf, startete den Motor und rollte dann zum Ende der einfachen, unbefestigten Startbahn. Das Nachmittagslicht in Dry Springs war so golden, wie es sonst nur in Griechenland sein konnte. Der Himmel war phantastisch blau und die Luft so klar und lockend, als enthalte sie ein großes Versprechen.

Freddy sagte kein einziges Wort. Mac blickte kurz zu ihr hinüber, um zu sehen, ob sie etwa die Angst stumm mache. Es kam immerhin nicht alle Tage vor, daß jemand ein kleines Mädchen für einen Flug herbrachte. Wenn, dann Jungs, und ältere als die Kleine hier. Obwohl – mit dem Sitz ganz vorne wie jetzt erreichte sie immerhin schon mühelos die Seitenruderpedale. Nein, Angst hatte sie sichtlich nicht, auch wenn es keineswegs das erste Mal gewesen wäre, daß es sich jemand im allerletzten Augenblick – »trotzdem vielen Dank!« – noch überlegte. Sie sah ganz in Ordnung aus, nicht eigentlich aufgeregt, aber voll intensiver Erwartung; als sei dieser bevorstehende Vergnügungsausflug etwas, worauf sie sich mit allen Sinnen konzentrierte. Er hielt die *Piper* noch ein Weilchen am Anfang der Startbahn, um seine letzten Startkontrollen zu absolvieren. Ehe er dann anrollte, warf er noch einmal einen letzten prüfenden Blick auf seinen Passagier. Sie war jetzt unter ihrer Sonnenbräune ganz bleich geworden und sah aus, als atme sie überhaupt nicht mehr.

»Alles in Ordnung, Kleine?« schrie er über den Motorenlärm. Sie nickte nur ganz kurz, sah ihn aber nicht an. Er hätte jetzt jede Wette gehalten, daß sie nicht einmal mit den Lidern zuckte.

Als sie in der Luft und bis auf 1500 Fuß hochgestiegen waren, bog McGuire nach Osten ab, weg von den blendenden Strahlen der Sonne und hielt dann kerzengerade Kurs, auf gleicher Höhe bei gleichbleibender Geschwindigkeit. Leute, die zum ersten Mal flogen, hatten seiner Erfahrung nach genug damit zu tun, überhaupt mit der Tatsache, daß sie in der Luft waren, fertig zu werden, und man diente ihnen wenig mit allerlei fliegerischen Kunststückchen. Im Gegensatz zu vielen anderen Piloten verspürte er auch nie ein gesteigertes Bedürfnis, auf Kosten seiner Passagiere zu zeigen, was er alles konnte.

»Gefällt dir die Aussicht?« fragte er. Jetzt, nachdem sie oben waren, mußte er nicht mehr brüllen.

»Toll. Ganz toll. Wann fangen wir mit der Stunde an?«

»Stunde? Was für eine Stunde?«

»Na, meine! Die Unterrichtsstunde!«

»Augenblick, Kleine. Davon sagte dein Vater aber nichts.«

»Er kam doch überhaupt nicht dazu! Die ganze Zeit haben Sie und er nur von diesem Krieg geredet. Aber das soll doch schließlich meine erste Stunde sein. Weshalb sonst sollten wir zu einer Flugschule kommen?«

»Ja«, wandte McGuire ein, »wenn ich gewußt hätte, daß es Flugunterricht werden soll, dann wären wir jetzt noch immer da unten und du müßtest erst mal lernen, wie man das Flugzeug vor dem Start überprüft. So einfach ist das nicht mit den Flugstunden.«

Doch gegen Freddy war kein Ankommen. »Das holen wir dann nächstes Mal nach«, sagte sie und lächelte zum ersten Mal.

»Da kannst du ganz sicher sein. Und nicht nur nächstes Mal. Sondern jedes Mal. Also gut, dann nimm den Steuerknüppel. Und jetzt schiebst du ihn ganz sanft nach vorne. Na, und was ist passiert?«

»Wir sind runter«, sagte Freddy ganz atemlos.

»Genau. Und jetzt zieh ihn etwas zu dir ran. Was ist nun?«

»Wir sind rauf.«

»Also, nach vorne bedeutet runter, nach hinten rauf. Damit weißt du schon mal das Allerwichtigste. Natürlich ist alles wichtig, aber als erstes kommt nun mal, wie man rauf und runter geht.«

»Ja, Mr. McGuire.«

»Du kannst Mac zu mir sagen. So nennen mich alle meine Schüler. Und wie heißt du?«

»Freddy.«

»Ist das nicht ein Name für einen Jungen?«

»Nicht auf französisch. Eigentlich heiße ich Marie-Frédérique. Aber niemand darf mich so nennen. Was machen wir als nächstes, Mac?«

»Du hast da unten deine Füße auf dem Ruder stehen. damit kannst du die Richtung des Flugzeugs bestimmen. Das Seitenruder ist wie das Lenkrad bei einem Auto. Also, jetzt drück mal auf das linke Ruder, aber ganz vorsichtig. Was passiert?«

»Es geht nach links weg.«

»Und was machst du, wenn du wieder geradeaus fliegen willst?«

»Das rechte?«

»Na, dann mach! Gut. Und jetzt flieg schön geradeaus. Nur die linke Hand benutzen. Ganz locker, nicht so fest anpacken. Das ist ja hier kein Wettbewerb im Armdrücken. Gut. So, Freddy, und jetzt schau mal hierher auf dieses Instrument. Das nennt man den Höhenmesser. Er zeigt dir, wie hoch du bist. Und dies da ist das Gas. Wenn du reindrückst, fliegen wir langsamer. Ziehst du raus, geht es schneller. Als ob man bei einem Auto mehr oder weniger Gas gibt. Verstanden?«

»Ja«, sagte Freddy knapp und in dieser einen Sekunde des vollständigen Begreifens konzentrierte sich ihre ganze natürliche Koordinationsfähigkeit auf das Instrumentenbrett der *Piper Cub*.

»Schau auf den Höhenmesser, Freddy, und versuch mal, ob du sie zweihundert Fuß höher kriegst. Dazu mußt du das Gas etwas rausholen und den Knüppel ein wenig anziehen. Bababba, nicht so heftig, Kind! Langsam und sanft, ganz sanft, ganz sanft. So, ja. So muß man mit ihr umgehen, und daran mußt du immer denken. Gut, versuchen wir's noch einmal. Zieh sie noch mal zweihundert Fuß hoch. Ja... das war schon besser. So, und jetzt nimm sie vierhundert Fuß runter... sanft... damit wir wieder da sind, wo wir angefangen haben. Was machst du dafür?«

»Knüppel vor, Gas rein. Ganz, ganz sanft.«

»Genau. Also los.«

Freddys lautes Lachen war unüberhörbar. Sie konnte fliegen! Mac hatte die Hand ganz von seinem Knüppel genommen. Er saß mit verschränkten Armen auf seinem Pilotensitz, und sie flog das Flugzeug ganz allein! Sie hatte gewußt, daß sie das konnte! Schon so lange sie denken konnte! Sie konnte sich nicht daran erinnern, daß es je anders gewesen wäre, wenn sie es auch nie zu erklären versucht hatte. Nur anders war es, als sie es erwartet hatte. Viel... viel... ernsthafter und nüchterner; wegen all der vielen Instrumente an der Tafel, deren Bedeutung sie noch gar nicht kannte. Aber das Wunder, das wirkliche Wunder, auf das sie schon immer gewartet hatte – das war wie ein Geschenk im Wind, das, ja das war es nun endlich!

»Jetzt kehren wir aber besser um und fliegen zurück«, sagte Mac. »Ich übernehme das Steuer jetzt wieder, aber laß ruhig die Hand am Knüppel und die Füße auf dem Ruder. Da kannst du spüren, was ich mache.«

Nur widerwillig gab Freddy die Kontrolle über das Flugzeug wieder ab. »Wie alt muß ich sein, um ganz allein fliegen zu dürfen?«

»Na, zuerst mal mußt du alles gelernt haben, und das hast du noch lange nicht. Aber jedenfalls kannst du überhaupt erst alleine rauf, wenn du mindestens sechzehn bist.«

»Was? Wer sagt das?«

»Die Regierung. Die Vorschriften. Natürlich sind das Blödiane. Ich bin zum ersten Mal alleine rauf, als ich zwölf war. Aber das war eben noch in der guten alten Zeit. Und davor, direkt am Anfang, gab es überhaupt noch keine Zweisitzer. Da war man also auf jeden Fall solo, wenn man flog. Ins Wasser springen und schwimmen, oder untergehen; in der Art.«

»Das heißt, ich muß viereinhalb Jahre warten«, jammerte Freddy. »Wie soll ich das aushalten?«

»So ist es nun mal. Du kannst zwar fliegen lernen, aber alleine darfst du bis dahin nicht rauf.«

»Viereinhalb Jahre!« Freddy war völlig gebrochen.

»Hast du Werksunterricht in der Schule?«

»Nein, das gibt es nicht bei uns im Heiligen Herzen«, sagte Freddy düster.

»Warum gehst du dann nicht in eine andere Schule, wo sie es haben, und machst es? Das hilft schon mal. Und Mathe, das ist ganz wichtig. Bist du gut in Mathe?«

»Ja«, murmelte Freddy. »Das ist mein bestes Fach.«

»Dann sieh mal zu, daß es so bleibt. Ohne Mathe kannst du nicht navigieren. Und ob du es glaubst oder nicht, es gibt Leute, die, obwohl es ihr Leben retten könnte, einfach keine Mathe können.«

»Wie zum Beispiel meine Schwester Delphine«, sagte Freddy, und das munterte sie gleich wieder etwas auf.

»Jedenfalls«, meinte Mac, »hat wenigstens eine von euch einen richtigen Mädchennamen. Also, Freddy, kannst du von hier aus den Flughafen erkennen?«

»Ja, natürlich«, sagte Freddy. Sie blinzelte in die Sonne und deutete exakt zum Flughafen, der kaum erkennbar war. »Ich habe ihn schon vor einer Minute gesehen, oder vielleicht ein wenig länger.«

»Hm.« Er, dachte Terence McGuire, wußte ja, daß er dort unten war, einfach schon deshalb, weil er da immer schon war. Aber er hätte nicht den kleinsten Nickel dafür gegeben, daß ihn jemand, der zum ersten Mal flog, auf Anhieb von oben erkannte. Und er selbst hatte ihn eben erst gesehen. Die Kleine hatte gute Augen. Verdammt gute sogar.

Als sie auf dem Landeanflug waren, fragte er: »Na, was fühlst du jetzt, Freddy?«

»Wie meinen Sie das?«

»Na, was du von dem Flugzeug spürst, während ich lande.«

Freddy war für einen Augenblick verblüfft und saß ganz still da, als lausche sie, ob irgendwoher von oben eine Erleuchtung für sie käme, während die Piper von Sekunde zu Sekunde tiefer sank, um gleich auf dem Boden aufzusetzen. Dann wußte sie es plötzlich. »Es will landen!« rief sie aufgeregt »Es will von ganz alleine landen.«

»Richtig. Und woher weißt du das?«

»Na, ich hab's gespürt! Ich hab's gefühlt, Mac!«

»Wo denn?«

»Na, in meinem... auf meinem Sitz!«

»Du meinst, wo du auf deinem Rock sitzt?«

»Genau.«

»Gut! Genau da mußt du es auch fühlen! Übrigens, nächstes Mal beim Fliegen ziehst du besser eine Hose an.« Er landete und rollte vor den Eingang seiner Schule. Paul kam herbeigelaufen. Er war ziemlich wütend.

»Sagen Sie mal, wissen Sie, daß Sie eine ganze Stunde lang weg waren? Ich konnte es gar nicht glauben! Ich habe mir die schlimmsten Sorgen gemacht! Verdammt noch mal, McGuire, haben Sie keinen Verstand im Kopf?«

»Langsam, langsam, Mister. Eine Unterrichtsstunde dauert eine Stunde. Wir sind sogar drei Minuten zu früh dran, wenn es danach geht.«

»Stunde?« fragte Paul ungläubig. »Unterricht? Ich sagte, Sie sollten mit Freddy einen Rundflug machen. Ich habe kein Wort von Unterricht gesagt!«

Terence McGuire sah Freddy an, die ihn ihrerseits anblickte, mit diesen Augen, die, wie er inzwischen wußte, weiter sahen, als Augen überhaupt sehen konnten. Ihr Mund war zu einer festen schmalen Linie zusammengepreßt, die besagte: Ich weiß, ich habe gelogen, aber das war es allemal wert.

»Das tut mir leid, Sir«, sagte er. »Aber ich könnte schwören, Sie hätten gesagt, Freddy soll eine Unterrichtsstunde haben. War wohl ein Mißverständnis. Tut mir leid, wie gesagt, wenn Sie sich Sorgen gemacht haben. Eigentlich würde es sechs Dollar machen, vier für den Flug und zwei für die Unterrichtsstunde. Aber nachdem Sie sagen, Sie wollten eigentlich nur den Flug, lassen wir es also bei vier. Wir sollten jedoch auf jeden Fall ein Logbuch für die junge Dame anlegen.« Er eilte in sein Büro, suchte ein Logbuch, kam zurück und machte sorgfältig den ersten Eintrag für Freddy. »Hier, Freddy, da mußt du unterschreiben. Und bewahre es sorgfältig auf! Nicht verlieren!«

»Niemals!« bekräftigte Freddy. Sie strahlte vor Dankbarkeit. »Niemals. Und ich komme wieder, Mac! Wann, weiß ich nicht, aber sobald ich nur kann!«

»Weiß ich doch, Freddy! Ich habe nie daran gezweifelt. Keine Sekunde lang! Also, bis dann, Freddy!«

»Wiedersehen, Mac!«

Siebtes Kapitel

Im Sommer 1933 hießen der Vicomte de Lancel und seine Gattin Annette auf der Terrasse des Château de Valmont ihren Sohn Paul und Eve, die zum ersten Mal mit ihren Töchtern zu Besuch waren, willkommen. Die Tradition des Hauses verlangte, daß, immer wenn Besuch kam, die Schloßherrin persönlich die erste Flasche öffnete und einschenkte. Und dieser Tag war nun wirklich ein ganz besonderer und hatte nicht einfach nur normale Gefühls- und symbolische Bedeutung. »Aber natürlich ist auch Freddy nicht zu jung, um Champagner zu trinken«, sagte Annette de Lancel. »Schon gar nicht bei so einem Anlaß.« Und sie schenkte auch der dreizehnjährigen Freddy das Glas so voll wie allen anderen.

Als Paul trank, spürte er, wie sehr ihm Valmont alle die Jahre gefehlt hatte, ungeachtet der Tatsache, daß er immer bemüht gewesen war, nicht an seine Jugendzeit zu denken. Er hatte mittlerweile fast vergessen, daß es nirgendwo, wo er seitdem auch gewesen war, diese fast mit den Händen zu greifende Harmonie zwischen dem Land und dem, was es hervorbrachte, gab; wie ein unsichtbares Band, das man dennoch, streckte man nur die Hand aus, real fassen zu können schien. In jedem Luftpartikelchen hier in der Champagne war dieses gewisse Wohlbehagen, diese Unbeschwertheit, dieser außergewöhnlich herzliche und offene Sinn. Keiner der Ozeane der Welt, die er je befahren hatte, konnte ihm dieses Gefühl von Weite über die eigenen physischen und emotionalen Grenzen hinaus vermitteln wie das träge Meer der Weinreben, das ihm wie einladend entgegenwogte. Über jedem der Hügel und Gärten wurde während der Lesewochen eine blaurote Lancel-Fahne aufgezogen – so wie auf Pommery die weiße und bei Veuve Clicquot eine gelbe.

Paul sah mit Stolz auf Eve und seine Töchter, wie sie zusammen in der Sonne saßen. Sie waren eben erst mit dem Auto aus Paris angekommen. Das war jetzt eine Fahrt von kaum zwei Stunden. Vor zwei Wochen waren sie mit dem Zug aus Los Angeles abgereist, quer durch die Vereinigten Staaten, und hatten dann ein Schiff nach Frankreich genommen. Paul hatte zwei Monate Urlaub erhalten und gefunden, es sei längst überfällig, seiner Familie den Stammsitz ihrer Vorfahren zu zeigen, den jedenfalls die Töchter noch nie gesehen hatten.

Valmont lag nördlich von Hautvillers, jenem Dorf, in dem in den Jahren nach 1600 der Dom Pierre Perignon sich in der tausend Jahre alten Abtei St. Pierre d'Hautvillers niedergelassen und ein tätiges und strenges

Mönchsleben geführt hatte – sechsundvierzig Jahre lang. In den Stunden zwischen seinen Exerzitien und Gebeten hatte er eine Methode entdeckt und vervollkommnet, um aus dem ohnehin schon hervorragenden Wein der Gegend Champagner zu machen.

Früher war das Schloß von Eichenwäldern umgeben, denn anfangs hatten die *Seigneurs* von Valmont nur für ihren eigenen und allenfalls noch den Bedarf ihrer Freunde Reben gepflanzt und Wein gekeltert. Wenn man jetzt, an diesem wunderschönen Sommertag Anfang Juli, von der erhöhten Schloßterrasse aus hinaus auf das weite Tal blickte, sah man jedoch nur noch wenige hohe Bäume. So weit das Auge reichte, standen in einem exakten, aber gefälligen geometrischen Muster die Rebengärten. Die sanftgeschwungenen Hügel, die den immensen Reichtum der reifenden Champagnertrauben trugen, bildeten eine Landschaft, die so ländlich, so geborgen, so friedlich aussah, und doch waren allein in den letzten hundert Jahren zwei große Kriege über diese wertvollen und nur allzu verletzlichen Hügel im Osten Frankreichs hinweggefegt.

Paul mochte an diesem Tag an Kriege nicht einmal denken. Viel bedeutsamer war, daß die einstige Verbitterung seiner Eltern über seine Heirat mit Eve inzwischen vergangen war. Im letzten Winter hatte ihm seine Mutter einen Brief geschrieben, in dem sie sich für ihre harten Worte von damals entschuldigt hatte. »Ich habe mit den Jahren begriffen«, hatte sie geschrieben, »daß du ohne Eve und deine Kinder sicherlich nie mehr wirklich glücklich geworden wärest; nicht einmal, wenn man dich zum Botschafter am Hofe von St. James gemacht hätte.«

Diese späte Nachsicht war freilich nicht eigentlich die Folge der legendären – wenn auch zum größten Teil gar nicht wirklich existierenden – wachsenden Milde, die angeblich mit dem Alter kommt.

Hätte Guillaume, der älteste Lancel-Sohn, geheiratet und Kinder gehabt, wäre die Vicomtesse wohl eher beruhigt gewesen, was den Fortbestand der Familie anging. Und in diesem Falle wäre es durchaus wahrscheinlich gewesen, daß sie ihren Groll gegen Eve auch unverändert weiter gepflegt hätte. Aber nun war Guillaume ein überzeugter, knorriger Hagestolz geworden, der Kinder so wenig mochte, wie er andererseits die Freiheit seines frauenlosen Lebens hochschätzte. Und damit blieb ihr am Ende wenig übrig als die notgedrungene Einsicht, daß sie niemals mit anderen Enkelkindern würde rechnen können als mit den Nachkommen Pauls. Und auch, wenn sie bis ans Ende ihrer Tage sehr deutlich ihrer herben Enttäuschung über ihren ältesten Sohn wegen seines wenig pflichtbewußten, sehr egoistischen und kurzsichtigen Verhaltens Ausdruck verleihen würde, wußte sie dennoch genau, daß es allmählich Zeit wurde, ihren Frieden mit ihrer einzigen Schwiegertochter zu machen.

Wenn sie sich jetzt Paul und seine Familie ansah, wie sie um sie versammelt waren, war sie sehr mit sich zufrieden, daß sie dieses Familientreffen arrangiert hatte. Guillaume und der Vicomte widmeten ihre ganze Aufmerksamkeit Eves Schilderungen ihrer langen Reise. Ihre Schwiegertochter hatte das auf Taille geschneiderte blaue Pique-Jackett ihres Sommerkostüms mit den breiten Schultern von Adrian über die Lehne ihres schmiedeeisernen Gartenstuhls gehängt, ihren kleinen, schmalrandigen Hut abgelegt und die Beine unter dem engen, wadenlangen Rock lässig übereinandergeschlagen; sie bot einen Anblick großer Lebhaftigkeit und Gelassenheit. So streng und kritisch sie Eve auch betrachtete, mußte sie doch, wie widerwillig auch immer, einräumen, daß sie eine Frau war, auf die jede Schwiegermutter stolz sein konnte. Ihre offene und spontane Zuneigung freilich behielt sie dennoch ihren Enkelinnen vor; besonders Delphine.

Sie hätte nicht sagen können, ob sie jemals eine solch hübsche Fünfzehnjährige gesehen hatte. Dabei war Delphine keine Pfauenschönheit mit Knalleffekt. Nein, da war etwas so Zartes und Rührendes an dieser sanften harmonischen Schönheit, daß jedermann, der es bemerkte, dies als seine ganz eigene Entdeckung festzustellen glaubte. Ihre großen, rauchgrauen Augen, mit diesem geheimnisvollen Grau eines weichen, durchscheinenden Zwielichtnebels über dem Meer, standen unter den hohen Brauenbögen fast etwas zu weit auseinander. Ihr spitzer Haaransatz war klassisch. Das braune, lockige Haar fiel herrlich weich in ihren Nacken und hatte den Schimmer wertvollen, auf Hochglanz polierten Holzes. Ihre Hände waren sehr feingliedrig und überhaupt alle ihre Proportionen so harmonisch, daß man glauben konnte, die ganze Person sei mit besonderer Sorgfalt zusammengesetzt worden. Der spitze Haaransatz, die breite Stirn und das schmale Kinn bildeten ein herzförmiges Gesicht, das, wie die Familienporträts zeigten, an manche der aus sehr noblen Familien stammenden Damen unter den Vorfahren der Lancels erinnerte – einstige Schloßherrinnen von Valmont. Delphine war von mittlerer Statur und so schlank, ja fast zerbrechlich, daß sie in ihrer Großmutter sämtliche Beschützerinnen-Instinkte erweckte. Eines dieser seltenen Mädchen, dachte sie, die das perfekte Bild der *jeune fille* abgaben; sie könnte ohne weiteres auch in Frankreich aufgewachsen sein.

Hingegen Marie-Frédérique, oder Freddy, wie sie sie zu nennen beharrten! Sie konnte niemals – und sie konstatierte es bei sich nicht ohne einen leisen Anflug von Mißbilligung – für etwas anderes gehalten werden als für ein durch und durch amerikanisches Mädchen. Was ihr um so schleierhafter blieb, als doch schließlich auch ihre Eltern echte Franzosen waren. Es mußte dieses Klima, dieses Kalifornien sein. Denn keinem französischen Mädchen von dreizehneinhalb Jahren würde man je gestatten, so umtriebig zu sein, so lebhaft, so in jeder Weise gegenwärtig... Offensichtlich hatte sie ihre blauen Augen und die hochgewachsene Figur – sie mußte schon jetzt ein ganzes Stück größer sein als Delphine – von Paul, und die Extravaganz und das Selbstbewußtsein von ihrer Mutter. Aber dann ihr Haar! Diese wilde, nicht zu bändigende Mähne! Durchaus schön, doch, das konnte man nicht bestreiten... aber doch so... unpassend irgendwie. So, wie sollte man sagen, ins Gesicht springend. Von diesem unübersehbaren Rot... Sicher, es hatte rothaarige Lancels gegeben, dann und wann über die Generationen, aber war jemals ein Rotschopf von derartiger Auffälligkeit darunter gewesen? Warum versuchte Eve nicht, das ein wenig zu zähmen? Oder, wenn sich das schon als unmöglich erwies, warum bestand sie nicht zumindest darauf, daß ihre jüngere Tochter sich etwas mädchenhafter benahm? Trotzdem, auch diese Freddy war ungemein sympathisch, wie sie da saß und vorsichtig an ihrem ersten Glas Champagner nippte und so stolz um sich blickte...

Freddy hatte wohl gewußt, daß ihr Vater in einem *Château* aufgewachsen war. Aber die Wirklichkeit von Valmont überwältigte sie ganz einfach. Sie zählte die nicht weniger als drei so überaus romantischen Türme ab und fragte sich, wer wohl in ihnen wohnte. Und was, mutmaßte sie bei sich, taten die wohl hinter all den Fenstern? Wieviel offene Kamine mußte es da drinnen geben, wenn man nur diese kunstvoll gemauerten Ziegelschlote alle zählte? Sie hatte zuvor niemals gewußt, daß ein *Château* eben ein »Schloß« war; und dabei bestand nun ihre Großmutter auch noch darauf, daß dies hier nur ein ganz kleines Schloß sei, eines von fünf in der Champagne, von denen das größte, Montmort, sogar einen Schloßgraben habe und einen viel größeren Park und eine so breite Wendeltreppe, daß man sie zu Pferde hinaufreiten konnte! Was für eine verrückte Idee!

Die Vicomtesse sah auf ihre Armbanduhr. In zehn Minuten würde zum Essen gebeten, und noch hatte sie ihre vorbereitete Überraschung gar nicht aus dem Sack gelassen. Nun, dann mußte das Essen eben noch ein wenig warten.

Fünf Minuten später, als sie alle ganz entspannt dasaßen, während Guillaume eben die zweite Flasche Champagner öffnete, kam aus dem Wald rechts vom Schloß plötzlich ein Reiter galoppiert. Er schien nicht erwartet zu haben, daß Leute auf der Terrasse saßen, denn er blickte zur anderen Seite, zu den Ställen. Als er sie dann sah, warf er den Kopf zurück und brachte nur wenige Schritte vor ihnen sein Pferd hart zum Stehen. Er musterte sie alle ausdruckslos vom Rücken seines enormen Braunen herunter. Es war so total still geworden, daß selbst das leise Rascheln des leichten Windes in den Blättern der Weinreben so laut klang, als klatschten die Wellen des Meeres gegen eine Schiffswand. Die Vicomtesse brach das unsichere, erwartungsvolle Schweigen schließlich.

»Nun komm schon herunter, mein Schatz, und begrüße unsere Neuankömmlinge! Habe ich dir zuviel versprochen, als ich dir für heute zum Essen eine große Überraschung ankündigte, Bruno?«

Bruno war groß und kräftig mit seinen achtzehn Jahren. Er sprang rasch und geschmeidig vom Pferd, wenn auch so, als trüge er eine unsichtbare Rüstung, die ihn an freier, zwangloser Bewegung hinderte und begrüßte die Familie seines Vaters, deren Ankunft ihm seine Großmutter so sorgfältig verheimlicht hatte. Alle wandten sich ihm zu und beobachteten ihn, alle mit ganz unterschiedlichen Empfindungen.

Freddy und Delphine platzten vor Neugierde über diesen sagenhaften Halbbruder, von dem sie außer ein paar alten Fotografien nie etwas gesehen hatten. Bruno also! Endlich! Paul hingegen verspürte einen Rest alter Verbitterung in sich aufsteigen. Trotzdem mußte er zugeben, daß der Junge eine sehr stattliche Erscheinung geworden war. Eve allein erstarrte, als habe sie einen Schlag ins Gesicht erhalten. Dies also war jener Sohn Pauls, der ihm mit seinem widerspenstigen, unverständlichen Betragen fast das Herz gebrochen hätte. Jahr für Jahr hatte er seinen Besuch versprochen und jeden Sommer eine andere Ausrede gefunden, bis es wirklich nicht mehr zu übersehen war, daß er ganz entschieden nicht die Absicht hatte, seine Stiefmutter und seine Halbschwestern kennenzulernen. Die Vicomtesse ihrerseits verspürte eine fast kindliche Befriedigung darüber, dieses Wiedersehen ganz allein geplant zu haben, ohne irgendjemandem davon etwas zu sagen – mit Ausnahme ihres Gatten natürlich, den zu überzeugen, daß es sinnvoll sei, ihr am Ende gelungen war.

Was Bruno auch immer an Empfindungen in diesem Augenblick haben mochte, er verbarg sie jedenfalls aufs perfekteste hinter der förmlichen Höflichkeit, über die er ganz automatisch in jeder Situation verfügte – jene Art anerzogener Form, die es einst den adeligen Herren ermöglicht hatte, selbst noch den Weg zur Guillotine mit Haltung und Stil zurückzulegen. Er umarmte seinen Vater, als habe er ihn gerade vorige Woche zuletzt gesehen. Er küßte Eve die Hand und murmelte ein korrektes »Bonjour Madame« dazu. Schließlich reichte er auch Freddy und Delphine die Hand, als seien sie junge Damen seines Alters.

»Du hättest mich aber vorwarnen können«, sagte er zu seiner Großmutter, während er sie andeutungsweise auf die Wangen küßte.

»Aber Bruno, mein Schatz, ich dachte gerade, so sei es am besten und sehr viel einfacher für uns alle!« Das sprach sie so leichthin aus, mit solcher Sicherheit, daß selbst er nichts mehr darauf zu erwidern wußte.

Der Vicomtesse war keineswegs entgangen, wie hartnäckig Bruno jeder Begegnung mit seiner Stiefmutter und seinen Halbschwestern aus dem Wege gegangen war. Nach Pauls skandalöser zweiter Heirat hatten sie und der Marquis und die Marquise de Saint-Fraycourt sich zum Thema Eve Coudert durchaus einig gewußt. Sie war ihre gemeinsame Feindin. Sie hatte sie, indem sie ein Mitglied der Familie geworden war, alle in gleichem Maße zutiefst verletzt, zumal beide Familien diesen Affront fortan auf Dauer ertragen mußten, denn niemals konnte die Zeit den Makel dieser Mesalliance auslöschen. Und nachdem die Saint-Fraycourts keine Einwendungen dagegen hatten, daß Bruno regelmäßig auch seine Großeltern de Lancel sah, hatten sie niemals Pauls Verlangen unterstützt, daß Bruno zu ihm kommen solle.

Als die Jahre vergingen und Guillaume ebenso hartnäckig wie unbezweifelbar ledig zu bleiben entschlossen blieb, wurde Bruno auch für sie immer wichtiger. Ebenso wie er der letzte männliche Sproß aus der Familie Saint-Fraycourt war, war er es auch für die Lancels. Eines fernen Tages in der Zukunft würde es, außer Bruno, keinen Vicomte de Lancel mehr auf Valmont geben.

Seine Großeltern hatten deshalb schon des öfteren über die Zukunft gesprochen, wenn sie nach dem Essen auf ihren Lieblingsplätzen in den brokatbezogenen Sesseln vor dem Kamin saßen. Nach ihrem Hinscheiden erbten Guillaume und Paul gemeinsam das Schloß und die Weingärten. Wenn der kinderlose Guillaume vor Paul starb, bekam Paul alles. Spätestens nach Pauls Tod aber erbten seine Witwe – sofern sie ihn überlebte – und seine drei Kinder zu gleichen Teilen.

Ihr geliebter Bruno konnte, mit anderen Worten, niemals der alleinige Herr über den Familienbesitz werden. Er mußte dieses einzigartige Land mit zwei diplomatischen Zigeunerinnen teilen; mit zwei unbekannten Ausländerinnen, die nicht den Vorzug gehabt hatten, in Frankreich aufzuwachsen; zwei Mädchen, die aller Wahrscheinlichkeit nach einmal irgendwelche anderen Ausländer aus irgendwelchen dubiosen Ecken der Welt heirateten, um dann ihrerseits Kinder zu bekommen, die wieder jeder ihren Pflichtteil an Valmont zu erhalten hatten... bis der alte stolze Familienbesitz in so viele winzige Teile aufgesplittert war, daß nichts mehr von der alten Lancel-Identität, die ja auch Teil dieser Landschaft war, übrig blieb.

Dennoch, die Vicomtesse fühlte sich nun sehr erleichtert, während Bruno auf sein Zimmer ging, um sich rasch umzuziehen, und Eve die beiden Mädchen mit sich nahm, damit sie sich vor dem Essen noch die Hände wuschen. Delphine und Freddy, die mit ihren Eltern immer französisch gesprochen hatten, redeten ohne jeden Akzent, und sie waren so begierig gewesen, ihre Großeltern kennenzulernen und so liebevoll, so auf der Stelle hingerissen von Valmont, daß es ihr plötzlich so erschien, als seien sie gar nicht die »Zigeunerinnen«, die sie in ihnen sah, sondern tatsächlich echte Lancels, die lediglich nach vielen Jahren des Herumwanderns in der Wüste heimgekehrt seien. O doch, es war schon klug von ihr gewesen, sie alle hier zusammenzubringen. Und besonders klug, Bruno vorher nichts davon zu sagen.

Absolut unzugänglich, dachte Eve, als sie Bruno beim Essen beobachtete. Völlig und total zu. Gepanzert mit glatter Höflichkeit, die von eiskalter Korrektheit und so hart wie das Tafelsilber war, das neben jedem Platz lag. Es war vermutlich einfacher, eines dieser Messer mit zwei Fingerspitzen hochzuheben und krummzubiegen, bis die Spitze der Klinge das Ende des Griffes berührte, als erwarten zu können, Bruno würde ihr jemals wirklich zulächeln, nicht nur auf seine höflich-förmliche Weise, mit gerade eben einem leichten Anflug in den Mundwinkeln, die sich eine Idee hoben. Ohne ein Wort, ohne auch nur die leiseste direkte Geste, die irgend jemand anderer der Familie hätte bemerken können, hatte er ihr völlig unmißverständlich zu verstehen gegeben, daß sie für ihn schlicht und einfach nicht existierte, nie existiert hatte und auch in der Zukunft niemals existieren könnte. Selbst wenn er ihr scheinbar ganz offen und vorbehaltlos auf etwas antwortete, schien er sie überhaupt nicht zu sehen. Es war, als stecke hinter der lebhaften Oberfläche seiner braunen Augen ein anderer, der total blind war, aus Eis und von völliger Unversöhnlichkeit. War es nur dieses falsche Lächeln, oder war ihr Eindruck richtig, daß sie seinen Mund nicht mochte, dessen stark geschwungene, fast grobe Linie einen offenen Widerspruch zu dem sonst so maskulinen Gesicht bildete?

Doch wie auch immer, was in aller Welt, fragte sie sich mit wachsendem Zorn, hatte sie ihm jemals angetan? Daß die Familie Lancel angesichts der Standards der französischen Aristokratie so lange gebraucht hatten, sie zu akzeptieren, konnte sie allenfalls noch verstehen – zumindest zu verstehen versuchen. Aber Bruno stammte doch schließlich aus einer anderen Generation – der gleichen wie ihre Kinder!

Ihre eigenen Eltern hatten ihr den alten »Skandal« nun ebenfalls schon lange vergeben. Ihre so außergewöhnlich gute Heirat hatte es ihnen ermöglicht, endlich wieder hocherhobenen Hauptes durch Dijon zu gehen. Und ehe sie – beide innerhalb von zwölf Monaten, Ende der zwanziger Jahre – gestorben waren, hatten sie sie sowohl in Australien wie in Kapstadt einige Wochen lang besucht.

Unter der glatten Oberfläche der Tischkonversation, die so lebhaft war wie jede, wenn – gleich, wo auf der Welt – Winzer zu Tische sitzen, fragte sich Eve immer wieder, ob sie nicht doch versuchen sollte, irgendeinen Weg zu Bruno zu finden, oder ob es nicht vielleicht klüger sei, sich einfach zurückzuhalten und seine unerklärliche Feindseligkeit hinzunehmen, wie sie nun einmal war.

Absolut aufregend! dachte Delphine, während sie beobachtete, wie Bruno in einer erwachsenen Art, wie sie es noch nie bei einem Achtzehnjährigen erlebt hatte, an der allgemeinen Konversation teilnahm. Nicht einer der älteren Brüder ihrer Schulfreundinnen hielt sich derart gerade, als sei es von Wichtigkeit, daß er so viel Raum einnahm wie möglich; nicht einmal die, die sich ständig schon wie die großen Herren aufführten, weil sie bereits ein Auto hatten und damit zum Strand oder in ein Drive-in-Kino fahren konnten oder in einen *Currie's Ice Cream Parlor* für einen heißen *Butterscotch Sundae* um 15 Cents oder eine »*Mile High*«-Waffel. Dutzende von diesen Bürschen hatte sie schon ausgelacht und sich über ihre Gesichter amüsiert, wenn sie ihre Einladungen ausschlug, weil ihre Mutter bestimmt hatte, ehe sie sechzehn sei, sollte sie keine *dates* haben.

Dieser Bruno, fand sie, sah aus, als sei er schon über zwanzig. Was für kräftige Augenbrauenbögen er hatte! Wie breit und schön seine Stirn war! Und wie diese wunderbar geschwungene, herrische Nase das ganze Gesicht bestimmte; ein ganz und gar anderes als alle die amerikanischen Gesichter, die sie kannte! So... so... viel... Sie suchte nach dem richtigen Wort, und es fiel ihr immer nur »kultivierter« ein. Ohne daß sie bis zu diesem Tag je zuvor eines der Familienporträts gesehen hatte, erkannte sie es als ein Gesicht, das tatsächlich zu einer langen Reihe Vorfahren gehörte. Ein Gesicht mit Geschichte! Und ich, habe ich eigentlich auch so ein Gesicht? fragte sie sich. Und sie wußte, mit tiefer Befriedigung, auch sofort die Antwort.

Ein absoluter Fremdling! sagte sich Paul. Unmöglich, in dem Bruno von jetzt den schon zu hochgeschossenen, zu hageren, ehrgeizigen, übereifrigen Elfjährigen wiederzuerkennen, mit dem er vor sieben Jahren gesprochen hatte – ein Kind mit hoher, enthusiastischer Stimme und großen Träumen.

Bruno war inzwischen noch größer geworden, aber seine Gestalt hatte jetzt auch die nötige Substanz zu dieser Körpergröße angenommen, ebenso wie seine Nase, die damals noch zu groß für das Gesicht gewesen war, nun zwar ebenfalls größer und beherrschender geworden war, aber proportionierter. Er war sichtlich eine starke Persönlichkeit, beherrschend als Erscheinung mit seiner Männerstimme – einer sehr fremden

Stimme –, die kühl und gelassen war, leicht neckend mit seiner ihn anbetenden Großmutter, sich souverän unterordnend seinem Großvater und seinem Onkel Guillaume gegenüber, voller Höflichkeit gegen Delphine und Eve und sogar, schien es ihm, gegen Freddy.

Zweifellos war ihm voll bewußt, daß trotz des Besuches der vier Lancels er im Mittelpunkt des Interesses stand. Es war tatsächlich, als seien sie alle nur seinetwegen zusammengekommen, zur Audienz bei ihm, was er großzügig und leutselig akzeptierte... Er schien in keiner Weise verlegen über das völlig unerwartete Wiedersehen mit seinem Vater nach so vielen Jahren. Nicht ein Wort, nicht einmal nebenbei, hatte er über die Tatsache ihrer langen Trennung verloren; geschweige denn über seine jahrelang nicht eingehaltenen Versprechen. Paul gelobte sich unvermittelt, ihn unter keinen Umständen jemals nach den Gründen dafür zur Rede zu stellen. Was für Gründe er auch haben mochte, er wollte sie nicht wissen; weil sie mit Sicherheit nur schmerzlich für ihn wären.

»Wie ist das eigentlich, Bruno«, fragte er deshalb nur, »mußt du nicht demnächst deinen Militärdienst ableisten?«

»Ja, noch dieses Jahr, Vater. Gleich nach den Sommerferien. Ich gehe zusammen mit meinen Freunden zur Kavallerie. Das wird sicher sehr nett werden.«

»Da paß aber nur auf, daß du diese Militärmähren nicht alle zuschanden reitest«, warf Guillaume ein. »Die sind vermutlich nicht so kräftig wie mein ›Kaiser‹. Und der war heute, als du mit ihm zurückkamst, schon ziemlich erledigt.«

»Das tut mir leid, Onkel. ›Kaiser‹ ist so lange nicht geritten worden, daß er ziemlich rangenommen werden mußte. Als wir dann wieder zurückgekommen sind und er den Stall gerochen hat, ist er von ganz allein losgaloppiert. Da wollte ich nicht so grausam sein, es ihm zu verwehren. Aber ansonsten hast du natürlich völlig recht. Es kommt nicht wieder vor. Nur, deine Stalljungen lassen ihn nicht genug arbeiten.«

»Ich rede mit ihnen darüber«, sagte Guillaume, einigermaßen beschwichtigt.

»Die Kavallerie!« hauchte Delphine, so beeindruckt wie noch nie.

»Und was eigentlich«, fragte der Vicomte dazwischen, »hast du für Pläne nach dem Militärdienst, mein Junge? Hast du dich da schon entschieden?«

»Nein, eigentlich nicht, Großvater. Ich muß mir immer noch über so viele Dinge klarwerden.«

»Soll das heißen, du hast die Idee mit der *Sciences-Po* aufgegeben?« fragte Paul scharf. »Was ist aus deinem Plan geworden, einmal das Land zu regieren?«

»Nun, sieh dir doch die Verhältnisse an, Vater! Paul Boncours sozialistisches Kabinett war gerade fünf Wochen im Amt. Die neue Regierung Daladier besteht durch die Bank aus bejammernswerten Figuren. Zwischen seinen Radikalen, wie Herriot, und Schwächlingen, wie Laval, von all den anderen nicht zu reden, dieser ganzen Bande von Liberalen und Gewerkschaftsführern, existiert die Tatsache der ständig wachsenden Staatsverschuldung und hunderttausender Arbeitsloser. Und was fällt Daladier zu alledem ein? Gerade die Erhöhung der Einkommensteuern. Nein, vielen Dank, ich bin viel zu sehr Idealist, um mir solche Verhältnisse anzutun.«

»Wenn du so sicher weißt, daß sie alle nichts können und alles falsch machen, wofür wärst du denn dann an ihrer Stelle?« hakte Paul nach. »Kritisieren ist leicht, speziell als großer Idealist!« Der hochnäsige Ton Brunos, mit dem er jetzt den ganzen Ehrgeiz abtat, den er einst für seine gesamte Zukunft als so überaus wichtig erklärt hatte, machte ihn zornig.

Aber Bruno wußte sofort eine Antwort. »Für einen starken Mann! Einen einzigen starken Mann! Anstelle von dreiundzwanzig Kretins!«

»Ah? So einfach ist das? Und woher, lieber Bruno, soll dieser große starke Mann kommen? Und wie soll er an die Macht gelangen?«

»Da brauchen wir nicht weit zu suchen, Vater. Eben das hat Hitler soeben in Deutschland gemacht.«

»Wie bitte? Hitler? Du bist ein Anhänger dieses unsäglichen Menschen?«

»Nun, vielleicht sagen wir, ich denke nicht in so simplen Kategorien über ihn. Natürlich mag ich ihn nicht. Welcher Franzose könnte das schon? Aber es führt trotzdem kein Weg daran vorbei, daß er immerhin ein politisches Genie ist! Er hat in einer paar Monaten das Land fest in den Griff gefaßt und wieder aufgerichtet. Er hat die Kommunistische Partei verboten und die Juden in ihre Schranken gewiesen. Seine Methoden sind stark und positiv, und er räumt alle Hindernisse auf seinem Weg entschlossen beiseite.«

»Und du willst wirklich sagen, so einen Hitler braucht Frankreich ebenfalls?« erregte sich Paul und schrie fast, während er sich halb von seinem Stuhl erhob.

»Nun, nun!« griff die Vicomtesse beschwichtigend ein. »Ich verbiete an meinem Tisch ausdrücklich politische Diskussionen! Ganz besonders heute! Das ist ein großer Tag für uns alle, und ihr könnt ihn doch nicht einfach ruinieren! Jean-Luc, bitte, schenke Paul noch Wein nach. Und für euch, Mädchen, habe ich noch ein ganz besonderes Dessert.« Sie klingelte nach dem Diener und war zufrieden, daß sich die Männer tatsächlich ihrem Gebot gefügt hatten. »Wenn ihr es mögt, sage ich dem Koch, daß er euch zeigt, wie man es macht. Ich habe immer schon gesagt, die Frau des Hauses muß auf jeden Fall kochen können, selbst wenn sie den besten Koch hat. Bist du nicht auch dieser Meinung, Eve? Schließlich, wie sonst sollte man wissen, ob er auch alles richtig macht, nicht wahr?«

»Ganz genau«, pflichtete ihr Eve eifrig bei, weil ihr nicht entgangen war, wie Pauls Hände vor Erregung zitterten. Brunos Bewunderung, fand sie nun mehr denn je, war wirklich nichts, was sie besonders hingebungsvoll zu erringen trachten wollte. Wie konnte er Pauls Sohn sein?

Als das lange Mahl endlich zu Ende war, gingen Delphine und Freddy auf ihre Zimmer, um sich bequemere Kleidung für das Landleben anzuziehen.

»Ist das nicht toll, Freddy, einen Bruder zu haben? Ich finde ihn einfach umwerfend, du nicht?« sagte Delphine zu ihrer Schwester, sobald nur die Tür hinter ihnen zu war.

»Ich schenke dir gern meine Hälfte von ihm noch dazu«, sagte Freddy jedoch nur.

Delphine riß es fast herum vor Ungläubigkeit. Nur weil Freddy zu schüchtern gewesen war, Bruno zu erschrecken, brauchte sie doch nicht gleich so häßlich über den tollsten Jungen zu reden, den sie beide jemals gesehen hatten! »Was meinst du denn damit?«

»Der blöde Klugscheißer!« sagte Freddy verächtlich.

»Marie-Frédérique! Ich werde Großmutter bitten, mir ein Zimmer für mich allein zu geben! Mit dir will ich nicht mehr zusammen sein! Du bist einfach widerlich!«

»Ach, scheiß doch auf einen Stock«, setzte Freddy unbeeindruckt noch einen drauf, »und streu dir Zucker drüber!«

Es war einige Tage später, als Eve noch sehr früh am Morgen hinaus zu den Rosen ging. Sie hatte zwei lange, flache englische Tragekörbe bei sich und eine der scharfen Blumenscheren, die sie in dem Blumenhaus des Schlosses gefunden hatte. Ihre Schwiegermutter hatte sie am Abend zuvor mit dieser Aufgabe betraut. »Ich mache das immer lieber selbst«, hatte sie dem Diener gesagt, »als es die Gärtner tun zu lassen. Der Rosengarten von Valmont war immer mein ganz besonderer persönlicher Stolz, mußt du wissen. Ich dachte mir, vielleicht würde es dir Spaß machen, Eve, wenn du morgen einmal für die Blumen sorgen würdest?«

»Aber sehr sogar!« hatte sie freudig geantwortet. Sie wußte natürlich, daß diese Übertragung eines Vorrechtes, das normalerweise niemand sonst ausüben durfte, eine ganz besondere Demonstration der gewandelten Haltung ihrer Schwiegermutter darstellte.

»Weißt du, daß...«, sagte die Vicomtesse und zögerte.

»...man die Stengel unter Wasser nachschneiden muß?«

»Woher wußtest du, was ich sagen wollte?«

»Nun, ich habe alles über Blumenschneiden von meiner Mutter gelernt, schon als ich noch ein Kind war«, antwortete Eve.

»Hat sie dir auch geraten, ein paar Tropfen Bleichsoda und etwas Zukker mit ins Rosenwasser zu geben, damit sie länger halten?«

»Nein, davon habe ich nie etwas gehört. Bei uns wurde ein Centime in die Vase gelegt.« – »Und, nützt es etwas?«

»Gott, sehr viel nicht. Aber ich mache es trotzdem.« Die beiden Frauen tauschten einen Blick geheimen Einverständnisses aus, der den Männern am Tisch einige Rätsel aufgab. Sie hatten alle noch nie einen Rosengarten mit spezieller Aufmerksamkeit betrachtet oder zu überschlagen versucht, ob die Rosen schon ideal zum Schneiden seien oder noch in diesem unbefriedigenden Zwischenstadium, in dem zwar sämtliche Büsche schon voller Blüten und Knospen standen, sie aber noch keine richtige Farbe hatten – oder, mindestens ebenso ärgerlich, sämtliche Blüten ausgerechnet am Tag, vor dem man sie brauchte, zu verblühen begannen.

In den Rosengarten von Valmont gelangte man durch eine ganze Serie Hecken, die dicht gepflanzt und fast wie ein Labyrinth angelegt waren. Die Lancel-Kinder hatten hier seit Jahrhunderten Verstecken gespielt.

Sie wanderte herum, die Blumenschere locker in der Hand und nahm nur Blumen, die wirklich genau richtig zum Schneiden waren; zu früh geschnittene Knospen gingen in der Vase meistens nicht mehr auf. Bald hatte sie beide Körbe bis obenhin gefüllt, und sie konnte sogar, obwohl sie wußte, daß dies riskant war, nicht widerstehen, sie überhoch aufzutürmen. Sie ging, den einen Korb vor, den anderen hinter sich haltend, auf dem engen Kiesweg zum Schloß zurück. An einer Biegung hinter einer der Hecken stand plötzlich Bruno vor ihr. Er war raschen Schrittes auf dem Weg zu den Ställen. Eve erstarrte überrascht mitten in der Bewegung – so abrupt, daß ihr der eine vorgestreckte Korb aus der Balance geriet und die ganzen hochgetürmten Rosen zu Boden fielen.

»Gott, hast du mich jetzt erschreckt!« sagte sie verlegen, während sie den anderen Korb vorsichtig abstellte. »Hoffentlich sind keine beschädigt.« Sie kniete nieder und begann die Blumen so vorsichtig und sorgfältig wie möglich wieder einzusammeln. Dabei sah sie, daß einige der Rosen auf Brunos Reitstiefel gefallen waren, die wie angewachsen vor ihr standen. Sie sah zu ihm hoch, ganz verwundert darüber, daß er keinerlei Anstalten machte, ihr zu helfen. Er stand mit verschränkten Armen und strichdünnem Mund vor ihr, starr geradeaus blickend, als halte er nur mühsam und ungeduldig seinen Unwillen zurück. Als sei sie eine Hausmagd, die ihn ungeschickterweise mit Putzwasser aus ihrem Eimer vollgespritzt habe und sich jetzt beeilte, ihn wieder sauberzuwischen. Eve kniete noch immer und fuhr mechanisch fort, ihre Rosen einzusammeln, während sie bemüht war, die Zorneswelle, die sie in sich aufsteigen fühlte, zu unterdrücken.

»Bruno! Was soll das, was stehst du da herum? Wieso hilfst du Eve nicht?« Die Stimme der Vicomtesse war scharf, als sie hinter Eve auf sie zukam.

Eve war schon wieder auf den Beinen. »Das ist schon in Ordnung, Annette. Ich glaube, Bruno möchte sich nur nicht an den Dornen stechen. Er scheint wie gelähmt von ihnen zu sein. Lauf nur, Bruno, lauf zu deinem Ausritt, wie ein guter kleiner Junge!«

Für diesen Nachmittag hatte die Vicomtesse einen Ausflug arrangiert. Bruno sollte mit Delphine und Freddy die Kathedrale in Reims besuchen. Freddy bestand allerdings darauf, lieber mit Onkel Guillaume auszureiten, als sämtliche Kathedralen zu besichtigen. Zwar hätte sie an sich gegen einen Ausflug nach Reims gar nichts einzuwenden gehabt, ganz im Gegenteil. Nur konnte sie den Gedanken nicht ertragen, einen ganzen Nachmittag lang mitansehen zu müssen, wie Delphine Bruno anhimmelte. Wenn er ein Filmschauspieler wäre, dachte sie wütend, würde Delphine bestimmt einen Fanclub für ihn gründen.

Freddy liebte Delphine durchaus, sogar mit sehr innigen Gefühlen, die nahezu schon mütterlich waren und so stark, daß sie sich nicht erinnern konnte, sich ihrer einmal nicht bewußt gewesen zu sein. Es hatte noch keine Zeit in ihrem Leben gegeben, zu der Delphine nicht das beherrschende Zentrum ihrer Welt gewesen wäre, in vielerlei Hinsicht noch mehr als ihre Mutter oder ihr Vater.

Aber eben deshalb konnte sie es einfach nicht ertragen wenn sie der Meinung war, daß Delphine sich dumm benehme. Ihrer Überzeugung nach bestand ihre Lebensaufgabe darin, Delphine zu beschützen; als wäre nicht sie die jüngere, sondern die ältere von ihnen beiden. Sie mochte ihre Schwester lieber als alles. Nur daß sie einen oft zum Wahnsinn trieb mit ihrem Dickschädel und ihrer Angewohnheit, immer ihren Kopf durchsetzen zu müssen. Und mit ihrer Ansicht, sie brauche nicht beschützt zu werden. Und daß sie es überhaupt nicht mochte, wenn Freddy ihr ihren Schutz trotzdem mit Gewalt aufzudrängen versuchte. Dann gab es stets Streit. Sie wünschte, dachte sie, während sie neben ihrem schweigsamen Onkel hertrabte, sie könnte Delphine wirklich einmal eine ordentliche Abreibung verpassen. Ganz grundsätzlich mal, sozusagen.

Delphine hingegen genoß es sehr, endlich einmal ohne ihre Schwester zu sein. Nie hätte sie ihre erste Zigarette versuchen können, wenn Freddy dabeigewesen wäre, dachte sie mit diebischer Freude, als Bruno ihr zeigte, wie man inhaliert, während er langsam in dem Wagen dahinfuhr, den ihm sein Großvater für den Nachmittag geliehen hatte.

»Schmeckt mir aber gar nicht«, gestand sie, enttäuscht von dem beißenden Effekt ihres unvorsichtig kräftigen Zuges. »Aber natürlich sieht man damit erwachsener aus.«

»Wie alt bist du denn überhaupt?« fragte er ohne besonders gesteigertes Interesse.

»Fast sechzehn«, antwortete sie und übertrieb um eine ganze Anzahl Monate.

»Dann kommst du jetzt ins gefährliche Alter«, erklärte Bruno mit einem kurzen bellenden Lachen.

»Wieso ist sechzehn gefährlich? Meine Mutter erlaubt mir noch nicht mal, vor meinem nächsten Geburtstag mit jemandem auszugehen«, widersprach Delphine. »Mit sechzehn fängt doch überhaupt alles erst an.«

»Na ja, deine Mutter hat ja auch allen Grund, dich eingesperrt zu halten. Vermutlich hat sie Angst, daß du ihre Neigungen geerbt hast«, erklärte Bruno obenhin.

»Ach, Bruno, sei doch nicht so albern«, kicherte Delphine. Dann wurde ihr erst klar, daß sie nicht recht wußte, ob sie von dieser Bemerkung geschmeichelt sein sollte oder nicht. »Was meinst du denn damit, ›Neigungen‹?«

»Na ja, davon wirst du doch schon gehört haben... ihre Vergangenheit eben.«

»Vergangenheit? Sie ist aus Dijon. Meinst du das?«

»Ach, vergiß es. Ist nicht so wichtig.«

»Also, das ist aber absolut nicht fair!« erklärte Delphine beleidigt. »Du kannst doch nicht einfach Andeutungen machen und dann sagen, vergiß es.«

»Ist ja gut, Delphine. Sagen wir doch einfach, es ist bemerkenswert, wie sich deine Mutter wieder gefangen zu haben scheint. Beweist nur, was die Zeit alles bewirken kann. Und das kurze Gedächtnis der Leute. Natürlich war die Vergangenheit deiner Mutter für Vater ein schwerer Klotz am Bein. Aber dafür hat er jetzt eben auch dich und Freddy als Ausgleich. Das war es ihm sicherlich wert.«

»Was redest du denn da immer von Vergangenheit? Nun sag schon, Bruno, was du damit meinst!« Delphine platzte mittlerweile fast vor Neugier.

»Wenn du es so dringend wissen willst, frag sie doch selbst!« Bruno zündete sich eine neue Zigarette an, nur für sich allein, und gab zu erkennen, daß das Thema für ihn erledigt sei.

»Du gibst doch bloß an«, erklärte Delphine nun in einem Ton, von dem sie längst wußte, daß er seine Wirkung niemals verfehlte. Sie zog ganz vorsichtig an ihrer Zigarette und beobachtete mit großem Interesse die Landschaft. »Wie weit ist es eigentlich noch bis Reims?«

»Du weißt doch wohl, wo sie zu singen anfing?« bemerkte Bruno nach einigen Minuten des Schweigens.

»Na, in Dijon natürlich. Sie hatte Privatstunden bei dem besten Musiklehrer der Stadt. Mutter singt uns oft etwas vor. Freddy und ich kennen die meisten ihrer Lieder auswendig. Natürlich singt sie schon lange nicht mehr öffentlich. Aber ständig bittet man sie, bei irgendwelchen wichtigen Wohltätigkeitsveranstaltungen in Los Angeles aufzutreten.« Delphine war voller Stolz.

»Ach ja, wirklich? Wohltätigkeit, he? Wie respektabel!« Bruno lachte kurz auf. »Hat sie euch auch erzählt, daß sie von zu Hause weggelaufen ist, nach Paris?«

»Echt, Bruno?« Delphine war Feuer und Flamme und voller Begeisterung. »Ist nicht wahr! Gott, ist das aufregend!«

»Das war es zu der Zeit damals ganz und gar nicht«, stellte Bruno düster fest. »Es war vollkommen... nun, es gibt kein anderes Wort dafür... unmöglich und abscheulich! Sie war gerade siebzehn, als sie mit einem billigen, drittklassigen Music-Hall-Sänger durchbrannte. Und sie lebten in Paris zusammen, in wilder Ehe, bevor sie unseren Vater kennenlernte und ihn herumkriegte, sie zu heiraten. Alle wissen es, daß sie auch noch andere Liebhaber hatte.«

»Wer hat dir diese entsetzlichen Lügen erzählt?« rief Delphine in hellem Zorn und schlug mit ihren Fäusten auf sein Bein. Er stieß sie weg.

»Meine beiden Großmütter, wenn du es genau wissen willst! Großmutter Lancel hat mir erzählt, daß das der Grund war, warum unser Vater in seiner Karriere so gut wie übergangen wurde. Mit seinem Kriegsdienst und seinem Namen müßte er eigentlich längst Botschafter sein, statt daß man ihn ständig so weit wie möglich von Frankreich wegschickt.« Er warf einen Blick auf Delphine. Sie hatte ihr Gesicht abgewandt.

»Und die Mutter meiner Mutter, Großmutter Saint-Fraycourt«, fuhr er im Konversationston fort, »hat mir erzählt, daß niemand in Paris deine Mutter empfangen wollte, eben wegen dieses Skandals, daß sie ganz offen mit einem Mann zusammenlebte, mit dem sie nicht einmal verheiratet war und der davon lebte, daß er in einer Music-Hall auftrat – das sind Lokale, wo Clowns schmutzige Witze erzählen und splitternackte Mädchen auf der Bühne herummarschieren. Da sang auch deine Mutter Gassenhauer, Liebeslieder und so, in einem knallroten Kleid und knallroten Schuhen, ihrem Markenzeichen, soviel ich weiß. Sie war bekannt als ›Maddy‹. So, und genau deswegen habe ich gesagt, daß es bemerkenswert ist, wie sie es geschafft hat, nach ihrer Heirat mit Vater eine perfekte Lady zu werden. Dafür kannst du sie ja bewundern.«

»Ich glaube dir kein einziges Wort! Das hast du dir alles nur ausgedacht!« schrie Delphine. Aber ihr Zorn war eine Mischung aus Schock und Abwehr.

»Dann frage doch, wen du willst! Wenn du meinst, daß ich lüge, frage doch Großmutter! Oder Großvater. Oder deine eigenen Eltern! Jedes Wort ist wahr. Ich bin mit der Geschichte aufgewachsen. Ich kann nur staunen, daß sie sie vor euch offenbar geheimgehalten haben. Das erklärt auf jeden Fall, warum sie so lange gewartet haben, bis sie euch wieder in eure Heimat zurückgebracht haben.«

»Wir sind doch ins Ausland versetzt gewesen! Wir mußten doch dahin!« sagte Delphine und begann zu schluchzen. Bruno fuhr an die rechte Straßenseite heran und bremste. Er stellte den Motor ab.

»Tut mir wirklich leid, Delphine. Weine doch nicht. Hör zu, ich dachte doch, daß du längst alles weißt. Es ist doch alles schon so lange her, daß es keine Rolle mehr spielt. Komm, ich wische dir das Gesicht ab. Meinst du, für mich war es gut, daß ich niemals eine Mutter hatte und auch keinen Vater, weil er immer so weit weg war? Das war doch für mich fast so, als wäre ich ein Waisenkind. Oder möchtest du bei deinen Großeltern aufwachsen?«

»Wieso bist du dann nicht zu uns gekommen, wenn du einen Vater wolltest?«

»Wollte ich doch! Aber meine Großeltern Saint-Fraycourt ließen mich nicht! Nicht einmal, daß ich zu Besuch komme! Sie sind eben sehr altmodisch. Sie waren überzeugt davon, daß deine Mutter einen sehr schlechten Einfluß auf mich haben würde.«

»Das ist das Dümmste, was ich je gehört habe!«

»Aber so sind sie nun mal. Du müßtest sie schon kennen, um sie zu verstehen.«

»Solche Leute könnte ich nie verstehen!« erklärte Delphine mit großem Nachdruck.

»Mußt du ja auch nicht. Schau, ich hätte besser den Mund gehalten. Können wir nicht einfach so tun, als hättest du mir niemals irgendwelche Fragen gestellt und ich hätte sie nie beantwortet? Was kümmert es uns denn, was ein Haufen alter Leute denkt? Nun komm, Delphine, putz dir die Nase. Wir sind schon fast da. Wir gehen in ein Café und trinken eine

Limonade und gehen ein bißchen herum. Und wenn wir schon mal da sind, können wir ja vielleicht auch kurz in die Kathedrale gehen. Damit Großmutter zufrieden ist.«

Sie würde ihre Mutter fragen, beschloß Delphine, während Bruno den Motor wieder anließ. Sie wollte weder Bruno noch ihrer Großmutter glauben. Aber was, wenn ihre Mutter wirklich mit siebzehn von Dijon ausgerissen war? Was, wenn sie wirklich Liebhaber gehabt und mit ihnen gelebt hatte? Immerhin, sie sprach nie von der Zeit, als sie jung war und von Partys und von Verabredungen mit Jungs und von Einladungen zum Tanzen und wie sie Vater kennengelernt hatte, so wie das sonst üblich war. Immer war da... und war stets gewesen... *etwas*. Nicht direkt geheim, aber eben irgend etwas, von dem man nicht sprach. Irgend etwas Mysteriöses. Es fehlte etwas; sie wußte auch nicht, wie sie es nennen sollte. Da war eine Lücke, eine leere Stelle. Ihre Phantasie hatte ihr schon früher gesagt, daß ihre Mutter doch offensichtlich anders war als die Mütter ihrer Schulfreundinnen. Was, wenn es stimmte, was Bruno da erzählt hatte? Wenn sie nun wirklich diese... Maddy gewesen war?

Natürlich glaubte sie ihm nicht. Aber sie würde mit niemandem darüber sprechen. Sie wollte überhaupt nichts von alledem wissen, beschloß sie trotzig. Es ging überhaupt niemanden etwas an. Sie selbst würde nie mehr daran denken. Es war alles ganz unwichtig. Es war völlig unwichtig, selbst wenn alles stimmte.

Eines Tages in der ersten Woche ihres Besuches bat der Vicomte nach dem Abendessen seine beiden Söhne und Bruno, mit ihm zu kommen.

»Nehmt euch lieber Pullover mit«, sagte er. »Es scheint mir etwas kühl zu sein heute abend.« Paul und Guillaume wechselten einen Blick. Ganz offensichtlich hatte ihr Vater an diesem heißen Sommerabend die Absicht, in die Weinkeller zu gehen, die, wie überall hier in der Champagne, so tief in den Kalkboden gegraben waren, daß in ihnen, gleich ob an den kältesten oder heißesten Tagen des Jahres, die Temperatur stets unverändert 10 Grad betrug.

»Mir macht das nichts aus, Großvater«, erklärte Bruno, der gar nicht registrierte, wie der Vicomte eine dicke Jacke vom Haken neben der Tür nahm und sie sich über den Arm legte, zusätzlich zu dem dicken Sweater, den er sich bereits mitgebracht hatte.

Also war Bruno überhaupt noch nie in den Kellern gewesen, dachte Paul, während sie zu viert nebeneinander hergingen. Wahrscheinlich hatte es ihn auch gar nicht interessiert. Oder Vater hielt ihn noch nicht für alt genug dafür. Immerhin hatte er ja auch nicht Delphine und Freddy oder selbst Eve aufgefordert, mitzukommen; dabei waren die Lancel-schen Weinkeller mit Sicherheit das mit Abstand interessanteste auf dem ganzen Besitz. Sie waren natürlich nicht annähernd so groß wie die riesigen, fast dreißig Kilometer Keller von Moët & Chandon und auch nicht so außergewöhnlich wie die von Pommery, in denen jeder einzelne Gang seine individuelle Bogenform hatte – römisch, gotisch oder romanisch. Aber die Mädchen, glaubte er zu wissen, hätten sie zweifellos gerne angesehen.

Die Keller eines der größeren Champagner-Häuser zu besuchen, war eine Überraschung für jeden, der sich unter einem Weinkeller lediglich eine dunkle, muffige Höhle mit Spinnweben vorstellte. Und das galt auch für die Lancel-Keller. Die vier Männer betraten eine Art unterirdische, hell erleuchtete und bestens belüftete asphaltierte Stadt mit breiten Hauptstraßen, von denen kleinere Nebenstraßen abzweigten, die wiederum in so verwirrender Vielfalt von anderen gekreuzt wurden, daß jeder, der nicht gerade ein *habitué* war, schon innerhalb weniger Meter Gefahr lief, sich zwischen endlosen, zwei Meter hohen Mauern, die alle aus Tausenden von Champagnerflaschen bestanden, zu verirren. Die Flaschen ruhten auf dünnen Holzrosten, Lage über Lage, die lange, exakte Stapel von drei Meter Tiefe bildeten, gehalten von den Wänden der Tunnelgänge, die, so sorgfältig wie von Steinmetzen gemeißelt, in den Kalkstein gehauen waren.

Mit einer Dankesgeste schlüpfte Bruno nun doch in die Jacke, die sein Großvater vorsorglich für ihn mitgenommen hatte. Guillaume und der Vicomte gingen mit gewohnter Routine die Flaschenstapel entlang, als seien sie Hecken, und blieben dann und wann stehen, um stichprobenartig die eine oder andere Flasche herauszuziehen und sie Paul und Bruno zu zeigen.

»Jeder unserer Weingärten hier ist schon einmal neu angepflanzt worden, seit wir zum erstenmal den Reblausbefall hatten«, erläuterte der Vicomte nachdenklich. »Es gibt meines Wissens in der ganzen Champagne mittlerweile keine Rebstöcke mehr, die nicht einwandfrei wären. Eigentlich können wir ja nicht klagen. Trotzdem ist es schon bedenklich, daß selbst die Wirtschaftskrise die Traubenpreise nicht gedrückt hat. Die Leute können sich offenbar Champagner nicht mehr leisten. Die Verkäufe gehen immer weiter zurück, nicht war, Guillaume? Und die Prohibition in Amerika hat auch ihren Teil dazu beigetragen. Andererseits haben wir hier in der Champagne auch schon erheblich schlechtere Zeiten erlebt, und ich bin auch durchaus zuversichtlich, daß es bald wieder besser wird.«

Er blieb am Ende des Kellers, wo sie mittlerweile angekommen waren, stehen. Bruno sah hinter sich und hätte nicht einmal mehr ungefähr sagen können, in welcher Richtung der Eingang war. Die riesige Größe der Keller hier unten hatte ihm die Sprache verschlagen. Er fröstelte leicht und trat einige Schritte zurück, sichtlich eher unwillig, hier in dieser Kühle noch weitere Ausführungen seines Großvaters anzuhören.

Doch dieser rief ihn zurück. »Augenblick, Bruno. Ich habe dir etwas zu zeigen. Jeder Lancel muß über die Sicherheit für unsere Familie informiert sein; denn wer weiß, was die Zukunft bringt und wie bald schon? Guillaume?«

Er deutete auf die Mauer, während Guillaume auf eine bestimmte Stelle drückte, die sich in nichts von irgendeiner anderen unterschied, außer daß dort ein kaum sichtbarer Kratzer war. Wie durch Zauberhand öffnete sich die Mauer. Ein verborgenes Scharnier mit einem Metallschloß kam zum Vorschein. Der Vicomte suchte aus seinem Bund einen kleinen Schlüssel heraus und öffnete mit ihm das Schloß und damit eine massive Kalksteintür, hinter der absolute, rabenschwarze Dunkelheit herrschte. Er ging voraus und schaltete das Licht ein. Vor ihnen lag ein weiterer riesiger Keller, der bis auf die Durchgänge bis obenhin voll war mit schimmernden Wällen von Champagnerflaschen, aufgestapelt bis zur Höhe von zwanzig Flaschen übereinander, alle mit der Goldetikettierung und den goldenen Halsfolien des Hauses versehen, so daß man auf den ersten Blick das ganze Lager auch für gestapelte Goldbarren hätte halten können.

»Das meiste sind normalgroße Flaschen«, erklärte der Vicomte in die nahezu ehrfürchtige Stille hinein. »Dort drüben sind aber auch Magnumflaschen, die sogenannten Jeroboams, Rehoboams und Methusalems. Die Nachfrage nach diesen größeren Flaschen ist allerdings leider stark zurückgegangen. Zwar sind die Lagerungsbedingungen hier ideal, trotzdem muß der gesamte Bestand nach jeweils zwölf Jahren auf den Markt, weil selbst der allerbeste Champagner nicht älter als zwanzig Jahre werden soll; danach wird er ungenießbar. Ich habe es mir sogar zur ehernen Regel gemacht, den Bestand hier auszuwechseln, sobald wieder ein gutes Weinjahr war, ganz egal, ob es sich auf den Preis nachteilig auswirkt oder nicht. Wenn kein so gutes Weinjahr ist, tausche ich die Flaschen dieses Jahres bereits alle vier Jahre aus. Trotzdem, dieser Keller hier ist immer voll. Immer. Selbst wenn es einmal ein Katastrophenjahr geben sollte, das überhaupt keinen brauchbaren Wein trägt, bleibt dieser Bestand erhalten. Selbst wenn mehrere Katastrophenjahre aufeinander folgen sollten. Darin nämlich bestand immer die Stärke unseres Hauses. Das hier ist unser Schatz. Und so nennen wir ihn auch: Le Trésor.«

»Verstehe ich nicht«, sagte Bruno mit fragendem Blick. »Was nützt so ein Riesenkeller voller Champagner, wenn man nur immerzu verkauft und wieder auffüllt? Was für ein Sinn liegt in diesem Horten?«

Der Vicomte lächelte seinen Enkel an und legte ihm den Arm um die Schultern. Das alles hier war für die Familie, und es war ihm ein Vergnügen, es zu erläutern.

»Siehst du, Bruno, 1918, als der Krieg zu Ende war, kam ich wieder nach Hause und entdeckte, daß der italienische General und sein Stab, die unser Schloß hier als Hauptquartier benutzt hatten, buchstäblich den ganzen Keller leergetrunken hatten. Ich weiß nicht, wie, vielleicht haben sie sogar in Champagner gebadet, jedenfalls war auch die letzte von Hunderttausenden von Flaschen weg. Und das war keineswegs das erste Mal, daß so etwas passiert ist. Zur Zeit meines Großvaters, im Krieg von 1870/71, als die deutschen Truppen Valmont besetzt hatten, war es genauso. 1918 waren die Weingärten in schlimmem Zustand. Viele waren voller Granattrichter von den Stellungskämpfen der letzten Monate. Wir brauchten dreieinhalb Jahre harter Arbeit und Pflege, Bruno, und mußten einen guten Teil des Familienvermögens investieren, bis wir wieder die erste reguläre Weinlese hatten. Inzwischen haben wir fast alles wieder wettgemacht. Nur, jetzt, wo unsere Bankkonten wieder aus den roten Zahlen sind, sind viele unserer Rebstöcke leider schon an der Grenze zum Altern.«

»Aha«, sagte Bruno, obwohl er sehr viel weniger als Guillaume und Paul verstand, was das bedeutete.

»Wenn ein Weinstock zehn Jahre alt ist«, erklärte der Vicomte, »dann ist er auf seinem Höhepunkt. Mit fünfzehn Jahren ist er mittelalt, also an der Grenze zum Altern. Und eine Rebe über zwanzig hat keine hohe Qualität mehr und muß rasch ersetzt werden. Mit anderen Worten, alle Rebstöcke, die wir seit 1919 gepflanzt haben, sind jetzt auf ihrem Maximum oder gerade eben darüber, und haben höchstens noch acht oder zehn Jahre, ehe man sie ersetzen muß.«

»Aber ich weiß trotzdem immer noch nicht, wozu dieses ganze Lager hier wirklich gut ist«, unterbrach ihn Bruno ungeduldig. Er wollte möglichst rasch aus diesem kalten Keller hinaus. Doch sein Großvater sprach mit unbeirrbarem Nachdruck weiter.

»Wer weiß denn, was die Zukunft bringt? Wer weiß heute, wie leicht oder schwer es sein wird, die nötigen Neupflanzungen vorzunehmen? Wer weiß – und das ist der Punkt, der mir am meisten am Herzen liegt – was passiert, wenn es wieder Krieg geben sollte? Deutschland rüstet auf. Und als erstes marschieren die Deutschen in Frankreich immer in die Champagne ein. Das ist schon immer so gewesen. Wir sind mit unserem Boden hier gesegnet. Aber gleichzeitig ist unsere Lage unser Fluch. Ich habe keinen Zweifel daran, daß Monsieur Hitler längst seine Pläne hat, was uns angeht. Also habe ich bereits getan, was in meinen Kräften stand. Ich habe einen großen Teil der besten Jahrgänge zurückgehalten und sie so lange gelagert, wie es ohne Qualitätsminderung möglich war. Falls es einen neuen Krieg geben sollte, kann danach jeder Lancel nach Valmont zurückkommen und hier einen Schatz heben, von dem niemand etwas weiß, außer den Martins – drei Kellermeistern, Cousins, denen ich selbst mein Leben anvertrauen könnte. Sie haben jede einzelne dieser Flaschen hier drinnen selbst hereingetragen. Wenn es also eines Tages nötig sein sollte, können wir mit dem Erlös dieses Champagners hier neu aufbauen, anpflanzen, die Weingärten neu kultivieren. Denn da habe ich keine Angst, Champagner findet so lange seine Käufer, wie es eine menschliche Zivilisation gibt.«

»Weiß Großmutter davon?« fragte Bruno.

»Aber selbstverständlich. Auch Frauen haben schließlich schon Weingüter geleitet und nicht selten besser als Männer. Da braucht ihr nur an die Witwe Clicquot zu denken oder an die unwiderstehliche Madame Pommery. Und heute gibt es die Madame Bollinger und die Marquise de Suarez d'Aulan bei Piper-Heidsieck. Natürlich weiß deine Großmutter davon, und vielleicht will sie es eines Tages auch Eve anvertrauen. Nur die Mädchen sind natürlich noch zu jung, um mit solchen düsteren Zukunftsahnungen behelligt zu werden. So, und nun wollen wir, ehe wir wieder gehen, noch gemeinsam ein Glas trinken. Er wird kalt genug sein, um auch ohne besondere Kühlung die richtige Temperatur zu haben.«

Er ging zu einem Tisch an der Tür des Geheimkellers, wo einige mit einem Staubtuch bedeckte Tulpengläser auf dem Kopf standen. Er zog eine Flasche des seltenen, am allerschwierigsten zu produzierenden rosa Champagners aus einem der Stapelfächer und öffnete sie fachmännisch mit Hilfe des speziellen Flaschenöffners mit den stumpfen Rändern. Eine kleine Rauchspirale entstieg der Flasche, hauchfein wie ein Seufzer; erschien und verschwand. Erst jetzt füllte er ein wenig in sein Glas und drehte es, um den Sekt aufschäumen zu lassen. Guillaume, Paul und Bruno sahen interessiert zu, wie sich kurz schneeweißer Schaum über der Flüssigkeit bildete. Als der Vicomte das Glas ins Licht hob, erkannten sie deren unvergleichliche Rosafärbung. Sie beugten sich vor, um ihr Moussieren genau zu verfolgen. Die Gleichförmigkeit der Bläschenschnüre war der Beweis für die ausgezeichnete Qualität des Champagners. Allein der Vicomte selbst schnupperte auch an dem Glas. Dann reichte er es Bruno weiter und erklärte ihm, auf das Geräusch des Moussierens zu achten, wobei er trocken meinte: »Es gibt viele, die keine Ahnung davon haben, daß die Bläschen wirklich sprechen.« Danach füllte er allen die

Gläser, drehte das seine noch einmal zwischen den Fingern und kostete endlich.

»Auf die Zukunft!« verkündete er dann und hob sein Glas. Als Bruno getrunken hatte, fragte ihn sein Großvater: »Hast du bemerkt, daß Champagner im Mund anders schmeckt als in der Kehle, nachdem man ihn getrunken hat?«

»Nein, ehrlich gesagt, nicht.«

»Dann mußt du das nächste Mal darauf achtgeben, mein Junge. Es ist mehr ein Hauch, eine Ahnung als ein direkter Geschmack, und nur wirklich perfekter Champagner hat ihn. Man nennt es das Lebewohl.«

Ein paar Tage später, an einem trüben Nachmittag in Paris, warf der Vicomte Bruno de Saint-Fraycourt de Lancel – als den ihn seine Visitenkarten auswiesen, obgleich er noch gar nicht offiziell den Namen und Titel der mütterlichen Linie verliehen bekommen hatte – die Karten auf den Spieltisch in seinem Club und sagte zu seinen Freunden, mit denen er gespielt hatte: »Meine Herren, genug für heute.«

»So bald schon, Bruno?« fragte Claude de Koville, ein enger Freund.

»Ja, meine Großmutter hat mich zum Tee gebeten.«

»Der vollkommene Enkel«, mokierte sich Claude. »Und dabei hattest du gerade eine Glückssträhne. Dein Pech, Bruno. Na, vielleicht kann ich dann mal zur Abwechslung gewinnen, wenn du weg bist.«

»Ich wünsche es dir«, meinte Bruno und erhob sich, um sich zu empfehlen. Vor dem Club nahm er ein Taxi direkt in die Rue de Lille. Seit dem Vorfall mit Eve war er seltsam gereizt und unruhig, aber er weigerte sich, sich derartigen Empfindungen zu überlassen, ohne für ihre Beseitigung zu sorgen.

»Guten Tag, Jean«, sagte er zu dem Diener, der ihm die Tür des großen Hauses öffnete. »Ist Monsieur Claude zu Hause?«

»Leider nicht, Monsieur Bruno, er ist ausgegangen.« Der Diener stand schon sein ganzes Leben in den Diensten der Familie Koville und hatte Bruno und Claude in all den Jahren schon so oft aus seiner Küche gejagt, daß es für ihn ganz selbstverständlich war, auch zu dem inzwischen jungen Herrn Bruno von achtzehn Jahren noch so zu sprechen, als sei er noch immer der kleine Schuljunge von einst.

»Das ist aber dumm. Ich hatte mich schon auf eine Tasse Tee gefreut.«

»Madame la Comtesse hat gerade ihre Teestunde. Sie ist heute nachmittag allein. Soll ich Sie anmelden?«

»Nein, nein, nicht nötig. Das heißt, wenn ich es mir überlege, doch, ja. Tun Sie das, Jean. Ich komme um vor Durst.«

Kurz danach geleitete Jean Bruno in den kleinen Salon im Oberge-
schoß, wo Sabine de Koville vor einem Teetablett auf einem Sofa saß. Sie
hatte unter dem Rock ihres fließenden Vionett-Nachmittagskleides aus
mandelgrüner Kreppseide die Beine übereinandergeschlagen. Das quer-
geschnittene Oberteil ließ den langen weißen Hals frei. Seitlich an der
Hüfte hatte das Kleid eine einzige Raffung in gefälliger griechischer Art.

Die Dame des Hauses war eine elegante Erscheinung. Sie war achtunddreißig und trug das dunkle, bis unter die Ohren reichende Haar in
schlanker Helmform. Ihr geschwungener Mund war hellrot geschminkt.
In den Winkeln ihrer schmalen, trägen Augen war immer eine leichte
Hochmütigkeit. Charakteristisch für sie war ihre dunkle Stimme, in der
stets eine gewisse Ungeduld und Ratlosigkeit war, ganz gleich, mit wem
sie sprach. Sie kleidete sich ausschließlich mit den verführerisch femini-
nen Kreationen von Vionett, weil ihre stämmige Figur einen Hauch zu
üppig für die mehr knabenhafte Chanel-Linie war. Und was Schiaparelli
anging, so waren diese Sachen zu leicht von der Konfektion kopierbar
und vielleicht wohl auch eine Spur zu wenig seriös, um von jemandem,
der sich ernsthaft nach der Haute Couture kleidete, getragen zu werden.

Die Comtesse de Koville galt als eine der intelligentesten Damen der
Pariser Gesellschaft, obwohl sie niemals enge Freundschaften mit anderen Frauen einging; oder vielleicht gerade deswegen. Nie hatte man von
jemandem gehört, der eine Einladung von ihr ausgeschlagen hätte. Dessen ungeachtet aber nahm sie ihren Tee sehr oft allein.

»Wenn Sie zu Claude wollen, Bruno, kann ich Ihnen leider nicht helfen... er sagt mir niemals, wohin er geht und wann er zurückkommt«,
sagte sie, als Jean sie alleingelassen hatte. Bruno näherte sich und blieb
zwei Schritte vor ihr mit respektvoll gesenktem Blick stehen.

»Ich wußte in Wirklichkeit, daß er nicht da ist, als ich kam«, sagte er.
»Tatsächlich komme ich eben von ihm. Wir haben im Club miteinander
gespielt. Ich glaube nicht, daß er in den nächsten Stunden auftauchen
wird.«

Es entstand eine Pause, während sie ihn intensiv musterte, wie er da in
einer Haltung, als erwarte er Anweisungen, vor ihr stand. Sie hob eine
ihrer großen und verhältnismäßig breiten Hände an ihre Unterlippe und
tippte mit den Fingern gedankenvoll daran, als versuche sie zu einer Entscheidung zu gelangen. Dann nahm sie das übergeschlagene Bein nach
unten und stellte die Teetasse ab, die sie in der Hand gehalten hatte.
Schließlich richtete sie ihren Blick auf Bruno mit einem Ausdruck, als
habe er soeben einen besonders feinsinnigen Witz erzählt. Als sie sprach,
klang ihre Stimme jedoch, als habe dieses kurze Intermezzo, ihren Sohn
betreffend, überhaupt nicht stattgefunden.

»Also so ist das, Charles?« kam dann ihre brüske Frage.

»Ja, Madame«, antwortete Bruno mit gedämpfter Stimme und mit äußerst respektvoll gebeugtem Kopf.

»Hast du den Wagen abgestellt, Charles?« fragte sie.

»Ja, Madame.« Seine Stimme war unterwürfig und gehorsam. Seine dunklen Augenbrauen waren in gespannter Aufmerksamkeit zusammengezogen.

»Und, ist er auch gewaschen und poliert?«

»Ja, Madame. Genau wie es Madame befohlen hat.«

»Hast du die Pakete mitgebracht, nach denen ich dich geschickt habe, Charles?«

»Ich habe sie bei mir. Wo möchte Madame, daß ich sie ablege?« Brunos kräftige Oberlippe war in seinem jetzt so überaus unterwürfigen Gesicht beherrschender denn je.

Sabine de Koville erhob sich in einem wehenden Glitzern von Seide ohne ein Wort oder Lächeln und ging ihm von dem kleinen Salon zu ihrem abgedunkelten Schlafzimmer voraus. »Du kannst sie hier ablegen, Charles«, erklärte sie. Die Unruhe in ihrer Stimme nahm zu.

Bruno wandte sich um und verschloß die Tür. »Benötigt mich Madame noch?«

»Nein, Charles, du kannst gehen.« Bruno nahm ihre Hand, als habe er die Absicht, sie formell zu küssen. Statt dessen drehte er sie herum und drückte seine Lippen heftig auf ihre Handfläche. Er saugte ihre sanfte Haut so heftig in seinen fleischigen Mund, daß sie seine Zähne und seinen heißen Atem spürte. Er hielt ihre Hand auch noch weiter mit festem Griff, als er danach den Kopf hob. Ihre Augen wurden in plötzlicher, fast unwilliger Erregung eng. »Du kannst jetzt gehen, Charles«, wiederholte sie nachdrücklich und mit gefährlichem Unterton.

»Ich denke nicht, Madame«, erklärte Bruno jedoch und führte ihre Hand, die er immer noch festhielt, nach vorn zwischen seine Beine, wo sich sein Penis bereits unter der Hose zu spannen begonnen hatte. »Laß das, Charles!« sagte die Comtesse und versuchte sich zu entziehen, aber er hielt sie gnadenlos fest, so daß sie nicht anders konnte, als ihn zu umschließen. Sie senkte die Augenlider und hielt völlig still, als lausche sie irgendeinem winzigen, kaum wahrnehmbaren Laut, während sie spürte, wie Bruno sich versteifte und aufbäumte, wie es wieder und wieder gegen ihre Handfläche und ihre langen Finger pulsierte, bis er sehr groß geworden war. Ihre dünnen Lippen öffneten sich unwillkürlich, sie zog heftig und hörbar den Atem ein, und auf ihrem sonst so abgeklärten Gesicht erschien ein Ausdruck von Gier.

»Madame muß absolut stillhalten. Madame muß tun, was ich ihr sage und nichts sonst«, erklärte Bruno mit rauher Stimme. »Hat Madame verstanden?« Sie nickte ernsthaft und fühlte, wie zwischen ihren Schenkeln die Hitze und die Schwere zunahmen, während sie in des jungen Mannes plötzlich so wildes Gesicht blickte. An seiner Schläfe war eine heftig pulsierende Ader sichtbar, und sein gewöhnlicher Fleischmund sah so häßlich aus, daß sie ihn zu küssen wünschte; doch sie machte keinerlei Anstalten dazu.

»Madame muß sich an die Wand lehnen«, murmelte er. »Und Madame wird ihre Schuhe nicht ausziehen.« Sie gehorchte. Ihr Rücken war durchgedrückt, ihre Brüste standen stolz hervor. Er stand ganz nahe vor ihr, und seine Hände strichen fiebrig und unruhig über ihren schweren Busen, während er mit Daumen und Zeigefinger in den Falten der Seide ihres Kleides ihre Warzen suchte und sie dann drückte und kniff, erfahren, immer wieder, mit harten Fingern, die fast Schmerz verursachten. Ihre versteiften Brustwarzen verlangten nach der Berührung seines Mundes, die jedoch ausblieb. Trotz der gegenteiligen Anweisung schob sie ihren Leib von der Mauer weg nach vorn, ihm entgegen, aber er drückte ihr die Schultern wieder zurück. »Ich sagte Madame doch, sich nicht zu bewegen«, drohte er mit unerbittlicher Stimme, während er unablässig fortfuhr, mit einer Hand ihre Brustwarzen zu drücken und mit der anderen aufreizend langsam über die Seide, die ihren üppigen, vollen Leib bedeckte, nach unten zu wandern, bis er an der Stelle angekommen war, die er gesucht hatte. Dort ließ er sie liegen und begann die feste Wölbung mit suchenden, gewalttätigen Fingern zu reiben. Wieder versuchte sie sich zu biegen, um ihr Becken an seinen pulsierenden Unterleib zu pressen, aber Bruno zwang sie erneut in die Unbeweglichkeit an der Wand zurück, während seine Finger immer weiter drückten, bis sich die Seide des Kleides zwischen ihre Beine schob, und mit steigender Atemlosigkeit und Wildheit an ihr rieb und zog, einmal sanft, einmal wild, einmal zurückweichend, einmal heftig zustoßend. Ihr Atem wurde kurz, während sie fieberte. Sie hatte den Kopf zurückgeworfen und sich völlig preisgegeben. Die Seide war bereits naß. »Madame mag jetzt an ihrem Bett niederknien«, befahl Bruno.

»Ich . . .«

»Madame wird tun, was ich ihr sage.«

Sie ging durch den Raum, den Blick auf den Teppich gesenkt, zu erregt, um dem Knaben zu erlauben, es zu sehen. Ihr Kleid umfloß sie in Unordnung, als sie sich vor den Sessel kniete und sich an seiner Lehne festhielt. Bruno kniete sich hinter sie auf den Teppich und schob ihren Rock bis über ihre Hüfte hoch. Ihr gerundetes, herausstehendes Hinterteil war nackt, ihre Beine, noch immer in den hohen Stöckelschuhen, nur noch halb von den Seidenstrümpfen bedeckt. Die vollen weißen Schenkel entlang lief eine dünne, feine Linie schwarzen Haars. Bruno starrte lange darauf und genoß ihre Stellung totaler Auslieferung, ehe er sich vorbeugte und seinen Mund – der der Mund einer schönen Frau hätte sein können – tief in das Haar zwischen ihren Beinen preßte. Sie stöhnte auf. »Wenn Madame auch nur einen Laut von sich gibt, höre ich auf« drohte er sofort, und sie nickte in völligem Gehorsam und zwang sich, völlig still zu halten, ganz passiv zu bleiben, keine Regung von sich zu geben, um so alle ihre Sinne auf dieses Schwert seiner Zunge konzentrieren zu können, auf das Zubeißen und Quälen seiner Lippen und Zähne und auf die Kraft seiner Hand, die sie auseinanderhielt, damit er sich ihrer frei bedienen konnte.

Sie hörte, wie er mit einer Hand seine Hose öffnete. Ein Schauer fiebriger sinnlicher Erwartung überlief sie. Er zog sie über die Lehne des Sessels, so daß ihr Leib auf dessen Sitz ruhte, während sie mit den Knien auf dem Teppich war und ihre Öffnung auf gleicher Höhe mit seinem drängenden, hart aufgerichteten Penis. Sie hielt den Atem an, als sie ihn in sich spürte und seine große, glatte, straff gespannte Spitze in ihren hungrigen Körper drang. Sie kannte die Prozedur gut genug, um zu wissen, daß sie nicht versuchen durfte, seine Stöße zu erwidern, sondern so bewegungslos wie möglich warten und ihre Leidenschaft durch Willensanstrengung bezähmen mußte – bis er seine eigene Selbstquälerei nicht mehr länger aushielt und zustieß, bis er voll in sie eingedrungen war. Seine Hände faßten ihre Hüften und drückten sie in den Sessel, daß sie keiner Bewegung mehr fähig war, während er sich fast wieder ganz aus ihr zurückzog, ehe er erneut zustieß, ebenso brutal und völlig herz- und gefühllos wie ein bespringendes Tier. Und er stieß wieder in ihre weit geöffnete Scheide, ohne jede Rücksicht oder Zartheit, nur in wilder, tierartiger Geilheit, bis er endlich in einem lang ansteigenden wilden Orgasmus mit verzerrtem Gesicht und lautlosem Schrei sich lange und heftig entlud. Erst als er sich völlig befriedigt hatte, zog er sie vom Stuhl und warf sie rücklings auf den Teppich, um sich sogleich mit seinem Mund zwischen ihre Beine zu graben. Und unter seinen wilden saugenden Lippen begann nun auch sie zu beben und einem ungeheuren Höhepunkt zuzutreiben. Hinterher lagen sie beide eine ganze Weile wie betäubt und regungslos auf dem Boden.

Und schließlich sagte er: »Benötigt mich Madame noch?« Seine Stimme war wieder ganz unterwürfig, wie die eines gehorsamen Dieners.

»Nein, Charles, heute nicht mehr«, beschied sie ihn kurz angebunden. Er stand auf, knöpfte sich zu, schloß die Tür wieder auf und verließ sie gruß- und wortlos. Sabine de Koville blieb auf dem Teppich liegen, ohne Kraft, sich zu erheben. Aber auf ihren Lippen lag ein Lächeln; auf diesen geschwungenen Lippen, die Bruno nicht einmal berührt hatte. Er wußte schon ganz genau, dachte sie träumerisch, warum er das gar nicht erst versuchte.

ACHTES KAPITEL

Stratokumulus. Stratus. Kumulus. Kumulonimbus. Freddy sagte sich die Worte sorgfältig immer wieder vor, drehte sie liebevoll im Geiste in allen Richtungen, käute sie wieder mit dem erschauernden Vergnügen, wie sie es noch durch keine Zeile Poesie verspürt hatte. Keiner aller dieser meteorologischen Begriffe für die verschiedenen niedrigen Wolkenformationen hatte irgendeinen praktischen Sinn für sie. Als fünfzehnjährige Flugschülerin durfte sie durch nichts fliegen als absolut wolkenlosen Himmel. Doch sie hatte dem Drang, sich die Wolkennamen in der Schulbibliothek zu suchen, einfach nicht widerstehen können; in ihren normalen Schulbüchern standen sie nicht.

»Kann ich jetzt *bitte* die Tüte haben?« sagte die gereizte Stimme schrill. Freddy fuhr herum und reichte mit entschuldigender Miene die Tüte mit dem halben Pfund Woolworth-Gummibonbons hinüber, um sich dann sofort wieder diesen herrlichen Wörtern zu widmen. Altokumulus. Altostratus. Nimbostratus. Wer diese Wörter nur erfunden haben mochte! Sie füllte eine andere Tüte mit einem Pfund Marshmallows mit Schokoladenüberzug. Sie arbeitete rasch, aber völlig geistesabwesend. Sie war das einzige Mädchen hinter dem Verkaufstisch, und die Kunden warteten ungeduldig.

Den ganzen Vormittag über während der Arbeit rechnete sie an ihrem finanziellen Bestand herum. Vergangenen Januar, als sie fünfzehn geworden war, war ihr das Taschengeld von einem Quarter die Woche auf dreißig Cents erhöht worden, was für diese Jahre der Wirtschaftskrise nicht einmal wenig war. Es war inzwischen November 1935, und folglich hatte sich ihr Taschengeld des ganzen Jahres bisher auf dreizehn Dollar und fünfzig Cents summiert.

Freddy schüttelte tadelnd über sich selbst den Kopf. Da gab es immerhin eine persönliche Extravaganz, der sie einfach nicht widerstehen konnte, obwohl sie ihr Budget stark belastete. Sie war kinosüchtig. Sie hatte *Die letzte Schwadron* mit Joel McCrea fünfmal gesehen und je sechsmal *Central Airport* und *Das As der Asse,* wegen der Klassenprüfungen *Der Adler und der Falke* mit Frederick March und Cary Grant nur viermal. Dafür war sie aber dann in den Ferien gleich neunmal in *Nachtflug* – mit Clark Gable – gegangen. Für die nächsten Wochen waren in den Kinos *Ceiling Zero* und *Teufelskerle der Lüfte* angekündigt, und sosehr sie ihnen entgegenfieberte, so bedrückt war sie zugleich auch, denn sie wußte gut, daß sie doch wieder die jeweils zehn Cents pro Kinobesuch ausgeben würde, obwohl sie es eigentlich nicht sollte.

Dieses Jahr allein hatte sie nun schon sage und schreibe volle drei Dollar für Kinokarten verschwendet – nein, nicht verschwendet: investiert. Weitere drei Dollar waren für Geburtstagsgeschenke für Delphine und Vater und Mutter draufgegangen. Wenn sie wenigstens Zeit hätte, ihnen die Geschenke in der Schule selbst zu basteln, im Werkunterricht, statt sie immer kaufen zu müssen! Sie war auch darüber ärgerlich mit sich selbst. Oder wenn sie wenigstens zu stricken oder zu häkeln oder zu nähen gelernt hätte! Dann stünde sie jetzt nicht vor dem niederschmetternden Ergebnis von ganzen sieben Dollar und fünfzig Cents Restbestand aus dem Taschengeld! Soviel zum automatischen Einkommen ohne Arbeit.

Besser sah die Bilanz immerhin mit dem selbstverdienten Geld aus. Ihr Job bei Woolworth jeden Samstag brachte ihr fünfunddreißig Cents die Stunde ein, total zwei Dollar achtzig pro Woche. Diesen Job hatte sie nun schon drei Monate, ohne daß zu Hause jemand etwas davon wußte. Dieses Geld hatte sie fast vollständig sparen können; abgesehen vom Fahrgeld, von den fünfzig Cents für die Männerjeans, die sie für ihre Flugstunden brauchte und für das Lunch-Sandwich, wenn sie arbeitete.

Ihr selbstverdientes Einkommen, Barbestand, belief sich inzwischen auf zweiunddreißig Dollar, fünfzig Cents. Machte, zusammen mit den sieben fünfzig vom Taschengeld, exakt vierzig Dollar. Vierzig Dollar, dachte sie betrübt, wären ein Haufen Geld – wenn man nicht fliegen lernen müßte. Bis jetzt hatte sie insgesamt drei Flugstunden gehabt, jede Woche eine halbe, und die hatten sie fünfzehn ihrer wertvollen Dollar gekostet. Dabei hatte Mac zum Glück sogar schon den üblichen Preis von sechs Dollar pro Flugstunde für sie ermäßigt, als »Unter-sechzehn«-Tarif, wie er ihr erklärt hatte. Sie hatte also immer noch fünfundzwanzig Dollar in ihrer Spardose. Die würden also gerade noch für weitere fünf volle Stunden reichen – vorausgesetzt, sie konnte auch weiterhin jeden Freitag eine Mitfahrgelegenheit hinaus nach Dry Springs und wieder zurück finden. Das würde dann auf acht volle Flugstunden hinauslaufen. Wenn sie den Job behielt, konnte sie sogar noch die üblichen Weihnachtsgeschenke für die Familie kaufen. Und volle acht Flugstunden mußten doch nun wirklich auch für den Dümmsten ausreichen, um die Alleinflugprüfung zu schaffen, oder? Vielleicht ließ Eve sie auch schon zuvor allein fliegen? Darauf hoffen konnte man doch immerhin, dachte sie, während sie Fruchtbonbons abwog.

Hatte nicht Mathilde Moisant in ganzen einunddreißig Minuten fliegen gelernt? Und war sie nicht die zweite Frau in Amerika mit einer Pilotenlizenz geworden? Gut, das war damals, 1911, bevor es alle diese entsetzlichen Regeln und Vorschriften gegeben hatte, die nur dazu da waren, möglichst viele Leute vom Fliegen abzuhalten. Und diese frühen Flugzeuge waren natürlich, wie man auf den Bildern sehen konnte, auch so einfach gewesen, daß sie nicht viel mehr waren als fliegende Fahrräder; ohne Gas, ohne Drosselung, ohne Instrumententafeln; einfach nur so eine Art übergroße Gymnastikgeräte aus der Turnhalle mit einem Rad irgendwo unten in der Mitte. Mit Macs neuer, roter *Taylor Cub* mit geschlossener Kanzel hatten sie natürlich absolut nichts zu tun. Außer höchstens noch den Flügeln und der Tatsache, daß sie sich ebenfalls hatten in die Luft erheben können.

Wenn sie nur nicht soviel lügen müßte, dachte sie, während sie die nächste Tüte mit langen Lakritzrollen füllte. Wenn sie noch immer in der Schule vom Heiligen Herzen und dort unter der ständigen penetranten Aufsicht von Delphine wäre, ginge es sowieso nicht, das alles heimlich zu machen. Aber die Eltern hatten ihr immerhin ohne allzuviel Kampf erlaubt, in die öffentliche *John Marshal High School* zu wechseln. Die Ausbildung aus der *Heiliges Herz Schule* war so gut, daß sie, ein Jahr Sommerschule eingerechnet, mühelos das *High-School*-Einführungsjahr überspringen konnte.

Jetzt, mit fünfzehn, war sie bereits in der ersten Senioren-Klasse der *John Marshal High School*. Vor drei Monaten, als das Schuljahr angefangen hatte, hatte sie auch mit den Lügen begonnen. Sie hatte erklären müssen, warum sie jeden Samstag weg mußte. Ihre (erfundene) beste Freundin wohnte in Beverly Hills und hatte zu Hause einen Swimmingpool, in dem sie für die Schwimm-Mannschaft der Schule trainieren konnte. Diese Lüge bereitete keine Schwierigkeiten und hatte große Glaubwürdigkeit, denn Freddy war tatsächlich bereits große Klasse im Kunstspringen. Als einziges Mädchen der ganzen Schule sprang sie nicht nur ohne jede Angst, sondern sogar mit Vergnügen auch vom hohen Sprungbrett. Ferner mußte sie erklären, warum sie jeden Freitag – wegen ihrer Flugstunden – erst nach sechs von der Schule heimkam. Sie hatte eine zusätzliche Aufgabe übernommen, sagte sie; das Malen der Kulissen für die Weihnachts-Theateraufführung. Auch Mac hatte sie anlügen müssen, weil er gefragt hatte, warum sie immer nur jeweils eine halbe Stunde nahm, wo sie doch andererseits so begierig darauf war, gleich an ihrem sechzehnten Geburtstag, also bereits kommenden Januar, ihren ersten Alleinflug zu machen. Die vielen Schularbeiten ließen ihr einfach nicht mehr Zeit, erklärte sie ihm. In Wirklichkeit fiel ihr das Lernen ungewöhnlich leicht, und sie konnte es meistens schon gleich in der Studierstunde in der Schule erledigen. Schließlich mußte sie zu Hause auch die viele Zeit erklären, die sie für das »Theoretische« für Mac benötigte. Weil sie, behauptete sie, ganz besonders gute Noten schaffen wolle. Das machte also zusammen wirklich nur ganze vier Lügen – fünf, wenn sie die Anhalterei mitzählte. Aber was das betraf, so war es ihr immerhin niemals ausdrücklich untersagt worden. Wenn sie natürlich auch genau wußte, wie die Antwort ausgefallen wäre, hätte sie das Thema zur Sprache gebracht.

Zirrus, sang sie im stillen. Zirrokumulus, Zirrostratus. Alle diese Wolken hoch oben über sechzehntausendfünfhundert Fuß würde sie eines Tages erreichen. Die Königinnen und Könige der Atmosphäre. Die einzige Lüge, die ihr bisher noch nicht eingefallen war: wie sie freitags früher von der Schule wegkönnte, um zeitiger zum Flugplatz nach Dry Springs hinauszukommen. Die Lehrer der *John Marshal High School* waren immerhin die mächtigen Zirrostratuswolken am Lehrerhimmel. Jede Teenager-Ausrede, die es nur geben konnte, war ihnen bekannt, und allenfalls ein Zettel von zu Hause konnte sie beeindrucken. Aber wie viele solcher Zettel könnte sie schon fabrizieren, selbst wenn es ihr gelang, ihrer Mutter das Briefpapier zu stibitzen und ihre Handschrift nachzumachen? Und was, wenn der Lehrer telefonisch zu Hause rückfragte? Nein, keine Chance; das ging einfach nicht.

Während sie eine Riesenmenge Gummibonbons abwog, überlegte sie, ob es nicht überhaupt das Allergescheiteste gewesen wäre, ihren Eltern von Anfang an einfach die Wahrheit zu sagen. Aber dies lief ja immer auf die ewig gleiche Antwort hinaus: Und wenn sie es nun nicht erlaubt hätten? Das Risiko war einfach zu groß gewesen. Schlimm genug, wenn man lügen mußte, indem man etwas erfand, was gar nicht existierte. Doch noch zehnmal schlimmer wäre, zum Lügen gezwungen zu sein, weil einem etwas ausdrücklich verboten worden war. Und die Alternative dazu – nämlich die Idee mit dem Fliegen aufzugeben, bis sie alt genug war, um selbst entscheiden zu können, was sie tun wollte – stand ohnehin nicht zur Debatte. Es hätte ja nichts anderes bedeutet, als noch einmal geschlagene fünf Jahre warten zu müssen; nämlich bis sie einundzwanzig war. Wo es doch offiziell erlaubt war, ab sechzehn zu fliegen! Und infolgedessen gab es auch nur die eine und einzige Möglichkeit: Sie mußte am 9. Januar 1936, ihrem sechzehnten Geburtstag, ihren ersten Alleinflug machen, daran führte überhaupt kein Weg vorbei. Danach benötigte sie für die Zulassung zur Prüfung für die Privatpilotenlizenz nur noch weitere zehn Flugstunden. Und von da ab war es geschafft. Sie konnte weitere Flugstunden absolvieren, die es ihr ermöglichten, bald an Flugwettbewerben teilzunehmen oder vielleicht sogar eines Tages einen Flug zu unternehmen, den vor ihr noch niemand versucht hatte. Im Moment war es für konkrete Überlegungen in dieser Richtung natürlich noch zu früh. Vorerst hatte sie noch genug damit zu tun, zu überlegen, wie sie die Mittel für diese zusätzlichen zehn Stunden zusammenbringen könnte.

Sie weigerte sich jedoch strikt, sich von solchen Problemen den Mut nehmen zu lassen. Andere Frauen hatten es schließlich auch geschafft. Letztes Jahr beispielsweise hatten – dem Luftfahrt-Jahrbuch zufolge, das sie in der Stadtbibliothek gefunden hatte – bereits über vierhundert Amerikanerinnen Privatpilotenlizenzen besessen. Also. Wenn die es geschafft hatten, schaffte sie, Freddy, das auch. Das versprach sie sich im stillen, während sie von der Theke zur Waage ging.

Erleichtert sah sie, daß es bereits Mittag war. Sie ging immer an den Imbißstand gegenüber, wo der Verkäufer ihr freundlicherweise meistens ein Glas Milch gratis zu ihrem Sandwich dazugab – für nichts als einen netten Blick aus ihren so unverschämt himmelblauen Augen, von deren Wirkung sie noch gar keine rechte Ahnung hatte.

Während sie ihr Sandwich aß, konzentrierte sie sich statt auf ihre Geldprobleme zur Abwechslung einmal auf das »Theoretische«. Mac hatte sie davor gewarnt und ihr prophezeit: »Sicher, du möchtest fliegen, meine Kleine, aber glaube mir, das Theoretische wirst du inbrünstig hassen!«

Was sie wirklich haßte, war die Wirtschaftslehre der Schule. Aber das Theoretische des Fliegens? Sie liebte es geradezu! Sie war, genau gesagt, sogar ganz verrückt danach. Da war zum Beispiel schon einmal das Wort *Auftrieb*! Himmel, war das nicht vielleicht eines der schönsten Wörter, das man sich vorstellen konnte? Sie hatte natürlich gewußt, daß Flugzeuge fliegen können. Das hatten auch Leonardo da Vinci und die Gebrüder Wright schon gewußt. Aber bis zum »Theoretischen« hatte sie doch keine Ahnung gehabt, warum ein Flugzeug tatsächlich fliegt! Es hing alles mit dem Auftrieb zusammen, diesem großartigen, herrlichen Auftrieb! Nicht minder aufregend die Sache mit dem *Steigwinkel*! So entscheidend wie der Auftrieb. Und eine Sache, die nur der Pilot in der Hand hatte! War ihr Steigwinkel falsch, konnte ihr Flugzeug, weil es die Nase entweder zu hoch oder zu niedrig hatte, abstürzen. Über dieses Thema konnte sie stundenlang nachdenken. Und die *Greenwicher Standardzeit*! Es erfüllte sie mit tiefer Befriedigung, daß jedermann in der Welt der Luftfahrt, angefangen von den Piloten der größten Verkehrsmaschinen bis herunter zu Freddy de Lancel vor ihrem Thunfischsandwich, pflichtgemäß, aber auch willig, der Greenwicher Standardzeit unterworfen war. »Das habe ich doch gar nicht bestellt?« sagte sie zu dem Imbißmann, der ihr ein zweites Thunfischsandwich hingestellt hatte. Aber er lächelte mit großer Geste: »Spende von Barbara Hutton persönlich.« Er fragte sich, ob sie überhaupt wußte, daß sie das erste mit genau sechs Bissen verschlungen hatte und immer noch aussah, als sei sie total ausgehungert. Wie konnte irgendwer einen solchen Pfirsich von Mädchen hungern lassen? Er wartete immer schon die ganze Woche auf den Samstag, bis sie kam und ihr Sandwich aß. Sie war wohl rettungslos verliebt, denn sie hatte stets diesen abwesenden Weitwegblick in den Augen, und es war unmöglich, ein Gespräch mit ihr anzufangen. Wenn bei ihm kein Betrieb war, schaute er an diesen Samstagen immer wieder einmal hinüber zum Süßigkeitenstand. Mit ihrem langen, ungebärdigen roten Haar war sie wahrhaftig auch im größten Andrang nicht zu übersehen, zumal sie auch noch besonders groß war und alle Frauen überragte.

Freddy biß in ihr zweites Sandwich und dachte an Delphine. Sie wurde jetzt bald achtzehn und war schöner denn je, selbst in den Augen der jüngeren Schwester. Die ganz besondere, zarte, nahezu herzzerreißende Fragilität, die ihr schon immer eigen gewesen war, hatte sich mit den Jahren nicht verloren, wie es so oft geschieht, wenn Mädchen heranreifen. Der vollkommene Schwung ihrer Lippen mit den leicht nach oben zulaufenden Mundwinkeln hatte sich auf eine gewisse geheimnisvolle Art noch stärker ausgeprägt, und das lag nicht an Delphines durchaus moderatem Gebrauch von Lippenstift. Auch die Augen ihrer Schwester waren noch größer geworden, das braune Haar hatte einen bezaubernden Wellenschwung bekommen, und die hohen Wangenknochen und das kleine Kinn waren noch klarer hervorgetreten. Auf allen Familienfotos schien sie immer der Mittelpunkt der Gruppe zu sein, selbst wenn sie ganz außen stand, weil die Aufmerksamkeit jedes Betrachters sofort von ihrer außergewöhnlichen Erscheinung gefangengenommen wurde.

Andererseits ärgerte sie sich wie eh und je gelegentlich über ihre Schwester. Eines Tages beispielsweise hatte Delphine sie bei der Lektüre eines Fliegerbuches angetroffen und sich darüber mokiert, daß Freddy sich wohl auf eine Karriere als Stewardeß vorbereite. Sie hatte irgendwo die Anforderungen für Bewerberinnen entdeckt und las sie Freddy nun laut und mit unverhohlener Ironie vor. »Sie müssen eine Ausbildung als Krankenschwester haben, dürfen nicht älter sein als 25, sollten weniger wiegen als 115 Pfund, nicht größer sein als 5 Fuß 4 Inches – schon das wirft dich aus dem Rennen, meine arme Kleine – und unverheiratet; gut, der Punkt zumindest dürfte keine Schwierigkeiten machen. Aber dieses Pech, daß du zu groß bist und dir deshalb so viel Spaß entgeht! Was es da alles gibt, hör zu! Also, du darfst den Passagieren ihre Mahlzeiten servieren. Dann darfst du beim Auftanken der Maschine mithelfen und beim Transfer des Gepäcks. Du darfst den Kabinenboden moppen, einen Eisenbahnfahrplan mit dir führen, für den Fall, daß ihr mal runter müßt, und das Beste überhaupt, du darfst auch ein Auge auf die Passagiere haben, wenn sie auf die Toilette gehen, um sicherzugehen, daß sie nicht fälschlich zum Notausgang hinausstolpern.«

»Sehr witzig, Delphine. Sehr witzig!« sagte Freddy müde. Aber trotzdem war sie rot geworden, weil sie mit einem Buch über die Abenteuer eines jungen Buschpiloten in Kanada erwischt worden war, während sie eigentlich doch Sachen lesen sollte, wie sie alle anderen Mädchen ihres Alters lasen.

Auch Delphine kannte weder den Text von *You do Something to Me* noch von *Just One of Those Things*. Sie gab ihr Taschengeld nicht dafür aus, über Greta Garbo in *Königin Christine* zu seufzen oder Tränen über Katherine Hepburn als Jo in *Vier Schwestern* zu vergießen. Sie kaufte sich keinen Tangee-Lippenstift und war in keinem Fanclub für Joan Crawford. Sie benützte nicht heimlich Brauenstifte oder probierte, wenn die Eltern ausgegangen waren, einen von Mutters Büstenhaltern an. Und das waren nur ein paar Beispiele von alldem, was sie nicht tat oder woraus sie sich nichts machte, soweit Freddy es jedenfalls wußte. Und all das machte sie zu einer bewußten Außenseiterin in ihrer ganzen Schulklasse. Sie machte sich nichts aus Tanzen oder Kleidern oder Verabredungen. Nun ja, dann war es eben so, dachte Freddy mit philosophischer Gelassenheit, während sie ihre Milch austrank. Wenn schon. Schließlich flogen alle diese anderen ja auch nicht.

»Wie wär's noch mit einem *Chocolate-Soda*?« fragte der Imbißmann. »Gratis?«

»Vielen Dank«, sagte Freddy bedauernd, »aber nein danke. Ich arbeite schließlich am Süßigkeitenstand. Und meine Milchzähne habe ich auch schon verloren.« Im stillen wünschte sie sich, sie hätte den Nerv, ihn statt dessen noch um ein Sandwich zu bitten.

Terence McGuire saß in seinem Büro an seinem Schreibtisch. Eigentlich hätte er die ganzen unerledigten Rechnungen bezahlen sollen. Aber er ertappte sich dabei, wie er über seinen Schützling Freddy de Lancel nachdachte.

Er hatte schon viele Männer und junge Burschen im Fliegen ausgebildet und gelegentlich sogar auch mal eine Frau. Aber Freddy war tatsächlich das erste Mädchen unter seinen Schülern. Seiner Überzeugung nach konnte man jedem, der wenigstens ein Mindestmaß an Basislogik besaß und ausreichend Ehrgeiz und Ausdauer, die reine Technik des Fliegens beibringen. Im Gegensatz zu manchen anderen Dingen verlangte Fliegen keineswegs irgendwelche angeborenen Fähigkeiten oder speziellen Begabungen. Keiner aller seiner Schüler hatte bisher – so wenig wie er selbst – spezielle Flug-Gene oder so etwas besessen. Der Mensch war schließlich kein Vogel. Allerdings – und davon war er überzeugt – hätte der Mensch zweifellos auch fliegen gelernt, wenn es keine Vögel geben würde, die auf diesem Planeten die Tatsache des Fliegens repräsentierten. Genauso wie er gelernt hätte, im Wasser zu schwimmen, hätte es keine Fische gegeben. Natürlich wäre es nicht sehr wahrscheinlich gewesen, daß das Fliegen des Menschen sich ausgerechnet in seinem Jahrhundert ereignet hätte, aber früher oder später wäre es eben doch passiert, daß einer von den vielen, die seit den Tagen, als der Mensch gelernt hatte, aufrecht zu stehen und zu gehen, ihren Blick immer wieder prüfend zum Himmel richteten, das Geheimnis des Fliegens ergründet hätte; ganz genauso, wie einer eines Tages das Geheimnis des Rades herausgefunden, einer das erste Segel gesetzt und einer das Schießpulver erfunden hatte. Und einer darauf gekommen war, wie man Pyramiden baute. Es lag einfach, glaubte McGuire zu wissen, in der Natur des Menschen, ständig weiter zu wollen, höher hinaus, Neues zu entdecken; ganz gleich, ob dieses Neue etwas Gutes oder Schlechtes war.

Keine Frage also, man mußte nicht gleich eine Art Mozart des Fliegens sein, um Pilot zu werden. Und trotzdem gab es tatsächlich einige – sehr wenige! –, die eine Art geborener fliegender Lebewesen zu sein schienen. Die übergroße Mehrzahl seiner Schüler, denen er mit Erfolg Flugunterricht erteilt hatte, waren es nicht. Doch immer wieder einmal hatte es den einen oder anderen gegeben, bei dem er augenblicklich das Gefühl gehabt hatte, er sei »mit Fug und Recht« in der Luft. Bei ihnen war es, als hätten sie ein zusätzliches Sinnesorgan: den siebten Sinn. Er selbst besaß ihn; das wußte er, seit er einst seine erste Maschine in die Luft hochgezogen hatte; und er war sicher, daß ihn auch Freddy de Lancel besaß.

Es war nicht nur ihr Eifer. Eifer allein war sogar von Nachteil in diesem Spiel, in dem Geduld eine ebenso unerläßliche Voraussetzung war wie die Fähigkeit, rechts und links voneinander unterscheiden zu können. Es war auch nicht allein ihre Furchtlosigkeit. Furchtlos waren eine Menge Piloten gewesen, die bei Flugstunden abgestürzt waren. Nein, zu diesem siebten Sinn gehörte noch etwas anderes. Er hatte nie die passenden Worte dafür gefunden. Es war eine spezielle Art... ein Energiezustand, den sie in den Vorgang des Fliegens mit einbrachte; er machte aus dem hochgeschossenen jungen Ding, das atemlos in sein Büro gestürmt kam, um ihn wissen zu lassen, daß sie pünktlich da war, eine deutlich veränderte Person, wenn sie gleich anschließend hinaus zur *Taylor Cub* ging, um sich für den Flug vorzubereiten.

Es hatte etwas mit Konzentration zu tun. Er folgte ihr stets in einigen

Schritten Abstand, während sie das Flugzeug inspizierte, und es war deutlich zu erkennen, daß nichts, auch kein plötzlicher Kugelblitz auf der Rollbahn, sie von der Sorgfalt hätte ablenken können, mit der sie mit den Augen und den Fingerspitzen zugleich etwa den Propeller nach Kratzern oder Sprüngen absuchte. Man hatte irgendwie den Eindruck, sie könne mit ihrer ganzen Haut jeden Defekt im Material hörend aufnehmen.

Wie jemand die Checks vor dem Flug absolviert, dachte er, sagt bereits eine Menge über ihn aus. Da gab es welche, die einfach zu umständlich waren. Sie übertrieben es und waren viel zu langsam. Sie prüften unnötig doppelt und dreifach, weil sie in Wirklichkeit, im Grunde ihres Herzens, Angst hatten und den Augenblick des Einstiegs in die Kanzel so lange wie möglich hinauszögern wollten. Solche Leute würden besser gar nicht erst fliegen lernen. Immerhin, mit viel Geduld konnte man selbst ihnen es am Ende beibringen und ihnen sogar die Angst nehmen.

Und dann gab es die anderen, die immer nur Abkürzungen suchten. Als hätten sie einfach nicht begriffen, daß sie ihr Leben einem Gerät anvertrauten, in dem jede Niete, jeder Bolzen, jede Schraube eine Funktion hatte und keine einzige überflüssig war. Solchen Leuten sollte man besser gar nicht erlauben, fliegen zu lernen. Nach einer einzigen Warnung, die nichts fruchtete, pflegte er sie auch tatsächlich nicht mehr mit hinauf zu nehmen. Die meisten Fehler, die Flugschüler machten, ließen sich korrigieren, aber dazu gehörte nicht die nachlässige Flugzeuginspektion vor dem Start.

Nachdem er mittlerweile nun siebenmal erlebt hatte, wie Freddy die Checks vor dem Start absolvierte, war er bereit, fortan unbesehen in jede Maschine zu steigen, die sie inspiziert hatte. Natürlich sagte er ihr das nicht und tat es auch nicht wirklich.

Aber, zum Teufel, die Art, wie Freddy den Himmel *benützte*, gefiel ihm, dachte Terence McGuire, während er von seinem verhaßten Büroschreibtisch aufstand. Der normale Flugschüler neigte immer zum wilden Herumhüpfen am Himmel. Rauf, runter, hin, her. Vom Drosseln bis zum Gasgeben übertrieben sie ständig alles. Sie überkorrigierten ihre Fehler, und dann überkorrigierten sie auch noch die Korrektur ihrer Überkorrektur und führten sich nervös und ungebärdig auf.

Nicht minder bedeutsam war, daß er von einer Lektion zur nächsten buchstäblich sehen konnte, wie Freddys Präzision zunahm. Präzision war überhaupt das A und O des ganzen Spiels... Ohne Präzision war keine andere Fähigkeit, kein anderes Talent beim Fliegen auch nur einen Heller wert. Freddy legte bei jeder Unterrichtsstunde ein größeres Maß an Zuverlässigkeit an den Tag. Ihre Kurven- und Wendeflüge wurden immer runder und harmonischer, ihre Sicherheit in der exakten Erreichung und

Einhaltung von Fluggeschwindigkeit und Höhe waren phänomenal und näherten sich jedesmal ein weiteres Stück der Perfektion. Und McGuire hatte niemals gezögert, seinen Schülern einzubleuen, was Exaktheit bedeutete; nämlich keinen Hauch Abweichung von der vorgegebenen Aufgabe.

Immer häufiger flog sie auch das perfekte Rechteck in dieser tüfteligen Serie von Einzelschritten, die einer guten Landung vorausgehen mußten. Wenn man es erst einmal beherrschte, dachte McGuire dabei, war es eine absolute Selbstverständlichkeit, aber bis dahin ein Alptraum frustrierender Ungenauigkeiten.

Freddys Landungen wurden zunehmend gleichmäßiger.

Und zum Glück hatte die Kleine kein bißchen Passivität in sich. Ein Pilot mit lediglich eiskalter Präzision und Akkuratesse war keinen Deut wert, wenn er nicht jede Sekunde wachsam war und bereit, sofort auf alles, was immer sich ereignen konnte, zu reagieren. Und da gab es viele Möglichkeiten. Eine plötzliche Windbö oder einen unerwarteten Windabfall. Ein anderes Flugzeug, das von irgendwoher auftauchte, ein ausfallender Motor oder sonst einer der tausend kleinen Teufel, die ständig auf der Lauer lagen, wo Mensch, Maschine und Luft zusammentrafen – ein Teil des Preises, den man für das Fliegen bezahlen mußte. Oder auch ein Teil seiner Herausforderung. Ganz wie man es betrachtete.

Er fuhr mit der Hand über die Kartenschatulle, die er von Freddy zu Weihnachten bekommen hatte. Irgendwie hatte sie es tatsächlich fertiggebracht, daß ihre High School sie aus der Wirtschaftslehre und Nahrungsmittelkunde entlassen hatte und in den Werkunterricht wechseln ließ; genau, wie er es ihr vor vier Jahren geraten hatte. Damals, als sie ihn ohne jede Hemmung in ihre erste Flugstunde getrickst hatte. Er sah noch immer den Triumph in ihrem Gesicht, der ihn schließlich auch veranlaßt hatte, ihrem aufgebrachten Vater zu sagen, es sei nicht ihr Fehler gewesen, sondern seiner. Die Kartenschatulle hatte sie im Werkunterricht angefertigt, ein großes, tiefes, aber schmales Kistchen nach ihrem eigenen Entwurf, mit einer Reihe langer Schubladen, jede mit einem Metallknopf und einem Steckfenster für Beschriftungen.

Der Stoß Karten, den Mac zu benützen pflegte, lag nun sauber geordnet in diesen Schubladen, die sich so leicht und glatt herausziehen ließen, daß es ein Vergnügen war. Er hatte ihr seinerseits dafür zwei Flugstunden zu Weihnachten geschenkt und wußte nicht, wer von ihnen beiden die größere Freude an diesem Austausch von Geschenken hatte.

Heute allerdings würde es kein Austausch werden, dachte er, während er fröhlich vor sich hinpfiff. Er stellte sich bereits Freddys Gesicht vor, wenn er ihr eröffnen würde, daß sie heute zu ihrem Geburtstag von ihm einen Überlandflug geschenkt bekomme. Das Ziel durfte sie sich selbst aussuchen, die Flugzeit dafür ging auf seine Kosten. Natürlich mußten sie bei Sonnenuntergang wieder zurück sein. Sein Rollfeld hier war nicht befeuert. Und außerdem wurde es jetzt mitten im Winter auch schon kurz nach fünf dunkel.

Sie hatte noch immer Weihnachtsferien und sollte also auf jeden Fall pünktlich für ihre normale Stunde sein. Sie mußte tatsächlich jede Minute eintreffen. Nach wieder einer Woche üblicher, normaler Flugstunden mit allerlei Möchtegern-Piloten – wie beispielsweise jenem stadtbekannten Arzt, dessen Freundin fand, er sehe wie Lindbergh aus, oder dem stadtbekannten Bankier, dessen Frau hoffte, daß er wie Lindbergh aussehe, oder dem stadtbekannten Don Juan, der wie Lindbergh aussehen wollte und deshalb darauf bestand, selbst in einer geschlossenen Pilotenkanzel Fliegermütze und Schutzbrille zu tragen – war es nur verständlich, daß er sich wirklich darauf freute, mit jemandem zu fliegen, der aussah, wie Carole Lombard ausgesehen haben mußte, als sie noch in diesem Alter war, und zugleich wie... ach, zum Teufel, warum es nicht zugeben, wie Amelia Earhart, bevor sie sich das Haar so kurz gestutzt hatte.

»Ein Überlandflug? O Mac, wirklich?« Freddy war völlig außer sich vor Freude und Überraschung und hüpfte auf und ab, als sei sie nicht heute sechzehn geworden, sondern gerade sechs. »Ein tolleres Geburtstagsgeschenk habe ich noch nie bekommen!«

»Ja, aber du verschwendest deine Zeit!« mahnte er, und sein Lächeln verschwand. »Du kannst hinterher, wenn es zu dunkel zum Fliegen ist, noch lange genug dankbar sein.«

»O Gott«, sagte Freddy plötzlich in einem Ton wie jemand, der überraschend an einem unbezahlbaren Geschenk einen Schaden entdeckt.

»Was ist?«

»Nichts«, beschwichtigte sie hastig. »Alles ist okay. Nur, ich muß heute ja zu einer vernünftigen Zeit zu Hause sein, um mich für das Fest heute abend groß in Schale zu werfen. Meine Eltern wollen mit uns zum Brown-Derby zum Essen gehen, weil ich nicht für Ihren Vorschlag einer großen Geburtstagsparty zum süßen Sechzehnten war. Können Sie sich mich und eine süße Party vorstellen?«

»Nein, wirklich nicht. Schön, also wohin fliegen wir?«

Freddy hatte im Verlauf ihrer vielen Landeübungen mit sofortigem Wiederabheben schon so gut wie sämtliche Flugplätze der näheren und weiteren Umgebung angeflogen und dabei durchaus ihre Vorlieben entwickelt. »Burbank«, sagte sie deshalb jetzt rasch, weil dies der größte, belebteste und darum auch schwierigste von allen war. »Danach Van Nuys, und Santa Paula, anschließend hinaus über den Topanga-Canyon und schließlich...«

»Catalina?« Er sagte es, weil er sie gerne auf diesem nicht einfachen Flugplatz in den Bergen landen sehen wollte; es war die kürzeste und schwierigste Landebahn der ganzen Gegend.

»Nein. Mines Field. Und dann zurück.«

»Mines Field? Möchtest du da etwa Vorausflieger für das Nationale Luftrennen werden?«

»Ich will es einfach mal sehen, Mac. Aus reiner Neugierde, ich gebe es zu. Ist dagegen denn etwas einzuwenden?« Sie sprach hitzig und etwas verlegen, während sie die nötigen Karten aus der Schatulle suchte, damit sie ihren Flugplan aufzeichnen konnte.

Als sie in der Luft waren, merkte sie selbst, welche Fortschritte sie in den vergangenen drei Monaten gemacht hatte. Das ganze Gelände, das zwischen dem Horizont und den Tragflächenspitzen des Flugzeugs wie ein Endlosstreifen wegzog, war einst von irritierender Fremdheit für sie gewesen. Jetzt reihte sich ein vertrauter Orientierungspunkt an den anderen. Die verstreuten Farmen. Das wie eingekratzte Wege- und Straßennetz und die noch tieferen und dunkleren Linien fast trockener Flußbette, die von freundlichem Grün gesäumt wurden. Besondere Formationen der gelblichen Erde des San-Fernando-Tals. Und selbst die deutlich erkennbaren Flecken, wo die typische kalifornische Vegetation auf ungewässertem Boden gedeihen mußte.

Ihre Augen waren, wie Mac es sie gelehrt hatte, beständig in aufmerksamer Bewegung, um den Himmel und das Land zu beobachten. Ihr Kopf wanderte unablässig hin und her, damit ihr wirklich nichts entging, was sich hier oben oder dort unten ereignete, denn es konnte ebenso tödlich sein, den Verkehr aus den Augen zu lassen, wie, sich vor dem Start nicht zu vergewissern, ob das Flugzeug aufgetankt war.

Er ließ sie alles ganz allein machen, ohne sich einzumischen, und er achtete lediglich darauf, ob sie Fehler beging. Nein, keine Frage, das Mädchen war das geborene fliegende Lebewesen. So zum Fliegen geboren wie manche Leute auf einem Pferderücken aufgewachsen zu sein scheinen. Oder scheinbar Schwimmhäute haben. Er hätte jede Wette gehalten, daß sie eines Tages alles wußte, was er wußte, und vermutlich noch ein ganzes Stück mehr.

Obwohl Mac kein Wort seiner sonst üblichen Anweisungen sagte, hatte Freddy sie ganz genau im Ohr. »Du fliegst tatsächlich die Erdoberfläche entlang«, pflegte er zu sagen. »Im Geiste streichst du sie dir glatt und hältst dein Flugzeug parallel zum Grund, den du überfliegst. Der

Horizont ist unwichtig, es sei denn, es taucht ein Berg an ihm auf. Aber jeden Augenblick mußt du dir über die Erdoberfläche unter dir im klaren sein.«

Sie war nicht Macs Meinung, der Horizont sei unwichtig. Für sie erfüllte er ein ganz elementares Bedürfnis und verursachte einen ständigen, unstillbaren Hunger, sich ihm zu nähern und zu erkunden, was hinter ihm lag. Sie wußte schon, daß er das im Grunde genauso empfand, aber als ihr Lehrer darauf achten mußte, daß sie sich eher auf andere Dinge konzentrierte.

Ganz nebenbei und so, daß sie es gar nicht bemerkte, schob Mac unerwartet den Gashebel hinein und nahm den ganzen Schub aus dem Motor. »Dein Motor ist eben ausgefallen«, sagte er in die plötzlich eingetretene Stille hinein. »Wo willst du notlanden?«

»Da drüben rechts ist ein ungepflügtes Feld«, sagte Freddy ganz ruhig.

»Sonst? Ungepflügte Felder sind nichts. Viel zu leicht. Nehmen wir einfach an, es ist gar nicht da. Nehmen wir an, das ganze Tal hier ist voller Orangenbäume. Also, wo?«

»Die Straße dort, links. Sie ist breit genug, und es herrscht kein Verkehr.«

»Und warum nicht auf einem schmalen Streifen zwischen diesen beiden imaginären Orangenbaumreihen da drüben?« Mac blieb hartnäckig und deutete auf die Stelle, die er meinte, während Freddy, deren Augen zwischen ihren Instrumenten und dem Boden unten hin und her schossen, ganz zielstrebig auf den Punkt zuglitt, wo sie einen Anflug für ihre Notlandung beginnen konnte.

»Die Straße ist mir trotzdem lieber. In beiden Richtungen kein Verkehr. Und sie ist auch ein bißchen breiter. Und ich kann gegen den Wind landen, also auch rasch zum Stehen kommen. Und da kommt dann auch am ehesten jemand, der mich bis zum nächsten Ort mitnehmen kann.«

»Mhm«, brummte er zustimmend und stützte sich mit den Händen auf der Konsole des Cockpits auf, während Freddy einen Gegenwindanflug wie aus dem Bilderbuch vollführte und in fünfzig Fuß Höhe so exakt wie mit dem Lineal gezogen, genau über der Straße, in Landeposition war. Sie begann eben ihr letztes Manöver vor dem Aufsetzen, als er den Gashebel wieder herauszog und der Motor wieder aufdröhnte. Freddy nahm ohne jede Überraschung den Steuerknüppel langsam zurück, ohne Hast oder Ruck, so daß sie problemlos wieder Höhe gewann. Sie bedauerte nur, daß sie auch diesmal – wie immer – die simulierte Notlandung nicht wirklich ganz zu Ende führen konnte. Sicher, die Straßenpolizei hätte vermutlich etwas dagegen gehabt. Oder die Bauern hier würden sich beschweren.

Sie flog Burbank ganz vorsichtig an. Es gab hier sehr viel kommerziellen Linienverkehr; alle Flüge nach Los Angeles landeten in Burbank und konnten sich per Funk mit der Flugkontrolle verständigen, während sie ohne Funk und auf Sichteinflug in den dichten Flugbetrieb angewiesen war. Die Prozedur, sich in den ganzen Ablauf einzuordnen und darauf zu warten, bis sie als nächste an der Reihe war, erinnerte sie an die formelle Etikette der Tanzstunde, in die ihre Eltern sie einige unerquickliche Monate lang geschickt hatten. Man mußte, während man sich seine vorschriftsmäßige Position in der Luft suchte, von der gleichen steifen Höflichkeit sein wie dort, wo man sich mit weißen Handschuhen und im besten Kleid in einem Saal voller anderer Tänzer herumdrehte. Der Flugplatz Van Nuys weiter oben im Tal war dagegen sehr viel weniger belebt. Dort hatte sie das Gefühl, ihn fast für sich allein zu haben, während sie kurz aufsetzte, aber sogleich wieder, ohne auszurollen, durchstartete, um in Richtung Santa Paula weiterzufliegen.

Der Flugplatz von Santa Paula war erst fünf Jahre alt und bestand eigentlich nur aus einer einzigen Graspiste neben einem kleinen Fluß, an dessen Ufer hohe Bäume standen. »Wollen wir hier ein paar Minuten Pause machen?« schlug Mac vor. »Das Café dort hat die besten hausgemachten Kuchen im ganzen Tal.«

Nachdem sie dem Flugzeug die Halteklötze untergeschoben hatten, stellte Freddy fest, daß sie die einzigen Flieger auf dem ganzen Platz waren. Es war verblüffend still. Kein Laut irgendeines Motors oder auch nur einer Stimme war zu hören. Nur der Wind, der immer auf allen Flugplätzen bläst, raschelte im Laub der Bäume. Es war so warm, daß sie ihren dicken blauen Pullover ausziehen konnte. Sie band ihn sich um die Hüfte und sah sich in ihren Jeans und dem weißen Männerhemd um. Ein breiter Ledergürtel schnürte ihr die derbe Hose so eng es ging zusammen, aber es war doch unübersehbar, daß sie mit ihrer schmalen Teenagerfigur die für Männermaße geschnittene Hose nicht ausfüllte.

Der Flugplatz Santa Paula sah wenig anders aus als eine ländliche Wiese. Dennoch hätte sie selbst mit geschlossenen Augen gewußt, daß sie sich auf einem Flugplatz befand. Denn ein leerer Flugplatz ist immer nur einer im Wartezustand. Kein Flieger ist imstande, ihn eine längere Zeit unbeachtet zu lassen, denn seine Luft ist irgendwie getränkt mit Erwartung und Versprechen und Spannung – so wie jedes Theater hinter der Bühne vor Beginn der Vorstellung.

Sie aßen beide je zwei Stück Apfelkuchen und tranken dazu in nachdenklichem Schweigen ihren Kaffee. Der Mann an der Theke las seine

Zeitung. Freddy versuchte ungeduldig ihr wallendes Haar hinter ihre Ohren zu streichen und bedachte die nächste Etappe ihres Fluges mit nahezu fiebriger Erwartung. Die Santa-Monica-Berge zwischen dem San Fernando-Tal und dem Pazifik stiegen nirgendwo viel höher empor als 4000 Fuß. Freddys bisherige kurze Flugstunden hatten noch nie Gelegenheit geboten, sie zu überfliegen. Ihre ganze Flugerfahrung hatte sich noch nicht weiter als über das Gebiet des Tals erstreckt.

»Was ist, Mac, fliegen wir heute noch weiter oder nicht?« fragte sie, kaum daß sie mit ihrem Kuchen fertig war, und sah ihn an, als denke sie an etwas in sehr weiter Entfernung.

»Was immer du sagst, meine Kleine. Das ist dein Tag.«

Sobald sie wieder in der Luft waren, stellte Freddy ihren Kompaßkurs auf Südwest ein und begann höher zu steigen als jemals zuvor. Sie wollte die Berge am Topanga-Canyon überqueren. Der flache Grund, an den sie bisher gewöhnt war, veränderte sich mit verblüffender Plötzlichkeit. Die Berge stiegen ganz unvermittelt steil empor. Es waren wilde, weglose Berge, deren unfreundlicher Anblick von nacktem, gezacktem Fels überhaupt nicht zu Kalifornien zu passen schien.

Freddy sah sich um und fand, das unter ihr könne auch jeder beliebige rauhe, gefährliche, unbewohnte Fleck irgendwo auf der Welt sein. Nirgendwo gab es hier auch nur die kleinste Möglichkeit für eine Notlandung. Sie überlegte, ob sie nicht gleich zweitausend Fuß höher steigen sollte, damit sie, sollte es Mac noch einmal einfallen, ihr den Motor wegzudrosseln, eine längere Gleitphase zur Verfügung hatte. Sie warf ihm einen kurzen Blick zu, aber er saß ganz ruhig da und sah wie gelangweilt vor sich hin. Lieber sicher als traurig, dachte sie und beschloß, sofort höher zu steigen.

»Nicht nötig«, lächelte Mac, der ihre Gedanken lesen konnte. »Ich mach's nicht. Versprochen.«

Zwei Minuten danach hatte sie den Grat der Bergkette hinter sich gelassen, und es war, als habe der Planet ein gigantisches Zauberkunststück vollführt. Denn nun lag, wie mit einem Schlag, eine ungeheure, endlose, eigentlich unvorstellbare, fast unwirkliche blaue Szenerie vor ihr.

Sie hatte wohl gewußt, daß sie den Pazifik sehen würde. Er war ja deutlich genug auf der Karte. Aber sie war dennoch völlig unvorbereitet auf den Anblick dieser wundervollen, glitzernden Weite und Offenheit, die sich bis ins Endlose erstreckte. Es war wie ein ganz neuer, völlig unbekannter Planet. Eine ganze Flotte Segelboote, klein und weiß, weit, weit unten, weit, weit entfernt, schien dem Rand dieser endlosen Welt entgegenzufahren, und Freddy flog wie in Trance auf sie zu. Das waren Abenteurer dort unten. Aber keine solchen Abenteurer wie sie hier oben. Denn sie konnte immerhin über sie wegfliegen und sie hinter sich lassen, diese armen, flügellosen Geschöpfe, die so ganz vom Wind abhängig waren. Nach Westen flog sie, immer weiter, bis sie weit hinter ihr waren.

»Na, nächste Zwischenlandung Hawaii?« fragte Mac.

Freddy blieb der Mund offenstehen, der Zauber war gebrochen. Sie war meilenweit vom Kurs abgekommen, ohne zu denken, ziellos, verzaubert, hypnotisiert, direkt in den Horizont hinein.

»Ich... Wie?... Es... O verdammt, tut mir leid«, stotterte sie. Sie sah sich um und begann eine Kehre zu fliegen, um zur Küste zurückzukommen.

»Nur ganz ruhig. Ich habe es ja zugelassen.« Er beobachtete, wie sie daranging, sofort wieder ihren richtigen Kurs zu bestimmen, obwohl sie über sich selbst noch völlig sprachlos war. Es gab zwei Sorten Flugschüler, dachte Mac, was ihre Reaktion auf den ersten Anblick des Pazifik betraf. Die einen warfen einen kurzen Blick darauf und blieben unbeeindruckt auf ihrem Kurs, als wäre Fliegen nur eine lästige Hausaufgabe und der Pazifik eine windige Pfütze. Und die anderen, zu denen Freddy sichtlich zählte, verloren völlig den Kopf und waren meistens so verwirrt, wenn sie entdeckten, wie der Ozean sie magnetisch weit hinausgezogen hatte, daß die das Zittern bekamen und ihn baten, die Maschine zu übernehmen und für sie nach Hause zu fliegen.

Sie erreichten die einzige Rollbahn von Mines Field. In einem halben Jahr sollte hier der Start zum Nationalen Flugrennen erfolgen. Überall waren Bulldozer am Werk, um die Startbahn zu verbreitern und Zuschauertribünen zu errichten. Freddy umkreiste den Platz und beschloß dann aber, nach einem Blick auf ihre Uhr, nicht hinunterzugehen, sondern gleich über die Santa-Monica-Berge nach Dry Springs zurückzukehren. Bei ihrem Abstecher auf den Pazifik hinaus hatte sie kostbare Zeit verloren. Sie änderte ihren Kompaßkurs noch einmal und landete kurz nach halb fünf auf ihrem Heimflugplatz. Die Sonne stand bereits tief, aber es war sehr klar, so daß es immer noch recht hell war. Als sie am üblichen Parkplatz der *Taylor* standen, sagte Mac beiläufig:

»Ich habe da noch ein kleines Geburtstagsgeschenk für dich. Warte hier, ich gehe schnell rein und hole es.«

»Sie haben mir mein Geschenk doch schon gegeben«, wehrte Freddy ab. Irgendwie fühlte sie sich jetzt ganz leer und empfindungslos. Ihr Überlandflug schien ihre ganzen Gefühle aufgebraucht zu haben.

»Keine Diskussionen. Man ist nur ein einziges Mal sechzehn. Ja, übrigens, Freddy, während ich das hole, steige noch einmal auf und fliege dreimal um den Platz, ehe du wieder runterkommst.« Und damit öffnete er die Tür, sprang aus dem Flugzeug, schlug sie hinter sich zu, ohne ihr noch einen Blick zu gönnen, und stapfte auf sein Büro zu.

Einen Moment lang saß Freddy wie vor den Kopf geschlagen. Sie sah McGuire davongehen. Was war das? Hatte er tatsächlich gesagt, sie sollte die Kiste noch einmal allein...? Nein. Allein hatte er nicht gesagt. Aber gemeint hatte er es!

»O ja!« schrie sie begeistert auf, allein in der Kanzel. »Ja, ja, ja, ja!« wiederholte sie laut, ohne daß es ihr bewußt gewesen wäre, mit ernsthaftem, befehlendem Unterton an sich selbst. Dann rollte sie zur Startbahn, beschleunigte dem Anhebepunkt entgegen, das Gas voll offen, mit allem, was der Motor hergab, und fühlte so etwas wie Leidenschaft und Ekstase, als sie sich dem magischen Punkt näherte, an dem sie ausreichend Fahrt haben würde, damit die Tragflächen sich unwiderstehlich abhoben, hinauf in die goldene Luft, in den lockenden Himmel, der sinkenden Sonne entgegen.

Als sie abhob und rasch hochstieg, war sie Bogenschütze und Pfeil zugleich. Keinen Moment lang sah sie auf den leeren Sitz neben sich. Es gab die Zeit. Aber nicht für sie. Ihre Hand bewegte sich ruhig und sicher, als sie die richtige Höhe erreichte und die nötigen Vorbereitungen für ihre Kurven und Wenden traf. Ihr Herz klopfte jedoch wild, voll von nie erlebter Freude. Das leichte Flugzeug reagierte auf den leisesten Druck, als sei es ihr eigenes Fleisch und Blut. Die Flugfiguren, die sie ausführte, schienen jetzt, als sie zum ersten Mal allein war, von ganz neuer Art zu sein. Und selbst alle die bekannten Orientierungspunkte vermittelten ihr eine ganz neue Erfahrung. Es war etwas Überirdisches in diesen Augenblicken, und es reichte bis in die Spitzen ihrer Tragflächen, die bereits an die fallende Dunkelheit stießen, bis in das ruhige Laufgeräusch des Motors und bis in das Wissen, daß eine Maschine und ein Mensch, die sich zusammenfanden und allein miteinander waren, mehr ausmachten als ein Ganzes. Sie hörte sich selbst selig lachen, und vor ihr war mittlerweile am dunkel werdenden Himmel der Abendstern aufgegangen.

Unten auf dem Platz stand Mac am Rande der Rollbahn, blickte hinauf und ließ die Silhouette des Flugzeugs dort oben keine Sekunde aus den Augen. Er ballte nervös die Hände in den Taschen. Welcher Teufel hatte ihn denn da geritten, sie vor ihrem ersten Alleinflug diesen langen Überlandflug machen zu lassen? Es war spät, und sie war bereits müde und nach dem Flug auf den Pazifik hinaus vermutlich aufgewühlter, als er ahnte. Gestern noch war sie gerade erst fünfzehn, also noch zu jung für einen Alleinflug. Wieso waren vierundzwanzig Stunden der ganze Unterschied, der sie jetzt plötzlich alt genug dafür machte? Was war da in ihn gefahren? Na und: ihr Geburtstag... Er hätte es doch leicht auf irgendeinen anderen Tag verschieben können! Können und, verdammt, ja: müssen!

Aber was sollte man machen. Sie war ganz einfach so weit. Als er sie heute bei diesem Flug beobachtet hatte, war das die pure Wiederbelebung seiner eigenen Erinnerungen gewesen, mit Empfindungen, die er schon vor vielen Jahren vergessen geglaubt hatte. Immer war er der Meinung gewesen, die Tatsache, daß er ein profaner Lehrer dessen geworden war, was einst seine ganze Leidenschaft dargestellt hatte, habe seine ganze Freude und Begeisterung von einst über die Reinheit des Fliegens in ihm ersterben lassen. Doch heute hatte Freddy ihm diese ganze Poesie zurückgebracht, und er hatte wieder so bewußt wie damals geatmet, als es ihn getrieben hatte, diesen Planeten von Zeit zu Zeit unter sich zu lassen. Aber, lieber Gott, es wurde jetzt schon jede Sekunde dunkler. Es waren noch die kürzesten Tage des Jahres. Die Temperatur mußte mehr als zehn Grad gefallen sein, seit sie in Santa Paula gewesen waren. Er merkte auch, daß er fror, aber es war undenkbar, daß er, solange Freddy noch da oben war, in den Hangar lief, um sich eine warme Jacke zu holen. Er hatte noch kein Flugzeug erlebt, das derart lange für drei Platzrunden brauchte, auch am größten Flughafen nicht.

Freddy flog immer noch weiter. Sie sah den Abendstern wieder und wußte, daß er ihr eine Botschaft sandte. Eine freundliche und bedeutsame Botschaft, die sie bereits als vielleicht nie entzifferbar, für ewig undeutbar akzeptiert hatte, ganz ungeachtet dessen, wie wichtig sie für ihr ganzes Leben sein mochte. Sie verspürte heftige Sehnsucht, immer höher und höher zu steigen, bis sie am Ende das Sternbild des Steinbocks sähe. In den Büchern stand, es sei so weit weg, daß man es nicht erreichen könnte. Sie glaubte das nicht, würde es nie glauben, denn sie wußte mit großer Bestimmtheit, daß sie hier und jetzt und von nun an unter dem Steinbock flog, ihrem Geburtssternzeichen.

Sie blickte nach unten und sah dort winzig Mac stehen, eine einsame Silhouette an der Rollbahn. Sie wackelte mit den Tragflächen, um ihn wissen zu lassen, daß sie ihn sah. Dann vollendete sie ihre dritte Platzrunde und bereitete, wenn auch mit einem Seufzer des Aufbegehrens, ihre Landung vor.

Mac stand unbeweglich, als sie perfekt landete. Sie setzte das rote Flugzeug weich und sanft auf, und das Spornrad berührte den Boden im gleichen Augenblick wie die Rumpfräder vorn. Seine Hände waren noch immer in den Taschen geballt, als sie zum Hangar rollte und nicht weit von ihm zum Stehen kam. Er lockerte die Faust erst, als sie den Motor abstellte. Dann ging die Tür auf, und sie kam übermütig mit einem Satz aus der Maschine auf ihn zu und riß ihn fast um, als sie ihm um den Hals fiel. Es war mittlerweile nahezu dunkel, aber sie glühte wie ein Feuerwerkskörper am vierzehnten Juli. Ihre rote Mähne wehte im Abendwind, und ihre Augen sprühten Funken.

»Ich habe es geschafft! Ich habe es geschafft!« rief sie und küßte ihm das ganze Gesicht ab. Dann breitete sie weit die Arme zum Himmel und sah hinauf zum Abendstern, als sei der ihr alleiniges Eigentum. »Ich habe es geschafft! Danke, Mac, danke!« Er merkte, daß er kein Wort herausbrachte. Er fühlte sich ja in diesem Augenblick genauso jung, triumphierend und von Sinnen wie sie selbst. Die gleichen Gefühle, die er vor langer Zeit verspürt hatte, schnürten ihm jetzt wieder die Kehle zu und drängten ihm Tränen in die Augen. Er klopfte nur auf seine Armbanduhr und schüttelte mahnend den Kopf.

»Ich weiß ja«, sagte Freddy. »Ich muß los, wenn ich nicht endgültig zu spät kommen will. Obwohl, zu spät komme ich ohnehin. Ach, Mac, es ist mir egal! Ja, ich gehe ja schon. Ich gehe ja schon. Aber ich komme wieder, Mac! Ich muß noch so viel lernen!«

Sie vergaß, daß sie eigentlich noch den Eintrag in ihr Logbuch machen mußte, umarmte ihn noch einmal stürmisch und innig zugleich, küßte ihn dankbar und rannte zur Straße, um jemanden zu finden, der anhielt und sie mitnahm. Mac stand noch immer regungslos an der gleichen Stelle. Auf seinen kalten Wangen spürte er noch immer die Wärme ihrer impulsiven Küsse. Und ihm war, als lägen ihre Arme noch immer fest um seinen Hals. Ihre glückselige Stimme klang ihm noch immer in den Ohren.

Er seufzte und schüttelte den Kopf. Er begann die *Taylor* festzubinden, hielt aber immer wieder inne und fuhr sich selbst über die Wangen. Und ein nachdenkliches, leicht verwundertes Lächeln begann sich über seinem Gesicht auszubreiten. Süße Sechzehn, sagte er zu sich selbst. Süße Sechzehn... also, so war das damit.

NEUNTES KAPITEL

Eve wäre es lieber gewesen, wenn sie an Freddys Geburtstagsdinner zu *Perino's* gegangen wären. Es war das eleganteste französische Restaurant von ganz Los Angeles. Doch Freddy war schon einmal im *Hollywood Derby* gewesen und seitdem ganz verrückt nach der hektischen und wuselnden Showbusiness-Atmosphäre mit Corn-Beef-Ragout und Hühnchen à la crème und Ketchupflaschen auf jedem Tisch; und an jedem Tisch konnte ein Telefon eingesteckt werden. Letztere Serviceleistung fand Eve freilich schlicht unmöglich; sie konnte sich nicht daran gewöhnen, so oft sie auch in dieses Restaurant kam.

Sie dachte daran, was denn wohl ihre Mutter, gar nicht zu reden von ihrer Schwiegermutter, davon gehalten hätte, junge Mädchen in solche Lokale mitzunehmen. Für diese beiden vornehmen Damen alter Schule mußte es schlicht unvorstellbar sein, daß es ein Lokal gab, in dem abends Damen und Herren in formeller Abendkleidung gleich neben Tom Mix saßen, der am Nebentisch in einem phantasievollen Western-Aufzug eine riesige Schüssel Bouillabaisse vor sich hatte; ein Lokal, vor dem jeden Abend die Autogrammjäger in ganzen Pulks darauf warteten, daß die Filmstars auftauchten; ein Restaurant, in dem viele Gäste – so wie heute – beizeiten aufbrachen, um im nur einen Block entfernten *Hollywood Legion Stadium* Berufsboxkämpfe anzusehen, und dabei manchmal die geradezu berüchtigten Schlägereien zwischen den berühmtesten Gästen des *Derby* verpaßten.

Sie versuchte sich an ihren eigenen sechzehnten Geburtstag zu erinnern. Zweifellos hatte es ein großes Geburtstagsdiner *en famille* gegeben. Wahrscheinlich war ihr zur Feier des Tages auch ein Glas Dom Perignon erlaubt worden. Zuvor war vermutlich schon eine Teeparty für ihre Schulfreundinnen aus der Klosterschule mit Eclairs und Petit Fours gewesen. Ganz genau und mit Sicherheit erinnerte sie sich nicht mehr. Sechzehn war in Frankreich kein besonderer Geburtstag. Mit sechzehn galt zu ihrer Zeit ein Mädchen noch immer als Kind. In der Tat hatte damals ihr Haar noch auf Mädchenart bis zur Hüfte gereicht, und sie war bis dahin noch nicht einmal ohne Gouvernante aus gewesen und hatte noch nie ein öffentliches Restaurant von innen gesehen.

Und dennoch... war sie damals, mit sechzehn, nicht doch bereits dem Kindesalter entwachsen gewesen?

Sie verbarg ein heimliches Lächeln, als sie ihre Töchter betrachtete, die so aufrecht am Tisch ihrer niedrig abgeteilten Nische saßen und verstohlen auf all die Stars blickten, die an den Tischen ringsum aßen und von denen viele Paul und Eve gegrüßt hatten. Der französische Konsul und seine Gattin waren in Los Angeles überaus populär, und es hatte auch so manchen wohlwollenden Blick gegeben, als ihnen Delphine und Freddy vorgestellt wurden, ein leutseliges Kopfnicken oder sogar ein Augenblinzeln der Gratulation für Paul und Eve beim Anblick ihrer Töchter.

Und in der Tat, fand Eve zufrieden, konnte sie heute abend durchaus stolz auf beide sein. Delphine sah, obwohl sie gerade erst siebzehneinhalb war, hinreißend damenhaft aus in ihrem weißen Chiffon-Abendkleid, zu dem sie lediglich eine Perlenhalskette und Perlenohrringe trug. Selbst wenn sie ganz unangemessen Diamanten getragen hätte, dachte Eve, hätte sie kein Mensch wahrgenommen, denn sie lenkte mit der unnachahmlichen Grazie, mit der sie etwa den Kopf hielt und mit ihrer frappierenden Schönheit alle Augen nur auf sich selbst.

Freddy ihrerseits war es, obwohl sie sehr spät von der Schule gekommen war – ausgerechnet heute! – gelungen, ihre wilde Mähne einigermaßen zu bändigen und zivilisiert um ihr gerötetes, sehr glücklich aussehendes Gesicht fließen zu lassen. Sie hatte doch immer gewußt, daß Freddy das schaffte, wenn sie nur wollte! Sie trug ihr erstes Abendkleid. Es war aus blauem Samt mit einem breiten weißen Satinsaum und ließ sie erwachsener den je aussehen. Dieses Dinner mußte ihr wirklich viel bedeuten, denn sie strahlte eine Erregung und Begeisterung aus wie noch nie. Und das wollte bei Freddy ja gewiß etwas heißen, deren bisheriges Leben doch angefüllt war mit lärmenden Entdeckungen. Eve wurde jetzt erst klar, daß Freddy sogar derart aufgeregt war, daß sie fast den ganzen Abend noch kein Wort gesprochen hatte; und sie waren bereits beim Dessert. Sie legte Paul die Hand auf den Arm und blickte liebevoll auf ihre bezaubernde jüngere Tochter, ein Mädchen voller Feuer und Temperament, mit ihren großen staunenden Augen und dem flammenden Haar.

»Wo sie nur ist?« fragte Eve leise.

»Das werden wir nie erfahren«, antwortete Paul.

»Jedenfalls, ein Junge ist es wohl nicht.«

»Na, Gott sei Dank«, sagte Paul.

Delphine, jetzt im ersten Jahr an der Universität, ging für seinen Geschmack bereits viel zu oft aus. Selbst heute war sie nach dem Dinner wieder verabredet und wollte sich gleich anschließend mit ihrer besten Freundin Margie Hall treffen. Irgendwo war wieder eine Campus-Party. Falls Freddy bereits an Jungs interessiert war, hatte sie das jedenfalls noch mit keinem Wort zu erkennen gegeben. Von jetzt an, nachdem sie sechzehn geworden war, mußten sie sie ja wohl ausgehen lassen, wenn das mit den Einladungen losging; so wie es schon bei Delphine gewesen war. Der Franzose in ihm war dagegen, aber nach fünf Jahren in Kalifornien kannte er auch die hiesigen Gebräuche und wußte, daß man schlicht nichts dagegen machen konnte.

Delphine stieß Freddy an. »Hast du gesehen, was ich gesehen habe? Marlene Dietrich ist gerade gekommen, mit zwei Männern. Der eine muß wohl ihr Mann sein. Der andere ist Prinz Felix Rolo von Ägypten. Sie gehen miteinander überallhin. He, Freddy!«

»Hm?«

»Nun schau doch endlich, zum Donnerwetter, bevor sie in die Bar hinausgehen. Da, jetzt sind sie weg. Sie kommen sicher in ein paar Minuten wieder. Dann stoß' ich dich wieder an!«

»Siehst du Howard Hughes irgendwo?« fragte Freddy mit völlig geistesabwesender Stimme. Auf Delphine konnte man sich jederzeit verlassen; ihr entging auch nicht ein Gesicht, das schon einmal in einer Zeitung gewesen war, gleich ob Filmstar oder nicht.«

»Nein. Wozu willst du den denn sehen?«

»Nur so«, antwortete Freddy ausweichend.

»Du siehst komisch aus«, sagte Delphine in kritischem Ton. »Mutter, meinst du nicht auch, daß Freddy aussieht, als hätte sie Fieber?«

»Ist dir heiß, Liebling«, fragte Eve. »Delphine hat ganz recht... deine Wangen glühen ja richtig, und du hast einen etwas eigenartigen Blick in den Augen. Sie sind zu hell. Am Ende brütest du etwas aus? Paul, was meinst du?«

»Ach, Schatz, sie ist einfach, was man hier ›Birthday Girl‹ nennt. Sie ist einfach ganz weg, daß sie jetzt sechzehn ist. Das ist das ganze Fieber. Das Erwachsensein... mehr oder minder.«

Alle drei wandten sich Freddy zu und musterten sie mit zärtlicher Zuneigung und Fürsorge. Das gab ihr den Rest. Sie war nicht mehr imstande, ihren Triumph auch nur eine Sekunde länger für sich zu behalten.

»Ich bin heute solo geflogen«, verkündete sie mit bebender Stimme.

»Was bist du?« fragte Eve.

»Was bist du?« fragte auch Delphine.

»Was bist du??« Paul riß es fast vom Stuhl, denn er war der einzige, der wußte, was das bedeutete.

»Ich bin mit einem Flugzeug aufgestiegen, habe den Platz dreimal umrundet und bin wieder gelandet.«

»Allein?« fragte Paul, wie vor den Kopf geschlagen, obschon er die Antwort ganz genau kannte.

»Mußte ich doch, Vater. Sonst wäre es doch kein Soloflug«, erklärte Freddy und versuchte ganz selbstsicher und erwachsen zu wirken.

»Aber das gibt es doch gar nicht«, rief Eve weinerlich, »das ist doch nicht möglich, Freddy! Du kannst doch gar nicht fliegen! Wie kannst du mit einem Flugzeug aufsteigen, wenn du gar nicht weißt, wie man das macht? Wie kannst du dein Leben riskieren? Bist du vollkommen verrückt geworden?«

»Freddy, du erklärst es ihnen besser«, sagte Paul zornig und nahm Eves Hand, um sie zu beruhigen.

»Es ist völlig legal«, sagte Freddy hastig. »Mit sechzehn darf man solo fliegen.«

»Das ist doch keine Erklärung!« Paul war noch zorniger als zuvor.

»Also gut...«, begann Freddy. »Mutter, du erinnerst dich gewiß, daß du uns oft die Geschichte erzählt hast, wie du heimlich von zu Hause weg und mit diesem Ballon aufgestiegen bist, als du gerade vierzehn warst?«

»Das hat mit dem hier überhaupt nichts zu tun, Marie-Frédérique!« sagte Paul aufgebracht und so laut es nur möglich war, ohne in dem überfüllten Restaurant Aufmerksamkeit zu erregen. »Die einfachen Tatsachen, bitte!«

»Gut. Das Flugzeug war eine Taylor Cub mit...«

»Die Tatsachen, sagte ich! Woher kannst du fliegen?«

»Ich habe Stunden genommen. Acht insgesamt.«

»Wann? Wann hattest du Zeit für Flugstunden?« wollte Paul mit zusammengepreßten Lippen wissen.

»An den Freitagnachmittagen.«

»Du sagtest doch, da malst du Kulissen für das Schultheater!« wandte Eve ein.

»Das war gelogen.«

Delphine stand der Mund offen. Eve schüttelte ungläubig den Kopf. Paul forschte weiter.

»Und woher hattest du das Geld für die Stunden?«

»Ich... habe an den Samstagen bei Woolworth gearbeitet, am Bonbonstand. Ich habe mir das Geld also selbst verdient.«

»Und was ist mit dem Schwimmen und der Freundin in Beverly Hills... diese ganzen Trainingsstunden in ihrem Pool?« brauste Eve auf.

»Das war auch gelogen«, sagte Freddy und blickte ihrer Mutter offen in die Augen.

»Wo hast du diese Stunden genommen?« drang Paul weiter in sie.

»Draußen in Dry Springs.«

»Bei dem Mann, der damals vor vier Jahren mit dir geflogen ist, als wir da draußen waren?«

»Ja.«

»Wie kann der Bastard so etwas machen, ohne daß er es uns mitteilt?«
Pauls Gesicht wurde noch härter.

»Weil ich auch ihn angelogen habe. Ich sagte ihm, du bezahlst die
Stunden. Er hat gar keine Schuld.«

»So. Und möchtest du mir nun vielleicht auch noch verraten, wie du an
diesen Freitagen dort hinaus zu dem kleinen Flugplatz gekommen bist?«
Paul fragte unerbittlich weiter, während Freddy schon gehofft hatte, wenigstens diese spezielle Frage werde niemand mehr stellen.

»Ich... nun, alle machen das so, es ist völlig ungefährlich. Ich... bin
per Anhalter gefahren. Aber nur mit Leuten, die wirklich anständig aussahen.«

»PER ANHALTER??« riefen Paul und Eve gleichzeitig.

»Außer mit dem Wagen kommt man da nicht hin«, murmelte Freddy.
Sie kroch in sich hinein und starrte nur noch auf das Tischtuch.

»Oh, Freddy!« seufzte nun auch Delphine schockiert. Lügen, gut, das
war nichts Besonderes, das taten sie alle bei dieser oder jener Gelegenheit. Aber per Anhalter fahren! Das war schlimm. Das war wirklich
schlimm. Kein anständiges Mädchen käme im Traum auf die Idee, per
Anhalter zu fahren. Jimmy Cagney kam eben an ihrem Tisch vorbei,
doch sie sah ihm nicht einmal nach. Das hier war viel interessanter.

Ein schweres, drückendes, und vielsagendes Schweigen lag eine ganze
Weile über ihrem Tisch. Eve und Paul waren zu zornig, um ein Wort zu
riskieren.

»Eve! Paul! Und die schönen Demoiselles de Lancel! Was für eine bezaubernde Überraschung! Ah!« Vor ihnen stand Maurice Chevalier und
strahlte auf seine unnachahmliche Art die entzückende Familie an.

»Oh, Monsieur Chevalier!« plapperte Freddy mit Erleichterung los.
»Wir feiern meinen Geburtstag, wissen Sie! Ich werde heute sechzehn!
Ist das nicht toll?«

»Ah, wenn das so ist, muß ich selbstverständlich mitfeiern! *Tu per-
mets, Paul?*« Er setzte sich auf die Sitzbank neben Eve. »Ober, Champagner für alle! Lancel, natürlich! Rosé, wenn Sie den haben! Doch, doch,
Paul, darauf bestehe ich!« Er wandte sich an Freddy. »Dies ist ein bedeutsamer Tag, Mademoiselle Freddy! Sie müssen heute sehr glücklich sein.
Wir erwarten uns noch große Dinge von Ihnen, meine Kleine! Nicht
wahr, Paul? Ist das nicht alles aufregend, Eve?« Er wandte sich an Eve und
flüsterte ihr etwas ins Ohr. »Wäre eine gewisse Maddy nicht sehr entzückt gewesen, hätte sie in die Zukunft schauen und sich heute abend hier
sehen können, umgeben von einem so galanten Ehemann und zwei so
hinreißenden Töchtern?« Der Ober kam mit einer Flasche Lancel in

einem Eiskübel. »Ah, sehr gut, da ist der Champagner ja schon. So, und jetzt trinken wir alle... auf Mademoiselle Freddy de Lancel und ihre Zukunft! Möge sie wunderbar sein!«

Freddy trank ihr Glas auf einen Zug aus. Was immer auch noch Schlimmes kommen würde, nach einem Glas Champagner war es gewiß viel leichter zu ertragen. Und überhaupt – was wog irgend etwas gegen die Tatsache, unter dem Steinbock dem Abendstern entgegengeflogen zu sein?

Eve lag noch wach, nachdem Paul endlich eingeschlafen war. Freddys Geburtstagsdinner war bald nach Maurice Chevaliers Dazukommen zu Ende gegangen, und in stillschweigender Übereinkunft war kein Wort mehr über ihr unglaubliches Benehmen gesagt worden. Das *Derby* war schließlich nicht der geeignete Ort für ein Standgericht. Die Sache konnte gut, sehr gut, auch bis morgen warten. Sie und Paul waren auch zu müde gewesen und zu besorgt, um noch beim Schlafengehen weiter darüber zu diskutieren. Aber so müde sie war, jetzt konnte sie doch nicht einschlafen. Sie stand leise wieder auf, zog ihren Morgenrock über und setzte sich ans Fenster, wo sie in den Garten hinausblicken konnte.

Wie war es möglich, überlegte sie, daß jemand wie Freddy, die immer so geradeheraus gewesen war, so aufrichtig, unkompliziert, ehrlich, ein derartiges Lügengebäude aufbaute? Sie hatte monatelang geradezu ein Doppelleben geführt! Praktisch seit dem Beginn des Schuljahres! Wie konnte sie ihre Eltern, die ihr stets offen und liebevoll das Beste gegeben hatten, so belügen? Selbst vor Delphine hatte sie ihre Lügen zu verbergen verstanden, was bestimmt nicht leicht gewesen sein mußte. Und offenbar hatte sie auch den Mann, der ihr die Flugstunden gab, belogen.

Was hatte der wohl im Sinn gehabt? Was für ein unverantwortlicher, rücksichtsloser Mensch mußte das sein, der einer Fünfzehnjährigen nur des Geldes wegen so etwas Gefährliches wie Fliegen beibrachte? Wie konnte so jemand sich Lehrer nennen? Sie zog die Füße hoch und wikkelte sich noch enger in ihren Morgenrock.

Es war sehr verwirrend, sich über all dies klar zu werden, weil es da so viel gab, das sie überhaupt nicht verstand. Da hatte Freddy gesessen, so selbstbewußt, wie man es sich nur denken konnte, stolz wie noch nie, und versuchte ihr ganzes Lügenpaket mit dem harmlosen Flug ihrer Mutter seinerzeit in dem Heißluftballon in Dijon zu vergleichen, damals... wann war das noch gewesen?... 1910, vor fünfundzwanzig Jahren! Vor einem Vierteljahrhundert! So fern wie Atlantis, diese edwardianische Welt vor dem großen Krieg...

Wie alt war sie damals? Sie überlegte und rechnete rasch. Tatsächlich, vierzehn. Also war sie damals schon so alt gewesen – oder vielleicht doch: noch so jung? Aber sich einmal von seiner Gouvernante – Mademoiselle Helene, diesem Drachen! – fortzustehlen und sich heimlich einen Hut ihrer Mutter auszuleihen, war doch wohl nicht entfernt damit zu vergleichen, monatelang zu lügen und zu täuschen und die Schule zu vernachlässigen, nur um... fliegen zu lernen! Nur eine Winzigkeit, dieser unverhoffte Windstoß, war schuld gewesen, daß ihr der Hut davongeflogen war. Wäre das nicht gewesen, niemand hätte je etwas davon erfahren, niemand je Anlaß gehabt, zornig zu sein. Und so oder so, niemandem war damals irgendein Schaden oder Nachteil entstanden.

In der Dunkelheit legte sich ein Lächeln, dessen sie sich selbst nicht einmal bewußt war, auf Eves Gesicht, als sie sich erinnerte, wie gewaltig das Erlebnis, das Staunen, die Überwältigung der Gefühle damals gewesen waren – damals beim Anblick der Landschaft unter ihnen, wo sie die Arme in den Wind gebreitet hatte; wie groß ihr Stolz, nun eine der wenigen zu sein, denen es vergönnt war, sich von der Erde zu lösen, sich über sie zu erheben, hoch über der Menge zu schweben und mit eigenen Augen zu sehen, wie weit die Welt sich dort oben in der Luft öffnete.

Sie mußte zugeben, daß sie durchaus einiges Verständnis für Freddy empfand – sofern es nur um diesen unwiderstehlichen Wunsch ging, über den Horizont hinauszublicken. Dieses Bedürfnis, gestand sie sich selbst widerstrebend ein, hatte sie eigentlich immer verstanden. Es war völlig in Ordnung, sich Freiheit, unbegrenzte Freiheit zu wünschen. Ganz besonders in ihrem Alter.

Aber gleich selbst ein Flugzeug fliegen? Gut, es gab weibliche Piloten. Jeder kannte Amelia Earhart, Anne Lindbergh und Jackie Cochrane. Deren Leistungen waren immer Schlagzeilen wert. Aber das waren schließlich keine kleinen Mädchen, sondern erwachsene und auch sonst ungewöhnliche Frauen, die ausdrücklich Leistungen in der Welt der Männer vollbringen wollten. Die anderen Frauen mochten sie bewundern, verstehen konnten sie sie gleichwohl kaum.

Sicher, es stimmte, Freddy war eigentlich schon immer von der Idee besessen gewesen, zu fliegen. Sie hatte es oft genug gesagt, und, bei Gott, auch oft genug demonstriert, mit allen ihren verrückten und waghalsigen Einfällen. Aber das waren doch wohl kindliche Phantasien, aus denen man mit der Zeit herauswuchs! So wie sie ja auch aus ihren Eskapaden mit den Rollschuhen oder ihren Sprüngen aus dem Fenster herausgewachsen war.

Eve seufzte auf. Sie spürte, daß sie eigentlich noch kaum jemals so ein Gefühl des Versagens gehabt hatte wie jetzt. Die Freddy, die sie heute abend erlebt hatte, war nicht die Tochter, die sie kannte. Und das mußte bedeuten, daß sie wohl eine unaufmerksame, nachlässige Mutter gewesen war! Welche Ironie, als sich Maurice Chevalier zu ihnen gesetzt und darauf bestanden hatte, mit ihnen zu feiern, in dem guten Glauben, in der Familie de Lancel stehe alles zum Allerbesten! Was hatte er ihr ins Ohr geflüstert? Sie hatte es gar nicht recht zur Kenntnis genommen, so aufgebracht und zornig war sie noch. »Wäre eine gewisse Maddy nicht sehr entzückt gewesen...?« Eine gewisse Maddy!

Eve sprang unwillkürlich von ihrem Stuhl am Fenster auf, so schlagartig traf die Erinnerung sie. Sie stand völlig reglos und lauschte ihrem eigenen Herzschlag. Maddy! Maddy, die, ohne auch nur zu überlegen, einen schlimmen Skandal verursacht hatte, der viele Jahre nachwirkte! Einen Skandal, der ihren Eltern großen Schmerz zufügte und die ganze Familie in Schande stürzte. Und, wie sie zugeben mußte, auch Pauls Karriere irgendwie in die Sackgasse geführt hatte. Maddy mit dem feuerroten Kleid und den roten Schuhen und den Liebesliedern, im wilden Applaus und im heißen, grellen, orangefarbenen Strahl der Rampenlichter! Maddy, die schließlich allem Ruhm, den ihr die Music-Hall noch hätte bringen können, entsagt hatte...

Sie war nur ein Jahr älter gewesen als Freddy jetzt, als auch sie Abend um Abend ihre Eltern in Dijon hintergangen und belogen hatte, wenn sie heimlich aus der Gartenpforte schlüpfte und ins Alcazar rannte, um Alain Marais singen zu hören. Undenkbar! Sich allein mit ihm zu treffen! Eve wurde in der Dunkelheit noch nachträglich feuerrot in der Erinnerung an jenen Abend, als sie mit in seine Pension gegangen war. Zwei Gläser Rotwein waren keine Entschuldigung dafür, was sie ihm dort zu tun erlaubt hatte! Ach, was denn! Nichts hatte er getan, ohne sie vorher um Erlaubnis zu fragen! Nein, nein. Sie durfte nicht an alle diese Dinge von damals denken; so wenig sie sie jemals würde vergessen können.

Sie war nur ein Jahr älter gewesen als Freddy jetzt, als sie einfach fortgerannt war, um in Paris zu leben. Um in Sünde zu leben, wie wohl alle sich zuwisperten, mit schockierten Mienen und Stimmen... in der allerschwärzesten und tiefsten Sünde sogar, auch wenn das einem sorglosen Mädchen, das sich fortan Madeleine nannte und deren Welt die *Grands Boulevards* wurden, nicht im Traum so erschien; jener Madeleine, die es einfach gewagt hatte, Jacques Charles vorzusingen – und die ihn dazu gebracht hatte, sich aufzusetzen und sie zur Kenntnis zu nehmen; jener Maddy, die mit ihrer *Tour de Chant* ein Star des Olympia wurde, selbstbewußt, überzeugt von sich und ihrem Recht, so zu leben, wie sie es selbst für richtig hielt; so sehr, daß sie ihre Tante Marie-France praktisch aus ihrer Garderobe geworfen hatte, als sie gekommen war, um sie wieder nach Hause zu bringen. War sie damals noch siebzehn gewesen? Oder bereits achtzehn? Sie hatte noch immer ihre eigenen abschätzigen Worte im Ohr. »... Ich bin doch kein kleines Mädchen mehr, das du herumkommandieren kannst... du kannst doch nicht im Ernst annehmen, daß ich noch damit zufrieden sein könnte, ein Leben wie meine Mutter zu führen... Es gibt nichts, dessen ich mich schämen müßte.« Maddy, die so absolut entschlossen war, ein Star zu werden, komme, was wolle, und niemals die Bühne verlassen hätte, wäre nicht der Krieg gekommen. Und Paul. Wann hatte sie diese Maddy eigentlich endgültig vergessen? Wann, zu welchem Zeitpunkt genau war sie die *Madame la Consule de France* geworden, die allenfalls noch auf privaten Gesellschaften für ihre Freunde sang, höchstens aber auf einer der vielen Wohltätigkeitsveranstaltungen, die es in Los Angeles ständig gab? Wann war ihr diese Maddy abhanden gekommen?

Sie wanderte ruhelos im Schlafzimmer auf und ab, und die über sie hereinbrechende Flut der Erinnerungen machte sie fast schwindlig. Minutenlang war sie in der Vergangenheit gefangen, ehe sie in die Gegenwart zurückfand. Paul schlief tief und fest, aber irgendwie wußte sie, daß Freddy ebenso wie sie keinen Schlaf fand.

Sie ging hinaus und den Korridor hinab zu Freddys Zimmer. Unter der Tür war ein Lichtstreifen zu sehen. Sie klopfte, und Freddy antwortete mit leisem »Herein«.

»Ich kann nicht schlafen«, sagte Eve und sah ihre Tochter an, die in ihrem Flanellpyjama eingerollt auf dem Bett lag, ganz verloren und klein, die Nase in einem kleinen Büchlein mit rotem und blauem Umschlag.

»Ich auch nicht.«

»Was liest du da?«

»Das Handbuch für Flugschüler.«

»Ist es gut?«

Freddy versuchte immerhin zu lachen. »Die Story ist mies, Dialoge gibt es überhaupt keine, aber jede Menge detaillierte Beschreibungen.«

»Freddy, sag mir, dieser Mensch... dein Fluglehrer... ist das ein... junger Mann?«

»Mac? Gott, darüber habe ich nie nachgedacht. Er ist im Krieg geflogen, mit der Esquadrille Lafayette, also muß er wohl... ach, ich weiß nicht. Ich kann ihn ja fragen.«

»Nein, das ist nicht nötig. Ich frage nur, weil... nun, ich wüßte gern, wieviel Erfahrung er hat.«

»Mehr als irgend jemand. Er begann schon als kleiner Junge zu fliegen. Er hat Hunderten von Leuten das Fliegen beigebracht. Weißt du, Mutter, es ist wirklich nichts so Ungewöhnliches, mit sechzehn seinen ersten Alleinflug zu machen. Es gibt eine Menge Jungs, die es machen. Da kannst du jeden fragen.«

»Ich glaube es dir schon. Es war einfach nur... so eine unerwartete Überraschung.«

»Du scheinst nicht mehr wütend zu sein«, forschte Freddy behutsam.

»Nein, bin ich nicht mehr. Ich habe darüber nachgedacht. Fliegen bedeutet dir wirklich sehr viel, nicht?«

»Mehr als ich sagen kann. Ich hätte mit dem Lügen ja gar nicht angefangen, wenn es irgendwie anders gegangen wäre. Ich wußte doch, daß ihr mir, wenn ich gefragt hätte, niemals die Erlaubnis gegeben hättet.«

»Hmm«, machte Eve und dachte über diese Feststellung nach.

»So ist es doch, oder?«

»Ja, da hast du wohl recht. Wir hätten sicher darauf bestanden, daß du noch wartest.«

»Ich konnte aber einfach nicht mehr warten!«

»Ja, ich weiß.«

»Du weißt? Wieso das denn?«

»Nun, ich weiß es eben. Weil – nun, ich war schließlich auch einmal jung, nicht?«

»Das bist du doch noch immer«, schmeichelte ihr Freddy.

»Nun ja, so jung wieder nicht. Niemals mehr so jung. Und das ist vielleicht ganz gut so. Nein, sicher ist es sogar gut so. Und auf jeden Fall ist es auch nicht zu ändern. Ach Gott, was machen wir denn jetzt mit dir, Schatz?«

»Ich muß meinen Pilotenschein haben. Da gibt es nichts mehr zu lügen. Also erst einmal verspreche ich dir, nicht mehr zu lügen. Und dann aber brauche ich eure schriftliche Zustimmung für die Prüfung. Ich brauche dazu noch einmal mindestens zehn Flugstunden.«

»Wie hattest du das denn geplant? Weiter arbeiten, bis du das ganze Geld dafür zusammen hättest?«

»Ja. Ich hatte mir auch schon alles zurechtgelegt... alles, ich meine, Lügen, wie ich es erklären könnte, wenn ich weder zu Hause noch in der Schule bin.«

»Und das Tennis-Team? Die Theateraufführung zu Ostern?«

»Alles keine schlechten Ideen, von der Maikönigin abgesehen. Wäre ich nicht so stolz auf meinen Alleinflug gewesen und hätte euch nicht alles erzählt, ich wette, es hätte alles perfekt geklappt!«

»Und was wäre mit der schriftlichen Genehmigung gewesen?«

»Hätte ich gefälscht«, sagte Freddy ernsthaft.

»Ich bezweifle es keinen Augenblick«, murmelte Eve. »Aber jedenfalls wissen wir es jetzt. Alles in allem, glaube ich, ist es doch besser so.«

»Meinst du, ich kann im Groschenkaufhaus weiterarbeiten?« fragte Freddy sofort begierig.

»Darüber muß ich erst mit deinem Vater sprechen. Aber ich denke, ich kann ihn dazu bringen, es zu verstehen. Allerdings, Freddy, mit dem Anhalter-Fahren muß definitiv Schluß sein. Unter allen Umständen. Willst du mir das auf Ehrenwort versprechen?«

»Ja, sicher. Aber wie komme ich zum Flugplatz hinaus?«

»Wenn du ein Flugzeug ordentlich fliegen kannst, muß man ja wohl annehmen, daß du auch imstande bist, auf der Straße richtig zu fahren. Die meisten Jungs kriegen ihren Führerschein mit sechzehn, nicht? Ich kann mich noch gut erinnern, als Delphine von nichts anderem redete.«

»Oh, Mutter!«

»Wenn du deinen Führerschein machst, Freddy, leihe ich dir mein Auto.«

»Oh, danke Mutter, vielen Dank!« Freddy stürzte sich in Eves Arme. Obwohl sie bereits größer war, kuschelte sie sich doch an Eve, so sehr es nur ging. Sie brauchte einen sichtbaren Ausdruck für die Geborgenheit und das Verständnis, das dieses Gespräch ihr gegeben hatte. Sie hatte sich in den letzten Stunden in ihrem Zimmer bereits wie die Ausgestoßene der Familie gefühlt. Jetzt vergossen beide gerührte Tränen.

»Ich zeige mich einfach nur dankbar für manche Gefälligkeiten, große und kleine; nennen wir es einmal so«, sagte Eve. »Aber leg dich jetzt schlafen, Schatz, ja? Bis morgen früh dann.«

»Gute Nacht, Mutter«, sagte Freddy, aber sie sah eher aus, als habe sie vor, noch die ganze Nacht aufzubleiben und vor Freude zu tanzen.

»Gute Nacht, mein Kind. Dein Alleinflug muß wirklich ein wunderbares Erlebnis gewesen sein, nicht? Ich kann es mir durchaus vorstellen. Nein, besser gesagt, ich... kann mich gut erinnern. Auf meine Weise, doch, erinnere ich mich gut daran, wie du dich wohl gefühlt hast. Meinen Glückwunsch, Schatz. Ich bin stolz auf dich.«

»Nun komm schon, Freddy! Das wird jetzt gemacht und basta!« sagte Delphine. Freddy sah aus dem Fenster in den Winterregen hinaus, der seit dem Tag nach ihrem Geburtstag, nun schon eine ganze Woche, andauerte. Delphine war am Sonntag aus ihrem Campus-Internat gekommen und hatte erklärt, es sei nun Zeit für das »Zurechtmachen«, das sie Freddy als ihr Geburtstagsgeschenk versprochen hatte. Freddy hätte auf das Experiment gern verzichtet, fand aber keinen Weg, wie sie der Sache entgehen konnte, ohne unhöflich zu sein.

»Ich leg dir ein Badetuch um«, sagte Delphine, als sie Freddy endlich vor dem Spiegel des Toilettentischchens ihres Zimmers hatte. »Hast du deine Haarbürste mitgebracht?« Freddy reichte sie ihr mit einem stummen Seufzer der Ungeduld. Dabei würden doch manche von Delphines Freundinnen etwas darum gegeben haben, soviel Aufmerksamkeit von ihr zu bekommen.

Delphine, völlig konzentriert und ernst, drehte Freddy herum, so daß sie nicht mehr in den Spiegel schaute. Dann bürstete sie den ungebärdigen Wasserfall des üppigen Haars ganz aus ihrem Gesicht und steckte es mit zwei Plastikklemmen nach hinten. Sie nahm sich eine Flasche Hautreiniger, feuchtete ein Tuch damit an und rieb damit intensiv Freddys Freiluftgesicht ab. Hinterher war das Tuch allerdings genauso sauber wie vorher, weil Freddy absolut nichts für ihre Haut verwendete.

»So«, sagte Delphine, »jetzt kann's losgehen.« Sie holte eine Dose aus ihrem Max-Factor-Kosmetikkoffer, den sie in einer Schublade aufbewahrte, und trug kennerisch eine dünne Lage Grundierung auf Freddys Gesicht auf und verteilte sie sorgfältig. Freddys Haut wurde einige Nuancen heller als ihr natürlicher Teint war. Dann puderte sie in demselben sanftbeigen Farbton nach und besah sich das Resultat erst einmal angestrengt und schweigend, indem sie ihre Schwester lange wie eine Tigerin umkreiste.

Freddy sah so rein aus wie eine Statue, dachte sie. Eine Wächterinnenstatue. Mit einem Gesichtsschnitt, der so entschlossen und folgerichtig war wie die Kreuzbogenrippen großer Kathedralen. Nur, sie als Freddys Schwester mochte sie ja toll finden. Aber Jungs, ganz gleich wie gewöhnlich oder auch außergewöhnlich sie sein mochten, verabredeten sich nun mal nicht mit Statuen! Nein, auf dergleichen richtete sich ihr Interesse bei Mädchen wirklich nicht.

Obwohl sie darüber noch niemals auch nur ein Wort mit Freddy gesprochen hatte, war sie doch einigermaßen besorgt, daß ihre Schwester, obwohl schon sechzehn, kaum jemals Verabredungen hatte. Was hieß übrigens, kaum jemals? So gut wie überhaupt nie. Wenn ein Mädchen mit sechzehn noch nicht gefragt war, was für eine Zukunft konnte sie sich da erwarten? Freddy blieb so manchen Sonntagabend zu Hause und tat so, als sei sie völlig zufrieden, wenn man sie in Ruhe ließ. Mit ihren unmöglichen Büchern über Fliegen und Flugzeuge. Doch sie, Delphine, wußte schon, daß sie in Wirklichkeit sicherlich sehr beunruhigt darüber und nur zu stolz war, es zuzugeben! Schließlich tanzte Freddy ganz hervorragend. Das wußte sie sehr gut, denn sie hatten oft miteinander getanzt und die neuesten Schritte geübt. Aber wer sollte erfahren, wie federleicht und rhythmisch sie tanzen konnte, wenn sie nie ausging?

Delphine holte eine Puderquaste hervor und ein rundes flaches Döschen mit Rouge. So hauchfein, wie es nur ging, legte sie ihr etwas davon auf und verrieb es so sorgfältig, daß es wie natürlicher Teint aussah. Sie nahm einen scharfen Brauenstift und zog federleicht haarfeine Striche zwischen die kupferfarbenen Haare der Augenbrauen Freddys, um sie nur soviel nachzudunkeln, daß deren blaßblaue Augen mit dem festen Blick nachdrücklich betont wurden. Freddy rutschte bereits unruhig herum. »Ich wußte gar nicht, daß du dieses ganze Zeug hast. Benützt du das alles?« fragte sie.

»Ja, selbstverständlich. Alle tun das.«

»Ist mir noch nie aufgefallen.«

»Eben darauf kommt es doch an! Wenn es auffällt, hat man es falsch gemacht! Aber es macht in Wirklichkeit eine Menge aus! Es ist doch ganz einfach zu lernen, Freddy! Ich mache es jetzt fertig, und dann zeige ich es dir noch einmal genau, wie man es macht. Ich mache alles wieder runter und dann alles noch mal, aber nur auf der einen Hälfte deines Gesichts. Mit der anderen können wir dann üben, bis du es kannst. Ganz gleich, wie lange es dauert. Du mußt aber locker sein und auch den Mut haben, etwas falsch zu machen. Man kann es ja jederzeit wieder abwischen.«

»Das ist... wirklich nett und großzügig von dir, Delphine.«

»Du mußt dran denken, man ist nur einmal sechzehn. Das ist ein ganz wichtiger Geburtstag. Und dazu mußte ich dir doch auch etwas Bedeutsames schenken«, erklärte Delphine bereitwillig. Eine Weile fuhr sie mit ihrer Tätigkeit schweigend und konzentriert fort, bis sie dann, eher nebenbei, fallen ließ: »High School-Jungs sind wirklich Blödiane.«

»Das hab' ich schon gemerkt.«

»Zum Glück hast du ein Jahr übersprungen und kommst darum bereits nächsten Herbst zur Uni. Und da sieht dann alles ganz anders aus, meine Liebe. Da sind College-Männer. Zu Tausenden, sage ich dir. Und von denen sind jedenfalls die meisten keine Blödiane mehr.«

»Das klingt ja gut.« Freddy lächelte sie so unschuldig an, wie sie nur konnte. Delphine war wirklich süß, wenn sie versuchte, einem etwas »ohne Holzhammer« beizubringen.

»Bei den College-Leuten weiß man es zu schätzen, wenn du dich richtig gut unterhalten kannst. Damit interessierst du sie.«

»Klingt immer besser.«

»Ja, aber nur bis zu einem bestimmten Grad«, schränkte Delphine mit Vorsicht ein, und versuchte ihre Worte so exakt zu setzen wie ein Picador seine Spieße. Inzwischen hatte sie ein kleines Döschen Mascara herausgesucht; ihren kostbarsten Besitz.

»So?«

»Na ja, ich meine, du weißt ja, wie die Männer so sind... sie wollen natürlich immer selbst den größten Teil der Unterhaltung bestreiten. Selbst wenn man gut in Konversation ist.«

»Das ist doch albern. Das ist doch nicht gerecht gegen die Partnerin, oder?«

»Na ja, wie man es nimmt. Bei einer guten Unterhaltung kann einer sich toll fühlen, verstehst du? Dann geht er auch aus sich heraus. Wenn man ein guter Zuhörer ist!« Delphine stippte ein Bürstchen in ein Wasserglas und rieb es dann über der schwarzen Mascara.

»Wenn du mir damit beibringen willst, daß ich zuviel rede«, sagte Freddy, »das weiß ich selber.«

»Ja, aber das ist nicht alles, Freddy. Tatsache ist eben, daß Jungs – selbst College-Männer – nun mal nicht intelligent über das Fliegen reden können. Sie haben doch keine blasse Ahnung davon. Und ganz bestimmt wollen sie sie, wenn schon, nicht ausgerechnet von einem Mädchen verpaßt kriegen.«

»Worüber soll ich denn sonst reden?«

»Über Autos«, sagte Delphine ernsthaft.

»Das habe ich schon versucht. Wirklich, habe ich. Aber ein Auto ist etwas so Lächerliches. Ich meine, was um Himmels willen kannst du mit so einem doofen Ding schon machen, als auf irgendeiner doofen Straße hin und her zu fahren? Das ist eine so – eindimensionale Angelegenheit! Autos! Was ist das schon groß!« Ihre Geringschätzung war total.

»Ja, aber wenn – nur wenn – du es fertig brächtest, nur mal eine Weile kein Wort über Flugzeuge zu plappern und statt dessen einfach mal so tätest, als interessiertest du dich für Autos, nur mal eine kurze Weile, dann könnte das mit den Autos auch zu was anderem führen. Und wo die meisten Mädchen es nicht mal schaffen, wenigstens halbintelligent über Autos oder Motoren zu reden, bist du doch schon enorm im Vorteil! Und dann... na ja, dann geht die Unterhaltung mit der Zeit ganz von selbst auch um andere Dinge.«

»Zum Beispiel?« Freddy war das alles ziemlich neu, aber sie war willig zu lernen.

»Na, seine Verbindung, seine Klasse, seine Professoren, seine Football-Mannschaft und was er von ihren Chancen hält. Welche Band er mag, was für Filme er gesehen hat, seine Lieblingsstars. Was er später vorhat, nach dem Examen, und einfach, was er über alles so denkt, selbst welche der Comics in der Wochenendzeitung er liest... mein Gott, Freddy, es gibt eine Million Dinge, über die du einen Mann zum Reden bringen kannst, wenn du mit Autos anfängst und ihm dann einfach immer weiter Fragen stellst.«

Währenddessen hatte sie ihr die Wimperntusche aufgetragen, nicht zuviel und nicht zu wenig. Sie war darin schon sehr geschickt. Sie besah sich ihr Werk noch einmal kritisch und befand es für gut. Und nun, fand sie, war es auch an der Zeit, ihrer Schwester ganz unauffällig das Wichtigste von allem mitzuteilen. »Wenn ein Mann übrigens zu reden aufhört und du nicht weißt, was du nun sagen sollst, dann wiederholst du einfach nur seine letzten Worte mit einem etwas fragenden Unterton. So, als hättest du sie nicht so ganz verstanden. Und, schwupp, redet er auch schon weiter und redet und redet und erzählt dir immer mehr. Wirkt immer, unter Garantie. Das habe ich noch nie irgendeinem anderen Mädchen verraten. Nicht einmal Margie.«

Freddy fragte beeindruckt, wenn auch noch nicht überzeugt: »Du meinst, einfach nur seine letzten Worte nachplappern? Das ist alles?«

»Genau! So simpel es ist, sie können einfach nicht widerstehen, wenn du es richtig machst! Und dann bist du bald überall bekannt dafür, daß man sich mit dir unheimlich gut unterhalten kann, und wo du doch auch prima aussiehst und tolle Beine hast – ich gäbe was darum, sage ich dir, wenn ich deine Beine hätte –, und bist in deiner Klasse im Handumdrehen das gefragteste Mädchen.«

»Ich sehe prima aus?«

»Ja, aber schau jetzt noch nicht in den Spiegel! Warte, bis ich dich frisiert habe!« Delphine löste Freddys Haar und begann es so lange zu bürsten, bis es ganz glatt lag. Dann teilte sie die wallende Flut und ging mit dem Brenneisen, das sie schon angeheizt hatte, darüber. Sie drückte ein paar verwegen plazierte Wellen in die lange Mähne und rollte sie unten ein. Schließlich schminkte sie Freddy auch noch die Lippen mit einem rosa Lippenstift, war aber mit dem Ergebnis nicht sehr zufrieden, weil Freddys Mund dadurch nicht röter wurde, als er ohnehin von Natur aus war. Sie nahm einen hellroten Lippenstift und überdeckte mit ihm den rosafarbenen. Dann holte sie noch ein großes, schwarzes Chiffontuch aus der Schublade, nahm ihrer Schwester das Tuch ab, das sie ihr umgebunden hatte und drapierte den Schal so kunstvoll um sie, daß Freddys herrliche Schultern und der tiefe Spalt an ihren Brüsten um so nackter wirkten.

Sie war selbst ganz verzückt. »Dreh dich um!« befahl sie wie eine Märchenfee und wirbelte Freddy gleich selbst auf dem Stuhl herum, so daß sie sich im Spiegel sehen konnte.

Freddy betrachtete sich selbst verblüfft und sprachlos.

»Nun?« fragte Delphine voll Spannung.

»Ich... weiß nicht, was ich sagen soll!«

»Du bist eine Wucht! Freddy, du bist schlicht und einfach atemberaubend, weißt du das? Ich kann's selber nicht glauben, daß du das bist!«

»Sehe ich nicht ein bißchen... zu alt aus?«

»Du siehst aus wie ein Filmstar!« erklärte Delphine völlig hingerissen, und das war immerhin das Kompliment aller Komplimente. »Ich wußte es; wenn man dich nur ein wenig zurechtmacht!« Sie beugte sich über ihr Werk und küßte Freddy. Ihr Geschmack war makellos. Und Freddy entpuppte sich als noch schöner, als sie je erwartet hätte. Ein kleiner Stachel von Neid machte sich in ihr bemerkbar. Aber dann gab ihr ein schneller Blick in den Spiegel ihr Selbstvertrauen wieder. Sie waren so unterschiedlich, daß sie keinerlei Konkurrenz füreinander darstellten.

»Komm, wir wollen dich herzeigen«, sagte Delphine und zog ihre Schwester am Arm.

»Nicht doch, nein! Ich... nein, ich geniere mich etwas. Laß mir ein wenig Zeit, mich daran zu gewöhnen. Überhaupt, wem denn herzeigen? Mutter weiß doch bestimmt nicht, daß du all dieses Zeug hast, oder? Und Vater bringt dich glatt um. Und mich dazu. Mich sowieso zuerst.«

»Da hast du wirklich recht, ja. Ich war so aufgeregt, daß ich das ganz vergessen habe. Aber wenn du auf dem College bist, Freddy, mach' ich dich zurecht, so oft du willst. Das gehört noch zu meinem Geschenk.« Delphine war voller Zufriedenheit, geschäftig räumte sie ihren Kosmetikkoffer weg, dessen Inhalt sie per Versandpost bestellt hatte.

»Augenblick, laß mich doch mal sehen«, sagte Freddy mit plötzlicher Neugier, als sie in der Schublade, in der Delphine ihre Kosmetika aufbewahrte, einen Stoß Hochglanzfotos entdeckte.

»Ach, das ist nichts«, versuchte Delphine hastig abzuwehren, doch Freddy hatte den Stapel schon in der Hand. Es waren durch die Bank Fotos von Delphine mit einer ganzen Reihe unbekannter Begleiter. Alle in Passepartouts, auf denen die Namen der bekannten Nachtclubs Hollywoods aufgedruckt waren; von der *Coconut Grove* bis zum *Trocadero* und vom *Palomar Ballroom* und *Circus Café* bis zu *Omar's Dome*. Ganz unverkennbar standen Cocktails vor Delphine auf den Tischen, und sie hatte Zigaretten in der Hand.

»Diese Männer, das sind doch nicht alles College-Jungs, oder?« fragte Freddy.

»Manche, manche nicht«, sagte Delphine unbestimmt.

»Der da zum Beispiel... der ist doch bestimmt schon dreißig, oder? Sag mal, Delphine, du rauchst und trinkst?«

»Nicht viel. Nur, damit sie mich nicht mehr für ein Kind halten.«

»Für wie alt halten sie dich denn?« wollte Freddy wissen. Sie war voller Bewunderung für ihre Schwester auf diesen Fotos. Sie sah älter aus und eigentlich fremd, aber sehr elegant, schön, beeindruckend, selbstbewußt, verführerisch, wie sie da diese Männer anstrahlte; von denen übrigens niemand in der Familie je etwas gehört oder gesehen hatte.

»Für einundzwanzig.«

»Und das glauben sie dir? Wie machst du das denn?« Freddy war einfach überwältigt.

»Ich habe natürlich einen falschen Ausweis. Alle machen das so«, sagte Delphine ausweichend und raffte die Fotos zusammen, um sie rasch wieder in die Schublade zu legen und diese nachdrücklich zuzuschieben.

»Nur noch eine Frage«, sagte Freddy zu ihrer älteren Schwester.

»Eine?«

»Wie ist das mit diesen Männern? Führen sie dich zum Tanzen aus in diese Nachtclubs und kaufen dir Orchideen, um sie dir an die Schulter zu stecken, wie sie es in den Filmen immer tun, weil du dich so toll unterhalten kannst? Und fragst du sie den ganzen Abend danach, was sie von ihrer Football-Mannschaft halten und von Comic-Strips und was sie für einen Wagen haben?«

»Nicht nur«, sagte Delphine vorsichtig. »Aber für den Anfang kann man das immer brauchen.«

An einem Sonntagnachmittag im Juni 1936 flog Freddy am Tag nach ihrem *High-School*-Abschluß von Dry Springs nach San Luis Obispo und zurück. Es war ihr bisher längster Überlandflug. Die kürzeste Luftlinie lag zwar weiter nordwestlich, doch ihrer Navigationspraxis hätte das wenig geholfen, und gerade darauf hatte sie die Monate, in denen sie sich bei Mac auf ihre Pilotenlizenz vorbereitet hatte – sie besaß sie nun seit einem Monat –, besonderes Augenmerk gerichtet.

Navigation, und zwar punktgenaue von absoluter Präzision und Zuverlässigkeit, war, wenn man erst einmal fliegen konnte, das Nächstwichtigste, um ein guter Pilot zu werden. Sie hatte allerdings gefunden, daß das gar nicht so geheimnisvoll war, wie sie ursprünglich geglaubt hatte. Im Prinzip bedeutete es einfach, beim Fliegen in jedem Augenblick genau zu wissen, wo man war, und zwar mit Hilfe der Sichtbeobachtung der Erde und ihrer Orientierungspunkte unten und deren ständigem Vergleich mit der Karte auf den Knien und mit der Kompaßnadel, deren Richtung man vor dem Start berechnet hatte. Unvorhergesehener Wind konnte ein Flugzeug jedoch innerhalb von Minuten beträchtlich vom Kurs abbringen. Freddy kontrollierte deshalb die Orientierungspunkte auf der rechten und linken Seite und direkt unter ihr sehr sorgfältig.

Beim Überfliegen der kleinen Stadt Ojai, die genau an der Stelle auftauchte, wo sie es sollte, ließ Freddy ihre Gedanken ein wenig in die Zukunft vorauseilen. Gleich morgen begann ihr Sommerjob. Sechs Tage pro Woche in der Van de Kamp-Bäckerei von *Beverly and Western*.

Diese Bäckerlädenkette, die mit einem Bonbon aus eigener Produktion begonnen hatte – genannt *Darling Henrietta's Nutty Mixture* – hatte mittlerweile über hundert Läden in ganz Los Angeles, alle in der Form von Windmühlen. Sie mußte um sechs Uhr morgens anfangen, wenn die Bäckereien öffneten, und bis zwei Uhr nachmittags arbeiten. Dann wurde sie von der Spätschicht abgelöst. Wegen dieser ungewöhnlichen Arbeitszeiten und der Sechstagewoche wurde sie gut bezahlt. Fünfundzwanzig Dollar die Woche. Soviel wie eine ausgebildete Sekretärin erwarten konnte. Für Freddy bedeutete es, daß sie an mehreren Nachmittagen der Woche und auch am Wochenende fliegen konnte.

Sie stöhnte etwas auf. Offensichtlich war sie auf Ewigkeit dazu verdammt, Bonbons, Kekse und Kuchen zu verkaufen, die sie nicht ausstehen konnte. Aber dieser ganze Süßigkeitenkram schien immerhin einer der wenigen wirklich krisensicheren Geschäftszweige in dieser Zeit der Depression zu sein. Und wenn sie auch jeden Tag in dem Geruch warmen Zuckers halb ersticken mußte, so war das letzten Endes doch zweitrangig gegenüber dem, was es bedeutete: Geld, das ihr das Fliegen ermöglichte. Und darüber hinaus sogar noch die Möglichkeit, etwas zurückzulegen, um zumindest damit anzufangen – nur anzufangen lediglich und erst mal anzufangen! –, für die Anzahlung eines Flugzeugs zu sparen.

Heute genoß sie aber erst einmal die reine Freude, Macs neue Maschine zu fliegen, eine leuchtendgelbe Ryan STA Einsitzer mit einem C4-125 rpm-Menasco-Motor, die noch stärker war als die Taylor Cub. Zu ihrem Schulabschluß hatte ihr Vater ihr eine echte Perlenkette geschenkt. Ihre Mutter jedoch, sie sei gepriesen, hatte Bargeld gespendet, das für drei lange Überlandflüge reichte, von denen der heutige der erste war. Die Perlen waren der erste echte Schmuck, den sie besaß. Vielleicht, überlegte sie, konnte man sie versetzen.

Daß sie von ihrem Vater keine finanzielle Hilfe erwarten konnte, war ihr klar. Er war jederzeit bereit, ihr den teuersten Satz Golfschläger zu kaufen oder die Mitgliedschaft in einem Tennisclub. Oder selbst Bridge-Stunden, falls sie sich dafür interessiert hätte. Doch die Fliegerei – ausgeschlossen. Dank der Intervention ihrer Mutter hatte er sich zwar am Ende bereit gefunden, keine direkten Einwände mehr zu erheben, aber er hatte klargestellt, daß er nicht daran denke, auch nur einen Pfennig dafür zur Verfügung zu stellen, und sei es nur als Kredit. Er hoffte, mit anderen Worten, Freddys Flugbegeisterung werde um so rascher abflauen, je mehr er sie ihr erschwerte.

Es hatte deshalb ganz offensichtlich nicht den mindesten Sinn, mit ihm über ihre wilde Entschlossenheit zu sprechen, ihr eigenes Flugzeug zu besitzen. Die drei bekanntesten Billigflugzeuge – Taylor, Porterfield Zephyr und Aeronanca Highwing – kosteten jedes an die fünfzehnhundert Dollar, Anzahlung vierhundertfünfzig Dollar; ein Vermögen! Delphine hatte zu ihrem achtzehnten Geburtstag ein nagelneues Pontiac-Coupé für sage und schreibe sechshundert Dollar bekommen und wurde von den jungen Leuten der ganzen Nachbarschaft heftig darum beneidet. Automäßig gesprochen, war aber der Wunsch, ein Flugzeug zu bekommen – wenn auch nur das billigste –, das gleiche, als verlange man einen Packard – das teuerste Auto Amerikas. Sie konnte also überhaupt nur an ein Flugzeug aus zweiter oder dritter Hand denken, das sie mit eigener Arbeit wieder in Schuß bringen konnte. An einen Gelegenheitskauf, zu günstigem Preis. Und mit Zahlungsbedingungen auf lange Zeit hinaus.

Denn wie sah ihre Zukunft als Fliegerin – und womöglich Rennfliegerin – schon aus, dachte sie, während sie, exakt auf den Kurs achtend, den Big Pine Mountain vor sich auftauchen sah, wenn sie nicht einmal eine eigene Maschine besaß?

Rennfliegen! Es war ihr klar, daß sie nicht den Hauch einer Chance besaß, etwa an einem der Flugrennen über verhältnismäßig kurze Strecken teilzunehmen, wo die Flugzeuge einfach mit allem, was sie hatten, losrasten, Start-Ziel, nach Art der Pferderennen. Auch die Rundkurs-Rennflüge um aufgestellte Masten herum kamen für sie natürlich nicht in Betracht. Nur Flugzeuge mit weitaus mehr PS, als jemals zu besitzen sie nur träumen konnte, boten die Voraussetzung, an dieser Art Rennen teilzunehmen – und selbst dann waren dafür nur Piloten mit Rennerfahrung zugelassen.

Doch es gab auch Überlandflug-Wettbewerbe innerhalb der weiteren Umgebung von Los Angeles. Die Maschinen flogen dabei von einer Tank-Zwischenlandung zur nächsten bis zu einem Zielpunkt, der auch Hunderte Meilen entfernt sein konnte. Jedes Flugzeug bekam dabei ein Handicap entsprechend seiner bisherigen Leistung, so daß der Gewinner am Ende der Pilot war, der am wenigsten reine Flugzeit benötigte, also der Flieger, der am intelligentesten, überlegtesten, raffiniertesten flog, Winde und Kompaß und Karten am effizientesten nützte. Der präziseste Pilot. Der akkurateste. Einfallsreichste. Und manchmal natürlich auch glücklichste.

Verdammt noch mal, wenn sie nur nicht so spät geboren worden wäre! Amy Johnson, die Engländerin, deren Karriere Freddy leidenschaftlich verfolgte, hatte 1928 mit dem Fliegen begonnen. Mit gerade fünfundsiebzig Flugstunden war dieses Mädchen aus Hull von London gestartet – nach Australien! In einer winzigen, zerbrechlichen de Havilland-Moth aus zweiter Hand! Ein Sandsturm hatte sie gezwungen, in der Wüste notzulanden. Bei der Landung in Bagdad brach ihr ein Rad vom Fahrge-

225

stell ab. Auf dem Flug nach Karatschi verlor sie einen Verriegelungsbolzen. In Jansi ging ihr der Treibstoff aus, und sie mußte mitten auf einem Paradeplatz landen, während die Soldaten auseinanderstoben. Zwischen Kalkutta und Rangun durchflog sie den Monsun und mußte danach ihren Propeller gegen den auswechseln, den sie als Reserve hatte. Und auf ihrer letzten Etappe über Indonesien mußte sie mit einem stotternden Motor und schlechter Sicht über der See von Timor kämpfen, bis sie endlich doch in Darwin ankam, wo sie als erste Frau, die den Alleinflug England–Australien geschafft hatte, bejubelt wurde. Jetzt war sie eine internationale Berühmtheit.

Das war noch Fliegerei! dachte Freddy voller Neid, der noch mehr stach, als sie sich vergegenwärtigte, daß Amy Johnson ihre Großtat zu einer Zeit vollbracht hatte, als sie selbst, Freddy, gerade neun Jahre alt und noch nicht ein einziges Mal mit einem Flugzeug in der Luft gewesen war.

Amy Johnson hatte ihrem ersten Triumph gleich noch einen zweiten hinzugefügt, als sie einen Rekord für Leichtflugzeuge zwischen London und Tokio aufstellte. Als dann ein völlig unbekannter Pilot namens Jim Mollison berühmt wurde, weil er in nur neun Tagen von Australien nach England flog, heiratete sie ihn vom Fleck weg. Nach ganzen zwei Tagen Flitterwochen brach Jim Mollison auf einem Atlantikflug in Ost-West-Richtung eine ganze Reihe Rekorde, während Amy inzwischen ihren eigenen Alleinflugrekord von London nach Kapstadt gleich um elf Stunden verbesserte.

Das mußte eine Ehe sein! dachte Freddy seufzend. Sie kannte niemanden, der in diesem Punkt ihrer Meinung gewesen wäre, aber sie selbst fand es einfach irre, wie die beiden, gerade frisch verheiratet, in entgegengesetzte Richtung losgeflogen waren, beide darauf aus, neue Rekorde aufzustellen. Glückliche Amy Johnson! Einen Mann zu finden, der sie in dem, was ihr am wichtigsten war, vollkommen verstand!

Nicht einer von den Jungs, die Freddy im vergangenen Jahr kennengelernt hatte und mit denen sie ausgegangen war, hatte sich auch nur entfernt für Flugzeuge und Fliegerei interessiert. Sie hatte zwar Delphines Rat befolgt, und er hatte auch wirklich funktioniert, aber die Kehrseite der Medaille, im Ruf einer guten Gesprächspartnerin zu stehen, war, daß sie sich eine Menge höchst langweiliger Lebensgeschichten anhören mußte. Nach ihrer Meinung war es das nicht wert, gefragt und begehrt zu sein. Gut, ja, sie war auch geküßt worden, sogar mehrere Male. Aber so toll war das auch wieder nicht gewesen, und sie schüttelte noch in der Erinnerung an dieses linkische, schüchterne Lippenaufeinanderpressen und verquere Armeschlingen enttäuscht den Kopf.

Sie hatte sich im Grunde eigentlich nur deshalb widerstandslos küssen lassen, um Delphine nicht zu enttäuschen. Andererseits, haderte sie mit sich selbst, gab es eine solche Menge, für die sie einfach zu spät kam. Gerade erst sechs Jahre beispielsweise war es her, daß Ruth Nichols den Geschwindigkeitsrekord ihrer Freundin und Rivalin Amelia Earhart gebrochen hatte; und noch zwei Jahre weniger, daß – 1932 – die Earhart den Atlantik allein überflogen hatte. Und erst 1934 flog die Französin Marie-Louise Bastie als erste Frau von Paris nach Tokio und zurück. Im September 1935 flog Laura Ingalls nonstop von Los Angeles nach New York und verbesserte damit den Rekord von Amelia Earhart auf dieser Strecke um fast vier Stunden.

Scheiße noch mal, alles war schon vollbracht! Amy Johnson war mit einer kleineren und viel schwächeren Maschine als die Ryan, in der sie jetzt saß, fast um die halbe Welt geflogen. Und wo war sie, Freddy, nun, acht ganze, lange Jahre danach? Über dem Twitchell-Reservoir! Gut, exakt auf Kurs und alles. Aber was war es mehr als ein lausiges, künstliches Wasser von Menschenhand, weder Ozean noch See, weder Wüste noch großer Strom! Nur weiter so, und sie kam nie über Kalifornien hinaus!

Auf dem kleinen Flugplatz von San Luis Obispo aß Freddy die Sandwiches, die sie sich mitgebracht hatte, und tankte auf, nicht ohne innerlichen Zorn darüber, daß Flugbenzin zwanzig Cents pro Gallone kostete! Als sie endlich ihre Privatpilotenlizenz bekommen hatte, war ihre Mutter mit ihr losgezogen und hatte eine Versicherung für sie abgeschlossen – eine Lebens- und eine Haftpflichtversicherung. Ohne eine solche Versicherung – sie hatte weitere hundert Dollar gekostet – hätte sie nicht weiterfliegen dürfen. Für ihr Flugbenzin jedoch mußte sie selbst bezahlen.

Es war schon eine verdammt ins Geld gehende Leidenschaft, diese Flugzeuge! Freddy beneidete die Frauen, die jemanden hatten, der ihnen ihre Fliegerei bezahlte. Hinter Jackie Cochrane stand ihr Mann Floyd Odlum. Jean Batten, die große neuseeländische Pilotin, wurde von Lord Wakefield unterstützt, der auch schon Amy Johnson geholfen hatte. Anne Morrows Fluglehrer war ihr eigener Mann Charles Lindbergh. Nicht zu vergessen die Earhart mit ihrem Mann, dem hingebungsvollen George Putnam. Irgendwo, zum Teufel, mußte es doch einen reichen und am liebsten alten Mann geben – aber keinen mit diesen sogenannten romantischen Flausen im Kopf! –, der bereit war, die amerikanische Fliegerei zu fördern, indem er ihre Rechnungen bezahlte; oder?

Unsinn; natürlich nicht, gab sie sich selbst die Antwort. Ja, vielleicht, wenn sie zehn Jahre früher gekommen wäre, als die ersten Frauen sich in der Fliegerei Namen machten! Aber diese großen Pioniertage waren ja vorbei. Schön, vielleicht war sie also zu spät dran für Ruhmestaten. Aber irgend etwas mußte doch noch übrig sein! Und genau das würde sie herausfinden! Dessen war sie sich so felsenfest sicher wie sie von jeher gewußt hatte, daß sie einmal fliegen würde. Und sie hatte recht damit gehabt! Sie sah sich auf dem kleinen Landflugplatz um, auf dem sie noch nie gewesen war und den sie trotzdem mit einer so selbstverständlichen Sicherheit gefunden hatte, als hätten Pfeile und Wegweiser am Himmel gehangen.

Im letzten Sommer hatte sie erst begonnen, fliegen zu lernen, und jetzt war sie bereits eine vollwertige Pilotin. Wenn sie die Zeit, die Karten und das Geld für Treibstoff und Nahrung beisammen hatte, flog sie mit der Ryan hinauf bis Alaska oder hinunter bis zur südlichsten Spitze von Südamerika. An sich könnte sie jetzt auf der Stelle losfliegen. Sie wußte genug, um es auszuführen. Das war das Entscheidende. Alles übrige ergab sich von selbst und dann, wenn es soweit war. Und auf irgendeine Art schaffte sie das dann.

Sie bedankte sich bei dem Jungen, der ihr den Treibstoff gepumpt hatte, und gab ihm eine kleine Vorstellung mit dem ausgiebigen Kämmen ihres Haars, ehe sie wieder in ihre Ryan kletterte und leichten Herzens weiterflog.

Einige Stunden später näherte sie sich wieder Dry Springs. Der Rückflug war so absolut ereignislos verlaufen, daß sie stark in Versuchung gewesen war, ein paar Umwege zu fliegen und etwa in Santa Maria oder Santa Barbara zwischenzulanden, einfach nur, um die dortige Flugplatzatmosphäre zu genießen und ein wenig zu fachsimpeln. Doch sie wußte auch, daß Mac ziemlich genau abschätzen konnte, wie lange ihr Flug normalerweise dauerte, und sich Sorgen machen würde, wenn sie ausblieb. Sie hatte andererseits so gut navigiert und die Windverhältnisse waren so günstig gewesen, daß sie sogar gute zwanzig Minuten früher als nach Plan da war.

Es war also immer noch genügend Zeit, dachte sie mit einer plötzlichen Anwandlung von Erregung. Und das Wetter konnte gar nicht besser sein. Sicht unbegrenzt. Und sie war noch weit genug vor Dry Springs, um gesehen zu werden. Weit und breit kein anderes Flugzeug. Schicksal. Bestimmung, sagte Freddy zu sich selbst. Ganz eindeutig Schicksal, was ihr diese einmalige Gelegenheit verschaffte, etwas zu versuchen, was sie in der Theorie nach ihrem verehrten Pilotenhandbuch von Jack Hunt und Ray Fahringer schon seit Monaten studiert hatte. Jedes Wort kannte sie auswendig.

Zuallererst muß der Flugschüler sich der Tatsache bewußt sein, daß er stets »ein Teil des Flugzeugs selbst« ist – von dem Augenblick an, da er sich anschnallt. Und von da an behält der Pilot den ganzen

Flug über seine gleiche, unveränderte relative Position zum Flugzeug bei – ob er nun aufrecht fliegt oder auf dem Kopf oder in welcher Position er das Flugzeug auch immer steuert. Entsprechend haben auch seine Steuerungsbewegungen immer denselben Effekt. Wenn das erst einmal begriffen ist, macht es keine Schwierigkeiten mehr, zu verstehen, daß der Pilot im Grunde nur zu »beobachten« braucht, wohin er seine Maschine fliegt; genau, was er bisher beim »normalen« Fliegen auch schon tat...

Was konnte eindeutiger sein? Selbstverständlicher, ermutigender?

...ist der Looping das leichteste Luftakrobatik-Manöver. Man beginne mit ganz normalem Gas eines Normalflugs. Dann leicht die Nase drücken... sobald ausreichende Geschwindigkeit erreicht ist, leicht und stetig hochziehen in den aufwärtsbeschriebenen Kreisbogen...

Im Geiste hatte sie bereits Tausende Loopings gedreht, dachte sie, während sie die Ryan auf fünftausend Fuß hochzog, was eine absolut sichere Höhe für das Manöver war. Sie konnte im Schlaf vorwärts und rückwärts hersagen, was in ihrem Handbuch über die häufigsten Flugschülerfehler beim Looping stand. Die graphischen Abbildungen hatte sie so klar vor Augen, als sähe sie direkt in das Buch. Nur tatsächlich und wirklich ausgeführt hatte sie einen Looping noch nie. Aber da sie heute nun schon einmal in eben dem Flugzeugtyp saß, den auch Tex Rankin, der Luftakrobatik-Champion, benützte... Und hatte Rankin nicht selbst gesagt, Luftakrobatik mit Präzision sei die beste Schule für noch mehr Zuverlässigkeit eines Piloten? Und war sie es außerdem nicht auch sich selbst schuldig, zur Feier des Tages etwas Besonderes zu vollbringen? Sie mußte doch ihren gestrigen Schulabschluß feiern! Und ihren Pilotenschein vom letzten Monat! Und die Erkenntnis und den Entschluß von heute, sich auf keinen Fall von den alles überragenden Gestalten der Amy Johnson, der Earhart und der Cochrane einschüchtern und entmutigen zu lassen! Jawohl!

Freddy drückte die Ryan vorsichtig nach unten und begann, sobald sie die ausreichende Geschwindigkeit erreicht hatte, zum Kreisbogen wieder hochzuziehen. Langsam zog sie dabei das Gas voll auf, bis die Maximalleistung erreicht war. Einhundertundfünfundzwanzig nimmermüde Pferde hatte sie nun in ihrer Gewalt, und sie galoppierten voran auf den leisesten Druck ihrer Hand. Was für ein Gefühl, nach dem stundenlangen langweiligen einfachen Geradeausfliegen mit seiner reinen, mathematisch kargen Befriedigung jetzt diesen heftigen, mächtigen, Herzklopfen verursachenden Himmelssprung zu tun!

Sie hielt die Ryan fest im Griff, und als sie während des Kreisbogens, den sie beschrieb, den untersten, auf dem Kopf stehenden Punkt erreichte, blickte sie auf, um die Nase des Flugzeugs vor dem Horizont anzuvisieren. Das war nicht anders als auf einer Schiffschaukel, wenn man es geschafft hatte, ganz rundherum zu schwingen! Auch da ließ man die Grenzen der Schwerkraft hinter sich, zumindest für einen blendenden Moment der Schwerelosigkeit!

Als die Maschine dann wieder hochstieg und den Kreis vollendete, entdeckte Freddy, daß sie vergnügt lachte und kicherte wie ein Kind. Aber sie hatte trotzdem ihr Flugzeug fest und sicher unter Kontrolle. Und da tauchte sie schon zu einem weiteren Looping nach unten. Und dann zu noch einem. Und noch einem. Es war wie übermütiges Purzelbaumschlagen. Sie konnte gar nicht mehr aufhören. Erst nach einem vollen Dutzend Loopings befahl sie sich selbst, jetzt sei es aber wirklich genug – wenn auch nur, weil Dry Springs mittlerweile bereits verteufelt nahe war.

Ganz ordentlich und korrekt wie ein älterer Herr auf einem Sonntagsausflug – einmal abgesehen von dem doch nicht ganz zu unterdrückenden Grinsen auf ihrem Gesicht – ging sie dann langsam hinunter und landete makellos wie immer. Sie sah sich um. Auf dem Flugfeld war alles völlig ruhig. Ein paar andere Flieger waren da und fummelten herum, die einen auf dem Sprung für einen kleinen Lufthüpfer in den Sonnenuntergang, die anderen beim »Zubettbringen« ihrer Kisten. Am Hangar der McGuire-Flugschule allerdings tat sich gar nichts. Sie legte die Bremsklötze vor und ging auf das Büro zu, mit leicht schwankendem Seemannsgang und *Smile a While* vor sich hinsummend. Sie machte eben ihren Eintrag ins Logbuch, als sie die Taylor Cub landen hörte, deren Motor kurz danach erstarb.

»Was, zum Teufel noch mal, war das denn, sag mal?« donnerte Mac, als er wütend zur Tür hereingestürmt kam. Er war so aufgebracht, daß er die Hand erhoben hatte, um im nächsten Moment zuzuschlagen. Freddy wich verschreckt zurück und rettete sich hinter Macs Schreibtisch.

Er ließ die Hand sinken. »Antworte!« schrie er so zornig, wie sie ihn noch nie erlebt hatte.

»Ich habe... Loopings geübt!« stammelte Freddy.

»Wie kannst du so etwas wagen, verdammt! Du hättest dich umbringen können, du blöde... blödes Kind, du, verstehst du das nicht?«

»Im Buch steht...«

»In welchem verdammten Buch?«

»In meinem Handbuch für den Flugschüler. Mac, es steht alles ganz genau drin, alles, jede Einzelheit! Ich wußte ganz genau, wie es geht. Es ist ja auch das leichteste Flugmanöver von allen. Ich habe alles beachtet, was man beachten muß. Und die Maschine ist ja auch selbst für die schwierigsten Flugfiguren geeignet.«

Sie brach ab, weil sein Blick sie fast umbrachte.

»Verdammt noch mal, Freddy! Niemand, hörst du, niemand darf jemals mit Kunstflugfiguren anfangen ohne einen Instrukteur an Bord und ohne Fallschirm! Du warst nicht mal intelligent genug, zu beachten, daß dich bei dem Wetter heute nachmittag jedes Flugzeug, im Umkreis von fünfzig Meilen, genau sehen konnte! Du dummes, arrogantes Kind, du! In meinem ganzen Leben habe ich so etwas von geradezu krimineller Gedankenlosigkeit nicht erlebt! Was du da getan hast, kann dich deine Lizenz kosten! Was wäre wohl gewesen, wenn du ohnmächtig geworden und abgestürzt wärst? Was meinst du? Du verdammte Närrin! Am untersten Punkt eines Loopings hat eine Ryan 280 Meilen drauf! War dir auch dieses Detail bekannt, Freddy? Verdammt! Der Teufel soll dich holen!« Mac verschränkte die Arme und ballte die Hände zu Fäusten. Er war wirklich außer sich.

Freddys Augen irrten in dem kargen Büro umher, wo sie sich wohl verbergen könnte, und weil sie nichts Geeignetes fand, wich sie bis zur Wand zurück und preßte sich gegen sie. Sie vermochte die hilflosen Stöße von Schluchzern, die sich in ihr hochdrängten, nicht mehr zu unterdrücken. Er hatte ja recht und sie war total im Unrecht und konnte nichts zu ihrer Entschuldigung vorbringen. Sie fühlte sich aufs schlimmste gedemütigt und wollte sich vor Scham am liebsten verkriechen. Es hatte überhaupt keinen Sinn, wenn sie sich entschuldigte. Ihr Vergehen war zu schlimm. Er haßte sie jetzt. Und je mehr sie sich in ihr eigenes Schuldgefühl hineinsteigerte, um so bitterer und heftiger wurden ihre Tränen, und sie hämmerte verzweifelt und heulend die Fäuste an die Wand, wie sinnlos es auch war und wie wenig es half oder änderte.

Schließlich verbarg sie ihr Gesicht in den Händen und versuchte, so rasch sie konnte, aus dem Büro zu laufen, um sich in den Wagen ihrer Mutter zu retten.

»Dageblieben!« donnerte Mac jedoch. Aber sie blieb nicht stehen. Sie konnte seinen Zorn einfach nicht länger ertragen. Er sprang ihr nach, griff sie, drehte sie herum und nahm ihr mit Gewalt die Hände vom Gesicht. »Willst du das nie, nie wieder tun?«

Sie konnte nicht sprechen, sondern schüttelte nur den Kopf heftig, so daß kein Zweifel an ihrer Bereitwilligkeit bleiben konnte, ehe sie wieder versuchte sich loszureißen und zu ihrem Auto zu laufen.

Mac hielt sie aber unerbittlich fest. »Du wirst jetzt nirgends hinfahren, ehe du dich nicht beruhigt hast, zum Donnerwetter! Los, setz dich und hör auf zu heulen!«

Sie wischte sich die Augen trocken, schneuzte sich und hatte noch eine Weile mit den abebbenden Schluchzern zu tun. Mac kehrte ihr den Rükken zu und blickte zum Fenster hinaus, wo ein Flugzeug nach dem anderen landete.

Schließlich war Freddy wieder imstande zu sprechen.

»Kann ich jetzt heimfahren?«

»Nein, kannst du nicht. Nicht, ehe wir ganz klar zu Ende geredet haben. Warum hast du diese Loopings gedreht?«

»Nun, weil ich... mich so glücklich fühlte.«

»Und da hast du einfach beschlossen, jetzt machst du's?«

»Ja.«

»Und warum gleich so einen Haufen Loopings?«

»Weil es so herrlich war. Ich fühlte mich so großartig.«

»Versprichst du mir, das nie wieder zu tun?«

»Ich verspreche es.«

»Ich glaube es dir nicht.«

»Mac, ich schwöre es! Wie soll ich Sie überzeugen? Ich weiß jetzt, daß es falsch war. Ich bin keine Lügnerin. Vertrauen Sie mir denn nicht?«

»Nein! Nicht, weil ich dich für unehrlich halte. Ich glaube dir ja sogar, daß du jetzt selbst fest überzeugt davon bist, du würdest dein Versprechen halten. Aber irgendwann, wenn es irgendwo sicher ist und du weißt, daß ich zweihundert Meilen weit weg bin, wird die Versuchung zu stark werden, und du wirst nicht widerstehen können. Jetzt, nachdem du einmal damit angefangen hast, wirst du nicht mehr aufhören können. Ich weiß Bescheid in diesen Dingen, glaub mir. Es ist völlig unausweichlich, ganz gleich, was du jetzt sagst oder schwörst.«

»Ich kann Sie nicht daran hindern zu glauben, was Sie wollen«, sagte Freddy zerknirscht. Was er sagte, bedeutete ja auch, er würde sie nie mehr die Ryan fliegen lassen. Sie mußte wieder zurück auf die langsamere, schwächere Taylor. Falls er sie überhaupt jemals noch in einem seiner Flugzeuge aufsteigen ließ.

»Luftakrobatik ist eine Wissenschaft für sich, Freddy! Nicht bloß eine blöde, hirnlose Herumkurverei. Sorglosigkeit dabei ist absolut intolerabel. Nicht zu entschuldigen. Es braucht dazu mehr Arbeit und drillartiges Präzisionstraining als für irgendeine Art des Fliegens.«

»Ich verstehe, Mac. Ich würde nicht einmal träumen...« meinte Freddy entmutigt. Aber er unterbrach sie mit seiner heftig hochgezogenen zynischen Augenbraue.

»Ah? Nicht einmal träumen würdest du, wie? Träumen: das genau ist es, was du eben doch tun würdest! Ich kenne dich sehr genau, Kleine. Wenn ich auf etwas absolut zählen kann bei dir, dann, daß du träumst! Also gut, ich werde dir Luftakrobatikstunden geben. Es ist die einzige Möglichkeit, wie ich sicherstellen kann, daß du nächstes Mal, wenn du wieder so etwas machst, wenigstens verdammt genau weißt, was du da tust!«

»Mac! Mac...!«

»Schon gut, schon gut, mach, daß du hinauskommst. Fahr nach Hause!«

Er stand am Fenster und sah ihr nach, wie sie wegfuhr. Er dachte daran, daß er in seinem ganzen Leben noch nie so nahe daran gewesen war, eine Frau zu schlagen. Und noch nie so versucht, sie tröstend in die Arme zu nehmen, als sie so herzzerreißend weinte. Verdammt, das Mädchen machte einem mehr Probleme, als es wert war. Aber, zum Teufel, diese Loopings waren wirklich sehenswert gewesen.

Und ehe ihr ein anderer Unterricht in Luftakrobatik gab, tat er es lieber selbst.

Zehntes Kapitel

Eve entspannte sich im Frühstückszimmer ein wenig und blätterte die Morgenzeitung durch. Paul war bereits ins Konsulat gefahren. Ihre beiden Töchter waren in der Schule. Ihr zuverlässiges Küchenpersonal war voll mit der Vorbereitung des Essens beschäftigt, das sie heute mittag für die Damen der französischen Kolonie gab. Gestern bereits hatte sie die Rosen arrangiert und sie überall im ganzen Haus aufgestellt. Sie konnte sich also für den Moment entspannen und sich dabei über die Ereignisse in der Welt informieren – oder jedenfalls über den Teil der Ereignisse, den die Zeitungen von Los Angeles für mitteilenswert hielten.

Man schrieb den Mai 1936. Frankreich war durch Streiks nach dem Wahlsieg der Volksfront lahmgelegt; unter deren Mitgliedern befand sich eine überraschend große Zahl von Sozialisten und Kommunisten. Mussolinis Äthiopienfeldzug war zu Ende. Ein italienischer Vizekönig regierte über riesige afrikanische Gebiete. Hitlers Wehrmacht hatte gegen einen Beschluß des Völkerbunds das entmilitarisierte Rheinland besetzt, und obwohl Belgien, England, Frankreich und Italien lebhaft protestierten, tat doch niemand etwas dagegen. Die Lokalschlagzeile für Los Angeles war die Heirat von Douglas Fairbanks sen. mit Lady Sylvia Ashley.

Mit einiger Erleichterung wandte Eve sich dieser Hochzeitsgeschichte zu. Diese Frau war den Gerüchten zufolge die Tochter eines herrschaftlichen Lakaien. In einer Revue in London war sie für kurze Zeit ein »Starlet« gewesen, und dann hatte sie es geschafft, den Erben des Titels und Vermögens des Earl of Shaftsbury zu heiraten. Und nun, acht Jahre später und frisch geschieden von Lord Ashley, hatte sie sich einen der größten Filmstars von Hollywood geangelt!

Eve beugte sich fasziniert über das Zeitungsfoto von der Ziviltrauung in Paris. Lady Ashley besaß ein Höchstmaß an Eleganz, das konnte niemand bestreiten. Ihr heller Wollmantel hatte einen capeartigen dunklen Zobelkragen, der kleine Miederstrauß aus vier Orchideen, gleich unter einer schweren Diamanten- und Perlenhalskette, und ihre Fingernägel waren ebenso dunkel wie der Lippenstift auf ihrem lächelnden Mund. Unter den ganz schmal gezupften Brauen waren lange, fast orientalische Augen. Trotz ihres klassischen Gesichtsschnitts konnte man sie nicht eigentlich schön nennen. Ein kaltes Gesicht, fand Eve. Neben ihr strahlte der kräftig sonnengebräunte Fairbanks vor Stolz, wie eben ein Mann, der sich am Ziel seiner Wünsche sieht.

Das Paar hatte triumphiert. Mühelos hatten sie den Skandal der Scheidung Fairbanks' von Mary Pickford von sich abgestreift. Ein ganzes Jahr lang vor ihrer Heirat hatten sie auf seiner großen Jacht eine Weltreise gemacht, und trotzdem trug ihnen das nur Speichelleckerei und Neid ein. Eve fragte sich beim Anblick des Fotos dieser Frau, die so sichtbar ein Luxusgeschöpf war, umschwärmt und in Reichtum eingehüllt, angebetet von ganzen Legionen von Männern, die buchstäblich alles für sie getan hätten, wie viele all der braven amerikanischen Hausfrauen, die so überzeugt bekundeten, wie skandalös sie diese Heirat fänden, wohl sofort mit ihr tauschen würden. Eine Million? Viele Millionen?

Sie warf die Zeitung in den Papierkorb. Die Zeiten hatten sich geändert, die Standards hatten sich geändert. Sie selbst, die so strenge Urteile über sich hatte ergehen lassen müssen, wollte lieber vorsichtig mit Urteilen über andere sein.

Andererseits gab es immerhin Delphine und Freddy, und wenn sie sich auch persönlich gut eines Urteils über die Sylvia Ashleys dieser Welt enthalten konnte, hatte sie doch Pflichten hinsichtlich ihrer Töchter. Delphine war völlig problemlos über die Jahre hinweggeglitten, die für sie selbst, wie sie sich wohl erinnerte, voller unterdrückter Rebellion gewesen waren. Delphine, das mußte sie zugeben, war ein ziemlich frivoles, genußsüchtiges Mädchen mit der Geschmeidigkeit einer geborenen Kokotte, doch es war trotzdem nichts Böses in ihrem ganzen Wesen. Sie hatte eine angeborene Virtuosität im Umgang mit dem anderen Geschlecht, gleichwohl schien sie es keineswegs darauf anzulegen, einen Mann ihretwegen leiden zu lassen. Sie war ein temperamentvolles, quecksilbriges Mädchen; kapriziös, ja, aber im Kern gut. Und wenn sie wohl auch nicht allzu strenge moralische Maßstäbe besaß, so mußte man immerhin berücksichtigen, daß dies in ihrem Alter – und in dieser Stadt! – ja wohl kaum etwas Ungewöhnliches war.

Sie fehlte ihr. Sie wohnte nicht mehr zu Hause, sondern in ihrem Internat auf dem Universitäts-Campus. Paul hatte zwar gewünscht, daß sie zu Hause wohnen bliebe, aber es war tatsächlich doch viel zu weit, und die Fahrt hin und zurück jeden Tag hätte wirklich zuviel Zeit in Anspruch genommen. Eve räumte ein, daß ihre ältere Tochter sich wohl doch in der Umgebung und der Gesellschaft ihrer Alters- und Studiengenossinnen wohler fühlte. Lebte sie zu Hause, wären ihre Möglichkeiten, Bekanntschaften und Freundschaften zu schließen, doch sehr viel beschränkter. Schließlich hieß es ja auch immer, seine Freunde fürs ganze Leben erwerbe man sich in der Collegezeit!

Daß Freddy noch in der High School war, war ihr deshalb um so lieber. Wenn auch sie, die jüngere, im nächsten Herbst zur Universität ging, würde sie sicherlich ebenfalls dorthin ziehen wollen. Eve hoffte freilich insgeheim, sie würde es doch nicht tun. Denn im Grunde gefiel ihr das amerikanische System überhaupt nicht, mit dem die Kinder fast automatisch aus dem Haus geholt wurden und gegen das man so gut wie nichts machen konnte. Immerhin, Freddy würde bestimmt auf kein College gehen wollen, das außer Reichweite ihres geliebten Flugplatzes Dry Springs war.

Was Freddy anging, machte sie sich ohnehin einige Sorgen, daß ihr vieles von den Jugendfreuden, die Delphine so genoß, entginge. In ihrer ganzen Schulzeit hatte Freddy keine engen Freundschaften geschlossen... ausgenommen natürlich diese fiktive gute Freundin in Beverly Hills! Sie hatte einfach zu verschiedenartige Interessen. Es schien Eve nicht gut, daß sie schon in so jungen Jahren so sehr von ihrer großen Leidenschaft für das Fliegen beherrscht war, so eingeengt auf dieses eine Gebiet, ohne Interesse für irgend etwas anderes. Wenn Freddy nur ein wenig mehr wie Delphine wäre! Und umgekehrt Delphine etwas von Freddy hätte! Ach, Eve, tadelte sie sich selbst, was sind das für Albernheiten. Sie ging in die Küche, um dort nach dem Rechten zu sehen. Dem Himmel sei Dank, dachte sie, daß die Gastgeberin eines Luncheons – im Gegensatz zu den Gästen – keinen Hut tragen mußte! Wenigstens eine Sorge, die sie nicht hatte!

Delphine drückte ihre Zigarette aus und sah sich um, im Zimmer von Margie Hall, ihrer besten Freundin, die auch zugleich ihre Internatskollegin war. Der Raum war neu und aufwendig renoviert – ganz in Pink und Weiß, ein Tempel unbefleckter Jungfräulichkeit –, paßte aber überhaupt nicht zu Margies kurzen, messinggelben Locken, ihrem sinnlichen jungen Körper und ihren frechen grünen Augen. Doch wie Margie zu sagen pflegte: Wenn diese Dekoration half, ihr ihre Mutter vom Leib zu halten, wollte sie sie gern in Kauf nehmen.

Margies Mutter hatte eben ihre dritte Scheidung samt anschließender vierter Hochzeit hinter sich. Und zum dritten Mal in den sechs Jahren, die sie sich nun kannten und befreundet waren, war ihr Zimmer zu Hause, in Bel Air, renoviert worden. Das war die Art der gewesenen Mrs. Hall, ihre Tochter für alle emotionalen Belastungen zu entschädigen, die sie ihres bewegten Privatlebens wegen zu erdulden hatte. Und soweit es Margie betraf, war ihr dies auch bei weitem lieber als Aufforderungen, Mitleid mit ihr zu haben. Nun, vielleicht brachte ihr die nächste Scheidung eine Zimmerrenovierung, die ihrem Geschmack endlich mehr entsprach!

Margies Mutter war im Augenblick auf ihrer Hochzeitsreise in Europa. Ihr Vater hielt sich, gerüchteweise, in Mexiko auf. Aber von ihm hatte man seit Jahren schon nichts mehr gehört. Das Hausverwalterehepaar, das keine Fragen zu stellen pflegte, saß in seiner Wohnung über der Garage und hörte Radio.

Delphine und Margie richteten sich für einen ihrer regelmäßigen Übernachtungsbesuche ein, für die Eve der Internatsmutter die Zustimmung gegeben hatte.

Gegen Margie konnte Eve nicht gut etwas einwenden, nur weil ihre häuslichen Verhältnisse reichlich bewegt und sie selbst eine Neigung zu starkem Schminken hatte. Den Nonnen vom Heiligen Herzen zufolge, die Eve seinerzeit befragt hatte, war Margie gehorsam, pünktlich, höflich und fleißig und hatte annehmbare Noten. Recht aufgekratzt, gut, aber angesichts ihrer Mutter war es doch ein Segen, daß sie so wenig Neigung zu Depressionen hatte. Das Haar? Nein, nicht gefärbt, wirklich Natur. Leider recht auffallend, sicher, aber schließlich konnte man niemandem seine Haarfarbe zum Vorwurf machen.

Wenn man Eve freilich die Gelegenheit zu einer eingehenderen Inspektion von Margies Bleibe gegeben hätte, wäre ihr wohl klar geworden, daß ihr leises Unbehagen nicht so ganz von ungefähr kam. Margie besaß zehnmal mehr Make-up-Utensilien als Delphine in den überfüllten Schubladen ihres Toilettentisches. Ihre Schränke enthielten ganz erstaunliche Mengen Abendkleider, Abendmäntel und Stöckelschuhe, alle eher passend für eine erwachsene Frau als für ein achtzehnjähriges Mädchen. Und in einem Geheimfach von Margies Schreibtisch – in Pink und Weiß – lag schließlich sogar noch ein ansehnlicher Packen Bargeld; der Ertrag der vielen Male, die Margie und Delphine mit ihren jeweiligen männlichen Begleitern in den illegalen Spielhöllen gewesen waren, die es mittlerweile überall in ganz Los Angeles gab.

Die beiden gutgebauten Puppen brachten ihnen ausgesprochen Glück, fanden immer mehr Männer und sagten es einander weiter. Margie und Delphine waren überaus dekorative Begleiterinnen, und ihre jeweiligen Herren schoben ihnen, was sie gewonnen hatten, zur Aufbewahrung zu, um später gelegentlich wieder einiges davon zurückzufordern, wenn die Glückssträhne riß. Alle Kleider, die sich Delphine von ihren Gewinnbeteiligungen kaufte, hingen hier bei Margie.

Mit dem Ende der Prohibition hatte auch der Alkoholschmuggel aufgehört, und jetzt, nachdem sich jedermann problemlos einen Whisky bestellen konnte, hatte sich alle Welt mehr denn je auf das Glücksspiel geworfen. Jedermann mit den richtigen Beziehungen konnte in einem der Dutzende einschlägiger Örtlichkeiten große Geldbeträge gewinnen –

oder auch verlieren. Sie reichten von den schnieken Clubs des Sunset Boulevard bis hinunter zu den weniger eleganten Schuppen am Strand und sogar noch hinaus ins Meer, wo die Spiel-Schiffe *Monte Carlo* und *Johanna Smith* lagen, zu denen Wassertaxis einen pausenlosen Pendelverkehr aufrechterhielten.

In den besseren Clubs, in denen Margie und Delphine zu verkehren pflegten, gab es für die Spieler Champagner und Kaviar gratis. Dort wurden überhaupt nur Gäste in formeller Abendkleidung eingelassen. Es gab allerlei Gerüchte, daß das organisierte Verbrechen von der Ostküste dabei sei, die Spielhöllen hier im Westen zu kontrollieren. Aber das erhöhte nur den Reiz des Verbotenen, der dem ganzen Glücksspiel ohnehin anhaftete.

Delphine hatte selbstverständlich Vorkehrungen getroffen, daß ihren Eltern ihr recht lebhaftes Nachtleben verborgen blieb. Ihre Verehrer konnten sie zu den Verabredungen selbstverständlich nicht auf dem Campus abholen. Die scharfäugige und mißtrauische Hausmutter, Mrs. Robinson, wäre im nächsten Augenblick am Telefon gewesen, um ihrer Mutter Bescheid zu sagen, hätte sie gesehen, daß Delphine mit irgend jemand anderem ausging als mit gleichaltrigen College-Boys, die ebenso linkisch und unbedarft wie ohne einen Pfennig in der Tasche waren. Über dieses Stadium indessen war Delphine sehr rasch hinausgewachsen und hatte damit schon lange nichts mehr im Sinn.

Die beiden Mädchen waren unzertrennlich. Beide schafften es, mit gegenseitiger Hilfe bei den Prüfungen ihre Noten auf einem erträglichen Durchschnitt zu halten, obwohl sie nicht weniger als drei- bis viermal die Woche zum Tanzen und Spielen ausgingen und die Nacht stets erst kurz vor dem Morgengrauen mit Spiegeleiern bei Sardi's beendeten. Danach ließen sie sich von ihren Begleitern nach Bel Air bringen, um dort noch einige Stunden zu schlafen, ehe sie wieder ins College mußten. Regelmäßig schwänzten sie Stunden. Sie konnten es sich leisten, weil sie beide sehr leicht lernten und das Versäumte jeweils mit einigen Tagen intensiven Lernens wieder nachholten.

An den Samstagen machten sie mit ihren Spielgewinnen ausgedehnte Einkäufe in den besten Kaufhäuser, wo sie sich ausgelassen die besten und neuesten Kleider und elegante Wäsche kauften. Anschließend gingen sie gut essen und genossen das Gefühl einer enormen Überlegenheit über die anderen Mädchen des Internats, deren Vorstellungen von aufregendem Leben sich noch auf den Besuch eines Football-Spiels mit anschließendem Fruchtsaft-Rum-Punsch mit einem Rudel älterer Jungs im Gemeinschaftshaus beschränkten.

Sie taten einfach alles miteinander; hielten einander die Köpfe, wenn sie zuviel getrunken hatten, und probierten miteinander und füreinander neue Katermittel aus. Sich gegenseitig die Kavaliere zu überlassen, war ihnen selbstverständlich, weil Männer ohnehin beliebig austauschbar waren. Sie berieten sich über die neuesten Frisuren und informierten einander über den neuesten Modejargon. Sie lackierten sich gegenseitig die Fußnägel, tauschten ihre Erfahrungen über Praktiken beim Küssen und Petting aus und warnten einander vor Männern, die versuchten, »zu weit« mit ihnen zu gehen. Immerhin waren sie nach wie vor »anständige« Mädchen, und ihre Jungfräulichkeit war wichtig.

Ihr bevorzugtes Thema jedoch, das sie immer wieder erörterten, und das einzige in ihrem Leben, was nicht vollkommen war, war die nicht zu leugnende Tatsache, daß sie lediglich Staffage bei dem großen Spiel waren, das allnächtlich in den Restaurants und Nachtclubs Hollywods ablief. Sie waren nicht selbst Kinostars. Wie gut sie auch aussehen und angezogen sein mochten, niemand starrte sie an und wollte Autogramme von ihnen haben. Sie bewegten sich mit der größten Selbstverständlichkeit der Welt in diesem Milieu, über das der ganze Rest des Landes nur in den Filmzeitschriften las und auf das so viele Leute wie gebannt starrten, aber vom Oberkellner in der *Coconut Grove* gegrüßt und erkannt zu werden, war noch lange nicht dasselbe, wie pausenlos von Fotografen und kreischenden Fans umringt zu sein und verfolgt zu werden.

»Du mußt es einfach so sehen«, überlegte Margie, »wenn, angenommen, ein Bild von dir in der Zeitung erschiene, dann würden dich deine Leute bei Wasser und Brot einschließen.«

»Nein«, bestritt Delphine jedoch, »wenn ein Bild von mir in der Zeitung erschiene, dann, weil ich berühmt wäre. Und dann könnten meine Eltern gar nichts mehr dagegen machen.«

Angesichts dieser unbestreitbaren Argumentation verfielen sie beide in längeres Schweigen. Schauspieler kannten sie beide, aber keinen, der Größeres spielte als Nebenrollen. Die Männer, die das Geld hatten, sie zum Tanzen und zum Glücksspiel auszuführen, waren junge ledige Geschäftsleute, die tagsüber ihren Beruf hatten und hart arbeiteten. Die Schauspieler wurden allenfalls mit eingeladen, weil sie in Begleitung hoffnungsvoller Starlets erschienen.

»Kopf hoch, Delphine«, versuchte Margie ihre Freundin aufzumuntern, während sie fünfhundert Dollar aus ihrer »Vorratstruhe« holte und sie in zwei gleiche Häufchen aufteilte. »Die Filmstars müssen jeden Tag in aller Herrgottsfrühe raus, und pausenlos haben sie neue Liebesaffären oder machen gerade Schluß mit einer, und das ist, wie du zugeben wirst, auch nicht so lustig, wenn man flott leben will. Gut, ich weiß nicht, wie es mit dir ist, aber ich jedenfalls habe absolut nichts anzuziehen für heute abend, und da sitzen wir hier und verplempern unsere Zeit mit Jammern darüber, daß du nicht Lupe Velez bist oder ich Adrienne Ames oder von mir aus auch umgekehrt.«

»Ach, Margie, was hast du denn nur für einen Geschmack? Lana Turner für dich, die Garbo für mich, das schon eher.«

»Ja, ist ja gut, Schätzchen, nun komm, wir haben noch viel vor heute. Heute gehen wir nach dem Essen zum Strand. Da gibt es ein neues schwimmendes Kasino, es hat gerade erst aufgemacht. Zwölf Meilen draußen in der Santa Monica Bay, und alles, was einen Namen hat, ist dort. He, Delphine, hör auf mit dem Grübeln. Wir müssen einkaufen gehen!«

Freddy war zu früh für ihre Stunde gekommen, aber McGuire bedeutete ihr, dazubleiben, während er noch mit einem Besucher sprach. Freddy kannte diesen Mann bereits. Swede Castelli war in dem relativ kleinen Studio I. W. Davidson für die Koordination der Stunts zuständig und kam dabei viel herum. Ziemlich oft kam er auch nach Dry Springs, um sich mit Mac über die Probleme bei Weltkriegs-Fliegerfilmen zu besprechen, nachdem der Appetit des Publikums auf solche Filme schier unersättlich war.

Terence McGuire war am Ende des Großen Krieges 1918 ein zwanzig Jahre alter Kriegsheld gewesen. Er war mit der festen Überzeugung aus Frankreich heimgekehrt, daß die Zukunft des Transportwesens in der Luft lag. Im Laufe einer Reihe mißglückter Anläufe, eine eigene Luftlinie zu gründen, hatte er freilich feststellen müssen, daß es nicht eine Herstellerfirma gab, die Flugzeuge baute, die nach Größe und Kapazität für lange Flüge zwischen den großen Städten geeignet waren und die eine größere Anzahl Passagiere befördern konnten. Leute, die reisen wollten, benützten die Eisenbahn.

Da hatte er sich schließlich mit der Realität abgefunden und jeden Penny, der ihm noch geblieben war, in eine Curtiss JN 4 gesteckt. Mit dieser robusten kleinen Maschine hatte er sich wenigstens seinen Lebensunterhalt verdienen können, wenn auch kaum mehr. Er flog mit ihr auf Rummelplätzen, wo die Landebahn bestenfalls ein Baseballfeld war oder eine Rennbahn, wenn nicht einfach nur eine Kuhweide. Nach seinen Kunstflugvorführungen machte er dann noch Rundflüge mit zahlenden Passagieren, für fünf Dollar pro Person. Aber bald waren die Leute nur noch bereit, höchstens einen Dollar zu bezahlen.

Fast zwanzig Jahre nach den Brüdern Wright und ihrem ersten Motorflug war der Reiz der Neuheit verbraucht. Armee und Marine hatten ihre

Lufteinheiten völlig abgebaut, und für einen Mann, der sich nicht vorstellen konnte, irgend etwas anderes zu tun als zu fliegen, blieb wenig übrig außer, nach Hollywood zu gehen und sich dort als professioneller Stuntman beim Film zu verdingen.

Und so hatte auch McGuire jahrelang für die Fox Studios gearbeitet, in denen fünfzehn Produktionsfirmen ihren Sitz hatten und Filme drehten. Dort hatte er fröhlich und unbeschwert seine Fähigkeiten, seine Kaltblütigkeit und seine Jugend hingegeben – in der Gesellschaft von Männern seines Schlages, die wie er bereit waren, für Gagen bis zu hundert Dollar kopfunter nur Zentimeter über dem Boden zu fliegen oder ihr Flugzeug für fünfzehnhundert Dollar in der Luft explodieren zu lassen und dann abzuspringen. Kein Stuntman kam jemals auch nur zu einem Dime, wenn er nicht bereit war, sein Leben zu riskieren. McGuire war mit Dick Grace geflogen und mit Charles Stoffer, mit Frank Backer, Lonnie Hay, Clement Phillips, Frank Clark und Frank Tomick, mit Dick Curwood und Duke Green, Maurice Murphy, Leo Nomes und Ross Cook. Aber von den vielen Freunden, die er auf diese Weise gewonnen hatte, war um 1930 kaum noch einer am Leben; und nicht einer war eines natürlichen Todes gestorben. Sie hatten fröhlich, unbekümmert, mutig gelebt, in den Tag hinein und waren alle, fast wie freiwillig, jung gestorben. Um diese Zeit dann war ihm schlagartig klargeworden, wie viele dieser unbekümmerten, fröhlich in den Tag hinein lebenden Freunde tatsächlich ihr Spiel mit dem Tod verloren hatten. Und er hatte das Geld genommen, das er auf der hohen Kante hatte, und mit ihm eine Flugschule aufgemacht.

Er hatte sich seine Chancen nach dem Gesetz der Wahrscheinlichkeit ausrechnen können. Alle die Toten waren einer wie der andere hervorragende Piloten gewesen. Und es war völlig klar, daß früher oder später auch er an die Reihe käme.

Vielleicht war er anders als die anderen, aber er jedenfalls war daran interessiert, noch etwas länger zu leben. Trotzdem, Hollywood völlig den Rücken zu kehren, hatte er nicht fertiggebracht. Und wenn er auch selbst nicht mehr flog, sammelte er doch eine Anzahl alter Maschinen – schwierig zu bekommende Antiquitäten sozusagen: hundertmal reparierte Spads 220, deutsche Fokker D-7, englische Camals, wie sie die Film-Requisiteure ständig brauchten – und vermietete sie an die Produktionsfirmen für Filmaufnahmen. Vor allem damit hielt er seine recht und schlecht existierende Flugschule einigermaßen über Wasser. Seine Erfahrung und sein Wissen, wie man Luftkämpfe für Filme nachstellt und organisiert, machten ihn zudem nach wie vor als Berater für einschlägige Produktionen gefragt. Er konnte dennoch nicht leugnen, daß ihm die guten alten Zeiten fehlten: die gefährlichen, schlechten alten Zeiten.

Swede Castelli war wie Mac selbst Stuntpilot gewesen, aber anders als Mac, dachte Freddy, hatte er es verstanden, sich das Auftreten und Aussehen eines etablierten Managers anzueignen – eines außerdem überaus wohlgenährten übrigens. Neben diesem seriösen Mann im Business-Anzug, der tatsächlich so alt sein mußte, wie er aussah, wirkte Mac richtig jung. Mac wirkte tatsächlich, als gehöre er einer ganz anderen Generation an, einer, die der ihrigen erheblich näher war als der Castellis.

Überhaupt fand sie, daß sich Mac, seit sie ihn zum ersten Mal gesehen hatte, aber auch kein bißchen verändert habe – damals vor fünf Jahren, als sie gerade elfeinhalb gewesen war. Als dann ihre Mutter diese Frage aufgeworfen hatte, hatte sie ihn tatsächlich geradeheraus gefragt, wie alt er eigentlich sei, und er hatte gesagt, vierzig. Sie hatte sich sogar ein Herz gefaßt und ihn auch gefragt, ob er verheiratet sei. Und er hatte geantwortet, jeder intelligente Stunt-Pilot bleibe prinzipiell ledig und überhaupt ohne Bindung, außerdem habe er auch das Heiratsalter ohnehin verpaßt und sei nun schon so an sein Junggesellenleben gewöhnt, daß er sich gar nicht mehr ändern könne. »Sonst noch indiskrete Fragen, Kleine?«

Noch jetzt war ihr bewußt, wie wirklich sehr persönlich diese Fragen gewesen waren. Sie sah zu, wie er Castelli seinen Plan eines Luftkampfs mit sechs Flugzeugen entwickelte. Aber immerhin, dachte sie weiter, war er ja auch ihr bester Freund auf der ganzen Welt. Komisch, jemanden für seinen besten Freund zu halten, der dies seinerseits ganz zweifellos keineswegs so sah. Trotzdem, so war es nun mal.

Sie beobachtete ihn aufmerksam. Es war ja auch eine seltene Gelegenheit, ihrerseits einmal ihren Lehrer zu beobachten. Bei den Flugstunden war sie viel zu beschäftigt, um ihn bewußt anzusehen, ganz gleich, wie nahe ihr seine Stimme tatsächlich war. Da war er einfach nur ein Teil der Maschine. Und wenn sie dann wieder unten waren, war die Zeit fast immer so knapp, daß sie höchstens noch schnell die Theorie der Stunde durchgehen konnte und dann schon wieder zum Wagen eilen mußte, um nach Hause zu kommen. So wie er jetzt sprach und erklärte, konnte sie ohne Schwierigkeiten den Flugkurs jedes einzelnen der sechs Flugzeuge vor sich sehen; so lebhaft und präzise waren seine Gesten.

Terence McGuire war schottisch-irischer Abstammung, wie man auf den ersten Blick an seinem widerspenstigen dichten hellbraunen Haar mit diesem leicht rötlichen Schimmer sehen konnte und an den hellgrünen Augen mit den ganz überraschend langen Wimpern. Sein Gesicht war sympathisch gutmütig, und auch die Bräune konnte die Sommersprossen darin nicht ganz überdecken. Er war schlank, knapp einsachtzig groß und hatte Muskeln wie ein Artisten-Stuntman. Es war gut zu erkennen, fand Freddy, daß ihn sein Leben geprägt hatte – so, daß jeder, der genau hinsah, erkennen konnte, dieser Mann hatte, Schlaf abgezogen, weit mehr Zeit in der Luft verbracht als auf der Erde. Es war etwas so... Freies an ihm, wie er sich leicht und nahezu schwebend bewegte; ein Mann, der jede Herausforderung anzunehmen bereit war; es war auch etwas Freies in seinem offenen Blick und in seiner Dynamik und in der Ganzheit seines Lächelns... Für Freddy hatte Macs Lächeln tatsächlich immer schon eine Verheißung bedeutet; eine Art Versprechen, daß sie sich gemeinsam dem widmen würden, was ihre ganze Leidenschaft war. Und jetzt, wo sie darüber nachdachte, fand sie, daß er dieses Versprechen noch nie gebrochen habe. Und trotz seiner offenen, lässigen Art war er ja in Wirklichkeit ein Mann von strenger Entschlossenheit, großer Selbstdisziplin und Selbstbeherrschung. Sie glaubte nicht, jemals noch einem anderen Mann zu begegnen, der Macs Lächeln besaß, dieses Lächeln, dem sie blind ihr Leben anvertrauen würde.

»Freddy, sei ein liebes Kind und bring uns noch etwas Kaffee, ja?« sagte Mac, indem er auf die Kaffeekanne auf seinem Aktenschrank deutete.

Sie brachte ihnen den Kaffee und fragte: »Kann ich mir auch eine Tasse nehmen?«

»Nein, dazu bist du noch zu jung!« antwortete er ganz automatisch.

Sie protestierte. »Meine Mutter läßt mich welchen trinken.«

»Aber ich nicht.«

Verdammt noch mal, dachte Freddy, was soll das, bin ich zwei Jahre alt oder was? Ich bin fast siebzehn und trinke schon *Café au lait*, seit ich in die High School gehe, und der Blödian behandelt mich wie ein Baby. Überhaupt, immer noch nennt er mich so penetrant Kleine und Kind, und das paßt mir nicht.

Schmollend, aber schweigend hörte sie weiter der Unterhaltung zu, die sie nicht mehr besonders interessierte. In dem Monat, den sie sich jetzt auf Luftakrobatik konzentriert hatte, war ihr klargeworden, daß sämtliche spektakulären und komplizierten Flugkunststücke im Grunde auf nicht mehr als fünf Manövern aufgebaut waren: Seitflug, Rolle, Looping, Männchen und Trudeln.

Nachdem schon viele Piloten vor allem deshalb abgestürzt waren, weil sie bei Männchen und Trudeln die Kontrolle über die Maschine verloren, war der harte und monotone Drill Teil ihrer Ausbildung. Er war außerdem eine Übung, immer noch besser zu werden im »Fliegen mit dem Sitzfleisch«. Präzision allein nämlich war nicht alles, vor allem kein Ersatz für die letztlich unerklärbare Fähigkeit, in einem Kunstflugmanöver einfach mit dem »Gefühl« zu fliegen und zu reagieren.

Sie sehnte sich geradezu danach, endlich einmal wieder einfach nur zu fliegen. Irgendwohin. Ziellos. Ohne die ewige Sorge um die exakte Navigation unter Beachtung sämtlicher Windverhältnisse, Kontrollpunkte oder was sonst noch alles zwischen ihr und ihrer Begeisterung lag – jenem Glücksgefühl bei ihrem ersten Alleinflug, als ihr der Abendstern zugeblinkt und der Steinbock sie gelockt hatte. Sie wußte natürlich, daß sie jetzt nicht einfach losfliegen konnte, nicht wirklich. Aber sie würde es eben doch tun, verdammt noch mal, jawohl; und wie! Wenn... sie nur ihr eigenes Flugzeug gehabt hätte!

»Eve! Wach auf! Eve!« Paul rüttelte sie drängend, nachdem um vier Uhr morgens das Telefon geklingelt hatte.

»Was? Was ist denn? Wie spät ist es denn?« fragte Eve verschlafen und blinzelte in das grelle Licht der Nachttischlampe.

»Delphine! Sie hat aus einem Polizeirevier in der Stadt angerufen... Ich habe nur die Hälfte von dem, was sie erzählte, verstanden, aber ich muß hinfahren und sie herausholen. Ich bringe sie her, so rasch es geht. Ich wollte dir nur Bescheid sagen, damit du nicht aufwachst und nicht weißt, warum ich weg bin.«

»Polizeirevier? Was ist denn, ein Unfall? Ist sie etwa verletzt?« fragte Eve erschrocken.

»Nein, nein, nichts dergleichen. Viel habe ich auch nicht verstanden. Sie sagte etwas davon, daß sie *Chuck-a-luck* gespielt hat. Keine Ahnung, was das ist. Sie klang allerdings irgendwie ganz außer sich; und außerdem auch...«

»Was, außerdem?«

»Betrunken«, sagte Paul düster.

Nach mehr als zwei Stunden kam er mit Delphine heim, die jetzt allein vom Schreck nüchtern war. Sie sah erbarmungswürdig aus. Sie hatte sich ihr ganzes Make-up inzwischen abgewischt, so gut es ging, trug aber immer noch ihr teures schwarzweißes Crêpe-Abendkleid mit dazu passendem pelzbesetztem Bolero, das sie bei der Festnahme an Bord des Kasinoschiffs, eines luxuriös renovierten ehemaligen Frachters namens *Rex*, getragen hatte.

Sie kam mit all der Haltung, die sie noch zustande brachte, ins Haus, aber als sie Eve gegenüberstand, brach sie dann doch in Tränen aus und ließ sich hilflos auf das Sofa im Wohnzimmer fallen.

Eve blickte Paul fragend an, aber er schüttelte nur den Kopf voller Ungläubigkeit und tief traurig. Seine Augen sahen eingefallen aus. Eve rückte näher zu Delphine und nahm ihr zerknirschtes Gesicht in die Hände, während sie sie an sich zog. »Was immer es auch ist, so schlimm wird es schon nicht sein«, sagte sie unsicher. Der Anblick Delphines, die doch immer so beherrscht und selbstsicher gewesen war, wenn auch, in den Augen ihrer Mutter, immer noch so verwundbar und zerbrechlich, in diesem völlig aufgelösten Zustand weckte vorerst nur ihre tröstenden Mutterinstinkte.

»Ich fürchte doch«, sagte Paul beherrscht. Er machte eine Geste mit dem Kopf, die besagte, er wolle mit ihr allein sprechen.

»Delphine, Schätzchen, geh doch nach oben und zieh einen deiner alten Bademäntel an. Und wenn du fertig bist, komm in die Küche herunter. Ich mache Frühstück«, sagte Eve und schob Delphine sanft zur Treppe. Sobald sie oben Delphines Tür zugehen hörte, wandte sie sich an Paul.

»Also, was um Himmels willen ist los?«

»Die Polizei hat eine Razzia auf einem dieser Glücksspielschiffe veranstaltet. Delphine und Margie steckten in einer großen Zelle zusammen mit Dutzenden anderer Frauen, alle in großer Aufmachung wie sie selbst, viele ebenso betrunken. Einige lagen einfach da und waren völlig hinüber. In einer anderen Zelle waren die Männer. Es ging zu wie im Irrenhaus. Anwälte, Presseleute der Studios, Fotografen, Reporter. Wäre ich nicht Diplomat, nie im Leben hätte ich sie so rasch herausbekommen.«

»Wer in aller Welt hat sie denn da hingeführt?«

»Sie nannte mir den Namen des Mannes. Aber der sagte mir rein nichts. Es ist mir gelungen, auch Margie mit herauszuholen. Ich mußte sie nach Hause bringen. Vor morgen früh wird sie kaum nüchtern sein. Sie redete mir in einem fort die Hucke voll, was für ein ›wirklich tolles Lokal‹ das sei. Soviel ich mitbekommen habe, wird da Roulette gespielt und gewürfelt, und es gibt Keno, Faro und Blackjack, dazu dreihundert Spielautomaten und ein Buchmacherbüro für Pferdewetten. Tijuana sei nichts dagegen. Sie scheint sich da ziemlich auszukennen. Sie bestand darauf, daß man sich nicht sorgen müsse; das Schiff habe schließlich Hunderte Rettungsboote, sei also völlig ›sicher‹.« Ein versuchtes, grimmiges Lächeln mißlang ihm gründlich. »Sie war so betrunken, daß sie mich nicht einmal erkannte. Ständig wiederholte sie mit Stolz, daß sie und Delphine, als die blöde Razzia begonnen habe, mit ein paar tausend Dollar vorn gelegen hätten, und die Polizei habe sie um ihr Geld gebracht; gestohlen. Bis zu ihrer eigenen Tür drang sie in mich, ich müsse es ihnen zurückholen. Oder sie würde die Polizisten... in den Hintern treten.« Paul war so angewidert, daß seine Stimme völlig trocken und ausdruckslos war.

»Aber... das ist ja unglaublich, Paul! Das ist doch völlig...?« murmelte Eve in äußerster Verwirrung. »Diese College-Boys – sie gehen in

Spielhöllen, in ihrem Alter? Und machen die Mädchen derart betrunken? Was ist diese Mrs. Robinson eigentlich für eine Hausmutter, wenn sie sie mit solchen Jungs ausgehen läßt?«

»Du scheinst das noch nicht richtig verstanden zu haben, Schatz. Aber du hast ja auch nicht die Gelegenheit gehabt, Margies Gequassel anzuhören. Wenn nicht alles, was sie erzählte, Lügen waren – aber nachdem sie viel zu betrunken und auch viel zu wütend war, um lügen zu können, muß ich ihr wohl glauben –, dann verhält es sich so, daß sie und Delphine fest etabliert im Kreis der Schickeria des exklusivsten Nachtlebens Hollywoods sind und daran gewöhnt, mit der Zuvorkommenheit behandelt zu werden, die ihnen dadurch zusteht. Sie frequentieren ausschließlich die besten Clubs, die von solchen unerfreulichen Vorkommnissen wie Polizeirazzien verschont bleiben. Sie konnte sich gar nicht darüber beruhigen, daß irgend jemand es tatsächlich ›gewagt‹ hatte, sie festzunehmen.«

»Schickeria? Nachtclubs?«

»Spiel-Clubs, und die exklusivsten dazu. In die College-Boys mit Sicherheit nicht hineingelassen werden. Sie gehen mit Männern dorthin, verstehst du, mit erwachsenen Männern, Gott weiß, welchen, die ihnen das Geld zum Spielen geben.«

»Aber doch nicht Delphine, Paul? Margie vielleicht, aber doch nicht Delphine!«

»Aber ja doch. Alle beide. Daran gibt es wohl keinen kleinsten Zweifel mehr. Und das geht schon eine ganze Weile, soviel ist klar. Was immer auch geschehen ist, sie haben alles immer zusammen gemacht.«

»Das glaube ich einfach nicht! Bevor ich nicht mit Delphine selbst gesprochen habe, weigere ich mich, diesem Mädchen zu glauben. Ich habe Margie sowieso noch nie recht vertraut. Ich hätte es wirklich besser wissen müssen, als damals einfach den Nonnen zu glauben.« Eve hatte Pauls ganzen Bericht nur widerstrebend angehört und doch bemerkt, wie sie vor der Wahrheit zu zittern begann.

»Wir sollten erst mal in Ruhe frühstücken«, sagte Paul achselzuckend und müde. »Wir können dann ja auch Delphine ein Tablett bringen. Ich möchte nicht, daß das Personal die Geschichte mitbekommt.«

»Nein, ich will jetzt sofort mit Delphine reden.«

Delphine hatte nach einer Dusche ihr Haar getrocknet und einen ihrer alten Chenille-Bademäntel angezogen. Sie saß an ihrem Toilettentisch und war intensiv damit beschäftigt, ihr Haar genau in der Mitte zu scheiteln, so daß es auf die übliche Weise zu beiden Seiten in Wellen von ihrem spitzen Haaransatz bis zum Kinn fiel. Sie sah blasser aus als üblich, sonst aber einigermaßen wiederhergestellt. Ihre grauen Augen waren so klar und ruhig wie immer. Keine Spur mehr von Tränen.

»Schatz, dein Vater sagte mir... Margie... er glaubt...«

»Ich war mit im Wagen, Mutter. Ich weiß, was Margie sagte«, erklärte Delphine ganz ruhig. Ihre Stimme klang seltsam fremd und fern. Als habe Delphine sich völlig von der Wirklichkeit abgesetzt.

»Aber Schatz, es ist doch nicht... du hast doch nicht...«

»Ach, Mutter! Ich glaube wirklich, Vater und du, ihr seht das alles viel zu dramatisch. Glaube mir, hätte ich einen anderen Weg gewußt, wie ich aus dem Gefängnis komme, hätte ich ihn gewählt. Mein Gott, die Chance, in eine Polizeirazzia zu kommen, ist eins zu einer Million, und wir waren heute nacht eben einfach zur falschen Zeit im falschen Club! Das ist alles. Als die Polizei an Bord war, gab es keinen Ausweg mehr. Aber mindestens tausend andere Leute kamen völlig ungeschoren davon. Es ist absolut unfair.«

»Unfair?« fragte Eve; sie traute ihren Ohren nicht.

»Halb Hollywood hätten sie heute nacht verhaften können. Die Studiochefs waren da, die größten Stars, jeder, der etwas ist. Margie und ich hatten einfach nur Pech. Aber selbst wenn die Zeitungen über die Razzia berichten, Namen nennen sie nicht; das wird nie gemacht; damit kann man rechnen. Ich hatte Angst, gut, das gebe ich zu, und natürlich war ich außer mir, daß ich im Gefängnis war. Aber es passiert mir nicht mehr, darauf kannst du dich verlassen.« Sie inspizierte angelegentlich einen ihrer Fingernägel, der etwas abbekommen hatte, und begann ihn intensiv mit einer Papp-Nagelfeile zu bearbeiten.

»Delphine, laß das jetzt und sieh mich an! Glaubst du im Ernst, irgend etwas von dem, was du mir da eben erzählt hast, sei das, worüber ich mit dir reden möchte? Was machst du überhaupt in solchen Lokalen? Willst du damit sagen, du bist eine Spielerin? Und mit wem seid ihr da? Und woher hast du dieses Kleid und diese Jacke? Was, um alles in der Welt, geht da in deinem Leben vor, Delphine?«

»Wie du das sagst, Mutter, so dramatisch! Mein Gott, Margie und ich kennen eine Menge netter, amüsanter Männer, die gerne ausgehen. Sie sind gute Bekannte, mehr nicht.« Delphine stellte das sehr von oben herab fest. »Wir amüsieren uns einfach. Spielen gehört genauso zum Ausgehen wie Essen gehen oder tanzen oder eine Show besuchen. Alle machen das. Ich kann beim besten Willen nicht einsehen, was daran so schlimm sein soll. Wir haben schließlich nichts verspielt, das wir uns nicht hätten leisten können. Ganz im Gegenteil, ich habe genug gewonnen, um mir selbst meine Kleider kaufen zu können. Und daß es mir in der Schule nicht geschadet hat, weißt du ganz genau aus meinen Zeugnissen.«

»Und das Trinken?«

»Ach, irgend jemand muß mir heute etwas Stärkeres gegeben haben, als ich bestellte. Ich hätte vorsichtiger sein sollen. Margie auch.« Delphine sah Eve herausfordernd an. Ihre Augen unter den breiten, edlen Brauen waren so offen wie eh und je.

Eve stand auf. Sie ertrug es nicht, daß Delphine log. Es war offensichtlich, daß sie sowenig das erste Mal betrunken gewesen war, wie sie das erste Mal gespielt hatte.

»Wie alt waren die Männer, mit denen ihr aus wart?« forschte sie.

»Jed und Bob? Irgendwo in den Zwanzigern, nehme ich an«, antwortete Delphine gleichgültig, während sie in ihrem Schrank nachsah, was sie anziehen könne.

»Und wie gut kennt ihr sie?« fragte Eve beharrlich weiter.

»Ach, ziemlich gut. Sie sind sehr in Ordnung. Ich hoffe, sie sind inzwischen auch aus dem Gefängnis raus«, meinte Delphine mit einem bedauernden kleinen Lachen, während sie sich ein rosa Baumwollkleid herausnahm und auf das Bett legte. »Gut, daß ich soviel von meinen Sachen hiergelassen habe.« Sie lächelte Eve so unbefangen und heiter an, als sei die Diskussion damit abgeschlossen.

»Delphine, ich werde Mrs. Robinson mitteilen, daß du ab sofort keine Erlaubnis mehr hast, bei Margie zu übernachten. Ohne Ausnahme! Wir können dich nicht von deiner Freundschaft zu diesem Mädchen abhalten, aber ich werde ganz entschieden nicht dulden, daß du diese Art Leben fortsetzt. Dein Vater und ich können zumindest dafür sorgen, daß du deine Internatsregeln befolgst und am Abend zu einer anständigen Zeit zu Hause bist!«

»Das kannst du doch nicht machen! Du ruinierst mein ganzes Leben!« brauste Delphine in plötzlichem Zorn auf.

»Soweit ich das jetzt beurteilen kann«, erwiderte Eve mit fester Stimme, »ruinierst du dein Leben bereits ganz allein!« Sie war jetzt fest entschlossen. Sie ging zur Tür und öffnete sie. Es hatte keinen Sinn, weiterzureden. Delphine mußte fest an die Kandare genommen werden.

Delphine rannte zur Tür und drückte sie zu, so daß Eve nicht hinausgehen konnte. Sie beugte sich nahe zu ihr und zischte: »Wer bist du eigentlich, daß du so mit mir redest?«

»Wie war das?« Eve starrte sie ungläubig an.

»Ich möchte dir gerne ein paar Fragen stellen, Mutter, nachdem du offenbar die Absicht hast, mich wie ein Kind zu behandeln. Wie alt warst du denn, als du mit einem Liebhaber nach Paris durchgebrannt bist? Doch wohl jünger als ich jetzt, oder? Und wie viele Jahre war das, ehe du Vater geheiratet hast? Und wie viele Liebhaber waren dazwischen?«

Eve merkte die Absicht, die hinter diesen Worten stand, noch ehe ihr

Gehirn sie ganz begriffen und einzuordnen vermocht hatte. Sie schloß mit einer raschen Geste die Tür, damit niemand Delphine hören konnte.

Delphine machte das nur noch selbstsicherer. »In dem Sommer, in dem wir in Frankreich waren, hat mir Bruno alles erzählt. Was bist du doch für eine Heuchlerin, Mutter! Warum sperrst du mich nicht gleich, wo wir schon dabei sind, hier in meinem Zimmer ein? Da wärst du dann doch absolut sicher, daß ich nicht tue, was du getan hast! Nur zu deiner Information, ich bin zufällig immer noch Jungfrau, und ich habe auch vor, es zu bleiben. Aber Mrs. Robinson zu sagen, daß ich nicht mehr bei Margie übernachten darf, ist dafür bestimmt keine Garantie. Deine eigenen Eltern konnten dich ja auch nicht davon abhalten, zu tun, was dir gefiel, oder etwa nicht?«

Wie viele Liebhaber, dachte Eve, völlig perplex über die Frage. Was immer sie Delphine auch sagen würde, es würde unmöglich sein, ihr die Wahrheit verständlich zu machen. Ihr Geist war schon vergiftet, der Schaden schon eingetreten. Sie zwang sich, ruhig zu sprechen.

»Delphine, ich bin dir über mein Leben absolut keine Erklärung schuldig. Ich kann dich nicht daran hindern, irgendwelchen bösartigen Klatsch, der noch immer erzählt wird, anzuhören und zu glauben, was immer du glauben möchtest. Aber das alles ändert nicht meine Verantwortung für dich. Ich werde Mrs. Robinson anrufen, und zwar sofort.«

»Heuchlerin! Heuchlerin!« schrie ihr Delphine hysterisch nach, als sie hinausging.

Eve war klar, daß sie Paul niemals erzählen konnte, was Delphine gesagt hatte. Sie mußte sich, als sie die Treppe hinunterging, wie eine alte Frau am Geländer festhalten. Er wäre zu zornig und zu betrübt über Delphines Verdächtigungen. *Wie viele Liebhaber*. Delphine würde die Wahrheit niemals glauben. Und Paul? Nach Alain Marais hatte es bis zu ihm keinen einzigen Mann in ihrem Leben gegeben. Doch dieses Thema war zwischen ihnen, nach ihrem ersten Diner im Ritz, nie mehr erörtert worden. Sie war immer der Meinung gewesen, er habe jene zurückhaltenden, sorgsamen, unnahbaren Jahre verstanden. Wie aber, wenn er einfach nur Angst davor gehabt hatte, zu fragen?

Im Château de Valmont gab es zehn große Gästezimmer. Als Annette de Lancel den Brief ihrer Schwiegertochter aus Kalifornien erhielt, waren die meisten davon allerdings schon für sämtliche Sommerwochenenden vergeben. Daß die Lancels so oft und so viele Gäste hatten, war freilich weniger eine Sache überschwenglicher französischer Gastfreundschaft als der geschäftlichen Notwendigkeiten beim Champagnerverkauf.

Schon 1666, ehe der internationale Absatz französischen Parfüms und französischer Mode im großen Stil organisiert wurde, hatte eine Gruppe adeliger Weingutbesitzer aus der Champagne eine Absatzgenossenschaft gegründet. Der Marquis de Sillery, der Herzog de Mortmart, der Vicomte de Lancel, der Marquis de Bois-Dauphin und der Marquis de Saint-Evremond begaben sich zusammen mit noch einigen anderen nach Versailles. Mit der ausdrücklichen Absicht, bei Hofe ihren Champagner zum Tagesgespräch zu machen. Denn der Hof – und nur er allein – setzte, vom Hosenknopf bis zum Schloß, die Maßstäbe für buchstäblich alles in ganz Frankreich.

Nachdem sie in Versailles einen überwältigenden Erfolg erzielt hatten, nahmen sie sich England vor und eroberten es im Sturm. Die Nachfrage nach Champagner schnellte derart nach oben, daß die Preise in schwindelnde Höhen kletterten. Ihre Söhne und Enkel waren nicht minder emsig und unternahmen ausgedehnte Reisen, um ihren Champagner bis nach Rußland und in der anderen Himmelsrichtung bis in die Vereinigten Staaten zu verkaufen. Danach etablierten sie sich auch noch in Südamerika und sogar in Australien. Monsieur Moët hatte einen ähnlich guten Einfall. Als die Armeen Rußlands, Österreichs und Preußens nach Napoleons Rückschlag in Waterloo in die Champagne einmarschierten, sorgte er umsichtig dafür, daß recht viele seiner Flaschen geplündert wurden und in die Offiziersmessen gerieten – um die Besatzer auf den Geschmack kommen zu lassen; ganz nach der alten Lebenserfahrung »Wer einmal trank, trinkt wieder.« Und er hatte sich durchaus nicht verrechnet. Die Herren Offiziere blieben auch nach ihrer Heimkehr zuverlässige Champagner-Abnehmer.

Zusammen mit diesem wachen Sinn für Marketing und Publicity, der von einer Generation zur nächsten weitergegeben wurde, entwickelte sich in ihren Kreisen auch eine Art der Gastfreundschaft, die an sich höchst untypisch für Frankreich war. In der Champagne hatte es niemals sehr viele Hotels gegeben. Jahrhundertelang empfingen und beherbergten deshalb die Familien der Region die Besucher aus aller Welt in ihren eigenen Häusern oder Schlössern. Es war deshalb seit eh und je eine ausgesprochene Seltenheit, daß ein Champagner-Produzent, ob er nun eine große oder nur eine kleine Marke hatte, beim Essen ohne Gäste am Tisch saß, es sei denn während der fünf kalten Monate im Winter.

»Hör dir das an, Jean-Luc«, sagte die Vicomtesse de Lancel. Sie war so aufgeregt, daß sie nur jeden zweiten Satz von Eves Brief laut vorlas. »... wichtig für Delphine ... eine Welt, in der die Tradition eine wichtige Rolle spielt und in der sie ebenso einen Platz wie eine Familie hat ... ganz eindeutig nicht möglich in einer so jungen Stadt wie Los Angeles ... sind wir beide der Meinung, daß sie noch jung genug ist... ein Besuch bei euch könnte überaus nützlich und heilsam sein für ihr noch reichlich unreifes Verhalten...«

»Zu Besuch? Aber natürlich. Wann?«

»Sofort. Das ist ja das Erstaunliche. Die *Normandie* läuft in drei Tagen von New York aus, und offenbar kann sie dorthin in einem oder zwei Tagen fliegen. Es sieht ja schon ein wenig plötzlich aus; aber nun ja, die jungen Leute heutzutage... Eve fragt, ob wir Delphine den ganzen Sommer über hierbehalten könnten... was für eine Frage, wieso denn nicht. Sicher, es bringt alle unsere Planungen durcheinander, aber das kriege ich schon irgendwie hin. Jean-Luc, wir müssen sie sofort anrufen. Wie spät ist es jetzt wohl in Kalifornien?«

»Elf Uhr abend vielleicht?« vermutete der Vicomte, indem er rückwärts rechnete, aber die Vicomtesse war bereits in einer Art verhaltenen, würdigen Trabs zum Telefontischchen in der Halle davongeeilt, während sie im Geiste schon begann, die Belegung der Gästezimmer neu zu überdenken. Noch reichlich unreifes Verhalten... Na, was denn wohl sonst erwartete Eve von dem lieben Kind?

ELFTES KAPITEL

Jede gutgeführte Privatbank braucht zumindest einen, besser mehrere Angestellte besonderer Art, deren Kenntnisse des eigentlichen Bankgeschäfts die am wenigsten erforderliche Qualifikation für ihren Posten ist. Ähnlich wie in Japan die besten und kultiviertesten Geishas, sind sie dazu da, exklusive und reiche Kunden zu gewinnen und zu halten, indem sie dafür sorgen, daß sie immer bei guter Laune bleiben und umsorgt werden.

Als Bruno de Lancel 1935 seinen Militärdienst beendet hatte, fand er, daß es wohl an der Zeit sei, irgendeine bezahlte Tätigkeit auszuüben – der lästige Preis dafür, daß er eben nicht mehr einer seiner eigenen Vorfahren aus der Linie der Saint-Fraycourt war, deren einzige Sorge darin bestand, aufs angenehmste ihre Zeit totzuschlagen. Schockierenderweise schien kein privates Einkommen für ihn vorgesehen zu sein, und er hatte es satt, weiter bei seinen Großeltern zu leben.

Er hatte bald entdeckt, daß die Anforderungen an die Stellung, die er bei der *Banque Duvivier Frères* annahm, durchaus gewisse Ähnlichkeiten mit denen besaß, denen sich ein Marquis de Saint-Fraycourt vor der Revolution gegenüber gesehen hätte. Sie verlangten, so oft wie möglich während der Saison auf die Jagd zu gehen. Es war wichtig, mit den richtigen Leuten in den richtigen Clubs gut – aber keinesfalls zu gut – Karten zu spielen. Es war wünschenswert, in der Oper zu erscheinen, im Theater, beim Ballett, bei wichtigen Ausstellungseröffnungen. Es war unerläßlich, bei keinem der bedeutenden Pferderennen auf den Rennplätzen Frankreichs, Englands und Irlands zu fehlen. Und selbstredend war es ganz undenkbar, nicht bei allen wichtigen gesellschaftlichen Anlässen in Paris gesehen zu werden. Alle Spesen dafür trug die Bank, so daß er sich diesen Aufgaben problemlos unterziehen konnte. Darüber hinaus bezog er auch noch ein kleines Gehalt und bekam Provision für jeden neuen Kunden, den er brachte.

Angesichts dieser Verpflichtungen aus seiner Stellung wäre es Bruno, selbst wenn er es gewollt hätte, in diesem Sommer 1936 ganz unmöglich gewesen, mehr als allenfalls gelegentlich einige Minuten in der Bank zuzubringen. Die drei Brüder Duvivier waren überaus zufrieden mit ihm. Der Aufwand, den er kostete, lohnte sich ganz entschieden. Schon jetzt hatte er ihnen eine ganze Anzahl neuer Kunden gebracht, zu denen sie selbst niemals Kontakt hätten finden können.

Zudem besaß Bruno noch einen Vorzug, der ihnen zuvor nicht annähernd bewußt gewesen war: Er war noch ledig. Das verdoppelte seinen Wert, wie der jüngste der Duvivier-Brüder rechnete. Der älteste ging sogar noch weiter: »Verdreifacht!« Während der mittlere Bruder wie immer beider Ansicht für falsch hielt: »Lancels Wert ist sogar unschätzbar. Bis er heiratet. Dann allerdings müssen wir ihn neu einschätzen.«

Nämlich, je nachdem, ob er sich eine Frau aussucht, die aus den gleichen Kreisen wie die Saint-Fraycourts stammt, aber verarmt ist, oder ob er lieber eine Geldheirat machen würde, wenn auch außerhalb seiner Kreise. Oder, am allerbesten für die Bank, würde ihm vielleicht eine Verbindung mit einer reichen Erbin gelingen, die wie er aus einer der großen Familie stammt?

Während die Duvivier-Brüder Überlegungen hinsichtlich der endgültigen Rendite ihrer Investitionen in Bruno anstellten, hatten sie, obschon unwissend, einen verläßlichen Verbündeten in der Marquise de Saint-Fraycourt, die ihrerseits kaum einen Tag verbrachte, ohne sich genau die gleichen Fragen zu stellen. Der einzige, der mit den Spekulationen über Brunos einstige Heirat so gut wie gar nicht befaßt und dem es auch völlig gleichgültig war, was dabei herauskäme, war Bruno selbst. Er war sich so sicher, daß er eine Art naturgegebenen Anspruch auf die vollkommene Ehegattin hatte, daß er keinerlei Anlaß sah, sich irgendwelche Gedanken über die Zukunft zu machen. Da er selbst erst einundzwanzig war, befand sich seine künftige Gattin jetzt auf jeden Fall ohnehin noch in irgendeinem Konvent, um zu lernen, was Mädchen im Konvent eben so zu lernen pflegten.

Ein einziger Umstand war für ihn unerläßlich. Auf ihm wollte er unter allen Umständen bestehen. Das Mädchen, das er einmal heiratete, mußte als Mitgift den Anspruch auf eine Grundbesitz-Erbschaft mitbringen. Alles Geld würde das nicht aufwiegen. Für ausreichenden Grundbesitz indessen, einen großen Familiengrundbesitz, war er bereit, auch des Teufels Tochter zu heiraten; vorausgesetzt natürlich, sie war Französin. Die Saint-Fraycourt hatten im Bankkrach von 1882 ihren gesamten alten Grundbesitz und damit den Großteil ihres Einkommens eingebüßt. Und der Grundbesitz der Lancels mußte ja zwischen ihm, der Frau seines Vaters und deren Kindern aufgeteilt werden.

Rein finanziell gesehen war es zwar einigermaßen beruhigend zu wissen, daß ihm ein Anteil an dem Lancelschen Champagner-Imperium zustand – eines fernen Tages; denn sowohl sein Onkel Guillaume wie sein Vater kamen ja aus einem Stamm, dessen Langlebigkeit notorisch war. Wie manche jungen Männer Geld, mußte er also Land heiraten. Er hungerte danach, Wälder und Felder zu besitzen und ein eigenes Schloß.

Hunderte und aberhunderte Hektar, über die er schreiten und reiten konnte als der unumstrittene Herr.

Vorerst freilich waren seine Tage einer wie der andere derart mit Terminen angefüllt, daß er bereits Mühe hatte, Zeit für seinen Hemdenschneider zu finden, um den Stoff für neue Hemden auszuwählen, oder für seinen Schuhmacher oder zur Anprobe eines neuen Dinner-Jackets.

Aber es gab nun einmal Dinge, die auch der beste Bediente nicht für ihn erledigen konnte, dachte er, als er ungeduldig bei seinem Schneider stand, der eine Schulternaht korrigierte. Und dabei kam ihm auch Sabine de Koville ins Gedächtnis. Ein schwaches Lächeln huschte über sein Gesicht. Sie war auf ihre Art perfekt, zumal sie ihn ihre Wünsche so klar gelehrt hatte.

Sie hatte ihm einen großen Dienst erwiesen, damals, als er erst siebzehn gewesen war und noch keinerlei Erfahrung mit Frauen gehabt hatte. Er besuchte sie nach wie vor von Zeit zu Zeit, weil ihre Bedürfnisse unkompliziert und direkt waren. Vielleicht ging er heute noch zum Tee zu ihr. Vielleicht auch nicht. Es gab viele andere Frauen, die zwar weniger einfach in ihren Anforderungen waren als Sabine, dabei aber nicht minder begabt als sie, nicht minder... pikant. Er genoß alle Überraschungen, die Frauen boten mit Bereitwilligkeit – die herrlich unanständigen Wünsche der Tochter einer Prinzessin oder das Bedürfnis nach Züchtigung einer hochintellektuellen Dame, die einen literarischen Salon unterhielt; oder eben eine Sabine de Koville, die nur im Gehorchen der Befehle eines Lakaien Befriedigung fand. Alles sein Fach. Sein Hobby war die Erniedrigung.

Nach seinem ersten Erlebnis mit der Mutter seines Schulfreundes hatte er binnen kürzester Zeit herausgefunden, daß er nicht nur der klassische Fall des von einer Dame von Welt verführten Halbwüchsigen war, auch seine eigenen tiefsten erotischen Wünsche – genaugenommen sein einziger – richteten sich auf Frauen Ende Dreißig, Anfang Vierzig. Er verstand nicht recht, warum ein Mann Appetit auf grüne Äpfel haben sollte, wenn er köstlich reife haben konnte. Allenfalls ein Pferd wählte man unberitten aus, um es sich ganz seinen Wünschen gemäß heranzuziehen.

Aber eine Frau? Es war doch viel befriedigender, sie zu nehmen, wenn sie bereits genau wußten, was ihre geheimsten Bedürfnisse und Wünsche waren. In zehn von zehn Fällen erfüllten ihnen ihre Ehemänner diese nicht. Wie einfach ihnen zur Realisierung ihrer Phantasien zu verhelfen! Sie wurden dafür hörig; die stolzesten am unterwürfigsten...

Eine absolut perfekte Konstellation; nicht anstrengend und überaus konvenabel. Denn mit den nahezu mörderischen Anforderungen seiner Stellung, fand Bruno, blieb ihm praktisch keine Minute Zeit, um Frauen auf übliche Art zu hofieren. Zum Glück traf sich sein eigener unstillbarer Appetit auf gut erhaltenes reifes Fleisch weit jenseits der Unerfahrenheit und Ignoranz der Jugend mit einem unerschöpflichen, vielfältigen Angebot. Noch nie hatte er seine Freunde verstanden, die Unmengen Zeit und Geld investierten, um hinter jungen Mädchen herzujagen, als besäßen sie irgend etwas von Wert. Wie konnte ein Mann von einiger Intelligenz sich mit ungewürztem Fleisch zufriedengeben?

»Hallo, Bruno«, sagte eine Stimme hinter ihm.

»Ach, Guy! Ich kann mich nicht umdrehen. Es wird nicht mehr lange dauern«, antwortete Bruno. Er war mit Guy Marchant, einem verhältnismäßig neuen Freund, zu einem Mittags-Tennismatch verabredet. Guy, dachte Bruno, ja, der könnte vielleicht etwas zu dem Thema junge Mädchen sagen. Er war einer von denen, die pausenlos hinter ihnen her waren. Er konnte ihn natürlich nicht wirklich danach fragen. Es hätte zwangsläufig zur Folge gehabt, zuviel seiner eigenen privaten Arrangements preisgeben zu müssen.

»Was sagst du zu Schmeling, der gestern Joe Louis k. o. geschlagen hat?« fragte Guy, während er sich einen Stuhl heranzog. Er war hochgewachsen und sehr hager, ein junger Mann mit einem amüsant schiefen Lächeln und intelligenten Augen.

»Mich hat das nicht überrascht, dich etwa?« antwortete Bruno. »Aber ich mache mir nicht viel aus Boxen. Nächsten Monat bin ich drüben in Wimbledon. Willst du nicht mitkommen? Gottfried von Cramm und Fred Perry – die muß man gesehen haben!«

»Muß ich erst sehen, ob ich so lange weg kann«, entgegnete Guy. »Es geht nicht immer.«

»Monsieur de Lancel, wenn ich Sie bitten darf, sich ein wenig zu mir herumzudrehen«, bat der Anprobierer und griff nach weiteren Stecknadeln. Bruno drehte sich und sah sich nun direkt im Spiegel. Er musterte sich flüchtig selbstkritisch. Er wußte sehr gut, wie er aussah, und mußte sich nicht wie so viele Männer immer wieder Selbstbewußtsein im Spiegel holen. Es war befriedigend, daß die Frauen ihn außergewöhnlich fanden, aber nicht überraschend. Doch noch viel wichtiger war dieses gewisse Etwas in seinen festen Gesichtszügen, das die Menschen Vertrauen zu ihm fassen ließ. Das war wirklich von Bedeutung.

Bruno hatte zu seiner eigenen Überraschung entdeckt, daß ihm die Arbeit bei der Bank sehr gefiel oder genauer gesagt das Geldverdienen. Und das Bankgeschäft war ja eine der wenigen Sparten, die in dieser Hinsicht auch für einen Herrn aus besseren Kreisen angemessen waren. Er hatte bei *Duvivier Frères* in erster Linie deshalb angefangen, weil er einfach eine Berufstätigkeit brauchte. Seine ersten Erfolge als Vermittler neuer

Kunden für die Bank hatten sich nahezu automatisch, ohne großes Zutun, ergeben; auf einem Squashplatz, am Wochenende bei Tours auf der Jagd, nach einer Vollblüterauktion in Newmarket.

Seine Provisionen für diese ersten Kunden hatten ihn auf den Geschmack finanzieller Unabhängigkeit gebracht. Er hatte eine passende Wohnung in einem großen Privathaus in der Rue de l'Université gefunden. Es gehörte einem entfernten Vetter, der wie so viele andere vor einiger Zeit fast sein ganzes Vermögen an der Börse verloren und sich daraufhin genötigt gesehen hatte, die Hälfte seines Hauses zu vermieten. Die nächsten Provisionen dann, auf die Bruno inzwischen ganz gezielt hinarbeitete, hatten bereits für ein Hausmädchen gereicht, für den besten Schneider, die Dienste eines Butlers und die ersten beiden Pferde, die er persönlich besaß.

Mittlerweile arbeitete er fast ein Jahr für die Bank und war ernsthaft ehrgeizig geworden. Er hatte begriffen, daß es zwar eine Menge Geld zu verdienen gab, ohne daß man die Grenzen seiner eigenen Klasse überschreiten mußte, daß jedoch in der geschäftigen Welt außerhalb der strikten und unantastbaren Grenzen des Faubourg St.-Germain noch weitaus mehr zu holen war; nämlich in der wohlhabenden bürgerlichen Geschäftswelt Guy Marchants, der, ungeduldig mit den Füßen wippend, endlich auf den Tennisplatz wollte.

An diese Art Geld zu kommen, war eine Sache von Einladungen oder, besser gesagt, der Kunst, sich einladen zu lassen; Einladungen, die nicht zu denen gehörten, die er kraft seines Namens automatisch bekam. Er dachte darüber nach, während der Schneider mit entnervender Pedanterie perfekt die Manschette absteckte. Man konnte es mit einem Auftreten erreichen, das ihn irgendwie erreichbarer machte und ihn weniger als den leicht blasierten Aristokraten erscheinen ließ, den die Leute erwarteten. Beispielsweise, indem man ältere Herren, die normalerweise ihren Fuß unter gar keinen Umständen jemals hätten dorthin setzen können, in Großmutter Saint-Fraycourts Salon bat, um dort mit kaum merklichem Vorbeugen mit ihnen zu sprechen, so daß ihre Frauen, die das normalerweise aus Furcht vor einer stirnrunzelnden Ablehnung nie gewagt hätten, schließlich doch riskierten, eine Gegeneinladung in ihr Haus auszusprechen.

Solche ersten Einladungen, hatte er bemerkt, waren dann stets solche zu großen, formellen gesellschaftlichen Anlässen, die man theoretisch durchaus ausschlagen konnte, ohne der Gastgeberin das Gefühl zu geben, man wisse, daß sie es darauf angelegt hatte. Akzeptierte man aber doch, fühlten sie sich überaus geschmeichelt, und die Männer gingen, von ihren Frauen ermutigt, bald noch mehr aus sich heraus.

Seine Jugend war ein unbezahlbarer Vorteil. Auch wenn man es nicht gewagt – nicht einmal davon zu träumen gewagt – hätte, ein älteres Mitglied der Hocharistokratie des *Ancien Régime* einzuladen, bei einem einundzwanzigjährigen Vicomte de Saint-Fraycourt de Lancel war das alles viel leichter. Und so schwollen Brunos Provisionen weiter an. Er hatte mit der Zeit unter den vielen Einladungen, die fortan kamen, auch gelernt, diejenigen zu intimeren Diners, zu Kreuzfahrten oder Wochenenden auf dem Lande zu bevorzugen. Solche Gelegenheiten boten viel bessere Erfolgschancen. Es dauerte nicht lange, und Brunos festes Gehalt war im Vergleich zu seinem Einkommen aus den Provisionen lächerlich gering.

Guy Marchant, den er seit sechs Monaten kannte, war der einzige Sohn Pierre Marchants, des Inhabers der *Marchant Actualités*, der erfolgreichsten Kinowochenschau Frankreichs, die auch weltweit vertrieben wurde und größer war als *Fox Tönende Wochenschau*, *Pathé-Journal* und *Eclair-Journal* zusammen.

Brunos erste Bekanntschaft mit Monsieur und Madame Marchant datierte aus dem Polo-Club im Bois. Bald danach lernte er auch Guy kennen, der nur drei Jahre älter war als er, der aber bereits voll in der Geschäftsführung des riesigen Familienunternehmens arbeitete.

Bruno beurteilte ihn als »gar nicht schlecht«. Für ihn war Guy einer der geschäftstüchtigen Abkömmlinge der oberen Mittelklasse mit sehr guter Schulbildung, die es zuweilen durch Heirat – und natürlich nur so – sogar bis in die unteren Ränge der Oberschicht schaffen konnten. Wenn er einmal fünfzig war, konnte er hoffen, eine Tochter zu haben, die einen Mann mit einem guten, vielleicht sogar hervorragenden Titel heiratete; falls er es nur darauf anlegte. Und schon sein Enkel konnte dann ein geborener Aristokrat sein.

Guy Marchant war nicht minder zukunftsorientiert als er selbst, und sie hatten eine Art Freundschaft geschlossen, wenn auch nicht eine so enge, wie Bruno sie immer nur seinen eigenen Schulkameraden vorbehalten würde. Bis jetzt war auch noch keine Geschäftsverbindung zwischen dem Marchant-Vermögen und der Duvivier-Bank zustande gekommen. Doch dafür schätzte Bruno die Marchants nur um so höher ein. Hätten sie sich – wie so viele andere – sogleich danach gedrängt, Geschäfte mit seinem Arbeitgeber zu machen, hätte er Guy zweifellos erheblich weniger attraktiv und sympathisch gefunden und nicht wert, die persönliche Beziehung zu ihm zu pflegen. Die Marchants erwarteten vielmehr, daß er sich mit ihnen zusammentat, und zwar ihretwegen. Das mußte einem an sich schon einigen, wenn auch widerwilligen Respekt abnötigen. Es zeigte nur, wie gesund ihr Selbstbewußtsein war.

»Also, Bruno, wie lange dauert es denn noch?« fragte Guy und sah auf seine Armbanduhr.

»Sind wir bald fertig, Monsieur?« fragte Bruno seinerseits den Schneider ungeduldig.

»Es braucht alles seine Zeit, Monsieur de Lancel«, antwortete der Schneider ungerührt. Noch einer, dachte Bruno, der seinen Wert sehr wohl kennt, und schickte sich in eine weitere Viertelstunde Anprobe.

Delphine saß auf dem Boden ihres Zimmers auf Schloß Valmont. Es war Mitte Juli. Sie hatte das beste Gästezimmer bekommen. Um sie herum war der Inhalt ihres riesigen Schrankkoffers ausgebreitet, der gerade erst angekommen war. Margie, die verläßliche Margie, hatte in einer vergeblichen Geste der Tröstung alle ihre Abendkleider eingepackt und ihr per Schiff nachgeschickt. Delphine plünderte den großen Schiffskoffer, indem sie Kleid um Kleid herauszog und einen Abendmantel nach dem anderen, sie erst liebevoll probierend an sich hielt, um sie dann sorgfältig auf den Boden zu legen wie ein Musterbuch von Farben und Stoffen. Da hatten die Franzosen nun Jahrhunderte überlegener Kultur hinter sich, aber sie hatten es in all der Zeit nicht fertiggebracht, den Einbauschrank zu erfinden! Ihr Schrank quoll bereits über, und nirgendwo war noch Platz, ihre Dutzende von Abendkleidern aufzuhängen.

Schließlich hatte sie den ganzen Schiffskoffer geleert. Mit wachsender Trauer öffnete sie eine ihrer Abendtaschen und sah hinein. Ein Seidentaschentuch, eine schwarz-silberne Puderdose, eine Perlennadel zum Anstecken eines Straußes an der Schulter, zwei Quarter, ein Coty-Lippenstift, ein Streichholzheftchen aus dem *Trocadero* und eines ihrer vielen Zigarettenetuis. Fast ehrfürchtig, als betrachte sie den Nachlaß eines lieben Hingeschiedenen, legte sie alles in ihren Schoß und verlor sich in grüblerische Gedanken. Sie öffnete das Zigarettenetui und fand eine einzige verkrumpelte *Lucky Strike* darin. Sie rollte sie liebevoll zwischen ihren Fingern, schnupperte daran und zündete sie, weil sie sich daran erinnerte, daß ihre Tür zugesperrt war, mit einem der Trocadero-Zündhölzer an, inhalierte tief und brach prompt in Tränen aus.

Die vertraute Tätigkeit brachte alles wieder zurück. Die Tanzmusik, die hübschen Flirts, immer bis hart an den Rand dessen, wo es gefährlich zu werden begann. Das erste Nippen an einem Cocktailglas. Das Geräusch rollender Würfel. Das Gebell des Croupiers und, ach, die Aufregung, die atemlose Spannung, die ihr so vertraut gewesen war, weil sie wußte, daß ein wilder, fröhlicher Abend auf den nächsten folgte und daß nie etwas eintönig und langweilig oder vorhersehbar war.

Sie haßte die Champagne, dachte sie, während ihr die Tränen über die Wangen kullerten, sie haßte sie! Nichts konnte man hier anfangen, nirgendwo hingehen, mit niemandem reden; außer mit ihrer Großmutter, die offenbar der Überzeugung war, sie sei wirklich ganz brennend an den letzten Details der Familiengeschichte von, weiß Gott wann, interessiert; und mit ihrem Großvater, der sie in die Geheimnisse der Winzerei einzuweihen versuchte, bis sie vor Langeweile schier in Ohnmacht sank. Und sie mußte bei jeder Mahlzeit ausgesucht höflich tun mit den zahlreichen Besuchern, die angeblich alle hochinteressant waren, in Wirklichkeit aber von nichts anderem redeten als von Weinjahrgängen und vom Essen, während sie dasaß und die Rolle der zu Besuch weilenden Enkelin aus Amerika spielte, der man höflicherweise einige wohlwollende Fragen stellen mußte, um sie dann, sobald die nächste Flasche entkorkt wurde, wieder zu vergessen. O ja, sie haßte das alles! Wie im Gefängnis saß sie hier, bis es endlich wieder Zeit war, ins College zurückzukehren! Und was erwartete sie dort schon? Das Internats-Gefängnis unter der strengen Aufsicht von Mrs. Robertson.

Delphine drückte die Zigarette schon nach dem ersten Zug wieder aus. Sie wollte sie sich für später aufheben. Im ganzen Haus hier gab es keinen Tabak, außer Großvaters Pfeifentabak und den Zigarren ihres Onkels Guillaume, und auch die beiden rauchten nicht, außer nach dem Abendessen, und selbst dazu zogen sie sich eigens ins Rauchzimmer zurück, in das sie natürlich niemals eingeladen wurde. Die Vorstellung, daß sie sich im Dorf französische Zigaretten – diese Stinker – kaufte und in ihrer Anwesenheit rauchte, wäre ihnen schlicht unvorstellbar gewesen.

Nein, von ihr erwartete man, daß sie statt dessen bei der Großmutter sitzen blieb und *Gros Point* von ihr lernte oder Balzac las oder klassische Musik auf dem Grammophon hörte, bis es Zeit war, ins Bett zu gehen. Sie wußte immerhin, es war wichtig, in den Augen ihrer Großmutter ein Ausbund an Tugend zu sein; es war ihr längst klargeworden, daß sie bei dem letzten Gespräch mit ihrer Mutter zu weit gegangen war; viel zu weit. Sie hatte einen taktischen Kardinalfehler begangen. Und nur die Berichte ihrer Großmutter, daß sie von vorbildlichem Anstand und die Güte in Person sei, konnten vielleicht bewirken, daß die Pläne ihrer Eltern für ihre nächsten beiden Universitätsjahre nicht ganz so spartanisch ausfielen, wie sie verkündet hatten.

Jeden Abend ging sie also früh und nüchtern zu Bett, hier in diesem riesigen, einsamen Zimmer mit den Paisley-Vorhängen in verblaßtem Blau und Weiß und den genau dazu passenden Bettbezügen, die schon recht fadenscheinig waren und dem blankgebohnerten knackenden Holzfußboden. Und kein Einbauschrank! Sie weinte in sich hinein und bemitleidete sich selbst immer mehr. Nicht einmal ein Einbauschrank! Und knarrende Fußböden! Und verschossener Stoff! Und vermutlich auch nicht ein einziger Tropfen Gin in dieser ganzen beknackten Sektprovinz hier! Und selbst wenn, kein Aas würde auf die Idee kommen, ihr einen anzubieten!

Annette de Lancel, die draußen auf dem Korridor vorbeiging, hörte durch die dicke Tür Delphines Schluchzen. Sie blieb unsicher stehen. Sie wollte nicht, daß man glaubte, sie lausche, aber wie konnte sie ruhig ihrer eigenen Arbeit nachgehen, wenn sie hörte, wie sich ihre geliebte Enkelin schier das Herz aus dem Leibe weinte? Natürlich hatte sie etwas Heimweh, das hatte man von Anfang an gemerkt. Aber sie war die ganze Zeit so lieb und aufmerksam gewesen und hatte sich so interessiert an allem über das Schloß und die Familie und die Weinberge gezeigt, daß es doch wohl stimmte, wenn Eve geschrieben hatte, Delphine brauche das Gefühl einer tieferen Verbindung mit ihrer Familie.

Sie entschloß sich und klopfte an.

»Wer ist da?« war Delphines erstickte Stimme zu hören.

»Großmutter, mein Schatz. Kann ich etwas für dich tun?«

»Nein. Nein, danke. Es ist schon in Ordnung.«

»Aber nein, Schatz, das ist es nicht. Laß mich bitte hinein.«

Delphine trocknete sich mit ihrem kleinen Taschentuch die Augen, seufzte und öffnete der Vicomtesse die Tür, die eintrat und dann wie angewurzelt stehenblieb, als sie die ganze glitzernde Pracht der langen Abendkleider aus Seide und Satin auf dem Boden erblickte.

»Woher kommt das denn?« fragte sie, und der Mund stand ihr offen.

»Aus Los Angeles. Das sind meine Abendkleider. Sieh doch, sieh doch nur, Großmutter, wie hübsch sie sind, wie hübsch...« Und sie brach wieder in verzweifelte Tränen aus, während sie sich eine weiße Pelzjacke an die Brust drückte und kummervoll wiegte. Die Großmutter nahm sie mitleidsvoll in die Arme und versuchte sie zu trösten. Sie tätschelte sie sanft wie ein Baby, während sie weiter staunend auf die Kollektion von Abendkleidern blickte, die so umfangreich war, daß sie nie geglaubt hätte, irgendeine Frau, selbst eine Pariser Gesellschaftsdame, könne derartig viele besitzen.

»Aber Delphine, Schätzchen... brauchst du denn die alle bei dir zu Hause?«

»Aber natürlich«, heulte Delphine, »alle haben das... Wir haben so viel Spaß... so viel Spaß, Großmutter!«

»Dann muß es ja aber ganz schrecklich eintönig für dich hier sein, mein Schatz. Das habe ich ja alles nicht geahnt!« Annette de Lancel dachte vorwurfsvoll, daß man Delphine auf diese Weise ja aus ihrem gewohnten Leben gerissen habe, in dem sie, wie es dort wohl üblich war, so oft ausging, daß sie eine solche Unmenge Abendkleider benötigte. Zuallermindest hätte ihr Eve das doch mitteilen können! Und wie taktvoll und gut war Delphine doch gewesen, niemanden merken zu lassen, wie sehr sie sich langweilen mußte!

»Das ist es nicht... nein, gar nicht... es ist nur, weil mir alle meine Freunde so sehr fehlen... Ich sollte nicht weinen. Du warst immer so gut zu mir«, sagte Delphine mit schmerzvollem Neigen ihres hübschen Kopfes und einem mitleiderregenden Versuch, zu lächeln.

»Es ist nicht schwer, gut zu dir zu sein, mein Schatz. Aber ich hätte natürlich wissen müssen, daß du Freunde deines Alters entbehrst. Ich kann mir das gar nicht verzeihen. Es ist nur, hier auf dem Land... die jungen Leute... offen gesagt, ich weiß gar nicht, wo sie alle sind. Aber ich werde überall herumtelefonieren und fragen, ob nicht die Enkel meiner Freunde... ich tue mein Bestes, Delphine, verlaß dich darauf!«

»Danke, Großmutter«, sagte Delphine, zwar dankbar, aber doch innerlich naserümpfend bei dem Gedanken, was das wohl für Nachbarsenkel hier sein würden. »Aber wirklich, es ist nicht nötig. Höchstens... meinst du, es wäre möglich, daß ich noch einen Schrank hier ins Zimmer bekommen kann?«

»Ach Gott, mein Schatz! Aber selbstverständlich. Ich lasse dir sofort einen bringen. Alle diese hübschen Sachen da auf dem Boden!« Und sie eilte fort, froh darüber, etwas Konkretes und ganz Praktisches für Delphine tun zu können. Und was die Enkel ihrer Freunde betraf, so mußten sie auch irgenwie herbeigeschafft werden. Es mußte doch bestimmt viele nette Jungs und Mädchen geben, die den Sommer über zu Hause waren! Sie wollte sämtliche Familien der ganzen Champagne alarmieren und alle zusammentrommeln... und... einen Ball geben! Ja einen Ball für die jungen Leute. Ein Sommerfest. Es gab ohnehin nur selten welche, falls überhaupt, dann nicht mitten in der Saison, wo alles auf die Lese orientiert war.

»Jean-Luc! Ich weiß wirklich nicht mehr, was ich jetzt noch machen soll!« Annette de Lancel hatte den ganzen Tag über telefoniert. »Die Enkel der Chandon sind auf einer Englandreise. Die Lansons haben fünf, sage und schreibe fünf Enkel, aber nicht einen erwarten sie in den nächsten Wochen zu Hause. Die Roederer-Kinder sind alle in der Normandie; du weißt, sie bringt nichts von ihren Traberpferden weg. Madame Budin in Perrier-Jouet sagt, ihr Sohn ist leider noch zu jung. Madame Bollinger hat zwei Neffen, aber sie sind alle beide nicht da. Die gesamte Familie

Ruinart ist zu Besuch in Bordeaux. Ganze vier Mädchen und zwei Jungen hab' ich schließlich zusammenbekommen. Und ich habe schon alle Leute, die ich kenne, angerufen. Wirklich alle!«

»Die übliche Zeit für Bälle ist ja auch zu Weihnachten«, sagte der Vicomte.

»Das ist eine überaus hilfreiche Überlegung, Jean-Luc!«

»Annette, nun rege dich doch nicht wegen nichts auf! Wenn sich Delphine langweilt, dann langweilt sie sich eben. Sie ist ein liebes Kind, aber bitte denke daran, daß nicht wir es waren, die sie für den Sommer einluden.«

»Wie kannst du derart herzlos sein? Das arme Mädchen, mit allen ihren glitzernden Abendkleidern... da kannst du dir doch wohl vorstellen, an welche Vergnügungen sie gewöhnt ist.«

»Ja, vielleicht aber ein bißchen zu sehr? Hat Eve sie nicht eben deswegen hergeschickt? Ich glaube mich an so etwas in ihrem Brief zu erinnern.«

»Sie hat jetzt sechs lange ablenkungslose Wochen zum Nachdenken gehabt. Ich muß eine Party für sie geben, Jean-Luc, auch wenn es kein richtiger Ball ist. Aber vier Mädchen – fünf mit Delphine selbst – und zwei Jungs – nein, das geht einfach nicht.«

»Dann lade doch einfach nur die Mädchen ein«, schlug der Vicomte vor. »Die Hauptsache ist doch wohl, daß sie mit Gleichaltrigen zusammenkommt, oder?«

»Aber Jean-Luc, ich muß mich doch sehr wundern. Kannst du dich überhaupt nicht mehr erinnern, daß du auch einmal jung warst?«

»Sicherlich ebensosehr wie du, möchte ich doch wohl sagen, nachdem wir beide auf die achtzig zugehen.«

»Es ist gar nicht notwendig, das so besonders zu betonen; ich weiß es selbst. Jedenfalls aber bin ich bedeutend jünger als du.«

»Drei Jahre und zwei Monate.«

»Und warum habe ich dich geheiratet?«

»Weil ich die beste Partie der ganzen Gegend war.«

»Das war ich, mein Lieber! Hast du vielleicht vergessen, wie viele *Arpents* Weinberge ich mit in die Ehe brachte?«

»Zweihundertsechzig.«

»Zweihunderteinundsechzig!«

»Dein Gedächtnis ist noch tadellos, mein Schatz. Also gut, wie auch immer; ich habe jedenfalls vorhin noch mit Bruno telefoniert, und er mußte mir versprechen, daß er, wann immer es dir paßt, ein paar junge Männer mitbringt. Passende. Bekomme ich jetzt vielleicht einen Kuß?«

»Aber ja, Bruno! Wie konnte ich ihn überhaupt vergessen?«

»Meine liebe teure Gattin, Weitsicht unterscheidet den Mann von der Frau! Die Weite des Blicks, die Fähigkeit, über die Champagne hinauszudenken. Gelegenheiten zu erkennen und Pläne mit Umsicht auszuführen, und... also, nun aber, Annette, du weißt, daß ich es nicht mag, wenn du mit Kissen schlägst! Beruhige dich und benimm dich, wie es deinem Alter geziemt...!«

Die Gäste aus Paris waren auch über Nacht eingeladen. Bruno hatte drei seiner selbstredend »vorzeigbaren« Freunde mitgebracht, und von den insgesamt sechs jungen Franzosen, die anwesend waren, hatten sich fünf vom Fleck weg in Delphine verliebt. Bruno selbst mußte immerhin einräumen, daß seine amerikanische Halbschwester ganz unzweifelhaft eine Empfehlung auch für ihn geworden war. Doch keinen hatte es so gewaltig erwischt wie Guy Marchant, der, als er die Tür hinter seinem Gästezimmer geschlossen hatte, am Fenster in die Mondnacht hinausstarrte und derart von Liebe geschlagen war, daß er nicht einmal jetzt seine Krawatte lockerte oder aus seinen Schuhen schlüpfte.

Noch nie hatte es so ein Mädchen gegeben. Und nie mehr würde es so eines geben. Er starb, wenn er nicht den Rest seines Lebens mit ihr verbrachte.

Er stand auf und wanderte ruhelos im Zimmer herum, bis er wieder am Fenster stand, wo er zu den Sternen hinaufstarrte. Er interessierte sich als intelligenter Amateur für Astronomie. Auf der Fahrt nach Valmont hatte er Bruno des langen und breiten mit philosophischen Erörterungen über das Auf und Ab des Zustands der Welt traktiert, aber das war gewesen, bevor er Delphine kennengelernt hatte. Jetzt hatte er die Größe des Universums nicht nur einfach vergessen, sie spielte schlicht keine Rolle mehr, sie war absolut irrelevant. Allein die Macht seiner eigenen Woge von Gefühlen war wesentlich und von direkter Bedeutsamkeit.

Erst nach Stunden fühlte er sich allmählich wieder zu den nüchternen Überlegungen des cleveren Geschäftsmanns imstande, der er schließlich war. Ganz klar war, dachte er, daß er nicht erwarten konnte, man werde ihn einladen, den Rest des Sommers hier auf dem Schloß der Familie Lancel zu verbringen. Ganz klar war ebenfalls, daß er Delphine heiraten mußte, ehe sie zurück in die Vereinigten Staaten fuhr, wo zweifellos Hunderte von Männern auf sie warteten, um ihr einen Heiratsantrag zu machen. Und damit war klar, daß er, um sie zu gewinnen, sie ohne jeden Zeitverlust mit sich nehmen mußte. Schon deshalb, weil ihm der sichere Instink eines Verliebten sagte, daß auch die anderen vier Männer bei dem Diner auf ähnliche Weise von ihr verhext worden waren.

Er versuchte so vernünftig wie möglich zu überlegen. Was hatte er, das die anderen nicht hatten? Hatte sie ihm öfter zugelächelt als den anderen? Hatte sie öfter mit ihm getanzt als mit den anderen? Hatte sie ihm irgend etwas über ihre Interessen erzählt, das er für sich nützen konnte? Nein, gar nichts. Sie hatte ihr Lächeln und ihre Tänze sehr gleichmäßig auf alle verteilt und mit allen geflirtet – was ebenso frustrierend war, als hätte sie es mit keinem getan.

Aber... aber sie kam aus Hollywood! Aus Los Angeles zu kommen bedeutete schließlich, aus Hollywood, ganz egal, wo man in Los Angeles wohnte. Das wußte er aus dem weltweiten Wochenschaugeschäft. Und von all den Gästen in Valmont heute abend war er der einzige, der überhaupt eine Ahnung davon hatte, was es bedeutete, aus Hollywood zu sein! Nur ihm war klar, daß man, wenn man aus Hollywood war, auch automatisch von allem fasziniert war, was Film hieß. Weil man sich, auf diese oder jene Weise, wie entfernt auch immer, doch dieser Welt des Films zugehörig fühlte. Es konnte also sein, daß Delphine sich mehr dafür interessierte, seine eigenen Studios zu besuchen als etwa das berühmte Château an der Loire der Eltern von Max oder die berühmten Pferdeställe von Henris Vater oder an einer Kreuzfahrt auf der Jacht von Victors Familie teilzunehmen! Er konnte ihr auch die ganzen anderen Studios zeigen, die großen Filmateliers in Billancourt und Boulogne! Ja! Er hatte einen Vorteil vor den anderen! Und er mußte sofort beginnen, das zu arrangieren, beschloß er, als er sich endlich auszukleiden begann. Gleich morgen. Schon beim Frühstück.

Nein. Noch vor dem Frühstück. Bevor die anderen auch nur eine Chance hatten!

Schon nach einigen Tagen wurde die Einladung zu einem Aufenthalt bei Monsieur und Madame Marchant in Paris vereinbart, nachdem Bruno ganz förmlich eine lange und nachdrückliche Diskussion mit seiner Großmutter geführt hatte und auch ein Brief von Madame Marchant an die Vicomtesse vorlag.

»Nein, Jean-Luc«, sagte Annette de Lancel zu ihrem Mann, »ich glaube nicht, daß es Eves Absicht war, daß Delphine jeden Tag bis zu ihrer Rückkehr nach Amerika hier sein soll. Das ist doch Unsinn. Sie ist schließlich bei uns nicht im Gefängnis. Mein Gott, bist du noch viktorianisch, mein Lieber!« Sie war ganz entzückt darüber, daß Delphine nun doch noch zu etwas Glanz und Glitter vom Leben in der Hauptstadt kommen sollte. »Und überhaupt, wozu hast du dann Bruno die jungen Männer herbringen lassen?«

»Bist du wirklich sicher, daß man auch gut auf sie aufpaßt?«

»Madame Marchant hat mir versichert, sie würde auf sie ebensosehr achten wie auf ihre eigene Tochter. Außerdem wird ja auch Bruno immer in ihrer Begleitung sein. Also wirklich, Jean-Luc, ich muß mich sehr über dich wundern!«

»Du kennst doch diese Madame Marchant überhaupt nicht«, grummelte der Vicomte, dem vor allem mißfiel, daß er nun der Gelegenheit beraubt werden sollte, Delphine weiterhin im Detail über die Kultivation des Weines zu informieren, womit er sie bisher doch schon so viele Stunden so gut unterhalten hatte.

»Bruno hat mir versichert, daß sie eine sehr sympathische und sehr kultivierte Dame ist und völlig zuverlässig.«

»Und Bruno hat sich auch noch nie geirrt, wie?« gab ihr der Vicomte heraus.

»Was soll das denn heißen?«

»Ach, gar nichts. Gut, vielleicht werde ich wirklich alt. Falls das aber so ist, muß ich die einzig mögliche Vorkehrung dagegen treffen, die uns die Natur erlaubt. Ich werde noch ein Glas Champagner trinken. Darf ich dir vielleicht auch eines anbieten?«

»Ich bitte darum, mein Lieber.«

Delphines angeborener Charme und ihre zarte Schönheit wurden noch vertausendfacht durch die sichtliche Mühelosigkeit, aus der sie kamen. Die Franzosen, die durch ihre ganze Geschichte an Ausländer gewöhnt sind, die sich die allergrößte Mühe geben, den Makel, keine Franzosen zu sein, auszugleichen, waren von Delphines völlig ungezwungener und unbemühter Art sofort bezaubert. Sie machte sich sichtlich nicht das mindeste daraus, ob die Franzosen in Frankreich nun guthießen, was sie tat oder nicht.

Sie war in drei Ländern aufgewachsen, in denen französische Art sich nur in ihren Eltern verkörperte und sie damit von den Einheimischen deutlich unterschied; aber deshalb nicht schon notwendigerweise zum Besseren. Französische Art – das hatte mit dem Beruf ihres Vaters zu tun und mit der Sprache, in der bei ihnen zu Hause gesprochen wurde, und damit, wie ihre Mutter einen neuen Koch einwies; aber es war nicht gleich etwas Heiliges. Daß sie eine Lancel war, bedeutete für Delphine überhaupt nichts, verglichen etwa damit, eine Selznick oder Goldwyn oder Zanuck zu sein, und daran hätten auch zehn Jahre Einführung in die stolze Tradition der Champagne nichts ändern können.

Die Marchants jedenfalls waren entzückt darüber, wie »gar nicht steif«

sie sei, was man doch von einer Angehörigen der alten Aristokratie immerhin erwarten würde. Nicht im Traum wäre ihnen die Idee gekommen, daß die einzige Aristokratie, von der sich Delphine wirklich beeindruckt zeigte, die Handvoll Familien war, die ihre Millionen in den letzten paar Jahrzehnten gemacht hatten, und die Schauspieler und Schauspielerinnen, deren Fotos in den amerikanischen Filmzeitschriften erschienen.

Guys Plan, Delphine in ihr Haus einzuladen, hatte ihnen Kopfzerbrechen verursacht. Sicher wollte die Dame auf den Eiffelturm hinauf, zu Napoleons Grab, auf den Place Vendôme und in den Louvre. Was redete Guy da also von Gaumont, Pathé-Cinema und Kodak-Pathé? Seit wann besuchten Touristen Billancourt? Wieso sollte sie daran interessiert sein, etwas zu besuchen, das sie doch von Hollywood her bestens kannte?

»Aber nein, Madame Marchant«, sagte Delphine jedoch sehr rasch, »ich versichere Ihnen, das interessiert mich wirklich sehr!« In ihrer High-School-Zeit war es immerhin einige Male vorgekommen, daß Gäste ihrer Eltern aus der Filmbranche die Familie zu einem Besuch in eines der großen Studios eingeladen hatten. Die hastigen Blicke hinter die Kulissen dieser Welt mit ihren riesigen Szenenaufbauten, beeinträchtigt durch die beständige Angst, irgendeinem der vielen wichtigen Leute in den Weg zu laufen, die da pausenlos aufgeregt hin und her eilten und viel zu tun hatten, waren für Delphine schon damals der Blick in ein Paradies gewesen – und sie war verurteilt dazu, als eine, die nicht dazugehörte, nur kurz hineinblicken zu dürfen.

»Nun, wie Sie möchten!« sagte Madame Marchant daraufhin resigniert. »Wenn Sie mir nur die Zeit lassen, meinen Hut aufzusetzen.« Sie griff sich mit ihren gepflegten, mit blitzenden Diamanten beringten Händen an ihr blaugefärbtes Haar.

»Wirklich, *Maman*«, meldete sich Guy sofort, »du mußt nicht mitkommen, wenn du nicht willst. Wir treffen uns dort ohnehin mit Bruno.«

»Nun ja... in diesem Falle... Ich habe tatsächlich eine Reihe Dinge zu erledigen, für die ich dann Zeit hätte«, meinte Guys Mutter mit sichtlicher Erleichterung in ihren freundlichen Augen. Die Aussicht, einen ganzen Tag lang Leuten zuzusehen, die einen Film machten, war ihr gräßlich gewesen. Früher einmal, vor vielen Jahren, war auch sie der Meinung gewesen, das müsse furchtbar aufregend und spannend sein, aber einige Stunden dort hatten sie dann sehr rasch eines Besseren belehrt.

Ohnehin kam ihr der Gedanke, persönlich die Dauergouvernante spielen zu sollen, äußerst absurd vor. Guy, ihr Jüngster und ihr Liebling, war ein perfekter Gentleman, und man konnte ihm bedenkenlos jedes Mädchen anvertrauen... ganz besonders eines, in das er derart maßlos verliebt war! Die völlig überflüssige Besorgnis der Vicomtesse de Lancel über ihre doch vollkommen selbständige Enkelin stammte zudem sichtlich aus einem anderen Jahrhundert. Es entbehrte zwar nicht eines gewissen Charmes, aber tatsächlich war die Aristokratie der Provinz doch wohl immer beträchtlich hinter der Zeit her. Und außerdem war viel wichtiger, daß sie spätestens heute endlich zur dritten Anprobe ihrer neuen Garderobe bei Chanel mußte, oder sie würde nie mehr rechtzeitig für die neue Saison fertig. Sie entließ die jungen Leute also mit der Andeutung eines wohlwollenden Lächelns und gab sich ihren eigenen glücklichen Träumen von Tweed, Knöpfen und Bordüren hin.

Die Fahrt von der imponierend großen Stadtwohnung der Familie Marchant an der Avenue Foch hinaus zu den Gaumont-Ateliers in Billancourt schien Delphine ewig zu dauern. Sie sprach wenig, aber Guy spürte, daß sie an seiner Seite fast fieberte, und er wagte zu hoffen, es sei vielleicht auch deshalb, weil sie endlich einmal allein miteinander waren. Von Zeit zu Zeit sah er verstohlen zu ihr hinüber, aber Delphine, die seine Augen sehr wohl auf sich gerichtet fühlte, tat so, als bemerke sie es nicht. Sie hätte diesen Tag leicht auch mit Max oder Victor oder Henri verbringen können. Aber tatsächlich hatte Guys Plan funktioniert. Sie hatte bereitwillig auf seinen Köder angebissen. Aber das mußte ihm nun ja wohl auch genügen, fürs erste.

Bruno traf sich mit ihnen am Studio. Er war eigentlich mehr aus reiner Neugier gekommen als wegen einer etwaigen Verpflichtung, ein Auge auf Delphine zu haben. Noch immer waren die Marchants nicht Kunden der *Banque Duvivier Frères*, und nach den beträchtlichen Gefälligkeiten, die er Guy mittlerweile doch wohl erwiesen hatte, begann sich in ihm das Gefühl zu regen, daß so wenig Sinn, sich auch endlich einmal zu revanchieren, ganz und gar nicht mehr akzeptabel sei. Er hatte ihn zu seinen Großeltern zum Diner eingeladen. Er hatte sich bei seiner Großmutter für ihn verwendet, als er Delphine in sein Elternhaus einlud. War es Guy denn überhaupt nicht klar, daß er Bruno inzwischen doch einigermaßen verpflichtet war? Oder hatte er etwa gar nicht genug Einfluß in der Firma seines Vaters, um eine neue Bankverbindung vorschlagen und durchsetzen zu können? Das eine wäre so unverzeihlich wie das andere. Vielleicht war er doch etwas zu voreilig mit dieser Freundschaft gewesen und hatte sich womöglich nur ausnützen lassen. Schließlich war dieser Guy, dachte er ärgerlich, nichts als ein neureicher Emporkömmling. Wenn Bruno sich eines nur schwer selbst vergeben konnte, dann waren es Fehleinschätzungen.

Er bemerkte zufrieden, daß Delphine, während sie zu dritt auf den Einlaß warteten, sehr distanziert zu sein schien, nachdenklich, sehr viel weniger kokett als neulich an dem Abend in Valmont. Ihre unbestreitbare Eleganz in dem roten, mit Marineblau abgesetzten Shantung-Kostüm gefiel ihm. Sie hatte es bei Bullocks gekauft, für die Rennen in Santa Anita. Er fand, daß sie erwachsener aussah, als er sie jemals gesehen hatte; besonders mit ihrem kleinen Marinestrohhut, der über ein Auge herunterging.

»Ah, da ist ja mein Freund«, sagte Guy und stellte sie einem kleinen, blonden jungen Mann mit freundlichem Grinsen vor, der hastig zum Haupttor gelaufen kam. »Das ist Jacques Sette. Mademoiselle de Lancel, Vicomte de Lancel. Jacques ist Blufords Assistent. Er führt uns herum.«

»Tut mir leid, Guy, daß ihr warten mußtet, aber du weißt ja, wie es ist. Mademoiselle, Monsieur, bitte folgen Sie mir. Guy kennt ja den Weg. Heute ist leider so gut wie nichts los. Mehrere Filme haben Außenaufnahmen, und eine Anzahl andere sind erst in der Planung. Aber immerhin, in Halle fünf arbeiten Gabin und Michèle Morgan. René Clair ist der Regisseur. Das ist, denke ich, sicher das Interessanteste für den Anfang.« Er ließ die großen Namen ganz nebenbei fallen, als gehörten sie ihm persönlich. Delphine sah ihn voll Neid an.

Über der kleinen Tür in der völlig fensterlosen Wand der Halle 5 brannte ein rotes Licht, und sie mußten warten, bis es ausging. Als sie dann drinnen waren, fanden sie sich in der riesigen Halle und ihrem Durcheinander kaum zurecht. Einige Teile der Bauten lagen im Dunkeln, andere waren so grell beleuchtet, daß die Scheinwerfer eine Art leises Summen zu erzeugen schienen.

»Vorsichtig«, mahnte Jacques Sette, »passen Sie auf, wo Sie hintreten!« Und er nahm Delphines Arm wie selbstverständlich und führte sie an den überall herumliegenden Stromkabeln und sonstigen Hindernissen vorbei. Delphine hatte ihre Augen überall zugleich, ohne freilich irgend etwas zu begreifen, bis Sette plötzlich mit ihnen vor einer hell ausgeleuchteten Szenerie stehenblieb, an der die Spannung von konzentrierter Arbeit mit Händen zu greifen war.

Man riecht es, dachte Delphine, und ihr Herz begann heftig zu schlagen. Man riecht es, so aufregend ist es! Sie standen keine zehn Meter vor der Szene, die eben gedreht wurde. Ein Speisezimmer. Jean Gabin und Michèle Morgan saßen am Tisch, zusammen mit vier anderen Schauspielern, die sie nicht kannte. Die Aufnahme war eben unterbrochen worden. Eine Maskenbildnerin ging herum und puderte die Gesichter nach, zog da eine Lippe nach, richtete dort eine Locke. Die Schauspieler saßen geduldig auf ihren Positionen, wie eine Art lebendes Bild, unbeweglich. Gabin murmelte etwas, vermutlich einen Scherz, weil alle unterdrückt lachten, ohne sich jedoch von der Stelle zu bewegen. Sie saßen noch minutenlang so wie eingefroren, während zwei Männer, der eine auf dem Stuhl des Regisseurs, der andere vor ihm stehend, miteinander diskutierten. Dann waren sie endlich fertig, die Maskenbildnerin ging wieder aus der Kulisse, der eine der beiden Männer, der gestanden hatte, zur Kamera und in die absolute Stille, die dann entstand, schrie von irgendwoher jemand, den man nicht sah, mit donnernder Befehlsstimme: »Silence! On tourne!«

Delphine lief ein Schauer der Erregung über den ganzen Rücken. Sie war wie in Trance einige Schritte nach vorne gegangen, ehe Sette es bemerkte, mit einem Satz hinter ihr war, sie an der Schulter packte und zurück in die Besucherzone zog. Sie deutete eine stumme, verlegene Entschuldigung an. Sie hatte überhaupt nicht bemerkt, daß sie sich bewegt hatte.

Nach einer Minute wurde die Einstellung erneut unterbrochen. »Komm, gehen wir weiter«, flüsterte Bruno Delphine ins Ohr. »Das ist jetzt nicht mehr interessant.« Aber Delphine schüttelte heftig den Kopf. Es wurde weitergedreht, diesmal ging es über knapp zwei Minuten, ehe René Clair unzufrieden mit einem scharfen »Coupez!« unterbrach. Er ging in die Kulisse und sprach lange und mit zu leiser Stimme, als daß man ihn draußen hätte verstehen können, mit den Schauspielern. Gabin nickte mehrmals, Michèle Morgan lächelte achselzuckend. Für Delphine war alles, als hätten sich die Götter des Olymp dazu herabgelassen, sich den Sterblichen in menschlicher Gestalt zu zeigen.

Dann wurden die Schweinwerfer anders eingerichtet, der Kameramann hielt sich ein kleines Ding vor das Auge, gab Anweisungen und sprach mit seinem Assistenten. Delphine stand wie angewachsen und rührte sich nicht, während Bruno und Guy bereits ungeduldig wurden. Und dann drehten sie die Einstellung zum dritten Mal. Dieses Mal wurde sie zu Ende gespielt, und danach rief René Clair mit nicht ganz begeisterter Befriedigung: »Aus! Kopieren!« Die Scheinwerfer verlöschten, und die Schauspieler verschwanden in alle Richtungen.

»Das wurde aber auch Zeit«, meinte Bruno gelangweilt.

»Sie drehen dann am Nachmittag weiter«, erklärte Sette. »Jetzt ist Mittagspause. Es war die erste Einstellung, die überhaupt brauchbar war. Gut, ich glaube, Sie haben genug davon, wie?«

»Für alle Zeiten«, antwortete Bruno.

»Ich habe dich ja vorgewarnt«, sagte Guy.

»Da tut sich ja nichts. Komm, Delphine, gehen wir.«

»Nein«, sagte Delphine.

»Was soll das denn bedeuten? Es gibt nichts mehr zu sehen.«

»Ich will sehen, wie sie weiterdrehen.«

»Wie Sie wünschen, Mademoiselle«, sagte Jacques Sette mit einem erstaunten Seitenblick auf Guy. »Aber mindestens die nächsten zwei Stunden tut sich hier nichts. Die Mittagszeit ist heilig. Ganz besonders beim Drehen. Darf ich Sie nun alle bitten, mit mir in die Kantine zu kommen?«

»O ja, bitte!« sagte Delphine.

»Du übertreibst es aber, Delphine!« tadelte Bruno. Immerhin, er war nach diesem endlosen, trübsinnigen Herumstehen ebenfalls hungrig und hatte keine anderen Vorbereitungen für das Essen getroffen.

In der Kantine gab es wie auf jedem Filmgelände einen separaten Raum, der nur für die Studiochefs und die bedeutenderen Schauspieler reserviert war. Delphine sah sich lebhaft um, ob sie nicht irgendwo Jean Gabin und Michèle Morgan beim Essen entdeckte. Doch die beiden Stars zogen es wohl vor, allein in ihren Garderoben zu speisen, nachdem sie den ganzen Vormittag in der Kulisse an einem Eßtisch hatten sitzen müssen.

Sette führte sie an einen Tisch und bot Delphine den Platz an, von dem aus man den besten Überblick hatte.

»Ein Glas Wein zum Anfang?« schlug er vor und bestellte gleich beim Kellner.

»Sagen Sie mir doch, wer diese Leute alle sind«, bat Delphine. Er sah sich in der Hoffnung um, vielleicht irgendeine Berühmtheit zu entdekken, da ihr der Sinn so offensichtlich danach stand. Aber außer den Regisseuren Jean Renoir, Pierre Prevert, Marcel Carné, Nico Ambert und Autant-Lara entdeckte er niemanden außer einigen Chargenschauspielern, die in Amerika unbekannt waren. Delphine warf jeweils kurze Blicke auf die Regisseure, die Jacques Sette ihr zeigte. Aber das waren gewöhnliche Männer, keine Filmstars. Sie vermochten ihre Erwartung nicht zu befriedigen. Sie nippte enttäuscht an ihrem Wein und ließ ihre großen Augen weiter begierig und wachsam herumwandern.

»Seht euch mal das Mädchen an«, sagte Nico Ambert zu seinen beiden Tischgenossen. »Die dort bei Sette am Tisch.«

Alle wandten sich ihr zu und musterten Delphine von Kopf bis Fuß, mit einer Sachlichkeit, als sei sie ein Sofa auf einer Auktion.

»Weiß einer, wer die ist?« fragte Jules LeMaitre, Amberts Besetzungschef.

»Sicher keine Schauspielerin«, sagte der dritte im Bunde, Yves Block, Amberts Kameramann für die Produktion von *Mayerling*, die in einem Monat beginnen sollte. Die drei saßen bereits den ganzen Tag zusammen, um Details zu besprechen. Ihr Projekt befand sich in der Endphase der Vorbereitung.

»Wie kommst du darauf, Yves?«

»Sie ist nicht selbstbewußt genug«, antwortete der Kameramann. »Sie schaut herum wie eine typische Touristin. Keine Schauspielerin würde so etwas tun, nicht einmal in einem fremden Atelier. Außerdem habe ich auch ihr Gesicht noch nie gesehen. Wenn sie Schauspielerin wäre, glaubt ihr nicht wenigstens einer von uns hätte sie irgendwann schon einmal gesehen?«

»Richtig. Wenn sie Schauspielerin wäre«, sagte Nico Ambert sachlich, »hätte sie mich längst erkannt.« Der Regisseur war ein untersetzter Mann in den Dreißigern mit dunklem Teint, schwarzen Haaren und dem typischen hitzigen Blick des Südfranzosen, der eher italienisch aussieht als französisch. Selbst in entspannter Haltung ging der Eindruck großer Kraft von ihm aus, eine Aura von Autorität. Er hatte eine ausgeprägte Hakennase, wilde Augen und einen Zug von Rücksichtslosigkeit um den Mund. Er war ganz der Mann, der an Macht gewöhnt ist und sie auch auszuüben weiß. Ein Mann, den viele Männer fürchteten und viele Frauen begehrten.

Delphine merkte wohl, daß die drei Männer sie unverhohlen musterten, aber für sie waren sie wie alle Leute in dieser schäbigen Kantine hier niemand. Außerdem war sie so daran gewöhnt, von Männern angestarrt und gemustert zu werden, daß ihr das keinen Augenblick ihre Unbefangenheit raubte und sie sich über diese drei auch gar keine weiteren Gedanken machte. Sie war so wenig beeindruckt wie der tropische Zierfisch im Aquarium, der letztlich nur dazu da ist, von jedermann angestarrt zu werden, und es deshalb auch als Normalzustand betrachtet.

»Sie ist keine Französin«, sagte Ambert. »Da ist etwas allzu Pingeliges und Sorgfältiges an dem, wie sie sich gibt und kleidet. Schaut euch ihre Schuhe an. Die sind nicht französisch.«

»Aber sie spricht französisch, Nico«, sagte Jules LeMaitre. »Schau auf ihre Lippenbewegungen und wie sie dazu gestikuliert... Was meinst du, Block?«

Der Kameramann studierte Delphines Gesicht schon die ganze Zeit schweigend. Er war von Berufs wegen ein Spezialist für Gesichter. An sogenannte Schönheit glaubte er nicht. Er wußte zu gut, wie sich das perfekte, ebenmäßige, glatte Gesicht unter den Scheinwerfern nur allzuoft als platt, nichtssagend, öde, langweilig herausstellte. Er hatte zu viele außergewöhnliche Augen gesehen, die unter dem Scheinwerferlicht, wenn die Kamera auf sie gerichtet wurde, ihren ganzen Glanz und alle Kraft verloren. Das war ganz seltsam. Die großen Scheinwerferbrücken und die Kameralinsen gingen zuweilen teuflische Verschwörungen miteinander ein, um die Menschen, die sie vor sich hatten, zu entlarven, ihr ganzes Aussehen zu zerstören, sie unbedeutend zu machen; und umgekehrt schienen sie zuweilen gemeinsam auch ihre harschen Verdikte zu bereuen und alles wieder gutmachen zu wollen, indem sie mit einemmal in Gesichtern, die man als allenfalls gewöhnlich bezeichnet hätte, eine ganz unerwartete Faszination entdeckten. Die verführerischste Frau, die er je mit der Kamera zu erfassen, zu formen, abzubilden versucht hatte, hatte eine Nase gehabt, die einen ganz fürchterlichen Schatten warf, ganz gleich, wie kunstvoll man sie ausleuchtete. Und eine andere Frau, die er gefilmt hatte, war nur auf eine umwerfend banale Weise hübsch gewesen, aber vor der Kamera verwandelte sich ihr Gesicht unversehens in das beunruhigende Mysterium einer Priesterin, die ewiges Schweigen gelobt hatte.

Ohne bewußt darüber nachzudenken, konnte Block in Sekunden das Wesentliche eines Gesichts erkennen; beurteilen, ob die Augen ausreichend weit auseinanderstanden, die Nase einen der Myriaden von Nachteilen hatte, die die meisten Nasen aufwiesen, die Wirkung eines Kinns abschätzen und die Länge eines Halses, ebenso wie die entscheidende Geometrie der Position des Mundes im Verhältnis zu den Augen. Trotzdem hielt er, solange nicht die Scheinwerfer ihr Urteil gesprochen und die Kamera ihre Antwort gegeben hatte, jedes Urteil strikt zurück. »Unmöglich zu sagen«, erklärte er schließlich und blickte den Besetzungschef achselzuckend an.

»Willst du Probeaufnahmen von ihr machen?« drängte Jules LeMaitre ihn förmlich.

»Das muß schon Nico entscheiden.«

Nico Ambert nickte bereits zustimmend. »Setz das Mädchen mal auf Zelluloid, Yves.«

»Vielleicht für die Rolle der Marie?«

»Was sonst.«

»Wir haben schon Simone«, erinnerte ihn Jules.

»Nur, wenn wir wollen. Unterschrieben ist noch gar nichts. Jules, du kennst Sette doch, nicht?«

»Ja, sicher. Er ist Blufords Assistent.«

»Dann geh hinüber und stell dich vor. Wenn sie nicht gerade mit einem unmöglichen Akzent spricht, sag ihr, was uns vorschwebt. Und arrangiere gleich alles für heute nachmittag. Übermorgen muß ich Simones Agent Bescheid sagen.«

»Jetzt mal langsam, Nico. Wieso überlegst du auch nur, die Marie mit einer völlig Unbekannten zu besetzen?«

»Ich werd' dir was sagen, genau das wäre mir sogar das liebste. Der Mayerling-Stoff ist schon einmal verfilmt worden, und es gibt auch Theaterstücke. Die Geschichte der Marie Vetsera und des Erzherzogs Rudolf und ihres gemeinsamen Selbstmords in Mayerling kennt nun wirklich jeder. Da könnte eine ganz Unbekannte einen Hauch des Unerwarteten hineinbringen.«

»Nun ja, schaden können Probeaufnahmen auf keinen Fall«, räumte Jules ein, wenn auch ohne große Begeisterung. Er hatte die gesamte Besetzung längst fest im Kopf und liebte es nicht, wenn ihm eine bereits fertige Vorstellung noch einmal umgestoßen wurde. Aber es gehörte nun einmal zu jedermanns Job, den Regisseur bei Laune zu halten. Bei Ambert bedeutete das sogar noch weit mehr, nämlich schlicht und einfach gehorchen. Er legte seine Gabel hin und ging hinüber an den anderen Tisch.

»Hallo, Jacques, bist du heute Fremdenführer?«

»Ich habe diese Ehre, ja. Darf ich bekannt machen? Mademoiselle de Lancel, darf ich Ihnen Jules LeMaitre vorstellen? Er ist ein Besetzungschef ohne jede Illusion und ohne alle Skrupel, mit anderen Worten, einer der Großen. Jules, unsere anderen Gäste. Der Vicomte de Lancel und Guy Marchant von den *Marchant Actualités.*«

Bei den wenigen Worten, die während der gegenseitigen Vorstellung gewechselt wurden, hörte LeMaitre, daß Delphines Akzent so französisch war wie sein eigener. Trotzdem war aus einigen winzigen Nuancen, die man mehr spüren als bemerken konnte, zu hören, daß sie eben keine eigentliche Französin war und nicht aus der Filmwelt stammte.

»Sind Sie zu Besuch in Paris, Mademoiselle?« fragte er höflich und wandte sich nach dem allgemeinen Händeschütteln mit den drei Männern ganz ihr zu.

»Ein paar Tage, ja. Dann kehre ich in die Champagne zurück.«

»Aha, also Sie leben in der Champagne und kultivieren dort hervorragende Weine?« tastete er sich vor.

»Nein, ich lebe in Los Angeles«, antwortete Delphine lächelnd. Einer mit der dezenten Tour.

»Ah? Dann sind Sie dort sicher beim Film?«

»Nein«, lachte Delphine und fühlte sich trotzdem geschmeichelt, so vertraut ihr dieser Satz auch war. Sie hatte ihn schon zu oft gehört. Von einem Beruf Besetzungschef indessen hatte sie noch nie etwas gehört. »Nein, ich bin Studentin.«

»Ach so, eine Intellektuelle also. Sehr hübsch. Ich hätte da noch eine Frage, wenn es nicht zu indiskret ist, Mademoiselle, sie Ihnen zu stellen. Mein Chef, der Regisseur Nico Ambert, wüßte gerne, ob es Ihnen nicht

Spaß machen würde, ein paar Probeaufnahmen für uns zu machen? Genau gesagt, gleich heute nachmittag, wenn Sie ein bißchen Zeit hätten.«

»O nein! Dachte ich's mir doch, daß du was im Hinterkopf hast!« Jacques Sette ging dazwischen, denn ihm war die Belästigung seiner Gäste jetzt peinlich. Außerdem, wenn sein eigener Chef, Bluford, auf die Idee käme, Probeaufnahmen von ihr zu machen? Wie stünde er dann da? Daß er nicht schon längst daran gedacht hatte!

»Delphine, nein, das ist ganz unmöglich«, protestierte auch Guy Marchant sofort, instinktiv alarmiert und beunruhigt. »Bruno, mach Delphine klar, daß sie das auf keinen Fall machen kann. Deine Großmutter wäre außer sich, da bin ich ganz sicher.«

»Nun führ dich aber mal nicht so auf, Guy«, gab Bruno statt dessen scharf zurück. »Wieso soll sie denn nicht, um Himmels willen? An Probeaufnahme ist schließlich nichts Unanständiges, soweit ich weiß.« Wer, dachte er aufgebracht, glaubte Marchant eigentlich zu sein, daß er sich anmaßte, zu bestimmen, was für Delphine richtig war oder nicht? Und ihm zu sagen, was seine Großmutter denken würde! Aber so war das mit solchen Leuten aus den unteren Klassen. Sie versuchten immer sich aufzuplustern. Etwas, das man sich gut merken mußte.

»Aber Bruno! Nur, weil irgendein Kerl sie sieht und sie ihm gefällt? Das ist doch – irgendwie gehört sich das doch einfach nicht. Das ist ja gerade so, als legtest du dem Nächstbesten die Hand auf die Schulter und sagtest: ›Folgen Sie mir!‹ Das ist einfach nicht *comme il faut*!« Guy war so erregt, daß er unwillkürlich aufgestanden war.

»Nicht *comme il faut*? Guy, ich glaube doch, dergleichen kann ich sehr gut selbst entscheiden. In der Tat, das ist nicht *comme il faut*«, wies Bruno ihn ironisch zurecht.

»Einen Augenblick mal, Guy, und auch du, Bruno«, sagte Delphine ganz ruhig. »Darf ich vielleicht fragen, was das alles euch beide angeht? Monsieur hat ja wohl mir eine Frage gestellt, nicht wahr? Und meine Antwort lautet, daß es mir sogar sehr viel Spaß machen würde.«

»Delphine, ich bitte Sie, überlegen Sie sich das noch einmal«, stotterte Guy ziemlich hilflos.

»Es handelt sich um meinen Nachmittag, Guy, nicht um den Ihren. Monsieur Sette, vielen Dank für alles. Danke für Ihre Freundlichkeit.« Und sie stand auf und sah LeMaitre an. »Ich bin bereit, Monsieur, oder jedenfalls, sobald sich irgend jemand meines Make-ups angenommen hat. Können wir gehen?«

»Selbstverständlich, Mademoiselle.«

»Moment mal, LeMaitre«, hielt ihn Sette zurück. »In welchem Set seid ihr?«

»Sieben. In ungefähr einer Stunde.«

»Gut, wir kommen alle hin.«

»Ich glaube«, sagte Delphine jedoch, »ich würde das lieber ohne Zuschauer aus meinem Freundes- und Familienkreis machen. Guy, seien Sie doch nett und erwarten Sie mich draußen, wenn ich fertig bin, ja? Und du, Bruno, mußt natürlich nicht warten, das weißt du ja. Ich bin bestimmt bei Monsieur LeMaitre sehr gut aufgehoben.«

»Ganz bestimmt. Also, ich rufe morgen an. Viel Spaß!« Er küßte sie auf die Wange und verließ die Kantine rasch, gefolgt von Guy Marchant, der noch immer lebhaft gestikulierend auf ihn einzureden versuchte.

Jacques Sette zeichnete in etwas gedrückter Stimmung die Rechnung ab. Ganz sicher hörte Bluford von der Geschichte; und wie immer diese Probeaufnahmen auch ausfallen mochten, er würde auf jeden Fall etwas von ihm zu hören kriegen.

Die Maskenbildnerin war fett und freundlich und verstand ihren Beruf hervorragend. Sie redete Delphine gleich mit dem in der Branche üblichen Du an und bewunderte ihren Hut, während sie ihn ihr abnahm, um sich dann über Delphines Frisur herzumachen. Sie glättete ihr die korrekten Wellen einfach mit kräftigen Bürstenstrichen, so daß Delphines Haar von ihrem Gesicht fast bis auf die Schultern fiel und sehr deutlich ihren spitzen Haaransatz freigab. Dann zauberte sie mit Mascara im Handumdrehen die tollsten Dinge, modellierte mit Make-up ihre Wangenknochen und die Augenhöhlen neu, mit kräftigen Schatten, die die natürlichen Konturen des Gesichts verstärkten und überhöhten – weitaus kräftiger, als Delphine es je für möglich oder auch nur wünschenswert gehalten hätte. Auf ihre Proteste hin beruhigte sie sie; dieses an sich übertriebene Make-up werde im Schwarzweißfilm ganz natürlich wirken, so, als sei sie nur ganz normal geschminkt. Dann ließ sie sich noch über die Breite von Delphines Stirn aus und darüber, wie wahnsinnig groß doch ihre Augen seien und wie perfekt das kleine ovale Kinn. »Richtig eine Herzform, das kleine Dings, ein perfektes Herz«, wiederholte sie.

Zuletzt schminkte sie ihr noch den Mund mit Delphines eigenem Lippenstift, und sie war fertig. Draußen vor der Maske wartete LeMaitre geduldig auf sie.

»Gut«, sagte er, als er sie betrachtete. »Sehr gut. Dann kommen Sie mal mit. Ich stelle Sie Monsieur Ambert vor.« Er führte sie zum Set Sieben und zum Regiestuhl. Nico Ambert stand auf und musterte sie, während er ihr die Hand gab, noch einmal von Kopf bis Fuß mit einer völlig indiskreten Offenheit, aber seine Stimme klang freundlich.

»Ich freue mich, Mademoiselle, daß Sie meiner Einladung gefolgt sind. Ich hoffe, Sie sind nicht allzu nervös.«

»Sollte ich?« hörte Delphine sich sagen, ganz neckisch-vertraulich, als spreche sie mit einem der Jungs zu Hause. Wenn nur Margie sie hier sehen könnte! Nur das könnte es zur Wirklichkeit machen.

Seit der Besetzungschef an ihren Tisch gekommen war, hatte sie sich wie in einem Fiebertraum gefühlt. Und jedes Atom der Realität wurde noch überhöht durch die ganze Szenerie des Ateliers hier, wo sich die gewöhnlichste Tür in eine Wunderwelt öffnen konnte. Sie hatte so gut wie keinen Gedanken auf den tatsächlichen Ablauf von Probeaufnahmen verschwendet, so aufgewühlt war sie vom Anblick und vom Geruch all dessen, was sie verwirrt als »hinter der Bühne« bezeichnete. Sie versuchte, alles, was sie sah, aufzusaugen, die Kulissen, die Menschen, die Apparaturen, und sich selbst damit zu verschmelzen, ganz so, wie sie sich völlig in die Szene zwischen Gabin und Michèle Morgan hatte hineinfallen lassen.

»Ob Sie sollten?« erwiderte Ambert. »Nein, natürlich nicht. Setzen Sie sich doch, hier neben mich, dann erzähle ich Ihnen, was Sie sprechen sollen. Es ist sehr einfach. Sie lesen einfach die Zeilen, die hier rot unterstrichen sind, und ich lese den Rest. Ein kleiner Dialog zwischen uns. Sehen Sie nicht in die Kamera, wenn Sie es schaffen. Möchten Sie es sich erst einmal durchlesen?«

»Ich bin keine Schauspielerin«, sagte Delphine, »wozu soll das also alles gut sein?«

»Nun, vielleicht, um sich selbst ein bißchen zu orientieren.«

»Orientieren lieber Sie mich: Ich glaube, das ist besser.«

»Kennen Sie die Geschichte von Mayerling?«

»Nicht daß ich wüßte.«

»Das macht nichts. Diese Szene hier ist das Zusammentreffen einer jungen adligen Dame mit dem Thronfolger der Habsburger. Es geschieht auf einem Ball. Sie tanzen zusammen. Und sie verlieben sich ineinander.«

»Das kommt mir bekannt vor«, sagte Delphine lächelnd. »Wo soll ich mich hinstellen?«

»Da drüben. Lassen Sie Ihre Jacke ruhig hier. Es wird ziemlich warm unter den Scheinwerfern.«

Delphine rüttelte sich ihre rote Kostümjacke von den Schultern, warf sie auf ihren Stuhl und ging, nur in ihrem schmalen Rock und der weißen Bluse, die fünf Meter bis zu dem hohen Schemel, den ihr Ambert vorhin gezeigt hatte. Sobald sie saß, gab der Regisseur ein Zeichen, woraufhin sofort die ganze Scheinwerferbrücke aufstrahlte, so daß sie unwillkürlich mit einem überraschten Ausruf den Arm vor die Augen legte.

»Sagen Sie mir, wenn Sie gut genug sehen, um lesen zu können«, erklärte Ambert, und trotz der Entfernung klang es so nah und deutlich, als säße er direkt neben ihr.

Delphine wartete und war sich zum ersten Mal voll und wirklich des drückenden Gewichts der Tatsache bewußt, daß sie jetzt von vielen männlichen Augen angestarrt wurde; sehr intensiv, wenn auch mit rein professionellen Blicken. Es war fast ein ebensolcher Schlag wie zuvor die aufflammenden Scheinwerfer, aber wie diese gefiel ihr auch das sehr. Es war eine Art Frühlingsgefühl. Sie hatte sich noch nie so lebendig gefühlt, so sehr sie selbst, so sehr die Szene beherrschend.

Während ihre Augen sich an das grelle Licht gewöhnten, spürte sie, wie etwas in ihr ganz beunruhigend und warm anwuchs. Es war aber nicht die Hitze der Scheinwerfer auf ihrer Haut. Es war ein Glühen, das in ihrem Bauch begann und sich von dort aus rasch und unwiderstehlich ausbreitete, bis es sich nach unten und zwischen ihre Beine senkte. Sie legte sie hastig übereinander, um das ganz unfreiwillige und heftige Beben ihrer Lippen dort unten zu verbergen. Sie saß wie festgenagelt auf ihrem Stuhl und hielt sich mit beiden Händen an ihm fest. Als ein mächtiger Orgasmus sie durchzitterte, fiel ihr das Skript zu Boden. Sie biß sich auf die Lippen, reckte sich, so hoch sie konnte, machte ein Hohlkreuz, die Brüste nach vorne gestreckt, die Schultern nach hinten gezogen, die Beine zusammengepreßt, sosehr es nur ging, damit keiner der sie beobachtenden Männer etwas bemerkte. Doch Nico Ambert spürte, wie sich sein Penis aufrichtete und versteifte. Er hatte sehr wohl bemerkt, was da passiert war. Und das jetzt war ihm seit Jahren nicht mehr passiert.

Es war so still, daß man eine Stecknadel hätte zu Boden fallen hören.

Schließlich sagte Ambert, als er sah, daß sich Delphine wieder einigermaßen unter Kontrolle hatte: »Jules, gib ihr das Skript.« Er selbst konnte nicht aufstehen, es wäre zu peinlich gewesen.

LeMaitre gab Delphine ihr Skript. Ambert begann zu lesen. Es war eine lange Passage, wie er sie immer mit Absicht aussuchte, damit die Schauspielerinnen Zeit hatten, ihre Nervosität abzulegen.

Delphine hörte zu. Sie sah den Text vor sich, aber sie verstand kein Wort davon. Nach ihrem völlig überraschenden, spontanen Orgasmus war sie noch zu kurzatmig, um sprechen zu können. Noch immer war dieses Glühen in ihr, heiß und drängend, und sie wußte, daß es nur ganz wenig brauchte, damit es noch einmal geschah. Es mußten die Scheinwerfer sein, dachte sie. Die Scheinwerfer waren es wohl.

»Mademoiselle?«

»Ja«, hauchte sie.

»Können Sie schon genug sehen, um zu lesen?«

»Ich versuche es.« Sie holte tief Atem und konzentrierte sich verbissen auf das Skript. Bald bekamen die Zeilen einen Sinn, und auf einmal las sie und hatte Kamera und Zuschauer vergessen und legte alles, was sie hatte, in ihren rot unterstrichenen Text, weil dies die einzige Möglichkeit war, ihren Körper unter Kontrolle zu behalten. Amberts Stimme kam aus dem Dunkel als Antwort. Wer, zum Teufel, fragte Ambert sich immer wieder, hat ihr beigebracht, wie man mit der Kamera fickt? Sie las weiter, er antwortete, sie erwiderte, bis sie, Rede und Gegenrede, in einem Tanz der Wörter die ganze kurze Szene durch hatten.

Er gab das Zeichen, die Scheinwerfer auszuschalten, und in der plötzlichen Dunkelheit, die dann folgte, stand er rasch auf und ging zu Delphine, die noch immer unbeweglich dasaß, völlig überrascht, wie abrupt es geendet hatte. Er faßte sie an ihrem unter den kurzen Blusenärmeln bloßen Arm.

»Sie waren sehr gut. War wohl sehr schwer, wie?« sagte er leise, und ihr schien die ganze Szene von vorne zu beginnen.

»Es war so... hell!«

»Ich weiß schon. Sie wollen sich sicher noch irgendwo eine Weile ruhig hinsetzen, ehe Sie Ihre Freunde wieder treffen.«

»Ja.«

»Kommen Sie.« Er führte sie rasch aus der Kulisse, um eine Ecke, an einer Unzahl Garderoben vorbei, in seine eigene. Er drehte sich um, den Rücken zur Tür und zog sie sofort an sich. Er küßte sie auf ihren offenen Mund. Es war ein barbarischer Kuß, wie eine Vergewaltigung. »Weißt du es... weißt du es?« fragte er mit brutaler Stimme.

»Was?« sagte sie atemlos, doch sie wußte es sehr gut.

»Was du getan hast mit mir! Da, fühl!« Er preßte sich an sie, so eng, daß seine ganze animalische Länge in ihrer ganzen Größe gegen ihren Leib drückte. Dutzende Male hatten sich Männer auf diese Weise schon an sie gepreßt und auf sie geworfen, aber sie hatte sich ihnen stets entzogen. Jetzt sank sie Ambert nahezu ohnmächtig entgegen, die Augen geschlossen, ihr Mund gierig verlangend nach seinen brutalen, unausweichlichen Küssen. Er trug sie zu seiner Couch und legte sie nieder, öffnete ihre Bluse, blieb über sie gebeugt, so daß seine Lippen ihre Brustwarzen keinen Augenblick losließen, während er sie beide ihrer Kleider entledigte. Delphine hatte Männern schon erlaubt, ihre Brustwarzen zu berühren, aber noch nie, sie zu küssen, geschweige, sie sie sehen zu lassen. Und jetzt, nackt in hingerissener Scham, war es ihr, als stehe sie wieder unter den grellen Scheinwerfern. Seine begierige, erfahrene Zunge ließ sie rasch feucht werden, aber er wußte inzwischen schon zuviel über sie, um ihr sofort einen neuen Orgasmus zu erlauben. Er zog sie heftig an den Haaren. »Noch nicht«, flüsterte er. »Noch nicht, du kleines Biest, nicht noch einmal ohne mich.« Als er ihr die Beine öffnete, legte er seinen Kopf dazwischen, um den Geruch ihrer Bereitschaft einzuatmen, achtete aber darauf, sie keinesfalls in der Nähe ihrer Schamhaare zu berühren. Sie bäumte sich auf und bog sich hoch, ganz plötzlich weit jenseits aller Schamhaftigkeit, doch er stöhnte nur ablehnend und kniete sich über sie, während er seinen Penis in seine Hand nahm. Er schob ihn mit der wollüstigen Langsamkeit eines Mannes in sie, der so lange warten mußte, daß er jetzt sorgsam darauf bedacht war, nicht zu schnell zu kommen. Sehr, sehr langsam nur drang er in sie ein, mit lüsterner, selbstsüchtiger Genüßlichkeit, die sich als Sanftheit und Zartheit tarnte. Sie war so feucht, so offen und so begierig, genommen zu werden, daß er die dünne Wand ihrer Jungfräulichkeit durchstoßen hatte, ehe es ihnen beiden überhaupt bewußt wurde. Dann rammte er sich in voller Länge in sie. Noch immer hielt er ihre Haare fest und ließ erst jetzt langsam los, so daß sie sich auf die begierige Rute konzentrieren konnte, die ihren ganzen Bauch zu füllen schien. Sie hielten beide den Atem an und spürten, wie er in ihr immer noch größer, noch fester, ganz unmöglich größer wurde. Schließlich hielt er völlig still und murmelte: »Jeder Mann im ganzen Atelier hatte seinen Schwanz in der Hand. Und du wußtest das ganz genau, du kleines Biest, du.« Delphine schrie: »Ich kann nicht mehr warten, ich halte es nicht mehr aus!« Und sie kam mit einer Wildheit und in einem so herrlichen Gefühl, daß sich ein Streichholz unter ihr in einer schmerzlichen, leidenschaftlichen Explosion selbst entzündet hätte.

ZWÖLFTES KAPITEL

Der 3. September 1936 war für Los Angeles der Vorabend von vier Tagen, an denen die Stadt der Mittelpunkt der internationalen Luftfahrt sein sollte. Das bisherige *Mines Field* war herausgeputzt und vergrößert und in *Municipal Airport* umbenannt worden. Die lokalen Organisatoren der 16. Internationalen *Air Races*, die zum ersten Mal in Los Angeles stattfinden sollten, hatten bekanntgegeben: Wer immer der Welt zeigen könne, wie man ein Spektakel veranstalte, sei herzlich dazu eingeladen.

Freddy hatte sich jede Einzelheit des geplanten Programms aus den Zeitungsberichten eingeprägt. Sie wußte, daß Harold Lloyd als Zeremonienmeister einen langen Autokorso samt Musikkapellen hinaus zum Flughafen anführen wollte; wann genau eine in der Luft über dem Airport explodierende Bombe die Ankunft der Jagdgeschwader von Heer, Marine und Marine-Corps mit ihren Formationsflügen, Kunstflugvorführungen und Luftkampfdemonstrationen ankündigen würde; zu welcher Zeit die Stunts stattfinden sollten, bei denen sich ein Motorrad in ein Segelflugzeug verwandelte und vom Boden abhob; und wann genau die Massen-Fallschirmabsprünge mit Wettbewerben auf dem Programm standen. Sie wußte, daß Mr. und Mrs. Douglas Fairbanks sen. und Benita Hume vor dem Beginn des Luftrennens ein Picknick mit gelben Tassen und Tellern zu veranstalten die Absicht hatten; daß sich Adrienne Ames in braunem Tweed zusammen mit ihrem früheren Ehemann Bruce Cabot angesagt hatte. Und sie kannte selbst die Namen und Gesichter der Mädchen aus der feinen Gesellschaft von Beverly Hills, die als Hostessen für den Empfang der jungen Militärflieger beim Ball der Armee und Marine – mit dem der erste Tag der *National Air Races* schließen sollte – ausgewählt worden waren.

Trotzdem war ihr dies alles höchst gleichgültig. Das war alles lediglich Dekoration. Wichtig waren die Rennen selbst.

Nur auf drei Ereignisse war sie wirklich gespannt: auf das Bendix-Transkontinental-Rennen von der Ostküste nach L.A.; auf das Ruth-Chatterton-Derby für »Sportpiloten«, das bereits vor sechs Tagen in Cleveland gestartet worden war und sich in Etappen auf Los Angeles zubewegte; und die Amelia Earhart Trophy, ein Rundstreckenrennen um aufgestellte Zielmasten herum und das einzige überhaupt, das ausschließlich weiblichen Piloten vorbehalten war; acht Teilnehmerinnen hatten sich dafür angemeldet.

Das »Chatterton« beschäftigte ihre Phantasie dabei am meisten; so sehr, daß sie sich mit aller Intensität selbst als Teilnehmerin dazuträumte. Nichts mehr seit ihrem ersten Alleinflug hatte sie sich so gewünscht und erträumt wie dies. Wenn sie ein eigenes Flugzeug gehabt hätte, hätte sie sich anmelden können. Hätte sich auch angemeldet. Hätte möglicherweise sogar gewinnen können. Wenn... wenn sie nur ein eigenes Flugzeug gehabt hätte!

Zweiunddreißig männliche und weibliche Teilnehmer waren gestartet, mit allen möglichen Flugzeugen, im Wettstreit mit ihren möglichen Höchstgeschwindigkeiten. Die Zeitungen waren voll gewesen mit Artikeln über das »Chinamädchen« Katherine Sui Fun Cheung, das eine Cessna flog, oder über Peggy Salaman, das Mädchen aus der feinsten Londoner Gesellschaft. Peggys Mutter hatte einem Reporter lächelnd erzählt, daß man bekanntlich nicht gut den ganzen Tag tanzen könne; weshalb Peggy sich also für das Fliegen entschieden habe. Blöde Peggy Salaman! Freddy war voller Neid. Die und ihre blöde großzügige Mutter!

Es war so schmerzlich, sich das *Chatterton* vorzustellen, daß sie wie in Trance herumlief und mit Gewalt versuchte, lieber an das zum Glück ohnehin selbstverständlich unerreichbare *Bendix* mit seiner Truppe berühmter Flieger zu denken, die eben jetzt, in diesem selben Augenblick, ihre letzten Handgriffe an ihren Maschinen verrichteten; nach Wochen mit Gerüchten und Branchenklatsch und den wildesten Geschichten von Super-Stromlinien-Maschinen, wie sie noch kein Mensch je gesehen hatte, und von geheimen Windkanaltests an hochgezüchteten, PS-starken Motoren – größeren und stärkeren, als es sie bisher je gegeben hatte –, und von verbissenen nächtelangen Anstrengungen, jeder einzelnen Kiste noch so viel zusätzliche Geschwindigkeit zu verleihen wie nur menschenmöglich, und von mysteriösen Meldungen in letzter Minute; und der ganzen Pressehysterie.

Für das *Bendix* gab es keinerlei Meldebeschränkungen, es war offen für alle. Nur eine einzige Bedingung mußte erfüllt werden: Start in Floyd Bennett am 4. September und Ankunft in Los Angeles bis spätestens 18 Uhr am gleichen Tag. Das *Aviation Magazine* – Freddys Bibel – hatte Benny Howard, der das Rennen bereits im Vorjahr mit seiner berühmten *Mister Mulligan* gewonnen hatte, als Favoriten benannt, und Amelia Earhart mit ihrer neuen *Lockheed Electra* als besten Tip für Platz zwei, gefolgt von Jacqueline Cochrane. Den Preis für die sportlichste Geste hatte die Fachzeitschrift Howard Hughes zuerkannt, der von einer Nennung zum *Bendix* Abstand genommen hatte, weil sein geheimnisumwittertes Experimentalflugzeug für Piloten mit weniger Geldmitteln schlicht unschlagbar sei.

Freddy, die noch am Tag vor dem Rennen in Macs *Taylor Cub* hingebungsvoll Immelmanns und Kerzen geübt hatte, dachte lange über Howard Hughes und seine hundertzwanzig Millionen Dollar nach und über die Earhart und ihr Flugzeug, in das Lockheed großzügigst achtzigtausend Dollar investiert hatte. Da spielte sie hier ganz eindeutig nur in der untersten Liga, dachte sie mit ohnmächtiger Wut.

In zwei Wochen sollte ihr erstes Jahr an der Universität beginnen, und sie dachte nicht sehr fröhlich daran. Sie hatte bereits ihren Stundenplan erhalten, und ihre Mutter hatte schon College-Kleider mit ihr eingekauft. Wann sollte sie noch fliegen, außer an den Wochenenden? Es war also unerläßlich, daß sie den Sommer noch nach Möglichkeit nutzte; auch wenn das ihr letztes Geld verschlang.

Das *Freshman*-Jahr, machte sie sich in ihrem Elend klar, bedeutete, daß man sämtliche Kurse belegte, die die wohlmeinende Universität zum Zweck einer wohlausgewogenen und abgerundeten Bildung in den Schönen Künsten von einem verlangte. »Verdammt noch mal, ich will gar nicht wohlausgewogen sein!« schrie sie den unbeeindruckten Höhenmesser an und den völlig unschuldigen Geschwindigkeitsmesser und den Steuerknüppel dazu, der wenigstens ein Ding war, das allein und nur ihr gehorchte.

Was konnte sie schon machen? *Join the Navy and see the world?* Oder zur Fremdenlegion? Mit einem Zirkus durchbrennen? Scheiße, jedes davon konnte ein Junge ihres Naturells wohl machen. Aber als noch nicht mal siebzehnjähriges Mädchen? Pfeifendeckel! Ihr Schicksal war ganz unausweichlich; ein muffiges Klassenzimmer und die Isomorphie des Englischen...

Wenn sie nur ihre Füße vom Ruder hätte nehmen können! Sie hätte so aufgestampft, daß sie den Boden der Maschine durchgetreten hätte, so sauer war sie. Aber sie flog dann doch lieber noch eine letzte, makellose Kerze – eine steil hochgezogene Drehung um 180 Grad – und landete danach in Dry Springs.

Mac und Swede Castelli, der wieder einmal zum Flugplatz gekommen war, um mit McGuire irgendwelche Filmstunts zu bereden, standen vor dem Hangar und sahen zu, wie sie landete. Sie sprang aus der Maschine, setzte ihre Fliegerbrille ab, öffnete die Gurte ihres Fallschirms, den sie sich über den Arm legte, und kam auf sie zu, mit im Wind wehendem Haar, ihrer knabenhaften Figur und ihrem Robin-Hood-Gang – diesem leichten, ganz unbewußten Schwanken, das von den Breeches, den niedrigen Stiefeln und den aufgekrempelten Ärmeln des Knabenhemds, das sie beim Fliegen trug, nur noch unterstrichen wurde.

»Hallo, kleine Dame« sagte Swede Castelli, »das war gerade eine sehr ordentliche Kerze da oben.« Freddy fand seinen Ton leicht herablassend. Alle diese alten Piloten, dachte sie, waren so überzeugt davon, daß niemand je besser fliegen könne als sie selbst. Gut, vielleicht nicht alle. Mac vielleicht nicht. Außerdem haßte sie es wie die Pest, wenn man sie »Kleine Dame« oder so etwas nannte.

»Rein dekorativ, Mr. Castelli«, antwortete sie also nur knapp. »Bagatelle.«

»Sah gut aus, Kleine«, sagte jedoch auch McGuire.

»Ach, Mac«, sagte sie zu ihm, im Ton bedeutend aggressiver und sarkastischer, »ich breche bald zusammen unter Ihrer Bewunderung!« Und sie verschwand im Büro. Mac also auch! Sie waren letzten Endes doch alle gleich, sagte sie sich verbittert.

»Was ist denn los mit ihr?« fragte Castelli.

»Sie möchte Amelia Earhart sein«, erläuterte Mac.

»Na und? Ich auch. Wer nicht?«

»Die Kleine ist ziemlich emotional«, sagte Mac achselzuckend.

»Kleine? Hör zu, Mac, das Mädchen ist absolut keine Kleine mehr. Die ist schon ganz schön beieinander, ein Traum ist die, ein...«

»Sie ist eine Kleine, Swede! Und du bist ein alter Mann mit 'ner schmutzigen Phantasie, klar?« Macs Stimme war ganz ungewohnt scharf.

»Das ist nicht das Schlechteste, McGuire, sag das nicht!« sagte Castelli, der gutmütig wie immer blieb, während Freddy wieder erschien und zu ihrem Wagen ging. Er winkte Mac zu und wandte sich zum Gehen. »Bist du also ganz sicher?« rief er Mac zu, während er neben Freddy zu seinem Wagen ging.

»Ganz sicher«, antwortete Mac.

»Ist gutes Geld«, rief er, wenn auch sichtlich ohne viel Hoffnung, Mac noch einmal umstimmen zu können.

»Nix zu machen, Kumpel. Ich hab' dir gesagt, ich bin aus dem Geschäft raus.«

»Ahhh!« sagte Castelli zu Freddy mit leichter Verzweiflung, »er würde es für mich tun, das weiß ich ganz genau. Für mich würde er's machen. Nur, weil er schon immer so dagegen war, Perücke zu tragen. Na ja, einen Versuch war es wert.«

»Worum ging es denn?« fragte Freddy ohne besonderes Interesse. Nach wie vor lehnte Mac Jobs ab, die ihm hoffnungsvolle Stunt-Organisatoren ständig anboten, weil sie es einfach nicht glauben wollten, daß er wirklich endgültig aus dem Stunt-Busineß ausgestiegen sei.

»Um einen Film, der *Tail Spin* heißt. Ich habe ihm sogar die Wahl gelassen: Alice Faye, Constance Bennett oder Nancy Kelly... er konnte es sich aussuchen, welche er stunt-doubeln wollte. Dabei hat Roy Del Ruth, der Regisseur, ausdrücklich ihn verlangt. Er hat nicht vergessen, wie verdammt glaubwürdig er Jean Harlow in *Hell's Angels* gedoubelt hat.«

»Ja, aber das war doch noch ein Stummfilm, oder? Ich erinnere mich, daß ich ihn vor sieben Jahren gesehen habe.«

»Er soll ja auch nicht reden, kleine Dame. Er soll sich lediglich eine Perücke aufsetzen und fliegen. Ist denn das wirklich zuviel verlangt? Ist es vielleicht eine Beleidigung?«

»Nein«, kicherte Freddy. Die Vorstellung von Mac mit einer platinblonden Perücke ließ sie ihre trübe Stimmung vergessen.

»Muß ich eben sehen, ob ich einen von den drei anderen kriege, die ich noch in Reserve habe. Ich würde es ja selbst machen, aber ich habe meine mädchenhafte Figur nicht mehr so ganz. Gehen Sie zum Flugrennen?«

»Jeden Tag«, sagte sie und erinnerte sich plötzlich wieder daran.

»Na, kleine Lady, vielleicht sind Sie nächstes Jahr schon selbst dabei? Oder übernächstes«, sagte er freundlich und fügte, als er sah, wie sich ihr Gesicht umwölkte, rasch hinzu: »Man kann ja nie wissen.«

»Vielen Dank, Mr. Castelli. Aber ich glaube nicht.«

»Augenblick mal. Sagen Sie..., wie wär's denn mit Ihnen? Sie könnten doch ohne weiteres einen Flug doubeln? Mac erzählt mir dauernd, wieviel Sie schon können! Alles, was wir brauchen, können Sie. Was meinen Sie?«

»Ach, das ist doch nicht Ihr Ernst«, sagte Freddy und lachte über seine Ernsthaftigkeit, »noch viel weniger, als daß ich nächstes Jahr bei den Luftrennen mitfliege.«

»Aber wieso denn? Was, bitte, hindert Sie?«

Freddy war an dem blitzenden LaSalle-Kabrio ihrer Mutter angekommen. Sie griff hinein, holte ein blaßblaues Kaschmirjäckchen heraus und legte es sich um die Schultern. Sie knotete die Ärmel am Hals, griff in ihr windzerzaustes Haar und ordnete es.

»Erstens«, sagte sie und beugte sich aus dem Fenster, »fängt in zwei Wochen mein College an. Da habe ich eine feste Verabredung mit Beowulf. Und außerdem würde mich mein Vater, der ein sehr konservativer Mann ist, glatt umbringen. Und anschließend würde mich auch meine Mutter glatt umbringen. Und was dann allenfalls noch übrig wäre, würde Mac besorgen.« Diese entschlossene Feststellung überzeugte Swede Castelli noch mehr als der schöne teure Wagen, daß er bei Freddy wohl auf dem falschen Dampfer sei. Diese kleine Dame war offensichtlich ein Mädchen aus den besseren Kreisen mit einem etwas ausgefallenen Hobby.

»Schon gut, schon gut. War ja nur mal 'ne Frage.«

»Schon in Ordnung, Mr. Castelli.«

»Na, dann einen schönen Gruß an Beowulf. Was der Bursche für ein Glück hat.«

Als am 9. September die Flugrennen zu Ende gingen – für den nächsten Tag war eine große Einladung Eves für Lieutenant Michel Detroyat angesagt, dem einzigen französischen Flieger bei der Veranstaltung –, sah sich Freddy von den widersprüchlichsten Gefühlen hin- und hergerissen.

Sie hatte mit klopfendem Herzen zugesehen, wie Louise Thadden über die Ziellinie des *Bendix* geflogen war. Sie war aus der falschen Richtung angeflogen. Sie war in aller Bescheidenheit so überzeugt davon, daß sie die letzte im Ziel sei, daß sie ihre Maschine sogleich von der Landebahn rollen wollte, bis sie, völlig entgeistert, eine nach Tausenden zählende schreiende Menge sich auf sie zuwälzen sah, aus deren Gebrüll sie schließlich entnahm, daß sie gewonnen hatte. Sie hatte den Kontinent in weniger als fünfzehn Stunden überquert und alle diese hochgezüchteten, superstarken neuen Renner einfach hinter sich gelassen! Sie hatte mit einer einfachen Beechcraft gewonnen! Eben diese Tatsache nagte unaufhörlich an Freddy. Ganze Wogen giftigen Neids überrollten sie. Eine ganz gewöhnliche kleine Beech *Staggerwing*, das mußte man sich mal vorstellen! Ein Flugzeug, das wirklich jeder fliegen konnte! Das sich jeder mit ein paar tausend Dollar kaufen konnte!

Am Abend des *Bendix* hatte sie sich an dem ägyptischen Zelt herumgetrieben, das die Neunundneunziger aufgestellt hatten, der nationale Verband lizenzierter Pilotinnen, und hatte dort die Thadden gesehen und Laura Ingalls, die zweite geworden war, und die Earhart und die Cochran und noch Dutzende anderer Fliegerinnen, die zur Siegesfeier hineingingen. Doch so problemlos es auch gewesen wäre, sie war nicht imstande gewesen, ebenfalls hineinzugehen und sich zu ihnen zu gesellen. Irgendwie fühlte sie eine lähmende Schüchternheit in sich, die sehr viel stärker war als ihr Wunsch, ihre Vorbilder kennenzulernen und ihnen zu gratulieren. Sie hatte ihren Pilotenschein bei sich, aber sie brachte es einfach nicht fertig, einfach hineinzugehen und sich vorzustellen, obwohl sie genau wußte, daß sie mit der größten Selbstverständlichkeit begrüßt worden und willkommen gewesen wäre. Statt dessen sagte sie sich selbst immer wieder, schließlich habe sie überhaupt nichts vorzuweisen. Sie blieb draußen stehen und hörte dem lebhaften Treiben drinnen so lange zu, bis sie es nicht mehr aushielt und davonrannte.

Gott sei Dank hatte wenigstens das *Chatterton* ein Mann gewonnen. Das konnte sie also beruhigt aus ihrem Gedächtnis streichen.

»Du weißt, Freddy, daß ich auf meinem Empfang heute mit dir rechne«, sagte Eve, als sie in Freddys Zimmer kam. Freddy saß da und starrte die Wände an. Mit dem besorgten Blick einer Mutter sah Eve ihre Tochter an, die während der Flugwoche von Tag zu Tag geistesabwesender geworden war. Sie war ganz sicher gewesen, daß Freddy aus dem Häuschen sein würde, wenn sich dieses große Fliegerspektakel in ihrer Heimatstadt abspielte. Die Zeitungen waren ja auch alle derart voll davon, daß selbst sie und Paul mittlerweile so gut wie alles darüber wußten. Doch Freddy verbrachte jeden Tag von früh bis spät auf dem Flugplatz und kam dann gedankenverloren nach Hause; mit völlig verschleiertem, abwesendem Blick. Eve hatte es die ganze Zeit über für eine Folge davon gehalten, daß Freddy den ganzen Tag über in der grellen Sonne gewesen war, die unerbittlich auf die Tribünen herunterbrannte.

»Ja, Mutter«, sagte Freddy. »Ich komme natürlich.« Eine tüchtige Portion der führenden Leuchten der französischen Gemeinde, sagte sie sich selbst, würde sie schon von sich ablenken und von diesem Gefühl, nichts wert zu sein. Außerdem war sie wirklich neugierig darauf, diesen berühmten Ehrengast kennenzulernen, den »König der Luftakrobaten«. Für Freddy war er so weit außerhalb ihrer Reichweite und damit der Versuchung, Neid zu empfinden, als wäre er Charles Lindbergh persönlich. Oder gar Saint-Exupéry.

Michel Detroyat hatte Frankreich würdig vertreten und war der unbestrittene Star der ganzen Flugwoche von Los Angeles gewesen. Die Vorführungen mit seiner Caudron mit einem Renault-Motor waren ganz außergewöhnlich gewesen. Für die Entwicklung dieser Rennmaschine hatte die französische Armee nicht weniger als eine Million Dollar aufgewendet. Es war das erste vollständig stromlinienförmige Flugzeug überhaupt. Mit ihm hatte Detroyat schon die zwanzigtausend Dollar Siegerprämie beim *Thompson Trophy Race* gewonnen – dem internationalen offenen Männerrennen – und dabei die gesamte Konkurrenz deklassiert. Sein Flugzeug war tatsächlich derart überlegen, daß er sich bei allen anderen Rennen nicht mehr meldete, »um auch anderen eine Siegeschance zu lassen«.

»Zieh dein neues weißes Leinenkleid dafür an, Schatz«, sagte Eve.

»Aber Mutter –«, versuchte Freddy zu protestieren.

»Es ist das Passendste, was du hast«, beendete Eve das Thema in einem Ton, den sie nur zu gebrauchen pflegte, wenn sie in ihrer offiziellen Eigenschaft als Ehefrau eines Diplomaten sprach, und Freddy wußte gut, daß es keinen Sinn hatte, dann weiter mit ihr zu argumentieren.

Am späten Nachmittag füllte sich der Garten im Hause Lancel mit Hunderten von Gästen. Die Schlange beim Empfang zum Händedruck mit Detroyat war so lang, daß Freddy ihn nur sehen, aber nicht zu ihm vordringen konnte. Sie stand irgendwo hinter Eve, die an seiner Seite war. Sieht nicht so besonders aus, dachte sie. Zu lange und zu breite Nase. Doppelkinn. Nur seine Augen. Doch, diese Augen unter den geraden und ganz ungewöhnlich dicken schwarzen Brauen wogen alles auf. Er sah so sorglos wie ein unbeschwerter Junge aus und war sichtlich daran gewöhnt, der bewunderte Held im Mittelpunkt des Interesses zu sein, denn er antwortete auf die ewig gleichen trivialen Bemerkungen, die die Leute an ihn richteten, mit niemals erlahmender, routinierter Freundlichkeit.

»Gewiß, Madame, ich gedenke nächstes Jahr wiederzukommen, um meinen Pokal zu verteidigen. Vielen Dank, Madame, ich freue mich sehr, daß Ihnen die Vorführungen gefallen haben; *oui, Monsieur*, ich finde Los Angeles sehr schön; vielen Dank, Monsieur; *oui, Madame*, Sie haben völlig recht, mein Vater ist der Kommandeur des Französischen Luftkorps, selbstverständlich richte ich ihm gerne Ihre Grüße aus, vielen Dank, Madame; *oui, Monsieur*, Sie haben wirklich das ideale Klima hier, und ich hoffe, daß ich wiederkomme, vielen Dank, Monsieur; *oui, Madame*, Kalifornien ist wirklich ganz besonders schön, vielen Dank, Madame.«

Dieses Routinegeplapper ist wohl der Preis des Ruhms, dachte Freddy, als die Schlange endlich kürzer wurde und die Gäste über die gereichten Erfrischungen herzufallen begannen. Wie jeder Ehrengast stand Detroyat am Ende völlig allein da, während die ganze Horde Fremder, nachdem sie sich pflichtgemäß ihrer Respektsbezeugung entledigt hatte, ihr Interesse wieder einander zuwandte. Sie trat von ihrem Platz, fast zwischen den Büschen, heraus.

»Lieutenant Detroyat«, hörte sie sich selbst in schnellem Französisch sagen, »könnten Sie mir bitte erklären, ob es an ihren verstellbaren Caudron-Zweigeschwindigkeits-Ratier-Propellern und an der luftgetriebenen verstellbaren Landeschaltung liegt, daß sie so rasch starten können?«

»Was?«

»Ich sagte – «

»Ich habe schon verstanden, Mademoiselle, was Sie sagten. Die Antwort ist Ja.«

»Das dachte ich mir. Und wie viele Grad Propeller-Verstellbarkeit haben sie zwischen Start- und Höchstgeschwindigkeit?«

»Zwölf, Mademoiselle.«

»Ich war mir nicht ganz klar darüber. Also zwölf Grad. Kein Wunder, daß Sie pausenlos gewinnen. Und was würde passieren, wenn Ihr Lande-system einmal ausfiele? Es funktioniert mit Druckluft, nicht wahr?«

»Ja, Mademoiselle. Zum Glück habe ich eine Handpumpe für Not-fälle.«

»Und der Tauchkolbenvergaser – läuft der bis nach vorn zur Nase der Caudron?«

»Vielleicht würden Sie...« Er unterbrach sich. Er brachte es nicht fer-tig, noch länger ernst zu bleiben. Es dauerte eine ganze Weile, bis er sich von seinem Lachanfall erholte. »Vielleicht würden Sie mein Flugzeug gern besichtigen, Mademoiselle?«

»Ja, das würde ich gerne«, sagte Freddy. »Aber darf ich fragen, was Sie so komisch finden?«

»Der einzige Mensch auf dieser Gesellschaft, der eine intelligente Frage zu stellen imstande ist, ist... *une jeune fille!* O Mann... der Tauchkolbenvergaser...!« Und er mußte noch einmal laut lachen, er konnte nicht anders.

»Monsieur«, sagte Freddy, »ich bin eine Fliegerin, keine *jeune fille!*« Sie sagte es so ernsthaft und nachdrücklich, daß er zu lachen aufhörte und sie sorgsam musterte.

»Ja, das hätte ich wissen sollen«, sagte er schließlich, »ich hätte es wirklich merken müssen.«

»Nun ja, wie sollten Sie«, meinte Freddy nachsichtig.

»Nein, nein, wirklich. Ich hätte es sehen müssen. Sie haben die typi-sche Pilotenbräune.« Er deutete auf den großen Halsausschnitt und die kurzen Ärmel ihres Kleides; ein kräftiges, sonnengebräuntes V verlief von ihrem Hals nach unten und zeigte wie ein Pfeil auf die weiße Haut über ihren Brüsten. »Selbst die Arme«, sagte er. Sie waren in der Tat bis zu der Stelle knapp über ihren Ellbogen, bis wohin sie die Ärmel ihrer Fliegerhemden aufkrempelte, braun.

»Eben das habe ich meiner Mutter klarzumachen versucht. Aber sie bestand darauf, daß ich das hier trage.«

»Auch Piloten haben eben Mütter. Was fliegen Sie?«

»Eine Ryan. Das heißt, wenn ich an sie rankomme.«

»*Tiens,* das Flugzeug kenne ich. Tex Rankin und ich flogen einmal in zwei völlig gleichen Ryan um die Wette, nur so zum Spaß, und ich bin fast nicht mit ihm mitgekommen.«

»Haben Sie die ›Seeschlange von Oregon‹, die Renkin erfunden hat, schon mal geflogen? Ich habe sie eben gelernt.«

Detroyat sah sehr beunruhigt aus. »Aber das ist durchaus keine Figur für eine junge Pilotin, Mademoiselle, im Gegenteil, das ist höchst un-klug. Ich muß Ihnen davon nachdrücklich abraten.«

»Wissen Sie, ich ... bin ebenfalls Kunstfliegerin«, sagte Freddy in aller Bescheidenheit, da sie immerhin mit dem Weltmeister sprach; trotzdem konnte sie das stolze Aufblitzen in ihren Augen nicht unterdrücken. »Ich lerne zwar erst, aber ...«

»... Sie meinen, Sie beherrschen bereits die Seeschlange?«

»Ja.«

»Dann muß ich Ihnen gratulieren, Mademoiselle«, sagte Detroyat ernsthaft, sichtlich beeindruckt und ohne jede Ironie. »Ich grüße Sie von Pilot zu Pilot.« Er nahm ihre Hand und schüttelte sie, eben, als Eve zu ihnen kam und ihn ganz formlos mit sich zog.

»Madame de Lancel, wer in aller Welt ist dieses ganz unglaublich romantisch aussehende Mädchen in dem weißen Leinenkleid?« fragte Detroyat. »Ich würde sie gerne einladen, mein Flugzeug zu besichtigen.«

»Sie meinen nicht etwa meine Tochter, Lieutenant?« fragte Eve, sofort beunruhigt.

»Ihre Tochter? Die Pilotin?«

»Ja, in der Tat. Erstaunlich, nicht wahr? Für ein Mädchen, das gerade erst sechzehn ist.«

»Erst – sechzehn?«

»Erst sechzehn«, erwiderte Eve nachdrücklich. »Sie ist noch ein Kind, Lieutenant.«

»Ah.«

»Nun kommen Sie aber, Lieutenant, der Präsident des Französischen Hospitals möchte Sie gerne beglückwünschen.«

»Wie schön«, seufzte der Offizier höflich. »Ich kann es kaum erwarten.«

In der Nacht nach der Gesellschaft für Detroyat konnte Freddy nicht schlafen. Das Blut pochte ihr vor Aufregung in den Schläfen. »Ich grüße Sie von Pilot zu Pilot«, hatte er gesagt! Von Pilot zu Pilot! nicht »kleine Dame« und nicht »Kleine«, sondern *Pilot*. Wieso kam sonst nie jemand auf die Idee, von ihr als einer Pilotin zu sprechen? Für Mac war sie ewig die Schülerin. Er hatte ihre allerersten Schritte miterlebt und konnte das sicher niemals vergessen. Sie würde ihm am liebsten einmal eine reinhauen! Für ihren Vater war sie nichts als Tochter, zuerst und allein, Punkt. Pilotin höchstens in schmerzlicher Duldung, und ansonsten zog er es vor, sich gar nicht damit zu befassen, geschweige denn, daß er interessiert gewesen wäre, etwas darüber zu hören. Auch ihre Mutter hatte offensichtlich, nachdem die Sache mit dem Ausborgen des Wagens einmal geregelt war, völlig vergessen oder verdrängt, wohin sie eigentlich damit fuhr und was sie dort machte. Beide hatten sie keine Ahnung, daß sie inzwischen den Kunstflug beherrschte. Ohne daß darüber gesprochen worden wäre, hatten sie deutlich gemacht, Berichte über Freddys Fortschritte lägen ihnen nicht unbedingt am Herzen.

Und im übrigen, mal ganz ehrlich, wenn sie zumindest selbst sich so sehr als Pilotin verstand, wieso war sie dann nicht ohne Zögern in das Festzelt der Neunundneunziger gegangen, zu den einzigen anderen Frauen im ganzen Land, die ihre Leidenschaft teilten? Zu ihren Kolleginnen? Das waren sie doch schließlich, oder? Oder???

Hölle und Verdammnis noch mal, sie hatte sich einfach unter Wert verkauft, indem sie sich von den einzigen Leuten, aus denen sie sich etwas machte, hatte geringschätzen und abservieren lassen! Und sich nicht einmal selbst klarmachte – von ein paar kurzen Augenblicken abgesehen –, wie weit sie dabei tatsächlich schon war! Sie war eine Pilotin! Und eine verdammt gute dazu, zum Donnerwetter!

War es vielleicht, weil sie einfach noch nicht alt genug war? In ein paar Monaten erst siebzehn. Aber war das nicht schließlich alt genug, von dem, was man war, überzeugt zu sein – wenn auch nur für sich selbst?

Seht euch nur mal Delphine an. Sie ist kaum eineinhalb Jahre älter. Die zerbrechliche Delphine, die immer beschützt werden muß. Die eine Zündkerze nicht von einer Kartoffel unterscheiden kann. Die sich allenfalls von einer Maniküre zur nächsten navigieren kann. Und jetzt voll damit beschäftigt, in einem französischen Film die Hauptrolle zu spielen, ohne auch nur den Schimmer einer Ahnung zu haben! Zuerst hysterische Anrufe von der Großmutter, dann ein Brief von Delphine selbst, die ganz mysteriös telefonisch einfach nicht erreichbar war. Und der Brief hatte natürlich eine ziemliche Zeit gebraucht, bis er ankam. In ihm hatte sie glücklich mitgeteilt, daß sie einen Vertrag bei Gaumont unterschrieben habe. Und die Dreharbeiten hatten längst begonnen, als der Brief endlich da war. Irgendwie war man sich allgemein einig, daß alles allein Brunos Schuld war. Aber niemandem fiel etwas ein, was man dagegen unternehmen, wie man die Geschichte noch stoppen könne.

Und also ging es los mit Delphines Karriere, hinein in die große Welt. Während sie, Freddy, ganz automatisch das Angebot, für einen Film einige Stunts zu doubeln, von denen sie genau wußte, daß sie ihr gar keine Schwierigkeiten machten, einfach ablehnte! Nur weil die gleichen Eltern, die – wenn auch verblüfft und beunruhigt – tatenlos zusahen, wie aus Delphine eine Filmschauspielerin wurde, verfügt hatten, daß sie eben eine Studentin zu bleiben habe! Verdammt noch mal und verflucht! Mit ihr nicht. Nicht mit einer Pilotin wie ihr!

Swede Castellis Büro in den I. W. Davidson Studios war so unaufge-
räumt, wie Freddy es nicht anders erwartet, allerdings viel größer, als sie
gedacht hatte. Es stand nicht nur ein Schreibtisch darin, sondern auch ein
großer Konferenztisch, der voll war mit Flugzeugmodellen. Sämtliche
freien Wandflächen waren mit Landkarten bedeckt. Fotos aus dem Großen Krieg lagen stapelweise auf dem Boden, in allen Ecken, und da und
dort waren auch Schnappschüsse von Swede Castelli selbst aus seinen Tagen als Stunt-Flieger.

»Sehr hübsch«, sagte Freddy in ehrlicher Übrzeugung, während sie
sich in dem Besucherstuhl vor dem Schreibtisch niederließ. »Gefällt mir
hier.« Sie stellte beide Beine in den Flieger-Breeches fest auf den Boden.
Sie hatte ihre fast kniehohen Reitstiefel angezogen, obwohl sie sonst aus
Gründen der Bequemlichkeit nie mit ihnen flog. Aber sie war sich des
»preußischen« Effekts bewußt, den sie damit erzeugte. Dazu hatte sie
sich einen alten schwarzen Rollkragenpullover angezogen und in die
Breeches gesteckt und sich den größten und auffälligsten Ledergürtel
umgeschnallt, den sie hatte finden können. Und sie hatte zufrieden gefunden, vom Hals abwärts jedenfalls sehe sie nun runtergerissen aus, wie
der Freiherr von Richthofen persönlich.

»Gilt Ihr Angebot noch immer?«

»Aber gewiß doch. Nur, was ist mit der Verabredung mit Beowulf?
Und mit Ihren Eltern, kleine Dame?«

»Das lassen Sie meine Sorge sein«, sagte Freddy. »Und außerdem
heiße ich Freddy und nicht Kleine Dame.«

»Sie wollen mich nicht zufällig ein wenig auf den Arm nehmen, nein?«

»Ich nehme niemanden auf den Arm, Swede. Ich bin Pilotin. Sie wis-
sen selbst, was ich kann, Sie haben mich ja gesehen. Ich war dabei, wie
Mac Hunderte von Stunts ausgetüftelt hat. Und außerdem können Sie an
meiner Maschine die Kamera viel näher montieren als bei irgendeinem
Mann. Weil ich nämlich keinen Fünfuhrnachmittagsbartschatten kriege.
Und wenn ich eine Perücke aufhabe, dann sehe ich erheblich mehr wie
Alice Faye oder Constance Bennett aus als irgendwer sonst in der Bran-
che. Stimmt's oder nicht?«

»Sicher. Läßt sich nichts dagegen sagen. Aber... was ist mit Mac? Sie
selbst haben mir gesagt, er ist strikt dagegen, daß Sie Stunts doubeln.
Wissen Sie, ich will keinen Ärger haben. Wir arbeiten schon jahrelang
zusammen... und einen besseren Kumpel als ihn habe ich nie gehabt.«

»Ich habe darüber schon nachgedacht. Sehen Sie, Swede, von ihm habe
ich Fliegen gelernt, also fühlt er sich wie meine Glucke.«

»Ja, Freddy, genau das habe ich auch bemerkt.«

»Aber heißt das vielleicht, daß ich nun mein ganzes Leben lang nur tun darf, was ihm gefällt? Welche Glucke läßt ihre Küken schon gerne aus dem Nest? Doch wohl keine, oder? Aber bleiben die Küken deshalb alle brav in dem Nest? Also. Es ist ein Naturgesetz. Und für mich ist es jetzt Zeit, das Nest zu verlassen, und Mac muß das einfach begreifen. Ich brauche diesen Job. Wirklich, ich brauche ihn, und ich werde alles geben, was ich kann, das verspreche ich Ihnen.«

»Ein reiches Mädchen wie Sie? Ach, kommen Sie! Wozu brauchen Sie diesen Job so dringend?«

»Ich habe in der Bäckerei Van der Kamp den ganzen Sommer über in der Frühschicht gearbeitet, um meine Flugstunden bezahlen zu können. Und jetzt muß ich mein eigenes Flugzeug haben. Ich muß, Swede. Ich will nicht nur, ich muß.« Freddy beugte sich vor, die Ellbogen auf den Knien, das Kinn in die Hände gestützt und sah ihn voll und offen und nachdrücklich an. Sie war über Nacht erwachsen geworden.

»Ich hielt Sie für ein reiches Mädchen.«

»Reich heißt: Ich habe Geld. Falsch. Meine Eltern sind zwar gut gestellt, aber sie geben mir nicht einen Penny für das Fliegen. Und der Wagen, falls Sie das meinen, ist ausgeborgt. Hören Sie, Swede, wenn Sie mich nicht wollen, ich habe noch ein anderes Angebot. Schließlich wird in Hollywood an jeder Ecke ständig irgendein Fliegerfilm gedreht. Ich bin zuerst zu Ihnen gekommen, weil ich Sie kenne. Aber wenn Sie nicht wollen, sagen Sie's, und ich bin schon wieder weg.«

»Aber klar haben Sie den Job, Freddy. Sie hatten ihn schon gestern.«

Sie lachte, erleichtert und froh. »Wen double ich, Alice Faye oder Constance Bennett?«

»Beide, und Nancy Kelly außerdem. Ich verwende Sie, soviel es nur geht.«

»Und die Gage?« fragte Freddy. Sie stand auf und stützte die Hände in die Hüften.

»Gage?«

»Sie sagten, gutbezahlt. Aber nicht, wie gut.«

»Fünfzig pro Tag, das gleiche, was ich auch Mac bezahle. Und Sie werden fünf, vielleicht auch sechs Tage pro Woche arbeiten, wenn es erst mal losgeht.«

»Extragage für Spezialstunts?«

»Freddy, ich habe das Gefühl, Sie kennen die Tarife mindestens so gut wie ich! Selbstverständlich, Extragage wie alle anderen auch. Hundert für Rückenflug – obwohl das hier nicht im Skript steht –, bis hinauf zu zweitausend für senkrechtes Trudeln nach unten mit Rauchfahne. Einsfünf für Explosion in der Luft und Aussteigen. Mit denen können Sie bereits rechnen, die stehen im Skript. Aber keine Bruchlandung oder Absturz bis zum Boden. Würde ich Sie ohnehin nicht machen lassen. Hat noch nie eine Frau gemacht. Das ist Tradition. Und was den Kauf eines eigenen Flugzeuges angeht – wenn die Schinken abgedreht sind, können Sie sich eine ganze Luftflotte zulegen.«

»Schei-ße«, sagte Freddy ganz langsam.

»Scheiße trifft die Sache nicht genau«, sagte Swede Castelli, leicht beleidigt. »Es ist vielmehr verdammt gutes Geld.«

»Ich meinte auch nicht Scheiße, sondern ich meinte ›Scheiße, warum fangen wir nicht endlich an?‹«

Es war völlig egal, wann sie es ihnen sagte, überlegte Freddy; gefallen würde es ihnen zu keinem Zeitpunkt. Aber vielleicht ging es etwas glatter, wenn sie doch einen günstigen Moment abwartete. Und die beste Zeit des Tages überhaupt war immer vor dem Abendessen, wenn ihre Eltern im Wohnzimmer eine Flasche Champagner tranken.

Und das Geld würde sie überhaupt nicht erwähnen, beschloß Freddy. Schon wenn sie nur für eine einigermaßen durchschnittliche Anzahl Filme pro Jahr engagiert wurde, konnte sie mehr verdienen als ihr Vater. Natürlich würde sie versprechen, nach wie vor zu Hause wohnen zu bleiben, es sei denn, sie mußte zu Außenaufnahmen.

»Nun, Schatz, du siehst aber ganz ungewöhnlich gut aus heute«, sagte Eve, als ihre Tochter zu ihnen kam. Sie hielt nichts davon, ihren Töchtern zu sagen, wie schön sie seien, aber es war tatsächlich schwer, das Wort jetzt zu vermeiden. Was immer das Kind während der Flugwoche bedrückt haben mochte, es schien jetzt völlig vorbei zu sein. Das ins Grüne schimmernde blaue Kleid, das sie trug, leuchtete auch aus dem satten Blau ihrer Augen unter den aufwärtsgeschwungenen Brauen, die Eves so sehr glichen. Da war etwas eigenartig Energisches und Entschlossenes in Freddys ganzem Auftreten, obwohl sie völlig bewegungslos dastand. Sie stützte sich auf den Kaminsims und sah sie mit einem Lächeln an, das Eve ganz neu war; es spielte um ihren Mund und saß in den Mundwinkeln; ein kaum verborgenes, inneres Lächeln, ganz unmißverständlich. Es erhellte ihr Gesicht mit einer Art triumphierender Freude, die ganz entschieden im Widerspruch zu dem Ernst stand, mit dem sie sie ansah.

»Nun, was ist die gute Nachricht?« Eve konnte nicht widerstehen zu fragen. Freddy war immer leicht zu durchschauen gewesen – eine ihrer liebenswertesten Eigenschaften. »Ich hoffe doch, nicht Lieutenant Detroyat.«

»Wohl kaum. Obwohl ich ihn mochte. Nein, viel besser. Ich habe einen Job.«

»Freddy, bitte keine Witze. Du hast den ganzen Sommer gearbeitet. Du kannst keinen Job neben dem College haben, das muß dir doch klar sein.«

»Deine Mutter hat völlig recht«, sagte Paul. »Wir haben darüber gesprochen und beschlossen, dir deine Flugstunden an den Wochenenden zu bezahlen, solange deine College-Noten in Ordnung sind. Wir können dich schließlich nicht zwei Sachen zugleich machen lassen, und wir haben uns in Gottes Namen damit abgefunden, daß du das Fliegen ja doch nicht mehr völlig aufgeben wirst.«

»Ich bin euch dafür dankbar, Papa. Ich weiß, wie du darüber denkst. Aber ich rede nicht von einer Teilzeitarbeit. Sondern von einem richtigen Job.«

»Was, bitte, soll das genau heißen?« fragte Paul, indem er sein Glas abstellte.

»Eine Ganztagsbeschäftigung.«

»Kommt nicht in Frage«, sagte er mit Nachdruck.

»Freddy, wovon redest du?« rief Eve.

»Ich gehe nicht ins College, Mutter. Es hätte auch wenig Sinn. Ich wäre überhaupt nicht gut. Das ist mir vergangene Nacht ganz klar geworden. Ich hätte es schon längst wissen sollen, aber bisher war ich mir noch nicht ganz sicher. Meiner selbst nicht sicher. Nicht sicher, was das Beste für mich sei. Richtig für mich.«

»Und was bringt dich zu der Überzeugung, du seist jetzt plötzlich alt genug, um genau zu wissen, was am besten für dich ist?« fuhr Paul sie an, der seinen Zorn nach Kräften zurückzuhalten versuchte.

»Ich weiß es einfach, Vater. Ich weiß es.«

»Moment, Paul«, ging Eve dazwischen. »Freddy, du hast uns noch nicht gesagt, was das für eine Beschäftigung ist.«

»Fliegen, natürlich. Präzisionsflüge für Filme.«

»O Gott! Hast du völlig den Verstand verloren? Was heißt das, ›Präzisionsfliegen‹?« Eves Stimme zitterte alarmiert.

»Spezialflüge. Genau das, was ich die ganze Zeit schon trainiere. Flugvorführungen, wenn du so willst. Ich habe Talent dafür, und ich bin auch gut.«

»Doch wohl nicht solche Sachen, wie sie Detroyat zeigte?« sagte Eve atemlos.

»Nein, Mutter. Er ist schließlich der Beste der Welt. Ich bin gut, aber doch nicht so gut. Noch nicht.«

Das reichte Paul. Er war ganz außer sich, sprang auf und funkelte sie an. »Verdammt nochmal, Freddy, jetzt habe ich aber genug! Ich werde dir das schlicht und einfach nicht erlauben! Ausgeschlossen, ein für allemal, kommt nicht in Frage! Ich verbiete es dir ausdrücklich! Hast du mich verstanden? Ich verbiete es dir. Du hast unsere Erlaubnis nicht!«

»Dann muß ich es ohne eure Erlaubnis tun«, antwortete Freddy und ging furchtlos auf sie zu. »Ihr könnt mich auf gar keinen Fall davon abhalten.«

»Marie-Frédérique! Ich warne dich hiermit und nur dieses eine Mal! Ich habe gerade genug von dieser Art Benehmen von Delphine ertragen! Und ich werde den gleichen Fehler kein zweites Mal machen! Wenn du vielleicht glaubst, du kannst ungestraft tun, was dir gerade beliebt, und damit durchkommen, dann bist du gewaltig im Irrtum! Entweder du tust, was ich dir sage, oder du verläßt dieses Haus auf der Stelle und kommst nicht zurück, ehe du wieder vernünftig geworden bist! Ich werde es nicht mehr dulden, daß eine meiner Töchter mir nicht gehorcht! Hast du mich verstanden?«

»Ja, Vater«, sagte Freddy, drehte sich um und begann hinauszugehen.

»Freddy, wo willst du hin?«

»Packen, Mutter! Ich brauche nicht lange.«

Freddy packte hastig einen kleinen Koffer mit dem Allernotwendigsten und ließ alle Blusenkleider und Pastellsweater und Röcke zurück – die ganze hübsche, teure College-Garderobe, an der sogar noch die Preisschilder hingen. Sie warf sich ihre lederne Fliegerjacke über die Schultern und sah sich ein letztes Mal in ihrem Zimmer um. Es sah bereits nicht mehr wie ihr Zimmer aus, und es war überhaupt nicht schmerzlich, es zu verlassen. Sie wußte, daß Eve nicht heraufkäme, um zu versuchen, sie zurückzuhalten. In Sachen Disziplin hatten ihre Eltern stets zusammengehalten. Das einzige Mal überhaupt, an das sie sich erinnern konnte, daß ihre Mutter eine grundsätzlich andere Meinung als ihr Vater vertreten hatte, war damals gewesen, als sie Verständnis für ihren ersten Alleinflug gezeigt hatte.

Sie waren im Speisezimmer, als sie das Haus leise verließ und die Schlüssel zum Haus und für Eves Wagen auf das Tischchen vor der Haustür legte. Ohne jedes Zögern ließ sie sich per Anhalter zum San Fernando Valley mitnehmen. Sie wußte ganz genau, wo sie hinwollte. Eine dreiviertel Stunde später ging sie dann auch zielstrebig die letzten paar hundert Meter zu dem Haus in der Nähe des Flugplatzes Dry Springs, in dem McGuire wohnte. Sie war noch nie dort gewesen, aber sie hatte sich die Adresse gemerkt.

Es war inzwischen fast dunkel, doch im Haus brannte kein Licht. Allerdings war die Garage hell erleuchtet, und beim Näherkommen hörte sie dort auch Pfeifen und Hämmern. Mac, dessen Haar ihm bis zu den Brauen in die Stirn fiel, arbeitete daran, seine letzte Neuerwerbung aufzumöbeln, eine seltene, zwanzig Jahre alte Fokker D 7 mit aufgemaltem Eisernem Kreuz am Leitwerk und auf dem langen, stilvollen Rumpf. Für Kriegsfilme mußte man oft eine Curtiss Hawk oder M. B. 3 als Fokker tarnen. Aber echt war eben echt. Allerdings waren echte Maschinen sehr rar geworden, seit Howard Hughes für *Hell's Angels* die meisten, die es noch gab, hatte zuschanden fliegen lassen.

Freddy stellte ihr Köfferchen ab und ging mit absoluter Selbstverständlichkeit in die Garage, die Hände lässig in die Taschen ihrer Lederjacke gesteckt.

»Hallo, Mac? Kann man was helfen?«

Mac legte völlig verblüfft seinen Hammer weg. »Was zum Teufel suchst du denn hier?«

»Die andere Möglichkeit war nur, in ein Hotel zu ziehen. Gefiel mir nicht besonders.«

»Bist du etwa weg von zu Hause?« fragte er ungläubig.

»Man hat mich dazu aufgefordert. Rausgeschmissen. ›Und wage es nicht, jemals wieder über die Schwelle meines Hauses...‹ Diese Art weg«, sagte Freddy so künstlich aufgekratzt und nonchalant, daß vermutlich jeder andere darauf hereingefallen wäre.

»Augenblick mal, Augenblick. Was ist los? Deine Eltern würden dich doch niemals völlig allein in die Nacht hinausschicken! Was hast du angestellt, daß es gleich so dramatisch wurde?«

»Ich habe ihnen gesagt, daß ich beschlossen habe, nicht aufs College zu gehen. Allein der Gedanke daran war für mich, als würde ich lebendig unter Bibliotheksstaub begraben. Ich bin einfach nicht der Typ dafür.«

»Gütiger Himmel«, sagte Mac angewidert, »so was nennt man ja wohl Überreaktion. Ich kann ja verstehen, wenn sie enttäuscht sind, das ist normal. Aber dich gleich zu behandeln, als gehe darüber die Welt unter – also das ist doch idiotisch!« Er legte seinen Hammer beiseite und löschte das Garagenlicht. »Also, dann komm mit rüber ins Haus, Kleine, da kannst du mir dann alles genau erzählen. Das läßt sich bestimmt alles wieder einrenken. So eine Tragödie ist das ja wohl nicht. Wissen sie, wo du bist?«

»Nein, Sie fragten nicht, und ich sagte es ihnen nicht.«

»Schön, dann werde ich sie es wissen lassen, damit sie sich keine unnötigen Sorgen machen. Aber zuerst bereden wir die Sache mal.«

Er nahm ihren Koffer, führte sie in das dunkle Haus und schaltete im Wohnzimmer das Licht an. »Setz dich und mach es dir bequem. Willst du 'ne Coke? Nein. Na gut, dann trinke ich alleine was.«

»Sie haben nicht vielleicht zufällig so was wie ein Sandwich hier?«
fragte Freddy, während er sich einen Scotch eingoß und mit Wasser auf-
füllte.

»Du bist auch noch vor dem Essen weggerannt? Macht man doch
nicht. Also, komm mit in die Küche. Wollen mal sehen, ob wir noch eine
Kruste trockenes Brot finden.«

Freddy sah sich neugierig überall um. Das ganze Haus war makellos
sauber und aufgeräumt, fast unpersönlich. Gewiß, Macs Leben spielte
sich vorwiegend in der Luft ab, aber trotzdem hätte sie eigentlich etwas
wie Swede Castellis Büro erwartet, ein unaufgeräumtes männliches
Durcheinander, vollgestopft mit Andenken. Aber hier gab es nicht ein
Foto, kein Bild, keinen Plan, kein Modell, keine Karte. Die Bücherregale
waren voll mit zerlesenen Büchern, von denen sie keines je in seinem
Büro auf dem Flugplatz gesehen hatte. Der Raum selbst war sehr gemütlich möbliert, aber offensichtlich wurde er nie benützt. Die Küche war genauso ordentlich und aufgeräumt, aber hier gab es wenigstens einige Anzeichen menschlicher Existenz. Auf dem alten bemalten Küchentisch
stand eine Karaffe mit *Queen Anne's Lace*, und es gab einen großen Herd
mit allen üblichen Küchengeräten auf einem Hängebrett. Auf der Herd-
platte stand ein schwerer Topf. Mac zündete das Gas an und erklärte:
»Stew. Da hast du aber Glück, Kleine. Ich wärme es dir auf.«

Freddy setzte sich auf einen der vier Windsor-Stühle. Bis zu diesem
Augenblick war ihr gar nicht bewußt gewesen, wie müde und hungrig sie
tatsächlich war. Sie hatte sich die ganze Zeit so stark und befriedigt über
ihre Entscheidung gefühlt, so entschlossen, so nur darauf und auf nichts
sonst konzentriert, daß sie seit dem Auftritt mit ihren Eltern keinen anderen Gedanken an sich herangelassen hatte.

»Könnte ich vielleicht einen Schluck davon trinken?« fragte sie und
deutete auf Macs Glas.

»Bist du nicht recht bei Trost, Freddy? Das ist Whisky! Es ist jede
Menge Coke da, wenn du Durst hast.«

Freddy verspürte einen heftig aufwallenden Zorn. »Allmählich stehen
mir alle diese Fragen, ob ich noch recht bei Trost bin oder nicht oder ob ich
spinne, bis hierher! Ich bin so sehr bei Trost wie noch nie in meinem ganzen Leben, Herr Professor! Und ich will jetzt einen Schluck Whisky haben!«

Mac hörte abrupt auf, in seinem Stew zu rühren und fuhr seinerseits
wütend herum. »Ach ja? Und ich, stell dir vor, ich hab' es bis hierher,
Herr Professor genannt zu werden!«

»Ich habe Sie noch nie so genannt!«

»Einmal ist schon einmal zuviel. Laß das gefälligst.«

»O. K. – *Oldtimer*.«

»Ach so ist das? Streiten möchtest du?« fragte er milde. »Kein Wunder, daß dich dein Vater rausgeschmissen hat. Hast du ihn etwa auch *Oldtimer* genannt?«

»Nein. Und wenn, ginge Sie das überhaupt nichts an.«

»Seit du hier bist, durchaus. So, und jetzt iß dein Stew und halt den Mund. Du bist einfach nur ausgehungert.«

Freddy aß gierig zwei Portionen, und noch nie im ganzen Leben hatte ihr ein Stew besser geschmeckt. Mac saß ihr gegenüber und beobachtete sie bei seinem Whisky, wie sie über den Teller gebeugt saß. Wenn sie erst mal satt war, dachte er, konnte man wieder vernünftig mit ihr reden. Und dann würde er ihre Eltern anrufen.

Es war ja wohl nichts daran zu ändern, dachte er, daß sie auf dieses College mußte, sosehr er es persönlich für ungut hielt. Und für den schlimmen Verlust einer hervorragenden Pilotin. Aber selbst große Piloten mußten nun einmal ständig fliegen, um im Vollbesitz ihrer Fähigkeiten zu bleiben. Fliegen, das war nicht einfach so wie Autofahren. Wenn dann erst einmal der ganze Universitätsbetrieb von ihr Besitz ergriff, zwischen Lernen und Verabredungen, blieb ihr unmöglich noch genug Zeit. Sie würde eine Wochenendpilotin werden und bleiben, wie er sie jeden Tag hatte, und irgendwann würde sie dann auch ganz damit aufhören, wie bisher noch jede Frau, die bei ihm ihren Pilotenschein gemacht hatte. Dann würde auch sie zu Football-Spielen gehen, statt weiter in den Wolken herumzuturnen; so ging das nun mal. Das brachte das Leben ganz von selbst mit sich. Sie heirateten, dann kamen Kinder...

Ganz klar, ganz logisch, ganz offensichtlich. Er wußte nicht, warum er gerade bei ihr so ein Gefühl eines persönlichen Verlustes hatte, fast wie eine Verletzung, sogar so etwas Verrücktes wie Angst. Aber schließlich war es am Ende doch wohl am besten so. Sie war zwar eine geborene Fliegerin, wie er ein geborener Flieger. Aber im Unterschied zu ihm war sie weiblich, und folglich gab es für sie in der Fliegerei auch keine Zukunft. Es war schon für einen Mann hart genug, im Geschäft zu bleiben; wer sollte das besser wissen als er. Das ist kein Geschäft für Weiber, dachte er, aber der Gedanke an Freddys unausweichlich armselige Zukunft versetzte ihm einen solchen Stich ins Herz, daß er den Atem anhalten mußte, um seine Gefühle nicht offenbar werden zu lassen. Jetzt, wenn überhaupt irgendwann, war der Augenblick, fest und väterlich zu sprechen. Aber ganz unpersönlich.

»Besser?« fragte er, als sie ihren Teller sauberwischte.

»Viel besser. Woher können Sie kochen?«

»Die Alternative für einen Mann, der allein lebt, wäre zu verhungern.

Wie du mit deinem College hatte ich gar keine andere Wahl, als es zu lernen.«

»Ganz ordentlich, sehr hübsch ausgedrückt, Mac. Aber nicht gerade eine Offenbarung.«

»Also, Freddy, hör zu, ich weiß ja, wie du dich fühlst. Wirklich. Aber du steckst nun mal in der Klemme, und zwar ziemlich, und sich stur zu stellen, hilft da sehr wenig. Wieviel Geld besitzt du auf dieser Welt?«

»Drei Dollar und fünfzig Cent. Auf dieser Welt. Und die Kleider, die ich am Leibe habe und was in meinem Koffer ist. Ach ja, und meine Zahnbürste. Ich habe daran gedacht, sie mitzunehmen.«

»Wieso glaubst du, daß dies alles sehr lustig ist?«

»Mit leichtem Gepäck reist es sich am besten.«

»So, und wie weit kann man mit dreifünfzig reisen, meinst du?«

»Das werden wir ja feststellen, nicht wahr?« Sie hob die Hände in den Nacken unter ihre Haarmähne und hob sie mit einer hübschen, stolzen Geste hoch, während sie im stillen dachte: Constance Bennett, Alice Faye, bereit oder nicht, ich komme!

»Nun paß einmal auf, Kleine. Du bist einfach ein wenig überdreht heute abend. Ich kenne das. Morgen sieht das alles ganz anders aus. Morgen fliege ich wieder in der Gegend herum, und du bist wieder zu Hause bei deinen Eltern, und irgendwie kommt ihr schon klar miteinander... und wenn du zur Schule gehst, geben sie dir vielleicht auch ein wenig Geld, damit du an den Wochenenden ein bißchen fliegen kannst. Und anders wird es wohl nicht gehen, und wenn du mich fragst, immer noch besser, als gar nichts. Und das weißt du alles genauso gut wie ich.«

»Das haben sie mir ja bereits angeboten«, sagte Freddy sanft. »Und ich habe es abgelehnt.«

»Das ist ja wohl nicht dein Ernst? Nach all den Jahren des Geldzusammenkratzens für die Stunden lehnst du es ab, wenn sie dir helfen wollen?«

»Richtig.« Sie stand auf, räumte den Tisch ab und spülte Teller und Besteck. »Haben Sie irgendwo ein Geschirrtuch, Mac? Oder lassen Sie's einfach nur abtropfen? Wie ist das hier üblich?«

»Freddy, nun reicht es aber langsam mit deinem Getue! Ich werde jetzt keine Zeit mehr darauf verschwenden, mich zu bemühen, vernünftig mit dir zu reden. Du hörst ohnehin nicht zu, was man auch sagt. Wie ist eure Telefonnummer? Ich rufe jetzt bei dir zu Hause an und sage Bescheid, damit sie sich keine Sorgen mehr machen. Nein? Gut, dann rufe ich bei der Auskunft an.« Er nahm den Hörer des Wandtelefons ab.

»Warten Sie! Rufen Sie nicht an! Bitte!«

»Tut mir leid, Freddy, nichts zu machen.« Er wählte die 0 für das Amt, aber sie entriß ihm den Hörer einfach und hängte ihn wieder ein.

»Ich habe ... Ihnen noch nicht alles gesagt. Es geht nicht nur um das College.«

»Als hätte ich es mir nicht denken können«, sagte er, aber ohne jeden Scherz. »Worum noch?«

»Ich habe einen Job. Ich kann meinen Lebensunterhalt allein verdienen.«

»Du willst doch wohl deine Jugend nicht in irgendeiner Bäckerei verschwenden, oder so etwas? Nein, das doch wohl nicht.«

»Fliegen.«

»Was meinst du damit, fliegen? Es gibt keine Fliegerjobs für Mädchen.«

»Gibt es wohl. Jetzt. Ich arbeite für Swede Castelli. Er hat mich als Double für Alice Faye und Constance Bennett und Nancy Kelly in *Tail Spin* engagiert.«

»Du meinst als Stunt-Double?«

»Na, Sie haben es doch abgelehnt ...«

»Stunts!«

»Nichts, was ich nicht könnte. Und wenn irgendwer das weiß, dann doch wohl Sie.«

»Ich habe das Skript gelesen, Freddy. Du wirst das nicht machen! Senkrecht runtertrudeln bis zum Boden! Explosion in der Luft mit Aussteigen ... AUSSTEIGEN! Einen Scheißdreck wirst du tun!«

»Genau das werde ich tun!« schrie sie zurück, und ihr Gesicht war eine einzige wilde Entschlossenheit.

McGuire holte aus und versetzte ihr mit aller Gewalt eine Ohrfeige. »Nur über meine Leiche!« schrie er. Doch Freddy stürzte sich auf ihn, trat ihm mit den Schuhen heftig gegen die Beine und schlug mit ihren kräftigen Händen zornig zurück. Endlich gelang es ihm, ihr die Hände festzuhalten, bis sie schließlich auch zu treten aufhörte. Und auch danach hielt er sie wie erstarrt fest und konnte nicht mehr loslassen. So standen sie sich lange gegenüber, wie aus einem Stück, heftig nach Atem ringend und einander schockiert anstarrend. Dann beugte sich Freddy, die alles begriffen hatte, vor und drückte ihm ihren Mund auf die Lippen.

»Nein, das mache ich nicht«, stöhnte er. Und küßte sie mit all der hungrigen, verzehrenden, irrwitzigen Liebe, die er sich selbst so lange nicht eingestanden hatte.

Sie konnten nicht mehr aufhören, sich zu küssen. Nach jedem Atemholen zog der Anblick des geliebten Gesichts sie wieder zueinander, vermochten sie den Lippen nicht zu widerstehen, von denen sie nun schon länger geträumt hatten, als sie beide eigentlich ahnten. Und sie fanden sich in einem neuen Sturm wilder, schmerzender Küsse, nach denen sie so dürsteten, daß alle Bisse und Schmerzen nur süße Lust waren. Sie konnten gar nicht nahe genug aneinandergepreßt sein. Am liebsten wären sie ineinander gekrochen, miteinander verschmolzen, in des anderen Lippen vergraben, untrennbar mit dem anderen verbunden, wollten einander in einem Maße besitzen, wie es gar nicht menschenmöglich ist. Sie drehten sich und stolperten mitten in der Küche herum, so schwindlig von all den Küssen, daß sie sich kaum noch aufrecht halten konnten, und Freddy flüsterte stöhnend: »Liebe mich!« und er antwortete: »Ich kann doch nicht, du weißt doch, daß ich nicht kann.«

»Aber ich liebe dich so sehr ... ich habe dich immer schon geliebt ... es ist zu spät, jetzt noch nein zu sagen ... wir können doch jetzt nicht einfach aufhören ...«

»Ich kann doch nicht ... es ist nicht richtig ...«

»Es ist das Richtigste von der Welt. Du liebst mich genauso wie ich dich.«

»Ach, noch mehr, du kannst dir das gar nicht vorstellen. Mehr als ich jemals für möglich hielt. Du bist überhaupt die Liebe meines Lebens. Ich würde sterben für dich.«

»Wie kann es dann nicht recht sein?« fragte sie mit einem Blick so unbeschreiblicher Zärtlichkeit, mit so übermäßiger, eindringlicher Freude, daß er wußte, er hatte nicht die Kraft, ihr zu widerstehen. Schlimmer noch, er wollte gar nicht widerstehen. Es war Schicksal.

Aber in seinem Bett war er plötzlich wieder gehemmt, ungeschickt und verlegen, bis Freddy wie selbstverständlich die Führung übernahm. Ihre vollkommene Unbefangenheit war wie der tiefe Ton eines Cellos, den nur sie beide hörten. Die wildeste Begierde, ineinander zu versinken, sich ineinander zu vergraben, hatten sie schon in der Küche befriedigt. Alles konnte nun, nachdem sie sich endlich gegenseitig ihre jahrelange Liebe gestanden hatten, ruhiger sein.

Plötzlich schien es ihnen, als hätten sie alle Zeit der Welt. Zeit, eines nach dem anderen alle die Dinge zu entdecken, nach denen sie noch Minuten zuvor atemlose Gier beherrscht hatte. Es war plötzlich Zeit, einander zart überall zu berühren. Freddy erkundete die Linien seiner Ohren mit ihren Lippen und fuhr mit den Fingerspitzen gegen den Strich über seine Augenbrauen. Sie wußte nichts davon, wie sich das Gesicht eines Mannes anfühlen sollte; sie war eine einzige große, aber bedächtige Neugier des Erkundens, verlor sich in ausschweifenden Zärtlichkeiten, die sie nie jemand gelehrt hatte, und Mac lag ganz still und ließ es geschehen, wie sie ihn erforschte, überwältigt von dem wunderbaren Glücksgefühl des Augenblicks. Er sah sie an, wie sie sich so intensiv über ihn beugte, und bemühte sich, geduldig zu sein, selbst als sie ihre empfindsamen langen Finger über seinen Hals und seine Schultern gleiten ließ, um dann endlich, fast schüchtern, seinen Hals zu küssen.

»Mach das nicht«, flüsterte er, »noch nicht.« Ihre Nacktheit über ihm war so hinreißend, daß er sie nicht zu lange betrachten durfte. Erstaunt nahm er wahr, daß ihre Brustwarzen schon völlig steif aufgerichtet standen, sehr rosa, ein heftiger Kontrast auf ihren wunderschönen weißen Brüsten, die er sich noch nicht einmal zu berühren gestattet hatte. Aber er mußte jetzt doch, oder nicht? Sie verlangten doch geradezu danach, dachte er verwirrt, und er drehte sich um und legte Freddy auf das Laken unter sich und beugte seinen Kopf über sie.

Freddy lag ganz ruhig und preßte die Augen fest zusammen. Nichts in ihrem ganzen Leben war bisher so schön gewesen. Keine Andeutung, kein Wink davon waren je zu ihr gedrungen, und sie wußte nicht, ob es etwas Schöneres als dies geben könne. Sie lag da, bekam kaum noch Luft und gab Mac zu erkennen, daß er nicht aufhören solle.

Und sie begann unter seinen hingebungsvollen Zärtlichkeiten schließlich etwas zu spüren, was wie ein elektrischer Strom in ihr floß. Es war so deutlich und scharf wie ein Blitz und schoß von ihren Brüsten nach unten, bis sie von Dingen wußte, von denen sie bisher noch keine Ahnung gehabt hatte.

Sie fragte sich, wie lange sie wohl noch so still liegen und dieses Entzücken aushalten könne, und verstand dann, als sie bemerkte, wie seine Finger an ihren Hüften sich leicht und versuchend bewegten, daß es kein Gesetz gab, das sie zwang, unbeweglich zu bleiben. Sie preßte sich ihm nach oben entgegen.

Und die Zeit, die sie eben noch so endlos und unerschöpflich zu haben glaubte, verflog plötzlich wie rasend in dem pulsierenden, leidenschaftlichen Bedürfnis, ihn völlig zu erkennen und selbst völlig erkannt zu werden. Ungeduldig öffnete sie auf ein ganz unbekanntes, fremdes Signal hin die Beine; nie im Leben hätte sie sich dessen fähig geglaubt. Mac verstand, hielt sich aber immer noch zurück, zögerte, bis sie sich jedoch so heftig an ihn preßte, daß er wie von selbst in sie eindrang. Und dann hielt er plötzlich inne. Er hatte die Barriere erreicht, die er vergessen hatte. »Nicht, nicht weiter«, murmelte er, »ich tu' dir sonst weh.«

»Aber ich will dich«, rief sie, völlig erfüllt von Liebe und Begierde, »ich will dich, ich will dich.« Als er immer noch entschlossen stillhielt, nahm sie allen Mut zusammen und bäumte sich mit all ihrer Kraft in ihrem Rücken, in den Beinen und in den Hüften hoch, so daß es nicht mehr länger an ihm war zu entscheiden. Und sie begannen sich zu bewegen, ein einziger Wille, ein einziges Bedürfnis, ein einziges Ziel. Und das unschuldige Mädchen und der erfahrene Mann erreichten es zugleich; so groß war ihre Liebe, und so gut kannten sie einander; so oft hatte er sie schon gelehrt, was das Wichtigste auf der Welt sei, bis sie sich endlich durch die Wahrheit ihrer Liebe einander zugewandt hatten.

Dreizehntes Kapitel

Paul de Lancel war kein von Natur aus zorniger Mann. Seine Erziehung in der Champagne war von der Ruhe geprägt gewesen, die wie ein ständiger Dunst über dieser Landschaft und ihren sanften Hügeln lag. Die Kunst der diplomatischen Kompromisse war ihm anerzogen, und er hatte nun schon fast zwei Jahrzehnte lang in Harmonie mit der Frau, die er verehrte, gelebt.

Jetzt aber hatte ihn, nach Freddys kaltem Akt bewußter Geringschätzung, ein Zustand des Zorns überkommen; rücksichtslosen, unreflektierten Zorns. Es war ein absoluter Zorn, der um so weniger zu besänftigen war, als er im Gegensatz zu Männern, die von Natur aus leichter zu erzürnen sind, nie gelernt hatte, wie unproduktiv es war, Zorn über längere Zeit bei vollem Dampf am Kochen zu halten. Und sein Zorn hatte ihn derart verändert, daß Eve es nicht möglich fand, mit ihm auch nur zu diskutieren, weil er ihr nicht einmal mehr erlauben wollte, Freddys Namen auszusprechen. Er vergrub sich in seinen Vaterzorn mit derselben blinden Verbissenheit wie ein Gefangener, der sich einen Fluchttunnel zu graben versucht; denn wie ein Gefangener hatte auch er keine andere Möglichkeit, der Realität der Situation zu entgehen.

Sie mußte eine Lektion bekommen! Eine Lektion, die sie nie mehr vergaß! Es mußte doch noch wenigstens irgendwen geben, der ihm gehorchte! In diesen Sätzen konzentrierte sich sein Zorn – als sei er ein drittklassiger Löwenbändiger und nicht ein vernünftiger Angehöriger eines höchst pragmatischen Berufsstandes. Aber er gestattete sich selbst nicht mehr, nüchtern zu denken.

Auf Freddy projizierte er zusätzlich die ganze enttäuschte, ebenfalls nie verwundene Verbitterung über Bruno, seinen Sohn, der ihn bestenfalls mit der distanzierten Höflichkeit eines völlig Fremden behandelte; seinen Sohn, der ihn aus Motiven, die zu ergründen allzu schmerzlich wäre, zurückgestoßen hatte. Und schließlich mußte Freddy obendrein auch noch für seine jüngste Verbitterung über Delphine büßen, die Tochter, deren Betragen so unaufrichtig und zweifelhaft gewesen war und die ihn dann mit dem *fait accompli* ihres Vertrages mit Gaumont vor eine Situation gestellt hatte, gegen die er machtlos war.

Sein Mißerfolg als Vater mit allen seinen drei Kindern war für Paul de Lancel so überaus frustrierend, daß es ihm nicht mehr möglich war, sachlich und ruhig darüber nachzudenken. Es war leichter, Freddy ein für allemal aus seiner Erinnerung zu streichen. Sie verdiente keine Nachsicht. Sie meinte, sie käme auch ohne ihre Familie zurecht? Gut, wie sie meinte! Irgendwer mußte ihm gehorchen!

Freddys Benehmen, ihre unverzeihliche Rebellion, war die allerletzte Mißachtung seiner Autorität gewesen, und er gedachte weder sie noch fortan irgendeine andere hinzunehmen, koste es, was es wolle.

Eve erkannte ihren Mann in den Wochen, nachdem Freddy das Haus verlassen hatte, kaum wieder. Er erwachte so früh, daß er bereits ins Konsulat gefahren war, noch ehe sie zum Frühstück nach unten kam, und hinterließ allenfalls Sophie, der Köchin, eine Nachricht. Wenn er nach Hause kam, vergrub er sich in die Zeitungen und sprach bis zum Essen so gut wie nichts mit ihr. Beim Essen schenkte er sich jetzt dreimal mehr Wein ein, als sie ihn jemals hatte trinken sehen, was ihm aber ermöglichte, eine oberflächliche Konversation über ihr tägliches, separates Leben zu führen. Anschließend machte er jetzt lange, einsame Spaziergänge und kam nur heim, um ihr zu sagen, er habe vergangene Nacht so schlecht geschlafen, daß er gleich zu Bett gehen wolle. Nicht ein einziges Mal, seit Freddy fort war, hatte er gelacht, und wenn er Eve jetzt küßte, dann bestenfalls so, als sei es eine schwere Pflicht.

Sie fragte sich, ob er auch auf sie zornig sei. Sie mußte es wohl annehmen, obwohl er es nie zugeben würde. Immerhin war sie es ja gewesen, die ihn dazu überredet hatte, Freddy nach ihrem ersten Alleinflug weiterfliegen zu lassen, und sie hatte ihr dazu ja auch ihren Wagen geliehen. Paul konnte sie offenbar nicht ganz von Schuld freisprechen; doch nachdem er bereits jede Erwähnung nur des Namens Freddy ablehnte, konnte sie auch nicht gut ihren Anteil an den Ereignissen, die zu Freddys anarchistischem Akt geführt hatten, eruieren oder auf sich nehmen.

Sie konnte auf diese Weise ihrem Mann nicht einmal die Neuigkeiten über Freddy mitteilen, die sie erfuhr, weil Freddy jede Woche einmal, zu einer Zeit, wenn Paul außer Haus war, ihre Mutter kurz anrief. Freddy gab Eve keine Details über ihr Leben. Sie sagte nicht, wo sie wohnte, versicherte ihrer besorgten Mutter aber, daß sie wohlauf und alles in Ordnung sei. Und es war offensichtlich aus dem Klang ihrer Stimme, daß sie sehr glücklich sein mußte. Eve hatte wohl einige Male versucht, Paul zu informieren, doch er hatte sie unterbrochen, sobald er gemerkt hatte, wovon die Rede sein sollte. »Es interessiert mich nicht, es geht mich nichts mehr an«, hatte er in einem derart von kaltem Zorn erfüllten Ton erklärt, daß sie ohne ein weiteres Wort aus dem Zimmer gegangen war. Zum ersten Mal war sie tief erschrocken über den Mann, den sie geheiratet hatte.

Sie ertrug das Elend dieses Lebens bis kurz vor Weihnachten 1936.

Paul konnte mit einem einfachen Telefonanruf bei seinen Bekannten in den Studios jederzeit feststellen, wo Freddy beschäftigt war. Aber es war ihr klar, daß er diesen Anruf niemals machen würde, selbst wenn er mittlerweile bereit war zuzugeben, er wisse nicht einmal, wo seine eigene Tochter sei. Doch nach drei Monaten, dachte sie zornig, war es genug mit der Rücksicht auf seinen Stolz, und sie rief selbst an. Sie wollte endlich ihr Mädchen wiedersehen, ihr Kind in den Arm nehmen. Sie brauchte das. Am nächsten Tag hatte sie die Antwort und fuhr hinaus zu der Farm in der Nähe von Oxnard, wo das Aufnahmeteam von *Tail Spin* arbeitete.

»Ja, Ma'm?« forschte der Posten am Drahtzaun, der um das ganze Gelände gezogen worden war, um die Neugierigen fernzuhalten.

»Ich werde erwartet«, antwortete Eve kurz. Er öffnete ohne eine weitere Frage das Tor. Sie stellte den Wagen hinter einigen Baracken ab, wo schon andere Wagen geparkt waren, und ging festen Schrittes auf die größte der Baracken zu. Sie war keineswegs befangen über ihr Eindringen in die Welt eines Filmteams bei Außenaufnahmen. Jemand, der einmal ein Star auf der Bühne des Olympia gewesen war, hatte nie mehr irgendwelche Hemmungen beim Überschreiten von Markierungen, die in der Welt der *spectacles* üblicherweise für das Publikum gesetzt waren. Kulisse war Kulisse, wo auch immer, in welcher Form auch immer, und heute so gut wie damals unter dem Zepter von Jacques Charles.

»Ist Freddy de Lancel hier?« fragte sie den Erstbesten, der ihr über den Weg lief und so aussah, als könnte er es vielleicht wissen.

»Freddy? Fragen Sie doch mal dort drüben. Ich kenne den Zeitplan für die Stuntflieger nicht«, antwortete der Mann und deutete auf eine andere Baracke mit dem provisorischen Produktionsbüro.

»Der Zeitplan für die Stuntflieger«, sagte Eve, gerade noch imstande, ihre Überraschung zu verbergen.

»Ja.«

»Und die Präzisionsflieger? Wo soll ich danach fragen?

»Auch dort.«

»Also, Sie meinen... Luftakrobatik, Flugvorführungen?«

»Das ist alles Jacke wie Hose.«

»Vielen Dank.« Sie ging auf das Büro zu. Nein, sagte sie sich, nicht denken, was du vermutest; erst mal genaue Auskünfte einholen. Offensichtlich waren sie hier mit der Terminologie für das, was Freddy machte, nicht so genau, und eines konnte das andere bedeuten und umgekehrt; oder sonst etwas.

Im Produktionsbüro verwies man sie wieder anderswohin; zu einem Hangar in einiger Entfernung. Sie spürte den trockenen Wind von Santa Anna, der am Rock ihres modischen, dunkelgrünen Kostüms zerrte und ihr fast den weichen Filzhut vom Kopf riß. Der Himmel war sehr hoch heute, sehr entfernt, dunstig blaßblau ohne jede Wolke. Mit ihren zweiundvierzig Jahren war sie noch so schlank und elegant wie mit zwanzig. Noch immer waren ihre grauen Augen so dunkel und faszinierend wie einst. Noch immer hatte ihr Haar das romantische Erdbeerblond. Und wie eh und je zog sie die bewundernden und neugierigen Blicke der Männer auf sich, die überall emsig tätig waren und trotzdem immer noch Zeit für einen Blick auf eine schöne Frau fanden.

Eve warf einen Blick in den Hangar, den man ihr genannt hatte. Der Kontrast zu dem hellen Sonnenlicht draußen ließ ihn zunächst düster erscheinen. Einige Leute standen um ein Flugzeug herum, das genauso modern und motorstark aussah wie die Maschinen auf den Fotos von den Flugrennen. Beim Näherkommen erkannte sie Alice Faye, die ein cremefarbenes Fliegerhemd mit so vielen Klappen und Taschen trug, daß es wie eine Militäruniform aussah. Sie hatte es in die engste Fliegerhose gesteckt, die Eve je gesehen hatte. Um ihre Wespentaille trug sie einen beigen Wildledergürtel und, lässig um den Hals geschlungen, einen weißen Seidenschal. Unverkennbar ihr langes, gelocktes, platinblondes Haar unter der beigen, ledernen Fliegermütze, auf die die Fliegerbrille hochgeschoben war, was ihr ganzes Gesicht freiließ – die bekannten schwarzen Brauen, die großen Augen mit den überlangen schwarzen Wimpern und den hellrot geschminkten, sinnlichen Mund, der einen kräftigen Kontrast zu ihrem aggressiven Blond bildete.

Zwei Männer beugten sich zusammen mit ihr über den Pilotensitz des Flugzeugs. Ein untersetzter Mann in fast schon mittleren Jahren und ein jüngerer, den Eve als Spencer Tracy zu erkennen glaubte. Er war größer, als sie gedacht hatte. Als sie dann näherkam, sah sie, daß er es doch nicht war, sondern wohl ein Schauspieler, der ihm sehr glich. Die beiden Männer waren in einem lebhaften Gespräch über die Schultergurte, die den Piloten im Sitz des Rennflugzeugs festhielten. Der Jüngere schien sehr unzufrieden zu sein.

»Es ist mir herzlich egal, Swede, ob das die angeblich besten der Welt sind oder nicht. Ich will jedenfall neue. Sie müssen dreimal soviel aushalten. Oder Freddy fliegt nicht«, erklärte er mit Nachdruck, während Eve näherkam.

»Das kostet uns einen ganzen Tag«, protestierte Swede Castelli. »Vielleicht sogar zwei.«

»Sie haben doch gehört, was er gesagt hat, Swede«, erklärte Alice Faye. »Außerdem ist es heute sowieso zum Fliegen viel zu windig. Das Kameraflugzeug würde nur wild herumwackeln.«

»Freddy«, stammelte Eve atemlos.

Alice Faye fuhr herum. »Mutter! O Gott, freue ich mich, dich zu sehen! O Mutter, Mutter, wie geht es dir denn? Gib mir einen Kuß. Wie geht's Daddy? Und Delphine? Erzähl mir alles! Wie findest du mich? Gib mir noch einen Kuß. O... darf ich bekanntmachen. Swede Castelli. Und das hier ist Mac – Terence McGuire. Leute, dies hier ist meine lang verschollene Mutter. Ich wette, Swede, Sie dachten, ich hätte gar keine, was? O Gott, ich habe dich ja voller Lippenstift geschmiert, Mutter. Komm, ich wische es ab. Gib mir doch ein Taschentuch von dir. In meinen albernen Aufzug hier passe nur ich selbst hinein; da geht kein Blatt Papier mehr dazwischen.«

Freddy tanzte ganz außer sich um Eve herum, umarmte sie immer wieder, um sie gleich danach von sich zu halten und sie zu betrachten, worauf gleich wieder eine Umarmung folgte. Also, verhungert sah das Kind sicherlich nicht aus, dachte Eve völlig verwirrt. Nicht nur schien sie weiter gewachsen zu sein, sondern auch Formen gewonnen zu haben. War sie bisher doch eher noch hochaufgeschossen-schlaksig gewesen, so hatte sie nun keine Mühe, auch äußerlich diesem Filmstar mit der verführerischen Figur zu gleichen. Freddy bemerkte ihre Überraschung. »Das ist ausgestopft, Mutter, nicht Natur. Da drin unter diesem Kostüm bin ich noch immer dein kleines Mädchen.«

»Das täuscht wirklich«, sagte Eve, immer noch ganz atemlos. »Ich habe dich nicht erkannt. Ich habe dich wirklich für Alice Faye gehalten.«

»Das ist in der Tat der Zweck der Übung, Mrs. de Lancel«, strahlte Swede Castelli. »Sie müßten sie erst mal als Connie Bennett sehen. Runtergerissen.«

»Swede, wollen wir eine Tasse Kaffee mit meiner Mutter trinken? Wir sind hier doch ohnehin fertig, nicht?« fragte Freddy.

»Tja, ich muß los und diese Sicherheitsgurte machen lassen. Und dann habe ich noch mit Roy del Ruth ein paar Dinge zu besprechen. Gehen Sie mit Mac. Wir treffen uns morgen früh hier wieder. Und wenn ich die Dinger selber nähen muß.«

»Was eilt es denn so, Swede? Für einen Kaffee werden Sie doch wohl noch Zeit haben?« beharrte Freddy, während sie alle zusammen auf die provisorische Kantine in dem Hangar zugingen.

»Nein, ich gehe besser. Hat mich gefreut, Sie kennenzulernen, Mrs. de Lancel. Vielleicht sieht man sich mal wieder.« Er eilte davon, um noch einmal mit dem Regisseur des Films zu reden, ehe er die Sache mit den Gurten in Angriff nahm. Sie hatten, schätzte er, da Mac sämtliche Stunts von Freddy überwachte, schon Tage und Tage Zeit verloren, um seinen ständigen Forderungen nach zusätzlichen Sicherheitsmaßnahmen und verdoppelten Vorkehrungen nachzukommen. Andererseits – wenn

Freddy erst einmal flog, sparten sie erheblich mehr Zeit ein, als sie zuerst verloren hatten. Und seit es Stuntflüge gab, hatte er noch nie weniger Angst gehabt als bei ihr. Ganz bestimmt hatte es noch keine Stuntfliegerin in der ganzen Kinogeschichte gegeben, die sich so zuverlässig filmen ließ wie Freddy.

Während sie ihren Kaffee trank und den Kuchen aß, den ihr Freddy, keinen Widerspruch duldend, aufgedrängt hatte, versuchte Eve sich über ihre widerstreitenden Gefühle klarzuwerden. Es lag, fand sie, gar nicht so sehr an diesem auffälligen Aufputz, in dem sie steckte, daß Freddy ihr so seltsam fremd vorkam. Das war noch etwas anderes; sie wußte nicht recht, was; aber etwas an ihr war verändert. Ihre Stimme nicht. Auch nicht ihre lebhafte Anteilnahme. Das war alles wie gewohnt. Aber irgend etwas... Grundsätzliches. Auch nicht allein, daß sie nun erwachsen war, ihr eigenes Leben lebte und ihren eigenen Lebensunterhalt verdiente – zwei Themen, die sie beide in stummer Übereinkunft zu berühren vermieden. Nein, etwas anderes, das sie nicht benennen konnte. Etwas Neues.

Eve versuchte mit einigen vorsichtigen Fragen an Mr. McGuire zu erkunden, ob sie von ihm etwas über die Veränderungen ihrer Tochter erführe, aber seine Antworten waren genau von der Art, wie sie sie von eben dem Fluglehrer ihrer Tochter erwarten konnte – maßvoll, ruhig und vernünftig. Er erläuterte ihr den Abflug einiger Stunts auf so anschauliche Weise, daß sie, als Laiin, alles verstehen konnte. Ein Mann, der ganz ungewöhnliche Sicherheit ausstrahlte, fand sie beim Zuhören. Wenn sie ihm schon früher begegnet wäre, wäre sie beruhigt gewesen, daß Freddy bei ihren Flugstunden in guten Händen sei.

Sie mußte noch einmal wiederkommen, dachte sie, um Freddy dann vielleicht allein anzutreffen. Wenn sie nicht all dieses Make-up im Gesicht hatte, das sie wie eine Maske aussehen ließ. Immerhin, das Wichtigste, der Grund, aus dem sie gekommen war, nämlich nachzusehen, ob es Freddy wirklich gutging, war ja wohl geklärt. Vielleicht fiel ihr auch noch irgend etwas ein, wie sie dies möglichst unauffällig auch Paul wissen lassen konnte. Und selbst wenn das fehlschlug, so waren doch wenigstens sie und Freddy wieder in Kontakt miteinander.

Sie bemühte sich, nicht zu sehr die besorgte Mutter zu spielen. Nicht nur waren seit Freddys überaus demonstrativer Unabhängigkeitserklärung mittlerweile mehr als drei Monate vergangen, es war auch dieser Mr. McGuire, ein Fremder, dabei. Niemals würde sie in Anwesenheit Dritter mit Freddy über Familienangelegenheiten reden. Sie fragte also nicht, wo Freddy denn nun wohne oder wer ihr das Essen zubereitete oder ihr die Wäsche wusch oder was sie vorhatte, wenn dieser Film erst einmal abgedreht war. Sie begnügte sich vielmehr für den Augenblick damit, ihr in ihrer unbestimmten, aber drängenden Verwirrung einfach nur gegenüberzusitzen und sich von der Freude ihrer Tochter über das Wiedersehen umfangen zu lassen. Freddy tat etwas, das ihr Freude machte und worin sie, Mr. Mc Guire zufolge, sogar sehr gut war. Das zu wissen, war für diesen Tag schon genug, dachte sie, als sie sich verabschiedet hatte und wieder nach Hause fuhr.

Sie konzentrierte sich auf das Fahren entlang der Küstenstraße. Ein wenig zitterig war sie noch immer von der Aufregung über das Wiedersehen mit ihrer Tochter, aber sie befreite sich entschlossen von den Gedanken an Freddy, um ihre Aufmerksamkeit der Straße zu widmen und auch, um wieder ganz ruhig zu sein, wenn sie heimkam und Paul sah – und ihm nicht sagte, wo sie denn den ganzen Tag über gewesen sei.

Sie versuchte es mit dem Singen von Bruchstücken aller möglichen Lieder, die sie fast schon vergessen hatte, und damit, dabei all die Leute der Music-Hall in ihrer Erinnerung Revue passieren zu lassen, die diese Lieder berühmt gemacht hatten. Minutenlang verschwand die Eve von heute, und Maddy tauchte wieder aus der Vergangenheit auf. Da war Chevalier und einer seiner ersten großen Erfolge: *Je n'peux pas vivre sans amour*, ohne Liebe kann ich nicht leben. Und Maddy sang *Je n'peux pas vivre sans amour*, und *J'en reve la nuit et le jour*, Tag und Nacht träume ich davon. Fast fünfundzwanzig Jahre alte Erinnerungen drängten sich in ihr Gedächtnis und rührten sie an und wollten nicht mehr vergehen.

Und dann fuhr sie plötzlich mit einem Ruck rechts ran und bremste quietschend, um mit zittrigen Händen, heißen Wangen und heftigem Herzklopfen eine ganze Weile reglos in ihrem eleganten kleinen Coupé sitzen zu bleiben.

Gott im Himmel, war sie denn hirnvernagelt? Als wenn es nicht ein Blinder hätte sehen können! Sie hätten genausogut ein Plakat hochhalten können! Die beiden waren ein Liebespaar! Verliebt ineinander bis über beide Ohren! Ganz eindeutig! Es war so offensichtlich wie nur etwas! Völlig eindeutig! Jeder Blick, mit dem sie einander ansahen, jedes bemühte Nichtberühren ihrer Hände, jedes angestrengte Nichtaussprechen eines Wortes! Wie hatte sie eine so leidenschaftliche Beziehung nicht bemerken können? Die so... stark war. So schlicht und selbstverständlich. So unangreifbar. Hatte sie nichts anderes sehen wollen als ihr kleines Mädchen von einst? Und dabei war dieses kleine Mädchen doch schon so weit weg, so tief in dem Neuen gefangen, so weit von dem Ufer, an dem Mütter zurückbleiben... Und er, der arme Mann, würde sich von Freddy nie mehr erholen. Ihn hatte es rettungslos erwischt...

Schließlich fuhr sie weiter; seufzend – zugleich aus Resignation wie aus Erfahrung. Es spielte wirklich keine Rolle, wie es geschehen war. Und was weiter geschah, war ebenfalls nichts, was sie oder sonstwer auf der Welt beeinflussen oder gar verhindern konnte. Freddy war so glücklich, wie man es sich nur vorstellen konnte. Und sie selbst... doch, sie mußte es zugeben, sie verspürte einen Hauch von Neid. Solange man mit sich allein war und einen Augenblick Zeit dafür hatte, konnte, mußte man das eingestehen, mußte, konnte man sich mit leiser Trauer an die grenzenlose, alles hinter sich lassende Leidenschaft erinnern, die man nur ein einziges Mal erlebt. Ja, sich daran erinnern, während man noch ganz benommen war von dem Schock der Wahrnehmung... dieser kleine, ganz normale weibliche Neid auf den Besitz dieses Mannes; dieses ungeheuer attraktiven Mannes mit seinem ruhigen, selbstsicheren männlichen Charme und seinem muskulösen, kräftigen Körper; dieses ungewöhnlich... begehrenswerten Mannes. Ihre Tochter hatte wirklich keine schlechte Wahl getroffen.

La grasse matinee..., dachte Delphine in wohligem Dösen, als sie halb erwacht im Bett lag, war zwar keine französische Erfindung, aber immerhin hatten die Franzosen diesem unvergleichlichen Zustand seinen Namen gegeben und ihn damit quasi offiziell gemacht. »Der dicke, fette Morgen« – eine passende und originelle Beschreibung für das absolut träge, faule, sich räkelnde Hineinschlafen in den Morgen. Man tat nichts und verplemperte einfach die Zeit. Und was sonst eigentlich eine Untugend wäre, wurde mit diesem Namen sozusagen Lebensart und Tradition. Wie auch immer, sie hatte sich jedenfalls so eine *grasse matinée* verdient. Schließlich hatte sie nun Monat um Monat einen Film nach dem anderen gedreht. Sie hatte ihre persönliche Zofe Annabelle instruiert, daß sie den ganzen Morgen im Bett zu verbringen gedenke und absolut nicht gestört werden wolle, nicht einmal, wenn jemand einen ganzen Orchideenbaum schicken sollte.

Außerdem regnete es draußen. Es war der 10. April 1938. Doch in ihren nunmehr fast schon zwei Jahren als *Parisienne* hatte sie sich auch an häufigen Regen längst gewöhnt und machte sich nichts mehr daraus. Regen verursachte ihr niemals gedrückte Stimmung, auch, weil er sie niemals beeinträchtigte. Wenn sie irgendwohin mußte, fuhr ihr Fahrer sie in ihrem taubengrauen Delahayé von Tür zu Tür; und ohnehin verbrachte sie fast ihre ganze Zeit in den Ateliers, in denen es kein Wetter gab. Und ihr Haus war ständig voll von Verehrerblumen und – im Gegensatz zu so vielen französischen Häusern – immer warm und behaglich.

Nach ihrem überwältigendem Erfolg in *Mayerling* hatte sie sich nach einer geeigneten Bleibe umgesehen. In der Gegend der Avenue Foch im vornehmsten Teil des »Seizième« – des 16. Arrondissements auf dem rechten Seineufer – gab es eine Reihe kleiner, wenig bekannter und sehr hübscher ruhiger Seitenstraßen; kurze Sackgassen, »Villas« genannt. Sie waren um 1850 entstanden. Die Häuser in diesen winzigen Nicht-Straßen waren den englischen »Mews« sehr ähnlich – kleine, gemütliche, völlig abgeschiedene, private Wohnhäuser mit Gärten, nur wenige Schritte abseits der großen, geschäftigen Straßen. In der »Villa Mozart« hatte sie etwas gefunden. Es hatte sie gleich an ein viktorianisches Puppenhaus erinnert. Es war aus rosafarbenen, weißgetünchten Ziegeln gebaut, und die Holzkonstruktion war türkisfarben bemalt. Die Hausfassade war mit wilden Weinranken bewachsen, die fast die Fenster zuwucherten, und hinten im Garten wuchsen rosa Hortensienbüsche und eine Trauerweide. Und jeden Morgen – wenn überhaupt – schien die Sonne vormittags vorne und nachmittags von hinten ins ganze Haus. Jedes der Obergeschosse hatte zwei Zimmer und ein Bad, unten war ein Speisezimmer, ein Wohnzimmer und eine Küche. Dazu gab es auch noch einen kleinen, aber abgeschlossenen Keller. Die Heizung war neu und gut. Sie hatte sich dieses Haus vom ersten Geld, das sie jemals verdient hatte, gekauft.

Eine andere Achtzehnjährige, die eines Morgens aufgewacht und über Nacht ein Star geworden war, obwohl sie erst einen einzigen Film gedreht hatte, hätte ihr Geld vielleicht für Juwelen oder Pelze oder einen Wagen ausgegeben. Oder wäre vielleicht auch zu überwältigt gewesen, um überhaupt etwas auszugeben.

Aber Delphine hatte sich von Anfang an nur eines gewünscht: »Mein Haus ist meine Burg.« Bisher hatte sie stets in Häusern gelebt, in denen Ältere das Sagen hatten, denen sie Rechenschaft über ihr Tun und Lassen ablegen mußte. Die Villa Mozart nun bot ihr erstmals die Garantie, ihre zunehmenden körperlichen Bedürfnisse stets diskret, hinter verschlossenen Türen befriedigen zu können. Hier gab es keine neugierige, offizielle *Concierge* unten an der Haupttreppe – wie sie sonst für alle Pariser Wohnhäuser per Gesetz vorgeschrieben war –, der nichts entging und die jeden kommenden oder gehenden Besucher registrierte. Hier in der Villa Mozart gab es nur den vielbeschäftigten Hausverwalter Louis mit seiner Frau Claudine, vorn am Anfang der kleinen Straße, über hundert Meter von Delphines Haustür entfernt, buchstäblich außer Sicht, weil man wegen der Straßenkrümmung von dort aus nicht bis zu ihr sehen konnte.

Wenn sie Bescheid sagte, daß sie Besuch erwarte, öffneten sie, ohne weitere Fragen das große Tor, das die Sackgasse dem öffentlichen Verkehr verschloß, und dafür bekamen sie oft und reichlich Trinkgeld. Auch wenn sie nicht mit im Haus wohnten, war Delphine mittlerweile genug Pariserin, um zu wissen, daß es nützlich und wichtig war, sich gut mit ihnen zu stellen.

Sie stellte Hauspersonal ein, bestand aber darauf, daß niemand bei ihr im Haus wohnte. Ihr Fahrer Robert, ihre Zofe, ihre Köchin und ihre *femme de chambre*, das Zimmermädchen, kamen alle frühmorgens ins Haus, verrichteten ihre Arbeit, und gingen danach wieder. Sie bezahlte sie gut, weitaus besser, als wenn sie ihnen auch Unterkunft und Essen im Haus geboten hätte. Aber das war es ihr wert. Es machte das Personal auch diskret gegenüber allen Anzeichen am Morgen, daß die Herrin des Hauses die Nacht nicht allein verbracht hatte. Die offizielle Fassade, die sie sich so sorgfältig aufgebaut hatte – daß sie hier in aller Zurückgezogenheit allein lebe – blieb auch von dieser Seite gewahrt.

Untereinander freilich hatten sie, einschließlich des Verwalterehepaars, sich eine Menge über Monsieur Nico Ambert und die junge Hausherrin mitzuteilen. Louis beispielsweise verkündete seiner Frau mit Bewunderung, daß Ambert letzte Woche fünfmal über Nacht geblieben sei; ja, er hatte sogar seinen eigenen Hausschlüssel. Annabelle, die Zofe von Mademoiselle, die es direkt von Claudine erfuhr, wenn sie morgens durch das Tor kam, flüsterte es blinzelnd Helene der Köchin zu. Und Claudine hatte schließlich ihre Schwester Violet als die *femme de chambre* bei Mademoiselle untergebracht und so also immer Informationen aus allererster Hand; denn wer sonst als Violet sah den Zustand des Schlafzimmers jeden Morgen und wußte, wie oft das Bett neu bezogen werden mußte; und warum. Er mußte sehr heißblütig und sehr stürmisch sein, dieser Nico Ambert, erzählte sie allen mit einer Mischung aus Hochachtung und Neid. Der bekam so schnell nicht genug und war außerdem so grob wie ein Hafen-Stauer; das war alles gar nicht zu übersehen. Nun ja, er war eben jung.

Delphine wurde so in ihrer »Burg« in der Villa Mozart Gegenstand eines ganzen Spinnwebnetzes von Klatsch, der intensiver und präziser war, als hätte sie sich gleich entschlossen, auf dem Präsentierteller in Hedda Hoppers Garten in Hollywood zu leben. Doch sie würde nie wirklich genug *Parisienne* werden, um sich dessen bewußt zu sein.

Die Affäre mit Nico Ambert hatte sechs Monate gedauert. Dann war *Mayerling* abgedreht und Delphine hatte einen Vertrag für einen Film mit dem Titel *Rendezvous d'Amour* an der Seite von Claude Dauphin unterschrieben.

Von Ambert hatte sie mehr gelernt, als er eigentlich beabsichtigt hatte. Delphine pflegte, nur Stunden, nachdem sie noch in seinen Armen gelegen hatte, durch die Ateliers zu streifen, als denke sie über ihre nächste Szene nach, während sie tatsächlich nur herauszukriegen versuchte, wie viele der anwesenden Männer einschließlich der Atelierarbeiter wohl Ständer bekamen, wenn sie bewußt lüstern und aufreizend an ihnen vorbeiging. Zuweilen legte sie es sogar ganz ausdrücklich darauf an, irgendeinen kräftigen, jungen Assistenten freundlich zu begrüßen und dabei so auffällig wie nur möglich, ihren Blick nach unten zwischen seine Beine wandern zu lassen, um mit inzwischen erfahrenem Blick seine Größe abzuschätzen. Während er antwortete, zog sie dann die Unterlippe ein und sah ihm intensiv auf den Mund. Und erst wenn sie ihn begehrlich erröten sah, blickte sie wieder nach unten, um zu sehen, wie groß es dort inzwischen geworden war und wie sehr dem Armen inzwischen die Hose spannte. Dann verabschiedete sie sich mit freundlichem Lächeln, als wäre nichts weiter gewesen, während sie sich im Geist sein groß gewordenes steifes Glied vorstellte und wie leicht es ihr doch möglich gewesen wäre, es einfach herauszuholen und sich an dieser Erschauern machenden Härte zu ergötzen, von der sie nie genug bekommen konnte.

Obwohl sie es nie wirklich tat. Doch sie tat alles, um die Arbeitsteams aufzuregen, und fand Gefallen daran, die Begehrlichkeiten anzuheizen, aber sie war nie bereit, sie je zu befriedigen. Nie gab sie auch nur einem einzigen Mann Gelegenheit zu der einen oder anderen Annäherung oder Berührung unter irgendeinem Vorwand. Sie war schlicht sexsüchtig geworden. Sie fand besonderen Gefallen an dem lustvollen, schwindelerregenden, angenehm schmerzlichen Anwachsen der Spannung und an ihren ausschweifenden Phantasien. Sie genoß die stundenlange, quälende, feuchte und spitze Vorausspannung, bis endlich die Scheinwerfer angingen und die Kameras sich auf sie richteten und der Regisseur sie losließ. Erst dann gab sie sich ihren automatischen Orgasmen hin, die sie mittlerweile gut zu verbergen wußte.

Sie gab Ambert den Laufpaß zugunsten des Regisseurs von *Rendezvous d'Amour*. Er weigerte sich lange, den Schlüssel zu ihrer Haustür herauszugeben, und das war ihr Erfahrung genug, diesen Fehler künftig nicht mehr zu begehen. Als sie den nächsten Film begann – *Affaire de Cœur* mit Charles Boyer –, begab sie sich direkt in die Arme des Produzenten. Der Regisseur hatte sie diesmal nicht reizen können. Und für Schauspielerkollegen interessierte sie sich grundsätzlich nicht. Sie waren ihr alle zu egozentrisch, um Gefallen an ihnen zu finden. Sie fand sie sogar desto uninteressanter, je besser sie aussahen. Ihre Filmküsse hatten für sie niemals auch nur annähernd die erotische Ausstrahlung wie etwa die großen Hände eines Chef-Beleuchters bei der Arbeit.

Die Leidenschaft und Hingabe, die in Delphines romantischsten Liebesszenen sichtbar wurden, kamen aus ganz anderer Quelle: aus ihrem sicheren Wissen, daß jeder einzelne Mann im Team ihr verfallen wäre, bekäme er auch nur den Hauch einer Chance, und daß einer wie der andere sie auch nähme – wenn sie nur könnten. Und, dachte sie dann lüstern, immer in Erinnerung an ihr Bett am gleichen Morgen, sie würde sich auch bereitwillig für alle hinlegen. Mehr als das sogar. Aber sie waren natürlich in Wirklichkeit alle tabu. Sie würden nur damit prahlen. Nur ein Versprecher, eine falsche Bewegung, und alle wüßten es. Regisseure, Produzenten, Komponisten, Filmbautendesigner oder Drehbuchautoren – das allein waren akzeptable Partner für einen Star. Sie konnte nicht riskieren, Gegenstand einschlägigen Geflüsters unter den Atelierarbeitern zu werden, ganz gleich, wie sehr deren ungeschliffene, grobe, rauhe Männlichkeit ihre heimlichsten Begierden erregte.

Margie gegenüber hatte sie von alledem nicht einmal die leisesten Andeutungen gemacht. Margie war über Weihnachten zu Besuch gekommen. Noch vor ihrer Ankunft hatte Delphine sich vorgestellt, wie sie ihrer alten Busenfreundin Details ihres jetzigen neuen Lebens anvertrauen würde. Hinterher indessen war sie heilfroh darüber, es nicht getan zu haben. Es wäre eine sehr schlechte Idee gewesen. Margie Hall war so sichtlich beeindruckt von Delphines neuem Status als Star, daß es ihr nicht mehr möglich war, sie mit der alten unbefangenen Kumpanei ihrer rebellischen Heimlichkeiten von einst zu behandeln.

Noch gewichtiger freilich war, daß Margie mit zwanzig – gleichaltrig mit Delphine – noch immer Jungfrau war. Nach wie vor lebte sie nach der Konvention vom »anständigen« Mädchen, der sie beide im College so entschlossen treu geblieben waren. Margie war inzwischen in der Oberstufe an der Universität und mit einem vielversprechenden Arzt aus Pasadena verlobt. Und die Aussicht auf eine pompöse klassisch-bürgerliche Hochzeit im Juni schien sie, fand Delphine, zusätzlich völlig verändert zu haben. Nachdem sie ein- oder zweimal zu Besuch ins Atelier gekommen war, hatte sie freimütig gestanden, sie wolle ihren Aufenthalt in Paris doch lieber damit ausfüllen, sich Wäsche für ihre Aussteuer maßschneidern zu lassen, Handschuhe und Parfüms zu kaufen und handgemachte Tischwäsche zu bestellen. Für den Tisch ihres künftigen Speisezimmers. Ihr künftiges Speisezimmer! Delphine mochte es kaum glauben. Margie Hall, ausgerechnet, war dabei, in die wohlanständige Bürgerlichkeit von Pasadena einzutreten und in ein paar Monaten eine ehrsame Bürgersfrau zu werden! Eines nicht mehr allzufernen Tages würde sie dann auch die erste graue Strähne in ihrem Haar entdecken und nicht einmal auf die Idee kommen, etwas dagegen zu unternehmen. Das tat man nicht. In Pasadena.

Wie war das nur möglich, dachte Delphine, daß jemand sich so total veränderte? Die verliebte Margie war ihr eine vollkommen Fremde. Liebe. Würde sie sich selbst jemals verlieben? Sie hoffte nicht. Es veränderte die Leute zu sehr, und was sie betraf, hatte sie keinerlei Bedürfnis, sich oder ihr Leben zu ändern. Mit Margie hatte sie jetzt so wenig gemeinsam wie mit irgend jemandem von all den Leuten, die an den Kinokassen Schlange standen, um ihre Filme zu sehen. Es waren mittlerweile sieben, seit *Mayerling*, und jeder einzelne war ein Kassenerfolg gewesen. In den Augen des französischen Publikums war sie nur noch mit Michèle Morgan und Danielle Darrieux zu vergleichen.

Eben diese beiden Schauspielerinnen aber waren der Grund gewesen, daß kein Hollywoodangebot sie bislang hatte reizen können. Beide filmten in Frankreich etwa mit der gleichen Beständigkeit und Häufigkeit wie sie. Sie waren beide älter als sie, beide hinreißend, beide mindestens so ehrgeizig wie sie. Wenn sie jetzt hier pausierte, um in Kalifornien zu filmen, war es nahezu sicher, daß ihr inzwischen die eine oder die andere hier Rollen wegnahm, die eigentlich für sie, für Delphine, waren! Sie war ohnehin bereits sehr verbittert gewesen, als die Morgan die dankbare Rolle neben Gabin in *Quai des Brumes* bekam. Dieser Film von Marcel Carné sollte demnächst herauskommen, und alle Welt sprach seit Monaten davon, und immer nur unter Verwendung dieses sie so wütend machenden Begriffs »Meisterwerk«.

Sie nahm noch einmal den *Figaro*, den ihr Annabelle mit auf ihr Frühstückstablett gelegt hatte, und schlug die Filmseite auf, die ein Interview mit Carné enthielt. Sie hatte es bereits von der ersten bis zur letzten Zeile gelesen. Bisher hatte sie weder mit Carné noch mit Gabin gearbeitet. Aber sie würde keine Ruhe geben, so lange, bis das geschehen war.

Sie schlug die Seite schließlich mit ärgerlichem Stirnrunzeln zu. Um sich abzulenken, begann sie die Titelseite zu lesen. 99,7 Prozent für Hitler in Österreich nach dem »Anschluß«. Klingt etwas unwahrscheinlich hoch, dachte sie eher nebenbei. Otto von Habsburg hatte nicht wählen dürfen. Er war unter dem Verdacht festgenommen worden, versucht zu haben, die europäischen Großmächte zum Einschreiten gegen Deutschland zu veranlassen. Die Habsburger... die waren ja damals wohl auch nicht allzu freundlich mit der armen kleinen Marie Vetsera umgesprungen, oder? In Frankreich war Léon Blum mit seiner Volksfront am Ende, und jetzt war Daladier am Ruder. Gott, wer konnte bei denen einen vom anderen unterscheiden? Und wen interessierte das alles schon? Die französische Politik war noch bedeutend konfuser als die sogenannte Weltpolitik. Aber irgendwie mußte man so ungefähr auf dem laufenden sein. Pausenlos redeten die Leute darüber. Man konnte nicht gut dastehen und überhaupt nicht Bescheid wissen. In Tunesien gab es irgendwie Aufruhr, aber das war dort ja wohl immer so. Ein neues Verkehrsmittel gab es. William Boeing hatte ein Riesenflugzeug namens 714 gebaut. Die einzige interessante Nachricht im ganzen Blatt. Es schien, daß die Passagiere sogar über eine Treppe nach oben in eine Bar gehen konnten. Was übrigens machte ihre Schwester Freddy? Sie hatte sich zwar *Tail Spin* angesehen, aber darin keine Spur von ihr entdecken können, sosehr sie sich auch angestrengt hatte, nachdem sie aus den Briefen ihrer Mutter wußte, daß Freddy einen Film nach dem anderen drehte, genau wie sie selbst. Nur war Freddy kein Star wie sie.

Sie ließ die langweilige Zeitung auf den Boden fallen. Eine *grasse matinée* durfte eigentlich niemals eine Zeitung enthalten. Sie mußte das Annabelle sagen.

Heute abend war sie zum Essen mit Bruno verabredet, erinnerte sie sich, und sofort verschwand ihre momentane Verdrießlichkeit. Sie fand es wunderbar, einen zuverlässigen Bruder zu haben. Mit ihm hatte sich ein Verhältnis entwickelt, wie es ihr zu keinem anderen Mann möglich schien. Er bedrängte sie nie, stellte nie Fragen nach ihrem Privatleben, gab nie Kommentare oder Urteile ab oder benahm sich, als müsse er auf sie aufpassen. Und doch konnte sie ihn jederzeit um Rat fragen und immer auf eine offene und ehrliche Antwort von ihm zählen. Er hatte ein Gefühl für die subtilsten Nuancen der französischen Mentalität und Lebensart, wie sie es zugegebenermaßen niemals entwickeln würde. Er wußte genau, welche Einladungen, wie verlockend auch immer, sie unter keinen Umständen annehmen durfte; wo sie sich ihre Kleider schneidern lassen und wo sie ihr Briefpapier beziehen mußte und wie allein und genau die Briefköpfe abzufassen und zu gestalten waren; warum es für ihre Karriere unerläßlich war, daß sie zwar beim *Prix de l'Arc de Triomphe* und beim *Prix Diane* erschien, sich hingegen niemals in Monte Carlo sehen lassen durfte. Er stellte ihr ihren Weinkeller zusammen und sagte ihr, welcher *Bottier* die besten Schuhe in Paris anfertigte. Er bestand mit Nachdruck darauf, daß sie ihre ganzen amerikanischen Kleider wegwarf, und wählte den richtigen Wagen für ihren Status aus. Sie wußte sehr gut, wie vorteilhaft es war, daß alle, von ihrem Agenten bis zu den Produzenten, wußten, sie war unter den Fittichen ihres Bruders, des Vicomte de Saint-Fraycourt de Lancel. Gott, die Franzosen waren nun einmal mit Titeln zu beeindrucken.

Sie revanchierte sich, indem sie sich für Bruno als Gastgeberin zur Verfügung stellte, wann immer er sie darum bat. »*Chérie*«, pflegte er sie anzurufen, »könntest du mir einen großen Gefallen tun und bei meiner Einladung nächste Woche die Dame des Hauses spielen? Es wird ein älterer Herr dabeisein, den ich dir zur Rechten setzen möchte. Er stinkt vor Geld und hat sich noch nicht entschieden, wo er es anlegen soll.« Zu diesen Gelegenheiten pflegte sie dann ihre aufregendsten Kleider anzuziehen und in sie selbst verblüffender Weise ihren Charme bei Brunos perfekten kleinen *Soirée-Diners* zu versprühen – in einer aufregenden Doppelrolle als einerseits Delphine de Lancel, Filmstar und andererseits Mademoiselle de Lancel, Abkömmling der alten Champagner-Aristokratie, die in allen Dingen völlig vom Rat ihres Bruders abhängig war. Nur die gelegentlichen schnellen Blicke Brunos verrieten ihr seine Bewunderung darüber, wie gut sie ihre Rolle spielte. Sie waren ein hervorragendes Team. Weil sie beide von der gleichen Art waren, dachte Delphine. Und wahrscheinlich war das beste an Bruno überhaupt, wie vollständig und nachdrücklich er ihre Meinung über Liebe teilte. »Diese überaus nutzlose, lästige Gefühlswallung«, pflegte er sie zu nennen, »die mal jemand erfand, der zuviel Phantasie und nichts zu tun hatte.« Irgendein arbeitsloser kleinbürgerlicher Troubadour.

Meistens eine Woche nach solchen Anlässen, oft sogar noch früher, kam dann ein herrlich mit Edelsteinen besetztes Schmuckstück von Cartier mit einem Kärtchen von Bruno: Der bewußte Herr habe eben – überaus intelligent – entschieden, wo er sein Geld am besten anlegen müsse. Bruno zu haben und mit ihm diese kleinen Spielchen zu spielen, war einfach wundervoll, fand Delphine. Und ihre Interessen wurden ja noch gegenseitiger durch die Tatsache, daß Familienbande sie vereinten. Immerhin waren eines Tages er und sie und Freddy gemeinsame Eigentümer des Hauses Lancel. Zum Glück wußte er, was er mit den Weinbergen anfangen würde, weil ganz sicher weder sie noch ihre Schwester Lust haben würden, sich diese Verantwortung aufzuladen. Obwohl natürlich, zweimal bedacht, der Besitz eines *Château* sicher auch seine Reize hatte. Michèle Morgan zum Beispiel besaß keines. Und Danielle Darrieux auch nicht. Und selbst wenn sie sich beide eines kauften, wäre das doch nicht das gleiche wie die Tatsache, eines geerbt zu haben. Aber für den Augenblick war Valmont noch kein Thema.

Sie stand auf und streckte sich. Sie liebte ihr kleines Haus hier; und wenn sie es verließ, dann allenfalls, um für einen kurzen Urlaub zwischen zwei Filmen in ein großes Hotel in irgendeinem Ferienort zu ziehen.

Sie klingelte nach ihrer Zofe und war sich bewußt, daß ihr »dicker, fetter Morgen« nun wohl vorbei war. Am Nachmittag hatte sie das erste Gespräch mit dem Regisseur ihres nächsten Films. Er sollte *Jour et Nuit* heißen, Tag und Nacht. Der Name des Regisseurs war Armand Sadowski. In der gesamten Branche redete man derzeit nur über ihn und seine ersten drei Filme. Er sei brillant, hieß es. Schwierig, hieß es. Ein Genie, hieß es. Unmöglich, hieß es. Wie mochte er wohl aussehen, überlegte sie, während sie auf Annabelle wartete. Würde sie ihn gern in ihr Bett kriegen wollen? Und wie gut war er da wohl? Fragen dieser Art konnte sie aber nicht gut ihrem Agenten stellen.

Üblicherweise führte Delphine die ersten Gespräche mit neuen Regisseuren in Restaurants, die ihr Agent Jean Abel für sie auswählte. Abel war einer der Leute, die eine so totale Kontrolle über ihr Geschäft wie nur möglich anstrebten. Denn wenn man der Mann war, der nicht nur das Restaurant auswählte, sondern auch den Wein bestellte und hinterher die Rechnung bezahlte, war man auch sonst, wenn man gut war, Herr der Situation. Die Verhandlungen über eine Rolle für Delphine in *Jour et Nuit* waren seit langem abgeschlossen. Es war natürlich auch nicht nötig gewesen, Probeaufnahmen zu machen. Alle Verträge waren unterschrieben, doch selbstverständlich würde es bei den Dreharbeiten noch allerlei Konflikte geben. Und dabei wollte er von vornherein Sadowski gegenüber eine starke Position haben. Unglücklicherweise war der Regisseur so sehr mit dem Schnitt seines letzten Films beschäftigt, daß er nicht bereit gewesen war, sich die Zeit für ein richtiges Essen außerhalb des Ateliers abzuknapsen. Er hatte Delphine statt dessen einen Termin am späten Nachmittag gegeben, und zwar direkt draußen in seinem Büro in Billancourt. Abel hatte dem nur sehr zögernd zugestimmt, doch es war ihm am Ende gar nichts anderes übriggeblieben, weil zwischen dem Ende von Sadowskis jetziger Arbeit und dem neuen Film mit Delphine lediglich ein Wochenende lag. Er wollte Delphine abholen und sie zu diesem sehr nüchtern-geschäftlichen Termin begleiten, bei dem sie ohne die auflockernde Atmosphäre eines guten Essens und eines Glases Wein auskommen mußten. Doch sie hatte ihn wissen lassen, es passe ihr nicht recht, und sie lasse sich lieber in ihrem eigenen Wagen hinausfahren, um dann später zu einer langgeplanten Anprobe bei ihrer Wäscheschneiderin zu fahren. Sie träfen sich besser an Ort und Stelle.

Sie kleidete sich für die Begegnung mit Sadowski sehr sorgfältig an. Ihre Rolle in *Jour et Nuit* war ein zerstreutes, flatterhaftes, reiches Mädchen, das unter Mordverdacht gerät und sich in den Polizeiinspektor verliebt. Sie wußte bereits, daß die von Pierre Goulard entworfene Garderobe von Schiaparellis surrealistischen, witzigen und oft verrückten Kleidern inspiriert war. Inspiriert? Kopiert war wohl das treffendere Wort, meinte sie. Diese schrille, bewußt aufdringliche Garderobe mochte richtig für die Rolle sein, aber sie war ganz bestimmt nicht das richtige für eine erste Begegnung mit einem neuen Regisseur und für den ersten Eindruck, den er von ihr bekam.

Delphine war eine Meisterin im Untertreiben, was Kleidung anbetraf. Je berühmter sie wurde, desto beeindruckender, fand sie selbst, sei es, wenn sie das *underdressing* bewußt als Waffe bei jeder Bekanntschaft einsetzte. Alle Welt erwartete, daß ein Filmstar wie ein Filmstar aussah. Das war ihr aber zu einfach, zu orthodox, zu sehr den Erwartungen entsprechend. Orthodox konnte man zur Not noch sein. Aber niemals sollte man, fand sie, zu sehr den Erwartungen entsprechen. Ein Filmstar im neuesten Kleid des lieben Jean Patou und mit dem extravagantesten neuen Hut von Paulette, einen Silberfuchs über dem Arm – nein, auf keinen Fall. So etwas trug man bei öffentlichen Auftritten. Aber nicht am Beginn eines ungewissen Scharmützels, in welchem sie womöglich alle ihre Waffen einsetzen mußte. Warum also die Abwehr des Regisseurs zu früh alarmieren? Schließlich war es ja auch denkbar, daß sie den Mann überhaupt nicht ausstehen konnte. So etwas kam schließlich vor, war auch schon vorgekommen.

Sie suchte sich einen ganz einfachen, dünnen Wollsweater in einem so nebelgrauen und unverbindlichen Farbton aus, daß er die matte Blässe ihrer Haut noch mehr unterstrich, als es ein schwarzer vermocht hätte. Dazu zog sie einen grauen Tweedrock von elegantester Einfachheit und perfektem Schnitt an, der einen Ton dunkler war als der Sweater, blaßgraue Seidenstrümpfe, flache, einfache Mädchenschuhe und einen englischen Trenchcoat mit Gürtel. Winzige Jett-Ohringe und eine schwarzsamtene kleine Baskenmütze nach Studentinnenart vervollständigten das Ensemble. Sie konnte irgendwer sein, ein Niemand, jede Beliebige, solange man ihr nicht ins Gesicht sah; wäre sie nicht zufällig eine der schönsten Frauen der Welt, dachte sie selbst ganz unbeteiligt und sachlich. Sie war nicht eitel. In ihrer Branche beurteilte und wog man das Aussehen so kühl und sachlich ab wie andernorts den Vierteljahres-Geschäftsbericht der Firma. Ein Diamantenschneider in Amsterdam beurteilte einen Stein nicht gefühlsbetonter als Delphine den Schnitt ihrer Nase, die perfekte Kurve ihrer Oberlippe oder die Schatten unter ihren Wangenknochen.

Sie war zufrieden mit sich, zog den Gürtel des Regenmantels enger und drückte sich die Baskenmütze so weit in die Stirn, daß sie ihren spitzen Haaransatz verdeckte, der ihr untrüglichstes Erkennungszeichen war.

Auf dem Ateliergelände ging sie direkt in die Schneideräume. Abel hatte sie auf dem Parkplatz erwarten sollen, er war aber nicht dagewesen. Vielleicht war er im Verkehr steckengeblieben. Sie kam an einer Reihe von Leuten vorbei, die sie flüchtig kannte. Doch niemand erkannte sie, wenn sie sich nicht ausdrücklich selbst durch einen Blick, ein Lächeln oder ein Kopfnicken zu erkennen gab. Dieser Trenchcoat machte sie wirklich zu einem ganz gewöhnlichen Mädchen, dachte sie zufrieden.

Aber, Teufel, war es gut, wieder in den Ateliers zu sein! Sie hatte jetzt seit zwei Wochen nicht mehr gearbeitet. Seit ihr letzter Film abgedreht war. Die Zeit seitdem hatte sie durchaus nötig gehabt, um alle die vielen Dinge zu erledigen, die sie für ihre aufwendige Garderobe nun einmal erledigen mußte und für die absolut keine Zeit war, wenn sie drehte. Aber es war doch wie ein zweiwöchiger Ruhestand in einem übermäßig parfümierten, überheizten Kloster – wenn auch dem denkbar weltlichsten! –, dachte sie.

Sie blieb an der offenen Tür einer Halle stehen, in der eben ein Set abgebaut wurde. Noch war der typische Metallgeruch der abkühlenden Scheinwerfer in der Luft. Sie sah den Elektrikern, den Bühnenarbeitern und den Requisiteuren zu, wie sie die große, aufwendige Szenerie abbauten und wieder, wie stets, verspürte sie einen schnelleren Herzschlag beim Anblick der ungeschlachten Kraft, mit der sie schoben und hoben und zogen und rissen, ohne sie zu beachten; mit ihrem lauten, unbekümmerten Geschrei, in dem Bemühen, möglichst rasch fertig zu werden, um nach Hause zu kommen. Sie riß sich los, ging wieder in den Korridor zurück und mußte rasch einer großen Kulisse ausweichen, die weggetragen wurde. Plötzlich traf sie ein Schlag an der Schulter. Ein Mann, der mit drei anderen heftig herumgestikulierend vorbeikam, hatte sie mit der Hand getroffen.

»He! Das hat weh getan!« rief sie ganz unwillkürlich und laut, aber der Mann, der völlig von seiner Diskussion absorbiert war, warf nur einen schnellen Blick zu ihr zurück und drohte ihr mahnend mit dem Finger. »Müssen Sie schon entschuldigen, aber wenn Sie hier rumstehen und Maulaffen feilhalten, wo Sie nichts zu suchen haben...!« Und er war schon wieder bei seinem Gespräch.

»Ja, du mich auch«, sagte Delphine laut, aber auf englisch. Sie sah sich ärgerlich um, ob sie sich bei jemandem über diese Grobheit beschweren könnte, aber der ganze Korridor war inzwischen wieder leer. Daß Abel immer noch nicht hier war! Was erlaubte er sich! Sie war ärgerlich und mit einemmal fand sie es auch gar nicht mehr so gut, daß sie quasi anonym war. Sie ging weiter und fand schließlich die Schneideräume, wo sie heftig die Tür aufstieß und die Empfangsdame abrupt anfuhr.

»Monsieur Sadowski, bitte.«

»Er kann jetzt nicht gestört werden. Was möchten Sie denn?«

»Ich werde erwartet«, sagte Delphine ungehalten.

»Name bitte.«

»Mademoiselle de Lancel«, sagte Delphine kalt. Die Empfangsdame riß es.

»O Verzeihung, Mademoiselle, ich habe Sie nicht erkannt. Ich sage sofort Bescheid. Möchten Sie sich setzen?«

»Nein, danke.« Delphine blieb stehen und klopfte ungeduldig mit dem Fuß auf den Boden. Sie hatte nicht die Absicht, sich hinzusetzen, als hätte sie nichts anderes zu tun, als in einem Vorzimmer zu warten, bis der hohe Monsieur Sadowski sie gütigst empfing.

»Mademoiselle de Lancel ist da, Monsieur Sadowski«, sagte die Empfangsdame in ihre Sprechanlage. »Ja, ich verstehe.« Sie wandte sich an Delphine. »Er empfängt sie, sobald seine Konferenz zu Ende ist, Mademoiselle.«

Delphine starrte sie wütend an. Sie sah auf ihre Armbanduhr. Sie war bereits verspätet gekommen. Wäre sie rechtzeitig dagewesen, hätte er sie jetzt bereits zehn Minuten warten lassen. Sie fand, daß sie ausgesprochen albern aussah, so als warte sie wie eine Bittstellerin. Sie setzte sich auf einen unbequemen Stuhl und sah zur Tür, ob nicht endlich Abel mit einem Schwall von Entschuldigungen hereingestürmt käme. Fünf Minuten vergingen in Schweigen, während die Empfangsdame eine Zeitschrift las. Delphine stand auf. Sie wollte keine Sekunde länger warten. Dies war einfach zuviel. Mehrere Männer kamen aus dem Büro, immer noch lebhaft diskutierend und gingen an ihr vorbei hinaus, ohne ihr auch nur einen Blick zu gönnen.

»Sie können jetzt reingehen, Mademoiselle«, sagte die Empfangsdame.

»Was Sie nicht sagen«, schnappte Delphine. An einem Schreibtisch mit dem Rücken zu ihr saß ein Mann, der intensiv einen langen Filmstreifen aus der Nähe betrachtete, indem er ihn gegen das Fenster hielt. Er fluchte dabei halblaut, aber wild und intensiv und mit den erfindungsreichsten Obszönitäten, während Delphine vor seinem Schreibtisch stehen blieb. Er war der Mann, der ihr vorhin im Flur gegen die Schulter geschlagen hatte! Sie konnte es kaum erwarten, daß er sich endlich zu ihr umblickte. Er würde schon erstarren, wenn er merkte, daß er sich einem Star gegenüber wie ein Rowdy benommen hatte. Sie hatte bereits Oberwasser – nichts konnte das Vorgefallene ungeschehen machen.

Er sah noch immer den Filmstreifen an und warf nur ganz nebenbei ein paar Worte über die Schulter. »Delphine, Mädchen, setz dich. Bin gleich da. Sei froh, daß du's nicht warst, die ich vorhin halb umgehauen habe. Du bist natürlich vorsichtiger. Ich schlage Frauen normalerweise nämlich nur mit Absicht...« Seine Stimme versandete wieder, und er war mit dem Filmstreifen beschäftigt. »Gott verdammt! Der verdammte Kameramann. Der Kretin. Der Neandertaler. Wenn ich den in die Finger kriege, ich schlage ihm das Kreuz ab! Nein, wirklich, das darf doch nicht wahr sein, was der Kerl da fabriziert hat! Aber natürlich ist es viel zu spät, noch neu zu drehen. Höchstens umschneiden kann man noch. Das ganze Wochenende geht damit drauf. Scheiße noch mal!«

Er legte den Film weg, drehte sich auf seinem Stuhl herum und lächelte abrupt. Er erhob sich halb, streckte ihr die Hand über den Schreibtisch hin und schüttelte die ihre kurz. »Das ist ein Scheißmetier, was, Mädchen?«

Er war sehr groß, mit einem ganz erstaunlichen Kopf. Massen schwarzen Haares, glatt und lächerlich lang. Es wuchs in alle Richtungen. Er war noch jung, kaum älter als fünfundzwanzig, und sein Gesicht entsprach genau ihrer Vorstellung von einem Falken: nichts als Augen und Nase und lebhafteste Energie. Es schien mehr Energie von ihm auszustrahlen, als schlüge er sich in einem Duell. Er hatte eine gewaltige Hornbrille auf, die er nun abnahm und auf die Schreibtischplatte legte, um sich dann mit zwei Fingern die Druckstellen auf der Nase zu reiben.

»Ist Abel noch nicht hier? Gut, ich wollte ihn ohnehin nicht dabeihaben, aber er bestand darauf.« Er redete sehr schnell und nachdrücklich.

Delphine war sprachlos. Der Mann duzte sie nicht nur, er redete sie auch mit dem Vornamen und mit »Mädchen« an. Dergleichen war ja möglich und kam vor, aber üblicherweise doch wohl nur, wenn man schon lange miteinander arbeitete. Aber doch sonst nicht! Und absolut niemals zwischen einem Regisseur und einem Star. Es sei denn, sie waren alte Freunde. Wer zum Teufel glaubte er eigentlich zu sein?

Sadowski setzte sich zurück und beobachtete sie schweigend durch seine Brille, die er wieder aufgesetzt hatte, die Hände an den Fingerspitzen zum Zelt zusammengelegt, so daß sein Gesicht teilweise verborgen war. Er starrte sie so offen und unverblümt an, als sei er ganz allein im Zimmer vor einem Gemälde, das er spontan und ohne große Überlegung gekauft hatte und von dem er nun gar nicht einmal sicher war, ob es ihm auch gefiel. »Nimm doch mal diese Mütze ab und zieh den Trenchcoat aus«, sagte er schließlich.

»Möchte ich nicht«, erwiderte sie steif.

»Bist du erkältet?«

»Keineswegs.«

»Na also, dann nimm das Dings runter und zieh den Mantel aus!« wiederholte er ungeduldig. »Wollen uns doch ansehen, wie du aussiehst.«

»Haben Sie denn meine Filme nicht gesehen?« Sie betonte das »Sie« sehr nachdrücklich, aber er beachtete das gar nicht.

»Sicher. Sonst hätte ich dich doch gar nicht erst engagiert. Aber ich will sehen, wie ich dich sehe, nicht wie andere Regisseure. Nun komm schon, Mädchen, ich hab' nicht den ganzen Tag Zeit.«

Delphine blieb immer noch steif sitzen, nahm aber ihre Mütze ab und schlüpfte aus dem Mantel, den sie bis zur Hüfte hinunterfallen ließ. Sie wartete darauf, daß sich seine Augen bewundernd weiteten. Aber in Sadowskis abschätzigem, distanziertem Gesichtsausdruck änderte sich gar nichts. Er seufzte. Sie wartete genauso teilnahmslos wie er.

»Steh mal auf und dreh dich«, verlangte er abrupt. Seine Augen waren, wenn er die Brille abnahm, schwarz, mit unwahrscheinlich großer Iris und ganz kleiner Pupille. Als sei er ein Hynotiseur.

»Was erlauben Sie sich? Ich bin doch kein Showgirl!«

»Mein Gott, soll ich auf den Knien darum bitten?« Er blickte ihr ins Gesicht. »So was in der Art, das wäre akzeptabel, wie? Ah —— Schauspielerinnen! Sonst noch was? Vergiß es, Mädchen. Du bist am falschen Ort. Ich bin als Filmemacher hier, nicht als Süßholzraspler. Kein BH?«

»Trage ich nie«, log Delphine.

»Das bestimme ich.« Er bedeutete ihr, aufzustehen. Delphine beugte ironisch übertrieben das Haupt und entschloß sich, in Gottes Namen aufzustehen, in der Gewißheit, daß ihre Schönheit die entscheidende Antwort auf seine grobe und beleidigende Art sei. Sie drehte sich nur zentimeterweise, um ihm Zeit zu lassen, demütig zu werden. Sie gestattete sich keinen Ausdruck von Triumph, nicht einmal das winzigste Heben der Augenbraue, als sie ihn wieder anblickte. Er hatte seine Fingerspitzen auseinandergenommen und das Kinn in die Hand gestützt. Er nickte ablehnend. »Ich weiß nicht. Ich weiß nicht recht... vielleicht ja, vielleicht nein... na, einen Versuch ist es immerhin wert, denke ich.«

»Wovon reden Sie überhaupt?«

»Na, diese ganze kleine Maskerade, die du dir da ausgedacht hast. Dieser Schulmädchenscheiß. Diese Pulli-und-Rock-Shirley-Temple-Nummer. Könnte natürlich funktionieren. Es ist nicht einmal so dumm, wie es aussieht. Könnte vielleicht was sein. Wir versuchen es mal mit einem Chloe-Kostüm und einem Make-up-Test und sehen, was es gibt.«

»Wie bitte?«

Er schnippte mit den Fingern. »Wach auf, Delphine! Chloe, die Rolle, die du spielen sollst, die reiche Schnepfe. Deswegen sind wir doch wohl hier? Offensichtlich hast du dir doch überlegt, daß diese Chloe sich unschuldig und naiv anzieht, um den Polizeiinspektor so von der Spur des Mordes abzulenken. Ist 'ne Idee. Ganz lustig. Kann man probieren. Kindisch, zugegeben, und natürlich völlig durchsichtig für jeden mit auch nur einem bißchen Grips, aber doch, wirklich ganz lustig. Läßt dich entschieden fast unschuldig aussehen. Ich habe gar nichts gegen Schauspielerinnen, die sich bemühen, selbst was Kreatives mit einzubringen. Natürlich nicht zu oft. Laß dich nicht gleich ganz davon fortreißen, Schätzchen.«

»Ich werde…«

»Na prima. Gut, alles klar. Kannst gehen.« Er drehte seinen Stuhl wieder zum Fenster und widmete sich, mit dem Rücken zu ihr, wieder der Inspektion seines Filmstreifens.

»Sie brauchen mal 'n Haarschnitt«, spuckte Delphine aus.

»Weiß ich. Hat man mir schon gesagt. Muß warten, bis ich diese beschissene Szene fertig habe. Hol dir 'ne Schere und mach's selbst, wenn's dich so stört. Bist herzlich eingeladen.«

»Arschloch«, sagte Delphine auf englisch.

Er fuhr wie der Blitz herum und musterte sie mit einem Aufleuchten wirklichen Entzückens. »Genau! Völlig richtig! Hab' völlig vergessen, daß du ja 'ne Amerikanerin bist. Ich habe auch ein paar Vettern in Pittsburgh. Bist du irgendwo aus der Nähe von da? ›Arschloch‹ – dafür gibt es auf französisch tatsächlich keine genaue Entsprechung, richtig?« Dann versuchte er sie mit der Hand zur Tür zu wedeln. »Also, dann bis Montag. Frisch und munter und in aller Frühe. Und wenn ich sage, in aller Frühe, Mädchen, dann meine ich das auch. Verschlaf nicht. Faire Vorwarnung. Und die einzige, die du kriegst.«

»Und wenn ich nun zufällig doch verschlafe?« fragte Delphine in hellem Zorn.

»Keine Sorge, wirst du nicht. Du hast doch gar nicht die Absicht, mir Probleme zu machen, oder? Weil du weißt, daß es sowieso nicht funktionieren wird. Also. Und jetzt verschwinde endlich. Siehst doch, daß ich zu tun habe.«

VIERZEHNTES KAPITEL

Freddy prüfte noch einmal, ob ihre Fliegermütze festsaß. Die dunklen Locken der Brenda-Marshal-Perücke wehten ihr ins Gesicht, kitzelten sie an der Nase und verdeckten ihr die Augen, als sie sich im offenen Pilotensitz der kleinen alten *Gee Bee* festzurrte und ihre Instrumente kontrollierte. Nach nun fast zwei Jahren als Stunt-Pilotin wußte sie, daß es keinen Sinn hatte, mit den Ausstattern und Kostümbildnern Diskussionen darüber zu führen, daß in Wirklichkeit keine weibliche Pilotin mit unter der Fliegermütze hervorlugendem oder gar bis auf die Schultern fallendem Haar flog. Was sollte es, dachte sie. Die Super-Juwelendiebin mit dem goldenen Herzen und den Nerven aus Stahl, die sich stets per Flugzeug aus dem Staube machte und die sie in *Lady in Gefahr* darzustellen beziehungsweise zu doubeln hatte, war ohnehin zu praktisch allem fähig. Einschließlich der Kunst, ein Flugzeug im Abendkleid zu fliegen, wie sie es erst letzte Woche getan hatte.

Sie las ihre Höhe ab. Genau viertausend Fuß, wie geplant. Sie nahm die Hände vom Steuerknüppel. Sie hatte das Flugzeug sehr sorgfältig eingestellt. Es gab keinerlei Luftturbulenzen an diesem Tag im frühen August 1938, und die Maschine flog ruhig und exakt. In eine Innenklappe ihres Jackenärmels war ein Spiegel eingenäht. Freddy benutzte ihn nun, um noch einmal ihren Lippenstift zu kontrollieren. Er war noch immer so tadellos wie vor einer Stunde. Sie war bereit und sah sich nach den vier Kameraflugzeugen um, von denen eines seine Position ganz nahe, links von ihr hatte, und die drei übrigen direkt untereinander in Formation, in verschiedenen Höhen, damit ihr Absprung kontinuierlich und komplett gefilmt werden konnte. Sie schüttelte ihre Perücke hin und her – das verabredete Zeichen, daß sie bereit war – und vergewisserte sich ein letztes Mal der Position der vier Flugzeuge. Diese Art Stunt ließ sich nicht nach Belieben wiederholen, wenn es nicht klappte.

Die großen, plumpen Aufnahmeflugzeuge erwiderten alle mit dem verabredeten Signal, daß ihre Kameras liefen.

O. K., Brenda, dann los, sagte Freddy zu sich selbst, und ihr Ausdruck von Angespanntheit wurde zu einem der Entschlossenheit. Sie griff sich ihr Requisit, den Samtbeutel mit den Juwelen, steckte ihn sich in die Tasche, zog den Reißverschluß hoch und stieg seitlich aus.

»Bis dann, ihr Leute, ab geht die Post!« rief sie und dachte: Blödsinnige Dialogzeile. Genauso unglaubwürdig wie die ganze Geschichte.

Sie konnte die Kamera im obersten Flugzeug gleich neben sich erkennen, wie sie groß auf sie gerichtet war, um die Mundbewegungen ihres Satzes zu filmen, der später von Brenda Marshall nachsynchronisiert werden sollte.

Sie drückte den grellroten Knopf an der Seite des Pilotensitzes – den Zeitzünder, der in fünfzehn Sekunden die Detonation auslösen sollte, wenn sie längst weit genug weg war, um nicht mehr von Trümmern oder Splittern des explodierenden Flugzeugs getroffen zu werden. Und im nächsten Moment sprang sie ab, exakt seitlich vom Flugzeug, um nicht in dessen Fahrtwind zu geraten. Sie sollte bis zehn zählen und dann die Fallschirmleine ziehen.

»Eins. Zwei. Drei.« Sie zählte sorgfältig.

Doch da explodierte über ihr, zwölf Sekunden zu früh und viel zu nahe, ihre Maschine. Die Druckwelle der vorzeitigen Detonation ließ sie die Besinnung verlieren. Brennender Treibstoff stob in Flammenbögen zusammen mit Trümmern des Flugzeugs in alle Richtungen auseinander. Der schwere Motor verfehlte sie nur knapp, noch knapper eine brennende Tragfläche.

Sie fiel ohnmächtig durch den Himmel, nur ein Stück regloses Gewicht in einem Fliegeranzug; stürzte dem Boden entgegen wie ein Stein. Als sie wieder zu sich kam, hatte sie keine Ahnung, wie lange und wie tief sie schon gefallen war. Ihre augenblickliche, instinkte Reaktion war, den Ring der Reißleine zu ziehen. Binnen Sekunden verlangsamte sich ihr Fall, als sich der große weiße Seidenschirm über ihr aufblähte. Sie brannte nicht, nahm sie mit Erleichterung wahr. Der brennende Treibstoff hatte sie nicht getroffen. Sie drehte sich um sich selbst und beobachtete rundum den ganzen Himmel, um zu sehen, ob noch irgendwelche Flugzeugtrümmer in ihrer Nähe waren. Rundherum war alles voll davon, aber doch in beruhigender Entfernung. Die drei unteren Kameraflugzeuge schienen nach wie vor unverändert ihren Kurs zu halten.

Sie hatten diesmal, dachte Freddy, eine Menge mehr in ihre Kästen bekommen, als sie bezahlt hatten. Sie blickte nach oben, um noch einmal den offenen Pilz ihres Fallschirms zu inspizieren, der sich zum Glück so prompt geöffnet hatte. Ringsum fiel noch immer brennendes Benzin wie riesige Tränentropfen erdwärts – und sie kamen näher, sengten auch bereits an der Seide über ihr, an deren Fäden ihr Leben hing. Sie warf einen Blick nach unten und schätzte, daß sie noch mehr als zweitausend Fuß hoch war. Bis dahin wäre ihr Fallschirm längst völlig versengt oder verbrannt zu Asche. Der Fallwind fachte die Flammen noch weiter an. Selbst wenn der Schirm nicht völlig verbrannte, würde doch zu wenig von ihm übrigbleiben, um sie vor dem Absturz zu bewahren.

Einen Fallschirm zu öffnen war leicht, aber der Versuch, ihn mitten in der Luft zu schließen, so gut wie unmöglich, dachte sie zornig, während sie in fiebriger Eile begann, die Leinen mit weiten Griffen einzuziehen, um so den Schirm zu verkleinern, damit weniger Luft in ihn kam. Sie kämpfte erbittert um ihr Leben, mit aller Kraft, die sie aufbringen konnte. Ganz allmählich gelang es ihr, den Schirm etwas einzuziehen und den Luftwiderstand zu verringern. Sie begann schneller und schneller zu fallen. Nur noch die oberste Spitze des Fallschirms, in dem noch immer Luft war, bremste sie etwas. Sie zwang sich, nicht nach oben zu sehen, um zu kontrollieren, ob der Schirm noch immer brannte. Sie mußte sich mit allen Sinnen darauf konzentrieren, die Leinen im letztmöglichen Moment wieder loszulassen, damit sich der Schirm noch einmal für die letzten Meter über dem Grund öffnen und sie sicher auf die Erde bringen konnte, ehe er dann völlig verbrannte.

»Jetzt!« schrie sie sich selbst zu, als sie sich über dem markierten Landekreis sah. Sie konnte dort auch die auf den Boden geduckten Kameraleute erkennen. Und sie sah Mac auf ihre voraussichtliche Landestelle zurennen. Sie öffnete Hände und Arme und ließ sämtliche Leinen los. Mit heftigem Ruck blähte sich die Seide erneut auf. Doch der Boden kam noch immer viel zu schnell näher und näher. Eine tödliche Dosis zu schnell.

Sie landete hart und schlug heftig auf dem Boden auf. Ihr linker Arm und das rechte Fußgelenk brachen im selben Moment. Und während sie noch mit dem unverletzten Arm die restliche Luft aus dem Fallschirm zu ziehen versuchte, schwanden ihr erneut die Sinne.

Als sie wieder zu sich kam, hatte sich Mac bereits über sie geworfen, um ihren kugelnden, rollenden Körper anzuhalten. Die Kameras liefen noch immer. Das letzte, was sie hörte, war der Schrei des Regisseurs: »Weiter, dreht weiter! Wir schreiben ihn noch nachträglich ins Drehbuch!«

»Aber du paßt auf, daß ich keine Seife in die Augen kriege, ja?« sagte Freddy zu Mac, während sie sich, bloß bis zur Hüfte, auf den Boden des Bades kniete. Ihr Fußgelenk und der Arm waren noch immer im Gips und man hatte ihr eingeschärft, er dürfe nicht naß werden, als sie ein paar Tage zuvor das Krankenhaus verlassen hatte. Mac hatte ihr vorgerechnet, die einzige Möglichkeit, ihr den Kopf zu waschen, sei, wenn sie sich vor die Badewanne kniete, um den Kopf hineinzuhängen.

»Wieso solltest du Seife in die Augen kriegen?«

»Nicht mit Absicht. Aber es ist wie verhext. Man kann versuchen, was man will, doch wenn man jemand anderem den Kopf wäscht, endet es immer damit, daß man ihm Seife in die Augen bringt. Und nichts hasse ich mehr«, antwortete sie.

»Aus Flugzeugen rausspringen, aber Angst vor dem Kopfwaschen haben!«

»Siehst du, du beginnst mich zu verstehen.«

»Ja, schon gut. Mach deinen Kopf runter und kneif die Augen zu. Keine Angst, das kriegen wir schon hin.«

»Warte!« rief sie wie in Panik. »Es ist nicht das Shampoo selbst, verstehst du. Es ist das Abspülen, wenn's fertig ist, wo es gefährlich wird. Wie willst du das machen?«

»Mit dem Kochtopf hier. Ganz einfach. Ich gieße halb und halb heißes und kaltes Wasser hinein und dann dir über den Kopf! Mein Gott!«

»Nichts da. Hol eine Kanne mit einem Schnabel!« verlangte sie. »Ein Topf! Nur ein Mann kann auf so eine Idee kommen!«

»Na, wie wär's dann gleich mit 'ner Gießkanne? Da habe ich dann die perfekte Kontrolle. Ein Tröpfelchen hier, ein Tröpfelchen da...«

»Ja, großartige Idee! Nein, doch nicht. Würde zu lange dauern. Die Kanne genügt.«

»Geh nicht weg. Ich bin gleich wieder da.« Mac rannte nach unten in die Küche und suchte eine Kanne. Es war ihm schon klar, daß sein Bemühen, nicht wie eine besorgte Glucke um sie herumzutanzen, nicht sehr erfolgreich war. Aber er war einfach so verdammt froh, sie wieder bei sich zu haben. Dafür hätte er ihr den Kopf auch strähnchenweise mit der Zahnbürste gewaschen, wenn sie es verlangt hätte. Er hatte immer Angst, sie würde unglücklich stürzen und sich noch etwas brechen. Sie war so tapfer, so prächtig, so unbesiegbar, sein Mädchen – und von allem ein wenig zu viel, dachte er, während er, immer drei Stufen auf einmal, wieder nach oben rannte.

Nach der Kopfwäsche hob er sie ungeachtet ihrer Proteste hoch und trug sie zum Bett, wo er ihr das Haar mit einem Handtuch zu trocknen begann. Zum Glück war es, seit sie Stunts flog, kurz geschnitten – in erster Linie deshalb, weil sie ja so oft Perücken aufsetzen mußte. Sie hatte es sich also einfach von Zeit zu Zeit selbst abgesäbelt. Trotzdem hatte er auch jetzt noch genug zu tun mit ihrer nach wie vor widerspenstigen, wilden Mähne.

Als ihr Haar nur noch feucht war, begann er es zu kämmen und befaßte sich geduldig und sanft mit jeder einzelnen Strähne. Sie sah ihm mit großen, verträumten Augen zu. Halb Kind, halb Frau, dachte er. Wie ein Engel von da Vinci in der Statisterie einer Himmelfahrtsszene.

»Wo hast du das denn gelernt?« fragte sie.

»Als Kind hatte ich einen großen, stinkenden, zottligen Hund.«

»Davon hast du mir nie etwas erzählt«, sagte sie vorwurfsvoll.

»Er ist mir weggelaufen.«

»Das ist die traurigste Geschichte, die ich je gehört habe«, sagte Freddy und brach plötzlich in Tränen aus.

Mac war völlig verblüfft. Er hatte doch nur gescherzt. Er versuchte sie zu beruhigen. Aber je mehr er sie im Arm wiegte und ihr versicherte, die Geschichte sei ja gar nicht wahr, desto heftiger schluchzte sie, bis der Heulanfall endlich in kleinen Restschluchzern und Schluckaufstößen verebbte, während sie immer wieder »Das arme, arme Hundchen« murmelte und endlich nur noch leise schniefend in seinem Arm lag.

»Was war das denn?« fragte er schließlich, als sie sich wieder ganz beruhigt hatte.

»Ich weiß auch nicht«, sagte sie leise an seiner Brust.

»Vermutlich eine verspätete Reaktion auf den Unfall.«

Sie setzte sich auf und versuchte ein Lächeln, schüttelte aber den Kopf.

»Nein, nein, das kann es nicht sein. Die Sache mit dem Unfall habe ich völlig verarbeitet«, versicherte sie ihm erneut, wie schon so oft im Krankenhaus. »Die Feuerwerker müssen die Zeitzünder falsch berechnet haben. Natürlich werden sie das niemals zugeben. Es ist die einzige Erklärung. Alles andere lief ja perfekt ab.«

»Freddy! Es ist ein Unterschied, etwas verstandesmäßig zu verstehen und es gefühlsmäßig zu verarbeiten. Die Sache hat dir einen mächtigen Schock verursacht, auch wenn du es dir nicht eingestehen willst.«

»Ich bestreite ja gar nicht, daß es ein Schock war. Und außerdem ist mein bester Fallschirm dabei draufgegangen. Aber es war schließlich auch nicht mein erster Unfall. Ich habe mir auch schon vorher etwas gebrochen.« Sie spielte ihre Unbekümmertheit perfekt.

»Aber du hattest noch keinen solchen Unfall«, sagte Mac ernst. »Freddy, wann wirst du endlich mit der Stunt-Fliegerei aufhören?«

»Wann wirst du mich endlich heiraten?«

Sie schwiegen beide lange Zeit. Seit Freddy vor über einem halben Jahr achtzehn geworden war, hatte sie immer wieder vom Heiraten gesprochen, wenn auch indirekt, leichthin, ganz nebenbei, auf eine Weise, die es McGuire ermöglicht hatte, mit einem ironischen Stirnrunzeln zu reagieren; so, als könne ihre Bemerkung ja nur als einer ihrer gewagten Scherze betrachtet werden. Jetzt jedoch hatte sie die Frage ganz ernsthaft, geradeheraus und fordernd gestellt, in einem Ton, der eine direkte und klare Antwort verlangte. Er hatte diesen Moment gefürchtet. Aber es war ihm seit Monaten klargewesen, daß er einmal kommen würde, je länger, desto drängender. Er zögerte lange, ehe er schließlich entschieden den Kopf schüttelte. »Schau, Freddy ——«

»Gefällt mir schon nicht, wie das angeht. Wann, Mac?«

»Freddy, Liebling, ich ––«

»Sieh mich an! Wann, Mac? Wann?«

»Ich kann doch nicht«, sagte er schmerzlich. »Ich kann doch nicht.«

»Was soll das heißen, du kannst nicht? Du bist doch nicht verheiratet. Also könntest du. Nichts wäre einfacher. Wir flögen noch heute nach Las Vegas und schon heute abend wären wir verheiratet. Aber du meinst wohl, du willst nicht, nicht wahr?«

»Ja, ich meine, ich will nicht. Es wäre nicht anständig von mir, Freddy. Es wäre sogar unverzeihlich. Schau, du bist gerade achtzehn. Und ich bin zweiundvierzig. Wir sind Generationen auseinander. Ich bin einfach zu alt für dich.«

»Und du weißt ganz genau, wie wenig das für mich zählt«, erwiderte sie erregt. »Ich habe nie jemand außer dir geliebt. Und ich werde auch niemals einen anderen als dich heiraten. Ich schwöre es. Wie alt du auch wirst, mich wirst du nie mehr los, Mac, und das weißt du auch. Ich werde noch dasein, wenn du hundert bist und ich auf die achtzig zugehe. Je älter wir werden, um so geringer wird ja auch der Unterschied sein.«

»Freddy! Das ist das allerlächerlichste Argument von allen. Es ist kompletter Unsinn! Du läßt einfach alle die Jahre zwischen achtzehn und achtzig aus. Du bist doch noch immer ein Mädchen – ja, ich weiß, ich weiß –– und dein ganzes Leben als junge Frau liegt noch vor dir. Während ich ein Mann in den mittleren Jahren bin, der die meisten der besten Jahre des Lebens schon hinter sich hat. Das ist die Realität!«

»Du bist unfair!« sagte sie hitzig, obwohl ihr klar war, wie ungerecht sie war.

»Verdammt noch mal, glaubst du vielleicht, das weiß ich nicht selbst? Ich war schon unfair, als wir zum ersten Mal miteinander schliefen! Weil dies jetzt nie passiert wäre, wenn ich mich schon damals nicht dazu hätte hinreißen lassen! Ich mache mir seitdem jeden verdammten Tag die größten Vorwürfe, so schwach gewesen zu sein, aber es war einfach stärker als ich. Ich hatte dich schon so lange geliebt und konnte dir einfach nicht mehr widerstehen. Und ich kann dir bis auf diesen Tag in nichts widerstehen. Es sei denn, damit. Ich werde dich nicht heiraten, Freddy. Weil es unrecht wäre.«

»Kein Wunder, daß dir dein Hund davongelaufen ist«, sagte Freddy obenhin. »Und ich will in Wirklichkeit sowieso nicht heiraten. Ich dachte nur, ich könnte vielleicht einen ehrlichen Mann aus dir machen. Aber du bist ja so ein moralistischer alter Furz, daß ich meine Meinung bereits geändert habe.«

»Ich wußte, du würdest vernünftig«, entgegnete Mac und log genauso leichthin wie sie. Glaubte sie wirklich immer noch, er durchschaue sie nicht, nach all den Jahren? Freddy, das Mädchen, das noch niemals in ihrem ganzen Leben auch nur das geringste, das sie haben wollte, aufgegeben hatte, glaubte wirklich, sie könne gleichzeitig ganz wild aufs Heiraten sein und im nächsten Moment so tun, als wolle sie es in Wirklichkeit gar nicht? »Bist du bereit für dein Schwammbad?«

»Nein. Ich habe erst gestern gebadet und bin noch ganz sauber. Du kannst mich aber gerne untersuchen, wenn du mir nicht glaubst. Nur zu, ich bin nicht kitzlig!«

»Delphine hat mich heute morgen etwas sehr Seltsames gefragt«, sagte Annette de Lancel zu ihrem Mann, schwieg aber dann.

Der Vicomte seufzte mit der ergebenen Resignation, die sich nur nach vielen Jahren Ehe einstellt. Es war ihm völlig klar, daß er, welche seltsamen Bemerkungen Delphine auch immer gemacht haben mochte, auf keinen Fall seinem Schicksal entging, sie des langen und breiten und in allen Einzelheiten geschildert zu bekommen, umrankt von Spekulationen und Kommentaren über menschliche Verhaltensweisen, die ebenso unwesentlich für das waren, was wirklich passiert war, wie sich in einem langen mittelalterlichen Manuskript nur auf einen einzigen Buchstaben zu konzentrieren. Doch natürlich kam das alles erst, nachdem er sich der Mitteilung würdig erwiesen hatte, indem er sie mit dem erforderlichen und erwarteten Nachdruck seiner Ehegattin entrang. Er stellte sich also tapfer seiner ehelichen Pflicht, gestärkt immerhin durch den gutgekühlten Champagner, den sie an diesem außergewöhnlichen warmen Sommerabend im August 1938 als Schlummertrunk vor sich hatten. Und dieses Mal bedurfte es sogar weniger Mühe als üblich.

»Sie wollte von mir wissen«, sagte Annette de Lancel in einer Mischung aus Faszination und Schrecken, »ob ich, wenn auch natürlich nur hypothetisch, jemals von einer sicheren Methode gehört hätte, sich zu entlieben.«

»Und was hast du ihr gesagt?« fragte der Vicomte, nun doch interessiert.

»Jean-Luc! Du begreifst mal wieder überhaupt nichts! Verstehst du denn nicht? Ganz offensichtlich – da sie sich entlieben will –, ist sie in jemand Unpassenden verliebt! Und da sie mich um Rat bittet, muß sie wirklich am Ende ihres Lateins sein. Jemand von Delphines Selbständigkeit fragt andernfalls in solchen Dingen doch nicht seine Großmutter!«

»Ich hätte gar nicht gedacht, daß sie überhaupt imstande ist, sich zu verlieben«, stellte der Vicomte in milder Überraschung fest.

»Jean-Luc!« Die Vicomtesse war nun ehrlich schockiert.

»Na was. In meinem ganzen Leben ist mir kein Mädchen begegnet, das wie sie kälter ist als eine Hundeschnauze und sich von allem leiten läßt, nur nicht von Gefühlen. Geschweige von unerwiderten. Trotzdem hat sie eine beeindruckende Vorstellung von Trübsalblasen geliefert, seit sie sich selbst zu diesem Besuch bei uns eingeladen hat. Wird wohl irgendwer aus ihrem Theatermilieu sein.«

»Nicht Theater, Schatz. Film.«

»Na, was ist da der Unterschied. Alles der gleiche Unsinn. Ich weiß aber immer noch nicht, was für einen Rat du ihr gegeben hast.«

»Ich sagte, bei der Annahme, daß ein hypothetischer Jemand sich gegen seinen Willen verliebt hat, sollte diese Person sich sehr bildlich vorzustellen versuchen, der fragliche Mann habe alle möglichen äußerst schlechten und unangenehmen Angewohnheiten, die sie sonst erst erkennen würde, wenn es zu spät sei. Und sie sagte, das sei gar keine schlechte Idee. Ohne daß sie, ganz offensichtlich, die Absicht gehabt hätte, ebendies auszuprobieren. Dabei halte ich es für einen gar nicht so schlechten Rat, meinst du nicht? Sie bedankte sich auf ihre liebe und traurige Art sehr bei mir und nahm den Wagen vom armen Guillaume für eine lange Ausfahrt ganz für sich allein.«

»Hm«, sagte der Vicomte und nahm ihre Hand. Ihr ältester Sohn, bis zuletzt ein bärbeißiger Hagestolz, war erst vor drei Monaten an Krebs gestorben. Keine Ehefrau und keine Kinder hatten um ihn getrauert, dafür aber seine Eltern und alle Arbeiter in den Weinbergen, die ihn stets respektiert hatten, auch wenn er nie übermäßig beliebt war.

»Nun ja, mach dir mal keine Sorgen, meine Liebe«, sagte er. »Für Mädchen in diesem Alter ist die Liebe noch nichts Ernsthaftes. Delphine wird darüber hinwegkommen, was immer es ist.«

»Jean-Luc! Sie ist zwanzig, keine vierzehn mehr! Das ist alt genug für... alles und jedes! Ich muß mir einfach Sorgen machen.«

»Annette, ich bitte dich, steigere dich nicht da hinein. Das letzte Mal, als du dich Delphines Problemen so intensiv angenommen hast, haben wir eine Einladung veranstaltet. Und du hast ja gesehen, wozu das geführt hat«, meinte der Vicomte warnend.

Delphine saß am Fenster ihres Zimmers und blickte hinaus auf den hellen, vollen Augustmond. Sie beklagte ihr Los bitterlich. Wie konnte ausgerechnet ihr so etwas passieren? Etwas, das allen ihren Vorstellungen, wie man das beste aus seinem Leben machte, zuwiderlief? Ihrem ganzen jahrelangen Training, wie man Macht über Männer gewinnt und ausübt.

Ihrer ganzen Grundeinstellung zu den Dingen, die sie schon seit der Collegezeit entwickelt und dann zielstrebig weitergeführt hatte, bis sie in Paris, unter Brunos Anleitung, wirklich mondän und unabhängig geworden war. Allem schließlich, was sie bisher über ihren Körper und seine Bedürfnisse – und wie man sie mit einem halben Dutzend Liebhabern befriedigte – zu wissen geglaubt hatte. Ihrem ganzen eigenen Willen und allen ihren Plänen und Absichten generell, von denen sie so überzeugt gewesen war und die ihr zur Durchsetzung aller ihrer Interessen so nützlich sein konnten! Und am schlimmsten überhaupt, es lief ihren tiefsten Instinkten von Selbstschutz zuwider!

Man verliebte sich einfach nicht in einen Mann wie Armand Sadowski! Sie hämmerte mit den Fäusten auf die Armlehne ihres Sessels, bis sie wund waren. Einen Mann wie Armand Sadowski mochte man nicht einmal! Aber sie – sie tat es.

Wann war dieses völlig Undenkbare passiert? Nach den ersten Wochen ihrer Dreharbeiten? Als sie merkte, daß er die beste Leistung ihres Lebens aus ihr herausholte und daß ihr Spiel keineswegs mehr nur das Resultat ihrer unbewältigten Sexualität war, auf die sie seit diesen ersten Probeaufnahmen für *Mayerling* mit Nico Ambert stets gezählt hatte? War das vielleicht einfach nur – – die Erkenntnis gewesen, daß sie ja wirklich spielen konnte? Daß sie gar nicht einfach nur diese kleine perverse Narzißtin war, die sich immer erst von den Leuten im Atelier und den Scheinwerfern und den laufenden Kameras in Ekstase bringen lassen mußte, damit ihre erotische Erregung ihrem Spiel einen Sinn gab?

Vom ersten Tag an, den sie miteinander gearbeitet hatten, hatte Delphine vergessen, daß es auch das Aufnahmeteam gab. Das waren einfach nur Roboter, die die Befehle anderer ausführten. Die Scheinwerfer waren einfach Beleuchtungsgeräte, die Kameras simple Aufzeichnungsapparate. Seit dem Beginn dieses Films hatte kein Mann sie angerührt.

Gewiß, vielleicht waren ihre Gefühle rein professionell. Eine völlig normale Reaktion auf einen Mann, der es verstand, ihr zu befehlen wie noch niemand zuvor. Eine klassische Hörigkeit; Galathea und Pygmalion? Das hatte es schließlich alles schon gegeben; daß eine solche Bewunderung sich wie Liebe anfühlte. Transponierung hatte sie es schon viele andere Schauspielerinnen und Schauspieler nennen gehört. Es war branchenbekannt, daß man in seinen Regisseur immer ein wenig verliebt sein mußte. Regisseure waren immer höchst verführerische Persönlichkeiten, auf die eine oder andere Weise; andernfalls wären sie keine. Es gehörte fast notwendig zu dem großen Spiel, einen Film zu drehen. Ein wenig verliebt. Gut, nur ein wenig. Das wäre ja ganz akzeptabel. Aber wenn sie nur ein wenig verliebt gewesen wäre, hätte sie auch keine Probleme gehabt, das mit dem Ende des Films wieder zu beenden, jetzt schon vor Monaten, im Juni. Und dann hätte sie mittlerweile schon längst wieder irgendeinen Liebhaber, und alles wäre in Ordnung. Wenn sie nur ein wenig verliebt gewesen wäre...

Vielleicht waren ihre Gefühle überhaupt erst richtig aufgebrochen, als ihr klargeworden war, daß Armand Sadowski von allen Männern, die sie je kennengelernt hatte, am unbeeindrucktesten von ihr geblieben war? Das war nicht einmal sehr genau ausgedrückt, dachte sie und korrigierte sich im Geiste selbst. Er war nicht nur am wenigsten beeindruckt von ihr, er war es vielmehr überhaupt nicht; keine Spur. War es nicht völlig normal für jemanden, der immer wie selbstverständlich Verliebtheit ausgelöst hatte, auf eine fast masochistische Weise von einem Mann angezogen zu werden, der »schwer herumzukriegen« war? Überhaupt nicht »herumzukriegen« war? Das mußte es sein. Hätte er nur irgendeines der ihr so wohlbekannten Anzeichen verraten, daß er sie begehrte, hätte ihre sogenannte Liebe eine Chance gehabt, sich wieder zu legen. Oder? Aber es war ihr keine Gelegenheit geblieben, das herauszufinden. Einen Augenblick lang gestattete sie sich die Annahme, Armand Sadowski zeige tatsächlich romantisches Interesse an ihr. Sofort wurde ihr fast schwindlig davon, und sie sah den Mond doppelt, wie einen am Himmel hin und her schwankenden Drachen an einer langen Schnur.

Nein, nein. Es hatte alles in einem ganz unbemerkten Moment begonnen, entschied sie. Während der Dreharbeiten. Als direktes Resultat seiner manipulativen Persönlichkeit. Sie zwang sich hastig, nicht mehr den Mond anzuschauen. Wie anders als manipulativ sollte man das nennen? Er wußte ganz genau, wie er einen zu behandeln hatte, damit man genau tat, was er wollte. Er hatte immer das richtige Wort und die genau richtige Attitüde zur Verfügung. Sie hatte ihn auch beobachtet, wie er mit den anderen umging. Genau das gleiche. Streicheln und schlagen, schmeicheln und schimpfen, überreden und hinten reintreten, wie es gerade nötig war. Alles mit seiner rüden Energie, mit der er durchsetzte, was immer er wollte.

Nur, warum waren ihm dann nicht auch die anderen Schauspielerinnen des Films so rettungslos verfallen? Sie hatte stundenlang versucht, das in vorgeblich absichtslosem Geplauder herauszufinden. Alle hatten sich ganz offen und unverblümt über Sadowski geäußert. Er interessierte sie alle. Aber nur als Regisseur. Nicht weniger und nicht mehr. Sie waren sich alle ziemlich sicher, daß er unverheiratet war und sogar, daß er nicht einmal eine feste Freundin hatte. Es war bekannt, daß seine Familie schon vor einer Ewigkeit aus Polen gekommen war, und es war auch allgemeine Überzeugung, daß er Jude war. Aber wer wußte das bei Polen schon so genau? Sonst hatte er keinerlei Stoff für Klatsch geliefert. Er hatte sich niemals persönlich für irgendwen interessiert, und folglich reichte auch das allgemeine Interesse an ihm nicht weiter. Und alle wandten sich hinter diesem Punkt, zu Delphines Verdruß, wieder ihren eigenen Angelegenheiten zu.

Vielleicht ein Jude. Vielleicht ohne Bindung. Bestimmt polnischer Herkunft. Viel war das nicht.

Versuche einmal in deinem Leben ehrlich zu sein, befahl sie sich nachdrücklich. Es begann bereits, als er seine Brille abnahm und dich zum ersten Mal ansah. Mehr brauchte er nicht zu tun, damit es um dich geschehen war. Er brauchte sich nur in seinem Stuhl herumzudrehen und dich anzusehen. Peng. So. Und was nun, du pathetischer Fall von Es-hat-dich-erwischt?

Freddys Gips wurde Ende August entfernt, und es gab keinen Grund, warum sie nicht binnen kurzem wieder voll hergestellt sein sollte. Jetzt, wo sie wieder normal stehen und gehen konnte, ohne Angst vor Stürzen haben zu müssen, konnte Mac sie auch wieder allein zu Hause lassen und zu seiner gewohnten Beschäftigung zurückkehren.

In den letzten Tagen des September 1938 konnte Freddy dann wieder in ihr Flugzeug steigen. Ihr eigenes. Die erste Anzahlung für diese ziemlich extravagante Rider-Rennmaschine hatte sie bereits mit ihrem ersten als Fliegerin verdienten Geld geleistet. Sie hatte einfach nicht widerstehen können, als sie dieses herrlich konstruierte neue Flugzeug gesehen hatte, eines der ersten völlig stromlinienförmigen überhaupt, mit einem 450-PS-Motor, Pratt and Whitney, Twin Wasp Junior, völlig weiß. Mit ihm hatte sie ihre ersten Pokale gewonnen. Zum Beispiel im Mai 1937 auf dem Internationalen Luftakrobatik-Wettbewerb in St. Louis. Auch im Luftrennen Marseille/Istres–Damaskus–Paris im August 1937 schlug sie sich hervorragend und mußte sich mit dem dritten Platz lediglich wegen eines unvorhergesehenen Schneesturms über den Alpen begnügen. Im November 1937 war sie das Rennen von Vancouver nach Agua Caliente in Mexiko mitgeflogen und war in fünf Stunden, acht Minuten nur vierzehn Minuten hinter Frank W. Fuller jun. angekommen. Das war eine Zeit gewesen, derer sie sich nicht schämen mußte, auch wenn sie für den Sieg zu langsam war. Aber immerhin hatte sie die Silberplakette gewonnen. Gesiegt hatte sie dann Anfang 1938 in einer ganzen Reihe lokaler und regionaler Veranstaltungen. Danach hatte sie jedoch soviel Stunt-Arbeit, daß sich keine Zeit mehr fand, an weiteren Wettbewerben teilzunehmen.

Als sie jetzt gemütlich die Küste entlang flog, hinauf in Richtung Santa Cruz, versuchte sie sich darüber klarzuwerden, ob sie statt der neuen Filmangebote, die bereits vorlagen, nicht doch lieber wieder Flugrennen und neue Rekorde versuchen sollte. Wegen ihres Unfalls hatte sie die diesjährigen *National Air Races* versäumt. Aber heute war ihr das auch gleichgültig. Cochrane hatte das *Bendix* gewonnen? Na, und. Letztlich genügte das Fliegen an sich. Ich muß absolut nichts beweisen, dachte sie. Unter ihr lagen vereinzelte Wolkenfelder, die aussahen wie Sahneflokken, die der Wind vor sich hertrieb. Nichts kitzelte sie, irgendwo eine Minute schneller anzukommen. Es war ihr egal, ob ihre Navigation saumäßig war oder nicht. Solange sie sich faul auf den Pazifik, der heute morgen einen Lavendelglanz hatte, als Leitlinie verlassen konnte.

Dies war die Befriedigung und der Genuß, den alle Piloten meinten, wenn sie aus dem Hangar zu ihren Maschinen gingen und nur sagten: »Ich gehe fliegen!«; diese wie nebenher gesagten Worte, denen dennoch niemals die geheime Erregung fehlte. Freddy war erstaunt über ihre Wahrnehmung, wie nötig sie diese Art Zufriedenheit hatte, die ihr nun zuteil wurde. Sie hatte mehr, als sie selbst geahnt hatte, den einfachen physischen Kontakt mit ihrem Flugzeug vermißt; das ruhige, zuverlässige Brummen des Motors, das kein Röhren war und auch kein Donnern oder Jaulen oder Knattern, sondern einfach das mit nichts vergleichbare Geräusch eines guten Flugzeugmotors. Der vertraute Geruch des Leders ihres Pilotensitzes hatte ihr gefehlt, wie das Gefühl der Schultergurte, die kreuzweise über ihren Oberkörper liefen. Und ihr Steuerknüppel. Und der Gashebel. Und die Fußpedale für die Seiten- und Höhenruder; kurz, ihre Maschine.

Bis heute hatte sie diese Dualität des Fliegens nicht bewußt wahrgenommen. Sie konnte wohl Seiten mit lyrischen Beschreibungen des Himmels füllen und weitere mit bis ins Extrem detaillierten Darstellungen, wie die Erde von oben aussah, aber ohne den persönlichen Kontakt mit ihrer Maschine wäre das alles nicht mehr gewesen, als was jeder beliebige Passagier auch sah. Sie wäre nicht frei, säße sie nicht selbst am Steuer. So einfach war das. Es war die einzige wirkliche Freiheit, die sie je kennengelernt hatte, und es war ihr unvorstellbar, sie jemals auf längere Zeit zu entbehren.

Eine Weile lang flog sie völlig selbstvergessen. Alle nötigen Handgriffe geschahen unbewußt, und sie ließ sich einfach einsinken in die namenlose Emotion, die sie mit ihrem Flugzeug verband.

Schließich wurde ihr bewußt, daß sie hungrig war. Sie sah auf ihre Karte, wo der nächste Flugplatz war, um zu landen und etwas zu essen. In weniger als einer halben Stunde konnte sie in Santa Cruz sein. Ihre weiße

Rider schaffte es, wenn sie nur wollte, und der Flugplatz in Santa Cruz war gut. Sie wollte, sie hätte daran gedacht, sich ein Sandwich mitzunehmen, während sie beidrehte, um Kurs auf die kleine Küstenstadt zu nehmen. Selbst dieses bißchen Navigation fand sie an einem Tag wie heute fast schon zuviel. Aber es war besser, als zu hungern.

Sie war wirklich glücklich, dachte sie, als sie tiefer zu gehen begann. Aber eigentlich nicht nur, weil sie »fliegen gegangen« war. Es war Mac. War es nicht immer Mac? Gestern abend nach dem Essen war er in den Wagen gesprungen und hatte Eis geholt, weil ihr plötzlich danach gewesen war. Und als er mit mehr, als sie essen konnte, zurückkam, hatte sie gesagt – oh, wirklich ganz leichthin, deutlich scherzhaft, wirklich ohne jeden Wink mit dem Zaunpfahl –, daß er einen großartigen Vater abgäbe. Und er hatte nicht einmal die Stirn darüber gerunzelt. War überhaupt nicht aufgebraust oder hatte sich bedrängt gefühlt oder protestiert, daß er zu alt sei oder daß es nicht recht wäre, oder sonst einen seiner lächerlichen Skrupel vorgebracht. Er hatte nur gemeint: »Solange ich dich habe, brauche ich kein zweites Baby.« Aber in seinem Auge hatte doch etwas aufgeblitzt, und es war ihr klargewesen, daß sie an einen Nerv gekommen war. Wahrscheinlich verzehrte er sich in Wirklichkeit danach, Kinder zu haben, und gestand es sich nur selbst nicht ein. Und das hatte sie genau in diesem Moment überzeugt, daß sie es bereits geschafft hatte. Daß er sie eines Tages doch heiraten würde. Und wenn sie dafür schwanger werden mußte. Irgendwann. Bald.

Am letzten Tag des September 1938 las Paul de Lancel die Abendzeitung mit schmerzlicher Aufmerksamkeit. Den ganzen Monat schon hatte er die Krise in Europa verfolgt, die die meisten Kalifornier für wenig mehr hielten als für eine dieser ewigen Aufundabbewegungen in der Politik, die man am besten ignorierte.

Dreimal hatte es allein in diesem September Kriegsgefahr oder jedenfalls Kriegsangst gegeben. Zu Beginn des Monats hatte Hitler die endgültige Annexion des Sudetenlandes gefordert, das zur Tschechoslowakei gehörte, während er früher lediglich davon gesprochen hatte, er wolle die Rechte der deutschen Minderheit in dieser Region schützen. Dreimal war der britische Premierminister Neville Chamberlain nach Deutschland geflogen, um den drohenden Diktator zu besänftigen. Die Tschechen wollten um ihr Land kämpfen, aber sie waren die einzigen in ganz Europa, von Stalin abgesehen, den man aber allseits ignorierte. Die Bündnispartner der Tschechoslowakei, England und Frankreich, hatten nur zwanzig Jahre, nachdem Millionen ihrer Männer für nichts in dem Großen Krieg geblieben waren, keinen besonderen Kampfgeist mehr. Am 30. September unterzeichneten Hitler und Chamberlain mit Zustimmung des französischen Premiers Daladier das Münchner Abkommen. Dieses Mal würde es keinen Krieg geben. Der gesunde Menschenverstand hatte obsiegt.

»Gott sei Dank«, sagte Paul zu Eve.

»Du glaubst also, daß man sich wirklich nicht mehr sorgen muß?«

»Das natürlich nicht. Es gibt immer wieder etwas, um das man sich sorgen muß ... aber zumindest zeigt dieses Papier den guten Willen. Hör zu«, sagte er und las laut vor: »›Wir halten dieses gestern abend unterzeichnete Abkommen zusammen mit dem englisch-deutschen Flottenabkommen für symbolisch in Hinsicht auf den Wunsch unserer beiden Völker, niemals wieder Krieg gegeneinander zu führen.‹ Selbst als berufsmäßig zynischer Diplomat muß ich sagen, das klingt wie ein Schritt in die richtige Richtung.«

»Und was ist mit den Tschechen?«

»Frankreich und England sind gebeten worden, ihre nationale Identität zu beschützen. Die Tschechen waren ja immer ein Problem, aber kein so großes, um darüber einen Krieg anzuzetteln. Nun, jedenfalls kann man jetzt wieder Pläne machen. Was meinst du, Schatz, sollen wir versuchen, Ende Oktober eine Passage nach Frankreich zu bekommen, oder wollen wir lieber erst für das Frühjahr buchen?«

»Wie lange kannst du Urlaub nehmen?«

»Ich hatte ja dieses Jahr schon ein paar Tage, aber wenn wir bis zum Frühjahr warten, kann ich einige Monate nehmen. Wenn wir aber im nächsten Monat fahren, ist es ein bißchen spät, denn dann ist die schönste Zeit des Jahres in der Champagne fast vorbei.«

»Ich wollte, wir hätten zu Guillaumes Begräbnis fahren können«, sagte Eve nachdenklich.

»Ja, sicher. Aber Vater hat sich in seinem Brief ja sehr klar ausgedrückt. Er will nicht ein Wort davon hören, daß ich den diplomatischen Dienst aufgebe, um ihm zu helfen. Er scheint der Ansicht zu sein, daß ich dabei mehr hinderlich bin, als daß ich nütze.« Sein Ton drückte Bedauern aus. »Es stimmt ja, daß ich von der Champagnerherstellung nicht viel verstehe oder vom Verkauf, aber es ist ja schließlich nie zu spät, etwas zu lernen. Er sagte, seine Verwalter könnten Guillaume problemlos ersetzen. Schon deren Väter hätten für ihn gearbeitet, wie ihre Großväter für seinen Vater und so weiter – genau wie die Martins, diese drei Kellermeister, denen er so vollständig vertraut. Nun, er ist natürlich auch noch viel zu rüstig, um die laufenden Geschäfte einfach aus der Hand zu geben. Zu rüstig und zu sehr daran gewöhnt.«

»Aber wie könntest du mit dreiundfünfzig noch mit Agrikultur anfangen? An einem Ort, wo es schon Ende Oktober ungemütlich kalt wird und es fünf Monate bis zum nächsten Frühling dauert?« fragte Eve zweiflerisch.

»Willst du etwa andeuten, daß ich wegen Kalifornien zu nichts mehr fähig bin?«

»Das geht uns doch allen so. Selbst uns Franzosen. Irgend etwas Chemisches verändert einem das Blut, wenn man sehr lange hier gelebt hat... genau wie die Tropen. Eines Tages... und viel zu früh... wird dir das Haus Lancel sowieso gehören, ob es dir nun gefällt oder nicht. Oder mir, was das betrifft. Ehrlich gesagt, fürchte ich mich vor diesem Tag. Warum die Dinge also auch noch vorwegnehmen? Warten wir lieber bis zum nächsten Frühjahr. Dann können wir vielleicht einen Monat bei Delphine in Paris verbringen und einen in der Champagne.«

»Schön, machen wir es so. Mai in Paris bei Delphine, Juni in der Champagne bei den Eltern samt Studium, wie die Bienen die Blüten lieben«, sagte Paul aufgeräumt.

Und da hat er es tatsächlich, dachte Eve, wieder einmal fertiggebracht, ein ganzes Gespräch hinter sich zu bringen, ohne daß auch nur mit einem Wort die Tatsache erwähnt worden wäre, daß sie schließlich noch eine zweite Tochter hatten, die ganz in der Nähe lebte – wie er, vermutete sie, doch wohl ahnen mußte. Doch wenn er partout nichts davon wissen wollte – sie würde es ihm nicht aufdrängen. Sie war froh, wenigstens ihn wieder zu haben und daß er sich von seiner emotionalen Erstarrung der ersten Monate nach Freddys Weggang soweit erholt hatte, ihr wieder die gleiche eheliche Liebe wie vorher zuzuwenden. Das Thema Freddy aber war ihr unausgesprochenes, ungeschriebenes Münchner Abkommen: Sie hatten beschlossen, über dieses Thema nie wieder in den Krieg gegeneinander zu ziehen...

Delphine begann Anfang September einen neuen Film mit Jean-Pierre Aumont als Partner. Sie ging mit der Hoffnung in die Dreharbeiten, daß sich dort irgend etwas ereignen würde, um ihre Obsession zu beenden, denn zu diesem Schluß war sie gekommen: Es war eine Obsession, nicht Liebe.

Ende September begann ihr indessen allmählich klarzuwerden, daß sie in noch größeren Problemen steckte, als sie bisher geglaubt hatte. Sicher, sie konnte noch immer spielen. Sie konnte auf ihr Naturtalent zählen und auf die in den letzten beiden Jahren, in denen sie so gut wie pausenlos gedreht hatte, erworbene Routine. Damit kam sie wunderbar durch eine

Szene nach der anderen. Wie schwierig oder kompliziert es auch sein mochte, sie war imstande, jeden Ball, den ihr ein Mitspieler zuwarf, aufzufangen. Sie konnte hervorragend zuhören, und damit war schon die Hälfte gewonnen. Außerdem entdeckten die Kameras auch weiterhin erheblich mehr Gefühle in ihrem Gesicht, als sie wirklich besaß. Ihr neuer Regisseur war hingerissen, und sie fand ihn ihrerseits vielleicht ohne große Inspiration, aber immerhin zufriedenstellend. Und darüber hinaus war Abel dabei, einen Film mit Gabin für sie unter Dach und Fach zu bringen. Die Zukunft sah rundherum rosig aus, nur die Gegenwart nicht. Sie ging sehr spät ins Bett und dachte so unaufhörlich an Sadowski, daß sie nicht mehr schlafen konnte. Am Morgen wachte sie dann zu früh auf und dachte wieder an Sadowski. Tagsüber verwandte sie jede freie Minute wiederum darauf, an Sadowski zu denken. So konnte es einfach nicht weitergehen.

Es gab nur einen Weg, sich den Mann aus dem Kopf zu schlagen, einen Exorzismus, die direkte Konfrontation. Unmöglich konnte ihre Obsession der Realität standhalten. Doch um sie wirklich loszuwerden, mußte sie sie erst einmal der frischen Luft aussetzen, um nicht zu sagen, dem heilenden Tageslicht. Es würde zwar peinlich werden, demütigend und absurd, gar nicht davon zu reden, daß es gegen alle ihre Prinzipien verstieß, aber wenn sie ihm einfach ihre Gefühle offenbarte, würde er mit Sicherheit so unsensibel und so unberührt reagieren, daß sie endlich aus ihrem unnatürlichen Zustand herausfinden würde. Bestenfalls bedauerte er sie etwas. Und selbstverständlich würde er sich auch nicht entblöden, ihr dies zu zeigen. Mitleid! Das mußte dann doch wohl endlich genügen, sie aus dem Bann zu lösen...

Sie rief ihn an. Sie hätte gerne seinen Rat. Sie habe Schwierigkeiten mit ihrem Regisseur.

»Hör zu Mädchen, ich hab' so viel zu tun, ich weiß nicht, wo mir der Kopf steht. Aber gut, wenn du Probleme hast, versuche ich eben, mir ein bißchen Zeit freizumachen. Treffen wir uns bei Lipp, halb neun. Ach nein, ich esse doch besser im Atelier, wir müssen ein paar komplizierte Sachen noch einmal machen. Komm zu mir, um zehn. Wenn ich nicht zu Hause bin, dann deshalb, weil ich einen Schauspieler umgebracht habe. Weißt du, wo ich wohne? Gut, also bis dann.«

Ob sie wußte, wo er wohnte? Gütiger Himmel, seit sechs Monaten war sie dort dutzendemale vorbeigefahren, wie ein Teenager in der Hoffnung, ihm »zufällig« zu begegnen. Sie konnte per Bus, Metro oder zu Fuß hinkommen. Sie konnte hinkriechen, wenn es sein mußte, quer durch ganz Paris. Tatsächlich ließ sie sich aber ein Taxi kommen. Sie wollte vermeiden, daß ihr eigener Chauffeur darüber zu spekulieren anfinge, wieso sie um zehn Uhr abends irgendwohin fuhr und eine halbe Stunde später schon wieder zurückkam, so wie eine erfolglose Bittstellerin.

Kein Grund, sich besonders herzurichten. Ihn beeindruckte ohnehin überhaupt nichts. Andererseits – da es schließlich um einen Exorzismus ging – schien alles, außer einem schwarzen Kleid, nicht passend. Irgend etwas Priesterhaftes. Streng, karg. Ihr neues Chanel, mit einer einfachen Perlenkette. Die sehr, sehr guten Perlen, die sie letztes Jahr auf Brunos Rat hin gekauft hatte. Die zweitbesten würden es ja eigentlich genauso tun. Aber die anderen machten sie doch mehr... Tust du es schon wieder, du unsagbare Närrin! schalt sie sich selbst, und obwohl es sehr warm war im Zimmer, klapperten ihr doch die Zähne. Sich für einen Mann schön zu machen, den es überhaupt nicht interessiert! Nun, jedenfalls würde das Chanel für ihr eigenes Selbstbewußtsein gut sein, rechtfertigte sie sich vor sich selbst. Sie schlüpfte in das schwarze, tief ausgeschnittene Cocktailkleid, das die Sensation der Herbstkollektion gewesen war. Offiziere zogen schließlich auch ihre Galauniformen an, wenn sie vors Kriegsgericht mußten! Und Mata Hari hatte Wert darauf gelegt, selbst noch bei ihrer Hinrichtung gut auszusehen.

Sie machte mit zwar zitternden, aber doch gewandten Händen ihr Make-up und frisierte sich so sorgfältig, bis sie noch jünger als zwanzig und doppelt so schön wie sonst aussah.

Sie zog sich den schwarzen Chanel-Übergangsmantel an und beschloß, auf einen Hut zu verzichten. Im Taxi auf dem Weg über die Seine zum linken Ufer wäre sie froh gewesen, wenn sie ein Skript gehabt hätte. Ein richtiger Exorzismus ging immer genau nach Skript vor sich, exakt nach alter, langer Tradition. Aber sie besaß keines. Sie hatte nur ihre Überzeugung, daß es mit ihrer »Obsession« ein Ende haben mußte, ehe noch irgend etwas Schlimmes passierte.

Armand Sadowski wohnte fast genau über der *Brasserie Lipp* in einem alten und schon etwas heruntergekommenen Wohnhaus, das sich fast in den Boulevard St. Germain hineinzubeugen schien. Delphine sah die gutgelaunte Menge auf der Terrasse des *Café Flore* auf der anderen Straßenseite. Lauter fröhliche Leute. Sie tranken, riefen nach dem Ober, redeten miteinander, genossen den letzten warmen Herbstabend, und niemand schien irgendwelche Sorgen zu haben. Sie wandte sich von diesem Bild der wunderbaren Alltäglichkeit ab und zwang sich, den Summer an der schweren Haustür zu drücken, die Concierge zu fragen, in welchem Stock Monsieur Sadowski wohnte, und die steilen, teppichlosen Treppen bis ganz oben hinaufzusteigen.

Armand Sadowski, der seltsam aufgeregt schien, riß im gleichen Augenblick, als sie klingelte, die Tür auf. Er war in Hemdsärmeln, ohne Krawatte und unrasiert. Sie hatte gar nicht mehr gewußt, dachte sie, wie groß er tatsächlich war. Der abrupte Übergang von der Treppe in seine Wohnung verwirrte sie.

»Was sagst du dazu?« fragte er rasch, ohne weiteren Gruß, als er ihr die Abendzeitung hinhielt.

»Ich habe noch keine Zeit gehabt, Zeitung zu lesen.«

»Es sieht nach Frieden aus! Die Deutschen haben so wenig Lust zum Kämpfen wie wir. Hitler hat endlich ein Abkommen unterzeichnet!«

»Vielleicht hat er zuviel Respekt vor der Maginotlinie?«

»Ah? Sogar von der Maginotlinie weißt du was? Erstaunlich.« Er grinste und winkte sie hinein.

»Jeder weiß was von der Maginotlinie! Die Franzosen reden doch von nichts anderem. Tja. Also, warum bin ich gekommen.«

»Weil du einen Rat wolltest. Du sagtest was von Problemen mit deinem Regisseur.«

»Nicht eigentlich.«

»Ich dachte es mir schon. Wahrscheinlich ist wohl, daß er Probleme mit dir hat, wie? Drink?«

»Gin, einfach so in ein Glas.«

»Amerikaner!« sagte er kopfschüttelnd. »Nur Amerikaner trinken Gin ohne irgendwas.«

»Nein, die Engländer auch«, antwortete sie schwach. Ihre ganze Courage war beim Teufel.

»Na, komm Mädchen, setz dich hin. Hab' ganz meine Manieren vergessen.« Er reichte ihr ein Glas und deutete auf einen großen Ledersessel. Sie sah sich nicht in dem großen, unaufgeräumten Zimmer um, sie sank einfach nur in den Sessel und trank.

»Also, warum kommst du? Worum geht's denn?«

»Ich liebe Sie.«

Es war leichter zu sagen, als sie geglaubt hatte, weil sie französisch sprach und das für sie immer wie eine Maske war, wie jede Sprache außer Englisch. Es auf englisch zu sagen: »I love you«, wäre ihr unerträglich gewesen. Sie trank ihr Glas leer und blickte blind in dessen Boden hinein.

Sadowski nahm nachdenklich seine Brille ab und betrachtete sie eine Weile lang schweigend. »Sieht wohl so aus«, sagte er schließlich in einem Ton, der für sie die Bestätigung all dessen war, was sie sich so schmerzlich zu begreifen gezwungen hatte.

»Sind Sie denn nicht mal überrascht? Mein Gott, was für ein Egozentriker!« Sie warf in einem ganz unerwarteten, aber ihr jetzt durchaus willkommenen Zornesausbruch den Kopf nach hinten.

»Hat lange genug gedauert, bis du das begriffen hast«, sagte er, als habe er sie gar nicht gehört und setze nur ein Gespräch fort, das er zuvor geführt hatte. Vielleicht mit jemand anderem?

»Haben Sie mit jemandem über mich gesprochen?« fragte sie mißtrauisch.

»Wieso sollte ich?«

»Schon gut. Also, jetzt wissen Sie's. Haben Sie irgend etwas dazu zu sagen?«

»Du bist ein unsagbar verwöhntes Kind.«

»Weiß ich. Sonst noch etwas?« sagte Delphine schroff. Die Feststellung, daß sie verwöhnt war, reichte ja nun noch nicht für den Exorzismus, Wutanfall oder nicht. Wenn er sie wenigstens bemitleiden würde! Der Teufel hole ihn mit seiner Brillenabsetzerei! Er bewirkte nur, daß sie den Wunsch verspürte, ihm zärtlich die Druckstellen wegzumassieren, auf der Nase, unter den Augen, diesen bemerkenswerten Augen, was immer sie nun waren, kurzsichtig oder weitsichtig. Und den Wunsch, ihr Gesicht an den Stoppeln seines scheußlichen Eintagebartes zu reiben. Mit den Händen in seinem zu langen, zerstrubbelten Haar zu wühlen. Und ihn an sich zu ziehen und auf ihre Lippen zu drücken.

»Es ist widerlich, wie privilegiert du bist. Nichts hast du dazu getan, als absurd dekorativ auszusehen. So warst du immer, so wirst du immer sein, und immer wirst du davon profitieren.«

»Ja, aber dafür kann ich schließlich nichts.«

»Habe ich auch nicht gesagt. Ich sagte nur, es ist widerlich.« Er schwieg, in Gedanken versunken.

»Und was hat das damit zu tun, daß ich Sie liebe?« zwang sich Delphine, das Wort erneut auszusprechen. Er schien das beim ersten Mal gar nicht richtig registriert zu haben.

»Erstens mal habe ich genug davon gehört, wie du mit ganzen Kompanien von Männern umgesprungen bist.«

»Kann ich etwas dafür, wenn sie sich ständig in mich verlieben? Ich kann sie doch nicht auf Kommando wiederlieben«, verteidigte sich Delphine. Was konnte er nur gehört haben? Und wie schlecht war sie da gemacht worden?

»Nun, du sollst den Ruf haben, die Männer wie die Hemden zu wechseln, was das betrifft. Es heißt, daß Sturmwarnungen ausgegeben werden, wenn du auftauchst, Mädchen.«

»Ich war eben bis jetzt noch nie wirklich verliebt«, sagte sie in der Hoffnung, dies könne sie entschuldigen.

»Das ist keine Ausrede.«

»Sie reden wie meine Mutter.«

»Na wenn schon. Was man so hört, sind deine Spezialität Regisseure. Gelegentlich darf es als Dessert auch mal ein Produzent sein.«

»Das ist doch ekelhaft.«

»Aber wahr. Jetzt ist es raus. Ich bin, mit anderen Worten, nicht daran interessiert, in deine Phantasiewelt aufgenommen zu werden, als einer in der langen Reihe von Regisseuren, denen du die Ehre gegeben hast.«

»Habe ich je darum gebeten? Als wir zusammen gearbeitet haben, habe ich Ihnen nicht eine Avance gemacht. Ich wollte, es wäre alles nur Einbildung, aber Sie sind nicht mehr mein Regisseur, verstehen Sie das nicht? Ich liebe Sie!«

»Ich versteh's ja, Mädchen. Nur zu gut, sogar. Da ist so ein richtiger Hauch Dämonie an dir. Offen gesagt, ich habe eine Scheißangst vor dir.«

»So? Kleiner Feigling. Das klärt die Sache ja. Und jetzt gehe ich wieder.« Sie stand auf und wollte gehen. Er hatte jetzt genug für einen guten Exorzismus gesagt. Mehr ertrug sie auch gar nicht. Es schmerzte zu sehr, hier bei ihm zu sitzen, ohne ihn berühren, anfassen, streicheln zu können, selbst wenn er von ihr sprach. Ganz gleich, was er sagte, es war immer noch besser, als wenn er sie völlig ignorierte.

»Bleib sitzen. Ich bin noch nicht fertig. Willst du nicht wissen, wieso ich weiß, daß du mich liebst?«

»Ist mir scheißegal. Wie typisch für Sie, alles nur analysieren zu wollen«, sagte sie verbittert. »Gut, es ist Ihr Geschäft, zu wissen, was die Leute denken und fühlen. Vermutlich habe ich mich ein dutzendmal verraten. Na, wenn schon. Sollen wir vielleicht jetzt ein Seminar veranstalten? Über die Beschreibung der Emotionen bei unerwiderter Liebe, gesehen durch die Augen des brillanten Regisseurs Armand Sadowski?«

»Sei still, Delphine. Du redest zuviel.« Irgend etwas schien ihn überaus zu amüsieren.

»Ihre Selbstgefälligkeit macht mich krank! Ich bereue es längst, daß ich überhaupt hergekommen bin. Als wenn ich es nicht im voraus hätte wissen können!«

»Ich liebe dich ja auch«, sagte er langsam. Ohne eine Spur von Scherz. »Ich liebe dich mehr, als ich dich fürchte. Und genau deshalb weiß ich auch, daß du mir die Wahrheit gesagt hast.«

»Sie? Mich lieben?« Delphine sprach schnell. Sie war völlig ungläubig. »Sie und mich lieben! Wenn das so wäre, hätten Sie mich das ja wohl wissen lassen, oder? Dann hätte ich nicht erst hierherkommen und ... mich Ihnen zu Füßen werfen müssen!«

»Ich habe eben gehofft, wenn du mich liebst, würdest du mich das schon zur rechten Zeit wissen lassen.«

»Wenn??« O Gott, wo war der Exorzismus geblieben? Wieso redeten sie hier haarspalterisch um eine Liebe, die überhaupt nicht existierte, nicht existieren konnte. Weil er dann nicht imstande gewesen wäre, sie die ganze Zeit zu verbergen! Wieso war sie überhaupt nicht mehr wütend? Wieso überhaupt hörte sie ihm zu, als hinge ihr Leben davon ab?

»Wie konnte ich denn dessen sicher sein, als ich dein Regisseur war? Es konnte doch einfach wieder so sein, wie du es immer gemacht hast, wohlbekannt in der ganzen Branche!«

»Oh.«

»Ja. Genau.«

Sie saßen sich gegenüber und blickten beide zu Boden. Hingerissen, verlegen, über dem Boden schwebend, mit gelähmter Zunge. Die Vergangenheit ausgelöscht. Die Zukunft ungewiß. Doch inzwischen drehte sich die Welt weiter und drehte sich und drehte sich, bis sich alles um sie verändert hatte.

»Wann?« fragte Delphine schließlich und begann ihn nun ebenfalls zu duzen, um sich der verwirrenden Gegenwart auch ganz bewußt zu sein. »Wann hast du dich in mich verliebt?«

»Unwichtig.«

»Ich muß das wissen.«

»Es ist zu verdammt albern.«

»Wann?« forschte sie unerbittlich. Er war ihr das schuldig!

»Als ich mich umgedreht und dich angesehen habe, damals am ersten Tag in meinem Büro, bei unserem ersten Zusammentreffen. Ich hatte überhaupt nichts von dir gewußt. Nicht mal in Hollywood würde man so eine Story loskriegen. Viel zu simpel.«

»Ich schon. Ich würde sie kaufen. Und warum hast du dich in mich verliebt?«

»So, wer analysiert nun wen?«

»Ich habe das Recht dazu!« konstatierte sie entschlossen und war auch voll überzeugt davon, daß es so war. »Also, warum?«

»Darum, Mädchen. Ich weiß es auch nicht. Aus gar keinem ersichtlichen Grund. Einfach nur Liebe auf den ersten Blick. Gott helfe mir. Glaube mir, es war unfreiwillig. Komm mal her.«

»Warum sollte ich?« Wenn sie aufreizen konnte, dachte sie, würde auch die »Obsession« exorziert. Und dann blieb die ganz gewöhnliche, einfache, unbezahlbare, perfekte Liebe übrig. Zauberei.

»Ah, Schauspielerinnen!« rief er und warf die Hände hoch. Er stand auf und zog sie zu sich hoch. Er legte ihr die Hände um den Hals und öffnete ihre Perlenkette. »Leg die irgendwo hin. Sie sind viel zu teuer, als daß sie hier in diesem Durcheinander verlorengehen sollten.«

»Möchtest du mich nicht vielleicht erst mal küssen?«

»Nur Ruhe, alles zu seiner Zeit! Zuerst mal müssen wir dich auszie-hen. Knopf auf Knopf. Ich muß sehr vorsichtig sein mit dem Kleid da. Es paßt nur zu gut.«

»Zu gut wozu?«

»Für die Szene natürlich, in der das Mädchen dem Kerl sagt, daß sie ihn liebt. So ein tolles Kleid. Dermaßen passend. Dermaßen ausgeschnitten. Der arme Teufel. Er hat von Anfang an nicht den Hauch einer Chance ge-habt.«

Freddy war an diesem Abend, als sie zum ersten Mal seit ihrem Unfall mit der Rider wieder geflogen war, ungewöhnlich früh schlafen gegan-gen. Mac saß unten am Küchentisch vor einem Blatt Papier. Die Zeitung, die er gelesen hatte, lag, verächtlich hingeworfen, auf dem Boden. Er hatte sich in der Luft mit zu vielen furchtlosen und gerissenen deutschen Piloten duelliert, um glauben zu können, daß sie jemals aufgäben. Die letzten zwanzig Jahre waren ihm darum auch eigentlich nur wie ein ein-ziger verlängerter, unbehaglicher Halb-Waffenstillstand erschienen. Und München war in seinen Augen nur eine weitere Schlacht, die sie ge-wonnen hatten.

Wo würden sie wieder angreifen? Und wie bald schon? Seit '33 hatte sich das Tempo stetig beschleunigt. Damals hatte er ganz deutlich einen ersten näherkommenden Kanonenschlag zu vernehmen geglaubt. Seit-dem war es, fand er, keine Frage mehr des *ob*, sondern jetzt, nachdem das Sudetenland geopfert worden war, nur noch das *wann*. Jeder, dachte er, der einmal gesehen hat, wie einfach Ländergrenzen verschwinden, wenn man sie aus der Luft auszumachen versucht, wußte, daß man mit Isola-tionismus nicht durchkam. Noch ein Jahr? Oder noch weniger?

Die Neuigkeiten aus München hatten seinen Entschluß, den er schon gestern gefaßt hatte, nur noch verstärkt. Als Freddy diese Bemerkung gemacht hatte, daß er einen guten Vater abgäbe, war es tatsächlich eine letzte Warnung für ihn, und es gab ihm den endgültigen Stoß über die entscheidende Trennlinie, an der er gebrochenen Herzens und in Selbst-haß schon einige Wochen gestanden hatte. Natürlich war Freddy nicht schwanger. Er wußte das ganz sicher. Noch nicht. Aber wie der nächste Krieg, war es nur noch eine Frage der Zeit. Er nahm einen Federhalter und begann zu schreiben. Jedes Wort bereitete ihm Mühe, aber es war nicht zu umgehen. Er mußte diesen Brief schreiben. Es war seine ver-dammte Pflicht und Schuldigkeit. Und er mußte alles außer dem We-sentlichen weglassen.

Freddy Liebling,

ich muß Dich verlassen. Wir haben keine andere Wahl. Ich weiß, daß Du heiraten möchtest. Ich weiß, daß Du Dir sicher bist, ich heirate Dich, wenn du schwanger bist. Also muß ich Platz machen, daß Du das Leben leben kannst, für das Du bestimmt bist. Du hast dein eigenes Leben ja noch gar nicht begonnen. Und ich kann und darf Dir nicht die Flügel stutzen.

Du weißt, wie ich über die Ehe mit Dir denke. Ich war schon in der Vergangenheit unfair genug, und es wäre noch schlimmer, wenn ich auch weiterhin Deine Gefühle ausnützen würde. Ich habe Dir das schon einmal so direkt wie nur möglich gesagt, und ich könnte es Dir noch hundertmal sagen, aber es würde nichts nützen. Du würdest mir nie glauben, daß es mir ernst damit ist. Und Du würdest mich nie aufgeben. Es sei denn, ich verlasse Dich. Alles, was ich besitze, gehört Dir. Das Haus, die Flugzeuge, das ganze Geschäft, alles. Behalte oder verkaufe alles, wie Du willst.

Eines darfst Du nie denken: daß ich Dich nicht genug liebte. Wenn ich noch ein junger Mann wäre, würde ich Dich morgen heiraten – oder vielmehr, ich hätte es schon längst getan. Ich gebe Dich vielmehr frei, weil ich Dich so sehr liebe. Ich bin keine Zukunft für Dich, mein geliebtes Mädchen.

Mac

Er las den Brief noch einmal durch, legte den Federhalter hin, faltete das Blatt zusammen und schrieb ihren Namen auf die Rückseite. Dann schob er ihn mit einer Ecke unter die Karaffe mit den wilden Blumen, die sie immer auf dem Tisch stehen hatte, und holte aus der Abstellkammer seine Tasche, die er gepackt hatte, während sie geflogen war.

Wenn es irgendeine bessere Möglichkeit gäbe, dachte er, hätte er sie mittlerweile herausgefunden. Aber es gab keine. Sie würde es schon überstehen. Er nicht.

Viele Stunden später, als er viel zu schnell mit dem Wagen nach Norden fuhr, merkte er erst, wohin er tatsächlich fuhr.

Bis jetzt hatte er Hunderte Meilen lang nur den einen Gedanken gehabt, so weit weg wie möglich zu kommen, ehe er es sich doch noch einmal anders überlegte. Sein Ziel konnte nur ein Ort ohne Erinnerungen sein.

Erst als es schon Morgen wurde, fühlte er sich sicherer, weil sie jetzt bald seinen Brief lesen würde.

Er hätte eines der Flugzeuge nehmen können, dachte er. Mit ihm hätte er jenseits der Grenze in Vancouver anheuern können. Dort mußte es ja wohl einen Stützpunkt der kanadischen Air Force geben. Und wenn da nicht, dann drüben in Toronto. Instrukteure wurden immer gebraucht, und da oben in Kanada waren sie auch nicht so pingelig wegen des Alters. Zuallermindest konnte er beraten und helfen. Zumindest das konnte er noch tun, solange er noch lebte.

FÜNFZEHNTES KAPITEL

Freddy raste mit dem Auto über die Landebahn in Dry Springs. Sie fuhr, so schnell sie konnte, hielt dann mit quietschenden Bremsen schleudernd keinen Meter neben ihrem Flugzeug, sprang aus dem Auto, nahm die Bremsklötze von der Rider, band das Haltetau los, sprang in den Pilotensitz, zündete den Motor und startete in Sekundenschnelle. Zum ersten und letzten Mal in ihrem Leben unterließ sie die Prüfung des Flugzeuges und ebenso die üblichen Kontrollen des Motors vor einem Start.

Vor einer halben Stunde hatte sie Macs Brief gefunden und sofort gewußt, sie würde es, wenn sie nicht unverzüglich aufstieg, nicht überleben. Es war ihre einzige Möglichkeit, damit fertig zu werden. Es war ihr unmöglich, den Boden mit dem Sturz in dieses alles zerstörende Meer unerträglichen Schmerzes zu teilen. Sie mußte den Erdboden verlassen, oder sie würde verrückt. Sie zog die Maschine so steil hoch, wie es überhaupt nur ging, gab alles nur Mögliche an Gas und schoß fast raketengleich in den düsteren, bedeckten Himmel. Das Warnsignal für die Motorenüberlastung lärmte wie verrückt, und das hielt sie eine Weile mit ihrer Flugkorrektur beschäftigt. Sie atmete keuchend durch den Mund, hechelnd auf Hundeart, und blinzelte fortwährend nach vorn in das graue Nichts, das einen hellen weißen Lichtrand hatte. Sie hatte ihre Fliegerbrille vergessen und lediglich die Jeans an, samt Hemd und Sweater, so wie sie vorhin zum Frühstück hinuntergegangen war. Bald begann sie in der Kälte der Höhe zu frieren, aber sie stieg immer noch höher, immer weiter. Nur hinauf, hinauf, hinauf, war ihr einziger Gedanke. Dann stieß sie plötzlich durch die Wolkendecke und hatte sie gleich danach unter sich. Der strahlend blaue Himmel versetzte ihr den nötigen Schock, dem sie entgegengerast war. Wie ein Läufer, der sich mit letzter Kraft über die Ziellinie wirft und das Band durchreißt. Sie sank, mit einem Schlag ohne jeden Rest von Kraft, über ihren Steuerknüppel.

Die Rider, ohne Steuerung, pendelte sich rasch auf die Lage ein, für die sie gebaut war, und flog mit genau horizontaler Nase einige hundert Fuß über dem endlosen weißen Wolkenfeld.

Die Sonne, die jetzt in ihren Pilotensitz schien, wärmte etwas, und allmählich hörte sie auf zu zittern. Sie hob den Kopf wieder und begann wieder selbst das Kommando über das Flugzeug zu übernehmen. Unter ihr riß jetzt die Wolkendecke da und dort auf. Durch eines dieser Löcher tauchte sie nach unten wie ein Tümmler, um gleich darauf wieder durch das nächste nach oben zu klettern und immer so weiter, hinunter und hinauf, endlos und ohne Gedanken, außer dem einen, sich zu bewegen. Sie sah eine Wolke von ungewöhnlicher Gestalt und umkreiste sie penibel, genau an ihrem Rand entlang, ein Flügel drinnen, der andere noch draußen. Sie fand enge, gewundene, hellerleuchtete blaue Avenuen zwischen sich hoch auftürmenden Wällen von Weiß, und folgte ihnen, wohin sie führten. Sie flog in Wolken hinein und blieb in ihnen verborgen, ohne weiter sehen zu können als einige Meter, bis sie wieder genug davon hatte und sich aus ihnen hinausstürzte, um zu sehen, was hinter ihnen läge.

Als sie nach langer Zeit endlich auf ihre Kontrollinstrumente sah, hatte sie fast keinen Treibstoff mehr. Sie hatte absolut keine Ahnung, wie lange sie hier oben herumgekurvt war. Nachdem nun ein triftiger Grund existierte, tauchte sie unter die Wolkendecke, um herauszufinden, wo sie sich eigentlich befand.

Unter ihr erstreckte sich die Wüste in alle Richtungen bis zum Horizont. Nirgendwo eine Straße. Kein Baum, kein Strauch. Nicht der geringste Orientierungspunkt. Jeder Pilot, der das San Fernando Valley kannte, wußte auch, daß sich nur einige Minuten von ihm entfernt eine riesige Wüste befand. Sie hatte sich also so verirrt, als sei sie tausend Meilen draußen auf dem offenen Meer. Doch sie fand am Ende die Orientierung wieder, wandte sich genau westwärts und fand Dry Springs tatsächlich – mit ihrem letzten Tropfen Sprit.

Nach der Landung rollte sie ans äußerste Ende des Flugfeldes und blieb dort stehen. Sie stellte den Motor ab, konnte sich aber nicht aufraffen, auszusteigen. Solange sie so blieb, wie sie jetzt war, fühlte sie sich noch sicher. Solange sie noch hier im Pilotensitz saß, war noch nichts wirklich Schlimmes geschehen.

Doch während sie das noch dachte, kehrte bereits die Realität zurück. In dem Augenblick, als ihr klar wurde, daß das Flugzeug ihre Zuflucht war, hörte es bereits auf, tatsächlich eine zu sein. Ganz sanft, sie kaum berührend, tätschelte sie die Instrumente. Sie waren heute gnädig gewesen und hatten sie nicht für ihren unglaublich leichtsinnigen Start büßen lassen. Ganz geknickt von dem Gedanken daran, was tatsächlich alles hätte passieren können, rollte sie wieder an und tankte die Rider ordentlich auf, ehe sie sie ordnungsgemäß an ihrem Standplatz abstellte und mit zögerlicher Gründlichkeit vertäute.

Und wenn der letzte Knoten gemacht und noch einmal geknotet ist, dachte sie, was kommt dann? Was kommt nun? Sie stand vor ihrem Flugzeug und berührte seine Außenhaut, ohne die geringste Vorstellung davon, was als nächstes passieren sollte. Sie verschränkte die Arme, lehnte sich an den Rumpf der Rider und starrte auf den Boden zu ihren Füßen, ohne ihn wirklich wahrzunehmen.

»Hallo Freddy! Wo ist Mac?«

»Wie?« Sie schreckte auf und blickte hoch. Gavin Ludwig, einer von Macs Assistenten, stand vor ihr.

»Ich weiß nicht genau, was er an dem Stuka gemacht haben wollte, an dem ich gerade bin«, sagte er. »Soll ich Swede anrufen und ihm sagen, daß er fertig ist, oder noch warten, bis Mac ihn sich angesehen hat?«

»Halten Sie ihn für in Ordnung?«

»Wenn Sie mich fragen, er ist besser als neu.«

»Dann fragen Sie Swede, wo er ihn hinhaben will.«

»Na, da möchte ich doch lieber warten. Mac ist in den Dingen ziemlich pingelig.«

»Mac mußte für einige Zeit weg. Bis zu seiner Rückkehr hat er mir alles übergeben. Rufen Sie also Swede an.«

»Tja... na schön, Freddy, wie Sie meinen. Wann wird Mac denn zurück sein? Mir hat er kein Sterbenswörtchen gesagt, daß er wegfährt.«

»In einer Woche oder zwei. Familienangelegenheiten. Sie wissen, wie das ist.«

»Na sicher. Sind Sie denn jetzt immer im Büro?«

»Pünktlich und zuverlässig, Gavin. Pünktlich und zuverlässig.«

»Auf dem Schreibtisch liegt ein ganzer Haufen Post und Mitteilungen von heute morgen. Hat wahrscheinlich alles auch bis morgen Zeit. Aber wenn Sie schon ohnehin da sind...«

»Na, wo sollte ich sonst wohl sein, Gavin?«

»Na ja, Sie sind schon geflogen heute.«

»Das stimmt.«

»War ja wohl kein besonderes Wetter heute zum Fliegen, wie?« Er deutete mit dem Kopf hinauf in den grauen, bewölkten Himmel.

»Ach, so schlecht war es gar nicht«, antwortete Freddy. »Besser jedenfalls, als gar nicht zu fliegen. Soviel steht fest.«

Auf dem Heimweg vom Flugplatz am späten Nachmittag hielt Freddy am Markt an und kaufte alle erforderlichen Zutaten für Macs kompliziertestes Stew, das er mit Rotwein und sieben Arten Gemüse zuzubereiten pflegte. Bis er wiederkam, schwor sie sich, würde sie es kochen können. Es gab schließlich keinen vernünftigen Grund, warum er der einzige sein sollte, der dieses Gericht perfekt kochen konnte. Wieso sollte sie sich damit bescheiden, auch weiterhin gerade nur für die einfacheren Sachen zuständig zu sein, wie Hamburger und Brathühnchen? Beim Fleischer zögerte sie etwas. Sollte sie Suppenknochen verlangen und Markknochen und einen geklopften Kalbsfuß, um erst einmal eine Brühe zu kochen? Das war ebenfalls eine von Macs Spezialitäten gewesen, und nie wollte er sie dabeihaben. Doch, ja, dachte sie, während sie mit dem Fleischer sprach, dies jetzt war die beste Gelegenheit, im Kochen aufzuholen.

Zu Hause lud sie ihre Einkaufstüten in der Küche ab. Macs Brief lag noch immer gefaltet auf dem Tisch. Sie nahm ihn, zündete eine der Gasflammen an und verbrannte ihn, ohne ihn noch einmal aufzufalten. Dann rannte sie eilends nach oben und begann das Bett zu machen, das sie am Morgen unordentlich hinterlassen hatte.

Nachdem sie das Schlafzimmer peinlichst sauber aufgeräumt hatte, nahm sie sich das Bad vor. Der Wäschekorb lag halb voll mit Hemden von Mac. Sie packte sie zusammen, um sie morgen zur Wäscherei zu bringen. Wenn er wiederkam, fand er alle seine Hemden sauber gewaschen und gebügelt vor. Danach räumte sie ihren gemeinsamen Einbauschrank auf und stellte alle seine Schuhe in eine ordentlich gerade Linie, hängte seine wenigen Jacken sorgsam in eine Reihe, legte alle seine Sweater sorgfältig neu zusammen und sammelte alle Socken und Unterwäsche ein, stapelte sie am Spülbecken und wollte sie später waschen.

Als sie schließlich fertig war, war es draußen längst dunkel. Sie schaltete sämtliche Lampen im Schlafzimmer an und ging dann hinunter in den Wohnraum, um auch dort alles Licht anzumachen, das da war. Dabei bemerkte sie, daß eigentlich auch die Bücherregale geordnet werden müßten. Mac hatte nie einen Sinn dafür gehabt, daß auch Bücher ordentlich in ihren Regalen stehen mußten. Jetzt war die Gelegenheit, das alles nachzuholen. Er sollte mal sehen, wie tipptopp das alles aussah. Vielleicht sollte sie auch noch ein paar zusätzliche Bücherregale kaufen; nötig wäre es. Es war viel zuwenig Platz, überall waren Bücher stapelweise zusammengepfercht; wenn er künftig neue kaufte, lag sonst bald der Boden voll. Da konnte sie ebenfalls etwas dagegen tun, solange er weg war.

Sie goß sich einen kleinen Whisky ein und ging in die Küche, um das Gemüse zu putzen. Im Schälen, Schneiden und Würfeln von solchem Zeug war sie Meisterin. Es war eines der ersten Dinge gewesen, die Mac ihr zugeteilt und in denen er sie unterwiesen hatte, als sie damals bei ihm eingezogen war. Während sie mit flinken Fingern Karotten schälte, fragte sie sich, wie lange er es wohl aushalten würde, ehe er zurückkam. Einige Wochen bestimmt, wenn sie nicht alles täuschte. Weniger Zeit als zwei Wochen reichte sicherlich nicht zur Besänftigung seiner Skrupel. Ganz besonders nach einem so überflüssig dramatischen Brief. Wenn er danach eher als nach einigen Wochen einen Rückzieher machte, machte er sich selbst zum Narren, und das wußten sie beide, ganz egal, wie sehr sie sich bemühen würden, das Thema nicht zu erwähnen. Ein Monat vielleicht? Durchaus möglich. Sehr wahrscheinlich sogar, wenn sie es recht bedachte. Er war ja nun mal ein verdammter Dickschädel und durchaus imstande, diese blödsinnige Situation einen ganzen Monat und noch länger hinzuziehen. Aber sehr viel länger doch wohl auch nicht. Sehr viel länger hielt er es nicht aus.

Keine Frage also, sagte sie sich, als sie die Erbsen schälte, während das Fleisch in der großen Kasserolle braun wurde, daß er spätestens, sagen wir, zu Halloween wieder da war. Vergangenes Jahr hatte er eine riesige Kürbislaterne gemacht und sie für die Kinder der Nachbarn auf die Veranda hinausgehängt. Das durfte sie auf keinen Fall vergessen, sonst wären die Kinder enttäuscht.

Sie ging mit dem scharfen Messer an den Stangensellerie und machte kurzen Prozeß mit ihm. Die Küche konnte übrigens auch einen neuen Anstrich vertragen, beschloß sie, während sie sich an die Kartoffeln machte. Genaugenommen mußte das ganze Haus angestrichen werden, und zwar innen genauso wie außen. Das waren alles Dinge, die Mac ständig vor sich herschob, wenn man nicht drängelte. Gute Gelegenheit, alles zu erledigen, solange er nicht da war. Wenn er dann wieder da war, mußte er zugeben, daß alles sehr viel besser aussah. Und wenn sie dann schon dabei war, konnte sie auch genausogut gleich den Stoff für neue Vorhänge im Schlafzimmer aussuchen; vielleicht sollte sie auch neue Schonbezüge für das Wohnzimmer machen lassen. Dann sah einfach alles sehr viel hübscher aus als jetzt. Und wenn die Wohnung hübscher war, brachten sie auch mehr Zeit hier zu, statt immer nur zwischen Küche und Schlafzimmer zu pendeln. Doch, es gab eine Unmenge zu tun, bis er wiederkam. So viel, daß sie gar nicht wußte, wo sie zuerst anfangen sollte und wie sie es alles schaffen sollte, in der kurzen Zeit.

Aber es spielte auch keine Rolle. Hauptsache, es war alles erst einmal angefangen. Selbst wenn er heimkam, ehe alles fertig war, konnte er es nicht mehr gut aufhalten.

Er haßte Veränderungen. Der Mann war wirklich ein Gewohnheitstier. Seit sie ihn kannte, hatte er auch nicht das kleinste Stück Mobiliar in seinem unbequemen Büro anders hingestellt. Die einzige Veränderung überhaupt, war der Kartenbehälter, den sie ihm gebastelt und geschenkt hatte. Schluß, da kümmerte sie sich jetzt auch gleich darum. Natürlich keine Häkeldeckchen, das ginge denn doch ein bißchen zu weit. Aber einen Teppich vertrug das Büro schon, und ein paar anständige Stühle konnten auch nichts schaden. Geschah ihm ganz recht; wozu hatte er ihr geschrieben, sie könne mit dem Geschäft tun und lassen, was sie wollte. Das würde ihm eine Lehre sein! Ihr einfach einen Blankoscheck auszustellen! Nur weil er gerade den moralischen Katzenjammer hatte! Irgendeine Strafe mußte schon sein, wenn sich ein ehrbarer Mann wie Mac einfach plötzlich hinreißen ließ, mitten in der Nacht einfach auszureißen; oder?

Und dann mußte natürlich jemand, solange er weg war, seine Flugschüler übernehmen, ehe sie alle futsch waren. Bis zum Wochenende konnte sie vermutlich ihren Fluglehrerschein machen. Das war nur eine Frage der Anmeldung für die Prüfung. Sie wußte gar nicht, warum sie bisher so nachlässig gewesen war und das nicht schon längst gemacht hatte. Man mußte Macs Schülern Bescheid sagen, daß die nächsten Stunden verschoben wurden, bis sie einspringen konnte. Und was die Planung der Stunts für die Samstagsserie anging, also das konnte sie allemal übernehmen, sofern sie nicht neue eigene Engagements annahm. Alles in allem war es also wohl besser, sie kümmerte sich jetzt bis auf weiteres um den Laden, statt neue Jobs anzunehmen. Es war ihr daran gelegen, daß Mac, wenn er zu den Dingen zurückkehrte, die er so überstürzt hatte stehen- und liegenlassen, zugeben mußte, sie habe die Stellung tadellos gehalten.

Sie packte sämtliches geschnittenes Gemüse in den großen gußeisernen Kochkessel, tat einige saftige, geteilte Tomaten dazu, legte das angebratene Fleisch mit hinein, drei Lorbeerblätter und etwas von der selbstgemachten Brühe, die Mac immer in der Eisbox bereithielt. Die Arme in die Hüften gestemmt, besah sie sich den Inhalt des Topfs. Sie gab den Wein doch lieber erst später hinzu und auch die Gewürze. Im Augenblick schien hier nichts weiter zu tun zu sein. Man konnte nur warten, daß es kochte. Sie sah auf die Uhr. Neun. Was, schon so spät? Die Zeit verflog nur so, wenn man arbeitete. Das Essen war also fertig um... Mitternacht. O Gott. Aber Stew mußte nun einmal drei Stunden kochen. Mac vertrat sogar die Ansicht, ein Stew sei eigentlich, wenn es zuerst angesetzt werde, nie wirklich fertig. Frühestens am nächsten Tag, besser noch erst am übernächsten, wenn man es aufwärmte, entfaltete es sein volles Aroma. Zum Teufel, sie aß es heute, am ersten Tag, Aroma hin, Aroma her. Jetzt hatte sie, bis es soweit war, noch Zeit, mit den Büchern im Wohnzimmer anzufangen. Sie goß sich noch einen kleinen Whisky ein und nahm entschlossen die Bücherregale in Angriff.

Die ganze Zeit, in der Delphine ihr kleines Haus in der Villa Mozart vor allem als Liebesnest benützt hatte, empfanden die Frauen ihres Hauspersonals ihren auf kaum etwas anderes konzentrierten Zustand als höchst angenehm und als Quelle nie versiegender köstlicher und interessanter

Abwechslungen. Dergleichen erwartete man schließlich von einem Filmstar. Sie hatte eine ganze Reihe von Verhältnissen, keine Frage. Aber alles eben mit Stil, unter ihrem eigenen Dach. Und soviel sie darüber auch zu klatschen hatten, direkte moralisierende Kritik hatten sie nie geübt.

Jetzt allerdings, da Delphine die Nächte nur noch auswärts verbrachte und sie in völliger Unkenntnis darüber blieben, wie und wo und was geschah, schien ihnen ihre Arbeitgeberin allmählich schlimmer zu sein als jedes normale Flittchen. Wer wußte denn schon, spekulierte Annabelle, die Reinemachefrau, mit deutlichem Tadel, wie viele Männer da im Spiel waren? Wer wußte schon, welche wenig seriösen Gegenden Mademoiselle de Lancel vielleicht frequentierte, assistierte ihr Claudine, die Frau des Verwalters, mit einem deutlich mißbilligenden Schniefen. Und Violet, Delphines Zofe, vollendete dies Weltgericht mit ihrer rhetorischen Frage, wer denn schon wüßte, mit welchen Männern Delphine möglicherweise ins Bett ging, wobei ihr Tonfall keinen Zweifel darüber ließ, daß sie in dieser Beziehung alles für möglich hielt, nämlich eine faszinierende Obszönität und Perversität nach der anderen.

Delphine, versicherten sie einander in würdiger Indignation, war des unmoralischen Verhaltens des *découcher*, des Schlafens in fremden Betten, schuldig, das sich in diesem Jahr 1939 allenfalls Französinnen erlaubten, denen ihre moralische Reputation gleichgültig war.

Die drei Frauen und mit ihnen auch die Köchin Helene waren sich in ihrer Meinung über Delphine völlig einig. Sie nahmen es ihr persönlich übel, daß sie sich ihrer direkten Beobachtung entzog. Schlimmer noch, es bestand die akute Gefahr, daß sich diese neue Freiheit direkt auf ihre Geldbörsen auswirkte.

Wenn Delphine ihr eigenes Haus nicht benützte, verloren sie alle Geld. Zwar bezahlte sie auch weiterhin die Löhne. Aber eine Menge Extras fielen nun, da sie keinen Wert mehr darauf legte, ihr Haus so untadelig und elegant zu führen wie einst, nicht mehr an. Alle hatten sie bereits die ansehnlichen Prozente verloren, die sie sich gemeinsam vom Haushaltsbudget, um das Delphine sich in ihrer vertrauensseligen amerikanischen Art niemals genauer kümmerte, abknapsten. Außerdem hatte sie die Angewohnheit gehabt, ihnen regelmäßig großzügige Geschenke zu machen. Sie hatte die vermeintlichen Hüterinnen ihres diskreten Privatlebens mit sorgloser und naiver Generosität verwöhnt. Auch das fiel nun, nachdem sie nie mehr zu Hause war, einfach weg. Der natürliche Neid der vier Frauen auf jemanden, der so reich, jung, schön und frei war wie Delphine, war latent natürlich immer vorhanden gewesen, aber erst jetzt kam er an die Oberfläche und wurde, als die Monate vergingen und das *découcher* sichtlich nicht aufhörte, immer stärker und unverblümter.

Kein Mensch weiß, wo wir sind, dachte Delphine. Sie war so durch und durch von ihrem Glück in Anspruch genommen, daß es ihr unveränderbar erschien. Das Glück war so total, daß sie bereits vergessen hatte, wie abergläubisch sie stets deswegen gewesen war. Alles war rundherum vollkommen, das erste Mal in ihrem Leben. Vollkommen in einer Weise, von der sie es sich zuvor nicht einmal hätte träumen lassen, dachte sie, während sie sich unter einer schweren Decke wohlig räkelte. Sie sah Armand zu, wie er das Drehbuch seines neuen Films las. Er hatte es aus dem Atelier mitgebracht. Sie aber war jeglicher Berechnung entkleidet, jeglichen Ehrgeizes, der pausenlosen Beobachtung der anderen, die ihrerseits sie beobachteten, enthoben – Dinge, die Bestandteil ihres Lebens gewesen waren, seit sie denken konnte.

»Was grübelst du denn?« fragte er, ohne den Blick von seinem Drehbuch zu heben.

»Nichts«, sagte sie, »absolut überhaupt nichts.«

»Sehr gut. Bleib dabei«, meinte er und las weiter. Er war nicht fähig, auch nur eine Viertelstunde ohne irgendeinen Kontakt mit ihr zu bleiben, wie tief er auch immer in seiner Arbeit stecken mochte. War sie in seiner Nähe, streckte er ab und zu die Hand nach ihr aus, um sie wenigstens flüchtig zu berühren. War sie auf der anderen Seite des Zimmers, sagte er irgend etwas und war mit jeder Antwort voll zufrieden. Delphine fragte sich, ob er eigentlich überhaupt bewußt wahrnahm, was sie sagte, oder ob es ihm einfach darum ging, ihre Stimme zu hören. Sie hatte ihn jedoch nie danach gefragt; weil es keine Rolle spielte. Ihr reichte, daß er da war und sie bei ihm. Sie hatte trotzdem keinen Wunsch. Allein mit ihm im gleichen Raum zu sein und allenfalls das Kaminfeuer in Gang zu halten, genügte ihr schon. War er fort, im Atelier, schlug sie den ganzen Tag nur die Zeit tot, träumte vor sich hin und wischte höchstens etwas Staub, die ganze Zeit in gehobener Erwartung seiner Rückkehr.

Das einzige, was ihr aus ihrem bisherigen Leben fehlte, war die Heizung, die ihr Haus so gemütlich warm hielt. Daß die ziemlich alten Heizkörper hier in Armands Wohnung überhaupt in Betrieb waren, merkte man nur, wenn man direkt vor ihnen stand. Delphine hatte sich darüber die Theorie zurechtgelegt, daß die Bewohner der unteren Etagen bereits die ganze verfügbare Heizwärme abzogen, so daß für sie kaum noch etwas übrigblieb. Armand hingegen bestand darauf, Hitze steige bekanntlich grundsätzlich nach oben; folglich müßten sie das meiste abkriegen. Aber dies war auch schon das einzige Thema, über das sie verschiedener Meinung waren. Und jetzt im späten März hatte die Concierge die Heizung so gut wie abgestellt, und es blieb also gar nichts mehr übrig, worüber sie streiten konnten.

»Sobald wir geheiratet haben, suchen wir uns eine andere Wohnung mit einer besseren Heizung«, sagte er während des Winters oft. Delphine allerdings hatte im stillen längst beschlossen, lieber zu frieren, als je aus diesem Appartement wegzuziehen, das so sehr den persönlichen Stempel der fünf Jahre trug, die Armand hier schon wohnte. An den Wänden hingen wahllos die Avantgarde-Gemälde, die er von Händlern in der Nachbarschaft gekauft hatte. Er hatte einen Flügel, auf dem er mit Hingabe wilden Ragtime spielte und Chopin, letzteren miserabel. Die Möbel waren zwar ausgeleiert, aber gemütlich und bequem und stammten alle vom Flohmarkt. Die Teppiche auf dem Boden hatten ihm seine Eltern geschenkt, als er von zu Hause fortgezogen war und sich eine eigene Wohnung genommen hatte. Und außerdem war dies hier der Ort, wo er ihr seine Liebe gestanden hatte, und hier war das Schlafzimmer, in dem sie seitdem schliefen und sich liebten, und keine andere Wohnung in aller Zukunft konnte ihr jemals mehr so viel bedeuten wie diese hier.

Sie stand auf und legte ein weiteres Holzscheit ins Feuer. Bald war es Zeit, nach unten in eines der Restaurants in der Nähe zum Essen zu gehen wie fast jeden Abend. Sie kochten beide niemals selbst. Wenn sie nicht zum Essen ausgingen, kauften sie in einer Charcuterie um die Ecke Salate, Käse und Wurst und aßen sie wie bei einem Picknick vor dem Kaminfeuer. Jeden Morgen ging Armand nach unten und holte Croissants, während sie sich noch im Bett kuschelte, und brachte sie ihr mit einer Tasse *Café au lait*.

Es war ein Leben, dachte Delphine oft, in dem sie alle die Kleider, die sie gekauft hatte, nicht mehr brauchte, ein Leben, in der eine Wäscheschneiderin absolut überflüssig war, genauso wie ein *Bottier*. Die Kleider, die sie nach und nach von der Villa Mozart hierhergeholt hatte, schienen ihr jetzt für den Rest ihres Lebens auszureichen. Die meiste Zeit hatte sie ohnehin nur die alten Matrosenhosen von Chanel an und dazu einen von Armands Sweatern – manchmal gleich zwei oder drei übereinander. Nur wenn sie für ein paar Stunden in die Villa Mozart kam, um die Löhne zu zahlen und nach dem Rechten zu sehen, zog sie ein anständiges Kostüm mit Hut an. Niemals aber benutzte sie ihren Wagen oder ihren Fahrer, um zum Boulevard St. Germain zu fahren oder sich von dort abholen zu lassen. Doch weder das Haus noch den Wagen hatte sie verkauft. Dieser Besitz war nötig für die Fassade, die sie trotz allem nach wie vor aufrechterhalten mußte.

Sie war fest überzeugt davon, ihr Leben mit Armand Sadowski völlig vor den Augen der Welt abgeschirmt zu haben. Nachdem er davon gesprochen hatte, wie zuwider es ihm sei, sich in die lange Reihe ihrer verflossenen Liebhaber einzureihen, hatte sie beschlossen, daß ihre Verbindung so lange absolut geheim bleiben mußte, bis sie heiraten konnten. Sie hatte seit ihrem ersten gemeinsamen Tag sämtliche Filmangebote abgelehnt, wobei sie nicht müde wurde, ihrem Agenten Abel eine Ausrede nach der anderen aufzutischen. Sie konnte ihm nicht gut die Wahrheit sagen: Daß sie gefühlsmäßig derartig fixiert war, daß sie absolut keine Energie für das Drehen von Filmen aufbrachte, für das Lernen von Texten und für alle die Belastungen, die das Leben eines Stars nun einmal mit sich brachte. Selbst in Armands neuem Film zu spielen hatte sie ablehnen müssen. Es war ihr klar, binnen fünf Minuten hätte das ganze Atelier Bescheid gewußt, so wenig wäre sie imstande, ihre Liebe zu verbergen.

Aber auch die Realität interessierte sie nicht mehr. Franco war im spanischen Bürgerkrieg Sieger geblieben, und Frankreich und England hatten seine Regierung anerkannt. Das alles floß ebenso unwirklich an ihr vorbei wie die Berichte über den großen Erfolg von Marcel Pagnols »Die Frau des Bäckers«. Katherine Hepburnes Triumph in »Leoparden küßt man nicht« drang so wenig in ihr Bewußtsein wie der Nobelpreis Enrico Fermis für seine Forschungen über Atomkernreaktionen. Sie wollte das alles nicht wissen. Selbst eine Heirat hätte bedeutet, sich der Realität ihrer öffentlichen Existenz zu stellen. Es gelang ihr, das Thema abzubiegen, sooft Armand davon sprach.

Ihre gesamte Wahrnehmungsenergie war statt dessen darauf gerichtet, die Welt draußen von sich abzublocken und in der Höhle der wahren Liebe, die Armand und sie sich gebaut hatten, unangreifbar verschanzt zu bleiben. Das einzige, worum sie sich kümmern mußte, war das Holz für das Kaminfeuer, und das erledigte sich mit dem Trinkgeld für den Jungen, der es vom nahen Holzverkäufer die Treppen herauftrug.

Um nicht an den Zeitungskiosken vorbei zu müssen, ging sie auf die andere Straßenseite. Demonstrativ blickte sie von den Litfaßsäulen und Anschlagwänden weg. Sie ging nur in Restaurants, wo man nicht die Unterhaltung an den Nebentischen mitanhören mußte. Niemals besuchte sie Cafés, die ja immer voller Leute waren, die über Politik redeten. Niemals hörte sie Radio, und Armand wußte, daß er niemals Zeitungen mit nach Hause bringen durfte.

Die ganze schicksalsträchtige Zeit des Winters und darauffolgenden Frühjahrs 1939 weigerte sich Delphine, die Welt zur Kenntnis zu nehmen, und lebte ein wahrhaft seliges Privatleben mit Armand Sadowski; der liebte sie genug, um zu verstehen, was sie tat und warum, und viel zu sehr, um auch nur mit einem einzigen Wort die Zerstörung ihres auf so schwankendem Boden stehenden Gebäudes von Illusionen riskieren zu wollen.

»Mademoiselle de Lancel«, sagte Violet Anfang April, als Delphine wieder einmal in ihr Haus in der Villa Mozart kam, »Monsieur le Vicomte hat letzte Woche zweimal angerufen. Ich sagte ihm, sie seien nicht zu Hause. Was soll ich sagen, wenn er wieder anruft? Er schien besorgt zu sein, nichts von Ihnen zu hören.«

»Schon gut, Violet, ich rufe ihn selbst an«, sagte Delphine abweisend. Es war ihr gelungen, Bruno seit September aus dem Weg zu gehen. Für ihn hatte sie sich eine nicht minder einfallsreiche Serie von Ausreden zurechtgelegt wie für die Ablehnung aller Filmangebote. Bruno war freilich hartnäckiger als Abel, und im Gegensatz zu Abel waren seine Wünsche, sie zu treffen, nicht professioneller Natur, sondern persönlicher. Es war ihr klar, daß sie ihn nicht mehr sehr viel länger hinhalten konnte, obgleich ihre innersten Instinkte sie so sehr warnten, wirklich niemanden, auch nicht Bruno, in die so sorgfältig konstruierte Idylle ihrer Existenz einbrechen zu lassen. Ihr Verstand aber sagte ihr, daß sie zumindest in diesem Fall nachgeben mußte. Also vielleicht zum Essen, dachte sie, als sie ihn in seiner Bank anrief.

»Delphine, ich muß dich unbedingt sehen«, sagte Bruno. »Das ist jetzt schon Monate und Monate her.«

»Es tut mir leid, Bruno, mein Engel, daß ich dich so vernachlässigt habe, aber ich habe einen absolut verrückten Winter hinter mir. Beruf und Beruf ohne Ende, hundert Konferenzen, tausend Produzenten, alle wollen sie etwas, man hat keine Sekunde mehr für sich selbst, man sitzt wie im Gefängnis. Ach, dieses Filmgeschäft! Aber du fehlst mir wirklich. Essen wir mittags zusammen? Ein Abendessen geht nicht.«

»Wie wäre es übermorgen?«

»Gut. Wo?«

»Vielleicht bei mir, in meiner neuen kleinen Bleibe? Die kennst du noch gar nicht. Ich habe eine exzellente Köchin. Ich mag nicht mehr in Restaurants gehen. Ich muß geschäftlich ohnehin dauernd auswärts essen.«

»Rue de Lille, nicht? Die Adresse habe ich.«

»Um eins also. Bis Mittwoch.«

Delphine hängte auf und seufzte erleichtert. Sie ging an ihre Schränke, um etwas Passendes für das Essen bei Bruno zu finden. Sie hatte überhaupt keine Frühjahrskleider gekauft, aber es hingen ja noch Dutzende vom letzten Jahr da. Sie suchte sich ein marineblaues Molyneux-Kostüm mit einer, passend zur Jacken-Paspellierung, blauweiß bedruckten Seidenbluse aus. Es war eng auf Taille gearbeitet, der Glockenrock fiel nur bis knapp unter das Knie, und die gepolsterten Schultern waren nach wie vor modern. Molyneux, dachte sie, ist zeitlos, und Marineblau und Weiß waren immer als Frühlingsfarben möglich. Violet brachte dazu noch den breitkrempigen, untertassenflachen Strohhut von Reboux, der hinten eine Schleife aus der gleichen Seide wie die Bluse hatte, Stöckelschuhe, Tasche, Handschuhe und Strümpfe – alles passend zum Kostüm.

»Wenn Sie mir die Sachen da alle zusammenpacken, Violet, und mir dann ein Taxi rufen würden.«

»Sonst brauchen Sie keine Kleider, Mademoiselle? Nur das hier?« fragte Violet. »Nichts für den Abend vielleicht?«

»Heute nicht«, erwiderte sie in einem Ton, der keine weiteren Fragen zuließ.

In der Rue de Lille, zwei Tage später, war sie einigermaßen überrascht zu sehen, daß Bruno hier offensichtlich das ganze Haus bewohnte. Ein Butler im Frack öffnete und geleitete sie in eine große Eingangshalle mit einem Boden aus weißem und schwarzem Marmor. Ritterrüstungen und Schlachtengobelins waren die einzige Dekoration des überaus maskulinen, museumsartigen Raums, der Delphine vorkam wie aus einem mittelalterlichen Schloß. Sie wurde die große Freitreppe hinaufgebeten und in eine wundervolle Bibliothek in Rot und Gold geführt, wo Bruno freudig aufsprang, um sie zu begrüßen.

»Na endlich!« rief er und küßte sie auf beide Wangen. »Und eleganter denn je.«

»Danke, Bruno, mein Engel. Schön, dich mal wiederzusehen. Und das hier ist wohl deine neue ›kleine Bleibe‹, wie? Spaßvogel!«

»Ja, in der Tat, es geht gar nicht schlecht. Wenn auch nicht mit deiner Hilfe, du böses Mädchen.«

»Wann hast du denn angefangen, Ritterrüstungen zu sammeln?«

»Die sind Erbstücke aus dem Besitz der Familie Saint-Fraycourt. Großvater hat mir nach seinem Tod alles hinterlassen. Hier habe ich endlich einen Platz dafür gefunden.«

»Ach ja, das hatte ich ganz vergessen, die Saint-Fraycourt-Vorfahren. Schade, daß ich deine Großeltern nie mehr kennenlernen konnte.«

»Na ja, du weißt ja, wie lächerlich altmodisch sie waren. Sie brachten es nie fertig, ihre Ressentiments gegen deine Mutter zu überwinden.«

»Da haben sie womöglich aber etwas versäumt«, sagte Delphine leichthin, mit deutlich erkennbarem Unwillen, sich von dem absurden Snobismus von Leuten, die ihr obendrein völlig gleichgültig waren, reizen zu lassen. Was konnte ihre Mutter schon groß getan haben, was sie inzwischen selbst nicht schon zehnmal häufiger getan hatte? Sie wollte, sie könnte Eve sagen, wie sehr sie sie mittlerweile verstand; in einem ihrer Briefe nach Hause vielleicht; aber das wäre doch allzu verräterisch gewesen.

»Ganz zweifellos hast du da recht«, sagte Bruno, und reichte ihr ein Glas Champagner. »Sollen wir auf unsere gemeinsamen Großeltern trinken? Auf die Lancels!«

»Auf Großmutter und Großvater«, sagte Delphine mit einem Schuldgefühl. Sie hatte sie über ihrer eigenen Liebesgeschichte völlig vernachlässigt; so wie überhaupt alle. Von Zeit zu Zeit den ganzen Winter über hatte sie immerhin in Valmont angerufen. Aber seit sie sich dort wegen ihres Liebeskummers um Armand Sadowski vergraben hatte, war sie nicht mehr dort gewesen. Das alles erschien ihr jetzt wie aus einem ganz anderen Leben. Dabei war es gerade im letzten August gewesen, vor neun Monaten. Zu lange, viel zu lange, dachte sie. Sie gelobte sich im stillen, bald wieder einmal hinauszufahren, und sei es nur für einen Tag.

Sie aß ohne großen Appetit. Bruno ließ von zwei Dienern ein Lunch aus fünf Gängen servieren, während er über seine Pferde plauderte, über seine neue Leidenschaft für Squash und über seine Reisen für die Bank Duvivier Frères. Sie wußte genau, er steuerte auf etwas zu; er wollte etwas von ihr. Warum sonst war es so dringend? Warum sonst »mußte« er sie »unbedingt« sehen? Trotzdem gefiel es ihr doch recht gut, wieder einmal hier bei ihm zu sitzen, in ihrem hinreißenden Kostüm und dem hinreißenden Hut und mit ihrem hinreißenden Lächeln, das sie ihm schenkte, während sie gleichzeitig überlegte, wieso ein alleinstehender Mann eigentlich einen derart aufwendigen Lebensstil wählte.

»Du bist eine große Schönheit, Delphine«, sagte Bruno ganz unvermittelt, als sie zum Kaffee wieder in die Bibliothek gegangen waren.

»Es scheint Leute zu geben, die dieser Ansicht sind«, antwortete sie. Dachte ich es mir doch, dachte sie. Er wollte also tatsächlich etwas von ihr. Und es hatte offenbar etwas mit einem Mann zu tun, den sie ihm gewinnen sollte.

»Eine große Schönheit und ein echtes Talent. Und außerdem hast du die Gabe, alle Welt zu entzücken. Das ist mehr als Schönheit und mindestens so wertvoll wie Talent. Gar nicht davon zu reden, daß du eine Lancel bist, eine Aristokratin aus einer der ältesten Familien des Provinzadels. Du hast schlechthin alles, was eine Frau nur haben kann. Den Mann, den du dir nicht untertan machen könntest, gibt es nicht.«

»Bruno! Willst du mich jemandem anpreisen?« Sie mußte über seinen feierlichen Ton lachen.

»Du mußt aufhören, Delphine, dich wegzuwerfen. Es ist ein Verbrechen!«

»Was ist das? Wovon um Himmels willen sprichst du eigentlich?« fragte sie verwirrt. Wußte er etwa, daß sie seit Monaten keinen Film gedreht hatte?

»Ich rede von deiner Affäre mit Armand Sadowski.«

»Also, Augenblick mal. Was, bitte, geht dich das an, Bruno? Wie kannst du es wagen? Das geht entschieden zu weit!« Sie setzte heftig ihre Tasse ab.

»Nein, Delphine, du mußt mir jetzt mal zuhören! Es ist zu deinem eigenen Besten. Ganz Paris weiß, daß du bei ihm lebst. Mindestens ein Dutzend Leute haben es mir erzählt.«

»Wie kann irgendwer das wissen?« fragte Delphine völlig verblüfft. Über ihrem Staunen hatte sie ihren Zorn vergessen.

»Man kann sich doch gerade in dieser Gegend vor niemandem verstecken! Du lebst da, gerade ein paar Straßen von hier. Die Wohnung ist mitten im *Sixième*, wie sehr Bohème es dir da auch vorkommen mag. Du bist in sämtlichen Bistros der Gegend zum Essen. Und ich kann dir glaubhaft versichern, du bist nicht der einzige Gast dort. Du kaufst in denselben Läden Lebensmittel, wo jedermanns Köchinnen kaufen, und du gehst in diesem Wohnhaus ein und aus, das direkt neben *Chez Lipp* ist, wohin buchstäblich jedermann, der in der Welt des Films, des Theaters oder der Politik zu Hause ist, irgendwann einmal kommt.«

»Und, Bruno? Verbringen die alle ihre Zeit damit, die Passanten zu beobachten? Haben die alle nichts Besseres zu tun?«

»Die Leute erkennen dich, Delphine, ist dir das denn nicht klar? Du bist bekannt, jeder kennt dein Gesicht. Du kannst nicht einmal auf die Straße gehen, ohne daß es einen Auflauf gibt. Ganz egal, wie du dich anziehst, man weiß, wer du bist, sobald man dich erblickt hat. Und sobald du aus einem Laden gehst, in dem du deine Eier und deinen Käse gekauft hast, beginnt sofort das große Getuschel. ›Haben Sie gesehen, Delphine de Lancel, der Filmstar? Sie hat was mit diesem Regisseur, dem Sadowski, erst neulich waren sie zusammen hier. Wie die Turteltauben.‹ Und der Ladenbesitzer erzählt es der Köchin der Herzogin, die der Zofe, und die Woche darauf erzählt es die Herzogin mir. So einfach ist das. Und was die Filmbranche betrifft, Guy Marchant wußte es schon vor Monaten. Er hatte es seinerseits von drei verschiedenen Leuten gehört, die alle Stammkunden bei Lipp sind. Von ihm habe ich es als erstem erfahren.«

»Ach, sollen sie doch an ihrem Geklatsche ersticken! Von mir aus sämtliche Herzoginnen aus dem *Bottin Mondain* und sämtliche Guy Marchants der ganzen Filmwelt dazu! Ersticken sollen sie, jawohl! Und du gleich mit dazu, Bruno!«

»Verdammt, jetzt hör mir mal zu. Wäre das einfach nur irgendeine Affäre, hätte ich mir nicht einmal die Mühe gemacht, dich daraufhin anzusprechen. Aber Sadowski, Delphine, dieser Jude! Wie kannst du nur?«

Delphine war sprachlos über die Verachtung in Brunos Stimme. Sie war so schockiert, als habe ihr ein Rowdy auf der Straße eine Handvoll Mist ins Gesicht geworfen. Was Bruno da eben gesagt hatte, konnte doch wohl nicht wahr sein.

»Dieser Jude? Das war ja wohl nicht so gemeint, oder?«

»Das war sehr wohl so gemeint. Er ist Jude, ein polnischer Jude, das willst du doch wohl nicht leugnen?«

»Wieso sollte ich das? Selbstverständlich ist er Jude. Und? Und was das Polnisch betrifft: Bereits seine Eltern sind in Frankreich geboren, und er fühlt sich sehr viel mehr als Franzose als beispielsweise ich. Er ist so sehr Franzose wie du, Bruno.« Sie zitterte vor Erregung.

»Er ist seit zwei Generationen aus einem polnischen Ghetto raus, das ist alles. Aber selbst, wenn er Vorfahren hätte, die schon jahrhundertelang in Frankreich gewesen wären, würde ihn das nicht weniger jüdisch machen«, gab Bruno hitzig zurück.

»Kurz, es ist lediglich Antisemitismus, was du gegen ihn hast? Schämst du dich eigentlich nicht, Bruno? Fühlst du dich nicht selbst mies dabei, wie du da in dir drinnen denkst?«

»Ich wußte, du würdest es mißverstehen. Ich bin nicht mehr gegen die Juden als irgendwer. Wenn sie mir nicht in die Quere kommen, bleibe ich auch ihnen aus dem Weg. Aber es ist meine Pflicht, mich um dich zu kümmern. Du bist meine Schwester... jedenfalls Halbschwester, also immerhin von meinem Blut. Wenn du mit einem Juden zu tun hast, bedeutet das nichts als Schwierigkeiten für dich. Du hast doch wohl von den Maßnahmen gehört, die Hitler gegen die deutschen Juden ergriffen hat? Und es muß dir doch klar sein, daß sie seitdem hierher nach Frankreich strömen, und zwar aus allen Ländern Europas, nicht nur aus Deutschland; auf der Suche nach einem sicheren Asyl. Ein Teil von ihnen, sicher die Klügsten, gehen von hier aus weiter nach Amerika oder in die Schweiz. Glaubst du etwa, Sadowski wird weniger Jude, weil er französischer Bürger ist? Meinst du vielleicht, die Deutschen werden nachsichtiger mit ihm umgehen, weil schon seine Eltern hier in Frankreich geboren sind?«

»Die Deutschen? Nachsichtiger mit ihm umgehen? Was hat er mit den Deutschen zu tun?« In Delphines Stimme mischten sich Besorgnis und Aufgebrachtheit.

»Mein Gott, Delphine! Deine Ignoranz ist ja nicht zu glauben! Weil wir gegen die Deutschen kämpfen müssen. Und verlieren werden, deshalb!«

»Du bist ja krank im Kopf! Ich gehe jetzt!« Sie stand hastig auf und griff nach ihrer Handtasche.

»Setz dich und hör mir zu!« Bruno legte ihr beide Hände auf die Schultern und drückte sie wieder in den Sessel zurück. »Und bleib da sitzen und rühr dich nicht. Nachdem du also mit einem Juden... liiert bist, bist du ihm zumindest schuldig, zu wissen, was vorgeht. Vergangenen Monat hat Chamberlain eine Garantieerklärung abgegeben, daß England für Polen notfalls in den Krieg zieht. Und Daladier hat sich dieser Erklärung Chamberlains angeschlossen. Das bedeutet also, auch Frankreich wird für Polen in den Krieg gehen. Krieg, Delphine, Krieg...«

»Wieso Polen? Was haben wir für Polen zu kämpfen?« rief Delphine mit schreckgeweiteten Augen.

»Das weiß der liebe Gott. Vor sechs Jahren noch hätten wir Hitler stoppen können, mittlerweile ist es schon viel zu spät.«

»Du kannst doch solche Sachen nicht einfach sagen, Bruno. Du bist ja ein Defätist, ein Unruhestifter! Wir haben doch die Maginotlinie und die beste Armee Europas!« Sie sprach hektisch und zwang sich zu einer Diskussion über Dinge, die sie so nachdrücklich und so lange absichtlich ignoriert hatte.

»Mein Gott, die Maginotlinie! Die hält ihn nicht auf.« Bruno schüttelte abschätzig den Kopf. »Belgien ist neutral, Luxemburg ist neutral, Rußland ist neutral. Die Amerikaner sind überzeugt davon, daß es Krieg geben wird und wild entschlossen, sich herauszuhalten. Euer Charles Lindbergh, der mehr über Macht weiß als irgendwer in Frankreich, hat Deutschland bereist und ihre Luftwaffe gesehen. Er hat gesagt, Deutschland ist so stark, daß niemand es schlagen kann.«

»Ja, aber das Münchner Abkommen?«

»Delphine, laß mich ja mit München zufrieden.« Brunos Verachtung für ihre Worte war wie Säure. »München hat Hitler doch nur die Erlaubnis gegeben, loszumarschieren! Es *wird* Krieg geben, und wir *werden* ihn verlieren.«

»Was bist du, ein militärisches Genie oder vielleicht ein Wahrsager?« zischte ihm Delphine entgegen.

»Und wenn wir den Krieg verloren haben, meine liebe Delphine, dann wird dein lieber Judenfreund so behandelt wie die Juden in Deutschland. Er wird nicht arbeiten und nirgendwo wohnen dürfen, er hat keine Staatsbürgerschaft mehr und nicht einmal ein Recht auf einen Führerschein, geschweige sonst etwas. Wenn er das Geld dazu hat, wird er aus Frankreich fliehen müssen. Willst du das alles mit ihm teilen? Denn das wirst du wohl müssen, wenn du bei ihm bleibst. Laß dich warnen!«

»Du lügst! Das wird nie geschehen! Wenn es Krieg gibt, werden Frankreich und England Hitler schlagen! Du bist nur ein verfaulter und abstoßender Feigling, Bruno! Ich schäme mich, mit dir verwandt zu sein!« Sie sprang auf und eilte zur Tür. »Warum gehst du nicht da runter und schlüpfst in eine von diesen Ritterrüstungen deiner tapferen Vorfahren? Vielleicht würde dir das ein wenig Mut verleihen! Aber wenn dieser Hitler wirklich kommt und nach dir sucht, sind sie vielleicht auch ein gutes Versteck!«

»Fliegen Sie nach New York zur Weltausstellung, Freddy?« fragte Gavin Ludwig. Es war Mai 1939. Er war in das Büro in Dry Springs gekommen, um sich eine Coke zu holen. Freddy saß am Schreibtisch und erledigte Rechnungen.

»Ich kann mir das Benzin nicht leisten«, antwortete sie. Er schüttelte sich vor Lachen. Freddy allein wußte, wie wahr ihre Worte waren, Ludwig hatte keine Ahnung davon. Die Amerikaner waren flugbegeisterter denn je. Alle Welt wollte fliegen lernen. Aber niemand, nicht einer, wollte eine Frau als Instrukteur akzeptieren. Macs Schüler bei der Stange zu halten, war nur mit der Zusicherung männlicher Fluglehrer möglich gewesen. In den neun Monaten, die Mac jetzt fort war, hatte sie zwei weitere Instrukteure angeheuert, und sie war genötigt gewesen, die Anzahlung für ein weiteres Flugzeug zu leisten, eine neue Waco N/C mit Jacobs-Motor und bequemem Rücksitz, der sowohl als Platz für den Fluglehrer geeignet war wie für ihre neue Spezialität, den »Heirats-Expreß« für Ausreißer: Las Vegas hin und zurück am gleichen Tag. Die Eintönigkeit dieser Arbeit war ihr längst verhaßt, aber wenn sie essen wollte, mußte sie eben auch so etwas akzeptieren.

Dabei fragte sie sich endlos, warum die Leute absolut nichts dagegen hatten, sich von ihr zum Heiraten fliegen zu lassen, sehr wohl aber, von ihr fliegen zu lernen. Sie gehörte schließlich zu der Handvoll Frauen in den USA – sie waren ganze dreiundsiebzig –, die kommerzielle Zulassungen hatten und auch Steuern dafür bezahlten. Und doch wirkte jeder Mann, wie neu seine Fluglehrerlizenz auch sein mochte, auf die Flugschüler überzeugender als eine Frau, selbst wenn sie hundert Flugmanöver perfekt ausführen konnte, bei denen der Mann die Maschine sofort in den Sand setzen würde. Glaubten die Leute etwa, man flog mit dem Pimmel?

Die drei Männer, die theoretisch *für* sie arbeiteten, mußten stundenweise bezahlt werden. Die Flugzeuge mußten unterhalten werden. Gavin Ludwigs Mechanikerlohn war jede Woche pünktlich fällig. Die Versicherungen kosteten ein Vermögen. Die Miete für Hangar und Büro waren jeden Monat zu bezahlen. Der Treibstoff war auch nicht billig. Die Schule, zog Freddy das Resümee, erhielt sich gerade selbst und warf allenfalls noch den Unterhalt ihrer Rider ab. Ihr Essen und die Raten für die neue Waco verdiente sie sich mit den gelegentlichen Flügen nach Vegas. Andernfalls hätte sie zumachen können.

Sie stand ruhelos auf und ging hinaus in den Hangar, wo die ganzen alten Flugzeuge versammelt waren, jedes poliert und geschmiert, ohne ein Stäubchen, rostfrei und so gestrichen, daß sie wie neu aussahen. Die Curtiss Pusher von 1910, die Fokker D 7, die zwei Nieuport 28, die Thomas Morse Scout, die Garland Lincoln LF-1. Und die Stukas. Verdammter Scheiß, dachte sie zornig, warum sich nicht lieber Pferde und Kutschen halten? Sie stieß mit ihrer Stiefelspitze gegen das Rad einer der Nieuports. Oder gleich Einhörner? Oder Einräder? Selbst die waren vermutlich noch nützlicher und einträglicher als diese alten Kisten hier, für die es beim Film schon seit einem Jahr keinerlei Bedarf mehr gab. Seit immer düsterer ein neuer Krieg seine Schatten vorauswarf, waren Filme über den letzten völlig außer Mode gekommen. Freddy hatte sich selbst beigebracht, wie man die Motoren in Ordnung hielt. Sie hatte kein Geld, jemanden, der diese diffizile Arbeit auch wirklich tun konnte, dafür einzustellen und zu bezahlen, andererseits wollte sie die kostbare Kollektion aber auch nicht verkommen lassen, so sinnvoll es auch erschien.

Nein, die Geschäfte gingen ganz entschieden miserabel, und eine Besserung war auch nicht in Sicht. Immerhin, sie konnte noch für sich selbst fliegen; auch wenn es ein teures Hobby war. Ein allerdings notwendiges. Ein sehr notwendiges.

Wann immer Freddy der Zorn zu übermannen drohte, sprang sie in ihre Rider und flüchtete in den blauen Horizont, bis sie sich ausreichend abreagiert und das Gefühl hatte, es sei wieder einigermaßen sicher für sie, den Fuß auf festen Grund zu setzen.

Irgendwie hatte sie es geschafft, die ersten Monate von Macs Abwesenheit hinter sich zu bringen – wenn auch nur, indem sie sich zwang daran zu glauben, er werde spätestens morgen wiederkommen. Bis sie dann endlich eines Morgens – von den vielen, an denen sie ihn spätestens zurückerwartete – wußte, daß er eben nicht wiederkäme. Nicht diesen und noch viele andere Morgen nicht. Und dann fühlte sie sich mit einem Schlag wie erdrosselt von dem Zorn, den sie bisher durch ihre hektische Aktivität gar nicht hatte aufkommen lassen.

Es war ein tief im Bauch sitzender Zorn, fast zu stark für Worte. *Wie konnte er mir das antun?* waren die einzigen Worte, die sie immer wieder fand, eines über das andere Mal, gebetsmühlenhaft und so hartnäckig, daß sie manchmal fürchtete, darüber verrückt zu werden. Immer nur wieder diese sechs Worte in ewiger Wiederholung, zusammen mit Gefühlen vom weinerlichen Selbstmitleid bis zum mörderischen Haß auf den Mann, der sie sitzengelassen hatte, einfach allein gelassen in ihrem

Lebenskampf, in dem sie nun ohne den einzigen Menschen stand, auf den sie gezählt hatte. *Wie konnte er mir das antun?*

Es war eine Frage, die sie an niemanden richten konnte, da sie nicht zugeben konnte, daß er sie verlassen hatte. Er hatte geschrieben, er liebe sie so sehr, daß er sie verlassen müsse. Was immer das bedeuten sollte, es war nicht genug, dachte sie in hellem Zorn, von Kopf bis Fuß voller Zorn, der nicht mehr verschwand oder wenigstens schwächer wurde. Was immer es bedeuten sollte, niemals konnte es eine ausreichende Rechtfertigung sein. Ihr einziger Wunsch war mittlerweile nur noch, er möge auf den Knien angekrochen kommen, damit sie ihm dann sagen konnte, wie sehr er sie verletzt hatte, wie sehr enttäuscht, wie sehr sie ihn hasse – um ihn dann ihrerseits für immer zu verlassen.

Wenn sie abends allein war, beruhigten sie nach dem Essen der eine oder andere Whisky und die intensive Lektüre der Zeitungen und Luftfahrtzeitschriften, von denen sie so viele verschlang, wie sie nur kriegen konnte. Viel zu oft ertappte sie sich bei dem Gedanken, vielleicht Macs Namen irgendwo zu entdecken.

Sie entdeckte ihn nie. Dafür war sie immer besser über die Ereignisse in der Welt informiert. Nachrichten und Berichte aus der Luftfahrt waren natürlich längst von weltweitem Interesse, und so konnte Freddy fasziniert die rasante Entwicklung der Luftfahrt in den europäischen Ländern ebenso wie in den USA mitverfolgen. Der Redakteur der Zeitschrift *Aviation* schrieb nach der Rückkehr von einer Informationsreise, Deutschland und Rußland lägen an der Spitze bei Militärflugzeugen; danach käme Italien; erst dahinter Großbritannien und die USA; und ganz zuletzt Frankreich. Nach der Qualität ordnete er Deutschland und die USA an die Spitze, nach der Produktion Deutschland auf dem ersten Platz ein.

In England war am Tag nach dem Münchner Abkommen ein Luftschutzplan in Kraft gesetzt worden, und es gab dort eine Pilotenausbildung nicht nur für Männer, sondern auch für Frauen, offen für Bewerber zwischen 18 und 50, die entsprechende medizinische Eignungsprüfung vorausgesetzt. Besonders dieses Experiment verfolgte Freddy mit Interesse, zumal, da es wegen des Themas weiblicher Piloten im britischen Blätterwald gewaltig zu rauschen begonnen hatte. Sie sollten, gegen zahlreiche wütende Einwände, grundsätzlich überall eingesetzt werden können, ausgenommen lediglich der direkte Kampfeinsatz.

C. G. Grey, der Herausgeber von *The Aeroplane*, des englischen Pendants von *Aviation*, schrieb einen Leitartikel, der Freddy in einen Wutanfall versetzte, der ausnahmsweise nichts mit Mac zu tun hatte.

Die tatsächliche Gefahr ist doch die Frau, die der Ansicht ist, sie müsse unbedingt einen Hochgeschwindigkeitsbomber fliegen, während sie tatsächlich nicht einmal ausreichende Intelligenz besitzt, den Flur eines Krankenhauses ordentlich zu schrubben, oder die sich als Luftschutzwartin wichtig machen und hervortun möchte und dabei nicht imstande ist, ihrem Mann ein anständiges Essen zu kochen.

Freddy fragte sich, was die 200 englischen Frauen, die jetzt schon Mitglieder des Luftschutzes waren und denen Captain Balfour, der Unterstaatssekretär für Luftverteidigung, bereits eröffnet hatte, daß sie im Fall eines nationalen Notstandes zum Fliegen von Militärflugzeugen herangezogen würden, wohl mit Mr. C. G. Grey anfangen würden, wenn sie ihn in ihre Finger bekämen.

Das solchermaßen höchst problematische Schicksal des Mr. C. G. Grey hatte ihr wenigstens einigen Gesprächsstoff für das Essen mit ihrer Mutter anläßlich ihres neunzehnten Geburtstages im Januar geliefert. Sie hatte sich in diesen Monaten sehr zurückgehalten, was Begegnungen mit ihrer Mutter angingen; aus Angst natürlich, daß Eve, die ganz offensichtlich große Stücke auf Mac hielt, Fragen in dieser Richtung stellen würde, die sie nicht gut beantworten konnte; aber ihre Mutter hatte das Gespräch zum Glück leicht und allgemein gehalten.

Ihre Mutter hatte sogar ausdrücklich bei allen ihren Treffen vermieden, irgendwelche näheren Fragen nach ihrem Privatleben zu stellen, und Freddy war ihr dankbar dafür gewesen. Niemals hätte sie es fertiggebracht, ihr von ihrem Elend und ihrem Zorn zu erzählen. Vermutlich würde ihre Mutter ohnehin in Ohnmacht fallen, wenn sie erführe, daß ihre Tochter längst keine Jungfrau mehr war oder daß sie überhaupt mit einem Mann zusammengelebt hatte. Und sie wollte ihr keine Lügen erzählen müssen, wie beispielsweise Swede Castelli, wenn er anrief oder selbst vorbeikam, wie er es in alter Treue (für ihren Geschmack mit allzu zuverlässiger alter Treue!) jede Woche regelmäßig tat. Er nahm eine Art väterlichen Anteil daran, wie sie die Flugschule führte, und schien ihr – entweder war er zu beschränkt oder zu sehr von seinen eigenen Dingen in Anspruch genommen – die Geschichte wirklich zu glauben, die sie ihm über Macs immer länger werdenden Aufenthalt an der Ostküste erzählte. Freddy war bekannt, daß Mac keinerlei Familie oder Verwandtschaft mehr besaß, sie hatte aber eine alte Mutter und einen Vater in Maine erfunden, um die er sich kümmern müsse, und Swede, gesegnet sei seine Einfalt, glaubte jedes Wort.

Swede Castelli war tatsächlich der einzige Mensch, mit dem Freddy sprechen konnte, ohne ständig ihren Schutzpanzer zu tragen. Sie mußte manche der Fluglehrer, die sie eingestellt hatte, wieder entlassen, weil sie ständig versucht hatten, ihr zu nahe zu treten. Was aber natürlich zu dem Dauerproblem geführt hatte, ständig Ersatz suchen zu müssen. Als Mac sie verlassen hatte, hatte sie auch aufgehört, in den Spiegel zu sehen. Doch offensichtlich machte sich der ganze Gefühlsknäuel, der seitdem an ihr nagte, nicht in ihrem Gesicht bemerkbar. Denn nur einige verheiratete Männer, die in den vergangenen neun Monaten für sie gearbeitet hatten, hatten nicht versucht, ihr auf die Pelle zu rücken. Was sollte sie machen? Sich eine Tüte über den Kopf ziehen?

Sie schlenderte noch immer im Hangar herum und fand etwas Trost darin, hier zwischen all den verehrungswürdigen, aristokratischen Flugzeugen zu sein, die sie fast so sehr liebte, wie Mac sie geliebt hatte, als sie draußen vor dem Büro ein Auto halten hörte. Sie ging hinaus und war von der plötzlichen Helligkeit des Tageslichts erst etwas geblendet, so daß sie sich die Hand über die Augen legen mußte. Swede Castelli arbeitete sich mühsam aus seinem alten Auto. Er müßte wirklich ein wenig auf sein Gewicht aufpassen, dachte Freddy. Für einen früheren Stuntpiloten bewegte er sich mächtig langsam. Na, jedenfalls würde er mit Freude hören, daß alle ihre drei Fluglehrer dabei waren, Stunden zu geben. Wenn auch nur einer von ihnen draußen herumhing und auf seinen Schüler wartete, sah es sonst immer gleich so aus, als gehe das Geschäft schlecht.

Sie ging ihm entgegen, um ihn zu begrüßen. Der Wind wehte so kräftig, daß er ihr das Haar fast ganz über die Augen wehte. Sie beugte sich vor, um ihn auf die Wange zu küssen.

»Hallo, Freddy«, sagte er und legte ihr einen Arm um die Schulter. »Niemand da außer dir? Sieht ziemlich ruhig aus hier.« Er blickte sich um.

»Kein Grund zur Sorge, Swede. Alle meine Instruktoren sind unterwegs. Wenn du nur ein kleines Weilchen wartest, kannst du dir unter Garantie ein paar fürchterliche Schülerlandungen anschauen.«

»Du hast wohl nicht zufällig eine Tasse Kaffee für mich, nein?« fragte er.

»Hast du schon mal eine Flugschule ohne Kaffee gesehen?« antwortete Freddy. Wenn sie Swede so ansah, schien es ihr freilich, als könnte er etwas erheblich Stärkeres als Kaffee vertragen.

Der schwere, schon leicht kahl werdende Mann war so blaß, daß sie sich plötzlich Sorgen um ihn machte. Er schien seit seinem Besuch in der letzten Woche um Jahre gealtert zu sein. Vielleicht ging es ihm gesundheitlich nicht gut, jedenfalls fehlte seine übliche fröhliche Art. »Komm rein in mein großartiges Büro«, sagte sie mit großer Geste, um ihn vielleicht damit wieder zum Lächeln zu bringen.«

Sie gab ihm einen großen Becher Kaffee. Die Schüler fragten zittrig nach Kaffee, ehe sie starteten, und nicht minder, wenn sie wieder gelandet und dann, wie nach jeder Flugstunde, besonders euphorisch waren. Auch die Fluglehrer und Gavin Ludwig tranken Kaffee in rauhen Mengen. Sie mußte irgendwann einmal damit anfangen, Geld dafür zu verlangen. Allein damit könnte die Schule womöglich von einem dahinkrebsenden zu einem florierenden Unternehmen werden.

Sie setzte sich in einen der billigen, aber recht bequemen Polstersessel, die sie angeschafft hatte, um das Büro ein wenig gemütlicher zu machen, und blickte den ungewöhnlich schweigsamen Mann mit großer Zuneigung an. Er saß da und trank schluckweise. Er war ganz hingegeben damit beschäftigt, bis er endlich ausgetrunken hatte. Dann stellte er die Tasse sorgsam auf dem Schreibtisch ab.

»Hör zu, Freddy, ich muß mit dir reden.« Er holte sich ein Taschentuch heraus und wischte sich mit einem ganz unbewußten Seufzer die Stirn ab. »Es ist wegen Mac.«

»Hat das nicht Zeit, Swede?« sagte sie scherzend, um ihr Gefühl von Ungeduld zu verbergen. Sie war nicht recht in der Stimmung, eine neue Folge von Macs hingebungsvollem Familienleben in Maine zu erfinden.

Swede Castelli schien ihre Frage gar nicht wahrgenommen zu haben. »Es ist wegen Mac«, wiederholte er schwer. »Ich war . . . also ich war die ganze Zeit in Kontakt mit ihm, Freddy.«

»Was?? Das gibt es doch nicht!« Ganz ohne nachzudenken, kamen ihr die Worte wie von selbst aus dem Mund.

»Doch. Mac hat jede Woche mit mir telefoniert. Seit er weg ist. Er . . . wollte unbedingt wissen, was du machst und wie es dir geht . . . und ob auch alles o. k. ist bei dir hier.«

»Du wußtest das die ganze Zeit und hast mir nichts gesagt?« Sie sprang auf und stand mit blitzenden Augen vor ihm, eine einzige Anklage von Verrat und Treuebruch.

»Ich mußte Mac versprechen, nichts zu sagen. Ich mußte es ihm schwören. Und ich konnte ihm das doch nicht abschlagen, Freddy. Wir sind alte Kumpel. Du verstehst doch, was das bedeutet. Er mußte sich darauf verlassen können, daß ich mein Wort halte. Und ich habe es gehalten, Freddy. Du darfst nicht glauben, daß es leicht war. Es war mir unerträglich, immer so tun zu müssen, als wüßte ich nichts. Gott im Himmel, Freddy, glaube mir, ich fühlte mich mindestens so mies wie du, daß du dir immer alle diese Geschichten ausdenken mußtest. Aber ich mußte auch mein Wort halten und regelmäßig herkommen. Mac wäre außer sich gewesen, wenn ich ihm nicht jedesmal, wenn er anrief, hätte sagen können, daß mit dir hier wirklich alles in Ordnung ist. Ach, Freddy . . .«

»Was ist los?« fragte Freddy, mit einem Schlag aufs äußerste beunruhigt, und ohne recht zu wissen, warum sie diese Frage stellte. Sie stand bedrohlich vor Swede.

»Augenblick, Freddy, warte. Laß es mich mit meinen Worten sagen. Freddy... Mac ist... also Mac ist in Kanada.«

»Wo in Kanada?« rief sie. Auf der Stelle fuhr sie, flog sie hin. Sie konnte schon morgen dort sein. Wenn sie gleich aufbrach und aus der Rider herausholte, was möglich war, konnte sie schon in einigen Stunden bei ihm sein.

»Bei Ottawa, auf einem Ausbildungsflugplatz der Canadian Air Force«, antwortete Swede. Freddy war bereits auf dem Weg zur Tür. Swede stand auf und hielt sie zurück. »So warte doch, Freddy. Das ist ja noch nicht alles.«

»Nicht alles?« wiederholte sie, und sie spürte Panik in sich aufsteigen. In seiner Stimme war etwas.

»Mac ist tot, Freddy«, entrang es sich Swede endlich, und seine Augen standen voller Tränen. »Es hat einen Absturz gegeben... und er saß mit drin, Freddy. Es war eine Sache von Sekunden. Ich habe heute früh einen Brief von seinem Kommandeur bekommen. Mac hatte keine Angehörigen, deshalb hatte er für alle Fälle meine Adresse angegeben. In dem Brief steht, es passierte bei einer Flugstunde, und der Junge am Steuerknüppel bekam einfach Panik. Jedenfalls glauben sie, daß es so war. Oder es war mit dem Flugzeug etwas nicht in Ordnung. Genau wissen sie es jedenfalls noch nicht. Der General schrieb, womöglich lasse sich die genaue Ursache nie feststellen. Die... Beerdigung... war gestern. Ein militärisches Begräbnis. Für... beide.«

»Begräbnis«, wiederholte Freddy. »Begräbnis? Mac. Mac?? Mein Mac? Du lügst mich doch an, oder, das tust du doch, nicht wahr? Bitte, sag mir, daß du mich nur anlügst, Swede. Bitte, sag es, bitte!« Dann versagte ihr die bittende Stimme und kippte um, als der Schock sich endlich in Verstehen löste. Swede Castelli legte verlegen seine beiden Arme um sie, als könne er sie so vor der Brutalität seiner Worte beschützen.

»Mein Gott, Freddy, glaube mir, ich wünschte, ich könnte es sagen«, hörte sie ihn sagen. »Der Bursche war wie mein Bruder. Der einzige, den ich je hatte.«

»O Swede«, brach es wie ein einziger Schrei aus ihr heraus, doch fast lautlos, kaum hörbar zwischen den heftigen Stößen ihres Schluchzens, »wie kann ich leben, wenn Mac tot ist? Wie denn, Swede, wie denn? Warum sollte ich noch wollen?«

»Es tut mir so leid, Freddy. Es war... so schön, euch beide zusammen zu sehen.«

»Du hättest das nicht tun dürfen. Mac, du hättest mich nicht verlassen dürfen!«

»Er war sich seiner Sache ganz sicher, Freddy. Er hat mir immer wieder gesagt: Ich weiß genau, es ist das einzig Richtige, was ich tun kann und muß«, antwortete Castelli. »Er hat dich so unglaublich geliebt. Es brach ihm buchstäblich das Herz.«

Sie sahen beide auf, als sie die Stimme eines der Fluglehrer draußen vor dem Büro hörten; er stellte eine Frage, sein Flugschüler antwortete ihm. Sie mußten während ihres Gesprächs gelandet sein. Freddy sperrte hastig die Bürotür zu.

»Vielleicht wäre es am besten, Freddy, wenn du zu deiner Familie zurückgingest?« fragte Swede vorsichtig, als ihr Weinen schlimmer wurde. »Erinnerst du dich, daß ich deine Mutter kennengelernt habe? Es würde dir bestimmt helfen, mit ihr zusammen zu sein.«

»Ach, Swede... wie könnte ich denn unser Haus hier aufgeben?« Sie versuchte auf seine Versuche, sie zu trösten, zu antworten, obwohl sie ungeheuren Schmerz empfand. »Kennst du denn unser Haus nicht? So ein hübsches, kleines Haus... wie soll ich das denn aufgeben? Es ist doch alles, was ich nun noch von ihm habe!«

»Ja, ich verstehe dich schon«, sagte Swede. »Aber später dann, wenn du dazu bereit bist... Versprich mir, wenigstens darüber nachzudenken.«

»Wenn ich bereit bin? Was meinst du mit bereit, Swede? Ich werde niemals bereit sein, mein ganzes Leben lang nicht!«

»Freddy, bitte, laß mich etwas tun, um dir zu helfen.«

»Würdest du... kommst du morgen abend zu mir und erzählst mir alles, was Mac dir gesagt hat? Alles, was in Kanada war? Kommst du und erzählst mir noch einmal, wie... wie sehr er mich liebte?«

Als es an diesem Abend dunkel war, ging Freddy wieder in den Hangar, wo alle die großen alten Flugzeuge standen. Eine nach der anderen rollte sie die herrlichen, geliebten Maschinen hinaus ins Freie, auf eine große Wiese jenseits der Rollbahn. Jedes einzelne konnte noch immer jederzeit fliegen. Konnte einen Mann – oder eine Frau – weit, weit hinauftragen über den blauen Horizont.

Als sie sie alle beieinander hatte, schob sie, halb stapelnd, die kleineren Flugzeuge auf die größeren und schwereren.

Dann nahm sie den Benzinkanister, den sie mitgebracht hatte, und goß seinen Inhalt um die Maschinen herum aus. Sie wanderte langsam im Kreis, ein allerletztes Mal vorbei an ihren Verstrebungen und Rümpfen,

und sie drehte jeden Propeller ein letztes Mal. Sie sprach alle ihre legendären Namen noch einmal laut aus – alle die Namen, die Mac so gern genannt hatte. An jeder einzelnen aller dieser Maschinen hatte er Hunderte
von Stunden gearbeitet, um sie wieder in ihren ruhmreichen Originalzu-
stand zurückzuversetzen.

Dann raffte sie sich mit einiger Überwindung auf und zündete ein
Streichholz an. Sie legte es neben das nächste Flugzeug.

Als die Flammen hoch aufloderten, als die edle Geisterschwadron fast
schon abgehoben hatte und bei ihm war, flüsterte sie, ehe sie sich abwandte, den alten Fliegergruß in die Glut.

»Hals- und Beinbruch, Mac.«

SECHZEHNTES KAPITEL

»Wie ist das, Jane«, fragte Freddy ihre Zimmergenossin, »gibst du deinen Frostbeulen Namen, oder numerierst du sie nur?« Sie rollten sich widerstrebend und frierend aus den nicht sehr warmen Decken in dem noch kälteren Raum. Es war der 6. Januar 1941. Freddy zog den Vorhang einen winzigen Spalt auf, warf einen kurzen Blick hinaus in einen dunklen, frostkalten britischen Wintermorgen und schloß ihn hastig wieder.

»Ach, meistens Namen. Haustiernamen, Namen von Jungs, natürlich nur von denen, die mir einen Antrag gemacht haben.« Die ehrenwerte Jane Longbridge gähnte und brachte einen nahezu fröhlich klingenden Laut zuwege, als sie zum Waschbecken schlurfte. »Zahlen wären zu niederschmetternd. Wer will denn genau wissen, wie viele er hat?«

»Aber du hast dich doch nie beschwert«, meinte Freddy, schläfrig-tadelnd. Frostbeulen, diese schmerzhaften roten, schlimm anzufassenden, pochenden und juckenden Entzündungen als Folge von Erfrierungen, konnte man sich in jeder Größe einfangen, von der einer Blase bis zu der einer Warze. Sie entstanden und blühten im Winter in ihren Zehen und Fingern, obwohl sie in ihren Fliegerstiefeln mehrere Socken übereinander trug und gesäumte Handschuhe, wenn sie ins Freie ging.

»In der Schule damals immer. Wie wild sogar. Genützt hat es jedoch nie etwas. Die Heimleiterin hat immer erst etwas getan, wenn sie schon aufgebrochen waren. Das war eklig, aber es hat mir wenigstens immer ein paar Wochen Befreiung vom Sport gebracht. Das hat es alles fast aufgewogen. Ich haßte Sport.« Die braunhaarige Jane wusch sich hastig das Gesicht, putzte sich kräftig die Zähne und besah sich dann zufrieden im Spiegel, um sich, wie jeden Morgen, ohne Hemmungen, kurz selbst zu bewundern: ihr glattes Haar, ihre makellosen Zähne und die gerade Nase, die sie zusammen mit ihren kecken großen braunen Augen und ihrem leicht zu provozierenden frechen Lächeln zu einem der hübschesten Mädchen zwischen O'Groat's und Land's End machten, wie sie oft selbstgefällig, aber durchaus zutreffend bemerkte.

»Es ist fürchterlich. Wie bei Dickens«, maulte Freddy, als sie ihrerseits zum Waschbecken ging.

»Die Frostbeulen?«

»Nein. Kinder in Schulen zu schicken, wo sie sie kriegen können. Wozu bist du die Tochter eines Barons? Hast du das deiner Mutter nicht gesagt?«

»Hätte überhaupt keinen Sinn gehabt. Wäre nur Zeitverschwendung gewesen. Mutter war wild auf Sport. Für sie waren Frostbeulen ein Grund zum Stolz.« Jane biß die Zähne zusammen und zog, ein Teil nach dem anderen, ihren dicken Schlafanzug aus, um sofort in dicke, wollene Vorkriegsunterwäsche zu schlüpfen. Freddy schlief in ihrem eigenen Wollzeug und darüber noch in einem Teddy-Overall, um wenigstens etwas Körperwärme zu erzeugen. Ihre Unterkunftsräume hier waren praktisch ungeheizt, und das in einem der kältesten Winter seit Menschengedenken. Im letzten Monat hatte selbst die deutsche Luftwaffe den Luftkrieg eingestellt. Die massiven Nachtangriffe, die eingesetzt hatten, als es der deutschen Luftwaffe im Sommer nicht gelungen war, in der *Luftschlacht um England* die englische auszuschalten, hatte der schlimme Winter zumindest vorübergehend eingefroren.

Seit eineinhalb Jahren war Freddy nun schon in England; seit Juni 1939, als sie ihr Leben in Kalifornien beendet hatte. Nach Macs Tod hatte sie keinen Grund mehr gesehen, die Fliegerschule weiterzuführen. Als sie sich selbst fragte, was sie denn nun vorhabe, schien ihr nur eine einzige Antwort möglich: einen Weg zu finden, auch der Sache zu dienen, für die Mac gestorben war. Die Vereinigten Staaten waren neutral, und außerdem hätte es in ihren Streitkräften nirgends einen Platz für eine Pilotin gegeben. Dagegen gab es aber die *Britisch Civil Guard* mit ihren viertausend neuen Rekruten, die alle fliegen lernen wollten!

Mac hatte Freddy alles hinterlassen, was er besaß. Ein entsprechendes Testament hatte er Swede Castelli in Verwahrung gegeben. Sie verkaufte das Haus und alle Schulflugzeuge, einschließlich ihrer eigenen geliebten weißen Rider. Ehe sie nach England ging, um sich dort freiwillig zu melden, verabschiedete sie sich von Eve und Paul, nachdem sie endlich wieder Frieden mit ihrem Vater geschlossen hatte. Im Pilotenausbildungsprogramm in England war sie dann sofort als Fluglehrerin angenommen worden.

Drei Monate darauf begann Hitlers Einmarsch in Polen, und zwei Tage danach zogen England und Frankreich endlich die Konsequenzen, die sie eigentlich schon zwei Jahre früher hätten ziehen sollen, und erklärten Deutschland den Krieg.

Am 1. Januar 1940 wurde eine kleine Gruppe sehr erfahrener weiblicher Piloten, die wie Freddy Instrukteure in der *Civil Air Guard* waren, für das Lufttransport-Hilfskorps *Air Transport Auxiliary* angeworben. Diese *ATA*, eine zivile, ehemals rein männliche Organisation, hatte die Aufgabe, für die *RAF*, die *Royal Air Force*, in ganz Großbritannien Flugzeuge zu überführen; von den Fabriken, in denen sie gebaut wurden, zu den einzelnen Fliegerhorsten, wo man sie dringend erwartete.

Mittlerweile, ein Jahr später, wuchs die Anzahl der weiblichen Piloten in der *ATA* immer noch weiter, während die Männer für die kämpfende Truppe freigestellt wurden. Die Frauen hatten bewiesen, daß sie unter den gleichen strengen und widrigen Umständen wie die Männer fliegen konnten. Sie machten dreizehn Tage lang ohne Pause Dienst und hatten dann jeweils zwei Tage frei. Sie holten Flugzeuge ab und lieferten sie, selbst wenn das Wetter so schlecht war, daß sich keine Jäger in den Himmel wagten. Sie flogen ohne Funk oder sonstige Navigationshilfen, außer einem einfachen Kompaß. Sie wanden und schlängelten sich an der Küste entlang durch die Sperrlinien Tausender Fesselballons, deren Stahlkabel Fallen für jedes Flugzeug waren, gleich ob Freund oder Feind. Über den britischen Inseln konnte sich das völlig unberechenbare Wetter ohne jede Vorwarnung jederzeit so drastisch ändern, daß ein Pilot binnen Sekunden jede Orientierung verlor. Das ganze Land war aber wie gesprenkelt von Fliegerhorsten, und auf jedem einzelnen hatte es sich die Flak angewöhnt, bei jedem Anzeichen eines Flugzeugs in der Luft lieber erst loszuballern und später Fragen zu stellen. Schließlich befand man sich im Krieg, und der Feind war so nahe, daß keine *ATA*-Pilotin je überrascht sein durfte, wenn über das Flugfeld, auf das sie gerade zusteuerte, plötzlich Messerschmitts herunterstießen.

Als Freddy und Jane an ihrem Flugplatz in Hatfield ankamen, war es noch immer dunkel. Sie fuhren in Janes mittlerweile altersschwachem MG, mit dem sie früher die ländlich englische Stille terrorisiert hatte. Sie hatten heute ein Jubiläum. Genau vor einem Jahr hatten weibliche Piloten die ersten Überführungsflüge unternommen. Pauline Gower, ihr kommandierender Offizier, hatte zu diesem Anlaß ein kleines Fest für den Abend arrangiert.

Gestern war es scheußlich gewesen; eiskalt, Schneetreiben, Nebel, Regen, tiefe Wolken, »der ganze Mist auf einmal«, wie Jane sarkastisch festgestellt hatte, als sie in den Himmel blinzelte. Der gesamte Flugbetrieb in Hatfield war kurz nach Mittag eingestellt worden. Freddy und Jane hatten dann den Nachmittag in ihren gemieteten Unterkünften zugebracht, Tee gekocht, geschlafen und sich der seltenen und unerwarteten Freizeit erfreut. Von einigen anderen Flugplätzen waren jedoch Piloten gestartet, darunter auch Amy Johnson, die kurz nach Freddy zur *ATA* gekommen war. Die weltberühmte Pilotin, Freddys langjähriges Idol, war unterwegs, um eine zweimotorige Oxford-Ausbildungsmaschine, die auch Freddy und Jane meistens flogen, zu überführen.

Freddy und Jane beeilten sich, um aus dem MG heraus in den vergleichsweise warmen Dienstraum zu kommen, um sich dort ihre Instruktionen für den Tag abzuholen. Sie griffen sich ihre Auftragszettel und begaben sich in die Messe, eine Baracke, die einen endlosen Strom von Kaffee, Tee und Klatsch bedeutete und zu deren Inventar außer einer Katze auch eine Darts-Wurfscheibe, ein Billardtisch und eine Anzahl Zeitungen gehörten. Zuweilen brachten Pilotinnen ihre eigenen Schach- oder Backgammonbretter mit. Es war sogar die Rede davon, daß in einem Zimer eine Bridge-Schule eingerichtet werden sollte. Freddy und Jane hatten einander gegenseitig gelobt, daran auf keinen Fall teilzunehmen. Janes bevorzugter Zeitvertreib waren die Wurfpfeile. Freddy war eine fanatische Anhängerin des Kartenwerfens in Hüte. Sie bestand hartnäckig darauf, daß dieses Spiel erheblich mehr Geschicklichkeit und Koordination erforderte als alle anderen. Es war ihre feste Gewohnheit geworden, sich intensiv damit zu befassen, während sie auf einen Einsatz wartete.

»Ach Gott, da brodelt die Gerüchteküche wieder«, sagte Jane, als sie eintraten. Überall standen Pilotinnen in Gruppen zusammen. Es wurde lebhaft, aber leise geredet. Auf allen Gesichtern lag ein Ausdruck von Trauer.

»Was ist los?« fragte Freddy. Lettice Curtis, eine hervorragende Pilotin, die sich immer freiwillig zum Fliegen meldete, sagte es ihr.

»Amy Johnson. Sie ist gestern in der Themse-Mündung abgestürzt.«

»O Gott – nein!« rief Freddy.

»Am Nachmittag war sie lange überfällig«, sagte Lettice. »Offenbar ging ihr der Sprit aus, weil sie sich über den Wolken verflogen hatte. Sie war 100 Meilen vom Kurs nach Kidlington abgekommen. Es ist bereits amtlich. Sie haben ihren Flugsack aus dem Wasser gefischt. Sie stieg über den Wolken aus und landete im Bach. Fast hätten sie sie noch herausgefischt. Ein Trawler auf Geleitschutz sah ihre Oxford sinken und versuchte sie aufzufischen, aber sie verschwand unter dem Heck.«

Freddy wandte sich heftig ab und ging ans Fenster. Sie blickte hinaus, ohne etwas wahrzunehmen. Die Nachricht hatte sie wie ein Schock getroffen. Amy Johnson! Sie hatte Sandstürme überlebt, Monsune und Dutzende von Notlandungen, als sie als erste Frau allein nach Australien flog. Sie war das Teufelsmädchen, über das Millionen *Amy, Wonderful Amy* sangen. Die immer verrückt mutige Amy, deren Ausdauer keine Grenzen kannte, als sie den Rekord für Leichtflugzeuge von London nach Tokio aufstellte. Die rasende Amy, die einen Schnelligkeitsrekord Paris–Kapstadt und zurück aufgestellt hatte, in einem Schiaparelli-Kostüm mit dazupassendem Mantel... Undenkbar, daß ausgerechnet Amy Johnson, *ihre* Amy, die erfahrenste Pilotin in ganz England, die erste von ihnen war, die starb!

»Ich weiß, Freddy«, sagte Jane, indem sie ihr den Arm um die Schulter legte.

»Als ich neun Jahre alt war, flog sie in einer kleinen Motte die ganze Strecke bis Australien. Jetzt bin ich zweiundzwanzig, und sie kommt um auf dem Flug von Blackpool nach Kidlington, in einer zuverlässigen Zweimotorigen! Sie war gerade achtunddreißig! Ich kann es einfach nicht glauben. Wie kann so etwas passieren?«

»Vielleicht erfahren wir es nie. Na komm, Freddy, wir wollen ein wenig Karten in den Hut werfen«, versuchte Jane sie aufzumuntern. »Wer gewinnt, putzt den Spind.«

»Wenn sie nicht über dem eiskalten Wasser gewesen wäre...«

»Wenn, wenn... Es war schließlich Amys eigene Entscheidung, bei dem Wetter gestern zu fliegen. Sie hätte doch in Blackpool bleiben können. Wir haben doch alle immer die freie Wahl. Wir können jederzeit landen, wenn es böse aussieht, und am Boden warten, bis es sich wieder so gebessert hat, daß man sicher weiterfliegen kann. Sie entschloß sich gestern zu fliegen, im Gegensatz zu fast allen anderen. Die Route geht nur über Land, Freddy, das weißt du doch, wir sind sie doch beide schon ein dutzendmal geflogen. Aber sie stieg zu hoch, Freddy. Über die Wolken. Und da verirrte sie sich. Wie sonst wäre sie über das Wasser gekommen. Wir haben bekanntlich genaue Anweisungen, nie über den Wolken zu fliegen. Nie. Es war ihr Charakter ebenso wie das Wetter, Schatz.«

»Charakter...« wiederholte Freddy nachdenklich.

»Na ja, schließlich fliegen wir alle so, wie es unserem Charakter entspricht.«

Freddy blickte über die vielen Frauen in der Messe hinweg, bis ihr Blick bei Winifred Crossley hängenblieb, die ebenfalls Stunt-Pilotin gewesen war, dann bei Rosemary Rees, gleichzeitig Ballettänzerin und Erkunderin neuer Flugrouten. Bei Gabrielle Patterson, verheiratet, Mutter, und schon seit 1935 Fluglehrerin. Bei Joan Hughes, die mit fünfzehn zu fliegen begonnen hatte und nicht älter war als sie und Jane. Bei Margie Fairweather, Tochter von Lord Runciman, deren Bruder Generaldirektor von BOAC war und deren Ehemann ebenfalls ATA-Pilot. Sie waren hier wirklich die berühmteste Ansammlung weiblicher Piloten in der ganzen Welt, mit den meisten Auszeichnungen. Doch, ja, es stimmte schon, sie hatten alle ihren eigenen »Charakter« beim Fliegen. Jede ging jeden neuen Start auf ihre eigene Weise an, mit ihrer eigenen Kombination von Mut und Vorsicht, Wettbewerb, penibler Beachtung der Regeln, Präzision und Risikobereitschaft. Welche von ihnen allen wäre wohl gestern in Blackpool ebenfalls gestartet? Höchstwahrscheinlich keine... eine vielleicht... oder zwei. Schwer zu sagen, schwer abzuschätzen.

Sie wandte sich Jane zu. »Allmählich verstehe ich, warum du die Beste in deiner fürchterlichen Schule warst, Sport oder nicht.«

»Was ist, werfen wir Karten, oder willst du mir Schmeicheleien verpassen?«

»Also gut, spielen wir. Wie dieser sogenannte Sonnenaufgang aussieht, fliegen wir heute wohl wieder nicht. Habe ich dir schon mal von den Sonnenaufgängen in Kalifornien erzählt? Jeden Tag, ob du's glaubst oder nicht, jeden einzelnen Tag, sogar im Winter. Ist dir bekannt, daß England auf dem gleichen Breitengrad liegt wie Labrador? Wie kann man sich nur an so einem Ort ansiedeln!«

»Noch ein Wort, und ich suche mir eine neue Zimmergenossin!«

Das für diesen Abend vorgesehene Jubiläumsfest der *ATA* wurde abgesagt. Freddy, Jane und einige andere gingen statt dessen in das örtliche Pub von Hatfield und tranken dort ein Glas auf Amy Johnson, ehe sie durch die eisigen, verdunkelten Straßen der Stadt schweigsam in ihre Unterkünfte zurückkehrten.

Am 9. und 10. Januar 1941 hatten Freddy und Jane zwei Tage frei, und das erste Mal, seit sie sich kannten, konnte Freddy die schon lange ausgesprochene Einladung zu einem Besuch bei Janes Familie in deren Familienwohnsitz Longbridge Grange in Kent annehmen. Janes Vater war Lord Gerald Henry Wilmont, der vierzehnte Baron Longbridge. Ihre Mutter Lady Penelope Juliet Longbridge war eine geborene Fortescue.

Sie trugen gutgeschneiderte strenge, maskulin aussehende Uniformen unter den schweren Marinemänteln: Marinehosen und als »Tunika« bekannte marineblaue Jacken mit zwei Brusttaschen mit Knöpfen und zwei ebenfalls mit Knöpfen versehenen großen Seitentaschen unter dem Koppel mit Messingschloß, über der rechten Brusttasche die goldene Pilotenschwinge, goldgesäumt und aufgenäht, und auf den Schultern die breiten Goldstreifen zweiter Offiziere, einer breit, einer schmal. Freddy hatte zusätzlich ein rotweißblaues Emblem am Ärmel, das sie als Amerikanerin identifizierte. Unter den Tuniken trugen sie beide blaue Hemden und schwarze Männerschlipse. Wegen der Kälte hatten sie sich entschlossen, die Hosen und Fliegerstiefel anzuziehen, die eigentlich niemals außerhalb der Fliegerhorste getragen werden sollten. Beide hatten sie sich aber auch ihre Marineröcke mit den bequemen Schuhen und Strümpfen eingepackt, die an sich zu ihrer offiziellen Uniform gehörten, wenn sie nicht flogen. Die eingedrückten Marinemützen hatten sie sich »flott« in die Stirn gezogen.

Es war ihnen gelungen, in einer der stabilen Ansons mitgenommen zu werden, einem der unentbehrlichen Arbeitspferde unter den Flugzeugen, die als Zubringer-Taxis für die *ATA*-Pilotinnen zu ihren Abholorten dienten und sie anschließend auch wieder zu ihrem Stützpunkt zurücktransportierten. Sie flogen beide gelegentlich selbst eine Anson, von denen jede groß genug war, um fünfzehn Leute samt Fallschirmen unterzubringen. Der Verlust auch nur einer Anson hätte eine Katastrophe bedeutet. Nur die zuverlässigsten Piloten durften deshalb an ihr Steuer.

Nach einem kurzen Lufthüpfer wurden sie auf einem Flugplatz in Kent abgesetzt, wo Janes Mutter, die ihre Benzinzuteilung für den lange geplanten Besuch aufgespart hatte, sie abholte. Lady Penelope umarmte ihre Tochter und streckte Freddy schon die Hand entgegen, als sie es sich plötzlich anders überlegte und auch sie umarmte.

»Ich freue mich sehr, daß Sie endlich gekommen sind, *Dear*«, sagte sie. »Jane hat uns schon so viel von Ihnen geschrieben. Ich glaube, sie hat endlich jemanden gefunden, der einen guten Einfluß auf sie hat.« Lady Penelope sah gut aus mit ihrem kastanienbraunen Haar. Sie warf einen stolzen Blick auf ihre Tochter.

»Umgekehrt«, sagte Freddy lachend. »Jane hat einen guten Einfluß auf mich.«

»Unsinn. Unmöglich. Wir kennen doch unsere Jane. Sie ist unmöglich... Aber von Zeit zu Zeit kann sie wirklich sehr nett sein. Nun kommt aber ins Auto, bevor ihr hier anfriert. Das Essen wartet schon auf uns.«

Sie fuhr schnell und sicher und machte während der Fahrt auf einige Stellen aufmerksam, wo Bomben auf das jetzt verschneite Land gefallen waren. »Ich bin zwar sicher, daß sie nicht ausdrücklich auf uns gezielt haben – wir sind ja keine gefährlichen Leute –, aber unser Haus liegt genau in der Einflugschneise zwischen London und den Kanalhäfen. So ein Unsinn... eine hat im Salon den ganzen Deckenverputz herunterrieseln lassen. Und natürlich hat es auch den Tennisplatz ruiniert. Letzten Herbst. Eine Brandbombe. Und auf der Straße ins Dorf liegt noch immer ein Blindgänger. Ich hoffe nur, es kommt, sobald es taut, endlich jemand und schafft ihn weg. Zu dumm, das alles. Immerhin erinnert es daran, daß jeden Abend kontrolliert wird, ob alles gut verdunkelt ist.«

»Und wer ist der Luftschutzwart, Mammi?« fragte Jane.

»Jane, wirklich! Ich, wer sonst! Auf wen könnte ich mich schon verlassen? Dein armer Vater ist im Dunkeln praktisch blind, da ist gar nichts zu machen. Gut, Small, der neue Gärtner, ist ganz intelligent, obwohl er ja auch schon auf die fünfundsiebzig zugeht. Er bastelt Molotow-Cocktails in seiner Freizeit. Für den Fall der Invasion. Wir haben schon einen sehr eindrucksvollen Stapel auf Lager. Ich habe ihm zwar gesagt, die Invasionsgefahr sei praktisch vorüber – ist sie doch, Jane, oder? –, aber er ist schon zu taub, um noch etwas zur Kenntnis zu nehmen.« Sie wandte sich an Freddy. »Jane schrieb uns, Ihre Eltern seien in London. Hatten sie da viel auszuhalten?«

»Nein, bisher nicht. Sie haben es unbequem, und es ist etwas beängstigend. Aber nichts wirklich Schlimmes. Ich habe sie an meinem letzten freien Tag besucht. Am Ende ihrer Straße ist ein Haus ausgebombt, aber sonst geht es ihnen gut.«

»Ihr Vater kam, um sich General de Gaulle anzuschließen, hörte ich?«

»Ja, nach de Gaulles berühmtem Aufruf im Juni 1940 verließ er sofort Los Angeles und schloß sich den *French Forces* an. Er arbeitet jetzt mit Gustave Moutet und einigen Journalisten zusammen, die eine Tageszeitung mit dem Titel *France* gegründet haben. Meine Mutter arbeitet als Ambulanzfahrerin. Sie hat dieses Wochenende Dienst.«

»Sehr gut«, sagte Lady Penelope und vermied sorgfältig jede Frage nach Delphine. Jane hatte ihr geschrieben, daß niemand von der ganzen Familie wußte, was seit der Besetzung von Paris mit ihr geschehen war. Sie fuhren rasch durch ein kleines Dorf und näherten sich, nun mit verlangsamter Fahrt, einem großen Tor. »So, meine Lieben, da wären wir. Willkommen zu Hause.«

Lady Penelope fuhr die lange, eichenbestandene Auffahrt entlang und hielt vor dem Haus, das direkt aus den Schneewehen herausgewachsen zu sein schien, so eng umgeben war es von schöngewachsenen Bäumen und noch immer grünen Hecken. Es war zur Hälfte holzverkleidet, mit dicken Wänden aus kräftigen Eichenbohlen über beigefarbenen Ziegeln, beides Materialien dieser ländlichen Gegend mit ihren kalkigen Böden und bewaldeten Hügeln. Noch niemand hatte sämtliche Dachstufen von Longbridge Grange gezählt oder die verschiedenen Stile der geschindelten oder geziegelten Giebel oder die sehr sinnvolle, aber verwirrende Vielfalt der Kamine. Die zahlreichen asymmetrischen Fenster bestanden aus Butzenscheiben, von denen die meisten so alt waren, daß sie einen Lavendelschimmer angenommen hatten. Als Lady Penelope das letzte Mal in der kleinsten Küche den Verputz hatte erneuern lassen, fanden die Handwerker zwei Münzen aus dem Jahre 1460.

Longbridge Grange hatte fünf Flügel, alle aus verschiedenen Epochen, aber alle dokumentierten den Wohlstand der Familie. Trotz seiner Größe war nichts demonstrativ Protziges oder klassisch Förmliches an diesem sehr schönen Familiensitz. Immer war es einfach nur ein Wohnsitz gewesen, immer die Mitte einer Gruppe blühender Farmen im Familienbesitz, zu denen auch eine bedeutende Mostkellerei, ein großer Block Stallungen, ein Marstall, ein Taubenschlag und zahlreiche Scheunen und

Nebengebäude gehörten. Freddy hatte das Gefühl, in einen freundlichen, aromatisch duftenden Wald zu treten, als sie das Haus betrat. Fichtenzweige dekorierten die Tür und lagen überall auf den vielen Kaminsimsen. Über dem Eingang in der Halle hingen noch immer die Mistelzweige von Weihnachten. Scheinbar von überallher bellten zahllose Hunde ihr Willkommen.

Jane Longbridge war die zweitälteste von sieben Geschwistern. Ihre zwei jüngeren Brüder waren im Internat, während die drei Jüngsten, alles Mädchen – neunjährige Zwillinge und das siebenjährige Nesthäkchen – noch die nahe Dorfschule besuchten. Zur Feier des Tages hatten sie heute zu Hause bleiben dürfen. Sie gaben Freddy schüchtern die Hand, ehe sie sich auf Jane stürzten und sie vor Wiedersehensfreude fast umwarfen.

»Nun kommt alle zum Essen in die Küche!« Lady Penelopes liebevoller Blick ruhte auf ihrer Brut.

»In der Küche, Mama?« fragte Jane überrascht.

»Da ist es nun mal am wärmsten, Schatz. Ich habe fast das ganze Haus zugemacht und in einen Dornröschenschlaf versetzt. Mir graut jetzt schon vor dem Abstauben, wenn wir nach dem Krieg alles wieder in Betrieb nehmen. Aber darüber wollen wir uns sorgen, wenn es soweit ist.«

Jane und Freddy spielten fast den ganzen Nachmittag mit den kleinen Mädchen und genossen deren hingebungsvolle Verehrung. Später zog sich Freddy in ihr Zimmer zurück, um bis zum Abendessen noch etwas auszuruhen. Als erstes zog sie die Verdunklungsvorhänge zu. Sie schlief eine Stunde lang, doch ehe sie einschlummerte, dachte sie daran, daß sie seit der Ankunft in Grange praktisch nicht mehr gefroren hatte. Fünf Stunden perfekten Wohlbehagens! Oder sogar schon fünfeinhalb?

Sie erwachte, weil an die Tür geklopft wurde. Jane kam in einem Bademantel herein, mit dicken Socken und Pantoffeln. »Ich habe dir ein Bad eingelassen«, sagte sie mit leisem, vertraulichem Flüstern.

»Ein Bad?«

»Ein heißes Bad, stell dir vor. Ein wirkliches Bad. Ein Vorkriegsbad! Ein völlig illegales Bad! Ich hoffe, du verrätst mich nicht und sagst keinem Menschen ein Wort! Es muß ein unbedingtes Geheimnis zwischen uns beiden bleiben!«

»Du meinst...«

»Mehr als zehn Zentimeter Wasser in der Wanne!« verkündete Jane mit einer gewissen Feierlichkeit.

»Jane, was fällt dir ein!« rief Freddy. »Du weißt, daß du das nicht hättest tun sollen. Es ist gegen die Vorschriften!«

»Ach was, sei still! Los, komm! Aber leise. Alle sind irgendwo im Haus beschäftigt. Daß du mir keinen Mucks machst!«

Sie legte den Finger auf den Mund und reichte Freddy einen Bademantel, ehe sie sie den Korridor hinunter zu der Tür eines riesigen Badezimmers führte, dessen Stolz eine gewaltige viktorianische Kupferbadewanne auf geschwungenen Löwenbeinen war. Freddy ging auf Zehenspitzen hin, sah hinein und hielt die Luft an. Das dampfend heiße Badewasser mußte dreißig Zentimeter hoch sein! Seit Kriegsbeginn hatte sie keine Badewanne mit so viel Wasser gesehen! In ihren Quartieren erlaubte ihnen ihre ständig jammernde Vermieterin maximal ein Bad pro Woche, mit maximal zehn Zentimetern Wasser, genau nach Vorschrift. Jede andere Körperreinigung hatte sozusagen stückweise am Waschbekken zu geschehen. Und jetzt diese Pracht hier!

Freddy entkleidete sich und ließ sich in das Wasser gleiten. Es ging ihr bis zur Hüfte, wenn sie saß! Jane reichte ihr ein Stück Seife. Sie wusch sich zuerst das Haar, dann sich selbst von oben bis unten.

»O Gott, tut das gut! Gut, gut, guuut! Ich rühre mich hier nicht vom Fleck, bis es völlig kalt ist! Bis es einfriert! Keine zehn Pferde kriegen mich hier wieder raus!«

»Wird es denn schon kalt, Schätzchen?« fragte Jane besorgt.

»Nun ja... Ja. Ein bißchen jedenfalls. Nein, Jane, wirklich nicht. Dreh nicht noch mal den Boiler auf. Ist nicht fair den andern gegenüber. Ich habe ohnehin schon mächtige Schuldgefühle. Wie soll ich denn je deiner Mutter wieder gegenübertreten?« Sie wischte sich das nasse Haar aus dem zufriedenen Gesicht. Sie war ganz rosa vom vielen Rubbeln.

»Sei nicht albern. Mutter hat immer noch ganze Berge Brennholz.« Dann ging sie plötzlich rasch zur Tür und riß sie auf.

»HAPPY BIRTHDAY!« schrie ein Chor, und Janes drei kleine Schwestern kamen hereinmarschiert, jede mit einem Zuber heißen Wassers. Hinterher marschierte Lady Penelope persönlich, über das ganze Gesicht lachend, mit einem noch größeren dampfenden Zuber Wasser. Sie versammelten sich um die Wanne und sangen unter Führung von Jane feierlich HAPPY BIRTHDAY und gossen dabei zeremoniell heißes Wasser nach. Als die letzte Zeile verklang, mischte sich noch eine männliche Stimme darunter, die danach in den traditionellen Ruf ausbrach: »Steh auf, steh auf, steh auf und zeig uns dein Gesicht!« Und sämtliche fünf Mitglieder der Familie Longbridge ließen darauf alles stehen und liegen. Die Zuber rasselten zu Boden, und sie stürmten zur Tür: »Tony!« Sie vergaßen ihren Gast völlig, während sie sich um den älteren Bruder scharten.

Ins Wasser geduckt, halb zusammengeknickt, betrachtete Freddy die

Szene und mußte lachen. Hatte Jane etwa auch das geplant? Konnte irgend etwas, das so typisch Jane war wie dies, Zufall sein?

»Tony, komm her und sag guten Tag«, kommandierte Jane indessen. »Zweiter Offizier Marie-Frédérique de Lancel, darf ich Sie mit meinem Bruder bekannt machen? Der Ehrenwerte Staffelkapitän Antony Wilmot Alistair Longbridge! Freddy, Tony!«

»Bist du da ganz sicher?« fragte Freddy ihre Freundin mißtrauisch, während sie schamhaft die Arme über der Brust gekreuzt hielt.

»Oh, ja. Ich erinnere mich verhältnismäßig gut an ihn«, sagte Jane.

»Guten Abend, Staffelkapitän Longbridge«, brachte Freddy mit einem graziösen Kopfnicken zustande, ohne den Kopf zu heben.

»Guten Abend, Zweiter Offizier. Ohne Uniform, wie ich sehe.«

»Dienstfrei, Sir.«

»Das sagen alle immer.«

»Ich darf Ihnen versichern, Sir, daß es stimmt.«

»Können Sie das nachweisen?«

»Nein.«

»Dann muß ich mich auf Ihr Wort verlassen.«

»Vielen Dank, *Sire*.«

»Kein Grund zu übertreiben. Ein einfaches *Sir* genügt. Rührt euch.«

»Antony, komm sofort aus diesem Bad raus!« sagte jetzt Lady Penelope, »und laß Freddy baden.«

»Aber, *Mum*, es ist doch ihr Geburtstag. Meinst du nicht, sie möchte Gesellschaft haben? Ich setze mich einfach hierher und plaudere ein wenig mit ihr. Jane, du darfst uns allein lassen. Mädchen, holt dem Zweiten Offizier noch etwas heißes Wasser.«

»Antony, stelle meine Geduld nicht auf die Probe«, mahnte ihn seine Mutter.

»Na gut dann, *Mum*, wenn du darauf bestehst«, sagte er zögernd, ohne sich einen Zentimeter von der Wanne wegzubewegen. »Aber es ist dir doch wohl bekannt, daß wir Krieg haben, oder? Und da müssen nun mal alte Standards dem Neuen weichen. Ja, ja, schon gut, *Mum*, du brauchst mich nicht zu zwicken, verdammt. Ich komme ja.«

Jane brummelte etwas vor sich hin, während sie ihre Vorkriegs-Abendkleider durchging. Es klang wie alte Druidengesänge.

»Ich wußte gar nicht, daß es noch immer Leute gibt, die sich fürs Essen groß anziehen«, sagte Freddy, die ihr zusah.

»Na, du glaubst doch wohl nicht, daß du dein Geburtstagsessen hier in Uniform absolvieren darfst, oder?«

»Seit meinem öffentlichen Bad weiß ich überhaupt nicht mehr, was ich glauben soll... oder erwarten.« Sie bürstete ihr Haar und versuchte es wieder einmal zu bändigen, aber heute in dieser Kälte schien es widerspenstiger denn je zu sein. Und obwohl sie es nach *ATA*-Vorschrift so kurz geschnitten hatte, daß es nicht bis zum Uniformkragen reichte, hörte sie geradezu, wie es knisterte und sich so nachdrücklich aufstellte, daß es ihr die Hand kitzelte.

»So ein Glück, daß auch noch Tony aufgetaucht ist«, sagte Jane ausgelassen. »Ich glaube, er mag dich.«

»Ich kann nur hoffen, daß er in all dem Dampf nicht zuviel gesehen hat. Ich jedenfalls konnte ihn nicht ansehen.«

»Seid ihr Amerikaner alle so rein?«

»Und ihr Briten alle so frech?«

»Tony? Ach Gott, der ist absolut harmlos!« meinte Jane über die Schulter mit der rechthaberischen Selbstverständlichkeit der Bewunderung einer jüngeren Schwester für ihren fünfundzwanzig Jahre alten Bruder. »Immerhin ist er schließlich nicht zu dir hineingeklettert, oder? Nun ja, auch wenn es frech war, oder schamlos, oder vielleicht sogar ein bißchen aufdringlich – oder sogar aussah, als habe er keine Manieren –, tatsächlich hat er einfach nur an harmlose Freundschaftlichkeit gedacht. Unser Tony, mußt du wissen, ist ein Rudelmensch, gutmütig und bodenständig. Von ihm hast du nichts zu befürchten – wenn du nicht selbst willst, natürlich. Oder sofern du kein deutscher Pilot bist, der hier mit einer Messerschmitt rumflitzt oder mit einer Junkers 88. In dem Fall kriegst du allerdings mächtige Probleme mit ihm. Gewaltige. Ah, da ist es ja! Ich habe mich schon gewundert, wo es denn hingekommen ist.«

Sie kam mit einem Bügel zum Vorschein, auf dem ein silbernes Kleid hing, schulterfrei und glitzernd im Licht. Der Rock unten war so glockig, daß es aussah, als könne er allein stehen und Walzer tanzen. Die Taille hatte eine breite, schwarze Samtschärpe, nach außen hin geschwungen mit zwei Streifenausläufern bis fast zum Boden. Auf einem zweiten Bügel hielt sie eine schwarze Samtstola in Form eines großen, drapierten, silbergesäumten Bogens. »Das dürfte wohl festlich genug sein«, sagte sie und hielt die beiden Bügel hoch. »Falls es dich friert, kannst du ja die Stola überlegen. Probier doch mal an, ob es dir paßt!«

»Und ob das paßt, und ob! Nichts wird mich davon abhalten, dieses Kleid zu tragen!« Freddy war ganz atemlos, in einem kaum mitteilbaren Entzücken. Alles, was sich ereignet hatte, seit sie ihren Fuß hier über die Schwelle von Longbridge Grange gesetzt hatte, schien wie ein unbeschwertes Picknick im Grünen zu sein, völlig spontan und improvisiert – und so herrlich außerhalb aller Realität des Krieges. Sie war übermütig und ganz unanständig ausgelassen, ganz unzulässig zufrieden mit sich selbst. Nicht einmal ihre Frostbeulen schmerzten.

»Schuhe!« sagte Jane, schlug sich an die Stirn und verschwand wieder in ihrem Ankleidezimmer, um mit silbernen Schuhen zurückzukommen und einer Handvoll hauchzarter Chiffonunterwäsche. »Was fehlt noch?«

»Hast du etwa kein Diadem?«

»Ist nicht unbedingt erforderlich für ein Dinner. Obwohl natürlich... obwohl...«

»Jane, das war ein Spaß!«

»Sie sind sowieso im Tresor. Keine Diademe derzeit. Ein Jammer, das... Also, wir ziehen uns jetzt besser an. Papa sollte inzwischen wohl da sein, und wenn er nicht vor dem Essen seinen gewohnten Drink kriegt, fängt er an zu grummeln. Schrei, wenn du was brauchst. Ansonsten unten, sagen wir, in einer halben Stunde?«

»Ja, sicher. Danke, daß du dieses Kleid gefunden hast, Jane.«

»In dem habe ich fünf Heiratsanträge gekriegt, stell dir vor! Ein Glückskleid, scheint's. Natürlich nicht für die armen Kerle. Sie tun mir richtig leid. Wirklich.«

»Ihr Pech«, meinte Freddy, während sie sich in einem fort drehte und zusah, wie der glockige Rock um sie rauschte.

Als Freddy das Kleid angezogen, Lippenstift aufgelegt und einen weiteren fruchtlosen Versuch unternommen hatte, ihr glänzendes rotes Haar zu bändigen, versammelten sich die erwachsenen Mitglieder der Familie Longbridge in der Bibliothek vor dem großen Kaminfeuer. Sie sprachen leise miteinander, wenn auch alle scheinbar gleichzeitig, während der Hausherr, Lord Gerald, mit einem silbernen Shaker bewaffnet dabei war, Martinis zu mixen.

Freddy, die noch niemand bemerkt hatte, blieb ein wenig zögernd vor dem Eingang stehen. Ihre Gefühle waren in Verwirrung. Das hier war eine Familie. Sie gehörte nicht dazu. Und trotzdem hatte man sie empfangen, wie sie noch niemals bei fremden Leuten empfangen worden war. Ihre Freundin Jane war ihr zwar mittlerweile fast vertrauter als ihre eigene Schwester, aber ihrem Vater war sie noch nie begegnet, und von Tony hatte sie auch noch nicht mehr gesehen als ein Stück *RAF*-Uniform im Dampf des Bades. Ganz unzweifelhaft – sie war verlegen. Aber sie konnte doch nicht schüchtern sein! In einem Kleid wie diesem! Nicht in diesem Kleid mit seiner kaum gebremsten Theatralik, das ihr, wie sie vom ersten Moment an gewußt hatte, perfekt paßte! Und heute war außerdem ihr einundzwanzigster Geburtstag! Und sie war der Ehrengast!

Großer Gott, das verlangte nach einem Auftritt! Alle warteten ja schließlich auf sie!

Und dieser Gedanke brachte es dann zuwege, daß sie – Janes Vater war mit den Martinis beschäftigt, und sie konnte schon von den Geräuschen her sagen, daß sie in der nächsten Sekunde zum Eingießen bereit waren – in einem wirklich rauschenden Auftritt in den Raum schwebte. Dann blieb sie stehen, und wieder begann ihre Verlegenheit die Oberhand zu gewinnen, als sie sah, daß sich alle vier mit einem Schlag nach ihr umgedreht hatten und verstummt waren. Ein Augenblick sprachloser Verblüffung trat ein, den Freddy nur nicht als solchen erkannte. Ein äußerster Tribut an ihre Schönheit.

Lord Gerald stellte seinen Cocktailshaker ab und kam auf sie zu.

»Alles Gute zum Geburtstag, Mademoiselle de Lancel«, sagte er, indem er ihre beiden Hände nahm und ganz hingerissen in das triumphierende Blau ihrer unbezähmbaren Augen blickte. »Mein Sohn hat mir schon erzählt, daß ich den absoluten Höhepunkt des Tages versäumt habe – was sage ich: des Jahres! Ich muß schon sagen, ich finde das äußerst unfair. Ich weiß nicht, wie Sie sich jemals wieder bei mir einschmeicheln können, nach so einer schlechten Behandlung. Es sei denn, ich mache Ihretwegen eine Ausnahme. Oder, noch besser, Sie wiederholen die Vorstellung morgen. Aber sagen Sie mir rechtzeitig Bescheid, damit ich nicht wieder übersehen werde! Übrigens, fällt mir gerade ein, trinken Sie Martini?«

»O ja bitte, Lord Gerald. Und bitte nennen Sie mich Freddy.« Sie lachte, und ihre ganze Verlegenheit war verflogen. Der grauhaarige, gutaussehende Charmeur mit den gleichen frechen Augen wie Jane hatte das Eis gebrochen.

»Gut also: Freddy«, sagte er und bot ihr seinen Arm. »Und jetzt kommen Sie herüber zum Feuer. Ich muß diese Drinks einschenken, ehe sie wäßrig werden.« Er führte sie durch den großen, hohen Raum zu Jane, die bar jeder Zurückhaltung flammend scharlachroten Satin trug und zu Lady Penelope, die unvergleichlich aussah in braunem Samt und alter elfenbeinfarbener Spitze. Tony hatte sich hastig und von den Frauen unbemerkt zu dem mit künstlichem Rauhreif überzogenen Christbaum zurückgezogen, wo er so tat, als sei er intensiv mit den elektrischen Kerzen beschäftigt, um so Gelegenheit zu haben, Freddy erst noch genauer zu betrachten, bevor sie zu ihm kam.

Von dem Augenblick an, als sie in die Bibliothek gekommen war, war es ihm, als wandle sie in einer Aura von Licht. Es war etwas fast Überirdisches in ihrem plötzlichen, schweigenden, silbernen Erscheinen in der Tür. Ganz unwillkürlich war ihm das erste, manchmal überraschende, stets irgendwie gefährliche und ihm immer einen Stich ins Herz versetzende Erscheinen des Abendsterns eingefallen. War das wirklich das humorvolle, spaßende Mädchen aus der Badewanne? Ging Metamorphose so einfach? Verwandelte sie sich vielleicht auch noch in einen Hain blühender Bäume, ehe das Dinner zu Ende war?

»Tony, komm hilf mir mal!« bat ihn sein Vater. »Bring doch Freddy ihren Martini!«

Als er ihr das geeiste Glas hinüber zum Kamin trug, stolperte der Staffelkapitän Antony Longbridge fast über seine eigenen Füße – über einen Teppich, der an dieser Stelle schon seit fünf Generationen lag. Freddy sah ihn an und sagte: »Guten Abend, Staffelkapitän. Ohne Uniform?«

»Ach, das...« Er blickte auf sein Dinner-Jacket. »Ich dachte... na ja, angesichts des besonderen Anlasses... Und meine Tunika mußte auch gebügelt werden... das hier schien etwas bequemer zu sein... schließlich, zu Hause, nicht wahr... und dienstfrei...«

»Alle haben sie ständig eine Ausrede, nicht wahr, Jane?« Und sie schüttelte mißbilligend den Kopf.

»*Shocking!*« bestätigte Jane. »Kein Benehmen, diese *RAF*-Typen. Ziehen sich an wie die Hampelmänner. Und meinen, Spucken und Polieren ist immer nur für die andern. Wahrscheinlich hat er sich nicht mal rasiert, ehe er hier aufkreuzte.«

Freddy beherrschte sich gerade noch, ehe sie die Hand hob, um das mit dem Rasieren nachzuprüfen. Selbst wenn sie ihn nur für den Bruchteil einer Sekunde gesehen hätte, hätte sie gewußt, daß er Engländer war. Und wenn es in Sumatra gewesen wäre oder am Südpol. Sie nahm den Martini aus seiner Hand. Er hatte diese unverwechselbaren offenen und feinen Gesichtszüge, diese klare Linie des Kiefers, diese eindeutige, fast messerscharfe Entschlossenheit. Seine Stirn war hoch und sein glattes, braunes Haar mit exaktem Seitenscheitel und einer leichten Welle nach hinten gekämmt. Seine Augen waren blaßblau unter leichten Brauen, die Nase so scharf und ausgeprägt wie die eines Kreuzfahrers, der Mund groß und breit, aber fest und schmal, die Wangen flach und rosig, die Ohren groß und eng am Kopf anliegend. An dem ganzen imposanten Kopf war nichts Schlaffes oder Leichtsinniges. Er hatte einen ausgeprägt kräftigen Knochenbau. Trotzdem erschien er wegen seiner Größe fast schlank. Er hielt sich gewohnheitsmäßig gerade. Nichts von britischer Überzüchtung, dachte Freddy, und lächelte ihn an, wie sie seit nun fast drei Jahren keinen Mann mehr angelächelt hatte.

»Ich schaffte es gerade noch, mich zu rasieren«, sagte er und ignorierte seine Schwester. »Obgleich das Wasser nicht so heiß war, wie es hätte sein können.«

»Das glaube ich Ihnen unbesehen«, antwortete Freddy leichthin und angeregt von dem kalkuliertesten Flirten ihres bisherigen Lebens. Sie wandte sich mit Absicht wieder von ihm ab, um dann Lady Penelope eine ganz ungeheuer wichtige Frage über die Herkunft ihrer Spitzen zu stellen.

Das Dinner, in einem Speisesaal, den zwei große Kaminfeuer wärmten, wurde von einer älteren Frau serviert, assistiert von einem vierzehnjährigen Jungen. Sie wohnten beide in dem nahegelegenen Dorf und halfen der Köchin bei besonderen Anlässen. Diese etwas unorthodoxe Kombination von Hauspersonal war bei dem ganzen vergnügten Essen die einzige Erinnerung an die Tatsache, daß man sich im Krieg befand. Alle am Tisch genossen die Tatsache, daß die unbarmherzige Winterkälte für den Augenblick mit eingefroren war, aber niemand verlor auch nur ein Wort über das Wetter, wie in abergläubischer Scheu, daß die bloße Erwähnung den Zauber brechen könnte.

Es hätte keinen Unterschied für die Unterhaltung an diesem kultivierten Tisch bei Kerzenschimmer gemacht, ob die Brüder Wright noch immer in der Wiege lägen oder die Abkömmlinge von Georg III. immer noch über die Neue Welt regierten und die Nachfahren von Ludwig XIV. über Frankreich. Allenfalls dann hätten sie andere Gesprächsthemen gebraucht, wenn in der Champagne kein Wein mehr wüchse, Mozart und Gershwin nie geboren worden wären, Pferde nicht gezüchtet würden, Bloomsbury nie existiert, und Fred Astaire nicht sein erstes Paar Steptanzschuhe gekauft hätte.

Nach dem Ende des gemütlichen Mahles verschwand Lord Gerald in der Küche und kam mit einer Jeroboam-Flasche Dom Perignon wieder. Er öffnete sie fast mit derselben Perfektion, wie es nach Freddys Erinnerung ihr Großvater zu tun vermochte, und goß ihnen allen ein.

»Dies ist ein sehr spezieller Toast«, sagte er dann. »Mademoiselle Marie-Frédérique de Lancel – Freddy, für ihre Freunde – hat mit dem heutigen Tag ein ganz besonderes Alter erreicht. Alexander Pope schrieb einst von den ›atemlosen Jugendlichen‹, die ihrem Einundzwanzigsten entgegenfiebern. Samuel Johnson sprach von dem ›turmhohen Vertrauen in die Einundzwanzig‹, Thackeray erwähnte ›die tapferen Tage, als ich Einundzwanzig war‹. Wir anderen in diesem Raum hier sind bereits jenseits dieses magischen Geburtstages, wenn auch – wie du, Jane – erst ein paar Monate, oder – wie ich – schon viele Jahre. Aber das ist ganz unwichtig. Das Entscheidende ist, daß Freddy jetzt nicht länger den Einundzwanzig ›atemlos entgegenfiebern‹ muß. Auch sie lebt jetzt in dem ›tapferen Alter‹, und es möge ihr alle seine Freuden bringen. Mögen sie groß sein und mit jedem Jahr, das vergeht, noch größer werden! Auf Freddy!«

Freddy errötete, während alle auf ihre Gesundheit tranken, und noch mehr, als Lady Penelope daraufhin mit ihrer Glocke läutete, woraufhin der Junge, der offenbar schon hinter der Küchentür gewartet hatte, hereinkam und mehrere bunt verpackte Schachteln brachte, die er vor sie hinstellte.

»Aber nein!« protestierte Freddy. »Sie waren alle schon so gut zu mir. Ich hatte doch mein Geschenk schon, dieses phantastische Bad!«

»Unsinn, meine Liebe. Es ist ja auch nur etwas Improvisiertes. Wir hatten keine Gelegenheit, etwas einzukaufen. Aber an so einen besonderen Anlaß muß man einfach besondere Erinnerungen und Souvenirs haben«, sagte Lady Penelope.

»Na komm, Freddy, pack sie schon aus!« drängte Jane sie.

Lady Penelopes Geschenk war ein dicker, weicher, himmelblauer Rollkragenpullover, den sie selbst gestrickt hatte und von dem nur Jane wußte, daß er eigentlich für sie bestimmt gewesen war. Lord Gerald hatte eine Silberflasche mit Monogramm gestiftet, die er stets auf die Jagd mitgenommen hatte, sowie eine Flasche besten Malzwhiskys zum Füllen. »Tragen Sie sie fortan immer bei sich«, erklärte er, »für den Fall eines Schiffbruchs oder eines Angriffs ausgerissener Elefanten.« Jane hatte in ihrem offenbar unerschöpflichen Ali Baba-Schrank ein schwarzes Chiffon-Spitzennachthemd entdeckt, von dem sie gefunden hatte, es sei so göttlich indezent, daß man es nur zu ganz besonderen Gelegenheiten tragen könne, von denen unerklärlicherweise jedoch bis zu dem Zeitpunkt, da sie der *ATA* beitrat, noch nicht eine einzige gekommen war. »Ob du's glaubst oder nicht, Schätzchen«, flüsterte sie Freddy zu, »jetzt wirst du merken, wie gut man so etwas gelegentlich brauchen kann!«

Freddy war klug genug, sich nicht auf Erinnerungen an das letzte Mal einzulassen, als sie so glücklich gewesen war.

Erst Stunden nach Mitternacht lag sie endlich im Bett. Offiziell war ihr Geburtstag schon wieder vorbei. Aber nach wie vor rauschte ein Gefühl des Besonderen in ihrem Blut wie Wein, und sie war viel zu aufgedreht, um schlafen zu können. Sie wollte auch gar nicht. Dieses Hochgefühl war zu schön, um es einfach in den Schlaf wegsinken, zu bloßen Träumen werden zu lassen. Sie lag mit weit offenen Augen unter der Bettdecke und trug das schwarze Chiffon-Nachthemd. Allerdings darüber auch den blauen Sweater und ein Paar Wollsocken. Sie lächelte hinauf zu der nicht sichtbaren Decke.

Es klopfte leise an die Tür. Jane, dachte sie, die noch ein wenig über das gelungene Fest plaudern wollte. »Herein«, rief sie. Die Tür ging auf. Tony stand vor ihr, eine Kerze in einem kurzen Nachtstock in der Hand. Im flackernden Widerschein konnte sie erkennen, daß er noch immer Hemd und Hose seiner Abendkleidung anhatte. Lediglich sein Dinnerjackett hatte er durch eine Strickjacke ersetzt. Er kam nicht herein, sondern blieb in der Tür stehen.

»Ich bringe Ihnen noch mein Geburtstagsgeschenk«, sagte er. »Ich wußte ja nicht, daß es Ihre Geburtstagsparty werden sollte, oder überhaupt, daß Sie hier sein würden. Ich war also beim Dinner nicht darauf vorbereitet. Möchten Sie es vielleicht haben?«

»Kann es vielleicht bis morgen früh warten?« schlug Freddy vor.

»Tja, es ist ein ausgesprochenes Nacht-Geschenk.« Er hielt einen länglichen Gegenstand hoch, der vielfach mit Schmuck vom Christbaum verschnürt war, so daß man nicht erkennen konnte, worum es sich handelte. »Am Morgen taugt es nichts mehr.«

»Na, dann muß es ja wohl jetzt sein.«

»Eben, genau, was ich dachte. Viel besser, jetzt.« Er kam zu ihr ans Bett und reichte ihr das glitzernde Ding. Es war sehr warm und bewegte sich, als sie es berührte.

»O Gott«, sagte sie mit angehaltenem Atem. »Was ist...?«

»Meine heiße Wärmflasche«, erklärte er, zufrieden über ihre Überraschung. »Ich habe sie erst vor zwei Minuten gefüllt. Das Verpacken hat so viel Zeit beansprucht.«

»Aber Tony! Doch nicht Ihre eigene Wärmflasche? Die kann ich Ihnen doch nicht wegnehmen.«

»Ich habe in der Tat eine starke Gefühlsbindung an das Ding... wir waren in so vielen kalten Nächten zusammen... aber sie will jetzt Ihnen gehören. Ich muß eben eine neue finden und sie zähmen. Das müßte aber zu schaffen sein. Sie pflegen ganz leicht zu kommen, wenn man pfeift. Behalten Sie sie, bitte.«

»Wenn Sie sich da ganz sicher sind... gern. Und dann werde ich jeden Abend, wenn ich sie fülle, an Sie denken. Aber jetzt schlafe ich. Gute Nacht, Tony.«

»Gute Nacht, Freddy«, sagte er, nahm einen Stuhl, stellte ihn neben ihr Bett, die Kerze auf den Boden und setzte sich. »Da ist nur noch etwas... nachdem Sie ja sowieso noch nicht schlafen... ich hätte gerne ein Wort mit Ihnen gesprochen.«

»Aber nur eins«, sagte Freddy, während sie die ungeschickte Verpackung von der Wärmflasche entfernte und sie sich unterschob, um dann die Decken bis an ihr Kinn hochzuziehen.

»Sehen Sie, ich bin gerade eben versetzt worden. Man hat mir eine neue Staffel zugeteilt. Ein Haufen, von dem ich bisher nicht einen jemals gesehen hatte. Lauter Burschen, die... na ja, ich dachte, vielleicht können Sie mir ein wenig erklären, wie ich mit denen umgehen soll.«

»Ich soll einem *RAF*-Kommandeur erklären, wie er seine Piloten behandeln soll? Gute Nacht, Tony, gute Nacht!«

»Tja, wissen Sie, das sind eben – Yankees. Die *Eagle Squadron*. Sie sind jetzt seit September hier, aber viel erlebt haben sie noch nicht. Kein Mensch war da, um diese Glamour-Knaben während der Luftschlacht um England auszubilden. Und jetzt sind sie in Bereitschaft und warten und warten, seit das Wetter schlecht geworden ist. Und dann ist ihr Staffelkapitän krank geworden... jedenfalls, jetzt habe ich die Brut am Hals. Und da dachte ich mir eben, Sie, wo Sie doch selbst so eine Yankee sind, mehr oder minder, meine ich, könnten mir doch ein paar Tips geben... Ich habe keine Ahnung, wie ich mit den Kerlen umgehen soll. Ich fühle mich nicht so besonders dabei... so ein Haufen ausländischer Typen, diese Burschen. Da müssen Sie doch verstehen, daß ich Hilfe brauchen kann.«

»Na, nennen Sie sie doch einfach *Guys* statt Kerle oder Brut oder Glamour-Knaben oder ausländische Typen. Und alles wird schon prima laufen. Gute Nacht, Tony.«

»*Guys*? Das klingt ja entsetzlich grob. Sind Sie da sicher, Freddy?«

»*Guys*, doch. Oder *Fellows*. Oder *Boys*. Oder *Gang*. Das reicht als sprachliche Adaptation ganz bestimmt. Für alles andere können Sie darauf zählen, daß die schon ihrerseits den *Royal Air Force*-Jargon annehmen. Oder Ihnen den ihren beibringen. Gute Nacht, Tony.«

»Ich bin Ihnen sehr dankbar, Freddy. Das hilft mir schon sehr viel.« Er stand von seinem Stuhl auf und setzte sich auf den Bettrand. »Das ist sehr nett von Ihnen, Freddy, daß Sie sich die Zeit genommen haben.«

»Immer gern zu Diensten. Gute Nacht, Tony.«

»Gute Nacht, Freddy«, sagte er, beugte sich herab und küßte sie auf den noch lachenden Mund.

Und dann murmelte er: »O Freddy, Darling, wunderschöne Freddy, das müssen wir noch einmal probieren, glaube ich.« Und er nahm sie in die Arme und küßte sie noch viele Male.

Und sie dürsteten beide nach der Nähe des anderen und verspürten beide einen zwanghaften Drang, einander zu berühren, zu halten, zu drücken und wußten, daß es ganz unausweichlich gewesen war, seit Freddy an diesem Abend die Bibliothek betreten hatte.

Sie waren beide überrascht von der elementaren Gewalt ihrer Küsse, als wäre ihnen nicht beiden klar gewesen, wie unentrinnbar alles darauf zugeführt hatte, welche äußerste Notwendigkeit es war, unterdrückt bis zur Schmerzgrenze. Tony stöhnte laut auf, völlig an sein Glücksgefühl verströmt, als er auf der Decke lag und Freddys Sweater umfaßte, damit er sie ganz eng an seine Brust ziehen konnte. Lange, endlose Minuten verloren sie sich in eine überwältigende Entdeckung wortloser Küsse, getrennt durch eine so dicke Schicht verschiedener Lagen Wolle, daß es auch ein Packtisch hätte sein können, und nur der fahle Schein der kleinen Kerze gestattete ihnen, ein wenig voneinander zu sehen.

»Liegst du bequem so, Tony?« flüsterte Freddy schließlich.

»Nicht so besonders toll...«

»Du kannst ja... also, zieh deine Schuhe aus.«

»Sind schon.«

»Deinen Sweater... dein Hemd... deine Hose.«

»Aber dann friere ich.«

»Ich halte dich schon warm.«

»Bist du sicher? Du meinst nicht, daß ich... ach, Liebling, sag, läßt du mich in dein Bett...?«

»Besteht kein Zweifel, daß du ein Pilot bist?« fragte sie förmlich, nachdem sie begriff, daß er zu sehr Gentleman war, um sie unter seinem eigenen Dach zu lieben, ohne ausdrücklich dazu ermuntert worden zu sein.

»Daran gibt's keinen Zweifel.«

»Dann hör auf, hier rumzujammern wie ein Nassauer«, sagte sie mit der bei der *RAF* üblichen Bezeichnung für das Bodenpersonal.

Während sie noch sprach, ging die Kerze in dem Halter, die er auf den Boden gestellt hatte, aus, und sie fanden sich in totaler Dunkelheit. »Mist!« murmelte Tony und griff danach. Seine Bewegung war aber so hektisch, daß er die Kerze bis in die andere Ecke des Zimmers fortstieß. Er suchte eine andere Kerze auf Freddys Nachttisch, aber das Ergebnis war nur, daß er die Lampe mit lautem Gepolter und unter Splittern von Glas herunterwarf. »Scheiße noch mal«, fluchte er, stand vorsichtig auf und riß sich, so schnell es nur ging, die Kleider vom Leibe, die er einfach auf den Boden fallen ließ. Dann hüpfte er splitternackt in Freddys Bett und griff nach ihr.

»Au!« schrie sie auf, als sie mit der Stirn zusammenstießen.

»Hat es weh getan?« fragte er besorgt.

»Na, was wohl sonst? Und dir?«

»Ich glaube, ich habe mir die Nase gebrochen. Da, fühl mal, was meinst du? Nein, verdammt, das ist doch mein Ohr!«

»Ich suche deine Nase lieber nicht. Sonst drücke ich dir womöglich noch ein Auge aus«, protestierte Freddy.

»Hast du denn gar keine Nachtsicht, sag mal?« brummte er und versuchte, ihr den Sweater auszuziehen.

»Mann, du zerreißt mir doch das schöne Nachthemd! Paß doch auf! Du brutaler Kerl! Laß mich los! So, jetzt hast du den Träger abgerissen. Und nimm dein Knie aus meinem Magen.«

»Ich glaube, es ist mein Ellbogen.«

»Was machst du denn da unten, sag mal? Komm sofort wieder hier rauf! Du bist zu groß...«

»Hast du denn gar kein Streichholz?« bat Tony, dessen Hals unter Freddys Achselhöhle begraben war. Sie bog sich vor Lachen.

»Tony! Lieg still! Ich weiß ja, wo ich bin. Ich ziehe mich jetzt aus, und wenn du solange still hältst, taste ich mich nachher schon zu dir vor.«

»O. K.« Er lag reglos da, während sie ihren Sweater über den Kopf zog, dann aus ihrem Nachthemd schlüpfte und sich die Wollsocken abstreifte. Er horchte auf die Geräusche, die jedes dieser Kleidungsstücke beim Ablegen verursachte. Dann gab er sich ihren forschenden, warmen und zufriedenen Händen hin, während er in der duftenden Höhle unter der Decke die Luft einatmete.

»Gütiger Himmel, Staffelkapitän, was haben wir denn da? Ach so, das ist die heiße Wärmflasche. Einen Augenblick lang machte ich mir schon Sorgen. Nanu, und was könnte jetzt das wohl sein?«

»Faß... das noch nicht an...«

»Warum nicht?« fragte Freddy in aller Unschuld. »Fühlt sich nicht feindlich an.«

»Laß los«, bat er dringend.

»Warum denn? Weißt du eigentlich nicht, daß wir Krieg haben? Nichts verschwenden, nichts begehren.« Sie schlang eines ihrer langen Beine um seine Hüfte in einer bereitwilligen, unwiderstehlichen Bewegung. »Und was glaubst du wohl?« flüsterte sie. »Ich habe genau den Platz dafür.«

Sie schliefen beide nur wenig und bruchstückweise in dieser Winternacht. Sie dösten immer wieder ein, bis sie einander abwechselnd wieder weckten, weil sich das Begehren wieder meldete und nicht abweisen ließ. Sie entdeckten gegenseitig ihre wärmsten und geheimsten Stellen und waren beide emsige Erkunder mit Fingerspitzen und Zunge und den Nasen als Augenersatz. Sie flüsterten einander Fragmente von Bewunderung und Wertschätzung und Dankbarkeit zu, um gleich danach wieder einzuschlummern, dann erneut orientierungslos zu erwachen, bis sie genug betastet hatten, um gleich anschließend weitere neue Grenzen zu entdecken, die überschritten, neue Regeln, die gebrochen sein wollten. Ihr letztes Stück Schlaf dann erschien Tony sehr lange gedauert zu haben. Er zwang sich, aus dem Bett zu schlüpfen und den Verdunkelungsvorhang etwas zur Seite zu schieben, um einen Blick nach draußen zu werfen. Mit einem Satz war er daraufhin vom Fenster weg und tauchte wieder unter die Bettdecke.

»Mist!«

»Was ist?« fragte Freddy beunruhigt.

»Die Kinder... sie sind draußen vor dem Haus... sie haben gerade einen Schneemann gebaut, genau unter deinem Fenster. Und der war gestern noch nicht da. Weiß der Himmel, wie spät es sein mag.«

»Da würde ich mal auf die Uhr sehen, Liebling.«

»Die habe ich gestern abend in meinem Zimmer gelassen.«

»Na, dann denken sie eben, wir haben verschlafen.«

»Nicht Jane«, sagte er mit Überzeugung.

»Ist mir egal«, erklärte Freddy. »Küß mich, du Narr!«

»Ich will, daß es alle wissen! Ich sage es Ihnen!« verkündete er hochgemut.

»Das wirst du nicht! Wage es nicht!«

»Welche Adresse haben deine Eltern in London?« fragte Tony unbeirrt.

»Was soll denn das? Willst du sie vielleicht anrufen und ihnen erzählen, daß du eben die Nacht mit mir verbracht hast?« fragte Freddy mit plötzlicher Unruhe. Tony schien alles zuzutrauen zu sein.

»Ich bin nächste Woche dort. Ich will mit deinem Vater reden.«

»Wozu, um alles in der Welt...?«

»Ja, natürlich, um ihn über meine Absichten zu unterrichten. Um ihn um seine Zustimmung zu bitten.« Er sprach mit aller Würde, die ihm hier unter diesen Umständen nur möglich war.

»Mein Gott«, sagte Freddy leise, die sich die Szene vorstellte. »Ich glaube nicht, daß das eine besonders gute Idee ist. Es würde ihn... womöglich... etwas irritieren.«

»Aber ich habe vor, dich zu heiraten! Ich meine, das ist dir doch wohl klar, nehme ich an, oder? Also muß ich doch wohl mit ihm reden.«

»Meinst du nicht, du müßtest zuerst mit mir reden?«

»Warte doch. Alles zu seiner Zeit. Aber natürlich muß ich mich doch zuerst vorstellen. Wird er sehr indigniert sein, daß ich nicht besonders gut Französisch spreche?«

»Nein«, kicherte Freddy, »das glaube ich nicht. Du meinst, du willst ihn wirklich um Erlaubnis fragen, mir... nachzubalzen?«

»Ja, aber klar doch. Sofern du nichts dagegen hast.«

»Nicht unbedingt, nein. Dazu fühle ich mich dann doch nicht stark genug.«

»Also, alles klar, dann gehe ich zu ihm.«

»Ach, weißt du, wenn ich mir das noch einmal überlege ... nach all den Jahren verdient er eigentlich doch eine Überraschung.«

»Wie soll ich das verstehen, Freddy, Liebling?«

»Das erzähle ich dir später einmal. Vielleicht. Oder vielleicht auch lieber nicht.«

»Nein, nein, eines Tages erzählst du mir alles«, sagte er mit dem Brustton der Überzeugung.

»Höchstens nach langer und unerschütterlicher Werbung. Und womöglich nicht einmal danach. Ich fürchte, Antony, die jüngsten Ereignisse haben dich zu der Überzeugung gebracht, du hättest mich bereits im Sack.«

»Ach, Freddy! Ich bete dich an, wirklich und auf ewig. Liebst du mich?«

»Ein bißchen.«

»Nicht mehr?«

»Viel mehr.«

»Wieviel mehr?« Er war ganz begierig auf die Antwort.

»Ich würde es dir ja sagen. Aber die Wärmflasche läuft gerade aus!«

SIEBZEHNTES KAPITEL

Delphine stand wie versteinert in der Tür der Wohnung am Boulevard St.-Germain und horchte auf die sich entfernenden Schritte Armands. Noch vor einer Minute war sie von seiner Stärke umgeben und beschützt gewesen, immer noch fast abgeschirmt, fast eingekreist von dem Bollwerk seiner Liebe, selbst als die Wahrheit seines Fortgehens ihr Herz einzuschnüren begann. Jetzt aber war sie wirklich allein. Im Augenblick, als er gegangen war, war er nur noch einer von Millionen Franzosen gewesen, die für völlig ungewisse Zeit ihre Wohnungen verließen, weil sie zur Generalmobilmachung des 2. September 1939 einberufen worden waren. Einige verzweifelte, ungläubige Stunden lang, in denen sie zu traurig zum Weinen war, wanderte sie mechanisch in der Wohnung herum, begann eine Melodie auf dem Flügel, rollte sich unter der Tagesdecke ins Bett ein und versuchte sich immer wieder vergebens einzureden, sie höre ihn jeden Moment zurückkommen, seinen Schlüssel im Türschloß drehen und erblickte ihn gleich darauf in der Tür.

In dem Augenblick, in dem er gegangen war, hatte sie die Fähigkeit verloren, die Realität von sich fernzuhalten. Monatelang hatte sie diesen Zustand aufrechtzuerhalten vermocht, in einem Balanceakt von solcher Sicherheit, als habe sie ihr ganzes Leben auf dem Drahtseil verbracht. Aber die entscheidende Voraussetzung dafür, das Gleichgewicht zu halten, war seine Anwesenheit. Denn sie hatte es sich eben zu dem Zweck angeeignet, den Tag abzuwehren, an dessen Kommen zu glauben sie sich geweigert hatte.

Jetzt aber forderte der Selbsterhaltungstrieb sein Recht, und es wurde ihr klar, daß es Zeit war, in ihre kleine »Burg« in der Villa Mozart zurückzukehren, dort die neue Lage zu überdenken, inmitten der Besitztümer und der Position, die sie sich in den Jahren zugelegt hatte, ehe sie dem einzigen Mann, den sie je geliebt hatte, begegnet war.

Das erste, was sie in ihrem viktorianischen Haus in Pink und Türkis tat, nachdem sie die Tür des Schlafzimmers verschlossen hatte, war, eine Schublade aufzuschließen und ihr eine feste Schatulle zu entnehmen. Darin lagen zwischen anderen Dokumenten und den vielen Samtschächtelchen mit all ihren Schmuckstücken ihr blauer französischer und ihr grüner amerikanischer Paß. Vor Jahren schon, als klar war, daß ihr Aufenthalt in Los Angeles lange dauern würde, hatte ihr Vater Schritte unternommen, damit seine beiden Töchter neben der französischen auch die amerikanische Staatsbürgerschaft bekamen. Sie waren zwar Französinnen und hatten französische Eltern, hatten aber immer außerhalb Frankreichs gelebt. Und Paul de Lancel war genug Diplomat, um den Wert eines amerikanischen Passes nicht zu unterschätzen.

Delphine hatte begriffen, daß sie eine Entscheidung treffen mußte. Sie wog beide Pässe in ihren Händen gegeneinander ab. Sie konnte Europa verlassen und, wie die meisten Amerikaner in Paris, ins neutrale Amerika heimkehren. Binnen kurzem, vielleicht schon in weniger als zwei Wochen, konnte sie wieder in Los Angeles sein. Sie würde im Beverly Hills Hotel absteigen. Dazu brauchte sie nur den Telefonhörer abzunehmen und dort anzurufen und sich etwas reservieren zu lassen. Sie spielte einen Augenblick lang mit dem Gedanken und sah sich sehr deutlich bei einem Essen mit einem Agenten einen *Cobb Salad* im Hollywood Derby bestellen, während sie mit ihm darüber diskutierte, welches Drehbuch sie annehmen sollte. Nichts an dieser Vorstellung war undenkbar. Ganz im Gegenteil, jede Einzelheit davon ließe sich ohne weiteres verwirklichen, war machbar. Es bedurfte dazu nichts weiter als eines Besuchs am Ticket-Schalter. Und doch lehnte sie diese Zukunftsversion mit jeder Faser als undenkbar ab, gleichgültig wie deutlich sie sie vor Augen hatte.

Wie sah ihre Alternative aus, wenn sie diese Schiffskarte nicht kaufte? Seit dem Tag der Mobilmachung hatte die französische Filmindustrie, wie die meisten anderen Geschäftszweige auch, komplett zugemacht. Schauspieler, Techniker und Kamerateams waren, wie Armand, alle fort. Zwanzig Filme hatten mitten in der Produktion abgebrochen werden müssen. Sie war arbeitslos, hatte für niemanden zu sorgen und keine Funktion in einem Land, das sich im Krieg befand.

Dennoch konnte sie nicht einfach weggehen. Armand Sadowski war immer noch irgendwo in ihrer Nähe. Auf dem gleichen Boden wie sie. Die gleiche Luft Frankreichs atmend wie sie. Im Augenblick gab es zwar keine Möglichkeit, zu erfahren, wo irgendein Soldat sich befand, aber das würde sich in absehbarer Zeit wohl wieder ändern. Jeden Augenblick konnte er aus seiner Kaserne anrufen – einmal angenommen, er war in einer Kaserne und nicht schon in einem Schützengraben. Womöglich konnte er bereits in zwei oder drei Monaten Urlaub bekommen, nachdem, jedenfalls bis jetzt, noch nirgendwo direkte Kampfhandlungen stattfanden. Jeden Tag erwartete sie seinen ersten Brief. Er hatte versprochen, so oft zu schreiben wie nur möglich. Solange sie sich nicht vom Fleck rührte und hier in Paris blieb, existierte auch die Verbindung zwischen ihnen, und es gab eine gemeinsame Zukunft für sie. Wie konnte sie da auch nur erwägen, sich in sechstausend Meilen Entfernung von ihm zu begeben?

Sie legte die Pässe in die Schatulle zurück und fühlte sich irgendwie erleichtert. Es hatte letzten Endes überhaupt nichts zu entscheiden gegeben.

Während des ersten Kriegswinters 1939/40, der später als *drôle de guerre* in die Geschichte eingehen sollte: der »komische« Krieg, in dem rein nichts passierte, jedenfalls nicht an der französischen Front, und in dem sich auch die *RAF*, die Royal Air Force, darauf beschränkte, Flugblätter abzuwerfen, blieb auch Armand Sadowski fest bei seiner Armeeinheit am nordwestlichen Abschnitt der Maginotlinie stationiert. Im April folgte dann die deutsche Invasion in Norwegen und Dänemark. Am 10. Mai endete der »drôle de guerre« abrupt mit dem deutschen Einmarsch in Holland, Belgien und Luxemburg auf dem Weg zum Sturm auf Frankreich. Der »Westfeldzug« hatte begonnen. Die französische Armee war ebenso unvorbereitet wie ohne Moral. Sie versuchte zusammen mit englischen Truppen diesen Vormarsch aufzuhalten, doch nach zwei Wochen waren sie im vollen Rückzug bis nach Dünkirchen.

Das Wunder dessen, was auf deutscher Seite das »Debakel« der Engländer von Dünkirchen und auf deren Seite die »glückliche Evakuierung« genannt wurde, rettete im Mai jedenfalls den Großteil der britischen Truppen für einen späteren neuen Kampfeinsatz. Die Franzosen freilich sahen sich auf ihrem eigenen Boden vernichtend geschlagen, ohne weitere Rückzugsmöglichkeit, es sei denn, sie stürzten sich in die Fluten des Ärmelkanals.

Armand Sadowski geriet ebenso wie hunderttausende andere Franzosen in Kriegsgefangenschaft. Binnen Tagen fand er sich auf einem Transport nach Deutschland zur Arbeit in einem Rüstungswerk wieder.

Noch während der Schlacht um Dünkirchen wartete Delphine weiter auf Nachricht. Sie wartete während der Besetzung von Paris. Sie wartete noch in den Junitagen, als in Compiègne der Waffenstillstand zwischen Frankreich und Deutschland vereinbart und unterzeichnet wurde, in dessen Folge der Rest der französischen Armee demobilisiert wurde. Sie wartete unerschütterlich und hartnäckig durch die ganzen chaotischen Monate Juli und August. Aber erst Ende September wurde ihre Ausdauer belohnt, als eine Postkarte von irgendwo in Deutschland kam, die ihr mitteilte, daß Armand lebte und genug zu essen hatte.

Nun, da sich Deutschland nicht mehr im Kriegszustand mit Frankreich befand, war es wichtig, Unruhe unter der Bevölkerung des besetzten Teils des Landes zu vermeiden. Die Kriegsgefangenen durften deshalb alle zwei Wochen eine Postkarte nach Hause schreiben. Delphine begriff wie alle anderen betroffenen Franzosen, daß diese Nachrichten nicht mehr bedeuten, als eben die Gewißheit, daß der Gefangene noch lebt. Doch sie begann, genauso wie so viele tausend andere Frauen, jeden einzelnen Tag zwischen zwei Postkarten zu zählen, die mit so enervierender Unregelmäßigkeit eintrafen.

Im Herbst 1941 waren es mittlerweile neunzehn solcher Postkarten geworden, die Delphine in ihrer Schatulle wie einen Schatz aufbewahrte. Vier Monate vorher, im Juni 1941, hatte die französische Filmindustrie wieder zu arbeiten begonnen. Fünfunddreißig neue Filme waren in weniger als vier Monaten in die Ateliers gegangen. Die Dachorganisation nannte sich COIC und genoß die vereinte Unterstützung der ganzen Industrie in Verhandlungen mit der Vichy-Regierung und der deutschen Besatzungsmacht.

Es war ganz unübersehbar, daß es nun keinen einzigen Juden mehr in der ganzen Filmbranche gab; andererseits aber gab es Verhandlungen, um im Zusammenhang mit dem Neubeginn der Filmproduktion eine Anzahl Kriegsgefangener freizubekommen. Selbst wenn Armand vorläufig nicht mehr als Regisseur arbeiten konnte, sagte sich Delphine hoffnungsvoll, bestand doch immerhin die Möglichkeit, daß er nach Frankreich zurückkehrte. An diese Hoffnung klammerte sie sich.

Die größte, kapitalkräftigste und auch aktivste Produktionsfirma Frankreichs war jetzt eine neue Gesellschaft namens Continental. Bei ihr hatten so prominente Regisseure wie Marcel Carné, Georges Lacombe, Henri Decoin und Christian-Jaques Verträge unterschrieben und so berühmte Stars wie Pierre Fresnay, Danielle Darrieux, Jean-Louis Barrault, Louis Jourdan, Fernandel, Michel Simon und Edwige Feuillère. Und auch Delphine de Lancel unterschrieb einen Vertrag, nicht weniger unwissend oder apolitisch als alle anderen, die entweder nicht wußten oder denen es gleichgültig war, daß die Continental vollständig von Deutschland kontrolliert wurde und ihr Chef, der autokratische Alfred Greven, der sämtliche Aktivitäten der Firma in der Hand hatte, direkt Goebbels berichtete und ein enger persönlicher Freund Görings war.

Klamotten, leichte Krimis und flotte, elegante Komödien waren die bevorzugten Sujets der Continental-Filme, vor allem als Ersatz für die amerikanischen Filme, die vor dem Krieg so beliebt gewesen waren, jetzt aber natürlich nicht mehr importiert werden durften. Es wurden aber auch viele Kriminalromane von Georges Simenon um seinen klassischen Inspektor Maigret verfilmt und sorgfältige und sehr seriöse Klassiker-Adaptationen von Zola bis Balzac. Kurz, der großen alten Tradition der Filmindustrie überall folgend produzierte die Continental eben die Filme, die das Publikum sehen wollte. In den Continental-Filmen gab es tatsächlich keinerlei prodeutsche Propaganda, da es in ihnen auch nie einen Krieg gegeben hatte. Jedermann hatte mehr als genug zu essen, von Tabakrationierung keine Spur, an Alkohol war kein Mangel, niemand fror, und kein deutsches Wort kam jemals vor. Die bevorzugte Zeit all dieser Filme waren die dreißiger Jahre mit einem ausschließlich den Franzosen gehörenden Frankreich.

Delphine war dankbar dafür, daß es wieder Arbeit für sie gab, schon weil sie davon so intensiv in Anspruch genommen war, daß wenig Zeit zum Sinnieren und Grübeln blieb. Sie warf sich mit Macht in eine Serie, die der vom »Dünnen Mann« Hollywoods nachempfunden war. Sie spielte darin eine gewisse Mila-Malou, das zweite Ich von Inspektor Wens, um den sich alles drehte und der von dem großen Schauspieler Pierre Fresnay verkörpert wurde. Delphine, die bis dahin noch nie irgendeine Frau beneidet hatte, beneidete nun die leichtlebige Mila-Malou. Sie erinnnerte sie sehr an sie selbst; wie sie vor kaum drei Jahren gewesen war.

Als Brunos Elite-Panzerkorps nach dem Waffenstillstand, ohne auch nur ein einziges Mal im Einsatz gewesen zu sein, demobilisiert worden war, kehrte er nach Paris zurück. Es vermochte ihn freilich wenig zu trösten, wie recht er tatsächlich mit seinen Prognosen über den Krieg und seinen Ausgang gehabt hatte. Sein Problem war nun, wie er denn seine Zukunft – die sich, woran er keine Minute zweifelte, nun wohl im »Tausendjährigen Reich« abspielen würde – so gut wie möglich organisieren könne. Gewiß, argumentierte er mit sich selbst, ein wirklich cleverer Mann ohne Angst vor Langeweile hätte sich schon vor Jahren in die Schweiz abgesetzt. Aber nun war diese Gelegenheit verpaßt. Wozu also darüber räsonieren? Die Bank Duvivier Frères hatte ihre Pforten nicht wieder geöffnet, und auch die Wiedereröffnung irgendeiner anderen Privatbank war in dem monumentalen Chaos nicht absehbar.

Was also, fragte er sich, tat ein nüchterner Franzose unter diesen Umständen? Was war der beste Ort in politisch unruhigen Zeiten? Wo befand sich der natürliche Hafen, in dem man abwarten konnte, bis die Dinge sich wieder geregelt hatten und man zum normalen Leben zurückkehren konnte? Wo gab es immer etwas zu essen und etwas zu verkaufen? Auf dem Bauernhof der Familie; wenn man einen hatte. Beziehungsweise auf dem Familiengut oder -schloß; wenn man eines hatte. Land. Grund und Boden. Immer blieb dies letztlich das einzige, was Sicherheit gab. Und somit war ihm auch sein Weg klar: direkt in die Champagne.

Zu dieser Zeit hatten die Besatzungsbehörden bereits einen Statthalter für die Champagne ernannt, einen gewissen Herrn Klaebisch, der einer prominenten Winzerfamilie am Rhein entstammte. Als der alte Vicomte seinem Enkel eröffnete, daß Klaebischs Amt in Reims bereits angeordnet hatte, wöchentlich habe die Provinz zwischen 300 000 und 400 000 Flaschen Champagner an die deutschen Truppen abzuliefern, zuckte Bruno nur gelassen die Achseln. Na und, dachte er, hatte irgend jemand etwas anderes erwartet? Letztlich war das nur ein Hinweis darauf, daß die Deutschen durchaus ein lebhaftes Interesse am Fortgang der Produktion in der Champagne hatten. Er beschloß, sich intensiv auf das Studium der Branche zu werfen, die ihn bislang noch nie interessiert hatte, um alles zu lernen, was man nur lernen konnte. Jeder Krieg, sagte er sich, während er seine ganze Energie und Aufmerksamkeit der Meisterschaft der Vinikultur zuzuwenden begann, endete irgendwann und hatte zwangsläufig negative, aber auch positiv zu nutzende Folgen.

Innerhalb eines Jahres hatte Bruno, stets die Tatsache beachtend, daß die Wehrmacht letzten Endes sein größter Kunde war, sich beträchtliche Kenntnisse über die Champagner-Produktion angeeignet. Er inspizierte sorgfältig und regelmäßig die Lancelschen Weinberge, auf einem Pferd, dem es niemals an Futter mangelte. Wie auch er selbst niemals Hunger zu leiden brauchte. Bereits vor dem deutschen Einmarsch hatte seine Großmutter, in lebhafter Erinnerung an den Ersten Weltkrieg, Anweisung gegeben, den reichen Boden ihrer Rosengärten für Gemüsebeete umzupflügen und mehrere der älteren Bediensteten damit beauftragt, einen Hühnerhof einzurichten, ebenso wie eine Kaninchen- und Schweinezucht; auch ein Bulle und einige Kühe vergrößerten diese Landwirtschaft, die in ziemlich versteckt liegenden Außengebäuden und in Lichtungen des zum Schloß gehörenden kleinen Waldes untergebracht worden war. Das Schloßpersonal widmete sich dieser Aufgabe mit großem Eifer, weil es sicher war, von der Vicomtesse an den Erfolgen beteiligt zu werden.

Das unschätzbare Kollegium der Kellermeister des alten Vicomte, die Vettern Martin, waren alle weit jenseits des Mobilisierungsalters gewesen. Und weil sie mit ihren Spezialkenntnissen unentbehrlich waren, durften sie bei ihrer angestammten Tätigkeit bleiben. Zweimal im Jahr wurden viele der erfahrenen Weinbergarbeiter, die beim Einmarsch in die Champagne gefangengenommen wurden und jetzt in Deutschland arbeiteten, zur Pflanzzeit im Frühjahr und zur Lese im Herbst nach Hause geschickt. Dennoch litt das Haus Lancel, wie auch alle anderen Winzerfamilien natürlich, an einem drastischen Arbeitskräftemangel. Wie im Ersten Weltkrieg, mußten auch jetzt wieder Frauen und Kinder in den Weinbergen arbeiten. Unter Brunos wachsamen Augen gelang es diesem etwas unorthodoxen, wenn auch hochmotivierten und dem Haus Lancel loyal verbundenen Arbeiterheer, die Weinberge produktiv zu halten. Der alte Vicomte war mit dem Beginn des Krieges fast über Nacht ein Pflegefall geworden. Allseits sah man also in Bruno seinen natürlichen Nachfolger und stellte seine Anweisungen nicht in Frage.

Warum, fragte sich Bruno oft auf seinen Inspektionsritten, sollte er so dumm sein und annehmen, es gebe nur eine Spielart des deutschen Charakters? Auch unter den Siegern gab es selbstverständlich alle die tausend faszinierenden Facetten der menschlichen Natur. Zugegeben, sein persönlicher Stellenwert war gesunken. Sein Titel und der Familienstatus allein garantierten heute nicht mehr automatisch Respekt.

Aber warum sollten nicht auch unter den Siegern Männer sein, die es zu schätzen wußten, wenn sie nicht mit der sonst üblichen offenen Feindseligkeit behandelt wurden? Natürlich würden sie mißtrauisch sein, wenn ihnen ein Lancel – überhaupt ein Franzose – plötzlich überfreundlich entgegenträte. Aber ganz sicher führte zivilisierter Umgang – ganz einfach und schlicht zivilisierter Umgang – zu Ergebnissen, die irgendwann auch ... Gelegenheiten eröffneten. Und eben das, sagte Bruno sich, brauchte er. Gelegenheiten, die ab...uschätzen es jetzt noch zu früh war. Aber für einen Mann, der wachsam Ausschau nach ihnen hielt, boten sich immer Gelegenheiten, in Kriegszeiten wie im Frieden. Und jetzt, in dieser zwiespältigen Periode des Übergangs, in der alles im Fluß war, mußten sich eigentlich mehr Gelegenheiten denn je bieten. Frankreich mochte den Krieg verloren haben, doch Bruno hatte nicht die Absicht, den Waffenstillstand zu verlieren.

Das Amt des Statthalters sandte regelmäßig Inspektoren. Sie kamen in ihren glänzenden Citroens und blankgewienerten Schaftstiefeln und vergewisserten sich, daß in der Champagne auch wirklich alles geschah, um die festgesetzten Quoten sicherzustellen. Aber es war wohlbekannt, daß man auf die verschlagenen *Champenois* ein wachsames Auge haben mußte, und deshalb waren diese Inspektoren meistens Männer, die zu Hause selbst in der Winzerei tätig waren, denn wer anders als Fachleute sollte den Unterschied zwischen einem sorgsam gepflegten *Pinot Meunier* und einem Sauerampfer erkennen?

Bruno brütete über der Frage, wie man einem Eroberer gegenüber zivilisierten Umgang pflegte, ohne in Servilität zu verfallen. Man konnte ihn nicht gut zum Kosten eines besonders ausgewählten Glases Wein einladen, der ihm – seinem Verständnis nach – ohnehin gehörte. Man konnte höflich sein, ja, doch Höflichkeit bedeutete wenig, wenn einen ihre völlige Verweigerung unter Umständen das Leben kosten konnte.

Aber konnte man nicht, ohne Verdacht zu erregen, diese erfahrenen Winzer um Rat fragen? Besonders, wenn man doch kein eigentlich geborener *Champenois* und nicht mit dem Wein auf der Scholle groß geworden war? Das hatte den zusätzlichen Vorteil, daß man, selbst wenn man um Rat fragte, doch damit den Eindruck vermitteln konnte, man vertraue hier die eigenen persönlichen Probleme einem – nein, nicht gerade Freund, das nun wohl nicht – aber doch wohl Gleichen, Kollegen an! Er blickte sich beim Rasieren im Spiegel in das eigene, doch recht vertrauenerweckende Gesicht und fragte sich: Wer wurde denn nicht ganz gerne um Rat gefragt? Und wie viele gab es wirklich, denen es – wie insgeheim auch immer – nicht doch schmeichelte, von einem alten Aristokraten, auch wenn er aus dem besiegten Land stammte, von gleich zu gleich behandelt zu werden?

In erstaunlich kurzer Zeit war es in den Kreisen der höheren Chargen in Reims bekannt, daß der junge Lancel draußen in Valmont ganz verständliche Wissenslücken in gewissen Details der Weinkultivation aufwies. Bei den Inspektionen hatte man von ihm selbst so nach und nach erfahren, daß er ja das Haus Lancel eigentlich nur verwaltete, weil sein Großvater schon hinfällig und sich nicht mehr so recht um alles kümmern konnte; ganz gewiß jedenfalls zu alt für die tatsächlich unermüdlichen Inspektionsritte, die der junge Herr absolvierte.

Ein Pariser Bankmensch, den es hierher verschlagen hatte – nun, nicht, daß sie ihn gleich bedauert hätten; sie hatte es ja auch hierher verschlagen, und auch sie mußten statt in Paris hier hocken –, aber, jedenfalls, mit so einem war doch in vielem sehr viel leichter zu reden und zu verhandeln als mit den bäurischen Dickschädeln. Und Bruno war sogar flexibel genug, um Rat zu fragen, wenn er einen brauchte – was gar nicht so selten war. Und vor allem, er befolgte einen solchen Rat dann auch. Und er war überhaupt nicht hochnäsig, wenn er ihn entgegennahm! Wären nur mehr Franzosen wie dieser de Lancel, hätten sie es hier erheblich leichter!

Bruno de Lancel behandelte in der Tat nicht einen der Inspektoren demonstrativ als »Besatzer«, aber selbst einem Landsmann, der ihn beobachtet hätte, wäre nicht recht klar geworden, worin seine Politik bestand. Sie bestand jedoch ganz einfach nur in einer genau kalkulierten Nuance des Benehmens, in einer affrontlosen »neutralen« Haltung, und in seiner natürlich angenehmen Stimme, seiner Bereitschaft, die Deutschen auch offen und direkt anzusehen, gelegentlich sogar den einen oder anderen harmlosen Scherz zu riskieren und ihnen einfach das Gefühl zu geben, sie würden von ihm wie jeder normale Mensch behandelt; das Ganze aber zelebriert mit jener Liebenswürdigkeit mit Stil, mit der er früher ausgezogen war, um seine Fischzüge in der Finanzwelt zu machen.

Schon nach einigen Monaten in Valmont hatte es Bruno geschafft, einen *Ausweis* zu bekommen, der es ihm erlaubte, nach Paris zu reisen. Das war gar nicht so schwierig gewesen, nachdem er nachweisen konnte, daß er seinen eigentlichen Wohnsitz dort hätte.

Als er zu seinem Haus kam, sah er, daß dort ein deutscher Soldat am Tor Wache stand. Er ging also vorsichtig zum Lieferanteneingang und klingelte. Georges, sein alter Butler, öffnete voller Überraschung und Freude. »Monsieur le Vicomte! Gott sei Dank!«

»Wie sind Sie zurückgekommen, Georges?« fragte Bruno, nachdem er in das »Büro« eingetreten war, eine Art Vorraum der Küche. »Als ich nach dem Waffenstillstand heimkam, war das ganze Haus verlassen.«

»Wir sind alle aus Paris geflohen«, antwortete Georges, »und nachdem wir zurückgekommen waren, erfuhren wir, daß Sie sich nach Valmont begeben hatten. Wofür wir selbstverständlich jedes Verständnis hatten. Ihre Pflicht war nun einmal dort.«

»Wer wohnt jetzt hier?« wollte Bruno wissen. Mit einem schnellen Blick hatte er festgestellt, daß Georges eben beim Silberputzen gewesen war. Außerdem kam aus der Küche der Geruch eines Bratens, und das ganze »Büro« blitzte nur so vor Sauberkeit.

»Das Haus ist für einen gewissen General von Stern beschlagnahmt worden. Er ist bei General von Choltitz, im Referat für Kulturelle Angelegenheiten. Er spricht ganz ausgezeichnet französisch. Wir hatten Glück, Monsieur le Vicomte. Er hat das ganze Personal behalten, selbst Ihren Diener Boris, der übrigens davon überzeugt ist, daß der General noch nie im Leben einen Diener hatte. Er ist Gott sei Dank ein sehr ruhiger und zurückhaltender Mann, sehr an Antiquitäten interessiert und ein großer Bewunderer Ihrer Sammlung von Rüstungen und Büchern. Nichts ist verändert, Monsieur, das Haus ist genauso, wie Sie es verlassen haben.«

»Ist er verheiratet, hat er Kinder?«

»Ich glaube nicht. Jedenfalls stehen nirgendwo entsprechende Fotos, und dergleichen ist ja meiner Erfahrung nach ein ziemlich sicheres Zeichen. Er bringt sich oft Straßenmädchen mit, behält sie aber nie über Nacht da.«

»Gibt er Einladungen?«

»Gelegentlich einmal kommen ein paar Offiziere. Alles ruhige Männer wie er selbst. Sie diskutieren über Malerei und Architektur, aber überhaupt nicht über den Krieg.« Georges zuckte mit den Schultern. »Großartig sind ihre Diners nicht, aber sie speisen herzhaft und erfreuen sich der besten Flaschen aus Ihrem Keller.«

»Wenn es weiter nichts ist, Georges. Das beruhigt mich alles sehr.

Vielleicht wäre es in eurer aller Interesse hier ganz gut, wenn ich dem General die Höflichkeit erweise, ihm für seine fürsorgliche Behandlung meiner Schätze zu danken?« meinte Bruno vorsichtig.

»Seine rein vorübergehende Fürsorge meinen Sie aber doch wohl, Monsieur?« fragte Georges mit leiser Hoffnung.

»Selbstverständlich nur vorübergehend. Was für eine Frage, Georges!« Er gab seinem Butler seine Karte. »Bringen Sie sie Herrn von Stern. Fragen Sie ihn, ob ihm mein Besuch morgen recht ist. Ich möchte den Mann, der in meinem Bett schläft, doch ganz gern einmal sehen.«

»Ich verstehe, Monsieur le Vicomte. Gibt es Neuigkeiten von Mademoiselle de Lancel? Und von Ihrer Frau Großmutter und Ihrem Herrn Großvater, wenn man fragen darf?«

»Nicht sehr erfreuliche, Georges. Gar nicht erfreuliche. Mademoiselle Delphine scheint sich von aller Welt zurückgezogen zu haben. Und bei meinem Großvater macht sich nun doch sein hohes Alter bemerkbar. Nur meine Großmutter ist ganz die Alte. Unverwüstlich.«

»Wir zählen alle auf Sie, Monsieur. Wir denken oft an Sie.«

»Vielen Dank, Georges. Benachrichtigen Sie mich in meinem Hotel darüber, was Ihr General gesagt hat.«

»Aber doch nicht mein General, Monsieur le Vicomte«, protestierte Georges, als er Bruno hinausließ.

»War nur ein Scherz, Georges. Wir müssen es alle ein wenig lachend hinnehmen, meinen Sie nicht?«

Bruno hatte den General schon nach einigen Minuten eingeschätzt. Ein Preuße niedersten Adels, kalkulierte er, aus einer seit langem verarmten Familie, ein Mann, dem der Rang eines Generals so wenig stand wie ihm selbst. Ein Gelehrter mittleren Alters, der nur wegen seiner Spezialkenntnisse von Göring persönlich dafür ausgewählt worden war, seine Tage damit zuzubringen, die größten Kunstwerke Frankreichs auszukundschaften, um sie des Reichsmarschalls persönlicher Sammlung einzuverleiben. Ein Mann von sanftem Gemüt. Nicht unattraktiv und mit genug Erziehung, um Bruno gegenüber eine leichte Befangenheit an den Tag zu legen. Bruno beeilte sich, ihm diese Befangenheit zu nehmen.

»Ich hatte alle möglichen Horrorgeschichten von historischen Häusern gehört, Herr General, in denen wie in Kasernen gehaust worden ist. Da können Sie sich vorstellen, wie erleichtert ich war, daß Sie schöne Dinge lieben und zu würdigen wissen«, sagte er und sah sich in seiner Bibliothek um, als sei er tatsächlich nichts weiter als ein aufrichtig bewundernder Besucher, nicht aber der eigentliche Besitzer.

»Es ist eines der schönsten Häuser in der schönsten aller Städte, Vicomte«, sagte von Stern mit zwar leicht verborgener, aber doch erkennbarer Freude.

»Louis Quinze persönlich ließ es als junger Mann bauen. Ich habe stets empfunden, daß jeder, der das Glück hat, darin zu wohnen, sich eigentlich nur als Treuhänder verstehen sollte. So wie die sorgsamen Kuratoren von Museen.«

»Sind Sie sehr an Museen interessiert, Vicomte?«

»Sie waren meine ganze Passion, mein Lebenssinn. Vor dem Krieg verbrachte ich jede freie Stunde in Museen. Jeden Urlaub widmete ich Kunstreisen – von Florenz und Rom nach London, Berlin und München, nach Madrid und Amsterdam. Ach Gott, ja, Herr General, die alten Zeiten, nicht wahr?«

Von Stern seufzte. »In der Tat, Vicomte, in der Tat. Aber sie kommen auch wieder, davon bin ich überzeugt. Es wird bald wieder Frieden in Europa geben.«

»Lassen Sie uns lieber auf Frieden überall hoffen, Herr General. Damit nicht die ganze Schönheit der Welt zerstört wird. Darin sind wir doch zweifellos der gleichen Meinung, nehme ich an?«

»Dann trinken wir doch auf den Frieden, Vicomte.«

»Aber sehr gern, Herr General, sehr gern«, stimmte ihm Bruno eilfertig zu. Sie sprachen von Herr zu Herr miteinander, und Bruno war sich sicher, daß der General kein Mann war, der aus Neigung allein lebte. Er saß entspannt in seinem Sessel und wartete auf die Einladung des Generals, doch zum Essen zu bleiben. Kein Zweifel, daß sie gleich kam.

Ich liebe dich, ich liebe dich, dachte Freddy ganz überwältigt. Ich liebe jede einzelne deiner tausendzweihundertfünfzig wilden und mächtigen Pferdekräfte. Ich liebe die klare Plexiglaskanzel deines Rumpfes und deine sich verjüngenden, ellipsenförmigen Tragflächen und deinen lauten, unbekümmerten Auspuff und dein verrückt überfülltes Instrumentenbord. Und ich liebe sogar noch die zu lange Motorhaube deiner hochgezüchteten Maschine, die mir beim Starten und Landen die Sicht nach vorn nimmt und deine Schnauzenlastigkeit, derentwegen ich dich wie ein Baby hochpäppeln muß. Nein, ich liebe dich zehnmal mehr als jede zuverlässige, absolut sachliche Hawker Hurricane, die ich je geflogen habe. Und ich würde alles darum geben, dich mal so richtig am Himmel herumzuscheuchen, mit Vollgas steil hinaufzuziehen und danach kreischend und brüllend in die Tiefe zu jagen, bis wir beide unseren wohlverdienten Spaß gehabt hätten. Und als Nachspeise würde ich dich dann noch vorwärtsjagen, bis dir das Wasser im Arsch kochte. Weil ich es kann, verstehst du. Könnte. Und jeder weiß, daß du es könntest. Weil du, wenn man dich nur erst mal in der Luft hat, ja fast von selbst fliegst. Und du einfach eine alles verzeihende, ganz geliebte Mieze bist. He, olle *Mark Five Spitfire*, ich rede mit dir! Was hast du dazu zu sagen?

»Scheißspiel«, sagte sie dann laut, als weit unten in der Spielzeuglandschaft, die England darstellte, ein bekannter Kalkfelsen sie daran erinnerte, daß sie hier zu nichts weiter als einem Routineflug unterwegs war, nämlich um eine Spitfire aus den Vickers-Werken in Eastleigh an einen Fliegerhorst in Lee-on-Solent zu liefern. Aus ihrer Höhe sah sie deutlich bis über den Kanal hinüber auf die grünen Felder Frankreichs, von denen aus die deutschen Luftangriffe auf England gestartet wurden.

Es war September 1941 und ein Tag, wie für das Fliegen gemacht. Kein Nebel, nicht der kleinste Dunstschleier über ganz England. Lediglich ein paar vereinzelte Wolken draußen über der See. Die späte Nachmittagssonne stand tief und war ganz ungewöhnlich hell. Sie wärmte ihr den Nacken zwischen Fliegermütze und Kragen. Nach zwei anderen Überführungen hatte man ihr, an so einem selten schönen Tag, einen viel zu kurzen Flug gegeben. Er dauerte gerade eine halbe Stunde. Schlimmer noch, diese neuen Spitfires durfte man bei der *ATA* nur mit 200 Meilen fliegen, weil ihre starken nagelneuen Motoren erst eingefahren werden mußten – eine Prozedur, die Freddy immer äußerst frustrierend fand.

Sie flog Spitfires mittlerweile täglich. Sie und Jane waren vorübergehend zur 15. Überführungseinheit in Hamble versetzt worden, um beim Abtransport der schlanken, eleganten Kriegsflugzeuge aus den Vickers-Werken zu helfen, deren Ausstoß dort von Monat zu Monat wuchs. Es war gefährlich, eine größere Anzahl neuer Maschinen vor dem Werksgelände auf Halde stehen zu lassen. Sie wären ja ein gefundenes Fressen für jeden deutschen Jagdbomber gewesen. Also mußten sie, sobald sie von den Montagebändern kamen, so rasch wie möglich weg.

Wenn die neuen Maschinen in ihren Fliegerhorsten abgeliefert waren, wurden ihre Kenn-Nummern aufgemalt und gelegentlich auch Zusatztanks für Langstreckenflüge oder Kameras, wenn sie als Aufklärungsflugzeuge verwendet werden sollten, eingebaut. Außerdem wurden ihnen auch die nationalen Embleme ihres Piloten aufgemalt, und falls dieser ein Staffelkapitän oder Geschwaderkommandeur war, bekam das Flugzeug auch noch sein Monogramm auf den Rumpf. Und so wurde jedes Flugzeug eine Art persönlicher Drachen eines Jägerpiloten im Glück, sein persönlicher stolzer Besitz, an den kein anderer durfte, es sei denn, er wurde krank oder fiel. Jetzt aber gehörte es noch ihr, Freddy; vollständig und ganz.

Sie hatte eben nach links geschaut, um zu sehen, wie weit sie noch von ihrem Bestimmungsort an der Küste entfernt war, als direkt aus einem besonders großen Wolkenmeer zwei Schemen sich auf ihrem noch nagelneuen, sauber blitzenden Rumpf widerspiegelten. Irgend etwas an ihnen erregte sofort ihre Aufmerksamkeit, und sie sah mit ihren außerordentlich guten Augen scharf hin. Es war etwas Ungewöhnliches, das war selbst aus dieser Entfernung zu erkennen. Wie mittlerweile halb England, war auch sie eine erfahrene Beobachterin von Luftkämpfen. Jetzt, hier oben, zeigten ihr die relativen Positionen der beiden Flugzeuge zueinander, daß das eine das andere jagte.

Sie konnte den beiden aus dem Weg gehen, sagte sie sich, selbst noch, als sie statt dessen bereits hochstieg, um sie zu beobachten. Mit der Sonne im Rücken war sie für die beiden nicht sichtbar, hatte selbst aber rasch eine Position erreicht, aus der sie gut beobachten konnte. Die erste Maschine, die um ihr Leben flog, war eine Spitfire. Eine Tragfläche hing niedriger als die andere, was bedeutete, daß ihre Tragflächeninstrumente beschädigt sein mußten. Das zweite Flugzeug war eine dieser deutschen Me 109, die es mit jeder Spitfire aufnehmen konnten. Und sie kam der Spitfire tatsächlich immer näher. Sie klebte ihr fast schon am Leitwerk. Die Spitfire versuchte verzweifelt, Haken schlagend, den Bordkanonen der Messerschmitt zu entgehen. Ihre Kugelspuren waren jetzt deutlich zu sehen, da sie Leuchtspurmunition schoß – die anzeigte, daß die Munition gleich zu Ende war.

»O nein!« rief Freddy, als der Öltank der Spitfire getroffen wurde und die Flammen vom Motor nach hinten schlugen, über die Kanzel, die wegflog, gerade als der Pilot ausstieg. Sie hielt den Atem an, bis sie sah, daß sich sein Fallschirm öffnete. Die siegreiche Messerschmitt mit ihrem Balkenkreuz am Rumpf und dem Hakenkreuz hinten am Leitwerk umkreiste den Abschußort noch einmal. Er vergewissert sich, dachte Freddy. Doch dann, statt sich auf Heimatkurs zu machen, kreiste er noch weiter in Spiralen abwärts, um den am Fallschirm hängenden Spitfire-Piloten herum. Sie dachte: Der Bastard will ihn doch wohl nicht noch in der Luft abknallen und nur noch auf die beste Gelegenheit warten!?

Ohne weiter zu überlegen, gab sie Vollgas und begann ihrerseits die Jagd auf ihn. Ihre Maschine reagierte augenblicklich, und während sie noch losflitzte, verband sich in Freddys Kopf alles, was sie je von Mac über Luftkämpfe gehört und gelernt hatte, alle RAF-Tricks, die ihr Tony erzählt, und sämtliche Flug-Stunts, die sie selbst geflogen hatte, zu einem einzigen Stück Wissen: Die einzige Hoffnung lag im Angriff direkt von vorn.

Sie hatte nur eine einzige Chance, um mit einer unbewaffneten Spitfire eine Messerschmitt zu verjagen. Sie mußte mit voller Geschwindigkeit direkt auf seine Bordkanone zufliegen, um ihn so davon zu überzeugen, daß sie ihm die Kanzel vom Kopf zu reißen versuchte und bis zur letzten Sekunde warten wollte, bis sie feuerte.

Dann merkte sie, daß er sie gesehen hatte, weil er sein Kreisen einstellte und seitlich wegzog, wobei er ihr seine Kanzel direkt von vorne zeigte. Sie waren noch etwa 350 Meter auseinander, schätzte Freddy instinktiv. Treffsicher schießen konnte man erfahrungsgemäß erst bei maximal hundert Meter Entfernung. Sie behielt eisern ihren direkten Konfrontationskurs bei, die beiden Flugzeuge schossen geradewegs aufeinander zu, und einen Augenblick lang sah es wie ein eingefrorener Moment auf einem Kriegsgemälde aus. Knapp hundert Meter vor ihr, im praktisch letztmöglichen Sekundenbruchteil, zog die Messerschmitt weg, flog eine enge Steigkurve und nahm Kurs nach Osten.

»Hab' ich dich, du Scheißer, du, hab' ich dich!« schrie Freddy und reckte sich unwillkürlich in ihrem Sitz hoch, während sie sich an die Verfolgung des deutschen Jägers machte. Es dauerte einige Minuten, bis sie wieder zu sich kam und sich bewußt wurde, daß sie sich wie eine Verrückte aufführte. Mit hämmerndem Puls und einem Adrenalinspiegel, wie sie ihn noch nie erlebt hatte, gehorchte sie endlich ihrem Verstand und drehte westwärts ab. Dort sah sie, wie der Spitfire-Pilot mit seinem Fallschirm eben im Meer niederging.

Er trug seine »Mae-West«-Schwimmweste und kämpfte sich von seinem Fallschirm frei. Und während sie wie schützend über ihn wackelnd und grüßend wegflog, war er dabei, sein kleines Einsitzer-Schlauchboot zu öffnen, das schon so vielen Fliegern das Leben gerettet hatte. Er winkte mit seinem Paddel zu ihr zurück, um ihr zu bedeuten, daß er in Ordnung sei, aber sie kreiste weiter über ihm, bis sie sah, daß eines der Seerettungsboote der Air Force von seiner Station an Land losfuhr und sich ihm näherte.

Sie konnte nicht widerstehen, auf die niedrigstmögliche Geschwindigkeit herunterzugehen – nur ganz knapp über dem Wert, bei dem sie abschmierte. Ganz impulsiv schob sie die Kanzelhaube zurück und beugte sich hinaus, um den Piloten unten im Wasser noch irgendwie persönlich zu grüßen. Der heftige Flugwind ließ sie zittern. Sie konnte nur kurz und schemenhaft sein sonnengebräuntes, grinsendes Gesicht sehen. Sie sah, daß er ihr etwas zuzuschreien versuchte, aber sie konnte es natürlich nicht verstehen, auch nicht, als sie die Fliegermütze über die Ohren hochzog, wobei einige Strähnen ihres rotblonden Haars im Wind zu flattern begannen.

Das Rettungsschiff hatte den Piloten mittlerweile fast erreicht. Es war klar, sie hatte damit keine Ausrede mehr, noch länger hier herumzuhängen. Sie atmete auf, zog mit Bedauern ihre Kanzelhaube wieder zu und drückte den Steuerknüppel vor, um zu ihrem Bestimmungsort zu fliegen.

»Erster Offizier de Lancel, wissen Sie irgend etwas darüber?« fragte Captain Margot Gore, der kommandierende Offizier des Frauenkorps in der Überführungseinheit, und hielt eine Zeitung in die Höhe. Freddy warf einen Blick darauf. *Geheimnisvolle Spit rettet RAF-Piloten* lautete die Schlagzeile. Und dann folgte ein Bericht über ihre Heldentat, geschrieben von einem Reporter, der sich eben in der Seerettungsstation befunden hatte, als der abgeschossene Pilot naß, aber unverletzt hereingebracht worden war.

»Ich weiß nicht, was Sie meinen, Captain.«

»Ich habe eine Anfrage über diesen Vorfall mit dieser... ›Geheimnisvollen Spit‹ erhalten. Sie sind doch gestern in dieser Gegend geflogen. Haben Sie etwas Ungewöhnliches bemerkt?«

»Nein, Captain, das muß mir entgangen sein.«

»Aha. Komisch. Kein Mensch scheint irgend etwas gesehen oder gehört zu haben. Der Pilot behauptet, die Maschine, die ihm zu Hilfe kam, habe keinerlei Identifizierungen getragen und der Pilot sei rothaarig gewesen. Und alle glauben, es müsse jemand von unserem Verein gewesen sein.«

»Es wäre doch wenig wahrscheinlich, Captain, daß ein unbewaffnetes Flugzeug auf eine Messerschmitt losgeht. Wer würde denn so verrückt sein? Außer allenfalls ein Mann? Warum sind Sie gefragt worden? Auf jede Pilotin treffen schließlich drei männliche Piloten. Gar nicht davon zu reden, daß so etwas strikt gegen die *ATA*-Vorschriften wäre. Dieser *RAF*-Pilot hat vermutlich im ersten Schock irgend etwas erzählt.«

»Eben das habe ich auch vermutet und in meinen Bericht geschrieben.« Captain Gore lächelte ihr ganz undienstlich zu und fiel in den bei der *ATA* üblichen zwanglosen Umgangston zurück. »Schön, Erster Offizier, dann viel Glück für morgen. Oder sagt man das nicht zu einer Braut?«

»Ich denke, es ist völlig korrekt, Captain. Vielen Dank. Und noch einmal vielen Dank für den Sonderurlaub diese Woche.«

»Der unter den Umständen ja wohl normal ist, oder?«

»Ja, normal, aber wundervoll.« Freddy machte eine Kehrtwendung, um sich zu entfernen. Als sie bereits mit dem Rücken zu ihrer Vorgesetzten stand, sagte sie noch:

»Oh, Erster Offizier de Lancel, was ich noch sagen wollte...«

»Ja?«

»Wenn Sie bei der *ATA* bleiben möchten...«
»Ja, Captain?«
»...dann tun Sie so etwas nie wieder.«

Longbridge Grange lag wie dösend da. In seiner traditionsgeschwängerten Luft hing der Duft der späten Blüte der Heckenrosen, beschienen von einer warmen, trägen Septembersonne. Es war Freddys Hochzeitstag. Eve und Paul de Lancel waren am Abend zuvor eingetroffen, ebenso, aus ihrem Internat, Nigel und Andrew, Tonys Brüder. Zusammen mit allen Longbridges warteten sie nun schon ungeduldig vor dem Haupteingang, als Freddy und Jane endlich in dem altersschwachen MG angebraust kamen. Das Benzin hatten einige *ATA*-Piloten als Hochzeitsgeschenk gestiftet.

Es war eine lange Brautzeit gewesen, ganz wie Freddy Tony vorgewarnt hatte, denn sie hatte angekündigt, sie werde sich keinesfalls in eine Ehe stürzen, ohne eine lange Bedenkzeit hinter sich gebracht zu haben. Sie jedenfalls war nicht von der üblichen Überzeugung infiziert, die so viele Zivilfrauen beherrschte, daß es schließlich ihre Pflicht sei, einen der fürs Vaterland kämpfenden Helden schnellstens glücklich zu machen. Sie wurde selbst so dringend dienstlich gebraucht wie nur wenige Frauen in der ganzen bisherigen Kriegsgeschichte.

Obwohl ihr Dienstplan – dreizehn Tage Fliegen, zwei Tage frei – selten mit den Tagen zusammentraf, an denen Tony sich einen Tag Urlaub nehmen konnte, hatten sie es doch einrichten können, öfter einmal abends einige Stunden miteinander zu verbringen. Sie hatte seiner Entschlossenheit und Leidenschaft am Ende nachgegeben. Fast zögernd hatte sie sich verliebt, gegen viele innere Widerstände und geheime Blicke in die Vergangenheit. Tony erschien das alles freilich nur noch verführerischer, noch anziehender, noch lockender.

Unter Rufen und Begrüßungsküssen schälte sie sich mühsam aus dem engen MG und hatte Mühe, angesichts der sich um sie drängenden drei kleinen Mädchen überhaupt vorwärtszukommen.

»Wo ist mein Antony?« fragte sie seine Mutter überrascht, als sie ihn nicht sah.

»Schon auf dem Weg. Er hat vor zehn Minuten angerufen... zu dumm, meine Liebe, aber es sieht so aus, daß du mit einem völlig Fremden als Trauzeugen wirst vorlieb nehmen müssen. Patrick hat Mumps! Ausgerechnet heute!«

»Na ja, besser heute als morgen!« rief Jane. »Wen wollte Tony mitbringen?«

»Ach, irgendeinen aus seiner Staffel, nehme ich an. Die Verbindung war ziemlich schlecht, und er war sehr in Eile.«

Freddy wandte sich ihren Eltern zu und umarmte und küßte sie. Beide sahen mitten im Schwarm der Longbridge-Kinder sehr locker und entspannt aus. Während des ganzen Frühlings und Sommers dieses Jahres 1941 waren sie des öfteren auf Lady Penelopes ausdrückliche Einladung hin von London mit dem Zug herausgekommen. Die beiden Elternpaare hatten eine warme gegenseitige Sympathie füreinander entwickelt – in der gemeinsamen Hoffnung, daß Freddy und Tony am Ende ja wohl heiraten würden, worauf schließlich alle Anzeichen hindeuteten.

»Ist das eigentlich in Ordnung, daß eine Braut verhungert?« fragte Freddy, ohne die Frage ausdrücklich an jemand Bestimmten zu richten. Ihr Vater legte ihr den Arm um die Schultern, hob ihr Kinn hoch und küßte sie auf die Stirn. Dem Himmel sei Dank wenigstens für dieses Kind, dachte er, und wechselte einen schnellen Blick mit Eve. Wo mochte Delphine sein? fragten sich ihre Augen. Es war die Frage, die sie schon seit langem beunruhigte. Sie hatten es sich angewöhnt, möglichst wenig darüber zu reden. Schließlich war sie im besetzten Frankreich so unerreichbar wie auf der Rückseite des Mondes. Aber gegenwärtig war ihnen diese Sorge immer. Eve wandte sich ab, um sich auf Freddy zu konzentrieren.

»Du brauchst jetzt alle deine Kraft«, ermahnte sie ihre Tochter. Eve hatte an allen Vorbereitungen tatkräftig mitgewirkt, von der Trauung in der Dorfkirche, zu der die ganze Bevölkerung geladen war, bis zum großen Fest auf Grange nur für die Familienangehörigen. Die Schwierigkeiten des Reisens in Kriegszeiten hatten die Gästezahl auf runde sechzig Personen beschränkt; Freddy kam das allerdings immer noch als eine ungeheure Menge vor.

In Gesellschaft der drei kleinen Mädchen – Sophie, der jüngsten, Sarah und Kate, den Zwillingen – aßen Freddy und Jane an der Anrichte ein paar Sandwiches; man hatte sie gewarnt, ja die Küche nicht zu betreten, in der Frauen von den umliegenden Farmen Lady Penelope und Eve bei der Vorbereitung des Festmahls halfen.

Traditionsgemäß hätte die Trauung genau mittags stattfinden sollen. Aber nachdem weder der Bräutigam noch die Braut imstande waren, zuzusichern, daß sie dazu rechtzeitig erscheinen könnten, war sie auf drei Uhr nachmittags festgelegt worden, damit man noch vom Tageslicht profitierte und alle Gäste sicher vor Einbruch der Dunkelheit und damit der allgemeinen Verdunkelung nach Hause kamen.

»Ich glaube, das war keine so gute Idee«, sagte Freddy zu Jane, während sie den letzten Bissen ihres Sandwiches schluckte.

»Wieso? Hast du Magendrücken? Du hast es zu schnell runterge-
schlungen. Du bist eben aufgeregt, das wird es sein.«

»Aufgeregt? Scheiße, ich bin in heller Panik! Es ist der reine Horror!
Jane, ich kann das nicht machen! Es ist ein Fehler! Ich kenne Tony kaum.
Ich hätte mich nie von dir dazu überreden lassen sollen.«

»Von mir??« Jane war beleidigt. »Ich habe doch nicht mal einen Mucks
gesagt! Oder meinst du vielleicht, ich bin wild darauf, dich zur Schwägerin zu bekommen, du Halb-Yankee, du? Pah! Mein Bruder hätte jede
Herzogstochter kriegen können! Aber was tut er? Wirft sich weg an eine
gerade halbwegs hübsche Larve! In Friedenszeiten hättest du bei ihm
doch nicht mal den Hauch einer Chance gehabt! Und was im Grunde
noch viel schlimmer ist, bist du ja außerdem eigentlich so ein Frenchie-
Arsch, wenn man es sich genau überlegt! Und das in unserer Familie! Wo
wir jedenfalls Wilhelm dem Eroberer niemals vergeben werden, der besser auf seiner eigenen blöden Seite des Kanals geblieben wäre und Britan-
nien den Angelsachsen gelassen hätte, wie es sich gehörte. Bitte, wenn du
möchtest, gehe ich auf der Stelle zu Mutter und sage ihr, die ganze Show
ist abgeblasen. Wir haben bereits einen Trauzeugen verloren, warum
also nicht auch die Braut? Mit den Hochzeitsgeschenken war es sowieso
nicht so doll. Nichts, was man zurückgeben müßte. Und die Leute würden es alle verstehen. Seit dem Krieg mußten alle lernen, flexibel zu sein.
Wenn Antony nicht gerade mein Bruder wäre, könnte ich einspringen
und ihn heiraten, damit die Leute wenigstens nicht umsonst gekommen
wären. Aber du brauchst es nur zu sagen, und wir sind zurück in Hamble,
bevor noch jemand gemerkt hat, daß wir nicht mehr da sind. Noch besser,
wir könnten nach London reinflitzen und uns ein paar ausgehungerte,
heißblütige, dankbare Soldaten aufgabeln, um uns mit denen einen schönen Tag zu machen.«

»Ist ja gut, ist ja gut«, sagte Freddy düster.

Sie kleidete sich in Janes Schlafzimmer an. Eve und Lady Penelope ha-
steten um sie herum. Der ganze Dachboden von Longbridge war nach
Hochzeitskleidern durchgefilzt worden, aber nichts, was Freddy gepaßt
hätte, war zum Vorschein gekommen, weil sie erheblich größer war als
alles, was Longbridge in vergangenen Generationen an Bräuten erlebt
hatte. Jetzt im Krieg mit seinen Einschränkungen und dem Zuteilungs-
und Bezugsscheinsystem war an den Kauf eines Hochzeitskleides überhaupt nicht zu denken. Aber Lady Penelope war nichtsdestoweniger entschlossen, daß ihr ältester Sohn mit einer Braut zum Altar schreiten
sollte, die auch wie eine Braut aussah.

Die Zeitläufte hatten ihr an sich bescheidenes Talent zu einem fast professionellen Schneiderinnen-Standard entwickelt. Für das Oberteil hatte

sie ein altes viktorianisches Kleid mit tiefem, breit mit Saumband besetztem Ausschnitt und Puffärmeln genommen. Ohne Rücksicht schlachtete sie dann zwei weitere alte Kleider aus der Zeit von Georg III. aus und nahm vom einen die riesige Satinwolke von Rock, die an der Hüfte in einem breiten Gürtelband zusammenlief. Er reichte allerdings nicht bis zum Boden, machte sich aber sehr gut unter einem geschlitzten Überrock ganz aus Spitze, der hinten in eine meterlange Schleppe auslief. Sophie, Sarah und Kate hatten den ganzen Morgen über einen Kranz aus winzig kleinen weißen Heckenröschen gebunden, der den schulterlangen Schleier halten sollte, ein Familienerbstück und nun schon über hundert Jahre sorgfältig aufbewahrt – seit der Zeit Charles II.

Während Freddy widerstandslos ihre fortschreitende Transformation im Spiegel mit ansah, fand sie, die ganze Hochzeit sei mit jeder neuen Lage dieser extravaganten, jahrhundertealten Patina doch etwas leichter zu ertragen. Denn je weniger sie ihr eigenes Ich ohne Uniform wiedererkannte, desto weniger glaubwürdig erschien ihr auch diese Heirat. Das einzige Vertraute dort im Spiegel war das Feuerwerk ihres Haars, das wie eine Rakete aus dem ganzen Gebäusche der Elfenbeinwolken hochstieg.

Dauernd heirateten schließlich Leute, sagte sie sich. Ihre Mutter war verheiratet und Lady Penelope, die sie fortan einfach nur Penelope nennen sollte, aber um Gottes willen niemals so etwas wie »Penny«... und außerdem kannte sie noch Hunderte von Frauen, die alle einmal geheiratet hatten und alle ihren Status gar nicht abnorm oder lästig fanden. Warum also erschien ausgerechnet ihr Heiraten als so eine absurde Beschäftigung an einem herrlichen Nachmittag, der doch eigentlich wie geschaffen war, um »fliegen zu gehen«...?

»Ist Antony schon so weit? Uniform gebügelt und alles?« fragte sie Jane, nur um irgend etwas zu sagen.

»Antony?« Jane sah völlig abwesend aus. Sie war völlig von der Aufgabe in Anspruch genommen, den Reißverschluß ihres blaßgrünen Brautjungfernkleides hochzuziehen.

»Dein Bruder Antony! Der Bräutigam, soweit ich informiert bin!«

»O Gott!« Jane rannte los, um nachzusehen, und kam nach einigen Minuten, völlig aufgelöst, zurück. »Keine Spur von ihm. Und niemand weiß was!«

»Wie war das vorhin mit den ausgehungerten Soldaten?« fragte Freddy.

»Jane, beruhige dich«, griff Eve ein. »Er hat schließlich angerufen und gesagt, daß er auf dem Weg ist. Also.«

»Das ist Stunden her!«

»Vielleicht hat er es sich noch einmal überlegt«, meinte Freddy. »Das kommt vor, weißt du. Selbst in den besten Familien.«

»Ich habe mit ihm gesprochen«, piepste die sechsjährige Sophie.

»Wann, du Scheusal?« forschte ihre Mutter.

»Gerade eben. Ich war unten, und da klingelte das Telefon, und Antony war dran. Und er bestellte was.«

»Und warum sagst du uns das nicht?« flüsterte Lady Penelope fast, um nicht zu schreien.

»Weil er es mir bestellt hat. Und er sagte nichts davon, daß ich es jemandem sagen soll«, erklärte Sophie mit Bedeutsamkeit. »Er hat einen Plattfuß und verspätet sich. Und man soll direkt in der Kirche auf ihn warten.«

Lady Penelope sah auf die Uhr. »Sophie, Kate, Sarah, zieht eure Brautjungfernkleider an. Wir verlassen das Haus in genau zwanzig Minuten!«

»Und was, wenn wir dann in der Kirche warten müssen?« fragte Sophie gewichtig.

»Sophie Harriet Helena Longbridge, du... fängst an, mir... auf die Nerven zu gehen!« Das reichte, um die drei kleinen Mädchen endgültig davonzuscheuchen, wie einen quietschenden Hühnerhaufen in weißen Strümpfen und Unterröcken.

Der Hochzeitszug bestand aus einigen Pferdekutschen, denen zu Fuß, zu Pferde oder in anderen Wagen das ganze Dorf und fast alle Nachbarn der Grafschaft folgten, die rechtzeitig gekommen waren, um zu sehen, wie der Bräutigam im Auto herangebraust kam und quietschend vor der Kirche hielt. Tony und sein Trauzeuge schafften es, sich in die Sakristei zu begeben, gerade als die Turmuhr drei zu schlagen begann.

Als sie am Arm ihres Vaters zum Altar schritt, war Freddy eine Figur wie aus einem klassischen Bilderbuch. Sie bewegte sich zu dem altbekannten, edlen Hochzeitsmarsch.

»Also, das ist dein Mädchen«, seufzte Tonys Trauzeuge Jock Hampton, beim ersten Anblick der geradezu königlichen, großgewachsenen, tiefverschleierten Gestalt, die auf sie zugeschritten kam. Noch vor einigen Stunden war er gerade im Begriff gewesen, zu einem Nachturlaub nach London zu fahren. »Jetzt kann ich deine verrückte Eile verstehen.«

»Schnauze!« kommandierte Tony leise aus dem Mundwinkel. Er wollte sich im Anblick seiner, wenn auch völlig verhüllten Braut nicht von irgendeiner menschlichen Stimme stören lassen. So schlank und hochgewachsen er auch selbst war, er war trotzdem gute fünf Zentimeter kleiner als der geschmeidige, blonde Kalifornier an seiner Seite, der von Anfang an bei der *Eagle Squadron* war, schon Monate, ehe er, Tony, als Staffelkapitän zu ihnen kam.

Die beiden blau uniformierten *RAF*-Flieger warteten schweigend, während die Orgel zu Ende spielte und Paul de Lancel seine Tochter bis zum Altar geführt hatte, um dort ihre Hand in die Tonys zu legen.

Jock Hampton blieb einen Schritt hinter dem Paar und beobachtete die Heiratszeremonie. Er bekam wegen des Schleiers kaum irgend etwas von Freddys Gesicht zu sehen, zumal es in der alten Dorfkirche recht schummrig war. Die Spitzen auf ihrem Kopf waren so dicht, daß nichts von ihrer Haarfarbe durchschimmerte. Er sah sie überhaupt zum ersten Mal richtig, als sie nach der Zeremonie den Schleier zurückschlug, um Tony zu küssen. Und noch bevor er überhaupt einen Gedanken fassen konnte, sträubten sich ihm die Haare. Nicht nur, weil sie so schön war, so ganz über die Maßen schön. Sondern, weil er genau wußte: Er hatte sie schon einmal gesehen und war sich sofort völlig klar darüber, daß er dieses Gesicht nie mehr vergessen würde.

Es war gerade vierundzwanzig Stunden her, als sie ihre Fliegermütze geöffnet und ihm zugewinkt hatte, während er auf dem Wasser des Ärmelkanals trieb.

Auf Longbridge Grange war der größte Raum für die Hochzeit wieder geöffnet worden. Freddy tanzte mit jedem einzelnen ihrer neuen Verwandten, ehe Jock Hampton fand, es sei jetzt zulässig, abzuklatschen.

»Ich habe mich nur eingemischt, um mich bei Ihnen zu bedanken«, sagte er, während er sie zum Tanzen in den Arm nahm.

Freddys Schleier hatte schon lange seine Schuldigkeit getan, und inzwischen wallte ihre Mähne wieder um sie wie eh und je. Sie hatte ja auch bereits allerlei Strapazen hinter sich, den sie hatte inzwischen mit sämtlichen männlichen Anwesenden zwischen zwölf und achtzig getanzt, und jeder einzelne hatte ihr mit Nachdruck versichert, wie eng sie doch nun miteinander verwandt seien. Aber von ihrem Trauzeugen hatte sie doch am wenigsten rätselhafte Reden erwartet.

Sie blickte ihn also mit einiger Verwirrung an. Ein kalifornisches Gesicht, war ihr erster Gedanke. Mit Typen wie dem da war sie immerhin jahrelang zur Schule gegangen, diesen Helden der Campus-Football-Plätze, die noch größer waren als alle rundum, die ihrerseits schon groß waren. Diesen Herren der Aschenbahn. Diesen Goldjungen. Die alle nicht viel jünger waren als der Bursche hier, dem das sonnengebleichte blonde Haar in die Stirn fiel – sowohl gegen die Vorschriften wie gegen die derzeitige Mode, derentwegen die Männer jetzt ständig irgendwelches Schmierzeug benützten, um sich die Haare so eng an den Schädel zu kleistern wie nur möglich. Er sah forsch aus, fand sie, während sie gleichzeitig erfreut feststellte, daß er hinreißend tanzte; forsch und rebellisch, und es war ein seltsam lachendes Licht in seinen klaren blauen Augen, um die herum die Fältchen so tief gebräunt waren wie nur bei Piloten. Dieser ritterliche Wikinger, der so ganz unerwartet auf ihrer Hochzeit aufgetaucht war, war völlig ungezähmt und auch wohl unbezähmbar, da konnte man sicher sein. Aus seinen festen Gesichtszügen sprachen Erfahrungen und Erlebnisse. Er hat etwas von einem Wegelagerer an sich, dachte sie. Wo hatte Tony den her?

Sie blickte ihn immer noch fragend an. Wovon sprach der Mann eigentlich?

»Gestern«, erklärte er. »Ich wollte mich bei Ihnen bedanken. Für die Hilfe. Na, der Bursche im Schlauchboot. Erinnern Sie sich nicht an mich? Oder machen Sie sowas jeden Tag?«

»Sie??«

»Genau. Tolle Fliege, Mrs. Longbridge, das muß ich schon sagen.«

Aber ihre Reaktion war einigermaßen anders, als er erwartet haben mochte. Sie hörte abrupt zu tanzen auf und blieb stehen. »Sie verdammter Mistkerl also waren das? Sie mit Ihrer großen Klappe? Sie Kretin! Sie sind schuld, daß ich fast aus der *ATA* rausgeflogen bin, mit Ihrer blöden Story! Sie konnten das wohl nicht für sich behalten, wie, Sie blöder Affe? So ein Blödian! Nein, er muß hingehen und irgendeinem Reporter den ganzen Mist erzählen! Eine derart blöde, schwachsinnige...« Sie fand keine Worte mehr.

»Also, an Talent, sich klar und deutlich auszudrücken, fehlt es Ihnen wahrhaftig nicht«, sagte er, und stützte sie, weil sie fast gestolpert wäre. »Da kann ich ja von Glück sagen, daß Sie heute nicht mit geladenen Waffen hier sind.«

»Hatte ich gestern auch nicht«, schnappte sie zurück. »Wir fliegen immer unbewaffnet. Schlaumeier.«

»Sie meinen, Sie haben die Messerschmitt nur geblufft?«

»Ach, wenn Sie's genau wissen wollen, ich habe überhaupt nicht weiter nachgedacht.«

»O Mann, o Mann, liebe Mrs. Longbridge, da weiß ich ja wirklich nicht, ob ich meinen Staffelkapitän so beneiden soll. Weiß er, was für eine Verrückte er geheiratet hat?«

»*Fuck off*, Klugscheißer! Ich mußte eben zur Abwechslung wieder ein wenig Spaß haben. Alles, was *action* ist, reißt doch ihr Kerle euch unter den Nagel! Und wir turnen mit unserer Auslieferei herum wie die Blöden. Wie würde Ihnen das denn gefallen, die ganze Zeit nichts anderes zu machen als das? Wie heißen Sie übrigens?«

»Jock Hampton, Ma'm.«

»Schön, Jock Hampton, dann wagen Sie es nicht, Antony jemals etwas von dieser Geschichte zu erzählen. Und denken Sie nicht einmal im Hinterkopf daran, irgendwem sonst irgendwo auf der weiten Welt auch nur ein Sterbenswörtchen davon mitzuteilen. Ist das klar? Andernfalls kriegen Sie es mit mir zu tun, und nicht zu knapp. Wenn ich es mit jemanden zu tun kriege, wächst da kein Gras mehr, darauf können Sie sich verlassen.«

»Versprochen. Ehrenwort. Ich bin zu verschreckt, um mich künftig auch nur daran zu erinnern...«

»Was erinnern??« fragte sie mit engen, mißtrauischen Augen.

»Kann mich nicht erinnern, daß ich mich erinnere!«

»Na, vielleicht sind Sie dann gar keine solche Sau, wie ich dachte«, sagte Freddy.

»Übrigens, ich glaube, Mrs. Longbridge, es ist jetzt Zeit, den Kuchen anzuschneiden.«

»Wechseln Sie nicht das Thema.«

»Nein, wirklich. Die warten alle auf Sie. Wenn ich allerdings zuvor vielleicht doch noch ein Wort der Erklärung sagen dürfte, über die Umstände und alles? Und hinterher sage ich nie mehr irgend etwas, nie, nie, nie?«

»Also gut, schön, sagen Sie's.«

»Ich habe dem Reporter kein Wort davon gesagt, daß Sie ein Mädchen sind. Ich sagte nur rotes Haar. Ich habe aber gleich gesehen, daß es für einen Mann zu lang war.«

Freddy dachte darüber nach.

»Das scheint richtig zu sein«, antwortete sie schließlich. »Meinen Sie damit vielleicht, daß ich mich jetzt für all das, was ich gesagt habe, entschuldigen soll?«

»Nein. Eine Braut muß sich niemals für irgend etwas entschuldigen.«

»Ich tue es aber doch. Also, ich hätte nicht sagen sollen *fuck off*. So was sagt man nicht an seinem Hochzeitstag.«

Mein Gott, wünsche ich mir das Mädchen! dachte Jock Hampton. Warum ist die nicht meine?

ACHTZEHNTES KAPITEL

Zu Beginn des Jahres 1943 war das Plakat überall in ganz Frankreich angeschlagen worden. Es zeigte einen monumental großen, muskulösen, wohlgenährten jungen Franzosen in blauem Arbeitsanzug, hoch aufgereckt unter einem orangefarbenen Himmel und vor einer Reihe Werkzeuge. Weit im Hintergrund ragte der Eiffelturm auf, und die Schrift, rot, weiß und blau, verkündete: »Mit Ihrer Arbeit in Deutschland sind Sie ein Botschafter französischer Qualität.«

Französische Qualität, überlegte Bruno, sooft er irgendwo an diesem Plakat vorüberkam, war selbstverständlich stets wünschenswert, in welcher Form auch immer. Wenn er sich auch selbst beglückwünschte, in einer Position zu sein, die es nicht erforderte, daß er persönlich einen Beweis französischer Qualität in Deutschland lieferte. Seine Pflichterfüllung in Valmont gewährte ihm Immunität in dieser Hinsicht. Seit sein Großvater, der Vicomte de Lancel, 1942 an einer Lungenentzündung gestorben war, war er nun der amtierende Herr des Hauses Lancel, des Château de Valmont und seiner Weingärten. Die alte Vicomtesse Annette, der der Tod ihres Mannes das Herz gebrochen hatte, hatte sich vollständig in ihre Gemächer zurückgezogen und zeigte keinerlei Interesse mehr an den Geschäften des Familienbesitzes.

Trotz des relativ guten Willens, den Bruno den Repräsentanten des deutschen Führers gegenüber an den Tag gelegt hatte, war es ihm natürlich nicht gelungen, die Grundtatsache zu ändern, daß die ganze Champagne nun einmal als ein wesentlicher Teil der Kriegsbeute angesehen wurde. Gewiß, den Winzern war schließlich erlaubt worden, fast ein Viertel ihrer Jahresproduktion frei in Frankreich zu verkaufen, ebenso in Belgien, Finnland und Schweden, aber diese Konzession ermöglichte allenfalls, die Produktion weiterzuführen. Reichtümer warf sie nicht ab, Luxus ermöglichte sie nicht.

Champagner zu produzieren, dachte Bruno nicht ohne Zorn nach der Beerdigung seines Großvaters, war mittlerweile eine elende und nicht mehr sehr profitable Plackerei! Er blickte über die weiten Rebenberge und -gärten in dem gewellten Tal unter dem Château. Französische Qualität, wie? Sicher, das leugnete er nicht. Aber was unterschied ihn eigentlich noch von einem Fleischer hinter seiner Ladentheke, der gerade noch Innereien zu verkaufen hatte, Kutteln, Leber, Bries? Wie sehr ihm auch der rein ästhetische Anblick seines Landes mit den Reben gefallen mochte, hatte er doch nicht die Absicht, in dieser tödlich langweiligen Ecke Frankreichs auch nur einen Tag über das Kriegsende hinaus zu bleiben. Und irgendwann, wenn sämtliche Länder der Erde sich an ihm verblutet hatten, mußte der Krieg ja zu Ende sein. Dennoch, wer würde schon eine Prognose wagen, in wievielen Jahren das der Fall sein würde? Und wer konnte schon sicher sein, wo dann die neuen Machtzentren dieser Welt lägen? In Paris erfuhr man nicht besonders viel über den Fortgang des Krieges, und entsprechend weniger hier in der Champagne, weit von den jetzigen Schlachtfeldern entfernt. Wie Millionen anderer vermutete er, daß Frankreich künftig wohl irgendwie zu Deutschland gehören werde, und mit etwas Glück konnte es vielleicht als eine Art Juniorpartner des Reiches fungieren, nicht nur als besiegtes Territorium.

Bruno spielte an den Schlüsseln für die riesigen geheimen Keller mit Lancel-Champagner, die seit Kriegsbeginn unberührt geblieben waren und von deren Existenz die Deutschen nicht einmal eine Ahnung hatten. Erst einen einzigen Tag vor seinem Tod hatte sein Großvater ihm endlich die geheiligten Schlüssel übergeben. Er und die drei Martins waren nun die einzigen, die von ihnen wußten.

Als er die Geheimkeller damals, 1933, zum ersten Mal hatte betreten dürfen, hatte sein Großvater davon gesprochen, daß im Falle eines Krieges ein nach Valmont heimkehrender Lancel die Produktion mit Hilfe des Verkaufs von Champagner aus diesem Lager jederzeit wieder aufnehmen könne. Nun, was ihn betraf, überlegte er, so konnte seinetwegen das ganze Schloß in Schutt und Asche sinken – er jedenfalls würde sein Leben lang keine Weinrebe mehr ansehen oder je wieder eine Lese überwachen. Zum Teufel mit der ganzen französischen Qualität!

Oder würde er dieses Land hier noch mehr lieben, wenn er wüßte, es gehörte eines Tages wirklich ihm allein, ohne daß er es mit seinen Halbschwestern teilen müßte? Ach nein, nicht einmal dann, dachte er. Es besitzen, war ja ganz schön, aber Land zu lieben, das von seinem Besitzer so viel forderte? Land sollte dazu da sein, es zu genießen und sich seiner zu erfreuen, nicht aber, um sein Sklave zu sein!

Ein Schloß sollte für den Reichtum des Wildbestandes seiner Wälder berühmt sein, für seine Pferde und seine Jagden, für die Großartigkeit seiner Kunstschätze und seiner Architektur, für den Besuch von lange verstorbenen Königen und den Prunk von Jahrhunderten, so wie etwa das Schloß der Saint-Fraycourt, ehe es der Familie verloren ging. Valmont war für all das nicht großartig genug. Und diese ganze Champagne hier war nun einmal im Grunde auch nichts weiter als eine landwirtschaftlich orientierte Region, welches Wesen man auch um ihre köstlichen Böden und den Adel ihrer Trauben machte.

Wäre er Alleininhaber, er würde einen Verwalter anstellen oder einen Pächter suchen, der ihm den letzten Tropfen Profit aus jedem Hektar pressen müßte, und er würde höchstens nach Valmont kommen, um zu kontrollieren, daß man ihn nicht betrog. Wozu war man Aristokrat, wenn man hier in Valmont dieselbe Mühe und Plage wie ein Bauer hatte oder einer der vielen Arbeiter, die ihre eigenen paar *Arpents* mit Champagnertrauben besaßen?

Aber dieses Riesenlager von Champagner in den Geheimkellern – nun, das war natürlich etwas anderes. Es bedeutete einen Schatz, der wertvoller war als Gold, und er mußte ihn in seinen Besitz bringen. Der Tod des Großvaters hatte ihm die Freiheit verschafft, ihn zu verkaufen, und das mußte schon bald in die Wege geleitet werden. Denn jeder Tag, den die grünen Flaschen noch länger im Schlummer lagen, festlich dekoriert mit ihren glitzernden Etiketten, brachte das Kriegsende näher. Und sobald dieser unausweichliche Tag der allgemeinen Feuereinstellung da war, gab es mit Sicherheit – ganz gleich, ob nun die Deutschen die unstreitigen Herren ganz Europas wurden oder nicht – erst einmal eine Periode großer Unsicherheit und Verwirrungen. Genauso wie nach dem Fall Frankreichs.

Dieses Mal aber, schwor sich Bruno, würde er besser darauf vorbereitet sein. Der Champagner war dann in eine stabile Währung eingewechselt und sicher deponiert, was ihm die Möglichkeit verschaffen würde, die besten Gelegenheiten wahrzunehmen, die der neue Friede bot. Immerhin war er mittlerweile fast achtundzwanzig und hatte hier drei Jahre seines Lebens verschwendet. Französische Qualität... in der Tat!

Er rief seinen lieben Freund General von Stern an. Sie telefonierten nun schon seit längerem so häufig miteinander, wie es sich überhaupt nur einrichten ließ. Der General fühlte sich inzwischen auch in seinem Haus in der Rue de Lille sehr heimisch. Es bedurfte keiner langen Bemühungen, bis sie eine Absprache unter Gentlemen erzielt hatten, die das Schicksal der mehreren hunderttausend Flaschen betraf, die in gewissen geheimen Kellern in sieben Meter hohen Stapeln lagerten; das schwer erarbeitete Fundament des Hauses Lancel, sein Herzblut und seine Zukunft.

Der General hatte sich seinerseits im Laufe seiner Nachforschungen über Kunstwerke einen sehr viel größeren Grad an Wissen angeeignet, als sein Auftrag eigentlich erforderte. Beispielsweise darüber, wer im besetzten Frankreich wem was zu verkaufen pflegte. Und so verstand er auch Brunos Problem sofort und löste es mit einigen Telefongesprächen, einer Besprechung und einer Vereinbarung über die Teilung des Erlöses zur beiderseitigen Zufriedenheit.

Es wurden Anstalten für den Abtransport getroffen. Der General hatte einen Konvoi von Lastwagen zur Verfügung, die sich für die kurzen Nachtfahrten nach Valmont völlig unverdächtig einsetzen ließen. Disziplinierte deutsche Soldaten luden den wertvollen Lancel-Champagner auf, packten ihn auf Rollwägelchen und beluden damit die Lastautos; mit der gleichen Sorgfalt und Vorsicht, mit der sie sonst Kunstwerke transportierten; und es gab weder Bruch noch Vandalismus, keine Plünderungen und überhaupt keinerlei Störung irgendwelcher Art, die die Aufmerksamkeit von irgend jemandem in Valmont hätte erregen können. Auch die Herren von der deutschen Verwaltung in Reims bekamen von alledem keinen Deut mit. Schließlich gehörte es nicht zu ihren Aufgaben, die Weinkeller der Champagne auch noch nachts zu überwachen.

Und so bluteten die geheimen Keller von Valmont langsam aus. Sie verloren die Schätze, die sie geborgen hatten, bis das Fundament des Hauses Lancel sich für immer in die Kanäle des Schwarzen Marktes verströmt hatte und Bruno sich über alte Bankverbindungen in die Schweiz einen gesunden Grundstock für sein Vermögen gelegt hatte. Es wurde doch niemand geschädigt! Höchstens den drei Vettern Martin, den alten, loyalen Kellermeistern, brach vielleicht das Herz. Und deshalb, fand Bruno, sei es auch das Beste, sie und ihr unbequemes Gedächtnis baldmöglichst loszuwerden. Nie durften sie etwas davon erfahren, daß die Keller des *Trésors* leer waren.

Das nächste Mal, als einer der Inspektoren aus Reims kam, um die Weingärten der Lancels zu prüfen, fand er denn auch Bruno sehr beunruhigt vor.

»Ich halte es für meine Pflicht, Sie davon zu informieren, daß drei meiner bisher vertrautesten Mitarbeiter sich offenbar der Résistance angeschlossen haben«, gestand er endlich nach sichtlich langen Bedenken. »Ich weiß nicht recht, was ich tun soll. Mein Großvater war diesen Männern sehr verbunden. Aber ich kann sie guten Gewissens nicht länger decken, denn das würde im Endeffekt ja bedeuten, mit ihnen gemeinsame Sache zu machen.«

»Machen Sie sich keine Gewissensbisse, Vicomte. Sie haben eine umsichtige und letztlich auch patriotische Entscheidung getroffen. Geben Sie mir die Namen der Männer, und kümmern Sie sich um nichts weiter. Ich übergebe die Sache dann der Gestapo in Reims.«

Ihre große Erfahrung würde ihm künftig ja wohl fehlen, überlegte Bruno, als er hörte, daß die drei Martins hingerichtet worden waren. Doch er mußte zugeben, selbst die Gestapo hatte zuweilen ihre Vorteile.

Sie gäbe viel darum, dachte Delphine, Cary Grants ironisches Lachen zu hören oder Fred Astaire eine Revuetreppe hinaufsteppen zu sehen. Oder anzuschauen, wie Myrna Loy mit witzigen Reden einen Narren aus irgendeinem Mann machte. Sie hielt ihren Kopf ruhig, während die Maskenbildnerin ihre Haarflut unter einer Perücke unterbrachte, mit der sie in die Kaiserin Josephine verwandelt wurde. Aber seit 1940 waren amerikanische Filme ja nur noch nostalgische Erinnerungen. Hier saß sie und wurde für ein weiteres jener aufwendigen, formellen, historischen Dramen kostümiert, die in den letzten Jahren im französischen Film eine so große Bedeutung erlangt hatten.

»Prestige« und »Hohe Filmkunst« waren jetzt die Parolen für den französischen Film, und die Produzenten debattierten in endlosen Sitzungen der Kommissionen darüber, ob auch genug französische *Gloire* im jeweiligen Drehbuch vorkam und Kultur und Tradition in angemessener Weise amtlich wurden. Das besetzte Frankreich war zwar vom Rest der Welt isoliert, aber man hatte schließlich immer noch eine ruhmreiche Vergangenheit. Also wandte sich das ganze französische Kino rückwärts; zurück in die Epochen des stolzen Nationalismus und der vergangenen *Grandeur*; rückwärts zu den Visionen einstiger Größe.

Delphine betrachtete mit erbarmungsloser professioneller Selbstkritik ihr Gesicht in ihrem Garderobenspiegel. Doch, sie hielt die Aufdringlichkeit einer Großaufnahme noch immer aus, wenn sie auch kaum verstand, daß wieder einmal vier Monate seit der letzten Postkarte von Armand vergangen waren. Zu Hause, allein, ohne Make-up, sah sie wohl die stärker werdenden Linien um ihre Augen, die das Resultat der Tränen vieler Nächte waren, in denen sie gegen Verzweiflung und Schlaflosigkeit anzukämpfen versuchte. Wenn sie heute selbst schon Anzeichen dieser Art sah, dann sah die unerbittliche Kamera sie spätestens morgen. Und das beunruhigte sie durchaus. Denn sie konnte es sich so wenig wie irgendwer sonst leisten, arbeitslos zu werden. Sie mußte sich beraten lassen, mit irgend jemandem sprechen, das wurde ihr klar, während man ihr einen Diamanten und ein Smaragddiadem an die Perücke steckte. Oder sie würde unter dem Gewicht der immer größer werdenden Angst um Armand zusammenbrechen.

Aber mit wem konnte sie schon sprechen? Seit 1940 hatte sie ständigen Briefkontakt mit ihrer Großmutter in Valmont gehalten. Sie fand den gleichen Trost darin, der alten Dame ihr Herz auszuschütten, als hätte sie ihre Sorgen und Gefühle einem Tagebuch anvertraut. Die Antwortbriefe wurden zunehmend spärlicher und unregelmäßiger. Es war fast schon so, als sende sie nur Flaschenpost aus. Aber trotzdem gab es ihr wenigstens etwas, das absolut nötige Minimum von Familiengefühl, und das war so tröstlich und unentbehrlich wie einst der Handwärmer im Muff einer viktorianischen Lady. Natürlich konnte man nicht erwarten, daß ihre alte Großmutter mit ihren über achtzig Jahren noch eine Antwort auf die Probleme ihrer Enkelin fand, wie einst, als sie dort draußen im Schloß in der Champagne diese Sommerparty für sie arrangiert hatte, die ihr ganzes Leben veränderte – damals vor jetzt fast sieben Jahren – oder waren es schon siebenhundert?

Ohne große Begeisterung wurde ihr klar, es sei wohl Zeit, sich nach Bruno umzusehen. Er hatte mit dem bevorstehenden Krieg recht gehabt, er hatte mit der Vorhersage recht gehabt, was mit Armand geschehen würde, und sie hatte inzwischen zahllose Male bereut, seinerzeit nicht mehr Verstand gehabt und auf ihn gehört zu haben. Jetzt, im Rückblick, war es fast unbegreiflich, wie blind sie und Armand ihr Leben fortgesetzt hatten. Andererseits waren sie auch kaum viel kurzsichtiger gewesen als fast alle anderen, ausgenommen einige wenige Pessimisten, die – wie etwa Robert Siodmak, Max Ophüls, Boris Kaufman oder Jean-Pierre Aumont – Frankreich rechtzeitig verlassen hatten.

Als Delphine Bruno in Valmont anrufen wollte, erfuhr sie, daß er gerade für einige Tage in Paris war. Sie erreichte ihn tatsächlich in seinem Hotel, sehr überrascht darüber, daß seine Stimme so unbeschwert und freundlich klang, als habe sich ihr letzter Krach damals nie ereignet.

»Aber selbstverständlich habe ich Zeit für dich, du Gans. Wieso denn nicht?« rief er, und sie verabredeten sich für den nächsten Tag in ihrem Haus in der Villa Mozart. Delphine kleidete und schminkte sich für das Treffen überaus sorgfältig, und als sie sich danach kritisch und prüfend betrachtete, fand sie, daß sie gar nicht viel von dem Mädchen unterschied, das er zum letzten Mal vor jetzt fast vier Jahren gesehen hatte. Auf keinen Fall sollte er etwas von der Panik bemerken, die sie fast völlig beherrschte. Ihr Instinkt riet ihr vom Zeigen jeder Schwäche ab.

Sie ist bezaubernd wie immer, dachte Bruno seinerseits, als er sie begrüßte. Delphine war nun fünfundzwanzig, und wie selbstsicher sie auch schon immer gewesen sein mochte, mittlerweile war sie kein Mädchen mehr, sondern eine wirklich reife Frau. Der zauberhafte Charme ihres herzförmigen Gesichts mit den großen, aufwärtsgebogenen Augen besaß eine geradezu magische Anziehungskraft, die die Jahre nur noch verstärkt hatten. Was außer der gegenwärtig herrschenden Not, fragte er sich, konnte ihr eigentlich die Kraft und Stärke rauben, die ihr zu eigen war? Erst als er etwas näher in ihre umflorten Augen sah, wußte er, daß es so etwas gab.

Sie reichte ihm einen Aperitif, und sie brachten einige Minuten in völlig alltäglichem, unverbindlichen Geplauder zu. Delphine bemerkte mit Befriedigung, daß Bruno nach wie vor so unaufdringlich und unverbindlich war wie in jenen Tagen, als sie ein sehr enges Verhältnis zueinander gehabt hatten; damals, als sie sich gegenseitig Gefälligkeiten erwiesen, ohne nach den Gründen zu fragen.

»Ich mache mir Sorgen, Bruno«, sagte sie dann abrupt. »Armand Sadowski ist in Dünkirchen damals in Kriegsgefangenschaft geraten und arbeitet seitdem in Deutschland in einer Fabrik. Bis vor vier Monaten erhielt ich mehr oder minder regelmäßig Postkarten von ihm... seitdem nichts mehr.«

»Hast du irgend etwas unternommen, um festzustellen, wo er ist?« fragte Bruno ganz sachlich-geschäftsmäßig, dachte aber gleichzeitig: Also immer noch dieser verdammte Jude. Welch eine Narretei, und nicht gerade vorteilhaft. Wie überflüssig, das alles!

»Was könnte ich denn tun, Bruno? Ich weiß nicht, wo man da anfangen sollte.«

»Aber du mußt doch Freunde haben... Leute, die ein Interesse daran haben müßten...«

»Ich habe Bekannte in den Ateliers, Kollegen, weniger eigentliche Freunde. Wie könnten die helfen?«

»Die meine ich auch gar nicht. Delphine, *Chérie*, ich nehme doch an, du bekommst auch Einladungen in den Salon des deutschen Botschafters Obetz und von Herrn Epting vom Deutschen Institut...?«

»Ja sicher, aber sie tatsächlich anzunehmen, daran habe ich doch niemals gedacht!«

»Das, meine kleine Gans, ist aber ein Fehler, wenn du mir die Bemerkung gestattest. Du schneidest dich damit von potentiellen Freunden und wichtigen Kontakten ab, von Leuten, die dir möglicherweise tatsächlich helfen könnten.«

»Die Deutschen?«

»Ja, aber selbstverständlich. Wer denn sonst? Sie beherrschen heute Europa! Die Deutschen!«

»Und wieso sollte mir ein Deutscher helfen, einen Juden zu finden?«

»Ach, Delphine! Du siehst alles immer nur schwarzweiß, wie eh und je. Das war in Friedenszeiten vielleicht ganz amüsant, aber unter den jetzigen Gegebenheiten ist es einfach sträflich naiv. Du hast also von Sadowski jahrelang regelmäßig gehört. Für mich ist das ein Hinweis darauf, daß man ihn als normalen Franzosen, meinetwegen polnischer Abstammung, und damit als ganz gewöhnlichen Kriegsgefangenen behandelt hat. War er beschnitten? Nein? Das war wohl sein Glück. Es wäre selbstverständlich höchst unklug, jetzt in diesen Zeiten herumzurennen und nach einem Juden namens Sadowski zu suchen. Warum denn nicht viel besser nach dem berühmten französischen Filmregisseur Armand Sadowski? Dann findet niemand etwas dabei, daß du deinen Einfluß geltend machen möchtest, um etwas über ihn zu erfahren.«

»Meinen Einfluß? Was für einen Einfluß denn?«

»Delphine! Du bist heute berühmter denn je! Ist dir denn das nicht klar? Und Ruhm ist bereits Einfluß, wenn man es geschickt angeht! Solche Möglichkeiten ungenutzt zu lassen, ist ungefähr das gleiche, wie gutes Geld zu verbrennen, mein kleines Mädchen! Zumal sie ihren Wert nicht ewig behalten, so wenig wie Goldbarren, die man unter dem Fußboden verwahrt.«

»Ich wüßte nicht, wo man da anfangen könnte.«

»Hast du mich nicht vielleicht eben deswegen angerufen?«

»Ich... wollte deinen Rat...«

»Na also. Vertrau mir, Delphine!«

»Oh, Bruno, glaubst du wirklich, es gibt eine Hoffnung?« Sie begann zu schluchzen. Sie war nicht länger imstande, ihre Gefühle zu unterdrücken.

»Aber natürlich gibt es eine Hoffnung«, tröstete er sie. »Ich muß mir zwar noch überlegen, wie man es am besten anfängt, aber wenn du tust, was ich dir sage, und dich genau daran hältst, tust du alles, was möglich ist. Wo immer er im Augenblick auch sein mag.«

»Oh, ja, Bruno, ja. Was immer du sagst, ich tue es. Ich tue alles.«

Auf dem Weg zurück in sein kleines Hotel war Bruno sehr mit sich zufrieden. Delphines Verschwinden aus seinem Leben hatte ihn eines wichtigen Vorteils beraubt. Eine solche Schwester zu haben, war damals von großem Wert gewesen, und das konnte sich jetzt sogar noch vorteilhafter nützen lassen. Erst einmal war es ganz offensichtlich wichtig, ihr den Glauben zu erhalten, daß dieser Jude noch immer am Leben war. Ein Jammer zwar; sie wäre noch sehr viel nützlicher, wenn sie die Intelligenz besäße, sich darüber im klaren zu sein, daß er wohl tot sein mußte. Andererseits wiederum wäre sie wertlos, wenn sie ihrer Hoffnung beraubt wäre. Gut, dann wollte er ihr diese Hoffnung geben und erhalten. Das kostete ja nichts. Aber was konkret konnte sie für ihn tun?

Er selbst benötigte keine Gefälligkeiten vom Deutschen Botschafter in Paris, dachte er auf dem Weg über die Seine; oder von den Vertretern deutscher Kunst und Kultur. Für ihn spielte es deshalb keine Rolle, daß sich Delphine nicht um freundliche Kontakte zu Obetz oder Epting bemüht hatte.

General von Stern andererseits – ja, von Stern, das war etwas anderes.

Der Mann hatte erstaunliche Geschicklichkeit in Sachen Champagner an den Tag gelegt. Es gab überhaupt keinen Grund, warum sie nicht auch weiterhin in Geschäftsverbindung miteinander bleiben sollten.

Er ging durch die Straßen von Paris und dachte über die Lage nach. Da gab es Neuigkeiten, oder eigentlich nur Gerüchte – denn die Presse berichtete wenig Tatsachen – von einer verheerenden Niederlage eines deutschen Armeekorps in Stalingrad, offenbar erst vor wenigen Monaten, zu Beginn des Jahres 1943, im tiefsten Winter. War das vielleicht ein Anzeichen dafür, daß die Deutschen doch nicht als die beherrschende Macht in Europa aus diesem Krieg hervorgingen? Oder war es nur ein Ausrutscher in einer langen Anzahl von Siegen? Immerhin, auch Napoleon hatte schließlich den russischen Winter nicht zu besiegen vermocht.

Aber was auch immer, wie auch immer, ob er nun alle genauen Einzelheiten über dieses Stalingrad – oder wie es hieß – wußte oder nicht, ihn brauchte das alles nicht besonders zu kümmern. Für ihn war nur ausschlaggebend, daß er wußte, seine Zeit war jetzt. Jetzt mußte er sein Vermögen sichern. Bevor dieser Krieg zu Ende war; wie immer er auch ausging. Auch von Stern war ein zu kluger Mann, um nicht genau das gleiche zu wissen. Sie waren absolut einer Meinung und hatten beide das absolut gleiche Ziel: sich ihren künftigen Reichtum zu sichern.

Allerdings wollte von Stern noch etwas anderes. Das, was jeder Eroberer immer anstrebt: Er wollte akzeptiert werden. Seine Macht und sein Einfluß waren beträchtlich gestiegen. Seine Diners waren längst nicht mehr auf einige ruhige Offizierskollegen beschränkt. Er hatte, kaum weniger als der Botschafter und der Präsident des Instituts, nun auch regelmäßig prominente Franzosen und Französinnen in der Rue de Lille zu Gast; wenn auch bei weitem nicht alle kamen, die Einladungen erhalten hatten.

Er hatte Bruno gegenüber schon mehrmals angedeutet, es wäre ihm eine Ehre, Delphine vorgestellt zu werden. Bruno hatte nach Ausflüchten suchen müssen, die ihm peinlich genug waren; aber jetzt stand dem ja wohl nichts mehr im Wege. Nach von Sterns bisherigen Enttäuschungen in dieser Hinsicht mußte es nun um so positivere Auswirkungen haben, wenn man ihm seinen Herzenswunsch doch noch erfüllen konnte; viel nützlicher auch als seinerzeit, als seine Keller in Valmont noch voll waren.

Ja, doch, Delphine ließ sich gefügig machen, indem man ihre Hoffnungen nährte. Dann würde sie auch ihre schönsten Juwelen anlegen und ihre elegantesten Abendkleider und von Sterns Tafel durch ihre Anwesenheit beehren und schmücken. Er würde ihr genau die Worte sagen, die sie weiter hoffen ließen. Und so bekämen sie alle, was sie wollten. Nicht mehr, aber auch nicht weniger. Genug für ihn. Mindestens so wertvoll und nützlich wie einst der *Trésor*, der jetzt leer und verschlossen war, als sei es immer so gewesen.

Freddy wurde ihr zwar immer lieber, dachte Lady Penelope Longbridge, als sie an diesem ungewöhnlich heißen Tag zu Beginn des Mai 1944 in ihrer gefliesten Küche herumwerkelte, aber tat sie nicht doch vielleicht ein wenig zuviel des Guten mit ihrer Fliegerei? Jetzt flog sie pausenlos schwere Bomber überall im Land herum. Seit einem Jahr schon waren sie und Jane dafür ausgebildet worden, große viermotorige Maschinen von Marston Moor zu überführen. Und eigentlich sollte man doch meinen, daß Freddy inzwischen von dieser Art... Abenteuer genug hatte, die für ihre, Lady Penelopes, Ansicht ohnehin eher etwas... *unladylike* waren. Es war einfach ein unbehagliches Gefühl, sich beide Mädchen am Steuer schwerer Bomber vorzustellen, selbst wenn jeweils ein Flugingenieur dabei war und manchmal sogar ein Kopilot.

Durchaus in Ordnung, wenn eine Frau eine einsitzige Spitfire vom Herstellerwerk zu irgendeinem der Fliegerhorste flog, um sie dort einem Kampfpiloten zu übergeben. Das war noch vergleichbar der Tradition, nach der die adligen Gentlemen ihre Rennpferde bestiegen und sie zum Sattelplatz ritten, wo sie dann die Jockeys übernahmen. Aber es war doch – auch wenn sie darüber außer mit dem lieben Gerald mit keinem Menschen je ein Sterbenswörtchen reden würde – einfach nicht angemessen für junge Mädchen, riesige Sterlings, Halifaxes und Lancasters zu fliegen. Gar nicht zu reden von den riesigen Boeings B-15, diesen sogenannten Fliegenden Festungen, in denen sie im vergangenen Sommer vorwiegend herumgekurvt waren! Niemals hätte sie sich früher träumen lassen, einmal in die Lage zu kommen, ein ganzes Frühstück hindurch ihre Tochter und ihre Schwiegertochter in einer Fachsimpelei über den Startdruck eines elektronischen Turbo-Kompressor-Vorverdichters (was immer das sein mochte!) zu erleben! Wobei sie auch noch völlig achtlos die Rühreier aus dem hervorragenden Eipulver, das Jock gestern mitgebracht hatte, in sich hineinschlangen! Sie hatten sich angehört wie zwei alte Mechaniker in einer schäbigen Garage!

Was, hätte sie gerne gewußt, wollte Freddy eigentlich nach dem Krieg machen, wenn sie wieder ein ganz normales Leben führen mußte? Die Landung auf dem Kontinent mußte bald kommen, der Spannung nach zu schließen, die sich immer weiter verstärkte. Es war schon eine Ewigkeit her, seit die vier es geschafft hatten, einmal alle zusammen für ein Wochenende herzukommen. Sie schnitt Scheiben von dem seltenen und ganz märchenhaft schönen, gepreßten Dosen-Corned-Beef, das ebenfalls ein Mitbringsel von Jock Hampton war.

Und wieso eigentlich machte sie sich so viele Sorgen um Freddys künftiges Zurechtkommen und gar keine wegen ihrer eigenen Tochter? War es nur deshalb, weil Freddy dann auch einer ganz neuen Lebensform gegenüberstehen würde, während Jane nur in die altgewohnte zurückzukehren brauchte, mit der sie aufgewachsen und für die sie erzogen worden war? Natürlich konnte man nicht erwarten, daß Freddy gleich über Nacht in die Rolle einer Engländerin von altem Schrot und Korn schlüpfen konnte – falls überhaupt je. Dafür hatte sie nun doch zu sehr eine... Piratennatur, mit ihrer wallenden roten Mähne und ihrem Seemannsgang und ihren lebhaften Gesten, um sie sich vorstellen zu können, wie sie problemlos den Habitus einer Dame von Adel annahm. Ja, aber trotzdem, eines Tages würde sie schließlich doch die amtierende Herrin auf Longbridge Grange sein, Ehefrau des fünfzehnten Baron und in diesem Teil von Kent die First Lady, die für alle anderen die Maßstäbe setzte und auf die auch alle immerzu blickten!

Nein, man konnte nicht die Augen davor verschließen, daß Freddy alles andere als bereit oder geeignet erschien, diese Rolle zu übernehmen und zu erfüllen. Zugegeben, sie war auch erst vierundzwanzig. Sie war immerhin ein liebes Mädchen. Sie würde schon noch lernen, daß es nötig war, mehr als ein recht oberflächliches Interesse an dem Kirchenfest zu nehmen oder am Jagdball oder an der Damenliga. Und dem Krankenhaus. Und dem Gartenfest. Der Pferdeschau. Den Saisonbällen der Grafschaft. Ach, das alles gab es nach dem Krieg ja wieder und wahrscheinlich in Hülle und Fülle! Hatte Freddy auch nur eine Ahnung davon, wieviel Zeit- und Arbeitsaufwand es allein erforderte, eine Dinner-Party so zu organisieren, wie es sich gehörte? Wußte sie, wie man eine richtige Einkaufsliste aufstellte? War sie bereit, Bridge zu lernen? Mit Kartenwerfen in einen Hut, den man in Ascot trug, war es nicht getan! Man mußte ihr zweifellos erst einmal begreiflich machen, daß es ganz unumgänglich war, Bridge spielen zu können, wenn sie die Absicht hatte, hier auf dem Land zu leben! Ohne es zu bemerken, seufzte Lady Penelope tief.

Was Jane anging, nun, die war ein solcher Wildfang, daß eine Mutter da nur noch die Arme amüsiert hochwerfen konnte, wollte sie nicht schlicht den Verstand verlieren. Es hatte absolut keinen Sinn, über Jane schockiert zu sein. Wie wenig auch der liebe Gerald vermutete, sie jedenfalls wußte sehr wohl Bescheid über alle die Männergeschichten von Jane. Doch irgendwie nahm sie das hin. In jeder guten Familie kam nun einmal von Zeit zu Zeit eine solche wilde Jane vor. Und wie toll, wie absolut unerträglich toll sie es auch trieb, es bestand eigentlich keine Gefahr, daß sie nicht am Ende doch sehr angemessen heiratete und ein halbes Dutzend Kinder bekam; und alle lebten fortan glücklich bis an ihr seliges Ende. Gut, Jane war ein Fall für sich. Aber letztlich doch keiner, um den man sich so übermäßig sorgen mußte wie um Freddy...

Sie riß sich von ihren Gedanken los. Es war noch Zeit genug, das alles auf sich zukommen zu lassen, wenn es nach dem Krieg aktuell wurde. Sie beendete ihre Küchenarbeit und stellte bereit, was da war. Einige Riegel *Milky Way* im Korb als Dessert. Eine Flasche Whisky als Aperitif vor dem Lunch. Genug Sandwiches mit dünngeschnittenem Corned Beef auf ebenso dünnen Scheiben Kriegsbrot mit einem hauchdünnen Überzug gestreckter Butter. Einfacher Kartoffelsalat. Rosenkohl und Zwiebeln in ihrem selbsterfundenen Dressing, in dem ein Übermaß an Pfeffer von dem fehlenden Öl ablenken mußte. Von dem Brot und den Salaten abgesehen, war dies alles überhaupt nur durch die großzügigen Spenden von Jock Hampton möglich. Jetzt, seit die *Eagle Squadron* direkt der amerikanischen Achten Luftflotte unterstellt war, kam er niemals ohne ein ordentliches Paket Fressalien nach Longbridge Grange. Der liebe Jock! dachte Lady Penelope. Was in aller Welt hätten sie ohne ihn gemacht?

Er liebte Freddy immer noch wie wahnsinnig, befand der ehrenwerte Antony Longbridge, derzeit Geschwaderkommandeur. Er war eben dabei, einen Stoß mottenzerfressener Wolldecken und Kissen unter einem der blühenden Birnenbäume auszubreiten. Aber irgendwie war sie nicht mehr das Mädchen, das er geheiratet hatte. Oder – um fair zu sein – war es vielleicht er selbst, der sich verändert hatte, seit er mit dieser beschissenen Nebenhöhlengeschichte zu tun hatte? Sie machte ihm sonst überhaupt nicht zu schaffen, nur, wenn er über 20 000 Fuß stieg. Oder aus 20 000 Fuß Höhe herunterkam. Das hatte ihn flugunfähig gemacht und ihn an den Schreibtisch am Boden verbannt, von wo aus er nun ein Geschwader kommandieren sollte! Sechsunddreißig Jagdflieger. Ohne daß er sich selbst hinter einen Steuerknüppel klemmen konnte! Was war man denn noch wert, wenn man nicht selbst fliegen konnte, und zwar bis ans äußerste Limit? Nichts mehr. Nebenhöhlen! Verdammt noch mal, ausgerechnet! Um mal den Versuch zu machen, wirklich, ganz außerordentlich fair zu sein: War es nicht vielleicht doch eben dieser Unterschied zwischen ihm, dem auf die Erde Verbannten, und ihr, Freddy, die nach wie vor die Freiheit des Piloten besaß, was ihn glauben ließ, sie habe sich verändert?

Worin genau bestand diese Veränderung eigentlich? Also, ganz sicher war sie nicht immer so – bestimmend – gewesen wie jetzt. Sie sah so verdammt flott und hoppla-jetzt-komm'-ich aus in dieser Uniform, die er in der Sekunde, da der Krieg zu Ende war, zu verbrennen gedachte. Ja, er würde sie ihr wegnehmen und verbrennen. Jawohl. Und ihre schwarzen Schuhe mit Kies füllen und im Fluß versenken. Und ihre Schildmütze in eine Million Schnipsel zerschneiden. Und ihre Fliegerschwingen sieben Klafter tief in die Erde vergraben. Und sie mußte sich das Haar bis zu den Knien hinunter wachsen lassen. Und Kleider tragen mit Ausschnitten, die ihre Titten bis runter zu den Brustwarzen sehen ließen. Scheiß drauf, was die Leute sagten. Und er würde sie auch mal übers Knie legen, wenn es nicht anders ging, um ihr klarzumachen, wer hier der Herr war. Genau das konnte er kaum noch erwarten! Sie war doch nicht schon immer so begeistert vom Fliegen gewesen wie jetzt, oder? So daß sie selbst noch, wenn sie es schon mal schafften, ihre beiden freien Tage zusammen zu verbringen, endlos weiter über ihre Bomber quasselte, bis es ihm zum Halse heraushing und er in großer Versuchung war, ihr einfach zu sagen, sie solle endlich das Maul halten. Er war ja stolz auf sie, verdammt noch mal, sicher. Wer wäre das nicht, auf eine so tapfere Frau wie sie? Aber letzten Endes war ein Bomber schließlich auch nicht mehr als ein, zugegeben ziemlich großer Bus mit Tragflächen, begriff sie das denn nicht endlich mal? Begriff sie denn nicht endlich mal, daß die Erfindung des Norden-Bombenzielgeräts nicht unbedingt gleichbedeutend mit der Ankunft des Messias war? Und sollte man nicht erwarten dürfen, daß sie ein wenig – – taktvoller wäre hinsichtlich ihrer Faszination von ihrer Arbeit? Nämlich vor allem angesichts der Tatsache, daß er ja schließlich die seine nicht mehr so wie gewohnt tun konnte; jedenfalls nicht so, wie er es selbst gerne tun würde?

Kurz und gut, dachte Tony, während er sich auf eine der Decken setzte und die Arme um die angezogenen Knie schlang, wäre es wirklich zuviel verlangt gewesen, daß sie allerspätestens vor zwei Jahren, als Annie auf die Welt kam, ihren Dienst quittiert hätte? Immerhin war die *ATA* ja eine nach wie vor zivile Organisation. Freddy hätte gehen können, ohne daß ihr irgend jemand irgendeinen Vorwurf hätte machen können. Ganz im Gegenteil. Aber nein, sie flog weiter, jeden Tag bis zum sechsten Monat. Und auch dann hörte sie nur auf, weil sie ihre Uniform nicht mehr zubrachte, so sehr sie auch jeden Bund ausgelassen hatte. Erst dann blieb sie hier auf Grange – nur um, vermutlich, die arme Mum genauso zum Wahnsinn zu treiben wie ihn selbst. Zugegeben, das räumte er ein, sie waren sich eigentlich darüber einig gewesen, mitten im Krieg keine Kinder haben zu wollen. Aber schließlich gingen die Dinge zuweilen ihren eigenen Gang, wenn man verheiratet war. Was erwartete sie denn? Sollte er sich vielleicht dafür entschuldigen, oder was? Und dann hatte sie das

Kind am Ende des achten Monats geboren, ganz, als könne sie sich auch nicht eine Sekunde länger als unbedingt nötig mit diesem lästigen Geschäft aufhalten. Und drei Monate später tat sie auch schon wieder Dienst bei der *ATA*, so selbstbewußt, lebhaft und in der alten Freibeuterart wie eh und je, und ließ die liebe kleine Annie bei seiner Mutter und bei ihrer Mutter und bei Sophie und Kate und Sarah, und wer sich immer sonst noch finden mochte. Was aber zwangsläufig dazu führen mußte, daß Annie wohl nichts anderes übrig blieb als zu glauben, sie habe gleich sechs oder sieben Mütter, der arme kleine Wurm.

Der Gedanke an Annie ließ ihn lächeln. Sie war eine kleine Elfe von endloser Wißbegier, die niemals ging, wenn sie rennen konnte. Schon jetzt kannte sie jedes einzelne Gemüse im abgeschlossenen Küchengarten, jeden Baum und jede Hecke um das ganze Haus, jede Rose und jeden Hund und jedes Pferd in ihrer Nähe. Ihr Interesse an allem, was existierte, war ursprünglich und sehr intensiv, fast altklug, und es war ihr viel wichtiger als jedes Spielzeug. Sie stand so ungeheuer sicher und selbstverständlich auf ihren kleinen Füßen, graziös wie eine Lerche und doch so stabil wie ein Kätzchen. Seine kleine Annie war ungeheuer erdverbunden. Sie hatte nichts im Sinn mit Fliegen. Sie ließ absolut nichts fliegen, nicht einmal einen Luftballon. Und was ihn betraf, wollte er zusehen, daß das immer so blieb. Nein, sie würde so erdverbunden aufwachsen, wie sie jetzt schon war, fest auf dem friedlichen, grünen Land stehend. Sie würde reiten lernen und Handarbeiten machen wie seine Mutter und natürlich französisch sprechen lernen, wie sie es jetzt schon mit ihrer Großmutter Eve tat, die nach Longbridge Grange herauskam, so oft es nur ging. Ja, seine Annie würde eine richtige englische Lady werden. Und sobald dieser Krieg aus war, noch in der gleichen Stunde nach der Verkündung des Friedens, würde er Freddy noch einmal schwängern, und wenn sie dann dieses zweite Baby hatte, würde er ihr gleich das nächste machen, so lange, bis sie so viele Kinder hatte, daß sie sich fragte, wie sie es denn die ganze Zeit ohne eine sinnvolle Beschäftigung wie diese ausgehalten habe. Bomber? Jagdflugzeuge? Was ist das denn, würde sie dann fragen. Wie könnte eine Mutter so vieler Kinder irgendein Interesse einer Maschine abgewinnen? Speziell, wenn sie allem anderen ihren Ehemann voranstellte, wie es jede gute Frau tun sollte!

Sie liebte Freddy wirklich, doch, dachte Jane, während sie ihrer Mutter half, das Essen für das Picknick hinauszutragen. Doch je länger sie sie kannte, desto klarer wurde ihr auch, daß da irgend etwas in Freddy war, das sich einfach dagegen sträubte, aufzugeben und sich in die Gemeinschaft zu integrieren, die eine Familie nun einmal darstellt. Manchmal dachte sie, sie beide hätten wirklich alles miteinander erörtert, worüber zwei Frauen überhaupt nur sprechen konnten, zumal, wenn sie nicht nur Schwägerinnen, sondern auch Berufskolleginnen waren. Doch dann konnte es immer wieder geschehen, daß Freddy sich einfach, wo nicht körperlich, so doch geistig entfernte, mit einem Blick in den Augen, als sehe sie etwas, was Jane niemals zu verstehen imstande sei. Sie hatte Freddy niemals darauf angesprochen, aber es war ihr längst klar, daß es in ihrer Vergangenheit irgend etwas Geheimnisvolles geben mußte. Bestimmt betraf das einen Mann. Was sonst konnte es schon sein. Aber es schien so viel für sie zu bedeuten, daß sie es niemals und keinem Menschen auf der Welt mitzuteilen bereit war. Das ewig verblüffende Blau in Freddys Augen wurde dann trüb, und das flinke, unbekümmerte Lächeln, das ihre Nase kräuselte, verschwand abrupt, und ganze Augenblicke lang schien sie dann einfach nicht mehr vorhanden zu sein.

Was immer dieses große Geheimnis sein mochte, es war jedenfalls mit Sicherheit die Erklärung dafür, warum Fliegen für Freddy stets viel mehr bedeuten würde als für sie. In gewisser Weise beneidete sie Freddy um diese nie erlahmende Leidenschaft – in der Art einer verheirateten Frau, die sich, wenn auch nicht gerade unglücklich, mit ihrem Ehemann langweilt und einen gewissen Neid beim Anblick eines jungen, feurigen Liebespaares in seiner ersten Glut verspürt. Sie glaubte nicht, daß sie je wieder besondere Lust verspüren würde, in ein Flugzeug zu steigen, wenn der Krieg erst einmal vorbei war. Es waren jetzt bald fünf Jahre, die sie pausenlos in diese verdammten Kisten stieg. Gewiß, es waren auch aufregende und wundervolle Zeiten gewesen, voller Spannung, Dramatik und Abenteuer, und sie hatte unendlich viel dabei erlebt, zumal, als der Job immer komplizierter wurde. Keine Frage, es war auch immer noch die direkteste Möglichkeit für ein Mädchen, einen im Krieg kämpfenden Mann zu ersetzen. Gelegentlich machte es auch wirklich Spaß. Besonders, wenn man einen dieser Riesenbomber bei einem Überführungsflug in seiner Gewalt hatte. Was das betraf, irrte sich Freddy auch ganz gewaltig über diesen verdammten Yank Minneapolis Honeywell Super-Bomber! Es war nämlich doch sehr viel zuverlässiger, die Reservepropeller zu benützen, einen für jeden Motor. Doch wer konnte eine so theoretische Diskussion wirklich gewinnen? Und überhaupt, mal ganz offen, war es ihr nicht in Wirklichkeit auch ganz piepegal, und ließ sie sich auf solche Fachsimpeleien mit Freddy nicht lediglich deshalb ein, um keine Spielverderberin zu sein?

Jane stellte die Platte mit den Corned Beef-Sandwiches ab und deckte sie sorgfältig zu, damit keine zudringlichen Insekten an sie heran konnten. Sie warf einen Blick auf Tony, der in seine Gedanken verloren dasaß, und dachte, er sehe genau so drein, wie sie sich fühlte. Jane hatte die Nachricht sehr getroffen, daß Margie Fairweather, die damals zusammen mit ihr angefangen hatte, bei dem Maschinenversagen einer Proctor umgekommen war. Sie hatte es zwar noch geschafft, sicher auf einem Acker notzulanden, aber sie war in einen Graben gefahren, und die ganze Kiste war explodiert. Es hatte auch andere Tote in der *ATA* gegeben, eine ganze Anzahl sogar. Aber Margie war der traurigste Fall, weil sie ein kleines Baby hinterließ und ihr Mann Douglas, bei der *ATA* wie sie, schon vier Monate vor ihr bei einem freiwilligen Einsatz über der Irischen See ebenfalls sein Leben gelassen hatte. Dachte Freddy eigentlich niemals an die kleine Annie, wenn sie am Steuer der größten und schwersten Flugzeuge saß, die in diesem Krieg eingesetzt wurden? Irgendwie gehörte das zu den Dingen, die man sie nicht gut fragen konnte. So wenig, wie man Jock fragen konnte, warum er denn immer noch weiterflog, nachdem er mit seiner Staffel bereits so viele ehrenhafte Einsätze auf dem Buckel hatte, daß er sich für den Rest seiner Tage hinter das Steuer eines Schreibtischs hätte setzen können. Man konnte einfach nur die Tatsache hinnehmen, daß Freddy nun einmal, Baby oder nicht Baby, bereit war, jedes Risiko einzugehen.

Wo überhaupt blieb Jock? Vermutlich würde er, auch an diesem einen, so seltenen Tage, an dem es möglich war, daß sie sich alle vier gleichzeitig hier trafen, wieder endlos mit Freddy debattieren. Und worüber schon? Über die Bombardierung Deutschlands, die bald, jetzt sogar schon sehr bald, den Boden für die Invasion bereiten würde. Ganz England schien ja in der Tat, wenn sie es überflog, zu einem einzigen riesigen Aufmarschfeld für den bevorstehenden Kampf geworden zu sein. Menschen und Material wurden in solchen Massen auf dem Land und in den Seehäfen zusammengezogen, daß es ein Wunder war, wenn nicht die ganze Insel im Meer versank. Und nach der Invasion? Nach dem Sieg, den sie alle herbeibeteten? Was würde Jock dann mit sich anfangen?

Tony und Freddy würden natürlich hier auf dem Land das Leben führen, das vor ihnen schon fünfzehn Generationen auf Longbridge geführt hatten. Sie selbst? Sie würde nach London gehen und dort eine Serie fabulöser Eskapaden erleben, eine nach der anderen, eine aufregender als die andere. Bis sie genug davon und den Mann gefunden hätte, mit dem sie sich niederlassen und also das tun könnte, was in den Augen ihrer Mama das Richtige war.

Aber Jock? Jane Longbridge setzte sich ebenfalls auf die Decke, mit dem Rücken zu ihrem Bruder, um ihn nicht in seiner Nachdenklichkeit zu stören, und dachte weiter über den Fall Jock Hampton nach. Vielleicht war es sogar ein Glück, daß Freddys heimliche und raffinierte Versuche, sie mit ihm zu verkuppeln, fehlgeschlagen waren. Wenn er sich, wie Freddy es beabsichtigt hatte, nun wirklich in sie verliebt hätte? Dann hätte sie jetzt die Sorge am Hals, mit einem amerikanischen Ehemann nach dem Krieg nach Kalifornien gehen und sich dort an ein völlig neues Leben gewöhnen zu müssen. Als eine von vielen Kriegsbräuten.

Nein, nein, da war es schon besser, daß daraus nichts geworden war. Sie hatte – hoffte sie inständig – mittlerweile schon fast ganz aufgehört, in Jock verliebt zu sein. Hätte ihr jemals jemand gesagt, es widerführe ihr etwas dermaßen banal Teenagerhaftes wie, sich in einen Mann zu verlieben, dem sie selbst gleichgültig war, hätte sie demjenigen die nächstbeste Flasche, oder was sonst gerade zur Hand gewesen wäre, über den Schädel gehauen. Aber tatsächlich liebte sie ihn nun einmal wie verrückt. Mit einer absurden, leidenschaftlichen, schmerzlichen Intensität, von der allerdings zum Glück niemand etwas wußte. Nicht einmal Freddy. Die Roßkur dagegen, die sie sich verschrieben hatte, war so demütigend wie zuverlässig.

Sie mußte nur Jock und Freddy ansehen, um zu wissen, daß der schöne blonde Narr aus Kalifornien – dessen Gesicht zu berühren, es sie seit Tonys und Freddys Hochzeit verlangte – noch immer rettungslos in ihre Schwägerin verliebt war, wovon Freddy sichtlich keine Ahnung hatte; das genügte schon, damit sich ihr Herz wieder ein wenig mehr gegen ihn verhärtete. Bald, sehr bald schon würde die Schale um ihr Herz so hart und dick sein wie die einer Languste, und dann würden ihr die Gedanken an Jock Hampton und seine Augen und seine Lippen und sein Wikingergesicht nicht mehr den Schlaf rauben und ihre Tage verdüstern!

Was Freddy anging – nun, da konnte sie, Jane, aus tiefstem Herzen sagen und sich gratulieren, daß sie noch niemals im Leben auf ein anderes Mädchen eifersüchtig gewesen war und auch nicht die Absicht hatte, jetzt damit anzufangen. Nur der arme Jock... wenn dieser Krieg vorbei war, verließ er England natürlich wieder; und wenn er dann auch eine Art Ehrenmitglied der Familie war, wer wußte denn schon, wie oft es ihm möglich sein würde, wiederzukommen? Und wenn er dann nach dem Krieg Freddy wiedersah, Freddy im Tweedkostüm, mit einem Haufen Kinder um sich herum und sehr beschäftigt mit den Pflichten der Herrin dieses großen Hauses – würde er sie dann immer noch lieben? Zu der Zeit war sie dann vermutlich schon etwas fülliger geworden, und auch ihr Haar würde schon etwas verblaßt sein, und sie würde mit dem letzten Baby beschäftigt sein oder mit einem kranken Hund oder Ärger mit einer unzuverlässigen Köchin haben – ja, so ging es nun mal; so würde Freddy in ein paar Jahren sein. Auch sie wuchs irgendwann aus ihrer Widerborstigkeit heraus. England kam eines Tages schon noch über sie. Andererseits würde sie selbst, Jane, auch dann noch ihr flottes, ungebärdiges Leben führen. Zehn Jahre Affären würden wohl kaum ausreichen, sie für die Jahre mit dem ewigen Rhythmus der dreizehn Tage Dienst, zwei Tage frei zu entschädigen. Wie lange, überlegte sie, würde es wohl dauern, bis es nach dem Krieg wieder anständige Strümpfe gab?

Er war noch immer mehr oder minder in Freddy verliebt, dachte Jock Hampton, als er auf das Fensterbrett seines Zimmers gelehnt zu Tony und Jane hinuntersah, die in anscheinend friedlichem Schweigen auf der Decke unter dem blühenden Birnbaum saßen. Aber warum, verdammt, konnte sie nicht aufhören, seinem Patenkind dieses blöde *Smile a While* vorzusingen? Jock war oft mit ihr und Tony in dem Lieblings-Pub der *Eagle Squadron* zusammengewesen – praktisch, so oft sie frei hatte. Sie hatte ihnen damals, während sie dasaßen und tranken und der Kameraden gedachten, die nicht von Einsätzen zurückgekommen waren, stundenlang etwas vorgesungen, Lieder von heute und alte Lieder aus dem Ersten Weltkrieg, die sie von ihrer Mutter gelernt hatte. Und niemals war einer gegangen, ehe Freddy nicht zum Abschluß diese letzte Zeile *Till we Meet Again* gesungen hatte. Stets hatte er das, gegen alle Logik, als eine ganz private Botschaft von ihr an ihn aufgefaßt. Sie wußte das natürlich nicht. Aber er. Und darauf kam es an.

Annies Zimmer war direkt neben seinem, doch selbst durch die dicken Mauern konnte er Freddys verführerische Stimme hören. Wußte sie denn wirklich nicht, daß dies genau die Art Lied war, die einem weder aus dem Ohr noch aus dem Sinn ging und einen monatelang schier wahnsinnig machte? Warum konnte sie nicht etwas Beliebiges wie *Mairzy Doats* singen oder irgend so etwas, das zum einen Ohr rein und zum andern raus ging? Er konnte sie natürlich bitten, aufzuhören. Sicher. Aber sage einmal einer Mutter, daß es eine Qual ist, zuzuhören, wenn sie ihr Kind in den Schlaf singt! Wie sollte man ihr klarmachen, daß man ständig genau diesen alten Ohrwurm hörte, wenn man in London gerade ein halbes Dutzend ebenso hübscher wie bereitwilliger Mädchen um sich herum hätte; schließlich wurden die Pilotenschwingen nicht umsonst die »Beine-Öffner« genannt.

Gut, er konnte auch hinausgehen und sich zu Tony und Jane setzen oder Lady Penelope in der Küche helfen. Die Köchin war ohnehin schon zu alt, um noch besonders nützlich zu sein. Aber da war etwas, das ihn hier auf diesem Beobachtungsposten festhielt. Es mußte das Wetter sein. Alle Engländer behaupteten, dies sei der heißeste Mai seit Menschengedenken. Zu Hause, in San Juan Capistrano, Kalifornien, wäre es nichts weiter als ein ganz normaler schöner Tag – einer der Tage, an denen man allenfalls das Problem hatte, zu entscheiden, ob man lieber Wellenreiten oder Tennisspielen gehen sollte – und am Ende natürlich beides tat. Oder an dem eben Burschen wie er, die geschwindigkeitsnärrisch waren und das Fliegen, die Aufregung, das Risiko und sogar die Gefahr liebten und suchten, nur ein Wort zuviel davon hören mußten, daß irgendwo in Übersee eine große Show anstand, um vom Fleck weg das Geld für eine Eisenbahnfahrkarte nach Kanada zusammenzukratzen, um sich dort gerade so viel Fliegerausbildung zu unterziehen, daß man der *Eagle Squadron* beitreten konnte...

Ja, genau so ein Tag war das damals gewesen, vor vier Jahren, als er sich von seiner Familie verabschiedet hatte und ausgezogen war... Vielleicht machte ihn das so ruhelos heute. Nicht nur einfach ruhelos. Unstet. Traurig. Sauer. Tatsächlich war er aus irgendwelchen unerklärlichen Gründen sauer. Ganz unzweifelhaft sauer. Was ziemlich unbegreiflich war. Schließlich hatte er schon monatelang keine Gelegenheit mehr gehabt, nach Grange herauszukommen. Er sollte also doch wohl jede einzelne Minute hier genießen. War es hier etwa nicht weitaus angenehmer, als seiner Staffel durch die ganze Luftabwehr bis nach Deutschland vorauszufliegen? War es etwa nicht sehr viel angenehmer, als dann durch einen von Scheiß-Flakdetonationen übersäten dunklen Himmel zurückzufliegen, bis endlich die Küste wieder in Sicht kam und man sich allenfalls noch sorgen mußte, bei einem Abschuß in den Bach zu fallen, wo das Wasser nie anders als ganz beschissen naß war? Und ganz oberbeschissen eiskalt? Und doch war er, wenn er das tat, niemals so sauer wie jetzt. Auf Einsatzflügen konnte man alles mögliche sein. Gelangweilt. Eine Scheißangst haben. Wütend. In völlig blödem Siegestaumel. Aber eines jedenfalls passierte einem in der Mustang P-51, dieser beschissenen, brillanten Kampfmaschine, dieser ruhmreichen Kanonenlafette mit Flügeln, nicht: daß ihr Pilot auch nur die Zeit hätte, sauer zu sein. Für ihn war sauer sein genauso lästig wie niedriges Fieber. Eine Beeinträchtigung. Eine Irritation. Ein Jucken, gegen das man sich nicht kratzen, ein Durst, den man nicht stillen konnte, soviel man auch trank.

Genau das war doch einer der Gründe, warum er immer noch weiterflog. Weil er eben ganz genau wußte, würde er sich irgendwo ins Hauptquartier setzen lassen, wäre er pausenlos sauer, statt wie jetzt nur gelegentlich. Aber es hielt ihn einfach nicht auf dem Boden. Wenn man fliegen wollte und nicht krank oder übergeschnappt war, mußten sie einen einfach lassen, Lieutenant Colonel hin oder her.

Als er damals sein Elternhaus verlassen hatte, um zur *Eagle Squadron* zu gehen, war er nichts weiter gewesen als ein wilder, flugnärrischer College-Boy ohne irgendwelche Erfahrung, gerade zwanzig und nicht imstande, der Vorstellung zu widerstehen, wieviel Spaß das alles wohl machen würde, und den wollte er um keinen Preis versäumen. Jetzt war er vierundzwanzig und hatte schon bei seinem ersten Einsatz erfahren, daß Spaß und Krieg nicht zusammenpaßten. Trotzdem war er sehr froh, daß er am rechten Ort war.

Ach, Scheiße, was hockte er hier und philosophierte hanebüchen herum, statt lieber in die Küche zu gehen und sich dort nützlich zu machen? Natürlich war Freddy nicht dort. Sie wußte vermutlich nicht einmal, wie man ein anständiges Schinkensandwich zubereitete! Was für eine hoffnungslose Ehefrau sie doch nach dem Krieg abgeben würde! Allein der Gedanke daran machte ihn traurig. Ein toller Junge wie Tony verdiente etwas Besseres. Er verdiente ein Mädchen, das dafür erzogen worden war, die Dinge elegant zu verrichten, das seine eigenen Traditionen im Blut hatte, ein Mädchen, das in die kommende Friedenszeit hineinsank mit keinem anderen Ehrgeiz als dem, ihn glücklich zu machen. Sein bester Freund – der beste Freund, den er in seinem ganzen Leben gehabt hatte – hatte jedes Recht auf eine Frau, die ihn und nur ihn an die erste Stelle in ihrem Leben setzte. Und das war im übrigen auch die einzige Art Mädchen, die er selbst heiraten würde, soviel stand schon mal fest.

Und was hatte der arme Tony statt dessen? Freddy. Das rechthaberischste, herrschsüchtigste Weib, das sich ein Mann nur vorstellen konnte. Mit Freddy stimmte überhaupt nichts. Sie war zu verbissen, zu hitzköpfig, zu aggressiv und zu besessen davon, daß alles immer nur ging, wie sie wollte, ganz gleich, was. Also schön, sie hatte ihm mal das Leben gerettet, womöglich. Na und? Die ganze Sache war doch im Grunde auch nur wieder ein Beweis dafür, wie ganz und gar unvernünftig diese Person war! Wie es die arme Eve und der arme Paul mit diesem Mädchen nur alle die Jahre aushalten konnten, überstieg sein Fassungsvermögen! Ganz zweifellos war an Freddy ein mächtig unruhiger Junge verloren gegangen! Selbst jetzt, wo sie Mutter war, schien ihr das gar nicht wirklich bewußt zu sein. Geschweige ihre Aufgabe als Ehefrau.

Er blickte wieder hinunter auf den Rasen. Dort tauchte Freddy mit Annie auf. Wild rennend. Was sonst? Sie hatte das Kind in eine Art blauen Overall gesteckt. War das nicht wieder so richtig blöd Freddy? Versuchte sie auch aus ihrer eigenen Tochter wieder einen wilden Jungen zu machen? War sie selbst in der damit genug gestraften Familie Longbridge nicht schon genug? Schau sie sich einer an! Wo glaubte sie denn schon wieder zu sein mit ihrem trägerlosen geblümten Sommerkleid? War dies hier vielleicht die beschissene französische Riviera, oder was? Scheiße, sogar ihre roten hochhackigen Sandaletten hatte sie an. Sie mußte wieder an Janes Schrank gewesen sein und den geplündert haben. Na ja, immerhin war es mal was anderes als die ewige blaue Fliegeruniform, in der sie üblicherweise herumlief, wie so eine Art verdammter Korsar, immer mit so einem Blick, als erwarte sie eine militärische Ehrenbezeugung von ihm, mit ihrem breiten Scheißlächeln und diesem wütendmachenden freundlichen Blick in den Augen!

Ohne sich dessen bewußt zu sein, stand Jock von seinem Platz am Fensterbrett auf und ging hinunter, Freddy hinterher, genauso unfähig, der Versuchung, ihr nahe zu sein, zu widerstehen, wie sich vom Klang ihrer Stimme loszureißen, wenn sie ihrer Tochter etwas vorsang.

Freddy lag ausgestreckt auf einer der alten Decken, eine schlanke Version von Renoirs üppigen Rotschöpfen, die sich ein Kleid von Matisse ausgeliehen hatte. Sie hatte die bloßen Arme gegen die helle Sonne, der sie mittlerweile schon völlig entwöhnt war, über die Augen gelegt und ihre Schuhe von sich geschleudert, um die Zehen in der Sonnenwärme aneinanderreiben zu können.

Whisky, Corned Beef-Sandwiches und *Milky Way* . . . dachte sie; eine seltsame befriedigende Kombination. Jedes einzelne hat eine Form von Vollkommenheit. Eines nach dem anderen genossen, wurden sie zu einem Ganzen, das sich durch seine Einzelbestandteile nicht mehr erklären ließ. Hatte sie dieses tiefe Gefühl von Befriedigung, weil so viele der Menschen, die ihr etwas bedeuteten, hier um sie versammelt waren? In ein paar Stunden kamen auch noch ihre Eltern, und damit war es komplett. Wenn nun nur noch Delphine hier wäre . . . Bei dem Gedanken an ihre Schwester spürte sie ein plötzliches Herzklopfen, wie jedesmal, wenn sie sich vergegenwärtigte, wie lange sie schon keine Nachricht mehr von Delphine hatten.

Dabei war Frankreich doch zum Greifen nahe! Kaum ein Tag, an dem sie nicht aus ihrer Pilotenkanzel drüben jenseits des Kanals die französische Küste erblickte. Und doch war es, als sei eine hohe Mauer um das ganze Land gezogen, bis hinauf in die Wolken; ein uneinnehmbares Gefängnis, das niemandem zu sehen gestattete, was in ihm vorging. Wäre irgend etwas Ungewöhnliches mit Delphine geschehen, hätte man es natürlich über das Hauptquartier des »Freien Frankreich« in London oder über die Radioverbindungen mit der Resistance erfahren, doch so mußten sie sich damit begnügen, anzunehmen, daß Delphine sich schon irgendwie durchschlug. Nur war dieser totale Mangel an Information immer schwerer erträglich! Es war allerdings ein Thema, über das sie und ihre Eltern nur untereinander sprachen. Sie hielten es für nicht fair, der Familie Longbridge, die genug Sorgen mit ihren eigenen Kindern hatte – von Annie gar nicht zu reden –, auch noch diese zusätzliche Last aufzuerlegen.

Die geliebte kleine Annie, dachte sie, während sie Jock und Tony und Schwiegervater Gerald zusah, wie sie alle mit ihr spielten und scherzten und sie von einem Schoß zum anderen reichten; sie hatte weniger Anlaß zu Sorgen gegeben als vermutlich jemals ein Baby. Ein wenig ähnelte sie Delphine. Dasselbe perfekte kleine Kinn und die gleichen in den Winkeln leicht aufwärts laufenden Lippen, selbst wenn sie gar nicht lachte. Sie war nach ihrer Urgroßmutter Annette de Lancel getauft, obwohl der Name Annie für Freddy immer eher der Spitzname blieb, den alle bei der *ATA* für die zuverlässigen Anson-Maschinen verwendeten. Sie öffnete die Augen. Annie ritt auf den Schultern ihres Großvaters Gerald und hielt seinen Hals mit den Ärmchen umklammert.

In seiner Nähe starrte Jock mit gerunzelter Stirn in den Himmel. Was war mit Jock los? fragte sie sich, ohne intensiv bei dem Gedanken zu verweilen. Wenn er sich nur nicht so rar gemacht hätte, wäre ihr Plan aufgegangen, aus ihm und Jane ein Paar zu machen. Dann wären sie jetzt wirklich alle eine einzige große, glückliche Familie. Sie legte sich wieder zurück und schloß erneut die Augen. Sie dachte daran, daß manche Leute – einschließlich Jock, vermutete sie – mit ihrer Entscheidung, schon so bald nach Annies Geburt wieder zu fliegen und das Baby auf Longbridge Grange der Obhut ihrer Schwiegermutter und der Schar von Annies noch nicht flüggen Tanten zu überlassen, gar nicht einverstanden waren. Aber sie war schließlich 1939 nach England gekommen, um eine Aufgabe zu erfüllen – ganz egal, was ihre Motive dafür waren, ganz egal, ob es eigentlich nur die Fußstapfen Macs waren, in die sie da, mehr als an eigene Motive zu denken, treten zu müssen geglaubt hatte – und eben diese Aufgabe war solange nicht erledigt, bis der Krieg zu Ende war. Als eine von nur dreizehn Frauen in ganz England, die die Ausbildung zum Fliegen viermotoriger Flugzeuge hatten, konnte sie doch nicht ernsthaft daran denken, sich ins Privatleben zurückzuziehen, um ihre ganze Zeit einem kleinen Kind zu widmen, zumal, da ihre Schwiegermutter Penelope willens und imstande war, sich Annie zu widmen!

Außerdem kam sie doch an ihren beiden freien Tagen stets nach Hause und kümmerte sich intensiv um ihre Tochter, und zusätzlich auch oft über Nacht, wenn sie eine Mitfluggelegenheit zu dem kürzlich gebauten kleinen Flugplatz in der Nähe von Grange fand und die Möglichkeit hatte, sich am nächsten Morgen rechtzeitig wieder zurückzumelden!

In welchem anderen Land der Welt lagen schon so viele Fliegerhorste so eng beieinander als wären es U-Bahnhaltestellen? Sie zählte im Geiste und kam zu dem Ergebnis, daß es mittlerweile fast alle zehn Meilen einen gab – viele davon auf dem Parkrasen großer Familiensitze, auf Cricket-, Polo- oder Fußballplätzen, die meisten so neu, daß sie noch auf keiner Karte verzeichnet waren, so daß sie – wie alle anderen *ATA*-Piloten – eine Menge Zeit im Karten- und Signalraum zubrachte, um sich dort die Positionen der neuesten Landebahnen und die Orientierungspunkte in ihrer Nähe einzuprägen.

Sie lag weiter mit geschlossenen Augen auf der Decke und stellte sich die Insel vor, die England hieß; als eine riesige, komplizierte Karte, kreuz und quer wie von einem Schnittmuster mit Linien überzogen – dem ganzen Luftbild, das sich tief in ihr Gedächtnis eingegraben hatte: die Eisenbahngleise, Straßen und Flüsse, dazu die Wälder, Fabriken, Schlösser, Familienwohnsitze. Die engen Korridore zwischen den Tausenden Fesselballons rund um die großen Städte zu deren Schutz. Die Kirchturmspitzen. Und selbst die Spuren der alten Römerstraßen, die man aus der Luft als dunkle Streifen in der Landschaft erkennen konnte. Würde dieses Land jemals eine Heimat für sie werden?

Ach, was hatten solche Fragen jetzt für einen Sinn! Was nach dem Krieg geschah, war im Augenblick viel unwichtiger, als sich jetzt darum zu kümmern, daß er auch gewonnen wurde. Nur, wann? Wann kam endlich die Invasion? Hier faul in der Sonne zu braten, gab ihr ein Schuldgefühl, als schwänze sie die Schule, ganz ungeachtet der Tatsache, daß die letzten dreizehn Tage Dienst sie kräftig mitgenommen hatten. Sie war erschöpft, unzweifelhaft, und mußte diese Gelegenheit zu einer kurzen Erholung nützen. Auch Jane war erschöpft... oder war sie eher unruhig? Sie war sehr gereizt gewesen beim Frühstück. Hatte sie vielleicht einfach nur einen Mann im Bett nötig?

Wenn Tony nur ein wenig glücklicher aussähe! Dieser mißmutige, verschlossene, fast zornige Blick auf seinem schmalen Gesicht mit den scharfen Linien darin schien sich immer weiter zu verstärken – von Mal zu Mal, wenn sie ihn sah, nach den langen Trennungen, die ihnen ihr Dienst immer wieder auferlegte. Es mußte mit seiner gestiegenen Verantwortung zu tun haben. Immerhin, jede Nacht sechsunddreißig Flugzeuge loszuschicken, nachdem man schon den ganzen Tag damit zugebracht hatte, mit den Offizieren Einsatzpläne aufzustellen und sich um die Bewaffnung, den Treibstoff und die Wartung für jedes Flugzeug und jeden Flug zu kümmern, und dann allenfalls für kurze Zeit zu dösen, wenn sie gestartet waren – wie sollte ein Geschwaderkommandeur zu seinem Schlaf kommen, wenn seine Leute über dem Kontinent auf Feindflug waren? Er war schon wieder auf, bevor sie zurückkamen und wartete die Heimkehr auch des letzten ab, selbst wenn das bis in den nächsten Morgen dauerte. Kein Wunder, daß er so mitgenommen und abwesend aussah. Sie versuchte ihn durch Geplauder etwas abzulenken, sooft sie nur konnte, denn verglichen mit seiner schienen ihr ihre Überführungsflüge eine einfache Aufgabe zu sein; doch irgendwie nützte es nicht viel.

Ein Glück, daß sie Grange hatten, wo sie sich von Zeit zu Zeit treffen konnten. Sie wohnte zusammen mit Jane und einigen anderen Mädchen in einem kleinen gemieteten Häuschen in der Nähe von White Waltham, Tony auf seinem Fliegerhorst. Ein ideales Eheleben war das sicherlich nicht, aber noch viel weniger ideal war schließlich, daß die Welt im Krieg war. Und solange das so war, mußte man die Umstände, die er mit sich brachte, eben ertragen.

»Annie«, sagte sie und öffnete die Augen halb, »sei ein liebes Kind und laß diese netten Männer jetzt mal wieder ein wenig in Ruhe. Komm und gib deiner Mutter ein Küßchen.«

NEUNZEHNTES KAPITEL

Delphine verließ resoluten Schrittes ihr Haus in der Villa Mozart. Doch als sie den großen, schwarzen Mercedes auf dem Pflaster der engen Straße sah, blieb sie abrupt stehen, als hindere sie eine unsichtbare Sperre daran, in den Wagen des Generals von Stern zu steigen. Sie hatte eine schwarze, mit Silberfuchs besetzte Chiffonstola in der Hand. Diese warf sie sich jetzt hastig über die Schultern und hielt sie mit beiden Händen fest, als könne dieses Accessoire sie irgendwie schützen.

»Bitte sehr, Mademoiselle«, sagte der uniformierte Fahrer höflich und öffnete ihr die Tür. Sie stieg zögernd ein. Während der Fahrt zur Rue de Lille blieb sie steif aufrecht sitzen, so weit hinten in den Rücksitzpolstern, wie es nur ging, um nur ja nicht von draußen gesehen und erkannt werden zu können, aber auch ausdrücklich darauf bedacht, sich nicht an die Rückenpolster zu lehnen. Sie atmete kurz und heftig und blickte wie in Trance über die Köpfe des Fahrers und des bewaffneten Begleitsoldaten hinweg.

Es war ihr nichts anderes übrig geblieben, als sich von dem Wagen des Generals abholen zu lassen. Seit dem Beginn der Besetzung hatte sie weder Fahrer noch Wagen. Jetzt, im Frühjahr 1943, gab es auch kaum Taxis; sie hatten kein Benzin. Man konnte nur mit dem Fahrrad oder mit der Metro fahren oder zu Fuß gehen. Und wie sollte sie auf diese Weise wohl das formelle Essen in ihrem langen, schulterfreien Abendkleid und mit den Diamanten – wozu ihr Bruno dringend geraten hatte – erreichen? Bruno hatte ihr fest versprochen, der kultivierte und zurückhaltende General, der in seinem beschlagnahmten Haus lebte, würde sich ihre Probleme auf jeden Fall anhören und eine Suchaktion nach Armand in die Wege leiten. Außerdem hatte er ihr versichert, sie brauche keinerlei Befürchtungen irgendwelcher Art zu hegen, nachdem sie der Ehrengast des Abends sei; sie werde sich sogar im Kreise vieler bekannter Leute ihres Metiers finden.

Beim Betreten des vertrauten Hauses bemerkte sie jedoch, wie alles, obwohl es doch eigentlich so war, daß sie sich wie zu Hause fühlen konnte, Ablehnung in ihr hervorrief. Ihre Nervosität machte sie linkisch und steif. Sie konnte nicht einmal Georges, Brunos Butler, den sie aus den alten Zeiten so gut kannte und der sie ohne jede Überraschung freundlich begrüßte, als er ihr die Stola abnahm, in die Augen sehen. Sie überließ ihm ihre Stola fast widerwillig. Und obwohl Bruno sie, strahlend über den Erfolg seines Plans, in der Halle erwartete und ihr seinen beschützenden Arm anbot, als sie die Treppe zum Salon hinaufstiegen, schien das federleichte schwarze Chiffonkleid, das sie trug, wie ein Kettenpanzer an ihr zu hängen. Selbst die perfekte Höflichkeit des Generals, der sie mit altmodischer Korrektheit und einem formellen Handkuß begrüßte, löste ihre Verkrampfung nicht und ihr dünnes Lächeln, das sie pflichtgemäß zuwege brachte, war allein ihrer professionellen Routine zuzuschreiben.

Auch an der Tafel saß sie steif wie eine Prinzessin aus der edwardianischen Epoche. Sie blickte von dem Stuhl, auf dem sie schon so oft gesessen war, in blankem Erstaunen den ganzen Tisch entlang. Gab es, fragte sie sich, außer direktem Kannibalismus eigentlich überhaupt nichts, was eine Pariser Abendgesellschaft von ihrer bedenkenlosen Sorglosigkeit abbringen konnte?

Da saß die Arletty, die charmante, dunkelhaarige Schauspielerin. Sie hielt auf ihre drollige Weise Hof und plauderte über die Probleme bei der Vorbereitung ihres nächsten Films *Les Enfants du Paradis*, dessen Dreharbeiten in einigen Monaten in Nizza beginnen sollten. Am anderen Ende der makellos gedeckten Tafel saß Sacha Guitry, Delphines Regisseur in einem der Napoleon-Filme, die sie gemacht hatte, und versuchte vergeblich, das Gespräch an sich zu ziehen, während Albert Préjean, Junie Astor und Viviance Romance – die demnächst zusammen mit Jean Marais in *Carmen* spielen sollten – alle fasziniert Arlettys Schilderung zum ehrgeizigsten Film der französischen Kinogeschichte lauschten.

Es könnte auch eine Szene des Jahres 1937 sein, dachte Delphine, während sie an ihrem Weinglas nippte, das einmal Bruno gehört hatte und dessen Gewicht und Form ihr vertraut waren – wenn der charmante junge Offizier, den ganz Paris als Arlettys Liebhaber kannte, nicht eine deutsche Uniform getragen hätte. Es könnte eine ihrer fröhlichen Einladungen für Kollegen sein – wären Junie und Albert und Viviane nicht bei der kleinen Gruppe der vielen Stars der Continental gewesen, die letztes Jahr in Berlin waren und sich zusammen mit Goebbels in einer Schau franco-deutscher Einheit präsentiert hätten. Allein der Gedanke an Armand hielt sie davon ab, aufzuspringen und davonzurennen aus dem Haus, in dem sie »viele bekannte Leute ihres Metiers« vorgefunden hatte, wie Bruno ihr versprochen hatte. Ja, allerdings, dachte sie! Die notorischsten Kollaborateure des Films!

Nach dem Diner geleitete Bruno sie in die Bibliothek, wo General von Stern allein bei einem Cognac saß. Er erhob sich sofort, als Delphine ihren Rock schürzte und sich in den Sessel setzte, den er ihr neben dem seinen anbot.

»Ich bin einer Ihrer großen Bewunderer, Mademoiselle«, sagte er eifrig, während er sich vorbeugte und ihr eine Zigarette anbot.

»Nein, danke, Herr General, ich rauche nur im Film, wenn es das Drehbuch verlangt.«

»Sie sind bei der Continental unter Vertrag, soviel ich weiß?« Er verweilte mit seinem Blick auf ihren Brüsten, nur ganz kurz, so daß sie es fast nicht bemerkte.

»Ja, ich arbeite für die Continental«, bestätigte sie knapp.

»Ich bin sehr gut mit Greven bekannt. Er hat wahre Wunder vollbracht, finden Sie nicht?« fragte er in freundlichem Konversationston und berührte leicht ihren bloßen Arm.

»Nun, ich nehme an, die Filme sind so gut, wie man es erwarten kann«, antwortete Delphine und rückte wie absichtslos auf die andere Seite ihres Sessels, die Hände fest im Schoß gefaltet.

»Herr General«, begann sie dann völlig abrupt, unfähig, die belanglose Konversation fortzuführen, »mein Bruder sagte mir…«

Aber Bruno fiel ihr sofort ins Wort. »Ich habe dem General schon alles erklärt, Delphine. Er ist völlig im Bilde.«

»Wie Sie wissen, Mademoiselle«, sagte von Stern mit einer umfassenden Geste, »wir haben Talent im Film immer gefördert.« Er lächelte sie direkt an.

»Herr General«, brach es aus Delphine hervor, »können Sie mir helfen, Armand Sadowski zu finden?« Sie war zu laut, dachte Bruno, der die ganze Sache sehr viel delikater anzugehen geplant hatte. Ihre Frage war zu direkt, ihr ganzes Verhalten zu abrupt.

»Es wird mir eine Freude sein, Sie Ihrer Sorgen zu entledigen, Mademoiselle«, erklärte der General, dessen Lächeln nichts von seiner Intensität verlor. »Wenn es in meiner Macht steht.«

»Meine Schwester meint«, mischte sich Bruno hastig ein, während er Delphines Schulter faßte, »daß sie für jede Information dankbar wäre, die ihr Hoffnung ermöglichen würde.«

»Aber es ist Ihnen schon klar«, fragte der General, »daß es normalerweise unmöglich ist, solche… Hoffnungen erweckenden Informationen zu bekommen; selbst mir?«

»Meine Schwester ist sich dessen durchaus bewußt, Herr General. Es ist ihr völlig klar, wie sehr Sie Ihnen dafür verpflichtet wäre«, antwortete Bruno. »Es ist ihr völlig klar, daß, was sie verlangt, höchst ungewöhnlich ist, und ganz… irregulär.«

»Aber werden Sie nun versuchen, ihn zu finden?« platzte Delphine wieder brüsk dazwischen und schüttelte Brunos mahnend drückende Finger unwillig ab. »Kann ich darauf hoffen?«

General von Stern kräuselte nachdenklich die Lippen und musterte Delphine ganz unverhüllt von Kopf bis Fuß. Es befriedigte ihn zu sehen, wie sehr das Thema ihr offensichtlich am Herzen lag. Er ließ mit Absicht eine Kunstpause eintreten, äußerlich so unbeteiligt wie ein Ladeninhaber, der ein altes Silberschmuckstück, das ihm angeboten wird, genau betrachtet, um seinen wahren Wert einzuschätzen, während er überlegt, ob es – zu einem entsprechend günstigen Preis natürlich – ein interessanter Ankauf für ihn sein könnte.

»Nun ja, damit wir uns recht verstehen«, meinte er schließlich, »unmöglich ist gar nichts.« Sein Lächeln kehrte wieder. »Es ist eine Frage der Zeit ... sehr vorsichtiger Nachfragen ... das verlangt Takt, Delikatesse, mein ganz persönliches Eingreifen. Ich müßte Gefälligkeiten verlangen ... gewichtige Gefälligkeiten ... für die man sich revanchieren müßte. Umsonst ist heutzutage wenig, leider Gottes. Aber schließlich sind Sie ja eine Dame von Welt. Ich meine ... mein Freund, Ihr Herr Bruder, hat Ihnen das alles sicherlich bereits klargemacht. Inzwischen würde es mir sehr viel Freude machen, Mademoiselle de Lancel, Sie hier in diesem Hause möglichst oft empfangen zu dürfen. Wirklich so oft wie möglich. Sie verleihen jedem Raum, den Sie betreten, Glanz. Sie ehren mein Haus mit Ihrer Anwesenheit.«

»Vielen Dank, Herr General. Aber was nun Monsieur Sadowski angeht ...«

»Ich werde unser Gespräch nicht vergessen.« Und er berührte ihren Arm wieder. Es war Beendigung des Themas, Befehl und Liebkosung zugleich.

»Warum trinken Sie nicht einen Schluck von diesem Cognac? Sie haben Ihr Glas nicht einmal angerührt. Hat Ihnen Ihr Bruder erzählt, daß ich alle Ihre Filme gesehen habe? Nein? Oh, das war aber eine Unterlassungssünde. Ich bin einer Ihrer größten Bewunderer! Und vielleicht, wer weiß, habe ich schon bald einige Neuigkeiten für Sie. Wenn alles so geht wie geplant ... Gut. Mademoiselle de Lancel, was halten Sie davon, nächste Woche im Theater mein Gast zu sein? Raimu hat Premiere in der Comédie-Française mit *Bürger als Edelmann*. Ich habe hervorragende Plätze. Darf ich mit Ihnen rechnen?«

Delphine zwang sich, zu nicken. Bei sich aber dachte sie: Nein, mein lieber General, Sie dürfen keineswegs mit mir rechnen. Nicht mehr, als ich mit Ihnen rechne.

Bruno hatte sich erboten, Delphine nach Hause zu bringen. Sie fuhren schweigend über die Seine. Er wies den Fahrer an, auf ihn zu warten, während er sie noch ins Haus begleitete.

»Augenblick, Bruno«, sagte Delphine noch in der Tür, als er sich schon umwandte.

»Ich muß wieder weg. Es ist nicht sehr klug, so lange nach der Sperrstunde noch draußen zu sein.«

»Es dauert nicht lange. Was für miese und schmutzige Geschäfte machst du eigentlich mit diesem General, Bruno?«

»Was erlaubst du dir denn? Ich mache keine Geschäfte mit ihm.«

»So? Warum hat er mich dann behandelt, als stünde ich zum Verkauf? Mehr noch, als sei ich bereits verkauft und er erwarte nur noch die Lieferung?«

»General von Stern hat sich völlig korrekt benommen. Auf welche Art soll er denn deine Überempfindlichkeit verletzt haben?«

»Ach Gott, Bruno, du warst doch selbst dabei und hast alles gesehen und gehört! Tu doch nicht, als wüßtest du nicht ganz genau, was er von mir erwartet.«

»Und was hast du eigentlich geglaubt? Daß er sich den ganzen Ärger, deinen Juden zu finden, umsonst auflädt, oder was? Wie naiv bist du eigentlich? Bist du etwas so Besonderes, daß du einen naturgegebenen Anspruch auf die Erfüllung deiner Hoffnungen hast? Als wenn das nicht völlig selbstverständlich wäre, daß er eine Gegenleistung erwartet!«

»Ist das etwa, was du gemeint hast, als du davon sprachst, ich solle meinen Einfluß nützen?« antwortete sie mit aufwallender zorniger Verachtung.

»Du verdienst wirklich keine Hilfe. Du meinst also tatsächlich, du kannst dir in diesen Zeiten Stolz leisten? Dann will ich dir mal eine Neuigkeit mitteilen, du blöde Kuh. Stolz ist etwas für die Sieger, nicht für die Besiegten. So ist das! Hältst du deine Möse für so kostbar, daß du sie nicht für das, was du haben möchtest, hinhalten kannst? Du hast mich gebeten, ich soll dir helfen. Gebettelt hast du, bereit zu allem warst du. Hilf mir, Bruno, hilf mir! Gibt es eine Hoffnung, Bruno, gibt es eine Hoffnung? Und dann biete ich dir eine Chance, die du nie mehr bekommst – nie mehr! – und du wirfst sie weg! Ich sage dir noch etwas, Delphine. Wenn du Hilfe willst, dann mußt du auch bereit sein, für sie zu bezahlen. Wenn du darauf bestehst, weiter hoffen zu wollen, dann mußt du dich auch verkaufen, solange du einen Freier an der Hand hast!«

»Sein Preis ist zu hoch.« Sie schleuderte ihm die Worte ins Gesicht. »Ich schaffe es auch anders. Aber für dich ist wohl kein Preis zu hoch, Bruno, wie? Du hast mir noch immer nicht gesagt, welches stinkende Geschäft ihr beide da dreht! Du bist doch nicht nur sein Zuhälter, das kannst du mir nicht erzählen! In welcher so wertvollen Währung bezahlt er, daß du ihm bedenkenlos selbst deine Schwester ins Bett legen würdest?«

»Du bist ja nicht mehr bei Trost. Von mir bekommst du keine zweite Chance.«

»Das ist die einzige gute Nachricht seit langem!« Sie blickte in der Dunkelheit auf Brunos gutaussehendes, aber böses Gesicht und lachte höhnisch, während sie ihn so heftig zurückstieß, daß er taumelte, und ihm die Tür vor der Nase zuwarf.

Ihre Abscheu gegen Bruno gab Delphine eine solche Befriedigung, daß sie über die nächsten Tage hinwegkam. Dann allerdings holten ihre eigenen mutigen Worte sie wieder ein. Ich schaffe es auch anders, hatte sie zu ihm gesagt, und sie hatte, als sie es sagte, auch daran geglaubt. Aber man konnte das verzweifelte Hoffen natürlich nicht einfach wegwerfen wie ein Kleid, das einem nicht stand. Das verzweifelte Hoffen war ihre Tortur, und sie mußte sie ertragen wie Fieber, ein Dauerfieber besonderer Art, das ohne Vorwarnung stieg und fiel. Ein völlig irrationales, quälendes Fieber, gegen das es keine Medizin gab.

Sie wachte nachts unvermittelt auf, als habe sie jemand gerufen, und fühlte wieder das ungewollte Feuer über jener Hoffnung, die sie ausgeschlagen hatte. Es schlug so hoch, daß ihr Haar schweißnaß war und ihre Stirn und ihr Hals buchstäblich tropften. Am folgenden Morgen spürte sie dann die Reste ihrer zerbrechlichen, starrsinnigen, närrischen Hoffnung wie einen Blutsturz aus sich herausfließen, in einem Gefühl, als sei eine Näherin mit ihren Stecknadeln im Mund plötzlich mit der Gewalt über ihr Leben ausgestattet und könne sie zum Tode verurteilen. Ein Lied von Chevalier im Radio, der in seiner gewohnten Fröhlichkeit von der »Symphonie der Holzsohlen« sang – als Tribut an die Tatsache, daß es kein Leder mehr für Schuhsohlen gab –, konnte einen plötzlichen künstlichen, ganz unerbetenen Anfall neuer Hoffnung in ihr erzeugen, die so hoch schlug, daß sie glaubte, sie könne sich wie ein Feuerfunken in die Luft erheben, hinaus aus ihrem Schlafzimmerfenster, und über ganz Paris hin schweben. Doch wenn dann noch am gleichen Abend vielleicht Charles Trenet sein melancholisch klagendes *Que reste-t-il de notre amour?* – was bleibt noch von unserer Liebe? – sang, sank ihr Herz wieder in totale Verzweiflung und schmerzte, wie sie es noch nie zuvor erfahren hatte.

Sie verfiel in einen ganz extremen Aberglauben. Sie hörte auf, Zeitungen zu lesen und konsultierte statt dessen, während amerikanische Truppen in Anzio landeten und die Russen Leningrad entsetzten, ein Dutzend Wahrsagerinnen. Sie rannte zu Astrologen, während Deutschland in Ungarn einmarschierte und die Luftwaffe im Februar 1944 in einer einzigen Woche 450 Flugzeuge verlor. Sie durcheilte ganz Paris nach Handleserinnen und Hellsehern, während im April General de Gaulle zum Oberbefehlshaber der Armeen des freien Frankreich erklärt wurde. Die einzige Hoffnung, die sie überhaupt noch ertrug, war die künstliche, unechte, wie ihr völlig klar war. Nur noch falsche Propheten konnten die Pein ihres Herzens mildern. Sie wurde immer dünner – und schöner. Sie war am Rande des Wahnsinns.

In der langen Geschichte von Paris gab es wohl keine Plage, Krönung, Revolution, keine Welle von Duckmäuserei und kein Terrorregime, das der Massenhysterie gleichkam, die sich der Stadt um die Mitte des Monats August 1944 bemächtigte. Die wildesten Gerüchte hetzten wie eine Meute rasender Hunde durch die Straßen, in deren heißer Sommersonne der elektrische Strom aller denkbaren Möglichkeiten floß. Die deutschen Truppen hatten die Brücken verbarrikadiert, und eigentlich sollte jede Bewegungsfreiheit unterbunden sein, aber dennoch schwärmten die Leute umher. Sie wußten nicht, warum, und verschwanden so rasch, wie sie aufgetaucht waren. Auf jedem Gesicht standen zugleich Erwartung, Angst und Verwirrung.

Die Befreiung stand bevor! Mehr als zwei Monate, nachdem die Amerikaner, die Engländer, die Kanadier und die »Freien Franzosen« an den Stränden der Normandie gelandet waren, stand nun endlich die Befreiung bevor! Nein, doch nicht! Eisenhower, hieß es, umging die Stadt, um die Deutschen an den Rhein zurückzutreiben! Aber nichts konnte doch die Befreiung zurückhalten! General Leclerc wird Eisenhower nicht gehorchen, sondern auf Paris marschieren!

Pausenlos liefen alle möglichen Gerüchte von Mund zu Mund. Alles wurde geglaubt, und nichts wurde geglaubt. Und doch waren die Exaltation und die unsicheren und wirren Anfänge eines Aufstands überall spürbar. Die Eisenbahner begannen zu streiken. Die Metro streikte. Die Polizei eroberte ihr Präsidium zurück, während noch Tausende routinemäßig nach Deutschland deportiert wurden. Junge Franzosen im Knabenalter, gerade mit Gewehren ausgerüstet, fielen an denselben Straßenecken, an denen sie vor noch nicht langer Zeit gespielt hatten. Gewehrschüsse, von denen niemand wußte, ob es deutsche oder französische waren, krachten von allen Dächern, aus den Fenstern, in allen Straßen. Blutflecken auf den Gehsteigen und Straßenecken wurden häufiger und

häufiger. Eine Art unkontrolliertes Delirium machte sich unter der heißen Augustsonne breit. Was passierte eigentlich genau? Wußte es irgendwer?

Am 20. August verhandelte Stadtkommandant General Dietrich von
Choltitz über eine Kapitulation, mit der Zusage, Paris – entgegen Hitlers
Befehl – nicht zu zerstören; als Gegenleistung für den ordentlichen
Rückzug seiner Truppen. Aber der nicht mehr zu haltende Aufstand ging
weiter, heftiger als zuvor. Letzte Nester deutscher Truppen wurden von
Scharfschützen ohne jede Ausbildung angegriffen. Auf offener Straße
wurden nun an wagemutige Passanten Résistance-Zeitungen verkauft,
und die französische Gendarmerie begann den Kampf um das Rathaus.

Die Continental war schon am 19. vom *Comité de Libération du Ci-
néma Français* übernommen worden, jegliche Produktion wurde vorerst
eingestellt. Delphine, die so nahe dem Gestapo-Hauptquartier in der
Avenue Foch wohnte, blieb im Haus und fand sich dort völlig allein. Violet, Helene und Annabelle waren zu ängstlich, sich auf die Straße zu wagen und hatten ihre Stellung bei ihr verlassen. Alle Nachbarn, die so wenig wußten wie sie selbst, hatten ihrerseits die Fensterläden geschlossen
und rührten sich ebenfalls nicht aus ihren vier Wänden. Wenn sie gelegentlich aus dem Fenster sah, konnte sie nicht das kleinste Anzeichen von
Leben auf der leeren Straße entdecken.

Am 22. hatte sie außer einigen Flaschen Wein keine Lebensmittel
mehr im Hause, auch nicht die kleinste Krume vertrockneten Brotes. Am
Nachmittag des nächsten Tages war sie so hungrig, daß sie sich entschloß, bis zur nächsten Straße zu gehen, wo üblicherweise immer Markt
war, um vielleicht irgend etwas Eßbares aufzutreiben. Aber sie hatte seit
Jahren nicht mehr selbst eingekauft. Sie wußte nicht einmal, wo die
nächste Bäckerei war. Sie suchte sich die unauffälligsten Kleider zusammen, die sie finden konnte, einen vergessenen blauen Baumwollrock aus
der Vorkriegszeit mit rotem Gürtel, und eine alte ärmellose weiße Bluse.
Instinktiv wachsam dagegen, nicht erkannt zu werden, machte sie sich
nicht zurecht und bürstete das Haar so, daß es ihr möglichst weit zu beiden Seiten ins Gesicht fiel.

Als sie an dem leeren und unerklärlicherweise verschlossenen Con-
cierge-Haus vorbeikam und auf die Hauptstraße hinaustrat, fühlte sie
sich einer gefährlich wirkenden, surrealistischen Stille ausgesetzt. War
denn, fragte sie sich, keine Menschenseele mehr in der ganzen Stadt?
Oder waren alle nur vorsichtig und blieben erst mal zu Hause, um zu sehen, was passierte? Aber auch sie konnten doch inzwischen nichts mehr
zu essen haben? Oder hatten alle anderen sich klugerweise Vorräte angelegt, wie schmal auch immer?

Auf der Marktstraße waren zwei Läden offen. Es gelang ihr, mit ihrer Lebensmittelkarte zwei mickrige Rüben, eine Zwiebel und drei harte Brötchen zu erstehen. Schon auf dem eiligen Heimweg begann sie hungrig daran zu nagen. Sie hielt sich eng an den Mauern der Häuser und ging, so schnell sie konnte, ohne zu laufen. Erleichtert bog sie in die verhältnismäßige Sicherheit der Villa Mozart ein, jetzt dem Schutz ihrer eigenen vier Wände entgegenrennend. Außer Atem holte sie den Schlüssel heraus und hatte ihn fast schon in die Tür gesteckt, als zwei Männer hinter dem Haus hervorkamen. Sie starrte ihnen voll Angst entgegen. Es waren Landstreicher, in Fetzen, bärtig, finster, entschlossen und furchterregend.

»Oh, bitte, nein, nein«, flüsterte sie, wie versteinert, unfähig zu schreien. Sie sah sich panisch nach Hilfe um, obwohl sie genau wußte, daß niemand da war. Sie streckte den beiden ihre Einkaufstasche hin, um die Bedrohung mit der signalisierten Bereitschaft von sich abzuwenden, ihre Lebensmittel herzugeben. Aber sie kamen trotzdem unbeirrt auf sie zu. Sie stanken und starrten vor Schmutz.

»Genau richtig«, sagte der eine der beiden heiser.

»Was?« Sie wich zurück, aber sie wußte, daß die beiden den Hausschlüssel in ihrer Hand schon gesehen hatten und daß es also zu spät war.

»Deine Aufmachung!« sagte der eine der Landstreicher, und seine Stimme versagte ihm fast, »einfach, patriotisch... genau richtig, Mädchen...«

»Armand!!«

»...zur Begrüßung eines Soldaten... eines heimkehrenden Soldaten...«

Und er sank ohnmächtig in ihre Arme.

Am 25. August befahl General Omar Bradley den Einmarsch zweier Divisionen in Paris: der 2. französischen unter General Leclerc und der 4. amerikanischen Infanteriedivision.

Unter Tränen und Jubel und in einem kollektiven Taumel ohnegleichen strömten die Bewohner von Paris aus ihren Häusern und füllten alle Straßen. Sämtliche Kirchenglocken läuteten ohne Pause, während General de Gaulle im Rathaus, gebeten, die Republik auszurufen, erklärte: »Die Republik hat nie zu bestehen aufgehört.«

Colonel Paul de Lancel gehörte zur Begleitung de Gaulles. Er hatte an der Verwirklichung von Gustave Moutets Einfall mitgewirkt, die Karten aus seinem alten Michelin von 1939 für die Planungen der Invasion mitzubenützen. Diese Karten hatten den Alliierten ganz unschätzbare Dienste geleistet. Paul kam nicht telefonisch in die Champagne durch, die noch immer von den deutschen Truppen besetzt war. Aber drei Tage später, sobald bekannt war, daß General Pattons 3. Armee Epernay eingenommen hatte, fuhr er mit einem geborgten amerikanischen Jeep los.

Er hatte nur ein paar Stunden Zeit gehabt, um Delphine zu besuchen. Als sie auf sein unangemeldetes Klingeln die Tür öffnete, riß sie ihn fast um, so heftig stürmte sie auf ihn ein. Ihr Gefühlsausbruch war absolut, und dennoch irgendwie nicht ungeteilt für ihn. Den Grund dafür lernte er schnell kennen, als sie ihn eilig die Treppe hinaufführte und mit Armand Sadowski bekannt machte. Da brauchte er nicht weiter nach dem Grund ihres Glücks zu forschen.

Sie war so abgemagert und zerbrechlich wie eine Schwanenfeder. Dennoch pflegte sie mit sichtlicher Hingabe unermüdlich ihren heimgekehrten Soldaten und dessen Freund Jules, einen Jungen aus der Normandie. Sie jagte die Frauen ihres Hauspersonals pausenlos mit Aufträgen herum, schickte sie in die Nachbarschaft, um dort irgend etwas aufzutreiben, womit man Suppe kochen konnte, die sie den beiden entsetzlich hageren und erschöpften Männern löffelweise einflößte. Sie hatte sie in ihr Schlafzimmer einquartiert und erlaubte ihnen nichts, als zu essen und zu ruhen.

»War sie zu Hause auch schon so *bossy*?« fragte Armand Sadowski ihren Vater, während er ihm von Mann zu Mann klarzumachen versuchte, er sei durchaus, wie schwach auch immer, imstande, sich selbst zu rasieren.

»Ja«, sagte Paul de Lancel, »das war sie. Aber sie meinte es immer gut.« Er verstand sich auf Anhieb gut mit diesem Mann, von dessen Existenz er eben erst erfahren hatte. Delphine hatte versucht, Armand zu veranlassen, ihrem Vater seine Flucht zu erzählen, aber er hatte nur sagen können: »Wir hatten verdammtes Glück...«, ehe ihm die Augen zufielen und er einschlief. Sie erzählte ihrem Vater später die wenigen Einzelheiten, die sie inzwischen wußte; von seiner Flucht aus der großen Kugellagerfabrik in Schweinfurt, wo er jahrelang gearbeitet und wo ihm der Arbeitskräftebedarf vermutlich das Leben gerettet hatte. Während einem der vielen Bombenangriffe der Amerikaner war Sadowski zusammen mit seinem Freund Jules, der wie er ausreichend deutsch gelernt hatte, die Flucht gelungen. Sie hatten sich in den Uniformen deutscher Wachen auf abenteuerliche Weise zu Fuß durch Deutschland und über die Grenze nach Frankreich durchgeschlagen. Bauern und andere Leute hatten sie versteckt und ihnen Nahrung und Kleider gegeben.

Immer auf der Hut vor deutschen Patrouillen, die sie nach ihren nicht-vorhandenen Papieren hätten fragen können, gelangten sie endlich quälend langsam bis nach Paris. »Das war kein Glück, Vater«, meinte Delphine im Überschwang ihrer Liebe, »es war ein glattes Wunder.« Und Paul de Lancel hatte mit Erstaunen bemerkt, daß aus seiner frivolen, flatterhaften und eigensinnigen Tochter eine Frau von sechsundzwanzig Jahren geworden war, deren Kraft und Stärke er es erst noch gleichtun mußte.

Es gelang ihm, Eve in London eine kurze Nachricht zukommen zu lassen, daß Delphine wohlauf war, ehe er sehr früh am Morgen hinaus in die Champagne fuhr. Die Fahrt dauerte länger, als er erwartet hatte, weil er in jedem Dorf mit seinem Jeep angehalten und von aufgeregten Menschenmengen bejubelt wurde, so als sei er ein Märchenheld, der auf einem Drachen Einzug hielt. Erst am Nachmittag fand er sich vor dem großen Tor des Château de Valmont. Er zögerte noch eine Minute, ehe er aus dem Wagen sprang. Er erinnerte sich an sein Gespräch mit Eve 1938, kurz nach München, als er so lässig und närrisch, als hätte er alle Zeit der Welt, beschlossen hatte, mit dem Besuch in Frankreich bis zum nächsten Frühjahr zu warten. Im folgenden Frühling dann hatten ihn die Amtsgeschäfte des Konsulats gezwungen, die geplante Urlaubsreise hinauszuschieben, und mittlerweile hatte dann die Weltgeschichte sie alle, samt ihren Plänen, überholt, und er hatte sein Land hilflos in die lange, dunkle Periode der Besatzungszeit versinken sehen.

Mehr als zehn Jahre lang hatte er nun den Boden der Champagne nicht betreten, aber es war ihm sofort klar, daß irgend etwas ganz entschieden nicht in Ordnung sein mußte hier in Valmont. Er war durch den ganz unvorstellbaren Anblick leerer Weingärten gefahren, in denen niemand, nicht einmal Kinder, arbeiteten. Das massive Einfahrtstor stand sperrangelweit offen, und nicht eine Menschenseele kam, um zu sehen, wer da hereingefahren sei.

Er überschritt das Tor zum Heim seiner Kindheit und lief direkt zu den großen Küchen, dem Herzstück des ganzen Hauses, ohne irgend jemanden zu finden. Er suchte mit zunehmender Eile die Empfangshalle und schließlich die Schlafzimmer ab. Ohne Erfolg. Das ganze Schloß war stumm und leer, dabei so unberührt und unverändert, als sei es in einen Dornröschenschlaf versunken. Alle Räume zeigten jedoch Anzeichen, daß sie bewohnt waren. Ganz eindeutig war das Schloß nicht von den Deutschen besetzt gewesen. Er kehrte zum Haupteingang zurück und stand dort eine ganze Weile sehr verstört, bis er schließlich einen langen Menschenzug näher kommen sah, alle in Schwarz gekleidet, Männer, Frauen. Sie gingen sehr langsam, doch eine alte Frau löste sich aus dem Zug und kam verlegen auf ihn zugeeilt.

»Monsieur Paul, sind Sie das?« rief sie aus und sah ihn aus ihrem runzligen Gesicht aufmerksam und forschend an, fast als hoffe sie, es sei doch jemand anderer. »Sind Sie es wirklich?«

Er erkannte Jeanne, die alte Haushälterin, die noch ein junges Dienstmädchen gewesen war, als er hier aufgewachsen war, vor über vierzig Jahren.

»Jeanne! Jeanne, liebste Jeanne, aber natürlich bin ich es! Was ist hier los? Warum ist das Schloß leer? Wo sind meine Eltern?«

»Wir kommen gerade vom Friedhof. Wir haben dort soeben Ihre Mutter begraben, Monsieur Paul«, sagte sie und brach in Tränen aus.

»Und mein Vater, Jeanne, wo ist er?« fragte er, obwohl er die Antwort bereits aus ihren tränenerfüllten Augen entnehmen konnte.

»Er hat uns schon vor über zwei Jahren verlassen, Gott hab' sie beide selig.«

Er wandte sich ab. Die leeren Weingärten, das leere Schloß hatten ihm die Wahrheit längst zugeraunt. Es war ja immer so gewesen, wenn einer aus Valmont von allen seinen Bewohnern zu Grabe getragen wurde. Und dennoch hatte er sich der Hoffnung hingegeben, es würden nicht seine Eltern sein.

Jeanne zog ihn am Ärmel. »Monsieur Paul, zumindest ist ja Monsieur Bruno am Leben, denken Sie daran.« Sie versuchte ihm etwas Trost zu spenden.

»Bruno.« Er wandte sich um und suchte ihn in der Menge, um ihn zu begrüßen. »Ja, Bruno... warum ist er nicht da?«

»Er ist gleich nach dem Begräbnis wieder abgefahren. Er sagte, er habe in Paris zu tun, er wird aber heute abend wieder da sein. Es geht ihm gut, Monsieur Paul, er war hier in Sicherheit seit dem Waffenstillstand. Es waren schwere Zeiten, und es hat lange gedauert... die schlimmste Zeit, an die ich mich erinnern kann... Ich kann gar nicht glauben, daß jetzt alles vorbei ist. Aber kommen Sie doch herein, Monsieur Paul. Ich werde sehen, was ich Ihnen zu essen machen kann. Sie müssen hungrig sein.«

»Es eilt nicht, Jeanne, vielen Dank. Zuerst muß ich... auf den Friedhof.«

Nach seiner Rückkehr von einer stillen Stunde am Grabe seiner Eltern fuhr Paul einige Stunden lang auf den Straßen und Wegen herum, die das Land der Familie begrenzten. Er hielt überall an, wo er auf den Feldern Leute bei der Arbeit sah, um sie zu begrüßen und sich nach ihrem Befinden zu erkundigen. Er war jetzt neunundfünfzig und sah in der Uniform, die er seit 1940 trug, als er sich de Gaulle angeschlossen hatte, sehr gut aus. Sein dichtes blondes Haar war mittlerweile grau, aber er hielt sich noch immer sehr gerade, und sein Körper war so straff wie eh und je, sein Blick entschlossen und skeptisch zugleich; es ging eine gelassene Autorität von ihm aus. Viele der Arbeiter hier hatten ihn noch nie gesehen. Mit Ausnahme weniger kurzer Urlaubstage hatte er ja seit nunmehr dreißig Jahren nicht mehr in der Champagne gelebt – seit dem Beginn des Ersten Weltkriegs. Einige der älteren erinnerten sich immerhin an ihn als jungen Mann, aber alle bereiteten ihm jetzt ein Willkommen wie einem Helden, denn er war ein Lancel, der heimgekehrt war, und sie alle hatten niemals für jemand anderen als einen Lancel gearbeitet, so wie schon ihre Väter und deren Väter.

Man erzählte ihm, was sich alles zugetragen hatte. Moët & Chandon und Piper-Heidsieck waren Anfang 1944 ganz von den Deutschen übernommen worden. In den vergangenen Jahren waren viele Mitarbeiter und auch Chefs anderer Häuser wegen antideutscher Aktivitäten verhaftet worden. Einige hundert Résistance-Mitglieder waren umgekommen oder deportiert worden. Massive Bombardierungen der Alliierten in Mailly hatten die ganze Division von Stauffen, die hier vor der Invasion in der Normandie zusammengezogen worden war, vernichtet. Weitere schwere Zerstörungen durch Bombardierungen hatte es in Rilly gegeben, wo deutsche V2-Raketen in einem Tunnel in den Hügeln von Reims gelagert waren. Erst vor zehn Tagen war ein ganzer Güterzug vollbeladen mit Champagner, nach Deutschland abgefahren. Überall in der Champagne wurde bereits ein fühlbarer Mangel an Flaschen spürbar. Aber, wie man ihm nicht ohne Stolz berichtete, die letzten drei Jahre hatten ganz außergewöhnlich gute Weinlesen gebracht. Auch die Lese zur Befreiung würde eine sehr gute werden!

Gestern waren sie befreit worden, heute morgen hatten sie seine Mutter zu Grabe getragen, die sie alle ihr ganzes Leben lang geliebt hatten, aber jetzt am Nachmittag kam, wie immer, die Arbeit in den Weingärten wieder vor allem anderen. Ein zäher, hartnäckiger, entschlossener Menschenschlag. Mutig. Die einzigen Winzer in ganz Frankreich, die so weit im Norden den Weinbau betrieben und ihn auch niemals aufgegeben hatten. Ohne ihre Hingabe und Liebe zu dem Land, das man die Champagne nannte hätte der Schaumwein dieses Namens seit langem schon aufgehört, zu existieren.

Paul aß in der Küche mit Jeanne zu Abend und verbrachte die folgenden Stunden allein. Er rauchte, grübelte, und wanderte im Schloß umher, das jetzt, nach dem Tod seiner Mutter, in seine Verantwortung übergegangen war.

Niemals hätte er sich träumen lassen, daß ausgerechnet Bruno der Stützpfeiler der Familie würde, Bruno, der wirklich und in der Tat zuver-

lässig und tapfer gewesen sein mußte, um in die Fußstapfen seines Großvaters zu treten und der es sichtlich geschafft hatte, in all den Schwierigkeiten der letzten vier Jahre die Weingärten, das Haus de Lancel und das
Schloß zu erhalten. Er war seinem Sohn also viel schuldig, wie ihm klar
wurde, und sein Glück darüber wuchs zusehends. Wie hatte er seinen
Sohn nur so unterschätzen können? War es nun sogar denkbar, daß er
und Bruno zu guter Letzt doch noch wie Vater und Sohn vereint wurden,
um gemeinsam an dem großen Werk zu arbeiten, das vor ihnen lag: die
Familienkellerei wieder zu ihrer alten Größe und Bedeutung zurückzu-
führen?

Sie beide waren die letzten männlichen Träger des Namens Lancel. Es
war ihre Pflicht und ihr Erbe, diese Aufgabe zu übernehmen und zum Erfolg zu führen. Für das Haus de Lancel und seinen guten Namen ebenso
wie für alle die Arbeiter in den Reben. Jahre des Wiederaufbaus lagen vor
ihnen, aber er fühlte sich voller Energie und Tatkraft und mit einem Bewußtsein von Richtigkeit. Er mußte eine Menge lernen – alles! –, aber
schließlich war die Champagnerproduktion keine Geheimwissenschaft.
Sie geschah nach klaren Regeln, die eine nach der anderen schon vor langer Zeit niedergelegt worden waren, als 1668 Dom Perignon Kellermeister in Hautvillers geworden war. Die Kellermeister seines Vaters, die
chefs de cave, waren gewiß alle noch am Leben, gesund, aktiv und bereit,
ihm alles erforderliche Wissen zu vermitteln.

Er ging in dem großen Wohnraum auf und ab, hin und her, und wurde
zusehends gehobenerer Stimmung. Ein neues Leben, bei Gott, nach all
diesen Jahren im Auswärtigen Dienst! Er begrüßte es von ganzem Herzen, dieses neue Leben, das ihm alles von seiner noch immer überschie-
ßenden Kraft und seiner Intelligenz abverlangen würde. Auch er und Eve
würden hier in der Champagne zusammen noch einmal jung werden! Sie
würde eine wundervolle Schloßherrin abgeben! In den vier Jahren als
Ambulanzfahrerin in London hatte sie ausreichend bewiesen, daß es
nichts gab, mit dem sie nicht fertig wurde – falls das überhaupt noch nötig
gewesen wäre; denn es war ja auch vorher nie anders gewesen. Und mit
Bruno gemeinsam würden sie dann aus Valmont wieder das machen, was
es immer war, mit all der Würde, Grazie und Arbeitskraft, die das Geschlecht der Lancels hier seit Jahrhunderten vorgelebt hatte!

Gleichzeitig mit seiner ganz unvorhergesehenen Erregung wurde ihm
langsam bewußt, daß er, Paul de Lancel, völlig jede Voraussicht vernachlässigt hatte. Mit seinen eigenen Problemen beschäftigt, Jahre und Jahrzehnte weit entfernt von Frankreich, hatte er einfach nicht an eine mögliche Zukunft, wie sie sich jetzt eröffnete, gedacht. Er hatte es immer von
sich geschoben, an den Tag zu denken, an dem er sich unvermittelt als

einziger Besitzer des altehrwürdigen Hauses Lancel wiederfand. Als einziger Besitzer der Weingärten, die sich, so weit das Auge reichte, in alle Richtungen von diesem geliebten Schloß aus erstreckten. Als Herr aller Wälder und Ställe und überhaupt von allem, was ihn nun hier umgab, bis hinunter zum letzten Ei, das eines der Hühner legte, draußen in den verborgenen Gehegen, auf die Jeanne so stolz war. Er war zu jung gewesen, als er die Champagne verlassen hatte, zu unfertig als Mann, um von der Zukunft zu träumen, der er jetzt gegenüberstand und die sich ihm selbstbewußt und geheimnisvoll wie eine Braut darbot.

Von Minute zu Minute wurde ihm großartiger zumute, und seine eigene Erregung stieg und stieg. Das Haus de Lancel weiterzuführen, war nun seine Aufgabe für den Rest seines Lebens. Auch er war schließlich als *Champenois* geboren, und wenn er auch sehr, sehr lange fortgewesen war – es war nie zu spät, heimzukehren. Er gelobte sich selbst von ganzem Herzen, sich der Aufgabe, die ihn erwartete und deren ganzes Ausmaß ihm jetzt erst allmählich klar zu werden begann, zu stellen und sie zu erfüllen. Und bei diesem Gelöbnis überkam ihn, wie es oft bei einem echten *Champenois* der Fall ist, Durst, und er machte sich auf, eine der edelsten Flaschen Champagner zu holen, die diese Landschaft bieten konnte.

Eine ganze Weile später, zur dunkelsten Zeit der Nacht, in der Stunde, ehe der frühe Augustmorgen dämmerte, kehrte Bruno von Paris nach Valmont zurück. Er hatte nachgesehen, wie die Dinge in der Rue de Lille standen. General von Stern war fort, hatte aber das Haus so verlassen, wie er es einst übernommen hatte. Alles war in perfekter Ordnung, und Georges, der Butler, war bereits dabei, das übrige Personal in der Erwartung des Hausherrn entsprechend zu dirigieren und anzuweisen.

Natürlich war der General jetzt Gefangener jener Bevollmächtigten, die die Kapitulation der deutschen Garnison von Paris entgegengenommen hatten, doch Bruno fürchtete nicht für seine Zukunft. Der Mann war ebenso umsichtig wie philosophisch, und sie beide hatten in den vergangenen Jahren nicht umsonst ihre Fähigkeiten zusammengetan und ihre Beziehungen genützt, um gemeinsam auf dem Schwarzen Markt ein Vermögen zu machen. Der Fehlschlag mit Delphine hatte von Stern nicht blind gegen seine Profitinteressen gemacht, und sein Geld war mittlerweile in der Schweiz ebenso sicher angelegt wie das Brunos.

Als er das Schloß betrat, in dem er die vergangenen Kriegsjahre zugebracht hatte, wünschte er sich nichts sehnlicher, als niemals mehr dorthin zurückkehren zu müssen, nicht einmal für ein paar Wochen. Andererseits war die Atmosphäre in Paris im Augenblick noch viel zu explosiv.

Verschiedenen Gruppierungen der Résistance waren bereits in Auseinandersetzungen untereinander verwickelt, Beschuldigungen und Gegenanklagen gingen hin und her, bekannte sogenannte Kollaborateure wurden verhaftet, Banden jugendlicher Hitzköpfe machten die Straßen unsicher und veranstalteten Femegerichte aus eigener Machtvollkommenheit. Und, am gefährlichsten von allem, jede Stunde brachte neue Denunzierungen aller, die verdächtigt wurden, allzu freundlich zu den einstigen Siegern gewesen zu sein. Vier Jahre unterdrückter Frustrationen und Wut entluden sich in ganz Paris. *Les réglements de comptes* – die große Abrechnung – begann überall. Er selbst hatte natürlich nichts zu befürchten. Er und von Stern war immer äußerst diskret vorgegangen. Aber gleichwohl – konnte man je ganz sicher sein? Es war zuweilen höchst unbequem, daß die Leute Dinge wußten, die ihnen niemand zutraute. Da waren zum Beispiel gewöhnliche Leute, die neidisch auf Bessergestellte waren. Das gab es schon seit Anbeginn der Welt. Und einer der Wege, sich für die Ungleichheiten unter diesen oder jenen Gegebenheiten zu rächen, war schon immer die Denunziation. Warum also, sagte sich Bruno, sollte er auch nur das kleinste Risiko eingehen, wenn ihm sein Verstand sagte, daß vorläufig äußerste Vorsicht und Zurückhaltung das allein Angemessene waren? Nein, noch war es längst nicht Zeit, wieder in sein Haus in Paris zurückzukehren; noch nicht Zeit, die schützende Sicherheit hier auf dem Lande zu verlassen.

Nicht, daß er nicht nach dem Augenblick, wenn alles wieder seinen normalen Gang ginge, dürsten würde! Die ruhmreiche Zukunft war nur noch einige Wochen entfernt! Wie bisher noch immer würde Paris auch dieses Mal mit der Zeit wieder seinen gewohnten Lebensgang annehmen. Und wenn es sein großes Wiedererwachen begann, war er dabei. Er, der Vicomte Bruno de Saint-Fraycourt de Lancel, nahm dann wieder seinen ihm gebührenden Platz in der Welt ein. Fortan hatte er es auch nie mehr nötig, einem Gelderwerb nachzugehen, irgend etwas zu arbeiten. Es sei denn, dafür zu sorgen, daß sein Geld sich weiter vermehrte, wie von selbst, während er das Leben eines adeligen Herrn in Wohlstand und Ansehen genoß, sich nach Belieben von Salon zu Salon bewegte, oder wann immer es ihm gefiel, sein schönes Haus bewohnte und neue Frauen sammelte – Pariserinnen jetzt wieder, nach der zwangsläufig limitierten, wenn auch keineswegs uninteressanten Diät bei den Damen der Provinz... Und er konnte sich seinen Passionen widmen, beispielsweise dem Sammeln großer Gemälde und schöner alter Möbel und kostbarer Wertobjekte von den dummen neuen Armen, die der Krieg ruiniert hatte. Er würde sich eines der alten Schlösser der Familie Saint-Fraycourt zurückkaufen und es bewohnen, als habe so etwas wie die Revolution nie stattgefunden. Doch, dachte Bruno, als er leichtfüßig zu seinem Zimmer strebte, doch ja, alles in allem war dieser Krieg recht günstig für ihn verlaufen, und schon in einigen Wochen, nur einigen Wochen, konnte er dann wie ein Prinz am Tag seiner Krönung im Triumph in seine Welt der alten Aristokratie zurückkehren, die doch die einzige Liebe seines Lebens war.

Er ging in sein Zimmer, schaltete das Licht an und erstarrte. Jeder Muskel seines Körpers war in plötzlichem Alarm. »Was, zum Teufel – !« rief er.

Aber da erhob sich Pauls große Gestalt aus dem Sessel, in dem er im Dunkeln auf seinen Sohn gewartet hatte.

»O Gott!«

»Habe ich dich erschreckt, Bruno?«

»Aber... das ist... unmöglich! Wie kannst du... wo... wann...?« stotterte Bruno in völliger Verblüffung.

»Ich kam heute morgen an.«

»Aber das ist... wunderbar, ja, ganz wunderbar, eine große Überraschung. Du bist fast so schnell gewesen wie Patton...! Da hast du sicher Jeanne schon gesehen. Ich hoffe, sie hat dir etwas Gutes gekocht.« Brunos gute Manieren, die ihn letztlich nie verließen, brachten ihn durch diesen Augenblick mit dem Vater, den er elf Jahre lang nicht gesehen hatte.

»Ja, etwas ganz Ausgezeichnetes. Willst du mir nicht ein Glas Champagner anbieten, Bruno?«

»Willst du damit sagen, Jeanne hat keine Flasche für dich aufgemacht? Nun, es ist allerdings etwas spät für Champagner. Es ist fast schon Morgen. Aber... natürlich, als Willkommenstrunk... warum nicht? Wie alle anderen mußten wir fast alles, was wir produzierten, den Deutschen verkaufen. Sicher hat Jeanne dir das schon erzählt. Aber ich kann sicher noch etwas finden, was sich trinken läßt.«

»Warum nicht einen Rosé-Champagner, Bruno? Einen Rosé aus einem der großen Jahre, wie ihn dein Großvater mit solchem Stolz pflegte? Willst du mir nicht zur Feier des Tages eine Flasche anbieten?«

»Du klingst eigenartig, Vater. Gar nicht wie du selbst. Ganz und gar nicht. Nun, ich verstehe natürlich... der Schock über Großmutters Tod... eine traurige Heimkehr... es hätte mir natürlich gleich einfallen müssen. Vielleicht solltest du dich etwas ausruhen.«

Paul holte einen Schlüssel an einer goldenen Kette aus seiner Tasche. »Als ich 1914 in den Krieg zog, Bruno, gab mir mein Vater diesen Schlüssel hier, um mich immer an Valmont zu erinnern, wo ich auch sei. Ich habe ihn heute nacht benützt. Um den *Trésor* aufzuschließen!«

Ganz unwillkürlich trat Bruno einen Schritt zurück.

»Ich muß dir ja wohl nicht sagen, was ich vorfand.«

»Nein«, sagte Bruno kalt, »die Mühe brauchst du dir nicht zu machen.«

»Dort pflegten stets eine halbe Million Flaschen zu lagern, Bruno.«

»Ich habe mich ihrer bedient, wie es jeder intelligente Mann getan hätte. Während du deinen ruhigen Krieg in London hattest, weit weg von deinem Land, im Gefolge deines mutigen, geschwätzigen Generals, und nie auch nur einen Deutschen gesehen hast, habe ich hier getan, was ich tun mußte.«

»Für wen hast du denn das getan?« Pauls Stimme war trocken und ohne jede Emotion. Man hätte meinen können, er sei einfach nur ganz neutral wißbegierig.

»Für mich selbst.«

»Nicht einmal für die Deutschen?«

»Ich wiederhole, für mich selbst. Ich habe keinerlei Absicht, mir die Mühe zu machen, dir etwas vorzulügen.« Die primitive Verachtung in Brunos Stimme war wie das Klatschen einer harten Peitsche auf ganz weiches Fleisch.

»Es ging natürlich alles auf den Schwarzen Markt.«

»Wenn du meinst. Markt ist Markt. Der einzige Unterschied ist immer nur, wer verkauft und wer kauft.«

»Und der Erlös?«

»Sicher angelegt. Du findest ihn nie.«

»Wieso glaubst du eigentlich, damit durchzukommen?«

»Glauben? Da ist nichts zu glauben. Es ist getan. Erledigt, vorbei. Du kannst alle diese Flaschen schließlich nicht zurückholen, oder? Und beweisen kannst du erst recht nichts. Es gibt keinen Menschen auf der ganzen Welt außer uns beiden, der überhaupt weiß, daß sie jemals vorhanden waren.«

»Du meinst, dein Wort steht gegen das meine?«

»Ganz genau.«

»Verlaß die Champagne«, befahl ihm Paul.

»Mit Vergnügen.«

»Und Frankreich!«

»Nein, niemals. Das hier ist mein Land.«

»Von nun an hast du kein Land mehr. Wenn du Frankreich nicht verläßt, werde ich deine Machenschaften aufdecken, und man wird mir glauben, verlaß dich darauf. Ich schwöre dir, ich werde dich in einem Maße unmöglich machen, wie du es dir jetzt nicht einmal vorstellen kannst! Du bist eine Schande für deinen Namen, eine Schande für die Familie, du bist eine Schande für die gesamte Tradition und eine Schande für alle unsere Toten. Niemand in ganz Frankreich wird anders als mit Abscheu von dir reden oder an dich denken. Wir haben alle ein langes Gedächtnis. Du hast dein Land verloren.«

»So einfach ist das nicht, es alle Leute glauben zu machen.« Bruno sprach immer noch mit Geringschätzung.

»Aber du wirst es nicht zu riskieren wagen. Ein Mann, der das Herzblut von Valmont auf dem Schwarzen Markt verscherbelt hat, ist dabei nicht stehengeblieben. Was hast du sonst noch alles auf dem Kerbholz nach diesem Krieg? Jeder Übeltäter hinterläßt Spuren, besonders, wenn er Komplizen hat. Glaubst du im Ernst, die Regierung eines freien Frankreich wird sich nicht mit Leuten wie dir befassen? Nein, mein Lieber, du hast keine Wahl.«

Bruno fuhr herum und sprang zu dem Schreibtisch, in dem er einen Revolver hatte. Er griff in die Schublade, aber dort war nichts. Paul hatte während des Wartens das Zimmer durchsucht.

»Selbst das würdest du ohne weiteres tun, wie?« schrie er Bruno an. Er hob die Reitgerte, die er ebenfalls von Brunos Nachttisch genommen hatte und hieb sie Bruno ins Gesicht, mit der übermenschlichen Kraft eines Mannes, der sich gezwungen sieht, eine Natter, deren Biß tödlich ist, zu erschlagen. Brunos Lippe platzte auf. Durch das rote Blut waren die weißen Zähne sichtbar.

»Raus!« zischte sein Vater mit leiser Stimme. »Fort mit dir!« Und als Bruno sich nicht von der Stelle rührte, schlug er noch einmal mit der Reitgerte zu. Und noch einmal, über Brunos rechtes Auge, das sofort zuschwoll, bis Bruno sich abwandte und die Treppe hinunterlief, verfolgt von Paul, der immer noch die Reitgerte gezückt hielt, bereit, seinem eigenen Sohn auch den Rest des Gesichtes zu zerpeitschen, wenn dieser verfaulte Charakter nicht augenblicklich das Land verließ, das er entehrt hatte.

Zwanzigstes Kapitel

»Was ich ganz hervorragend kann – darüber ist sich alle Welt einig –, ist Kuchen verkaufen«, sagte Freddy zu Delphine mit begeistertem Lächeln. »Damals bei Van de Kamp in Los Angeles habe ich das gelernt, und wenn du das Kuchenverkaufen erst einmal raus hast, verlernst du es nicht mehr. Meine Schwiegermutter war ganz hingerissen. Sie sagte, so einen Erfolg bei einem Kirchen-Winterbazar habe es nicht gegeben, solange sie denken könne. Nicht das kleinste matschige Teetörtchen blieb übrig, und meine selbstgebackenen Apfelkuchen gingen als erste weg. Wir haben nicht weniger als fünfundzwanzig Pfund für Dr. Barnardo hereingebracht.«

Delphine legte sich faul auf die Sofakissen zurück. Sie waren im Wohnzimmer des neuen geräumigen Appartements, das sie und Armand, jetzt endlich verheiratet, in der Rue Guynemer gegenüber dem Jardin du Luxembourg gemietet hatten. Freddy und Tony Longbridge waren für ein paar Tage zu Besuch gekommen, ehe sie zu Eve und Paul nach Valmont fuhren – auf ihrer ersten Reise außerhalb Englands seit dem Ende des Krieges vor einem Jahr.

»Wer ist Dr. Bernardo?« fragte Delphine ohne großes Interesse.

»Ein Vormund für Waisenkinder. Das Geld wird für Weihnachtsgeschenke verwendet. Aber ich habe mich auch an dem Trödelverkauf für ein neues Dach der Dorfkirche beteiligt. In der sitzen wir jeden Sonntagmorgen und singen so leise wie möglich, damit nicht etwa das alte auf unsere Köpfe fällt. Eine wirklich gepfefferte lautstarke Predigt hätte wahrscheinlich ein einschlägiges Desaster zur Folge.«

»Na, wenn das nicht schlimm ist«, murmelte Delphine sarkastisch, »und das, nachdem euch den ganzen Krieg über keine einzige Bombe auf den Kopf gefallen ist.«

Aber Freddy stimmte ihr nur sehr nachdrücklich zu. »Genau meine Rede! Und eben deswegen habe ich mich bei den Bazaren auch so beteiligt. Nachdem es immer noch kein Benzin gibt, nicht einmal auf Bezugsschein, habe ich einfach ein Pferd vor einen Wagen gespannt und bin losgezogen. Du machst dir keinen Begriff, was die Leute alles an altem Trödelkram haben! Sie haben ihre Dachböden ausgeräumt, und da kamen Sachen zum Vorschein in rauhen Mengen, alles mögliche, alte Bücher, Geschirr, von dem sie selbst gar nicht mehr wußten, daß sie es hatten, alte Kleider – einfach alles. Und ich habe auch nicht eine einzige Spende abgelehnt. Man weiß ja nie, was sich alles verkauft. Und tatsächlich waren wir am Ende so gut wie ausverkauft. Ganz erstaunlich, sage ich dir, was du mit einem einzigen alten Gaul alles zuwegebringst. Tony war sehr stolz auf mich.«

»Das gehört sich ja wohl auch, ehrenwerte Dame Freddy«, meinte Delphine großmütig.

»Im Juni gibt es ein Sommerfest der Kirchengemeinde im Garten des Pfarrhauses. Und alle sagen mir schon im voraus, daß es sehr schön werden wird.« Freddy schien schon ganz in Erwartung dieses Ereignisses zu sein. »Es gibt einen Maibaumtanz und Ponyreiten und einen Hunde- und Katzenwettbewerb, aber die Hauptereignisse sind die Prämiierungen der schönsten Blumen und besten Gemüse. Dabei soll es zuweilen sogar überaus heiß hergehen. Da geht es allen ums Prestige. Ich weiß noch nicht, worauf ich mich konzentrieren soll, Pfingstrosen oder Tomaten. Ich habe sogar schon überlegt, wieso nicht überhaupt beides. Sobald wir wieder zu Hause sind, muß ich mich damit befassen. Ich denke, es ist eine größere Herausforderung, wenn man sich nicht nur auf eine Sache spezialisiert, meinst du nicht?«

»Ja, ganz sicher. Völlig deiner Meinung. Ich persönlich würde mich ja am Maibaumtanz beteiligen.«

»Aber Delphine! Das ist doch nur für die Kinder, nicht für uns alte verheiratete Damen.«

»Sei mal vorsichtig, wen du alte verheiratete Dame nennst!« mahnte Delphine träge und tätschelte selbstzufrieden ihren Bauch.

»Also alte, verheiratete, ganz schwer schwangere Damen.«

»Laß das ›alte‹ weg, dann können wir uns irgendwo einigen.«

»Du warst ja schon immer so eitel... also gut, da hast du von mir aus Anspruch auf diese Konzession... achtundzwanzig ist ja auch wirklich noch nicht so alt.«

»Sechsundzwanzig auch nicht«, bemerkte Delphine trocken. »Selbst samt deiner Annie, die du schon hast.«

»Ach, an mein Alter denke ich überhaupt nie«, erklärte Freddy fröhlich. »Es gibt einfach zuviel zu tun auf Longbridge Grange. Da habe ich zum Beispiel meine Bridgestunden, und jetzt, wo nach und nach auch wieder das alte Personal zurückgekommen ist, unterrichtet mich meine Schwiegermutter in diesen ganzen Feinheiten, wie man Dinner-Parties organisiert und all das. Und sticken lerne ich auch, denk dir, damit ich Tablettuntersetzer machen kann, und stricken, damit ich Teekannenwärmer und Eierwärmer für den nächsten Bazar produzieren kann. Apfelkuchen sind einfach zu leicht zu machen. Und dann natürlich ist da noch meine Sonntagsschule.«

»Deine eigene Sonntagsschule, meinst du?« fragte Delphine und brachte soviel Überraschung zuwege, wie es ihre Rückenlage zuließ.

»Genau. Eine alte Tradition auf Longbridge, mußt du wissen. Jeden Sonntagnachmittag von drei bis vier. Nur für die Kinder bis zu zehn Jahren. Danach gehen sie in den Pfarrhof zum Konfirmationsunterricht. Ich führe die Anwesenheitsbücher, und wenn ein Kind sechs Wochen regelmäßig da war, kriegt es eine Marke in sein Heft. Aber wenn sie nur eine Woche auslassen, zählt man die Wochen wieder ganz von vorne für eine Marke.«

»Das ist aber ganz schön hart«, wandte Delphine ein.

»Regelmäßig heißt nun mal regelmäßig«, beharrte Freddy mit Überzeugung. »Es ist ja auch eine hervorragende Charakterschulung. Penelope spielt dann Kirchenlieder auf dem Klavier, und die Kinder singen, und ich lese Bibelgeschichten vor. Ich werde darin immer besser, wirklich.«

»Also eigentlich habe ich dich ja nie für besonders religiös gehalten. Aber man ändert sich eben wohl mit der Zeit, nicht? Und wir haben uns ja auch so lange nicht mehr gesehen... du scheinst wirklich die perfekte englische Lady zu werden, wie?«

»Ich hoffe es jedenfalls. Immerhin habe ich schließlich in den englischen Landadel eingeheiratet. Gott, das Alleraufregendste hätte ich ja bald vergessen. Ich kann bereits mein eigenes *Potpourri** machen! Penelope hat mir ihr Geheimrezept dafür verraten. Es wird seit Jahrhunderten in der Familie vererbt, mußt du wissen. Aber ich habe mich entschlossen, mir ein eigenes zu erfinden! Ich fing natürlich ganz traditionell mit Lavendel und Rosen an, aber dann ging es einfach durch mit mir: Studentenblumen, Kornblumen, Heidekraut, Salbei, Rittersporn, Alpenröschen, Melisse, Zitronenkraut, Thymian, Mutterkraut, Pfefferminzblätter, Waldmeister, Muskat, Kamillenblüten, pulverisierte Iriswurzel – nur ein Hauch –, Veilchen, Geranienblätter, eine winzige Prise geriebene Muskatnuß – – warte mal, was habe ich vergessen? Natürlich! Zimtstangen! Ohne Zimtstangen hat die ganze Geschichte keinen Sinn. Der Witz dabei ist selbstverständlich, daß man die einzelnen Kräuter genau zur richtigen Zeit erntet, um sie dann zu trocknen. Darin liegt das Geheimnis. Und zwar am frühen Morgen, wenn der Tau eben verdunstet ist, und wenn die Blume oder das Kraut auf dem Höhepunkt ihrer Blüte sind. Dann fängst du an, zu mixen. Ganz, ganz vorsichtig und zuletzt kommen die Ölextrakte dazu. Das ist sehr viel komplizierter –, als es sich anhört, verstehst du. Ich sage dir, mein Potpourri wird, wenn es erst einmal das

* Traditioneller Kräuter-Dufttopf

richtige Alter hat, ganz wunderbar sein. Jetzt riecht es noch ein wenig...
unfertig. Aber meine Schwiegermutter ist sehr zuversichtlich. Wenn es
soweit ist, schicke ich dir ein wenig davon. Delphine... he, Delphine!
Schläfst du?«

Eine Stunde danach, als Armand von einem Spaziergang mit Tony zurückkam, bürstete Delphine sich gerade das Haar. Das kleine Nickerchen
hatte sie erfrischt.

»Nun, habt ihr einen hübschen Schwesternplausch gehabt?« fragte er.

»Ganz faszinierend. Und du mit Tony?«

»Sehr informativ. Ich weiß jetzt mehr, als ich je wissen wollte, über die
Beschränktheit der Labour-Regierung, über britische Versorgungseng-
pässe und Kapitalmangel, Preiskontrollen, niedrige Produktivität, hohe
Steuern und die ganz generelle Unmöglichkeit, daß in England jemals irgend etwas zustandekommt. Ich wäre die ganze Zeit lieber hier gewesen,
um bei euren kleinen vertrauten, erotischen Mädchengesprächen Mäus-
chen zu sein.«

»Keine Bange, da hast du wenig versäumt. Es sei denn, du hättest Spaß
daran, einer sehr schlechten Schauspielerin in Aktion zuzusehen.«

»Welcher schlechten Schauspielerin?«

Delphine gähnte wollüstig. »Meiner kleinen Schwester natürlich. Ich
spielte meine Rolle, ihr alles zu glauben, hervorragend.«

»So hervorragend wie immer?«

»Worauf du deinen Hintern verwetten kannst, Sadowski. Vielleicht
werfe ich dich doch nicht raus.«

Freddy blickte von ihrem Stickrahmen auf, als sie Tony Luftpostpapier in
kleine Schnipsel zerreißen hörte. Er warf sie anschließend in das Kaminfeuer in ihrem Schlafzimmer in Longbridge Grange. Es brannte vergeblich gegen die feuchte Kälte an, die einem an diesem regnerischen April-
nachmittag 1946 bis in die Knochen drang. Es war ein kärglicher Frühling
dieses Jahr. Die Knospen waren winzig und wollten nicht aufgehen, und
die Rationierung nahm immer noch weiter zu statt ab.

»War das nicht ein Brief von Jock?« protestierte sie. »Ich wollte es auch
lesen.«

»Ich wollte nicht, daß du deine Zeit damit verschwendest«, erwiderte
Tony, den der Brief seines alten Freundes sichtlich irritiert hatte.

»Wieso, berichtet er wieder Neues über sein ruheloses Liebesleben?
Aber mir gefallen alle diese abstoßenden, unanständigen Einzelheiten!
Es ist eine Abwechslung gegen ›Trollope, die Dirne‹.«

»Nein, Liebling, überhaupt nicht. Er hat wieder mal eine seiner verrückten Ideen. Jetzt will er ausgemusterte Flugzeuge mieten und damit eine Luftfrachtgesellschaft gründen.«

»Das bedeutet ja wohl, er hat noch immer keine richtige Beschäftigung«, meinte Freddy nachdenklich. »Wie lange, glaubt er eigentlich, reicht sein beim Pokern verdientes Vermögen?«

»Jedenfalls nicht sehr lange, wenn er so weitermacht. Es ist ihm aber todernst mit der Geschichte. Er kann eine Anzahl DC-3 mieten, schreibt er, für viertausend Dollar im Jahr, Spezialpreis für Kriegsveteranen, für ›nur‹ viertausend, wohlgemerkt. Und weißt du, was er uns vorschlägt? Wir sollen unsere Zelte hier abbrechen und nach Los Angeles ziehen und seine Partner werden! Wir! Einfach so! Er schreibt, es laufen haufenweise demobilisierte Piloten und Bodenpersonal-Leute herum, die man für ein Butterbrot anheuern kann, wenn sie nur einen Job in der Fliegerei kriegen. Er schreibt, wenn wir einsteigen, wären wir von Anfang an, mit entsprechenden Vorteilen für später, in einer ganz neuen Industrie mit dabei. Der hat sie doch nicht alle.«

»Manches ändert sich nie«, pflichtete ihm Freddy bei. »Hat er etwas davon gesagt, welche Art Fracht er im Sinn hat?«

»Du kennst doch Jock. Er denkt an verderbliche Ware. Stell dir doch mal eine DC-3 voller Gemüse vor! Er meint, in eine Maschine gehen dreieinhalb Tonnen hinein. Das ist so eine typische Jock-Schnapsidee. Der fliegende Gemüsehändler.«

»Komischerweise«, sagte Freddy sinnend, »klingelt da etwas bei mir.«

»Wie das?« fragte Tony. Ihre Nachdenklichkeit überraschte ihn.

»Weißt du, bei uns an der Westküste drüben wächst eine solche Menge Zeug, auch wenn im Osten schon gar keine Saison mehr dafür ist. Beim Transport mit der Eisenbahn würde das alles nur verderben. Dauert zu lange. Ich sage dir, das ist tatsächlich eine Marktlücke!« Sie sah verträumt in das Feuer. Sie sah ein Land vor sich, von dem Tony Longbridge nie geglaubt hatte, daß es wirklich existierte.

»Augenblick mal, Schatz, Augenblick! Erstens, zweitens und drittens, selbst wenn es ein narrensicherer Plan wäre und selbst wenn wir einsteigen wollten, was beides ja nicht zutrifft, wäre es doch gar nicht möglich. Wir können doch gar kein Geld aus dem Land transferieren, um irgendwo Geschäftsteilhaber zu werden. Nicht mal mit Jock, der alten blöden Nervensäge. Es gibt bekanntlich noch Devisenbeschränkungen. Nicht mal nach Paris hätten wir reisen können, wenn uns nicht die Sadowskis aufgenommen hätten.«

»Du weißt doch ganz genau, daß ich in Los Angeles fünfzehntausend Dollar liegen habe, die obendrein seit 1939 Zinsen bringen.«

»Das ist deine Privatschatulle.«

»Das ist meine Mitgift, mein Heiratsgut... du hast keine geheiratet, die nichts hat.«

»Du weißt, daß wir darüber immer schon verschiedener Meinung waren. Das ist dein ganz persönliches Geld. Es hat absolut nichts mit mir zu tun.«

Freddy ging auf diesen bekannten Einwand gar nicht erst ein. »Tony, wenn – und ich sage lediglich erst einmal wenn, nur beispielsweise, also gehe nicht gleich in die Luft – wenn wir beispielsweise dieses Geld verwendeten, könnten wir ein paar Flugzeuge damit mieten und hätten immer noch genug zum Leben übrig, bis die ersten Gewinne kommen. Wenn dann Jock selbst noch zwei oder drei Flugzeuge anmieten würde – nur zum Beispiel! – und wir damit insgesamt fünf Maschinen hätten...«

»Nur weiter so!«

»Laß mich doch nur diesen Gedanken zu Ende bringen! Ich frage mich, was Jock mit dem ›Butterbrot‹ genau meint, für das diese Burschen arbeiten würden. Wieviel Butterbrote könnten das wohl sein?«

»Freddy! Was zum Teufel soll denn das alles? Eine Flotte von fünf Frachtflugzeugen! Das meinst du doch wohl nicht im Ernst, oder?«

»Na ja... es geht mir nur so im Kopf herum, nur so zum Spaß, einfach nur so zum daran Herumdenken, weißt du...«

»Also doch?«

»Wem tut das denn weh, Tony, wenn man sich lediglich etwas ausdenkt? Sich einfach nur mal vorstellt, wie diese DC-3, bis obenhin vollgeladen, nach New York oder Boston oder Chicago abfliegen... Selbstverständlich phantasiere ich jetzt nur einmal. Schließlich können wir ja gar nicht von Grange weg.«

»Genau das möchte ich doch wohl annehmen.«

»Du hast schließlich dein ganzes Leben hier zugebracht. Wie könntest du da auch nur daran denken, alle Zelte abzubrechen und in eine völlig fremde Gegend zu ziehen, wo die Sonne jeden Tag das ganze Jahr über scheint?« Freddy war zum Fenster gegangen und starrte in den friedhofsgrauen, nicht endenwollenden Regen hinaus, der nun schon wochenlang den ganzen englischen Frühling unter sich begrub. Oder besser gesagt, ertränkte. »Wie es wohl oben über dem Wetter aussieht?« murmelte sie. »Gibt es den Abendstern überhaupt noch, was meinst du?«

»Wie meinst du, Schatz?«

»Ach nichts. Gar nichts.« Sie lächelte ihn lieb an. »Außerdem braucht uns Jock gar nicht, wenn er seine Frachtfliegerei aufmachen will. Er schrieb doch, in Kalifornien laufen die Piloten haufenweise herum. Und wir haben schließlich hier unser Leben. Du mußt dich um das Land kümmern, und ich habe Annie und meine Bazare und meine Bridgestunden und die Sonntagsschule. Ich meine, wenn wir beide kein Gehalt beanspruchten... na ja, vergiß es.«

»Wenn jemand schon sagt ›vergiß es‹...! Also, was ist damit, wenn wir beide kein Gehalt beanspruchten?«

»Na ja, ich habe nur mal wegen des Gewinns überlegt. Natürlich würde die Sache eine ganze Weile noch keinen abwerfen. Und leicht wäre es nicht. Erst mal müßten wir hinreisen, ein Haus finden, einen Wagen kaufen, ein Büro mieten, uns um Hangarraum kümmern, Personal bezahlen, mit Piloten und Bodenpersonal verhandeln... und allein der Treibstoff für diese DC-3 kostet einen hübschen Batzen.« Ihre Stimme versagte, während sie auf die Regentropfen an der Fensterscheibe starrte. Es war deutlich zu sehen, daß sie ganz woanders und schon längst nicht mehr hier in diesem Zimmer war; weit weg in sehnsüchtigen Träumen.

»Also fünf DC-3?« fragte Tony mit einem rätselhaften Ton in seiner Stimme. »So real ist das also bereits in deinem Kopf?«

»Ich erinnere mich einfach an alle die finanziellen Probleme, die ich damals mit meiner Flugschule hatte.«

»War schwierig, wie?«

»Das kannst du laut sagen.« Als sie sich umgewandt hatte, um Tonys Frage zu beantworten, blickte ein begehrliches, ungezähmtes Kind aus ihren Augen, nur eine Sekunde lang, dann hatte sie bereits den Blick gesenkt. Aber es war schon zu spät. Tony hatte es gesehen.

»War es schwieriger als das Kuchenverkaufen?«

»Das kann man nicht vergleichen.«

»War es schwieriger?«

»Erheblich schwieriger.«

»Aber du bist zurechtgekommen?«

»Einigermaßen, ja.«

»War es ebenso aufregend, wie ein *Potpourri* zu machen?«

»Mach keine Scherze damit, Tony. Das ist, als würdest du Vergleiche anstellen zwischen... fliegen und ... ach, was kann man damit überhaupt vergleichen, oder?« Und mit einem entschlossenen, sichtbaren Hochrecken ihres Kinns knöpfte sie ihre Strickjacke zu, setzte sich wieder und nahm ihren Stickrahmen.

»Schatz, wem, glaubst du, kannst du etwas vormachen? Mir doch nicht! Es bringt dich ja fast um, diese Idee mit der Luftfracht! Meinst du, ich habe es noch nicht bemerkt, daß du jedes Mal wie angewurzelt stehen bleibst, wenn du nur oben ein Flugzeug vorüberfliegen hörst?«

»Gewohnheit. Reine Gewohnheit«, sagte Freddy und wurde unfreiwillig rot.

»Ach, Unsinn. Wenn deine Ohren wie Flügel flattern könnten, täten sie es!«

»Na schön«, rief Freddy mit kippender Stimme, »selbst wenn mich Jocks Idee fasziniert, wie könnten wir jemals auch nur daran denken, einen so entscheidenden Schritt zu tun? Es würde doch bedeuten, daß du von deiner ganzen Familie wegziehen müßtest, daß sich unser ganzes Leben ändern würde. Und du würdest dieses andere Leben hassen, Tony. Also, reden wir nicht mehr davon.«

»Aber es stimmt doch, daß du dir nichts mehr wünschst, als es zu versuchen, nicht wahr? Und versuche nicht, mir weiszumachen, das sei nicht wahr!«

»Ich kann nicht gut lügen, wie? Ja, aber die Zeiten haben sich geändert. Der Krieg ist vorbei, Tony. Ich habe mich nun einmal hier niedergelassen und eingerichtet, auf dieser Insel unter dem Zepter. Diesem zweiten Eden. Diesem Halbparadies...«

»Quatsch mit Soße, alles Quatsch. Und du hast noch ›diese majestätische Erde‹ vergessen und ›dieser Sitz des Mars‹. Was soll es. Oh, ich sage nicht, daß du deine Rolle nicht ganz hervorragend spielst. Doch, das muß man dir lassen. Aber was zum Beispiel hatte der Krieg jemals mit deiner Leidenschaft für das Fliegen zu tun? Mein armes Baby! An die Erde gefesselt, auf eine einzige miese Pferdestärke beschränkt, die von einem alten Ackergaul!«

»Ich habe mich nie beklagt«, sagte Freddy tonlos.

»Nein, und eben das macht mir angst. Es paßt überhaupt nicht zu dir, so gehorsam und gelehrig zu sein. Es macht mich nervös. Hör zu, Freddy, Schatz, ganz ehrlich, mir würde eine Veränderung absolut nichts ausmachen. Ich komme meinem Vater ohnehin schon viel zu viel ins Gehege. Er ist sehr viel weniger ungeduldig mit diesem ganzen Papierkrieg und Bürokram und hat außerdem sehr viel mehr Erfahrung als ich. Wenn er mich wirklich brauchte, dann könnte ich es natürlich nicht einmal in Erwägung ziehen, das weißt du. Aber es ist ja schließlich auch nicht so, als würden wir für immer und ewig... ich meine, warum nicht, zum Teufel? Der gute Jock ist ja nicht dumm, hat Unternehmungsgeist, doch, das hat der Junge. Und selbst wenn wir das ganze Geld in den Sand setzen und dann reumütig zurückkommen...«

»Du meinst...?« rief Freddy, die es noch gar nicht glauben konnte. Aber Tony nickte seiner Frau deutlich und klar zu.

»YIPPPEEE!« schrie sie, war mit einem Satz aus ihrem Sessel und, wenn auch nur mit den Fingerspitzen, an der Decke.

Es klopfte zaghaft an der Tür. Die kleine Annie kam in einem langen, geblümten Flanellnachthemd herein. »Yippee was?« fragte sie.

»Stell dir vor, kleine Annie«, sagte Tony zu ihr, »wir werden alle zusammen deinen Freund Jock besuchen, in der Stadt, wo Mama aufgewachsen ist. Sie heißt Los Angeles.«

»Ist das so wie Sonntagsschule?« fragte Annie unsicher, aber bereit, sich erfreuen zu lassen.

»Überhaupt nicht. Es ist wie ein Sommertag, wie ein großer, warmer, blauer Ausflug ans Meer. Und weißt du, was das Beste daran ist? Dein Papa muß dann nicht mehr Bridge mit deiner armen Mama spielen, weil sie – aber sag ihr nicht, daß ich das gesagt habe – immer noch nicht den Unterschied zwischen Trümpfen und Pik und Chancen kennt, und ihn auch nie lernen wird!«

»Wie taufen wir sie also?« fragte Jock, während er sich im Hinterhof des kleinen Hauses, das Freddy und Tony endlich in der Nähe des Flugplatzes Burbank gefunden hatten, ein Bier einschenkte.

»Irgend etwas Vertrauenerweckendes, würde ich meinen«, antwortete Tony. »Was meint ihr zu ›Nationale Expreß-Luftfracht-Gesellschaft‹?«

»Bißchen windig, alter Knabe, wenn du mir die Bemerkung erlaubst.«

»Dann hast du zweifellos einen besseren Vorschlag, lieber Freund?«

»Irgendwie gefällt mir *Fast Freight Forward*, grinste Jock voll Stolz auf seinen Einfallsreichtum.

»Also ich würde meine Ware einem Verein mit so einem Namen nicht anvertrauen«, protestierte Freddy. »Das klingt eher nach einer High-School-Football-Mannschaft... einer Mittel-High-School.«

»Aber Freddy, also ich halte diesen Namen von Jock für einfach fabelhaft!« meldete sich nun Brenda, die Jocks derzeitiges Mädchen war und außerdem als freiwillige Büroleiterin fungierte. »Ich würde sogar noch *Fabulous* davorsetzen! *Fabulous Fast Freight Forward* – ich wette, damit würde ich sogar Hedda Hopper dazu kriegen, was über uns zu schreiben!«

»Augenblick, Brenda«, stoppte Jock sie hastig. »Damit das klar ist, du hast hier kein eigentliches Stimmrecht.« Dann wandte er sich erklärend an Freddy und Tony. »Brenda kennt eine Menge Leute aus dem Showbusiness.«

Freddy betrachtete Brenda verwundert. Ihr dunkles, Haar war so lang und glänzend, daß es aussah wie Lack. Ihr ganz erstaunlicher Busen deutete auf weibliche Vollreife hin. Aber war sie eigentlich schon alt genug, um aus der Schule zu sein? Wo hatte Jock diese Art Mädchen denn immer her? Er hatte beteuert, daß sie tippen könne, Diktate aufnehmen, die Bücher führen und am Telefon sein. Tatsächlich aber sah sie so aus, als habe sie niemals auch nur ihre langen dunkelroten Fingernägel selbst lackiert. Und wieso hatte sie diesen starken Südstaatenakzent, wo sie doch angeblich aus San Francisco war?

»Hast du irgendwelche Ideen, Schatz?« fragte Tony sie.

»*Eagles*«, sagte Freddy wie aus der Pistole geschossen.

»*Eagles*? Was soll denn das für ein Name sein?« protestierte Jock sofort. Er war noch immer nicht ganz über die Tatsache hinweg, daß Freddy ihm und Tony einige Tage lang zeigen mußte, wie man diese großen, unvertrauten, zweimotorigen Kisten flog, nachdem sie sich selbst nach nicht mehr als einer halben Stunde Instruktion damit vertraut gemacht hatte. Sechs Jahre in Spitfires, und da mußte er sich tatsächlich wie ein kleiner Junge von ihr Unterricht geben lassen!

»Das ist doch sehr einfach«, sagte Freddy geduldig. »Ihr seid bekanntlich Kriegshelden, und ihr habt euch in der *Eagle Squadron* getroffen und kennengelernt. Da liegt es doch nahe, wenn wir mit dieser Tatsache ein wenig hausieren gehen, oder? Und außerdem, *Eagles* – das ist kurz, prägnant, leicht zu behalten, ohne verwirrende Abkürzungsinitialen.«

»Einen gewissen Gefühlswert hat es ja«, gab Tony zu.

»›Lassen Sie *Eagles* Ihren Blumenkohl fliegen‹ – das prägt sich schon ein!«

»Jock?« fragte Freddy. »Deine Meinung?«

»Da bin ich ja wohl überstimmt. Also von mir aus *Eagles*. Warum auch nicht.«

»Jock, Liebling«, sagte Brenda affektiert, »was genau war das: die *Eagle Squadron*?«

»Und wo ist *Unsere liebe Frau von den DC-3* heute morgen?« fragte Jock Tony. Sie saßen in ihrem engen Büro und suchten das Branchentelefonbuch nach möglichen Frachtkunden durch. Draußen im Vorzimmer bemühte sich Brenda inzwischen mit wenig Erfolg, einer Unzahl arbeitsloser Piloten klarzumachen, daß die Firma noch nicht mit der Einstellung von Personal begonnen habe.

»Nicht da.«

»Man sieht's. Nachdem ihr jetzt ein im Haus wohnendes Kindermädchen für Annie habt, ist sie vermutlich wohl einkaufen gegangen? Sie kann in der Tat ein paar neue Kleider brauchen. Hast du das noch nicht bemerkt? Vielleicht ist sie auch beim Friseur? Oder sie trifft sich zum Essen mit einer alten Freundin? Vielleicht ist sie auf einer Matinée? Oder bei einem kleinen Spielchen Gin-Romme? Du glaubst nicht, wie wenig

Frauen imstande sind, ihre Zeit totzuschlagen! Kommt sie wenigstens heute nachmittag?«

»Sie ist ein paar Tage weg.« Tony war auffällig kurz angebunden.

»Ah? Wo denn?«

»Offen gesagt, ich weiß es auch nicht. Da, den Zettel hier hat sie mir hinterlassen.« Er hielt ihn hin, und Jock las laut vor.

»Schatz, kümmere dich bitte um Annies Abendessen, das Helga zubereitet, und bleib bei ihr. Bade Annie, lies ihr aus dem roten Buch auf dem Nachtkästchen vor, aber nicht mehr als zwanzig Minuten, bring sie dann zu Bett. Das Nachtlicht kann anbleiben, wenn sie es will. Helga macht dir für halb acht Essen. Sieh bitte mehrere Male während des Abends nach Annie und laß deine Tür auf, falls sie aufwacht. Am Morgen: sieh zu, daß Annie ihr Frühstück aufißt, Helga bringt sie dann zum Kindergarten und holt sie auch wieder ab. Sag Helga, was du essen möchtest, bevor du ins Büro gehst. Mach dir meinetwegen keine Sorgen. Ich bin in ein paar Tagen zurück. Annie versteht es schon. In Liebe, mein Schatz. Bin fliegen gegangen. Freddy.«

»Habe ich heute morgen beim Aufwachen vorgefunden«, sagte Tony wütend. »Die hat ja Nerven.«

»Immerhin, sie hat zweimal ›bitte‹ geschrieben. Ist doch verdammt anständig von ihr. Was meint sie denn mit ›fliegen gegangen‹?«

»Wenn ich das selbst wüßte, würde ich es dir gerne sagen.«

»Und womit ist sie weg?«

»Jedenfalls mit keinem von unseren Fliegern. Das habe ich als erstes kontrolliert. Vielleicht hat sie jemanden überredet, ihr einen Drachen zu leihen«, knurrte Tony grimmig.

»Oder hat einen geklaut«, überlegte Jock.

»Sowas zu machen, wäre ihr zu Hause nicht in den Sinn gekommen! Nicht in einer Million Jahre! Das ist doch absolut un-möglich, so einfach abzuhauen, hör mal! Das muß diese Scheißgegend hier sein! Seit sie den Fuß wieder auf kalifornischen Boden gesetzt hat, ist sie nicht wiederzuerkennen. Ich kann keine konkreten Beispiele nennen, aber jedenfalls... sie ist völlig verändert! Als wenn die ganze Welt auf einmal ihr gehört. Mein lieber Mann, ich hätte gute Lust, ihr ordentlich den Hintern zu versohlen!«

»Brenda macht sich aus Angst vor ihr fast in die Hosen! Sie sagt, sie gibt ihr ein Gefühl von Minderwertigkeit.«

»Brenda? Die ist gar nicht so dumm, wie sie aussieht!«

»Na, na, Tony! Ist sie wohl!«

In dem schnellen Rennflugzeug, das sie gemietet hatte, flog Freddy süd-
wärts zum *Imperial Valley* in der Colorado-Wüste, wo das südlichste
Farmgebiet Kaliforniens lag. Anschließend flog sie weiter zu den wasser-
reichen Deltagebieten, wo Spargel und Tomaten zehn Monate im Jahr
geerntet wurden. Von dort aus brauste sie dann nach Salinas zu den hunderttausenden Acres fruchtbaren Anbaulandes, weiter nach Fresno zu
den Feigen und Trauben und landete noch zahllose Male in der Üppigkeit
von *Imperial County*, *Kern County* und *Tular County*, die als größte Re-
gionen für Agrarprodukte im ganzen Land galten. Überall lagen riesige
Farmen unter ihr und Obstplantagen, die, seit sie sie zum letzten Mal gesehen hatte, noch größer und noch ertragreicher geworden waren.

Sie flog in großartig unbekümmerter Ziellosigkeit einfach umher,
ohne Plan und Ziel, einfach nur nach ihrer Nase und augenblicklichen
Stimmung. Sie streunte, wanderte, hüpfte von einem Punkt zum nächsten, sauste, brauste, tauchte, drehte sich im Kreis und tanzte mit ihrem
Flugzeug durch den ganzen Staat von einem Ende zum anderen. Sie
kümmerte sich nicht um Kalkulationen und Rechnungen. Sie flog einfach, solange noch Sprit im Tank war, und was ihre Navigation anging,
folgte sie blind ihrem Instinkt und ihrer Erinnerung, dahin und dorthin,
nach Belieben und spontanen Einfällen. Sie war frei wie der Vogel in der
Luft und frei für überhaupt alles. Sie steigerte sich in einen richtigen
Flugrausch hinein – nach so langer Zeit wieder einmal. Raum, Platz!
Gott, wie hatte sie das in England vermißt! Die *ATA*-Flugrouten waren
derart eng begrenzt und genau vorgeschrieben, daß man sich immer vorkam, als zwänge man sich durch einen Irrgarten, wenn man ein Flugzeug
auslieferte. Aber hier, Kalifornien – das war die reine Ekstase von hellem,
endlosem, flutendem Raum! Raum und Platz, der wieder ihr gehörte!
Wie hatte sie es überhaupt so lange ohne diesen direkten Kontakt zum
Himmel aushalten können? Wie hatte sie es ertragen, wie sich selbst vor-
gegaukelt, irgend etwas anderes könne ihr je dieses besondere Erlebnis
des Himmels ersetzen?

Sooft sie die Hauptgebäude der großen landwirtschaftlichen Produk-
tionsstätten erblickte, drehte sie über ihnen einige spektakuläre Loopings, gab noch einige Showeffekte wie Immelmanns oder Schauer über
den Rücken des Publikums jagende Kerzen dazu, um sich so gebührend
anzukündigen, und landete dann elegant und sicher auf den halbvollen
Parkplätzen oder, falls es die nicht gab, auch auf dem nächsten freien
Feld.

Wenn sie dann mit ihrem Seemanns-, vielmehr Fliegergang in das
Büro ging, um nach dem Chef zu suchen, hatte sie ein sehr amtlich aussehendes Notizbuch und einen sehr teuren neuen Parker-Füller mit dicker

Goldfeder bei sich. Sie trug eine Phantasieuniform, die sie sich selbst zusammengestellt hatte – ATA-Rock und blaues RAF-Hemd, dieses aber ohne Schlips und oben offen, fast bis herunter zum Büstenhalter, mit den vier Inch breiten Pilotenschwingen über der rechten Brusttasche. Ihre wallende Haarmähne war geschäftsmäßig seriös gebändigt und nach hinten gebürstet, zu einem strengen Nackenknoten, der sich jedoch immer wieder aus dem Samtband befreite. Ihren Rock hatte sie nicht ohne Absicht um sehenswerte vier Inch gekürzt und mit einem roten Ledergürtel versehen, der eng genug geschnürt war, um nicht nur in der Royal Air Force ein Kriegsgerichtsverfahren in Gang zu setzen. Ihre biederen ATA-Schnürschuhe und schwarzen Strümpfe hatte sie durch helle echte Nylons und rote Pumps ersetzt, deren Absätze so hoch waren, wie sie sie in ganz Los Angeles nur hatte finden können. Wenn der jeweilige Boss nicht im Büro war, sorgte diese Aufmachung raschestens dafür, daß ihn die Kunde davon erreichte und er im Handumdrehen auftauchte.

In vier Tagen knüpfte Freddy auf diese Art Geschäftsverbindungen und herzliche Freundschaften mit den größten Erzeugern landwirtschaftlicher Produkte in der größten Anbauregion der ganzen Welt, die sie alle, mit den schamlosesten Abweichungen von der Wahrheit, über die Gründung »der führenden« Luftfrachtgesellschaft in Kenntnis setzte. Sie versäumte nicht regelmäßige wohlüberlegte Hinweise auf die Tatsache, daß zum fliegenden Personal der Gesellschaft ein hoher Prozentsatz Piloten der einstigen amerikanischen Eagle Squadron gehöre, die bekanntlich zu den heldenhaften Wenigen zählte, denen die vielen anderen so viel verdankten. Die Firma Eagles war imstande, erklärte sie ihren interessierten Zuhörern, jede beliebige Menge Farmprodukte, nämlich praktisch soviel, wie sie nur erzeugen konnten, neuen fernen Absatzmärkten schnellstens zuzuführen. Und wenn sie sich dabei intensiv nach vorne beugte, was bewirkte, daß sich ihre Brüste deutlich unter dem Stoff ihres Hemdes abzeichneten, waren die folgenden Verträge nur noch Formsache. Ihr Auftragsbuch füllte sich mit Absichtserklärungen, Zahlen, Daten und den Namen der großen Städte im ganzen Land, in denen der Großhandel auf Obst, Gemüse und Blumen aus Kalifornien wartete.

Allein der bisher nur auf Gewächshäuser angewiesene, schier unersättliche New Yorker Blumenmarkt war Woche für Woche ein potentieller Abnehmer gar nicht abschätzbarer Mengen frischer Schnittblumen, überlegte Freddy; wenn man die richtigen Kontakte hatte. Sie war vor dem Heimflug und saß im Café des Flugplatzes von Santa Paula bei zwei Stück frischen Pfirsichkuchens, während sie alles noch einmal überdachte. Wie viele Tonnen frischer Pfirsiche ließen sich wohl regelmäßig in Chicago absetzen? Und wenn man die Pfirsiche bereits hier zu Pfirsichkuchen verarbeitete, vielleicht bei Van de Kamp, welchen Verkaufspreis konnte dann mitten im Winter eine Bäckereikette im Osten dafür kalkulieren? Wie transportierte man fertiggebackene Kuchen am besten, ohne daß sie brachen? Blödes Weib, laß doch die Finger von Backwaren! Wirst du es denn nie lernen? Schön, also wie transportierte man Pfirsiche allein, ohne sie zu zerquetschen? Und wie Trauben? Erdbeeren? Zarten grünen Kopfsalat? Frischen Lachs aus der Bucht von Monterey? Und wie transportiert man Orchideen?

Ach was, das sind alles sekundäre Probleme, sagte sie sich, während sie daranging, dem Inhaber des Cafés das Rezept für die Pfirsichtorte aus der Nase zu ziehen. Über die Details sollen sich Tony und Jock die Köpfe zerbrechen. Die würden Augen machen, wenn sie zurückkam! Aber es war absolut unerläßlich gewesen, daß sie das allein gemacht hatte. Was ihren Ehemann betraf, so hatte er zwar die ganze Luftschlacht um England mitgemacht, kein Zweifel. Aber der ehrenwerte Antony Wilmot Alistair Longbridge war nun mal nicht eben der ausgesprochene *Yankee Doodle Dandy*-Typ. Und Jock, gut, der war zwar ein Einheimischer, hatte aber unglücklicherweise die Luftschlacht um England gerade so eben verpaßt. Es hätte sie, wären die beiden dabeigewesen – geschweige denn, sie hätten – um Himmels willen! – selbst geredet etwas... beeinträchtigt in ihrer... nun, ein ganz klein wenig geschönten Darstellung des gewaltigen und legendären *Eagle*-Pilotenkorps.

»Wo ist die neue Brenda?« schrie Jock verzweifelt, als er sich zwei Telefonhörer zugleich an die Brust hielt, damit die beiden Traubenanbauer, mit denen er gerade gleichzeitig sprach, es nicht hörten. »Ich brauche Hilfe hier, und zwar *pronto*!«

Freddy war unabkömmlich an ihrem Schreibtisch. Sie mußte gerade drei enttäuschten, aber immer noch eifrig redenden Ex-Bomberpiloten klarmachen, daß 250 Dollar im Monat das absolute Maximum waren, das *Eagles* vorläufig bezahlen konnte. Sie schrie über ihre Köpfe hinweg: »Nicht mehr da! Hat gestern gekündigt. Ich hatte noch keine Zeit, eine neue zu finden!« Wieso übrigens, dachte sie gereizt, war sie zuständig, neue Brendas heranzuschaffen? In den zwei Wochen, seit die ursprüngliche Brenda sich einen ihrer kostbaren Fingernägel abgebrochen hatte und daraufhin, weil das Schicksal sich derart gegen sie verschworen hatte, in Zornestränen aufgelöst verschwunden war, hatten sich vier Nachfolgerinnen als Büroleiterinnen abgewechselt. Brendas gediehen offenbar nicht auf hysterischem Boden. Brendas wurden nicht mit Panik fertig. Und Freddys Aquisitionstrip hatte eine derartige Lawine plötzlicher

Kundenaufträge losgetreten, daß das alles nicht mehr ohne ein halbes Dutzend kompetenter Bürokräfte zu bewältigen war.

»Wer kümmert sich eigentlich da draußen im Vorzimmer um die Telefone?« schrie Jock wütend. »Das ist die reinste Neujahrsparty! Ich könnte fast schwören, daß ich da Annies Stimme höre!«

»Sie irren sich nicht, Staffelkapitän! Helga nimmt die Anrufe entgegen. Und Annie ist bei ihr.«

»Wo zur Hölle steckt Tony, verdammt?« brüllte Jock.

»Der Geschwaderkommandeur ist gerade auf dem Rückweg von Newark. Er hatte diese dreieinhalb Tonnen Nelken dorthin zu liefern. Und die Colonels Levine und Carlutti flogen die Erdbeeren und Tomaten nach Detroit und Chicago. Sie sind ebenfalls bereits auf dem Rückflug.«

»Irgendwelche Erfolgserlebnisse?« fragte Jock mit der Redewendung, mit der sich im Krieg die *RAF*-Piloten abgefragt hatten, ob sie Feindabschüsse zu verzeichnen hätten.

»Nix«, antwortete Freddy, was bedeutete, keinem sei es gelungen, eine Fracht für den Rückflug zu ergattern, was eine wesentliche Voraussetzung für Gewinne war. Alle drei Flugzeuge kehrten »tot« nach L.A. zurück – das schlimmste Wort in der Branche nach »Totalverlust« = Absturz.

»He, Freunde, könntet ihr vielleicht 'n Augenblick draußen warten?« bat Jock die Piloten, die ihrem Gespräch mit Interesse folgten. »Ich muß eine interne Besprechung mit meiner Geschäftspartnerin führen.«

»Das klappt so nicht«, sagte er dann ungestüm zu Freddy, als sie draußen waren. »Wir können doch nicht Aufträge ablehnen, weil wir keine Kapazitäten mehr haben und gleichzeitig rote Zahlen fliegen! Wie soll das gehen? Wie lange, denkst du, halten wir das durch? Wie lange? Hier sitzen wir und stecken bis zum Hals in Büroarbeit, während die ursprüngliche Idee doch wohl die war, daß wir drei ohne Gehalt fliegen. Die ganzen Brendas, die du ranschaffst, verschwinden über Nacht wieder, und wir haben immer noch nicht genug Mechaniker eingestellt. Ich habe eine Ladung reifer Pfirsiche dastehen, die aus Bakersfield weg soll – hast du eine Ahnung, wie schnell die Dinger verderben? –, aber es hat gar keinen Sinn, noch mehr Flugzeuge zu chartern, wenn außer Tony, Levine und Carlutti keine Piloten da sind. Und heute habe ich noch drei Aufträge für morgen bekommen – – ach du Scheiße! Ich und meine großen Ideen! Noch ein paar Wochen, und wir können keine Gehälter mehr bezahlen und stehen mit Schulden da!«

Freddy schob ihren Schreibtischstuhl zurück, so daß sie fast in ihm hing, legte ihre ansehnlichen Beine auf den Tisch, zog ihren Rock ein wenig bis über die Knie hoch, und legte die Beine mit den hochhackigen roten Pumps übereinander. Sie schien stumm die Decke zu studieren, während Jock nervös auf die Tischplatte trommelte und darauf wartete, daß sie etwas sagte. Stattdessen kramte sie in ihrer Handtasche, holte ihren Lippenstift heraus und begann sich sorgfältig neu zu schminken, sich wohlgefällig in ihrem Spiegel zu betrachten. Dann nahm sie die Beine wieder vom Tisch, stand auf und ging leichtfüßig, geschmeidig und heiter zur Tür.

»He! Du kannst mich doch hier nicht einfach stehen lassen, hör mal! Wo willst du schon wieder hin, verdammt nochmal? Nochmal eine Tour machen? Das wäre unser totaler Ruin!«

»Staffelkapitän Hampton«, sagte Freddy mit einem sehr deutlich abschätzigen, unfairen und ungerechten, bösen Lächeln, »ich darf Sie doch bitten, Haltung zu bewahren! Ich möchte Sie in diesem aufgelösten Zustand nicht sehen. Das verursacht nur Magengeschwüre. Atmen Sie tief durch. Denken Sie positiv. Selbst Sie mit Ihrem Charakter müssen doch gelegentlich auch mal eines guten Gedankens fähig sein! Wenn ich Sie so betrachte, sehen Sie auch gar nicht gut aus!« Und sie zerrte ihn an den Haaren und zog lässig an seinen Ohren. »Haben Sie auch immer anständig gegessen, Staffelkapitän? Nehmen Sie ausreichend Vitamine zu sich? Wissen Sie was, Sie können Annies Mittagessen haben. Jamjam, guti guti, alles aufessen. Sie bekommt von mir was anderes, ich nehme sie mit.«

»Also, du willst wirklich weg?« sagte er in ungläubiger Wut. »Das gibt's doch nicht, Scheiße!«

»Helga wird sich um dich kümmern. Ich muß mir einen Nerzmantel kaufen gehen.«

»Einen was? Weiber, Weiber, Scheißweiber!« brüllte ihr Jock nach, während seine beiden und Freddys beide Telefone alle zugleich zu klingeln begannen. »Jetzt wird mir endlich klar, warum du mich nicht hast sterben lassen, als ich die Chance hatte! Du hast mich nur gerettet, damit du mich selbst umbringen kannst!«

»Tztztz, übertreiben wir da vielleicht gar ein klein wenig, Staffelkapitän? Schließlich habe ich dich damals noch gar nicht gekannt, Mann!« sagte Freddy zuckersüß und machte sanft die Tür hinter sich zu.

Jock machte gar keinen Versuch, auch nur an ein Telefon zu gehen. Er schüttelte seinen Blondkopf heftig, und auf seinen Gesichtszügen machte sich Konsterniertheit breit. Wieso fühlte er sich plötzlich so verflucht und beschissen einsam und allein? Wieso hatte er auf einmal das Gefühl, allseits sitzen gelassen worden zu sein?

Swede Castellis vertrautes Büro war so vollgestopft wie eh und je mit Fotos, Flugzeugmodellen, Plänen und Flugreliquien. Aber Swede selbst, schien es Freddy, war sehr viel weniger fröhlich als sie ihn jemals gesehen hatte. Er war hocherfreut über ihren überraschenden Besuch, und trotzdem schien sein Gesicht hinter der Oberfläche der Freude unglücklich und elend zu sein. Er hob Annie hoch und betrachtete ihre kleine Vollkommenheit mit Entzücken, um dann den Kopf darüber zu schütteln, wie die Zeit doch verging. »So, kleine Lady, nun setz dich mal da hin«, sagte er schließlich und setzte sie sorgfältig ab.

»Oh, ich bin keine Lady«, sagte Annie ernsthaft. »Meine Oma Penelope ist eine Baronesse und meine Oma Eve ist eine Vicomtesse, und meine Tante Jane ist verlobt und heiratet bald einen Marquis, und das bedeutet, sie ist eines Tages eine Herzogin. Ich bin einfach nur Annie.«

»Ja, du armes Kind! Das ist ja ein Skandal, der zum Himmel schreit! Wollen wir hoffen, daß mal ein Prinz für dich angeritten kommt!«

»Was für 'ne Art Prinz?« fragte Annie interessiert.

»Annie, willst du nicht ein wenig mit den Modellflugzeugen spielen?« fragte Freddy hastig.

»Nein, ich möchte lieber mit Mr. Castelli reden, Mami.«

»Später, Annie.« Freddy scheuchte sie fort.

»Ich habe mich schon gefragt, Freddy, wann du denn nun endlich bei mir vorbeischaust. Du bist schon wochenlang wieder da«, sagte Swede, in mildem Tadel lächelnd.

»Das war alles so kompliziert, Swede, großer, lieber, alter Bär. Ich weiß gar nicht, wo ich anfangen soll zu erzählen.«

»Brauchst du gar nicht. Ich kann mir alles nur zu gut vorstellen. Nichts geht, wie sehr man sich auch bemüht. Genau wie hier. Weißt du noch, die Jahre, als es derart viel zu tun gab, mit der ganzen Stunt-Fliegerei, daß ich fast im Büro schlafen mußte? Und als du von einem Film zum andern ranntest, ohne ein freies Wochenende, genau wie alle anderen? Erinnerst du dich noch an diese große kleine Firma, die ich hatte? Alles vorbei, Freddy. Kein Mensch dreht mehr Filme mit Fliegerszenen. Während des Kriegs hatte ich noch eine Menge mit Filmen über die Air Force zu tun. Aber jetzt? Aus, vorbei. Kannst du alles vergessen. Jetzt haben romantische Staketenzäune Konjunktur und heckenrosenüberwachsene kleine Häuschen und die blühende Liebe und alles. Kein Schwein, Freddy, und damit meine ich, nicht ein einziges Studio, ist an einer der guten alten wilden Geschichten interessiert. Ich sitze hier nur noch rum und starre die Wände an und warte, ob vielleicht das Telefon mal klingelt. Tut es aber nicht. Es macht nun schon Monate und Monate keinen Piep. Am besten reiße ich gleich die Schnur raus.«

»Ist es so schlimm, Swede? Das tut mir wirklich leid.«

»Oder so gut. Kommt darauf an. Ich meine, Kleine, ich habe ja nie gemeint, man soll viel Geld und wenig Spaß haben. Es stimmt was nicht dabei.« Er ließ sich mutlos in seinen Sessel zurücksinken.

»Wieso? Was heißt das, viel Geld? Wo das Geschäft so schlecht geht?«

»Mann, warst du lange fort! Alle haben im Krieg ein Heidengeld gemacht, und einige sind darauf sitzengeblieben. So wie ich. Was ich auch investiert habe, es wurde zu Gold. Ich bin reich, Kleine, wirklich reich, verstehst du? Ich scheine am Ende doch noch die goldenen Finger gehabt zu haben. Oder die goldene Nase. Nur, ich bin nicht der Typ, der sich dann hinsetzt und sein Geld zählt. Wenn es doch noch irgendwas gäbe, was man riskieren kann! Aber schließlich darf ich mich nicht beschweren. Ich habe meinen Spaß ja gehabt.«

»Da komme ich ja gerade richtig«, sagte Freddy. »Was glaubst du wohl, was ich für einen Job für dich habe?«

Er zog die Brauen hoch. »Wo das? Doch wohl nicht in deiner Luftfrachtgeschichte da? Freddy, hast du auch nur die leiseste Vorstellung davon, wie viele solcher Firmen seit einem Jahr schon gegründet worden – und pleite gegangen – sind? Hunderte, Freddy!«

»Habe ich gehört. Wie sich herausstellte, war Jock Hampton keineswegs der einzige Fliegerveteran, der die Idee mit der Luftfracht hatte. Aber wie das immer ist, ein paar Firmen überleben und werden größer und größer. Es ist logisch und zwangsläufig, es ist die Zukunft. Und *Eagles* wird dazugehören.«

»Was macht dich da so sicher?«

»Weil ich es sage, deshalb.« Sie verwirrte ihn sehr mit ihrem Lächeln und mit ihren flaggenblauen Augen.

»Immer noch die gleiche alte Freddy. Eigensinnig bis dort hinaus, stur wie ein Muli, bockbeinig, selbstbewußt, dickköpfig... weißt du, wenn du nicht so verdammt schön wärst, wärst du einfach unmöglich.« Swede seufzte in Erinnerung. »Gott sei Dank, manche Dinge ändern sich nie.«

»Wir brauchen dich, Swede.«

»Wozu? Ich sehe mich nicht unbedingt als Spediteur, selbst wenn du je Fracht kriegen solltest. Ich bin zu alt dafür, Kleine, und zu reich obendrein. Und vermutlich außerdem auch zu fett.«

»Nein, ich möchte dich als Geschäftsführer haben. Unser Problem, weißt du, ist, daß wir zu schnell zuviel Arbeit bekommen haben. Wir haben sechs Telefone, und sie klingeln alle den ganzen Tag lang. Da kommt man auf den Geschmack. Ach, Swede, das ist doch genau deine Art Picknick, genau das, wonach du dich immer gesehnt hast! Denk nur, wieviel Spaß es dir machen wird, unser ganzes Chaos in Ordnung zu bringen!

Fast beneide ich dich darum! Zuerst mal mußt du entscheiden, wie viele Flugzeuge wir noch chartern und wie viele Piloten noch anheuern sollen, weil, wenn wir nicht das ganze Geschäft, das man uns geradezu nachwirft, auch nehmen, kriegen es andere. Und dann mußt du unser Rückflugproblem lösen – das hättest du bereits gestern tun sollen. Und du mußt einen finden, der das Bodenpersonal leitet, die Wartung und die ganze Technik und einen, der die ganzen Verträge bearbeitet. Du mußt uns auf der Stelle Büropersonal einstellen, dich mit unseren Frachtraten in die verschiedenen Städte befassen...«

»Mehr nicht?« Sein rundes Gesicht war auf einmal gar nicht mehr so trübsinnig. Er hatte sich aufrecht gesetzt.

»Von wegen. Das ist erst der Anfang. Wenn dir noch Zeit bleibt, könntest du auch die Telefonanrufe entgegennehmen. Nur, es wird dir keine bleiben.«

»Und was verwenden wir als Geld?«

»Ich habe noch einiges übrig. Aber als unser Vorstandsvorsitzender willst du ja wohl auch einiges investieren, nehme ich an, nachdem, wie du selbst sagst, alles zu Gold wird, was du anfaßt. Und im übrigen arbeiten wir mit einer Menge Versprechungen.«

Castelli musterte Freddy scharf. Die Kleine trug wirklich Siebenmeilenstiefel. Sie war imstande und stieg aus einem Flugzeug ohne Fallschirm aus – und flog, allein mit ihrer eigenen Willenskraft. Und es gab überhaupt keinen Zweifel, daß sie das auch wirklich konnte. Na schön, zum Teufel, er hatte ihr doch noch nie widerstehen können, und seinerzeit hatte er schließlich auch eine Menge Geld mit ihr verdient. Was konnte schon groß passieren? Daß er ein paar von seinem Haufen Dollars verlor, die ohnehin keinen Spaß machten. Für einen Haufen klingelnder Telefone würde er schließlich noch viel mehr riskieren.

»Also schön, verdammt. Ich bin dabei. Aber ich brauche ein paar Tage, um das hier abzuwickeln.«

Freddy umarmte und küßte ihn schmatzend auf beide Wangen. »Ich schwör's dir, du wirst es nicht bereuen. Es wird dir einen Riesenspaß machen, Swede, glaub mir! Wir haben nichts als Probleme!« Sie griff nach einem Schild, auf dem stand: »Bin in fünf Minuten wieder da!« und schüttelte es nachdenklich. »Ich stehe unten vor dem Haus, in der zweiten Reihe geparkt. Los, komm, Swede, wir haben es eilig! Ich hänge dir das da an die Tür. Du willst doch nicht, daß ich einen Strafzettel kriege, oder? Und in einer Stunde muß ich eine Ladung Pfirsiche nach New York fliegen. Wenn ich wieder zurück bin, helfe ich dir, alle Welt in den Hintern zu treten.«

Swede Castelli, Ex-Stuntman, war zu verblüfft, um etwas dagegen zu tun, als ihn Freddy mit sich zog. Annie rannte hinterher. Erst auf halbem Weg nach Burbank wurde ihm klar, daß Freddy doch gar keinen Strafzettel bekommen konnte auf einem Studiogrundstück. Aber da war er bereits so von ihrer Aufregung angesteckt, daß es ihm egal war.

Das Dümmste an diesem ganzen New Look von Dior war, dachte Freddy, als sie graziös dem Buick entstieg, daß die Kleider derart lang waren, daß sie das meiste von ihren Beinen verdeckten. Andererseits natürlich war er gerade für sie günstig, weil er ihre schmale Taille unterstrich und ihre Hüften und den Busen größer wirken ließ. Aber immerhin waren es doch schließlich, Monsieur Dior, darüber wollen wir uns doch klar sein, die Beine, auf die die Männeraugen fixiert waren. Dabei, mal ganz genau bedacht, wenn man als Frau erst mal im Bett lag, was spielten dann bei der Liebe die Beine noch für eine Rolle? Gut, man konnte sie um die Burschen schlingen. Aber sonst, wenn einer nicht gerade ein Kniefetischist war oder wild auf Waden und Schenkel, wozu Beine?

Sie ging langsam, sich sehr der ganzen Panzerung unter ihrem wirklich der allerletzten Mode entsprechenden Kostüm bewußt, dessen Jacke eng geknöpft war, aus Natur-Shantung-Seide, der Rock, ungeheuer glockig-weit, ebenfalls ganz aus schwarzer Shantung-Seide. Dann kam das Tüllkorsett, das zugleich als tiefer, trägerloser Büstenhalter diente, ein enttäuschend zerbrechlich aussehendes Kleidungsstück, das freilich einen ganz ungeheuren Eigensinn entwickelte, der mit all den Dutzenden eingenähter Fischbeinstäbe zusammenhing, die sie von den Brustspitzen bis unter die Hüften einzwängten wie die Heilige Johanna in ihre Eisenrüstung. Dann kamen Krinolinen verschiedener Dicke, genannt Petticoat, die die Aufgabe hatten, den Rock möglichst weit abstehen zu lassen. Der Rock selbst hatte drei Säume, Tüll, Organza und leichter Seidentaft – damit die anderen beiden Säume ihr nicht die Strümpfe zerkratzten. Sie fragte sich, ob ihre Großmutter noch mehr eingeschnürt und verpackt war als sie jetzt? Wenn sie es riskierte, einmal tief durchzuatmen, würden vermutlich ein halbes Dutzend Knöpfe abspringen. Unmöglich übrigens, etwa die Arme über den Kopf hochzustrecken. Ausgeschlossen. Sie mußte schon dankbar sein, überhaupt noch die Ellbogen abbiegen zu können. Nein, nein, in diesem Panzer hier hatte man zu schwingen und sich geziert zu bewegen, nicht zu hüpfen und zu springen.

Das war der Preis der Eleganz des Jahres 1949, und Freddy verstand, warum Dior bei seiner ersten Amerikareise in einer Stadt nach der anderen von zornigen Frauen mit Schildern wie *Christian Dior, Go Home* oder *Auf den Scheiterhaufen mit Mr. Dior!* empfangen und ausgebuht wurde. Als sie dann aber entdeckt hatte, daß es absolut keine andere Richtung in der Mode gab als den New Look, hatte sie sich, wenn auch zögernd, gefügt. Allerdings war die absolute Grenze für sie beim Thema Hut. Seit sie die Uniform ausgezogen hatte, hatte sie keine Kopfbedeckung mehr getragen, und sie war nicht bereit, das jetzt oder jemals wieder zu ändern. Ihr Haar war mittlerweile immer von einem sündhaft teuren Stylisten sorgfältig geschnitten und gelegt, wenn es auch stets schon am nächsten Tag wieder wie eh und je tat, was es wollte, und wieder seine eigene, völlig unvorhersehbare widerspenstige Form annahm.

»Mrs. Longbridge? Der Eingang ist hier, Mr. Longbridge.« Hal Lane, Immobilienmakler, versuchte ihr den Weg zu weisen. Es war der zweite Tag, an dem er Freddy Objekte vorführte, und noch immer war er nicht bereit zu glauben, daß das letzte, was sie, ganz im Gegensatz zu seinen anderen Kunden, im Sinn hatte, der Kauf eines Hauses sei. Dabei war doch das Bedeutsame an Mrs. Antony Longbridge, daß sie einfach umziehen mußte. Sie mußte ganz einfach aus diesem Loch heraus, das sie und ihr Mann vor drei Jahren gemietet hatten. Es war einfach kein angemessenes Haus für die Teilhaber des größten Luftfrachtunternehmens des ganzen Landes. Solche Leute konnten doch nicht in so einer Gegend und in so einem heruntergekommenen, schäbigen Haus wohnen! Das ging doch einfach nicht. Selbst wenn es ihnen nichts ausgemacht hätte, sie konnten doch dort niemanden empfangen. Nein, wirklich, die Longbridges waren schon lange überfällig, sich endlich etwas zuzulegen, das ihrer gesellschaftlichen Stellung entsprach! Er jedenfalls vermochte wirklich nicht zu verstehen, wieso sie damit schon derart lange warteten.

»Dies hier ist wahrscheinlich eines der besten Häuser von Hancock Park«, verkündete er, als sie auf den Eingang zugingen. »Es hat zudem ein ganz spezielles Flair der Alten Welt.«

Freddy blickte auf. Sie war in die Betrachtung ihres ausbuchtenden Rocksaums versunken gewesen und blieb jetzt abrupt auf dem Pflaster stehen. »Mr. Lane, ich habe Ihnen schon gestern gesagt, ich habe höchstens zwei Tage Zeit, ein Haus zu finden, und ich habe sie ausdrücklich davor gewarnt, mir irgendwelchen nachgemachten englischen Stil anzudrehen. Warum verschwenden Sie meine Zeit?«

»Aber ... ich ... das hier ist kein nachgemachter englischer Stil, Mrs. Longbridge. Es ist völlig echtes ... ähm ... Queen Elizabeth! Warten Sie nur, bis Sie es innen sehen! Zum Weinen schön!«

»Mr. Lane, ich sehe Fachwerk, das keine Funktion hat, scheußliche rote Ziegel, winzige Fensterscheiben, durch die kein Licht nach innen kommt. Wozu soll ich da noch hineingehen? Tut mir leid, Mr. Lane.« Sie sah auf die Uhr. »Ich habe noch genau sechs Stunden Zeit.«

O Mann!! dachte er, als er ihr wieder in seinen Buick half. Was hatte sie es denn überhaupt so eilig? Er ging seine ganze Liste noch einmal im Geiste durch und strich gleich die Hälfte davon. Mrs. Longbridge hatte wohl keinen genügend ausgebildeten Geschmack in Immobilien, wenn sie absolut keinen Sinn dafür hatte, daß hier in Los Angeles ein englisches Haus, speziell Tudor, sofort Ansehen und Respekt verschaffte!

Freddy setzte sich zurück und sah die baumbestandenen Straßen mit ihren hellen Winterblumen und den Rasensprengern vor den Häusern an diesem Novembertag nicht einmal. Sie hatte sehr gemischte Gefühle, was diesen Umzug aus dem gemütlichen kleinen Haus in Burbank, in dem sich schon so viel ereignet hatte, betraf. Niemals würde sie die hochgestimmten, verrückten Zwanzigstundentage vergessen, nachdem Swede Castelli seine Tätigkeit als Geschäftsführer begonnen hatte. Damals, als sie mitten in der schlimmsten Wohnungsnot nach dem Krieg fünfzehn zusätzliche Piloten eingestellt hatten. Zwischen ihren Flügen machten die Burschen Jagd auf alles, was sie kriegen konnten, Wohnwagen oder Motel, um ihre Familien unterzubringen, während sie erst einmal bei ihnen im Haus auf dem Boden des Wohnzimmers kampierten – ausgenommen der eine Glückspilz, der es fertigbrachte, in Helgas Bett unterzukommen. Und sie selbst kochte jeden Abend, wenn sie nicht gerade auf Flügen unterwegs war, Riesentöpfe mit Stew für alle. Annie war zuständig für Milch, Kekse und Servietten, Tony fungierte als Barmann, und Jock war Veranstalter der Pokerpartien.

Das waren die frühen Tage der Firma gewesen, als sie noch mit allen Mitteln Rückfrachten zu ergattern versucht hatten; als drei wertvolle Flugzeugladungen Hummer aus Maine auf dem Flug während eines Gewitters aus Angst eingegangen waren; oder die ersten wöchentlichen Ladungen von *Time* und *Life*, zu denen nach und nach noch ein Dutzend anderer großer Zeitschriften gekommen war. Und schließlich die »teuren Verblichenen«, wie man bei *Eagles* einen Geschäftszweig nannte, der rasch anwuchs. Kaum zu glauben, wie viele Särge mit Verstorbenen zu transportieren waren, damit sie in ihrer Heimaterde begraben werden konnten. Es gab auch die Rennpferde, die sich so sehr viel leichter von den Strapazen einer Flugreise erholten als von denen einer Fahrt über Land per Bahn oder Lastauto. Was allerdings einen Nebeneffekt zur Folge hatte. Die *Eagles*-Piloten begannen zuweilen ihr ganzes Gehalt auf diese Gäule zu wetten.

Am bedeutsamsten waren die Charterflüge geworden. Ohne die Fracht lebender Menschen, davon war Freddy fest überzeugt, hätten sie es nie geschafft. Tatsächlich hatten sie die schwierigen Anfangszeiten nur mit dem Verchartern ganzer Flugzeuge überlebt. Da waren Football-Mannschaften und Kongreßteilnehmer und Kirchenchöre, die zu irgendwelchen Treffen und Sängerwettbewerben wollten. Pausenlos wollten Soldaten auf Heimaturlaub dahin und dorthin oder Musikkapellen für Umzüge oder Nonnen und Krankenschwestern, die alle nicht darauf warten konnten, bis sich die »Kapazitätenstaus« im Transportwesen der Nachkriegszeit allmählich von selbst auflösten. Für all das hatten sie sich dann statt der DC-3 viermotorige DC-4 zugelegt, sich das richtige System von Klappsitzen und ausgeklügelten Sandwichpaketen ausgedacht, und damit dann einen Flugpreis von 99 Dollar von Küste zu Küste kalkulieren können; jedenfalls für Leute, die bereit waren, einen Flug auf harten, engen Stühlen ohne jeden Komfort in Kauf zu nehmen, wenn sie nur sicher und billig transportiert wurden.

Hal Lane fuhr an einem Haus mit weißen Eingangssäulen vor. »Dieses Haus hier, Mrs. Longbridge, wird Ihre Zeit sicher wert sein.«

»Gott steh mir bei«, stöhnte Freddy. »Ich bin heimgekehrt. O Tara!«

»Nein, nein, Tara ist eine Kopie dieses Hauses hier!«

»Na schön, sehen wir es uns an«, sagte sie, so fröhlich, wie es ihr nur möglich war. Wenigstens lag das Haus innerhalb des Kreises, den sie auf der Karte gezogen hatte, um Lane zu demonstrieren, außerhalb welcher Entfernung vom Flugplatz sie keineswegs wohnen wollte. Auf dem Weg durch die vielen großen, leeren Räume überlegte sie, wie lange sie wohl brauchen würde, um sich an das Wohnen in solchen Raumdimensionen zu gewöhnen. Sie hatte von ihrem Zimmer zu Hause in Macs kleines Haus gewechselt, von dort in ein halbes Dutzend überfüllter *ATA*-Unterkünfte in England, die sie stets mit Jane geteilt hatte, dann in den gemütlichen Schlaf- und den kleinen Wohnraum, den sie und Tony auf Longbridge Grange zur Verfügung gehabt hatten und schließlich in das kleine Haus in Burbank. Würde sie sich hier jemals so heimisch und gemütlich fühlen wie in ihren bisherigen neunundzwanzig Lebensjahren?

Hatte Jane ein ähnliches Anpassungsproblem gehabt, als sie ihren Marquis, den liebenswerten Humphrey, heiratete und in dessen altehrwürdiges Tudorbesitztum in Norfolk einzog, diesen ruhmreichen feudalistischen Gebäudekomplex? Nein, nein, keine Bange. Nicht ihre Jane. Die hatte vermutlich die Hälfte aller Räume in begehbare Wandschränke verwandelt und mittlerweile, da sie inzwischen dem Herzogtum auch einen Erben geboren hatte und bereits mitten in der zweiten herzoglichen Schwangerschaft war, zweifelsohne einen ganzen Flügel für sich selbst requiriert, für Kinderzimmer, Kindermädchen und sonstige treuergebene, hingebungsvolle Dienstpersonen aller Art. Nein, nein, Jane war von Anfang an eine von denen gewesen, die in Schlösser hineingeboren werden. Grange war für sie lediglich die Startrampe gewesen.

»Darf ich Ihre Aufmerksamkeit auf diesen *Powder Room* hier lenken, Mrs. Longbridge? Beachten Sie die exquisiten Installationen! Zweifellos ist Ihnen bekannt, wie sehr Gastgeberinnen außer ihrer Gästeliste auch nach der Qualität ihres *Powder Room* beurteilt werden?«

»Wollen wir uns noch den Keller ansehen?« schlug Freddy vor. Etwas widerwillig führte er sie daraufhin eine enge, steile Treppe hinab und sah mißmutig zu, wie seine Klientin sehr aufmerksam die Heizungsinstallation umkreiste und da und dort sehr wohlplaziert mit dem Fuß anstieß, ehe sie entschlossen die Jacke aufknöpfte und die nach oben führenden Rohre sehr eingehend zu inspizieren begann. »Die Heizungsanlage ist im Eimer«, sagte sie schließlich. »Ich fürchte, damit bin ich nicht weiter interessiert. Tut mir leid, Mr. Lane. Was haben Sie noch auf Ihrer Liste?«

»Nun, da wäre noch ein klassischer moderner Trendsetter. Ich habe das Gefühl, daß Ihnen das besonders gefallen wird.«

Das »klassische« moderne Haus war trotz der warmen Sonne, die durch die Oberlichte hereinfiel, kalt und unpersönlich wie ein Amtsgebäude, fand Freddy. Sie starrte sinnend in den einzigen gemütlichen Raum – einen begehbaren Wandschrank, zederngetäfelt. Immerhin, es gab eine Menge Platz hier. Vielleicht war das Tonys Hauptproblem: Raumnot? Vielleicht war das wirklich der Grund, warum er ihr so – fern geworden war? Wann war das, daß sie diese wachsende Entfernung zwischen ihnen zum erstenmal bemerkt hatte? Hatte es vielleicht, ohne daß sie dieser Tatsache viel Augenmerk geschenkt hätte, schon in diesen alptraumhaften zwei Jahren ihres gnadenlosen Flugpreiskampfes mit *American Airlines* begonnen? Das hatte sie alle voll in Anspruch genommen. Sie hatten um ihre Existenz gekämpft, als sie Monat um Monat Verluste machten. Da war nicht viel Zeit geblieben, über das Privatleben nachzudenken. Jeden Freitag waren die enormen Personalkosten fällig gewesen. Was blieb da noch für das Familienleben übrig?

Swede hatte zwar seine ganzen persönlichen Mittel in die *Eagles* gesteckt. Trotzdem war der Hauptgrund, daß sie die ersten beiden Jahre überlebt hatten, der Glücksfall ihres Vertrags mit dem *Air Transport Command* gewesen. Beförderung von Militärpersonal von Kalifornien nach Hawaii, Guam und Honolulu. Als die zivile Luftfahrtsbehörde in ihrer zermürbenden Langsamkeit den Preiskrieg im April 1948 endlich mit ihrer Entscheidung beendete, war *Eagles* eine der wenigen Privatgesellschaften, die noch im Geschäft waren – von nicht weniger als zweitausend ähnlichen Firmen, die Kriegsveteranen nach dem Krieg gegründet hatten.

Freddy zwinkerte mit den Augen, ging aus dem zederngetäfelten begehbaren Wandschrank wieder hinaus und zum Eingang. »Vorwärts,

Mr. Lane, weiter, weiter«, sagte sie ungeduldig. Das nächste Haus war hübscher Kolonialstil und bot wenig Gefahren. Sie durchschritt es mit so viel Aufmerksamkeit, wie sie angesichts der Tatsache aufbringen konnte, daß noch immer die Frage in ihr rumorte, wann das denn nun genau gewesen sein könnte, daß Tony nicht nur Barmann spielte, wenn die anderen Piloten da waren, sondern es zu seiner täglichen Gewohnheit machte, auch ohne Gäste; und dabei immer öfter unter ihr – dieser Bar – landete.

Die Jahre von 1946 bis 1948 waren von dem Kampf bestimmt gewesen, der als der »Fall Luftfracht« bekannt wurde. In dessen Verlauf hatte die *Eagles* alles daran gesetzt, eine offiziell genehmigte eigene Streckenerlaubnis zu bekommen. Und dieser letzte und wichtigste Existenzkampf der Firma war erst vor nunmehr drei Monaten, im August 1949, gewonnen gewesen. Von den dreizehn Firmen, die 1946 entsprechende Zulassungsanträge gestellt hatten, waren außer der *Eagles* ganze vier andere noch nicht bankrott, als endlich zu ihren Gunsten entschieden war.

Wann also, überlegte und überlegte sie, wann genau im Laufe dieser beiden langen, harten Jahre, in denen sie nicht einen Penny Profit sahen und keinen Dime zu ihrer freien Verfügung hatten, obwohl sie andererseits ständig mit Millionenverträgen hantierten, zu welchem genauen Zeitpunkt in jenen Jahren, als sie mit allen Mitteln weitergemacht und sich dabei sogar nicht selten selbst an andere Fluggesellschaften als Aushilfspiloten verdingt hatten, um bares Geld in die Hand zu bekommen, wann war da Tonys Trinken zum Problem geworden?

Sie wußte nicht mehr, wann es das erste Mal gewesen war, daß Tony seinen Zorn gegen die Luftfahrtbehörde nur noch in Alkohol hatte ertränken können. Und wann hatte er zum ersten Mal zu Hause bleiben müssen, weil er wegen seines Katers nicht einmal mehr ins Büro gehen, geschweige denn fliegen konnte? Vor einem Jahr? Vor zweien schon?

Zwar konnte nichts seine innere Anständigkeit beeinträchtigen, aber in seinen Augen stand doch jetzt immer eine Anklage. Tag und Nacht. Sie drängte sich vor und überdeckte seine ganze gutmütige Natur. Und seinen Sinn für Humor. Doch das Schlimmste war, daß selbst jetzt, nachdem alles vorbei war, jetzt, da sie die Früchte ihres langen Kampfes ernten konnten und die öffentliche Anerkennung sie alle mit einem Schlag zu Millionären gemacht hatte, Tony immer noch genauso schlimm weitertrank. Oder war es vielleicht sogar noch schlimmer als je zuvor? »Hör auf damit, Freddy, hör auf«, pflegte er nur immer zu sagen, wenn sie versuchte, mit ihm darüber zu reden. Und etwas war dann immer in seinen wäßrig-blassen Augen, das sie tatsächlich schweigen ließ.

»Nun, Mrs. Longbridge, was sagen Sie dazu?« fragte der Makler. Freddy zog wieder ihre Jacke aus, legte sie gefaltet über ihren Arm, lokkerte ihre Bluse an der Hüfte etwas, öffnete ein Fenster des Kolonialhauses, zog ihren Rock bis zu den Knien hoch, kletterte auf einen der Heizkörper, beugte sich vor und griff nach draußen. Gleich danach sprang sie wieder auf den Boden und hielt ein längliches Metallstück in der Hand, das unter ihrem Zugriff einfach abgebrochen war.

»Das ganze Dach ist kaputt, wie Sie sehen«, erklärte sie. »Und was sonst an verrottetem Rost mag ich noch gar nicht gesehen haben? Machen wir weiter mit dem nächsten, Mr. Lane.« Sie schlüpfte wieder in ihre Kostümjacke und ging rasch aus dem Haus, zurück zum Wagen.

Freddy sah sich auch noch ein nachgemachtes bayerisches Jagdhaus, eine neogriechische Villa und ein maurisches Phantasiebauwerk an, und in allen widmete sie ihr Hauptaugenmerk den Installationen. Der Makler zerdrückte inzwischen in stummer, aber steigender Wut ihre Kostümjacke, die sie ihm jeweils zur Aufbewahrung übergab. Während sie dort hineinguckte, daran klopfte, hier zog, da drückte, und das Oberste zuunterst kehrte, wurde ihr immer klarer, daß sie sich, genau genommen, überhaupt nicht vorstellen konnte, in irgendeinem aller dieser Häuser zusammen mit Tony, mit Annie und mit Helga und bis jetzt noch ganz unbekanntem zusätzlichem Hauspersonal zu leben.

Trotzdem, sie mußte sich, und noch heute, für irgendein Haus entscheiden, erinnerte sie sich selbst. Der Rest der Woche war ausgefüllt mit den Leuten von *Life*, die aus New York angereist waren, um eine Titelgeschichte über *Eagles* zu machen. Während der Jahre ihres Kampfes hatten sie eine Menge Publicity gewonnen, und natürlich hatten sie nie etwas dagegen gehabt, weil es schließlich auch gut fürs Geschäft war.

Die Reporter konzentrierten sich üblicherweise vorwiegend auf Freddy. Erstens war sie eine Frau, was ungewöhnlich in einer Männerbranche war, zweitens hatte sie früher eine Menge Flugpreise gewonnen und war ein bekanntes Stunt-Girl in Hollywood gewesen. Drittens war sie eine geborene de Lancel, also von altem französischem Adel. Alles Dinge, die eine Story aufmotzten. War Tony etwa böse darüber, fragte sie sich, daß sie soviel Publicity bekam? Das wies sie jedoch sogleich wieder von sich und dachte nicht weiter darüber nach. Solche Kleinkariertheit war nicht Tonys Art. Aber wurde er vielleicht nicht mit der Tatsache fertig, daß er jetzt plötzlich auch eigene Millionen wert war, während er doch nicht imstande gewesen war, zuvor auch nur einen eigenen Penny als Teilhaber aufzubringen? Konnte diese Formalität so wichtig für ihn gewesen sein? Sein Stolz hatte ihm im Grunde nie gestattet, sich mit der gegebenen Situation abzufinden. Doch selbst das schien ihr allein noch keine ausreichende Begründung für sein Trinken.

Als sie von ihrem Sieg erfahren hatten, war Jock hingegangen und hatte in einem einzigen Pokerspiel zehntausend Dollar auf den Kopf gehauen. Er mußte wirklich alles daran gesetzt haben, zu verlieren, anders war das nicht vorstellbar. Swede war nach Tijuana geflogen und eine volle Woche spurlos verschwunden. Sie selbst war bei Bullock's vorgefahren und hatte in der Abteilung Maßanfertigungen ein Dutzend Kleider und zwanzig Paar Schuhe bestellt. Nur Tony hatte überhaupt nichts Besonderes unternommen. Er war lediglich hinaus in den Hinterhof gegangen, um dort fast eine ganze Flasche Whisky in sich hineinzuschütten, so von dieser Aufgabe in Anspruch genommen, daß nicht einmal die kleine Annie seine Aufmerksamkeit hatte erregen können.

Freddy war zu ihm hinausgegangen, hatte sich selbst einen Drink eingeschenkt und sich dann in einen Liegestuhl neben ihn gelegt, um ihm gelegentlich einen Blick zuzuwerfen. Doch er hatte sie praktisch nicht wahrgenommen. Er war dagehockt, irgendwie in tiefe Traurigkeit versunken und hatte nur den langen Sonnenuntergang dieses heißen Augustabends angestarrt. Die Linien seines feingeschnittenen langen Gesichts waren so adelig wie eh und je. Keine kalifornische Lässigkeit hatte seine förmliche britische Art ändern können. Aber etwas, offensichtlich viel Bedeutsameres, war doch verändert. Bei ihrer allerersten Begegnung war er ein Mann, der jede Situation der Welt mit Leichtigkeit meisterte. Und nicht etwa nur in einem dampfenden Bad. Hätte die *RAF* nicht mutige Piloten vom Schlage Tonys gehabt, dann hätte ohne Zweifel Hitler diesen Krieg gewonnen. Keiner von ihnen hatte damals natürlich in solchen historischen Kategorien gedacht. Für sie ging es immer nur um das tägliche Überleben. Tony war damals immer die Überzeugung dieser Gewißheit in Person gewesen. Er hatte in sich den Mut verkörpert, die Genugtuung und Befriedigung des Soldaten über seine eigenen Fähigkeiten und die am Ende unbestrittene Luftherrschaft und war daher das Symbol der Hingabe an eine freudig erfüllte große, gefährliche Pflicht.

Und jetzt? Irgend etwas Vitales in ihm war offensichtlich zerbrochen, das Gefühl eines Ziels oder Zwecks schien ihm abhanden gekommen zu sein, ohne daß irgend etwas anderes an diese Stelle getreten wäre. Er war ein Kämpfer, der keinen Gegner mehr hatte. Ein Gladiator ohne Waffen. Ein Feldherr ohne Truppe. Sah sie das alles, dachte Freddy, zu romantisch, oder war es wirklich so, daß er sich immer nur noch an seine alten Heldentaten als Geschwaderkommandeur erinnerte? War für ihn irgend etwas in seinem Leben dem großartigen Narkotikum jener heroischen Jahre vergleichbar? Er sprach allerdings niemals davon, nicht einmal mit Jock, ganz anders als die meisten Kriegspiloten, die sie inzwischen kannte und die alle nichts mehr zu lieben schienen, als die Erinnerungen an ihre einstigen Luftkämpfe immer wieder mit anderen, die ähnliche Erfahrungen hatten, aufzufrischen.

Oder hatte er Heimweh nach Kent und seiner Familie? Auch jetzt, 1949, hatte sich England nicht ausreichend erholt, um seinen Bürgern Auslandsreisen erlauben zu können, sofern es sich nicht um reine Geschäftsreisen handelte. Tony hatte also seine Eltern und Geschwister seit über drei Jahren nicht mehr gesehen.

Oder machte ihm zu schaffen, daß sie keine weiteren Kinder hatten? Sie seufzte ein wenig beim Anblick seines ausdruckslosen Gesichts, seiner traurigen Augen, seines ganzen eingesunkenen Aussehens und der lethargischen, müden Linie seines Mundes. Sie hatte keine Ahnung, worüber er nachdachte, und er hatte auch schon wieder zuviel getrunken, als daß man auch nur den Versuch unternehmen konnte, es herauszufinden.

Sie erinnerte sich selbst an die Tatsache, daß sie noch keine dreißig war, und daß es ihnen jetzt, nach der Sicherung der Zukunft von *Eagles*, möglich wäre, auch wieder an die eigene Familie zu denken – so, wie er sie sich immer gewünscht hatte. Sie konnte sich jetzt die Zeit nehmen, noch ein Kind zu bekommen, selbst mehrere. Zum ersten Mal seit jenen Tagen, als sie beschlossen hatte, Macs Flugschule bis zu seiner Rückkehr weiterzuführen, wurde sie nicht mehr hier oder dort unbedingt gebraucht. Es stand fortan absolut nichts mehr einem Leben als müßige Dame im Wege. Einem Leben freilich, das ihr absolut fremd und unvorstellbar war.

Delphine und Armand hatten inzwischen Zwillinge bekommen, zwei Jungen, und noch einen dritten Sohn. Trotzdem war Delphine heute der führende Filmstar Frankreichs. Kinder, wie man sah, mußten keineswegs das Ende einer Karriere bedeuten.

Aber um schwanger zu werden, mußte man sich erst einmal lieben. Und das war zwischen Tony und ihr schon seit Monaten nicht mehr geschehen. Seit vielen Monaten. So vielen, daß sie lieber nicht zu rechnen anfangen wollte. Würde sich das mit dem Umzug in ein neues Haus vielleicht ändern? Konnte es sein, daß die Über-Vertrautheit ihres kleinen, überfüllten Schlafzimmers ihn immer so rasch einschlafen ließ, daß er nicht einmal mehr Zeit für einen Gutenachtkuß fand, der vielleicht zu etwas mehr geführt hätte? Oder war es einfach nur der Fusel? Hatte er vielleicht bei einem der vielen Frachtflüge, die sie wechselseitig voneinander getrennt hatten, eine andere Frau kennengelernt?

Irgendwie konnte das alles nicht die Antwort sein. Tony war abwesend, richtig. Aber keineswegs in einer Art, die den Schluß zuließ, daß er etwas oder jemand anderen im Kopf hatte. Oder war sie nur naiv? War sie womöglich, ganz unbemerkt, auf irgendeine Weise, gegen die sie nichts machen konnte, unattraktiv für ihn geworden? Er hatte keineswegs alle ihre neuen Kleider übersehen, die so feminin und romantisch waren in ihrer ganzen komplizierten und ausgetüftelten Art. Jedes einzelne hatte er mit Kommentaren bedacht, in einer milden, sanften, aber ganz abwesenden Bewunderung, die freilich nur bewirkte, daß sie am liebsten geheult oder aber ihm eine reingehauen hätte, weil sie darin wie in einer Nußschale den ganzen allmählichen, nicht einmal mehr zu Krach reichenden Niedergang ihres gemeinsamen Lebens zu erkennen glaubte. Sie konnte es ihm ja gar nicht übelnehmen, wenn ihn die glockenartigen Röcke, die ihre Beine fast bis zu den Knöcheln hinunter bedeckten, nicht erotisch reizen konnten. Aber das Problem hatte ja schon bestanden, ehe sie es sich hatte leisten können, sich nach dem New Look zu kleiden.

Wenn es auch nur die kleinste Chance gab, daß ein neues Haus sie einander wieder näherbrachte, dann mußte sie sie ergreifen.

»Halten Sie mal hier an!« rief sie dem Makler plötzlich aufgeregt zu. »Da, an diesem Schild ›Zu verkaufen‹!«

Er fuhr rechts ran. »Für dieses Haus habe ich aber keine Unterlagen«, protestierte er. »Da können wir nicht hineingehen, fürchte ich. Das ist... einfach nur ein Haus, Mrs. Longbridge, kein Wohnsitz oder eine Residenz oder ein schönes Besitztum. Einfach nur ein... ganz gewöhnliches Haus! Schön, zugegeben, es ist recht groß. Aber nichts Außergewöhnliches. Es hat einen ganz netten Garten. Aber Sie sehen ja selbst, wie vernachlässigt das alles ist. Und ich muß Ihnen auch sagen, daß ich diese Gegend hier für eine gute Geldanlage nicht unbedingt empfehlen möchte. Sicher, es ist immer noch eine gute Gegend. Aber nicht weit genug westlich. Ich bin sicher, ich kann Ihnen etwas sehr viel Passenderes finden, was für Ihre gesellschaftliche Stellung sehr viel angemessener ist. Dieses... dieses Haus hier ist wahrscheinlich schon so alt, daß es nicht einmal eine Naßzelle hat.«

Freddy stand vor dem Haus und schaute es sich einige Minuten lang an, ohne auch nur einen Schritt zu tun, um die Installation darin zu überprüfen. »Das nehme ich«, sagte sie dann. »Rufen Sie mich morgen wegen des Preises an. Ich werde natürlich etwas handeln wollen, aber am Ende werde ich es kaufen.«

»Mrs. Longbridge! Sie waren ja noch nicht einmal drin!«

»Nicht nötig. Ich weiß, wie es aussieht«, sagte Freddy. »In dem Haus bin ich aufgewachsen.«

»Miss Kelly, verbinden Sie mich mit der Stellenvermittlung«, sagte Bruno zu seiner Sekretärin, als er sein imposantes Büro im *Beecham Mercantile Trust* betrat. Diese bedeutende private Investment-Bank existierte in New York seit über hundert Jahren.

»Ja, Sir. Hier sind die eingegangenen Mitteilungen. Die Post liegt auf Ihrem Schreibtisch.«

Bruno gab ihr seinen Mantel. Es war windig und kalt in Manhattan an diesem Tag Anfang Dezember 1949, aber er hatte es sich zur Gewohnheit gemacht, täglich zu Fuß von seinem Haus am Sutton Place zur Arbeit zu gehen, gleich bei welchem Wetter, mit Ausnahme von strömendem Regen. Er war jetzt vierunddreißig, und seine bedeutende Position in dieser Bank brachte es mit sich, daß er sehr häufig wegen eines Business-Lunches auf seine sonst tägliche Squash-Partie verzichten mußte. Da sicherte zumindest der tägliche Spaziergang von der Ecke 57. Straße und East River bis hinunter zur Wall Street das Minimum an körperlicher Bewegung.

»Mrs. McIver ist am Telefon, Sir.«

»Guten Morgen, Viscount de Lancel! Was kann ich für Sie tun?« fragte die Inhaberin der teuersten Agentur für Hauspersonal in Manhattan in optimistischem Tonfall.

»Mrs. McIver, ich hätte mir gerne noch mehr Leute angesehen. Butler, Köche, Hausdiener.«

»Sir, ich habe Ihnen bereits vor zwei Wochen das beste Personal, das zur Verfügung steht, angeboten. Hat Ihnen da nichts zugesagt?«

»Nicht einer von allen könnte in Paris eine Stellung bekommen. Sie müssen sich schon etwas mehr anstrengen, Mrs. McIver.«

»Viscount de Lancel, ich darf Ihnen versichern, daß ich ganz persönlich jeden einzelnen dieser Leute zuvor schon in Stellungen vermittelt habe, in denen sie dann jahrelang waren. Und ich würde mich selbst bei jedem einzelnen glücklich schätzen, ihn in meinem Haus als Personal zu haben.«

»Für mich jedenfalls sind sie nicht gut genug. Versuchen Sie es noch einmal.«

»Gewiß, ich tue mein Bestes für Sie, Sir. Aber wie Sie ja wissen, ist es nicht so leicht. Ich will mich gleich darum kümmern und mit Miss Kelly dann Termine absprechen.«

»Tun Sie das.« Bruno legte abrupt auf. Am anderen Ende der Leitung lächelte Nancy McIver liebevoll ins Telefon. Wenn alle ihre Klienten so verrückt schwer zufriedenzustellen wären wie dieser Franzose, würde ihre Goldgrube von Agentur sogar reines Platin abwerfen. Jedes Mal, wenn er Probleme mit irgend jemandem von seinem Hauspersonal hatte, war das für sie gleichbedeutend mit der Provision für die Vermittlung eines Nachfolgers. Und in den drei Jahren, die er jetzt ihr Klient war, hatte es niemand länger als maximal zwei Monate bei diesem Lancel ausgehalten. Und er hatte keine Möglichkeit, sich etwa einer Konkurrenz zu bedienen und die Agentur zu wechseln. In ganz New York war sie mit Abstand die einzige Agentur für Hauspersonal der *Crème de la crème*. Sie allein war das Höchste in Hauspersonal, von der Handwäscherin, die sich nicht dazu herabließ, minderes als Damast zu waschen, bis zu Hausverwaltern, die einen Posten nicht einmal in Erwägung zogen, wenn die betreffende Familie nicht mindestens über drei, jeweils voll mit Personal bestückte Haushalte verfügte. Die Namen dieses Personals und der Familien, in die es vermittelt wurde, stellten eine Klasse für sich dar, und die gesamte Fluktuation spielte sich auch nur zwischen einigen Blocks in Manhattan, Sea Island, Palm Beach, Saratoga und Southhampton ab, je nach Saison.

»Genny«, rief sie dann fröhlich nach Ihrer Assistentin, »Lancel ist wieder auf dem Kriegspfad!«

»Was ist mit dem eigentlich los? Der ist doch der schwierigste Mann in der ganzen Stadt! Wir haben doch nicht einen unter allen unseren Klienten, und von denen ist ja so mancher nicht gerade einfach, der einem so viel Schwierigkeiten macht wie dieser Junggeselle!«

»Ach, wer weiß das schon. Denk immer nur daran, Genny, unser Geschäft ist schließlich die Fluktuation. Wenn keiner die Stellung wechselt, verdienen wir auch nichts. Holen Sie mir doch mal den Ordner, bitte.«

»Wir haben ihm aber bereits praktisch alles geschickt, was wir haben. Für ihn haben wir doch schon den Boden des Fasses mehrmals ausgekratzt!« protestierte Genny, als sie den umfangreichen Ordner brachte.

»Dann schicken wir ihm eben die Leute wieder, die er schon mal rausgeschmissen hat. Das merkt er doch sowieso nicht. Sein Haus ist doch wie eine U-Bahn-Haltestelle. Wenn ein Klient mit gutem Personal nicht zurechtkommt, dann ist das letzten Endes sein Problem, nicht unseres. Das ist die Grundregel in unserem Geschäft, vergessen Sie das nie!«

»Ich möchte wissen, wie er wirklich ist.«

»Wünschen Sie sich das lieber nicht«, sagte Nancy McIver abschätzig. »Und glauben Sie es mir. Die wirkliche Frage ist doch: Wer, glaubt er eigentlich, ist er?«

»Bruno de Lancel?« sagte Cynthia Beaumont zu ihrer Sekretärin. »Aber Marjorie! Das ist doch lächerlich!«

»Ich dachte, nachdem Larry Bell das Dinner in letzter Minute abgesagt hat, wäre es einen Versuch wert«, erwiderte Marjorie Stickley.

»Der verdammte Larry Bell! Ein rauher Hals ist doch noch keine Entschuldigung! Kann der sich nicht mal ein wenig Mühe geben? Wo soll ich denn so kurzfristig einen Ersatz-Extramann herkriegen? Kein Mensch hätte es gemerkt. Ich hatte ja auch nicht die Absicht, ihm mit einem Stethoskop in seinen blöden Hals zu sehen.«

»Vielleicht hatte er Angst, er würde irgendwen anstecken«, versuchte Marjorie eine Verteidigung, während ihre Chefin Cynthia Beaumont wütend in ihrem Salon hin und her lief und immer wieder blitzende Blicke auf die Sitzordnung ihrer so sorgfältig geplanten, formellen Dinner-Party warf.

»Der doch nicht! Der würde anderen doch seine Lepra anhängen, wenn er nur wüßte, niemand kommt ihm drauf! Den kümmert doch allein seine eigene kostbare Gesundheit, den egoistischen Stinker! Was schert er sich da um mein Dinner!«

»Ach, Mrs. Beaumont, Sie wissen doch, daß es auch so das Ereignis der Saison ist!« versuchte Marjorie sie nach Kräften zu besänftigen. Nach Jahren als *social secretary* für eine ganze Reihe der wichtigsten Gastgeberinnen New Yorks wußte sie aus Erfahrung, daß nichts selbst die souveränsten und Society-erfahrensten Frauen derart aus der Fassung bringen konnte wie die Absage eines eingeplanten Mannes in letzter Minute. Für keine von ihnen war etwas Schlimmeres vorstellbar, als daß dann am Ende zwei Frauen nebeneinander an der Tafel sitzen mußten. Dabei trugen ihrer eigenen bescheidenen Meinung nach Männer sowieso immer nur sehr wenig Fröhlichkeit oder Charme zu Partys bei. Sie lehnten sich nur zurück und warteten darauf, unterhalten zu werden.

»Was tun wir also, Marjorie? Was tun wir denn nur? Es ist eine Katastrophe! Und nur noch ein paar Stunden Zeit! Meinen Sie, wir könnten diesen Tim Black – – ach so, der hat gerade eben seine Verlobung bekanntgegeben. Streichen Sie den ganz von meiner Liste. Ich mochte ihn ohnehin nie. Und wie ist es mit – ach nein, ich habe mir geschworen, den nie mehr einzuladen, nachdem er sich auf der letzten Party in seinem Suff derart aufgeführt hat und diese unanständige Bemerkung zu Mrs. Astor machte! Ach, warum versuche ich aber auch immer wieder, Partys im Dezember zu geben? Als wenn ich nicht genau wüßte, daß zwischen Erntedank und Neujahr nicht ein einziger halbwegs präsentabler Extra-Mann in der Stadt ist, der einen freien Abend hat.«

»Ja, aber Mr. Beaumonts Geburtstag fällt nun einmal in diese Zeit!«

wandte die *social secretary* ein. Immerhin war selbst in den New Yorker Gesellschaftskreisen diese Art Anlaß immer noch sakrosankt.

»Dann müssen wir ihn einfach verlegen, ab nächstes Jahr, so einfach ist das. Ich jedenfalls tue mir das nicht mehr an! Also, los jetzt, Marjorie, lassen Sie sich was einfallen!«

»Dann gehe ich jetzt in mein Büro und klingle jede einzelne lebende Seele auf Ihrer Notliste an.«

»Und versuchen Sie auch sämtliche Ärzte und Zahnärzte! Vielleicht ist ein Junggeselle darunter, oder wenigstens einer, der gerade geschieden wird. James junior in Princeton rufe ich selbst an.«

»Aber er steckt doch mitten in seinem Abschlußexamen, Mrs. Beaumont!«

»Na und? Für seine Mutter wird er doch mal ein kleines Opfer bringen können, oder? Hach, man könnte wahnsinnig werden. Da hat man fünf Söhne, und vier davon heiraten direkt vom College weg! Wozu soll das gut sein? Warum habe ich mir nur die Mühe gegeben, diese ganze undankbare Brut überhaupt in die Welt zu setzen? Überlegen Sie mal, wenn sie alle noch ledig wären, hätte ich die vier bestaussehenden Extramänner der ganzen Stadt zur Verfügung, wann immer ich sie bräuchte. Fünf sogar, sobald James junior endlich fertig ist! Der undankbare Haufen! Alles, was sie im Kopf haben, ist ihr eigenes Glück! Diese jungen Leute von heute haben einfach kein Pflichtgefühl mehr, keinen Sinn für Tradition und Familie! Seien Sie bloß froh, Marjorie, daß Sie keine Kinder haben! Sie haben sich eine Menge Kummer erspart!«

»Vielleicht könnte ich noch ein Mädchen auftreiben, Mrs. Beaumont.«

»Eine Extra-Frau? Bewahr' mich der Himmel! Ich versuche mich jetzt anzuziehen, während Sie telefonieren.«

»Und wie wäre es doch mit Bruno de Lancel?«

»Marjorie! Ich kann den Mann doch nicht gut als Ersatz in letzter Minute herbitten! Wo ich doch eine ganze Party für ihn vorbereite! Eines jedenfalls muß man ihm lassen. Er würde nie in letzter Minute noch absagen, solange er nicht schon auf dem Totenbett läge. Er ist viel zu gut erzogen, um auch nur im Traum daran zu denken. Der Mann hat Manieren, einfach umwerfend!«

»Sie haben gesagt, ich soll mir etwas einfallen lassen, Mrs. Beaumont.«

»Ja, aber etwas Vernünftiges und Sinnvolles. Und jedenfalls wäre es einfach eine Beleidigung für ihn, ihn noch für denselben Abend einzuladen, als Ersatz für jemanden, der ausgefallen ist.«

»Aber er war schließlich schon so oft da, daß er gewiß Verständnis hätte. Wie jeder gute Freund eines Hauses. Also ich sähe da kein Hindernis.«

»Er ist nicht diese Art Freund des Hauses. Wäre er Amerikaner, würde ich sagen, gut, er hilft sicher gerne aus. Aber Sie wissen doch, wie... kühl der Mann ist. Ich habe nie das Gefühl gehabt, ihn besser zu kennen als beim allerersten Mal, obwohl ich ihn mittlerweile zahllose Male zu meiner Rechten plaziert habe. Zu seinen makellosen Manieren gehört auch, nie über sich selbst zu sprechen. Aber man kann nicht leugnen, er sieht absolut göttlich aus, ist sehr, sehr reich, unverheiratet – und dazu noch der Titel, natürlich –; also da kann er meinetwegen so verschlossen sein wie die Sphinx persönlich und so unnahbar wie der Papst, der keine Audienzen gibt, und so formell wie die Königin von England... Augenblick mal, Papst... wie ist es denn mit Kardinal Spellman? Was meinen Sie, Marjorie?«

»Als Extra-Mann in allerletzter Minute? Also, das würde ich nun nicht gerade für eine sehr gute Idee halten, Mrs. Beaumont.«

»Ja, sicher, da mögen Sie wohl recht haben.« Cynthia Beaumont seufzte tief. Ja, ja, gerade diese kleinen Nuancen waren es, in denen Marjorie Stickley so gut war. Es machte sich eben bezahlt, die beste *social secretary* der Stadt zu haben, auch wenn sie doppelt so viel bekam wie jede andere. Selbst wenn der Kardinal frei gewesen wäre, und zweifellos war er das, wäre es eben doch nicht passend.

Als sie aus ihrem Bad stieg und gerade soviel Make-up aufzulegen begann, wie die Arbeit des Floristen vertrug, der bereits das Haus zu dekorieren begann, kam Marjorie wieder und strahlte triumphierend. »Alles klar. Ich habe Bruno de Lancel gekriegt. Er sagt, aber selbstverständlich, und er sei entzückt.«

»Phantastisch! Sie sind ein Goldschatz. Sie haben mir mein Dinner gerettet! Wie haben Sie es ihm beigebracht? Was haben Sie gesagt?«

»Ah, das ist mein kleines Geheimnis, Mrs. Beaumont! Jetzt muß ich aber gehen und dem Floristen sagen, daß Sie gleich zu ihm kommen. Sonst kriegt er einen Nervenzusammenbruch.«

Während sie den Korridor hinunter in Richtung Speisesaal entschwand, dachte Marjorie Stickley über ihre eigene Goldene Regel nach: Mehr als Nein kann niemand sagen. Auf diese einfache Erkenntnis hatte sie eine lange, befriedigende Karriere aufgebaut und sich damit ein komfortables Nest geschaffen. Sie führte einfach die Telefongespräche, die sich ihre Auftraggeberinnen selbst nicht zu führen trauten. Die Damen der Gesellschaft...! Manchmal taten sie ihr wirklich leid. Wenn auch nicht zu oft. Was Bruno de Lancel anging, so hatte sein Ruf, steif, distanziert und unnahbar zu sein, schon so viele Gastgeberinnen in Angst und

Schrecken versetzt, daß sie fast sicher sein konnte, er sei heute abend noch frei. Es war ja gar nichts dagegen einzuwenden, daß er den Snob spielte. So etwas akzeptierte jede *High Society*. Aber doch nicht Leuten gegenüber, die es mindestens so gut konnten wie er auch! Für wen, dachte sie spöttisch, hielt er sich eigentlich?

Bruno verließ die Bank an diesem Freitagnachmittag frühzeitig und begab sich hinauf zu J. M. Kidder Inc., zur vierten Anprobe eines neuen Reitjacketts, das er schon vor Monaten bestellt hatte.

»Da nehmen Sie jetzt also auch an den offiziellen Gesellschaftsjagden teil, Viscount de Lancel?« fragte Allensby, der alte erste Anprobierer, vertraulich und freundlich.

Bruno brummte etwas Unbestimmtes. Er konnte nicht verstehen, wie ein einfacher Schneider der Meinung sein konnte, sein Tun und Lassen gehe ihn irgend etwas an.

»Wir haben eine Menge Gentlemen aus der besten Gesellschaft als Kunden. Immer gehabt. Da wird gut gejagt, was man so hört.«

Bruno knurrte. Wenn »gut jagen« heißen sollte, sich mit einem Haufen langweiliger, angeberischer Börsenmakler, Anwälte und Geschäftsleute aus einem Sammelsurium sterbenslangweiliger Vororte herumzutreiben, lauter Kerlen, von denen keiner irgend etwas über wirklich edlen Sport wußte, Kerlen, die niemals einen Tag lang über ihr eigenes Land galoppiert waren, dann war dies wohl »gut jagen«. Wie auch immer, Besseres fand man nun leider einmal nicht in einigen Stunden Umkreis von New York – Fairfield war ja nichts weiter als ein Witz –, aber das Leben ohne Jagd war schließlich ganz undenkbar.

»Der Kragen stimmt immer noch nicht, Allensby.«

»Nach der letzten Anprobe habe ich ihn eigens neu geschnitten, Sir! Er ist völlig neu. Sehen Sie doch, wie gut er an Ihrem Hals sitzt.«

Bruno bewegte den Kopf vorwärts und zurück und drehte ihn nach allen Seiten, und schaffte es damit schließlich, daß der blendend geschnittene Kragen an einer Stelle einen kleinen Spalt zeigte. »Nein, das ist nichts. Es ist einfach nichts. Reißen Sie ihn ab und machen Sie ihn neu.« Er kämpfte sich aus der Jacke und warf sie auf einen Stuhl. »Rufen Sie meine Sekretärin an, wenn Sie für die nächste Anprobe bereit sind.«

»Ja, Sir«, sagte Allensby verbindlich. Als er die Jacke wegtrug, dachte er an seine Goldene Regel: Nur eine bestimmte Art Mann läßt seinen Ärger an seinem Schneider aus, und das sind Leute, um die man sich nicht zu kümmern braucht. Der Franzose mit seinem Titel, von dem er offensichtlich glaubte, er sei hier von Bedeutung, konnte seinetwegen so viele

Anproben haben, wie er nur wollte. Das war alles von Anfang an schon im Preis einkalkuliert. Diese alte Schneiderfirma hier hatte schon Generationen schwieriger Kunden überlebt. Wenn auch, zugegeben, noch keinen mit so einer Idealfigur. Wenn er keine solche Sau wäre, dachte Allensby abfällig, wären Anproben mit ihm das reine Vergnügen. Für wen, zum Teufel, hielt er sich eigentlich?

Bruno sah auf die Uhr, als er aus der Schneiderei hinaustrat. Er hatte noch immer fast zwei Stunden Zeit, ehe er sich für das Dinner ankleiden mußte. Nur einen kurzen Weg von hier wartete eine Frau auf ihn, eine Frau von der stolzen Grazie einer seltenen und wertvollen Katze vor einem Obstbaumholzfeuer. Es erwarteten ihn leise Musik im Raum und der ungeduldige Blick in dem Gesicht mit dem sinnlichen vollen Mund, der das Auge faszinierte wie ein barbarisches Ornament. Der ganze üppige Leib träge und einladend, weich, sanft. Dunkelbraune Brustwarzen, groß wie Quarters, ein Mund, der lieber saugte als sprach, und ein voller Hintern, der wie geschaffen war für die delikaten Züchtigungen, die Bruno so kenntnisreich zu verabreichen wußte. Sie hatte drängende, lasterhafte, erfindungsreiche Hände. Und diese Frau war eine der großen Damen der Stadt. Noch keine vierzig, von Hause aus enorm reich. Seit drei Monaten gehörte sie ihm.

Er bedachte noch einmal die Tatsache, daß eben diese Frau tatsächlich in dieser Minute für ihn bereit war, bereit, ihn alles tun zu lassen, was ihm gefiel. Er hatte mit ihr telefoniert und ihr bis ins Detail erklärt, wie sie sich selbst liebkosen sollte, bevor er kam. Er sah sie jetzt vor sich, wie ihre Beine gespreizt sein mußten, eben jetzt, damit sie sich dort leicht selbst berühren konnte, mit ihren feuchten, wissenden Fingern, die sie vorher angeleckt hatte. Er wußte, daß sie sich – jetzt, im Augenblick – ruhelos wand und streckte und aufbäumte und sich in die Lippen biß, um sich selbst von einem vorzeitigen Höhepunkt abzuhalten. Wenn er dann kam und sich auf die Couch legte und sagte, er sei müde, und wolle nichts weiter, als daß sie den Kopf über ihn beuge und ihn mit nichts als ihrem breiten, wartenden Mund befriedige, dann tat sie es. Wenn er auf der Couch lag und sie nicht berührte und einfach nur wartete, bis sie ihn mit ihren kundigen Händen hart machte und er ihr dann auftrug, sich aufzusatteln und ihn in sich aufzunehmen und ihr barsche Befehle erteilte, sich auf und ab zu bewegen, bis er die Entspannung erreichte, derentwegen er gekommen war, dann gehorchte sie wortlos. Wenn er ihr befahl, sich auf den Teppich zu legen und ihren Rock zu heben und die Knie aufzustellen und die Beine für ihn zu öffnen, und wenn er dann in sie eindrang und sie so rasch und egoistisch wie jeder unerfahrene Schuljunge nahm, war sie dankbar. Wenn er ihr befahl, in ihrem Sessel zu bleiben, während er vor ihr stand und seine Hose öffnete und sich in ihren Mund schob, verschaffte sie ihm köstliche Lust und widersprach niemals. Wenn er einfach nur auf der Kante eines Stuhls saß, als Zuschauer und ihr auftrug, sich selbst zu befriedigen, bis sie unter ihrer eigenen Lust stöhnte, dann tat sie ihm den Willen.

Sie war einfach diese Art Frau. Und sie war in dem Alter, das er schon immer vorgezogen hatte. Sie wußte, was sie wollte: als Hure behandelt werden. Kein anderer Mann in ganz New York hatte es je gewagt, sie so zu behandeln wie er. Aber eben das war es, was sie ersehnte, und dabei war er erst am Anfang. Noch hatte er ihr längst nicht alle demütigenden Handlungen abverlangt, nach denen sie gierte. Sie war seine Kreatur.

Genau das war das Problem, dachte er, als er der Richtung zu dem parfümierten Raum, wo diese Frau wartete, den Rücken kehrte und zu sich nach Hause ging. Er konnte jedes ihrer Geheimnisse vorhersagen. Sie waren ihm ja alle nicht neu. Er hatte inzwischen selbst fast das Alter dieser erfahrenen Frauen erreicht, die er schon immer bevorzugt hatte. Und von Jahr zu Jahr wurde es nun schwieriger, Frauen zu finden, deren allerprivateste, allergeheimste verbotene Phantasien nicht Geschichten waren, die er alle schon einmal gehört hatte. Immer seltener fand er deshalb für längere Zeit Gefallen an irgendeiner neuen Frau, ganz besonders denen aus der New Yorker Gesellschaft, deren Sex-Gewohnheiten und -Verhalten so oft zahm und banal waren, ohne Raffinesse, ohne die dunklen und verbotenen Szenarios, die man bei den Frauen von Paris entdecken konnte.

Ja, das machte er ihnen zum Vorwurf, diesen reichen, glitzrigen Amerikanerinnen mit ihren saubergeschrubbten, so enttäuschend hygienischen Phantasien: Das war es, was seine Begierden und seine Lust absterben ließ. Der Gedanke an diese Frau dort, die noch jetzt, in dieser selben Minute, begierig, bereitwillig und feucht auf ihn wartete, verursachte ihm keine dieser willkommenen Begierden in den Lenden. Er konnte sie nur um ihre eigene Lust beneiden. Heute abend, wenn ihr klar war, daß er nicht mehr zu ihrem Rendezvous kam, würde sie einen Weg finden, sich der Lust zu entledigen, die er seit seinem Anruf heute morgen in ihr erzeugt und aufgebaut hatte. Sie hatte Glück. Sie konnte Stunden juckender, kitzelnder Erregung genießen, Stunden, die für ihn so bar jeder Vorerwartung waren wie sein ganzer Tag, und wie das in seinem Ablauf völlig vorhersehbare Dinner, das ihm noch bevorstand.

Worauf konnte man sich in dieser Stadt hier überhaupt noch wirklich freuen, worauf gespannt sein? Er stellte sich diese Frage, als er blind für alles durch die weihnachtlichen Straßen New Yorks lief, wo für alle anderen an jeder Ecke ein Dutzend Versprechen in der kalten Luft zitterten, wo, für alle anderen die hellerleuchteten Schaufenster einander an Attraktion auszustechen suchten. Wo für alle anderen Energie und Vitalität an jeder Straßenkreuzung in die Augen sprangen.

New York. Was für eine abgrundtief häßliche Stadt! Ohne jeden Charme, ohne Intimität, geschichtslos! Die Häuser alle entweder zu klein oder zu hoch. Auf jeden Fall alle viel zu neu. Und ihre Proportionen stimmten nicht. Uninteressant, plump. Die Straßen zu gerade, zu eng, zu regelmäßig. Eine einzige Langeweile! Keine Bäume, und selbst dieser angebliche Park noch ein exaktes Rechteck. Nirgendwo ein verborgener Hinterhof, keine unerwartete Sackgasse, kein Platz, wo man um die Ecke gehen konnte und vor Verwunderung über den sich eröffnenden Anblick mitten im Schritt verharrte. Kein unentbehrlicher, sich durch die Stadt windender Fluß, ohne den jede Stadtlandschaft einfach nur halb lebendig war! Leute, die sich selbst für elegant hielten, waren zufrieden damit, in Apartmenthäusern an einer dunklen, viel zu breiten Straße namens Park Avenue zu wohnen, wo jeder Hinz und Kunz ihnen in die Fenster schauen konnte, weil es nirgendwo Mauern gab, die ihre Intimität schützten.

Die Society von New York! Eine perfekte Widerspiegelung der ganzen Stadt. Zu laut, zu ordinär, zu protzig, zu übertrieben, ohne jeden Charme, ohne historische Wurzeln, offen für jeden, der sich nur die Eintrittsgebühr leisten konnte. Eine Gesellschaft, die niemals verstehen und richtig würdigen würde, was Tradition, Erbe und Familie bedeutete. Eine Gesellschaft, der selbst das Wort Aristokratie fremd war. Nichts als ein bemühter Witz, der auch noch so tat, als nehme er sich selbst ernst. Er fragte sich, ob auch nur eine aller dieser übereifrigen Gastgeberinnen die entfernteste Idee hatte, was er von ihr hielt. Vermutlich nicht. Sie waren alle einfach zu stupide, um auf seine äußerste Verachtung auch nur gefaßt zu sein, und seine Manieren waren zu vollkommen, um auch nur eine Andeutung davon sichtbar werden zu lassen.

Die einzige heilsame Qualität New Yorks bestand darin, daß es keine europäische Stadt war. Er hätte es nicht ertragen können, in so zweitklassigen, mit sich selbst beschäftigten, und doch einfach provinziellen Städten wie Rom oder Madrid zu leben, von denen aus Paris – für ihn auf ewig tabu – nur einige Stunden entfernt war. In diesem vollständig sterilen Exil hier war wenigstens alles, worum alles sich drehte, Geld. Und Geld würde, im Gegensatz zu Sex, nie aufhören, ihn zu faszinieren, nie langweilig, schal, vorhersehbar werden, die Jagd nach ihm niemals ihr Interesse für ihn verlieren. Selbst als er immer mehr und mehr davon scheffelte, fragte er sich niemals, wozu und wofür eigentlich – wo man sich doch nicht einmal einen wirklich guten Diener kaufen konnte. Es war einfach in sich selbst gut, als Selbstzweck.

Als er sich seinem Haus näherte, in das er niemals jemanden einlud und das er so exakt wie nur möglich dem Haus in der Rue de Lille in Paris nachgestaltet hatte, fragte er sich, ob wohl ein Brief von Jeanne da sei.

Die alte Haushälterin von Valmont war ihm ergeben geblieben. Sie schrieb regelmäßig, aus ihrem kleinen Austragshäuschen in Epernay, um ihm die Neuigkeiten der Familie mitzuteilen, und er antwortete ihr immer sorgsam, denn sie war ja seine einzige Nachrichtenquelle dafür, was sich in der Champagne ereignete. Sein Vater war erst vierundsechzig, und die Lancel waren von jeher eine Familie gewesen, in der die Oberhäupter alt wurden. Aber jeden Tag fielen irgendwo auch Leute mit vergleichbar guten Genen Unfällen zum Opfer. Autounfällen. Reitunfällen. Vernachlässigten Infektionen. Oder einfach nur einem Sturz im Badezimmer. Krankheiten konnten ohne Vorwarnung zuschlagen. Sein Onkel Guillaume war relativ jung gestorben.

Ja, er wußte, wenn nicht heute, dann bald, – denn jeder andere Gedanke würde ihn verrückt machen – kam ein Trauerbrief von Jeanne, der ihm sein Leben zurückgab.

An einem Freitagnachmittag im März 1950 beugte sich Freddy über Tonys Schreibtisch und sah ihn hoffnungsvoll an. »Tony, komm, fahren wir ein bißchen weg. Jock und Swede sind an ihre Schreibtische gefesselt. Aber es gibt keinen Grund, warum alle Bosse zur selben Zeit da sein müßten. Es ist so ein schöner Tag.«

Tony blickte von dem leeren Auftragsbuch hoch, in das er gestarrt hatte, als sie eingetreten war.

»Wegfahren? Wohin? Welches Landschaftswunder reizt dich so? Der erstaunliche Anblick des Hollywood-Schriftzugs? Oder etwa der platte, graue Sand von Santa Monica? Meinst du nicht viel eher, du möchtest gerne in deine neue Bonanza klettern? Meinst du nicht doch eher wegfliegen als wegfahren?«

»Nein, ich meine fahren«, sagte Freddy geduldig. Er war wieder mal in böser Stimmung. Wieder mal zuviel Whisky schon am Mittag oder einfach nur miese Stimmung? So früh am Tag war das schwer zu sagen. »Nun komm schon, wir können das Verdeck an meinem Wagen herunterlassen. Ich muß einfach mal hier raus. Es macht nicht mehr soviel Spaß jetzt, wo alles wie von selbst läuft und die Geschäfte blendend gehen. Nun komm schon, Schatz.«

Tony seufzte widerwillig, stand aber folgsam auf, kam mit zum Parkplatz ihres neuen Bürogebäudes auf dem Flughafen Burbank und saß dann teilnahmslos da, den ganzen Weg aus dem San Fernando Valley hinaus, über die Berge und hinüber nach Los Feliz.

Freddy fuhr geradewegs in eine Straße hinein, die sie scheinbar ganz zufällig ausgewählt hatte, blieb aber dann plötzlich vor einem Haus oben auf dem Hügel stehen. Eine typisch kalifornische Version einer spanischen Hazienda. Sie hatte das Haus im November gekauft, vor noch nicht ganz fünf Monaten, auf einer kurzen Übertragungsfrist bestanden und am Tag nach deren Ablauf schon einen Bauunternehmer kommen lassen, der in zwei Schichten mit Überstunden das ganze Haus von Grund auf renovieren mußte, während sie eine Innenarchitektin damit in Trab hielt, sich um die perfekte Einrichtung zu kümmern. Die Goldorangenbäume neben der Straße waren bereits in prächtiger Blüte, und ein Landschaftsgärtner hatte jeden Baum gestutzt, beschnitten und genau den Garten wiederhergestellt, an den sich Freddy so gut erinnerte. Sie hatte ihn umgraben und den so lange vernachlässigten Boden düngen lassen, und er mußte breite Beete mit duftenden Himmelschlüsseln und kleinen, purpurnen Veilchen anlegen. Überall waren Stiefmütterchen, deren gelbe, weiße und dunkle Blütenblätter sich mit den kleineren blauen Tupfen der unverwüstlichen Vergißmeinnicht mischten. In einem Monat würden die Büsche des Rosengartens, wo die Knospen bereits sprossen, in ihrer ersten Blüte stehen. Das ganze Haus war frisch gestrichen und die roten Ziegel auf dem Dach neu.

Sie stellte den Motor ab.

»Ich dachte, du wolltest ein wenig wegfahren«, sagte Tony. »Das war gerade eine Viertelstunde.«

»Gefällt dir das Haus da?« fragte sie.

»Ja, doch. Das ist die vermutlich einzige Art Haus hier in Kalifornien, die nicht unpassend ist. Habe ich immer gesagt, wie du gut weißt.«

»Wir brauchen doch ein neues Haus, nicht wahr?«

»Kann ich nicht widersprechen.«

»Etwas wie, sagen wir, das da?« fragte sie eifrig.

»Ich nehme an, das heißt, daß du es bereits gekauft hast.« Er sah Freddy an. Sie hatte die Augen niedergeschlagen, um sie zu verbergen, aber ihr Gesicht glühte, und der so sorgsam neutrale Gesichtsausdruck gab ihm bereits die Antwort. »Sieht wirklich sehr hübsch aus. Und in guter Verfassung. Nehme ich an«, fuhr er fort, ohne ihre Entgegnung abzuwarten. »Tipptopp von unten bis oben, muß man sagen. Alles überholt, in Betrieb und wohnfertig.«

»Du bist überhaupt nicht überrascht.« Freddy fühlte ihre Aufregung zusammensacken wie einen Ballon, aus dem die Luft entweicht. Tag für Tag, seit die Arbeiter hier waren, hatte sie sich davongestohlen und war herübergefahren, um nachzusehen, wie es voranging, hatte getobt und geschmeichelt, gedroht und schamlos auf Vamp gemacht, bis wirklich alles genau so war, wie sie es haben wollte, und obendrein in sehr viel kürzerer Zeit, als irgend jemand vermutet hätte. Mindestens ein halbes dutzendmal täglich hatte sie mit der Innenarchitektin telefoniert und sich mindestens jede Woche mit ihr getroffen, um die endgültigen Entscheidungen zu treffen. Kein Mensch bei *Eagles* hatte von alledem eine Ahnung. Bis obenhin war sie voll von ihrem wundervollen Geheimnis und platzte fast daran.

»Na ja, wie sollte ich denn?« antwortete Tony. »Jetzt, wo wir stinkreich sind, war ein neues Haus natürlich nur eine Frage der Zeit. Und wir wissen doch wohl beide, daß du in solchen Dingen sehr aktiv bist. Nicht wahr?« Er sprach mit einer Sanftheit, die sie unbehaglich berührte. So, wie ein falscher Ton in einer wohlbekannten Melodie stört. Es war eine Sanftheit, die sie von diesem, seinem ganzen Wesen nach sanften Mann noch nie gehört hatte. Es war etwas Neues, etwas Gezwungenes. Als solle diese Sanftheit etwas verdecken oder maskieren. Etwas, das sie noch nicht erkennen konnte.

»Selbst, wenn du nicht überrascht bist«, sagte sie und versuchte ihre kindische Enttäuschung über die Art, wie er ihre Leistung als ganz selbstverständlich hinnahm, zu überwinden, »bist du nicht gespannt darauf, wie es innen aussieht?«

»Ich habe keinen Zweifel, daß es ausgesprochen hübsch ist, aber ich weiß ja auch, daß ich die Große Tour verpaßt kriege, also bringen wir es schon hinter uns!« sagte er, stieg aus und ging auf den Hauseingang zu.

Zahllose Male hatte Freddy sich diese Szene bereits in ihrer Phantasie vorzustellen versucht. Wie Tony entzückt sein würde über diese ganz neue Aussicht auf das tägliche Leben. Mit all den neuen Möglichkeiten, die es für sie eröffnete. Nie aber hatte sie es sich so vorgestellt. Mit dieser ganz unbeeindruckten, kalten, fast resignierten Haltung. Als habe er etwas zu essen vorgesetzt bekommen, das er aus reiner Höflichkeit aß, obwohl er nicht den mindesten Appetit hatte. Vielleicht hatte er wieder mal einen Kater, dachte sie, während sie ihm folgte. Vielleicht war er so nett, wie er es gerade noch schaffte mit einem fürchterlich schmerzenden Kopf und einem trockenen Mund. Bei Tony wußte man das nie. Er verbarg seinen Alkoholismus viel zu gut. Er bewahrte stets Haltung. Manchmal merkte sie überhaupt erst, wenn er umgefallen war, wie sehr er tatsächlich betrunken war.

Sie führte ihn durch alle Haupträume des Hauses. Überall waren Palmen und blühende Pflanzen in Körben und Trögen. Die Böden waren mit großen mexikanischen Terrakottaplatten gefliest, auf denen Teppiche in weichen Farbtönen lagen. Die Möbel, schön gearbeitet, aber ganz einfach in der Form, waren eine Illustration des tiefsten Sinnes des Wortes Komfort. Es war ganz entschieden ein Haus ohne jede *Grandeur*, trotz der großzügigen Abmessungen der Räume und der hohen Zimmerdecken; und ebenso entschieden ein Haus, in dem sich ein Mann genauso zu Hause fühlen konnte wie eine Frau.

Beim Gang durch sämtliche Räume blieb Tony in jeder Tür stehen, um zu murmeln: »Entzückend, ganz entzückend«, bis sie ihm am liebsten eine reingehauen hätte. Er benahm sich eher wie ein Gast mit guten Manieren als wie ein Mann, der sein eigenes Haus zum ersten Mal in Augenschein nimmt. Er öffnete keine Tür, sah in keinen Wandschrank oder zog auch nur eine Schublade auf. Er legte ungefähr ebensoviel Neugierde an den Tag wie jemand, dem der Gepäckträger in einem Hotel sein Zimmer zeigt. »Entzückend.« Sie hatte dieses Haus doch nicht gekauft und wiederhergerichtet, um ihn »entzückend« murmeln zu hören! Sondern vielmehr, um ihn glücklich zu machen. Oder wenigstens etwas glücklicher.

»Und wo ist die Bar?« fragte er dann plötzlich, als sie schließlich im Wohnzimmer Platz genommen hatte, von dem aus sechs bogenförmige Türen auf drei Seiten in den blühenden Garten hinausgingen.

»Dort drüben«, sagte Freddy und deutete auf eine lange, einladend aussehende Theke, auf der Barutensilien aller Art standen, von Gläsern aller Formen und Größen bis zu einem ausgewachsenen Sortiment Flaschen, vom Siphon bis zum Ginger Ale und von Schalen mit Knabberzeug bis zu Oliven und einer Silberschüssel mit Zitronen.

»Und was macht man mit Eis?« fragte Tony und goß sich einen Whisky ein.

»Das Eis bringt man in einem Eiskübel aus der Küche«, antwortete Freddy und quälte sich ein Lächeln ab. Es war die erste Frage gewesen, die er gestellt hatte. »Aber du nimmst ja kein Eis, nicht wahr, Schatz? Und deshalb müssen wir das auch nur machen, wenn wir Gäste haben.« Sie fühlte sich wie eine Verkäuferin, die einen hartnäckigen Kunden zu überreden versucht.

Tony trank seinen Whisky in einem einzigen Schluck und schenkte sich sofort einen weiteren ein. »Hättest du vielleicht auch gern ein kleines Schlückchen?« fragte er.

»Bitte. Das Gleiche wie du.«

»*Cheers*«, sagte sie, als er ihr das Glas reichte und sich auf die andere Seite des Kaffeetisches setzte. Noch nie, dachte sie, hatte sie dieses Wort in einer so seltsamen Stimmung gesagt. Es war so... prätentiös... und dabei wußte er doch, daß es ihrer beider Haus war, wie wenig Enthusiasmus, ganz gegen ihre Hoffnungen und Erwartungen, er auch zeigen mochte!

Er hob sein Glas lediglich andeutungsweise, sagte aber nichts und trank nur.

Schweigen fiel zwischen sie. Freddy sah den Inhalt ihres schweren Kristall-Tumblers mit einer Intensität an, als enthalte er Kaffeesatz, der ihr die Zukunft weissagen könne. Schließlich trank sie nervös aus. Er mußte wohl, sagte sie sich, einfach erst einmal das Gefühl für das Haus bekommen, es in seine Poren eindringen lassen. Vielleicht war er ja in Wirklichkeit weit mehr überrascht, als er sich anmerken ließ und wußte nicht recht, was er sagen sollte.

»Du meinst doch nicht, daß es zu groß ist, oder, Tony?« fragte sie, um das Schweigen zu brechen. »Aber wenn wir noch mehr Kinder haben und Einladungen und auch Hausgäste, und wenn später dann die Kinder ihre Freunde mitbringen, sieht es dann nicht mehr annähernd so groß aus wie jetzt, wo nur wir beide hier sitzen.«

»Aha. Das hast du also alles schon ganz genau geplant, wie? Du bist schon eine tolle Nummer, Freddy. Wirklich. Ich sollte dich wirklich nicht unterschätzen. Schwanger kannst du nicht gut sein, aber vermutlich hast du bereits die Einladungen für die *House-Warming-Party* verschickt, wie?«

Freddy spürte Ärger in sich aufsteigen. Was war nur los mit ihm? Warum diese demonstrative Ablehnung? Was hatte er ihr vorzuwerfen?

»Natürlich habe ich noch keine Einladungen verschickt«, sagte sie so leichthin, wie sie nur konnte, und ignorierte seinen Ton bewußt. »Das Haus ist überhaupt erst gestern fertig geworden. Die Farbe ist noch kaum trocken. Aber was ist gegen meine Zukunftsträume einzuwenden? Trinken wir noch was?«

»Nein danke.«

»Was?« Sie war völlig verblüfft.

»Ich muß jetzt nüchtern bleiben«, sagte Tony, und Freddy wurde unbehaglich. Seine Stimme hatte auf einmal etwas eindeutig Scharfes und Schneidendes. So, als unterdrücke er mit Macht seinen Ärger.

»Nüchtern?«

»Nüchtern, stocknüchtern. Üblicherweise, wie du wohl bemerkt haben wirst, bin ich das nicht. Ich hatte gehofft, es betrunken hinter mich bringen zu können. Aber es hat sich herausgestellt, daß das Mutantrinken bei mir nicht funktioniert. Und ganz besonders bei dem hier nicht.«

»Bei dem hier?? Magst du das Haus nicht? Willst du mir klarmachen, daß du hier nicht wohnen willst?«

»Es ist ein sehr schönes Haus. Aber eben genau die Art Sachen, die du immer machst und die ich nicht mehr aushalte. Hier, Tony, da ist ein Haus für dich, brauchst nur noch einzuziehen. Hier, Tony, da ist eine Zukunft für dich. Partys. Hausgäste. Eine große Familie. Wie wirst du froh und glücklich sein. Hier, Tony, eine Firma für dich. Du darfst dich sogar Vizepräsident nennen. Und da sind ein paar Millionen Dollar dazu, Tony. Da hast du dein ganzes verdammtes tolles Leben auf dem silbernen Tablett, Tony! Alles von deiner lieben Freddy!« Er nahm sein Glas und warf es mit Gewalt an die Kamineinfassung. »Lieber Gott, Freddy, alle deine Träume sind die Fakten von morgen! Wenn du dir was in den Kopf setzt, dann rastet und ruhst du nicht, bis du es hast. Und zwar ganz allein und nach deinem Kopf. Ich bin völlig austauschbares Zubehör, nichts als der Mann von Freddy! Wir passen nicht zusammen, Freddy. Und eben das hätte ich dir schon vor langer Zeit sagen müssen, vor sehr langer Zeit. Ich mußte nüchtern bleiben, um dir diese Tatsache jetzt endlich zu sagen. Wir passen überhaupt nicht zusammen. Ich will aus dieser Ehe raus. Ich will mich scheiden lassen. Ich kann mit dir nicht länger verheiratet sein.«

Die Brutalität seines Tons verblüffte Freddy mindestens ebensosehr wie die Worte selbst. Er machte einen so verbissenen und wütenden Eindruck wie ein Tier, das sich die eigene Tatze abbeißt, nur um sich aus dem Fangeisen zu befreien, in das es geraten ist.

»Du bist doch nicht bei Sinnen! Du bist doch wieder mal betrunken! Und wenn du hundertmal sagst, du bist nüchtern! Wahrscheinlich hast du wieder mal gesoffen, seit du aufgestanden bist, du verdammter Bastard!« Sie schrie und horchte gleichzeitig ihren eigenen Worten wie aus weiter Ferne nach, während sie aufsprang und ihn anbrüllte. »Du würdest dich schämen, wenn du dich selbst hören könntest!«

»Das tue ich doch. Genau das tue ich, mich schämen. Seit Jahren. Ich hatte mich fast schon daran gewöhnt. Aber doch nicht ganz. Gott sei Dank. Freddy, hör mir doch zu, laß mich doch ausreden. Es ist ganz unwichtig, ob du mich für nüchtern oder betrunken hältst. Darum geht es überhaupt nicht. Es geht darum, daß du von dem Augenblick an, als wir hier vor fünf Jahren ankamen, unser beider Leben einfach unter dein Kommando genommen hast. Und im Handumdrehen war alles deine Show. Und du warst unbezwingbar und unschlagbar. Und ich hatte nicht einmal den Hauch einer Chance. Ohne dich wären wir nach ein paar Monaten schon auf die Nase gefallen und hätten nach England zurückkehren müssen. Du hast die *Eagles* auf die Beine gestellt und in Gang gebracht. Jock und ich hätten es ohne dich überhaupt nicht geschafft. Gut, du hast dann Swede als Hilfe gebraucht. Aber kein Aas hat mich gebraucht. Ich habe zu der ganzen Geschichte überhaupt nichts beigetragen, außer daß ich ein Frachtpilot wie jeder andere war. Von Anfang an war ich das fünfte Rad am Wagen. Und du...«

»Hör auf, Tony! Wie kannst du nur dermaßen unfair sein? Ohne dich hätte ich doch überhaupt das alles nicht durchstehen können, alle die Jahre. Niemals hätte ich sonst den Mumm für all das gehabt, niemals die Kraft, die ganze schwierige Zeit durchzuhalten!«

»Ach, Quatsch. Selbstverständlich hättest du das gekonnt und auch geschafft. Du hättest niemals aufgegeben, unter welchen Umständen auch immer. Du hättest immer einen Weg gefunden. Ich habe doch die ganze Zeit nur das Spiel mitgespielt, mein Gesicht zu wahren und mir selbst einzureden, du bräuchtest mich. Annie bräuchte mich. Das war doch meine einzige Möglichkeit, mich von der Einsicht in die Wahrheit zu drücken. Das... und der Suff. Aber jetzt, wo wir es so großartig geschafft haben und keine Ausreden mehr möglich sind, bleibt mir keine Chance mehr, mir selbst etwas vorzumachen. Der große Kampf ist vorüber. Aber versuche nicht, mir weiszumachen, du würdest jemals damit aufhören, alles nach deinem Kopf zu regeln. Das kannst du gar nicht. Du kannst nicht aus deiner Haut. Und ich kann da nicht mithalten, aber auch nicht auf diese Weise leben. Es bringt mich um, Freddy! Ich habe keine Achtung mehr vor mir selbst! Verstehst du denn nicht, was das bedeutet?«

»Hör zu Tony, ich gehe mit dir nach England zurück. Ich höre auf zu arbeiten. Wir können so weiterleben wie damals, jetzt, wo wir Geld genug haben. Du weißt doch, was wir abgemacht haben. Nach Hause zu gehen, sollte doch nur ein Experiment sein. Niemand hat jemals gesagt, es sei für immer.« Sie sprach so beherrscht, wie sie es nur fertigbrachte. Er konnte doch das, was er gesagt hatte, nicht wirklich ernst meinen! Wenn sie ruhig und beherrscht blieb und sich nicht aufregte, wenn sie ganz sachlich und vernünftig mit ihm redete...

»Arme, kleine Freddy. Du glaubst tatsächlich, du könntest alles und jedes so richten, wie du es haben möchtest? Selbst deinen eigenen Charakter ändern! Du kannst doch nicht im Ernst glauben, du könntest jemals wieder deine kleine Rolle als zurückgezogene Dame des englischen Landadels spielen? In der du dich ohnehin derart elend gefühlt hast! Obwohl man dir lassen muß, du hast das damals, als es keine Alternative gab, so gut gespielt, daß ich gar nicht merkte, wie schlimm es tatsächlich für dich war. Aber jetzt? Es wäre doch nichts als eine absolut lächerliche Scharade. Als wäre es denkbar, daß ein großes Rennpferd auf dem Höhepunkt seiner Form sich lieber vor ein Pferdefuhrwerk gespannt sähe! Ist dir gar nicht aufgefallen, was du eben gesagt hast? ›Nach Hause zu gehen, sollte nur ein Experiment sein.‹ Nach Hause – das ist doch wohl das Schlüsselwort. Für dich ist Kalifornien zu Hause, so wie für mich Longbridge Grange. Das ich fürchterlich vermisse, Freddy! Samt seinem Regen und allem! Es ist nicht unsere Schuld, Freddy, deine oder meine. Wir sind einfach beide nicht dafür gemacht, im fremden Land glücklich zu sein. Du bist zu amerikanisch, ich zu britisch. Ich bin nicht dazu erzogen worden zu arbeiten. Wären wir nicht hierher nach Kalifornien gezogen, hättest du auch nicht in England leben können, ohne alles in dir abzutöten, was dich überhaupt erst zu dem Mädchen machte, das ich liebte.«

»Aber – – was ist denn genau schiefgegangen?« fragte Freddy. Tony war tatsächlich völlig nüchtern, kein Zweifel. Und selbst in der Panik, in der sie nun war, konnte sie nicht leugnen, daß völlig richtig war, was er über ihre Jahre auf dem Land gesagt hatte. Es mußte doch Worte geben, mit denen sich das alles erklären ließ! Worte, die es möglich machten, daß sie noch einmal ganz von vorne begannen! Die diesen Alptraum hier beendeten. Alles änderten! »So sag es mir doch, Tony. Bitte!«

»Als wir heirateten, kannte jeder nur einen Teil des anderen«, sagte Tony. »Erinnerst du dich nicht, daß alles, worüber wir damals sprachen, wenn wir uns nicht gerade liebten, sich um das Fliegen und Kämpfen drehte? Wir spielten dasselbe Spiel, wir hatten die gleiche Passion. Ich liebte die Kämpferin in dir. Aber wie konnte ich ahnen, daß du auch, als der Krieg vorüber war, immer weiter von einem Kampf zum nächsten eilen würdest? Ich habe tatsächlich, bis wir mit *Eagles* anfingen, nicht genau gewußt, was für eine Frau du eigentlich bist. Ich bewundere dich sehr, Freddy, ich habe es immer getan. Aber du bist nicht die Frau, die ich mir als meine Frau wünsche. In Wahrheit haben wir überhaupt nichts gemeinsam, außer Annie natürlich und die alten ruhmreichen Zeiten. Doch das ist nicht genug. Es tut mir leid. Aber es ist einfach nicht genug.«

Freddy starrte ihn unverwandt an. Tony sah jetzt zehn Jahre jünger aus als der Mann, der vorhin in dieses Haus getreten war. Die Erleichterung, die sich auf seinem Gesicht abzeichnete, war so offensichtlich, daß an der Ernsthaftigkeit seiner Worte kein Zweifel möglich war.

»Du hast eine Freundin, wie?« fragte sie mit plötzlicher Gewißheit.

»Ja, sicher. Ich dachte, das sei doch wohl klar. Warum sonst hätte ich dich schon seit so langer Zeit nicht mehr angerührt?«

»Ich weiß nicht. Daran jedenfalls dachte ich nicht. Wer ist sie?«

»Einfach nur irgendeine Frau. Ruhig, angenehm, gefügig, entspannend. Genau die Art Frau, die man mir zutrauen würde.«

»Und willst du sie heiraten?«

»Um Gottes willen, nein! Ich will überhaupt niemanden heiraten! Ich will nur raus, Freddy! Raus! Ich will nach Hause!«

Delphine las Freddys Brief und reichte ihn schweigend an Armand. Er überflog ihn rasch, las dann genauer, und versank schließlich lange in ihn, während Delphine aufmerksam sein Gesicht studierte. Sobald er ihn sinken ließ, hielt sie es nicht mehr aus. »Was sagst du? Bist du überrascht?«

»Das kann man wohl sagen. Wer war denn auf eine Scheidung gefaßt? Acht Jahre Ehe ohne große Probleme, jedenfalls keine, von denen wir etwas wüßten, und dann aus heiterem Himmel... Aus, vorbei, und sie sagt, keiner ist schuld? Wenn zwei anständige Leute acht Jahre miteinander verheiratet sind, ein Kind haben, wie können sie sich da ohne Grund scheiden lassen, ohne irgendeine Schuld? Ist das wieder eine von diesen großartigen amerikanischen Auffassungen?«

»Nein, das ist Freddys Kurzschrift, mit der sie uns wissen läßt, daß sie niemals darüber reden möchte! Es ist ihr Stolz. Das arme Kind. Sie ist einfach zu stolz, ihre Gefühle zu zeigen. Das ist keine Eitelkeit, das meine ich nicht. Es ist etwas anderes. Es ist einfach ein Sinn für Diskretion, der – fast schon etwas Wildes an sich hat. Erinnerst du dich an das erste Mal, als sie uns besuchte? Als sie noch in England lebten? Nicht einmal mir gegenüber erlaubte sie sich den kleinsten Hinweis, wie todunglücklich sie dort war. Im Gegenteil, sie versuchte mir mit allen Mitteln weiszumachen, daß ihr Leben dort geradezu traumhaft sei. Und wenn sie es nicht einmal fertigbrachte, ihrer eigenen Schwester die Wahrheit zu sagen, wem denn? Sie hat sich ihr ganzes Leben lang niemals helfen lassen wollen. Sie ist ebenso unbeugsam wie stur.«

»Und du, bist du so anders, Mädchen?«

»Nein, ich bin auch zäh, gewiß – außer bei dir«, antwortete sie langsam. Sie war jetzt zweiunddreißig und hatte also noch drei Jahre vor sich, ehe ihr großes französisches Publikum der Meinung sein würde, sie habe nun das kritische Alter erreicht. »Und deshalb verstehe ich Freddy ja auch so gut. Du wußtest in dem Augenblick, als wir uns begegneten, über mich Bescheid. Ich konnte nie irgend etwas auch nur eine Sekunde lang vor dir verbergen. Aber Tony wußte niemals über Freddy Bescheid. Hast du das nie gespürt?«

»Mein Ex-Schwager war mir immer ein Rätsel. Irgend etwas muß an einem fünfzehnten Erben eines britischen Adelstitels sein, was ich nie verstehen werde, wie groß meine Kenntnis der menschlichen Natur auch sein mag. Genau deshalb habe ich übrigens nie versucht, einen Film zu machen, in dem Angelsachsen spielen oder lieben. Ich habe keinen rechten Zugang zu dieser Mentalität.«

»Ich weiß nicht recht, warum, aber das alles erinnert mich an diese Liebesgeschichte Freddys, als sie noch ganz jung war.«

»Was für eine Geschichte.«

»Letzten Sommer, als wir mit den Kindern in Valmont waren, hatte ich mit Mutter ein sehr intimes Gespräch. Sie erzählte mir, daß Freddy sich, als sie gerade sechzehn war, ganz unsterblich in ihren Fluglehrer verliebte. Sie verließ tatsächlich sogar das Haus und lebte jahrelang mit ihm zusammen. Sie sagte, es sei eine ganz große Leidenschaft gewesen, wirklich die große Liebe, für beide. Aber dann nach dem Krieg, als sie Freddy fragte, was denn aus dem Mann geworden sei, sagte sie nur, sie habe schon jahrelang keinen Kontakt mehr mit ihm, und wechselte sofort das Thema. Wäre Mutter der Sache nicht so sicher gewesen, ich hätte die Geschichte nie im Leben geglaubt.«

»Also darüber reden Mütter und Töchter, wenn sie allein miteinander sind.«

»Na, sicher. Wenn wir uns nicht gerade gegenseitig über unsere Ehemänner ausweinen. Du mußt noch immer eine Menge über Frauen lernen, Sadowski. Gib nur gut acht! Der kleine, unschuldige Wildfang Freddy, und lebt in Sünde mit einem Mann, der ihr Vater sein könnte...! Und ich dachte, ich sei die große Skandalnudel der Familie! Also, mir ist ziemlich klar, was da passiert ist. Sie hatte einfach Tony und diese ganze britische Reserviertheit satt! Sie hing ihr zum Halse heraus. Und da hat sie sich endlich zu einem Entschluß durchgerungen und ihn rausgeworfen. Jede Wette, daß sie einen anderen in der Hinterhand hatte, und wir von ihm hören werden, wenn sie es für an der Zeit hält. Das nämlich steht zwischen den Zeilen dieses Briefes! Trotzdem tut sie mir leid... diese acht Jahre waren ja nicht leicht! Und es tut mir leid für die kleine Annie. Und ganz besonders leid tut mir Tony. Der arme Kerl. Schlimm genug, wenn man durch eine Scheidung muß, ohne daß es einen richtigen Krach gegeben hat. Das ist doch, als wenn du eine in die Schnauze kriegst.«

In Valmont kam die Post immer erst mittags an. Eve legte Freddys Brief erst einmal beiseite, um ihn später ihn Ruhe zu lesen. Im Augenblick hatte sie mit einem Essen für eine Gruppe Gäste zu tun, denen besondere Aufmerksamkeit zu widmen war. Sie ging im Speisesaal von einem Platz zum anderen um den ganzen langen, ovalen Tisch herum mit seinem polierten Holz und den spitzenbesetzten Untersetzern an jedem Platz, und plazierte die Tischkarten. Diese Aufgabe behielt sie sich stets persönlich vor. Hier mußte der Weineinkäufer für die britische Hotelkette sitzen, dort war, beschloß sie, der Platz für den Einkäufer des Waldorf Astoria in New York und seine Frau. Und hierher, direkt zu ihrer Rechten, kam der Weineinkäufer des Ritz in Paris. Seine Frau setzte sie am besten links neben Paul. Und was das Ehepaar aus dem lieben kleinen Belgien anging, in dem der Pro-Kopf-Verbrauch an Champagner höher war als in irgendeinem anderen Land der ganzen Welt, so sollte er zu ihrer Linken sitzen und seine Gattin zur Rechten Pauls, gleich neben dem *chef de cave*, der immer an den Geschäftsessen teilnahm. Zum Glück, dachte sie, war sie so viele Jahre Diplomatenfrau gewesen, daß sie delikate Entscheidungen solcher Art fast automatisch treffen konnte.

Gastfreundschaft, immer schon Teil des Lebens der Champagne, war mittlerweile mehr als nur eine alte Tradition. Sie war das wichtigste Instrument für den Verkauft schlechthin. Und Eve war die führende Praktikerin dieses Metiers geworden. 1949 hatten die Winzer der Champagne so viele Flaschen verkauft wie im ganzen ersten Jahrzehnt des Jahrhunderts zusammen. Jetzt, 1950, deuteten alle Anzeichen darauf hin, daß auch dieser Rekord noch überboten würde.

In einer knappen Stunde saß wieder eine Gruppe Fremder an ihrer Tafel, deren einziges gemeinsames Interesse Champagner war, und sie sollten sich so lebhaft unterhalten können, als habe Eve die Gästeliste mit wochenlanger Sorgfalt zusammengestellt. Vielleicht war es die Besichtigungsfahrt vor dem Essen, die sie in so herzlich verbundene Stimmung versetzte. Diese Fahrt begann mit dem rituellen Besuch in Hautvillers am Grabe Dom Perignons. Nach der Rückkehr nach Valmont schloß sich noch die Besichtigung der Kelterei und der Keller an, wo Paul alle etwaigen Fragen beantwortete und natürlich immer auch eine Flasche öffnete.

Als sie mit allen Vorbereitungen fertig war, begab sich Eve in ihr Ankleidezimmer, um sich zum Essen umzuziehen. Sie erneuerte sorgfältig ihr Make-up, ohne an etwas Besonderes zu denken, bis sie an ihren Toilettentisch plötzlich ein ferner Hauch des Frühlings streifte und sie gewahr wurde, daß sie sich aufmerksam im Spiegel betrachtete. War es wirklich wahr, fragte sie ihr Spiegelbild, daß sie tatsächlich nun die amtierende Vicomtesse de Lancel geworden war, Schloßherrin zu Valmont? Sie strich über ihr Kinn, um die schwachen Linien an ihrem Hals zu straffen. Sie erinnerte sich an einen bestimmten Abend im Jahre 1917, als sie noch einundzwanzig gewesen war, keine vierundfünfzig wie jetzt. Sie hatte an ihrem Schminktisch in der Garderobe des Casino de Paris gesessen und sich eben abgeschminkt, als ein tapferer Offizier dem Mädchen mit dem erdbeerfarbenen, in der Mitte gescheitelten, um die Ohren gelockten Haar seine Aufwartung gemacht hatte. Ein Mädchen voller Ehrgeiz und Energie und von freiem Geist, das sich Maddy nannte und viele Geheimnisse hatte, von denen freilich keines das Wissen einschloß, wie man Tischkarten plaziert oder einer Tafel mit zwölf fremden Leuten so präsidiert, daß sich alle wie alte Freunde fühlen, oder wie man einem

Schloß als Hausherrin vorsteht – mit zwölf Bediensteten und zahlreichen Gästezimmern für Besucher aus aller Welt während sieben Monaten des Jahres.

Sie seufzte ergeben und vergegenwärtigte sich wieder die Panik ihrer wohlmeinenden Tante Marie-France, die damals so sehr davon überzeugt gewesen war, daß sie, Eve, weil sie in einer Music-Hall sang, niemals mehr »anständig« heiraten könne. Und jetzt war sie sehr viel mehr als nur »respektabel«. Nein, die Fachjournalisten verwendeten immer das Wort »vornehm«, wenn sie über ihre Besuche in Valmont berichteten. Wie eh und je schwangen sich ihre Brauen verwegen nach oben, wie eh und je waren ihre Augen von lebendigem Grau und schossen lebhaft hin und her. Und wie eh und je summte sie Bruchstücke aller Lieder vor sich hin, die sie irgendwann im Schloß von irgendwem hörte. Wie eh und je mißachtete sie die üblichen Konventionen, wenn sie ihrem eigenen Gefühl nicht entsprachen. Aber sie mußte doch zugeben, daß dieses Gesicht, das ihr da im Spiegel entgegenblickte, jetzt schon sehr viel mehr zu einem Schloß paßte als zu einer Bühne. Hätte sie es je anders gewollt? Nein, niemals. In den dreiunddreißig Jahren ihrer Ehe hatte sie ihren Entschluß nicht ein einziges Mal bereut, jedenfalls nie länger als die normalen Perioden, in denen man unausweichlich die Existenz der Ehe als Institution in Frage stellte, und durch die jede Frau irgendwann einmal mußte, angesichts der Natur des Lebewesens Mann.

Von Dijon aus nach Paris, dann nach Canberra, Kapstadt, Los Angeles, London – und jetzt hierher nach Epernay. Fast ein vollständiger Kreis auf dem Globus. Dr. Couderts unartige Ausreißer-Tochter hatte ihr Lebensweg am Ende kaum ein paar hundert Kilometer von ihrem Geburtsort entfernt zurückgeführt. Jedoch, wie Vivianne de Biron, die jetzt schon auf die achtzig zuging, es so treffend-sarkastisch wie eh und je bei ihrem letzten Besuch vor einem Jahr ausgedrückt hatte, was für ein Glück, daß sie keinen der Senf-Prinzen von Dijon geheiratet hatte und dort geblieben war!

Eve zog eines ihrer Balenciaga-Kostüme an, dünne Wolle in des Meisters spanischstem Stil, schwarz wie die Nonnenkutte einer Mutter Oberin und doppel so schick wie die ganze Dior-Kollektion. Sie pflegte sie ihre »Lichtkostüme« zu nennen; sie waren nicht minder nach Effekt ausgesucht als die theatralische Kleidung der großen Toreros. Wenn sie also schon statt etwa »bezaubernd« allgemein unter der Marke »vornehm« gehandelt wurde, dann sollten die Leute auch das Entsprechende für ihr Geld zu sehen bekommen...

In fünf Minuten mußten die Gäste da sein. Sie blickte aus dem Fenster auf die vielversprechend blühenden Weinreben und gedachte dankbar der Tatsache, wie erstaunlich sich das Haus Lancel erholt hatte. Als Paul ihr erzählt hatte, daß der gesamte *Trésor* leer war, weil Bruno ihn bis zur letzten Flasche ausgeräumt hatte, um alles auf dem Schwarzen Markt zu verscherbeln, war ihr das Herz in Anteilnahme an seiner Demütigung und Scham schwer geworden.

Das Überleben schien unmöglich – nicht nur auf Valmont; in der ganzen Champagne ebenso. Aber sie hatte nicht mit der Entschlossenheit und Hingabe der Menschen der Champagne gerechnet. Es war ihr auch nicht bewußt gewesen, daß die Weinjahrgänge des Krieges zwar quantitativ gering, wie zum Ausgleich dafür jedoch von hervorragender Qualität waren.

Trotzdem, die vergangenen Jahre waren ein größerer Kampf gewesen, als sie ihn jemals zu bestehen gehabt hatten. Jeder verdiente Centime mußte wieder investiert werden. Die alten Reben waren zu ersetzen, alles mußte renoviert oder gleich neu gebaut werden. Bis zum vergangenen Jahr war nicht an neue Kleider und an Reisen zu Alexandre nach Paris zu denken gewesen. Nicht einmal zum Auswechseln der verbeultesten Kasserollen in der Küche hatte es gereicht. Doch Eve hatte dessenungeachtet wieder Gäste empfangen und beherbergt, sobald die ersten Aufkäufer erschienen waren. Ihre Schulden bei den Banken in Reims waren noch immer beträchtlich. Womöglich kamen sie nie mehr ganz von ihnen herunter. Aber immerhin, das Haus Lancel – wie alle übrigen *Grandes Marques* – hatte am Ende überlebt.

Die Nachkriegszeit war ganz allgemein sehr schwierig gewesen. Paul war zu Beginn seiner Sechziger sehr viel rascher gealtert, als Eve für möglich gehalten hatte. Er arbeitete wie besessen bis zur Erschöpfung. Wenn er sich dann für ein paar seltene Minuten, nach Stunden, die er über den Büchern saß, ausruhte, sah sie mit Sorge, daß seine Augen voll Bitterkeit und Trauer waren. Aber nicht ein einziges Mal kam Brunos Name über seine Lippen.

Sie blickte auf die Uhr. Es war Zeit, hinunterzugehen. Sie ließ Freddys Brief – er war enttäuschend dünn – auf dem Toilettentisch liegen und fand erst nach dem Abendessen Zeit, ihn zu lesen, nachdem sie und Paul sich endlich von ihren Gästen verabschiedet hatten und sich in ihren Flügel im Schloß zurückziehen konnten.

Paul schlüpfte gerade in seinem Ankleidezimmer in seinen Schlafanzug, als sie in der Tür erschien und den Brief in ihrer Hand hielt. »Freddy und Tony lassen sich scheiden!« rief sie mit Tränen in den Augen.

»Laß sehen«, sagte Paul und griff nach dem Brief. Er las ihn, zog Eve dann an sich und küßte sie aufs Haar. »Weine nicht, Schatz. Ich weiß ja, wie du dich fühlst. Aber es gibt Schlimmeres.«

»Aber ich kann das überhaupt nicht verstehen! Was soll das heißen: Es ist niemandes Schuld? Das ist doch lächerlich! Du weißt doch auch, daß das nicht stimmen kann!«

»Natürlich nicht. Aber ich verstehe es«, sagte Paul langsam.

»Wie meinst du das?«

»Als ich letzten Winter auf der Rundreise in Kalifornien bei unseren Kunden war, habe ich viel Zeit mit Tony verbracht. Er war mehr als ein schwerer Trinker. Er war ein Alkoholiker geworden. Es war ganz unübersehbar, obwohl er es gut verbarg. Ich nehme an, es begann im Krieg. Die Briten waren immer schon ganz exzessive Konsumenten von Whisky und konnten trotzdem am nächsten Tag wie die Verrückten kämpfen. Sie müssen im Gegensatz zu uns Lebern aus Gußeisen haben. Ich habe dir nichts davon erzählt, weil du von alledem nichts wußtest und Freddy sichtlich darauf bedacht war, daß ich nichts merken sollte. Ich habe gehofft, er würde sich wieder fangen, aber, ehrlich gesagt, sehr viel Hoffnung hatte ich nicht. Offensichtlich ist es mittlerweile so schlimm geworden, daß sie den Schlußstrich ziehen mußte. Ich denke nicht, daß sie uns je die wahren Gründe erzählen wird, aber es ist mir völlig klar, daß sie gezwungen war, um Annies und ihrer selbst willen, irgendwann ein Ende zu machen.«

»Meine kleine Freddy«, murmelte Eve, fast wie zu sich selbst.

»Ja, gewiß. Aber es ist doch besser, wenn sie sich aus einer unmöglichen Situation befreit, als sie immer noch schlimmer werden zu lassen. Sie wird schon darüber wegkommen, Schatz. Verlaß dich darauf. Sie ist ja sehr stark. Aber Tony tut mir auch leid. Er hat heroisch gekämpft, ist mit heiler Haut davongekommen... und muß dann als verlassener Ehemann enden.«

»Unter uns, Swede, meinen Sie nicht, daß wir beide doch wohl so ungefähr alles über Frauen wissen müßten?« fragte Jock Hampton. Sie saßen
beim Essen zusammen. Es war Februar 1951. »Uns beiden, wenn wir alle
unsere Erfahrungen zusammenlegen, dürfte doch wohl über Weiber
nichts mehr unbekannt sein, oder?«

»Erinnern Sie mich, nie mehr mit Ihnen auf die Rennbahn zu gehen«,
knurrte Swede.

»Nein, im Ernst. Wie viele Mädchen haben Sie gehabt? Ein paar Dutzend? Ein paar hundert?«

»Jedenfalls zu viele, um mich noch genau zu erinnern, wie viele.«

»Ich auch. Aber Sie sind schließlich noch älter als ich, noch erfahrener.
Und außerdem kennen Sie sie auch länger als ich. Also, nun sagen Sie es
mir schon, was, zum Teufel, ist mit Freddy los?«

»Ich dachte, Sie wollten über Weiber allgemein reden. Über Weiber
allgemein weiß ich das eine oder andere. Aber Freddy – da würde ich
nicht mal raten.«

»Schön, daß sie was Besonderes ist, weiß ich auch. Ich bin ja nicht völlig bescheuert. Sie können mir zutrauen, daß ich den Unterschied zwischen Weibern und Freddy kenne. Aber letzten Endes ist sie doch
schließlich auch eine Frau. Also muß sie doch mit den anderen Frauen
immerhin mehr gemeinsam haben, als sie von ihnen unterscheidet.
Richtig?«

»Das mag so sein, ja. Vielleicht aber auch nicht.«

»Wissen Sie, Castelli, ich bin wirklich froh, davon angefangen zu haben. Sie sind so eine ungemein große Hilfe! Verdammt und zugenäht
noch mal, schließlich ist sie doch nicht der Heilige Gral, oder? Sie ist aus
Fleisch und Blut, und sie fehlt mir! Ich will sie wiederhaben, und zwar so,
wie sie vor der Scheidung war! Erinnern Sie sich daran?«

»Na, dann glauben Sie mal dran.«

»Sie hat uns ständig in Trab gehalten, oder nicht? Scheiße noch mal,
Swede, hat es nicht Spaß gemacht, wie sie uns getrieben und gehetzt hat,
immer ihren Kopf durchgesetzt, uns ständig überrascht, immer einen
Schritt schneller als alle anderen? Und wie sie uns hinten reingetreten
hat, damit wir dran bleiben? Und uns ausgelacht hat, wenn wir nur noch
gehechelt haben? Jeder Tag war bei ihr wie ein Vierzehnter Juli. Ein Rie-
senfeuerwerk nach dem anderen. Aber, zum Teufel, wenn ein Weib so

schwierig ist, das mag ich! Jedes tolle Weib, das ich je kannte, war ein schwieriges Luder! Und Freddy – gegen die stinken sie alle nach Längen ab. Swede, was ist mit ihr passiert?«

»Nun, sie ist – damenhaft geworden. Besser kann ich es nicht erklären.«

»Ich sage Ihnen was, ich kenne eine Menge geschiedener Frauen, und jedenfalls ist es nicht das Übliche, daß sie dann alle damenhaft werden. Ganz im Gegenteil flippen sie normalerweise aus, fangen an rumzumachen, kaufen sich die irrsten neuen Kleider, lassen sich von ihren Freundinnen Männer vorstellen – vielleicht nicht immer sofort, aber doch am Ende. Und mit Freddy und Tony ist das jetzt schon ein ganzes Jahr lang aus, die Scheidung ist praktisch durch, und sie hockt noch immer jeden Abend brav mit ihrer Annie zu Hause. Einem achtjährigen Kind bei den Hausaufgaben zu helfen, ist der Höhepunkt ihres gesellschaftlichen Lebens! Ich weiß es zufällig, weil ich ab und zu vorbeischaue, einfach nur, um mein Patenkind zu besuchen. Und es ist ewig dasselbe. Sagen Sie mir nicht, daß das normal ist!«

»So will sie ihr Privatleben nun mal haben, Jock. Uns geht das einen feuchten Staub an.«

»Gut, einverstanden, klar. Aber zufällig ist sie ja auch unsere Geschäftspartnerin. Wir verlieren eine ganze Menge Geld, wenn sie nicht bald ihren Arsch mal wieder in Bewegung setzt. Wann zum Beispiel hat sie den letzten fetten Auftrag an Land gezogen, he? Und hat rumgetreten und auch vielleicht ein bißchen gebrüllt, aber keiner konnte ihr widerstehen? Ich habe das nicht, was man braucht, um Herzen zu schmelzen. Und Sie haben es auch nicht. Und folglich verlieren wir eine Menge Geschäft an die *Flying Tigers*, weil sie neuerdings nur noch so damenhaft schreit, daß davon nicht einmal ihre eigenen künstlichen Wimpern beeindruckt sind! Sie geht nicht mal mehr so wie früher! Schön, gut, sie kreuzt im Büro auf und hockt den ganzen Tag auch da und arbeitet hart und ordentlich. Aber sie ist einfach nicht mehr die alte! Sie geht nicht mal mehr fliegen! Wo sie doch dabei immer ihre besten Ideen bekam! Das ist alles, als hätten wir eine riesige, glitzrige, tolle Achterbahn gekauft, und wenn wir sie zu Hause auspacken, ist sie ein kleines Kindertretauto geworden! Das ist nicht fair uns gegenüber! Und ich finde, Sie sollten mal ein ernstes Wort mit ihr reden!«

»Wie komme ich denn zu der Ehre?«

»Weil Sie sie schon als Kind kannten! Auf Sie hört sie! Mir würde sie nur sagen, ich soll mich verziehen.«

»Vielen Dank, nein. Wenn Sie was wollen, dann machen Sie's auch gefälligst selbst, Jock.«

»Sie kneifen also?«

»Das können Sie laut sagen.«

»Aber ich jedenfalls nicht. Ich bin zwar nach wie vor der Meinung, es wäre passender, wenn es von Ihnen käme, Swede, aber nachdem Sie solchen Schiß haben, mache ich es eben selbst. Was kann schon mehr passieren, als daß sie mir sagt, ich soll mich verziehen? Jedenfalls kriege ich sie damit dazu, daß sie mal über alles nachdenken muß. Kein Mensch muß doch wegen einer Scheidung ewige Trauer tragen, oder?«

»Haben Sie die Absicht, ihr das so zu sagen?«

»Natürlich nicht, etwas taktvoller schon. Das Wichtigste ist jedenfalls, sie wieder aus dem Haus zu kriegen. Und aus dem Büro.«

»Begleiten Sie sie, wenn sie zum Friseur geht. Das ist die einzige Gelegenheit, wo sie nicht an einem der beiden Orte ist«, grinste Swede Castelli. Er würde sich hüten, seine Nase in Freddys Privatleben zu stecken. Er kannte sie zu gut. Wer außer ihm wußte denn schon von dem Pech, das sie ausgerechnet mit den beiden einzigen Männern gehabt hatte, die ihr je etwas bedeuteten? Konnte man es ihr übelnehmen, wenn sie sich jetzt von aller Welt zurückzog? Jedenfalls war Jock Hampton der einzige, der so ein Theater machte. Was ihn selbst betraf – und er mußte es ja wohl am besten wissen –, so war am Geschäft überhaupt nichts auszusetzen. Das konnte gar nicht besser laufen.

»Ich werde sie zum Treffen der *Eagle Squadron* einladen«, sagte Jock. »Genau! Das werde ich. Da kann sie nicht absagen. Sie ist schließlich das einzige Mädchen, das genau weiß, worum es da geht, und die einzige, die es wirklich verdient, dabei zu sein.«

»Sie glauben, sie kommt wirklich?«

»Wenn sie nicht freiwillig kommt, schleife ich sie an einem Kälberstrick hinter mir her und werfe sie in meinen Kofferraum. Ich kidnappe sie.«

»Der Gedanke scheint Ihnen ja richtigen Spaß zu machen, wie?«

»Sie sind ein perverses altes Schwein, Swede. Ein alter Perverser mit einer ganz schmutzigen Phantasie; darum bezahlen Sie jetzt die Rechnung!«

Freddy runzelte die Stirn über sich selbst. Sie war über alle Maßen gereizt, daß sie sich hatte zwingen lassen, zu dieser Party zu gehen. Von dem Augenblick an, als Jock die *Eagle Squadron* erwähnt hatte, war ihr klar, daß, wenn sie überhaupt irgendwohin nicht gehen würde, dann dorthin.

Von allen Ideen Jocks war das die allerschlechteste. Es war derart gedankenlos und so unglaublich taktlos, daß sie es zuerst gar nicht geglaubt hatte, als er sie gebeten hatte, mit ihm hinzugehen. Wie konnte er es überhaupt wagen, sie so etwas zu fragen? Hatte er nicht so viel Gefühl, zu wissen, daß die Männer der alten *Eagle Squadron* sie unausweichlich an alles erinnern würden, was ihr erst so viel bedeutet hatte und das jetzt verloren war? ›Die alten ruhmreichen Zeiten‹ hatte Tony bei ihrer letzten, schlimmen Aussprache, von der sie auch nicht ein Wort vergessen hatte, jene Tage genannt, als sie in ihre Aufgabe und in Tony verliebt war. Damals war sie von einer Art Sendungsbewußtsein erfüllt gewesen, das sie in Höhen emporgetragen hatte, an die sie sich nun nur noch neidisch auf ihr früheres Ich erinnern konnte. Aber Jock hatte darauf bestanden, daß sie mitkam. Ohne auch nur zu begreifen, daß es doch überhaupt nicht in Frage kommen konnte. Sie konnte doch nicht einfach in einen Saal voller Leute gehen, die alle Teil ihrer toten Vergangenheit waren! Sie war schlicht hilflos gewesen, als er seine pathetische kleine Geschichte heruntergespult hatte.

»Ich kann das einfach nicht ertragen, wenn du nicht dabei bist«, hatte er völlig unterwürfig gesagt. »Jeder von den Jungs hat eine Frau und zweieinhalb Kinder. Du machst dir gar keine Vorstellung, was sie beim letzten Treffen alles losgelassen haben. Armer alter Jock, wie ist das möglich, daß ausgerechnet du keine Frau gefunden hast, die es bei dir aushält? Da muß doch etwas nicht stimmen. Bist du vielleicht zu stark an deine Mutter gebunden? Ich seh’ dich schon als alten Hagestolz, wie du versuchst, dein leeres Leben irgendwie auszufüllen, und dabei hätte ich so ein tolles Mädchen für dich an der Hand! Jeder versuchte mich mit seiner Schwester zu verkuppeln! Ich mag die alten Kumpels wirklich alle sehr, trotzdem, noch einmal gehe ich auf keinen Fall ohne weibliche Begleitung hin, aber irgendeines von den Mädchen, die ich kenne, kann ich nicht mitnehmen. Die passen dort hin wie die Faust aufs Auge und würden sich nur fürchterlich langweilen. Wie kann es zuviel verlangt sein, mir den Gefallen zu tun, für diesen einen Abend? Du wärst einfach nur da, sozusagen als mein Begleitschutz, genau wie der Flügelmann, und wenn es wieder losgeht – besonders mit den Ehefrauen – wechselst du einfach das Gesprächsthema und hältst sie mir vom Leibe. Es scheint ja nachgerade ein Vergehen gegen den *American Way of Life* zu sein, als Mann mit einunddreißig in diesem Land noch nicht verheiratet zu sein. Ich würde doch für dich jederzeit genau das gleiche tun und dich überallhin begleiten, wenn du jemanden für diesen Zweck bräuchtest. Du weißt genau, auf mich könntest du immer zählen.« Und so weiter und so weiter, bettelnd und flehend und winselnd.

Bald hatte sie einfach keine Ausrede mehr gewußt, nachdem sie das einzige wirkliche Argument, das ihn zum Schweigen hätte bringen können, natürlich nicht vorbringen konnte: daß sie, seit Tony die Flucht ergriffen hatte, unablässig und lähmend im Krieg mit sich selbst lag, unfähig, irgendeinen Schritt in irgendeine Richtung zu tun. Einerseits war sie von dem, was Tony gesagt hatte, aufs äußerste beschämt. Die Erkenntnis, daß seine Anklagen tatsächlich die Wahrheit darüber sagten, wie sie mit ihm umgegangen war, hatten sie wie versteinert. Sie zerfleischte sich in Selbstanklagen. Andererseits aber war sie auch zorniger als jemals vorher in ihrem Leben. Wie rückgratlos mußte ein Mann sein, der es fertigbrachte, die ganze Schuld an seinem Unglück und seinem Versagen seiner Frau aufzubürden? Doch tatsächlich war dieser Zorn erst über sie gekommen, als ihr Gedächtnis sie unerbittlich daran erinnerte, daß er recht hatte. Daß er drüben in England im Gleichgewicht gewesen war. Und daß sein Niedergang erst hier in Kalifornien begonnen hatte.

Abend für Abend saß sie seitdem zu Hause und hielt, sobald Annie im Bett war, Gericht über sich selbst, als Anklägerin und Verteidigerin zugleich, als Jury und Richter in einer Person, sich unaufhörlich selbst anklagend und zugleich rechtfertigend, in der Aufarbeitung der letzten fünfzehn Jahre ihres Lebens. Mac hätte niemals die Flucht vor ihr ergriffen, wenn sie nicht so sichtbar alles hätte planen und arrangieren wollen. Hätte er glauben können, daß sie auf seine Argumente hören würde, hätte er niemals nach Kanada ausreißen müssen, um dort den Tod zu finden. Und was Tony anging: Warum nur konnte sie sich nicht damit bescheiden, auf Longbride Grange zu leben? Es war ein Leben, um das viele Frauen sie beneidet hätten! Warum konnte sie sich nicht besser anpassen? Weiblicher sein? Wie Penelope, wie Jane, wie Delphine, wie ihre Mutter? Für sie alle kam zuerst ihr Mann. Ihre Kinder wurden nicht durch Scheidungen belastet, und ihr Leben war ausgefüllt, gut und befriedigend.

Aber zum Teufel, hatte sie denn keine eigenen Rechte? Zählten ihre Träume und Leidenschaften gar nicht? Was war eigentlich dagegen einzuwenden, daß man sich Ziele setzte, solange man auch willens war, dafür zu kämpfen? Nur innerhalb ihrer eigenen vier Wände gelang es ihr manchmal, eine Art erschöpften Waffenstillstands mit sich zu erreichen. Und es gelang ihr scheinbar, zumindest zu verhindern, daß irgend jemandem mehr als Vermutungen über die Tatsachen, die zu ihrer Scheidung geführt hatten, möglich waren. Über die entwürdigende Wahrheit, wie Tony sie einfach beiseitegeschoben hatte. Von seiner Geliebten. Nicht im Traum hätte sie vermutet, daß er eine hatte. Nein, sie hatte jedes Selbstbewußtsein und jeden Glauben an sich verloren. Aber sie war sich klar darüber, daß keiner aller dieser Umstände geeignet war, als Ausrede dafür zu dienen, daß man nicht mit auf eine Party gehen wollte.

Und dann war da ja auch noch Annie gewesen. Der verdammte verschlagene Bastard von Jock hatte schon gewußt, warum er gesagt hatte: »Na, Annie, möchtest du nicht auch, daß die Mammi mal ausgeht und sich einen schönen Abend macht? Wäre das denn nicht schön, wenn sie sich mal wieder ganz schön anzöge und mit mir einen Abend lang ausginge?« Wie hat er das wieder fertiggebracht, daß ein achtjähriges Kind daraufhin glänzende Augen bekam und so verlangend dreinsah wie Oliver Twist persönlich? Er konnte ihr doch wohl nicht gut eingedrillt haben zu sagen: »Oh, Mammi, da mußt du aber hingehen! Ich kann meine Schularbeiten schon ganz alleine machen, und ich esse gern mit Helga in der Küche! Du hast dich doch schon so lange nicht mehr amüsiert!« Und dazu diesen leichten Tonfall in ihrer Stimme, der Freddy vermuten ließ, es sei vielleicht nicht eine so ganz gute Idee, wenn Annie in den Glauben verfiele, ihre Mutter benötige Mitleid.

Nein, zog Freddy grimmig das Fazit, man hatte sie da schlicht hineingezwungen. Jock Hampton hatte alles dazu getan.

Sie betrachtete sich im Spiegel. Alles schien in Ordnung zu sein. Das teure schwarze Seidenkleid, hochgeschlossen und mit langen Ärmeln, hing etwas lose an ihr wie alle ihre Kleider. Sie hatte, nachdem Tony fort war, auch ihren Appetit verloren und zwang sich allein mit dem Argument, sie müsse Annie ein gutes Beispiel geben, zum Essen.

Sie schnürte sich mit einem breiten Gürtel das exquisite Seidenkleid an der Hüfte eng zusammen. Sie fand es überaus passend. Unauffällig, in keiner Hinsicht prätentiös, genau die Art Kleid, in der eine Frau in der Menge untergeht. Allenfalls der Preis ihres Kleides – was aber niemand ahnen würde – stellte eine eigene Klasse gegenüber dem dar, was alle die anderen Frauen trugen. Sie war am Nachmittag beim Friseur gewesen, und ihr Haar sah diszipliniert und gezähmt aus. Wenigstens einmal rebellierte es Gott sei Dank nicht. Sie legte ein wenig Lippenstift auf, benützte aber weder Mascara noch Lidschatten. Die Frauen der anderen Piloten waren vermutlich alle sehr vielbeschäftigte, zufriedene Hausfrauen und hatten gerade zu tun, Babys zu bekommen und aufzuziehen und ihnen und ihren Männern ein schönes Heim zu bereiten. Sie trugen höchstwahrscheinlich kein Augen-Make-up, wie sehr die amerikanischen Modezeitschriften dies neuerdings auch als unerläßlich, selbst für die normale Durchschnittsfrau, propagierten. Da wollte sie nicht allzusehr nach Hollywood aussehen. Sie vollendete ihre Aufmachung mit dezenten Ohrringen und schwarzen Pumps.

Als Jock sie abholte, war sie schon seit einer halben Stunde fertig, konnte sich aber irgendwie nicht dazu aufraffen, ihr Zimmer zu verlassen. Sie verfiel in hektische, sinnlose Aktivität, hängte pausenlos irgend etwas auf und kontrollierte zum fünften Mal ihre Handtasche. Jock und Annie hatten währenddessen unten eine höchst angeregte Unterhaltung. Sie konnte sie bis nach oben hören. Warum, verdammt, hatte er nicht gleich Annie zu diesem blödsinnigen Kameradentreffen eingeladen? Aber jetzt war es für einen solchen Vorschlag wohl zu spät. Schließlich zwang sie sich, hinunterzugehen. Sie betrat den Wohnraum, und sie verstummten beide wie auf einen Schlag.

»O Mami!« rief Annie völlig entgeistert.

»Freddy!« sagte auch Jock fast entsetzt. »Wir gehen doch auf keine Beerdigung! Was zum Teufel hast du denn da an? Aber sofort ziehst du etwas anderes an! Auf ein paar Minuten hin oder her kommt es jetzt auch nicht mehr an. Zu spät kommen wir so und so schon.«

»O Mami!« rief Annie noch einmal weinerlich. »Du siehst ja schrecklich aus!«

»Schwarz paßt immer und ist immer schick. Was wißt ihr beiden schon von Kleidern? Und zufällig ist dies ein Jacques-Fath-Modell!«

»Von mir aus ist es ein Modell von irgendwem, aber zieh um Himmels willen etwas Hübsches an – und jedenfalls nichts Schwarzes!« erklärte Jock lautstark.

Annie assistierte ihm kräftig mit leidendem Ausdruck. »Du siehst ja wie eine Witwe aus!«

»Schon gut, schon gut!« sagte Freddy mit einem wütenden Blick auf Jock. Kein Wunder, daß er mit all seinen dümmlichen Brendas an diese laute, grelle, ordinäre Art von Kleidern gewöhnt sein mußte, die sie wohl »sexy« nannten. Und außerdem hatte ihr dieser eitle Pfau kein Wort davon gesagt, daß er in Uniform erschien. Das alte Männer-Ego! Sie rannte hinauf in ihr Zimmer und suchte ihre Kleider durch. Sie schob sie wütend auf der Stange von einer Seite zur anderen.

Etwas Hübsches! Dieser Blödsinn! Hübsch! Sehr typisch dafür, wie seiner Meinung nach eine Frau zu sein hatte. Hübsch! Wenn es ein Wort gab, das sie immer gehaßt hatte, dann dieses! Dieses Wischiwaschi-Wort, dieses rüschige und bebänderte Wort, dieses Spielzeugwort, dieses Huchneinwort! Es gab nur ein einziges Wort, das noch schlimmer war: *niedlich*. Zumindest hatte sie noch nie jemand verdächtigt, *niedlich* zu sein!

Sie riß einen der Bügel von der Stange und hielt sich das Kleid vor den Leib. Damals, als sie es nach Hause gebracht hatte, was es ihr zu eng gewesen. Das war kurz, ehe Tony sie verließ. Sie hatte es zur Einweihungsparty des Hauses tragen wollen. Aber die hatte dann ja nie stattgefunden.

Sie hatte sich niemals die Mühe gemacht, es zum Ändern zurückzubringen. Aber es war weit und breit in ihrem Schrank das einzige, was nicht dunkel war. Und inzwischen würde es wohl auch passen. Sie stieg aus ihrem schwarzen Seidenkleid und zog es an. Der Reißverschluß ging ohne Mühe zu. Es paßte wie angegossen. Nun mußte sie aber auch die Schuhe gegen andere wechseln, die zu diesem Kleid paßten. Und sie brauchte eine andere Handtasche. Und andere, hellere, größere Ohrringe. Und mehr Makeup. Oder sie würde hinter dem Kleid verschwinden. Und sie mußte auch etwas mit ihren Haaren machen. Es sah jetzt viel zu streng aus, viel zu lehrerinnenhaft. Es paßte so nicht zu diesem Kleid. Scheiße am Stiel!

Sie machte sich mit fast vergessener Intensität eiligst über ihr Make-up her. Sie bürstete mit kräftigen, energischen Strichen das Haar aus, bis von der ganzen sorgfältigen Frisur nichts mehr übrig war und es verwegen, selbstbewußt und unbezähmbar wie eh und je ein angemessenes Gegengewicht zu dem Kleid bildete, diesem auffälligen, schulterfreien, hellroten Chiffonkleid mit enganliegendem, körperbetonten, überaus knappem Oberteil und einer ungeheuren Wolke von Rock. Dieses Kleid war eines von der Sorte »Die ganze Nacht durchtanzen«, »Den Mond herausfordern«, »Die Sterne vom Himmel holen«. Sie blieb, völlig verändert, vor dem Spiegel stehen. Sie sah... nun, was? Besser aus? Das Wort war so passend wie irgendein anderes auch.

Nein, es fehlte noch etwas. Sie ging an ihre Schmuckschatulle und holte aus einem der Fächer ihre ATA-Schwingen heraus. Wenn Jock in seiner vollen Uniform aufkreuzte, wohlgemerkt seiner kompletten Colonel-Uniform, und es nicht darunter tat – auch noch mit allen Ordensbändchen, die er bekommen hatte –, dann konnte sie ja wohl zumindest diese Dinger tragen! Zum Glück war das Oberteil ihres Kleides so mit Stäbchen gestützt, daß sie sich anstecken ließen, ohne daß es ihr deshalb alles nach unten zog und den nackten Busen freilegte! Die gute alte Ansteckspange in Schwarz und Gold! Diese beiden breiten Schwingen aus schweren vergoldeten Schnüren mit schwarzen Rahmen mit dem Oval in der Mitte, das das ATA-Emblem zeigte, waren genau das richtige i-Tüpfelchen auf ihrem Kleid!

Sie stampfte nach unten, so ungnädig, wie man als Frau mit hochhackigen Ball-Sandaletten nur stampfen konnte.

»So, hoffentlich seid ihr zwei jetzt zufrieden!« erklärte sie streitlustig.

Jock und Annie sprangen auf und waren sprachlos.

»Mehr ist nicht drin!« verkündete Freddy mit Entschiedenheit.

»O mein Gott, Freddy!«

»Donnerwetter, bist du schön!« sagte Annie, ganz weg.

»Vielen Dank, Schatz. Ich komme nicht spät nach Hause, aber versprich mir, daß du rechtzeitig schlafen gehst. Ich erzähle dir alles morgen früh.«

»Donnerwetter, Mammi, wie du aussiehst! Wie alt muß ich sein, damit ich auch so ein Kleid tragen kann?«

»Alt, Annie, sehr, sehr alt!« erklärte Freddy.

»Einunddreißig, Annie, wie deine Mammi!« sagte Jock. »Also sehr, sehr jung! Na, dann komm schon, du Wucht! Damit wir nicht die allerletzten sind!«

»Jock, bitte, und ich meine das sehr ernst, nenne mich nicht ›du Wucht‹, und schon gar nicht in diesem Ton, als gehörte ich dir! Andernfalls setze ich keinen Fuß vor das Haus, ist das klar? Ich bin nicht dein Rendezvous-Mädchen. Ich bin lediglich dein Flügelmann als Begleitschutz, wie abgemacht, sonst stünde ich gar nicht hier.«

»Yes, Sir!« sagte er übertrieben und salutierte militärisch. »Unentschuldbar, Sir. Tut mir leid, Sir.«

»Das klingt schon besser«, sagte Freddy gereizt. Jock legte ihr ihre neue Nerzjacke um und bot ihr seinen Arm. Sie zog die Augenbrauen über diese überflüssige Geste hoch.

»Ich denke doch, ich komme ganz gut allein zurecht. Vielen Dank«, sagte sie und ging rasch auf die Haustür zu. Mit einem fernen Hauch des altgewohnten Fliegerganges.

Sie blieb wie angewurzelt stehen und war nicht fähig, noch einen Fuß vor den anderen zu setzen. Sie waren vor dem Raum, aus dem eine Melodie klang. »The White Cliffs of Dover.«

»Jock«, sagte sie bittend. »Diese Musik...«

Jock war so selbstzufrieden, daß er sie gar nicht hörte. Er hatte das ganze Treffen höchstpersönlich organisiert, die Musiker instruiert und ihnen eine Liste alter Lieder gegeben, den kleinen Ballsall im Beverly Wilshire gemietet, das Dinner zusammengestellt und alle Piloten der alten Eagle Squadron aufgespürt und zusammengetrommelt. Alle, die nicht in der näheren Umgebung von Los Angeles lebten, waren – auf Einladung und Kosten der Firma Eagles – samt Frauen eingeflogen und im Beverly Wilshire untergebracht worden – auch die auf Rechnung Eagles. Und er, Jock, hatte auch veranlaßt, daß sie alle in Uniform erscheinen sollten. Er hatte sich überlegt, die sechs Wochen Frist, die er ihnen bis zu dem Ereignis gab, würden wohl reichen, daß sie sich ihre zivilen Speckschwarten so weit abhungerten, um wieder in die alte Kluft zu passen. Er selbst hatte ja auch ein wenig Taille zugelegt.

Falls es nun noch irgend etwas gab, was Freddy seiner Einladung widerstehen ließe, so schmeichelte er sich, auch dies vorhergesehen und einkalkuliert zu haben. Komisch immerhin, fand er, daß ihm nichts Anderes und Geringeres eingefallen war, als dieser Aufwand, um nur einfach einmal mit ihr ausgehen zu können. Irgendwie waren Freddy und er, trotz all der Jahre, die sie sich mittlerweile kannten, einfach nicht in ein so entspanntes oder unbefangenes Verhältnis zueinander gekommen, daß es eine problemlose Alltags-Angelegenheit hätte sein können, sie ohne besonderen Grund zum Essen einzuladen. Eine unsichtbare Barriere stand zwischen ihnen, und er wollte verdammt sein, wenn er wußte, wie und warum. Sie hinderte ihn ständig daran, sich im Umgang mit ihr frei und unbefangen zu fühlen. Ohne Annie als willkommenen Vorwand hätte er es nie gewagt, von Zeit zu Zeit bei ihr zu Hause vorbeizuschauen, und selbst das tat er nur, wenn er vorher angerufen hatte. Hätte er es nicht selbst besser gewußt, hätte er fast geglaubt, er sei – etwas schüchtern. Jedenfalls bei ihr. Konnte man jemand wirklich so gut kennen, daß es schon wieder ein Hindernis war?

»Diese Musik«, wiederholte Freddy. »Sie ist so...«

»Toll, nicht?« strahlte Jack.

»Schrecklich!« rief Freddy aus. »Widerlich, dieses Suhlen in künstlicher Nostalgie!«

»Was kann ich dafür, wenn sich die Jungs das wünschen?« sagte Jock, während er sie am Arm faßte und entschlossen mit sich zog.

»Sentimentale Gefühlsduselei!«

»Rührkitsch, du hast ja ganz recht. Aber wir können hier auch nicht einfach herumstehen. Du bist ein wirklicher Kumpel, Freddy, und ich weiß das zu schätzen. Denk daran, wenn sie wieder alle mit ihren Schwestern anfangen, sagst du: ›Jock hat eine sehr nette feste Freundin, sie hatte nur keine Zeit heute abend.‹«

»Absolut unmöglich, so etwas mit ernstem Gesicht zu sagen.«

»Na gut, dann lach dazu. Hauptsache, du kriegst den Satz überhaupt raus. Und betone besonders das Wort ›feste‹.«

Die Musik spielte mittlerweile *Waltzing Mathilda*, was immerhin zu fröhlich war, um ganz sentimental darüber zu werden, und zu diesen Klängen ließ sich Freddy schließlich von Jock in den Ballsaal mehr schieben als führen. Bald waren sie umringt und wurden abwechselnd umarmt und auf die Schultern geklopft.

Freddy dachte verwundert: Offenbar hat dieses Treffen schon gestern begonnen, so laut und ausgelassen und in Stimmung waren sie alle schon. Und sämtliche Ehefrauen waren kaum weniger aufgedonnert als sie. Es konnte also vielleicht gar nicht so schlimm werden, wie sie befürchtet hatte. Als Jock sie dann schließlich auf das Tanzparkett zog, während die Musik *Long Ago and Far Away* spielte, war sie soweit munter geworden, daß sie wenigstens nicht mehr an das letzte Mal dachte, da sie zu diesem Lied mit Tony getanzt hatte. Was auch für das nächste Lied galt: *Spring Will Be a Little Late This Year.* Sie merkte, daß sie völlig vergessen hatte, was für ein guter Tänzer Jock war. Fast amüsierte sie sich sogar. Und die Musik spielte *You'd Be So Nice To Come Home To.*

»Würdest du bitte aufhören, mir ins Ohr zu singen?« zischte sie ihm zu.

»Mein Gott, ich kenne sie alle noch auswendig«, entschuldigte er sich.

»Na und? Mal ganz abgesehen davon, daß du nicht gerade Bing Crosby bist.«

Glücklicherweise wurden sie in diesem Augenblick von weiteren alten Freunden unterbrochen. Die ganze folgende Stunde wurde Freddy von einem eifrigen Tänzer zum anderen weitergereicht, und Jock bekam sie allenfalls gelegentlich für einige Schritte in seinen Arm. Er begann mit sich zu hadern. Vielleicht war dies hier doch nicht ganz der richtige Rahmen, um diese paar ernsten Worte mit ihr über ihr unmögliches Benehmen zu reden. Sein Selbstvertrauen begann zu schwinden. Das hatte er nun von seinem blöden Ball. Wer war auf einmal die strahlende Ballkönigin? Sie! Inzwischen völlig aufgedreht! Klapperte mit ihren Stöckeln und hatte dieses Wahnsinnskleid an, in dem er sie lieber nie aus dem Haus hätte lassen sollen! Die reine Sprengladung. Es war vorauszusehen, daß die Veranstaltung mit einigen größeren ehelichen Auseinandersetzungen enden würde.

Das Dinner verlief in angeregtester Atmosphäre, Toasts hin, Toasts her, Plätzetausch hier, Erinnerungen an große Taten da, und dann wurde wieder getanzt. Für Freddy hatte die Musik ihre anfängliche Nostalgie verloren und war inzwischen nur noch Hintergrundberieselung. Selbst *When The Lights Go On Again* hatte nicht mehr die Kraft, sie in die Vergangenheit zurückzuwerfen. Sie fühlte sich jetzt einfach wie auf einem vergnügten Tanzabend, angenehm eingelullt, und doch gleichzeitig munterer, als sie geglaubt hatte. Der Wein, den die Kellner unablässig nachschenkten, tat ein übriges.

Der Bandleader flüsterte mit Jock. Jock zögerte etwas, nickte dann aber zustimmend. Er stieg auf das Musikerpodium, ließ einen Tusch spielen und forderte Ruhe.

»Jungs! Ihr erinnert euch alle daran, wie wir aus unseren Kisten ausstiegen und unsere Reißleinen zogen und uns gegenseitig in den Blauen Schwan getrieben haben und warmes Bier tranken und sangen, bis wir umfielen, damit wir Kraft hatten, am nächsten Tag wieder den ganzen Wahnsinn von vorn zu beginnen! Und ihr erinnert euch auch alle noch an ein Mädchen, das uns Lieder aus dem Ersten Weltkrieg vorsang, bis wir sie alle konnten! Wir wollen sie alle wieder singen hören! Freddy, wo bist du? Kommen Sie sofort hier rauf, Erster Offizier de Lancel!«

Ein großes Rufen ging los. Freddy hörte einen ganzen Ballsaal voller Männer Lieder wünschen, und es war ihr klar, daß sie übertölpelt worden war. Jock hatte ihr keinen Ton davon gesagt, daß sie singen sollte. Sie fixierte ihn mit dem tödlichsten aus dem Inventar ihrer tödlichen Blicke, aber er winkte sie einfach unbefangen auf das Podium, wo die Kapelle bereits *Hello Central! Get Me No Man's Land* zu intonieren begonnen hatte – eine Nummer, die sie nicht gut in ihrem üblichen Repertoire haben konnte.

Bring es mit Anstand hinter dich, Freddy, sagte sie sich und sah sich bereits wie in einer Kette weitergereicht bis zum Podium, wo Jock sie zu sich hinaufzog.

»Sehr klug«, sagte sie zu ihm.

»Siehst du, ich wußte, du würdest es gern tun für die Jungs.«

Sie wandte sich an den Bandleader. »Wir haben sämtliche Noten«, versicherte er ihr. »Von Mr. Hampton. Wir haben tagelang geübt. Singen Sie einfach los, wir kommen nach.«

Sie schüttelte den Kopf. Was konnte man da schon machen. Selbst für einen hohen Barschemel hatte Jock gesorgt. Sie setzte sich und blickte in den Saal, und alle die bekannten Gesichter ließen sie auf der Stelle bis über den Kopf in Erinnerungen versinken. Sie stürzte sich in *Tipperary*, und ihre Stimme war anfangs noch etwas rostig, ehe sie und die Musiker sich zusammengefunden hatten. Dann aber war die durch den ganzen Saal sich ausbreitende Bewegung spürbar; sie war ganz anders als bisher bei den Liedern aus dem letzten Krieg. Diese alten Lieder waren wirkliche Soldatenlieder, keine romantischen Sehnsuchtsballaden getrennter Liebender. Die Piloten der *Eagle Squadron*, die ihre Lieder mitsummten, waren durch diese Musik mit der Generation vor ihnen verbunden. Sie sang *Tipperary* ohne viel Dramatik zu Ende und begann mit *Pack Up Your Troubles In Your Old Kitbag*.

Freddys dunkle Altstimme war – wie unausgebildet immer – der Eves sehr ähnlich, weich und unwiderstehlich; in den hohen Tönen wir Karamelzucker, in der Mittellage mit einem Anflug von Trägheit und mit einem Unterton wie Wurzelwerk in den tiefen Oktaven. Sie verlor sich in den alten Liedern, und fühlte, wie sie von Strophe zu Strophe stärker wurde. Sie sang sie alle, von *Keep The Home-Fires Burning* bis *Blue Waltz*, von *Good-Bye Broadway, Hello France!* bis zu dem Lerchentrillern von *I'm Always Chasing Rainbows*. Sie hatte den Kopf zurückgeworfen und warf ihre Lieder den Männern dort unten wie Valentins-Sträuße entgegen. Sie war auf einmal Maddy, die im Mondschein verwundeten französischen Soldaten und einem Offizier eine Nacht lang, die zu ihrem Schicksal werden sollte, vorsang. Und sie war zugleich sie selbst vor zehn Jahren, als sie in einem Pub für die Männer gesungen hatte, die genau wußten, daß einige von ihnen am nächsten Tag sterben würden. Ein Lichtschimmer umfloß sie, und es hätte dazu nicht des Spotlichts bedurft; alle hätten ihn auch so wahrgenommen. Sie war eine Frau, die aus sich selbst heraus glühte und leuchtete, als sie die Lieder eines nach dem anderen sang. Und sie sang sie so, als erfinde sie sie alle eben jetzt in dieser Minute.

Als sie zum Ende kam, war ihr Publikum im Saal gemeinsam wie in Trance in die Erinnerungen an die alten Zeiten versunken, und sie hätte noch stundenlang so weitersingen können. Sie glitt von ihrem Barhocker und bedeutete dem Bandleader, wieder irgend etwas anderes zu spielen, während sie versuchte, sich vom Podium zu entfernen. Doch Jock, der immer in ihrer Nähe geblieben war, begann nun das einzige Lied zu singen, das sie um keinen Preis hatte singen wollen, weil es zuviel für sie bedeutete. Und alle Männer im Saal nahmen sein Signal sofort auf und stimmten ein. Freddy konnte nicht einmal die Lippen bewegen, als die einfache, unvergeßliche Melodie sie umfing.

> *Smile a while, you kiss me sad adieu,*
> *When the clouds roll by I'll come to you.*
> *Then the skies will seem more blue,*
> *Down in Lover's Lane, my dearie...*

»Komm, Freddy, sing!« drängte sie Jock. »Du hast nie aufgehört ohne dieses Lied.« Und einige Männer der *Eagle Squadron* waren bereits auf dem Podium, und sie spürte ihre Arme um ihre Hüften, als sie sangen und sie dabei untergefaßt hin- und herschwenkten.

> *Wedding bells will ring so merrily,*
> *Every tear will be a memory,*
> *So wait and pray each nigth for me,*
> *Till we meet again.*

Und sie begannen das ganze Lied noch einmal von vorn, und Freddy spürte, wie ihr die Tränen über die Wangen liefen, und sie konnte nichts dagegen tun. O nein, dachte sie, ich halte das nicht länger aus. Und sie schlüpfte leicht und sanft aus den Armen, die sie hielten und sprang hinunter auf das Tanzparkett, bahnte sich hastig einen Weg durch die Menge der singenden Piloten und ihrer Frauen und flüchtete, hinaus aus dem Ballsaal, durch die große Hotelhalle mit ihren Teppichen in Weinfarben und Gold und auf den Wilshire Boulevard, um sich ein Taxi herbeizuwinken.

»So warte doch! Du hast deine Jacke vergessen!« Jock war hinter ihr hergerannt und stand nun keuchend vor ihr. Er legte ihr ihre Pelzjacke um die Schultern. Dann nahm er sein Taschentuch heraus und wischte ihr ungeschickt die Tränen ab. »O Gott, tut mir leid, daß es dich so aus der Fassung gebracht hat... ich habe nicht daran gedacht.«

»So?« sagte sie. »Ausgerechnet daran nicht? Du hast doch sonst an alles gedacht? Alle diese alten Lieder... wo hast du die Noten hergehabt?«

»Ach, Freddy! Nun sei nicht so. Du warst ganz gottverdammt gut. Sei doch froh, daß ich dich zum Singen gebracht habe!«

»Na ja, ich muß zugeben, es... war nicht so schlimm, wie ich eigentlich befürchtet hatte. Ich wußte nicht einmal, daß ich die ganzen Texte noch im Kopf hatte.« Ihr Blick sagte ihm, daß sie ihm schon vergeben hatte.

Der Portier brachte Jocks Cadillac-Kabrio, und er fuhr sie in völligem Schweigen nach Hause. Es waren keine Worte möglich. Das Echo der alten Lieder füllte den Wagen. Es war schon so spät, daß die Straßen völlig leer waren. Er fuhr automatisch, mit den Reflexen eines erfahrenen Piloten und seinem Tempo und seiner Mißachtung von Regeln und Vorschriften, aber trotz allem, was er getrunken hatte, absolut sicher. Er parkte in der Auffahrt vor Freddys Haus so schwungvoll, daß der Kies im Bogen hochflog.

»So, und damit wäre das auch wieder vorbei. Die nächsten zehn Jahre wird es ja wohl kein Wiedersehenstreffen mehr geben«, sagte Jock. Es klang überaus bedauernd, dachte Freddy. Sehr viel mehr, als es dem Anlaß gemäß war.

»Vielleicht wäre es überhaupt am besten, du würdest das nie mehr wiederholen«, meinte sie. »Vielleicht sollte es besser nur den Abend heute geben und dann... sollte man es sein lassen...«

»Ja, aber dann würde ich dich nie mehr singen hören. Und das würde mir sehr fehlen. Freddy... du warst ganz so wie damals...«

»Nichts bleibt, wie es ist, Jock. Alles verändert sich. Und nicht immer zum Besseren«, sagte Freddy, und ihr Tonfall hatte etwas Abschließendes und Endgültiges. Sie suchte ihre Handtasche und ihre Handschuhe zusammen und wollte aussteigen.

»Nein. Warte. Bleib noch ein wenig da. Können wir uns nicht mal einfach nur unterhalten? Wir... unterhalten uns nie. Immer nur Geschäftsgespräche.«

»Einfach nur unterhalten?« sagte Freddy verwundert.

»Ja, über... nun, über alles. Worüber sich Leute normalerweise unterhalten würden, die sich jetzt zehn Jahre kennen, aber eigentlich doch nicht richtig. Was sie aber... vielleicht sollten.«

»Ah! Sollten wir?« Sie war jetzt offen amüsiert. In all den Jahren, die sie ihn kannte, hatte sie ihn nie unter sichtbarem Einfluß von Alkohol erlebt. Und ganz bestimmt hatte er noch nie eine ganz zwecklose und ziellose Unterhaltung mit ihr gesucht. »Haben Sie vielleicht etwas zuviel zu trinken gehabt, Staffelkapitän?«

»Worauf du wetten kannst, verdammt. Ich bin hinüber. In vino veritas, oder wie der Quatsch heißt.«

»Ja, und meinst du da nicht, daß du besser schnell nach Hause fahren und deinen Suff ausschlafen solltest? Wir können ja ein anderes Mal reden«, erklärte sie und unterdrückte ein Lachen. Er machte so einen ernsten Eindruck. Ganz und gar nicht der gewohnte Jock.

»Mein Gott, Freddy«, rief er beleidigt aus, »du weißt nicht mal die einfachsten Dinge über mich, nicht wahr? Du willst sie nicht mal wissen.«

»Jock«, beschied sie ihn tadelnd, als sei er in Annies Alter und habe eben eine von Annies altklugen und übertriebenen Bemerkungen gemacht, »du warst doch schließlich Tonys bester Freund, die Familie Longbridge behandelt dich wie ein Mitglied ihres Clans, wir sind jetzt seit fünf Jahren Geschäftspartner, du bist Annies Pate, und du warst sogar mein Trauzeuge – meine Güte, aber natürlich kenne ich dich!«

»Den Teufel tust du. Für dich war ich immer nur das Mitglied irgendwelcher Gruppen. Du selbst hast es mir eben wieder bewiesen. Hast du nicht auch mal darüber nachgedacht, daß ich auch mein ganz eigenes Leben habe? Ein verdammtes Leben für mich selbst mit Hoffnungen und Träumen und Gefühlen, die überhaupt nichts mit der Familie Longbridge zu tun haben oder mit unserer Firma *Eagles*?« Hinüber oder nicht, dachte Freddy, das war allerdings ganz offensichtlich ein Ausbruch aus den Tiefen seiner Seele. Und die unerwarteten Worte brachten sie dazu, zu schweigen. Er hatte ja wohl recht. Jock wandte sich ihr zu, und seine ganze Gestalt und seine Schultern erschienen ihr plötzlich sehr fremd.

»Jock...« Sie streckte den Arm aus, wie um sich bei ihm mit einer Berührung des Armes zu entschuldigen.

»Verdammt, Freddy, sag mir nicht, du hast noch nie bemerkt, daß ich dich wie ein Verrückter liebe und es einfach nicht mehr aushalte?«

»Jock!« Sie stieß ihn erstaunt, ungläubig und lachend über diese Absurdität von sich. »Nun komm! Du bist betrunken, in Ordnung, und

dann heute abend die alten Freunde und die Lieder und die Erinnerung...
und die... alten ruhmreichen Zeiten... das ist es. Nicht Liebe. Sieh dir
doch nur allein deinen Frauenverschleiß an.« Sie mokierte sich ein wenig
bei diesem Gedanken. »Weißt du denn, ob du überhaupt schon jemals
verliebt warst?«

»Himmeldonnerwetter noch mal, wirst du mir jetzt endlich mal zuhören? Und hör auf, mich mit dieser blöden Herablassung zu behandeln!
Ich habe das Pech gehabt, mich in meinem ganzen Leben nur ein einziges
Mal wirklich zu verlieben. In einer Kirche in England, fünf Sekunden,
nachdem du hineingegangen warst und geheiratet hast und deinen
Schleier hochnahmst und ich dein Gesicht sah! Und ich blöder Hund liebe
und liebe dich und verbringe alle die Jahre seitdem nur damit, davon wieder loszukommen, es vorbeigehen, verschwinden zu lassen, es verlö-
schen zu sehen, das Ende davon zu erleben. Und wie mein Glück nun mal
so ist, es klappt nicht. Es klappt und klappt nicht. Ich will dich überhaupt
nicht lieben! Oder glaubst du vielleicht, es macht großen Spaß, jemanden
wie ein Idiot zu lieben, der einen behandelt wie... wie die Tapete an der
Wand? Komische Tapete, übrigens. Jemanden, der einen immer nur für
ein Zubehör zu den Hochzeitsgeschenken hält?«

»Aber...«, stammelte Freddy, »aber...« Noch nie hatte sie Jock so
hektisch stotternd reden gehört, mit derart nicht zu bremsender Intensität; ganz ohne seine übliche Art: kalt wie eine Hundeschnauze, hoppla
hopp und aus.

»Komm mir bloß nicht mit *aber*...! Den ganzen Scheiß kenne ich auswendig! Ich habe das Pech gehabt, zu spät in dein Leben gekommen zu
sein. Du warst vergeben. Deine Liebe gehörte einem anderen. Ich bin
dein guter Freund. Ich spiele ja eine Rolle in deinem Leben, aber man
kann das Leben schließlich nicht nachträglich noch ändern, es ist zu spät,
daß ich an solche Dinge denke. Blablabla, auswendig kenne ich es! Ver-
schone mich um Gottes willen mit dem Abschlußsatz dieser Rede: Vielen
Dank, du bist sehr lieb, aber es geht nicht. Kein einziges deiner *aber*, das
ich nicht selbst tausendmal gedacht hätte! Aber hör mir zu. Freddy, ich
weiß ja, daß vorbei ist, was vorbei ist und nicht mehr zu ändern. Doch
was man ändern kann, ist die Zukunft! Was glaubst du, wie oft ich mir die
Vergangenheit anders vorgestellt habe? Was wäre, wenn wir uns zur für
uns richtigen Zeit begegnet wären? Nein, laß mich endlich einmal ausreden! Natürlich bin ich nicht ganz nüchtern. Wie sonst hätte ich den Mut
aufbringen können, endlich einmal alles zu sagen? Du mußt das jetzt einfach anhören. Ach, Freddy, denk mal nach, wie es gewesen wäre, wenn
wir zusammen in die High School gegangen wären! Es könnte doch ganz
leicht möglich sein! Wir sind hier beide aufgewachsen, zur gleichen Zeit,

ein paar lächerliche hundert Meilen auseinander! Wir sind im selben Jahr geboren, sogar im selben Monat, verdammt! Und ich hätte dich nur ein einziges Mal gesehen und dich sofort gebeten, mit mir zum Klassentanz zu gehen, und da hätten wir dann die ganze Zeit nur über Flugzeuge und sonst nichts geredet und keine Sekunde ans Tanzen gedacht. Und spätestens beim Nachhausebringen wäre mir klar gewesen, wir beide sind füreinander bestimmt. Vielleicht hättest du mir sogar einen Gutenachtkuß erlaubt. Und für den Rest unseres Lebens hätten wir beide niemand anderen mehr angesehen. Freddy, wir haben uns damals praktisch nur um ein paar Zentimeter verpaßt! Verdammt, kannst du dir nicht vorstellen, wie glücklich wir miteinander geworden wären?«

»Na schön... ich nehme an, es wäre ja gar nicht völlig unvorstellbar gewesen... wenn man an Zeitreisen glaubt«, räumte Freddy ein, obwohl sie nicht ganz imstande war, seinen Gedanken voll zu folgen. Ihr Kopf arbeitete nicht so klar wie üblich.

»Fast hätte ich dich eben etwas völlig Blödsinniges gefragt«, sagte Jock, dessen begieriges Herz sich hob angesichts des nicht mehr so völlig ablehnenden Tones, den er aus Freddys Worten zu hören glaubte.

»Was gefragt?«

»Nur ein Idiot fragt ein Mädchen je um Erlaubnis«, sagte er. »Weißt du das nicht mehr aus der Schule?« Und er rückte zu ihr und nahm sie in die Arme und küßte sie, noch ehe sie eine Chance hatte, zu protestieren. Er küßte sie sehr respektvoll, zurückhaltend, zart, vorsichtig, aber mit der ganz unmißverständlichen Würde eines Mannes, der weiß, daß sein Kuß auch nicht völlig unwillkommen ist.

»Laß das«, stammelte Freddy überrascht und entzog sich ihm. Es war so lange her, daß sie geküßt worden war, daß sie in seinem Arm fast erstarrte.

»Leg deine Arme um mich, Freddy«, sagte er. »Nun komm schon. Versuch es. Und wenn es dir nicht gefällt, höre ich auf.«

»Was zum Teufel soll das, Jock Hampton?«

»Na, küssen. Sonst nichts. Küssen«, sagte er und küßte sie wieder.

»Du wolltest dich nur unterhalten«, protestierte sie noch einmal. Die Wärme und Vollständigkeit seiner Lippen und die ganz unzulässigen ersten Spuren einer angenehmen Geborgenheit, die von seiner kräftigen, sicheren Umarmung auszugehen begannen, irritierten sie über die Maßen. Er war so groß. Er roch gut. Wie geröstete Maronen, dachte sie. In seinen Armen war so eine Sicherheit... Wer konnte ahnen, daß er so angenehme Lippen hatte?

»Später, Freddy. Küß mich wieder, Liebling, bitte versuche doch, meinen Kuß zu erwidern. Siehst du, so ist es besser. Viel besser. Warum bist du so schüchtern? Du bist doch so schön. Ich liebe dich, ich liebe dich, seit ich dich kenne. Du mußt mich gar nicht sofort wiederlieben. Aber laß mich bitte versuchen, dich dazu zu bringen, daß du mich liebst. Versprich es mir. Es hat so lange gedauert, und ich habe mich die ganze Zeit so nach dir gesehnt und war einsam. Mein ganzes Leben lang. Immer wieder habe ich mir vorzustellen versucht, wie es wäre, dich zu küssen. Aber nicht im Traum dachte ich, daß es so schön sein könnte.« Er verbarg sein Gesicht in ihrem Haar, und sie spürten beide ihre Herzen wie rasend schlagen, als sie sich aneinanderklammerten, um nicht die Balance zu verlieren in einer Welt, die sich plötzlich aufgetan hatte, durch nichts weiter als die Berührung ihrer Lippen.

Jock nahm Freddys Gesicht in seine Hände und küßte sie wieder, mit langsamen, forschenden Lippen entlang ihres Haaransatzes, ihre heißen Wangen bis unter das Ohr, um sie dann noch enger zu sich emporzuziehen und die weiche Haut ihres Halses zu küssen, wo er den Pelzkragen ihrer Jacke wegschob. Freddy wich noch immer zurück, obwohl sie spürte, wie etwas in ihr angenehm und lustvoll zu prickeln begann. Sein Mund war so weich, so delikat und sanft, und eigentlich wollte sie sich ja in die wunderbare Sicherheit seiner Arme sinken lassen. Sie versuchte vergeblich, im Halbdunkel des Wagens seine Augen zu finden.

»Warte, Jock, nicht so schnell. Ich weiß doch gar nicht, was ich wirklich für Gefühle habe. Gib mir eine Chance, mir darüber klar zu werden. Ich muß erst mal sehen, wie das nach der Schule ist. Langsam, Jock.« Ihr zerstörtes Selbstvertrauen, dessen Wunden noch immer offen waren und schmerzten, warnte sie. Sie war noch zu verwundbar, zu bedürftig. Sie mußte sich noch an die Realität klammern, die sie in den vielen langen Nächten der Selbsterforschung erkannt zu haben glaubte, um sich nicht von der Verwirrung, die eine unerwartete Liebeserklärung und diese Küsse in ihr verursacht hatten, fortreißen zu lassen.

Er ließ sie los, zog aber ihren Kopf an seine Brust. Mit einem Arm umfing er sie sanft und mit der anderen Hand strich er ihr über das Haar wie einem Kind. »Es ist schon nach der Schule, Freddy, und alles, was ich will, ist, ich will dich so festhalten, für lange, lange Zeit. Ich kann mein Glück noch gar nicht glauben. Ich kann gar nicht glauben, daß es ein schönes rothaariges und blauäugiges Mädchen gibt, das genauso gerne fliegen möchte wie ich. Und ich frage mich, ob wir eines Tages auch mal zusammen fliegen gehen. Weiter reicht meine Phantasie jetzt noch nicht, weil ich ja gerade erst sechzehn bin.« Er lachte fröhlich. »Ich bin noch viel zu jung, um davon träumen zu können, daß ich jemals etwas anderes als das mit einem so vollkommenen Mädchen wie dir tun könnte.«

Freddy fühlte, wie sich etwas in ihr entspannte und bereit war, ihn einfach weiter und immer weiter reden zu lassen, als ob jedes seiner Worte eine Zusicherung sei, daß sie noch immer ihr ganzes Leben unversehrt vor sich habe; als müßten sich nur ausreichend viele seiner Worte zusammenfinden, und sie würden wie von selbst auch Realität. Jock war so herrlich, so unerwartet sanft und lieb, dachte sie träumerisch, so völlig ernsthaft auf seine ungeschickte Weise, so geradeheraus wie ein kleiner Junge. Als sie ihn zum ersten Mal bewußt angesehen hatte, hatte sie das Gefühl eines ritterlichen Wikingers' gehabt. Vielleicht war das kein so falscher Eindruck gewesen? In seiner Stimme war eine so unverhüllte Begierde. Wenn er sie wirklich schon immer liebte, würde das vielleicht erklären, warum er im Umgang mit ihr immer ein wenig zornig gewesen zu sein schien. Er hatte sich damit offenbar dagegen gewappnet, seine Gefühle zu verraten. Falls er sie liebte. Aber mit einemmall war dann jeder Zweifel wie weggewischt. Sie erkannte die Stimme der Liebe, die sie nun nach so vielen Jahren wieder hörte. Sie legte ihm die Arme um den starken Hals, zog sich zu ihm empor, bis sie ihre Lippen auf die seinen pressen konnte, und gab ihm den ersten Kuß, den er sich nicht selbst genommen hatte; einen spontanen, heftigen, leidenschaftlichen Kuß aus ganzem Herzen, zum ersten Mal ohne Reserve und Einschränkung.

»O Gott!« stammelte Jock. »Wie kann irgendein Mann so verrückt sein, dich zu verlassen? Ich habe es Tony sogar gesagt, daß er den Verstand verloren hat. Jedes Mal, wenn ich ihn mit diesem Mädchen sah, warnte ich ihn, er sei ein Idiot. Gott sei Dank hat er nicht auf mich gehört.«

Freddy hatte das Gefühl, als habe er ihr eine Handvoll Nadeln in die Augen geworfen. »Was? Du hast Tony mit ihr gesehen und mit ihm darüber gesprochen?« Ihre Arme fielen wie Gewichte herab.

»Nun ja, du weißt doch, unter Männern, Freunde... da redet man schon miteinander.«

»O mein Gott, da seid ihr beiden beieinander gesessen und habt über mich geredet?« Sie war so schockiert, daß ihr fast die Stimme versagte. »Du hast also so eine kleine Verschwörung mit ihm gehabt. Du bist mit meinem Mann und seiner Geliebten ausgegangen, und nachdem ihr dann eure rührenden intimen Gespräche gehabt hattet, warst du natürlich sein Vertrauter, und er hat dir wohl – so war es doch, oder? – sämtliche traurigen und privaten Details erzählt, die sich zwischen uns abspielten? Du hast alles gewußt, die ganze Zeit! Nicht einmal träumen lassen hätte ich mir das... träumen...« Sie riß heftig die Wagentür auf, und ehe Jock noch etwas tun konnte, war sie draußen und lief den Weg hinauf zum Haustor, schloß es auf, verschwand darin und warf das Tor mit einer heftigen Bewegung hinter sich zu.

Während der wenigen restlichen Nachtstunden saß Freddy in einem Sessel ihres Schlafzimmers und kochte vor Zorn und Haß. Zumindestens kam sie zwischendurch so weit zu sich, um aufzustehen, aus ihrem Kleid zu schlüpfen und sich einen warmen Morgenmantel und Socken anzuziehen. Davon abgesehen verließ sie ihren Sessel nicht, außer, daß sie einmal ins Bad lief, um sich zu übergeben – so lange, bis nichts mehr in ihr war als reine Galle.

Wie zwanghaft wiederholte sie sich jedes Wort des Gesprächs mit Jock. Er hatte sie also doch nur als gute Gelegenheit betrachtet, die man ergreifen mußte, sagte sie sich immer wieder. Ein angeschlagenes Flugzeug, leergeschossen, versprengt von seiner Staffel, zurückgeblieben, versucht sich allein über feindliches Gebiet hinweg nach Hause zu retten; der Pilot hofft inständig, daß er es schafft, ehe er entdeckt und erledigt wird. Eine hilflose, dramatische, verteidigungslose, günstige Gelegenheit. Nicht einmal der neueste und unerfahrenste Pilot würde sich eines solchen Abschusses rühmen. Auf ein solches Ziel konnte jeder Junge vom Boden aus mit einem Gewehr schießen und hoffen, es zu treffen. Nichts klarer als das. Nichts besser als das. Nichts – leichter als das!

Wie hatte sie ihm überhaupt auch nur einige Minuten lang glauben können? Sie erging sich wieder in wildesten Selbstanklagen und steigerte sich in ihre Demütigung so hinein, daß sie es geradezu als Erleichterung empfand, als die Übelkeit in ihr hochstieg und die harten Stöße des Erbrechens sie durchschüttelten. Nicht einmal sich selbst konnte sie etwas vormachen. Sie hatte ihm wirklich geglaubt. Sie hatte es wirklich geglaubt, als er ihr diesen Müll erzählte. Wie sehr er sie liebte! Und es hatte ihr – o Gott, wie konnte man als Frau eigentlich derart strohdumm sein! – gefallen! Doch, ja, es hatte ihr sehr, sehr gut gefallen. So gut, daß sie sich ewig, ewig für diese paar Minuten schämen und selbst hassen würde! Und dabei kannte sie Jock Hampton doch, diesen heuchlerischen Bastard. Sie kannte doch den Typ Frauen, auf den er flog. Sie hatte genug von ihnen kommen und gehen sehen. Englische Brendas und amerikanische Brendas – im Grunde immer das gleiche Mädchen. Und dann brauchte er nur eine Minute lang Süßholz zu raspeln – betrunken noch dazu! –, und schon war sie hingesunken!

Sie mußte so verzweifelt sein, daß es ihr wie ein Brandmal auf der Stirn stand. »Ach, bitte Mister, seien Sie barmherzig, könnten Sie einen Fick für mich entbehren?« Verdammt. Offenbar sahen die Männer eben dies in ihren Augen, wenn sie sie ansahen! Eine einfache harmlose Umarmung hatte genügt, sie hinschmelzen zu lassen! Eine einzige blöde Umarmung! Außer Tony war er schließlich der einzige Mensch, der wußte, daß sie seit einiger Ewigkeit – weit über ein Jahr – keinen Mann mehr im

Bett gehabt hatte. Er wußte also genau, was für eine reife Frucht sie war, und hatte es bei der erstbesten Gelegenheit sofort ausgenützt!

Oder – Augenblick mal – war Jock etwa gar nicht der einzige, der es wußte? Hatte er mit Swede darüber gesprochen? Mit sonst jemandem? Vielleicht wußte es alle Welt! Vielleicht wußte es alle Welt! Vielleicht pfiffen es die Spatzen von den Dächern? Tony Longbridge und sein Verhältnis. Tony, der ihr fortgerannt war. Tony, der so heftig nur raus, nur weg wollte, daß es ihm nicht einmal mehr möglich war, die arme, alte Freddy auch nur anzurühren!

Nicht einer hatte heute abend auch nur ein Sterbenswörtchen über Tony zu ihr gesagt oder nach ihm gefragt. Und sie war da herumstolziert, aufgedonnert wie eine Blöde, mit Affenstolz auch noch ihre Schwingen vorführend – nichts weniger als das! –, und, Wunder über Wunder, bis auf den letzten Mann hatten sie alle den äußersten Takt besessen, nicht das kleinste bißchen Neugier zu zeigen. Oder peinlich berührt zu sein. Und dabei mußten sie doch alle von der Scheidung wissen. Da konnte man sich doch nichts vormachen. In der kleinen Welt der *Eagle Squadron* lief so etwas doch herum wie ein Lauffeuer, ganz besonders, wo sie hier doch in letzter Zeit derart viel Publicity gehabt hatten! Also hatten offensichtlich alle – ganz bestimmt aber alle Männer – keinen Zweifel daran gehabt, daß sie jetzt Jocks Mädchen war! Andernfalls hätte es doch zwangsläufig bestimmte Reaktionen geben müssen – eine Geste, ein Wort des Mitgefühls, irgend etwas. Tony war, sobald nur die Scheidungspapiere unterzeichnet waren, nach England zurückgekehrt. Es wäre doch nicht mehr als ganz normal gewesen, daß irgend jemand irgend etwas gesagt hätte! Aber nicht einer hatte auch nur ein Wort darüber verloren. Jocks Mädchen. O Gott. Und sie dachten alle, daß sie anschließend direkt Jock ins Bett gefallen sei. Ein Bett, das noch warm war vom letzten Mädchen. Alles leichte Beute.

Wann wurde es endlich Tag? Wann? Selbst in Kalifornien dämmerte der Tag im Winter später. Ehe der Morgen noch graute, hatte sie ihre wärmsten Fliegersachen angezogen. Sie hinterließ einen Zettel in der Küche für Annie und Helga, und war bei Tagesanbruch in Burbank, wo sie ihre Bonanza aus dem Hangar zog. Seit sie damals Tony das Haus gezeigt hatte, war sie kaum noch mit ihr geflogen. Diese Maschine war das i-Tüpfelchen auf ihren Plänen gewesen. Sie hatte geplant, daß sie alle zusammen in ihr flögen, sie und Tony und Annie. Das Familienflugzeug. In dem nie eine Familie gesessen hatte!

Im Laufe des vergangenen Jahres hatte sie einige Versuche unternommen, sich von dem Elend, das diese schmerzliche Scheidung in ihr erzeugt und hinterlassen hatte, wie einst dadurch zu befreien, daß sie einen

Nachmittag lang mit der Bonanza in der Luft herumkurvte. Aber es war nicht mehr das alte Gefühl gewesen. Nicht einmal Fliegen vermochte ihren Kummer mehr zu heilen. Immer öfter hatte sie sich statt dessen dabei ertappt, wenigstens zeitweiliges Vergessen dadurch zu finden, daß sie sich in die Arbeit in ihrem Büro bei *Eagles* vergrub, wo ihre Einsamkeit von dem lebhaften Betrieb der Mitarbeiter und dem ständigen Strom der Dinge, die erledigt sein wollten, zugedeckt wurde. Sie hatte unter Leuten sein müssen, alle die Sekretärinnen und Buchhalter und Marketing-Manager und wer da sonst noch alles im Laufe eines Tages auftauchte, hören und bei ihrer Tätigkeit sehen müssen, um abends, wenn Annie schlief, ihre verrücktmachende Einsamkeit zu ertragen.

Doch an diesem Wintermorgen konnte es überhaupt nicht in Frage kommen, ins Büro zu gehen, um dort eine Begegnung mit Jock oder Swede zu riskieren. Jock hatte ihr, dachte sie, auch noch die *Eagles* als Zuflucht genommen. Sie begann die Startchecks an ihrem Flugzeug. Sie würde am besten ihre Anteile verkaufen und sich zur Ruhe setzen. Unmöglich, weiter seine Geschäftspartnerin zu sein. Ganz undenkbar. Aber damit würde sie sich später befassen; wenn sie von ihrem Flug zurückkam. Denn, wenn es seit ihrer Rückkehr aus England einen Tag gegeben hatte, an dem sie wirklich des Trostes des Himmels bedurfte, dann heute.

Sie blickte nach oben. So gut wie keine Sicht. Die tiefhängenden, nebelartigen Winterwolken der kalifornischen Regenzeit wurden nur am Ende der Rollbahn etwas dünner. Am Boden selbst war es dunkel, naßkalt und ungemütlich. Nicht gerade ein besonders lockender Tag, um zu fliegen, würde ein Nichtpilot denken. Aber sie wußte, über den Wolken, wenn sie erst ins freie Sonnenlicht emporstieg, war es doch ein Tag zum Fliegen. So gut wie jeder andere. Nur die Erde würde sie natürlich nicht sehen. Doch das war gerade gut so, dachte sie. Sie ging noch einmal sorgfältig prüfend um die Beechcraft herum. Was sie jetzt brauchte, war Himmel. Nur Himmel. Nur Horizont. Und vor allem Wolken zum Spielen. Danach sehnte sie sich mehr als nach irgend etwas anderem.

Die Bonanza wurde zwar von einem der erfahrendsten *Eagles*-Mechaniker ständig gewartet, aber sie überprüfte alles doch noch einmal selbst, nachdem sie das Flugzeug schon monatelang nicht mehr benützt hatte. Sie zwang sich, gerade angesichts ihres Dranges, so rasch wie möglich zu starten, sogar zu ganz besonderer Sorgfalt. Der Flugplatz war zu dieser Stunde noch völlig leer. Sie rollte ans Ende der Starbahn und verspürte das heftige Herzklopfen der Erwartung, endlich der Erde entfliehen zu können.

Sobald sie über der Wolkendecke war, sah sie sich einer überwältigenden Helligkeit ausgesetzt. Die Wolkendecke unter ihr war so dicht und glatt, daß sie wie ein endlos sich hinziehender Deckel war. Die sich türmenden Wolkenformationen, die sie sich erhofft hatte, gab es nicht. Selbst die kleinsten Erhebungen und Hügel waren eingeebnet und glattgepreßt, darüber nichts als strahlender, blauer, durch nichts beeinträchtigter Himmel, in alle Richtungen bis hin zum Horizont. Ein langweiliges strahlendes Blau, fand sie in ungehaltener Enttäuschung. Ein Blau ohne irgend etwas darin, das ihr hätte helfen können, ihre Gedanken zu ordnen, ihren Geist zu befreien, ihren Zorn zu besänftigen. Ein Blau, durch das man als Pilot nur möglichst schnell durchfliegen konnte, um irgendwo anders hinzugelangen.

Sie flog nordwärts. Vielleicht gab es dort eine Wolke, die sich von dem platten Leichentuch dort unten gelöst hatte und hochgestiegen war. Sie mußte ja nur gerade groß genug sein, um ein wenig mit ihr spielen und tanzen zu können. Wenn sie doch nur einem Gewitter begegnen würde! Gewittern wich normalerweise jeder vernünftige Pilot aus. Aber sie hätte jetzt eines gebrauchen können. Ein ganz vulgäres, eindeutiges Gewitter, voller Bedrohung, mit dem Risiko seiner Blitze – ein Gewitter, das sie in ihrem Cockpit hin und her warf und ihr alle Kenntnis und Erfahrung und ihr ganzes Können abverlangte. Aber vermutlich hing nicht einmal der kleinste Regenschauer von hier bis Chicago in der Luft, dachte sie ärgerlich. Nichts als Sicht und Ereignislosigkeit.

Sie sah sich in ihrer geräumigen, komfortablen Pilotenkanzel mit plötzlichem Widerwillen um. Was für ein charakterloses Flugzeug! Makelloses Leder, blitzende und blinkende neue Instrumente, die Bremspedale noch ohne jede Spur von Benutzung, die ganze Geschichte so neu und unpersönlich, daß sie ärgerlich mit dem Fuß zustieß. Tausende Flugzeuge hatte sie mittlerweile geflogen, auch direkt vom Werk zum Flugplatz ihrer Bestimmung; darum ging ja die ganze Arbeit bei der *ATA*; aber nie hatte sie ein einziges verabscheut, nur, weil es noch nagelneu war. So, wie diese Bonanza.

Die war nicht nur viel zu neu. Sie war auch im höchsten Maße uninteressant, entschied sie böse und fragte sich, was in aller Welt sie dazu veranlaßt hatte, dieses Flugzeug zu kaufen. Es war schon vor einigen Jahren herausgekommen, als das erste einmotorige Flugzeug für vier Passagiere. Ein überaus absturzsicheres Flugzeug, gebaut mit großer Sorgfalt bis in die Details. Man nannte es allgemein unvergleichlich. Sie nannte es jetzt eine blöde, fette Kuh. Sie wußte nicht, warum sie so wütend war. Eine blöde fette, fliegende Kuh, ja, in die Mama und Papa paßten und dazu zwei liebe Kinderlein und ein Picknickkorb und Schlafsäcke und ein paar sabbernde Hunde... warum nicht gleich auch noch ein Töpfchen, wenn sie schon dabei waren?

Sie riß die Bonanza zornig am Himmel herum, der nichts war als leer, versuchte ein paar Kunstflugfiguren und stellte fest, daß sie der Kuh überhaupt nichts ausmachten. Und warum auch? Sie hatte schließlich genug dafür bezahlt. Für diese Luft-Familienkutsche. Sie war einfach wütend und sehnte sich nach einer der alten Mühlen, diesen ehrlichen Kisten, die noch Geschichte in jeder Faser ihrer stoffbespannten Tragflächen gehabt hatten. Einem Flugzeug mit Individualität und einem Wert, der unsichtbar auf jedem seiner Instrumente eingekratzt ist. Sie hatte sich früher in viele Flugzeuge verliebt, und nicht eines von ihnen hatte sie jemals betrogen, nicht eines hatte sich gegen sie gewendet und sie der Lächerlichkeit preisgegeben. Diese Flugzeuge hatten nicht die Tatsache ausspioniert, daß man eine Frau war, mit den Schwächen einer Frau, und einen deshalb hereingelegt, einen als Opfer behandelt, das man leicht an der Nase herumführen kann, leicht herumkriegen kann – als leichte Beute.

Rechts von ihr erschien eine kleine Lücke in der Wolkendecke. Sie visierte sie an und tauchte in sie hinein, um zu sehen, wo sie sich hatte hintreiben lassen. Sie merkte, daß sie es nicht feststellen konnte. Ein Blick auf die Uhr zeigte ihr, daß sie vor fast zwei Stunden in Burbank losgeflogen war. Sie war über dem Meer. Es war ebenfalls grau in grau, nur der Horizont war eine Spur heller. Ein dichter Nebel zog bis in Richtung Santa Monica. Jeder Flugplatz in vielen Meilen Umgebung war wohl bereits geschlossen, außer für Instrumentenanflüge, oder vielleicht auch vollständig.

Sie könnte auch über Lappland sein, dachte sie. Sie schüttelte zornig den Kopf und dachte an ihren allerersten Flug über den Pazifik hinaus: damals, als sie so himmelstrunken gewesen war, daß sie den Segelbooten unten auch noch bis über den Rand des Horizonts nachgeflogen wäre, wenn Mac nicht eingegriffen hätte. Mein Gott, wie jung war sie damals, wie wild! Der Tag ihres ersten Alleinflugs. 9. Januar 1936. In ein paar Tagen war das sechzehn Jahre her! Die Hälfte ihres Lebens!

Schau nicht zurück, sagte sie sich selbst, schau niemals zurück. Sie mußte eigentlich hungrig sein. Sie hatte nicht gefrühstückt, und gestern abend hatte sie auch nichts gegessen. Also mußte sie, hungrig oder nicht, jedenfalls etwas zu sich nehmen. Am schnellsten bekam man immer etwas auf dem Flugplatz der Insel Catalina. Sie war oft dort gewesen. Er bestand zwar nur aus einer ungepflegten, kleinen Grasnarbe ohne Tower, war jedoch der einzige Platz, wo sie jetzt landen konnte. Er lag 1500 Fuß hoch auf einer felsigen Wüsteninsel. Die Imbißstube des Flugplatzes war zu jeder Tages- und Nachtzeit geöffnet, weil Catalina bei gutem Wetter sehr beliebt bei Ausflüglern war. Heute hatte sie sie gewiß ganz für sich allein. Was ihr nur recht sein konnte, bei ihrer Stimmung, dachte sie, während sie auf die bekannte Landerhebung weit draußen im Meer zuflog, die oben völlig abgeplattet war.

An klaren Tagen kann man, wie die Grundstücksmakler nie zu erwähnen vergessen, Catalina sehen. Heute jedenfalls nicht, dachte Freddy. Sie blickte auf ihren Kompaß, korrigierte ihren Kurs und flog die Bonanza direkt auf die Insel zu.

Auf dem Anflug warf sich ihr plötzlich eine dicke Nebelfront entgegen. Sie zog schneller, als sie sie eingeschätzt hatte, und deckte ihr unerwartet die ganze Frontscheibe zu. Sie sah nicht einmal mehr die Nase ihres eigenen Flugzeuges, geschweige die Tragflächenenden. Es war ein Gefühl, als flöge sie in einem Zaubercockpit. Na und, dachte sie. Sie war noch immer wütend. Na und. Das bißchen kalifornischer Nebel. Sie konnte doch jederzeit wieder nach oben ziehen, über das Wetter hinauf. Nur, verdammt noch mal, sie wollte jetzt ihren Kaffee haben. Diese Gegend gehörte ihr, zum Donnerwetter, dies hier war ihr ganz persönlicher Himmel, schon von ihr in Besitz genommen, als sie noch ein Kind war. Den Anflug auf Catalina kannte sie so gut, daß sie ihn jederzeit auch blind machen konnte. Sie sah auf ihren Höhenmesser. Noch genug Höhe. Nur darum überhaupt mußte man sich Sorgen machen bei einem Landeanflug. Um die Höhe.

Sie flog geschickt und erfahren und führte ihr Flugzeug mit der absoluten Sicherheit und Koordination, die sie besaß und gegen die nicht einmal ihre Gefühle und kein Nebel ankamen. Sie flog blind das völlig exakte Anflugrechteck, das sie binnen der nächsten Minute auf die torfbestreute, baumlose Landebahn bringen würde. Die Bonanza hatte jetzt ihre exakte Landegeschwindigkeit, das Fahrwerk war ausgefahren, die Landeklappen unten.

Zu tief, waren die einzigen Worte, die sie denken konnte, als Catalina plötzlich aus dem Nebel auftauchte wie lautloser Donner. Eine Felsenwand, der nicht mehr zu entkommen war. Eine einzige Sekunde blieb noch, nur noch genug, um die Nase steil hochzuziehen, so daß sie beim Anprall an den Berg in einem schrägen Winkel stand. Die Bonanza bewegte sich Meter um Meter den Berg hinauf, bis sie stillstand, abrutschte und in eine Schlucht hinabfiel, wo sie zerschellte. Dann war alles still.

Marie de la Rochefoucauld könnte eine junge Zarin sein, dachte Bruno. Oder eine Infantin von Spanien. Trotzdem war sie so wunderbar französisch. Nie hätte er vermutet, daß es hier in diesem barbarischen Zirkus namens Manhattan jemanden gab, der so makellos und vollständig, so ausschließlich französisch war, bis hin zu ihren kleinsten Gesten; mit der ganzen Essenz einer adeligen Französin, daß es wie ein Heiligenschein war, der sich mit ihr bewegte, wenn sie sich bewegte. Sie trug Frankreich in sich und mit sich – das alte Frankreich –, wo sie auch erschien, und dabei so ohne Aufhebens oder Prätention, daß sich kaum die Luft zu regen schien, wenn sie eintrat, aber doch mit einer solchen ruhigen Präsenz, mit so angeborener und absoluter Würde, daß sich ihr wie von selbst alle Blicke zuwandten. Sie mußten erfahren, wer sie war, diese harten Bewohner dieser steinernen Stadt, weil sie alles verkörperte, was sie niemals zu sein hoffen konnten. Allein, wenn sie fähig wurden, sie zu identifizieren, würde ihnen das bereits einige Distinktion verleihen.

Er, Bruno, war einer der ersten in New York gewesen, der Marie de la Rochefoucauld, eine von vielen Töchtern der hervorragendsten Adelsfamilie der ganzen französischen Geschichte, kennengelernt hatte. Diese Familie nahm unter dem Titel »Das Haus La Rochefoucauld« mehr als eine ganze Seite im *Bottin Mondain* ein, der Bibel der französischen Aristokratie. Sie war weitverzweigt und zählte auch drei Herzöge zu ihren Mitgliedern; sie war sogar soweit verzweigt, daß im Laufe der Jahrhunderte immer wieder ein Rochefoucauld-Erbe eine Rochefoucaulds-Erbin geheiratet hatte; und sie war mit praktisch allen großen Familien Frankreichs irgendwie verbunden. Ihr Ursprung verlor sich, wie *DeBrett's Peerage* mit redaktioneller Verbeugung einmal festgestellt hatte, »im Dunkel der Vorzeit«.

Einer von Marie de la Rochefoucaulds Brüdern war zusammen mit Bruno in die Schule gegangen, und durch ihn lernte er sie auch kurz nach ihrer Ankunft kennen. Sie wollte an der Columbia-Universität ihr Diplom in orientalischer Kunst machen. Warum sie ausgerechnet darauf verfallen war, blieb eines der faszinierenden Geheimnisse ihrer aufs äußerste selbstbeherrschten Persönlichkeit.

Wie konnte er glauben, daß er sich nicht eines Tages in sie verlieben würde? Wieso war er jemals so sicher gewesen, daß er – fragte er sich selbst – so ganz anders in dieser Beziehung sei als andere Männer? Freilich, meinte er, hätte er je zuvor auch nur geahnt, was Liebe ist, wie hätte er da alle die Jahre des Wartens auf Marie ertragen können? Jetzt, im Frühjahr 1951, lernte er ein Gefühl kennen, das sich in jeder Faser seines Leibes ausdehnte, bis er sich selbst wie ein Kreislaufdiagramm fühlte, in dem jede Arterie, jede Vene und jedes letzte Blutgefäß angefüllt war mit der Erfahrung einer wirklich ersten Liebe. Und sie war um so schmerzlicher, als er ja bereits sechsunddreißig war und Marie gerade zweiundzwanzig.

Trotzdem, sie behandelte ihn gar nicht so, als sei er zu alt für sie. Er saß in seinem Büro in der Bank und war zu nichts anderem fähig, als an sie zu denken. Natürlich wußte sie bisher noch nichts von seinen Gefühlen. Sie trat ihm mit dieser wunderbar einfachen, ganz entfernt reservierten Freundlichkeit gegenüber, die sie, wie er einräumen mußte, auch allen anderen Leuten, die sie kannte, zeigte.

Sie wohnte in dem ausgedehnten grauen Stadthaus von John Allens. Die Familie Allens unterhielt seit vielen Jahren freundschaftliche Beziehungen zur Familie ihrer Eltern. Beide Ehepaare verband eine Leidenschaft für das Sammeln chinesischer Keramik, während ihre jeweiligen Bekanntenkreise wenig einschlägiges Interesse dafür aufzubringen vermochten. Marie war von den Allens eingeladen worden, die zwei Jahre ihres Studiums in ihrem Haus zu verbringen. Sie hatten ihr mehrere Räume zur Verfügung gestellt, auch einen Salon, in dem sie von Zeit zu Zeit ihre neuen amerikanischen Freunde zum Tee oder auf einen Sherry empfing, obgleich ihre Tage ihr kaum je Zeit ließen, gesellschaftlichen Umgang dieser Art zu pflegen, weil sie sich in der *Columbia* intensiv in ihre Studien gestürzt hatte.

Sie war klein, fragil und schlank und überhaupt wie ein Kronjuwel. Sie trug das glatte, glänzende schwarze Haar fast bis zur Hüfte. Es war aus der Stirn nach hinten gebürstet und im Nacken mit einem Silberband zusammengebunden. Ihre Augen waren grau, unter dünnen, schwarzen Brauen; ein Bild von einer Lieblichkeit, als habe es Leonardo gemalt. Die feingeschnittene Nase hatte einen delikaten Bogen, der sanfte Mund einen vollkommenen Schwung. Sie benützte niemals Lippenstift. In ihrem edlen Gesicht war nur wenig Farbe. Die Faszination lag im Kontrast ihres schwarzen Haars zu der weißen, glatten Haut und dem klaren, ungewöhnlichen Grau ihrer Augen.

Sie kleidete sich ganz unschuldig, fast kindlich, und trug einfache Sweater mit Blusen und Röcken, die sie ohne besondere Sorgfalt zusammenstellte und mit einem Spitzenschal, einer Samtjacke oder einer gestickten Stola ergänzte, in denen sie dann auf eine ganz besondere Weise bezaubernd altmodisch aussah – und das in dieser Stadt, wo man maßgeschneiderte Kostüme als selbstverständlich ansah. Sie konnte ihre Kleider gut auf einem der Dachböden eines der Familienschlösser gefunden haben, dachte Bruno, während er sich hilflos danach verzehrte, ihr die teuersten Kleider zu kaufen und die wertvollsten Juwelen zu schenken. Vor ihrem Geburtstag hatte er sich zum besten Geschäft für orientalische Antiquitäten der Stadt begeben und eine Porzellanschale aus der Tsching-te-Tschen-Epoche, Sung-Dynastie, für sie erstanden. Es war ein in der Form und der ganz einfachen Glasur schlicht unvergleichliches Stück. Doch sie hatte das Geschenk nach einem hingerissenen Blick abgelehnt, weil sie den Wert des 700 Jahre alten Kunstwerks nur zu genau kannte. Es war ihr klar, daß, hätte sie es angenommen, es gleichbedeutend damit gewesen wäre, einen Zobelmantel von ihm anzunehmen. Jetzt stand das abgelehnte Porzellanstück auf dem Kamin seines Schlafzimmers und erinnerte ihn fortwährend daran, daß er sich Marie de la Rochefoucauld gegenüber wirklich nicht wie ein instinktloser Neureicher benehmen durfte.

Ihre Vornehmheit und Reinheit brachten ihn schier zur Raserei. Sie hatte es nie erwähnt, aber Bruno war längst der Spürhund geworden, den jeder wild verliebte Mann früher oder später in sich entdeckt, und hatte herausgefunden, daß sie jeden Morgen zur Frühmesse ging. Als er eines Tages einige Minuten zu früh zum Tee erschienen war und allein in ihrem Salon als erster und einziger Gast wartete, hatte er einen Blick durch die einen Spalt offen stehende Schlafzimmertür erhascht, wo eine alte Betbank vor einem Kruzifix stand. Er hatte es nicht gewagt, die Tür weiter aufzudrücken. Das Geheimnis ihres nicht erblickten Bettes mußte weiter ein heiliges Mysterium für ihn bleiben; ein Mysterium, das zu erblicken er unwürdig war, wie er wußte.

Wenn er jetzt häufig mitten in der Nacht aufwachte, stellte er sich unablässig immer wieder die gleiche Frage, wie es denn möglich sein konnte, daß er sich so vollständig und gänzlich unerwartet verliebt hatte – und das in eine unerfahrene, religiöse, intellektuelle, tugendsame junge Adlige, deren Leben sich bisher in der ungestörten Stille von Konventen, Klassenzimmern und Museen abgespielt hatte; der nichts an der Gesellschaft lag, nichts an Intrigen oder Stellung oder Besitz; deren Wunsch, wenn er denn mit seinen bisherigen Erkundungen recht hatte, auf nichts anderes gerichtet war, als darauf, den Großteil ihres Lebens mit Wissenschaft, Forschung und Gelehrsamkeit zu verbringen, einfach aus reiner Freude am Lernen; ein Mädchen, das erotisch gesprochen ein völlig unbeschriebenes Blatt war und einfach ohne besondere Ungeduld ihr Schicksal auf sich zukommen ließ, das ihr einen Ehemann und Kinder bescheren würde – oder auch nicht, gleichviel.

Oder war es vielleicht nur die bloße Attraktion einer idealisierten Jungfrau, die ihn überkommen hatte, nachdem er so viele Jahre die geheimsten, schambeladensten Phantasien reifer Frauen von Welt genossen hatte? War es nur eine aus sexueller Übersättigung entstandene Verirrung? Oder ließ es sich erklären als Folge der Attraktion, die sie auf ihn als Französin ausübte? Sah er, im Exil und voller Heimweh, in ihr die Rettung aus der Wüstenei seines Lebens?

Doch keine dieser rationalen Erklärungen und Überlegungen dauerte länger als die Zeit, in der er sie formulierte. Sie waren sofort wie weggewischt, sobald er sich Marie nur vorstellte. Wie sie ihm den Kopf hoheitsvoll zuwandte und einen seiner Scherze belachte oder sich zum Essen ausführen ließ und in einen Film. Sie war ganz wild auf amerikanische Filme. Je alberner, desto besser. New York gefiel ihr ganz ausnehmend. Er mußte mit ihr U-Bahn fahren und den Fifth-Avenue-Bus nehmen, bis hinunter zum Washington Square. Dort sahen sie den Schachspielern zu und gingen dann hinüber in die Bleeker Street, wo sie es liebte, in billigen Studentenlokalen zu sitzen und dem ganzen Bohème-Leben um sich herum zuzusehen. Aber dieses Glück widerfuhr ihm auch nur gelegentlich an den Wochenenden. Die Woche über aß Marie immer mit den Allens und lernte dann noch den ganzen Abend lang bis zum Schlafengehen.

Es gab auch andere Männer, die sich um sie bemühten. Die Allens hatten Marie mit den besten Partien New Yorks bekannt gemacht. Doch soweit Bruno mit seinen wachsamen und eifersüchtigen Augen erkennen konnte, hatte sie keinem von allen ihre besondere Gunst zugewandt. Insbesondere war keiner von allen Franzose. Nicht einer konnte auch nur einigermaßen passables Französisch sprechen, und wenn er einer Tatsache sicher sein zu können glaubte, so, daß sie bestimmt keinerlei Pläne oder den Ehrgeiz hatte, ihr ganzes Leben in den Vereinigten Staaten zu verbringen. So sehr ihr New York jetzt gefallen mochte und so sehr sie in ihren Studien aufging, er war sich ziemlich sicher, daß sie auch sehr großes Heimweh nach ihrer Familie hatte. Er hatte sie um Weihnachten 1950 kennengelernt. Jetzt, im Frühjahr 1951, war sie schon sehr begierig auf den Sommer zu Hause in Frankreich.

»Ich fahre mit der *Ile de France* noch am gleichen Tag, an dem das Semester zu Ende ist, und komme dann erst zum Beginn des Wintersemesters wieder«, hatte sie ihm erklärt. »Das sind drei Monate zu Hause! Sie sind sicher den Sommer ebenfalls in Frankreich, Bruno, nehme ich an? Selbst New Yorker Bankiers brauchen schließlich einige Wochen Urlaub.«

»Aber gewiß«, hatte er geantwortet, weil ihm im Augenblick kein Argument eingefallen war, warum ein Franzose die Urlaubszeit nicht zu Hause verbringen sollte. Es entsprach so sehr der Tradition, war so selbstverständlich, daß es nur eigenartig klingen mußte, wenn er sagte, er habe andere Pläne. Franzosen reisten nicht außerhalb ihres eigenen Landes, solange es sich vermeiden ließ.

Marie hatte ihn zu einem Besuch auf dem Schloß in der Nähe von Tours eingeladen, wo ihre Familie den Sommer zu verbringen pflegte. Er hatte gesagt, er würde selbstverständlich zu kommen versuchen, auch wenn er wußte, daß er sie den ganzen Sommer über nicht sehen würde und jeden Tag in diesem Sommer der Fall eintreten konnte, daß sie sich in irgend jemanden verliebte. Seine schlimmste Angst überhaupt war, daß Marie dann gar nicht mehr nach New York zurückkam. Es war wirklich ziemlich unwahrscheinlich, dachte er, daß ihr Herz den ganzen fröhlichen, ungebundenen Sommer über noch frei bleiben würde, alle die gastfreien Tage und die Nächte eines ganzen Sommers...

Trotzdem wagte er es nicht, nach Frankreich zurückzukehren, nicht einmal für einen kurzen Besuch bei Marie. Das Schloß der La Rochefoucauld war natürlich weit von Valmont entfernt, aber die Buschtrommeln der französischen Aristokratie würden mit Sicherheit sofort losgehen, sobald die Neuigkeit herum war, daß Bruno de Lancel wieder in sein Heimatland zurückgekehrt war, nach bemerkenswert langer Abwesenheit. Sein Vater würde von seiner Rückkehr ganz zweifellos erfahren, und er wußte wohl, daß dessen Verbot und seine Drohungen sich in den sechs Jahren seitdem gewiß nicht geändert haben würden. Er würde seine Drohungen zweifellos wahrmachen. Bruno griff sich abwesend an die Narbe auf seiner Oberlippe, die noch immer sichtbar war.

Und wenn er sie einfach, fragte er sich tausendmal, heiratete, noch bevor sie zurückkehrte? Doch auch die Antwort auf diese Frage war immer die gleiche. Sie liebte ihn nicht, würde seinen Antrag also zurückweisen, wenn auch gewiß so charmant – aber auch so entschieden –, wie sie die Tsching-te-Tschen-Schale zurückgewiesen hatte. Und wenn das einmal geschehen war, konnte er sie natürlich auch nicht mehr regelmäßig sehen, konnte also die Abende nicht mehr mit ihr verbringen und hatte keine Chance mehr, ihre Liebe noch zu gewinnen. Die Regeln, nach denen sie lebte – und die er respektierte, denn sie waren Teil der Welt, in der sie beide zu Hause waren –, ließen es nicht zu, falsche Hoffnungen zu nähren. Nachdem sie einmal über seine Gefühle Bescheid wüßte, würde sie darauf achten, nicht mehr mit ihm allein zu sein. Sanft und höflich, aber sehr entschieden würde sie ihn aus ihrem Leben entfernen. Denn schließlich war er, Bruno de Lancel, auch kein Mann, zu dem man einfach sagen konnte: Dann bleiben wir eben gute Freunde.

Es half nichts, er mußte das Risiko, sie während des Sommers an einen anderen zu verlieren, eingehen. Schon, weil die einzige Alternative war, sie bereits jetzt und für immer zu verlieren.

Jeanne schrieb nach wie vor ihre Briefe. Alles war wohlauf in der Familie, wie sie ihm mit Freude versichern könne. »Monsieur Paul, sicher sind Sie froh zu erfahren, daß in Valmont alles so ist, wie es sein soll.«

»Es hat wirklich nicht viel Sinn, Mr. Hampton, wenn Sie noch länger hierbleiben«, sagte Dr. David Weitz zu Jock, der den Korridor vor Freddys Zimmer im Hospital *Cedars of Lebanon* nicht verlassen hatte, seit man sie vor achtzehn Stunden hier eingeliefert hatte, eine groteske Mumie in einem Sarkophag aus weißen Binden, aus dem allein die unbezähmbaren Strähnen ihres unverwechselbaren Haars identifizierbar waren. »Ich verspreche Ihnen, Sie anzurufen, sobald sich am Zustand von Mrs. Longbridge auch nur die kleinste Veränderung ergibt.«

»Schon gut, ich bleibe hier«, sagte Jock hartnäckig und ungefähr bereits zum zehnten Mal.

»Es ist aber völlig unmöglich zu sagen, wann sie aus dem Koma erwacht. Das kann Tage dauern, aber auch Wochen. Oder sogar Monate, Mr. Hampton. Seien Sie doch vernünftig.«

»Ja, ich weiß es ja.« Er wandte sich ab und fühlte wieder eine intensive und ganz unvernünftige Welle von Feindseligkeit gegen Dr. Weitz in sich aufsteigen. Der Mann war einfach zu jung, beschloß er bei sich selbst, um ihm für irgend etwas die Verantwortung zu übertragen. Er hatte bereits mit Swede telefoniert, der mal nachprüfen wollte, was über diesen Burschen bekannt war.

Weitz war zweiundvierzig, überaus geachtet, und der jüngste Chefarzt der Neurologischen in der Geschichte des Krankenhauses. Leider gab es keinen noch höhergestellten Arzt in ganz Cedars, an den man sich wenden konnte. Keinen klügeren, erfahreneren oder älteren. Ganz im Gegenteil, sämtliche Ärzte, mit denen Swede gesprochen hatte, hatten ihm versichert, sie könnten froh und glücklich sein, daß er sich Freddys Fall angenommen habe.

Diese Auskunft hatte Jock lediglich eine kurze Weile beruhigt. Da lief dieser Bursche hier herum, mit seinen zweiundvierzig Jahren, kommandierte ganze Armeen von Personal, zog die Spezialisten zu, die er brauchte, traf Dutzende von Entscheidungen, die er den Schwestern mitteilte, die schichtweise Tag und Nacht an Freddys Bett saßen und von denen keine einzige Zeit fand, ihm, Jock, irgendwelche Erklärungen zu geben, es sei denn in ihrem Ärzte-Fachchinesisch; und das noch im Telegrammstil!

Inzwischen lag Freddy da, und er durfte weder zu ihr noch irgend etwas helfen; abgestürzt, mit Verletzungen, die er absolut nicht verstehen konnte, schlimmer noch, die auch die ganze Bande hier offenbar nicht verstand. Andernfalls wären sie ja wohl mit ihren Auskünften etwas präziser. Und er hatte es mit diesem absolut Fremden zu tun, der plötzlich der wichtigste Mann der Welt war, weil es von ihm abhing, ob er Freddy durchbrachte und sie wieder zusammenflickte! Dabei kannte er sie doch überhaupt nicht, war ihr nie begegnet oder hatte sie lachen oder reden gehört oder ihren Gang beobachtet. So einer konnte doch überhaupt keine Vorstellung davon haben, wie... wichtig das war. Wie... notwendig Freddy war.

Ihr Leben lag in der Hand dieses Mannes. Mit anderen Worten, er, Jock, war ihm völlig ausgeliefert. Und dafür haßte er ihn. Am liebsten hätte er diesen hochgewachsenen, jungen Arzt genommen und durchgeschüttelt, bis er endlich aufhörte, dieses verdammt zuversichtliche, beherrschte und ernste Gesicht zu machen. Bis ihm die Brille herunterfiel und zerbrach. Und ihn anbrüllen, daß er gefälligst Freddy wieder in Ordnung zu bringen hatte, und zwar perfekt! Und ihm Gottesfurcht reinprügeln, dem Bastard, damit er sich darüber klar war, wieviel hier auf dem Spiel stand. Und ihm sagen, daß er ihn mit seinen eigenen Händen umbrachte, den Dr. Weitz, wenn er seine Arbeit nicht ordentlich tat.

Doch gleichzeitig wagte er nicht einmal die kleinste Beleidigung gegen ihn.

Er lief den Korridor auf und ab und ließ im Geiste seinen Zorn an der Schwester aus, die ihm erklärt hatte, an sich sei es ja ein Wunder, daß die Patientin den Absturz überhaupt überlebt habe. Was wußte denn dieses Weib von alledem? Selbstverständlich hatte Freddy überlebt! Und sie war nicht abgestürzt, zum Teufel noch mal, wie konnten diese Leute einfach so etwas sagen? Sie hatte eine schwierige, schlechte Landung gehabt, sie war mit zuviel Tempo hereingekommen. Und an einer dummen Landung starb man schließlich nicht. Da rüttelte es einen kräftig durch und schön, vielleicht brach man sich auch mal einen Halswirbel oder zwei oder ein Bein oder ein Schlüsselbein, seinetwegen auch mal alles auf einmal. Aber Knochen wuchsen am Ende schließlich wieder zusammen. Niemand starb an ein paar gebrochenen Knochen. Was sollte das bedeuten, was Weitz gesagt hatte? Innere Kopfverletzungen? Wenn sie keinen Schädelbruch hatte, was für Probleme gab es dann?

Im Korridor standen Stühle. Er versuchte, sich zu setzen. Er war schon so viele Meilen hier auf und ab gelaufen, daß er kaum noch die Beine heben konnte. Aber sitzen war noch schlimmer. Solange er ging, konnte er das Gefühl haben, daß etwas geschah, etwas vor sich ging und er nicht einfach hilflos wartete. Er streckte sich auf der Couch aus, die zur Sitzecke gehörte, aber nur in derselben, überhaupt nicht entspannten Position wie früher, wenn er sich neben seinem Flugzeug hinkauerte, bei Sofortbereitschaft der Staffel, und darauf wartete, daß der Befehl zum Einsatz kam.

Der Teufel sollte sie alle holen, dachte er, diese inkompetenten, kriminellen Idioten vom Tower in Burbank, daß sie den Flugplatz gestern nicht gesperrt hatten! Bei so einem Wetter durfte man doch niemanden starten lassen! Und ebenso sollte der Teufel die wohlmeinenden, aber dämlichen Idioten der Imbißstube von Catalina holen, die runtergeklettert waren, um Freddy zu retten. Weiß der Himmel, wieviel zusätzliche Verletzungen sie ihr beibrachten, indem sie sie völlig unsachgemäß auf den Berg geschleppt hatten oder mit ihr weiß Gott wie unvorsichtig umgegangen waren, als sie sie zum Hafen hinunterfuhren oder selbst noch auf dem Boot hinüber zum Festland! Schlimm genug, wenn man nichts anderes für eine Notlandung im dichten Nebel hatte als dieses Catalina! Überhaupt, sieben Klafter unter die Erde konnte man diesen verdammten Flugplatz doch nur wünschen! Lag 1500 Fuß hoch und hatte keinen Kontrollturm! Ohne Radio, ohne alles! Zusammenbomben zu Trümmern sollte man das ganze Dings! Nicht, daß man annehmen konnte, Freddy habe Catalina bei Null Sicht wirklich anfliegen wollen! Das doch nicht! Sie war einfach vom Kurs abgekommen, hatte sich im plötzlichen Nebel verirrt. Weil das ja auch die einzige sinnvolle Erklärung war, warum sie überhaupt an diesem trügerischen, mörderischen Felsen war. Eine so erfahrene und vorsichtige Pilotin wie Freddy! In den ganzen sechs Jahren bei der *ATA* hatte sie nicht einmal einen Grashalm umgeknickt, geschweige denn einen Kinderdrachen beschädigt, oder sonst etwas.

Freilich, welcher verdammte Teufel hatte sie geritten, gestern beim Morgengrauen zu fliegen? Was für ein Blödsinn! sagte er verzweifelt zu sich selbst. Und er dachte an all das, was er Freddy zu erklären sich geschworen hatte, an alle die Worte, die er sich in der langen, schlaflosen Nacht nach dem Kameradschaftstreffen zurechtgelegt hatte. Zum Frühstück hatte er bei ihr wieder auftauchen und sie zwingen wollen, ihm zuzuhören, ihn zu verstehen, ihm zu vergeben. Und sie hätte es getan, da war er sich ganz sicher. Weil ihm jetzt keiner mehr erzählen konnte, Freddy sei nicht bereit, ihn zu lieben, endlich, nachdem er sie schon so lange liebte. Wirkliche Liebe hörte nicht auf. Schon gar nicht, wenn man sie endlich gefunden hatte. Oder?

In der Deckenlampe ist eine tote Fliege, dachte Freddy, und entfernt kam ihr die Erinnerung, daß sie diesen Gedanken schon zuvor gehabt hatte, immer wieder, in einer Art spiraliger Wiederholung, durch viele Ewigkeiten und Zeitalter, in Lebenszeiten ohne Anfang und Ende. Womöglich war dies die Hölle: wo man nur ewig lag, bewegungslos, völlig allein, nicht imstande, jemanden herbeizurufen, in einer weißen Vertiefung, die bis zum Rand mit dunklem, gefährlichen Wasser gefüllt ist, und wo man als einziges eine tote Fliege in einer ewig brennenden Deckenlampe sah. Oder blickte sie in einen Spiegel?

War sie selbst die tote Fliege dort oben?

In ihren Schläfen begann eine so heftige Panik zu hämmern, wie sie sie noch nie empfunden hatte. Ihre Augen öffneten sich, aber ihr Mund war bedeckt. Es war ihr unmöglich, die Hände zu bewegen. Sie war lebendig begraben worden: das war es wohl.

»Na, da sind wir ja«, sagte eine Männerstimme. »Gutes Mädchen.« Eine Hand griff nach ihrem Handgelenk. Ein Daumen legte sich fest auf ihren Puls.

Sie war nicht in der Hölle. Sie war nicht auf ewig verdammt.

»Versuchen Sie keine Fragen zu stellen«, sagte die Männerstimme, als sie das nächste Mal aufwachte. »Ihr Kiefer ist gebrochen und voller Drähte, damit er heilen kann. Deswegen können Sie nicht sprechen. Ich sage Ihnen aber alles, was Sie wissen möchten. Verschwenden Sie Ihre Kraft nicht. Sie brauchen Sie noch. Wir machen Sie wieder so gut wie neu, das verspreche ich Ihnen, aber im Augenblick sind Sie noch sehr schwach, und ich weiß, daß Sie Schmerzen haben. Wir geben Ihnen schmerzlindernde Mittel, so gut es geht. Aber ganz schmerzfrei können wir Sie nicht machen. Ich bin Doktor David Weitz. Sie sind Freddy Longbridge. Sie sind hier im Hospital *Cedars of Lebanon*. Ihre Mutter ist aus Frankreich gekommen und kümmert sich um Ihre Tochter. Es geht beiden gut. Alles, was Sie tun müssen, ist, gesund zu werden. Vorläufig können Sie noch keine Besuche bekommen. Versuchen Sie, sich keine Sorgen über irgend etwas zu machen. Die Welt geht schon weiter, das steht fest. Lassen Sie sich einfach nur gehen und schlafen Sie. Schlaf heilt auch. Wenn Sie aufwachen, ruft mich die Schwester, gleich, wo ich gerade bin. Dann komme ich, so schnell es geht. Sie haben eine eigene Schwester und werden keine Minute allein gelassen. Keine Sorge, wir kriegen Sie wieder hin. Schlafen Sie jetzt, Mrs. Longbridge. Machen Sie einfach die Augen zu und lassen Sie sich mitnehmen. Sie brauchen sich um nichts Sorgen zu machen. Ich bin für Sie da.«

Freddy versuchte ihm mit den Augen zu danken. Er beugte sich über sie und lächelte. Sie sah, daß er verstanden hatte. Sie schloß die Augen und schlief.

»Vielleicht können Sie heute mal versuchen zu sprechen«, meinte Dr. Weitz. Freddy war die drei Wochen, die sie im Koma gelegen hatte, intravenös ernährt worden, danach mit Breinahrung durch einen Strohhalm, bis ihr gebrochener Kiefer geheilt war. Gestern waren die Drähte entfernt worden, aber sie hatte zuviel Angst gehabt, um zu versuchen zu sprechen.

»Annie?« fragte sie, ohne die Lippen zu bewegen, mit ganz dünner Stimme aus der Kehle.

»Es geht ihr großartig. Sie ist gerade in der Schule. Ihre Mutter kommt später. Wie fühlen Sie sich?«

»Besser.«

»Das stimmt auch. Es geht Ihnen schon sehr viel besser.«

»Wie... lange?«

»Wie lange Sie hier waren, meinen Sie? Über einen Monat. Aber das ist nicht das Entscheidende. Jetzt, nachdem Sie wieder sprechen können, wird es Ihnen nicht mehr so lange vorkommen.«

»Wie lange... noch?«

»Läßt sich nicht sicher sagen. Sie haben sich eine Kopfverletzung zugezogen, als sie aus dem Flugzeug geschleudert wurden. Eine innere Kopfverletzung, das heißt, eine Verletzung, die zwar keinen Schädelbruch verursacht, aber eine abrupte Gehirnverletzung wie nach einem heftigen Schlag. Gehirnflüssigkeit sammelt sich dann an. Das war auch der Grund ihres Komas von dem Augenblick an, als Sie auf dem Boden aufschlugen. Das Koma dauerte jedoch nur verhältnismäßig kurze Zeit. Die völlige Heilung ist zu erwarten, wenn die Flüssigkeit wieder ganz verschwunden ist. Vielleicht bleibt ein geringer Gedächtnisverlust zurück. Aber es läßt sich nicht voraussagen, wie lange das alles dauern wird. Es geht nur langsam. In der Zwischenzeit muß ohnehin noch eine Menge heilen. Beide Beine sind gebrochen und ein Arm. Außerdem haben Sie einen Bruch am Handgelenk, eine gebrochene Nase, und natürlich den gebrochenen Kiefer. Zum Glück ist nichts an der Wirbelsäule und am Becken gebrochen. Sie machen aber sehr gute Fortschritte.« Er beugte sich über sie und inspizierte sie eingehend durch seine Brille, die seine dunklen Augen stark vergrößerte. Sie versuchte ihm wieder mit Augensignalen mitzuteilen, daß sie alles verstanden habe.

»Denken Sie nicht an die Verletzungen«, sagte er. Er hatte ihre Gedanken gelesen. »Ich bin sehr stolz auf Sie. Sie werden wieder ganz prima.

Sie müssen wissen, es gibt eine Menge Dinge, um die wir uns kümmern müssen. Aber wir schaffen das schon alles. Fühlen Sie sich imstande, Ihre Mutter zu sehen? Ja? Gut, aber nicht länger als ein paar Minuten. Ich komme später wieder.«

Sie war froh, dachte Freddy, daß ihre Mutter dagewesen war. Jetzt, nach dem kurzen Besuch, fielen ihr bereits die Augen wieder zu, und sie fühlte sich erschöpft. Sie hatte noch keine Kraft zu sprechen, außer mit dem Arzt. Bis heute war das Leben für sie an der Grenzlinie verlaufen und Frage und Antwort zugleich gewesen. »Die Welt geht schon weiter«, hatte Weitz gesagt, und daran hatte sie sich seitdem wirklich geklammert, um weiterzuleben – durch alle Schmerzen, durch die Verwirrung in ihrem Kopf und durch die schlimmen Nächte und angstvollen Tage, einbandagiert von oben bis unten, alle Gliedmaßen in Gips, mit nur einem unverletzten Arm. Sie wiederholte sich diesen Satz immer wieder. Es war eine gewisse Magie in ihm. Etwas von der Stärke, die ihr Arzt ausstrahlte, hatte sich auf sie übertragen. Sie verzichtete auf ihren Willen, schob ihn zur Seite und tat nur, was er ihr sagte. Sie vertraute ihm bedingungslos. Seine Anteilnahme mochte abstrakt sein, einfach nur dem »Fall« gewidmet, trotzdem war sie auch persönlich.

Jetzt, mit Eves Besuch, hatte sie die Welt draußen wieder eingeholt, eine Welt, die ihr nicht gefiel. Sie war zu schwach, zu zerbrochen, zu krank, um sich damit auseinanderzusetzen. Sie wollte weder denken noch mit jemandem sprechen. Selbst zu versuchen, die Mundwinkel zu einem Lächeln hochzuziehen, war eine Anstrengung, der sie sich nicht gewachsen fühlte. Sie würde den Schwestern sagen, daß es noch zu früh für Besuche sei, beschloß sie. Wo blieb denn nur Dr. Weitz so lange?

»Die Schwester sagt mir, Sie haben noch nicht nach einem Spiegel verlangt«, sagte Dr. Weitz.

»Nein.«

»Es ist nicht so schlimm, wie Sie vielleicht befürchten. Mit der Hilfe der restaurierenden Chirurgie können Sie erwarten, wieder so auszusehen wie vorher. Zum Glück haben wir hier in Kalifornien die führenden Fachleute der Welt für plastische Chirurgie. Ein paar Narben bleiben vielleicht nach den Operationen, von den Schnittverletzungen, die Sie erlitten haben – es hängt mit davon ab, wie Ihre Haut beschaffen ist –, aber die können Sie vermutlich mit dem Haar verdecken. Was allerdings das Cellospielen angeht –«

»Wer sagt, ich spiele Cello? Ich habe in meinem ganzen Leben keines angerührt?«

»Da bin ich aber froh. Das ist nämlich das einzige, dessen Wiederherstellung wir nicht garantieren können.«

Freddy lachte zum ersten Mal seit ihrem Absturz. »Ist das ein Ärztewitz?«

»Ein klassischer.«

»Und wenn Sie den nun mal einem wirklichen Cellisten erzählen?«

»Da vergewissert man sich natürlich zuvor. Ich habe Annie gefragt.«

»Vielen Dank, daß Sie ihr gesagt haben, wie ich aussehe. Ich hatte gewisse Befürchtungen, daß sie sich zu Tode erschrecken würde, wenn sie mich sieht. Sie sagte, Sie haben ihr Zeichnungen gemacht, um ihr zu erklären, wofür alle die Bandagen und Gipse sind.«

»Na, sie ist ja schon ein großes Mädchen.«

»Haben Sie Kinder?«

»Nein. Ich bin geschieden. Schon vor langer Zeit, ehe ich mir welche leisten konnte.«

»Ich bin auch geschieden.«

»Annie sagte es mir.«

»Das muß ja ein sehr eingehendes Gespräch gewesen sein. Was haben Sie sonst noch alles mit ihr geredet?«

»Über ihren Vater, über ihre Schule. Über ihre Pläne, fliegen zu lernen.«

»Meinen Sie, ich kann hier schon raus, wenn die Sommerferien beginnen?«

»Glaube ich nicht. Sie sind noch nicht soweit, überhaupt aufzustehen. Und wenn es soweit ist, werden Ihre Muskeln von der langen Bettlägrigkeit geschwächt sein. Sie brauchen eine lange physikalische Therapie.«

»Dann schicke ich sie nach England. Sie kann den Sommer auf Longbridge Grange verbringen. Ihr Vater ist vermutlich auch dort.«

»Ist er. Ich habe einige Male mit ihm telefoniert. Allerdings nicht so oft wie mit Mr. Hampton.«

»Belästigt er Sie?«

»Ach nein, nicht öfter als zweimal täglich. Gut, zuweilen auch dreimal. Er weigert sich zu glauben, daß Sie keine Besucher empfangen wollen. Sind Sie sicher, daß Sie ihn nicht sehen wollen?«

»Ganz sicher. Aber Swede Castelli kann jederzeit kommen. Und sorgen Sie dafür, daß Jock aufhört, Sie pausenlos anzurufen.« Sie klang sehr entschlossen.

»Haben Sie eigentlich eine Ahnung, wieviel besser es Ihnen schon wieder geht, Mrs. Longbridge?«

»Dank Ihnen, Dr. Weitz.«

»Unsinn. Sie sind einfach eine Kämpfernatur. Wissen Sie, diese ersten Wochen... da habe ich mir wirklich Sorgen gemacht.«

»Ich nicht. Sie sagten, ich sollte mich nicht sorgen, also habe ich es nicht. Sie sagten, Sie seien für mich da.«

»Also erinnern Sie sich an das alles, Mrs. Longbridge?«

»Sagen Sie Freddy zu mir.«

»Gut. Ich heiße David.«

»Ich weiß.«

»Jetzt muß ich aber weiter. Ich schaue noch einmal vorbei, ehe ich heimfahre.«

»Vielen Dank, David.«

»Lieber Gott, Freddy! Dachtest du etwa, du seist noch immer Stunt-Fliegerin? Was zum Teufel hast du dir denn dabei gedacht?«

»Ja, ich weiß ja, Swede. Sie sagen mir alle, es sieht schlimmer aus, als es ist. Ich habe mir nicht die Mühe gemacht, den Schaden zu inspizieren. Aber sie kriegen mich wieder hin. Nur eine Frage von Zeit und Geduld. Mach dir keine Sorgen. Wie steht's denn in der Firma?«

»Die Geschäfte laufen blendend. Alle Flugzeuge fliegen, volle Ladungen in beiden Richtungen. Unsere Aktionäre können zufrieden mit uns sein. Allerdings ist die Moral im Zentralbüro nicht so doll.«

»Heißt was?«

»Na, uns allen fehlt der Anblick deines lustigen kleinen Gesichts und der Klang deiner kleinen Schritte und deine liebe kleine Art, uns ständig auf die Füße zu treten.«

»Da gewöhnt ihr euch besser dran, Swede. Ich komme nicht mehr zurück.«

»Ah, du bist jetzt nicht in einem Zustand, Entscheidungen zu treffen. Das glaube ich dir nicht.«

»Das kannst du halten, wie du willst. Ist mir egal. Hör zu, Swede, tu etwas, damit Jock aufhört, pausenlos Dr. Weitz zu belästigen mit seiner Anruferei. Er ist ein vielbeschäftiger Mann und hat keine Zeit für solchen Quatsch.«

»Das ist starker Tobak, Freddy. Jock geht es miserabel. Schlechter als dir, genau gesagt, den Gips und die Binden mal ausgeklammert.«

»Es ist mir ziemlich egal, wie es ihm geht. Ich will ihn schlicht und einfach nicht sehen. Und auf jeden Fall hat er nicht ständig Dr. Weitz zu belästigen. Verklickerst du ihm das bitte mal?«

»Versuchen kann ich es ja. Aber du kennst doch Jock.«

»Leider, ja. Viel zu gut.«

»Gott, Freddy! Ich wußte nicht, wie bitter du werden kannst.«

»Es ist Zeit, daß ich lerne, für mich selbst zu sorgen, Swede!«

»Was soll das nun wieder heißen?«

»Swede, mein alter Freund, ich habe noch nicht wieder soviel Kraft.
Vielen Dank für deinen Besuch. Ich zähle auf dich, wegen Jock.«

»Sicher, Freddy. Paß gut auf dich auf. Jock ist nicht der einzige, dem es
nicht so gut geht.«

»Gib mir einen Kuß, Swede.«

»Deine großen Zehen wären gut geeignet dafür.«

»Siehst du, ich wußte, du würdest einen Platz dafür finden.«

Eve überredete Freddy, Annie frühzeitig aus der Schule zu nehmen, damit sie zusammen mit ihrer Enkelin nach Europa zurückfliegen und sie
bei Tony in London lassen konnte, ehe sie nach Paris weiterflog. Sie
wurde dringend in der Champagne gebraucht, wo das alljährliche Dauer-
Defilé der Gäste ohne sie nicht gut beginnen konnte. Sie war ohnehin
schon viel zu lange von Valmont fort gewesen.

Jock fuhr sie zum Flughafen zur Maschine nach New York. Während
der Wartezeit, als Annie sich neugierig herumtrieb, saß Jock unbehaglich
bei Eve. Er sah sie nicht gern gehen.

»Verdammt, Eve«, sagte er, »Sie werden mir wirklich mächtig fehlen.« Er griff nach ihrer Hand und drückte sie.

»Lieber Jock. Alle diese Dinners, Kinos, Wochenendausflüge – was
hätten Annie und ich ohne Sie gemacht? Sie haben uns keine Minute lang
das Gefühl gegeben, allein zu sein. Sie sind ein wunderbarer Freund.
Jock, Sie haben selbstverständlich eine Dauereinladung in der Champagne. Wann immer Sie kommen und wie lange Sie bleiben wollen.«

»Eines Tages vielleicht. Eve, hören Sie, wegen Freddy –«

»Ich habe es ja versucht, Jock, das wissen Sie doch, mehrmals sogar.
Aber sie will Sie einfach nicht sehen. Ich dachte... vielleicht will sie nur
warten, bis sie wieder besser aussieht. Vielleicht ist es nur ihre Eitelkeit.«

»Freddy, eitel? Nein, nein, Eve, Sie wissen doch selbst ganz genau, daß
das absolut nichts damit zu tun hat.« Jocks sonst so aufsässige Züge boten
jetzt nur noch den Anblick hoffnungslosen Jammers.

»Na ja, vermutlich haben Sie ja recht«, seufzte Eve. »Aber sie will einfach nicht über das Thema reden. Es war mir nicht möglich, auch nur einen Grund, ein Motiv aus ihr herauszubringen. Aber wissen Sie, Freddy
hat mir noch nie sehr viel über sich erzählt. Wir waren niemals so vertraut miteinander. Meine beiden Töchter hatten immer eine Menge Ge-

heimnisse vor mir. Und ich... nun ja, ich meinerseits auch vor ihnen. So ist das nun einmal in unserer Familie. Mit Delphine ist es inzwischen ja anders – heute sprechen wir über vieles miteinander. Aber Freddy...« Eve zuckte die Schultern. »Selbst in ihrem geschwächten Zustand ist Freddy nicht die Person, sich ihrer Mutter anzuvertrauen.«

»Der verdammte Weitz! Ich weiß genau, er schirmt sie ab, weil er sich persönlich um sie bemüht!« schimpfte Jock in düsterem Verdacht. Selbst sein blondes Haar, das ihm über die Stirn hereinfiel wie immer, schien mit seiner verzweifelten Stimmung dunkler geworden zu sein.

»Jock, also wirklich! Was reden Sie denn da für dummes Zeug? Die arme Freddy ist im Augenblick ja doch wohl kaum ein Gegenstand für Annäherungsversuche!«

»Sie sind ihre Mutter. Sie können das mit Freddy nicht verstehen. Es ist ihr... ihr Geist... hinter dem er her ist.«

»Freddy ist die Patientin von Dr. Weitz, Jock. Sein ganzes Interesse besteht darin, sie wieder gesund zu machen. Ärzte können sich nicht gut um alle ihre Patientinnen ›bemühen‹, wie Sie sagen.«

»Aber sie ist anders als alle anderen Patientinnen. War sie immer. Kein anderes Mädchen konnte sich je auch nur annähernd mit ihr vergleichen.«

»Es hat keinen Sinn, Jock, mit Ihnen darüber zu streiten. Schauen Sie, wenn sie erst einmal entlassen wird und Sie mit ihr reden können, kann sich doch alles noch ändern zwischen Ihnen. Aber was für ein Problem ihr beide auch miteinander habt, jetzt können Sie jedenfalls nichts tun. Warten Sie ab.«

»Welche andere Wahl habe ich denn schon?« sagte er, stützte die Stirn auf seine Hände und schüttelte den Kopf.

Richtig, dachte Eve. Gar keine. Irgendwie, mein lieber Jock, muß du sie fürchterlich verletzt haben, du liebevolles, großherziges, ungebärdiges, grummelndes Stück Mann. Vermutlich, ohne zu wissen, was du getan hast. Freddy verschenkt ihre Liebe vollständig, blind, rückhaltlos und – selten, aber wenn sie dich einmal aus ihrem Leben verbannt hat, bleibt nicht mehr viel Hoffnung. Schau dir nur an, was mit Tony war. Nie verlor sie auch nur ein Wort über ihn. Genau wie über diesen anderen Mann, diesen McGuire. Es ist, als hätten beide zu existieren aufgehört, als hätte es sie überhaupt nie gegeben. Sie sah auf Jock und entschied, daß ihre geliebte, unzügelbare, verrückte Tochter Marie-Frédérique zweifellos eine Kandidatin für eine offiziell festgestellte Geistesgestörtheit sein mußte. Würde ein Mann wie Jock in seiner Güte und Aufrichtigkeit, ein Mann, der so irritierend – so geradezu lächerlich – gut aussah, sie so lange lieben, wie ihrer Vermutung nach Jock Freddy liebte, würde sie ihm zweifellos wenigstens eine Chance geben, ganz gleich, was er nun getan haben mochte. Zuallermindest eine kleine, winzige, mickrige Chance. Wieso denn nicht? Wer vergab sich denn etwas damit?

Keine Frage, räumte Freddy ein, sie sah wieder völlig normal aus. Sie betrachtete sich im Spiegel. Es war ein Nachmittag Ende August. Außer einer langen, dünnen weißen Narbe, die sich vom Ohr bis fast zur Kinnspitze zog und die man ja wohl nie mehr mit Make-up oder Sonnenbräune oder durch eine kunstvolle Frisur verdecken konnte, erkannte sie sich durchaus wieder. Ihre physikalische Therapie nahm jetzt den Großteil ihres Kliniktages in Anspruch. Sie konnte bereits wieder normal gehen, ohne auch nur eine Spur zu hinken. Ihre Muskeln waren fast schon wieder so kräftig wie früher.

Warum war sie noch immer nicht entlassen? Sie konnte doch nicht ein Privatzimmer auf ewig blockieren, wo es doch sicherlich genug wirklich kranke Leute gab, die es benötigten. Trotzdem war der Gedanke, nach Hause zurückzukommen, in ein großes, einsames Haus, das außer Helga und dem Hausmädchen leer war, angsteinflößend. Ihre Eltern hatten ihr angeboten, zur Weinlese nach Valmont zu kommen. Delphine hatte sie ebenfalls eingeladen, nach St. Tropez, wo sie und Armand sich eine Villa gekauft hatten, in der sie bis zum Oktober bleiben wollten.

Schon bei dem Gedanken an diese zwei Möglichkeiten zog sich alles in ihr zusammen. Sie konnte ja kaum riskieren, von ihrem Zimmer bis zur Eingangshalle der Klinik zu gehen, geschweige denn eine Reise nach Europa ins Auge zu fassen. Vielleicht konnte Annie noch den Rest des Jahres in England bleiben. Ja, ein Schuljahr in England war sicher gut für sie, und sie war ja auch vollkommen glücklich bei Penelope und Gerald und Tony. Dann müßte sie, dachte sie, das Krankenhaus nicht verlassen. Und nicht ihr Zimmer hier.

Hier im *Cedars* war sie sicher und gut aufgehoben. Es gab ja draußen in der Welt so entsetzlich wenig Sicherheit. War denn das Delphine und ihrer Mutter nicht klar? Hatten sie gar kein Gefühl für Gefahr? Was brachte sie nur zu der Annahme, sie könne zu Besuch zu ihnen kommen, als wohnten sie an der nächsten Ecke? Wußten sie denn nicht, daß man besser in einem kleinen, vertrauten Raum blieb, der Sicherheit bot, in dem es keine Verantwortung gab, keine Pflicht zu Entscheidungen, keine Sorgen, keine Schrecken, keine Risiken, keine Überraschungen? Von ihrem Zimmer aus bis zum Therapieraum der Klinik war es bereits eine weite Reise, die auf sich zu nehmen sie sich zwingen konnte; aber auch nur, weil sie die Garantie hatte, danach in ihr Zimmer zurückkehren zu können, in das sichere Krankenhausbett, dessen Vorhandensein es ihr überhaupt erst ermöglichte, den langen, geschäftigen Korridor entlang und die Treppen hinab zu gehen. Sie benützte niemals den Aufzug. Das wollte sie nicht. Niemals würde sie einen Aufzug benützen, wie viele mühsame Treppen sie auch steigen mußte. Aufzüge waren keine guten Orte. Sie waren böse, unheilvolle Orte.

»Wie geht es Ihnen heute, Mrs. Longbridge?« sagte die Stationsschwester, als sie ins Zimmer kam. »Mein Gott, sehen Sie hübsch aus!«

»Aber ich fühle mich scheußlich!« sagte Freddy. »Alles tut mir weh, überall. Ich weiß nicht, warum ich mich so schlecht fühle. Ich fühle mich zu schwach zum Essen.«

»Wie ich höre, geht es Ihnen nicht so gut«, sagte Dr. Weitz ruhig. »Kein Abendessen?«

»Alles tut mir weh«, murmelte Freddy. Sie lag zusammengerollt im Bett und hatte sich das Laken bis zum Kinn hochgezogen.

»Absolut alles? Von oben bis unten?«

»Ja.«

»Ich werde Ihnen zwei Aspirin geben und eine kleine Autofahrt mit Ihnen machen, die einzig bekannte Behandlungsmethode für Fälle, in denen absolut alles weh tut.«

»Nein!«

»Sie wollen um alles in der Welt nicht aus der Klinik, nicht wahr, Freddy?«

»Lächerlich!«

»Aha! Da haben wir es schon. Das sicherste Zeichen, daß es einem Patienten gutgeht. In dem Augenblick, in dem man seinen Arzt lächerlich nennt, ist man reif zur Entlassung! Kein Arzt auf der Welt ist in der Klinik jemals lächerlich! Das ist gegen alle Regeln und Vorschriften! Sie haben genau fünf Minuten, sich anzuziehen. Wir fahren an den Strand und sehen uns den Sonnenuntergang an.«

»Ich kann nicht. Und ich will nicht. Ich kann mich nicht mal allein anziehen. Ich fühle mich zu schlecht.«

»Fünf Minuten, sagte ich. Oder ich setze Sie im Nachthemd und Bademantel ins Auto.«

»Haben Sie eigentlich nichts anderes zu tun, als mich zu quälen?«

»Im Augenblick nicht, nein.«

»Scheiße!«

»Na also. Sie brauchen nicht mal ein Aspirin! Fünf Minuten, wie gesagt. Und zwar pünktlich.«

»Die Dame bekommt Hühnersuppe on the Rocks und ich einen Wodka-Martini ohne was«, sagte David Weitz zu dem Barmann, bei Jack's am Strand, als sie sich auf den Barschemeln niederließen, von wo aus man genau den Sonnenuntergang sah.

»Also zwei Martinis«, konterte Freddy. »Und machen Sie mir einen Doppelten.«

»Meine Mutter sagt immer, nur Hühnersuppe«, protestierte Weitz.

»Und ihr Sohn behauptet, es geht mir gut genug, daß ich die Klinik verlassen kann. Hat Ihre Mutter etwa Medizin studiert?«

»Alle jüdischen Mütter sind automatisch qualifiziert, als Ärztinnen zu praktizieren, selbst wenn ihre Söhne keine Ärzte sind. Selbst wenn sie nur Töchter haben.«

»Na, jedenfalls kann ich Alkohol trinken, oder? Es schadet mir doch nichts, oder? Und ich hätte gern Ihre Meinung, nicht die Ihrer Mutter.«

»Selbstverständlich. Sie können alles tun, was Sie vor Ihrem Unfall getan haben.«

»Ich habe Glück gehabt, wie?« fragte sie, ganz sachlich.

»Verdammtes Glück.«

»Ich kann mich immer noch nicht wieder erinnern, was genau passiert ist.«

»Das ist nicht ungewöhnlich. Innere Kopfverletzungen sind praktisch immer von partiellen Gedächtnisverlusten begleitet. Es kann wieder kommen, aber auch nicht. Machen aber kann man gar nichts.«

Freddy schwieg und blickte durch die dicke Glaswand, an der zwei Männer eben eine dünne Plastikfolie herunterließen, um das allzu grelle Licht der untergehenden Sonne abzudämpfen. Das Restaurant hier am Pier war berühmt für seine Meeresfrüchte. Links von ihm, aber in einiger Entfernung, befand sich ein großer Vergnügungspark mit einer alten Achterbahn. Freddy konnte von ihrem Platz aus ganz deutlich die Leute in den Wagen sehen, wie sie sich an die Haltegriffe vor ihren Sitzen anklammerten. Ihre Sehfähigkeit hatte also in keiner Weise gelitten. Sie senkte rasch den Blick. So weit und scharf zu sehen, machte sie wütend und nervös. Sie wandte sich David Weitz zu und musterte ihn so intensiv, wie er sie alle diese Monate beobachtet hatte. Wenn sie sich nun revanchierte, war das nur fair. Gleiches Recht für alle. Dunkles Haar, gut geschnitten, mit zwei grauen Strähnen. Tiefe Linien zu beiden Seiten des Mundes. Ein langes, gutes Gesicht mit etwas, das an einen traurigen Clown erinnerte, das aber völlig verschwand, wenn er lächelte. Breiter, voller Mund. Professorenartige Hornbrille. Sie hatte ihn nie ohne diese Brille gesehen.

»Tragen Sie die Brille ständig?« fragte sie.

»Nur, wenn ich was sehen möchte. Ich pflege sie aber abzunehmen, wenn ich dusche. Sofern ich daran denke. Und sobald ich gesehen habe, wo die Seife liegt.«

»Ich weiß eigentlich gar nichts über Sie, außer natürlich, daß die Schwestern Sie für den lieben Gott halten. Eine Meinung übrigens, der ich beipflichten möchte.«

»Die Schwestern haben immer einen leichten Hang zur Übertreibung. Aber nur einen ganz leichten.«

»Und was also tut der liebe Gott, wenn er gerade nicht arbeitet?«

»Also ich bin unvorhersehbar, komplex, sehr in mir gefestigt und geheimnisvoll widersprüchlich. Mit einem Wort, sehr faszinierend. Ich bin Ex-Football-Spieler. In der Ivy League hat man mich zum wertvollsten Quarterback gewählt. Außerdem bin ich Schachmeister. Mein Hobby ist Polo, und mein Stall Ponys verbringt den Sommer in Argentinien. Meine Anzüge lasse ich mir nur in der Savile Row schneidern, und ich besitze eine seltene Sammlung erstklassigen Burgunders in meinem klimatisierten Weinkeller. Von Zeit zu Zeit mache ich dort einen Besuch, damit der Wein sich nicht vernachlässigt fühlt. Ich lese stets vor dem Schlafengehen drei Seiten Sartre im französischen Original, und ich vermag die gesammelten Werke Tolstois auswendig herzusagen, ferner das Kamasutra, Jane Austen und Henry Miller.«

»Aha.«

»Nein, Schachspieler war ich wirklich. In der High School. Und außerdem war ich gar kein so schlechter Tischtennisspieler.«

»Was haben Sie im Krieg gemacht?«

»Ärztekorps. Bin niemals nach Übersee gekommen.«

»Was fangen Sie mit Ihrer Freizeit an?«

»Ich habe ein Haus in Brentwood und bleibe üblicherweise zu Hause, wenn ich schon mal eine Chance dazu habe. Ich lese ein bißchen, höre ein bißchen Musik, manchmal. Am Wochenende fahre ich ab und zu mal hier raus und gehe ein wenig am Strand spazieren. Ich treffe mich mit alten Freunden, ab und zu habe ich mal ein Rendezvous – Restaurant, Kino –, aber meistens arbeite ich doch.«

»Wenn Sie erreichten wollten, daß es trübsinnig klingt, hat es nicht funktioniert.«

»Na, verglichen mit dem, was ich über Ihr Leben gehört habe, ist es so wenig abenteuerlich, wie das Leben nun mal gewöhnlich ist. Allerdings, die Medizin ist niemals langweilig. Und die ist schließlich mein Geschäft.«

»Jeden Tag einen Patienten retten.«

»Nicht gerade, aber es gibt da schon Momente – was soll ich Ihnen da groß erzählen.«

»Haben Sie ja schon. Und jetzt habe ich Hunger.« Sie streckte sich leicht, sich wohl der Tatsache bewußt, daß sie in ihrem bauschigen Lavendelrock mit der hohen Taille und der weit ausgeschnittenen weißen Leinen-Bauernbluse, die ihr Eve in den Schrank gehängt hatte, ehe sie abreiste, besser aussah als in all den Monaten.

»Die Spezialität hier ist kalifornische Makrele in Ölpapier gebacken, aber mir ist eher nach gedünstetem Hummer. Soll ich den Barmann um die Karte bitten?«

»Nein, für mich auch Hummer, bitte«, sagte Freddy. Sie war zufrieden mit sich selbst. Ärzte wußten immer alles über einen, man selbst aber wußte nie etwas über sie. Man war ihnen gegenüber also immer im Nachteil. Immerhin hatte sie endlich wenigstens ein paar Einzelheiten über David Weitz erfahren. Sie wußte nun schon eine Menge über ihn. Er war sanft und freundlich, geduldig. Seine Sensibilität gegenüber Patienten war bereits eine Art außersinnliche Wahrnehmung. Und er liebte seinen Beruf leidenschaftlich. Sie konnte ihn sich gut in einem gemütlichen Haus unter Bäumen in Brentwood vorstellen, wie er ein Buch las oder im Sand vor der Brandung herumschlenderte, barfuß, die Hosenbeine aufgekrempelt. Mit Brille, natürlich. Damit er nicht hinfiel oder über einen Seestern stolperte.

Als ihre Hummer fertig waren, gingen sie an einen Tisch und ließen sich in die großen Serviettenschürzen packen, die jeder Hummer-Gast verpaßt bekam, gleich, ob er sie haben wollte oder nicht. Die enormen zweischerigen Maine-Hummer, dachte Freddy, waren sehr wahrscheinlich mit *Eagles* hierhertransportiert worden. Aber es war vollständig ohne Interesse für sie, so sehr sie diese Tatsache auch beschäftigte.

Hummer kann man nicht mit jemandem essen, bei dem man sich nicht behaglich fühlt, es sei denn, man konzentriert sich mäkelig und mit bloßer Zerstörungswut lediglich auf das Mittelstück, auf das leicht herauszuholende Fleisch und interessiert sich nicht für die Scheren und die Beine und alle die kleinen Mulden und Nischen, die das Köstlichste eines Hummers enthalten. Freddy aß zum ersten Mal seit fast einem Jahr wieder Hummer, und sie widmete sich ihm mit vollständiger Konzentration, benützte die Schalenbrechzange und die lange, dünne, zugespitzte Gabel, und als alles nichts mehr half, ihre Finger und Zähne. Zweimal verlangte sie geschmolzene Butter nach, aber sonst hatte sie wenig zu sagen, es sei denn: »Kann ich mal die Zitrone haben, bitte?«

Als sie fertig waren, entrang sich ihr ein großer befreiender Seufzer, und sie gab sich der Reinigung hin, mit Hilfe frischer Servietten und der großen Schale mit warmem Wasser und schwimmenden Zitronenscheiben. Als sie sich Gesicht und Hände gesäubert hatte, so gut es ging, band sie die Serviettenschürze auf und schlüpfte aus ihr heraus. Ihre Wangen glühten wie die eines Babys nach dem Bad. »Käsekuchen?« überlegte sie laut. »Oder Eis?«

»Beides«, sagte David Weitz und beugte sich vor, um sie zu küssen. Freddy war nicht wenig überrascht. »Ich mag Mädchen«, erklärte er, »die einem Hummer das Beste abzugewinnen vermögen.«

»Gleich so sehr, daß Sie sie küssen?«

»Aber leicht.« Er küßte sie noch einmal. Seine Brille stieß an ihre Nase. »Das tut mir leid«, sagte er.

»Dann nehmen Sie sie doch ab«, schlug Freddy vor.

»Dann würde ich Sie nicht mehr sehen.«

»Als ob Sie nicht genau wüßten, wie ich aussehe.«

»Nicht, wenn Sie glücklich und zufrieden sind. Das bist du doch, Freddy, oder?«

»Ja«, sagte sie zögernd. »Doch, ja.«

»Aber nicht so ganz vollständig?«

»Nein, nicht so ganz vollständig.« Sie bemühte sich, ganz ehrlich mit ihren Gefühlen zu sein, die sie nicht verstand, aber über die sie auch nicht nachdenken konnte und wollte. »Da kann man nichts machen. Ich vermute, ich bin... irgendwie etwas deprimiert, tief innen drin... viele Gründe... es ist kompliziert... Ich hoffe, es vergeht von selbst wieder. Wahrscheinlich ist es nur eine Frage der Zeit. David, es ist so, ich bin froh und glücklich über diesen besonderen Augenblick, jetzt. Wirklich, ich bin es, seit wir hier sind, und das ist mehr Glück, als ich seit sehr langer Zeit empfunden habe. Das übrige... Unglück hat nichts mit dir zu tun.«

»Hat es schon.«

»Wieso sollte es? Du hast selbst gesagt, ich sei entlassungsreif. Du selbst hast mich aus dem Nest gestoßen. Und nach der Art, wie ich hier den Hummer vertilgt habe, kann ich auch nicht mehr gut so tun, als sei ich noch zu schwach. Brauche ich wirklich noch die Pflege eines Arztes?«

»Technisch gesprochen nicht. Aber ich möchte mich weiter um dich kümmern.«

»Wie denn?« fragte Freddy verständnislos.

»Nun, ich möchte... ich möchte, daß du mich heiratest. Sag nicht gleich nein! Sag überhaupt nichts. Und sag auch nicht, daß ich nicht weiß, wovon ich rede, Freddy. Sag nicht, man kann doch keinem Mädchen nach einem Rendezvous und zwei Küssen einen Heiratsantrag machen. Wie du siehst, kann man das sehr wohl, und ich bin einer, der in seinem ganzen Leben noch nichts Impulsives getan hat. Ich kenne dich besser, als du im Traum ahnen kannst. Ich weiß auch, daß es viel zu früh ist und daß ich besser nichts gesagt hätte. Aber es war einfach stärker als ich. Du sollst wissen, was ich für dich empfinde, und das wird sich auch nicht ändern. Du kannst dir ruhig Zeit lassen, mich besser kennenzulernen und dich dann entscheiden. So, und damit Schluß und kein Wort mehr.«

»Meine Güte«, sagte Freddy schwach. »Worüber sollen wir uns da noch beim zweiten Rendezvous unterhalten?«

Immer schon haben sich die New Yorker über den Ruhm ihrer Stadt ausgelassen, und Bruno de Lancel war durchaus willens, ihnen darin zuzustimmen. War Manhattan kultivierter und intellektueller als London, oder nicht? Reicher, großartiger als Rom, oder nicht? Aufregender, selbst romantischer als Paris, oder nicht? Ja, durchaus! Dies und noch mehr. Was sie auch immer für sich in Anspruch nehmen wollten, er gestand es ihnen zu. Mit halbem Ernst.

Ein Taxi fuhr ihn zu dem Dinner, das die Allens an diesem Oktobertag 1951 gaben.

Marie de la Rochefoucauld war von ihrem Sommeraufenthalt an der Loire zurückgekehrt, so frei und ungebunden, wie sie sich im Juni an der *Ile de France* von ihm verabschiedet hatte. Seit ihrer Rückkehr war es ihm gelungen, fast jedes Wochenende mit ihr zusammen zu sein, obwohl sie nach wie vor alle Verabredungen – außer Nachmittagsausflügen oder stillen Abenden in kleinen Restaurants – ablehnte. Sie sagte ihm, ihre Familie sei sehr enttäuscht gewesen, daß unerwartete Geschäftspflichten ihn den ganzen Sommer über daran gehindert hatten, nach Frankreich zu kommen.

»*Maman* sagte, sie hätte Sie gerne kennengelernt, nach allem, was sie von Ihnen gehört hat. Und meine Brüder rechneten auf eine Tennispartie mit Ihnen. Kurz, Bruno, man hat sie vermißt. Das sollten Sie nicht wieder tun.« Marie sagte es mit milder, halb scherzhafter Süße und einem schüchternen, dennoch pfeilschnellen Blick. Bruno, der imstande war, auch die kleinsten Nuancen in Maries Ausdruck wahrzunehmen, ordnete diesen Blick als den wärmsten ein, den sie ihm je geschenkt hatte.

Das Essen heute bei den Allens fand aus Anlaß von Maries Geburtstag statt. Er hatte eine Woche lang ein passendes Geschenk gesucht, das sie, weil es nicht zu aufwendig war, auch annehmen würde, und das dabei doch ihrer würdig war. Er hatte sich am Ende für eine Erstausgabe von *Alice im Wunderland* entschieden. Dieses Buch liebte sie, wie er wußte; aus Gründen, die er selbst freilich nie hatte verstehen können, selbst nachdem er es mit der sorgsamen Aufmerksamkeit eines liebenden Mannes gelesen hatte, der irgendwelche wertvollen Hinweise zu finden hofft. Es hatte eine ganz verblüffend hohe Summe Geld gekostet, dessen Höhe, dessen war er sich sicher, sie gar nicht abschätzen konnte. Und außerdem, dachte er, war ein Buch als Geschenk nie falsch.

Er saß im Salon der Allens in einer gewissen Erregung und mit der Vorahnung von Eifersucht. Es war ihm bekannt, daß die Gästeliste nicht von Mrs. Allen zusammengestellt worden war, sondern von Marie selbst. Bei seiner Ankunft hatte ihn Sarah Allen empfangen, begrüßt und erklärt, Marie sei noch beim Ankleiden. »Sie ist in dieser schrecklichen U-Bahn steckengeblieben, auf dem Weg von der Columbia herunter, und das ausgerechnet heute... und obendrein habe ich hier ein formelles Dinner arrangiert, aber sie ließ mich außer Ihnen nur ein Dutzend anderer Freunde einladen«, klagte sie. »Ich hätte es doch lieber gehabt, wenn Marie mit einem richtigen Ball einverstanden gewesen wäre. Wo sie doch inzwischen so viele Bekannte hat. Aber sie wollte keinen großen Aufwand.«

Also noch ein Dutzend anderer Leute außer ihm, dachte Bruno, darunter zwei von Maries Lieblingsprofessoren mit ihren Frauen. Ein Paar bestand aus der Allens-Tochter Jane samt Verlobtem. Zwei andere Paare waren verheiratete Kommilitonen Maries. Und dann war da noch ein weiterer unverheirateter Mann, aber er kam mit seiner Freundin, die ihrerseits eine Freundin Maries war, und die beiden gehörten ganz eindeutig zusammen. Er hatte alle schon irgendwann einmal kennengelernt. Er war also der einzige ungebundene Mann hier, schloß er in momentaner Ungläubigkeit. Hatte sie ihn damit erwählt... oder jedenfalls ihm ermöglicht, sie zu erwählen? Oder hatte Marie – was ja, wenn man sie kannte, durchaus möglich war – ganz unschuldig einfach nur die Namen der Leute ausgewählt, mit denen sie sich hier in New York am meisten verbunden fühlte? Hatte dann diese Einladung keine weitere Bedeutung als die, daß er eben auch nur ein guter Bekannter war, wie alle anderen auch? Auf derselben harmlosen und unverbindlichen Ebene wie sie? Wer wußte das schon, dachte er. Vielleicht erfuhr er es auch nie.

Er stand mit gerunzelter Stirn in einer Ecke. Sein kleiner, voller Mund war ärgerlich zusammengepreßt. Er war ungehalten darüber, daß er so verwirrt war.

Marie erschien in einem schlanken, bis zum Boden reichenden schulterfreien, schweren, weißen Seidenkleid. Ihr langes schwarzes Haar hatte sie zu einem Kranz über ihrem makellos geformten Kopf gesteckt, was die stolze, schlanke Linie ihres Nackens nur noch unterstrich. Sie trug große Ohrringe, alte Diamanten in Rosenschnitt mit großen Rubinen in der Mitte. Vorn, in die Mitte ihres Oberteils, hatte sie eine dazu passende Brosche gesteckt, genau an die Stelle, an der ihre Elfenbeinhaut aus dem oberen Rand des Kleides schimmerte.

Diese Juwelen waren so großartig und kostbar, daß es nur jemandem, der sie ererbt hatte, erlaubt sein durfte, sie schon in so jungen Jahren zu tragen. Und doch trug Marie sie mit der gleichen Selbstverständlichkeit wie die unauffälligen Goldohrringe und die goldene Kette mit Uhr, die bisher die einzigen Schmuckstücke gewesen waren, die Bruno je an ihr gesehen hatte. Er biß sich in ohnmächtiger Gefühlsaufwallung auf die Lippen. So sehr verliebt er in sie war, so unerträglich war ihm dieser unerwartete und wie selbstverständliche Besitz von Familienschmuck, der etwas darstellte, woran er keinen Anteil hatte. Es sollte ihr nicht erlaubt sein, irgend etwas, nicht einmal ein paar Schuhe zu tragen, was nicht von ihm kam. Niemals mehr durfte sie ihn damit überraschen, in einer Inkarnation zu erscheinen, auf die er nicht gefaßt war und die er nicht selbst kontrollieren konnte, wie schön sie auch immer damit aussehen mochte. Oh, wenn sie nur ihm gehörte! Er würde es ihr schon beibringen!

Das Dinner zog sich lange hin und war für Bruno, der genau am anderen Tafelende von Marie plaziert worden war, eine Tortur. Sie saß zwischen John Allen und einem ihrer Professoren und sah glücklicher und angeregter aus, als er sie jemals erlebt hatte. Bei sechzehn Leuten an der Tafel war eine allgemeine Unterhaltung unmöglich. Bruno war also gezwungen, sich seinen direkten Nachbarn zu widmen, während er unablässig Marie im Auge zu behalten versuchte, ohne unhöflich gegen seine beiden Tischnachbarinnen zu sein. Sie hatte ihn nicht an ihre Seite gesetzt. Sie hatte nicht einmal versucht, einen Blick mit ihm zu wechseln. Er haderte mit sich, als sie mit dem Geburtstagskuchen zu Ende waren. Der raffinierteste Flirt der Welt konnte nicht so nervenzehrend sein, wie die scheinbar ganz gleichmütige Marie de la Rochefoucauld. Ach, wäre er nur erst ihr Herr und Meister! Er lehrte sie schon, nicht so mit ihm umzugehen!

Als anschließend im Salon Kaffee und Cognac serviert wurden, wollte er wenigstens neben Marie sitzen. Er fand aber den Platz auf dem zweisitzigen »Liebessessel« bereits von dem jüngeren der beiden Professoren belegt, der beim Dinner nicht neben ihr gesessen hatte. Der Mann konnte höchstens fünfunddreißig sein, schätzte Bruno. Er stand in der Nähe, mit der Demi-Tasse in der Hand, und musterte grimmig diesen Gelehrten, der sich chinesische Keramik als Lebensaufgabe erwählt hatte. Er hatte gar nicht diesen zerstreuten, staubigen Blick, den ein professioneller Akademiker nach Brunos Ansicht haben sollte. Ganz offensichtlich hatte er im Gegenteil blendende Umgangsformen. Und nach der Eleganz seiner Frau zu schließen, mußte er auch ein beträchtliches privates Einkommen haben. Er war blond und unterhielt Marie aufs lebhafteste, offenbar mit allerlei Geschichten aus der Universität, denn sie lachte und amüsierte sich sichtlich bei seinen Erzählungen. Bruno mußte sich schließlich abwenden, um Verärgerung und Eifersucht nicht allzu sichtbar zu zeigen.

War es denn denkbar, daß der Bursche hier am Ende der Grund ihrer Rückkehr aus Frankreich war und daß sie dort nicht einen Antrag irgendeines französischen Verehrers angenommen hatte? War es wirklich vorstellbar, daß sie sich etwa in diesen Burschen, mit dem sie ja nun einmal ihre tiefsten Interessen verbanden, verliebt hatte? Hatte sie ihn heute nur deshalb zusammen mit seiner Frau eingeladen, damit kein Verdacht entstand? Jeden Tag hatten sie eine Menge Gelegenheiten, um zusammen zu sein! Er, Bruno, wußte doch nun wirklich Bescheid, wie leicht es allen seinen vielen Geliebten gewesen war, ihre Ehemänner zu betrügen! Vielleicht trafen sie sich heimlich in der Bibliothek oder in den Arbeitsräumen, zum angeblichen Studium von Keramikfragmenten? Aßen sie regelmäßig miteinander? Und dann, nach dem Essen... Nein!

Wenn Marie die Seine wäre, ließe er ihr nicht solche libertinäre Freiheit! Jede Minute würde er sie im Auge behalten. Er würde dafür sorgen, daß sie keine intimen Freunde hatte und keine Interessen, die er nicht angemessen fand. Kein Aspekt ihres Lebens durfte ihn ausschließen! Tag und Nacht hielte er sie unter seiner Kontrolle, ganz vorsichtig, aber so eingehend und intensiv, daß sie kaum merkte, wie er sie schulte. Solange, bis es zu spät war, um noch etwas dagegen zu unternehmen! La Vicomtesse Bruno de Saint-Fraycourt de Lancel würde niemals so viel Freiheit haben, in einem Salon herumzusitzen und wie ein Schulmädchen zu kichern. Sie würde das lernen, was er ihr zu tun erlaubte, und sich nichts erlauben, was gegen seinen Willen verstieß.

»Noch Kaffee, Bruno?« sagte Marie. Er schreckte aus seinen Gedanken auf, in die er so versunken gewesen war, daß er gar nicht bemerkt hatte, wie sie zu ihm getreten war. Die grünen Flecken in seinen braunen Augen leuchteten auf, als er auf sie hinabsah.

»Vielen Dank, Marie, nein. Ihre Frisur gefällt mir ausnehmend. Sie sehen fast wie fünfzehn aus.«

»Ach, kommen Sie! Ich finde mich damit viel zu alt und würdevoll. Versuchen Sie nicht, mich aufzuziehen!« befahl sie ihm, aber so ruhig und gelassen und so selbstsicher, dabei so charmant, daß ihr Anblick ihm das Herz schwer machte. Sein Benehmen, kraftvoll, gelassen, wie immer, verriet allerdings keine Spur davon. »Vielen Dank übrigens«, fuhr sie fort, »für *Alice*. Es ist das bezauberndste Geschenk, daß Sie mir je gemacht haben. Wie sind Sie nur darangekommen?«

»Das ist ein Geheimnis.«

»Ach, kommen Sie, Bruno, sagen Sie es mir schon«, beharrte sie. »Solche Bücher findet man ja schließlich nicht im nächsten Buchladen. Und ich hasse Geheimnisse, Sie etwa nicht?«

»Nun, Sie scheinen immerhin ein paar Geheimnisse mit Ihrem Professor da zu haben«, sagte Bruno mit einer unbestimmten Geste zu dem blonden Akademiker.

»Joe? Ist er nicht amüsant? Ich bete ihn an. Alle tun das, übrigens. Seine Frau, Ellen, ist eine der charmantesten Frauen, denen ich je begegnet bin. Hatten Sie schon Gelegenheit, sich mit ihr zu unterhalten? Nein? Das ist aber schade. Sie sind erst seit einem Jahr verheiratet. Sie erzählte mir eben, daß sie ein Baby erwartet. Es ist doch wunderbar, wenn man sieht, wie zwei Leute so glücklich sind. Vielleicht...«

»Vielleicht was?«

»Nun, Joe und Ellen geben nächste Woche eine Party für eine Gruppe Studenten. Würden Sie mich gerne dorthin begleiten? Aber ich warne Sie im voraus. Alle Gäste sind von der Fakultät für Orientalische Kunst. Doch ich bin sicher, sie gefallen Ihnen... ich bin sicher, Sie werden auch ihnen gefallen.«

»Was macht Sie da so sicher?« fragte Bruno. »Ich habe doch mit den spezialisierten Interessen dieser Leute nichts zu tun.«

»Wissen Sie, Bruno, manchmal können Sie schon sehr hochnäsig sein. Sie würden diesen Leuten gefallen, weil Sie... Sie sind und...« Sie zögerte und, dachte Bruno, unterließ dann lieber zu sagen, was sie eigentlich hatte sagen wollen.

»Und«, beharrte er jedoch, »was?«

»Mein Gott, Bruno, sie... haben eben von Ihnen gehört«, sagte Marie und sah leicht verwirrt aus. »Ich nehme an, sie sind einfach... neugierig. Einige glauben, es gibt Sie gar nicht. Sie glauben, ich habe Sie mir ausgedacht.«

»Also, Sie sprechen über mich mit Ihren Studienkollegen?«

Marie richtete ihren Kopf nach oben, um ihn direkt anzusehen. Ihr Blick war völlig offen. Ihre ruhige Selbstsicherheit war von ihrer Aufrichtigkeit verdrängt. Sie sprach mit Ernst und einem Eifer, den er noch nie an ihr wahrgenommen hatte.

»Was soll ich denn machen, Bruno? Ich kann Sie doch nicht gut verstecken!«

»Einen gesetzestreueren Autofahrer als dich habe ich mein Leben lang nicht gesehen«, sagte Freddy zu David, als er seinen marineblauen Cadillac so sorgfältig wie ein Fahrschüler das Stück des fast leeren Sunset Boulevard entlangfuhr, an dem lange und einladende Kurven nur dazu angelegt schienen, Autofahrer zum Ziehen fröhlicher Schlangenlinien zu verleiten. »Bist du überhaupt schon einmal schneller gefahren, als offiziell erlaubt?«

»Doch, vermutlich schon, Liebling. Aber das war noch zu College-Zeiten. Und auch da nicht absichtlich. Weißt du, wenn du mal genug Unfallopfer in der Notaufnahme gesehen hast, verliert sich jedes Interesse, eine Minute früher anzukommen, oder irgendeinen Burschen, der gerade rechts von dir ist, zu überholen.«

»Ja, das kann ich schon verstehen«, pflichtete ihm Freddy bei. Als sie zum ersten Mal mit David zu Jack's am Strand gefahren war, damals vor zwei Monaten, hatte sie noch gedacht, er beachte auch die kleinste Verkehrsvorschrift deshalb so sorgfältig, weil er ihre Angst kannte, überhaupt das Krankenhaus zu verlassen, er tue es also aus spezieller Rücksicht auf sie, in dem Wissen, daß sie eine schwierige Phase durchmachte; eine schwindelerregende, krankhafte Angst vor der Welt, nach all den Monaten, die sie innerhalb der beschützenden Wände ihres Krankenzimmers gelebt hatte. Jetzt aber, nach zwei Monaten, in denen sie sich mindestens dreimal in der Woche mit David verabredete, war ihr klar, daß dieses Fahrverhalten durchaus seiner Persönlichkeit entsprach.

Sie lächelte nachsichtig in sich hinein. Er war ein Mann, bei dem alles so herrlich geordnet war. Welche Frau würde erwarten, daß ein Arzt, der den ganzen Tag den Nervensystemen der Leute die waghalsigsten Dinge zumutete, ein Perfektionist beim Kochen war, der jedes noch so komplizierte Rezept buchstabengetreu befolgte, und niemals »einfach so«, ohne lange darüber zu debattieren, wieviel man denn nun eigentlich genau unter einer Prise oder einem Spritzer zu verstehen habe? Welcher seiner Patienten, überlegte sie, dem seine flexible und erfindungsreiche medizinische Kunst zuteil geworden war, nähme schon im Ernst an, daß der gleiche Mann bei sich zu Hause die Bücher in seinen Regalen nicht nur nach Autoren, sondern auch nach Titeln ordnete, und zwar so streng nach dem Alphabet, wie im korrektesten Wörterbuch und niemals, wirklich niemals, eines umgedreht offen liegen ließ, nicht einmal ein paar Minuten lang, weil das für die Bindung nicht gut war? Wenn er in einer Buchhandlung jemanden ein neues Buch so heftig öffnen hörte, daß der Rücken knackte, mußte man David fast mit Gewalt davon abhalten, laut zu protestieren. Er wurde geradezu anbetungswürdig knabenhaft, wenn er sich über etwas aufregte.

Oder seine Schallplatten! Er hatte Freddy eingebleut, daß man sie ausschließlich am Rand anfaßte und zwar mit den offenen Handflächen, damit die saubere, schwarze Oberfläche auf keinen Fall durch Fingerabdrücke beeinträchtigt wurde. Und er hatte ihr des langen und breiten auseinandergesetzt, warum man sie nach dem Gebrauch sogleich wieder in die Schutzhüllen zurückstecken müsse und darin, in die eigentlichen Plattenhüllen – selbstverständlich erst, nachdem man sie peinlich genau mit dem speziellen Plattentuch abgewischt hatte, das auch das letzte Staubfusselchen wegnahm. Der einzige Streitpunkt zwischen ihnen war, ob man eine Platte, die einmal aufgelegt war, auch unerbittlich bis zum Ende abspielen müsse. Freddy hatte dann und wann Lust verspürt, die Platte aus irgendeinem Grund anzuhalten. Aber David bestand darauf, daß sie warteten, bis der automatische Tonarm die Nadel automatisch von der Platte hob, wenn sie zu Ende gespielt war. »Es ist praktisch unmöglich, sicherzustellen, daß man keine Kratzer verursacht, wenn man von Hand unterbricht«, erklärte er, und es war ihr klar geworden, daß er tatsächlich absolut recht hatte. Und sie schauderte in der Erinnerung an die völlig unverantwortliche Art, wie sie und Jane einst mit den Platten ihres Koffergrammophons umgegangen waren. Mitten rein in die Platte, ein Stück hören, dann abheben, eine andere Platte auflegen – als wäre eine so kostbare Schallplatte ein Kinderspielzeug!

David hatte sie wirklich wieder an die Dinge gewöhnt, dachte sie, während er abbremste, weil weit vorne das Licht einer roten Ampel schimmerte. Immer schon hatte sie in ihrem Zimmer eine kleine unordentliche Ecke gehabt, ihr »Rattennest«, wie sie es zu nennen pflegte, das aus alten Zeitschriften, Pullovern, Briefen, ausgerissenen Zeitungsartikeln, unbezahlten Rechnungen, Schuhen, die neue Absätze brauchten und Fotos, die sie irgendwann in ihr Album einkleben wollte, bestand; alles durcheinandergeschmissen, wie es gerade kam; ein überraschend effektives, wenn auch irgendwie höchst inoffizielles Archiv. Wann immer sie etwas partout nicht finden konnte, suchte sie im »Rattennest« und fand es dort. Als sie jedoch angefangen hatte, auch in Davids Schlafzimmer ein solches Rattennest anzulegen – weil sie mittlerweile so viel Zeit mit ihm verbrachte –, war er so freundlich wie bestimmt gewesen.

»Es ist eine schlechte Angewohnheit minderer Bedeutung, Liebling«, sagte er. »Es würde ja doch überhaupt nicht mehr Mühe und Anstrengung kosten, die Sachen gleich richtig aufzuhängen, gleich, wenn du sie ausziehst. Ich weiß, es ist lächerlich. Ich weiß, ich bin ein ausgesprochenes Monster in Sachen Ordentlichkeit. Aber in einem Operationsraum zum Beispiel mußt du nun mal genau wissen, was wo ist, und zwar zu jeder Sekunde.« Sie konnte ihn ja auch vollkommen verstehen, dachte Freddy, und überdies war es tatsächlich gar nicht so schwierig gewesen, ihre Sachen in Ordnung zu halten, sobald sie sich einmal dazu aufgerafft hatte, es immer zu tun. Zu Hause hatte sie ihr Rattennest zwar noch immer, aber jetzt fühlte sie sich jedesmal etwas schuldig, wenn sie darin herumstöberte. Nicht mehr lange, und sie würde diese lästige schlechte Angewohnheit vollständig ablegen, beschloß sie mit Entschiedenheit.

Das hieß – WENN sie wirklich heirateten, dachte sie. Sie zog die Nase nachdenklich kraus. Dann allerdings mußte sie rasch damit beginnen, sich ihres Lasters zu entwöhnen. Und Annie ebenfalls. Denn die hatte das Rattennest-Laster von ihr geerbt. Konnte das vielleicht erblich bedingt sein?

Nachdem sie einmal aus dem Krankenhaus war, fand Freddy es doch nicht mehr möglich, Annie ein ganzes Jahr in England zu lassen. Dazu fehlte sie ihr viel zu sehr. Seit das Schuljahr wieder begonnen hatte, war ihre Tochter deshalb wieder zu Hause. Obwohl es natürlich nicht einfach war, eine Romanze zu haben, wenn eine aufmerksame Neunjährige jeden Morgen ein gemeinsames Frühstück erwartete! Sie hatte noch nicht einmal die ganze Nacht bei David geschlafen. Noch nie waren sie gemeinsam im gleichen Bett aufgewacht. Stets fuhr er sie zu noch einigermaßen respektabler Zeit nach Hause.

Er war der umsichtigste Liebhaber, den sich eine Frau nur erträumen konnte, dachte sie glücklich und sah sich sein Profil an, während er sich auf die Fahrbahn konzentrierte. Zärtlich, liebevoll, sanft, mindestens so sehr um ihre Befriedigung besorgt wie um seine eigene... oder sogar noch mehr? Sie kannte ja nur zwei Liebhaber, mit denen sie David vergleichen konnte, aber sie konnte sich wirklich nicht erinnern, ob Tony oder Mac sich damals, vor all den Jahren, je so sehr darum gesorgt hatten, daß sie wirklich befriedigt wurde, wie David. Waren sie also Neandertaler gewesen, die – zumindest manchmal – nur ihre eigene Lust im Sinn gehabt hatten und sonst nichts? Oder besaß David nur eine einzigartige, angeborene Sensibilität für Frauen? Oder war es sein ärztliches Wissen über neurologische Reaktionen? War es nicht vielleicht ein wenig widerlich, das alles zu denken, wo sie wirklich immer, wenn David sie liebte, so ganz erfüllt war?

Aber konnte man sich David vorstellen, wie er auch nur einmal einfach ganz heiß und unerwartet über sie herfiel – für ein, zu welcher unpassenden Zeit auch immer, schnelles, angenehmes »Quickie« – eines von der Art, nach denen man dann einen ganzen Abend lang ein sexy Geheimnis miteinander hat? Oder war das bei ihm ganz undenkbar? Vielleicht gar nicht mal. Wenn erst einmal seine Zeit der Werbung vorüber war. Und WENN sie dann heirateten. Oder ging es höchstens noch darum, WANN?

Doch David hatte, wie immer, sein Wort strikt gehalten. Wie versprochen, hatte er die Heirat nicht ein einziges Mal mehr erwähnt. Er hatte nicht den leisesten Versuch unternommen, sie zu drängen. Warum also hatte sie dann immer dieses Gefühl, als seien unsichtbare Kräfte am Werk, unter denen sich die Waagschale immer mehr dazu zu neigen schien, Ja zu diesem Mann zu sagen, der so gut zu ihr war, sie so wunderbar umsorgte, seine Liebe auf so vielfältige Art bewies? Vermutlich, sagte sie sich, weil er schlicht und einfach und ganz offensichtlich ein Mann war, dessen Heiratsantrag abzulehnen, für jede Frau verrückt sein müßte.

Nur dieses Dinner heute abend machte sie nervös. Bei seiner Mutter. Schon zweimal hatte sie sich vor dieser Einladung gerade noch drücken können, aber irgendwann mußte sie zusagen. Sicher, bei der Mutter eines Mannes eingeladen zu sein, war ja noch nicht gleich die Verkündigung der Heiratsabsicht. Aber es war immerhin ein Kompliment, eingeladen zu werden. Wenn auch nicht mehr. Kein Druck. Immerhin hatte er sie nicht auch gleich seinen Schwestern vorgestellt, obwohl ihr klar zu sein schien, daß es wahrscheinlich deshalb so gut mit Annie umgehen konnte, weil er selbst Schwestern hatte.

Er hatte ausdrücklich betont, es handle sich keineswegs um eine besondere Angelegenheit. Einfach nur das übliche wöchentliche Essen bei seiner Mutter, daß er schon seit Jahren einhielt. »Weißt du«, hatte er ihr gesagt, »ich bin einer von diesen lächerlichen Typen, die völlig aus der Mode sind, ein ›guter Sohn‹.« Seine dunklen Augen blitzten vor Selbstironie. »Es ist ja schließlich auch nicht meine Schuld, daß sie so eine gute kleine Mutter ist, oder?« Sie hatte, wie er gut wußte, auch eine gute Mutter, und lebte Eve nicht sechstausend Meilen entfernt, wären sie und ihre Mutter zweifellos genauso eng miteinander wie mittlerweile Delphine und Eve.

Helene Grunwald Weitz, seit drei Jahren verwitwet, lebte in einer der grünen Privatstraßen des luxuriös abgeschiedenen Bel Air, nicht sehr weit östlich von Brentwood. Sie bogen am Sunset ab und waren rasch an ihrem Haus, einem sehr hübschen weißen Familienhaus von Virginia-Eleganz, das verborgen hinter hohen Toren lag.

»Mm«, bemerkte Freddy beeindruckt und einigermaßen überrascht. Davids eigenes Haus war ein ganz einfaches Junggesellenhaus. »Ich dachte, dein Vater war auch Arzt?«

»Ja, aber sein Hobby war Investieren. In Öl und Immobilien. Es gelang ihm, alle seine Interessen zu kombinieren.«

»So ein wunderschöner Garten«, sagte Freddy und blieb etwas zurück, mit einem unbestimmten Zögern vor der Begegnung mit Davids Mutter, wie gut und klein sie auch sein mochte.

»Der ist Mutters Hobby. Nun komm, Liebling. Sie frißt dich nicht.« Er begrüßte das Mädchen, das die Tür öffnete, und ging voraus in den Wohnraum. Freddy hatte schnell einen Eindruck von den wertvollen Gemälden, Statuen und großen Blumenvasen überall, ehe sie merkte, daß sich in dem Raum mehr Leute befanden als die gute kleine Mutter, der allein zu begegnen, sie eigentlich eingestellt war.

Helene Weitz, die fast so groß war wie ihr Sohn, erhob sich, zurückhaltend und freundlich, und begrüßte sie. Sie hatte nicht die kleinste graue Strähne in ihrem aschblonden Haar. Ihre Perlen waren die schönsten, die Freddy je gesehen hatte, und ihr blaues Kleid einfacher und teurer als irgendeines irgendeiner Frau hier in Los Angeles. Ihr erster Gedanke war deshalb, daß das wohl ein Kleid aus Paris sein müsse, ihr zweiter, daß Helene Weitz sicher die zweite Frau des verstorbenen Doktors sei, denn sie sah keineswegs so aus, als könne sie Davids Mutter sein.

Als sie dann jedoch reihum vorgestellt wurde, mußte sie einräumen, daß da doch eine eindeutige Familienähnlichkeit bestand zwischen ihr, David und den drei Damen um die dreißig, die sie als Davids verheiratete Schwestern kennenlernte. Mit ihren drei Ehemännern bildeten sie eine ungewöhnlich großgewachsene, ungewöhnlich geschmeidige, ungewöhnlich attraktive Gruppe, alle sehr herzlich, doch nicht übertrieben. Sie schienen Freddy keineswegs auf die übliche Weise zu mustern und einzuschätzen, jedenfalls war nichts dergleichen erkennbar. Einfach ein kleines Familienessen, sagte sie sich also, und setzte ihr Amtslächeln als ehrenwerte Mrs. Longbridge auf. Alle Anwesenden überragten sie, zum Donnerwetter. Sie fühlte sich wie die letzte Liliputanerin.

»Du hast mich nicht vorgewarnt, Mutter, daß die Mädchen ebenfalls kommen«, protestierte David überrascht.

»Nun ja, Schatz, sie waren frei und wollten unbedingt dabeisein. Du weißt doch, daß ich ihnen nichts abschlagen kann.«

»Ich habe dir von meinen kleinen Schwestern ja schon erzählt, Liebling«, murmelte er Freddy zu. »Tut mir leid.«

»Sie scheinen erwachsen geworden zu sein, seit du sie erwähnt hast.«

»Na ja, ich bin eben nach Lichtjahren der Älteste. Ich kam schon, als Mutter achtzehn war. Für mich sind sie eben immer die Kleinen«, sagte er und reichte ihr einen Drink.

Die Weitze, wie Freddy sie bei sich nannte, da sie keinen der Namen der verheirateten Schwestern behalten hatte, führten ein lebhaftes, leichtes Gespräch, in das sie Freddy ganz zwanglos einschlossen, so daß sie schnell wieder das Gefühl hatte, ein ganz normal gewachsener Mensch zu sein.

Nach dem angenehm verplauderten Essen begab man sich wieder in den Wohnraum, wo sich Barbara, die sich als das Baby der Familie bezeichnete, zu Freddy gesellte.

»Sie haben nur eine Schwester, nicht wahr?« fragte sie, und ihr Lächeln war freundlich und offen.

»Ja, und sie lebt sehr weit weg«, sagte Freddy bedauernd. Der Anblick dieser großen, geselligen Familie Weitz vermittelte ihr ein plötzliches Heimweh.

»Ich habe eine Menge ihrer Filme gesehen. Sie ist einfach göttlich. David sagt, Ihre Tochter Annie sieht ihr sehr ähnlich.«

»Ja, ganz verblüffend. Aber sonst sind sie doch ziemlich verschieden. Ich glaube nicht, daß Annie Schauspielerin werden will.«

»Aber noch immer Pilotin, sagt David. Irritiert Sie das nicht? Ich als ihre Mutter, muß ich sagen, wäre nicht so recht glücklich mit solchem Ehrgeiz, speziell jetzt, wo Sie selbst das Fliegen doch aufgegeben haben. Es scheint doch ein recht schwieriges Leben für ein kleines Mädchen zu sein. Nicht eigentlich – ich meine, nicht eigentlich feminin, wenn Sie wissen, was ich meine. Aber ich nehme an, Sie können ihr das noch ausreden, wie? David sagt, er hofft es, aber das hat er Ihnen ja wahrscheinlich auch gesagt, nicht? Man muß ihre Interessen wahrscheinlich ganz sanft in eine andere Richtung lenken. Golf, zum Beispiel. Oder Tennis. Das sind wirklich sinnvolle Sportarten. Nicht so etwas, das man ganz allein machen muß, wie Fliegen. Ich bin selbst eine eifrige Golfspielerin. Spielen Sie, Freddy? Nein. Oh, das ist aber schade. Also, wenn Sie es jemals lernen wollen, kann ich Ihnen dafür den besten Profi der Stadt vermitteln! Mit Ihrer Koordination – oder was immer das ist, was Piloten haben – müßten Sie eine absolute Naturbegabung dafür haben. Sagen Sie, da fällt mir etwas ein. Warum essen wir nicht mal zusammen im Club und hinterher stelle ich Sie vor? Vielleicht können Sie dann gleich eine Stunde vereinbaren. Also jedenfalls rufe ich Sie in ein paar Tagen mal an.«

»Das wäre sehr nett«, sagte Freddy und quälte sich ein Lächeln ab. Sie flog im Moment nicht, aus Gründen, die zu analysieren sie sich nicht die Mühe gemacht hatte. Aber das hieß doch nicht, sie hatte es »aufgegeben«! Was war denn das? Und wie kam diese Barbara dazu, anzunehmen, man könne irgend jemandem, der darauf versessen war, das Fliegen ausreden? Hätte sie früher irgendeine Logik, irgendeine Überredung, wie sanft und vorsichtig – oder auch wie nachdrücklich – abhalten können? Wenn man diesen Drang, dieses Bedürnis, in den Himmel zu klettern und ihn sich anzueignen, in sich hatte, gab es doch nichts, was eine Mutter dagegen tun konnte! Oder auch sollte. Nun gut, Barbara war sehr warmherzig und meinte es sicher nur gut.

»Rück doch mal, Babs«, sagte nun Dianne, eine andere Schwester, die sich nun ganz zwanglos auf Barbaras Platz setzte. »Hat sie Ihnen von Ihrem Golf erzählt? Achten Sie nicht weiter darauf. Sie ist nicht normal, was das betrifft. Wissen Sie, meine Liebe, sie ist Club-Champion, schon zum dritten Mal hintereinander. Mich können Sie mit diesem ganzen Golf-Geschwafel jagen. Aber ich habe auch gar keine Zeit für Golf. Mit fünf Kindern, das sechste unterwegs... Ja, ich weiß, man sieht es noch nicht, aber ich bin ja in der glücklichen Lage, daß man es bei mir kaum jemals vor dem sechsten Monat sieht. Sie haben nur ein einziges Kind, höre ich? Wie schade!«

»Annie wurde mitten im Krieg geboren, wissen Sie. Und da war ich im Dienst...« hörte Freddy sich selbst erzählen.

»So ein Pech. Und dabei sind Sie noch so jung! Erst einunddreißig, sagt David. Sie können doch noch ein Dutzend haben, wenn Sie wollen, nicht? Na, wenn Sie jetzt Ihr Gesicht sehen könnten, Freddy! Ich habe doch nur Spaß gemacht. Aber natürlich wäre David ganz verrückt nach Kindern. Seine erste Ehe damals – na ja, sie waren nicht mal lange genug verheiratet, um Babys zu kriegen... er hat Ihnen sicher davon erzählt. Und wie ich höre, haben Sie jetzt ja auch aufgehört zu arbeiten. Ich habe ein paar Freundinnen, die Kinder haben und sich trotzdem weiter ihrer Karriere widmen. Ich meine, ich bedaure sie so sehr... ständig sind sie hin und her gerissen zwischen dem einen und dem anderen... Nie können sie wirklich ihre Arbeit ganz mit Hingabe tun oder sich ihren Kindern widmen, wie sehr sie es auch versuchen. Sicher, die meisten wollen arbeiten, und das respektiere ich durchaus, aber immer denke ich, sie haben einfach die falsche Entscheidung getroffen. Was meinen Sie?«

»Ich habe darüber nie besonders nachgedacht«, antwortete Freddy. »Annie ist von einer berufstätigen Mutter aufgezogen worden, und soweit ich es beurteilen kann, hat sie nicht darunter gelitten. Jedenfalls bisher nicht.«

»Ja, aber sicher, selbstverständlich nicht!« rief Dianne. »Schließlich war damals ja auch Krieg und das alles. Und wie Sie dann diese Firma aufgebaut haben. Sie konnten doch gar nichts anderes machen. Aber Ihre Annie muß doch auch sehr zufrieden sein, daß Sie jetzt zu Hause sind, denn wenn sie erst mal ins Teenager-Alter kommt, braucht sie Sie erst richtig. Überhaupt, die Kleinen brauchen einen immer, selbst noch, wenn sie schon groß sind. Haben Sie es nicht auch genossen, schwanger zu sein? Ich bin nie so glücklich wie während dieser Zeit. Wahrscheinlich ist das etwas Primitives, Atavistisches. Jetzt, wo Sie nicht mehr arbeiten, sind Sie doch sicher mal frei für einen Lunch? Ich rufe Sie nächste Woche an, dann machen wir etwas aus, ja? Ich hätte Sie sehr gerne mal bei mir zu Hause zum Lunch, wo ich Ihnen meine Kinder zeigen kann.«

Wie zum Teufel kam diese Dianne zu der Annahme, sie werde nie mehr arbeiten? dachte Freddy, während sie versuchte, ihr einen freundlichen, warmen Blick zu schenken. Sie hatte noch längst keine definitive

Entscheidung wegen *Eagles* getroffen! Gut, sie hatte Swede gesagt, daß sie nicht zurückkäme. Aber das war in einem Augenblick physischer Schwäche gewesen, und sie hatte ihre Meinung auch nicht eigentlich geändert, aber noch war immerhin alles offen. *Eagles* war noch immer... ihr Baby! Nun gut, diese Dianne war einfach ein bißchen überenthusiastisch. Sie mußte eine hervorragende Mutter sein. Sie meinte es bestimmt sehr gut.

»Ich komme, um Sie zu retten«, sagte Bob, einer von Diannes Schwägern zu Freddy, indem er Dianne hochzog und selbst ihren Sessel mit Beschlag belegte. »Hat Sie Ihnen bereits alles über die Freuden der Wehen erzählt oder über die Ekstase der Kontraktionen? Nein. Da haben Sie aber Glück gehabt.« Er versetzte Dianne einen sanften Klaps und schickte sie fort. Dann wandte er sich wieder Freddy zu. »Ich bin der Mann von Elaine – das ist die mittlere Schwester. Sie hat mich rübergeschickt, als sie Sie in Diannes Maternitätsklauen sah. Ich weiß schon, was Sie denken. Diese Familie mit ihrer Masse deckt einen einfach zu. Als ich das erste Mal herkam, hatte ich das gleiche Gefühl. Ich konnte sie überhaupt nicht auseinanderhalten. Und wie sie David glorifizieren! Er ist ein toller Bursche, mißverstehen Sie mich nicht, aber schließlich auch nicht Gott, der Allmächtige. Aber sagen Sie das um Himmels willen nicht seinen Schwestern oder seiner Mutter! Im übrigen hoffe ich, Sie wissen, daß Sie natürlich nicht Interesse an den Interessen und Meinungen der Mädchen heucheln müssen, wenn Sie nicht wollen. Nehmen Sie uns zum Beispiel. Elaine und ich haben nur zwei Kinder und keinerlei Absichten, noch mehr zu kriegen, und wir spielen auch weder Golf noch Tennis. Nur ein bißchen schwimmen, um in Form zu bleiben. Wir sind die Gemäßigten der Familie. Wir lieben Kammermusik, aber wir versuchen sie niemandem aufzudrängen. Wem Oper lieber ist, bitte sehr. Und wer Konzerte liebt, geht eben zu den Symphonikern. Wer Ballett mag, nun schön und gut, und wer es haßt – da gibt es eine Menge andere Dinge, die Unterstützung brauchen können. Ein Museum. Eine Universität. Krankenhäuser. Was einem am Herzen liegt. Das Entscheidende ist doch einfach, daß man sich einem Gemeinschaftsunternehmen zur Verfügung stellt, meinen Sie nicht auch, Freddy? Das Großartige, wenn man genug Zeit und Geld hat, ist doch, daß man sich dann einem Gemeinschaftswerk widmen kann. Daß man nicht immer nur nimmt, sondern auch gibt.«

»Da pflichte ich Ihnen bei«, sagte Freddy und zwinkerte dem dynamischen Mann zu. »Absolut.«

»Elaine und ich hatten eben diesen Eindruck«, stellte Bob zufrieden fest. »Wir hoffen, daß Sie und David nächste Woche zum Dinner kommen können. Wir haben da eine sehr interessante Gruppe, einige aus der

Musikwelt, einige Künstler. Sie freuen sich schon alle sehr, Sie kennen-zulernen. Elaine ruft Sie morgen an und sagt Ihnen die Einzelheiten. Sie werden sehen, ehe Sie es recht merken, sind Sie an einer hochinteressanten Sache beteiligt. Und denken Sie daran, was ich Ihnen über die Weitze sagte. Selbst wenn wir alle gleich aussehen, sind wir doch ganz verschiedene Leute.«

O nein, dachte Freddy, als nunmehr Bob sofort von Jimmy abgelöst wurde, einem anderen Schwager, natürlich seid ihr alle ziemlich gleich; gute, freundliche, warmherzige, einander ergebene Leutchen, glücklich, produktiv, gastfreundlich, eurer selbst und dessen, was ihr vom Leben erwartet, vollkommen sicher. Ihr seid zu beneiden, doch. Eine Festung von Familie.

»Also Jimmy, jeder hat jetzt Gelegenheit gehabt, mit Freddy zu reden, außer mir«, sagte Davids Mutter. Jimmy hatte sich erhoben, als sie gekommen war. »Und sie ist schließlich nicht zu euch zu Besuch gekommen, sondern zu mir. Wie konnte ich nur zulassen, daß ihr euch alle selbst eingeladen habt.«

Als sich Jimmy zurückzog, musterte Helene Weitz Freddy offen und mit einem bewundernden Blick ihrer Haselnußaugen. »Sie sind alle wie Kinder mit einem neuen Hündchen«, sagte sie. »Ich wundere mich, daß sie nicht alle zugleich über Sie hergefallen sind, Sie besabbert und ihnen das hübsche Gesicht geleckt haben. Aber sie sind so aus dem Häuschen, daß David glücklich ist. Man kann es ihnen nicht verdenken.«

»In den Augen seiner Schwestern scheint mit David die Sonne auf- und unterzugehen«, riskierte Freddy zu sagen.

»Und bis zu einem Punkt, den selbst ich nicht mehr übersehen kann«, stimmte Davids Mutter lachend zu. »Mein Mann pflegte immer zu sagen, ich sei die Schlimmste von allen in dieser Hinsicht. Aber wenn man nur einen einzigen Sohn hat und drei Töchter, dann ist es schwer, nicht parteiisch zu sein. Besonders wenn der Sohn David ist.«

»Ja«, pflichtete Freddy bei. »Besonders David.«

»Ich habe mich seit Jahren gefragt, wann er sich denn endlich wieder einmal verlieben würde. Er sagte immer, er habe einfach zuviel zu tun. Was für ein Unsinn! Ich wußte genau, wenn das richtige Mädchen einmal käme, würde er es auch finden. Er war ja nie dafür geschaffen, ein eingefleischter Hagestolz zu werden. Na gut, ich will nicht, daß Sie noch mehr rot werden, aber Sie kommen doch nächste Woche wieder, nicht wahr, Freddy? Ich verspreche Ihnen, dann ohne die Mädchen. Nur wir drei, damit wir einander wirklich ein bißchen kennenlernen können. Sie sagen doch zu, nicht?«

»Ich will es versuchen einzurichten«, sagte Freddy. »Sie haben da sehr schöne Bilder, Mrs. Weitz«, erklärte sie dann und blickte sich im Raum um.

»Vielen Dank, Freddy. Mein Mann und ich haben eine Sammlung angefangen, und nach seinem Tod habe ich einfach weitergemacht. Es hält mich in Schwung.«

Freddy nahm die Silberschale, die auf dem kleinen Tisch neben den Sesseln stand, hob sie an die Nase und roch daran. »Haben Sie das selbst gemacht?« fragte sie.

»Oh, Freddy!« rief Helene Weitz voll Entzücken. »Wie haben Sie denn das gewußt? Wissen Sie, ich habe meine ganz eigene, spezielle Methode, ein *Potpourri* zu machen. Es ist tatsächlich das Geheimrezept meiner Mutter. Nur merken das die meisten Leute nicht. Sie denken, es ist gekauft. Und von den Mädchen hat ja keine die Geduld dafür. Wenn Sie wollen, zeige ich Ihnen gerne, wie man es macht. Es braucht viel Zeit. Aber es lohnt sich.«

»O ja«, sagte Freddy. »Das kann ich mir gut vorstellen.«

Im Winter schlafen die Weinreben in der Champagne und erwachen erst gegen Ende Februar, wenn sie weißen Saft aus alten Wunden zu weinen beginnen. Den Wunden, die sie im letzten März beim Auszweigen erlitten haben. Die Tränen der Weinreben sind für einen *Champenois* wie Trompetenschall. Sie sind das Signal, daß das neue Weinjahr begonnen hat. Das unwiderstehliche Einschießen der reinen, klebrigen Säfte, die bewirken, daß sich die Zweige der kahlen Reben über und über mit sprießenden Knospen bedecken. Ende März sind alle Knospen, aus denen sich die Trauben entwickeln werden, offen. In der Zeit vom Weinen bis zur Lese ist niemand, der mit dem Anbau der Champagner-Trauben zu tun hat, vom kleinen Bauern mit seinen paar Hektar bis zum Besitzer einer *Grande Marque* wie Paul de Lancel, auch nur einen Augenblick ohne Sorge, denn eine ganze Palette möglicher Naturkatastrophen kann sie um den Lohn ihrer ganzen Arbeit bringen.

Ende Oktober 1951 fanden Paul und Eve de Lancel endlich Zeit, um für dieses Jahr aufzuatmen. Paul hatte die vergangenen Monate mit der sorgfältigen Überwachung des ganzen Familienunternehmens zugebracht, und Eve hatte wie immer alle Hände voll zu tun gehabt mit dem Besorgen des Hauswesens und der Betreuung der Gäste, die in Valmont mit der Regelmäßigkeit und Unerbittlichkeit der Gezeiten kamen und gingen.

In der gesamten Champagne war die Lese beendet. Die Armee der Zehntausenden von Pflückern war wieder fort, erschöpft, aber auch zufrieden und guten Mutes nach zehn Tagen harter Arbeit. Sie hatten fünf nahrhafte Mahlzeiten pro Tag bekommen und viele Karaffen Rotwein getrunken, die jederzeit für jeden, der durstig war, bereitstanden. Sie hatten jeden Abend gesungen und getanzt und die vielen Jahrmärkte und Rummelplätze besucht, die ihnen hierher gefolgt waren. Und wenn sie nicht gerade aßen, schliefen, tranken oder sich amüsierten, dann arbeiteten die robusten, kräftigen Lesearbeiter ohne Pause vom Morgengrauen bis zum Sonnenuntergang, ständig in gebückter, knieender, kriechender oder liegender Haltung, um auch die letzte der kostbaren und köstlichen Trauben der niedrigwachsenden Reben zu ernten, stets sorgsam darauf bedacht, keine einzige Beere einer Traube zu beschädigen und so deren vorzeitige Fermentation zu verursachen.

»Ich fühle mich wie ein Schulmädchen, das alle Prüfungen hinter sich hat und sich fünf Monate lang um nichts mehr zu sorgen braucht«, sagte Eve zu Paul beim Frühstück. »Ganz eigenartig... aber ich denke ganz automatisch noch immer daran, welche Menüs ich für nächste Woche planen muß.«

»Du siehst auch noch wie ein Schulmädchen aus. Wenn auch wie ein ziemlich müdes. Du solltest jetzt wirklich morgens ausschlafen. Laß es dir mal ein bißchen gutgehen.« Er griff über den Tisch, nahm ihre Hand und küßte sie. Er fand Eve am Morgen immer besonders schön, ehe sie ihr Make-up aufgelegt und das Haar für den Tag frisiert hatte. Für ihn war ihr »privates« Gesicht mit fünfundfünfzig schöner und mindestens fünfzehn Jahre jünger als das sorgfältig zurechtgemachte »öffentliche«.

»Das Problem mit diesem monatelangen Frühaufstehen ist, daß man sich einfach daran gewöhnt. Man wacht von ganz allein auf. Was das Gutgehenlassen angeht, Schatz, mach dir da mal keine Sorgen. Ich habe allerlei Pläne für uns gemacht. Nach dem Erntedankfest sind wir bei Freddy in Kalifornien und über Weihnachten und Neujahr auf Barbados mit Delphine und Armand. Wenn wir dann nach Paris zurückkommen, kann ich gleich bei Balenciaga die neue Garderobe bestellen. Ich habe uns eine schöne, große, teure Suite im Ritz bestellt, natürlich auf die Vendôme-Seite hinaus... und dann gibt es Theater, Museen, Restaurants... Paul, ich gedenke den ganzen Gewinn des Jahres auszugeben. Und solange du mich nicht zwingst, bis zum nächsten Frühjahr auch nur noch einen Tropfen Champagner zu trinken, bin ich wunschlos glücklich.«

»Die Leute, die Champagner wirklich schätzen, sagen, er ist nie besser als vor dem Mittagessen, am besten sogar zum Frühstück mit verlorenen Eiern.«

»Klingt eher wie eine Katerkur«, Eve schüttelte sich ein wenig und goß sich noch eine Tasse Tee ein.

»Gegen Kater hilft er nur, wenn man ihn halb und halb mit Stout-Bier mischt ... oder mit einem Drittel Orangensaft, einem Drittel Cognac und zwei Spritzern Cointreau und Grenadine ... oder so ähnlich.«

»Ich möchte es lieber nicht ausprobieren«, meinte Eve.

»Einverstanden.« Paul setzte sich zurück. Er strahlte volle Zufriedenheit aus, als er über die weiten Lancel-Weingärten hinweg bis zum Horizont blickte.

»Mein Gott, ist das schön, Valmont endlich wieder allein für uns zu haben!« sagte Eve. »Als gestern dieser letzte englische Journalist abreiste, hätte ich ihn am liebsten geküßt, so froh war ich, daß er ging. Ich habe übrigens veranlaßt, daß alle Gästezimmer neu gestrichen werden, während wir weg sind, und den Stoff für die neuen Bettdecken und Vorhänge habe ich auch schon bestellt. Die Teppiche tun es noch ein Jahr.«

»Sag, kommst du mit auf meinen Morgenritt? Das Wetter ist herrlich«, schlug Paul vor.

»Geht nicht. Ich habe bereits ein lange anstehende Verabredung mit den Rosen. Sie müssen gemulcht werden.«

»Darum kann sich aber doch einer der Gärtner kümmern.«

»Sicher, jeder könnte das, selbst ein Kind. Aber ich tue es eben doch lieber selbst. Warum sollen denn die Gärtner das ganze Vergnügen haben?«

»Meine Mutter bestand auch immer darauf, das Rosenmulchen selbst zu erledigen«, erinnerte sich Paul. »Sie pflegte zu sagen, wenn sie ihre Rosenbüsche im Herbst ordentlich düngte und zudeckte, brauche sie sich keinerlei Sorgen mehr zu machen, auch wenn der Winter noch so hart wurde.«

»Und damit hatte sie recht, wie immer – na ja, oder jedenfalls meistens. So, ich ziehe jetzt meinen Garten-Overall an. Kein Wort mehr von Balenciaga! Los geht's!« Sie küßte ihn auf den Scheitel. Sein dichtes Haar war immer noch mehr blond als grau. »Viel Vergnügen beim Ausritt. Bis zum Mittagessen, Schatz.«

Dreieinhalb Stunden später, als ein Teil ihres Rosengartens bereits dick mit Mulch bedeckt und Eve im Bad war und versuchte, ihre Fingernägel für das Mittagessen sauber zu bekommen, klopfte die Haushälterin plötzlich an die Tür. Es klang sehr dringend.

»Madame! Madame! Kommen Sie zu den Ställen, schnell!«

»Was ist denn, Lucie?« fragte sie, als sie die Treppe hinabeilte.

»Ich weiß nicht, Madame. Der Stalljunge bat mich, Sie schnell zu holen.«

Eve lief zu den Ställen, so schnell sie konnte. Ein Sturz, dachte sie, es mußte sich wohl um einen Sturz handeln. Selbst ein guter Reiter wie Paul konnte einmal Pech haben.

Vor dem weit offenen Stalltor lag Paul. Man hatte seinen Kopf auf eine Pferdedecke gebettet. Fünf oder sechs Leute standen um ihn herum und blickten sie so schuldbewußt an, als wagten sie es nicht, sich zu bewegen, ehe sie da war.

»Hat jemand einen Arzt gerufen?« rief sie, noch ehe sie nahe genug war, um zu sehen, was geschehen war.

Die Männer hielten ihre Mützen stumm in den Händen und standen wie angewurzelt.

»Habt ihr denn alle keinen Verstand? Schnell, nun lauft schon zum Telefon!«

Niemand reagierte, niemand rührte sich. »Paul? Paul?« Eve nahm seinen Kopf in ihre Arme. Sie sah zu dem ältesten der Männer hinauf. »Emile, um Himmels willen, wie ist er gestürzt?«

»Madame... Monsieur Paul... also, er kam geritten, blieb stehen und sagte mir, er habe Kopfschmerzen, seit er aus dem Wald geritten sei. Er deutete auf seinen Hinterkopf. Er nahm den einen Fuß aus dem Steigbügel, nahm die Zügel in die Hand... und dann, ehe ich noch etwas tun konnte... rutschte er einfach vom Pferd herunter zu Boden... einfach nur so, wissen Sie, einfach nur so. Ich habe ihn dann auf die Decke da gelegt.«

»O Gott, warum haben Sie ihn bewegt! Sie haben ihn sicher verletzt!«

»Nein, Madame, niemals hätte ich ihn bewegt, wenn ich nicht gesehen hätte, daß... er bereits...«

»Bereits? Bereits was? Sind Sie verrückt, Emile? Rufen Sie endlich den Arzt!«

»Das hätte ich schon gemacht, Madame. Selbstverständlich hätte ich das schon gemacht. Aber da kann kein Arzt mehr helfen. Er ist schon tot.«

»Tot?«

»Ja, Madame. Er hat uns verlassen.«

Die einzige Entscheidung, zu der sich Eve in dem Durcheinander der ersten Stunden nach Pauls Tod imstande sah – Stunden, in denen ihre Ungläubigkeit noch zu groß war, um schon Trauer zuzulassen –, war, daß das Begräbnis erst stattfinden sollte, wenn alle Kinder in Valmont eingetroffen waren. Delphine fuhr rasch von Paris heraus und war in wenigen Stunden da. Sie kümmerte sich darum, Bruno und Freddy anzurufen.

Eve stand völlig unter Schock. Sie wanderte ziellos, mit trockenen Augen und stumm von einem Raum des Schlosses zum anderen, blickte abwesend zu den verschiedenen Fenstern hinaus. Sie fuhr mit kalten Fingerspitzen zärtlich über Bilderrahmen und studierte intensiv die Muster gestickter Kissenbezüge, als könne sie auf diese Weise irgendwie einen geheimnisvollen Code entdecken, der ihr die Erklärung zu der unveränderlichen Tatsache liefere, die ihr widerfahren war.

Freddy hatte einen langen Flug vor sich, zuerst von Los Angeles nach New York und von dort nach Paris, wo sie Armand abholen und in die Champagne fahren wollte.

Swede Castelli brachte sie zum Flughafen. Als sie die Nachricht erhalten hatte, war ihr in ihrem Kummer klar geworden, daß Swede der einzige in Los Angeles war, der einem Familienangehörigen am nächsten kam; die einzig verläßliche Konstante in dieser Welt, die sich in den fünfzehn Jahren, die sie sich nun kannten, so rasch verändert hatte.

»Versuche im Flugzeug etwas zu schlafen«, redet er väterlich auf sie ein. »Du siehst etwas angegriffen aus.«

Freddy sah durch die Glasscheiben hinaus auf das Vorfeld, wo die große, viermotorige Lockheed Constellation zum Einsteigen bereit war. Der offene Gepäckwagen wurde gerade in den Frachtraum entladen.

»Gibt es hier irgendwo eine Bar, Swede?« fragte sie plötzlich.

»In Flughäfen gibt es immer irgendwo eine Bar.«

»Dann komm.«

Sie tranken schweigend einen Scotch. »Noch einen?« fragte Swede. Freddy nickte.

»Wieso sind Bardrinks immer so schwach? Das Zeug ist das pure Wasser!« klagte sie, als sie auch den zweiten getrunken hatte.

»Vermutlich sind sie von Haus aus zur Hälfte Wasser. Und dann werfen sie ja noch diese Unmenge Eiswürfel hinein. In so einem Drink hast du am Ende vielleicht gerade noch ein Viertel des wirklichen Getränks. Ich bestelle dir noch einen. Dann kannst du im Flugzeug wirklich schlafen.«

»Klingt vernünftig.«

Swede hatte noch nie gesehen, daß Freddy drei Drinks hintereinander in sich hineinschüttete. Auch nicht in Bars. Und schon gar nicht vor elf Uhr morgens. Aber das war nun einmal ihre Art, mit ihren Emotionen zurechtzukommen.

Sie trank mit Hingabe und eilig. Natürlich wurden auch im Flugzeug Mahlzeiten serviert und Getränke angeboten, aber sie hatte eben jetzt schon das ganz ungewohnte Bedürfnis nach den Wirkungen des Whiskys. Wenn sie nur nicht allein reisen müßte.

David wäre, hätte er überhaupt so kurzfristig seine Patienten allein lassen können, zweifellos ein überaus fürsorglicher Reisegefährte gewesen. Aber diese Möglichkeit bestand ja auch schon deshalb nicht mehr, weil sie ihm bereits gesagt hatte, daß sie ihn niemals heiraten würde, ganz gleich, wieviel Zeit er ihr noch lasse. Er hatte geglaubt, ihre Entscheidung sei eine Folge der Tatsache gewesen, daß seine ganze Familie ihre Heirat bereits als beschlossene Sache betrachtete und erwartete, daß sie sich nahtlos in ihr emsiges Familiennetzwerk einfüge.

»Aber du weißt doch, daß du zu nichts verpflichtet wärest, was das betrifft?« hatte er gesagt. »Du weißt doch, ich würde es niemals zulassen, daß sie dich in ihren Betrieb einfügen!« Es schmerzte ihn sehr. Nein, hatte sie ihm sagen müssen, das war es nicht. Mit den Weitzen wäre sie allemal fertig geworden, auch wenn es noch eine Menge mehr von ihnen gegeben hätte. Als fünfzehnte Baronesse Longbridge (in Ausbildung) hatte sie in diesen Dingen Erfahrung genug gewonnen. Nein, es war etwas anderes; als sie gemerkt hatte, daß alle ihre Zukunft bereits für besiegelt hielten, war ihr klar geworden, daß sie David nicht »d'amour« liebte. *Aimer d'amour* sagte man auf französisch, mit Liebe lieben. Es entspricht der *romantic love* im Englischen. Die wahre Liebe also, die echte Liebe, die große Liebe. Nein, die große Liebe war das nicht mit David. Verstandesgemäß gab es keinen Zweifel; er würde ein wundervoller Ehemann sein. Aber da saß noch etwas in ihr, das ihr sagte, das sei nicht genug. Trotzdem hätte sie ihn gern bei sich gehabt. Vielleicht hätte er ihr jetzt sehr genau erläutert, was das war, woran ihr Vater, trotz bester Gesundheit, gestorben war: an einem cerebralen Aneurysma. Der französische Arzt hatte erklärt, es habe ein Schwachpunkt in einer Gehirnarterie gelegen, und in solchen Fällen sei es immer möglich, daß der Gehirnschlag ohne jedes Warnzeichen erfolge.

»Wir müssen gehen«, sagte Swede.

Freddy sah auf ihre Uhr. »Wozu die Eile?« sagte sie widerspenstig. »Es sind noch zehn Minuten Zeit. Oder glaubst du, sie fliegen ohne mich los?«

»Wie lange ist das her, daß du selbst kommerzielle Pilotin warst?« fragte Swede milde.

»Jahre. Ich weiß nicht einmal mehr genau, wie lange.«

»Wenn sie pünktlich sein wollen, werden sie auch ohne dich fliegen, meinst du nicht? Nun komm schon, kleine Dame.«

»Kleine Dame?«

»Ist mir nur so rausgerutscht, Ma'm. Kommt nicht wieder vor.«

»Nein, ist schon gut. Es macht mir nichts aus.« Sie nahm eine Erdnuß von dem Teller und biß nachdenklich darauf herum.

»Also, Freddy, kommst du nun oder nicht?«

»Nur Ruhe.« Sie nahm aufreizend langsam ihren Mantel und ihre Handtasche, sah noch einmal nach, ob sie auch ihr Flugticket hatte – als hätte sie nicht erst vor fünf Minuten nachgesehen – und folgte ihm endlich schleppend; hinterdrein, dachte er, wie ein störrisches Kind, das zum ersten Mal zur Schule muß.

Nun ja, man konnte es ihr nicht verübeln. Selbst wenn der Anlaß der Reise ein fröhlicherer gewesen wäre, war sie doch sehr anstrengend. Er umarmte sie am Ausgang kräftig und war verblüfft darüber, wie heftig sie sich an ihn preßte. Er reichte ihr die Flugtasche und schob sie buchstäblich durch den Ausgang, an der Flugscheinkontrolle vorbei und in den Warteraum. Er sah sie in der Lockheed verschwinden, eine einsame, verlorene Gestalt im ungemütlichen Wind. Sie ging so langsam, als spiele Zeit überhaupt keine Rolle, obwohl sie längst der allerletzte Passagier war, der an Bord ging.

Sie setzte sich im Flugzeug steif auf ihren Fensterplatz, ziemlich weit vorne und wollte ihren Mantel der Stewardeß nicht zum Verstauen überlassen. Sie hatte das Gefühl, bis ins Mark zu frieren. Tatsächlich zitterte sie vor Kälte, obgleich ihr klar war, daß es im Flugzeug so kalt gar nicht sein konnte. Rund um sie herum knöpften die Passagiere – meistens Männer – ihre Jacken auf, lockerten die Krawatten und lehnten sich in Erwartung des Starts zurück.

Der Platz neben ihr blieb frei. Sie kramte in ihrer Tasche nach einem der Bücher, die sie sich für die endlose Reise mitgenommen hatte. Sie schnallte sich an, öffnete das Buch auf der ersten Seite und begann ein paar Zeilen zu lesen. Aber sie wußte nicht, was sie gelesen hatte. Sie las sorgfältig noch einmal. Mit den Wörtern und Sätzen stimmte alles. Sie selbst war nicht imstande, den Anfang der Geschichte in sich aufzunehmen.

Sie schloß die Augen und horchte intensiv auf die Geräusche der Motoren beim Start. Scheint alles einwandfrei zu sein, sagte sie zu sich selbst. Sie drehte sich etwas um und blickte nach hinten aus dem Fenster. Die Tragfläche war viel zu weit hinten, als daß sie die Propeller hätte sehen können. Sie mußte einfach unterstellen, sagte sie sich, daß alles einwandfrei lief. Man mußte annehmen, die Mechaniker, die dieses Flugzeug gewartet und startbereit gemacht hatten, hatten sorgfältige Arbeit geleistet, nicht geschludert und auch keine noch so winzige Kleinigkeit vernachlässigt. Man mußte einfach unterstellen, der Pilot und sein Kopilot waren erfahrene und kompetente Leute, die ihren Beruf beherrschten, und sich zu jeder Sekunde daran erinnerten, daß sie für die Sicherheit ihrer Passagiere verantwortlich waren – und damit auch für ihre eigene.

Sie wußte einfach zuviel von dem Geschäft, dachte sie fast unwillig, während ihr unbemerkt das Buch zu Boden glitt. Wüßte sie nicht zu gut, was bei einem Flug alles passieren konnte, bräuchte sie sich auch keine Sorgen darüber zu machen. Genau das war beispielsweise ja auch der Grund, warum es den Grundsatz bei den Ärzten gab, niemals einen Familienangehörigen zu operieren. Oder für Anwälte, sich niemals vor Gericht selbst zu vertreten. O Gott. Sie brauchte etwas zu trinken.

Sie machte die Augen auf und sah, daß die Stewardessen bereits angeschnallt waren. Aber das Flugzeug war noch immer am Boden. Es wartete am Anfang der Startbahn, während die Besatzung im Cockpit ihre letzte Checkliste durchging. Sie vollzog die Prozedur im Geiste mit, einen Punkt nach dem anderen. Als die große Maschine dann anrollte und schneller wurde, dachte sie wie in Panik: zu früh, viel zu früh! Es war doch noch gar nicht genug Zeit gewesen, die ganze Checkliste durchzugehen! Sie war sich dessen ganz sicher. Aber wem hätte sie das schon sagen sollen? Sie verspürte einen Drang, es laut herauszuschreien. So laut, wie es ihre Lungen nur hergaben. Den blöden, nachlässigen Stewardessen ins Gesicht. Den Passagieren, die sich der Gefahr, in der sie schwebten, überhaupt nicht bewußt waren! Schreien, bis sie den Start abbrachen und noch einmal die Checkliste durchgingen. Zu früh!! Aber sie waren bereits gestartet, unter ihnen blieb ruhig und stetig der Erdboden zurück, und sie gingen in die große Schleife, um ihre Flugrichtung zu erreichen. Der Neigungswinkel der Kurve war zu steil. Viel zu steil, viel zu steil. Gefährlich steil. Bei so einem Winkel konnten sie jeden Augenblick über die Seite abschmieren. Wußte das denn der Cowboy, der diese Maschine flog, nicht?

Das Flugzeug kehrte in normale Fluglage zurück und begann bis zur Reisehöhe zu steigen. Mein Gott, er steigt viel zu schnell. Viel zu schnell. Warum zum Teufel hatte er es denn so eilig damit? Wußte er denn nicht, daß sein Steigungswinkel einfach viel zu hoch war?

Freddy war in heller Panik. Welche Burschen ließen die denn an das Steuer dieser Flugzeuge? Was hatten die denn für eine Ausbildung? Wahrscheinlich einer dieser jungen Feuerköpfe! Irgendwo hatte sie gehört, daß alle älteren Piloten jetzt rigoros in Pension geschickt wurden. Irgend so ein junger Feuerkopf, der nicht im Krieg war und noch nicht annähernd genug Stunden in diesem Flugzeugtyp hatte, um wirklich zu wissen, was er tat.

Das Anschnallsignal ging aus, und sie klingelte sofort nach einer Stewardeß.

»Würden Sie mir bitte einen doppelten Scotch bringen. Ohne Eis, bitte.«

»Aber sicher, Mrs. Longbridge. Kann ich Ihnen sonst etwas bringen? Zeitschriften, Zeitungen? Es ist uns eine Ehre, Sie an Bord zu haben. Gleich anschließend wird Lunch serviert. Ich bringe Ihnen eine Speisenkarte zusammen mit den Getränken.«

»Nein, vielen Dank. Ich möchte nur den Drink.« Scheiße, das blöde Weib wußte auch noch, wer sie war! Sie versuchte ihre Finger von der Sitzlehne zu lösen, um die sie sich gekrampft hatten. Sie spürte, wie ihr unter der Bluse der Schweiß rann, auch ihre Haarwurzeln waren naß. Aber sie fror noch immer zu sehr, um den Mantel abzulegen. Ihr Herz schlug heftig, sie konnte nicht einmal tief durchatmen, und sie hatte das Gefühl, das erste Mal in ihrem ganzen Leben luftkrank zu werden. Es war stickig hier drin! Das war es. Verdammt noch mal, Luft! Kein Wunder, daß sie kaum atmen konnte. Das Riesenflugzeug war völlig isoliert von der Außenwelt. Ohne jeden Sauerstoff. Das bißchen, was durch die Düsen über den Sitzen kam, zählte doch überhaupt nicht. Erwarteten sie ernsthaft, alle diese Leute hier stundenlang ohne Frischluftzufuhr sitzen zu lassen? Am liebsten würde sie mit der Faust durch dieses Bullauge schlagen, wenn es damit nur gelänge, etwas gute, reine Luft in diese luftdicht verschlossene Kiste mit ihrem panikerregenden Inneren hereinzulassen! Das Ding war einfach zu groß, um sich noch fliegen zu lassen, und zu klein, die ganze Menschenfracht, die es geladen hatte, auch zu tragen!

Das Flugzeug arbeitete sich heftig durch Luftturbulenzen. Das Geräusch der vier Motoren war fürchterlich unregelmäßig! Irgendwo steckte oder klemmte etwas! In einem der Hunderte von entscheidenden Teilen, von denen sie jedes einzelne benennen und sich genau vorstellen konnte, hatte sich etwas verfangen und mußte herausgeholt werden, andernfalls gab es keine Rettung mehr für sie alle.

Sie klingelte erneut nach der Stewardeß.

»Ja, Mrs. Longbridge?«

»Ich muß den Captain sprechen. Es ist dringend. Dringend!«

»Ich weiß nicht, ob er im Moment Zeit hat, zu Ihnen zu kommen, aber ich sage es ihm.«

Eine Ewigkeit verging, während Freddy auf die nicht einwandfrei laufenden Motoren lauschte. Sie hatte die Augen fest zugepreßt, um es genauer hören zu können. Da — — da war es — — dieses Stottern, dieses Aussetzen, dieses Motorrülpsen. Jeder Pilot mußte so etwas hören! Außer er hatte keine Ahnung, was er hören mußte.

»Mrs. Longbridge?«

Sie blickte auf die polierten schwarzen Schuhe hinunter und auf die blaue Uniformhose.

»Sind Sie der Captain?«

»Ja, Ma'm, stimmt etwas nicht?«

»Ja, aber sicher. Mit einem Ihrer Backbordmotoren, hören Sie das denn nicht?«

»Tut mir leid, Mrs. Longbridge. Alles funktioniert einwandfrei. Ich habe gerade den letzten Check gemacht.«

Mein Gott, war der Junge nicht nur taub, sondern auch dumm? Sie war wütend und schoß einen Blick empor zu ihm. Ein Mann mittleren Alters. Ohne Zweifel ein erfahrener Pilot. Ohne Zweifel kompetent. Durch Wind und Wetter gegangen. Alles im Griff habend. Ein Gesicht wie dieses konnte sie auf Anhieb einordnen. Überall.

»Dann tut es mir leid, Captain. Es scheint, daß ich Geister höre.« Sie zwang sich zu einem Lachen. Ich darf es ihn nicht merken lassen, dachte sie. Nur nicht merken lassen. Zu peinlich.

»Keine Ursache, Mrs. Longbridge. Vielleicht machen Sie uns das Vergnügen, uns nach dem Lunch einmal zu besuchen. Wenn Sie wollen, natürlich nur.«

»Vielen Dank, Captain. Aber wahrscheinlich schlafe ich dann.«

»Wann immer Sie wollen. Sagen Sie nur der Stewardeß Bescheid, wenn Sie es sich anders überlegt haben.«

Als der Lunch serviert wurde, winkte Freddy ab und bat nur um eine Decke, ein Kissen und noch einen Drink. Sie mußte versuchen, sich zu entspannen. Dieses kleine, irre Tier loszuwerden, das ihr das Gehirn zerfraß! Dieses sich eingrabende, einwühlende, einer Alptraumpanik entsprungene Tier!

Aber wenn sie die Augen schloß, wurde es nur noch schlimmer. Wenn sie die Augen offen hatte, sah sie, wie die Leute mit Appetit aßen. Und so lange es ihr gelang, sich einfach nur auf sie zu konzentrieren, würde das Flugzeug auch nicht herunterfallen. Weil sie schließlich wohl kaum essen würden, wenn sie glaubten sterben zu müssen. Nicht wahr?

Das Flugzeug stieß ohne Vorwarnung in eine Wolkenwand. Freddy hielt in Panik den Atem an. Gefahr, hier lauerte Gefahr! Wie konnten diese Leute weiteressen? Als das Flugzeug ganz von der grauen Watte eingehüllt war, war plötzlich die verlorene Erinnerung an die letzten Minuten vor ihrem Absturz wieder da. Sie hatte auf den Höhenmeter gesehen und festgestellt, daß sie genug Höhe für die Landung auf Catalina hatte. Aber sie hatte keinen der benachbarten Tower gerufen, um zu erfahren, ob vielleicht seit ihrem Abflug aus Burbank das Barometer gefallen war. Jeder Flugschüler hätte gewußt, wie lebenswichtig diese Nachfrage war! Gerade angesichts der seit ihrem Start vergangenen Zeit und der vielen Höhenwechsel während ihres Fluges. Jeder Pilot, gleich welcher. Außer einem. Einer erfahrenen Pilotin. Die so dickschädlig war, so wütend, die ganze Welt so bis hier hatte und sich ihrer so sicher wähnte, daß sie die elementarsten Vorkehrungen schlicht und einfach vergaß! Wenn sie aber etwas so Grundsätzliches einfach vergessen konnte, dann doch wohl auch dieser erfahrene Captain hier, genauso wie jeder Pilot jeder beliebigen Luftlinie der Welt, am falschen Tag und in der falschen Stimmung! Tatsache war, es gab keine Sicherheit. Nirgendwo. Sie durfte nicht schreien!

Nach Paul de Lancels Begräbnis kehrten die Hunderte von Menschen, die dem Sarg zu Fuß zur Dorfkirche gefolgt waren, nach Valmont zurück, um der Witwe und seinen Kindern das Beileid auszusprechen. Als sich dann gegen Ende des Nachmittags auch die letzten Trauergäste verabschiedet hatten, blieben Eve und ihre Töchter noch zusammen sitzen. Die Verpflichtung, so viele Bezeugungen der Trauer und des Beileids anzuhören und entgegenzunehmen und in so viele mittrauernde Gesichter zu blicken, hatte sie alle mitgenommen, und sie bedurften des Trostes, beieinander zu sein.

Bruno hatte während des ganzen schwierigen Tages neben ihnen gestanden, mit niedergeschlagenen Augen und mit sehr ernstem Gesicht; er verkörperte eine dunkle männliche Präsenz und schüttelte Hände und antwortete auf Beileidsworte mit exakt dem Grad an Feierlichkeit, den die Freunde und Nachbarn Paul de Lancels erwarteten. Er und Delphine hatten sich knapp und wie abwesend begrüßt, als seien sie nur sehr entfernt verwandt und kennten sich kaum. Ihr letztes Gespräch, damals nach dem Diner bei General von Stern, war in ihrer Erinnerung noch sehr lebhaft vorhanden, aber Delphine war eine so erfahrene Schauspielerin und Bruno so routiniert in der Vorspiegelung von Fassaden, daß beide wohl hätten annehmen können, die ganze Sache sei vergessen. Obgleich beiden sehr bewußt war, daß es bestimmte Dinge gab, die sich niemals vergessen ließen. Niemals vergessen, niemals vergeben, niemals ein Wort darüber.

Für Eve war Bruno, als sei er nicht vorhanden. Weder gab sie ihm die Hand, als er ankam, noch würdigte sie ihn auch nur des kleinsten Blickes. Sie ignorierte ihn nicht einmal, denn ignorieren hätte bedeutet, sein Vorhandensein einzuräumen. Sie gab einfach, auch nicht durch das kleinste Anzeichen, zu erkennen, daß er für sie bei dieser Familienzusammenkunft ebenfalls anwesend sei. Sie tat es freilich so geschickt, daß es außer Bruno niemand merkte.

Jetzt, als die offiziellen Feierlichkeiten vorüber waren, floh Bruno aus dem Schloß und machte einen Spaziergang in die umliegenden Wälder. Armand Sadowski hatte Tony Longbridge und seine Eltern Penelope und Gerald nach Reims gefahren, von dort aus wollten sie mit dem Zug nach Paris zurückkehren. Jane, die über Nacht blieb, hatte sich zurückgezogen, um etwas zu schlafen.

»Hast du schon darüber nachgedacht, was du jetzt machen willst?«
Delphine entschloß sich zu der entscheidenden Frage an Eve. Solange ihrer Mutter nicht klar war, wie sie sich ihre Zukunft vorstellte, konnte sie
sie nicht allein hier zurücklassen. Aber in einer Woche begannen die
Dreharbeiten zu einem neuen Film, den sie mit Armand zusammen
machte.

»Ja, das habe ich«, sagte Eve, und ihre Stimme war ganz unerwartet
fest und entschlossen. Freddy und Delphine wechselten erstaunte Blicke.
Bis jetzt war Eve ganz in ihre Trauer versunken gewesen, wie unter einer
Glasglocke, die jedes Geräusch fernhielt. Sie war nicht weinend zusam-
mengebrochen, wie sie beide halb erwartet hatten, sondern hatte statt
dessen jede Gesellschaft abgelehnt und die meiste Zeit allein in ihren Rosengärten zugebracht, um das Mulchen zu beenden, das sie kurz vor
Pauls Tod begonnen hatte.

»Ich werde bei den Plänen bleiben, die euer Vater und ich für den Winter gemacht hatten«, sagte sie ruhig. »Ich hätte, falls ich gestorben wäre,
erwartet, daß er es ebenso hielte. Ich fliege mit dir nach Kalifornien zurück, Freddy, und bleibe wie geplant bei dir, bis ich Delphine und Armand
auf Barbados besuche. Nach den Weihnachtsferien kehre ich nach Paris
zurück, um dort alles so zu erledigen wie geplant. Die einzige Änderung
ist, daß ich im Ritz eine kleine Suite beziehen werde. Und zu Beginn des
Frühjahrs werde ich dann wieder hier sein, wo ich gebraucht werde.
Während die Reben schlafen, kann ich reisen. Wenn sie erwachen, muß
ich wieder zu Hause sein.«

»Ja aber... du meinst... du willst das Haus allein führen?«

»Ich bin nicht allein, Schatz. Die meisten Leute, die hier waren, als wir
nach dem Krieg herkamen, sind noch immer da. Alles ist in Ordnung.
Niemand ist unentbehrlich, nicht einmal ein *chef de cave*. Aber zusammen sind sie unentbehrlich. Ich muß wohl einen Verwalter einstellen,
der sich um alles kümmert und die Geschäfte so lenkt, wie es euer Vater
tat. Und ich werde dafür den besten Mann in der ganzen Champagne finden, glaubt mir, auch wenn ich ihn der Konkurrenz wegstehlen muß.
Vergeßt nicht, ich habe in diesen letzten sechs Jahren hier mehr als nur
ein klein wenig über die Champagnerproduktion gelernt. Es war für
mich, genauso wie für euren Vater, ein Intensivkurs. Was glaubt ihr
wohl, wie lange irgendein beliebiges *Grande Marque*-Haus überleben
würde, hinge dieses Überleben nur von Einzelpersonen ab? Die Champagne bringt starke Witwen hervor, Delphine.«

»Aber Mutter! Wie kannst du nur so reden?«

»Weil es die Wahrheit ist, deshalb. Lies nur die Geschichte des Wein-
baus, dann verstehst du es. Sie lehrt, realistisch zu sein. Und ich hoffe,

ihr kommt alle nächsten Sommer und bringt eure Kinder mit. Schließlich gehört Valmont jetzt auch euch, nicht nur mir.« Eves Stimme, obwohl angerauht vom Weinen, war kräftig und resolut. Die kahlen Rebstöcke um Valmont herum würden nächstes Frühjahr genauso schwere Frucht tragen wie seit Jahrhunderten. Diese elementare Tatsache gab ihr den Mut, nach vorn zu sehen und sich eine Zukunft ohne Paul vorzustellen.

»Soweit es mich betrifft«, sagte Freddy, »gehört mir Valmont überhaupt nicht. Ich kann mir das nicht einmal vorstellen.«

»Aber es ist trotzdem so. Und nach dir gehört es Annie. Es dürfte keine Überraschung geben, wenn der Notar morgen kommt und das Testament öffnet. Ein Drittel gehört mir, die anderen beiden müssen nach dem Gesetz zwischen dir, Delphine... und Bruno aufgeteilt werden. Wenn ich sterbe, geht das Haus de Lancel in euren gemeinschaftlichen Besitz über. Und wenn ihr sterbt, an alle eure Kinder. Wenn keiner von euch oder von euren Kindern die Champagnerherstellung betreiben will oder ihr euch nicht darüber einigen könnt, wie das Geschäft geführt werden soll, könnt ihr es immer noch verkaufen. An Kaufinteressenten für eine klassische Champagnermarke wird es nie fehlen.«

»Mutter, was denkst du denn da alles?« protestierte Delphine.

»Es ist ganz normal, mein Schatz, über den Tod zu reden. Nicht immer ganz angenehm, zugegeben, weil es einen zwingt, sich der Tatsache zu stellen, daß niemand ewig lebt. Aber wenn es um das Land, um Grund und Boden geht, dann hat das keine Bedeutung. So oder so, immer wird, was hier aus unseren Weinreben entsteht, Lancel-Champagner sein, wem das Land auch gehören mag. Der Name wird unsterblich sein, solange es Weinbau gibt.«

Sie lächelte ihren Töchtern zu. Sie hatte viele Stunden in ihren Rosengärten dazu gebraucht, um sich auf ein Leben ohne Paul einzustellen, und sie wußte genau, daß trotz aller ihrer Planungen nichts sie über diesen unsagbaren Verlust hinwegtrösten konnte. Aber das war nun einmal der Preis für eine nie endende Liebe. Man konnte nicht alles haben.

Bruno saß auf einem Baumstumpf in einer Waldlichtung, an einer Stelle, wo das Licht nur noch sehr schräg einfiel. Er war an dem Punkt seines Lebens, an dem er zu sich selbst sagen konnte: »Besser konnte es nicht kommen.« Die Zukunft bot sich ihm in den rosigsten Farben dar, so klar für ihn, als sei dieser Wald verzaubert. Aber er hatte es nicht nötig, die ganze Parade der großen Ereignisse, die ihn erwarteten, im einzelnen zu zählen, war nicht darauf angewiesen, bei all den irdischen Aussichten zu verweilen, die der Tod seines Vaters ihm nun eröffnete. Es genügte für den Augenblick, allein an Marie de la Rochefoucauld zu denken. Es war noch keine drei Wochen her, seit sie ihn bei ihrem Geburtstagsfest durch ihr Eingeständnis, mit ihren Freunden über ihn zu sprechen, hatte wissen lassen, daß sie ihn liebte. Niemals würde ein Mädchen wie Marie ihr Herz noch deutlicher sprechen lassen als an diesem Abend.

Nach diesem Fest hatten sie sich regelmäßig und häufig gesehen. Mit seiner neugewonnenen Sicherheit über ihre Gefühle vermochte er nun auch zu erkennen, daß sie in ihrer spröden, königlichen, altmodischen Art nur darauf wartete, daß er sich ihr näherte. Sie verbarg ihre Bereitschaft fast zu gut, und wenn sie sich nicht auf diese Weise selbst verraten hätte, schwebte er womöglich noch immer in diesem Zustand von Ungewißheit und Zweifel, der ihn beherrscht hatte, seit er ihr begegnet war.

Marie de la Rochefoucauld war reif für seinen Antrag, das wußte er. Er streckte Arme und Beine aus und war ganz überwältigt von Zufriedenheit. Von dem Augenblick an, als sie zugegeben hatte, daß sie über ihn mit anderen sprechen mußte, hatte er diese Erziehung zu Gehorsam begonnen, der er sie zu unterziehen sich gelobt hatte. Er ließ sie warten, in Ungewißheit und Hoffnung, während er gleichzeitig seinen ganzen berechneten und wirkungsvollen Charme benutzte, sie immer noch mehr in sich verliebt zu machen. In der letzten Woche dann hatten auch ihre Blicke begonnen, ihren Zustand zu verraten. Ihre klaren, grauen Augen vermochten in bestimmten Momenten schon nicht mehr eine gewisse fragende Erwartung zu verbergen, wenn sie meinte, er beobachte sie nicht. Und sooft er diese Erwartung erkannte, wurde er mit Absicht für eine halbe Stunde kühl und überaus förmlich – lange genug, um sie zu verwirren und besorgt zu machen, aber nicht so lange, daß sie ihn hätte fragen können, was denn nicht in Ordnung sei. Noch vor der Nachricht vom Tod seines Vaters hatte er Marie bereits soweit gehabt, daß ihr ganzes Universum von seinem Willen bestimmt zu werden begann. Und fortan, sagte er sich triumphierend, hatte er Zeit, soviel er wollte, um sie bis zur Verzweiflung zu treiben, wenn er es wollte. Doch jetzt, nachdem er wußte, daß es ihm möglich war, war es gar nicht mehr notwendig, auch ihren Geist zu brechen.

Sobald er nach New York zurückkam, beschloß er, würde er die Verlobung arrangieren, nachdem jetzt nichts mehr seiner Rückkehr nach Frankreich im Wege stand. In ein paar Wochen schon konnten sie nach Paris fliegen, damit er sich bei Maries Eltern vorstellen konnte. Ihre Mutter wollte sicherlich bald mit der Planung einer großen Hochzeit beginnen, an der alle die adeligen Familien, zu denen auch sie gehörten, teilnahmen, um ihrem Bund zu assistieren. Das große Fest konnte für das Frühjahr anberaumt werden – früh genug, nachdem es nun einmal beschlossene Sache war, daß es Maries Bestimmung war, eine Vicomtesse Bruno de Saint-Fraycourt de Lancel zu werden. Und diese Bestimmung hieß: Sie würde allein für ihn leben. Zusammen würden sie eine Dynastie begründen.

Natürlich nicht hier in der Champagne. Er wollte Valmont nie wieder betreten. Nur dieses Begräbnis, das so lange auf sich hatte warten lassen, so lange ersehnt worden war, um das er so gebeten hatte, hatte es möglich gemacht, ihn zumindest für einen Tag hierher zurückzubringen. Mochte hier leben, wer wollte, beladen mit all den Sorgen und Mühen eines Bauern. Mochte Valmont bewirtschaften, wer immer Lust dazu hatte. Es sollte ihn nicht kümmern, solange er seinen ihm zustehenden Anteil aus den Erträgen des Hauses de Lancel bekam.

Vielleicht war es Zeit, ins Schloß zurückzukehren, dachte er, obwohl der Gedanke daran seine allgemeine Zufriedenheit leicht überschattete. Es war unangenehm, sich selbst aus seinen Betrachtungen zu reißen, jetzt, wo alles sich zu seinen Gunsten gewandt hatte. »Besser hätte es gar nicht kommen können«, wiederholte er sich selbst und wußte, daß dieser Augenblick unvergeßlich für ihn bleiben würde. Eine leichte Brise kam auf und ließ die Blätter hinter ihm leicht rascheln.

Doch da bog eine Hand seinen Kopf nach hinten, die sich groß und rauh über seinen Mund legte. Ein muskulöser Arm schloß sich hart um seinen Hals. Seine Hände wurden ergriffen, nach hinten auf den Rücken gerissen und eng zusammengehalten. Er wurde hochgezerrt, grob vorwärtsgestoßen und mußte mitlaufen oder fallen. Die Leute, die ihn überfallen hatten, gingen hinter ihm, so nahe, daß er ihren Atem im Nacken spürte.

»Hättest nie zurückkommen dürfen«, murmelte eine Stimme, die er nicht kannte. »Man soll doch nie an den Tatort zurückkehren. Weißt du das denn nicht?«

»Erinnerst du dich noch an die drei Martins, die du bei der Gestapo denunziert hast? Wir sind ihre jüngeren Brüder«, flüsterte eine zweite Stimme, die über dem Geraschel des Laubes unter seinen Füßen kaum hörbar war.

Dann sprach ein dritter, fast ebenso sanft und leise. »Am gleichen Tag, als dein Vater nach Hause zurückkehrte, wollten wir dich schon holen, aber du warst verschwunden.«

»Wir werden dir eine Lektion erteilen«, knurrte der Mann, der als erster gesprochen hatte. »Los, beweg dich.«

In aufkeimendem Entsetzen begriff Bruno, daß sie auf dem Weg zu den Geheimkellern waren. Nirgendwo war auch nur eine Menschenseele zu sehen. Die riesige Hand auf seinem Mund erlaubte ihm keinen Laut. Sie preßte ihm die Lippen schmerzhaft in die Zähne.

»Du hast wohl gedacht, du wärst davongekommen, wie? Du hast wohl geglaubt, du hättest die einzigen drei Menschen aus dem Weg geräumt, die vom *Trésor* wußten?«

Bruno schüttelte in Panik den Kopf.

»Hat keinen Zweck, zu leugnen. Wir wissen, daß du es warst«, murmelte ihm die dritte Stimme ins Ohr, deren gnadenlose Schärfe nur scheinbar von äußerlicher Sanftheit überdeckt war.

»Es gab noch einen Schlüssel«, sagte die zweite Stimme mit ihrem furchterregenden Flüstern. »Der gehörte meinem Bruder Jacques, dem ältesten Martin. Dein Großvater hat ihm ebenso vertraut wie den anderen. Und außer deinem Vater hatte sonst niemand außer dir einen Schlüssel. Es hat niemals mehr als drei Schlüssel für den *Trésor* von Valmont gegeben.«

»Jacques hat eines Nachts deutsche Lastautos in der Nähe der Keller gesehen. Er hat sich angeschlichen, versteckt und beobachtet, wie die Soldaten den Champagner verluden. Am nächsten Tag ging er in den *Trésor* und fand ihn leer. Er befürchtete, man könne ihn oder unsere Brüder dafür verantwortlich machen, das Geheimnis von Valmont an die Deutschen verkauft zu haben. Deshalb hat er uns alles erzählt und uns den Schlüssel zur Aufbewahrung übergeben.«

»Und als dann die Gestapo unsere Brüder holte«, setzte sich das wölfische Gewisper fort, »war uns klar, daß du sie benützt hast, um sie aus dem Weg zu räumen. Damals konnten wir nichts tun, weil deine Nazifreunde dich beschützt haben. Nach dem Krieg sprach dein Vater niemals auch nur zu irgend jemandem ein Wort über den *Trésor*. Er wußte, wer der wirkliche Dieb war. Wir haben seine Scham respektiert. Und seinen Kummer. Aber wir wußten auch, eines Tages würdest du zurückkommen. Er wußte es vermutlich ebenfalls.«

Sie stießen Bruno in den riesigen, wohlgefüllten Keller, in dem sich jetzt niemand befand und drängten ihn weiter bis zu der Wand, in der sich der geheime Eingang zum *Trésor* befand. Bruno versuchte sich mit aller Kraft, deren er in seiner Angst fähig war, zu befreien, aber es war völlig sinnlos. Die drei Brüder hielten ihn fest wie Schraubstöcke. Einer von ihnen drückte auf die geheime Stelle der Wand, und sie öffnete sich. Das Schloß der verborgenen Tür glänzte so hell wie damals, als Brunos Großvater ihn mit dem Geheimnis von Valmont bekannt gemacht hatte. Der Schlüssel wurde eingesteckt, die Tür des *Trésors* öffnete sich weit.

Einer der Männer schaltete das Licht ein und schloß die dichte Wand hinter ihnen, die jedes Geräusch nach draußen unterband.

Sie schleppten Bruno durch das ganze riesige, leere Gewölbe. Seine Beine schleiften am Boden nach. Das Wissen um das, was ihm bevorstand, hatte seine Beine versagen lassen, aber seine Augen waren noch immer weit offen, erfaßten alles, auch noch, als sie ihn ganz am Ende an die Mauer stellten und sich dann rasch von ihm entfernten, ihre Gewehre von den Schultern holten und auf ihn anlegten.

Drei Schüsse hallten hohl durch die Leere. Dann gingen die Männer langsam zu dem leblosen Körper Brunos. Einer drehte ihn mit dem Schuh um, sah ihm in die gebrochenen Augen. Der Mund stand offen. Er hatte versucht, noch zu einem Schrei anzusetzen. Aber er war tot gewesen, ehe er noch am Boden lag. Einer der Brüder holte ein Blatt Papier hervor und kritzelte hastig darauf: »*Règlement de comptes*,«

»Rechnung beglichen«, sagte er feierlich und legte das Papier auf Brunos Brust. Sie hingen sich ihre Gewehre wieder um und wandten sich zum Gehen. Als sich die Tür des *Trésors* hinter ihnen schloß, sagte einer: »Wir schicken morgen den Schlüssel zur Polizei und teilen mit, wo er zu finden ist. Es wird keine weiteren Ermittlungen geben. Nicht, wenn sie den Zettel gesehen haben. Alles andere wäre nicht anständig gegen Madame de Lancel. Es gäbe nur eine endlose Suche, und er würde nie gefunden.«

»Und seine Knochen sollen auch nicht in Valmont liegen. Sie würden es nur entheiligen«, erklärte der andere.

»Richtig«, schloß der dritte. »Und es wäre auch nicht gut, wenn die Leute glaubten, es gäbe keine Abrechnung am Ende. Der Mann hat sowieso zu lange gelebt.«

Delphine und Armand überredeten Eve, sich vor dem Abendessen noch etwas hinzulegen, und begleiteten sie nach oben. Freddy blieb mit Jane, die inzwischen von ihrem Nickerchen zurückgekommen war, unten in einem kleinen Salon. Sie versuchten, einander über ihr Leben zu informieren, seit sich ihre Wege damals getrennt hatten, als Freddy und Tony nach Kalifornien gegangen waren.

»Ich war sehr verbittert, als ihr beide fortgegangen seid«, sagte Jane. »Wozu hatte ich mir dich als Schwägerin geangelt, wenn du dann doch so weit weg lebtest?«

»Nun, zumindest Tony hast du inzwischen ja zurück«, sagte Freddy, »und glaube mir, er sah heute sehr viel besser aus als das letzte Mal, als ich ihn sah. Wieder ein Squire zu sein, hat ihn völlig ins Lot zurückgebracht.«

»Wenn es nach mir gegangen wäre, hätte ich lieber dich zurückbekommen. Brüder habe ich eine ganze Menge. Oh, meine Liebe, das habt ihr beide ja prima hingekriegt! So eine Pleite! Kriegsheiraten –– funktioniert je eine? Gott, bin ich froh, daß ich warten mußte.« Sie lächelte Freddy, sich selbst beglückwünschend, zu. Es war das Lächeln einer Frau, die ihr Leben erfolgreich eingerichtet hat. »Stell dir nur mal vor, andernfalls hätte ich nie den süßen Humphrey kennengelernt und hätte nicht meine süßen Kinder. Und ich wäre nie eine Marquise geworden. Und etwas Besseres kannst du dir gar nicht vorstellen, obwohl du nie jemanden finden wirst, der das ehrlich zugibt. Man darf lediglich nicht an die Erbschaftssteuern denken. Aber schließlich können sie dir auch nicht alles wegnehmen. Doch, es war schon ganz gut, daß ich keine Kriegsbraut geworden bin. Es ist alles bestens gelaufen.«

»Du warst doch auch nie annähernd in der Versuchung, Jane, eine Kriegsbraut zu werden. Ich erinnere mich sehr gut. Wie kannst du da hier sitzen und dich derart abstoßend freuen, daß du einem Schicksal entgangen bist, das dich überhaupt nie bedroht hat?«

»Ach. Hätte Jock mir einen Antrag gemacht, ich wäre nur so gerannt, ihn zu heiraten! Und dann hätte er mich in die Wüste des wildesten Kalifornien geschleppt! Wie du den armen Tony!«

»Nun höre aber auf, Jane. Du hattest doch überhaupt nie etwas mit Jock.«

»Reiß keine alten Wunden auf«, sagte Jane mit einem Anflug Schärfe. Ihre Vornehmheit milderte die Lasterhaftigkeit ihrer braunen Augen, aber sonst hatte ihre hochadelige Heirat Jane eigentlich kaum verändert.

»Wovon redest du denn?« sagte Freddy verwirrt. Jane hatte es doch nicht nötig, irgend etwas daherzuphantasieren. Sie konnte schließlich jede Menge Realität nachweisen.

»Das hast du nie mitgekriegt? Nein. Ich sehe es jetzt. Aber schließlich habe ich damals ja auch alles getan, daß es so blieb. Es war schlimm genug. Ausgerechnet ich, geradezu lächerlich verliebt, und ausgerechnet in einen, für den ich überhaupt nicht existierte! Ich hätte mich doch dem allgemeinen Mitleid ausgeliefert.«

»Du warst in Jock Hampton verliebt?«

»Gott, jahrelang. Und du brauchst nicht gleich so ungläubig zu tun. Das läuft schließlich auf meinen Geschmack hinaus. Ich war in diesen wunderbaren Burschen länger verliebt, als ich mich selbst gern erinnere. Ich habe Jock nicht verwunden, nicht richtig, bis ich Humphrey kennengelernt habe. Ich vermute, in diesen blonden Tarzan muß man letztlich immer ein bißchen verliebt sein.«

»Der ungeschlachte grobe Kerl? Der hinterwäldlerische Cowboy? Dieser rumtreiberische Raufbold? Der höchstens am Rand von etwas Intelligenz gestreifte Blödian?« rief Freddy völlig verblüfft und in aufwallendem Ärger. »Aber Jane, das kann doch nicht sein!«

»Aber natürlich war das so. Und wie! Ich zweifle, daß du ihn dir jemals sorgfältig angesehen hast. Na ja, was soll es. Das sind eben Geschmacksfragen. Aber stimmst du mir nicht doch zu, daß die erste Liebe immer in einem lebendig bleibt – wenn man sich einmal wirklich verliebt hat – ganz egal, ob man sich später in jemanden anderen verliebt?« fragte Jane.

»Darüber brauchen wir uns nicht zu streiten«, sagte Freddy. In ihrer Stimme klang eine ferne, komplizierte Nostalgie an, die bittersüße Erinnerung an Stunden, die nie wiederkehren können. »Aber warum hast du dich denn dann nie wirklich um Jock bemüht? Nicht einmal geflirtet hast du mit ihm. Ausgerechnet du, die schamloseste und berüchtigste Flirterin im ganzen Britischen Empire? Was zum Teufel hinderte dich denn daran?«

»Na du«, sagte Jane.

»Ich?« Freddy protestierte zornig. »Das ist ja wohl das Unfairste, was ich je gehört habe! Wieso sollte ich dich gehindert haben? Warum ausgerechnet ich, um alles in der Welt?«

»Nicht du direkt, dumme Kuh. Sondern, weil Jock derart verliebt in dich war, daß es völlig unmöglich war, auch nur seine Aufmerksamkeit zu erregen, geschweige denn, mit ihm einen Flirt anzufangen! Wie der ständig um dich herumschlich und dich ansah – oder, noch schlimmer, sich Mühe gab, dich eben nicht anzusehen – auf so eine Art, die mir alles sagte, was ich nur wissen mußte. Mein Gott, es tat direkt weh, ihn dabei zu beobachten. Was blieb mir noch anderes übrig, als mich hinter meinem Stolz zu verschanzen, nachdem sonst nichts ging! Und so war ich in der überaus demütigenden und verletzenden Situation, ihn beobachten zu müssen, wie er deinetwegen Höllenqualen litt und ich meinerseits seinetwegen. Und die ganze Zeit waren die liebe Freddy und der liebe Tony wie die Turteltauben und blind für alles um sie herum! Ah, diese Liebe! Aber wie gesagt, am Ende ergab sich dann doch eben alles zum Besten – jedenfalls für mich. Und du weißt ja wohl, wie wirklich betrübt ich war – und noch immer bin –, daß es mit Tony und dir am Ende schiefging. Und was Jock betrifft – wie geht es ihm, übrigens?«

»Jock...? Ach... na, du kennst ihn doch... dem geht es gut... alles bestens.«

»Ach, der arme Jock, hält immer noch die Fackel für dich hoch... ist fast ein bißchen so wie eure Freiheitsstatue, wie? Tony sagte mir, er habe es schon jahrelang vermutet. Aber, was kann man machen, wenn einer nun mal nicht jemandes Typ ist?«

»Was, was, was?«

»Ich sagte... ach, vergiß es. Du hast natürlich andere Dinge im Kopf. Soll ich dir einen Drink machen, Püppi?«

»Wer?«

»Einen Drink? Willst du einen? Freddy! Freddy? Wieviele Raben sitzen auf dem Dach?«

»Was?«

»Na, ich kümmere mich mal um die Drinks. Du bleib hier schön sitzen. Es war ein langer, harter Tag, Gut, daß ich dageblieben bin. Du brauchst offensichtlich jemanden, der sich um dich kümmert.«

Am Nachmittag nach Paul de Lancels Begräbnis erschienen vier Beamte der Polizei von Epernay auf Valmont. Sie baten die Haushälterin, Madame de Lancel zu bestellen, sie hätten nicht im Sinn, sie in ihrer Trauer zu stören, aber sie seien gezwungen, einem anonymen Brief nachzugehen, den sie erhalten hätten und der einen ihrer Keller betreffe.

»Nur zu, tun Sie Ihre Pflicht«, hatte Lucie mit Autorität erklärt. »Madame de Lancel sagt Ihnen zweifellos dasselbe, aber ich habe nicht die Absicht, sie jetzt wegen irgendwelchen Unsinns zu stören.«

Die Polizisten gingen in die Keller. Sie hatten den Schlüssel und die Skizze bei sich, die Unbekannte am Morgen geschickt hatten, und auf der der Weg zur Geheimtür und in den *Trésor* eingezeichnet war. Eine Viertelstunde später sahen sie verblüfft, wie sich die Tür des *Trésor* öffnete. Einer von ihnen suchte nach einem Lichtschalter, fand ihn und vor ihnen erstrahlte der ausgedehnte Geheimkeller in hellstem Licht. Er war völlig leer. Bis auf eine am Boden liegenden Leiche ganz am anderen Ende. Sie liefen rasch darauf zu. Schon auf dem Weg erkannten drei der vier Polizeibeamten, die schon während des Krieges in Epernay gewesen waren, Bruno. Zwei von ihnen fluchten leise, aber ohne besonders überrascht zu sein. Als sie alle vier vor dem Toten standen und jeder zögerte, beugte sich der dienstälteste endlich hinab und hob den Zettel auf Brunos Brust auf. Er las ihn und reichte ihn den Kollegen wortlos weiter. Sie sahen einander an und begriffen sofort.

»Und was machen wir jetzt, Capitaine?« frage der jüngste.

»Wir bringen die Leiche ins Schloß und melden den Unfall dem Revier, mein Junge.«

»Den Unfall?«

»Es hat viele Leute gegeben, mein lieber Jacques, die diesen Mann tot sehen wollten. Wie soll man die heute noch finden? Wieviele waren es? Wer soll sich diese unnötige Mühe aufladen? Es ließe sich gar nicht machen. Und es sollte auch gar nicht geschehen. Mein lieber Jacques, dies hier, und daraus kannst du etwas lernen für dein zukünftiges Leben als Polizist, dies hier war ein Unfall. Ein sogenannter beabsichtigter Unfall.«

»Ich verstehe das nicht«, sagte Freddy. »Wie kann die Polizei den Tod Brunos einfach als Jagdunfall erklären? Ich bin noch immer ganz geschockt. Sie mußten doch wissen, daß es Mord war? Ihn da zu finden, auf einen anonymen Hinweis hin! Was sonst soll das sein? Und sie stellen nicht einmal eine Untersuchung an! Nicht, daß ich besonders um Bruno trauern würde. Aber was geht hier eigentlich vor? Bin ich hier tatsächlich die einzige, die das Ganze für unglaublich hält?«

Freddy, Eve, Delphine und Armand waren gerade von dem eiligen Begräbnis Brunos zurückgekehrt und saßen nun auf der Terrasse von Valmont, deren alte Steine die Wärme des Sommers gespeichert hielten.

»Es war weder ein Unfall noch ein Mord«, sagte Eve und legte ihren Arm um Freddys Schulter. »Sondern eine Hinrichtung.«

»Was?? Eine Hinrichtung? Was soll das denn heißen? Und seit wann sind Privatexekutionen in Frankreich legal? Wieso ist überhaupt niemand von euch ... wie soll ich sagen ... besonders überrascht über das alles? Ja, genau! Als sie seine Leiche ins Haus brachten, war ich doch die einzige aus der ganzen Familie, die wirklich verblüfft war! Ihr anderen habt es irgendwie ganz gefaßt hingenommen. So als hättet ihr das ... irgendwie erwartet, daß so etwas passiert! Aber wie konntet ihr? Welchen Grund konnte denn irgend jemand haben, zu erwarten, daß Bruno plötzlich tot und steif daliegt, einen Tag, nachdem er einen Waldspaziergang machte?«

»Schatz, du hast doch das Denkmal in Epernay schon mal gesehen, nicht wahr?« fragte Eve.

»Ja, sicher, aber was hat das damit zu tun?«

»Es ist nicht eigentlich ein Kriegerdenkmal, Freddy. Die zweihundertacht Namen, die darauf stehen, waren Opfer der Resistance. Unter ihnen war eine Anzahl, die hier in Valmont arbeiteten. Es wurde bekannt, daß Bruno mit ihrem Tod zu tun hatte. Er war ein Kollaborateur.«

»Das wußtest du?« Delphine riß es herum, während sie sich schon selbst die Hand auf den Mund legte.

»Dein Vater hat es mir erzählt. Aber nur mir. Er wollte, daß niemand jemals etwas davon erfahren sollte – von der Schande, die sein eigener Sohn über die Familie gebracht hatte, auch du nicht. Aber es war uns klar, daß wir nur einen Teil der ganzen Geschichte kannten. Wer weiß schon genau, was Bruno während der Besatzung alles getan hat? Er war allein hier in Valmont, nachdem euer Großvater gestorben war. Drei lange dunkle Jahre. Es muß viele Leute gegeben haben, die gute Gründe hatten, ihn der Gerechtigkeit zuzuführen.«

»Aber der Krieg ist doch schon seit sechs Jahren zu Ende!« wandte Freddy ein.

»Man sieht, daß du nie eine Besetzung erlebt hast, Freddy«, sagte Armand. »Was sind schon sechs Jahre. Und wenn er erst nach zehn Jahren zurückgekommen wäre, oder nach zwanzig – – auch dann noch hätten seine Richter, wer immer sie waren, auf ihn gewartet. Es könnte sogar die Polizei selbst gewesen sein oder Leute ihres Vertrauens, Freunde, Bekannte. Die Polizei hat zweifellos ihre guten Gründe, keine weiteren Ermittlungen über diesen Todesfall anzustellen.«

»Hast du denn irgendwelche Vermutungen, Delphine?« fragte Freddy. »Du warst doch im Krieg mehr oder weniger in Kontakt mit Bruno. Hast du irgendeine Ahnung, worum es da gehen könnte?«

»Nein. Nein. Mit mir war Bruno immer... sehr korrekt...« sagte Delphine ernst und nahm Armands Hand. Es gab Dinge, die weit weg waren und besser begraben blieben. Das Diner bei General von Stern hatte nie stattgefunden. Sie hatte Bruno nie um Hilfe gebeten. Sie hatte nie eingewilligt, ihre Diamanten anzulegen und zum Diner in der Rue de Lille zu fahren. Wofür Bruno auch getötet worden sein mochte, daß er sein Schicksal verdient hatte, davon war sie überzeugt. Niemand, weder Freddy oder ihre Mutter und nicht einmal Armand, konnte je völlig begreifen, wie es unter der Besatzung wirklich gewesen war. Hatte man das Glück gehabt, zu überleben, war es klüger, zu vergessen. Dem Himmel sei Dank für den Pragmatismus der französischen Polizei!

»Jetzt kann ich die Reise wirklich kaum noch erwarten!« rief Eve am nächsten Tag, als der Notar gegangen war, und breitete die Arme aus. »Nach diesen ganzen Formalitäten wird mir eine große Portion kalifornischer Sonne gut tun.«

»Sag mal, Mutter«, meinte Freddy. »Was würdest du dazu sagen, die Reise mit dem Schiff zu machen? Würde dir das nicht Spaß machen? Ich habe, seit ich ein kleines Kind war, keine Seereise mehr gemacht. Und das Wetter ist ja immer noch gut. Was meinst du?«

»Aber was denn! Nicht doch! Erstens mußtest du Annie ohnehin schon lange genug allein lassen, und ich kann es außerdem kaum erwarten, das Kind in die Arme zu schließen. Zweitens kann ich mir kaum Deprimierenderes vorstellen, als tagelang auf einen endlosen Ozean zu starren und das in einer Umgebung von lauter fremden Leuten. Ausgerechnet du, Freddy! Die Langsamkeit, mit der sich das abspielt, würde doch gerade dich als erste aus der Haut fahren lassen! Und für mich ist sie ganz bestimmt das letzte, was mir jetzt fehlt.«

»Ich dachte ja nur, es könnte vielleicht... nun, entspannend sein, beruhigend, friedlich, luxuriös. So eine Art Erholungsaufenthalt.«

»Ach, es ist nur langweilig, dauert ewig, und alle essen zuviel. Es ist sehr nett, mein Schatz, daß du es meinetwegen in Erwägung ziehst, aber was mich betrifft, so denke ich überhaupt nicht daran, anders zu reisen als mit dem Flugzeug. Die einzige Frage ist, wann wir fliegen können. Ich bin praktisch bereit. Meine Sachen sind gepackt, mit der Haushälterin, den Gärtnern, den Verkaufsleuten und dem *chef de cave* ist alles Nötige besprochen. Ich kann heute noch fahren, auf jeden Fall aber morgen.«

»Ich rufe in Paris an und buche eure Tickets«, bot sich Armand an und ging zum Telefon.

»Sehr schön«, murmelte Freddy. »Ist er immer so hilfsbereit, Delphine?«

»Wir müssen auch unbedingt nach Paris zurück. Das hat vielleicht etwas damit zu tun. Und ich wette mit dir, er schafft es noch, Flugtickets für morgen zu bekommen, so schwierig Reservierungen in letzter Minute auch sind.«

»Ich kann's kaum erwarten«, murmelte Freddy in sich hinein. Vielleicht wurde es diesmal nicht so schlimm, wenn sich ihre Mutter ans Fenster setzte und ihre Hand hielt. Aber sie konnten schließlich nicht den ganzen Weg bis Los Angeles Händchen halten. Vielleicht konnte sie aber ihren Kopf in den Schoß ihrer Mutter legen und so mit geschlossenen Augen liegenbleiben. Doch auch das ging nicht bis Los Angeles. Sie konnte sagen, sie sei luftkrank. Aber nicht bis Los Angeles. Und mit ihrer Mutter neben sich konnte sie sich auch nicht gut so sinnlos betrinken, daß sie nichts mehr wahrnahm. Sie hatte etwas von einem neuen Arzneimittel gehört, das jede Art von Spannungsangst lösen sollte. Wenn sie vielleicht das... »Delphine«, fragte sie, »hast du schon mal was von Miltown gehört?«

»Miltown? Nein.«

»Was soll das sein?« fragte Eve.

»Irgendeine amerikanische Erfindung... es ist nicht weiter wichtig.«

»So bald habe ich Sie gar nicht zurückerwartet!« rief Helga, als Freddy und Eve aus dem Taxi stiegen, das sie vom Flughafen hergebracht hatte.

»Wir hatten Rückenwind«, sagte Freddy. »Wir landeten früher als nach Plan.«

»Kommen Sie, Madame de Lancel, geben Sie mir Ihr Gepäck!« sagte Helga und fingerte in einiger Verwirrung herum.

»Gutes Gefühl, wieder einmal hier zu sein«, sagte Eve. »Aber ich bin hundemüde. Freddy, ich lege mich gleich ein wenig hin. Ich weiß nicht einmal, welcher Tag heute ist, geschweige denn, welche Tageszeit.«

»Schlafe, solange du Lust hast, Mutter, und dann komm einfach, gleich, welche Zeit es ist. Ich werde auf jeden Fall wach sein.«

»Das glaube ich dir gerne, nachdem du den ganzen Flug über geschlafen hast, mit einer Decke über dem Kopf. Ich habe noch nie jemanden so lange schlafen sehen. Also bis später dann, Schatz.«

»Helga, wo ist Annie?« fragte Freddie, sobald Eve die Treppe hinaufgegangen war.

»Sie haben sie gerade verpaßt, Mrs. Longbridge. Sie ist ein Weilchen weggegangen.«

»Weggegangen? Wohin denn? Und wann wird sie zurück sein?« fragte Freddy ungeduldig.

»Bestimmt spätestens am Abend. Nicht mehr als ein paar Stunden.« Helga versuchte, sich unauffällig in die Küche davonzumachen.

»Helga! Ist Annie etwa ganz allein fort?« fragte Freddy scharf. »Was soll das bedeuten, bestimmt spätestens am Abend? Sie wissen ganz genau, ich will nicht, daß sie sich irgendwie herumtreibt, ohne daß wir wissen, wo sie ist.«

»Sie ist ja auch nicht allein, Mrs. Longbridge«, erklärte Helga hastig. »Sie ist mit Mr. Hampton weg.«

»Und? Hat er gesagt, wo sie hinwollen?«

»Nicht genau.«

»Helga! Wieso sehen Sie so schuldbewußt aus? Was zum Teufel geht hier vor?«

»Na ja«, wand sich Helga, »es soll eine Überraschung sein. Ich mußte versprechen, nichts zu sagen. Annie sagte, sie würden sehr stolz auf sie sein, wenn Sie heimkämen, und sie wollte es doch so sehr, und Mr. Hampton sagte mir, daß Annie groß und klug genug sei. Oh, Mrs. Longbridge, sie haben mich einfach überredet, alle beide, ich konnte einfach nicht Nein sagen, nicht, als sie mich beide beknieten. Mr. Hampton... also... er gibt ihr Flugstunden. Er war fast jeden Nachmittag mit ihr draußen, seit Sie weg waren. Ich habe wirklich geglaubt, Sie könnten doch nichts dagegen haben. Ich kenne doch alle die Geschichten, die Sie Annie erzählt haben, als Sie jung waren und Ihre ersten Flugstunden bekamen... ja, ich weiß ja, wahrscheinlich hätte ich es nicht zulassen sollen, aber Mr. Hampton ist schließlich so ein erfahrener... und schließlich ist er doch auch ihr Pate... und Annie war auch so unruhig, Sie waren weg und Ihr Großvater plötzlich gestorben... oh, Mrs. Longbridge...«

»Mein Gott, nun hören Sie schon auf zu jammern, Helga! Ich habe ja verstanden, was passiert ist. Hören Sie auf zu heulen und denken Sie nach. Wo sind sie hin?«

»Irgendein Ort Santa Paula oder so. Mr. Hampton sagte, das sei ein guter Ort zum Lernen, nicht zuviel Betrieb und nicht zu groß.«

»Gut.« Freddy rannte, zwei Stufen auf einmal nehmend, nach oben und zog eilig ihre Reisekleidung aus. Sie brauchte nur Minuten, bis sie noch dampfend aus der heißen Dusche kam. Das Haar tropfte noch, war aber jetzt, nach dem langen Flug in der stickigen Luft der Maschine, wieder sauber. Sie zog sich rasch Jeans an, ein altes, blaues, verschossenes Arbeitshemd und flache Schuhe. Dann fuhr sie mit ihrem Wagen durch die Senke des San Fernando Vally nach Santa Paula. Sie wütete im stillen vor sich hin. Nur den Rücken brauchte sie ihm zu drehen, dem Bastard, und er begann ihr Kind zu verderben, dachte sie. Sie hatte immerhin doch gewartet, bis sie fünfzehn war, verdammt nochmal, um fliegen zu lernen! Aber Jock Hampton – er, der niemals in seinem Leben ein Schulflugzeug geflogen hatte! -- gab einem Kind Flugstunden, das noch nicht einmal zehn war! Wer konnte denn derart verrückt sein, so etwas zu tun, wie inständig ihn Annie auch immer bekniet haben mochte?

Auf dem kleinen, wohlbekannten Flugplatz rannte sie in die Baracke des Managers, draußen vor dem Hauptgebäude.

»Haben Sie einen großen, blonden Mann mit einem dunkelhaarigen kleinen Mädchen gesehen?«

»Gewiß doch. Sie sind gerade abgeflogen, mit einer *Piper Cub*. Sie landeten, um etwas zu essen, und flogen dann weiter.«

»Wissen Sie, wann sie wiederkommen?«

»Ich habe nicht mit ihnen gesprochen. Versuchen Sie es doch bei dem Mädchen am Imbißstand. Vielleicht weiß sie etwas.«

Freddy rannte aus dem Büro, hinüber in das größere Holzgebäude.

»Sie meinen Jock und Annie?« sagte das Thekenmädchen sofort. »Ja, die hatten ihren üblichen Schokoladenkuchen mit Milch und flogen dann wieder los. Nette Kleine, die Annie. Ich dachte ja zuerst auch, als sie auftauchten, bißchen jung für Flugstunden, aber die ganzen jungen Kids hier ... ich sage Ihnen, es kommt mir vor, als würden sie jedes Jahr noch jünger anfangen. Was darf es denn sein?«

»Nichts. Ich warte nur auf sie.«

Freddy ging nach draußen und suchte ungeduldig den leeren Himmel ab. Auf der anderen Seite der einzigen Rollbahn war ein tiefes, fast ausgetrocknetes Flußbett, auf dessen jenseitigem Ufer sich das wohlbekannte kleine Wäldchen mit grünen Bäumen befand; Eukalyptus, Fichte, Eiche, alles einheimische Gehölze, die im Wind rauschten ... Genau dieselben Bäume, die ihr schon damals, bei ihrem ersten Soloflug, zugesehen hatten. Sie legte sich am Rand der Rollbahn ins Gras, in die frische Brise, die kräftig nach Treibstoff roch, und wartete.

Eine halbe Stunde saß sie mit kochender Ungeduld in der Sonne des beginnenden November, als sie das ferne Dröhnen eines kleinen Flugzeugs hörte. Sie sah mit ihren erfahrenen, scharfen Augen nach oben. Da war sie. Eine kleine gelbe *Piper Cub*. Aber noch weit, weit weg. Und sie flog kerzengeradeaus. Flog sie weiter oder wollte sie landen? Sie sah scharf hin und erkannte, daß die Maschine zu den Landemanövern ansetzte. Nicht gerade sehr perfekt, übrigens. Sie schüttelte unwillig den Kopf. Der Einflugwinkel war nicht exakt. Gut, nichts, was man nicht jeden Tag auf jedem Flugplatz hundertmal sah. Wenn man darauf aus war. Aber immerhin unter Jocks Niveau. Er wackelte auch leicht. Eine Korrektur, die eine Überkorrektur war, gefolgt von einer neuerlichen Korrektur, die ein wenig zu stark in die Gegenrichtung steuerte. Jock wurde wohl recht nachlässig. Und das war er eigentlich nie gewesen. Er war anderes, eine Menge anderes, aber nie war er ein nachlässiger Pilot gewesen. Niemals.

Also flog Annie das Flugzeug! Sie sprang hoch und stand dann hilflos da, wie angewachsen, und war sich völlig darüber im klaren, daß ihre Tochter am Steuer dieses Flugzeugs saß. Sie hatte nichts, womit sie winken konnte, signalisieren. Nichts, womit sie Jock veranlassen konnte, mit diesem wahnsinnigen Experiment aufzuhören.

Dann war das Wackeln der Maschine plötzlich zu Ende, und die *Piper* kam ruhig und glatt und präzise in einer perfekten Landung herunter und setzte sanft und leicht wie ein Schmetterling auf einer Blume auf.

Freddy sah immer noch bewegungslos zu, wie das Flugzeug zu seinem Standplatz rollte und der Motor abgestellt wurde. Die Tür ging auf und Annie stieg vorsichtig heraus, fest gestützt von Jocks Arm.

»Annie! Hierher!« schrie Freddy, und das große kleine Mädchen wandte sich um und kam in ihre Arme geflogen.

»Hast du mich gesehen, Mammie? Hast du? Ja?« kreischte sie in heller Aufregung, während sie sie abküßte.

»Ja, ich hab' dich gesehen. Das – war ganz gut, Annie.«

»Nein, nein, Mammi, das war ich nicht. Ich bin mordsrumgeruckelt. Das sagt Jock immer. Aber ich werde jedes Mal ein wenig besser. Aber er will mich noch immer nicht mal versuchen lassen, zu landen.«

»Das... ist verständlich.«

»Er sagt, ich muß noch eine Menge lernen«, berichtete Annie ernst. »Bist du sehr überrascht, Mammi? Ich wollte einfach was Wunderbares für dich tun, weil ich doch wußte, wie traurig du wegen Großvater warst. Es war ganz allein meine Idee, weißt du.« Sie wandte sich zu dem neben der Rollbahn geparkten Flugzeug. »Ich glaube, Jock fürchtet, du wirst sehr böse auf ihn sein, weil ich ihn dazu überredet habe. Er kommt anscheinend gar nicht erst aus dem Flugzeug.«

»Annie, geh doch mal zur Imbißtheke und warte dort, ja? Ich sage Jock guten Tag. Es kann vielleicht eine Weile dauern. Da hast du etwas Geld. Bestell dir, was du willst.«

Sie ging zu der *Piper*, stieg hinauf und steckte den Kopf in die Kanzel. Jock saß hinter dem rechten der beiden gekoppelten Steuer mit verschränkten Armen und starrte ins Leere. Sein dickschädliges Kinn war so entschlossen und unmißverständlich abschätzig vorgereckt wie eben nur bei einem Mann, der genau weiß, daß er im Unrecht ist, aber sich jedenfalls Mühe gibt, es nicht zuzugeben.

»Komm raus hier!« fuhr sie ihn an.

»Warum sollte ich?«

»Damit ich dir sagen kann, was ich von dir halte.«

»Sehr verlockend, aber nein, danke.«

In hellem Zorn stieg sie ganz in die kleine Maschine. »Wie konntest du das tun, Jock? Wie konntest du derart leichtfertig mit Annie sein? Am liebsten würde ich dich mit meinen bloßen Händen erwürgen!«

»Ich war nicht leichtfertig. Ich war sogar ganz besonders vorsichtig, glaube mir. Hör zu, Freddy, ich weiß, ich hätte dich in Frankreich anrufen und deine Zustimmung einholen sollen. Ich wollte nichts, als einfach nur Annie ein wenig Gesellschaft leisten, während du weg warst, und dann habe ich mich plötzlich Ja sagen gehört, als sie mich löcherte, nur einmal, ein einziges Mal mit ihr zu fliegen. Und dann kam eines zum anderen. Bei ihr geht das wie von selbst, Freddy. Es geschah einfach gegen meine eigene bessere Einsicht.«

»Also ein Kind kann dich gegen deinen eigenen Willen zu etwas überreden? Willst du mir zumuten, das zu glauben?«

»Nun ja, Annie hat mehr Überredungstalent als selbst du jemals hattest. Aber ganz tief drinnen wird es wohl schon so sein, daß ich es auch selbst wollte.« Er wandte sich zu ihr herum. »Es tut mir leid, Freddy. Tut mir wirklich leid, daß dich das so aufregt. Aber du weißt doch, daß ich sie nicht wirklich irgend etwas Gefährliches tun ließe, das weißt du doch, oder? Verzeihst du mir?«

Freddy betrachtete ihn sinnend. Ein ganzes Jahr lang hatte sie Jock nicht gesehen und fast vergessen, wie groß er war. Gegen ihn wirkte das Cockpit der *Piper* zwergenhaft. Er saß in aller Ernsthaftigkeit vorgebeugt und sah mitleiderregender aus, als sie ihn jemals erlebt hatte. Konnte sie denn wirklich zornig sein, wo er letztes Jahr so gut zu ihrer Mutter und Annie gewesen war?

»Also gut, Jock, ich verzeihe dir. Aber keine Flugstunden mehr, ehe sie nicht älter ist. Ich werde ihr das selbst klarmachen.«

»In Ordnung.« Jock atmete erleichtert auf. »Sag, warum fliegen wir nicht eine kleine Runde mit dem kleinen Ding hier, Freddy? Ich wollte immer mal mit dir fliegen. Du bist immerhin eine wunderbare Pilotin.« Wie konnte er ihr klarmachen, daß der Wunsch, jetzt, wo er sie wieder einmal so nahe bei sich hatte, fast zu groß war? Als habe er ein Glühwürmchen gefangen, das einzige der Welt, wissend, daß er es, würde er es jetzt wieder freilassen, nie wieder zurückbekäme.

»Nein.« Freddy schauderte bei seinen Worten, versuchte sich aber nichts anmerken zu lassen.

»Auch nicht nur ein paar Minuten? Sieh doch nur, es ist die beste Zeit des Tages. Na komm! Wir sehen uns den Sonnenuntergang an.« Er griff über sie hinweg zur Tür, die sie offen gelassen hatte, als sie sich setzte.

»Nein, Jock! Laß das!«

»Wieso denn nicht? Annie wird es schon verstehen, wenn sie uns abfliegen sieht.«

»Ich kann nicht«, sagte sie dumpf.

»Das verstehe ich aber nun wirklich nicht«, sagte er, als er ihr bleiches, völlig verschrecktes Gesicht sah und die ganz unübersehbare Angst in ihren Augen.

»Ich . . . ach verdammt, Jock, ich habe mein Selbstvertrauen verloren«, stieß sie hervor. »Seit dem Unfall habe ich es vermieden, allein in ein Flugzeug zu steigen und mir vorgemacht, einfach nur deshalb, weil mir nun mal nicht danach sei. Aber als ich dann nach Frankreich fliegen mußte, war es mir klar. Ich habe Angst vor dem Fliegen. Es war ein Alptraum. Ich war in völliger Panik, praktisch verrückt vor Angst und habe mich aufgeführt wie eine Irre. Und es hörte auch nicht auf, die ganze Zeit über nicht. Der Angstschweiß brach mir unablässig aus, ich litt an der schlimmsten Klaustrophobie, ich wartete jeden Augenblick auf den Absturz. Ich werde nie wieder fliegen. Nie wieder. Das weiß noch kein Mensch, außer dir. Ich konnte es niemandem sagen. Niemand hätte es verstanden. Ich bitte dich, sprich nicht darüber. Ich will nicht, daß es jemand erfährt.«

»Freddy, das darfst du nicht, dein Selbstvertrauen verlieren! Fliegen bedeutet dir viel zu viel. Du mußt wieder rauf. Freddy, jeder Reiter, der einmal abgeworfen wurde, weiß, daß er unbedingt wieder zurück aufs Pferd muß.« Er griff rasch zum Zündschlüssel und drehte ihn herum.

»Jock! Hör auf! Tu das nicht! Um Himmels willen, steig nicht auf, du Bastard!« Sie schrie ihn an, während er bereits das kleine Flugzeug wendete und auf die Startbahn zurollte.

»Setz dich hin und halt den Mund!« schrie er ihr laut über den Motorenlärm zu. »Ich steuere, du brauchst keinen Finger zu rühren. Schnall dich an!«

Und Freddy gehorchte. Sie konnte nicht gut aus einem rollenden Flugzeug springen, und wenn sie versuchte, ihm die Hände vom Steuer zu reißen, brachte sie sie beide mit Sicherheit um. Als sie die Startbahn entlang rasten, preßte sie die Augen zu engen Schlitzen zusammen, ballte die Fäuste, drückte die über der Brust verschränkten Arme fest an sich und drückte das Kinn nach unten, so weit es nur ging, die Schultern bis zu den Ohren hochgezogen. Sie saß da wie eine schreckerstarrte Gestalt, die jeden Augenblick den Absturz erwartete. Als sie spürte, daß sie abhoben, korch sie noch mehr in sich zusammen und hatte das Gefühl, ihr klopfendes Herz würde ihr die Brust sprengen.

»Atme! Du wirst ja schon ganz blau!« brüllte Jock, während sie hochstiegen. Freddy ließ den angehaltenen Atem los.

»Besser?« fragte er.

»Bring die Kiste runter!«

»Nicht, ehe du die Augen aufmachst!«

»Jock, ich bitte dich, tu mir das nicht an!«

»Ich kann nicht zulassen, daß du es dir selbst antust! Mach deine blöden Augen auf und hör auf, dich so idiotisch aufzuführen!«

Freddy öffnete die Augen einen kleinen Spalt. Wenn er nicht landen wollte, ehe sie die Augen aufmachte, was blieb ihr übrig? Sie blinzelte durch die Wimpern auf ihre Knie, auf das Steuer vor ihr und dahinter auf das Instrumentenbord. Und sie sah auch Jocks Hand am Steuer.

»Sie sind offen. Und jetzt lande, verdammt nochmal!«

»Offen? Das nennst du offen? Daß ich nicht lache! Sie sind offen, wenn du nach draußen sehen kannst. Wenn du dich umsiehst. Wenn du nach unten auf die Erde siehst und erkennst, daß du wie ein Vogel in der Luft bist und die Welt keineswegs untergegangen ist. Und wenn der Erste Offizier Marie-Frédérique de Lancel endlich zugibt, daß die Gesetze der Aerodynamik keineswegs ihretwegen aufgehoben worden sind. Erst dann werde ich mir überlegen, ob deine Augen zu meiner vollen Zufriedenheit als offen erklärt werden können!«

»Ach, so ist das, das Spiel gefällt dir, du verdammter Bastard? Mich hier zu quälen, ist das größte Vergnügen, das dir seit Jahren widerfahren ist, wie? Warum habe ich dir überhaupt etwas erzählt, du widerlicher, gemeiner Scheißkerl, du? Wie konnte ich nur so blöd sein!«

»He, jetzt hast du sie ja aufgemacht! Weißt du, ich habe da eine Theorie, daß es unmöglich ist, einen Wutanfall bei geschlossenen Augen zu haben. Ist doch klar: Du kannst dann nicht mit ihnen funkeln! Leuchtet ein, nicht?«

»Spar dir deine Theorien für unten. Du hast etwas versprochen«, beharrte Freddy.

»Ich habe gesagt, wenn du dich umgesehen hast, wenn du nach unten gesehen hast. Alles, was du bisher gesehen hast, ging nicht über dieses Cockpit hinaus. Da könntest du genausogut in einem Auto sitzen.«

Freddy biß die Zähne zusammen und gab sich Mühe, von einer Seite zur anderen zu blicken, ohne den Kopf dabei zu bewegen. Dann aber beugte sie sich plötzlich, ohne den Körper zu drehen seitwärts und blickte aus dem Fenster nach unten, setzte sich anschließend aber sofort wieder gerade und starrte nach vorn.

»Irgendwas Interessantes gesehen?«

»Sehr witzig.«

»Nun ja, was hast du denn gesehen?« beharrte er indessen.

»Du blödes Arschloch, natürlich das Gleiche wie immer, was denn sonst? Elefanten vielleicht?«

»Was weiß ich. Das ist hier immerhin eine ziemlich rauhe Gegend, direkt am Rand der Wüste. Da kannst du dich verirren, ehe du es merkst.«

»Und, hast du gedacht, das weiß ich nicht?«

»Vertraut mit den örtlichen Gegebenheiten, wie?« sagte Jock.

»Du weißt ganz genau, daß ich hier in Santa Paula meinen ersten Alleinflug machte.«

»Nee, wußte ich nicht. Woher sollte ich? Oder glaubst du, ich bin mit jeder kleinsten Einzelheit deiner Vergangenheit vertraut?«

»Natürlich nicht.« Freddy fühlte sich lächerlich. Natürlich wußte er das nicht. Schon, weil es unter Piloten nicht üblich ist, sich zu erzählen, wann und wo man seinen ersten Alleinflug gemacht hat.

»Ich wette, du weißt auch nicht, wo ich meinen ersten Soloflug gemacht habe, wie?« fragte Jock.

»Nein, und es ist mir auch absolut egal. Alles, was mich interessiert, ist, wieder hinunterzukommen.« Sie begann wieder in Zorn zu geraten.

»In Ordnung, o. k. Nur noch einen Augenblick. Laß mich das erst noch erzählen. Es war an meinem sechzehnten Geburtstag. Und mein Fluglehrer wußte natürlich, daß ich selbstverständlich wie wild darauf war, allein zu fliegen. Ich hatte neun Flugstunden hinter mir und hielt mich natürlich für eine Riesennummer. Das war auf einem kleinen Flugplatz unten in der Nähe von San Juan Capistrano, und es war nach der Schule und wurde schon spät, und ich dachte, jetzt oder nie. Gut, mein Fluglehrer ließ mich also die üblichen Sachen absolvieren, Aufsetzen und Abheben und das alles, die ganze Stunde lang, ohne ein Wort zu sagen. Nicht einmal einen bedeutsamen Blick gab er von sich. Und dann, als die Stunde vorüber war, vollständig vorbei, und es draußen praktisch schon dunkel war, da sagt der Kerl, mein Gott, ich werde es nie vergessen, ›Gut Jock‹, sagt er, ›roll rüber auf den Standplatz‹, und wie wir dort sind, klettert er als erster raus wie üblich, sagt aber dann, ›Gut, Junge, ich gehe einen warmen Kaffee trinken, aber du bist noch viel zu jung zum Kaffeetrinken, also flieg einfach noch mal rauf inzwischen und mach die ganzen Sachen noch ein paarmal durch, bis später dann also‹, und geht einfach weg und dreht sich nicht einmal mehr um. Na, ich dachte natürlich zuerst, was ist nun los, will er, daß ich allein raufgehe, oder was? Und dann habe ich es auf einmal kapiert und ließ diesen ersten irren Schrei los und flog sie einfach rauf und... na, wem erzähle ich das, du weißt doch selbst, wie das ist, und daß man das nicht beschreiben kann. Wenn man es nicht selbst gemacht hat, hat man es eben nicht gemacht, und wenn ja, dann ja. Darauf läuft es hinaus. Ich glaube, ich wäre die ganze Nacht da oben herumgekurvt, wenn ich dann nicht den Abendstern gesehen hätte, der mir irgendwie zuzublinken schien. Als wollte er mich an etwas erinnern. Und da wurde mir klar, daß es ja schon verdammt dunkel wurde, und ich machte, daß ich runterkam, nicht blindlings, aber mit allem Tempo, das eben möglich war. Und dann war es vorbei. Tja. Januar 1936. Nur, in Wirklichkeit ist es natürlich nie vorbei, Gott sei Dank. Manchmal gibt es Tage, da denkst du, es ist alles vorbei. Du glaubst, die ganze Sache hat keinen Reiz mehr. Du denkst, das Wunder hat sich abgenützt. Aber auf einmal ist es wieder da. Es kommt immer wieder. Wie heute. Als ich zusah, wie Annie die kleinen Hände ans Steuer legte. Da dachte ich an dich und wünschte, du wärst da und könntest ihr Gesicht sehen. Na gut. Die große Geschichte meines Lebens. Ziemlich ungewöhnlich, wie? Glaube nicht, daß was Ähnliches sonst schon mal jemandem passiert ist. Eine einzigartige Erfahrung. Einmalig in den Annalen der Luftfahrt.« Er gähnte. »Nanu, ich werde auf einmal so müde. Ich bin ganz fürchterlich müde. Zu viele Aufregungen an einem Tag... ich scheine alt zu werden, was, Freddy? Übernimm du doch.«

Und er streckte sich ganz aus, mit den langen Armen über dem Kopf, so daß er die Hände flach an der Decke des Cockpits hatte.

Freddy griff völlig automatisch zum Steuer, ganz automatisch stiegen auch ihre Füße auf die Ruderpedale, automatisch kontrollierte sie die Instrumente und automatisch flog sie die Maschine. Sehr gut, Jock, sehr gut, da hast du mich also wieder mal übertölpelt, reingelegt. Ganz clever, wirklich. Und ich sehe es nicht mal kommen.

Sie warf einen Blick zu ihm hinüber. Jock spielte den Schlafenden prächtig. Seine Augen waren eindeutig zu, keine Frage, und er atmete auch ganz regelmäßig und scheinbar allmählich auch immer tiefer. Der Widerschein der Sonne im Cockpit vergoldete die Härchen auf seinem bloßen, muskulösen Unterarm. Er war in seiner ganzen schlanken Länge auf dem Sitz zusammengerutscht. Gleich tut er auch noch so, als schnarche er, dachte sie und zwang sich, sich anderen Dingen als ihm zuzuwenden.

Sie hatte eine Zeitlang damit zu tun, nach einem Jahr ohne Flug wieder das Gefühl für die *Piper Cub* zu bekommen. Sie versuchte einige vorsichtige Kurven bei sehr sanfter Neigung. Das Flugzeug war leicht, hatte aber eine Menge Pferdekräfte. Sie hatte es schon früher geflogen und kannte seine Fähigkeiten. Es war so leicht zu beherrschen, daß ein Kind es fliegen konnte. Ja, eben. Und ein Kind hatte es ja auch geflogen.

Sie ging etwas steiler in die Kurven und wechselte rasch von einer steilen Seitenlage in die entgegengesetzte, in dieser eleganten Schraubenlinie, die Flugschul-Anfänger immer so erstaunlich fanden, diesen berauschenden, narkotisierenden Tanz, den aber jeder mit einem Flugzeug ausführen kann, der nur ein wenig Gleichgewichtssinn hat, selbst wenn er überhaupt nichts darüber weiß, warum so ein Ding fliegt oder wohin er es steuert.

Sie sah sich in alle Richtungen um. Weit und breit war niemand. Sie zog die *Cub* höher, bis sie auf viertausend Fuß war. Das war schon besser. Doch, das war ein – gutes Gefühl. Das war sogar ein ganz wunderbares Gefühl! Die Tränen stiegen ihr in die Augen, als sie merkte, daß sie keine Spur von Angst mehr spürte. Sie erinnerte sich absichtlich an die Einzelheiten ihres Fluges nach Paris und zurück. Sie stellte sich ihnen, versuchte, sie wiederzubeleben, aber alles, was ihr gelang, war die einfache Erinnerung daran. Und sie wußte, daß sie dieses Gefühl nie mehr haben würde. Sie hatte ihr Selbstvertrauen verloren und Flugangst gehabt. Ja, tatsächlich, es konnte jedem passieren.

Sie suchte nach einer Wolke, mit der sie spielen könnte. Aber es war ein wolkenloser Tag. Die Sonne stand schon tief am Horizont, und unten wartete Annie geduldig – hoffte sie – auf dem Flugplatz. Jock schnarchte noch nicht ganz, aber auch nicht ganz nicht. Sie zog die *Piper Cub* noch weitere fünfhundert Fuß hoch, sah sich noch einmal sorgfältig in alle Richtungen um und drückte die Maschine dann plötzlich ohne jede Vorwarnung an Jock, scharf in den Sturzflug nach unten. Die Maschine, losgelassen, röhrte donnernd auf das Tapetenmuster des Landes unten zu, so willig, als habe sie nur darauf gewartet, etwas Interessantes zu tun zu bekommen. Freddy behielt die rasende Nadel auf dem Instrumentenbord genau im Auge, geduldig, erfahren und wartete, bis sie genug Tempo hatte, um sie zum Looping hochziehen zu können, in den Kreis, der sie weit über den Horizont hinaushob, hinauf über das Dach der Welt. Beim Hochziehen sah sie schnell zu Jock hinüber. Er tat noch immer so, als schliefe er und atmete regelmäßig und entspannt, fast – ja – lächelnd. Der Bastard!

Sie zog unerbittlich hoch, immer höher und höher. Sie spürte im ganzen Körper das magische Verlangen danach, höher, immer noch höher zu steigen – bis dann endlich der Zenit erreicht war, der Punkt des Kopfstehens, der Bogen vollendet, danach der Rest des Kreises, abwärts schießend, lachend, frei wie der Vogel . . . ! Frei, göttlich frei, Herrin des Himmels, Königin des Horizonts, Verweserin der Wolken, Schwester des Windes. Frei von den Fesseln der kleinen, nichtigen Realität der Schwerkraft, im einzigen Element, das dem Menschen so etwas ermöglicht!

Sie flog ihren Looping zu Ende und nahm die Hände vom Steuer.

»Da, nimm sie wieder, Jock«, sagte sie, »falls du wach sein solltest.«

Jock landete in Santa Paula und rollte langsam an die Seite der Startbahn. Keiner von beiden machte Anstalten, aus der Maschine zu steigen.

»Vielen Dank, Jock«, sagte Freddy schließlich, »du bist ein guter Freund.«

»Nicht der Rede wert.«

»Doch, sehr wohl. Sogar sehr.«

»Es war, was es war.« Er grinste, entzückt und maulfaul. Mein Gott, sie war so hoffnungslos schön, ohne Make-up, mit ihrem nußbraunen Haar und dem verwegenen Blick in den Augen, den er jetzt schon so lange nicht mehr gesehen hatte.

»Ich muß zugeben, die Roßkur hat geholfen.« Sie schüttelte den Kopf in aufrichtiger Bewunderung. »Vielleicht . . . « fuhr sie dann zögernd fort, ». . . vielleicht könntest du mir auch noch bei der Lösung eines anderen Problems helfen, das mich beschäftigt. Dieselbe Art von Geschichte. Betrifft nur meinen eigenen Kopf.«

»Gewiß«, sagte er eifrig, »wenn ich kann.«

»Es scheint, daß ich eine Art Gedächtnisschwund habe. Die Ärzte sagen mir, das ist nach einem solchen Unfall gar nicht ungewöhnlich. Sie sagen, es kann auch sein, daß es sich nie mehr gibt. Eine wichtige Zeit meines Lebens, einfach weg! Der Gedanke daran macht mich schier verrückt. Das letzte, an das ich mich erinnere, ist, daß ich oben auf dem Musikpodium im Hotel alte Lieder sang. Besonders genau erinnere ich mich an das letzte. *I'm Always Chasing Rainbows.* Und dann weiß ich erst wieder, daß ich in einem Krankenhaus aufwachte – und das war Wochen später, wie sich herausstellte. Offensichtlich war ich geflogen und gegen einen Berg gerannt. Soviel weiß ich, weil man mir das erzählt hat. Aber ich erinnere mich an nichts nach dem Podium.«

»Nichts? Absolut nichts?«

»Nein. Ich weiß nicht, was ich tat, nachdem ich zu singen aufgehört hatte. Zumindest nehme ich an, daß ich ja wohl irgendwann einmal zu singen aufgehört haben muß. Sonst hätte ich nicht gut in einem Flugzeug sitzen können, um darin gegen einen Berg zu rasen. Da kannst du mal sehen, wie mühsam ich Schlüsse ziehen muß. Das ist ein Drama. Ich habe das Gefühl, nur noch halb vorhanden zu sein.«

»Klingelt vielleicht etwas bei den Worten *Smile A While?*« riskierte Jock zu fragen. Eine Strähne seines blonden Haares war ihm wieder in die Stirn gefallen. Seine Augen waren verstehend zusammengekniffen.

»Ach, komm, Jock. Das ist natürlich das Lied, das meine Mutter immer als besonders glückbringend bezeichnet hat, obwohl sie nie näher erklärte, warum eigentlich. Und dieses Lied habe ich immer im Blauen Schwan für euch gesungen, weil es... einen gewissen Zauber für mich hat... und ich hoffte, daß es euch am nächsten Tag alle heil wieder zurückbringt. Ich habe ja auch nicht gesagt, daß ich mein gesamtes Gedächtnis verloren habe. Nur einen Teil.«

»Aha. Also nach *Rainbows* weißt du nichts mehr, richtig? Nicht einmal, wie du dann nach Hause gekommen bist... oder sonst etwas?«

»Wie oft soll ich es noch sagen: Alles leer, schwarzes Loch.«

»Aha. Tja. Dann ist es tatsächlich ein Problem.«

»Na, das ist hilfreich. Aber zumindest bist du jetzt überzeugt, daß es ein Problem ist. Wir machen Fortschritte. Ganz langsame, natürlich. Aber wahrscheinlich kann man es schon Fortschritte nennen.«

»Wenn du mich nicht auslachst, hätte ich vielleicht eine Idee.«

»Ich höre.« Ihr verspieltes Lächeln war das von jemandem, der dem Echo verdienten Beifalls wohlgefällig nachhorcht.

»Wir sollten –– die Ereignisse jenes Abends rekonstruieren. Wir müssen natürlich nicht gleich ein ganz neues Kameradschaftstreffen der *Eagle Squadron* organisieren. Schon, weil du dich daran ja noch erinnerst. Aber andere Schritte könnte man schon unternehmen. Du könntest beispielsweise das Kleid von damals wieder anziehen, dieses wilde, unseriöse rote Kleid – falls du es noch hast – und dazu diese irren roten Schuhe und deine *ATA*-Schwingen. Und so könnten wir irgendwie in einem Tanzlokal tanzen, so wie damals, und ich könnte dann den Bandleader mit einem Trinkgeld bitten, ein paar der alten Lieder zu spielen und... nun ja, und dann eben von da an so weiter. Und dann wird ja wohl irgend etwas passieren, was dein Gedächtnis aktiviert.«

»Klingt gar nicht schlecht als Idee – solange ich nicht singen muß. Wann könnten wir das machen?«

»Wann du willst. Ich stehe zur Verfügung. Ich habe nichts vor.«

»Wie wäre es dann mit heute abend? Oder wäre dir das zu früh?« fragte Freddy.

»Nein –– heute abend würde mir gut passen. Ich habe wirklich sonst nichts Besseres zu tun. Du?«

»Nein, Jock, nichts Besseres.«

Sie gab ihm hastig ein kleines Küßchen auf die Wange und machte Anstalten, aus der Maschine zu klettern. Wenn er ihr Gedächtnis noch intensiver zu aktivieren versuchte, war sie imstande und fiel ihm hier und jetzt um den Hals und bot ihm ein ganz unziemliches, undamenhaftes, gar nicht dezentes Schauspiel, hier mitten in der *Piper Cub*. Nein, nein, er sollte sich nur mächtig anstrengen, ihr das Gedächtnis wiederzugeben. O ja, Gedächtnisschwund brauchte eine Menge höchst liebevoller Behandlung. Eine große Menge Küsse, ganze Berge von Umarmungen und komplette Enzyklopädien von Wörtern, kurz, alle Liebe, die dieser Jock nur hatte, alle Liebe, die er in all den Jahren des Wartens angehäuft hatte. Sie wollte, daß er es alles noch einmal sagte. Und dann noch einmal.

»Freddy . . .« Jock beugte sich impulsiv zu ihr vor, und als sie seine Augen sah, wurde sie um ein Haar schwach. Und wenn er nun das ganze Spiel längst durchschaut hatte?

Nicht so schnell!

Gedächtnisschwund!

Sie hatte doch Gedächtnisschwund! kommandierte sie sich energisch, ehe sie sich zwang, ihn ganz unschuldig anzublicken.

»Ja?«

»Freddy, ich liebe dich, verdammt noch mal! Ich liebe dich so sehr, daß ich das nicht mehr aushalte!«

»Augenblick! Sag das noch mal!« befahl sie ihm und richtete sich auf. Sie war nicht mehr verwundbar, nicht mehr bedürftig. Sie war bereit, auf ihr Herz zu hören.

»Warum, damit du dich wie üblich hämisch darüber auslassen kannst?« Ein Lächeln ging über sein Gesicht. Er war sich plötzlich sicher. Das erste Mal hörte sie ihm zu.

»Nein – es ist, was du gerade gesagt hast. Irgendwie, glaube ich, kommt ein wenig Erinnerung wieder . . . irgendwas über . . . kann es sein, daß es um . . . einen Schulball geht? Irgend etwas über . . . zusammen fliegen? Hm. Hast du nicht auch das Gefühl, daß wir tatsächlich schon zusammen geflogen sind?«

»Also Schluß jetzt mit der Neckerei. Du kannst mich meinetwegen für den Rest deines Lebens täglich necken, aber jetzt werde ich dich erst mal küssen.«

»Viel mehr begehren Sie nicht, Staffelkapitän, nein?«

»Ach, Liebling. Ich begehre alles. Alles. Aber ich möchte mit einem einzigen Kuß anfangen. Bitte, Freddy.«

»Also, da erinnere ich mich, daß jemand sagte ... ja ... ganz deutlich erinnere ich mich ... ›Nur ein Idiot fragt ein Mädchen um Erlaubnis‹«, sagte Freddy mit ganz erstaunter Stimme, während sie die Arme hob und Jock entgegenstreckte. Die Geste war eine halbe Hingabe und ein ganzes Versprechen.

BLANVALET

Unterhaltung von der schönsten Seite

Charlotte Link
Schattenspiel
Roman. 528 Seiten

Alberto Vázquez-Figueroa
Hundertfeuer
Roman. 352 Seiten

Ruth Rendell
Die Werbung
Roman. 384 Seiten

Ruth Eder
Die Glocken von Kronstadt
Roman. 352 Seiten

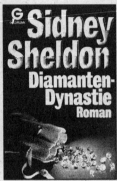

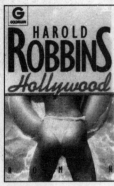
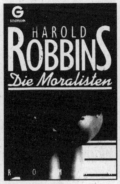

Moderne Frauenliteratur

Patricia Castet
Silvie Thomas, Die Träume
der Frauen   9588

Sue Townsend
Mit einem Schlag war alles
anders   9549

Fiona Pitt-Kethley
Reisen in die Unterwelt
9563

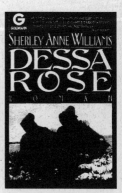

Danièle Sallenave
Phantom Liebe
9646

Jane LeCompte
Mondschatten
9715

Sherley Anne Williams
Dessa Rose
9650

GOLDMANN